中国古典文学名著丛书

隋唐演义

上

[清] 褚人获 著

華夏出版社
HUAXIA PUBLISHING HOUSE

图书在版编目（CIP）数据

隋唐演义 / （清）褚人获著. —北京：华夏出版社，2013.01（2024.09重印）

（中国古典文学名著丛书）

ISBN 978-7-5080-6365-2

Ⅰ. ①隋… Ⅱ. ①褚… Ⅲ. ①章回小说-中国-清代 Ⅳ. ①I242.4

中国版本图书馆 CIP 数据核字（2011）第 082603 号

出版发行：华夏出版社
（北京市东直门外香河园北里 4 号　邮编 100028）
经　　销：新华书店
印　　制：永清县晔盛亚胶印有限公司
版　　次：2013 年 01 月北京第 1 版
2024 年 09 月北京第 2 次印刷
开　　本：670×970　1/16 开
印　　张：48.5
字　　数：737.1 千字
定　　价：96.00 元（上下）

前　　言

《隋唐演义》是一部兼有英雄传奇和历史演义双重性质的长篇白话历史演义小说,它的作者是清朝人褚人获。

褚人获,字稼轩,又字学轩,号石农,江苏长洲(今江苏苏州)人。生卒年不详,康熙二十年前后在世。终身不仕,文名甚高,能诗善文,尤侗《坚瓠集》序说他:“少而好学,至老弥笃,搜群书穷秘籍,取经史所未及载者,条列枚举,其事小可悟乎大,其文奇而不离乎正。”尤喜涉猎历代稗史轶闻,著作颇多,最能代表其文学成就的是《隋唐演义》。

隋唐两代的故事在宋、元期间就已经在民间广为流传。但作为长篇讲史小说却开始于明代。在《隋唐演义》问世之前,罗贯中就曾经编纂了《隋唐志传》。到了明朝中期,林瀚作了改订,称为《隋唐两朝志传》。褚人获就是以此书为主,又参考了明刊本《大唐秦王词话》、无名氏《隋炀帝艳史》以及唐宋传奇、戏曲、民间传说材料如《海山记》、《迷楼记》、《开河记》、《开元天宝遗事》、《太真外传》等,精心编纂而成了这部集大成的名著。

《隋唐演义》叙事从隋主伐陈开始,以“安史之乱”后唐明皇回京作结。它的主要内容由三部分构成:一是以隋炀帝－朱贵儿为中心人物的隋末宫廷故事,二是秦琼、单雄信、程咬金等“乱世英雄”反隋的故事,三是以唐明皇－杨贵妃为中心人物的唐代宫廷故事。全书将隋炀帝－朱贵儿与杨贵妃－唐明皇的两世姻缘作为一条副线,把纷繁的历史事件、趣闻轶说溶进一个庞大的结构中。隋炀帝在通俗小说中是有名的荒淫残暴的君主,他在位十四年,曾三次发动对高丽的战争,又每年调民工数百万营建东宫,开凿运河,修筑长城,苛捐、暴政,搞得民不聊生。隋末农民大起义就是在这种背景下发生的。《隋唐演义》在一定程度上艺术地再现了这段历史的真实情况。作品前半部,以细致的笔墨描写了“穷上木炀帝逞豪华”(第二十七回)的许多令人怵目惊心的事实:选绣女、建洛宫,“弄得这些百姓东奔西驰”，“各府州县邑，如同鼎沸”。炀帝为了游玩，强令开凿自大梁至淮河的运河，强征天下民夫，“如有隐匿者，诛三族”。大小官吏，正好趁此机会变本加厉地酷虐百姓。在这样一个水深火热的社会当中，不但程咬金、尉迟恭等贫苦农民要揭竿而起，就是一些下级官吏（如秦琼）和富有正义感的中小地主（如单雄信）也感到是“出去做一番事业”的时候了。在反隋英雄中，秦琼一生的经历最具典型性。秦琼曾充任过地方上的“捕盗都头”，对造反的“勾当”几度迟疑。当“盗贼”程咬金、王伯当等人以拜寿为名在家聚义时，他出于江湖义气，毅然冒着生命危险放走了众人。在亲眼看到了麻叔夜吃人等一系列惊心动魄的事件后，他彻底认清了隋王朝的极端腐败本质，自觉、主动地走上了反抗道路。参加起义队伍后，他利用自己在江湖上的声望，为壮大农民起义队伍做出了有益的贡献。在瓦岗寨上，他成了翟让军事集团的中坚力量之一。在说唐故事演变过程中，群雄反隋，尤其是瓦岗寨英雄们的反抗故事，有较好的基础，褚人获对这一部分的加工也最见功力，不但思想内容上多有可取，艺术上也取得了一定成就。小说成功地塑造了秦琼、单雄信、程咬金等草莽英雄的群像。这些人物，既有传奇色彩，又是生活中活生生的个性不同的人。如单雄信耿直淳厚而自视甚高，程咬金鲁莽而风趣善谑，罗成勇猛而少年气盛，都给人留下较深刻的印象。作者不但注意从重大的事件、情节中写人，还能通过细节描写表现人物细微的感情和心理。

《隋唐演义》各个部分的成就是不平衡的。总的说来，写唐统一前的部分比较富有生活气息，不乏精彩的片段，写唐代部分则繁琐冗长，结构松散。另外，书中以大量篇幅直接进行封建伦理道德的说教，这也是需要我们在阅读时加以分析批判的。

目　　录

第一回

隋主起兵伐陈　晋王树功夺嫡

诗曰：

繁华消歇似轻云，不朽还须建大勋。

壮略欲扶天日坠，雄心岂入驽骀群。

时危俊杰姑埋迹，运启英雄早致君。

怪是史书收不尽，故将彩笔谱奇文。

从来极富、极贵、极畅适田地，说来也使人心快，听来也使人耳快，看来也使人眼快，只是一场冷落败坏根基，都藏在里边，不做千古骂名，定是一番笑话。馆娃宫[①]、铜雀台[②]，惹了多少词人墨客，嗟呀嘲诮。止有草泽英雄，他不在酒色上安身立命，受尽的都是落寞凄其，倒会把这干人弄出来的败局，或是收拾，或是更新，这名姓可常存天地。但他名姓虽是后来彰显，他骨格[③]却也平时定了。譬如日月：他本体自是光明，撞在轻烟薄雾中，毕竟光芒射出，苦是人不识得；就到后来称颂他的，形之纸笔，总只说得他建功立业的事情，说不到他微时[④]光景。不知松柏生来便有参天形势；虎豹小时便有食牛气概，说来反觉新奇。我未提这人，且把他当日遭际的时节略一铺排。这番勾引那人出来，成一本史书，写不到人间并不曾知得的一种奇谈。可是：

器当盘错方知利，刃解宽髀始觉神。

由来人定天能胜，为借奇才一起屯。

从古相沿，剥中有复[⑤]：虞、夏、商、周、秦、汉、三国、两晋。晋自五马

---

① 馆娃宫——春秋时吴王夫差专为西施所建。

② 铜雀台——三国时魏主曹操所建，多藏美女。

③ 骨格——气度，品德。

④ 微时——尚未出名的时候。微，轻，衰落。

⑤ 剥中有复——周易二卦名。剥，剥落；复，来复。这里指盛衰消长。

渡江，天下分而为二，这叫做南北朝。南朝刘裕篡晋称宋；萧道成篡宋称齐；萧衍篡齐称梁；陈霸先篡梁称陈。虽各有国号，绍袭① 正统，名为天子，其实天下微弱，偏安江左。北朝在晋时，中原一带地方，倒被汉主刘渊、赵主石勒、秦主苻坚、燕主慕容廆②、魏主拓拔圭诸胡人据了，叫做五胡乱华，是为北朝。魏之后乱离，又分东西；东西二魏：一边为高欢之子高洋篡夺，改国号曰齐；一边被宇文泰篡夺，改国号曰周。周又灭齐，江北方成一统。这时周又生出一个杨坚，小字那罗延，弘农郡华阴人也，汉太尉震八代孙。乃父杨忠，从宇文泰起兵，赐姓普六茹氏，以战功封隋公。生坚时，母亲吕氏，梦苍龙据腹而生，生得目如曙星，手有奇文③，俨成“王”字。杨忠夫妻知为异相。后来有一老尼对他母亲道：“此儿贵不可言，但须离父母方得长大，贫尼愿为抚视。”其母便托老尼抚育。奈这老尼，止是单身住庵，出外必托邻人看视。这日老尼他出，一个邻媪④ 进庵，正将杨坚抱弄，忽见他头出双角，满身隐起鳞甲，宛如龙形。邻媪吃了一惊，叫声“怪物”，向地下一丢。恰好老尼归来，连忙抱起，惋惜道：“惊了我儿，迟他几年皇帝！”总是天将混一⑤ 天下，毕竟产一真人。

自此数年，杨坚长成，老尼将⑥ 来，送还杨家。未几，老尼物故。后来杨忠亦疾亡，杨坚遂袭了他职，为隋公。其时，周武帝见他相貌瑰奇，好生猜忌，累次着人相他。相者知他后有大福，都为他周旋。他也知道周武帝相疑，将一女夤缘⑦ 做了太子妃，以固宠。直至周武帝晏驾，太子即位，是为宣帝。宣帝每有巡幸，以后父故，恒委坚以居守。宣帝庸懦，杨坚羽翼已成，竟篡夺了周国，国仍号隋，改年号为开皇元年。正是：

莽因后父移刘祚，操纳娇儿覆汉家。

自古奸雄同一辙，莫将邦国易如花！

隋主初即位，立独孤氏为皇后，世子勇为太子，次子广封为晋王。打

---

① 绍袭——继承。绍，承受。

② 廆(wěi)。

③ 文——即“纹”，纹路。

④ 媪(ǎo)——老妇人。

⑤ 混一——统一。

⑥ 将——携带。

⑦ 夤(yín)缘——投机钻营，巴结奉承。

起一番精神，早朝晏罢；又因独孤皇后悍妒非常，成全他不近女色。更是在朝将相，文有李德林、高颎①、苏威，武有杨素、李渊、贺若弼、韩擒虎。君明臣良，渐有拓土开疆，混一江表意思。若使江南人主也能励精图治、任用贤才，未知鹿死谁手，无奈创业之君多勤，守成② 之君多逸。创业之君，亲正直，远奸谀；守成之君，恶老成，喜年少。更是中材之君，还受人挟持，小有才之君，便不由人驾驶。这陈主叔宝也是一个聪明颖异之人，奈是生在南朝，沿袭文弱艳丽的气习，故此好作诗赋。又撞着两个东宫官：一个是孔范，一个是江总，又乃薄有才华，没些骨鲠③ 的人。自古道："诗为酒友，酒是色媒。"清闲无事，诗赋之余，不过酒杯中快活，被窝里欢娱，台池的点缀，打点一段风流性格，及时取乐。始得即位，不说换出他一付肝肠，倒越畅快了许多志气，升江总为仆射，用孔范作都官尚书。君臣都不理政务，只是陪宴、和诗过了日子。陈主又在龚贵嫔位下寻出一个美人，姓张，名丽华，发长七尺，光可鉴④ 物；更兼性格敏慧，举止娴雅，浅笑微颦，丰华入目；承颜顺意，婉娈⑤ 快心。还有一种妙处：肯荐引后宫嫔御。一时龚、孔二贵嫔，王、李二美人，张、薛二淑媛，袁昭仪、何婕妤、江修容，并得贯鱼承宠。陈主那有闲暇理论⑥ 朝廷政事？就有时披览百官草奏，毕竟自倚着隐囊，把张丽华放在膝上，两人商议断决。妇人有甚远见，这里不免内侍乘机关节⑦，纳贿擅权。又且孔范与孔贵嫔结为兄妹，固宠专政，当时只晓有江、孔，不知有陈主了。

檀口歌声香，金樽酒痕绿。
一派绮罗筵，障却光明烛。

况是有了一干娇艳，须得珠珰玉佩，方称着螓首⑧ 蛾眉；翠缟锦衾，方称着柳腰桃脸。山珍海错、金杯玉斗，方称他舞妙清讴；瑶室琼台、绣屏

---

① 颎(jiǒng)。
② 守成——继承和保持前人已有的成就和业绩。
③ 骨鲠——这里指刚直的气节。
④ 鉴——古时称镜子为鉴。这里当动词用，"照"。
⑤ 娈(luán)——美好貌。
⑥ 理论——管理，过问。
⑦ 关节——暗中行贿，说情。
⑧ 螓(qín)首——形容面好容美。螓，蝉的一种。

象榻，方称他花营柳阵，不免取用民间。这番便惹出一班残刻小人：施文庆、沈客卿、阳惠朗、徐哲、暨慧景，替他采山探海，剥众害民。在光昭殿前起临春、结绮、望仙三座大阁，都高数十丈，开广数十间。栏槛窗牖[①]，都是沉香做就，还镶嵌上金玉珠翠，外布珠帘，里边列的是：宝床玉几，锦帐翠帷。且是一时风流士女，绝会妆点。在太湖、灵璧、两广购取奇石，叠作蓬莱，山边引水为池，文石为岸，白石为桥，杂植奇花异卉。正是：

直须阆苑[②]还堪比，便是阿房[③]也不如。

陈主自住临春阁，张丽华住结绮阁，龚、孔二贵嫔住望仙阁，三阁都是复道回廊，委宛相通，无日不游宴。外边孔范、江总还有文士常侍王瑳[④]等，里边女学士袁大舍等，都是陪从。酒酣，命诸妃嫔及女学士、江、孔诸人，赋诗赠答，陈主与张丽华品题，各有赏赐，把极艳丽的，谱在乐中。每宴，选宫女数千人，分番歌咏，焚膏继晷[⑤]，辄为长夜之歌。说不尽繁华的景象，风流的态度。正是：

费辄千万钱，供得一时乐。
杯浮赤子膏，筵列苍生膜。
宫庭日欢娱，闾里日萧索。
犹嫌白日短，醉舞银蟾落。

消息传入隋朝，隋主便起伐陈之意。高颎、杨素、贺若弼都上平陈之策。正在议论之间，忽然晋王广请领兵伐陈，道："叔宝无道，涂炭生民。天兵南征，势同压卵；若是迁延，叔宝殒灭。嗣以令主，恐难为功，臣请及时率兵讨罪，执取暴君，混一天下！"

看官们，你道征伐是一刀一枪事业，胜负未分，晋王乃隋亲王，高爵重禄，有甚不安逸，却要做此事？只为晋王乃隋主次子，与太子勇俱是独孤皇后所生。皇后生晋王时，朦胧之中，只见红光满室，腹中一声响亮，就像雷鸣一般，一条金龙突然从自家身子里飞将出来。初时觉小，渐飞渐大，

---

① 牖(yǒu)——即窗。

② 阆苑(láng yuàn)——传说中神仙的住处。

③ 阿(ē)房——即阿房宫，秦时所建极奢华壮丽的宫苑。

④ 瑳(cuō)。

⑤ 焚膏继晷(guǐ)——晷，日光。点燃灯油接续日光。

直飞到半空中，足有十余里远近；张牙舞爪，盘旋不已。正觉好看，忽然一阵狂风骤起，那条金龙不知怎么竟坠下地来，把个尾掉了几掉，便缩做一团。细细再一看时，却不是条金龙，倒像一个牛一般大的老鼠模样。独孤后着了一惊，猛然醒来，随即生下晋王。隋主闻知皇后梦见金龙摩天，故晋王小名叫做阿摩。独孤后大喜道："小名佳矣！何不并赐一个大名？"隋主道："为君须要英明，就叫做杨英罢。"又想道："创业虽须英明，守成还须宽广，不如叫做杨广。"正是：

玄鸟赤龙曾降兆，绕星贯月不虚生。

虽然德去三皇远，也有红光满禁城。

只因独孤后爱子之心甚切，时常在晋王面前说那生时的异兆。晋王却不甘为人下，因自忖道："我与太子一样弟兄，他却是个皇帝[①]，我却是个臣子。日后他登了九五[②]，我却要山呼万岁去朝他。这也还是小事。倘有毫厘失误，他就可以害得我性命。我只管战战兢兢去奉承他，我平生之欲，如何得遂？除非设一计策，谋夺了东宫[③]，方遂我一生快乐，只是没有些功劳于社稷，怎得到这个地位？"左思右想，想得独孤最妒，朝臣中有蓄妾生子的，都劝隋主废斥。太子因宠爱姬妾云昭训，失了皇后的欢心。晋王乘机阳为孝谨，阴布腹心，说他过失，称己贤孝。到此又要谋统伐陈兵马，贪图可以立功，且又总握兵权，还得结交外臣，以为羽翼。

却喜隋主素是个猜疑的人，正不肯把大兵尽托臣下，就命晋王为行军兵马大元帅，杨素为行军兵马副元帅，高颎为晋王元帅府长史，李渊为元帅府司马。这高颎是渤海人，字昭玄，生来足智多谋，长于兵事。李渊成纪人，字叔德，胸有三乳；曾在龙门破贼，发七十二箭，杀七十二人。更有两个总管：韩擒虎、贺若弼，都是杀人不眨眼的魔君，为先锋，自六合县出兵。杨素由永安出兵，自上流而下。一行总管九十员，胜兵六十万，俱听晋王节制。各路进发，东连沧海，西接川蜀，旌旗舟楫，连接千里。

陈国屯守将士雪片告急。施文庆与沈客卿遏住不奏。及至仆射袁宪陈奏，要于京口、采石两处添兵把守，江总又行阻挠。这陈主也不能决断，

---

① 他却句——意为"他却是个皇位的继承人"。

② 九五——《易经》中卦爻位名，后以此指代帝位。

③ 东宫——指太子。

道："王气在此，齐兵三来，周师再来，无不涣败，彼何为者耶！"孔范连忙献谄说："长江天堑，天限南北，人马怎能飞渡？总是边将要作功劳，妄言事急。臣每患官卑，隋兵若来，臣定作太尉公矣！"施文庆道："天寒人马冻死，如何能来？"孔范又道："可惜冻死了我家马。"陈主大笑，叫袁宪众臣无可用力。这便是陈国御敌的议论了。饮酒奏乐，依然如故。

北来烽火照长江，血战将军气未降。
赢得深宫明日月，银筝檀板度新腔。

到了祯明二年正月元旦，群臣毕聚。陈主夜间纵饮，一睡不醒，直到日暮方觉。不期这日贺若弼领兵，已自广陵悄悄渡江，韩擒虎又带精兵五百，自横江直犯采石。守将徐子健一面奏报，一面要迎敌。元旦各兵都醉，没一个拈得枪棒的，子建只得弃了兵士，单舸[①] 赶至石头。又值陈主已醉，自早候至晚，才得引见，回道："明日会议出兵。"

次日鬼混了一日。到初四日，分遣萧摩诃、鲁广达等出兵拒战。内中萧摩诃要乘贺若弼初至钟山，击其未备；任忠要精兵一万，金翅三百艘，截其后路。都是奇策，陈主都不肯听。到了初八日，督各将鏖战。其时，止得一个鲁广达竭力死斗，也杀贺若弼部下三百余人。孔范兵一交就走。萧摩诃被擒。任忠逃回，陈主也不责他，与他两柜金银，叫他募人出战。谁知他到石子冈撞着擒虎，便率军投降，反引他进城。这时城中士庶乱窜，莫不逃生。陈主还呆呆坐在殿上，等诸将报捷。及至听得北兵进城，跳下御座便走。袁宪一把扯住道："陛下尊重，衣冠御殿，料他不敢加害。"陈主道："兵马杀来，不是要处[②]！"挣脱飞走，赶入后宫，寻了张贵妃、孔贵嫔，道："北兵已来，我们须向一处躲，不可相失！"左手绾了贵妃，右手绾了贵嫔，走将出来。行到景阳井边，只听得军声鼎沸，道："罢，罢，去不得了，同一处死罢！"将自投于井，后阁舍人夏侯公韵以身蔽井，陈主与争久之，乃一齐跳入井中。喜是冬尽春初，井中水涸，不大沾湿，后主道："纵使躲得过，也怎生出得去？"

凯歌换却后庭花，箫鼓番成羯鼓挝！
王气六朝今日歇，却怜竟作井中蛙！

---

① 舸(gě)——大船。
② 要处——开玩笑，闹着玩儿。

三人躲了许久，只听得人声喧闹，却是隋兵搜求珠宝宫女。只见正宫沈后端处宫中，太子深闭阁而坐，单不见了陈主。众军四下搜寻。有宫人道："曾见跑到井边的，莫不投水死了？"众军闻得，都来井中探望。井中深黑，微见有人，忙下挠钩去搭。陈主躲过，钩搭不着。众军无计，遂将石块投井中，试看深浅，好下井找寻。陈主见飞下石子，大喊起来道："不要打我！快把绳子抛下，扯了我起来！"众兵急取长绳，抛勾数十丈。又等半日，听得陈主道："你等用力扯，我有金宝赏你，切不可扯不牢跌坏我！"初时两人扯，扯不动，又加两人，也扯不动。这些人道："毕竟他是个皇帝，所以骨头重。"一个道："毕竟是个蠢物！"及至发声喊，扯得起来，却是三个人，与张贵妃、孔贵嫔同束而上，故这等沉重。众人一齐笑将起来。宋王元甫有诗曰：

隋兵动地来，君王尚晏安。
须知天下窄，不及井中宽。
楼外烽交白，溪边血染丹。
无情是残月，依旧凭栏干。

众人簇拥了陈主，去见韩擒虎。陈主倒也官样，相见一揖。晚来，贺若弼自外掖门入城，呼后主相见。后主见他威风凛凛，不觉汗流股① 战。贺若弼看了笑道："不必恐惧，不失作一归命侯！"着他领了宫人，暂住德教殿，外边分兵围守。这时晋王率兵在后，先着高颎、李渊抚安百姓，禁止焚掠。驰入建康，两人正在省中出来，晓谕黎庶，禁约士卒，拘拿陈国乱政众臣。

只见晋王向来矫情镇物，不近酒色。此时他远离京师，且又闻得张丽华妖艳，着高颎之子记室② 高德弘驰到建康，来取张丽华。高颎道："晋王身为元帅，伐暴救民，岂可先以女色为事？"不肯发遣。高德弘道："大人，晋王兵权在手，取一女子，抗不肯与，恐至触怒。"李渊便道："高大人，张、孔狐媚迷君，窃权乱政，以国覆灭，本于二人。岂容留此祸本，再秽隋氏？不如杀却，以绝晋王邪念。"高颎点头道："正是。昔日太公蒙面斩妲己，恐留倾国更迷君也。今日岂可容留丽华，以惑晋王哉！"便吩咐并孔贵

① 股——人腿。
② 记室——文官名，似今"秘书"。

嫔取来斩于清溪。高德弘苦苦争阻，不听。

秋水丰神冰玉肤，等闲一笑国成无。

却怜血染清溪草，不及西施泛五湖。

张、孔二美人既斩，弄得个高德弘索兴而回。回至行营参谒，那晋王笑容可掬道："丽华到了么？"高德弘恐怕晋王见怪，把这事都推在李渊身上，道："下官承命去取，父亲不敢怠慢，着备香车细辇，还选美貌嫔御十人，陪送军前。"晋王笑道："非着记室往取，高长史也未必如此知趣。"高德弘道："只是可奈李渊，他言祸水不可容留，连孔贵嫔都斩了！"晋王听了失惊，道："你父亲怎不作主？"德弘道："臣与父亲再三阻挡，必不肯听，还责下官父子做美人局，愚弄大王。"晋王大怒道："可恶这厮捻酸[①] 杀害。"却又叹息道："这也是我一时性急，再停两日，到了建康，只说取陈叔宝一干家属起解，那时留下，谁人阻挡？就李渊来劝谏，只是不从，也没奈我何。这便是我失算，害了两个丽人。"临后恨恨的道："我虽不杀丽华，丽华由我而死。毕竟[②] 杀此贼子，与二姬报仇！"当下一场懊恼散了，早已种下祸根。

头悬白下惩亡陈，谁解匡君是忤君？

羡是鸱夷东海畔，智全越国又全身。

晋王因此一恼，倒勉强做个好人。一到建康，拿过施文庆，道他受委不忠，曲为谄佞；沈客卿重敛逢君；阳慧朗、徐哲、暨慧景侮法害民，时为五佞，都将来斩在石关前。又把孔范、王瑳等投于边裔，以息三吴民怨。使元帅府记室裴矩收图籍、封府库，一无所取，以博贤声。又道贺若弼先期失战，有违军令；李渊怠惰，不修职事，上疏纠劾，请拘拿问。隋主知平陈，若弼首功，渊居官忠直，俱免罪。还先召回若弼，赐绢万段。

其时各处未定州郡，分遣各总兵督兵征服；川蜀、荆楚、吴赵、云贵，皆归版图，天下复统于一。惟岭南未有所附，数郡共奉高凉郡石龙夫人冼氏为主。夫人陈阳春太守冯宝之妻，冯仆之母也。闻隋破陈，夫人亲自起兵，保全四境，筑城拒守，众号"圣母"，谓其城曰"夫人城"。隋遣柱国韦洸

---

① 捻酸——嫉妒。

② 毕竟——坚持，一定要。

安抚岭外，夫人拒之，洸不得进。晋王遣陈主遗[①] 夫人书，谕以国亡，使之归隋。夫人得书，集首领数千人，尽日恸哭，北面拜谢后，始遣其孙盎率众迎洸入广州。夫人亲披甲胄[②]，乘介马[③]，张锦伞，已引彀骑卫从，载诏书称使者，宣谕朝廷德意，历十余州，所至皆降。凡得州三十，郡一百，县四百。封盎为仪同三司，册夫人为宋康郡太夫人，赐临振县为汤沐邑[④]；一年一贡献，三年一朝觐[⑤]。时人作诗，以美其事，有"锦车朝促候，刁斗夜传呼"及"云摇锦车节，月照角端弓"之句。智、勇、福、寿，四者俱全。年八十余而终，称古今女将第一。

不说那谯国夫人之事，却说是年三月，晋王留王韶镇守建康，自督大军，与陈主、与他宗室嫔御文武百司发建康，四月至长安，献俘太庙。拜晋王为太尉，赐辂车衮冕之服，玄圭[⑥] 白璧。杨素封越公，贺若弼、韩擒虎并进上柱国。若弼封宋公。擒虎因放纵士卒，淫污陈宫，不与爵邑。高颎加上柱国，进爵齐公。李渊升卫尉少卿，因是晋王恼他，不与叙功，反劾他，故此他封赏极薄。李渊也不介意。喜是晋王复奉旨出镇扬州，不得频加谗谮，但是晋王威权日盛，名望日增，奇谋秘计之士多入幕府。他图谋非望之心越急了。

四皓招来羽翼成，雄心岂肯老公卿。
直教豆向釜中泣，宁论豆萁一体生。

况且内有独孤后为之护持，外有宇文述为之计划，那有图谋不遂的理？

但未知隋主意下如何，且听下回分解。

---

① 遗(wèi)——赠送。

② 甲胄(zhòu)——古时战将武士作战时穿的金属或皮革制的外衣曰"甲"，头盔曰"胄"。

③ 介马——穿上铠甲的马。介，甲。

④ 汤沐邑(yì)——周时天子赐王供住宿和斋戒沐浴的封邑，后亦称皇帝、皇后、公主等收取赋税的私邑。

⑤ 朝觐(cháojìng)——朝见君主。春见曰"朝"，秋见曰"觐"。

⑥ 玄圭(xuán guī)——黑色宝玉。

第　二　回

杨广施计谋易位　独孤逞妒杀宫妃

诗曰：

人谓骨肉亲，我谓谗间神。
嫌疑乍开衅，宵小争狺狺。
戈矛生笑底，欢爱成怨嗔。
能令忠孝者，衔愤不得伸。
巧言固如簧，萋菲成贝锦。
此中偶蒙蔽，觌面犹重闉。
心似光明烛，人言自不侵。
家国同一理，君子其敬听。

尝言木有蠹虫① 生之。心中一有爱憎，受者便十分倾轧。隋自独孤皇后有不喜太子勇的念头，被晋王窥见，故意相形，知他怪的是宠妾，他便故意只与萧妃相爱，把平日一段好色的心肠暂时打叠②；知他喜的是俭朴，他便故意饰为节俭模样，把平日一般奢华的意气暂时收拾。不觉把独孤皇后爱太子的心，都移在他身上。这些宦官宫妾，见皇后有些偏向，自然偷寒送暖，添嘴搠舌。寻规蹈矩的事体，不与他传闻；有一不好，便为他张扬起来。晋王宫中有些劣处，都与他掩饰；略有好处，一分增作十分，与他传播。况且又当不得③ 晋王与萧妃，把皇后宫中亲信的异常款待；就是平常间，皇后宫人内竖往来，尽皆赏赐。谁不与他在皇后前称赞？

此时晋王，已知事有七八分就了。他又在平陈时结识下一个安州总管宇文述，因他足智多谋，人叫做小陈平。晋王在扬州便荐他做寿州刺史，得以时相往来。一日与他商议夺嫡之事。宇文述道："大王既得皇后

① 蠹(dù)虫——蛀虫。
② 打叠——收拢，聚束。
③ 当不得——奈何不得。

欢心,不患没有内主了。但下官看来,还有三件事:一件皇后虽然恶[①]太子,爱大王,却也恶之不深,爱之不甚。此行入朝,大王须做一苦肉计,动皇后之怜,激皇后之怒,以坚其心。这在大王还有一件,外边得一位亲信大臣,言语足以取信圣上,平日进些谗言,当机力为之撺掇,这便是中外夹攻,万无一失了。但只是废斥易位,须有大罪,这须买得他一个亲信,把他首发[②]。无事认作有,小事认作大,做了一个狠证见,他自然展辩不得。这番举动不怕不废,以次来,大王不怕不立,况有皇后作主。这两件下官做得来。只是要费金珠宝玩数万金,下官不惜破家,还恐不敷。"晋王道:"这我自备。只要足下[③]为我,计在必成,他时富贵同享。"其年恰值朝觐,两个一路而来,分头作事。

巧计欲移云蔽日,深谋拟令腊回春。

一边晋王自朝见隋主及皇后,朝中宰执,下至僚属,皆有赠遗,宫中宦官姬侍,皆有赏赐。在朝各官,只有李渊,虽为旧属,但人臣不敢私交,不肯收晋王礼物。这边宇文述参谒大臣,拜望知己之后,来见大理寺少卿杨约。这杨约是越公杨素之弟。素位为尚书左仆射,威倾人主,只是地尊位绝,且自平陈已后,陈宫佳丽半入后房,颇耽声色,不大接见人,故人有干求,都向杨约关节,他门庭如市。宇文述外官,等了许久,方得相见。送了百余金厚礼,一茶而退[④]。

但是宇文述与杨约是平日忘形旧交,因此却来答拜。宇文述早在寓等候,延进客坐。只见四壁排列的,都是周彝商鼎、奇巧玩物,辉煌夺目。杨约不住睛观看。宇文述道:"这都是晋王见惠[⑤]。兄善赏鉴,幸一指示。"杨约道:"小弟家下金宝颇多,此类甚少,尝从家兄宅中见来,觉兄所有更胜。"见侧首排有白玉棋枰、碧玉棋子,杨约道:"久不与兄交手矣!兄在此与何人手谈?"宇文述道:"是随行小妾。"杨约道:"是扬州娶来的了。扬州女子多长技艺。"宇文述道:"棋枰在此,与兄一局何如?"便以几上商

---

① 恶(wù)——讨厌。

② 首发——告发,告状。

③ 足下——对对方的尊称。

④ 一茶句——即一盏茶的工夫就打发了。

⑤ 见惠——惠,赠。意为这些都是晋王所赠。

鼎为彩①。宇文述故意连输了几局，把珍玩输去强半。及酒至，席上陈设，又都是三代古器，间着金杯玉斗。杨约道："这些金酒器，一定也是扬州来的。我北边无此精工。"宇文述道："兄若赏他，便以相送。"便叫另具一桌盒，与杨爷畅饮；这些玩器，都送到杨爷宅中。

手下早已收拾送去了。杨约还再三谦让道："这断不敢收。这是见财起意了，岂可无功食禄！"宇文述道："杨兄，小弟向为总管，武官所得，不够馈送上司；及转寿州，止吃得一口水，如何有得送兄？这是晋王有求于兄，托弟转送。"杨约道："但是兄之赐，已不敢当；若是晋王的，如何可受？"宇文述道："这些须小物，何足稀罕！小弟还送一场永远大富贵与贤昆玉②。"杨约道："譬如小弟，果不可言富贵；若说家兄，他富贵已极，何劳人送？"宇文述笑道："兄家富贵，可云盛，不可云永。兄知东宫以所欲不遂，切齿于令兄乎？他一旦得志，至亲自有云定兴等，宫僚自有唐令则等，能专有令兄乎？况权召嫉，势召谮，今之屈首居昆季③下者，安知他日不危昆季，思踞其上也？今幸太子失德，晋王素溺爱于中宫，主上又有易储之心，兄昆季能赞成之，则援立之功，晋王当铭于骨髓。这才算永远悠久的富贵。是去累卵之危，成泰山之安，兄以为何如？"杨约点头道："兄言良是。只是废立大事，未易轻诺，容与家兄图之。"两人痛饮，至夜而散。

二五方成耦，中宫有骊姬。

势看俱集菀，鹌禁顿生危。

次日宇文述又打听得东宫有个幸臣姬威，与宇文述友人段达相厚。宇文述便持金宝，托段达贿赂姬威，伺太子动静。又授段达密计道："临期如此如此。"且许他日后富贵。段达应允，为他留心。

及至晋王将要回任扬州，又依了宇文述计较，去辞皇后，伏地流涕道："臣性愚蠢，不识忌讳；因念亲恩难报，时时遣人问安。东宫说儿觊觎④

① 彩——利润，这里即"奖品"义。

② 昆玉——对别人兄弟的敬称。

③ 昆季——弟兄。

④ 觊觎(jìyú)——非分的希图。

大位，恒蓄盛怒，欲加屠陷；每恐谗生投杼，鸩[1] 遇杯酌，是用[2] 忧惶，不知终得侍娘娘否？”言罢呜咽失声。皇后闻言曰：“睍地伐渐不可耐，我为娶元氏女，竟不以夫妇礼待之，专宠阿云！使有如许豚犬，我在，汝便为所凌，倘千秋万岁后，自然是他口中鱼肉。使汝向阿云儿前，稽首称臣，讨生活耶！”晋王闻皇后言，叩首大哭。皇后安慰一番，叫他安心回去：“非密诏不可进京，不得轻过东宫。停数月，我自有主意。”晋王含泪而出。宇文述道：“这三计早已成了！”

柳迎征骑邗沟近，日掩京城帝里遥。

八鸟已看成六翮，一飞直欲薄云霄！

一废一兴，自有天数。这杨约得了晋王贿赂，要为他转达杨素。每值相见，故作愁态。一日杨素问他：“因甚怏怏？”杨约道：“前日兄长外转，东宫卫率苏孝慈，似乎过执，闻太子道：‘会须杀此老贼！’‘老贼’非兄而谁？愁兄白首，履此危机。”杨素笑道：“太子亦无如我何！”杨约道：“这却不然。太子乃将来人主。倘主上一旦弃群臣[3]，太子即位，便是我家举族所系，岂可不深虑？”杨素道：“据你意，还是谢位避他，还是如今改心顺他？”杨约道：“避位失势，纵顺他，也不能释怨。只有废得他，更立一人，不惟免患，还有大功。”杨素抚掌道：“不料你有这智谋，出我意外！”杨约道：“这还在速，若还迟疑，一旦太子用事，祸无日矣！”杨素道：“我知道还须皇后为内主。”

杨素知隋主最惧内，最听妇人言的，每每乘内宴时，称扬晋王贤孝，挑拨独孤皇后。妇人心肠褊窄浅露，便把晋王好、太子歹，一齐搬将出来。杨素又加上些冷言热语。皇后知他是外庭最信任的，便托他赞成废立，暗地将金宝送来嘱他。杨素初时，还望皇后助他，这时皇后反要他相帮，知事必成。于是不时在隋主前搬斗是非；又日令宦官宫妾乘隙进谗，冷一句，热一句，说他不好的去处。

正是积毁成山，三人成虎。到开皇二十年十月，隋主御武德殿宣诏，废勇为庶人。其子长宁王俨上疏求宿卫，隋主甚有怜悯之意，却又为杨素

---

① 鸩(zhèn)——毒酒。

② 是用——因此。

③ 弃群臣——即“圣上故去”的讳语。

阻住。还有一个五原公元旻① 直谏，一个文林郎杨孝政上书，隋主听信杨素，俱遭刑戮。杨素却快自己的富贵可以长久。到了十一月，撺掇隋主立晋王为太子，以宇文述为东宫左卫率。晋王接着旨意，先具表奏谢，随择吉同萧妃朝见，移居禁苑，侍奉父母，十分孝敬。隋主见他如此，也自欢喜，且按下不题。

却说独孤后的性儿，天生成的奇妒，宫中虽有这宫妃彩女，花一团，锦一簇，隋主只落得好看，那一个得能与他宠幸？不期一日，独孤后偶染些微疾，在宫调理。隋主因得了这一个空儿，带了小内侍，私自到各宫闲耍；在鸡鹊楼前，步了一回，又到临芳殿上立了半晌。见那些才人、世妇、婕好，成行作队，虽都是锦装绣裹，玉映金围，然承恩不在貌，桃花嫌红，李花怪白。看过多时，并无一人当意。信着步儿，走到仁寿宫来，也是天缘凑巧，只见一个少年宫女在那里卷珠帘，见了隋主来，慌忙把钩儿放下，似垂柳般磕了一个头，立将起来，低了眼，斜傍着锦屏风站住。隋主仔细一看，只见那宫女生得花容月貌，百媚千娇，正是：

笑春风三尺花，骄白雪一团玉。
痴疑秋水为神，瘦认梨云是骨。
碧月充作明珰，轻烟剪成罗縠。
不须淡抹浓描，别是内家装束。

隋主见了，不觉心窝里痒将起来，问道："你是几时进宫的，怎么再不见承应？"那宫女见隋主问他，因跪道："贱婢乃尉迟回的孙女，自投入宫，即蒙娘娘发在此处，不许擅自出入，故未曾承应皇爷。"隋主笑道："你且起来，今日娘娘不在，便擅自出入也不妨。"尉迟氏是个伶俐女子，见隋主亲口调他，怎不招揽？便于眉目之间，故做许多动情娇态，引得隋主拴不住心猿，系不住意马，遂走上前，将手搀住，说道："今日相遇，若教错退他，不辜负了这个美貌。"正说间，只见近侍们请回宫进晚膳。隋主道："就在此吃罢！"不多时，排上宴来，隋主就叫尉迟氏侍立同饮。尉迟氏酒量原浅，因隋主十分见爱，勉强吃了几杯，遂留在仁寿宫中宿了。

次日隋主早起临朝，满心畅意道："今日方知为天子的快活！但只怕皇后得知，怎生区处？"却说独孤后虽然有病，那里放心得下，不时差心腹

① 旻(mín)。

宫人打听。早有人来报知这个消息。独孤后听了，怒从心上起，也顾不得自家的身体，带了几十个宫人，恶狠狠的走到仁寿宫来。此时尉迟氏梳洗毕，正在那里验臂上的蜂黄，退了多少。猛看见皇后与一队宫女蜂拥而来，吓得他面如土色，扑碌碌的小鹿儿在心头乱撞，急忙跪下在地。

独孤后进得宫来，脚也不曾站稳，便叫："揣过这个妖狐来！"众宫人那管他柳腰轻脆，花貌娇羞，横拖的乱挽乌云，倒曳的斜牵锦带。生辣辣扯到面前，便骂道："你的妖奴，有何狐媚伎俩，辄敢蛊惑君心，乱我宫中雅化！"尉迟氏战兢兢答道："奴婢乃下贱之人，岂不知娘娘法度，焉敢上希宠幸？也是命合该死，昨晚不期万岁爷，忽然到宫吃夜膳，醉了，就要在宫中留幸。贱婢再三推却，万岁爷只不肯听，没奈何只得从顺。这是万岁爷的意思，与贱婢无干，望娘娘哀怜免死。"

独孤后说道："你这个妖奴，昨夜快活！不知怎么样装娇做俏，哄骗那没廉耻的皇帝。今日却花言巧语，推得这般干净！"喝宫人："与我痛打！"尉迟氏叩头："望娘娘饶命！"独孤后道："万岁爷既这般爱你，你就该求他饶命，为何昨夜不顾性命的受用，今日却来求我？你这样妖奴，我只提防疏了半点，就被你哄骗到手。今日就将你打死，已悔恨迟了，不能泄我胸中之气！怎肯又留一个祸根，为心腹之害！左右为我快快结果他性命！"众宫人听了，一齐下手。可怜尉迟氏娇怯怯身儿，能经甚么摧残？不须利剑钢刀，早已香消玉碎。正是：

入宫得宠亦堪哀，今日残花昨日开。
一夜恩波留不住，早随白骨到泉台！

却说隋主早朝罢，满心想着昨夜的快活，巴不得一步就走到仁寿宫来，与尉迟氏欢聚。及进得宫，那晓得独孤后愁眉怒目，恶刹刹站在一边；尉迟氏花残月缺，血淋淋横在地下。猛然看见，吃了一惊，心中大怒，更不发言，往外便走。恰遇一小黄门牵马而过，隋主便跨上马，从永巷中一直径奔出朝门，逞一愤然之气，欲抛弃天下，奔入山谷中去。幸值高颎出朝见了，抵死上前阻住，叩问何故。隋主只得回马，仍至大殿，召集各官，将独孤后打死尉迟氏女说了一遍，要草诏废斥那老妇。高颎奏道："陛下差矣。陛下焦心劳思，入虎穴，探龙珠，不知费了多少刀兵，方能统一天下，正宜励精图治，以遗子孙，岂可以一妇人而轻视天下乎？"隋主怒犹未息。颎等再三申劝，方始回宫。独孤后病中着恼，又因这一惊，病体愈加沉重；合眼只见尉迟女为厉①,遂成惊痫之疾,日甚一日,不数月而崩。免不得颁诏天下,命所司议定丧葬仪制,一一如礼。后人有诗,专道独孤后之妒云:

夫婴儿兮子奇货,以爱易储移帝座。

莫言身死妒根亡,妒已酿成天下祸。

隋主自独孤后死后,宫帏寂寞,遂传旨于后宫嫔妃才人中选择美丽者进御。自有此旨,宫中人人望幸,个个思恩。谁知三千宠幸,只在一身,如何选得许多。选遍六宫,仅仅选得两个:一个是陈氏,一个是蔡氏。陈氏乃陈宣帝的女儿,生得性格温柔,丰姿窈窕,真个有沉鱼落雁之容,闭月羞花之貌。蔡氏乃丹阳人也,一样风流娇媚。隋主见了,喜不自胜,因说道:"朕老矣!情无所适。今得二卿,足为晚景之娱。"随封陈氏为宣华夫人,蔡氏为容华夫人。二人虽并承雨露,而宣华夫人宠爱尤甚。隋主自此以后,日日欢宴,比独孤后在日更觉适意。

那隋主倒底是个创业皇帝,有些正经:宫中虽然欢乐,而外庭政事无不关心,百官章奏一一详览,常至夜分而寝。一夜正在灯下披阅本章,不觉困倦,隐几而卧,内侍们不敢惊动,屏息以待。隋主朦胧之间,梦见己身独立于京城之上,四远瞻眺,见河山绵邈,心甚快畅。又见城上三株大树,树头结果累累。正看间,耳边忽闻有水声,俯视城下,只见水流汹汹,波涛滚滚,看看高与城齐。隋主梦中吃惊不小,急急下城奔走。回头看时,水势滔天而来。隋主心下着忙,大叫一声,猛然惊醒。左右忙献上茶汤。隋主饮了一杯,方才拭目凝神,细想梦中光景,大非佳兆,乃洪水滔没都城之象,须要加意河防,浚② 治水道,以备不虞③。又想此处如何便有水灾?或者人姓名中有水旁之字的,将来为祸国家,亦未可知;须存心觉察驱除,方保无患。

梦中景象费推求,疑有疑无事可忧。

天下滔滔皆祸水,行看大业付东流!

隋主本是好察禨祥小数、心多嫌忌的。今得此梦,愈加猜疑了。

究竟未知此梦主何吉凶,且听下回分解。

---

① 厉——恶鬼。

② 浚(jùn)——疏通。

③ 虞(yú)——意料,预料。

第 三 回

逞雄心李靖诉西岳 造谶语[1] 张衡危李渊

词曰：

英雄气傲，硬向神灵求吉兆。行雨空中，不真龙也学龙。　流言增忌，危矣唐公偏姓李。仙李盘根，却笑枯杨稊不生。

——右调《减字木兰花》

从来国家吉凶祸福，虽系天命，多因人事；既有定数，必有预兆。于此若能恐惧修省，便可转灾为祥。所谓妖由人兴，亦由人灭。若但心怀猜忌，欲遏乱萌，好行诛杀，因而奸佞乘机，设谋害人，此非但不足以弭患，且适足以酿祸。

却说隋主，因梦洪水淹城，心疑有个水旁名姓之人为祸。时朝中有老臣郕[2] 国公李浑，原系陈朝勋旧，陈亡而降隋，仍其旧爵为郕公。隋主猛然想得："浑字军旁着水，其封爵为郕公，郕者城也，正合水淹城之梦。且军乃兵象，莫非此人便是个祸胎也？但其人已老，又不掌兵权，干不得甚事，除非应在他子孙身上。"因问左右："李浑有几子，其子何名？"左右奏道："李浑长子已亡，止存幼子，小名洪儿。"隋主闻洪儿两字，一发惊疑，想道："我梦中曾见城上有树，树上有果。树乃木也，树上果是木之子也，木子二字，合来正是个李字。今李家儿子的小名，恰好是洪水的洪字，更合我之所梦。此子将来必不利于国家，当即除之。"遂令内侍持手敕至李浑家，将洪儿赐死。李浑逼于君命，不得不从。可怜洪儿无端殒命，举家号哭。后人有诗叹云：

殷高与文王，因梦得良相。
楚襄风流梦，感得神女降。
堪叹隋高祖，恶梦添魔障。

---

① 谶(chèn)语——迷信的人所宣扬的能应验的预言、预兆。

② 郕(chéng)——周时古国名，在今山东宁阳东北。

杀人当禳梦，举动殊孟浪。

隋主以疑心杀了李家之子，此事传播，早惊动了一个姓李的，陡起一片雄心。那人姓李，名靖，字药师，三原人氏；足智多谋，深通兵法，且又弓马娴熟，真个能文能武。幼丧父母，育于外家，其舅即韩擒虎也。擒虎常与他谈兵，赞叹道："可与谈孙吴者，非此子而谁？"时年方弱冠①，却负大志。见隋朝用法太峻，料他国脉必不长久。闻知隋主以梦杀人，暗笑道："王者不死，杀人何益？"又想道："据梦树木生子，固当是个李字；洪水滔天，乃天下混一也。将来有天下者，必是个姓李之人。"因便想到自己身上。

一日，偶有事到华州，路经华山，闻说山神西岳大王甚有灵应。遂具香烛，到庙瞻拜，具疏默祷道：

布衣李靖，不揆② 狂简，献疏西岳大王殿下。靖闻上清下浊，爰③分天地之仪；昼明夜昏，乃著神人之道。又闻聪明正直，依人而行，至诚感神，位不虚矣。伏惟大王嵯峨擅④ 德，肃爽凝威；为灵术制百神，配位名雄四岳；是以立像清庙，作镇金方。遐⑤ 观历代哲王，莫不顺时祭祀。兴云致雨，天实肯从，转孽为祥，何有不赖？于乎靖也，一丈夫尔，何乃进不偶用，退不获安，呼吸若穷池之鱼，行止比失林之鸟，忧伤之心，不能亡已！社稷凌迟，宇宙倾覆，奸雄竞逐，郡县土崩。兹欲建义横行，云飞电扫，斩鲸鲵而清海岳，卷氛祲以辟山河。俾⑥ 万姓昭苏，庶物昌运，即应天顺时之作也。若大宝不可以据望，思欲仗剑谒节，俟飞龙在天，捧忠义之心，倾身济世，吐肝胆于阶下，惟神降鉴。愿示进退之机，以决平生之用。有赛德之时，终陈击鼓。若三问不对，亦何神之有灵？靖当斩大王之头，焚其庙宇，建纵横之略，未为晚也。惟神裁之。

祷罢，试卜一筶⑦，暗祝道："我李靖若有天子之分，乞即赐一圣筶。"将筶

---

① 弱冠——指未成年的男子。古时男子二十行加冠礼，以表成年。

② 揆(kuí)——揣度，度量。

③ 爰(yuán)——于是。

④ 擅(shàn)——拥有。

⑤ 遐(xiá)——远。

⑥ 俾(bǐ)——使。

⑦ 筶(tiáo)——竹制签符。

掷下。却也作怪，那两片筊儿都直立于地。李靖心疑，拾起再一掷，却又依然直立。李靖见了，不觉怒从心起，挺立神前，厉声击桌道："我李靖若无非常之福，天生我身，亦复何用？惟神聪明，有问必答，何故两次问筊，阴阳不分？今我更卜，若不显应明示，定当斩头焚庙。"祝毕再将筊掷下。那筊在地盘旋半晌方定，看时却是个阳筊。李靖暗想道："阳为君象，亦吉兆也。"遂收筊长揖而去。一时在庙之人，见他口出狂言，也有说他亵渎神明的，也有疑他是痴呆的。正是：

燕雀安知鸿鹄志，任他肉眼笑英雄。

且说李靖是夜宿于客店，梦一神人，幞头象简，乌袍角带，手持一黄纸，对李靖道："我乃西岳判官，奉大王之命，与你这一纸。你一生之事都在上。"李靖接来展看，只见上写道：

南国休嗟流落，西方自得奇逢。红丝系足有人同，越府一时跨凤；道地须寻金卯，成家全赖长弓。一盘棋局识真龙，好把尧天日捧。

李靖梦中看了一遍，牢记在心。那判官道："凡事自有命数，不可奢望，亦不须性急；待时而动，择主而事，不愁不富贵也。"言讫不见。李靖醒来，一一记得明白，想道："据此看来，我无天子之分，只好做个辅佐真主之人了。那神道所言，后来自有应验。"自此息了图王夺霸的念头，只好安心待时。正是：

今日且须安蠖屈①，他年自必奋鹏抟。

一日偶因访友于渭南，寓居旅舍。乘着闲暇，独自骑马，到郊外射猎游戏。时值春末夏初，见村农在田耕种，却因久旱，田土干硬，甚是吃力。李靖走得困倦，下马向一老农告乞茶汤解渴。那老农见是个过往客官，不敢怠慢，忙唤农妇去草屋中，煎出一瓯茶来，奉与李靖吃了。李靖称谢毕，仍上马前行。忽见山岩边走出一个兔儿。李靖纵马逐之。那兔东跑西走，只在前面，却赶他不着；发箭射之，那兔便带着箭儿奔走。李靖只顾赶去，不知赶过了多少路，兔儿却不见了。回马转看，不记来路，只得垂鞭信马而行。看看红日沉西，李靖心焦道："日暮途歧，何处歇宿哩！"举目四望，遥见前面林子里，有高楼大厦。李靖道："那边既有人家，且去投宿则

---

① 蠖(huò)屈——即尺蠖(昆虫)。这里是"蠖屈求伸"的缩语。《易·系辞下》："尺蠖之屈，以求信(伸)也。"

个。”遂策马前往。

到得那里看时，乃是一所大宅院。此时已是掌灯时候，其门已闭。李靖下马扣门。有一老苍头① 出问是谁。李靖道：“山行迷路，日暮途穷，求借一宿。”苍头道：“我家郎君他出，只有老夫人在宅，待我入内禀知，肯留便留。”李靖将所骑之马系于门前树上，拱立门外待之。少顷，内边传呼：“老夫人请客登堂相见。”李靖整衣而入。里面灯烛辉煌，堂宇深邃。但见：

画栋雕梁，珠帘翠箔。堂中罗列，无一非眩目的奇珍；案上铺排，想多是赏心的宝玩。苍头并赤足，一行行阶下趋承；紫袖与青衣，一对对庭前侍立。主人有礼，晋接处自然肃肃雍雍；客子何来，投止时不妨信信宿宿。正是潭潭堪羡王侯府，滚滚应惭尘俗身。

那老夫人年可五十余，绿裙素襦，举止端雅，立于堂上。左右女婢数人，也有执巾栉的，也有擎香炉的，也有捧如意的，也有持拂子的，两边侍立。李靖登堂鞠躬晋谒。老夫人从容答礼，请问：“尊客姓氏，因何至此？”李靖通名道姓，具述射猎迷路，冒昧投宿之意，且问：“此间是何家宅院？”老夫人道：“此处乃龙氏别宅。老身偶与小儿居此。今夜儿辈俱不在舍，本不当遽留外客；但郎君迷路来投，若不相留，昏夜安往？暂淹尊驾，勿嫌慢亵。”遂顾侍婢，命具酒肴款客。李靖方逊谢间，酒肴早已陈设，杯盘罗列，皆非常品。夫人拱客就席，自己却另坐一边，命侍婢酌酒相劝。李靖见夫人端庄，侍婢恭敬，恐酒后失礼，不敢多饮，数杯之后，即起身告退。老夫人道：“郎君尊骑，已暂养厩中。前厅左厢，薄设卧榻，但请安寝。倘夜深时，或者儿辈归来，人马喧杂，不必惊疑。”言讫而入。

苍头引李靖到前厅卧所，只见床帐裀褥俱极华美。李靖暗想：“这龙氏是何贵族，却这等丰富，且是待客有礼？”又想：“他家儿子若归来，闻知有客在此，或者要请相见，我且不可便睡。”于是闭户秉烛，独坐以待。因见壁旁书架上堆满书籍，便去随手取几本观看消闲。原来那书上记载的，都是些河神海若及水族怪异之事，俱目所未睹者。

李靖看了一回。约二更以后，忽听得大门外喧传：“有行雨天符到。”又闻里边喧传：“老夫人迎接天符。”李靖骇然道：“如何行雨天符却到他家

---

① 苍头——男仆。

来，难道此物不是人间么？”正疑惑间，苍头叩户，传言老夫人有事相求，请客出见。李靖忙出至堂上。老夫人敛衽而言道：“郎君休惊。此处实系龙宫，老身即龙母也。两儿俱名隶天曹，有行雨之责。适奉天符：自此而西，自西而南，五百里内，限于今夜三更行雨，黎明而止，时刻不得少违。怎奈大小儿送妹远嫁，次儿方就婚洞庭，一时传呼无及；老身既系女流，奴辈又不可专主。郎君贵人，幸适寓宿于此，敢屈台驾，暂代一行，事竣之后，当有薄酬，万勿见拒。”

李靖本是个少年英锐、胆粗气豪的人，闻了此言，略无疑畏，但道：“我乃凡人，如何可代龙神行雨？”老夫人道：“君若肯代行，自有行雨之法。”李靖道：“既如此，何妨相代。”老夫人大喜，即命取一杯酒来。须臾酒至，老夫人递与李靖道：“饮此可以御风雷，且可壮胆。”李靖接酒在手，香味扑鼻，遂一饮而尽，顿觉神气健旺倍常。老夫人道：“门外已备下龙马，郎君乘之，任其腾空而起，必不至于倾跌。马鞍上系一小琉璃瓶儿，瓶中满注清水，此为水母。瓶口边悬着一个小金匙，郎君但遇龙马跳跃之处，即将金匙于瓶中取水一滴，滴于马鬃之上，不可多，不可少。此便是行雨之法，牢记勿误！雨行既毕，龙马自能回走，不必顾虑。”

李靖一一领诺，随即出门上马。那马极高大，毛色甚异。行不数步，即腾起空中，御风而驰，且是平稳，渐行渐高。一霎时间，雷声电光，起于马足之下。李靖全不惧怯，依着夫人言语，凡遇马跃处，即以滴水滴在马鬃上。也不知滴过了几处，天色渐次将明，来到一处，那马又复跳跃。李靖恰待取水滴下，却从曙光中看下面时，正是日间歇马吃茶的所在，因想道：“我亲见此处田土干枯，这一滴水济得甚事？今行雨之权在我，何不广施惠泽？况我受村农一茶之敬，正须多以甘霖报之。”遂一连约滴下二十余滴。

少顷事竣，那马跑回，到得门首，从空而下。李靖下马入门，只见老夫人蓬首素服，满面愁惨之容，迎着李靖道：“郎君何误我之甚也！此瓶中水一滴，乃人间一尺雨；本约止下一滴，何独于此一方连下二十滴？今此方平地水高二丈，田禾屋舍人民都被淹没。老身因轻于托人，已遭天罚，鞭背一百，小儿辈俱当获谴矣！”李靖闻言大惊，一时愧悔局蹐①，无地自容。

---

① 局蹐——畏缩不安。

老夫人道:“此亦当有数存,焉敢相怨?有劳尊客,仍须奉酬,但珠玉金宝之物,必非君子所尚,当另有以相赠。”乃唤出两个青衣女子来,貌俱极美,但一个满面笑容,一个微有怒色。老夫人道:“此一文婢,一武婢,惟郎君择取其一,或尽取亦可。”李靖逊谢道:“靖有负委托,以致相累,方自惭恨,得不见罪足矣,岂敢复叨① 隆惠?”老夫人道:“郎君勿辞,可速取而去。少顷儿辈归来,恐多未便。”李靖想道:“我若尽取二婢,则似乎贪;若专取文婢,又似乎懦。”因指着那武婢对老夫人道:“若必欲见惠,愿得此人。”老夫人即命苍头牵还了李靖所骑之马,又另备一马,与女子乘坐,相随而行。

李靖谢了夫人,出门上马,与女子同行。行不数步,回头看时,那所宅院已不见了。又行数里,那女子道:“方才郎君若并取二女,则文武全备,后当出将入相;今舍文而取武,异日但可为一名将耳!”遂于袖中取出一书,付与李靖道:“熟此可临敌制胜,辅主成功。”举鞭指着前面道:“此去不远,便达尊寓。郎君前途保重。老夫人遣妾随行,非真以妾赠君,正欲使妾以此书相授也。郎君日后自有佳人遇合。妾非世间女子,难以侍奉箕帚②,请从此辞。”李靖正欲挽留,只见那女子拨转马头,那马即腾空而起,倏忽不见。李靖十分惊疑,策马前行,见昨日所过之处,一派大水汪洋,绝无人迹,不胜咨嗟懊悔。寻路回寓,将所赠之书展看,却都是些行兵要诀,及造作兵器车甲的式样与方法。正是:

龙神行雨人权代,赢得滔天水势高。
鞭背天刑甘自受,还将兵法作酬劳。

李靖自得此书之后,兵法愈精,不在话下。

且说那些被大雨淹没的地方,有司申报上官,具本奏闻朝廷。隋主览奏降旨,着所司设法治水,一面赈济被灾的百姓,因想:“我曾梦洪水为灾,如今果然近京的地方,多有水患,我梦应矣!”自此倒释了些疑心。

仁寿元年六月,隋主第三子蜀王秀,因晋王广为太子,心怀不平。太子恐其为患,暗嘱杨素求其过端而谮③ 之。隋主信了谗言,乃召秀还京,即命杨素推治。杨素诬其酷虐害民,奉旨废为庶人,幽之于别宫。那不怕

---

① 叨——谦词,承受。
② 箕帚——代指日常家务。
③ 谮(zèn)——诬陷。

事的唐公李渊又上本切谏。且请将已废太子勇及蜀王秀俱降封小国，不可便斥为庶人。隋主虽不准奏，却也不罪他[①]。只是愈为太子所忌，遂与张衡、宇文述等商议，问他："有何妙计，除却此人？我的东宫安稳，你们富贵可保。"宇文述道："太了若早说要处李渊，可把他嵌在两个庶人党中，少不得一个族灭。如今圣上久知他忠直，一时恐动摇他不得。"张衡道："这却何难！主上素性猜嫌，尝梦洪水淹没都城，心中不悦。前日郕公李浑之子洪儿，圣上疑他名应图谶，暗叫他自行杀害。今日下官，学北齐祖珽杀斛律光故事，布散谣言，浑、渊都从水旁，能不动疑？恐难免破家杀身之害。"太子点头称妙。

谋奸险似蜮，暗里欲飞沙。

世乱忠贞厄，无端履祸芽。

张衡出来暗布流言。起初是乡村乱说，后来街市喧传；先止是小儿胡言，渐至大人传播，都道："桃李子有天下。"又道是："杨氏灭，李氏兴。"街坊上不知是那里起的，巡捕官禁约不住，渐渐的传入禁中[②]。晋王故意启奏道："里巷妖言不祥，乞行禁止。"隋主听了，甚是不悦。连李渊也担了一身干系，坐立不安。但隋主已是先有疑心在了，只思量那李浑身上。

其时，朝中有那诬陷人的小人、中郎将裴仁基上前道："郕公李浑，名应图谶。近因陛下赐死其子，心怀怨恨，图谋不轨。"圣旨发将下来勘问，自有一班附和的人，可怜把郕公李浑强做了谋逆，一门三十二口，尽付市曹[③]。

诚心修德可祈天，信谶淫刑总枉然。

晋鸩牛金秦御虏，山河谁解暗中迁。

李渊却因此略放了心。那张衡用计更狠，又贿赂一个隋主听信的方士安伽陀，道李氏当为天子，劝隋主尽杀天下姓李的。亏得尚书右丞高颎奏道："这谣言有无关系的，有有关系的，有真的，有假的。无关系的，天将雨商羊起舞是了；有关系的，檿弧箕服实亡周国是了。有真的，楚虽三户亡秦必楚，后来楚霸王果亡了秦是了；有假的，高山不推自倒，明月不扶自

---

① 不罪他——即"不认为他（李渊）有过错"。

② 禁中——宫中。

③ 市曹——商店集中的繁华地段，古时常在此行刑。

上，祖珽伪造害了斛律光，遂至亡国是了。更有信谗言的秦始皇，亡秦者胡，不知却是胡亥。晋宣帝牛易马，却是小吏牛与琅琊王妃子私通生元帝。天道隐微，难以意测。且要挽回天意，只在修德，不在用刑，反致人心动摇。圣上有疑，将一应姓李的，不得在朝，不得管兵用事便了。”

此时蒲山公子李密，位为千牛。隋主道他有反相，心也疑他。他却与杨素交厚，杨素要保全李密，遂赞高颎之言，暗令李密辞了官。其时在朝姓李的，多有乞归田的，乞辞兵柄的。李渊也趁这个势乞归太原养病。圣旨准行，还令他为太原府通守，节制西京。这高颎一疏，单救了李渊，也只是个王者不死。

猛虎方逃柙，饥鹰得解绦。
惊心辞凤阕，匿迹向林皋。

此时是仁寿元年七月了。太子闻得李渊辞任，对宇文述道：“张麻子这计极妙，只是枉害了李浑，反替这厮保全身家回去。”宇文述道：“太子若饶得过这厮罢了；若放他不下，下官一计，定教杀却李渊全家性命。”太子笑道：“早有此计，却不消费这许多心思。”宇文述道：“这计只是如今可行。”因附太子耳边说了几句。太子拊掌道：“妙计！事成后将他女口囊橐① 尽以赐卿。只是他也是员战将，未易翦除。”宇文述道：“以下官之计，定不辱命，纵使不能尽结果他，也叫他吃此一吓，再不思量出来做官了。”两人定下计策，要害李渊。

不知性命如何，且听下回分解。

---

① 女口囊(náng)橐(tuó)——指家中女眷及财物。囊、橐，均为袋子。

第　四　回

齐州城豪杰奋身　楂树岗唐公遇盗

诗曰：

知己无人奈若何？斗牛空见气嵯峨。

黯生霜刀奇光隐，尘锁星文晦色多。

匣底铦锋悲自局，水中清影倩谁磨。

华阴奇士难相值，只伴高人客舍歌。

这首诗名为《宝剑篇》，单说贤才埋没，拂拭无人，总为天下无道，豪杰难容。便是有才如李渊，尚且不容于朝廷，那草泽英雄，谁人鉴赏？也只得混迹尘埃，待时而动罢了。况且上天既要兴唐灭隋，自藏下一干亡杨广的杀手，辅李渊的功臣。不惟在沙场上一刀一枪，开他的基业，还在无心遇合处，救他的阽危[①]。这英雄是谁？姓秦，名琼，字叔宝，山东历城人，乃祖是北齐领军大将秦旭，父是北齐武卫大将军秦彝。母亲宁氏生他时，秦旭道："如今齐国南逼陈朝，西连周境，兵争不已，要使我祖孙父子同建太平。"因取一个乳名，叫做太平郎。

却说太平郎，方才三岁时，齐主差秦彝领兵把守齐州。秦彝挈[②]家在任，秦旭护驾在晋阳。不意齐主任用非人，政残民叛。周主出兵伐齐，齐兵大溃。齐主逃向齐州，留秦旭、高延宗把守晋阳，相持许久，延宗城破被擒，秦旭力战死节。史臣有诗赞之曰：

苦战阵云昏，轻生报国恩。

吞吴空有恨，厉鬼誓犹存。

及至齐主到齐州，惧周兵日逼，着丞相高阿那肱协同秦彝坚守，自己驾幸汾州。不数日周兵追至，高阿那肱便欲开门迎降。秦彝道："朝廷恐秦彝兵力单弱，故令丞相同守，如今守逸攻劳，正宜坚拒，以挫敌锋。丞相

---

① 阽(diàn)危——危险。阽，临近。

② 挈(qiè)——携带、带领。

国之大臣，岂可辄生二志？”那肱道：“将军好不见机！周兵之来，势如破竹，并州、邺下多少坚城，不能持久，况此一壁？我受国厚恩，尚且从权，将军何必悻悻？”秦彝道：“秦彝父子，誓死国家！”吩咐部下把守城门，自己入见夫人道：“主上差高阿那肱助我，不意反掣我肘，势大败矣！我誓以死守，图见先人于地下。秦氏一脉托于你。”说未毕，外边报道：“高丞相已开关放周兵入了！”秦彝忙提浑铁枪赶出来，只见周兵似河决一般涌来。秦彝领军虽有数百精锐，如何抵挡得住？杀得血透重袍，疮痍遍体，部下十不存一。秦领军大叫一声道：“臣力竭矣！”手掣短刀，复杀数人，自刎而死。

重关百二片时隤，血战将军志不灰。

城郭可倾心愈劲，化云飞上白云堆。

此时宁夫人收拾了些家资，逃出官衙。乱兵已是填塞街巷，使婢家奴俱各惊散。领了这太平郎，正没摆划，转到一条静僻小巷，家家俱是关着。听得一家有小儿哭声，知道有人在内，只得扣门，却是一个妇人和一个两三岁小孩子在内。说起是个寡妇，姓程，这小孩子叫做一郎，止母子二口，别无他人，就借他权住。乱定了，将出些随身金宝腾换，在程家对近一条小巷中觅下一所宅子，两家通家往来。

此时齐国沦亡，齐国死节之臣谁来旌表？也只得混在齐民之中。且喜两家生的孩子却是一对顽皮，到十二三岁时，便会打断街、闹断巷生事。到后程一郎母子因年荒回到东阿旧居，宁夫人自与叔宝住在历城。

这秦琼长大，生得身长一丈，腰大十围，河目海口，燕颔虎头；最懒读书，只好抡枪弄棍，厮打使拳。在街坊市上好事，打抱不平，与人出力，便死不顾。宁夫人常常泣对他道：“秦氏三世，只你一身，拈枪拽棒，你原是将种，我不禁你，但不可做轻生负气的事，好奉养老身，接续秦家血脉。”故此秦琼在街坊生事，闻母亲叫唤，便丢了回家。人见他有勇仗义，又听母亲训诲，似吴国专诸① 的为人，就叫他做赛专诸。更喜新娶妻张氏，奁②中颇有积蓄，得以散财结交，济弱扶危。

初时交结附近的豪杰：一个是齐州捕盗都头樊虎，字建威；一个是州

① 专诸——春秋时吴国勇士，为伍子胥舍身刺杀吴王僚。

② 奁(lián)中——奁，古代盛放梳妆用品的器具。这里指代张氏的陪嫁。

中秀才房彦藻；一个是王伯当；还有一个开鞭仗行贾润甫。时常遇着，不拈枪弄棒，便讲些兵法。还有过往好汉遇着，彼此通知接待，不止一个。大凡人没些本领，一身把这两个铜钱结识人，人看他做耍子，不肯抬举他。虽有些本领，却好高自大，把些手段压伏人，人又笑他是鲁莽，不肯敬服他，所以名就不起。秦琼若论本领，使得枪射得箭，还有一样独脚武艺：他祖传有两条流金熟铜锏，称来可有一百三十斤。他舞得来，初时两条怪蟒翻波，后来一片雪花坠地，是数一数二的。若论他交结，莫说他怜悯着失路英雄，交结是一时豪杰；只他母亲宁夫人，他娘子张氏，也都有截发留宾、剡荐供马的气概。故此江北地方，说一个秦琼的武艺，也都咬指头；说一个秦琼的做人，心花都开。正是：

才奇海宇惊，谊重世人倾。
莫恨无知己，天涯尽弟兄。

一日，樊虎来见秦琼道："近来齐鲁地面凶荒，贼盗生发，官司捕捉都不能了事。昨日本州刺史，叫我招募几个了得的人，在本郡缉捕。小弟说及哥哥，道哥哥武艺绝人，英雄盖世，情愿让哥哥做都头，小弟作副。刺史欣然，着小弟请哥哥出去。"秦琼道："兄弟，一身不属官为贵。我累代将家，若得志，为国家提一支兵马，斩将搴① 旗，开疆展土，博一个荣封父母，荫子封妻；若不得志，有这几亩薄田，几树梨枣，尽可以供养老母，抚育妻儿。这几间破屋中间，村酒雏鸡，尽可以知己谈笑；一段雄心，没按捺处，不会吟诗作赋，鼓瑟弹琴，拈一回枪棒，也足以消耗他，怎低头向这些赃官府下，听他指挥？拿得贼是他功，起来赃是他的钱。还有咱们费尽心力，拿得几个强盗，他得了钱，放了去，还道咱们诬盗。若要咱和同水密，反害良民，满他饭碗，咱心上也过不去。做他甚么？咱不去！"

樊虎道："哥，官从小大来，功从细积起。当初韩信也只是行伍起身。你不会拈这枝笔，做些甚文字出身，又亡过了先前老人家，又靠不得他门荫，只有这一刀一枪事业，可以做些营生，还是去做的是。"

惭无彩笔夜生花，恃有戈矛可起家。
璞隐荆山人莫识，利锥须自出囊纱。

说话间，只见秦琼母亲走将出来，与樊虎道了万福道："我儿，你的志

---

① 搴(qiān)——拔。

气极大，但樊家哥哥说得也有理。你终日游手好闲，也不是了期。一进公门，身子便有些牵系，不敢胡为；倘然捕盗立得些功，干得些事出来也好。我听得你家公公也是东宫卫士出身，你也不可胶执了。"秦琼是个孝顺人，听了母亲一席话，也不敢言语。次日两个一同去见刺史。这刺史姓刘，名芳声，见了秦琼：

轩轩云霞气色，凛凛霜雪威棱。熊腰虎背势嶙嶒，燕颔虎头雄俊。声动三春雷震，髯飘五绺风生。双眸朗朗炯疏星，一似白描关圣。

刘刺史道："你是秦琼么？你这职事，也要论功叙补。如今樊虎情愿让你，想你也是个了得的人，我就将你两个都补了都头。你须是用心干办。"两个谢了出来。樊虎道："哥，齐州地面盗贼都是响马[①]，全要在脚力可以追赶，这须要得匹好马才好。"秦琼道："咱明日和你到贾润甫家去看。"

次日，秦琼袖了银子，同樊虎到城西，却值贾润甫在家，相见了。樊虎道："叔宝兄新做了捕盗的都头，特来寻个脚力。"贾润甫对叔宝道："恭喜兄补这职事，是个扯钱庄儿，也是个干系堆儿。只恐怕捉生替死，诬盗扳赃，这些勾当，叔宝兄不肯做；若肯做，怕不起一个铜斗般家私？"叔宝道："这亏心事，咱家不做。不知兄家可有好马么？"贾润甫道："昨日正到了些。"两个携手到后槽，只见青骢、紫骝、赤兔、乌骓、黄骠、白骥班的五花虬，长的一丈乌，嘶的，跳的，伏的，滚的，吃草的，咬蚤的，云锦似一片，那一匹不是：

竹披耳峻，风入轻蹄；
死生堪托，万里横行。

那建威看了这些，只拣高大肥壮的道："这匹好，那匹好。"拣定一匹枣骝，叔宝却拣定一匹黄骠。润甫道："且试二兄的眼力。"牵出后槽，建威便跳上枣骝，叔宝跳上黄骠，一辔头放开，烟也似去了。那枣骝去势极猛，黄骠似不经意；及到回来，枣骝觉钝了些，脚下有尘；黄骠快，脚下无尘，且又驯良。贾润甫道："原是黄骠好。"叔宝就买黄骠。贩子要一百两，叔宝还了七十两。贾润甫主张是八十两，贩子不肯，润甫把自己用钱贴去，方买得成，立了契。同在贾润甫家，吃得半酣回家。以后却是亏得这黄骠马的力。

---

① 响马——旧时称劫掠商客前先施放响箭以示豪强的强盗。后泛指强盗。

一日，忽然发下一干人犯，是已行未得财的强盗，律该充军，要发往平阳府泽州潞州着伍。这刘刺史恐有失误，差着樊虎与秦琼二人，分头管解：建威往泽州，叔宝往潞州，俱是山西地方，同路进发。叔宝只得装束行李，拜辞母亲妻子，同建威先往长安兵部挂了号，然后往山西。

游子天涯路，高堂万里心。

临行频把袂，鱼雁莫浮沉。

不说叔宝解军之事。再说那李渊，见准了这道本，着他做河北道行台太原郡守，便似得了一道赦书，急忙叫收拾起身，先发放门下一干人。这日月台丹墀仪门外，若大若小，男男女女，挨肩擦背，屁都挤将出来。唐公坐在滴水檐前，看着这些手下人，怜惜他效劳日久，十分动念，目中垂泪道："我实指望长安做官，扶持你们终身遭际。不料逼于民谣，挂冠回去，众人在我门下的，都不要随我去了。"唐公平昔待人有恩，众人一闻此言，放声大哭，个个十分苦楚。唐公见他们哭得苦楚，眼泪越发滚出来，将袖拂面，忍泪道："你们不必啼哭，难道我今日不做官，将你这些众人赶逐去不成？我有两说在此：有领我田畴耕种的，有店房生意容身的，有在我门下效劳得一官半职的，有长安脚下有甚么亲故的，这几项人都不要随我去了。若没有田畴耕种、店房生理，长安中又举目无亲，这种人留在京中，也没有用处，都跟我到太原去，将高就低，也还过了日子。"这些手下人内，有情愿跟去的，即忙答应道："小的们愿随老爷。"人多得紧，到底不知是那个肯去那个不肯去。唐公毕竟有经纬①，吩咐下边众人："与我分做两班：太原去的，在东边丹墀；长安住的，在西边丹墀。分定立了，我还有话。"唐公口里吩咐，心中暗想道："情愿去的，毕竟不多。"谁料这干人略可抽身的，都愿跟归太原，有立在西丹墀的，还复转到东边去，一立立开，东西两丹墀，约莫各有一半。那些众人在下边纷纷私议：在长安住下的，舍不得老爷知遇之恩；要去时，奈长安城中沾亲带故，大小有前程羁绊、生意牵缠，不得跟去。故此同是一样手下人，那西边人羡东边人，好像即刻登仙的一般。唐公问西丹墀："都是长安住下么？"有几员官上来禀谢道："小人蒙老爷抬举，也有金带前程。"有几个道："小人领老爷钱本房屋。"有几个禀道："小的领老爷田畴耕种，这项钱粮花利，每年赍解到老爷府中公用。"唐公

---

① 经纬——筹划，办法。

听毕，吩咐把卷箱抬出来，不拘男妇老幼，有一名人与他棉布二匹，银子一锭。赏毕又吩咐道："我不在长安为官，你众人越该收敛形迹，守我法度。都要留心切记！"众人叩头去了。唐公又向东边的道："你们这干是随去的了么？"众人都上前道："小的们妻孥[1] 几辈了，情愿跟老爷太原去。"唐公吩咐开一个花名簿，给与行粮银两，不许骚扰一路经过地方，细微物件都要平买平卖。强取民间分文，责究不恕。吩咐了，退入后堂少息。

只见夫人窦氏向前道："今日得回故里，甚是好事，只是妾身怀六甲[2]，此去陆路，不胜车马劳顿，况分娩将及，不若且俄延半月起程。"李渊道："夫人，主上多疑，更有奸人造谤，要尽杀姓李的人，在此一刻，如在虎穴龙潭，今幸得请，死还归故乡死。你不晓得李浑么，他全家要望回去，是登天了！"窦夫人默默无言，自行准备行李。李渊一面辞了同僚亲故，一面辞了朝，自与窦夫人、一个十六岁千金小姐，坐了软车；族弟道宗与长子建成骑了马，随从了四十余个彪形虎体的家丁，都是关西大汉，弓上弦刀出鞘，簇拥了出离长安。

回首长安日远，惊心客路云横。
渺渺尘随征骑，飘飘风弄行旌。

此时中秋天气，唐公趁晴霁出门得早，送的也不多，止有几个相知郊饯。唐公也不敢道及国家之事，略致感谢之意，作别起程。人轻马快，一走早已离京二十余里，人烟稀少。忽见前面陡起一岗，簇着黑丛丛许多树木，颇是险恶：

高岗连野起，古木带云阴。
红绣天孙锦，黄飘佛国金。
林深鸟自乐，风紧叶常吟。
萧瑟生秋意，征人恐不禁。

这地名叫做楂树岗。唐公夫妇坐着轿，行得缓，三四十家丁慢带马，前后左右，不敢轻离。只有道宗与建成赶着几个前站家丁，先行有一二里多路。建成是紫金冠红锦袍，道宗是绿扎巾，面前绣着一朵大牡丹，花纻袍肩上缠有一条大剥古龙金鹘兔带，粉底皂靴。向前走一个落山健，赶入

---

① 妻孥(nú)——妻和儿女。

② 六甲——指妇女怀孕。

林子里来。若是没有这两个先来,唐公家眷一齐进到林子内,一来不曾准备,二来一边要顾行李,一边要顾家眷,也不能两全,少不得也中宇文述之计,喜是这几个先来,打着马儿正走。

这边宇文述差遣扮作响马的人,夤夜[①]出京,等了半日,远远望见一行人入林:一个蟒衣,是个官员模样;一个小哥儿,也是公子模样,断然是唐公家眷。发一声喊,抢将出来,都是白布盘头,粉墨涂脸,人强马壮,持着长枪大刀,口里乱吆喝道:"拿买路钱来!拿买路钱来!"建成此时见了,吃了一吓,踢转马便跑。道宗虽然吃了一惊,还胆大,便骂道:"这厮吃了大虫心狮子胆哩,是罐子也有两个耳朵,不知道洒家是陇西李府里,来阻截道路么?"说罢,拔出腰刀便砍,这几个家丁是短刀相帮。这边建成吓得抱了鞍轿,凭着这马倒跑回来,见了唐公轿子,忙道:"不好了,不好了!前面强盗,把叔爷围在林子里面了!"

喜是翻身离虎穴,谁知失足在龙潭!

唐公听了道:"怎辇毂[②]之下,也有强盗?"便跳下轿来吩咐道:"家丁了得的,分一半去接应,一半可护着家眷车辆,退到后面有人烟处驻扎。"自己除去忠靖冠,换了扎巾,脱去行衣,换了一件箭袖的纻袄;左插弓,右带箭,手中提一枝画杆方天戟,骑了白龙马,带领二十余个家丁,也赶进林子里来。早望见四五十强人,都执器械,围着道宗。道宗与家丁们都拿的是短刀,甚是抵敌不住。唐公欲待放箭,又恐怕伤了自己的人,便纵一纵马,赶上前来,大喝一声道:"何处强人,不知死活,敢来拦截我官员过往么?"这一喝,这干强盗也吃一惊,一闪向两下一分,被唐公带领家丁直冲了进来,与道宗合在一处。这些强人看有后兵接应,初时也觉惊心,及至来不过二十余人,遂欺他人少,况且来时,原是要害唐公,怎见了唐公反行退去?仍旧拈枪弄棒的,团团围将拢来,把唐公并家丁围在垓心。正是:

九里山前列阵图,征尘荡漾日模糊。

项王有力能扛鼎,得脱乌江厄也无?

不知唐公也能挣得出这重围么,且听下回分解。

---

① 夤(yín)夜——深夜。

② 辇毂(niǎn gǔ)——皇帝乘坐的车子。这里指京都的周围。

第五回

秦叔宝途次[①] 救唐公　窦夫人寺中生世子

词曰：

天地无心，男儿有意，壮怀欲补乾坤缺。鹰鹯何事奋云霄？鸾凤垂翅荆榛里。情脉脉，恨悠悠，发双指。　　热心肯为艰危止，微躯拼为他人死。横尸何惜咸阳市，解纷岂博世间名？不平聊雪胸中事，愤方休，气方消，心方已！

——右调《千秋岁引》

天地间死生利害，莫非天数。只是天有理而无形，电雷之怒，也有一时来不及的，不得不借一个补天的手段，代天济弱扶危。

唐公初时也只道[②] 是寻常盗寇，见他到来，自然惊散。不料这些都是宇文述遣的东宫卫士，都是挑选来的精干。且寻常盗贼，不得手便可漫散，这干人遵了宇文述吩咐，不杀得唐公并他家眷，怎么回话！所以都拼命来杀。况是他的人比唐公家丁多了一倍，一个圈把唐公与家丁圈在里边，直杀得：

四野愁云叆叇，满空冷雾飘扬。扑通通鼓炮驱雷，明晃晃枪刀簇浪。将对将，如天神地鬼争功；马邀马，似海兽山彪夺食。骑着的紫叱拨、五花骢、银獬豸、火龙驹、绿骓骢、流金騧、照夜白、玉駒骕、满梢马、的卢马，匹匹是如龙骄骑，飞兔神驹。白色的浪滚万朵梨花，赤色的霞卷千围杏蕊；青色的晓雾连山，黄色的浮云闪日。舞着的松纹刀、桑门剑、火尖枪、方天戟、五明铲、宣花斧、镂金锤、必彦挝、流金挡、倒马毒，件件是凌霜利刃，赛雪新锋。飘飘絮舞万点刀枪，滚滚杨花一团刀影。虹飞电闪，剑戟横空；月转星奔，戈矛耀目。何殊海覆天翻，成个你赢我负。

---

① 次——中间。

② 道——认为，觉得。

战够一个时辰，日已沉西。唐公一心念着家眷，要杀出围来。杀到东，这干强盗便卷到东来；战到西，这干强盗便拥到西了。虽不被伤，却也不得脱身。留下家丁，又以家眷为重，不敢轻易来接应。这唐公早已在危急的时候了。

这也是数该有救。秦叔宝与樊建威自长安解军挂号出来，也到临潼山下楂树岗边经过。听得林中喊杀连天，便跳上高岗一望，见五七十强盗，围住似一起官兵在内。叔宝对建威道："可见天下大荒，山东、河南一望无际，盗贼生发也便罢了。你看都门外，不上数十里之地，怎容得响马猖獗？"樊建威指定唐公道："那一簇困在当中的，不是响马，是捕盗官兵，众寡不敌，被他围在此处，看他势已狼狈了。兄在山东六府，称扬你是赛专诸，难道只在本地方抱不平，今路见不平之事，如何看得过？兄仗平生本领，助他一阵，也见得兄是豪杰大丈夫。"叔宝道："贤弟，我倒有此意，但恐你不肯成全我这件事。"樊建威道："小弟撺掇兄去，甚么反说我不肯成全？"叔宝道："贤弟既如此，你把这几名军犯先下山去，赶到关外，寻下处等我。"樊建威道："小弟在此，还可帮扶兄长，怎到教小弟先去？"叔宝道："小弟一身，尽彀① 开除② 这伙盗贼。你在此帮扶，这几名军犯，谁人管领？"樊建威道："这等，仁兄保重。"便领了这几个军犯先去了。

叔宝按一按范阳毡笠，扣紧了铤带，提着金锏，跨上黄骠马，借山势冲将下来。好似：

猛虎初离穴，咆哮百兽惊。

大喊一声道："响马不要无礼，我来也！"只这一声，好似牙缝里迸出春雷，舌尖上震起霹雳。只是人见他一人一骑，也不慌忙，就是唐公见了，也不信他济得事来。故此这干假强盗，还迷恋着唐公厮杀，眼界中那有一个捕盗公人在黑珠子上？直待秦叔宝到了战场上，才有一二人来支架。战乏的人，遇到了一个生力之人，人既猛勇，器械又重，才交手早把两个打落马下。这番众强盗发一声喊，只得丢了李渊，来战叔宝。这叔宝不慌不忙，舞起这两条锏来。

单举处一行白鹭，双呈时两道飞泉。飘飘密雪向空旋，凛凛寒涛风

---

① 彀——同"够"。

② 开除——除去，收拾。

卷。　　马到也，强徒辟易；锏来也，山岳皆寒。战酣尘雾欲遮天，蛟龙离陷阱，狐兔遁荒阡。

前时这干强徒仗倚着人多，把一个唐公与这些家丁逼来逼去，甚是威风。这番遇了秦叔宝，里外夹攻，杀得东躲西跑，南奔北窜，也有逃入深山里去的，也有闪在林子里的。唐公勒着马，在空处指挥家丁，助叔宝攻击。识势的走得快，逃了性命；不识势的，少不得折臂伤身。弄得这干人：

犹如落叶遭风卷，一似轻冰见日消。

早有一个着了锏坠马的，被家丁一簇，抓到唐公面前。唐公道："你这厮怎敢聚集狐群狗党，惊我过路官员？拿去砍了罢！"这人战战兢兢道："小人不是强盗，是东宫护卫，奉宇文爷将令，道爷与东宫有仇，叫小人们打劫爷。上命差遣，原不干小人们事。"唐公道："我与东宫有何仇？你把来搪塞，希图脱死？本待砍你狗头，怜你也是贫民，出于无奈，饶你去罢！"这人得了命，飞走而去。

唐公看那壮士时，还在那厢恶狠狠觅人厮杀。唐公道："快去请那壮士来相见！"只见一个家丁，一骑赶到，道："家爷请相见。"叔宝道："你家是谁？"家丁道："是唐公李爷。"叔宝兜住马，正在踌躇，只见又是一个家丁赶到，道："壮士快去，咱家爷必有重谢哩！"叔宝听了一个谢字，笑了一笑道："咱也只是路见不平，也不为你家爷，也不图你家谢。"说罢带转马，向大道便走。

生平负侠气，排难不留名。
生死鸿毛似，千金一诺轻。

唐公见家丁请不来壮士，忙道："这原该我去谢他，怎返去请他？这还是我不是了！"吩咐家丁："你们且去趱家眷上来，我自赶上谢他罢！"忙忙带紧缰，随叔宝后边赶来道："壮士且住马，受我李渊一礼。"叔宝只是不理。唐公连叫几声，见他不肯住足，只得又赶道："壮士，我全家受你活命之恩，便等我识一识姓名，报德俟异日何妨？"此时已赶下有十余里。叔宝想："樊建威在前，赶上时，少不得问出姓字，不如对他说了，省得他追赶。"只得回头道："李爷不要追赶了！小人姓秦名琼便是。"连把手摆上两摆，把马加上一鞭，箭也似一般去了。正是：

山色不能传侠气，溪流不尽泻雄心。
功勋未得铭钟鼎，姓字居然照古今。

唐公欲待再追，战久马力已乏，又且一人一骑在道儿上跑，倘有不尽余党乘隙生变，那里更讨壮士出来？只得歇马。但是顺风，加上马銮铃响，刚听得一个琼字，又见他摇手，错认作行五，生生地把一个琼五牢牢刻在心里，不知何日是报恩之日。

放马正要走回，却见尘头起处，一马飞来。唐公道："不好了！这厮们又来了！且莫与他近前，看我手段。"轻拽雕弓，射一箭去，早见那人落马。再看尘头到处，正是自己家眷。唐公正在叙说得琼五救应，杀散贼党，这真是大恩人，两两慰谕。只见几个脚夫与村庄农夫，赶到唐公马前，哭哭啼啼道："不知小人家主何事触犯老爷，被老爷射死？"唐公道："我不曾射死你甚主人！"众人哭道："适才拔下喉间箭，见有老爷名字。"唐公道："哦，适才我与一干强盗相杀方散，恰遇着一人飞马而来，我道是响马余党，曾发一箭，不料就射死是你主人，这也是我误伤。你主人叫甚名字？是何处人？"众人道："小人主人，乃潞州二贤庄上人。姓单① 名道，表字雄忠，在长安贩缎回来到此。"唐公道："死者不能复生，叫我也无可奈何了。便到官司也是误伤，不过与些埋葬。你家还有甚人？"众人道："还有二员外单通，表字雄信。"唐公道："这等，你回家对你二员外说：我因剿盗，误伤你主人，实是错误。我如今与你银子五十两，你从厚棺敛，送回乡去。待我回籍时，还差官到潞州，登堂吊孝。"安慰了一番。自古道："穷不与富斗，富不与官斗。"况在途路之中，众人只得隐忍，自行收拾。

唐公说便如此说，却十分过意不去，心灰意懒，又与这干人说了半晌，却因此耽延，不得出关。离长安六十里之地，没有驿递，只有一座大寺，名叫永福寺。唐公看家眷众多，非民间小户可留，只得差人到寺中，说要暂借安歇。

本寺住持名为五空，闻知忙忙撞钟擂鼓，聚集众僧，山门外迎接。一边着行童打扫方丈，收拾厨房；一面着了袈裟，手执信香，率领合寺僧众，出寺迎接。唐公吩咐家眷车辆暂停寺外，自己先入寺来。但见：

千年坚固台基，万岁峥嵘殿宇。山门左右，那风调雨顺四天王；佛殿居中，坐过去未来三大士。绮丽朱牖，雕刻成细巧葵榴；赤壁银墙，彩画就浓山淡水。观音堂内，古铜瓶插朵朵金莲；罗汉殿中，白玉盏盛莹

---

① 单（shàn）。

莹净水。山猿献果，闻金经尽得超升；野鹿衔花，听法语脱离业障。金光万道侵云汉，瑞气千条锁太空。

后人有诗赞之曰：

佛殿龙宫碧玉幢，人间故号作清凉。
台前瑞结三千丈，室内常浮百万光。
劫火炼时难毁坏，罡风吹处更无伤。
自从开辟乾坤后，累劫常留在下方。

走至殿上，左右放下胡床，僧人参谒了唐公。着令引领家丁，向方丈相视，附近僧房，俱着暂行移开，然后打发家眷进来，封锁了中门。自己在禅堂坐住，因想："若是强人，既经挫折，不复敢来。恐果是东宫所遣，倘或不肯甘心，未免再至。"故此吩咐家丁，内外巡哨，以防不虞。自己便服带剑，在灯下观画。不知这干人在山林里，抹去粉墨，改换装束，会得齐，傍晚进城，如何能复来？就是宇文述与太子，一计不成，已是乏趣；喜得李渊不知，不成笑话。况且这干人回话，说杀伤他多少家丁，杀得李渊如何狼狈，道把他奚落这一场，也可消恨，把这事也竟丢开。

但唐公是惊弦之鸟，犹自不敢放胆。坐到二更时候，欠伸① 之际，忽闻得异香扑鼻。忙看几前博山炉中，已烟消火冷。奇是始初还觉得微有氤氲，到后越觉得满堂馥郁。着人去看佛殿上，回报炉中并不曾有香。唐公觉是奇异，步出天井，只见景星庆云，粲然于天；祥霞缭绕，瑞雾盘旋。在禅堂后面，原来是紫微临凡，未离兜率②，香气满天，已透出母胎来了。正仰面观看时，忽守中门家丁报夫人分娩二世子了。时仁寿元年，八月十六日子时也。唐公忙着隔门传语问安否时，回复是因途中闻有强人阻截，不免惊心，后来因遇强人，吩咐退回有人烟处驻扎，行急了不免又行震动，遂致分娩，喜得身子平安，唐公放了心。

捱到天明，唐公进殿参礼如来。家丁都进禅堂，回风③ 叩头问安。住持率僧人具红手本贺喜。唐公道："寄居分娩，污秽如来清净道场，罪归下官，何喜可贺？"随命家丁取银十两，给与住持，着多买沉檀速降诸香，各

---

① 欠伸——即"欠身"。

② 兜率——佛教用语，欲界六天中的第四重。是知足、妙足的意思。

③ 回风——旧时高官升堂前，吏役报告准备妥当的一个程式。

殿焚烧，解除血光污秽。又对住持道："我本待即行起身，怎奈夫人初分娩，不耐途路辛苦，欲待借你寺中再住几时，何如？"住持禀道："敝寺荒陋，不堪贵人居止。喜是宽敞，若老爷居住，不妨待夫人满月。"唐公道："只恐取扰不当。"吩咐家丁，不得出外生事及在寺骚扰。又对住持道："我观此寺，虽然壮丽，但不免坍颓处多，我意欲行整理。"住持道："僧人久有此意，但小修也得千金，重修不下万两，急切① 不得大施主，就是常蒙来往老爷，写有缘簿，一时僧人不敢去催逼，以此不敢兴工。"唐公道："我便做你个大施主，也不必你来催我，一到太原，即着人送来。"随即研墨，饱渗霜毫。住持忙送上一个大红织金纻丝面的册页。唐公展开，写上一行道："信官李渊，喜助银一万两，重建永福寺，再塑合殿金身。"这些和尚伸头一张，莫不咬指吐舌，在那边想："不知是那一个买办木料，那个监工，少可有加一二头除。"有的道："你看如今一厘不出的，偏会开缘簿，整百千写下，那会见拿一钱来？到兴建时寻个护法，还要大块拱他，陪堂管家都有需索。莫说一万，便拿这五百来，那个敢去催他找足？"胡猜了一会。次早寻了四盘香，请唐公各殿焚香，撞钟擂鼓，好不奉承。自此唐公每日在寺中住坐，只待夫人满月启行。

未知后事如何，且听下回分解。

---

① 急切——着急，忧虑。

第 六 回

五花阵柴嗣昌山寺定姻　一蹇囊[①] 秦叔宝穷途落魄

诗曰：

沦落不须哀，才奇自有媒。

屏联孔雀侣，箫筑凤凰台。

种玉成佳偶，排琴是异材。

雌雄终会合，龙剑跃波来。

世间遇合，极有机缘，故有意之希求，偏不如无心之契合。

唐公是隋室虎臣，窦夫人乃周朝甥女。隋主篡周之时，夫人只七岁，曾自投床下道："恨不得生为男子，救舅氏之难。"原是一对奇夫妇，定然产下英物。他生下一位小姐，年当十六岁，恰似三国时孙权的妹子、刘玄德夫人，不喜弄线拈针，偏喜的开弓舞剑。故此唐公夫妇也奇他，要为他得一良婿。当时求者颇多，唐公都道庸流俗子，不轻应允。却也时时留心。

松柏成操冰玉姿，金闺有女恰当时。

惊凤不入寻常队，肯逐长安轻薄儿？

此时在寺中，也念不及此，但只是终日闲坐，又无正事关心，更没个寮友攀谈，只有个道宗说些家常话，甚觉寂寞。况且是个尊官，一举一动，家丁便来伺候，和尚都来打听，甚是拘束。耐了两日，只得就僧寮香积，随喜一随喜。欲待看他僧人多少，房屋多少，禅规严不严，功课勤不勤的意思。不料篱笆隔扇缝中，不时有个小沙弥窥觑唐公举动。唐公才向回廊步去，密报与住持五空知道。

五空轻步，随着唐公后边，以备答问。转到厨房对面，有手下道人，大呼小叫，住持远远摇手。唐公行到一所在，问："此处庭院委曲，廊庑洁净，是甚么去处？"住持道："这是小僧的房，敢请老爷进内献茶。"唐公见和尚曲致殷勤，不觉的步进清舍，却不是僧人的卧房，乃一净室去处，窗明几

---

① 蹇(jiǎn)囊——蹇，困苦，不顺利。此处指囊中无钱财的尴尬、寒酸。

净，果然是一尘不染，万缘俱寂。五空献过了茶，推开槅子，紧对着舍利塔，光芒耀目，真乃奇观，复转身看屏门上，有一联对句：

宝塔凌云一目江天这般清净

金灯代月十方世界何等虚明

侧旁写着"汾河柴绍薰沐手拜书"。唐公见词气高朗，笔法雄劲，点头会心，问住持道："这柴绍是甚么人？"住持道："是汾河县礼部柴老爷的公子，表字嗣昌。在寺内看书，见僧人建得这两个小房，书此一联，以赠小僧，贴在屏门上。来往官府，多有称赞这对联的。"唐公点头而去，对住持道："长老且自便。"

唐公回到禅堂。是晚月明如画，唐公又有心事的人，停留在寺，原非得已，那里便肯安息？因步松阴，又到僧房，问："住持曾睡也未？"五空急忙应道："老爷尚未安置，小僧焉敢就寝？"唐公道："月色甚好，不忍辜负清光。"住持道："寺旁有一条平冈，可以玩月。请老爷一步何如？"唐公道："这却甚妙。"住持叫小厮掌灯前走。唐公道："如此好月，灯可不必。"住持道："怕竹径崎岖，不便行走。"唐公道："我们为将出征，黑地里常行山径；这尺来多路，便有花阴竹影，何须用灯？只烦长老引路，不必下人随从。"住持奉命，引领行走。不往日间献茶去处，出了旁边小门，打从竹径幽静所在，步上土冈。见一月当空，片云不染；殿角插天，塔影倒地。又见远山隐隐，野树蒙蒙，人声皆空，村犬交吠，点缀着一派夜景。唐公观看一会，正欲下冈，只见竹林对过，灯火微红，有吟诵之声。唐公问道："长老诵晚功课么？"住持道："因夫人分娩，恐怕贵体虚弱，传香与徒子法孙，暂停晚间功课。"唐公点头。步转冈湾，却又敞轩几间。唐公便站住了脚，问道："这声音又不是念经了？"住持道："这就是柴公子看书之所。老爷日间所见的对联，就是他写的。"唐公听他声音洪亮，携了住持的手，轻轻举步，直到读书之所。窗隙中窥视，只见灯下坐着一个美少年，面如傅粉，唇若涂朱；横宝剑于文几，琅琅念诵，却不是孔孟儒书，乃是孙吴兵法。念拔拔剑起舞，有旁若无人之状。舞罢按剑在几，叫声："小厮柴豹取茶来！"

一片英雄气，幽居欲问谁？

青萍是知己，弹铗寄离奇。

唐公听见，即便回身下阶，暗喜道："时平尚文，世乱用武。当此世界，念这几句诗云子曰，当得甚事？必如这等兼才，上马击贼盗，下马草露布，方雅称吾女。且我有缓急，亦可相助。”走过廊庭，随对住持道：“吾观此子，一貌非凡，他日必有大就。我有一女，年已及笄①，端重寡言，未得佳婿，欲烦长老权为媒妁，与此子结二姓之好②。”住持恭身答道：“老爷吩咐，僧人当执伐柯③ 之斧。明早请柴公子来见老爷，老爷看他谈吐便知。”唐公道：“这却极妙。”唐公回到禅堂，僧亦辞别回去。

明日清晨，五空和尚有事在心，急忙爬起，洗面披衣，步到柴嗣昌书房里来。公子道：“长老连日少会。”住持道：“小僧连日陪侍唐公李老爷，疏失了公子。”柴公子道：“李公到此何事？”住持道：“李老爷奉圣旨钦赐驰驿回乡。十五日到寺，因夫人分娩在方丈，故此暂时住下，候夫人身体康健，才好起马。”公子道：“我闻唐公素有贤名，为人果是如何？”住持道：“贫僧见千见万，再不见李老爷这样好人。因夫人生产在此，血光触污净地，先发十两银子，吩咐买香各殿焚烧。又取缘簿施银万两，重建寺院，再整山门。昨日午间，到小僧净室献茶，见相公所书对联，赞不绝口；晚间同小僧步月，听得相公读书，直到窗外看相公一会。”公子道：“甚么时候了？”住持道：“是公子看书将罢，折剑起舞的时节。”公子道：“那时有一更了。”住持道：“是时有一鼓了。”公子道：“李公说甚么来？”住持道：“小僧特来报喜。”公子道：“甚么喜事！”住持道：“李老爷有郡主，说是一十六岁了，端重寡言，未得佳婿。教小僧执伐柯之斧，情愿与公子谐二姓之好。”公子笑道：“婚姻大事，未可轻谈；但我久仰李将军高名，若在门下，却也得时时亲近请教，必有所益，也是美事。”住持道：“如今李老爷，急欲得公子一见，就请到佛殿上，见他一面如何？”公子道：“他是个大人长者，怎好轻率求见？明日备一副贽④ 礼，才好进拜。”住持道：“他渴慕相公，不消贽礼，小僧就此奉陪相公一往。”公子道：“既如此，我就同你去。”公子换了大衣，住持引到佛殿，拜见了唐公。

唐公见了公子，果然生得：

眉飘偃月，目炯曙星。鼻若胆悬，齿如贝列。神爽朗，冰心玉骨；气

---

① 及笄(jī)——古代女子到十五岁就把头发用笄(簪子)簪起来，表示已成年。

② 二姓之好—— 春秋时，秦晋两国世结婚姻，后亦称联姻为“秦晋之好”。

③ 伐柯——古时称为人作媒为“伐柯”，也作“执柯”、“作伐”。

④ 贽(zhì)——旧时初次求见人时所带的礼物。

轩昂，虎步龙行。锋藏锷敛，真未遇之公卿，善武能文，乃将来之英俊。唐公要待以宾礼，柴嗣昌再三谦让，照师生礼坐了。唐公叩他家世，叙些寒温。嗣昌娓娓清谈，如声赴响。唐公见了，不胜欣喜，留茶而出，遂至方丈与夫人说知。夫人道："此子虽你我中意，但婚姻系百年大事，须与女儿说知方妥。"唐公道："此事父母主之，女孩儿家，何得专主？"夫人道："非也！知子莫若父，知女莫若母。我这女儿，不比寻常女儿。我看他平昔间，每事有一番见识，有一番作用，与众不同。我如今去与他说明，看他的意思。他若无言心允，你便聘定他便了；若女儿稍有勉强，且自消停几时。量此子亦未必就有人家招他为婿，且到太原再处。"唐公道："既如此说，你去问他，我外边去来。"说了走出方丈外去了。

夫人走进明间里来，小姐看见接住了。夫人将唐公要招柴公子的话，细细与小姐说了一遍。小姐停了半晌，正容答道："母亲在上，若说此事，本不该女儿家多口；只是百年配合，荣辱相关，倘或草草，贻悔何及？今据父亲说，貌是好的，才是美的；但如今世界止凭才貌，不足以勘平祸乱，如遇患难，此辈咬文嚼字之人，只好坐以待毙，何足为用？"夫人接口道："正是你父亲说，公子舞得好剑。月下看他，竟似白雪一团，滚上滚下，量他也有些本领。"小姐见说，微微笑道："既如此说，待孩儿慢慢商酌，且不必回他，俟两日后定议，何如？"夫人见说，出来回复了唐公。

小姐见夫人去了，左思右想，欲要自己去偷看此生一面，又无此礼；欲要不看，又恐失身匪偶①，心上狐疑不决。只见保母许氏走到面前说道："刚才夫人所言，小姐主意何如？"小姐道："我正在这里想。"许氏道："此事何难？只消如此如此，赚他来较试一番才能便见了。"小姐点头色喜。正是：

银烛有光通宿燕，玉箫声叶彩鸾歌。

却说柴公子自日间见唐公之后，想唐公待他礼貌谦恭，情意款洽，心中甚喜。想到婚姻上边，因不知小姐的才貌，又未知成与不成，到付之度外。其时正在灯下看书，只见房门呀的一声，推进门来。公子抬头一看，却是一个眼大眉粗身长足大的半老妇人。公子立起身来问道："你是何人？到此何干？"妇人答道："我是李府中小姐的保母，因老爷夫人要聘公

---

① 匪偶——即"非偶"，不该成为配偶的人。

子东床坦腹[1];但我家小姐不特[2] 才貌双绝,且喜读孙吴兵法,六韬三略,无不深究其奥,誓愿嫁一个善武能文、足智多谋的奇男子。日间老爷甚称公子的才貌,又说公子舞得好剑,故着老身出来致意公子:如果有意求凰,不妨定更之后,到回廊转西观音阁后菜园上边,看小姐排成一阵。如公子识得此阵,方许谐秦晋。”公子见说,欣然答应道:“既如此说,你去,到更余之后,你来引我去看阵何如?”许氏见说,即便出门。

公子用过夜膳后,听街上的巡兵起了更[3] 筹;庭中月色,比别夜更加皎洁。读了一回兵书,又到庭前来看月,不觉更筹已交二鼓。公子见婆子之言,或未必真,欲要进去就枕,蓦地里咳嗽一声,刚才来的保母远远站立,把手来招。公子叫柴豹箧中取出一副绣龙扎袖穿好,把腰间丝絛收紧,带了宝剑。叫柴豹锁上了门跟了,同保母到菜园中来。

原来观音阁后有绝大一块荒芜空地,尽头一个土山,紧靠着阁后粉墙,旁有一小门出入。公子看了一回,就要走进去。许氏止住道:“小姐吩咐,这两竿竹枝,是算比试的辕门。公子且稍停站在此间,待他们摆出阵来,公子看便了。”公子应允,向柴豹附耳说了几句。只见走出一个女子来,乌云[4] 高耸,绸袄短衣;头上凤钗一枝,珠悬罩额,臂穿窄袖;执着小小令旗一面,立在土山之上。公子问道:“这不是小姐么?”许氏道:“小姐岂是轻易见的?这不过小姐身边侍儿女教师,差他出来摆阵的。”话未说完,只见那女子把令旗一招,引出一队女子来:一个穿红的,夹着一个穿白的;一个穿青的,夹着一个穿黄的。俱是包巾扎袖,手执着明晃晃的单刀,共有一二十个妇女。左盘一转,右旋一回,一字儿的排着。许氏道:“公子识此阵否?”公子道:“此是长蛇阵,何足为奇!”只见那女子又把令旗一翻,众妇女又四方兜转,变成五堆,一堆妇女四个,持刀相背而立。公子仔细一看,只见:

红一族,白一族,好似红白雪花乱舞玉。青一团,黄一团,好似青黄

---

① 东床坦腹——女婿的代称。晋太尉郗鉴选中坦腹东床的王曦之作女婿,典出《晋书·王曦之传》。

② 不特——不仅,不但。

③ 更(gēng)——古时夜间计时报更用的竹签。

④ 乌云——指代乌黑的头发。

莺燕翅翩跹。错认孙武子教演女兵，还疑顾夫人排成御寇。

公子见妇女一字儿站定。许氏道："公子识此阵否？"公子看了笑道："如今又是五花阵了。"许氏道："公子既识此阵，敢进去破得阵，走得出，方见你的本事。"公子道："这又何难？"忙把衣襟束起，掣开宝剑杀进去。

两旁女子看见，如飞的六口刀，光闪闪的砍将下来。公子急忙把剑招架。那五团妇女见公子投东，那些女子即便挡住，裹到东来；投西，他们也就拥着，止住去路。论起柴公子的本领，这一二十个妇女，何难杀退？一来，刀剑锋芒，恐伤损了他们，不好意思；二来，一队中有一个女子，执着红丝锦索，看将要退时，即便将锦索掷起空中，拦头的套将下来，险些儿被他们拖翻，故此只好招架，未能出围。公子站定一望，只见阁下窗外挂着两盏红灯，中间一个玉面观音，露着半截身儿站着。那土山上女子，只顾把令旗展动，公子掣开宝剑，直抢上土山来。那女子忙将令旗往后一招，后边钻出四五个皂[①] 衣妇女，持刀直滚出来，五花变为六花。公子忙舞手中剑，遮护身体，且走且退，将到竹枝边出围。那五团女子，如飞的又跟上来，四五条红锦套索半空中盘起。公子正在危急之时，只得叫："柴豹那里？"柴豹听见，忙在袖中取出一个花爆，点着火向妇人头上悬空抛去。众女只听得头上一声炮响，星火满天。公子忙转身看时，只听得飕的一声，正中柴公子巾帻[②]。公子取来月下一看，却是一枝没镞[③] 的花翎箭，箭上系着一个小小的彩球。公子看内时，不特阁上美人已去，窗棂紧闭，那些妇人形影俱无。听那更筹，已打四鼓。主仆二人，疾忙归到书斋安寝。

不多时鸡声唱晓，红日东升。柴公子正在酣睡之中，只听得叩门声响。柴豹开门看时，却是五空长老，引到榻前，对主子说："今早李老爷传我进殿去，说要择吉日，将金币聘公子为婿。"柴嗣昌父母早亡，便将家园交与得力家人，就随唐公回至太原就亲。后来唐公起兵伐长安时，有娘子军一支，便是柴绍夫妻两个，人马早已从今日打点下了。

云簇蛟龙奋远扬，风资虎豹啸林廊。
天为唐家开帝业，故教豪杰作东床。

---

① 皂——黑色。

② 帻(zé)——包头发的巾。

③ 镞(zú)——箭头。

不提唐公回至太原，却说叔宝自十五日，就出关赶到樊建威下处。建威就问："抱不平的事，却如何结局了？"叔宝一一回答，建威不胜惊愕。次日早饭过，匆匆的分了行李，各带犯人二名，分路前去。樊建威投泽州，秦叔宝进潞州。到州前见公文下处门首有系马桩，拴了坐下黄骠马，将两名人犯带进店来。主人接住，叔宝道："主人家，这两名人犯，是我解来的，有谨慎的去处，替我关锁好了。"店主答道："爷若有紧要事，吩咐小人，都在小人身上。"秦叔宝堂前坐下，吩咐店主："着人将马上行李搬将来，马拆鞍辔①，不要揭去那软替，走热了的马，带了槽头去吃些细料。干净些的客房，出一间与我安顿。"店主摊浪道："老爷，这几间房，只有一间是小的门面，容易不开②；只等下县的官员府中公干，才开这房与他居住。爷要洁净，开上房与爷安息罢。"叔宝道："好。"

主人掌灯搬行李进房，摆下茶汤酒饭。主人尽殷勤之礼，立在膝旁斟酒，笑堆满面："请问相公爷高姓，小的好写账。"叔宝道："你问我么？我姓秦，山东济南府公干，到你府里投文。主人家你姓什么？"主人道："秦爷，你不曾见我小店门外招牌？是'太原王店'。小人贱名，就叫做王示，告示的示字。"秦叔宝道："我与你宾主之间，也不好叫你的名讳。"店主笑道："往来老爷们，把我示字颠倒过了，叫我做王小二。"叔宝道："这也是通套的话儿。但是③ 开店的，就叫做小二；但是做媒的，就叫做王婆。这等我就叫你是小二哥罢！我问你，蔡太爷领文投文有几日耽搁？"小二道："秦爷没有耽搁。我们这里，蔡太爷是一个才子，明日早堂投文，后日早堂就领文。爷在小店，只有两日停留。怕秦爷要拜望朋友，或是买些什物土仪人事，这便是私事耽搁，与衙门没有相干。"叔宝问了这些细底，吃过了晚饭，便闭门睡了。

明日绝早起来，洗面裹巾，收拾文书，到府前把来文挂号。蔡刺史升堂投文，人犯带见，书吏把文书拆于公案上。蔡刺史看了来文，吩咐禁子松了刑具，叫解户领刑具，于明日早堂候领回批。蔡刺史将两名人犯，发在监中收管，这是八月十七日早堂的事。叔宝领刑具，到下处吃饭，在街

---

① 鞍辔(pèi)——马鞍与嚼子。

② 容易不开——这里"不轻易开"的意思。

③ 但是——只要是。但、只。

坊宫观寺院玩了一日。

十八日清晨，要进州中领文。日上三竿，巳牌的时候，衙门还不曾开，出入并无一人，街坊净悄。这许多大酒肆，昨日何等热闹，今日却都关了；吊闼板不曾挂起，门却半开在那里。叔宝进店，见柜栏里面几个少年玩耍。叔宝举手问道："列位老哥，蔡太爷怎么这早晚[①]不坐堂？"内中有一少年问道："兄不是我们潞州声口？"叔宝道："小可[②]是山东公干来的。"少年道："兄这等不知太爷公干出去了？"叔宝道："那里去了？"少年道："并州太原去了。"叔宝道："为甚么事到太原去？"少年道："为唐国公李老爷，奉圣旨钦赐驰驿还乡，做河北道行台，节制河北州县。太原有文书，知会属下府州县道首领官员。太爷三更天闻报，公出太原去贺李老爷了。"叔宝心中了然明白：就是我临潼山救他的那李老爷了。再问："老兄，太爷几时才得回来？"少年道："还早。李老爷是个仁厚的勋爵，大小官员去贺他，少不得待酒，相知的老爷们遇在一处，还要会酒；路程又远，多则二十日，少要半个月才得回来。"叔宝得了这个信，再不必问人，回到寓中，一日三餐，死心塌地，等着太守回来。

出外的人，下处就是家里一般，日间无事，只好吃饭而已。但叔宝是山东豪杰，顿餐斗米，饭店上能得多少钱粮与他吃？一连十日，把王小二一付本钱，都吃在秦琼肚里了。王小二的店，原是公文下处，官不在家，没人来住，招牌灯笼都不挂出去。王小二在家中，与妻计较道："娘子，秦客人是个退财[③]白虎星[④]。自从他进门，一个官就出门去了，几两银子本钱，都葬在他肚皮里了。昨日回家来吃些中饭，菜蔬不中用，就捶盘掷盏起来。我要开口问他取几两银子，你又时常埋怨我不会说话，把客人都恶失[⑤]到别人家去了。如今到是你开口问他要几两银子，女人家的说话就重些，他也担待了。"王小二的妻柳氏，最是贤能，对丈夫道："你不要开口。入门休问荣枯事，观看容颜便得知。看秦爷也不是少饭钱的人。是我们

---

① 早晚——这里指"晚"。明清语言中多有这类偏义复合词。

② 小可——对自己的谦称。

③ 退财——"退"与"进"相对。这里是妨碍了生意的意思。

④ 白虎星——星相中的凶神。

⑤ 恶(wù)失——恶，反感厌恶。失，流失。

潞州人，或者少得银子。他是山东人，等官回来，领了批文，少不得算还你店账。”

又捱了两日，难过了，王小二只得自家开口。正值秦叔宝来家吃中饭。小二不摆饭，自己送一钟暖茶到房内，走出门外，傍着窗边，对着叔宝陪笑道：“小的有句话说，怕秦爷见怪。”叔宝道：“我与你宾主之间，一句话怎么就怪起来。”小二道：“连日店中没生意，本钱短少，菜蔬都是不敷的。意思要与秦爷预支几两银子儿用用，不知使得也使不得?”叔宝道：“这是正理，怎么要你这等虚心下气？是我忽略了，不曾取银子与你，不然那里有这长本钱供给得我来？你跟我进房去，取银子与你。”王小二连声答应，欢天喜地，做两步走进房里。叔宝床头取皮挂箱开了，伸手进去拿银子，一双手就像泰山压住的一般，再拔不出了。正是：

床头黄金尽，壮士无颜色。

叔宝心中暗道：“富贵不离其身，这句话原不差的。如今几两盘费银子，一时失记，被樊建威带往泽州去了，却怎么处?”叔宝的银子，为何被樊建威带去了呢？秦叔宝、樊建威两人，都是齐州公门豪杰；点他二人解四名军犯，往泽州潞州充伍。那时解军盘费银两，出在本州库吏人手的，晓得他二人平素交厚，又是同路差使。二来又图天平法马讨些便宜，一处给发下来，放在樊建威身边用。长安又耽搁了两日，及至关外，匆匆的分路行李。他两个都不是寻常的小人，把这几两银子放在心上的。行李文书件色分开，只有银子不曾分开，故此盘费银两都被樊建威带往泽州去了。连秦叔宝还只道在自己身边一般，总是两个忘形之极，不分你我，有这等事体出来。一时许了王小二饭银，没有得还的，好生局促①！一个脸登时胀红了。那王小二见叔宝只管在挂箱内摸，心上也有些疑惑：“不知还是多在里头，要拣成块头与我？不知还是少在里头，只管摸了去?”不知此时叔宝实难区处。

毕竟如何回答王小二，且听下回分解。

---

① 局促——尴尬。

第　七　回

蔡太守随时行赏罚　王小二转面起炎凉[①]

诗曰：

金风瑟瑟客衣单，秋蛩唧唧夜生寒。

一灯影影焰欲残，清宵耿耿心几剜。

天涯游子惨不欢，高堂垂白空倚阑。

囊无一钱羞自看，知己何人惜羽翰。

东望关山泪雨弹，壮士悲歌行路难。

常言道："家贫不是贫，路贫愁煞人。"

叔宝一时忘怀，应了小二；及至取银，已为樊建威带去。汉子家怎么复得个"没有"？正在着急，且喜摸到箱角里头，还有一包银子。这银子又是那里来的？却是叔宝的母亲，要买潞州绸做寿衣，临行时付与叔宝的，所以不在朋友身边。叔宝只得取将出来，交与王小二道："这是四两银子在这里，且不要算账，写了收账罢。"王小二道："爷又不去，算账怎的？写收账就是了。"王小二得了这四两银子，笑容满面，拿进房去，说与妻子知道："还照旧服侍。"只是秦叔宝的怀抱，那得开畅？囊橐已尽，批文未领，倘官府再有几日不回，莫说家去欠缺盘缠，王小二又要银子，却把甚么与他？口中不言，心里焦闷，也没有情绪到各处玩耍，吃饱了饭，镇日靠着挡众儿[②]呆呆的望。正是：

人逢喜事精神爽，闷向心来瞌睡多。

又等了两三日，蔡刺史到了。本州堂官摆道，大堂传鼓下，四衙与本州应役人员都出郭迎接。叔宝是公门中当差的人，也跟着众人出去。到十里长亭，各官都相见，各项人都见过了。蔡太守一路辛苦，乘暖轿进城门。叔宝跟进城门，事急无君子，当街跪下禀道："小的是山东济南府解

---

① 炎凉——气候的热与冷。常比喻人情世态、亲朋的反复无常。

② 挡众儿——衙门前的栅栏。

户,伺候老爷领回批。”刺史陆路远来,轿内半眠半坐,那里去答应领批之人?轿夫皂快,狐假虎威,喝道:“快不起来!我们老爷没有衙门的,你在这里领批?”叔宝只得起来了,轿夫一发走得更快了。叔宝暗想道:“在此一日,连马料盘费要用两方银子。官是辛苦了来的,倘有几日不坐堂,怎么了得?”做一步赶上前去,意思要求轿上人慢走,跪过去禀官。自己不晓得力大,用左手在轿扛上一拖,轿子拖了一侧,四个抬轿的,四个扶轿的,都一闪支撑不住;还是刺史睡在轿里,若是坐着,就一交跌将出来。那时官就发怨道:“这等无礼!难道我没有衙门的?”叫皂隶扯下去打。叔宝理屈词穷,府前当街褪裤,重责十板。若是本地衙门里人,皂隶自然用情;叔宝是别处人,没人照顾,打得皮开肉绽,鲜血迸流。正是:

文王也受羁囚累,孙膑难逃刖足灾。

王小二在门首先看见了,对妻子道:“这姓秦的,也是个没来历的人,住我家个把月了,身上还是那件衣服。在公门中走动的人,不晓得礼仪,今日惹了官,拿到州门前,打了十板来了。”官进府去,叔宝回店,王小二迎住,口里便叫“你老人家”,不像平日和颜悦色,就有些讥讪意思:“秦大爷,你却不像公门的豪杰,官府的喜怒,你也不知道?还是我们蔡老爷宽厚,若是别位老爷,还不放哩!”叔宝那里容得,喝道:“关你甚么事?”小二道:“打在你老人家身上,干我甚么事?我说的是好话,拿饭与你吃罢。”叔宝包着一肚皮的气,道:“不吃饭,拿热水来!”小二道:“有热水在此。”秦叔宝将热水洗了杖疮去睡,巴明不明,盼晓不晓。

次日,负痛到府中来领文,正是在他矮檐下,怎敢不低头?蔡刺史果然是个贤能的官府,离家日久,早日升堂。文书案积甚多,赏罚极明,人人感戴。秦叔宝只等公务将完,方才跪将下去禀道:“小的是齐州刘爷差人,伺候老爷领批。”叔宝今日怎么说个齐州刘爷差人?因腿疼心闷,一夜不曾睡着,想着本州刘爷与蔡太爷是同年好友,说个刘爷差人,使蔡太爷有屋乌之爱。果中其言,蔡刺史回嗔作喜道:“你就是那刘爷的差人么?”秦叔宝道:“小的是刘爷的差人。”刺史道:“你昨日鲁莽得紧,故此府前责你那十板,以儆将来。”秦琼道:“老爷打的不差。”经承吏将批取过来,蔡刺史取笔签押,不即发下去。想道:刘年兄不知此人扳了我的轿子,只说我年家[①]情薄，千里路程把他差人又打了。叫库吏动支本州名下公费银三两，也不必包封，赏刘爷差人秦琼为路费。少顷库吏取了银来，将批取文发值堂吏，叫刘爷差人领批，老爷赏盘费银三两。秦琼叩谢，接了批文，拿了赏银，出府回店。

王小二在柜上结账，见叔宝回来，问道："领了批回来了，饯行酒还不曾齐备，却怎么好?"叔宝道："这酒定不消了。"小二道："闲坐着且把账算起了，何如?"叔宝道："拿账过来算。"小二道："相公爷是八月十六日到小店的，今日是九月十八日了；八月大，共计三十二日。小店有规矩，来的一日，不算饭钱，折接风送行。三十个整日子，马是细料，连爷三顿荤饭，一日该时银一两七折算，净该纹银二十一两。收过四两银子，准少十七两。"叔宝道："这三两银子，是蔡太爷赏的，却是好的。"小二道："净欠十四两，事体又小，秦爷也不消写账，兑银子就是了，待我去取天平过来。"叔宝道："二哥且慢着，我还不去。"小二道："秦爷领了批文，如今也没有甚么事了。"叔宝道："我有一个樊朋友，赶泽州投文，有些盘费的银子，都在他身边。想着泽州的马太爷，也往太原公贺李老爷去了。官回来领了文，少不得来会我，才有银子还你。"小二道："小人是开饭店的，你老人家住上一年，才是好生意哩。"叔宝写账，九月十八日结算，除收净欠纹银十四两无零。

王小二口里虽说秦客人住着好，肚里打稿，见那几件行李，值不多银子，有一匹马，又是张口货，他骑了饮水去，我怎好拦住他?就到齐州府，寻着公门中的豪杰，那里替他缠得清?倒要折了盘费，丢了工夫，去讨饭账不成?这叫个见钟不打，反去铸铜了。我想那批回是要紧的文书，没有此物去，见不得本官；不如拿了他的，倒是绝稳的上策。这些话，都是王小二肚里踌躇，不会明言出来。将批文拿在手内看，还放在柜上，便叫妻子："这个文书，是要紧的东西。秦爷若放在房内，他要耍子，常锁了门出去，深秋时候，连阴又雨，屋漏下水，万一打湿了，是我开店的干系。你收拾好放在箱笼里面，等秦爷起身时，我交付明白与他。"秦叔宝心中便晓得王小二扳作当头[②]，假小心的说话，只得随口答应道："这却极好。"话也不曾说

---

① 年家——同科考中者互称"年"，其家互称"年家"。

② 当(dàng)头——抵押品。

完,小二已把文书递与妻子手内,拿进房去了。正是:

无情便摘神仙佩,计巧生留卿相貂。

小二又叫手下的:"那饯行酒不要摆将过来。秦爷又不去,若说饯行,就是送客起身的意思了,径拿便饭来请爷吃。"手下知道主人的口气,"便饭"二字,就是将就的意思了。小菜碟儿都减少了两个,收家伙的筛碗顿盏,光景甚是可恶。九月家间,早晨面汤也是冷的。叔宝吃了眉高眼低的茶饭,又没处去,终日出城到官路,望樊建威到来。正是:

闷是一囊如水洗,妄思千里故人来。

自古道:"嫌人易丑,等人易久。"望到夕阳时候,见金风送暑,树叶飘黄。河桥官路,多少来车去马,那里有樊建威的影儿?等了一日,在树林中急得双脚只是跳,叫道:"樊建威,樊建威!你今日再不来,我也无面目进店,受小人的闲气。"等到晚只得回来。那樊建威原不曾约在潞州相会,只是叔宝痴心想着,有几两银子在他身边。这个念头撑在肚里,怎么等得他来?暗里摇桩,越摇越深了。明日早晨又去,"今日再不来,到晚我就在这树林中,寻一条没有结果的事罢。"等到傍晚又不见樊建威来。乌鸦归宿,喳喳的叫。叔宝正在踌躇,猛然想起家中有老母,只得又回来。脚步移徙艰难,一步一叹,直待上灯后,方才进门。

叔宝房内已点了灯。叔宝见了灯光,心下怪道:"为甚今夜这殷勤起来,老早点火在内了?"驻步一看,只见有人在内呼幺喝六,掷色饮酒。王小二在内,跑将出来,叫一声:"爷,不是我有心得罪。今日到了一起客人,他是贩甚么金珠宝玩的,古怪得紧,独独里只要爷这间房。早知有这样事体,爷出去锁了房门,到也不见得这事出来。我打账要与他争论,他又道:'主人家只管房钱,张客人住,李客人也是住得的;我与多些房钱就是了。'我们这样人,说了银子两字,只恐怕又冲断了好主顾。"口角略顿了一顿,"这些人竟走进去坐,倒不肯出来。我怕行李拌差了,就把爷的行李,搬在后边幽静些的去处。因秦爷在舍下日久,就是自家人一般。这一班人,我要多赚他些银子,只得从权了。爷不要见怪,才是海量宽洪。"叔宝好几日不得见王小二这等和颜悦色,只因倒出他的房来,故此说这些好话儿。秦叔宝英雄气概,那里忍得小人的气过;只因少了饭钱,自揣一揣,只得随机迁就道:"小二哥,屋随主便,但是有房与我安身就罢,我也不论好歹。"

王小二点灯引路,叔宝跟随。转弯抹角到后面去。小二一路做不安的光景，走到一个所在，指道："就是这里。"叔宝定睛一看，不是客房，却是靠厨房一间破屋：半边露了天，堆着一堆糯糯秸。叔宝的行李，都堆在上面。半边又把柴草打个地铺，四面风来，灯挂儿也没处施设，就地放下了；拿一片破缸片，挡着壁缝里风。又对叔宝道："秦爷只好权住住儿，等他们去了，仍旧到内房里住。"叔宝也不答应他，小二带上门竟走去了。叔宝坐在草铺上，把金装锏按在自己膝上，用手指弹锏，口内作歌：

旅舍荒凉雨又风，苍天着意困英雄。

欲知未了生平事，尽在一声长叹中。

正吟之间，忽闻脚步声响；渐到门口，将门上枭吊儿倒叩了。叔宝也是个宠辱无惊的豪杰，到此时也容纳不住，问道："是那一个叩门？你这小人，你却不识得我叔宝的人哩！我来时明白，去了时焉肯不明白？况有文书鞍马行李，俱在你家中，难道我就走了不成？"外边道："秦爷不要高声，我是王小二的媳妇。"叔宝道："闻你素有贤名，夜晚黄昏，来此何干？"妇人道："我那拙夫，是个小人的见识；见秦爷少几两银子，出言不逊。秦爷是大丈夫，把他海涵了。我常时劝他不要这等炎凉，他还有几句秽污言语，把恶水泼在我身上来。我这几日不好意思亲近得秦爷，适才打发我丈夫睡了，存得有晚饭，送在此间。"

萧萧囊橐已成空，谁复留心恤困穷？

一饭淮阴遗国士，却输妇女识英雄。

叔宝闻言，眼中落泪道："贤人，你就是淮阴的漂母，哀王孙而进食，恨秦琼他日不能封三齐而报千金耳！"柳氏道："我是小人之妻，不敢比于君子，何敢望报？只是秦爷暂处落寞，我见你老人家，衣服还是夏衣，如今深秋时候，我这潞州风高气冷，脊背上吹了这两条裂缝，露出尊体，却不像模样。饭盘边有一线索，线头上有一个针子，爷明日到避风的去处，且缝一缝，遮了身体，等泽州樊爷到来，有银子换衣服，便不打紧了。明日早晨，若厌听我拙夫琐碎，不吃早饭出门，媳妇倒攒得有几文皮钱，也在盘内；爷买得些粗糙点心充饭，晚间早些回来。"说完这些言语，把那枭吊儿放了，自去了。

叔宝开门，将饭盘掇进。又见青布条捻成钱串，拢着三百文皮钱，一索线，线头上一个针子，都取来安在草铺头边。热汤汤一碗肉羹。叔宝初到他店中，说这肉羹好吃，顿顿要这碗下饭。自算账之后，菜饭也是不周全的,那里有这样汤吃?因今日下了这样富客,做这肉汤,留得这一碗。叔宝欲待不吃,熬不得肚中饥饿,只得将肉羹连气吃下。秋宵耿耿,且是难得成梦,翻翻覆覆,睡得一觉。醒了天尚未明。且喜这间破屋,处处透进残月之光,他果然把身上这件夏衣乘月色将绽处胡乱揪来一缝,披在身上,趁早出来。

补衮奇才识者稀,鹑悬百结事多违。

缝时惊见慈亲线,惹得征人泪满衣。

带了三百钱,就觉胆壮;待要做盘缠,赶到泽州,又恐遇不着樊建威,那时怎回?且小二又疑我没行止,私自去。不若且买些冷馍馍火烧怀着,在官道上坐等。走来走去,日已西斜。远远望见一个穿青衣的人,头带范阳毡笠,腰跨短刀,肩上负着挂箱,好似樊建威模样;及至近前,却又不是。接踵就是几个骑马打猎的人冲过。叔宝把身子一让,一双脚跨进人家门,不防地上一个火盆,几乎踹翻。只见一个五十多岁的妇人,手执着一串素珠,在那里向火,见这光景,即便把叔宝上下一看,便道:"汉子看仔细,想是你身上寒冷,不妨坐在此烤一烤火。"叔宝见说,道声:"有罪了。"即便坐下。

妇人道:"吾看你好一条汉子,为什么身上这般光景?想不是这里人。"叔宝道:"我是山东人。因等一个朋友不至,把盘缠用尽,回去不得。"妇人道:"既如此,你随口说一个时辰来,我替你占一个小课,看这朋友来不来?"叔宝便说个申时。妇人捻指一算,便道:"卦名速喜。书上说得好:'速喜心偏急,来人不肯忙。'来是一定来的,只是尚早哩。待出月将终,方有消息。"

叔宝道:"老奶奶声口,也像不是这里人,姓甚么?"妇人道:"我姓高,是沧州人。因前年我们当家的去世,便同儿子迁到这里来倚傍一个亲戚。"叔宝道:"你家儿子叫甚号?多少年纪?做甚么生意?"妇人道:"只有一个儿子,号叫开道。因他有些膂力,好的是使枪弄棍,所以不事生业,常不在家。"说完,立起身对叔宝道:"想你还未午膳,我有现成面饭在此。"说完进去,托出热腾腾的一大碗面、一碟蒜泥、一双竹箸,放在桌上,请叔宝吃。叔宝等了这一日,又说了许多的话,此时肚子里也空虚,并不推却,即便吃完了,说道:"蒙老奶奶一饭之德,未知我秦琼可有相报的日子?"那妇人道:"看你这样一条汉子,将来决不是落寞之人,怎么说恁话来?杀人救人方叫做报,这样口食之事,说甚么报?”其时街上已举灯火。叔宝点头唯唯,谢别出门,一路里想道:“惭愧我秦琼出门,不曾撞着一个有意思的朋友,反遇着两个贤明的妇人,消释心中抑郁。”一头想,一头走。正是:

漂母非易得,千金会掷水。

却说王小二因叔宝不回店中,就动起疑来,对妻子道:“难道姓秦的,成了仙不成?没钱还我,难道有钱在别处吃不成?”妻子道:“人能变财,或者撞见了甚么熟识的朋友,带挈他吃两日,也未可知。”小二道:“既如此,我央人问他讨饭钱。”

一日清早,叔宝刚欲出门,只见外边两个穿青的少年,迎着进来。不知为何事,且听下回分解。

第　八　回

三义坊当锏受腌臜[①]　二贤庄卖马识豪杰

词曰：

牝牡骊黄，区区岂是英雄相？没个孙阳，骏骨谁相赏？　伏枥悲鸣，气吐青云漾。多惆怅，盐车踯躅，太行道上。

——右调《点绛唇》

宝刀虽利，不动文士之心。骏马虽良，不中农夫之用。英雄虽有掀天揭地手段，那个识他、重他？还要奚落他。

那两个少年与王小二拱手，就问道："这位就是秦爷么？"小二道："正是。"二人道："秦大哥请了。"叔宝不知其故，到堂前叙揖。二人上坐，叔宝主席相陪。王小二看三杯茶来。茶罢，叔宝开言道："二兄有何见教？"二人答道："小的们也在本州当个小差使。闻秦兄是个方家，特来说分上。"叔宝道："有甚见教？"二人道："这王小二在敝衙门前开饭店多年，倒也负个忠厚之名。不知怎么千日之长，一日之短，得罪于秦兄？说你怪他，小的们特来陪罪。"叔宝道："并没有这话，这却从何而来？"二人道："都说兄怪他，有些店账不肯还他。若果然怪他，索性还了他银子，摆布他一场，却是不难的。若不还他银子，使小人得以藉口。"叔宝何等男子，受他颠簸，早知是王小二央来，会说尴话的高人了。"我只把直言相告二兄：我并不怪他夫妇，只因我囊中罄空，有些盘费银两，在一个樊朋友身边。他往泽州投文，只在早晚来，算还他店账。"二人道："兄山东朋友，大抵任性的多。等见那个朋友，也要吃饱了饭，才好等得；叫他开饭店的也难服事。若要照旧管顾，本钱不敷；若简慢了兄，就说开饭店的炎凉，厌常喜新。客人如虎居山，传将出去，鬼也没得上门，饭店都开不成了。常言道：'求人不如求己。'假若樊朋友一年不来，也等一年不成？兄本衙门，不见兄回去也要捉比，宅上免不得惊天动地。凡事要自己活变。"叔宝如酒醉方醒，对二人

① 腌臜(ā zā)——此处意窝囊气。

道："承兄指教，我也不等那樊朋友来了。有两根金装锏，将他卖了算还店账，余下的做回乡路费。"二人叫王小二道："小二哥，秦爷并不怪你。倒要把金装锏卖了，还你饭钱。你须照旧伏侍。"也不通姓名，举手作别而去。好似：

在笼鸲鹆[①]能调舌，去水蛟龙未得飞。

叔宝到后边收拾金装锏。王小二忽起奸心："这个姓秦的奸诈，倒有两根甚么金装锏，不肯早卖，直等我央人说许多闲话，方才出手。不要叫他卖，恐别人讨了便宜去。我哄他当在潞州，算还我银子，打发他起身；加些利钱儿，赎将出来。剥金子打首饰，与老婆戴将起来。多的金子，剩下拿去兑与人，夫妻发迹，都在这金装锏上了！"笑容满面，走到后边来。

叔宝坐在草铺上，将两条锏横在自己膝上，上面有些铜青了。他这锏原不是纯金的，原是熟铜流金在上面。从祖秦旭传父秦彝，传到他已经三世了。挂在鞍旁，那锏楞上的金都磨去了，只是槽凹里有些金气。放在草铺上，地湿发了铜青。叔宝自觉没有看相，只得拿一把穰草，将铜青擦去，耀目争光。王小二只道上边有多少金子，蒙着眼道："秦爷，这个锏不要卖。"叔宝道："为何不要卖？"小二道："我这潞州有个隆茂号当铺，专当人甚么短脚货。秦爷将这锏抵当几两银子，买些柴米，将高就低，我伏事你老人家。待平阳府樊爷来到，加些利钱，赎去就是了。"叔宝也舍不得两条金锏卖与他人，情愿去当，回答小二道："你的所见，正合我意，同去当了罢！"

同王小二走到三义坊一个大姓人家，门旁黑直棂内，门挂"隆茂号当"字牌。径走进去，将锏在柜上一放，放得重了些，主人就有些恨嫌之意。"呀！不要打坏了我的后桌！"叔宝道："要当银子。"主人道："这样东西，只好算废铜。"叔宝道："是我用的兵器，怎么叫做废铜呢？"主人道："你便拿得他动，叫做兵器。我们当久了，没用他处，只好熔做家伙卖，却不是废铜？"叔宝道："就是废铜罢了。"拿大称来称斤两，那两根锏重一百二十八斤。主人道："朋友，还要除些折耗。"叔宝道："上面金子也不算，有甚么折耗？"主人道："不过是金子的光景，那里作得账！况且那两个靶子，算不得铜价，化铜时就烧成灰了。如今是铁栃木的，觉重。"叔宝却慷慨道："把那

---

① 鸲鹆(qúyù)——即八哥。

八斤零头除去，作一百二十斤实数。”主人道：“这是潞州出产的去处，好铜当价是四分一斤，该五两短二钱，多一分也不当。”叔宝算四五两银子，几日又吃在肚里，又不得回乡，仍然拿回去。小二已有些不悦之色。叔宝回店，坐在房中纳闷。

举世尽肉眼，谁能别奇珍？

所以英雄士，碌碌多烟沦。

王二小就是逼命一般，又走将进来，向叔宝道：“你老人家再寻些甚么值钱的东西当罢！”叔宝道：“小二哥，你好呆！我公门中道路，除了随身兵器，难道带甚么金宝玩物不成？”小二道：“顾不的你老人家。”叔宝道：“我骑这匹黄骠马，可有人要？”小二道：“秦爷在我家住有好几时，再不曾说这句，说甚么金装锏，我这潞州人，真是金子还认做假的，那晓得有用的兵器！若说起马来，我们这里是旱地，若大若小人家，都有脚力。我看秦爷这匹黄骠，倒有几步好走，若是肯卖，早先回家，公事都完了。”叔宝道：“这是就有银子的？”小二道：“马出门就有银子进门。”叔宝道：“这里的马市，在甚么所在？”小二道：“就在西门里大街上。”叔宝道：“甚么时候去？”小二道：“五更时开市，天明就散市了。”小二叫妻子收拾晚饭与秦爷吃了，明日五更天，要去卖马。

叔宝这一夜好难过，生怕错过了马市，又是一日，如坐针毡。盼到交五更时候起来，将些冷汤洗了脸，梳了头。小二掌灯牵马出槽。叔宝将马一看，叫声哎呀道：“马都饿坏在这里了！”人被他炎凉到这等田地，那个马一发可知了。自从算账之后，不要说细料，连粗料也没有得与他吃了，饿得那马在槽头嘶喊。妇人心慈，又不会铡草，瞒了丈夫，偷两束长头草，丢在槽里，凭那马吃也得，不吃也得。把一匹千里神驹，弄得蹄穿鼻摆，肚大毛长。叔宝敢怨而不敢言。要说饿坏了我的马，恐那小人不知高低，就道连人也没有得吃，那在马乎？只得接扯笼头，牵马外走。王小二开门，叔宝先出门外，马却不肯出门，径晓得主人要卖他的意思。马便如何晓得卖他呢？此龙驹神马，乃是灵兽，晓得才交五更。若是回家，就是三更天也备鞍辔、捎行李了。牵栈马出门，除非是饮水吃青，没有五更天牵他饮水的理。马把两双前腿蹬定这门槛，两双后腿倒坐将下去。若论叔宝气力，不要说这病马，就是猛虎，也拖出去了。因见那马狂瘦得紧，不忍加勇力去扯他，只是调息绵绵的唤。王小二却是狠心的人，见那马不肯出门，拿起一根门闩来，照那瘦马的后腿上，两三门闩，打得那马护疼，扑地跳将出去。小二把门一关道："卖不得，再不要回来！"

却说叔宝牵马到西营市来。马市已开，买马与卖马的王孙公子，往来络绎不绝。看马的驰骤杂遝，不计其数。有几个人看见叔宝牵着一匹马来，都叫："列位让开些，穷汉子牵了一匹病马来了，不要挨倒了他。"合唇合舌的淘气。叔宝牵着马在市里，颠倒走了几回，问也没人问一声，对马叹道："马，你在山东捕盗时，何等精壮！怎么今日就垂头丧气到这般光景！叫我怎么怨你，我是何等的人？为少了几两店账，也弄得垂头丧气，何况于你！"常言道得好：

人当穷贱语声低，马瘦毛长不显肥。

得食猫儿强似虎，败翎鹦鹉不如鸡。

先时还是人牵马，后来到是马带着人走。一夜不曾睡得，五更天起来，空肚里出门，马市里没人瞅睬，走着路都是打盹睡着的。天色已明，走过了马市，城门大开，乡下农夫挑柴进城来卖。潞州即今山西地方，秋收都是那糯糯秸儿；若是别的粮食，收拾起来枯槁了，独有这一种气旺，秋收之后还有青叶在上。马是饿极的了，见了青叶，一口扑去，将卖柴的老庄家一交扑倒。叔宝如梦中惊觉，急去搀扶。那人老当益壮，翻身跳起道："朋友，不要着忙，不会跌坏我那里。"那时马嚼青柴，不得溜缰。老者道："你这匹马牵着不骑，慢慢的走，敢是要卖的么？"叔宝道："便是要卖他，在这里撞个主顾。"老者道："膘虽是跌了，缰口倒还好哩！"叔宝正在懊闷之际，见老者之言，反欢喜起来了。

喜逢伯乐顾，冀北始空群。

问老者道："你是鞭杖行，还是兽医出身？"老者道："我也不是鞭杖行，也不是兽医。老汉今年六十岁了，离城十五里居住。这四束柴有一百多斤，我挑进城来，肩也不曾换一换，你这马轻轻的扑了一口青柴，我便跌了一交，就知这马缰口还好；只可惜你头路不熟，走到这马市里来。这马市里买马的，都是那等不得穷的人。"叔宝笑道："怎么叫做等不得穷的人？"老者道："但凡富贵子弟，未曾买马，先叫手下人拿着一副鞍辔跟着走。看中了马的毛片，搭上自己的鞍辔，放个辔头，中意方才肯买。他怎肯买你的病马培养？自古道：'买金须向识金家。'怎么在这个所在出脱病马来？你便走上几日，也没有人瞧着哩！"叔宝道："据你说起来，还是牵到甚么所在去卖呢?”老者道:“只是我要卖柴,若是不卖柴,引你到一个去处,这马就有人买了。”叔宝道:“你卖柴的小事。你若引我去卖了这匹马,事成之后,送你一两银子牙钱[①]。”老者听说,大喜道:“这里出西门去十五里地,有个主人姓单,双名雄信,排行第二,我们都称他做二员外。他结交豪杰,买好马送朋友。”

叔宝如酒醉方醒,大梦初觉的一般,暗暗自悔:我失了检点。在家时常闻朋友说潞州二贤庄单雄信,是个延纳的豪杰。我怎么到此,就不去拜他?如今弄得衣衫褴褛,鹄面鸠形一般,却要去拜他,岂不是迟了!正是临渴掘井,悔之无及。若不往二贤庄去,过了此渡,又无船路,却怎么处?也罢,只是卖马,不要认慕名的朋友就是了。“老人家,你引我前去;果然卖了此马,实送你一两银子。”

老者贪了厚谢,将四束柴寄在豆腐店门口,叫卖豆腐的:“替我照管一照管。”扁担头上,有一个青布口袋儿,袋了一升黄豆,进城来换茶叶的。见马饿得狠,把豆儿倒在个深坑塘里面,扯些青柴,拌了与那马且吃了。老庄家拿扁担儿引路,叔宝牵马竟出西门。约十数里之地,果然一所大庄,怎见得?但见:

碧流萦绕,古木阴森。碧流萦绕,往来鱼艓纵横;古木阴森,上下鸟声稠杂。小桥虹跨,景色清幽;高厦连云,规模齐整。若非旧阀,定是名门。

老庄家持扁挑过桥入庄。叔宝在桥南树下拴马,见那马瘦得不像模样,心中暗道:“己所不欲,勿施于人。我也看不上,教他人怎么肯买?”因连日没心绪,不曾牵去饮水啃青刷刨,鬃尾都结在一处。叔宝只得将左手衣袖卷起,按着马鞍 ,右手五指,将马领鬃往下分理。那马怕疼,就掉过头来,望着主人将鼻息乱扭,眼中就滚下泪来。叔宝心酸,也不去理他领鬃,用手掌在他项上,拍了这两掌道:“马耶,马耶!你就是我的童仆一般。在山东六府驰名,也仗你一背之力。今日我月建不利,把你卖在这庄上,你回头有恋恋不舍之意,我却忍心卖你,我反不如你也!”马见主人拍项吩咐,有欲言之状,四蹄踢跳,嘶喊连声。叔宝在树下长叹不绝。正是:

威负空群志,还余历块才。

---

① 牙钱——为买卖双方说合交易的人叫“牙人”,抽取的佣金叫“牙钱”。

　　　嘶无人剪拂，昂首一悲哀。

却说雄信富厚之家，秋收事毕，闲坐厅前。见老人家竖扁担于窗扇门外边，进门垂手，对员外道："老汉进城卖柴，见个山东人牵匹黄骠马要卖；那马虽跌落膘，缰口还硬。如今领着马在庄外，请员外看看。"雄信道："可是黄骠马？"老汉道："正是黄骠马。"雄信起身，从人跟随出庄。

叔宝隔溪一望，见雄信身高一丈，貌若灵官，戴万字顶皂荚包巾，穿寒罗细褶，粉底皂鞋。叔宝自家看着身上，不像模样得紧，躲在大树背后解净手，抖下衣袖，揩了面上泪痕。雄信过桥，只去看马，不去问人。雄信善识良马，把衣袖撩起，用左手在马腰中一按，雄信膂力① 最狠，那马虽筋骨峻嶒，却也分毫不动。托一托，头至尾准长丈余，蹄至鬃准高八尺；遍体黄毛，如金丝细卷，并无半点杂色。此马妙处，正是：

　　　奔腾千里荡尘埃，神骏能空冀北胎。

　　　蹬断丝缰摇玉辔，金龙飞下九天来。

雄信看罢了马，才与叔宝相见道："马是你卖的么？"单员外只道是贩马的汉子，不以礼貌相待，只把你我相称。叔宝却认卖马，不忍贩马，答道："小可也不是贩马的人。自己的脚力，穷途货于宝庄。"雄信道："也不管你买来的自骑的，竟说价罢了。"叔宝道："人贫物贱，不敢言价；只赐五十两，充前途盘费足矣。"雄信道："这马讨五十两银子也不多，只是膘跌重了，若是上得细料，用些工本，还养得起来。若不吃细料，这马就是废物了。今见你说得可怜，我与你三十两银子，只当送兄路费罢了。"雄信还了三十两银子，转身过桥，往里就走，也不十分勤力要买。叔宝只得跟过桥来道："凭员外赐多少罢了。"

雄信进庄来，立在大厅滴水檐前。叔宝见主人立在檐前，只得站立于月台旁边。雄信叫手下人，牵马到槽头去，上些细料来回话。不多时，手下向主人耳边低声回复道："这马狠得紧，把老爷胭脂马的耳朵都咬坏了。吃下一斗蒸熟绿豆，还在槽里面抢水草吃，不曾住口。"雄信暗喜，乔做人情道："朋友，我们手下人说，马不吃细料的了。只是我说出与你三十两银子，不好失信。"叔宝也不知马吃料不吃料，随口应道："且凭尊赐。"雄信进去取马价银。叔宝却不是阶下伺候的人，进厅坐下。雄信三十两银子，得

---

①　膂(lǚ)力——体力。

了千里神驹,捧着马价银出来,喜容可掬。叔宝久不见银,见雄信捧着一包银子出来,比得他马的欢喜,却也半斤八两。叔宝难道这等局量① 褊浅?他却是个孝子,久居旅邸,思想老母,昼夜熬煎。今见此银,得以回家,就如见母的一般,不觉:

欢从眉角至,笑向颊边生。

叔宝双手来接银子。雄信料已买成,银子不过手,用好言问叔宝道:"兄弟是山东,贵府是那一府?"叔宝道:"就是齐州。"雄信把银子向衣袖里一笼,叔宝大惊,想是不买了,心中好生捉摸不着。正是:

隔面难知心腹事,黄金到手怕成空。

未知雄信袖银的意思如何,且听下回分解。

---

① 局量——器量、度量。

第　九　回

入酒肆蓦逢旧识人　还饭钱径取回乡路

诗曰：

乞食吹竽骨相癯，一腔英气未全除。

其妻不识友人识，容貌似殊人不殊。

函谷绨袍怜范叔，临邛杯酒醉相如。

丈夫交谊同金石，肯为贫穷便欲疏？

结交不在家资。若靠这些家资，引惹这干蝇营狗苟① 之徒，有钱时，便做出拆屋斧头；没钱时，便做出浮云薄态。毕竟靠声名可以动得隔地知交，靠眼力方结得困穷兄弟。

单雄信为何把银子袖去？只因说起“齐州”二字，便打动他一点结交的想头，向叔宝道：“兄长请坐。”命下人看茶过。那挑柴的老儿，看见留坐要讲话，靠在窗外呆呆听着。雄信道：“动问仁兄，济南有个慕名的朋友，兄可相认否？”叔宝问：“是何人？”雄信道：“此兄姓秦，我不好称他名讳；他的表字叫做叔宝，山东六府驰名，称他为赛专诸，在济南府当差。”叔宝因衣衫褴褛，丑得紧，不好答应“是我”，却随口应道：“就是小弟同衙门朋友。”雄信道：“失瞻了，原来是叔宝的同袍。请问老兄高姓？”叔宝道：“在下姓王。”他因心上只为王小二饭钱要还，故随口就是王字。雄信道：“王兄请略坐小饭。学生要烦兄寄信与秦兄。”叔宝道：“饭是不领了，有书作速付去。”

雄信复进书房去封程仪② 三两，潞绸二匹，至厅前殷勤致礼道：“要修一封书，托兄寄与秦兄，只是不曾相会的朋友，恐称呼不便，烦兄道意罢！容日小弟登堂拜望。这是马价银三十两，银皆足色；外具程仪三两，

---

① 蝇营狗苟——像苍蝇那样飞来飞去，像狗那样苟且偷生。营，围绕。比喻人不顾廉耻，到处钻营。

② 程仪——赠送远行者的礼物。

不在马价数内；舍下本机上绸二匹送兄，推叔宝同袍分上，勿嫌菲薄。”叔宝见如此相待，不肯久坐等饭，恐怕口气中间露出马脚来不好意思，告辞起身。

良马伏枥日，英雄晦运时。

热衷虽想慕，对面不相知。

雄信友道已尽，也不十分相留，送出庄门，举手作别。叔宝径奔西门。老庄家尚在窗外瞌睡，挂下一条涎唾，倒有尺把长。只见单员外走进大门，对老儿道：“你还在这里？”老儿道：“听员外讲话久了，不觉打盹起来；那卖马的敢是去了？”雄信道：“即才别去。”言罢径步入内。

老庄家急拿扁挑，做两步赶上叔宝，只听见说姓王，就叫：“王老爷，原许牙钱与我便好！”叔宝是个慷慨的人，就把这三两程仪拆开，取出一锭，多少[①] 些也就罢了。老兄喜容满面，拱手作谢，往豆腐店取柴去了。不题。

却说叔宝进西门，已是上午时候，马市都散了，人家都开了店。新开的酒店门首，堆积的熏烧下饭，喷鼻馨香。叔宝却也是吃惯了的人，这些时熬得牙清口淡，适才雄信庄上又不曾吃得饭，腹中饥饿，暗想道：“如今到小二家中，又要吃他的腌臜东西，不如在这店中过了午去，还了饭钱，讨了行李起身。”径进店来。那些走堂的人，见叔宝将两匹潞绸打了卷，夹在衣服底下，认了他是打渔鼓唱道情[②] 的，把门拦住道：“才开市的酒店，不知趣，乱往里走！”叔宝把双手一分，四五个人都跌倒在地。“我买酒吃，你们如何拦阻？”

世情看冷暖，人面逐高低。

内中一人跳起身来道：“你买酒吃到柜上称银子，怎么乱往里走？”叔宝道：“怎么要我先称银子？”酒保道：“你要先吃酒后称银子，你到贵地方去吃。我这潞州有个旧规：新开市的酒店，恐怕酒后不好算账，却要先交银子，然后吃酒。”叔宝暗想：“强汉不捩[③] 市。”只得到柜上来把潞绸放

---

① 多少——意即“多”。

② 道情——曲艺的一个类别。初以道教故事为题材，明清时与各地民谣相结合，发展成多种曲艺。如“陕北道情”、“湖北渔鼓”等。

③ 捩(liè)——扭转。

下，袖内取出银子来，把打乱的程仪总包在马价银一处，却要称酒钱，口里喃喃的道："银子便先称把你，只是别位客人来，我却要问他店规，果然如此，再不消提起。"

柜里主人却知事[①]，赔着笑脸道："朋友，请收起银子。天下书同文，行同伦，再没有先称银子后吃酒的道理。手下人不识好歹，只道兄别处客人性格不同，酒后难于算账，故意歪缠，要先称银子。殊不知我们开店生理，正要延纳四方君子，况客长又不是不修边幅的人。出言唐突，但看我薄面，勿深计较，请收起银子里面请坐，我叫他暖酒来与客人吃便了。"叔宝见他言词委曲，回嗔作喜道："主人贤慧，不必再提了。"袖了银子，拿了潞绸，往里走进二门。三间大厅，齐整得紧。厅上摆的都是条桌交椅，满堂四景诗画挂屏。柱上一联对句，名人标题，赞美这酒馆的好处：

槽滴珍珠漏泄乾坤一团和气

杯浮琥珀陶熔肺腑万种风情

叔宝看厅上光景，又瞧瞧自己身上褴褴褛褛，原怪不得这些狗才[②]拦阻。见如今坐在上面自觉不像模样，又想一想："难道他店中的酒，只卖与富贵人吃，不卖与穷人吃的！"又想一想："想次些的人，都不会在这厅上饮酒。"定睛一看，两带琵琶栏杆的外边，都是厢房，厢房内都是条桌懒凳。叔宝素位而行，微笑道："这是我们穷打扮的席面了。"走向东厢房第一张条桌上，解下潞绸坐下。正是：

花因风雨难为色，人为贫寒气不扬。

酒保取酒到来，却换了一个老儿，不是推他那些人了。又不是熏烧的下饭，却是一碗冷牛肉，一碗冻鱼，瓦钵磁器，酒又不热。老儿摆在桌上就走去了。叔宝恼将起来："难道我秦叔宝天生定该吃这等冷东西的？我要把他家私打做齑粉，房子拖坍他的不过一翻掌间，却是一桩没要紧的事，明日传到家里，朋友们知道了：'叔宝在潞州，不过少了几两银子饭钱，又不风不颠，上店吃酒打了两次，又不曾吃得成。'总来为了口腹，惹人做了话柄。熬了气吃他的去罢。"这也是肚里饥饿，恕却小人，未免自伤落寞。才吃了一碗酒，用了些冷牛肉。正是：

---

① 知事——识时务，知趣。

② 狗才——骂人话。

　　土块调重耳，芜亭困汉光。

听得店门外面喧嚷起来，店主人高叫："二位老爷在小店中打中火去！"两个豪杰在店门首下马，四五个部下人推着两辆小车子，进店解面衣拂灰尘。主人引着路进二门来，先走的戴进士巾，穿红，后走的戴皂荚巾，穿紫。叔宝看见先走的不认得，后走的却是故人王伯当。两个：

　　肥马轻裘意气扬，匣中长剑吐寒芒。

　　有才不向污时屈，聊寄雄心侠少肠。

主人家到厅上拖椅拂桌，像安席的一般光景。"二位爷就在这头桌上坐罢。"吩咐手下人："另烹好茶，取小菜前边烹炮精洁的肴馔，开陈酒与二位爷用。"言罢自己去了。只见他手下人掇两盆热水，二位爷洗手。

叔宝在东厢房，恐被伯当看见了，却坐不住，拿了潞绸起身要走，不得出去。进来时不打紧，他那栏杆围绕，要打甬道才出去得。二人却坐在中间。叔宝又不好在栏杆上跨过去，只得背着脸又坐下了。他若顺倒头竟吃酒，倒也没人去看他；因他起起欠欠的，王伯当就看见了，叫跟随的："你转身看东厢房第一张条桌上，这个人像着谁来？"跟随的转身回头道："到像历城秦爷的模样。"正是：

　　轩昂自是鸡群鹤，锐利终为露颖锥。

叔宝闻言，暗道："呀，看见我了！"伯当道："仲尼、阳货面庞相似的正多，叔宝乃人中之龙，龙到处自然有水，他怎么得一寒至此？"叔宝见伯当说不是，心中又安下些。那跟随的却是个少年眼快的人，要实这句言语，转过身紧看着叔宝。吓得叔宝头也不抬，箸也不动，缩颈低坐，像伏虎一般。这跟随的越看越觉像了，总道："他见我们在此，声色不动，天下也没这个吃酒的光景。"便道："我看来便像得紧，待我下去瞧瞧，不是就罢了。"

叔宝见从人要走来，等他看出，却没趣了，只得自己招架道："王兄，是不才秦琼落难在此。"伯当见是叔宝，慌忙起身离坐，急解身上紫衣下东厢房，将叔宝虎躯裹定，拉上厅来，抱头而哭。主人家着忙都来陪话，三个人有一个哭，两个不哭。王伯当见叔宝如此狼狈，伤感凄凉，这人乍相见，无甚关系；叔宝却没有因处穷困中就哭起来的理。总是：

　　知己虽存矜恤心，丈夫不落穷途泪。

叔宝见伯当伤感，反以美言劝慰："仁兄不必堕泪，小弟虽说落难，原没有甚么大事。只因守批在下处日久,欠下些店账,以至流落在此。”就问这位朋友是谁。伯当道:“这位是我旧相结的弟兄,姓李名密,字玄邃,世袭蒲山郡公,家长安。曾与弟同为殿前左亲侍千牛之识,与弟往来情厚。他因姓应图谶,为圣上所忌,弃官同游。小兄因杨素擅权,国政日非,也就一同避位。”叔宝又从新与李玄邃揖了。伯当又问:“兄在此曾会单二哥么?怎么不往单二哥处去?”叔宝道:“小弟时当偃蹇①,再不曾想起单二哥;今日事出无奈,到二贤庄去把坐马卖与单二哥了。”伯当道:“兄坐的黄骠马卖与单二哥了?得了多少银子?”叔宝道:“却因马膘跌重了,讨五十两银子,实得三十两,就卖了。”伯当且惊且笑道:“单二哥是有名豪杰,难道与兄做交易,讨便宜?这也不成个单雄信了。如今同去,原马少不得奉还,还要取笑他几句。”叔宝道:“贤弟,我不好同去。到潞州不拜雄信,是我的缺典②。适才卖马,问及贱名,我又假说姓王。他问起历城秦叔宝,我只得说是相熟朋友,他又送我潞绸二匹、程仪三两。我如今同二位去,岂不是个踪迹变幻?二位到二贤庄去,替我委曲道意,说卖马的就是秦琼。先因未曾奉拜得罪,后因赧颜不好相见,故假托姓王;殷勤之意,已铭肺腑,异日再到潞州登堂拜谢。”

玄邃道:“我们在此与单二哥四人相聚,正好盘桓③。兄有心久客,不在一两日为朋友羁留。我们明日拉单二哥来,欢聚两日才好话别。吾兄尊寓在于何处?”叔宝道:“我久客念母,又有批回在身。明日把单二哥所赠程仪,收拾两件衣服,即欲还家。二位也不必同单二哥来看我。”伯当、玄邃道:“下处须要说知,那有好弟兄不知下处的道理?”叔宝道:“实在府西首斜对门王小二店里。”伯当道:“那王小二第一炎凉,江湖上有名的王老虎,在兄分上可有不到之处?”叔宝感柳氏之贤,不好在两个劣性④朋友面前说王小二的过失处,道:“二位贤弟,那王小二虽是炎凉,到还有些眼力,他夫妇二人在我面上,甚是周到。”这叫做:

小人行短终须短,君子情长到底长。

---

① 偃蹇(yǎnjiǎn)——困顿不得志。

② 缺典——欠缺,不周到。

③ 盘桓(huán)——住宿,逗留。

④ 劣性——脾气不好。

柳氏贤慧，连丈夫都带得好了；妻贤夫祸少，信不虚言也。三人饮到深黄昏后，伯当连叔宝先吃的酒账，都算还了店主。向叔宝道："今夜暂别，明日决要相会。吾兄落寞在此，吾辈决不忍遽别。明日见了单二哥，还要设处些盘缠，送与吾兄，切勿径去。"叔宝唯唯，出店作别。王、李二人别了叔宝上马，径出西门，往二贤庄。

叔宝却将紫衣裹着潞绸一处，径回王小二店来，因朋友不舍来得迟了。王小二见午后不归，料绝他不曾卖马，心上愈加厌贱，不等叔宝来家，径把门扇关锁了。叔宝到了扣门，小二冷声扬气道："你老人家早些来家便好。今日留得客人又多，怕门户不谨慎锁了门。钥匙是客人拿在房中去了。恐怕你没处睡，外面那木柜上，是我揩抹干净的，你老人家将就睡睡。五更天起来煮饭，打发客人开门时，你老人家进来多睡一回就是了。"

叔宝牙关一咬，眼内火星直爆，拳头一举，心中怨气横飞："这个门不消我两个指头就推掉了，打了他一场，少不得惊官动府，又要羁身在此，打甚么紧？况单雄信是个好客的朋友，王、李二兄说起卖马的事，来朝不等红日东升，就来拜我；我却与主人结打见官，可是豪杰的举动？这样小人藉口就说我欠了许多饭钱，图赖他的，又打坏他的门面。适来又在王伯当面前，说他做人好，怎么朝更夕改，又说他不好？我转是不妥当的人了。小不忍则乱大谋，忍到如今已是塔尖了，不久开交，熬也熬得他起了。这样小人，说有银子还他，必就开门了。"

笑是小人能好利，谁知君子自容人。

叔宝踌躇了这一会，只得把气平了，叫道："小二哥，我的马卖了，有银子在此还你。在外边睡，我却放心不下，万有差池①，不干我事。"此时王小二听见言词热闹，想是果然卖马回来了。在门缝里张着，没有了马，毕竟有了银子，喜得笑将起来："秦爷，我和你说笑话儿耍子②，难道我开店的人，不知事体，这样下霜的天气，好叫你老人家在露天里睡不成？我家媳妇往客房讨钥匙去了。"柳氏拿着钥匙在旁，不得丈夫之言，不敢开门。听到小二要开，说道："钥匙来了。"

小二开门，叔宝进店，把紫衣潞绸柜上放下。王小二道："这是马价里

---

① 差(chā)池——意外。也作"差迟"。

② 耍子——玩耍。

搭来的么？不要他的货便好。”叔宝道：“这却不是马价里来的。有银子在此。”袖中取出银子来。小二见了银子道：“秦爷财帛要仔细，夜晚间不要弄他，收拾起了；且将就吃些晚饭，我明日替你老人家送行。”叔宝道：“饭不要吃了，竟拿账来算罢。”小二据过账簿道：“秦爷，你是不亏人的，但凭你算罢了。”叔宝看后边日子到住得多，随茶粥饭又有几日不曾吃饭，马又饿坏了，不曾上得马料。叔宝却慷慨，把蔡太守这三两银子不要算数，一天平兑十七两银子，付与小二。对柳氏道：“我匆匆起身，不能相谢，容日奉酬娘子。”柳氏道：“秦爷在此，款待不周，不罪我们，已见宽洪海量，还敢望谢？”叔宝道：“我的回批快拿与我。”柳氏道：“秦爷此时住那里去？”叔宝道：“此时城门还未关，我归心如箭，赶出东门再作去处。”小二也略留了一回，就把批文交与叔宝。叔宝取双锏行李，作别出店，径奔东门长行而去。

未知后事如何，且听下回分解。

第十回

东岳庙英雄染疴　二贤庄知己谈心

诗曰：

困阨识天心，提撕意正深。
琢磨成美玉，锻炼出良金。
骨为穷愁老，谋因艰苦沉。
莫缘频失意，黯黯泪沾襟。

如今人，小小不得意便怨天；不知天要成就这人，偏似困苦这人一般。越是人扶扶不起，莫说穷愁，便病也与他一场，直到绝处逢生，还像不肯放舍他的。

王伯当、李玄邃为叔宝急出城西，比及到二贤庄，已是深黄昏时候。此时雄信庄门早已闭上了。闻门外犬吠甚急，雄信命开了庄门，看有何人在我庄前走动。做两步走出庄来，定睛一看，却是王、李二友。三人抬手进庄，马卸了鞍，在槽头上料，手下都到耳房中去住了。雄信手下取拜毡过来，与二友顶礼相拜坐下。雄信命点茶摆酒。

叙罢了契阔①，伯当开言："闻知兄长今日恭喜得一良马。"雄信道："不瞒贤弟说，今日三十两银子，买了一匹千里神驹。"伯当道："马是我们预先晓得是一匹良马，只是为人再不要讨了小便宜，讨了小便宜，就要吃大亏。"雄信道："这马敢是偷来的么？"伯当道："马倒不是偷来的，且问卖马的你道是何人？"雄信道："山东人姓王，我因欢喜得紧，不曾与他细盘桓。二兄怎知此事？敢是与那姓王的相熟。"伯当道："我们倒不与姓王的相熟，那姓王的倒与老哥相熟了。巧言不如直道，那卖马的就是秦叔宝，适在西门店中相遇，道及厚情，又有所赠。"雄信点头咨嗟："我说这个人，怎么有个欲言又止之意？原来就是叔宝，如今往那里去了？"伯当道："下处在府西王小二店内，不久就还济南去矣。"雄信道："我们也不必睡了，借

---

① 契(qì)阔——久别的情愫。

此酒便可坐以待旦。”王、李齐道：“便是。”这等三人直饮到五更时候。正是：

酣歌忘旦暮，寤寐在英雄。

把马都备停当，又牵着一匹空马，要与叔宝骑。三人赶进西门，到王小二店前，寻问叔宝。叔宝却已去了。王小二怕他好朋友赶上，说出他的是非来，不说叔宝步行，说：“秦爷要紧回去，偶有回头差马，连夜回山东去了。”就是有马，那雄信放开千里龙驹也赶上了。忽然家中有个凶信到：雄信的亲兄出长安，被钦赐驰驿唐公发箭射死，手下护送丧车回来。雄信欲奔兄丧，不得追赶朋友。王、李二友因见雄信有事，把这追赶叔宝的念头亦就中止，各散去讫。

单题叔宝自昨晚黄昏深后，一夜走到天亮，只走得五里路儿。福无双至，祸不单行。如叔宝要走，一百里也走到了。他卖了马，又受着王小二的暗气，背着包儿，想着平日用马惯的人，今日黑暗里徒步，越发着恼，闯入山坳里去，迷了路头。及于行到天明，上了官路，回头一看，潞州城墙还在背后，却只有五里之遥。

富贵贫穷命里该，皆因年月日时排。
胸中有志休言志，腹内怀才莫论才。
庸劣乘时偏得意，英雄遭困有余灾。
饶君纵有冲天气，难敌平生运未来。

却说叔宝，穷不打紧，又穷出一场病来。只因市店里吃了一碗冷牛肉，初见王、李二友，心中又着实不自在，又是连夜赶路，天寒霜露太重，内伤饮食，外边感了寒气。天明是十月初二日，耳红面热，浑身似火，头重眼昏，寸步难行，还是禀气① 旺，又捱下五里路来。离城十里，地名十里店，有二三百户人家，人街头就是一座大庙，乃东岳行宫。叔宝见庙宇轩昂，且到里面晒晒日头再走。进三天门，上东庙殿前一层阶级，就像上一个山头，爬到殿上，指望叩拜神明，求阴空庇护。不想四肢无力，抬不起脚来，一个头眩，被门槛绊倒在香炉脚下。那一声响跌，好像共工愤怒撞倒不周

① 禀气——旧时谓受于天的命运或体气。

山[①];力士施椎击破始皇辇[②]。论叔宝跌倒,也不该这等大响,因有这条金装锏,背在背后,跌倒掼去,将磨砖打碎七八块。守庙的香火搀扶不动,急往鹤轩中,报与观主知道。

这观主却不是等闲之人,他姓魏,名徵,字玄成,乃魏州曲城人氏。少年孤贫,却又不肯事生业,一味好的是读书。以此无书不读,莫说三坟五典、八索九邱、诸子百家、天文地理、韬略诸书,无不精熟,就是诗词、歌赋、小技,却也曲尽其妙。且又素有大志,遇着英雄豪杰,倾心结纳。因是隋时,重门荫,薄孤寒,一时当国的卿相,下至守令,都是一干武巨,重的是膂力,薄的是文墨。自叹生不遇时,隐居华山,做了道士。后遇一个道友,姓徐名洪客,与他意气相投,道:“隋主猜忌,诸子擅兵,目今一统,也只是为真人扫除,却不能享用。我观天象,真人已生,大乱将起。子相带贵气,有公卿之骨,无神仙之分。可预先打点一个王佐,应时而起,朝夕只与他讲些天文,说些地理、帷幄奇谋、疆场神策。”忽一日对魏徵道:“昨观王气,起于参井之分,应是真人已生。罡星复入赵魏分野,应时佐命已出,王气犹未王,其人尚未得志,罡星色多沉晦,其人应罹困厄。不若你我分投求访,交结于未遇之先,异日再与子相会。”洪客遂入太原,魏徵却在潞州。他见单雄信好客,是一个做得开国功巨的,因此借寓东岳庙中,图与交往,且更要困厄中寻几个豪杰出来,以为后日帮手。

这日正在鹤轩内看诵黄庭。正是:

　　无心求羽化,有意学鹰扬。

香火进报道:“有个酒醉汉,跌倒在东岳庙上。随身兵器,将磨细方砖,打碎了好几块,搀又搀他不动,来报老爷知道。”魏玄成想:“昨夜仰观天象,有罡星临于本地,必此人也。待我自家出去。”离了鹤轩,径到殿上来,见叔宝那狼狈的景象:行李掼在一边,也没人照管,一双臂膊屈起,做了枕头,一手瘸着,把破衣袖盖了自己的面貌。香火道:“方才那双脚还绊在门槛上,如今又缩下来了。”魏玄成上前把手揭开衣袖,定睛一看,见满面通

---

① 共工句——共工,神话中的英雄。《淮南子·天文训》记:“昔者共工与颛顼争为帝,怒而触不周之山,天柱折,地维绝。”

② 力士句——秦初立,始皇东巡至博浪沙。有力士隐伏道旁,抛巨椎击辇,未遂。相传为张良所使。

红。他得的阳症,类于酒醉,不能开言,但睁着两个大眼。魏徵点头叹道:"兄在穷途,也不该这等过饮。"叔宝心里明白,喉中咽塞,讲不出话来。挣了半日,把右手伸将出来,在方砖上写着"有病"两字。那方砖虽净,未免有些灰尘,这两字到也看得清楚。魏玄成道:"兄不是酒困,原来是有恙。"叔宝把头点一点。玄成道:"不打紧。"叫道人:"房中取我的棕团过来。"放在叔宝面前,盘膝坐下,取叔宝的手,放在自己膝上。寸关尺三脉一呼四至,一吸四至,少阳经受症,内伤饮食,外感风寒,还是表症,不打紧。

却只是大殿上风头里睡不得,后面又没有空间的房屋,叫道人就扶在殿上左首堆木料家伙的一间耳房里去。虽非精室,却无风雨来侵。地上铺些稻草,把棕团盖上,放叔宝睡下,双锏因众人拿不起,仍留在殿角。玄成把叔宝被囊打开,内有两匹潞绸,紫衣一件,一张公文批回,又有十数两银子,就对叔宝道:"这几件东西,恐兄病中不能照顾,待贫道收在房中,待兄病体痊可,交还兄何如?那双锏,我叫道人搓两条粗壮草绳,捆束在一处,就放在殿角耳房门首,量人也偷不动,好借他来辟去些阴气虚邪。"叔宝听说伏地叩首。玄成把紫衣潞绸等件,收拾进房,在鹤轩中撮一帖疏风表汗的药儿,煎与叔宝吃了,出了一身大汗。次日就神思清爽,便能开言。玄成不住的煎药与叔宝吃,常来草铺头边坐倒,与叔宝盘桓,渐将米汤调理,病亦逐渐安妥。

不觉二七一十四日,是日乃十月十五日,却是三元寿诞。近边居民,在东岳庙里做会。五更天就开大门,殿上撞钟擂鼓。叔宝身子虚弱,怎么当得?虽有玄成盘桓,却无亲人看管,垢面蓬头,身上未免有些龌龊,气息难当。这些做会的人,个个憎嫌,七嘴八舌。正是:

身居卵壳谁知凤,迹混鲸鲵孰辨龙?

大凡僧道住庵,必得一两个有势力的富户作护法,又常把这些酒食餍足这些地方无赖破落户,方得住身安稳。魏玄成虽做黄冠①,高岸气骨还在,如何肯俯仰大户,结识无赖?所以众人都埋怨魏道士可恶,容留无籍之人,秽污圣殿。叔宝听见,又恼又愧。正无存身之地,恰凑着单员外来了。

雄信带领手下人到东岳庙来,要与故兄打亡醮。众会首迎出三天门

---

① 黄冠——道士的别称。

来道:“单员外来得正好。”雄信道:“有甚说话么?”众人道:“东岳庙是我潞州求福之地,魏道主妄自擅专,容留无赖异乡之人,秽污圣殿,不堪瞻仰。单员外须要着实处他。”雄信是个有意思的人,不作福首,不为祸先,缓言笑道:“列位且住,待我对他讲,自有道理。”说了自上殿来,叫手下去请魏法师出来,自己走到两旁游玩。只见钟架后尽头黑暗里锏光射出,雄信上前仔细一看,却是一对双锏,草绳捆倒在地。雄信定睛看了,默然半晌,便问众人道:“这兵器是那里来的?”众道人齐声答道:“这就是那个患病的汉子背来的。”

雄信忙欲再问,只见魏玄成笑容满面,踱将出来,向雄信作了揖。雄信便问道:“魏先生,舍亲们都在这里,谈论这座东岳庙,乃是潞州求福之地,须要庄严洁净,以便瞻仰。今闻先生容留甚么人住在庙中,作践秽污,众心甚是不喜,故此特问先生,端的不知何等样人?”玄成从容道:“小道出家人,岂敢擅专。只因见这个病夫,不是个寻常之人,故此小道也未便打发他去。又况客中患病,跌倒在殿上,小道只得把药石调治,才得痊安。出于一念恻隐,望员外原情恕罪,致意列位施主。”雄信忙问道:“殿角的双锏,就是那人的兵器么?是那里人氏?”玄成道:“山东齐州人。”雄信为叔宝留心,听见“山东齐州”四字,吓了一跳,急问道:“姓甚么?”玄成道:“那月初二日,跌倒在殿,病中不能开言,有一张公文的批回上,写单名叫做秦琼。及至次日清楚,与他盘桓问及,表字叫做叔宝,乃北齐功勋苗裔。”雄信忙止住接口问道:“如今在那里?”玄成把手一指道:“就在这间耳房里住下。”雄信搀着玄成的手,推进侧门里来,忙叫手下人:“快扶秦爷起来相见。”手下人三四个在铺上抓寻,影儿也没有一个。雄信焦躁道:“难道晓得我来,躲在别处去了不成?”一个香火道:“我刚才见他出殿去小解,如今想在后边轩子里。”雄信见说,疾忙同玄成走出殿来。

原来叔宝亏了魏玄成的药石,调理了十四五日,身中病势已退,神气渐觉疏爽。是日因天气和暖,又见殿上热闹,故走出来。小解过,就坐在后轩里,避一避众人憎恶,只见一个火工,衣兜里盛着几升米,手里托着几扎干菜走出。叔宝问道:“你拿到那里去?”火工道:“干你甚么事?我因老娘身子不好,刚才向管库的讨几升小米,几把干菜,回家去等他熬口粥儿将息将息。”叔宝见说,猛省道:“小人尚思孝母,我秦琼空有一身本事,不与孝养,反抛母亲在家,累他倚闾而望。”想到其间,止不住双泪流落。见桌上有记账的秃笔一枝在案，忙取在手。他虽在公门中当差，还粗知文墨，向粉壁上题着几句道：

兕[①]虎驱驰，甚来由，天涯循辙？白云里，凝眸盼望，征衣滴血。沟洫岂容鱼泳跃，鼠狐安识鹏程翼？问天心何事阻归期，情呜咽。七尺躯，空生杰；三尺剑，光生箧。说甚擎天捧日名留册，霜毫点染老青山，满腔热血何时泻，恐等闲白了少年头，谁知得？（调寄《满江红》）

叔宝正写完，只听见闹哄哄的一行人走进来。叔宝仔细一看，见有雄信在内，吃了一惊，避又无处避得，只得低着头，伏在栏杆上。只听见魏玄成喊道："原来在这里！"此时单雄信紧上一步，忙抢上来，双手捧住叔宝，将身伏倒道："吾兄在潞州地方，受如此凄惶，单雄信不能为地主，羞见天下豪杰朋友！"叔宝到此，难道还不好认？只得连忙跪下，以头触地叩拜道："兄长请起，恐贱躯污秽，触了仁兄贵体。"雄信流泪道："为朋友者死。若是替得吾兄，雄信不惜以身相代，何秽污之有？"正是：

已成兰臭合，何问迹云泥。

回顾魏玄成道："先生，先兄亡醮之事，且暂停几日。叔宝兄零丁如此，学生不得在此拈香，把香仪礼物先生都收下了，我与叔宝兄回家。待此兄身体康健，即到宝观来还愿，就与先兄打亡醮，却不是一举而两得？"吩咐手下："秦爷骑不得马，看一乘暖轿来。"

其时外边众施主，听见说是单员外的朋友，尽皆无言散去了。魏玄成转到鹤轩中去，将叔宝衣服取出，两匹潞䌷，一件紫衣，一张批回，十数两银子，当了雄信面前，交与叔宝。雄信心中暗道："这还是我家的马价银子哩。"叔宝举手相谢，别了玄成，同雄信回到二贤庄。自此魏玄成、秦叔宝、单雄信三人，都成了知己。

到书房，雄信替叔宝沐浴更衣，设重裀叠褥，雄信与叔宝同榻而睡，将言语开阔他的胸襟，病体十分痊妥。日日有养胃的东西供给叔宝，还邀魏玄成来与他盘桓，正赛过父子家人。正是：

莫恋异乡生处好，受恩深处便为家。

只是山东叔宝的老母，爱子之心无所不至，朝夕悬望，眼都望花了。又常闻得官府要拿他家属，又不识生死存亡，求签问卜，越望越不回来，忧

---

① 兕(sì)——古代犀牛一类的凶兽。

出一场大病，卧在床上，起身不动。正是：

心随千里远，病逐一愁来。

还亏得叔宝平日善于交几个通家的厚友，晓得叔宝在外日久，老母有病。众人约会齐了，馈送些甘供之费，又兼省问秦老伯母。秦母道："通家子侄，都来相看，这也难得，都请进内房中来。"坐到榻前，共是四人：西门外异姓同居、今开鞭仗行的贾润甫，齐州城头叔宝同当差的三人：唐万仞、连明，同差出去的樊建威。秦母坐于床上，叔宝的娘子张氏立在卧榻之后，以幔帐遮体。秦母见儿子这一般朋友，都坐在床前，观景伤情，不觉滚下泪来道："列位贤侄，不弃老朽，特来看我，足见厚情。但不知我儿秦琼如何下落？一去不回，好教我肝肠都断。"贾润甫等对道："大哥一去不回，真好奇怪。老伯母且放心，吉人天相，料无十分大虑，不争早晚多应到家。"秦母埋怨樊建威道："我儿六月里与你同差出门，烧脚步纸起身，你便九月里回来了。如今隆冬天气，吾儿音信全无，多应不在人世了。"媳妇听得婆婆这一句话儿，幼妇不敢高声，在帷帐中啾啾唧唧，也啼哭起来。

众人异口同声，都埋怨樊建威道："樊建威，你干的甚么事？常言道：'同行无疏伴。'二齐出门，难道不知秦大哥路上为何耽搁，端的几时就该回来，如今为何还不到家？老伯母止生得大哥一人，久不回家，举目无亲，叫他怎不牵挂？"樊建威道："诸兄在上，老伯母与秦大嫂埋怨小弟，不敢分辩。诸兄是做豪杰的人，岂不知在家千日好，出门一时难？六月里山东赶到长安，兵部衙门挂号守批回，就担误了两个月。到八月十五，才领了批。秦大哥到临潼山，适遇唐国公遇了强盗，正在厮杀之际，大哥抱不平起来，救了唐公，出得关外，匆匆的分了行李，他往潞州，我往泽州。不想盘缠银子，总放在我的箱内，及至分路之后，方才晓得，途中也用尽了。如今等不得他回来，也补送在此。"把一包银子放在榻前。秦母道："我有四两银子，叫他买潞绸的，想必他也拿来盘缠了。"樊建威道："我到泽州时节，马刺史又往太原恭贺唐公李爷去了。两个犯人养在下处，却又柴荒米贵。及至官回投文领批，盘费俱无了。"秦母道："这都是你的事，你此后可晓得吾儿的消息呢？"樊建威道："若算起路程日子，唐公李爷到太原时，秦大哥已该到潞州了。那时蔡刺史还不曾出门，是断乎先投过文了。我晓得秦大哥是个躁性的人，难道为了批回，担误在潞州不成？我若是有盘费，也枉道到潞州寻他，讨个准信。因没了盘费，径自回来，那里晓得秦大哥还不到家?”众友道:“这也难怪你,只是如今你却辞不得劳苦,还往潞州找寻叔宝回来,才是道理。”樊建威道:“老伯母不必烦恼,写一封书起来,待小侄拿了到潞州去,找寻大哥回来便了。”

秦母命丫环取文房四宝,呵开冻笔,写几个字封将起来,把樊建威补还的解军银子,一同付与樊建威道:“这银子你原拿去盘费,寻他回来却不是好!”樊建威道:“小侄自盘缠去,见了大哥,也就盘缠他回来了,何必要动他前日的银子?”秦母道:“你还是拿去,只觉方便。”众人道:“如今只要急寻大哥回来,你便多带些盘缠去也好,不如从了老伯母之命。”樊建威道:“如此,小侄就此告别,去寻大哥了。”秦母道:“远劳你却是不当。”众人将送来的银钱,都安在秦母榻前,各散去讫。樊建威回家,收拾包裹行囊,离了齐州,竟奔河东潞州一路,来寻叔宝。

不知可寻得着否,且听下回分解。

第十一回

冒风雪樊建威访朋　乞灵丹单雄信生女

诗曰：

雪压关山惨不收，朔风吹送白蒙头。
身忙不作洛阳卧，谊密时移刻水舟。
怪杀颠狂如落絮，生憎轻薄似浮沤。
谁知一夕蓝关路，得与知心少逗留。

这一首雪诗，单说这雪是高人的清事，豪客的酒筹，行旅的愁媒，却又在无意中使人会合。

樊建威自离山东，一日到了河东，进潞州府前，挨查了几个公文下处，寻到王小二店，问道："借问一声，有个山东济南府人，姓秦号叫做叔宝，曾在你家作寓么？"小二道："是有个秦客人，在我家作寓。十月初一日，卖了马做路费，星夜回去了。"樊建威闻言，长叹流泪。王小二店里有客，一阵大呼小叫，转身走进去了。

柳氏听见关心，走近前问道："尊客高姓？"樊建威道："在下姓樊。"柳氏道："就是樊建威么？"樊建威道："你怎么便知我叫樊建威？"柳氏道："秦客人在我家蹉跎许久，日日在这里望樊爷来。我们又伏侍他不周，十月初一黄昏时候起身的，难道还不曾到家么？"樊建威道："正为没有回家，我特来寻他。"心中想道："如今是腊月初旬，难道路上就行两个多月？此人中途失所了，在此无益。"吃了一餐午饭，算了饭钱，闷闷地出东门，赶回山东。

天寒风大，刮下一场大雪来。樊建威冒雪冲风，耳朵里颈窝里，都钻了雪进去，冷气又来得利害，口也开不得。只见：

乱飘来燕塞边，密洒向孤城外，却飞还梁苑去，又回转灞桥来。攘攘挨挨颠倒把乾坤压，分明将造化埋。荡摩得红日无光，威逼得青山失色。长江上冻得鱼沉雁杳，空林中饿得虎啸猿哀。不成祥瑞反成害，侵伤了垄麦，压损了庭槐。暗昏柳眼，勒绽梅腮，填蔽了锦重重禁阙宫阶，遮掩了绿沉沉舞榭歌台。哀哉苦哉，河东贫士愁无奈。猛惊猜，忒奇怪，这的是天上飞来冷祸胎，教人遍地下生灾。几时守得个赫威威太阳真火当头晒，暖溶溶和气春风滚地来。扫彤云四开，现青天一块，依旧祥光瑞烟霭。

樊建威寒颤颤熬过了十里村镇，天色又晚，没有下处，只得投东岳庙来歇宿。那座庙就是秦叔宝得病的所在，若不是这场大雪，怎么得樊建威刚刚[①]在此歇宿？这叫做：

踏破铁鞋无觅处，得来全不费工夫。

东岳香火正在关门，只见一人捱将进来投宿。道人到鹤轩中报与魏观主。观主乃是极有人情的，即便延纳樊建威到后轩中，放下行李，抖去雪水，与观主施礼。观主道："贵处那里？"樊建威道："小弟姓樊，山东齐州人，往潞州找寻朋友，遇此大雪，暂停宝宫借宿一宵，明日重酬。"观主道："足下是樊先生，尊字可是建威么？"樊建威吓了一跳，答道："仙长何以知我名字？"观主道："叔宝兄曾道及尊字。"樊建威大喜道："那个叔宝？"观主道："先生又多问了，秦叔宝能有得几个？"樊建威忙问："在那里？"观主道："十月初二日，有病到敝观中来。"樊建威顿足道："想是此兄不在了，且说如今怎么样了？"观主道："十月十五日，二贤庄单员外邀回家去，与他养病。前日十一月十五日，病体全愈，在敝宫还愿。因天寒留住在家，不曾打发他回去，现在二贤庄单员外处。"樊建威一闻此言，却像什么光景？就像是：

穷士获金千两，寒儒连中高魁。洞房花烛喜难挨，久别亲人重会。困虎肋添双翅，蛰龙角奋春雷。农夫苦旱遇淋漓，暮景得生骐骥。（调寄《西江月》）

观主收拾果酒，陪建威夜坐。樊建威因雪里受些寒气，身子困倦，倒也放量多饮几杯热酒。暂且睡过一宵，才见天明，即便起身，封一封谢仪，送与观主。这观主知是秦叔宝的朋友，死也不肯受他的，留住樊建威吃了早饭，送出东岳庙来，指示二贤庄路径。樊建威竟投雄信庄上来。

此时雄信与叔宝，书房中拥炉饮酒赏雪，倒也有兴。正是：

对梅发清兴，借酒敌寒威。

---

① 刚刚——恰巧。

手下庄客来报,山东秦太太央一个樊老爷寄家书在外。叔宝喜道:“单二哥,家母托樊建威寄家书来了。”二人出庄迎接。叔宝笑道:“果然是你。”建威道:“前日分行李时,银子却在弟处,不曾分得。回去送与伯母,伯母定要小弟做盘缠,寻觅吾兄回去。”叔宝道:“为盘缠不曾带得,耽搁出无数事来。”雄信道:“前话慢提,且请进去。”雄信叫手下人,接了樊老爷的行李,一直引到书房暖处。雄信先与建威施宾主之礼,叔宝又拜谢建威风雪寒苦之劳。雄信吩咐手下重新摆酒。叔宝问道:“家母好么?”建威道:“有书在此请看。”叔宝开缄和泪读罢,就去收拾行李。

一封书寄思儿泪,千里能牵游子心。

雄信看见,微微暗笑。酒席完备了,三人促膝坐下。雄信问道:“叔宝兄,令堂老夫人安否?”叔宝道:“家母多病。”雄信道:“我看见兄急急装束,似有归意。”叔宝眼中垂泪道:“不是小弟无情,饱则思去。奈家母病重,暂别仁兄,来年登堂拜谢仁兄活命之恩。”雄信道:“兄要归去,小弟也不敢拦阻。但朋友有责善之道,忠臣孝子,何代无之,要做便做个实在的人,不要做沽名钓誉的人。”叔宝道:“请兄见教,怎么是真孝?怎么是假孝?”雄信道:“大孝为真,小孝为假。徇情遂意,故名为假。兄如今星夜回去,恰像是孝,实非真孝。”叔宝眼泪都住了,不觉笑将起来道:“小弟贫病流落,久隔慈颜,实非得已。今闻母病,星夜还家,乃人子至情,怎么呼为小孝?”樊建威道:“秦大哥一闻母病,二奉母命,作急还家,还是大孝。”

雄信道:“你们只知其一,不知其二。令先君北齐为将,北齐国破身亡,全其大节,乃亡国之臣,不可与图存。天不忍忠臣绝后,存下兄长这一筹英雄,正当保身待用,克光前烈。你如今星夜回去,寒天大雪,贵恙新愈,倘途中复病,元气不能接济,万一三长两短,绝了秦氏之后,失了令堂老伯母之望,虽出至情,不合孝道。岂不闻君子道而不径,舟而不游;跬步之间,不敢忘孝。冒寒而去,吾不敢闻命。”叔宝道:“然则小弟不去,反为孝么?”雄信笑道:“难道教兄终于不去么?只是迟早之间,自有道理。况令堂老伯母是个贤母,又不是不达道理的。今日托建威兄来找寻,只为爱子之心,不知下落,放你不下。兄如今写一封回书,说领文耽搁日久,正待还家,忽染大病。今虽全愈,不能任劳。闻令急欲归家定省,径说小弟苦留,略待身子劳碌得起,新年头上便得回家。令堂得兄下落所在,忧病自然痊可,晓得尊恙新痊,也定不要你冒寒而去。我与兄长既有一拜,即如我母一般，收拾些微礼，作甘旨之费，寄与令堂，且安了宅眷。再托樊兄把潞州解军的批回，往齐州府禀明了刘老爷，说兄卧病在潞州，尚未回来，注消完了衙门的公事，公私两全。待来春日暖风和，小弟还要替兄设处些微本钱，劝兄此番回去，不要在齐州当差。求荣不在朱门下，倘奉公差遣，由不得自己。使令堂老伯母倚门悬望，非人子事亲之道。迟去些时，难道就是不孝了？"

叔宝见雄信讲得理深情切，又自揣怯寒不能远涉，对樊建威道："我却怎么处？还是同兄回去，还是先写书回去？"樊建威道："单二哥极讲得有理。令堂老伯母，得知你的下落，自然病好，晓得你在病后，也不急你回家了。"叔宝向雄信道："这等说，小弟且写书安家母之心。"叔宝就写完了书，取批回出来，付与樊建威，嘱托他完纳衙门中之事。雄信回后房取潞绸四匹，碎银三十两，寄秦母为甘旨之费。又取潞绸二匹，银十两，送樊建威为贶敬。建威当日别去，回到山东，把书信银两交与秦母，又往衙门中完了所托之事。雄信依旧留叔宝在家。

一日叔宝闲着，正在书房中看花遣兴。雄信进来说了几句闲话，双眉微蹙，默然无语，斜立苍苔。叔宝见他这个模样，只道他有厌客之意，耐不住问道："二哥平日胸襟洒落，笑傲生风，今日何故有忧疑之色？"雄信道："兄长不知，小弟平生不喜言愁。前日亡兄被人射死，小弟气闷了三四日，因这桩事，急切摆布，且把丢开。如今只因弟妇有恙，无法可以调治，故此忧形于色。"叔宝道："正是我忘了问兄，尊嫂是谁氏之女？完姻几年了？"雄信道："弟妇就是前都督崔长仁的孙女，当年岳父与弟父有交。不道不多几时，父母双亡，家业漂零，故此其女即归于弟处。且喜贤而有智，只是结缡以来六七年了，尚未生产。喜得今春怀孕，迄今十一月尚未产下，故此弟弟忧疑在心。"叔宝道："弟闻自古虎子麟儿，必不容易出胎；况吉人天相，自然瓜熟蒂落，何须过虑？"

正闲话间，只听见手下人，嘈嘈的进来报道："外边有个番国僧人在门首，强要化斋，再回他不去。"雄信听说，便同叔宝出来。只见一个番僧，身披着花色绒绣禅衣，肩挑拐杖，那面貌生得：

一双怪眼，两道拳眉。鼻尖高耸，恍如鹰爪钩镰；须鬓蓬松，却似狮张海口。嘴里念着番经罗利，手里摇着铜磬琅珰。只道达摩乘苇渡，还疑铁拐降山庄。

雄信问道："你化的是素斋荤斋？"那番僧道："我不吃素。"雄信见说，叫手下人切一盘牛肉，一盘馍馍，放在他面前。雄信和叔宝坐着看他。那番僧双手扯来，不多几时，两盘东西吃得罄尽。雄信见他吃完，就问他道："师父如今往那里去？"那番僧道："如今要往太原，一路转到西京去走走。"雄信道："西京乃辇毂之下，你出家人去做什么？"番僧道："闻当今主上倦于政事，一切庶务，俱着太子掌管。那太子是个好玩不耐静的人，所以咱这里修合几颗耍药，要去进奉他受用。"叔宝道："你的身边只有耍药，没有别的药么？"番僧道："诸药都有。"雄信道："可有催产调经的丸药，乞赐些。"番僧道："有。"向袖中摸出一个葫芦，倾出豌豆大一粒药来，把黄纸包好，递与雄信道："拿去等定更时，用沉香汤送下。如吃下去就产是女胎；如隔一日产，便是个男胎了。"说完立起身来，也不言谢，竟自扬长去了。

雄信携着叔宝的手，向书房中来。叔宝叹息道："主上怠政卸权，四海又盗贼蓬起，致使外国番隅，多已知道。将来吾辈不知作何结果？"雄信道："愁他则甚？若有变动，吾与兄正好扬眉吐气，干一番事业。难道还要庸庸碌碌过活？"说罢进去。

其夜，雄信将番僧所赠之药，与崔夫人服下。交夜半子时，但闻满室莲花香，即养下一个女孩儿来，取名爱莲。夫妻二人喜之不胜。正是：

明珠方吐艳，兰茁尚无芽。

叔宝闻知，不胜欣喜。倏忽间不多几日，已到了除夕。雄信陪叔宝饮到天明，拥炉谈笑，却忘了身在客乡。叔宝又想着功名未遂，踪迹飘零，离母抛妻，却又愀然不乐。天明又是仁寿二年正月，年酒热闹。叔宝席席有分，吃得一个不耐烦起来。一个新年里，弄得昏头搭脑，没些清楚。

将酒滴愁肠，愁重酒无力。

又接了赏灯的酒，主人也困倦了。雄信十八日晚间，回到后房中去睡了。叔宝自己牵挂老母，再不得睡下，只管在灯底下走来走去。那些手下人见他不睡，问道："秦爷，这早晚如何还不睡？"叔宝道："我要返山东之心久矣，奈你员外情厚，我要辞他，却开不得口。列位可好让我去了，我留书一封，谢你员外罢。"因主人好客，手下个个是殷勤的，众人道："秦爷在此，正好多住住儿去，小的们怎么敢放秦爷回去？"叔宝道："若如此我更有处。"又在那厢点头指手，似有别思。众人恐怕一时照顾不迭，被他走去，主人毕竟见怪。一边与叔宝讲话，一边就有人报与主人道："秦大爷要去了。”雄信闻言，披衣拖履而出道：“秦大哥为何陡发归兴？莫不是小弟简慢不周，有些见罪么？”叔宝道：“小弟归心，无日不有，奈兄弟情重，不好开言。如今归念一动，时刻难留，梦魂颠倒，怕着枕席。”言罢流下泪来。有集唐诗道：

愁里看春不当春，每逢佳节倍思亲。
谁堪登眺烟云里，水远山长愁杀人。

雄信道：“吾兄不必伤感。既如此，天明就打发吾兄长行便了。今晚倒稳睡一觉，以便早起。”叔宝道：“已是许下了呢！”雄信道：“我一世不曾换口，难道欺兄不成？”转身走进去了。叔宝积下一向熬煎，顿觉宽慰。手下人道：“秦爷听得员外许了明日还家，笑颜便增了许多。”叔宝上床伸脚畅睡不题。

你道雄信为何直要留到此时，才放他回去？自从那十月初一日，买了叔宝的黄骠马下来，伯当与李玄邃说知了，就叫巧手匠人，像马身躯，做一副镀金鞍辔，正月十五日方完。异常细巧，耀眼争光。欲以厚礼赠叔宝，又恐他多心不受，做一副新铺盖起来。将白银打扁，缝在铺盖里，把铺盖打卷，马备了鞍辔，捎在马鞍鞒后，只说是铺盖，不讲里面有银子。方才把那黄骠马牵将出来，又自有当面的赆礼。叔宝要向东岳庙去谢魏玄成，雄信又着人去请了来。宾主是一桌酒奉饯。旁边桌子上，摆五色潞绸十匹，做就的寒衣四套，盘费银五十两。

雄信与叔宝把盏饮酒，指桌上礼物向叔宝道：“些微薄敬，望兄笑纳。往日叮咛求荣不在朱门下，这句说话，兄当牢记，不可忘了。”魏玄成道：“叔宝兄低头人下，易短英雄之气；况弟曾遇异人，道真主已出，隋祚① 不长。似兄英勇，怕不做他时佐命功臣？就是小弟托迹黄冠，亦是待时而动。兄可依员外之言，天生我材，断不沦落。”叔宝心中暗道：“玄成此言，殊似有理。但雄信把我看小了。这叫做久处令人贱，赆送了几十两银子，他就叫我不要入公门。他把我当在家常是少了饭钱卖马的人。不知我虽在公门，上下往来朋友，赆礼路费，费几百金不能过一年，他就说许多闲话。”只得口里答谢道：“兄长金石之言，小弟当铭刻肺腑。归心如箭，酒不能多。”雄信取大杯对饮三杯，玄成也陪饮三杯。叔宝告辞，把许多物件，

① 祚(zuò，音作)——君主的位置。

都捎在马鞍桥后，举手作别。正是：

挥手别知己，有酒不尽倾。
只因乡思急，顿使别离轻。

出庄上马，紧纵一辔，那黄骠马见了故主，马健人强，一口气跑了三十里路，才收得住。捎的那铺盖拖下半边来。这马若叔宝自己备的，便有筋节，捎的行李，就不得拖将下来；却是单家庄上手下人捎的，一顿顿松了皮条，马走一步踢一脚。叔宝回头看道："这行李捎得不好，朋友送的东西，若失落了，辜负他的好意。耽迟不耽错，前边有一村镇，且暂停一晚，到明日五更天，自己备马，行李就不得有差错了。"径投店来。此处地方名皂角林，也是叔宝时运不利，又遭出一场大祸来。

未知性命如何，且听下回分解。

第十二回

皂角林财物露遭殃　顺义村擂台逢敌手

诗曰：

英雄作事颇皦皦，诡夫何故轻淄涅。
积猜惑信不易明，黑白妍媸难解别。
雉网鸿罹未足悲，从来财货每基危。
石崇金谷空遗恨，奴辈利财能尔为。
堪悲自是运途蹇，干戈匝地无由免。
昂首嗟嘘只问天，纷纷肉眼何须谴。

凡人无钱气不扬，到得多财，却也为累。若土著之民，富有资财，先得了一个守财虏的名头，又免不得个有司看想、亲友妒嫉。若在外囊橐沉重了些，便有劫掠之虞。迹涉可疑，又有意外之变，怕不福中有祸，弄到杀身地位。

话说秦叔宝未到皂角林时，那皂角林夜间有响马，割了客人的包去。这店主张奇，是一方的保正，同十一个人，在潞州递失状去，还不曾回来。妇人在柜里面招呼，叫手下搬行李进客房，牵马槽头上料，点灯摆酒饭，已是黄昏深后。张奇被蔡太守责了十板，发下广捕批，着落在他身上，要捉割包响马，着众捕盗人押张奇往皂角林捉拿。晓得响马与客店都是合伙的多，故此蔡太守着在他身上。叔宝在客房中，闻外面喧嚷，又认是投宿的人，也不在话下。

且说张奇进门，对妻子道："响马得财漏网，瘟太守面糊盆，不知苦辣，倒着落在我身上，要捕风弄月，教我那里去追寻？"妇人点头，引丈夫进房去。众捕盗亦跟在后边，听他夫妻有甚说话。张奇的妻子对丈夫道："有个来历不明的长大汉子，刚才来家里下着。"众捕盗闻言，都进房来道："娘子你不要回避，都是大家身上的干系。"妇人道："列位不要高声，是有个人在我家里。"众人道："怎么就晓得他是来历不明？"妇人道："这个人浑身都是新衣服，铺盖齐整，随身有兵器，骑的是高头大马。说是做武官的，毕竟有手下仪从;说是做客商的,有附搭的伙计。这样齐整人,独自个投宿,就是个来历不明的了。”众人道:“这话讲得有理,我们先去看他的马。”手下掌灯,往后槽来看。却不是潞州的马,像是外路的马,想是拒捕官兵追下来失落了,单问:“如今在那个房里?”妇人指道:“就是这里。”众人把堂前灯,都吹灭了,房里却还有灯。众人在壁缝外,往里窥看。

叔宝此时晚饭吃过,家伙都收拾,出去把门拴上,打开铺盖要睡。只见褥子重得紧,捏去有硬东西在内,又睡不得;只得拆开了线,把手伸进去摸将出来。原来是马蹄银,用铁锤打扁,斩方的好像砖头一般,堆了一桌子。叔宝又惊又喜,心中暗道:“单雄信,单雄信,怪道你教我回山东,不要当差。原来有这等厚赠,就是掘藏,也还要费些力气,怎有这现成的造化。他想是怕我推辞,暗藏在铺盖里边。单二哥真正有心人也。”只不知每块有多少重,把银子逐块拿在手里掂一掂,试一试。那晓得:

隔墙须有耳,窗外岂无人?

众捕盗看他暗喜的光景,对众人道:“是真正响马。若是买货的客人,自己家里带来的本钱,多少轻重,自然晓得。若是卖货的客人,主人家自有发账法码,交兑明白,从没有不知数目的。怎么拿在饭店里,掂斤播两。这个银子难道不是打劫来的么?决是响马无疑。”常言道:“缚虎休宽。”先去后边把他的马牵来藏过了,众捕盗腰间解下十来条索子,在他房门外边,柜栏柱磉门房槅子,做起软绊地绷来,绊他的脚步。拣一个有胆量的,先进去引他出来。

店主张奇先瞧见他这一桌子的银子,就留了心,想:“这东西是没处查考的,待我先进房去,携他几块,怕他怎的?”对众人道:“列位老兄,你们不知我家门户出入,待我先进去引他出来何如?”众捕人晓得利害的,随口应道:“便等你进去。”张奇一口气吃了两三碗热酒,用脚将门一蹬,那门闩是日夜开闭,年深月久,滑溜异常,一脚激动,便跳将出来。张奇赶进房去,竟抢银子。叔宝为这几两银子,手脚都乱了。若空身坐在房里,人打进来招架住了,问个明白,就问出理来了。因有满桌的银子,不道人来拿他,只道歹人进来抢劫,怒火直冲,动手就打。一掌去,遏的一声响,把张奇打来撞在墙上,脑浆喷出,哎呀一声,气绝身亡。正是:

妄想黄金入袖,先教一命归泉。

外面齐声呐喊:“响马拒捕伤人。”张奇妻子举家号啕痛哭。叔宝在房里着忙起来："就是误伤人命，进城到官，也不知累到几时。我又不曾通名，弃了行囊走脱了罢。"拽开脚步，往外就走。不想脚下密布软绊，轻轻跌倒。众捕盗把挠钩将秦琼搭住，五六根水火棍一起一落。叔宝伏在地绷上，用膀臂护了自己头脑，任凭他攒打，把拳头一顿，短棍俱折。众人又添换短兵器，铁鞭拐子、流星铁尺、金刚箍、铁如意，乒乓劈拍乱打。正是：

虎陷深坑难展爪，龙遭铁网怎腾空。

四肢都打伤了。众人将叔宝跣[1]剥衣裳，绳穿索绑，笔砚来写响马的口词。叔宝道："列位，我不是响马，是山东齐州府刘爷差人，去年八年间，在你本府投文，曾解军犯，久病在此。因朋友赠金还乡，不知列位将我错认为盗，误伤人命，见官自有明白。"众人那里听他的言语，把地下银子都拾将起来，赃物开了数目，马牵到门首抬这秦琼。张奇妻子叫村人写了状子，一同离了皂角林，往潞州城来。这却是秦琼二进潞州。

到城门首时，三更时候，对城上叫喊守城的人："皂角林拿住割包响马，拒捕又伤了人命，可到州中报太爷知道。"众人以讹传讹，击鼓报与太爷。蔡刺史即时吩咐巡逻官开城门，将这一干人押进府来，发法曹参军勘问。那巡逻官员开了城门，放进这一干人到参军厅。这参军姓斛斯名宽，辽西人氏；梦中唤起，腹中酒尚未醒。灯下先叫捕人录了口词，听得说道："获得赃银四百余两，有马有器械，响马无疑。"便叫："响马你唤甚名字？那里人？"叔宝忙叫道："老爷，小的不是响马，是齐州解军公差秦琼。八月间到此，蒙本府刘爷给过批回。"那斛参军道："你八月给批，缘何如今还在此处，这一定近处还有窝家。"叔宝道："小的因病在此耽延。"斛参军道："这银子是那里来的？"叔宝道："是友人赠的。"斛参军道："胡说，如今人一个钱也舍不得，怎有许多银子赠你？明日拿出窝家党羽，就知强盗地方与失主姓名了。怎又拒捕打死张奇？"叔宝道："小的十九日黄昏时候，在张奇家投歇，忽然张奇带领多人，抢入小的房来。小的疑是强盗，失手打去，他自撞墙身死。"斛参军道："这拒捕杀人，情也真了。你那批回在何处？"叔宝道："已托友人寄回。"斛参军道："这一发胡说。你且将投文时，在那家歇宿，病时在谁家将养，一一说来，我好唤齐对证，还可出豁你。"叔宝只得报出王小二、魏玄成、单雄信等人。斛参军听了一本的账，叫且将赃物

---

① 跣（xiǎn）——脱。

点明，响马收监，明日拘齐窝主再审。可怜将叔宝推下监来。正是：

平空身陷遭罗网，百口难明飞祸殃。

次日，斛参军见蔡刺史道："昨蒙老大人发下人犯，内中拒捕杀人的叫秦琼，称系齐州解军公人，却无批文可据。且带有多银，有马有器械，事俱可疑。至于张奇身死是实，但未曾查有窝家失主党羽，及检验尸伤，未敢据覆。"蔡刺史道："这事也大，烦该厅细心鞫[①] 审解来。"斛参军回到厅，便出牌拘唤王小二、魏玄成、单雄信一干人。

王小二是州前人，央个州前人来烧了香，说是他公差饭店，并不知情，歇了。魏玄成被差人说强盗专在庵观寺院歇宿，百方刁措，诈了一大块银子。雄信也用几两，随即收拾千金，带从人到府前，自己有一所下处。唤手下人去请府中童老爹与金老爹来。原来这两个，一个叫做童环，字佩之；一个叫做金甲，字国俊。俱是府中捕盗快手，与雄信通家相处。雄信见金、童二人到下处来，便将千金交与他，凭他使用。两人停妥了监中，去见叔宝，与他同了声口[②]。斛参军处贴肉摁，魏玄成也是雄信为他使用得免。及至皂角林去检验尸伤，金、童二人买嘱了仵作[③]，把张奇致命处，做了砖石撞伤。捕人也是金、童周全，不来苦执覆审，把银子说是友人蒲山公李密与王伯当相赠的，不做盗赃。不打不夹，出一道审语解堂道：

审得秦琼以齐州公差至潞州，批虽寄回，而历历居停有主，不得以盗疑也。张奇以金多致猜，率众掩之。秦琼以仓猝之中，极力推殴，使张奇触墙而死。律以故杀，不大苛乎？宜以误伤末减，一戍何辞。其银两据称李密、王伯当赠与，合无俟李密等到官质明给发。

论起做了误伤，也不合充军，这也是各朝律法不同。既非盗赃，自应还给，却将来贮库，这是衙门讨好的意思，干没以肥上官。捕人诬盗也该处置，却把事都推在张奇身上。解堂时，斛参军先面讲了，蔡刺史处关节又通，也只是个依拟。叔宝此时得了命，还敢来讨鞍马器械银两？凭他贮库。问了一个幽州总管下充军，佥解起发。雄信恐叔宝前途没伴，兵房用些钱钞，托童佩之、金国俊押解，一路相伴。批上就佥了童环、金甲名字，

---

① 鞫(jū)——审讯。

② 声口——口径。

③ 仵(wǔ)作——旧时官府中检验命案死尸的吏役。

当差领文，将叔宝扭锁出府大门外，松了刑具，同到雄信下处，拜谢活命之恩。

雄信道："倒是小弟遗累了兄，何谢之有？"叔宝道："这是小弟运途淹蹇[①]，致有此祸。若非兄全始全终，已作囹圄之鬼。"雄信就替佩之、国俊安家，邀叔宝到二贤庄来，沐浴更衣，换了一身布衣服，又收拾百金盘费，壮叔宝行色，摆酒饯别告辞。雄信临分别，取出一封书来道："童佩之，叔宝在山东、河南交友甚多，就是不曾相会的，慕他名也少不得接待。这幽州是我们河北地方，叔宝却没有朋友，恐前途举目无亲，把这封书到了涿郡地方，叫做顺义村，也是该处有名的一个豪杰，姓张名公谨，与我通家有八拜之交；你投他引进幽州，转送公门中当道朋友，好亲目叔宝。"佩之道："小弟晓得。"辞了雄信，三人上路。正是：

春日阳和天气好，柳垂金线透长堤。

三人在路上说些自己的本领及公门中事业，彼此相敬相爱。不觉数日之间，到了涿郡。巳牌时候，来至顺义村。一条街道，倒有四五百户人家，入街头第二家就是一个饭店。叔宝站住道："贤弟，这就是顺义村，要投张朋友处下书；初会面的朋友，肚中饥饿，不好就取饭食。常言说：'投亲不如落店。'我们且上饭店打个中火，然后投书未迟。"童、金二人道："秦大哥讲得有理。"三人进店，酒保引进坐头，点下茶汤，摆酒饭。才吃罢，叔宝同国俊、佩之出店观看。

只见街坊上无数少年，各执齐眉短棍，摆将过去。中军鼓乐簇拥。马上一人，貌若灵官，戴万字顶包巾，插两朵金花，补服鞓带，彩缎横披；马后又是许多刀枪簇拥，迎将过去。叔宝问店家："迎送的这个好汉，是什么人？"主人道："我们顺义村今日迎太岁爷。"叔宝道："怎么叫这等一个凶名？"店主道："这位爷名史，双名大奈，原是番将，迷失在中原。近日谋干在幽州罗老爷标下，授旗牌官。罗老爷选中了史爷人材，不知胸中实授本领，发在我们顺义村，打三个月擂台；三个月没有敌手，实授旗牌官。旧岁冬间立起，今日是清明佳节。起先有几个附近好汉，后边是远方豪杰，打过几十场。莫说赢得他的没有，便是跌得平交的也没见，如今又迎到擂台上去。"叔宝问道："今日可打了么？"店家道："今日还打一日，明日就不打

---

① 淹蹇——不顺利。

了。”叔宝道:“我们可去看么?”店家笑道:“老爷不要说看,有本事也凭老爷去打。”叔宝道:“店家替我们把行李收下,看打擂台回来,算还你饭钱。”叫佩之、国俊把盘费的银子,谨慎在腰间。

三人出得店门。后边看打擂台的百姓,络绎不绝。走尽北街,就是一所灵官庙。庙前有几亩荒地,地上筑起擂台来,有九尺高,方圆阔二十四丈。台下有数千人围绕争看。史大奈吹打迎上擂台。叔宝兄弟三人捱将进去,上擂台马头边看,可有人上去打,还没有人。只见那马头左首,两扇朱红栏杆,方方的一个夬角儿。栏杆里面设着柜,栏柜上面天平法码支架停当。又有几个少年掌银柜。三人到栏杆边,叔宝问:“列位,打擂是个比武的去处,设这柜栏天平何用?”内中一人道:“朋友,你不知道,我们史爷是个卖博打。”叔宝道:“原来是为利。”那人道:“你不晓得,始初时没有这个意思。立起擂台来,一个雷声天下响,五湖四海尽皆闻,英雄豪杰群聚于台下。我们史爷为人谨慎,恐武不善作打伤人,没有凭据,有一个人上去打,要写一张认状。如要上去的,本人姓名乡贯年庚,设个誓要写在认状上,见得打死勿论。这个认状却雷同不得,有一个人要写一张。争强不伏弱,那人肯落后,都要争先,为写这个认状,几日不得清白①。故此史爷说不要写认状了,设下这柜栏天平,财与命相连;好事② 的朋友都到柜上来交银子。”

叔宝道:“交多少?”那人道:“不多。有一个人交五两银子,不拘多少人,银子交完了,史爷发号令上来打。有一个先往上走,第二个豪杰赶上一步,拖将下来,拖下的就不得上去,就是第三个上去了。当场时有本事打我史爷一拳,以一博十,赢我史爷五十两银子,踢一脚一百两银子,跌一交赢一百五十两银子,买一顿拳头打残疾,回去怨命就罢了。起先聚二三十人上台去,被史爷纷纷的都掼将下来,一月之前,赢了千金。但有银子,本领不如的,不敢到柜上来交,有本领没有银子的也打不成。故此后来这两个月上去打的人甚少。今日做圆满,只得将柜栏天平布置在此,不知可有做圆满的豪杰来?”

叔宝对佩之、国俊笑道:“这倒也是豪杰干的事。”佩之就撺掇叔宝道:

---

① 清白——清静。

② 好(hào)事——喜欢凑热闹。

“兄上去。官事后中途发一个财。兄的本领,是我们知道的,一百五十两手到取来,幽州衙门中用也是好的。”叔宝道:“贤弟,命不如人说也闲,我的时运不好。雄信送几两银子,没有福受用,皂角林惹官事,来潞州受了许多坎坷。这里打人又想赢得银子,莫说上去,只好看看罢了。”佩之就要上去道:“这个机会不要蹉了,小弟上去耍耍罢。”

这个童佩之、金国俊不是无名之人,潞州府堂上当差有名的两个豪杰。叔宝与他不是久交,因遭官事,雄信引首,得以识荆①,又不曾与他比过手段,见他高兴要上去耍耍,叔宝却也奉承道:“贤弟逢场作戏,你要上去,我替你兑五两银子。”叔宝交银子在柜里,童佩之上擂台来打。那擂台马头是九尺高,有十八层鼉刹。才走到半中间,围绕看的几千人,一声喝采,把童佩之吓得骨软筋酥。这几千人是许久没有人上去做圆满,众人呐喊助他的威,却不晓得他没来历的吓软了,却又不好回来,只得往上走,却不像先前本来面目了,做出许多张志② 来:咬牙切齿,怒目睁眉,揎拳裸袖,绰步撩衣,发狠上前。下边看的人赞道:“好汉发狠上去了。”

却说史大奈在擂台上三月,不曾遇着敌手,旁若无人。见来人脚步嚣虚,却也不在他腔子③ 里面。狮子大开口,做一个门户势子,等候来人,上中下三路,皆不能出其匡郭。童环到擂台上,见史大奈身躯高大,压伏不下,他轻身一纵,飞仙踹双脚挂面落将下来。史大奈用个万敌推魔势,将童环脚拿落在擂台上。童环站下,左手撩阴,右手使个高头马势,来伏史大奈。史大奈做个织女穿梭,从右肋下攒在童环背后,揸住衣服鸾带,叫道:“我也不打你了,窜下去罢!”把手一撑,从擂台上窜将下来,下边看的一让,掼了个燕子衔泥,扑通跌了一脸灰沙,把一个童佩之弄得满面羞惭。

一个秦叔宝急得火星爆散,喝道:“待我上去!”就往前走。掌柜的拦住道:“上去要兑银子,前边五两银子已输绝了。”叔宝不得工夫兑,取一大锭银子,丢在柜上道:“这银子多在这里,打了下来与你算罢。”也不从马头上上擂台去,平地九尺高一窜,就跳上擂台来,竟奔史大奈。史大奈招架,

---

① 识荆——初次见面的敬辞。

② 张志——模样,样子。贬词。亦作“张致”、“张智”。

③ 腔子——胸腔,胸怀。这里指不放在眼里。

秦琼好打：

> 拽开四平拳，踢起双飞脚。一个韬肋劈胸敦，一个剜心侧胆着。一个青狮张口来，一个鲤鱼跌子跃。一个饿虎扑食最伤人，一个蛟龙戏水能凶恶。一个忙举观音掌，一个急起罗汉脚。长拳架势自然凶，怎比这回短打多掠削？

也不像两个人打，就如一对猛虎争餐，擂台上滚做一团。牡丹虽好，全凭绿叶扶持。难道史大奈在顺义村打了三个月擂台，也不曾有敌手，孤身就做了一个好汉。一个山头一只虎，也亏了顺义村的张公谨做了主人，就是叔宝有书投他，尚未相会的。

此时张公谨在灵官庙，叫庖人整治酒席，伺候贺喜。又邀一个本村豪杰白显道。他二人是酒友，等不得安席，先将几样果菜在大殿上，取坛冷酒试尝。只见两个后生慌忙的走将进来道："二位老爷，史老爷官星还不现。"公谨道："今日做圆满，怎么说这话？"来人道："擂台上史爷倒先把一个掼将下来，得了胜，后又跳一个大汉上去，打了三四十回合不分胜败。小的们擂台底下观看，史爷手脚都乱了，打不过这个人。"张公谨道："有这等事？可可做圆满，就逢这个敌手。"叫："白贤弟，我们且不要吃酒，大家去看看。"

出得庙来，分开众人，擂台底下看上边还打哩，打得愁云怨雾，遮天盖地。正是：

> 黑虎金锤降下方，斜行耍步鬼神忙。
> 劈面掌参勾就打，短簇赚擘破撩裆。

张公谨见打得凶，不好上去，问底下看的人："这个豪杰从那一条路上来的？"底下看的人就指着童佩之、金国俊二人道："那个鬓角里有些沙灰的，是先掼下来的了。那个衣冠整齐的，是不曾上去打的。问这两个人，就知道上头打的那人了。"张公谨却是本方土主，喜滋滋一团和气，对佩之举手道："朋友，上面打擂的是谁？"童佩之跌恼了，脸上便拂干净了，鬓角还有些沙灰，见叔宝打赢了，没好气答应道："朋友，你管他闲事怎么？凭他打罢了！"公谨道："四海之内，皆兄弟也。恐怕是道中朋友，不好挽回。"金国俊却不恼他，不曾上去打，上前来招呼道："朋友，我们不是没来历的人,要打便一个对一个打就是了,不要讲打攒盘① 的话。就是打输了,这顺义村还认得本地方几个朋友。"公谨道:"兄认得本地方何人?"国俊道:"潞州二贤庄单二哥有书,到顺义村投公谨张大哥,还不曾到他庄上下书。"公谨大笑。白显道指定公谨道:"这就是张大哥了。"国俊道:"原来就是张兄,得罪了。"公谨道:"兄是何人?"国俊道:"小弟是金甲,此位童环。"公谨道:"原来是潞州的豪杰。上边打擂的是何人?"国俊道:"这就是山西历城秦叔宝大哥。"

张公谨摇手大叫:"史贤弟不要动手,此乃素常闻名秦叔宝兄长。"史大奈与叔宝二人收住拳。张公谨挽住童佩之,白显道拖着金国俊,四人笑上台来。六友相逢,彼此陪罪。公谨叫道:"台下看擂的列位都散了罢!不是外人来比试,乃是自己朋友访贤到此的。"命手下将柜台往灵官庙中去。

邀叔宝下擂台,进灵官庙,铺拜毡顶礼相拜,鼓手吹打安席。公谨席上举手道:"行李在于何处?"叔宝道:"在街头上第二家店内。"公谨命手下人将秦爷行李取来,把那柜里大小二锭银子返璧于叔宝。叔宝就席间打开包裹,取出雄信的荐书,递与公谨拆开观看道:"嗄!原来兄有难在幽州。不打紧,都在小弟身上。此席酒不过是郊外小酌,与史大哥贺喜,还要屈驾到小庄去一坐。"六人匆匆举杯,不觉已是黄昏时候。公谨邀众友到庄。大厅秉烛焚香,邀叔宝诸友八拜为交,拜罢摆酒过来,直饮到五更时候。史大奈也要到帅府回话,白显道也要相陪。张公谨备六骑马,带从者十余人,齐进幽州投文。

不知后事如何,且听下回分解。

---

① 打攒盘——围攻,围打。

第十三回

张公谨仗义全朋友　秦叔宝带罪见姑娘

词曰：

云翻雨覆，交情几动穷途哭。惟有英雄，意气相孚自不同。　　鱼书一纸，为人便欲拼生死。拯厄扶危，管鲍清风尚可追。

——右调《减字木兰花》

交情薄的固多，厚的也不少。薄的人富贵时密如胶漆，患难时却似团沙，不肯拢来。若侠士有心人，莫不极力援引，一纸书奉如诰敕；这便是当今陈雷，先时管鲍。

顺义村到幽州只三十里路，五更起身，天明就到了。公谨在帅府西首安顿行李，一面整饭。就叫手下西辕门外班房中，把二位尉迟老爷请来。这个尉迟，不是那个尉迟恭，乃周相州总管尉迟回之族侄，就是尉迟氏之族侄。兄弟二人，哥哥叫尉迟南，兄弟叫尉迟北，向来与张公谨通家相好，现充罗公标下有权衡的两员旗牌官。帅府东辕门外是文官的官厅，西辕门外是武弁的官厅，旗牌听用等官，只等辕门里掌号奏乐三次，中军官进辕门扯旗放炮，帅府才开门。尉迟南、尉迟北戎服伺候。两个后生走进来叫："二位爷，家老爷有请。"尉迟南道："你是张家庄上来的么？"后生道："是。"尉迟南道："你们老爷在城中么？"后生道："就在辕门西首下处，请二位老爷相会。"

尉迟南吩咐手下看班房，竟往公谨下处来。公谨因尉迟南兄弟是两个金带① 前程的，不便与他抗礼，把叔宝、金、童藏在客房内，待公谨引首，道达过客相见，才好来请。张公谨、史大奈、白显道三人正坐，只见尉迟兄弟来到，各各相见，分宾主坐下。尉迟南见史大奈在坐，便开言道："张兄今日进城这等早，想为史同袍打擂台日期已完，要参谒本官了。"公

---

① 金带——饰以金荔枝的腰带。明代官服中一品为玉带，二品为犀带，三四品为金带，五品以下为乌带。

谨道:“此事亦有之,还有一事奉闻。”尉迟南道:“还有什么见教?”公谨衣袖里取出一封书来,递与尉迟昆玉,接将过来拆开了,兄弟二人看毕道:“嗄,原来是潞州二贤庄单二哥的华翰①,举荐秦朋友到衙门投文,托兄引首。秦朋友如今在那里?请相见罢了。”公谨向客房里叫:“秦大哥出来罢!”

豁郎郎的响将出来。童环奉文书,金甲带路绳,叔宝矬着虎躯,扭锁出来。尉迟兄弟勃然变色道:“张大哥,你小觑我;四海之内,皆兄弟也。单二哥的华翰到兄长处,因亲及亲,都是朋友,怎么这等相待!”公谨陪笑道:“实不相瞒,这刑具原是做成的活扣儿,恐贤昆玉责备,所以如此相见;倘推薄分,取掉了就是。”尉迟兄弟亲手上前,替叔宝收了刑具,教取拜毡过来相拜道:“久闻兄大名,如春雷轰耳,无处不闻,恨山水迢遥,不能相会。今日得兄到此,三生有幸。”叔宝道:“门下军犯,倘蒙提携,再造之恩不浅。”尉迟南道:“兄诸事放心,都在愚弟身上。此二位就是童佩之、金国俊了。”二人道:“小的就是童环、金甲。”尉迟南道:“皆不必太谦,适见单员外华翰上亦有尊字,都是个中的朋友。”都请来对拜了。尉迟南叫:“佩之,桌上放的可就是本官解文么?”佩之答道:“就是。”尉迟南道:“借重把文书取出来,待愚兄弟看里边的事故。待本官升堂问及,小弟们方好答应。”童环假小心道:“这是本官钤印弥封,不敢擅开。”尉迟南道:“不妨。就是钉封文书,也还要动了手。不过是个解文,打开不妨。少不得堂上官府,要拆出必得愚兄弟的手,何足介意。”公谨命手下取火酒半杯,将弥封润透,轻轻揭开,把文书取出。尉迟兄弟开看了,递还童环,吩咐照旧弥封。

只见尉迟南默然无语。公谨道:“兄长看了文书,怎么默默沉思?”尉迟南道:“久闻潞州单二哥高情厚谊,恨不能相见,今日这桩事,却为人谋而不忠。”秦叔宝感雄信活命之恩,见朋友说他不是,顾不得是初相会,只得向前分辩:“二位大人,秦琼在潞州,与雄信不是故交,邂逅一面,拯我于危病之中,复赠金五百还乡。秦琼命蹇,皂角林中误伤人命,被太守问成重辟,又得雄信尽友道,不惜千金救秦琼,真有再造之恩。二位大人怎么嫌他为人谋而不忠?”尉迟南道:“正为此事。看雄信来书,把兄荐到张仁兄处,单员外友道已尽。但看文书,兄在皂角林打死张奇,问定重罪,雄信

---

① 华翰——对对方来函的敬称。

有回天手段，能使改重从轻，发配到敝衙门来。吾想普天下许多福境的卫所，怎么不拣个鱼米之乡，偏发到敝地来？兄不知我们本官的利害，我不说不知。他原是北齐驾下勋爵，姓罗名艺，见北齐国破，不肯臣隋，统兵一枝，杀到幽州，结连突厥可汗反叛。皇家累战不克，只得颁诏招安，将幽州割与本官，自收租税养老，统雄兵十万镇守幽州。本官自恃武勇，举动任性，凡解进府去的人，恐怕行伍中顽劣不遵约束，见面时要打一百棍，名杀威棒。十人解进，九死一生。兄到此间难处之中。如今设个机变：叫佩之把文书封了，待小弟拿到挂号房中去，吩咐挂号官，将别衙门文书掣起，只把潞州解文挂号，独解秦大哥进去。"

众朋友闻尉迟之言，俱吐吞吃惊。张公谨道："尉迟兄怎么独解秦大哥进去？"尉迟南道："兄却有所不知。里边太太最是好善，每遇初一月半，必持斋念佛，老爷坐堂，屡次叮嘱不要打人。秦大哥恭喜，今日恰是三月十五日。倘解进去的人多了，触动本官之怒，或发下来打，就不好亲目了。如今秦大哥暂把巾儿取起，将头发蓬松，用无名异涂搽面庞，假托有病。童佩之二位典守者，辞不得责，进帅府报禀，本人途中有病。或者本官喜怒之间，着愚兄下来验看，上去回复果然有病，得本官发放，讨收管。秦大哥行伍中，岂不能一枪一刀，博一个衣锦还乡？只是如今早堂，投文最难，却与性命相关，你们速速收拾，我先去把文书挂号。"

尉迟二人到挂号房中，吩咐挂号官："将今日各衙门的解文都掣起了，只将这潞州一角文书挂号罢。"挂号官不敢违命，应道："小官知道了。"此时掌号官奏乐三次，中军官已进辕门。叔宝收拾停当，在西辕门伺候。尉迟二人将挂过号的文书交与童环，自进辕门随班，放大炮三声，帅府开门。中军官、领班、旗鼓官、听用官、令旗手、捆绑手、刀斧手，一班班，一对对，一层层，都进帅府参见毕，各归班侍立府门首。报门官报门，边关夜不收马兵官将巡逻回风人役进，这一起出来了；第二次就是供给官，送进日用心红纸扎饮食等物；第三次就是挂号官，捧号簿进帅府，规矩解了犯人，就带进辕门里伺候。挂号官出来，却就利害了：两丹墀有二十四面金锣，一一齐响起。一面虎头牌，两个令字旗，押着挂号官出西首角门，到大门外街台上。执旗官叫投文人犯，跟此牌进。童环捧文书，金甲带铁绳，将叔宝扭锁带进大门，还不打紧；只是进仪门，那东角门钻在刀枪林内。到月台下，执牌官叫跪下。东角门到丹墀，也只有半箭路远，就像爬了几十里峭壁，喘气不定。秦叔宝身高丈余，一个豪杰困在威严下，只觉的身子都小了，跪伏在地，偷眼看公坐上这位官员：

玉立封侯骨，金坚致主心。

发因忧早白，谋以老能沉。

塞外威声远，帷中感士深。

雄边来李牧，锋火绝遥岑。

须发斑白，一品服，端坐如泰山，巍巍不动。罗公叫中军将解文取上来。中军官下月台取了文书，到滴水檐前，双膝跪下。帐上官将接去，公座旁验吏拆了弥封，铺文书于公座上。罗公看潞州刺史解军的解文，若是别衙门解来的，打与不打也就发落了。潞州的刺史蔡建德，是罗公得意门生。这罗公是武弁的勋卫，怎么有蔡建德方印文官门生？原来当年蔡建德曾解押幽州军粮违限，据军法就该重处，罗公见他青年进士，法外施仁，不曾见罪。蔡建德知恩，就拜在罗公门下。今罗公见门生问成的一个犯人，将文书看到底，看蔡建德才思何如，问成的这个人，可情真罪当。亲看军犯一名秦琼，历城人。触目惊心，停了一时，将文书就掩过了，叫验吏将文书收去，誊写入册备查，吩咐中军官："叫解子将本犯带回，午堂后听审。"童环、金甲听得叫他下去，也没有这等走得爽利了，下月台带铁绳往下就走。

此时张公谨、史大奈、白显道，都在西辕门外伺候，问尉迟道："怎么样了？"尉迟道："午堂后听审。"公谨道："审什么事？"尉迟南道："从来不曾有这等事，打与不打就发落了，不知审什么事？"公谨道："什么时候？"尉迟南道："还早。如今闭门退堂，昼寝午膳，然后升堂问事，放炮升旗，与早堂一般规矩。"公谨道："这等尚早，我们且到下处去饮酒压惊。出了辕门，卸去刑具，到下处安心。只听放炮，方来伺候未迟。"

却说罗公发完堂事，退到后堂，不回内衙。叫手下除了冠带，戴诸葛巾，穿小行衣，悬玉面鞓带，小公座坐下。命家将问验吏房中，适才潞州解军文书取将进来，到后堂公座上展开，从头阅一遍，将文书掩过。唤家将击云板，开宅门请老夫人秦氏出后堂议事。秦氏夫人，携了十一岁的公子罗成，管家婆丫环相随出后堂。老夫人见礼坐下，公子侍立。夫人开言道："老爷今日退堂，为何不回内衙？唤老身后堂商议何事？"罗公叹道："当年遭国难，令先兄武卫将军弃世，可有后人么？"夫人闻言，就落下泪来道："先兄秦彝，闻在齐州战死。嫂嫂宁氏，止生个太平郎，年方三岁，随任在彼。今经二十余年,天各一方,朝代也不同了,存亡未保。不知老爷为何问及?"罗公道:"我适才升堂,河东解来一名军犯。夫人你不要见怪,到与夫人同姓。"夫人道:"河东可就是山东么?"罗公笑道:"真是妇人家说话。河东与山东相去有千里之遥,怎么河东就是山东起来?"夫人道:"不是山东,天下同姓者有之,断不是我那山东一秦了。"罗公道:"方才那文书上,却说这个姓秦的,正是山东历城人,齐州奉差到河东潞州。"夫人道:"既是山东人,或者是太平郎有之。他面貌我虽不能记忆,家世彼此皆知,老身如今要见这个姓秦的一面,问他行藏①,看他是否。"罗公道:"这个也不难。夫人乃内室,与配军见面,恐失了我官体,必须还要垂帘,才好唤他进来。"

罗公叫家将垂帘,传令出去,小开门唤潞州解人带军犯秦琼进见。他这班朋友在下处饮酒压惊,止有叔宝要防听审,不敢纵饮,只等放炮开门,才上刑具来听审,那里想到是小开门。那辕门内监旗官,地覆天翻喊叫:"老爷坐后堂审事,叫潞州解子带军犯秦琼听审!"那里找寻?直叫到尉迟下处门首,方才知道,慌忙把刑具套上。尉迟南、尉迟北是本衙门官,童环、金甲带着叔宝,同进帅府大门。张公谨三人,只在外面伺候消息。

这五人进了大门、仪门,上月台,到堂上,将近后堂,屏门后转出两员家将,叫:"潞州解子不要进来了。"接了铁绳,将叔宝带进后堂,阶下跪着。叔宝偷眼往上看,不像早堂有这些刀斧威仪。罗公素衣打扮,后面立青衣大帽六人,尽皆垂手,台下家将八员,都是包巾扎袖。叔宝见了,心上宽了些。罗公叫道:"秦琼上来些。"叔宝装病怕打,做俯伏爬不上来。罗公叫家将把秦琼刑具收了,两员家将下来,把那刑具收了。罗公叫:"再上来些。"叔宝又肘膝往上,捱那几步。罗公问道:"山东齐州似你姓秦的有几户?"秦琼道:"齐州历城县,养马当差姓秦的甚多,军丁只有秦琼一户。"罗公道:"这等你是武弁了。"秦琼道:"是军丁。"罗公道:"且住,你又来欺诳下官了。你在齐州当差,奉那刘刺史差遣公干河东潞州,既是军丁,怎么又在齐州当那民家的差?"秦琼叩首道:"老爷,因山东盗贼生发,本州招募,有能拘盗者重赏。秦琼原是军丁,因捕盗有功,刘刺史赏小的兵马捕盗都头,奉本官差遣公干河东潞州,误伤人命,发在老爷案下。"罗公道:

① 行藏(xíngcáng)——指出处或行为,这里指来历。

"你原是军丁,补县当差。我再问你:当年有个事北齐主尽忠的武卫将军秦彝,闻他家属流落在山东,你可晓得么?"叔宝闻父名,泪滴阶下道:"武卫将军,就是秦琼的父亲,望老爷推先人薄面,笔下超生。"罗公就立起来道:"你就是武卫将军之子?"那时却是一齐说话,老夫人在朱帘里也等不得,就叫:"那姓秦的,你的母亲姓什么?"秦琼道:"小的母亲是宁氏。"夫人道:"呀,太平郎是那个?"秦琼道:"就是小人的乳名。"老夫人见他的侄儿伶仃如此,也等不得手下卷帘,自己伸手揭开,走出后堂,抱头而哭。秦琼却不敢就认,哭拜在地。罗公也顿足长叹道:"你既是我的内亲,起来相见。"公子在旁,见母亲悲泪,也哭起来。手下家将早已把刑具拿了,到大堂外面叫:"潞州解子,这刑具你拿了去,秦大叔是老爷的内侄,老夫人是他嫡亲姑母,后堂认了亲了。领批回不打紧,明日佥押送出来与你。"尉迟南兄弟二人鼓掌笑出府。

张公谨等众朋友,都在外面等候,见尉迟兄弟笑出来,问道:"怎么两位喜容满面?"尉迟南道:"列位放心,秦哥原是有根本的人。罗老爷就是他嫡亲姑爷,老太太就是姑母,已认做一家了。我们且到下处去饮酒贺喜。"

却说罗公携叔宝进宅门到内衙,吩咐公子道:"你可陪了表兄,到书房沐浴更衣,取我现成衣服与秦大哥换了。"叔宝梳篦整齐,洗去面上无名异;随即出来拜见姑爷、姑母,与公子也拜了四拜。即便问表弟取柬帖二副,写两封书:一封书求罗公佥押了批回,发将出来,付与童佩之,潞州谢雄信报喜音;一封书付尉迟兄弟,转达谢张公谨三友。此时后堂摆酒已是完备,罗公老夫妇上坐,叔宝与表弟列位左右。酒行二巡,罗公开言:"贤侄,我看你一貌堂堂,必有兼人之勇。令先君弃世太早,令堂又寡居异乡,可曾习学些武艺?"叔宝道:"小侄会用双锏。"罗公道:"正是令先君遗下这两根金装锏,可曾带到幽州来?"叔宝道:"小侄在潞州为事,蔡刺史将这两根金装锏作为凶器,还有鞍马行囊,尽皆贮库。"罗公道:"这不打紧,蔡刺史就是老夫的门生,容日差官去取就是。只是目今有句话,要与贤侄讲:老夫镇守幽州,有十余万雄兵,千员官将,都是论功行赏,法不好施于亲爱。我如今要把贤侄补在标下为官,恐营伍员中有官将议论,使贤侄无颜。老夫的意思,来日要往演武厅去,当面比试武艺。你果然弓马熟娴,就补在标下为官,也使众将钳口。"叔宝躬身道:"若蒙姑爷提拔,小侄终身遭济,恩同再造。"罗公吩咐家将,传兵符出去,晓谕中军官,来日尽起幽州人马出城，往教军场操演。

明早五更天，罗公就放炮开门。中军簇拥，史大奈在大堂参谒，回复打擂台事，补了旗牌。一行将士都戎装贯带，随罗公驷马车拥出帅府。

十万貔貅[①] 镇北畿[②]，斗悬金印月同辉。

旗飘易水云初起，枪簇燕台霜乱飞。

叔宝那时没有金带银带前程，也只好像罗公本府的家将一般打扮：头上金顶缠鬃大帽，穿猱头补服，银面鞓带，粉底皂靴；上马跟罗公出东郭教军场去了。公子带四员家将，随后也出帅府，奈守辕门的旗牌官拦住，叩头哀求，不肯放公子出去。原来是罗公将令吩咐手下的，公子虽十一岁，膂力过人，骑劣马，扯硬弓，常领家将在郊外打围。罗公为官廉洁，恐公子膏粱[③] 之气，踹踏百姓田苗，故戒下守门官不许放公子出帅府。公子只得命家将牵马进府，回后堂老母跟前，拿出孩童的景象，啼哭起来，说要往演武厅去看表兄比试，守门官不肯放出。老夫人因叔宝是自己面上的瓜葛，不知他武艺如何，要公子去看看，先回来说与他知道，开自己怀抱。唤四个掌家过来。四人俱皆皓然白须，跟罗公从北齐到今，同荣辱，共休戚，都是金带前程，称为掌家。老夫人道："你四人还知事，可同公子往演武厅去看秦大叔比试。说那守门官有拦阻之意，你说我叫公子去的，只是瞒着老爷一人就是。"四人道："知道了。"公子见母亲吩咐，欢喜不胜。忙向书房中收拾一张花梢的小弩，锦囊中带几十枝软翎的竹箭，看表兄比试回家，就荒郊野外，射些飞禽走兽耍子。

五人上马，将出帅府，守门官依旧拦住。掌家道："老太太着公子去看秦大叔比试，只瞒着老爷一时。"守门官道："求小爷速些回来，不要与老爷知道。"公子大喝一声："不要多言！"五骑马出辕门，来到东郭教军场。

此时教场中已放炮升旗，五骑马竟奔东辕来，下马瞧操演。那四个掌家，恐老爷帐上看见公子，着两个在前，两个在后，把公子夹在中间，东辕门来观看。

毕竟不知如何，且听下回分解。

---

① 貔貅(pí xiū)——古籍中的猛兽，常用来比喻勇猛的军队。

② 畿(jī)——古代王都所在处的千里地面，此指疆土。

③ 膏粱——指有米有肉的富贵人家。

第十四回

勇秦琼舞锏服三军　贤柳氏收金获一报

诗曰：

沙中金子石中玉，干将埋没丰城狱。
有时拂拭遇良工，精光直向苍天烛。
丈夫踪迹类如许，倏而云泥倏虎鼠。
汉王高筑惊一军，淮阴固是绛灌伍。
困穷拂抑君莫嗟，赳赳干城在兔罝。
但教有宝怀间蕴，终见鸣珂入帝里。

俗语道得好：运去黄金减价，时来顽铁生光。

叔宝在山东也做了些事，一到潞州，吃了许多波查，只是一个时运未到。一旦遇了罗公，怕不平地登天，显出平生本领？罗公要扶持叔宝，大操三军。罗公坐帐中，十万雄兵，画地为式，用兵之法，井井有条。帐前大小官将头目，全装披挂，各持锋利器械，排在左右。叔宝在左班中观看，暗暗点头：“我是井底之蛙，不知天地之大，枉在山东自负。你看我这姑爷五旬以外，须发皓然，著一品服，掌生杀之权，一呼百诺，大丈夫定当如此。”

要知罗公也却不要看操，只留心于叔宝。见秦琼点头有嗟咨之意，唤将过来，叫：“秦琼。”叔宝跪应道：“有。”罗公问：“你可会甚么武艺？”秦琼道：“会用双锏。”罗公昨日帅府家宴问过，今日如何又问？因知他双锏在潞州仓库，不好就取锏与他舞。罗公命家将：“将我的银锏取下去。”罗公这两条锏连金镶靶子，共重六十余斤，比叔宝锏长短尺寸也差不多；只是用过重锏的手，用这罗公的轻锏越觉松健。两个家将，捧将下来。叔宝跪在地上，挥手取银锏，尽身法跳将起来。抡动那两条锏，就是银龙护体，玉蟒缠腰。罗公在座上自己喝彩：“舞得好！”难得罗公的标下，就没有舞锏的人，独喝彩秦琼么？罗公却要座前诸将钦服之意。诸将却也解本官的意思，两班齐声喝彩道：“好！”

公子在辕门外，爬在掌家肩背上，见表兄的锏舞到好处，连身子多不看见，就是一道月光罩住，不敢高声喝彩，暗喜道："果然好。"叔宝舞罢锏，捧将上来。罗公又问道："还会什么武艺？"叔宝道："枪也晓得些。"罗公叫取枪上来。两班官将奉承叔宝，拣绝好的枪，取将上来。枪杆也有一二十斤重，铁条牛筋缠绕，生漆漆过。叔宝接在手中，把虎躯一矬，右手一迎，牛筋都迸断，攒打粉碎，一连使折两根枪。秦琼跪下道："小将用的是浑铁枪。"罗公点头道："真将门之子。"命家将："枪架上把我的缠杆矛抬下与秦琼舞。"两员家将抬将下来。重一百二十斤，长一丈八尺。秦琼接在手中，打一个转身，把枪收将回来，觉道有些拖带。罗公暗暗点头道："枪法不如。此子还可教。"这里隐着个罗府传枪的根脚。罗公为何说叔宝枪法不如？因他没有传授。秦琼在齐州当差时，不过是江湖上行教的把势，野战之法，却怎么当得罗公的法眼？恰将就称赞几声。这些军官见舞得这重枪也吃惊，看他舞得簇簇①，不辨好歹，也随着罗公喝彩，连叔宝心中未必不自道好哩！叔宝舞罢枪，罗公即便传令开操。只听得教场中炮声一响，正是：

阵按八方，旗分五色。龙虎奋翼，旗帜迷天。横空黑雾，皂纛标坎北之兵；彻汉朱霞，赤帜认南离之象。平野满梁园之雪，旌按庚辛；乱山回寒谷之春，色分甲乙。顽愚不似江陵石，雄武原称幽冀军。

操事已完，中军官请号令："诸将三军操毕，禀老爷比试弓矢。"罗公叫秦琼问道："你可会射箭么？"罗公所问，有会射就射，不会射就罢的意思。秦琼此时得意之秋，只道自己的锏与枪舞得好，便随口答应："会射箭。"那知罗公标下一千员官将，止有三百名弓箭手，短中取长，挑选六十员奇射官员，都是矢不虚发的，若射金刚脚枪杆，就算不会射的了。罗公晓得秦琼力大，将自己的一张弓、九枝箭，付与秦琼。军政司将秦琼名字续上，上台跪禀道："老爷，众将射何物为奇？"罗公知有秦琼在内，便道："射枪杆罢。"这枪杆是奇射中最易的，不是阵上的枪杆，却是后帐发出一扛木头枪杆来，九尺长，到一百八十步弓基址所在，却插一根木枪，将令字蓝旗换去。此时军政司卯簿上唱名点将。那知这些将官，俱是平昔间练就，连新牌官史大奈，有五七人射去，并不曾有一矢落地。叔宝因是续上的在后面，看见这些官将射中枪杆，心中着忙："我也不该说过头话，方才我姑爷

① 簇簇——干净利落。

问我道:‘会射箭么?’我就该答应道‘不会’也罢了,他也不怪我。却怎么答应会射?”心上自悔。

罗公是有心人,却不看众将射箭,单为叔宝。见秦琼精神恍惚,就知道他弓矢不济,令他过来。叔宝跪下。罗公道:“你见我标下这些将官,都是奇射。”罗公是个有意思的人,只要秦琼谦让,罗公就好免他射箭。何知叔宝不解其意,少年人出言不逊道:“诸将射枪杆是死物,不足为奇。”罗公道:“你还有恁奇射?”叔宝道:“小侄会射天边不停翅的飞鸟。”罗公年高任性,晓他射不得枪杆,定要他射个飞鸟看看,吩咐中军官诸将暂停弓矢,着秦琼射空中飞鸟。军政司将卯簿掩了,众将官都停住了弓矢。秦琼张弓搭箭,立于月台,候天边飞鸟。青天白日望得眼酸,并无鸟飞。此时十万雄兵,摇旗擂鼓的演操,急切那有飞禽下来?罗公便道:“叫供给官取生牛肉二方,挂在大纛旗上。”只见血淋淋挂在虚空里荡着,把那山中叼鸡的饿鹰,引了几个来叼那牛肉。

正是当局者迷,旁观者清。公子在东辕门外,替叔宝着忙:“我这表兄,今日定要出丑。诸般雀鸟好射,惟有鹰射不得。尘不迷人眼,水不迷鱼眼,草不迷鹰眼。鹰有滚豆之睛。鹰飞霄汉之上,山坡下草中豆滚,他还看见。你这箭射不下鹰来,言过其实,我父亲就不肯重用你了。可怜他也是英雄,千里来奔,我助他一枝箭罢。”撩开衣服,取出花梢小弩,把弦拽满了,锦囊中取一枝软翎竹箭,放在弩上,隐在怀中。那些官将头目十万人马,都看秦大叔射鹰,却不知公子在辕门外发弩。就是跟公子的四个掌家,也不知道了,后边两个在他面前,向西站立,夕阳时候,日光射目,用手搭凉篷,遮那日色,往上看叔宝射鸟。公子弩硬箭又不响,故此不知。公子却又不好把箭就放了去。叔宝不射,他射下鹰来,算那门的账?可怜叔宝见鹰下来叼肉,刚要扯弓,那鹰又飞开去了。众人又催逼,叔宝没奈何,只得扯满弓弦,发一箭去。弓弦响动,鹰先知觉。看见箭来,鹞子翻身,用摺叠翅把叔宝这枝箭裹在硬翎底下,却不曾伤得性命。秦琼心上着忙,只见那鹰翩翩跹跹,裹着叔宝那一枝箭,落将下来。五营四哨,大小官将头目人等,一齐喝彩。

旁观赞叹一齐起,当局精神百倍增。

连叔宝也不知这个鹰怎么射下来的,公子急藏弩,遮掩袍服内,领四员家将上马,先回帅府。中军官取鹰来献上。罗公自有为叔宝的私情,亲自下帐替叔宝簪花挂红，动鼓乐迎回帅府。吩咐其余诸将，不必射箭，一概有赏，赏劳三军。罗公也自回府。公子先回府内，此事不曾对老母说，恐表兄面上无颜。

罗公回到府中家宴上，对夫人道："令侄双锏绝伦，弓矢尤妙，只是枪法欠了传授。"向秦琼道："府中有个射圃，贤侄可与汝表弟习学枪法。"秦琼道："极感成就之恩。"自此表兄弟二人，日在射圃中走马使枪。罗公暇日自来指拨教导，叫他使独门枪。

光阴荏苒①，因循半载有余。叔宝是个孝子，当初奉差潞州，只道月余便可回家，不意千态万状，逼出许多事来。今已年半有余，老母在山东不能回家侍养，难道在帅府就乐而忘返，把老母就置之度外？可怜他思母之心，无时不有。只因晓得一分道理，想道："我若是到幽州来探亲，住的日久，说家母年迈，就好告辞。我却是问罪来的人，幸遇姑爷在此为官提拔，若要告辞，我又晓得这个老人家任性，肯放我去得满心愿？他若道：'今日我老夫在此为官，你回去也罢了，若不是我老夫为官，你也回去么？'那时归又归不成，住在他府内，又失了他的爱。"这个话不是今日才想，自到幽州就筹算到今；却与表弟厚了，时常央公子对姑母说，姑爷面前方便我回去罢。可知公子的性儿，他若不喜欢这个人，在他府中时刻难容；与表兄英雄相聚，意气符合，舍不得表兄去，就是父母要打发，还要在中间阻挠，怎么肯替他方便？不过随口说谎道："前日晚间已对家母说，父亲说只在这几日打发兄长回去。"没处对问，不觉又因循几个月日，只管迁延过去。

直到仁寿三年八月间，一日，罗公在书房中考较二人学问。此时公子还不曾梳洗，罗公忽然抬头，见粉墙上题四句诗，罗公认得秦琼的笔迹。原来叔宝因思家念切，一日酒后，偶然写这几句于壁上。罗公认是秦琼心上所发，见了诗怫然② 不快。这几句怎么道？

一日离家一日深，犹如孤鸟宿寒林。
纵然此地风光好，还有思乡一片心。

罗公不等二子相见，转进后堂。老夫人迎着道："老爷书房考较孩儿

---

① 荏苒(rěn rǎn)——时间渐渐过去。
② 怫(fú)然——忧愁不快的样子。

学问，怎么匆匆进来？”罗公叹道：“他儿不自养，养杀是他儿。”夫人道：“老爷何发此言？”罗公道：“夫人，自从令侄到幽州，老夫看待他，与吾儿一般，并无亲疏。我意思等待边廷有事，着他出马立功，表奏朝廷，封他一官半职，衣锦还乡。不想令侄却不以为恩，反以为怨。适才到书房中去，壁上写着四句，总是思乡意思；这等反是老夫稽留他在此不是。”夫人闻言，眼中落泪道：“先兄弃世太早，家嫂寡居异乡，止有此子，出外多年，举目无亲。老爷如今扶持，舍侄就是一品服还乡，不如叫他归家看母。”罗公道：“夫人意思，也要令侄回去？”老夫人道：“老身怀此念久矣，不敢多言。”罗公道：“不要伤感，今日就打发令侄回去。”叫备饯行酒，传令出去。营中要一匹好马，用长路的鞍桥，进帅府公用。罗公到自己书房，叫童儿前边书房里，与秦大叔讲：“叫秦大叔把上年潞州仓库物件，开个细账来，我好修书。”那时蔡建德还复任在潞州，正好打发秦琼，到彼处自去取罢。

童儿到书房中道：“大叔，老爷的意思，打发秦大叔往山东去。教把潞州仓库物件，开一细账，老爷修书。”公子进里边来对叔宝说了，叔宝欢喜无限。公子道：“快把潞州仓库的东西开了细账，叫兄长自去取。”叔宝忙取金笺简，细开明白。童儿取回。

罗公写两封书：一封是潞州蔡刺史处取行李，一封是举荐山东道行台来总管衙门的荐书。酒席完备，叫童儿：“请大叔，陪秦大叔出来饮酒。”老夫人指着酒席道：“这是你姑爷替你饯行的酒。”叔宝哭拜于地。罗公用手相搀道：“不是老夫屈留你在此，我欲待你边廷立功，得一官半职回乡，以继你先人之后。不想边廷宁息，不得如我之意。令姑母道：‘令堂年高。’我如今打发你回去。这两封书：一封书到潞州蔡建德处取鞍马行李；一封书你到山东投与山东大行台兼青州总管，姓来名护儿。我是他父辈。如今吩咐各镇一方，举荐你到他标下，去做个旗牌官。日后有功，也还图个进步。”叔宝叩谢。拜罢姑母，与表弟罗成对拜四拜。入席饮酒数巡，告辞起身。此时鞍马行囊，已捎搭停当。出帅府，尉迟昆玉晓得了，俱备酒留饮。叔宝略领其情，连夜赶至涿州辞别。张公谨要留叔宝在家几日，因叔宝急归，不得十分相强。张公谨写书附覆单雄信，相送分手。

叔宝归心如箭，马不停蹄，两三日间，竟奔河东潞州。入城到府前饭店，王小二先看见了，往家飞跑，叫：“婆娘不好了！”柳氏道：“为什么？”小二道：“当初在我家少饭钱的秦客人，为人命官司，问罪往幽州去了。一二年挣了一个官来，缠鬃大帽，骑着马往府前来。想他恼得我紧，却怎么处？”柳氏道：“古人说尽了：‘去时留人情，转来好相见。’当初我叫你不要这等炎凉，你不肯听。如今没面目见他。你躲了罢。”小二道：“我躲不得。”柳氏道：“你怎么躲不得？”小二道：“我是饭店。倘他说我住住儿，等他相见，我怎么躲得这些时？”柳氏道：“怎么样？”小二道：“只说我死了罢。人死不记冤。打发他去了，我才出来。”王小二着了忙，出这一个题目与妻子，忙走开了。柳氏是个贤妻，只得依了丈夫，在家下假做哭哭啼啼。叔宝到店门外下马，柳氏迎道：“秦爷来了。”叔宝道：“贤人，我还不曾进来拜谢你。”叫手下：“看了马上行李，待我到府中投文书来。”取罗公书竟往府中来。

此时蔡公正坐堂上，守门人报幽州罗老爷差官下书。蔡公吩咐：“着他进来。”叔宝是个有意思的人，到那得意之时，愈加谨慎，进东角门捧着书走将上来。蔡刺史公座上，就认得是秦琼，走下滴水檐来，优待以礼。叔宝上月台庭参拜见。蔡公先问罗公起居，然后说道：“就是仁寿二年皂角林那桩事，我也从宽发落。”叔宝道：“蒙老大人提拔，秦琼感恩不浅。”蔡公道：“那童环、金甲幽州回来，道及罗老将军是令亲，我十分欢喜，反指示足下到幽州与令亲相会了。”叔宝道：“家姑夫罗公有书在此。”蔡刺史叫接上来。蔡公见书封上，是罗公亲笔，不回公堂开缄，就立着开看毕，道：“秦壮士，罗老将军这封书，没有别说，只是取昔年在我潞州的物件。”叔宝道：“是。”蔡刺史叫库吏取仁寿二年寄库赃罚簿。库吏与库书，除旧管新收，开除实在，将赃罚簿呈到公座上。蔡刺史用朱笔对那银子。当日皂角林捕人进房已失了些，又加参军厅乘机干没，不符前数。止有碎银五十两，贮封未动。那黄骠马一匹，已发去官卖了，马价银三十两贮库。五色潞绸十匹，做就寒夏衣四套，缎帛铺盖一副，枕顶俱在，镀金马鞍辔一副，镫扎俱全，金装锏二根，一一点过，叫库吏查将出来，月台上交付秦琼。叔宝一个人也拿不得许多东西，解他的那童环、金甲见了，却帮扶他拿这些东西。蔡刺史又吩咐库吏：“动本府项下公费银一百两包封，送罗老将军令亲秦壮士为路费。”这是：

时来易觅金千两，运去难赊酒一壶。

叔宝拜谢蔡公，拿着这一百两银子；佩之、国俊替他搬了许多行李，竟往王小二店中。叔宝正与佩之、国俊见礼叙话，只见柳氏哭拜于地道：“上年拙夫不是，多少炎凉，得罪秦爷。原来是作死。自秦爷为事，参军厅拘拿窝家，用了几两银子，心中不快，得病就亡故了。”叔宝道：“昔年也不干你丈夫事。是我囊橐空虚，使你丈夫下眼相看，世态炎凉，古今如此。只是你那一针一线之恩，到今铭刻于心。今日既你丈夫亡故，你也是寡妇孤儿了。我曾有言在此，你可比淮阴漂母，今权以百金为寿。”柳氏拜谢。叔宝暂留佩之、国俊在店少待，却往南门外去探望高开道的母亲，不想高母半年前已迁往他处去了。正是：

富来报德易，困日施恩难。

所以韩王孙，千金酬一餐。

叔宝回到王小二店中，把领出来的那些物件，捎在马鞍桥旁，马就压矬了，难驼这些重物。佩之道：“小弟二人且牵了马，陪兄到二贤庄单二哥处，重借马匹回乡。”辞别柳氏，三人出西门往二贤庄去了。

毕竟不知何如，且听下回分解。

第十五回

秦叔宝归家侍母　齐国远截路迎朋

诗曰：

友谊虽云重，亲恩自不轻。

鸡坛堪系念，鹤发更萦情。

心逐行云乱，思随春草生。

倚门方念切，遮莫滞行旌。

五伦之中，生我者亲，知我者友；若友亦不能成人之孝，也不可称相知。

叔宝在罗府时，只为思亲一念，无虑功名，原是能孝的，不知在那要全他孝的朋友，其心更切。如那单雄信，因爱惜叔宝身体，不使同樊建威还乡，后边惹出皂角林事来，发配幽州，使他母子隔绝，心甚不安。但配在幽州，行止又由不得，雄信真有力没着处。及至有人报知叔宝回潞州搬取行囊，雄信心中快然，忖道："此番必来看我！"办酒倚门等候。因想三人步行迟缓，等到月上东山，花枝乱影，忽闻林中马嘶。雄信高言问："可是叔宝兄来了？"佩之答道："正是。"雄信鼓掌大笑，真是明月千里故人来。到庄相见携手，喜动颜色："得佩之、国俊陪来最好。"到庄下马卸鞍，搬行李入书房，取拜毡与叔宝顶礼相拜。家童抬过酒来，四人入席坐下。

叔宝取出张公谨回书，送雄信看了。雄信道："上年兄到幽州，行色匆匆，就有书来，不曾写得详细与罗令亲相会情由。今日愿闻，在令亲府中，二载有余，所作何事？"叔宝停杯道："小弟有千言万语，要与兄讲；及至相逢，一句都无。待等与兄抵足，细诉衷肠。"雄信把杯放下了道："不是小弟今日不能延纳，有逐客之意，杯酌之后，就欲兄行，不敢久留。"叔宝道："为何？"雄信道："自兄去幽州二载，令堂老夫人有十三封书到寒庄；前边十二封书，都是令堂写来的，小弟有薄具甘旨，回书安慰令堂。只今一个月之内，第十三封书，却不是令堂写来的，乃是尊正也能书。书中言令堂有恙，不能执笔修书。小弟如今欲兄速速回去，与令堂相见，全人间母子之情。"

叔宝闻言，五内皆裂，泪如雨下道："单二哥，若是这等，小弟时刻难容；只是幽州来马被我骑坏了，程途遥远，心急马行迟，怎么了得？"雄信道："自兄幽州去后，潞州府将兄的黄骠马发出官卖。小弟即将银三十两，纳在库中，买回养在寒舍。我但是想兄，就到槽头去看马，睹物思人。昨日到槽头，那良马知道故主回来，喊嘶踢跳，有人言之状。今日恰好足下到此。"叫手下将秦爷的黄骠马牵出来。叔宝拜谢雄信，就将府里领出来的鞍辔，原是雄信按这个马的身躯做下的，擦抹干净，备将起来，把那重行李捎上，不复入席吃酒，辞别三兄，骑马出庄。衣不解带，纵辔加鞭，如逐电追风，十分迅捷。

及第思乡马，张帆下水船。

旋里不落地，弩箭乍离弦。

那马四蹄跑发。耳内只闻风吼，逢州过县，一夜天明，走一千三百里路。日当中午，已到齐州地面。叔宝在外首尾三年还可，只到本地，看见城墙，恨不能肋生两翅，飞到堂前，反焦躁起来。将入街道，翻然下马，牵着步行，把缠鬃大帽，往下按一按，但有朋友人家门首，遮着自己的面貌，低头急走。转进城来，绕着城脚下，到自己住宅后门。可怜当家人三年出外，门垣颓败。叔宝一手牵马，一手敲门。他娘子张氏，在里面问道："呀，我儿夫几年在外，是什么人击我家后门？"叔宝听得妻子说这几句，早已泪落心酸，出声急问道："娘子，我母亲病好了么？我回来了！"娘子听丈夫回来，便接应道："还不得好。"急急开门，叔宝牵进马来。娘子关门，叔宝拴马。娘子是妇道家，见丈夫回来，这等打扮，不知做了多大的官来了，心中又悲又喜。叔宝与娘子见礼，张氏道："奶奶吃了药，方才得睡。虚弱得紧，你缓着些进去。"

叔宝蹑足潜踪，进老母卧房来，只见有两个丫头，三年内都已长大。叔宝伏在床边，见老母面向里床，鼻息中止有一线游气，摸摸膀臂身躯，像枯柴一般。叔宝自知手重，只得住手，摸椅子在床边上叩首，低低道："母亲醒醒罢！"那老母游魂复返，身体沉重，翻不过身来。朝里床还如梦中，叫媳妇。媳妇站在床前道："媳妇在此。"秦母道："我那儿，你的丈夫想已不在人世了。我才瞑目，略睡一睡，只听得他在床面前，絮絮叨叨的叫我，想已是为泉下之人，千里还魂来家见母了。"媳妇道："婆婆，那不孝顺的儿子回来了，跪在这里。"叔宝叩首道："太平郎回来了。"秦母原没有病，因想儿子，想得这般模样。听见儿子回来，病就去了一半。平常起来解溲，媳妇同两个丫头搀半日还搀不起来。今听见儿子回来，就爬起了坐在床上，忙扯住叔宝手。老人家哭不出眼泪来，张着口只是喊，将秦琼膀臂上下乱捏。秦琼就叩拜老母。老母吩咐："你不要拜我，拜你的媳妇。你三载在外，若不是媳妇孩儿能尽孝道，我死也久矣，也不得与你相会了。"叔宝遵母命，转身拜张氏。张氏跪倒道："侍姑乃妇道之当然，何劳丈夫拜谢？"夫妻对拜四拜，起来坐于老母卧榻之前。

秦母便问在外的事。秦琼将潞州颠沛，远戍遇姑始末，一一说与母亲。母亲道："且喜你姑爷做甚官？你姑母可曾生子？可好么？"叔宝道："姑爷现为幽州大行台；姑母已生表弟罗成，今年已十三矣。"秦母道："且喜你姑母已有后了。"遂挣起穿衣，命丫头取水净手，叫媳妇："拈香，要望西北下拜，谢潞州单员外，救吾儿活命之恩。"儿子媳妇一齐搀住道："病体怎生劳动得？"老母道："今日得母子团圆，夫妻完聚，皆此人大恩，怎不容我拜谢？"叔宝道："待孩儿媳妇代拜了，母亲改日身子强健，再拜不迟。"秦母只得住了。

次日有诸友拜访，叔宝接待叙话。就收拾那罗公的荐书，自己开过脚色手本，戎服打扮，往来总管帅府投书。这来总管是江都人氏，原是世荫，因平陈有功，封黄县公，开府仪同三司、山东大行台，兼齐州总管。是日正放炮开门，升帐坐下。叔宝投文入进帅府。来公看了罗公荐书，又看了秦琼的手本，叫秦琼上来。叔宝答应："有。"这一声答应，似牙缝里迸出春雷，舌尖上跳起霹雳。来公抬头一看：秦琼跪在月台上，身高八尺，两根金装锏悬于腕下，身材凛凛，相貌堂堂，一双眼光射寒星，两道眉黑如刷漆，是一个好汉子。来公甚喜，叫："秦琼，你在罗爷标下，是个列名旗牌；我衙门中官将，却是论功行赏，法不可私亲。权补你做个实受的旗牌，日后有功，再行升赏。"叔宝叩首道："蒙老爷收录于帐下，感知遇大恩不浅。"来公吩咐中军，给付秦琼本衙门旗牌官的服色，点鼓闭门。

叔宝回家，取礼物馈送中军，遍拜同僚。叔宝管二十五名军汉，都来叩见。叔宝却是有作用的人，将幽州带回来的千金囊橐，改换门间。在行台府中，做了旗牌三个月。是日隆冬天气，叔宝在帅府伺候本官堂事已完，俱各出府。来公叫秦琼不要出去，去到后堂伺候。秦琼随至后堂跪下。来公道："你在我标下，为官三月，并不曾重用。来年正月十五，长安越公杨爷六旬寿诞。我已差官往江南，织造一品服色，昨日方回。欲差官赍礼前去，天下荒乱，盗贼生发，恐中途疏虞。你却有兼人之勇，可当此任么?”叔宝叩首道：“老爷养军千日，用在一时，既蒙老爷差遣，秦琼不敢辞劳。”关爷吩咐家将，开宅门传礼出来。卷箱封锁，另取两个大红皮包。座上有发单，开卷箱照单检点，付秦琼入包。计开：

圈金一品服五色什套、玲珑白玉带一围、光白玉带一围、明珠八颗、玉玩十件、马蹄金一千两、寿画一轴、寿表一道。

话说那越公杨素的寿诞，外京藩镇官将就谦卑，不过官衔礼单，怎么用个寿表？他也不是上位文皇帝之弟，乃突厥可汗一种，在隋有战功，赐御姓为杨。他出为大将，曾平江南，入为丞相，官居仆射，宠冠百僚，权倾中外。文帝与他言听计从。因他废了太子，囚了蜀王，在朝文武，在外藩镇，半出他门。以此天下官员，以王侯尊之，差官赍礼，俱用寿表。

来公赏秦琼马牌令箭，并安家盘费银两，传令中军官：营中发马三匹，两匹背包引马，一匹差官坐马。因叔宝虎躯大，折一匹草料银两，又选二名健步背包。叔宝命健步背包，归家烧脚步纸起身，进内拜辞老母。老夫人见秦琼行色匆匆，跪于膝下，就眼中落下泪来道：“我儿，我残年暮景，喜的是相逢，怕的是离别。在外三年，归家不久，目下又要远行，莫似当年使老身倚门而望。”秦琼道：“儿今非昔比。奉本官马牌，驰驿往还，来年正月十五，赍过寿礼，只在二月初旬，准拜膝下。”吩咐张氏晨昏定省。张氏道：“不必吩咐。”叔宝令健步背包，上了黄骠马长行。

离了山东，过河南，进潼关渭南三县，到华州华阴县少华山，远望一山，势甚险恶，吩咐两名健步：“缓行，待我自己当先。”那二人道：“秦爷，正欲赶路，怎么传叫缓将下来?”叔宝道：“你二人不知，此间山势险恶，恐有歹人潜藏，待我自己当先。”二人见说，就不敢往先，让叔宝领紫丝缰，纵黄骠马。三个人膊马相挨，趱出谷口。

只见前面簇拥着一俦英俊，貌若灵官，横刀跃马，拦住去路，叫：“留下买路钱来!”这个就见得秦叔宝勇者不惧，见了许多喽啰，付之一笑道：“离乡三步远，别是一家风。在山东河南，绿林响马闻我姓名，皆抱头鼠窜；今日进了关中地方，盗贼反来问我讨买路钱。我如今不要通名道姓，恐吓走了这个强人。”叔宝把双锏纵马，照此人顶梁门打将下来。此人举金背刀招架，双锏打在刀背上，火星乱爆，放开坐下马，杀个一团。刀来锏架，锏去刀迎，约斗有三十余合，不分胜败。

原来山中还有两个豪杰。倒有一个与叔宝通家[①]，就是王伯当，因别了李玄邃，打此山经过，也因遇了寨主战他不过，知是豪杰，留他入寨。那拦住叔宝讨常例的，叫做齐国远，上边陪王伯当饮酒的，叫做李如圭。

饮酒之间，喽啰传报上聚礼厅来："二位爷，齐爷巡山，遇公门官将讨常例，不料那人不服，就杀将起来，三四十回合，不分胜败。小的们旁观，见齐爷刀法散乱，敌不过此人，请二位爷早早策应。"这班英雄义气相尚的，闻齐国远不能取胜他人，忙叫手下人看马，取了器械，下山关来，遥见平地人赌斗。伯当在马上看那下面交战的，好像秦叔宝模样，相厚的朋友，恐怕损伤，半山中高叫道："齐国远不要动手了！"

此山路高，下来还有十余里，怎么叫得应？况空谷传声，山鸣水应。此时齐国远正斗，也不知叫谁，也不知谁叫，见尘头起处，二骑马簇的一响，已到平地。伯当道："果然是叔宝兄！"二人都丢兵器，解鞍下马，上前陪罪。伯当要邀归山寨，叔宝此时恐惊坏了两名背包的健步，忙叫近前道："你们不要着忙，不是外人，乃相知朋友，相聚在此。"两个健步方才放心。

李如圭吩咐手下，抬秦爷行李上山。众豪杰各上马，邀叔宝同上少华山。入关到厅叙礼，伯当即引手陪罪，摆酒与叔宝接风洗尘。叔宝与伯当叙阔别寒温，叔宝将皂角林伤人问罪，远戍幽州，遇亲提拔帅府至回乡，承罗公荐在来公标下为旗牌官，细细备说。"今奉本官差遣，赍送礼物，赶来年正月十五长安杨越公府中拜寿。适才齐兄见教，得会诸兄，实三生之幸。"因问李玄邃踪迹。伯当道："他因杨越公公子相招而去，想也在长安。"

叔宝又问道："伯当，你缘何在此？"伯当道："小弟因此山经过，蒙齐、李二弟相留。已修书雄信，要去过节盘桓。今日遇见兄长进长安公干，却就鼓起小弟这个兴来，不往单二哥处去了，陪兄长安赍贺，就去看灯，兼访玄邃。"叔宝是个多情人，道："兄长有此高兴，同行极妙。"齐国远、李如圭开言道："王兄同行，小弟愿随鞭镫。"叔宝却不敢遽然招架，心中暗想："王伯当偶在绿林中走动，却是个斯文人，进长安没有渗漏处。这齐国远、李

---

① 通家——世交之家。

如圭,却是个卤莽灭裂之人,若同他到长安,定要惹出一场不轨的事来,定然波及于我。”却又不好当面说他两个去不得,只得用粉饰之语,对齐、李二人道:“二位贤弟不要去。王兄他是不爱功名富贵的人,弃了前程,浪游湖海。我看此山,关隘城垣房屋殿宇,规矩森雄,仓廪富足,又兼二兄本领高强,人丁壮健,隋朝将乱之秋,举少华之众,则隋家疆土可分;事即不果,退居此山,足以养老。若与我同进长安看灯,不过是儿戏的小事。京行要一个月方回,众人散去,二位回来,将为何根本?那时却归怨于秦琼。”齐国远以叔宝为诚实之意,却也迟疑。李如圭却大笑道:“秦兄小觑我与兄弟,难道我们自幼习武艺时节,就要落草为寇?也只为粗鄙,不能习文,只得习武。近因奸臣当道,我们没奈何,同这班人啸聚此山,待时而动。兄倒说我二人在此打家劫舍,养成野性,进长安恐怕不遵兄长的约束,惹出祸来,贻害仁兄。不领我们去是正理,若说恐小弟们无所归着,只是小觑我二人了,是要把绿林做终身了。”把个叔宝说个透心凉,只得改口道:“二位贤弟,若是这等多心,大家同去就罢了。”齐国远道:“同去再也无疑。”吩咐喽啰收拾战马,选了二十名壮健喽啰,背负包裹行李,带盘费银两。吩咐山上其余喽啰,不许擅自下山。秦叔宝也去扎缚那两个健步,不可泄漏,大家有祸。

三更时候,四友六骑马,手下众人,离了华山,取路奔陕西。约离长安有六十里之地,是日夕阳时候,王伯当与李如圭连辔而行,远望一座旧寺鼎新,殿脊上现出一座流金宝瓶,被夕阳照射。伯当在马上道:“李贤弟,可见得世事,忽成忽败。当年我进长安时候,这座寺已颓败了,却又是什么人发心,修得这样齐整?”如圭道:“我们如今且在山门下,只当歇歇脚步,进去瞻仰瞻仰,便晓得是何人修建。”叔宝自下少华山,不敢离齐、李二人左右。官道行商,过客最多,恐二人放枝响箭,吓下人的行李来,贻祸不小。筹算这两个人到长安,只暂住两三日便好;若住得日子多了,少不得有一桩大祸。今日才十二月十五日,到正月十五,还有一个足月,倒不如在前边修的这个寺里,问长老借僧房权住。过了残年,灯节前进城,三五日,好拘管他。又不好上前明言,把马一夹,对齐、李二人道:“二位贤弟,今年长安城下处却贵哩!”齐国远笑道:“秦兄也不像个大丈夫,下处贵多用几两银子罢了,也拿在口里说?”叔宝道:“贤弟有所不知,长安歇家房屋,都是有数的。每年房价,行商过客,如旧停歇。今年却多了我们这辈朋友。我一人带两名健步，会见列位，就是二三十人。难道就是我秦琼有朋友，这些差来贺寿的官，那一个没个朋友？高兴到长安看灯，人多屋少，挤塞一块，受许多拘束，却不是有银子没处用？”他两个却是养成的野性，怕的是拘束，回道：“秦兄，若是这等，怎样的便好？”叔宝道：“我的意思，要在前边修的寺里借僧房权住。你看这荒郊野外，走马射箭，舞剑抡枪，无拘无束，多少快活。住过残年，到来春灯节前，我便进城送礼，列位却好看灯。”

王伯当也会意，也便极力撺掇。说话之间，已到山门首下马。命手下看了行囊马匹，四人整衣进了山寺二门，过韦驮殿，走甬道上大雄宝殿。那甬道也好远，远望上去，四角还不曾修得。佛殿的屋脊便画了，檐前还未收拾。月台下搭了高架，匠人收拾檐口。架木外设一张公座，张深檐的黄罗伞。伞下公座上坐一紫衣少年，旁站五六人，各青衣大帽垂手侍立，甚有规矩。月台下竖两面虎头硬牌，用朱笔标点，还有刑具排列。

这官儿不知是何人，叔宝众人不知进去不进去。且听下回分解。

第 十 六 回

报德祠酬恩塑像　西明巷易服从夫

诗曰：

侠士不矜功，仁人岂昧德。
置璧感负羁，范金酬少伯。
恩深自合肝胆镂，肯同世俗心悠悠。
君不见报德祠宇揭天起，
报德酬恩类如此。

信陵君魏无忌，因妹夫平原君为秦国所围，亏如姬窃了兵符，与信陵君率兵十万，大破秦将蒙恬，救全赵国。他门客有人对信陵君道："德有可忘者，有不可忘者：人有德于我，是不可忘；我有德于人，这不可不忘。"总之，施恩的断不可望报，受恩的断不可忘人。

话说王伯当乃弃隋的名公，眼空四海，他那里看得上那黄伞下的紫衣少年？齐国远、李如圭，青天白日放火杀人，那里怕那个打黄伞的尊官？秦叔宝却委身公门，知高识下，赶在甬道中间，将三友拦住道："贤弟们不要上去，那黄伞底下坐的少年人，就是修寺的施主。"伯当道："施主罢了，怎么就不走？"叔宝道："不是这等说，是个现任的官员。"李如圭道："兄怎么知道？"叔宝道："用这两面虎头硬牌，想是现任官员。今我兄弟四人走上去，与他见礼好，还是不见礼好？"伯当道："兄讲得有理。"四人齐走小甬道，至大雄宝殿，见许多的匠作，在那里做工。叔宝叫了一声。众人近前道："老爷们有什么话吩咐？"叔宝道："借问一声，这寺院是何人修建得这等齐整？"匠人道："是并州太原府唐国公李老爷修盖的。"叔宝道："他留守太原，怎么又到此间来干此功德？"匠人道："因仁寿元年八月十五日，李老爷奉圣恩钦赐回乡，晚间寺内权住，窦夫人分娩了第二位世子，李爷怕秽污了清净地土，发心布施，重新修建。那殿上坐着打黄伞的，就是他的郡马，姓柴名绍，字嗣昌。"叔宝心中就知是那日在临潼山助他那一阵，晚间到此来了。

弟兄四人，进东角门就是方丈。见东边新起一座门楼，悬红牌书金字，写“报德祠”三字。伯当道：“我们看报什么德的？”四人齐进，见三间殿宇，居中一座神龛，高有丈余。里边塑了一尊神道，却是立身，戴一顶荷叶檐粉青色的范阳毡笠，着皂布海衫，盖上黄罩甲，熟皮铤带，挂牙牌解刀，穿黄麂皮的战靴。向前竖一面红牌，楷书六个大金字：“恩公琼五生位。”旁边又是几个小字儿：“信官李渊沐手奉祀。”原来当年叔宝在临潼山打败假强盗时，李公问叔宝姓名，叔宝不敢通名，放马奔潼关道上。李公不舍，追赶十余里路，叔宝只得通名秦琼。李公见叔宝摇手，听了名，转不曾听姓，误书在此。叔宝暗暗点头：“那一年我在潞州怎么颠沛到那样田地，原来是李老爷折得我这样嘴脸。我是个布衣，怎么当得勋卫塑像，焚香作念。”暗自感叹咨嗟。

那三个人都看那像儿，齐国远连那六个金字都认不得，问：“伯当兄，这可是韦驮天尊么？”伯当笑道：“适才二山门里面朱红龛内，捧降魔杵，那便是韦驮。这个生位，其人还在，唐公曾受这人恩惠，故此建个报德祠。”众人听见伯当说个“在”字，都惊诧起来，看看这个像，又瞧瞧叔宝的脸。那个神龛左右塑着四个人，左首二人，带一匹黄骠马。右首二人，捧两根金装锏。伯当近叔宝附耳低言：“往年兄长出外远行，就是这等打扮？”叔宝暗暗摇手，叫：“贤弟低声说，这就是我了。”伯当道：“怎么是兄？”叔宝道：“那仁寿元年，潞州相遇贤弟时，我与樊建威长安挂号出来，正是八月十五。唐公回乡，到临潼山被盗围杀，樊建威撺掇我向前助唐公一阵，打退强贼。那时我放马就走，唐公追赶来问我姓名，我没奈何，只得通名秦琼，摇手叫他不要赶，不知他怎么仓猝时错记琼五，这话一些说不得。”伯当笑道：“只因他认你做琼将军，所以折得将军在潞州这样穷了。”

两边说笑，不期那柴嗣昌坐在月台下，望见四人雄赳赳的进去，不知甚么人，吩咐家将暗暗打听。家将们就随在后边，看他举动。

叔宝们在祠堂内说话时，外面早有人听见，上月台来报郡马爷：“那四位老爷里面，有太老爷的恩人在内。”柴嗣昌听了，整衣下月台进报德祠，着地打一躬道：“那位是妻父活命的恩公？”四人答礼，伯当指着叔宝道：“此兄就是李老大人临潼山相会的故人，姓秦名琼，李大人当年仓猝错记琼五；郡马如不信，双锏马匹现在在山门外面。”嗣昌道：“四位杰士，料不相欺，请到方丈。”命手下铺拜毡，顶礼相拜，各问姓名。齐国远、李如圭，都通了实在的姓名。郡马叫人山门外牵马，搬行李到僧房中打叠，就吩咐摆酒，接风洗尘。那夜就修书差人往太原，通报唐公。将他兄弟四人，挽留寺内，饮酒作乐。

倏忽数日，又是新午，接连灯节相近。叔宝与伯当商议道："来日向晚，就是正月十四，进长安还要收拾表章礼物，十五日绝早进礼。"伯当道："也只是明日早行就罢了。"叔宝早晨吩咐健步收拾鞍马进城。柴嗣昌晓得他有公务，不好阻挠；只是太原的回书不到，心内踌躇，暗想："叔宝进长安，赍过了寿礼，径自回去了，决不肯重到寺中来；倘岳父有回书来请，此人去了，我前书岂不谬报？今我陪他进长安去看看灯，也就完了他的公事，邀回寺来，好候我岳父的回书。"嗣昌对叔宝道："小生也要回长安看灯，陪恩公一行如何？"叔宝因搭班有些不妥当，也要借他势头进长安去，连声道好。嗣昌便吩咐手下收拾鞍马，着众将督工修寺。命随身二人带了包匣，多带些银钱，陪同秦爷进京送礼。饭后起身，共是五筹英俊①、七骑马、两名背包健步，从者二十二人，离永福寺进长安。

叔宝等从到寺至今，才过半月，路上景色，又已一变：

柳含金粟拂征鞍，草吐青芽媚远滩。

春气着山萌秀色，和风沾水弄微澜。

虽是六十里路，起身迟了些，到长安时，日已沉西。叔宝留心，不进城中安下处，恐出入不便。离明德门还有八里路远，见一大姓人家，房屋高大，挂一个招牌，写"陶家店"。叔宝就道："人多日晚，怕城中热闹，寻不出大店来，且在此歇下罢。"催趱行囊马匹进店，各人下马，到主人大厅上来，上边挂许多不曾点的珠灯。主人见众豪杰行李铺陈仆从，知是有势力的人，即忙笑脸殷勤道："列位老爷，不嫌菲肴薄酒，今晚就在小店，看了几盏粗灯，权为接风洗尘之意。到明日城中方才灯市整齐，进去畅观，岂不是好？"叔宝是个有意思的人，心中是有个主意：今日才十四，恐怕朋友们进城没事干，街坊玩耍，惹出事来，况他公干还未完，正好趁主人酒席，挽留诸友。到五更天，赍过了寿礼，却得这个闲身子，陪他们看灯。叔宝见说，便道："既承贤主人盛情，我们总允就是了。"于是众友开怀痛饮，三更时尽欢而

---

① 英俊——这里指杰出的人才。《淮南子·泰族训》："智过万人者谓之英，千人者谓之俊，百人者谓之豪，十人者谓之杰。"

散，各归房安歇。

叔宝却不睡，立身庭前。主人督率手下收拾家伙，见叔宝立在面前，问：“公贵衙门？”叔宝道：“山东行台来爷标下，奉本官赍寿礼与杨爷上大寿，正有一事奉求。”店主道：“甚么见教？”叔宝道：“长安经行几遍，街道衙门日间好认。如今我不等天明，要到明德门去，宝店可有识路的尊使，借一位去引路？”主人指着收家伙一人道：“这个老仆，名叫陶容，不要说路径，连礼貌称呼都是知道的。陶容过来！这位山东秦爷，要进明德门，往越府拜寿去，你可引路。”陶容道：“秦爷若带得人少，老汉还有个兄弟陶化，一发跟秦爷拿拿礼物。”叔宝道：“这个管家，果然来得。”回房中叫健步取两串皮钱，赏了陶容、陶化，就打开皮包，照单顺号，分做四个毡包，两名健步与陶容弟兄两个拿着，跟随在后。叔宝乘众友昏睡中，不与说知，竟出陶家店，进明德门去了不题。

却说越公乃朝廷元铺，文帝隆宠已极。当陈亡之时，将陈宫妃妾女官百员赐与越公为晚年娱景。越公虽是爵尊望重的大臣，也是一个奸雄汉子。一日因西堂丹桂齐开，治酒请幕僚宴饮，众人无不谀辞迎合，独李玄邃道：“明公齿爵俱尊，名震天下，所欠者惟老君一丹耳。”越公会意，即知玄邃道他后庭幸宠，恐不能长久的意思，即便道：“老夫老君丹也不用，自有法以处之。”

到明日越公出来，坐在内院，将内外锦屏大开，即叫人传旨与众姬妾道：“老爷念你们在此供奉日久，辛勤已著，恐怕误了你们青春。今老爷在后院中，着你们众姬妾出去。如众女子中有愿去择配者立左，不愿去者立右。”众女子见说，如开笼放鸟，群然蜂拥将出来，见越公端坐在后院。越公道：“我刚才叫人传谕你们，都知道了么？如今各出已见站定，我自有处。”众女子虽在府中受用，然每想单夫独妻，怎的快乐。准百女子，到有大半跪在左边。越公瞥转头来，只见还有两个美人：一个捧剑的乐昌公主，陈主之妹；一个是执拂美人，是姓张名出尘，颜色过人，聪颖出众，是个义侠的奇女子。越公向他两个说道：“你二人亦该下来，或左或右，亦该有处。”二人见说，走下来跪在面前。那个捧剑的涕泣不言，只有那执拂的独开言道：“老爷隆恩旷典，着众婢子出来择配，以了终身，也是千古奇逢，难得的快事；但婢子在府，耳目口鼻，皆是豪华受用，怎肯出去，与瓮牖绳枢之子，举案终身？古人云：‘受恩深处便为家。’况婢子不但无家，视天下并无人。"越公见说,点头称善。又问捧剑的:"你何故只顾悲泣?"乐昌公主便将昔曾配徐德言、破镜分离之事,一一陈说。后得徐德言为门下幕宾,夫妻再合是后话。当时越公见说,也不嗟叹,便叫二美人起来站后,随吩咐总管领官,开了内宅门。那些站左的女子四五十人,俱令出外归家,自择夫婿。凡有衣饰私蓄,悉听取去。于是众女子各各感恩叩首,泣谢而出。越公见那些粉黛娇娥,拥挤出门,反觉心中爽快。自此将乐昌公主与执拂张氏,另眼眷宠为女官,领左右两班金钗。

光阴荏苒。那年上元十五,又值越公寿诞,天下文武大小官员,无不赍礼上表,到府称贺。其时李靖恰在长安,闻知越公寿诞,即具揭[①]上谒,欲献奇策。未及到府,门吏把揭拿去。时越府尚未开门,只得走进侧室班房里伺候。那些差官将吏,亦俱在内忙乱。西边坐着一个虎背熊腰、仪表不凡的大汉,李靖定睛一看,便举手道:"兄是那里人氏?"那大汉亦起身举手道:"弟是山东人。"李靖道:"兄尊姓大名?"那人道:"弟姓秦名琼。"李靖道:"原来是历城叔宝兄。"叔宝道:"敢问兄长上姓何名?"李靖道:"弟即是三原李靖。"叔宝道:"就是药师兄,久仰。"两人重新叙礼,握手就坐,各问来因。叔宝问李靖所寓,靖答道:"寓在府前西明巷,第三家。"

两人正在叙话得浓,忽听得府内奏乐开门,有一官吏进来喊道:"那个是三原李老爷,有旨请进去相见。"李靖对叔宝道:"弟此刻要进府去相见,不及奉陪;但弟有一要紧话,欲与兄说。兄若不弃,千万到弟寓所细谈片晌。"叔宝唯唯。李靖即同那官儿进府。越公本是尊荣得紧,文武官僚尚不轻见,缘何独见李靖?因李靖之父李受,生时与越公同仕于隋,靖乃通家子侄,久闻李靖之才名,故此愿见。

其时那官儿引了李靖,不由仪门而走,乃从右手甬道中进去,到西厅院子内报名。李靖往上一望,见越公据胡床,戴七宝如意冠,披暗龙银裘褐,执如意,床后立着翡翠珠冠袍带女官十二员,以下群妾甚众,列为锦屏。李靖昂然向前揖道:"天下方乱,英雄竞起。公为帝室重臣,当以收罗豪杰为心,不宜踞见宾客。"越公敛容起谢,与靖寒温叙语,随问随答,娓娓无穷。越公大悦,欲留为记室,因是初会,未便即言。时有执拂美人,数目李靖。靖是个天挺英雄,怎比纨裤之子,见妇人注目偷视,就认做有顾盼

---

① 揭——贴子。

小生之意，便想去调戏他？时已将午，李靖只得拜辞而出。越公曰通家子侄，即命执拂张美人送靖，张美人临轩对吏道：“主公问去者李生行第几，寓何处？可即他往否？”吏往外问明，进来回复，张美人归内。

如今且慢题李靖回寓，再说秦叔宝押着礼物进越公府中来。原来天下藩镇官将差遣赍礼官吏，俱分派在各幕僚处收礼物。那些收礼的官，有许多难为人处：凡赍礼官员，除表章外，各具花名手本，将彼处土产礼物相送。稍不如意，这些收礼官苛刻起来，受许多的波查。那山东一路礼物，却派在李玄邃记室厅交收。是时秦琼到来，玄邃看见，慌忙降阶迎接，喜出意外。叔宝呈上表章礼仪，玄邃一览，叫人尽收。私礼尽璧，遂留叔宝到后轩取酒款待，细谈别后踪迹。叔宝把遇见王伯当同来的事，说了一遍。“但恐兄长事冗，不能出去一会。”并说：“遇见李靖，姿貌不凡，丰神卓荦[①]。适才府门外倾慕，如同夙契。小弟出去，就要到他寓所一叙。回书回批，乞兄作速打发。”玄邃见说，命青衣斟酒，自己却在案旁挥写回书回批，顿刻而就，付与叔宝。分手时，玄邃嘱托致意伯当，不得一面为恨[②]。

叔宝别了玄邃，竟到西明巷来，李靖接见喜道：“兄真信人也。”坐定便问：“兄年齿多少？”叔宝道：“二十有四。”又问道：“兄入长安时，可有同伴否？”叔宝隐却下处四个朋友，便说：“奉本官差遣赍礼，止有健步两名，并无他人。兄长为何问及？”李靖道：“小弟身虽湖海飘蓬，凡诸子百家，九流异术，无不留心探讨。最喜的却是风鉴[③]。兄今年正值印堂管事，眼下有些黑气侵入，怕有惊恐之灾，不敢不言。然他日必为国家股肱，每事还当仔细。小弟前日夜观乾象，正月十五三更时候，彗星过度，民间主有刀兵火盗之灾。兄长倘同朋友到京，切不可贪耍观灯游玩。既批回已有，不如速返山东为妙。”一番言语，说得叔宝毛骨悚然。念着齐国远在下处，恐怕惹出事来。慌忙谢别了李靖，要赶回下处。

今再说张美人，得了官吏回复明白，进内自思道：“我张出尘在府中阅人多矣，未有如此子之少年英俊者，真人杰也。他日功名，断不在越公之下。刚才听他言语，已知他未有家室。想我在此奉侍，终非了局；若舍此

---

① 卓荦(luò)——超绝，突出。卓，高超。荦，分明。

② 恨——这里是“憾”的意思。

③ 风鉴——即相术。

人，而欲留心再访，天下更无其人。若此人不是我张出尘为配，恐彼终身亦难定偶。趁此今夜，非我该班，又兼府中演戏开宴之时，我私自到他寓所一会。岂不是好？”主意已定，把室中箱笼封锁，开一细账。又写一个禀帖，押在案上。又恐街上巡兵拦阻，转到内院去，把兵符窃了。改装做后堂官儿，提着一个灯笼，便大模大样走出府门。未有里许，见三四个巡兵问道：“爷是往那里去的？”张氏道：“我是越府太老爷有紧要公干差往兵马司去的。你们问我则甚？”那巡兵道：“小的问一声儿何碍？”说罢，大家鸣锣击梆去了。

不移时，已到府前西明巷口。张美人数着第三家，见有个大门楼，即便叩门。主人家出来看了，问：“是会那个爷的？”张氏道：“三原李爷，可是寓在此？”主人道：“进门东首那间房里。”张氏见说，忙走进来。其时李靖夜膳过后，坐在房中灯下看那龙母所赠之书。只听见敲门，忙开门出来一看：

乌纱帽，翠眉束鬓光含貌。光含貌，紫袍软带，新装偏巧。粉痕隐映樱桃小，兵符手握殷勤道。殷勤道，疑城难破，令人思杳。

张美人走进，将兵符供在桌上，便与李靖叙礼坐定。李靖问道：“足下何处来的？到此何干？”张氏道：“小弟是越府中的内官姓张，奉敝主之命差来。”李靖道：“有甚见教？”张氏道：“适间敝主传弟进去，当面嘱咐多话，如今且慢说。先生是识见高广，颖悟非常的人，试猜一猜。若是猜得着，乃见先生是奇男子，真豪杰。”李靖见说：“这又奇了，怎么要弟猜起来？”低头一想便道：“弟日间到府拜公之时，承他屈尊优待，殷勤款洽，莫非要弟为其入幕之宾否？”张氏道：“敝府虽簿书繁冗，然幕僚共有一二十人，皆是多才多艺之士，身任其责。不要说敝主不敢有屈高才，设有此意，先生断不肯在杨府作幕，请再猜之。”李靖道：“这个不是，莫非越公要弟往他处作一说客，为国家未雨绸缪之意？”张氏道：“非也。实对先生说了罢。越公有一继女，才貌双绝，年已及笄，越公爱之，不啻己出。今见先生是个英奇卓荦，思天下佳婿，未有如先生者，故传旨与弟，欲弟与先生为氤氲①使耳。”李靖见说道：“这那里说起！弟一身四海为家，迹同萍梗；况所志未

① 氤氲(yīn yūn)——原指云或烟气盛。此指“放放烟雾”、“吹吹风”、“透透信儿”。

遂，何暇议及室家之事？虽承越公高谊，然门楣不敌，尊卑有亵，此事断乎不可，烦兄为我婉言辞之。”张氏道：“先生何其迂也，敝主乃皇家重臣，一言之间，能使人荣辱。倘若先生赘入豪门，将来富贵未可量，何乃守经而遽绝之，先生还宜三思。”李靖道：“富贵人所自有，姻缘亦断非逆旅论及，容以异日。如再相逼，弟即此刻起身，浪游齐楚间矣！”张氏正容道：“先生不要把这事看轻了；倘弟归府，将尊意述之，设敝主一时震怒，先生虽有双翅，亦不能飞出长安，那时就有性命之忧了。”李靖变了颜色，立起身来道：“你这官儿，好不恼人。我李靖岂是怕人的！随你声高势重，我视之如同傀儡。此事头可断，决不敢从。”

两人正在房里乱嚷，只听见间壁寓的一人，推门进来，是武卫打扮，问道：“那位是药师兄？”李靖此时气得呆了，随口应道：“小弟便是。”张氏注目，把那人一看，忙举手道：“尊兄上姓？”那人道：“我姓张。”张氏道：“妾亦……”说了两个字，缩住了，忙改口道：“这小弟亦姓张，如若不弃，愿为昆仲。”那人见说，复仔细一认，哈哈大笑道：“你与我结弟兄甚妙。”那时李靖方问道：“张兄尊字？”那人道：“我字仲坚。”李靖上前执手道：“莫非虬髯公么？”那人道：“然也。我刚才下寓在间壁，听见你们谈论，知是药师兄，故此走来。前言我已听得；但此位贤弟，并不是为兄执柯者。细详张贤弟的心事，莫若弟爽利，待弟说了出来，到与二位执柯何如？”张氏道：“我的行藏，既是张兄识破，我可不便隐瞒了。”走去把房门闩上，即把乌纱除下，卸去官装，便道：“妾乃越府中女子。因见李爷眉宇不凡，愿托终身，不以自荐为愧，故而乘夜来奔。”仲坚见说大笑称快。李靖道：“莫非就是日间执拂的美人么？既贤卿有此美意，何不早早明言，免我许多回肠。”张氏道：“郎君法眼不精，若我张兄，早已认出，不烦贱妾饶舌了。”仲坚笑道：“你夫妇原非等闲之人，快快拜谢了天地，待我去取现成酒肴来，权当花烛，畅饮了三杯何如？”两人见说，欣然对天拜谢了。

张氏复把官裳穿好，戴上乌纱。李靖道：“贤卿为何还要这等装束？”张氏道：“刚才进店来，是差官打扮；今见我是个妇人，反有许多不妥了。”李靖忖道：“好一个精细女子！”仲坚叫手下移了酒肴进来。大家举杯畅谈，酒过三杯，张氏问仲坚道：“大哥几时起身？”仲坚道：“心事已完，明日就走。”张氏见说，立起身来道：“李郎陪我张哥畅饮，我到一个所在去，如飞的就来。”李靖道：“这又奇了，还要到那里去？”张氏道：“郎君不必猜疑，少刻便知分晓。”说完点灯竟出房门。李靖见此光景，老大狐疑。仲坚道：“此女子行止非常，亦人中龙虎，少顷必来。”

两人又说了些心事。只听得门外马嘶声响，张氏早已走到面前。仲坚道：“贤妹又往何处去了来？”张氏道：“妾逢李郎，终身有托，原非贪男女之欢。今夜趁此兵符在手，刚才到中军厅里去，讨了三匹好马。我们吃完了酒，大家收拾上马出门。料有兵符在此，城门上亦不敢拦阻，即借此脚力，以游太原，岂非两便？”两人见说，称奇赞叹。吃完了酒，即便收拾行装，谢别主人，三人上马扬长去了。

越公到明日，因不见张美人进内来伺候，即差人查看。来回复道：“房门封锁，人影俱无。”越公猛省道：“我失检点，此女必归李靖矣！”叫人开了房门，室中衣饰细软，纤毫不动，开载明白，同一禀帖留于案上，取来呈上。上写道：

越国府红拂侍儿张出尘，叩首上禀：妾以蒲柳贱质，得傍华桐，虽不及金屋阿娇，亦可作玉盘小秀。有何不满，遽起离心？妾缘幼受许君之术，暂施慧眼，聊识英雄，所谓弱草附兰，嫩萝依竹而已，敢为张耳之妻，庸奴其夫哉！临去朗然，不学儿女淫奔之态。谨禀。

越公看罢，心中了然。又晓得李靖也是个英雄，戒谕下人不许声扬，把这事儿丢开不题。

但未知后事如何，且听下回分解。

第十七回

齐国远漫兴立球场　柴郡马挟伴游灯市

诗曰：

玉宇晚苍茫，星河耿异铓。
中天悬玉镜，大地满金光。
人影蹁鸾鹤，箫声咽凤凰。
百年能底事，作戏且逢场。

常言道：玩耍无益。我想人在少小时，玩耍尽得些趣，却不知是趣。一到大来，或是求名，或者觅利，将一个身子，弄得忙忙碌碌，那里去偷得一时一刻的闲？直到功名成遂，那时须鬓皤然，要玩耍却没了兴致。还有那不得成遂一命先亡的，这便干干的忙了一生。善于逢场作戏，也是一句至语。但要识得个悲欢相为倚伏，不得流而忘返。

却说秦叔宝见了李靖，忙赶回下处。这班朋友用过了酒饭，只等叔宝回来，才算还了店账。见叔宝来了，众人齐声道："兄长怎么不带我们进城去？"叔宝道："五鼓进城，干什么事？如今正好进城耍子。"王伯当问起李玄邃，叔宝道；"所赍礼物，恰好拨在玄邃记室厅收；但彼事冗，不及细谈。闻知兄长在此，托弟多多致意。"因对众人道："我们如今收拾进城去罢。"

于是众豪杰多上马，共七骑马，三十多人，别了陶翁，离了店门。伯当在马上，回头笑将起来道："秦大哥，丑都是我们这些朋友装尽了。"叔宝道："怎么？"伯当指众人道："我们七个，骑在七匹马上，背后二十余人，背负包裹，如今进城，只得穿城走过去，行长路的到北方转来，人就说了，这些人路也认不得，错了路回来了。如今我们进城，却要在街道市井热闹去处，酒肆茶坊，取乐玩耍，带这些人，可像个模样？"叔宝此时又想："李药师的言语，不可全信，也不可不信。如今进城，倘有些不美的事务，跨上马就走了。若依伯当，他只要步行玩耍，恐有不便，怎处？"伯当与叔宝只管争这骑马不骑马的话，李如圭道："二兄不要相争，莫若依我小弟。马只骑到城门口就罢了，这许多手下人，带他进城，管甚么事？就城门外边寻个小下处，把这些行李都安顿在店。马卸鞍辔，牵在城河饮水，众人轮流吃饭。柴郡马两员家将甚有规矩，叫他带了毡包拜匣，并金银钱钞，跟进城去，以供杖头之用。其外面手下，到黄昏时候，将马紧辔整鞍，等候我们出城。”众朋友齐道：“说得有理。”

说话之间，已到城门口。叔宝吩咐两名健步：“我比众老爷不同，有公务在身。把回书与回批，可用毡袋随身带了，这都是性命相关的事。黄昏时候，我的马却要多加一条肚带，小心牢记。”叔宝同诸友各带随身暗器，领两员家将进城。那六街三市勋卫宰臣、黎民百姓，奉天子之命，与民同乐。家家结彩，户户辅毡，收拾灯棚。这班豪杰都看到司马门来，却是宇文述的卫门，那扎彩匠扎缚灯楼。他却是个兵部尚书府，照墙后有个射圃，天下武职官的升袭比试弓马的去处，又叫做小教场。怎么有许多人喝彩？乃是圆情[①]的抛声[②]。谁人敢在兵部射圃圆情？就是宇文述的公子宇文惠及。

宇文述有四子：长曰化及，官拜治书侍御史；次曰士及，尚晋阳公主，官拜驸马都尉；三曰智及，将作少监；惠及是他最小儿子，倚着门荫，少不得做了官。目不识丁，胸无点墨，穿了绫锦，吃了珍馐，随从的无非是一干游食游手，谗谄面谀的光棍，帮闲他使酒渔色玩耍游荡。这圆情一节，不曾踢得一两脚，就赞他在行，他也自说在行，是以天下圆情的把持，打听得长安赏灯，都赶到长安来，在宇文公子门下。公子把父亲的射圃讨了，改做个球场。正月初一，踢到这灯节下来，把月台上用五彩装花缎匹，搭起漫天帐来，遮了日色，正面结五彩球门，书“官球台”三字。公子上坐，左右坐二个美人，是长安城平康巷聘来的。因圆情无出其右，绰号金凤舞、彩霞飞。月台东西两旁，扎两座小牌楼。天下的这些圆情把持，两个一伙，吊顶行头，辅行头，雁翅排于左右，不下二百多人。射圃上有一二十处抛场，有一处两根单柱，扎起一座小牌楼来。牌楼上扎个圈儿，有斗来大，号为彩门。江湖上的豪杰朋友，不拘锁腰、单枪、封拐、肩桩、杂踢，踢过彩门，公子月台上就送彩缎一匹、银花一对、银牌一面。凭那人有多少谢意，都是这两个圆情的得了。也有踢过彩门，赢了彩缎银花去的；也有踢不

---

① 圆情——球类游戏。

② 抛声——高声叫喊，张扬。

过，遗笑于人的。正是：

才在骨中踢不去，俏从胎里带将来。

却说叔宝同众友，捱拥到这个热闹的所在，又想起李药师的话来，对伯当道："凡事不要与人争竞，以忍耐为先。必要忍到不能忍处，才为好汉。"王伯当与柴嗣昌，听了叔宝言语，一个个收敛形迹。只是齐国远、李如圭两个粗人，旧态复萌，以膂力方刚，把些人都挨倒，挤将进去，看圆情玩耍。李如圭出自富家，还晓得圆情。这齐国远自幼落草，惟风高放火，月黑杀人，他那里晓得什么圆情玩耍的事？看着人圆情，大睁着两眼，连行头也不认得，对李如圭附耳道："李贤弟，圆骨碌的东西，叫做什么？"如圭笑戏答道："叫做皮包铅，接八卦之数，灌六十四斤冷铅造就。"国远道："这三个人的力也大着呢，把脚略抬一抬，就踢那么样高。踢过圈儿，就赢一匹缎彩、一对银花，我可踢得动么？"

这些话不过二人附耳低言，却被那圆情的听得，捧行头下来道："那位爷请行头？"李如圭拍齐国远肩背道："这位爷要逢场作戏。"圆情近前道："请老爷过论，小弟丢头，伙家张泛伏侍你老人家。"齐国远着了忙，暗想："我只是尽力踢就罢了。"那个丢头的伙家，弄他技艺粗巧，使个悬腿的勾子，拿个燕衔珠出海，送与子弟肷心里来。齐国远见球来，眼花缭乱，又恐怕踢不动，用尽平生气力，赶上前一脚，兀的响一声，把那球踢在青天云里，被风吹不见了。那圆情的见行头不见了，只得上前来，喜滋滋满面春风道："我两小人又不曾有甚么得罪处，老爷怎么取笑，把小人的本钱都费了？"齐国远已自没趣，要动手撒野。李如圭见事不谐，只得来解围道："你们这些六艺中朋友，也不知有多少见过。刚才来圆情，你也该问一声：'老爷高姓贵处那里？荣任何所？今日在京都相会，他日相逢，就是故人了。'怪你两个没有情理，故把你行头踢掉了，我这里赏你罢。"就在袖里取出五两银子，赏了圆情的，拉着国远道："和你吃酒去罢。"分开众人，齐往外去。

见秦叔宝兄弟三人，从外进来，领两员家将，好好央人开路，人再不肯让路。只见纷纷的人都跌倒了，原来是齐国远、李如圭挤将出来，叔宝看见道："二位贤弟那里去？还同我们进去耍子。"却又一同裹将进来。这四个人却都是会踢球的，叔宝虽是一身武艺，圆情是最有筋节的。王伯当却是弃隋的名公，博艺皆精，只是让柴郡马青年飘逸，推他上来。柴绍道："小弟不敢。还是诸兄内那一位上去，小弟过论。"叔宝道："圆情虽会，未免有粗鄙之态。此间乃十目所视的去处，郡马斯文，全无渗漏。”

柴嗣昌少年乐于玩耍，接口道：“小弟放肆，容日陪罪罢。”那该伏侍的两个圆情捧行头上来：“那位相公，请行头。”郡马道：“二位把持，公子旁边两个美女，可会圆情?”圆情的道：“是公子平康巷聘来的，惯会圆情，绰号金凤舞、彩霞飞。”郡马道：“我欲相攀，不知可否?”圆情的道：“只是要相公破格的搭合。”郡马道：“我也不惜缠头之赠，烦二位爷通禀一声，尽今朝一日之欢，我也重重的挂落。”圆情的道：“原来是个中的相公。”上月台来禀少爷：“江湖上有一位豪杰的相公，要请二位美人见行头。”公子却也只是要玩耍，吩咐两个美人好好下去，后边随着四个丫环，捧两轴五彩行头，下月台来与柴郡马相见施礼，各依方位站下，却起那五彩行头。公子也离了座位，立到牌楼下来观论。那座下各处抛场子弟，把持行头，尽来看美人圆情。柴郡马却拿出平生博艺的手段，用肩装杂踢，从彩门里就如穿梭一般，踢将过去。月台上家将，把彩缎银花抛将下来。跟随二人，往毡包里只管入起。齐国远喜得手舞足蹈：“郡马不要住脚，踢到晚才好!”那两个美人卖弄精神：

这个飘扬翠袖，那个摇拽湘裙。飘扬翠袖，轻笼玉手纤纤；摇拽湘裙，半露金莲窄窄。这个丢头过论有高低，那个张泛送来真又稳。踢个明珠上佛头，实蹑埋尖拐；接来倒膝弄轻佻，错认多摇摆。踢到眉心处，千人齐喝彩。汗流粉面湿罗衫，兴尽情疏方叫海。

后人有诗赞道：

美女当场簇绣团，仙风吹下两婵娟。
汗流粉面花含露，尘染蛾眉柳带烟。
翠袖低垂笼玉笋，湘裙斜曳露金莲。
几回踢罢娇无力，云鬓蓬松宝髻偏。

此时踢罢行头，叔宝取白银二十两、彩缎四匹，搭合两位圆情的美女；金扇二柄、白银五两，谢两个监论圆情的朋友。此时公子也待打发圆情的美女，各归院落，自家要往街市闲游了。叔宝一班，别了公子，出打球场，上了蓝桥，只见街坊上灯烛辉煌。正是：

四围玛瑙城，五色琉璃洞。千寻云母塔，万座水晶宫。珠缨密密，锦绣重重。影晃得乾坤动，光摇得世界红。半空中火树花开，平地上金莲瓣涌。活泼泼神鳌出海，舞飘飘彩凤腾空。更兼天时地利相扶从。

笑翻娇艳，走困儿童。彩楼中词，括尽万古风流；画桥边谜，打破千人懵懂。碧天外灯照彻四海玲珑。花容女容，灯光月色，争明莹。车马迎，笙歌送，端的彻夜连宵兴不穷。管什么漏尽铜壶，太平年岁，元宵佳节，乐与民同。

叔宝吩咐找熟路看灯，就到司马门前来，看灯棚多齐备了。那个灯楼不过一时光景，也只是芦棚席殿搭在霄汉之间，下边却有彩缎装成那些富贵，居中挂着一盏麒麟灯。麒麟灯上，挂着四个金字匾，写着“万兽齐朝”。牌楼上一对灯联，左首一句：周祚呈祥，贤圣降凡邦有道；右首一句：隋朝献瑞，仁君治世寿无疆。麒麟灯下，有各样兽灯围绕：

獬豸[①]灯，张牙舞爪。狮子灯，睁眼团毛。白泽灯，光辉灿烂。青熊灯，形象蹊跷。猛虎灯，虚张声势。锦豹灯，活像咆哮。老鼠灯，偷瓜抱蔓。山猴灯，上树摘桃。骆驼灯，不堪转辇。白象灯，俨似随朝。麋鹿灯，衔花朵朵。狡兔灯，带草飘飘。走马灯，跃力驰骋。斗羊灯，随势低高。

各色兽灯，无不备具，不能尽数。有两个古人，骑两盏兽灯：左首是梓潼帝君骑白骡灯，下临凡世；右首是玉清老子跨青牛灯，西出阳关。有诗四句：

兽灯无数彩光摇，整整齐齐下复高。
麒麟乃是毛虫长，故引千群猛兽朝。

众人看了麒麟灯，过兵部衙门，跟了叔宝，奔杨越公府中而来。这些宰臣勋卫在于门首，搭起个过街灯楼。那百姓人家，也搭个小灯棚儿。设天子牌位，点烛焚香，如同白昼。不移时已到越公门首。那灯楼挂的是一盏凤凰灯，上面牌匾四个金字：天朝仪凤。牌楼上一对金字联：

凤翅展南山天下咸欣兆瑞
龙髻扬北海人间尽得沾恩

凤凰灯下，有各色鸟灯悬挂：

仙鹤灯，身栖松柏。锦鸡灯，毛映云霞。黄鹂灯，欲鸣翠柳。孔雀灯，回看丹花。野鸭灯，口衔荇藻。宾鸿灯，足带芦葭。鹈鸰灯，似来桑柘。鸂鶒灯，隐卧汀沙。鹭鸶灯，窥鱼有势。鸮鹰灯，扑兔堪夸。鹦鹉

---

① 獬豸(xiè zhì)——均为古时传说中的异兽。

灯，骂杀俗鸟。喜鹊灯，占尽鸣鸦。鹈鹕灯，缠绵债主。鸳鸯灯，欢喜冤家。

各色鸟灯，无不具备，也不能尽数。左右有两个古人，乘两盏鸟灯。因越公寿诞，左手是西池王母，乘青鸾瑶池赴宴；右手是南极寿星，跨白鹤海屋添寿。有诗四句：

鸟灯千万集鳌山，生动浑如试羽还。

因有羽王高伫立，纷纷群鸟尽随班。

众朋友看了越公杨府门首凤凰灯，已是初鼓了，却奔东长安门来。那齐国远自幼落草，不曾到得帝都。今日又是个上元佳节，灯明月灿，锣鼓喧天；他也没有一句好话对朋友讲，扭捏这个粗笨身子，在人丛中捱来挤去，欢喜得紧，只是头摇眼转，乱叫乱跳，按捺他不住。

叔宝道："我们进长安门，穿皇城，看看内里灯去。"到五凤楼前，人烟挤塞得紧。那五凤楼前，却设一座御灯楼。有两个大太监，都坐在银花交椅上，左手是司礼监裴寂，右手是内检点宗庆，带五百净军，都穿着团花锦袄，每人执齐眉红棍，把守着御灯楼。这座灯楼却不是纸绢颜料扎缚的，都是海外异香，宫中宝玩，砌就这一座灯楼，却又叫做御灯楼。上面悬一面牌匾，径寸宝珠，穿就四个字道：光照天下。玉嵌金镶的一对联句道：

三千世界笙歌里，十二都城锦绣中。

御灯景致，大是不同。王伯当、柴嗣昌、齐国远、李如圭一班人看了御灯楼，东奔西走，时聚时散，或在茶坊，或在酒肆，或在戏馆，那里思量回寓？叔宝屡次催他们出城，只是不听。

未知后事如何，且听下文分解。

第十八回

王碗儿观灯起衅　宇文子贪色亡身

诗曰：

自是英雄胆智奇，捐躯何必为相知？
秦庭欲碎荆卿首，韩市曾横聂政尸。
气断香魂寒粉骨，剑飞霜雪绝妖魑。
为君扫尽不平事，肯学长安轻薄儿？

夫天下尽多无益之事，尽多不平之事。无益之事不过是游玩戏耍；不平之事，一时奋怒，拔刀相向。要晓得不平之气，常从无益里边寻出来。世人看了，眼珠中火生，听了心胸中怒发。这不平之气，个个有的。若没个济弱锄强的手段，也只干着恼一番。若凭着一勇到底，制服他不来，反惹出祸患，也不是英雄知彼知己的伎俩。果是英雄，凭着自己本领，怕甚王孙公子，又怕甚后拥前遮？小试着百万军中取上将头的光景，怕不似斩狐系兔，除却一时大憝①，却也是作淫恶的无不报之理。所谓：

祸淫原是天心，惟向英雄假手。

且说那些长安的妇人，生在富贵之家，衣丰食足，外面景致也不大动他心里。偏是小户人家，巴巴急急过了一年，又喜遇着个闲月，见外边满街灯火，连陌笙歌；时人有诗，以道灯月交辉之盛：

月正圆时灯正新，满城灯月白如银。
团团月下灯千盏，灼灼灯中月一轮。
月下看灯灯富贵，灯前赏月月精神。
今宵月色灯光内，尽是观灯玩月人。

其时若老若少，若男若女，往来游玩；凭你极老诚、极贞节的妇女不由心神荡漾，一双脚头，只管要妆扮出来。走桥步月，张家妹子搭了李店姨婆，赵氏亲娘约了钱铺妈妈，嘻嘻哈哈，按捺不住，做出许多风流波俏。惹得长

---

① 大憝(duì)——奸恶，恶人的魁首。

安城中王孙公子、游侠少年丢眉做眼、轻嘴薄舌的，都在灯市里穿来插去，寻香哄气，追踪觅影，调情绰趣，何尝真心看灯？因这走桥步月，惹出一段事来。

有一个孀居的王老娘，领了一个十八岁老大的女儿，小名碗儿，一时高兴也出去看起灯来。你道那王老娘的女儿，生得如何？

腰似三春杨柳，脸如二月桃花。冰肌玉骨占精华，况在灯前月下？

母女二人，留着小厮看了家，走出大街看灯。走出大门，便有一班游荡子弟，跟随在后，挨上闪下，瞧着碗儿。一到大街，蜂攒蚁挤，身不由己。不但碗儿惊慌，连老娘也着忙得没法。正在那里懊悔出来看这灯，不料宇文公子的门下游棍，在外寻绰，飞去报知公子。公子闻了美女在前，急忙追上。见了碗儿容貌，魂消魄散。见止有老妇同走，越道可欺，便去挨肩擦背调戏他。碗儿吓得只是不做声，走避无路。那王老娘不认得宇文公子，看到不堪处，只得发起话来。宇文惠及趁此势头，便假发起怒来道："老妇人这等无礼，敢挺撞我，锁他回去！"说得一声，众家人齐声答应，轰的一阵，把母女掳到府门。老娘与碗儿吓得冷汗淋身，叫喊不出，就似云雾里推去的、雷电里提去的一般，都麻木了。就是街市上，也有旁观的，那个不晓得宇文公子，敢来拦挡劝解？

到得府门，王老娘是用他不着的，将来羁住门房里。止将碗儿撮过几座厅堂，到书房中方才住脚。宇文惠及早已来到，家人都退出房外，只剩几个丫环。宇文惠及免不得近前亲热一番。那碗儿却没好气头，便向脸上撞来，手便向面上打来。延推了一会，恼了公子性儿，叫丫环打了一顿，锁禁房内。见外边有人进来密报道："那老妇人在府门外要死要活，怎生发付他去？"公子道："不信有这样撒泼的，待我自家出去。"

公子走出府门，问老妪何故的这般撒泼。老妪见公子出来，更添叫喊，捶胸跌足，呼天抢地，要讨女儿，公子道："你的女儿，我已用了，你好好及早回去罢，不消在此候打。"老妪道："不要说打，就杀我也说不得，决要还我女儿。我老身孀居，便生这个女儿。已许人家，尚未出嫁，母女相依，性命攸关。若不放还，今夜就死在这里。"公子说："若是这等说起来，我这门首死不得许多哩。"叫手下撵他出去。众家人推的推，扯的扯，打的打，把王老娘直打出了巷口栅栏门，再不放进去了。宇文公子，此时意兴未阑，又带了一二百狠汉，街上闲撞。时已二鼓。也是宇文公子淫恶贯盈，合当打死，又出来寻事。大凡一饮一啄，莫非前定，况生死大数，也逃不得天意。正是：

祸福本无门，惟人乃自召。

塞翁曾有言，彼苍焉可料？

却说叔宝一班豪杰，遍处玩耍，见百官下马牌旁，有几百人围绕喧嚷。众豪杰分开众人观看，却是个妇人，白发蓬松，匍伏在地，放声大哭。伯当问旁边的人："这个老妇人，为何在街坊上哭？"看的人答道："列位，你不要管他这件事。这老妇人不知世务，一个女儿，受了人的聘礼，还不曾出嫁，带了街上看灯，却撞上宇文公子抢了去。"叔宝道："是那个宇文公子？"那人道："就是兵部尚书宇文述老爷的公子。"叔宝道："可就是射圃圆情的？"众人答道："就是他。"这个时候，连叔宝把李药师之言，丢在爪哇国里去了，却都是专抱不平的人，听见说话，一个个都恶气填胸，双眸爆火，叫那老妇人："你姓什么？"老妪道："老身姓王，住在宇文公子府后。"齐国远道："你且回去，那个宇文公子在射圃踢球，我们赢他彩缎银花有数十余匹在此，寻着公子，赎你女儿来还你。"老妇叩首四拜，哭回家去。

叔宝问两边的人："那公子抢他的女儿，果有此事么？"众人道："不是今日才抢，十二日就抢起，长安的世俗，元宵的灯，百姓人家的妇女，都出来走桥踏月，院中看灯，公子拣好的就抢了回家去。有乖巧会奉承的，次日或叫父母丈夫进府去，赏些银钱就罢了。有那不会说话的，冲撞了公子，打死了丢在夹墙里，没人敢与他索命。十三、十四两日，又抢了几个，今晚轮着这个老妇人的女儿。"始初时叔宝还有输彩缎银花赎还他的意思，到后听见这些话，都动了打的念头，逢人就问宇文公子。众人道："列位是外京衣冠，与此不同；倘遇公子，言语对答不来，公子性气不好，恐怕伤了列位。"叔宝道："不知他怎样一个行头？问了，我们好回避。"众人道："宇文公子么，他有一所私院的房屋，蓄养许多亡命之徒，都是不怕冷热的人。这样时候，都脱得赤条条的。每人掌一条齐眉短棍，有一二百个在前边开路，后边是会武艺的家将，真枪真刀，摆着社火。公子骑马。马前青衣大帽，摆着五六对，都执着纱灯提炉，面前摆队。长安城里，这些勋卫府中的家将，扮的什么社火，遇见公子，当街舞来，舞得好像射圃圆情的赏花红；若舞得不好的，一顿棍打散了。"叔宝道："多谢列位了。"在那西长安门外御道上寻宇文公子。

三更时候，月明如昼。正在找寻间，见宇文公子到了。果然短棍有几百条，如狼牙相似。公子穿了艳服，坐在马上，后边簇拥家丁。自古道：不是冤家不对头。众人躲在街旁，正要寻他的事，刚才到他面前，就站住了，对子报道："夏国公窦爷府中家将，有社火来参。"公子问："什么故事？"答道："是虎牢关三战吕布。"舞罢，公子道好，众人讨赏。公子才打发这伙人去，叔宝衣服都抓扎[①]停当了，高叫道："还有社火哩！"五个豪杰，隔人头窜将进来道："我们是五马破曹。"公子识货，暗疑这班人却不是跳鬼身法。秦叔宝是两根金装锏，王伯当是两口宝剑，柴嗣昌是一口宝剑，齐国远是两柄金鎚，李如圭是一条水磨竹节钢鞭。那鞭锏相撞，叮当哔剥之声，如火星爆绽，只管舞。街道虽是宽阔，众豪杰却展不开。手执兵器又沉重，舞到人面上，寒气逼人，两边人家门口，都站不住了，挤到两头去。齐国远心中暗想道："此时打死他不难，难是看的人阻住去路，不得脱身。除非这灯棚上放起火来，这百姓们要救火，就不得拦我弟兄。"便往屋上一蹿。公子只道有这么一个家数[②]，五个人正舞，一个要从上边舞将下来，却不知道他放火。

秦叔宝见灯棚上火起，料止不得这件事了，用身法纵一个虎跳，跳于马前，举锏照公子头上就打。那公子坐在马上，仰着身躯，是不防备的；况且叔宝六十四斤重金装锏，打在头上，连马都打矬了，撞将下来。手下众将看道："不好了，打死公子了！"各举枪刀棒棍，向叔宝打来。叔宝抡金装锏，招架众人。齐国远从灯棚上跳将下来，抡动金锤。这些豪杰，一个个：

心头火起，口角雷鸣。猛兽身躯，横冲直撞。打得前奔后涌，杀得东倒西歪。风流才子坠冠簪，蓬头乱窜，美貌佳人褪罗袜，跣足忙奔。尸骨堆积平街，血水遍流满地。正是威势踏翻白玉殿，喊声震动紫金城。

这些豪杰，在人丛中打成一条血路，向大街奔明德门而来。已是三更已后。城门外却有二十二人，黄昏时候吃过晚饭，上过马料，备了鞍辔，带在那宽阔街道口，等候主人。他们也分做两班，着一半人看了马匹，一半人进城门口街道上，看一回灯，换这看马的进去。到三更时候，换了几次，

---

① 抓扎——收拾，束缚。

② 家数——招式，程式。

复进城看灯。只见黎民百姓，蓬头跣足，露体赤身，满面汗流，身带重伤，口中叫喊“快走”。那看灯几个喽啰，听这个话，慌慌忙忙的，奔出城来道：“列位，想是我们老爷在城里惹出祸来，打死什么宇文公子。你们着几个看马，着几个有膂力的，同我去把城门拦住，不要叫守门官把城门关了；若放他关了，我们主人就不得出城了。”众人道：“说得有理。”十数个大汉到城门口，几个故意要进城，几个故意要出城，互相扯扭，就打将起来，把这看门的军人，都推倒了鬼混①。

此时巡街的金吾将军与京兆府尹，听得打死了宇文公子，怕走了人，飞马传令来关门。如何关得住？众豪杰恰好打到城门口，见城门不闭，都有生路了，便招出门夺门。喽啰灯月下见了主人，也一哄而出。见路旁自己的马，飞身骑上，顿开缰辔：

触碎青丝网，走了锦鳞蛟。

冲破漫天套，高飞玉爪雕。

七骑马，带了一干人，齐奔潼关道，至永福寺前。柴郡马要留叔宝在寺候唐公回书。叔宝道：“恐有人物色不便。”还嘱咐寺中，把报德祠速速毁了，那两根泥锏不要露在人眼中。举手作别，马走如飞。

将近少华山，叔宝在马上对伯当道：“来年九月二十三日，是家母的整寿六十，贤弟可来光顾光顾？”伯当与李如圭、齐国远道：“小弟辈自然都来。”叔宝也不肯进那山，两下分手，自回齐州不题。

却说城门口留门去，才得关门，正所谓“贼去关门”。那街坊就是尸山血海一般，黎民百姓的房屋，烧毁不知其数。此时宇文述府中，因天子赐灯，却就有赐的御宴。大堂开宴，风烛高烧，阶下奏乐，一门权贵，享天子洪恩。饮酒之间，府门外如潮水一般，涓涓不断，许多人拥将进来，口称“祸事”。宇文述着忙，离宴下滴水檐来，摇着手叫众人不要乱叫。有几个本府家将来禀道：“小爷在西长安门外看灯，遇响马舞社火为由，伤了小爷性命。”宇文述最溺爱此子，闻知死于非命，五内皆裂道：“吾儿与响马何仇，被他打死？”这些家将，不敢言纵公子为恶。众家将俱用谎言遮盖道：“小爷因酒后与王氏女子作戏玩耍，他那老妇哭诉于响马；响马就行凶，把小爷伤了性命。”宇文述问：“那老妇女子何在？”答道：“老妇不知去向，女

---

① 鬼混——混乱，纠缠。

子现在府中。”宇文述大怒道:“快拿这个贱人,与我拖出仪门,一顿乱棒打死了罢!”又命家将各人带刀斧,查看那妇人家,还有几口家属,尽行杀戮;将住居房屋,尽行拆毁,放火焚烧。众人得令,便把此女拖将出来打死了,丢在夹墙里去;老妇家口,都已杀尽。正是:

说甚倾城丽色,却是亡家祸胎。

那宇文述犹恨恨不已,叫本府善丹青的来,问在市上拒敌的家将,把打死公子的强人面貌衣装,一一报来,要画图形,差人捱拿。众人先报道:“这人有一丈身躯,二十多年纪,青素衣服,舞双锏。”一说说到双锏,旁边便惹动了一人,是宇文述的家丁,东宫护卫头目,忙跪下道:“老爷,若说这人使双锏的,这人好查了。小的当日仁寿元年,奉爷将令,在楂树岗打那李爷时,撞着这人来,当时也吃了他亏,不曾害得李爷。”宇文述道:“这等,是李渊知我当日要害他,故着此人来报仇了。”此时宇文述的三子,俱在面前,化及忙道:“这不消讲,明日只题本问李渊讨命。”智及也骂李渊,要报杀弟之仇。只有宇文士及,他平昔知些理,道:“这也不然。天下人面庞相似的多,会舞锏的也多。若使李渊要报怨,岂在今日?且强人不曾拿着,也没证据,便是楂树岗见来,可对人讲得的么?也只从容察访罢!”宇文述听了,也便执不定是唐公家丁。到了次日,也只说得是不知姓名人,将他儿子打死,烧毁民房,杀伤人口,速行缉捕。

不知事体如何,且听下回分解。

第十九回

恣蒸淫赐盒结同心　逞弑逆扶王升御座

诗曰：

荣华富贵马头尘，怪是痴儿苦认真。
情染红颜忘却父，心膻黄屋不知亲。
仙都梦逐湘云冷，仁寿冤成鬼火怜。
一十三年瞬息事，顿教遗笑历千春。

世间最坏事，是酒色财气四种。酒，人笑是酒徒；财，人道是贪夫；只有色与气，人道是风流节侠，不知个中都有祸机。就如叔宝一时之愤，难道不说是英雄义气？若想到打死得一个宇文惠及，却害了碗儿一家；更使杀不出都城，不又害了己身，设使身死异乡，妻母何所依托？这气争他做甚么？至于色，一时兴起，不顾名分，中间惹出祸来，虽免得一时丧身失位，弄到骑虎之势，把悖逆之事，都做了遗臭千年，也终不免国破身亡之祸，也只是一着之错。

且不说叔宝今归家之事，再说太子杨广，他既谋了哥哥杨勇东宫之位，又逼去了一个李渊，还怕得一个母亲独孤娘娘。不料册立东宫之后，皇后随即崩了，把平日妆饰的那一段不好奢侈、不近女色的光景，都按捺不住。况且隋文帝也亏得独孤皇后身死，没人拘束，宠幸了宣华陈夫人、容华蔡夫人，把朝政渐渐丢与太子，所以越得意了。到仁寿四年，文帝已在六旬之外了，禁不得这两把斧头，虽然快乐，毕竟损耗精神，勉强支撑，终是将晓的月光，半晞的露水，那禁得十分熬炼？四月间已成病了。因令杨素营建仁寿宫，却不在长安大内。在仁寿宫养病，到七月，病势渐重。尚书左仆射杨素，他是勋臣；礼部尚书柳述，他是驸马；还有黄门侍郎元岩，是近臣。三个人宿阁中。太子广宿于大宝寝宫中，常入宫门候安。

一日清晨入宫，恰好宣华夫人在那里调药与文帝吃，太子看见宣华，慌忙下拜，夫人回避不及，只得答拜。拜罢，夫人依旧将药调了，拿到龙床边，奉与文帝不题。

却说太子当初要谋东宫，求宣华在文帝面前帮衬①，曾送他金珠宝贝；宣华虽曾收受，但两边从未曾见面。到这时同在宫中侍疾，便也不相避忌。又陈夫人举止风流，态度闲雅，正是：

肌如玉琢还输腻，色似花妖更让妍。

语处莺声娇欲滴，行来弱柳影蹁跹。

况他是金枝玉叶，锦绣丛中生长，说不尽他的风致。太子见了，早已魂消魄散，如何禁得住一腔欲火？立在旁边，不转珠的偷眼细看；但在父皇之前，终不敢放肆。

不期一日又问疾入宫，远远望见一丽人，独自缓步雍容而来，不带一个宫女。太子举头一看，却是陈夫人，他是要更衣出宫，故此不带一人。太子喜得心花大开，暗想道："机会在此矣！"当时吩咐从人："且莫随来！"自己尾后，随入更衣处。那陈夫人看见太子来，吃了一惊道："太子至此何为？"太子笑道："也来随便。"陈夫人觉太子轻薄，转身待走，太子一把扯住道："夫人，我终日在御榻前与夫人相对，虽是神情飞越，却似隔着万水千山。今幸得便，望夫人赐我片刻之闲，慰我平生之愿。"夫人道："太子，我已托体圣上，名分攸关，岂可如此？"太子道："夫人如何这般认真？人生行乐耳，有甚么名分不名分。此时真一刻千金之会也。"夫人道："这断不可。"极力推拒，太子如何肯放，笑道："大凡识时务者，呼为俊杰。夫人不见父皇的光景么，如何尚自执迷？恐今日不肯做人情，到明日便做人情时，却迟了。"口里说着，眼睛里看着，脸儿笑着，将身子只管挨将上来。夫人体弱力微，太子是男人力大，正在不可解脱之时，只听得宫中一片传呼道："圣上宣陈夫人！"此时太子知道留他不住，只得放手道："不敢相强，且待后期。"夫人喜得脱身，早已衣衫皆皱，神色惊惶。太子只得出宫去了。

陈夫人稍俟喘息宁定，入宫，知是文帝朦胧睡醒，从他索药饵，不敢迟延，只得忙忙走进宫来。不期头上一股金钗，被帘钩抓下，刚落在一个金盆上，当的一声响，将文帝惊醒。开眼看时，只见夫人立在御榻前，有慌张的模样。文帝问道："你为何这等惊慌？"夫人着了忙，一时答应不出，只得低了头去拾金钗。文帝又问道："朕问你为何不答应？"夫人没奈何，只得乱应道："没，没有惊慌。"文帝见夫人光景奇怪，仔细一看，只见夫人满脸

---

① 帮衬——帮忙，帮助。

上的红晕,尚自未消,鼻中犹嘘嘘喘息,又且鬓松发乱,大有可疑,便惊问:“你为何这般光景?”夫人道:“我没、没有什么光景。”文帝道:“我看你举止异常,必有隐昧之事;若不直言,当赐尔死。”夫人见文帝大怒,只得跪下说道:“太子无礼。”文帝听了这句,不觉怒气填胸,把手在御榻上敲上两下道:“畜生,何足付大事? 独孤误我! 独孤误我! 快宣柳述与元岩到宫来。”

太子也怕这事有些决撒①,也自在宫门首窃听。听得叫宣柳述、元岩,不宣杨素,知道光景不妥,急奔来寻张衡、宇文述一干,计议这一件事。一班从龙之臣,都聚在一处。见太子来得慌忙,众臣问起缘故。宇文述道:“这好事也只在早晚间了,只这事甚急。只是柳述这厮,他倚着尚了兰陵公主,他是一个重臣,与臣等不相下,断不肯为太子周旋,如何是好?”张衡道:“如今只有一条急计,不是太子,就是圣上。”正说时,只见杨素慌张走来道:“殿下不知怎么忤② 了圣上。如今圣上叫柳、元两臣进宫,叫作速撰敕,召前日废的太子。只待敕完用宝,赍往长安。他若来时,我们都是仇家,如何是好?”太子道:“张庶子已定了一计。”张衡便向杨素耳边说了几句。杨素道:“也不得不如此了。这就是张庶子去做,只怕柳述、元岩去取了废太子来,又是一番事。这就烦宇文先生,太子这边就假一道旨意,说他二人乘上弥留,不能将顺,妄思拥戴。将他下了大理寺狱,再传旨说宿卫兵士勤劳,暂时放散。就着郭衍带领东宫兵士,把守各处宫门,不许外边人出入,也不许宫中人出入,泄漏宫省事务。还再得一个人往长安,害却旧太子,绝了人望。”想一想道:“有了,我兄弟杨约,他自伊州来此,便差他干了这一功。”张衡又道:“我是个书生,恐不能了事,还是杨仆射老手坚膊。”太子道:“张庶子不必推辞,有福同享。我还着几个有胆力内侍,随你去。”

杨素以太子在太宝殿,宇文述就带下几个旗校,赶到路上,去把柳尚书、元侍郎两人绑缚,赴大理寺去了,回来覆命。郭衍已将卫士处处更换,都是东宫旗校,分投把守。此时文帝半睡不睡的,问:“柳述曾写完诏了么?”陈夫人道:“还未见进呈。”文帝道:“诏完即便用宝,着柳述马上飞递

---

① 决撒——败露。

② 忤(wǔ)——不顺从,反逆。

去。"还是气愤愤不息的。只见外边报太子差庶子张衡侍疾,也不候旨,带了二十余内监,闯入宫来,吩咐入值的内侍道:"东宫爷有旨道:你们连日伏侍辛苦,着我带这些内监,更替你等,连榻前这些宫女。皇爷前自有带来内侍供应,你等也暂去休息,要用来宣你。"苦是这些穿宫宫妾,因在宫中承应日久,也巴不得偷闲,听得一声吩咐,一哄的出去。只有陈夫人、蔡夫人两个,紧紧站在榻前,张衡走到榻前,见文帝昏昏沉沉的,他头也不叩一个,也没一些好气的,对着两个夫人道:"二位夫人,暂且回避儿。"陈夫人道:"怕圣上不时宣唤。"张衡道:"有我在此,夫人且请少退一步,让皇上静养。"这两位夫人眼泪流离,没些主张,只得暂且离宫,向阁子里坐地。宫中人俱是带来内侍看守定了,不放人来宫。两个夫人,放心不下,只得差宫娥在门外打听。

没有一个时辰,那张衡洋洋的走将出来道:"这干呆妮子,皇上已自宾天[①] 了。适才还是这等围绕着,不报太子知道。"又吩咐各阁子内嫔妃,不得哭泣。待启过太子,举哀发丧。这些宫主嫔妃都猜疑。惟有陈夫人他心中鹘突[②] 的道:"这分明是太子怕圣上害他,所以先下手为强;但这衅由我起,他忍于害父,难道不忍于害我?与其遭他毒手,倒不如先寻一个自尽。圣上为我亡,我为圣上死,却也该应。"只是决断不下。

轻盈不让赵飞燕,侠烈还输虞美人。

这壁厢太子与杨素,是热锅上蚂蚁,盼不到一个消息。却说张衡忙忙的走来道:"恭喜大事了毕,只是太子的心上人,恐怕也要从亡。"太子见说,一时变喜为愁,忙将前日与杨素预定下的帖子来递与杨素道:"这些事一发仆射与庶子替我料理罢,我自有事去了。"

杨素见说,忙传令旨。令那伊州刺史杨约,长安公干完,不必至大寿宫复旨,竟署京兆尹,弹压京畿。梁公萧矩,乃萧妃之弟,着他提督京师十门。郭衍署右钤卫大将军,管领京营人马。宇文述升左钤卫大将军,管领行宫宿卫,及护从车驾人马。驸马宇文士及,管辖京都宫省各门。将作左郎宇文恺,管理梓宫一行等事。大府少卿何绸,管理山陵,黄门侍郎裴矩、内侍郎虞世基,管典丧礼。张衡充礼部尚书,管即位仪注。

---

① 宾天——称帝王之死。

② 鹘(hú)突——即糊涂。这里是"不糊涂"意。

不说这厢众人忙做一团，只说太子见张衡说了，着了急，忙叫左右取出一个黄金小盒，悄悄拿了一件物事，放在里面，外面用纸条紧紧封了；又于合口处，将御笔就署一个花押，即差一个内侍，赐与陈夫人，叫他亲手自开。内侍领旨，忙到后宫来。

却说夫人自被张衡逼还后宫，随即驾崩，心下十分忧疑，哭泣得寝食俱废。只见一个内侍，双手捧了一个金盒子，走进宫来，对夫人说道："新皇爷钦赐娘娘一物，藏于盒内。叫奴婢拿来，请娘娘开取。"随将金盒放在桌上。夫人见了，心下有几分疑惧，不敢开封，因问内侍道："内中莫非鸩毒？"内侍答道："此乃皇爷亲手自封，奴婢如何得知？娘娘开看，便知端的。"夫人见内侍推说不知，一发认真是毒药，忽一阵心酸，扑簌簌泪如泉涌，因放声大哭道："妾自国亡被掳，已拚老死掖庭①。得蒙先帝宠幸，道是今生之福。谁知红颜命薄，转是一场大祸；到不如沦落长门②，还得保全性命。"一头说，一头哭，又说道："妾蒙先帝厚恩，今日便从死地下，亦所甘心。早上之事，我但回避，并不会伤触于他，奈何就突然赐死？"道罢又哭。众宫人都认做毒药，也一齐哭将起来。

内侍见大家哭做一团，恐怕做出事来，忙催促道："娘娘哭也无益，请开了盒，奴婢好去复旨。"夫人被催，只得恨一声道："何期今日死于非命！"遂拭泪封黄将扯去，把金盒盖轻轻揭开。仔细一看，那里是毒药，却是几个五彩制成同心结子。众宫人看见，一齐欢笑起来，说："娘娘万千之喜，得免死矣。"夫人见非鸩毒，心下安然；又见是同心结子，知太子不能忘情，转又怏怏不乐。也不来取结子，也不谢恩，竟回转身，坐于床上，沉吟不语。内侍催逼道："皇爷等久，奴婢要去回旨，娘娘快谢恩收了。"夫人只是低头不做一声，众宫人劝道："娘娘差了，早间因一时任性，抵触皇爷，致生惶惑。今日皇爷一些不恼，转赐娘娘同心结子，已是百分侥幸，为何还做这般模样？那时惹得皇爷动起怒来，娘娘只怕又要像方才哭了。何不快快谢恩？"左右催促得夫人无奈何，只得叹一口气道："中勾③ 之羞，我知难免。"强起身来把同心结子取出，放在桌上，对着金盒儿拜了几拜，依旧

① 掖(yè)庭——皇宫中的房舍，宫嫔所居之处。

② 长(cháng)门——汉宫名。陈皇后失宠于汉武帝后居此。后指代"冷宫"。

③ 中勾(zhōng gòu)——即"中媾"，多讥闺门失教，女有外遇。此指伦变。

到床上去坐了。内侍见取了结子,便捧着空盒儿去回旨不题。

陈夫人虽受了结子,心中只是闷闷不乐,坐了一会儿,便倒身在床上去睡。众宫人不好只管劝他,又恐怕太子驾临,大家悄悄的在宫中收拾。金鼎内烧了些龙涎鹊脑,宝阁中张起那翠幕珠帘。不多时日色西沉,碧天上早涌出一轮明月。只见太子私自带几个宫人,提着一对素纱灯笼,悄悄的来会夫人。宫人看见太子驾到,慌忙跑到床边,报与夫人。夫人因心中懊恼,不觉昏昏睡去;忽被众宫人唤醒,说道:"驾到了,快去迎接。"夫人朦朦胧胧,尚不肯就走,早被几个宫人扶的扶,拽的拽将他搀出宫来迎驾。才走到阶下,太子早已立在殿上。夫人望见,心中又羞又恼,然到了这个地位,怎敢抗拒,俯伏在地,低低呼了一声:"万岁。"太子慌忙搀了起来。是夜太子就在夫人阁中歇宿。

七月丁未,文皇晏驾①,至甲寅诸事已定。次日杨素辅佐太子衰绖,在梓宫前举哀发丧。群臣都衰绖,各依班次入临。然后太子吉服,拜告天地祖宗,换冕服即位;群臣都也换了朝服入贺。只是太子将升御座时,也不知是喜极,也不知是慌极,还不知有愧于心,有所不安,走到座前,不觉精神惶悚了,手足慌忙。那御座又甚高,才跨上双脚要上去,不期被阶下仪卫静鞭② 一响,心虚之际,着了一惊,把捉不定,那双脚早塌了下来,几乎跌倒。众宫人连忙上前搀住,就要趁势儿扶他上去。也是天地有灵,鬼神共愤,太子脚才上去,不知不觉,忽然又塌将下来。杨素在殿前,看见光景不雅,只得自走上去。他虽然老迈,终是武将出身,有些力量,分开左右,只消一双手,便轻轻的把太子掖上御座;即走下殿来,率领百官,山呼朝拜。正是:

莫言人事宜奸诡,毕竟天心压不仁。
总有十年天子分,也应三被鬼神嗔。

隋主在龙座上坐了半晌,神情方才稍定。又见百官朝贺,知无异说,更觉心安。便传旨,一面差官往各王府州镇告哀,又一面差官赍即位诏。诏告中外:以明年为大业元年,荣升从龙各官,在朝文武,各进爵级。犒赏各边镇军士,优礼天下,高年赐与粟帛。其余杨素、宇文述、张衡等升赏,

---

① 晏(yàn)驾——古称帝王死的讳语。

② 静鞭——帝王仪仗的一种,振之作声,令人肃静。也叫"鸣鞭"。

俱不必言。又追封废太子勇为房陵王,掩饰自己害他之迹。此时行宫有杨素等一干夹辅,长安有杨约一干镇压,喜得没有一毫变故。但是人生大伦,莫重君父与兄弟;弑父杀兄,窃这大位,根本都已失了;总使早朝晏罢,勤政恤民,也只个枝叶。若又不免荒淫无道,如何免得天怒人怨,破国亡家?

却又不知新主嗣位,做出何等样事来,且听下回分解。

第二十回

皇后假宫娥贪欢博宠　权臣说鬼话阴报身亡

词曰：

香径蘼芜满，苏台麋鹿游。清歌妙舞木兰舟，寂寞有寒流。　红粉今何在？朱颜不可留。空存明月照芳洲，聚散水中沤。

——右调《巫山一段云》

电光石火，人世颇短，而最是朱颜绿发更短。人生七十中间，颜红鬓绿，能得几时？就是齐东昏侯的步步金莲，陈后主的后庭玉树，也只些时。与那权奸声势，气满贯盈，随你赫赫英雄，一朝命尽，顷刻间竟为乌有，岂不与红粉朱颜，如同一辙？

却说炀帝自登宝位，退朝之后，即往宣华宫，恣意交欢，任情取乐，足足半月有余。当初萧后在东宫，原朝夕不离，极相恩爱；今立皇后，并不一幸。萧后初起疑他新丧在身，别宫独处。后来打听，他夜夜在宣华宫里淫荡，不觉大怒道："才做皇帝，便如此淫乱，将来作何底止？"这日恰适炀帝退朝进宫，萧后便扯住嚷道："好个皇帝，才做得几日，便背弃正妻，奸淫父妃；若再做几年，天下妇人，都被你狂淫尽了！"炀帝道："偶然适兴，御妻何须动怒？"萧后道："偶然不偶然，我也不管你，只趁早将他罚入冷宫，不容见面，妾就罢了。若还恋恋不舍，妾传一道懿旨[①]，将这丑形，晓与百官，叫你做人不成。"炀帝着忙道："御妻这般性急，容朕慢慢区处。"萧后道："有甚区处？若舍他不得，妾便叫宫人去凌辱他一场，看他羞也不羞。"炀帝原畏萧后，今见他说话动气，心下愈加着忙，只得起身说道："御妻少说，待朕去与他说明，叫他寻个自便，朕就回宫，与御妻陪罪。"萧后道："讲不讲也由陛下，来不来也由陛下，妾自有处。"

其时这些言语，早有宫人报知宣华夫人。夫人听知，不胜悲泣。忽见宫奴报道驾到，宣华只得含着泪，低头迎接。炀帝走近身前来一看宣华夫

---

① 懿(yì)旨——皇太后或皇后的诏令。

人,但见他杏脸低垂,泪痕犹湿,说道:“刚才朕与皇后争吵,想夫人预知;但朕自有主意。设言[①] 皇后有甚意思,朕断不忍为。”宣华道:“妾葑菲陋质,昔待罪于先君,今又点污龙体,自知死有余辜。今求陛下依皇后懿旨,将妾罚入冷宫,白首长门,方为万全。”炀帝叹息道:“情之所钟,生死不易。朕与夫人虽欢娱未久,恩情如同海深。即使朕与夫人为庶人夫妇,亦所甘心,安忍轻抛割爱?难道夫人心肠倒硬,反忍把朕抛弃?”宣华捧住了炀帝,悲泣道:“妾非心硬,若只管贪恋,不但坏了陛下声名,抑思先帝尉迟之女,恐蹈前辙;倘明日皇后一怒,妾死无地矣,陛下何不为妾早计,欲贻后悔耶!”说到这个地位,炀帝怅然叹道:“听夫人之言,似恨我之情太薄,而谅我之情太深也。”便吩咐一个掌朝太监,把外边仙都宫院打扫洁净,迁宣华夫人出去,各项支用,俱着司监照旧支给。二人正在绸缪之际,一旦分离,讲了又讲,说了又说,炀帝十分不忍放手,还是宣华再三苦辞,炀帝方才许行,出宫而去。正是:

死别已吞声,生离常恻恻。
最苦妇人身,事人以颜色。

炀帝自宣华去后,终日如醉如痴,长吁短叹,眠里梦里,茶里饭里,都是宣华。萧后见炀帝情牵意缠,料道禁他不得,便对炀帝道:“妾因要笃夫妇之情,劝陛下遣去宣华;不意陛下如此眷恋,倒把妾认做妒妇,渐渐参商[②],是妾求亲而反疏也。莫若传旨,将宣华仍召进宫,朝夕以慰圣怀,妾亦得以分陛下之欢颜,岂不两便?”炀帝笑道:“若果如此,御妻贤德高千古矣;但恐是戏言耳。”萧后道:“妾安敢戏陛下。”炀帝大喜,那里还等得几时,随差一个中官,飞马去召宣华。

却说宣华自从出宫,也无心望幸,镇日不描不画,到也清闲自在。这日忽见中官奉旨来宣,他就对中官说道:“妾既蒙圣恩放出,如落花流水,安有复入之理?你可为我辞谢皇爷。”中官奏道:“皇爷在宫,立召娘娘,时刻也等候不得,奴婢焉敢空手回旨?”宣华想一想道:“我自有处。”取鸾笺

---

① 设言——假若,既便。设,假若。

② 参(shēn)商——参、商二星,此出彼没,两不相见。后以此喻人分离不得相见或不合睦。

一副，题一词于上，叠成方胜①，付于中官道："为我持此致谢皇爷。"中官不敢再强，只得拿了回奏炀帝。炀帝忙拆开一看，却是一首《长相思》，词道：

红已稀，绿已稀，多谢春风着地吹，残花难上枝。得宠疑，失宠疑，想像为欢能几时，怕添新别离。

炀帝看了笑道："他恐怕朕又弃他；今既与皇后讲明，安忍再离。"随取纸笔，也依来韵和词一首：

雨不稀，露不稀，愿化春风日夕吹，种成千岁枝。恩何疑，爱何疑，一日为欢十二时，谁能生死离？

炀帝写完，也叠成一个方胜，仍叫中官再去。宣华见了这词，见炀帝情意谆谆，不便再却，只得重施朱粉，再画蛾眉，驾了七香车儿，竟入朝来。炀帝见了，喜得骨爽神苏，随同宣华，到中宫来见萧后。萧后见了，心下虽然不乐，因晓得炀帝的性儿，只得勉强做好人，欢天喜地，叫排宴贺喜。正是：

合殿春风丽色新，深宫淑景艳芳辰。
萧郎陌路还相遇，刘阮天台再得亲。

自此炀帝与宣华，朝欢暮乐，比前更觉亲热。未及半年，何知圆月不常，名花易谢，红颜命薄，一病而殂。炀帝哭了几场，命有司厚礼安葬。终日痴痴迷迷，愁眉泪眼。萧后道："死者不可复生，悲伤何益？何不在后宫更选佳者，聊慰圣怀，免得这般凄惨。"炀帝道："宫中这些残香剩粉，如何可选？"萧后道："当时宣华也是后宫选出，那里定得，只当借此消遣。"炀帝依了萧后，真个传一道旨，着各宫院大小嫔妃彩女，俱赴正宫听选。那些宫娥，一个个巧挽乌云，奇分绿鬓，到正宫来，炀帝与萧后同到殿上，叫这些女子近前。一边饮酒，一边选择。真个是观于海者难为水，虽是花成队，柳作行，选来选去，竟无出色的奇姿。炀帝烦躁起来，道："选杀了总是这般模样，怎能如宣华这般天姿国色？"遂传旨免选。众宫人闻旨一哄而散。

萧后道："陛下请耐烦，宽饮几杯，待妾自往各宫去搜求，包陛下寻一个出色的女子来。"炀帝道："现今选不出，何苦费御妻神思？"萧后道："不

---

① 方胜——方形的彩胜，本为妇女用彩绸做的方形饰物，后泛指方形的东西。

是这等说。自来有志绝色女子,必然价高自重,甘愿老守长门,断不肯轻易随行,逐队赴选。如今待妾去细细搜求,决无遗漏;如搜不出,陛下罚妾三巨觥如何?”说了忙起身上了宝车,出宫去了。炀帝搂着一个内监,浅斟细酌。

原来萧后那里是去各宫探访女子,一径驾到长乐宫来,把宫袍卸下,重施朱粉,再点樱桃,把发鬓扯齐向前,改作苏妆。头上插着龙凤钗,三颗明珠,滴垂挂面,换一套艳丽的宫娥衣服。打扮停当,先差一个内侍,走去报知。此时炀帝已饮得半酣,尚不见萧后到来,正要差人去请,只见一个内侍,进来禀道:“娘娘选中一位女子,着奴婢先送进宫御见。娘娘又到别宫去了。”炀帝笑道:“御妻为我,可为不惮烦矣。”

那时萧后改妆,驾到宫门,就停车细步,装着袅娜娉婷,走进丹墀,离殿上尚有一箭之地。炀帝举目往下一看,果然有宫人拥一位女子,态度幽娴,轻尘夺目,一步步缓缓的走进殿来,俯伏在地。炀帝不胜狂喜道:“果然后宫还有这样女子,快叫平身。”连说了三次,那女尚俯伏不起。炀帝此时觉淫心荡漾,竟不顾体统,走下御座,御手相搀,那女子方搀起来,垂头而立,炀帝仔细一认,不觉哈哈大笑道:“原来是御妻,可谓慧心巧思矣!我说道那有遗才沦落!”炀帝携了萧后的手,同至御座来道:“这三巨觥,御妻不能免矣!”萧后道:“妾往后宫搜求,不意竟无有中式者;因思前言已出,恐陛下见罪,暂假丑形,以宽圣怀,以博一笑耳。这三巨觥,还求陛下赦免。”炀帝道:“这使不得,朕不罚御妻,罚新选的美人耳!”萧后道:“若认真是个美人,恐陛下又舍不得罚他了。”一头说,一头接杯在手道:“妾想宫中虽无,天下尽有,陛下既为天下之主,何不差人各处去选,怕没有比宣华强十倍的,何苦这般烦恼?”炀帝道:“御妻之言虽善,只恐廷臣有许多议论谏阻。”萧后道:“廷臣敢言直谏者少,所虑者惟老儿杨素耳。趁此盆兰盛开,明日陛下何不诏他入苑,宴赏春兰,把几句言语挑动他,看他意思行止,就可定了。”炀帝道:“御妻之言甚善。”商议已定,过了一宵。次日炀帝驾临于御苑,只见这些盆中蕙兰长短不齐,尽皆开放。正是:

无数幽香闻满户,几株垂柳照清池。

炀帝忙差两个内侍,去宣杨素入苑。

却说杨素自拥立了炀帝,赫赫有功,朝政兵权,皆在其手。这日正与这些歌儿舞女快活,听得有旨宣诏,即乘凉轿,竟入御苑中来。到太液池边，炀帝看见，自然迎下殿来，规矩是叫免朝，即便赐坐。杨素也不谦让，竟只是一拜就坐。炀帝道："久不面卿，顿生鄙吝。今见幽兰大放盆中，新柳绿妍池上，香风袭人，游鱼可数，故诏卿来同观而钓焉。"杨素道："臣闻从禽则荒，从兽则亡。昔鲁隐公观鱼于棠，春秋讥之；舜歌南风之诗，万世颂德。陛下新登大位，年富力强，愿以虞舜为法，不当效鲁隐公之尤。"炀帝道："朕闻蟠溪叟，一钓而兴周公八百之基；贤卿之功，何异于此？"杨素大喜道："陛下既以此比臣，臣敢不以此报陛下。"君臣相顾大悦。炀帝即令近侍，将坐席移到池边看鱼。大家投纶于清流之中，随波痕往来而钓。

炀帝道："朕与贤卿同钓，先得者为胜，迟得者罚一巨觥，何如？"杨素道："圣谕最妙。"不多时，炀帝将手往上一提，早钓一个三寸长的小金鱼。炀帝大喜，对杨素道："朕钓得一尾了，贤卿可记一觥。"杨素因投纶在水，恐惊了鱼，竟不答应；但把头点了两点，及扯起看时，却是一空钓，将钓儿依旧投下水去。不多时，炀帝又钓起小小一尾，便说道："朕已钓二尾，贤卿可记二觥。"杨素往上一扯，却又是一个空；众宫人看了，不觉掩口而笑。杨素看见，面上微有怒色，便说道："燕雀安知鸿鹄之志。待老臣试展钓鳌之手，钓一个金色鲤鱼，为陛下称万年之觞，何如？"炀帝见杨素说此大话，全无君臣之礼，心中不悦，把竿儿放下，只推净手，起身竟进后宫，满脸怒气。萧后接住问道："陛下与杨素钓鱼，为何怒忿还宫？"炀帝道："叵耐①这老贼，骄傲无礼，在朕面前，十分放肆。朕欲叫几个宫人杀了他，方泄我胸中之恨。"萧后忙阻道："这个使不得。杨素乃先朝老臣，且有功于陛下。今日宣他赐宴，无故杀了，他官必然不服；况他又是个猛将，几个宫人，如何禁得他过？一时弄破了圈儿，他兵权在手，猖獗起来，社稷不可知矣。陛下就要除他，也须缓缓而图，今日如何使得？"炀帝见说，便道："御妻之言甚是。"更了衣服，依旧到太液池来了。

杨素坐在垂柳之下，风神俊秀，相貌魁梧，几缕如银白须，趁着微风，两边飘起，恍然有帝王气象。炀帝看了，心下甚怀妒忌，强为笑问道："贤卿这一会，钓得几个？"杨素道："化龙之鱼，能有几个？"说未了，将手一扯，刚刚的钓起一尾金色鲤鱼，长有一尺二三寸。杨素把竿儿丢下笑道："有志者事竟成，陛下以老臣为何如？"炀帝亦笑道："有臣如此，朕复何忧？"随

① 叵耐——不可耐，可恨。也作"叵奈"。

命看宴。

君臣上席，只见一个内相走来奏道："朝门外有个洛水渔人，获一尾金鳞赭尾大鲤鱼，有些异相，不敢私卖，顾献万岁。"炀帝叫取进来。不多时两三个太监，将大盆盛了，抬到面前。炀帝与杨素仔细一看，只见那鱼有五尺长，短鳞甲上金色照耀，与日争光。炀帝看了大喜，就要放入池中。杨素道："此鱼大有神气，恐非池中之物，莫若杀之，可免异日风雷之患。"炀帝笑道："若果是成龙之物，虽欲杀之，不可得也。"因问左右道："此鱼曾有名否？"左右道："没有。"炀帝遂叫取朱笔在鲤鱼额上头，写"解生"二字以为记号，放入池中，厚赏渔人。

左右斟上酒来，次第而饮。众宫人歌一回，舞一回，又清奏一回细乐。炀帝正要开谈，挑动杨素，却又见左右将钓起的三尾鱼，切成细脍，做了鲜汤，捧了上来。炀帝看见，就叫近侍，满斟一巨觥，送与杨素道："适才钓鱼有约，朕幸先得，贤卿当满饮此觥，庶不负嘉鱼之美。"杨素接酒饮干，也叫近臣斟了一觥，送与炀帝说道："老臣得鱼虽迟，却是一尾金色鲤鱼，陛下也该进一觥，赏臣之功。"炀帝吃干了，又说道："朕钓得是二尾，贤卿还该补一杯。"就叫左右斟了上来。

此时杨素酒已有七八分了，就说道："陛下虽是二尾，未若臣一尾之大。陛下若以多寡赐老臣，臣即以大小敬陛下。臣不敢奉旨。"左右送酒到杨素面前，杨素把手一推，左右不曾防备，把一个金杯泼翻桌上，溅了杨素一件暗蟒袍上，满身是酒，便勃然大怒道："这些蠢才，如此无状，怎敢在天子面前，戏侮大臣！要朝廷的法度何用？"高声叫道："扯下去打！"炀帝见宫人泼了酒，正要发作，今见杨素这般光景，不好拦阻，反默默不语。众宫人见炀帝不语，只得将那泼酒的宫人扯下去打了二十。杨素才转身对炀帝说道："这些宦官宫妾，最是可恶；古来帝王稍加姑息，便每每被他们坏事。今日不是老臣粗鲁，惩治他们一番，后日方小心谨慎，才不敢放肆。"炀帝此时忍了一肚子气，那选女佚乐之事，也不便去挑动他，假做笑容道："贤卿为朕既外治天下，又内清宫禁，真可为功臣矣，再饮一杯酬劳。"杨素又吃了几杯，已是十分大醉，方才起身谢宴。炀帝叫两个太监，将他扶掖而出。

走下殿将出苑门，忽然一阵阴风，扑面刮来，吹的毛骨悚然。抬头只见宣华夫人，走近前来，对着杨素喊道："杨仆射，当初晋王谋夺东宫之时，有你没有我，有我总有你。”杨素此时竟忘了宣华是死过的，便道：“这已往之事，夫人今日何必再提？”宣华道：“如今皇爷差我来，要与你证明这一案。”杨素道：“刚才我在里头赐宴，并不提起。”话犹未了，只见文帝头带龙冠，身穿衮服，手内执金钺斧，坐在逍遥车上，拦住骂道：“你弑君老贼，还要强口！”把金钺斧照头砍来，杨素躲避不及，一交跌倒在地，口鼻中鲜血迸流。近侍看见，忙报与炀帝。炀帝大喜，即命卫士扶出杨素；扶得到家，稍稍醒来，对其子玄感道：“吾儿，谋位之事发矣，可急备后事。”未至夜半，即便呜乎哀哉。正是：

天道有循环，奸雄鲜终始。

饶他跋扈生，难免无常死。

炀帝闻杨素已死，大喜道：“老贼已死，朕无所畏矣！”随宣许廷辅等十个停当太监，吩咐道：“你十人可分往天下，要精选美女，不论地方，只要选十五以至二十真有艳色者。选了便陆续送入京来备用。选不着有罚，不许怠玩生事。”许廷辅等领了旨意出来，就于京城内选起，大张皇榜。捉媒供报，京城内闹得沸翻。

一夕，炀帝又与萧后商议，道：“朕想古来帝王俱有离宫别馆，以为行乐之地。朕今当此富强，若不及时行乐，徒使江山笑人。朕想洛阳乃天下之中，何不改为东京，造一所显仁宫以朝四方，逍遥游乐？”随宣两个佞臣，宇文恺、封德彝，当面要他二人董理其事。

宇文恺奏道：“古昔帝王，皆有明堂，以朝诸侯；况舜有二室，文王有灵台灵沼，皆功丰烈盛，欲显仁德于天下。今陛下造显仁宫，欲显圣化，与舜文同轨，诚古今盛事，臣等敢不效力？”封德彝又奏道：“天子造殿，不广大不足以壮观，不富丽不足以树德；必须南临皂涧，北跨洛滨，选天下之良材异石，与各种嘉花瑞草、珍禽奇兽，充实其中，方可为天下万国之瞻仰。”炀帝大喜道：“二卿竭力用心，朕自有重酬。”遂传旨敕宇文恺、封德彝，营造显仁宫于洛阳。凡大江以南，五岭以北，各样材料，俱听凭选用。不得违误。其匠作工费，除江都东都，现在兴役地方外，着每省府、每州县出银三千两，催征起解，赴洛阳协济。二人领旨出去，即便起程往洛，分头做事。真个弄得四方骚动，万姓遭殃。

未知后来如何，且听下回分解。

第二十一回

借酒肆初结金兰①　通姓名自显豪杰

诗曰：

荷锄老翁泣如雨，惆怅年来事场圃。
县官租赋苦日增，增者不除蠲复取。
羡余火耗媚令长，加派飞洒朘闾里。
典衣何惜妇无裈，啼饥宁复顾儿孙。
三征早已空悬磬，鞭笞更嗟无完臀。
沟渠展转泪不干，迁徙尤思行路难。
阿谁为把穷民绘，试起当年人主观。

小民食王之土，秋粮夏税，理之当然，亦不为苦。所苦无艺之征，因事加派。譬如一府，加派三千两助工，照正额所增有限，因那班贪污官史，乘机射利，便要加出等头火耗，连起解路费，上纳铺垫，都要出在小民。所以小民弄得贫者愈贫，富者消乏，以致四方嗟怨，各起盗心。当时隋主为要起这件大工，附近大州先已差官解银，赴洛阳协济，山东齐州与青州，亦各措置协济银三千两，行将起解，因此早打动了一位好汉。

兖州东阿县武南庄一个豪杰，姓尤名通，字俊达，在绿林中行走多年，其家大富，山东六府皆称他做尤员外。原来北边响马是有本钱的强盗，必定大户方做得。此人闻得青州有三千银子上京，兖州乃必由之地，意欲探取，但想："打劫客商，不过一起十多个人，就有几个了得的，也不怕他；这是官钱粮，必竟差官兵护送，所过州县，拨兵防护，打劫甚难，况又是邻州的钱粮，怕擒拿得紧，不如放下这肚肠罢。"但说起人的利心，极是可笑，尤员外明知利害，毕竟贪心重了，放不下这三千两银子，想家中几个庄客，都没甚膂力，要寻个好手。与庄客商议："我这武南庄左近，可有埋名的好汉？想寻一人，取此无碍之物，也是一桩大生意。"庄客答道："我们街前巷

---

① 金兰——本指友情契合，后指结拜为兄弟。

后，虽有几个拨手拨脚的，说不上好汉，离此五六里，有一人姓程，名咬金，字知节，原在斑鸠店住的，今移在此，当初曾贩卖私盐，拒了官兵，问边充军，遇赦还家。若得此人做事，便容易了。”尤员外道：“我向闻其名，你们可认得他么？”庄客道：“小的们也只耳闻，不曾识面。”

尤员外牢记在心。不道事有凑巧，一日尤员外偶过郊外，天气作冷，西风刮地，树叶纷飞。尤员外动了吃酒的兴，下马走进酒家，厅上坐下，才吃了一杯茶，只见一个长大汉子走入店来。那汉子怎生状貌，恁般打扮？但见他：

双眉剔竖，两目晶莹。疙瘩脸横生怪肉，邋遢嘴露出獠牙。腮边卷结淡红须，耳后蓬松长短发。粗豪气质，浑如生铁团成；狡悍身材，却似顽铜铸就。真个一条刚直汉，须知不是等闲人。

这汉子衣衫褴褛，脚步仓皇，肩上驮几个柴扒儿，放了柴扒坐下，便讨热酒来吃，好像与店家熟识的一般。尤员外定睛观看，见他举止古怪，因悄声问店小二道：“这人姓甚名谁？你可认得他么？”小二道：“这人常来吃酒的，他住在斑鸠店，小名程一郎，不知他的名字。”尤员外听得斑鸠店，又是姓程，就想到程咬金身上，起身近前拱手道：“请问老兄上姓？”咬金道：“在下姓程。”尤员外道：“高居何处？”咬金道：“住在斑鸠店。”尤员外道：“斑鸠店有一位程知节兄，莫非就是盛族么？”咬金笑道：“那里什么盛族！家母便生得区区一人，不知有族里也没有族里，只小子叫做程咬金，表字知节，又叫做程一郎。员外问咱怎么？”尤员外听说是程咬金，好像拾了活宝的一般，问道：“为何有这些柴扒？敢是卖的么？”咬金道：“也差不多。小子家中止有老母，全靠编些竹箕养他。今日驮出来，没有人买，风又大得紧，在此吃杯热酒，也待要回去了。请问员外上姓大号？为何问及小子？”尤通道：“久慕大名，有事相烦，且是一桩大生意；只是店里不好讲话，屈到寒家去，才好细商量。”咬金道：“今日遇了知己，但凭吩咐，敢不追随！只是酒在口边，且吃了几碗，到宅上再吃何如？”尤通道：“这却甚妙！”就拉他同坐。一个富翁与一个穷汉对坐，店主人看了掩口而笑。他两人吃了几大碗，尤通算了账出店，咬金道：“这几把柴扒儿作了前日欠你的酒钱罢！”拱手出店。

尤通先时骑的马，着人打回，与咬金同行。到了家里，促膝而坐，说连年水旱，家道消乏，要出门营运，路上难走，要求老兄同行，赚来东西平分。

咬金道："你要我做伙计么？"尤通道："这却说差了，小弟久仰义勇，无由一见，今日订交，须要结为兄弟，永远相交，再无疑贰。"咬金道："小弟粗笨，怎好结拜？"尤通道："小弟夙愿，不必推辞。"二人叙了年纪，尤通长咬金五岁，就拜为兄，咬金为弟，拈香八拜，誓同生死，患难扶持。正是：

结交未可分贫富，定谊须堪托死生。

咬金道："出路固好，只是我母亲在家，无人看管，如何是好？"尤通道："既为兄弟，令堂是小弟的伯母，自当接过寒家供养，就是今夜接得过来才妙。"咬金道："小弟卖了柴扒，有几个钱，籴几颗米儿回去，才好见他。今日柴扒又不曾卖得。天色已晚，卒然要他到宅上来，他也未必肯信。"尤通道："说得有理。这却不难，今夜先取一锭银子，去与令堂为搬移之费，他见了自然欢喜，自然肯来了。"咬金道："这倒使得，快些拿来！"尤通袖中出银一锭，递与咬金。咬金接来，就入袖中，略不道谢。

尤员外一面吩咐摆饮，咬金心中欢喜，放开酒量，杯杯满，盏盏干，不知是家酿香醪，十分酒力，只见甜津津好上口，迭连倒了几十碗急酒，渐渐的醉来了；劝他再请一杯，倒吃下三四碗。尤员外怕他吃得太醉了，倒嘱咐咬金快去迎请令堂过来，明日好日，便要出门做生意。咬金只得起身，虽是醉中，一心牵系着这一锭银子，把破衣裳的袖儿，狠命捏紧，打躬唱喏，作别出门。不想袖口虽是捏紧，那袖底却是破的，举手一拱，那锭银子早在胁肋边溜将下来，滚在地上，正在尤家大门口。那些庄客看见，拾将起来，向尤通道："员外适才送他的银子，倒脱落在这里，可要赶上去送还他？"尤通道："我送银子与他，正在此懊悔。"庄客道："既要送他，如何又懊悔起来？"尤通道："这人是个没傷偓的，拿了回去，倘然母子商量起来竟不肯来了，也没法处置他；如今落掉了这锭银子，少不得放我不下，今晚母子必定同来。"

却说咬金一路捏了袖口，走到家中，见了母亲，一味欢喜。母亲饿得半死，见他吃得脸红，不觉怒从心上起，嗔骂道："你这畜生，在外边吃得这般醉了，竟不管我在家中无柴无米，饿得半僵，还要呆着脸笑些什么！我且问你，今日柴扒已卖完，卖的钱却怎么用了？"咬金笑道："我的令堂，不须着恼，有大生意到了，还问起柴扒做甚！"母亲道："你是醉了的人，都是酒在那里讲话，我那里信你。"咬金道："母亲若不肯信，待我袖里取出银子来你看。"母亲道："银子在那里？"咬金摸袖，不见了银子，又摸那一只袖，跌脚叹道："一锭银子掉在那里去了？"母亲道："我说是醉话，那里有什么银子！"咬金睁眼道："母亲若不信孩儿，孩儿就抹杀在母亲面前。孩儿凭着大醉，决不敢欺诳母亲，孩儿今日驮着柴扒，街坊村落，周回走转，没有人买，在酒店上吃酒。不想遇着个财主，武南庄的尤员外，一见如故，拉孩儿回去。孩儿就把几把柴扒算清酒钱，跟到他家，他与孩儿结拜弟兄，要同孩儿出去做些生意。孩儿道母亲在家，无人奉养。他说连夜接了过来，先送一锭银子，为搬移之费。孩儿心中欢喜，多吃了几杯，又恐怕遗失了，一路里把衣袖捏紧。不想这作怪的东西倒在袖桩边钻了出去。你若不信，如今就驮你到他家去，便知孩儿说话不虚了。"母亲道："既如此，我如今就同你去，家中左右没有家伙，锁了门就去罢。我肚里饿得紧，却怎么处？"咬金道："你熬到他家，只怕吃不尽，消化不及，要囫囵撒出来哩！"说罢，将门锁上，驮了母亲，黑暗里直到武南庄尤家门首，酒都弄醒了。咬金放下母亲，忙去叩门。管门的早就受员外吩咐，料他必来，一闻咬金叩门，随即开了，进去报与员外得知。

尤通尚未睡，也待咬金到来，听得到了，喜不可言，接进母子，在中堂坐了。尤通便进言道："忝[①] 先人遗下些薄产，连年因水涝旱荒，家私日废，今欲往江南贩卖罗缎，因各处盗贼生发，恐不好走。闻得令郎大哥是个豪杰，要屈他做同行伙计，得利均分，以供老母甘旨。"程母出自大家，晓事解理，笑道："员外差矣，员外是富翁，小儿是粗鄙手艺之人，员外为商，或者途中没人伏侍，要小儿做个后生，月支多少钱钞，做老身养老之用，还像个说话；小儿有何德能，敢与员外结拜兄弟？况且分文本钱也没有，怎么讲个伙计二字，名分也不好相称。"员外道："尤通久慕令郎大哥高义，情愿如此。"吩咐铺毡，匹立仆六，一顿拜过了。程母头晕眼花，也拜了四拜。尤通道："小侄与令郎出门之后，恐老伯母家中不便，故此接到寒家居住，倘有不周，百凡体谅。"程母道："小儿得附员外，老身感激不尽，但恐小儿性格粗糙，员外只要另眼看顾他，宽恕他，小儿敢不知恩报恩！"尤员外请程母到里面，用饭去了，自己与咬金重新吃酒。

吃到酒兴刚来，尤通却把皇银的事来挑动咬金："贤弟可知新君即位以来的事？"咬金此时深感天子，应道："兄长，好皇帝，小弟在外边，思想老

---

① 忝（tiǎn）——忝：有愧于。谦词。

母，昼夜熬煎，若不是新君即位，焉能遇赦还乡，母子重会？”尤员外道：“新君大兴工役，每州县都要出银三千两，协济大工，实是不堪。”咬金道：“做他的百姓，自然要纳粮当差；做他的官，自然要与他催征起解，不要管闲事。”尤员外道：“这也罢了，只是我这山东青州，也遵天子旨意，要三千两协济。那青州府太守，借名洒派，当分外之差，杖死无辜百姓，敛取民膏，贪酷太甚，只把三千两银子起解。他的银子上京，我这兖州乃必由之地，我今欲仗贤弟大力，取他这三千两银子，作本为商，贤弟可有什么高见？”这个程咬金曾卖私盐，与为盗也不远，见尤员外如此相待他，心中又要驰骋，笑道：“哥哥，只怕他银子不从此路来，若打这条路经过，不劳兄长费心，只消小弟一马当先，这项银子就滚进来了。”员外道：“贤弟却会什么兵器？”咬金道：“小弟会用斧，却也没有传授，但闲中无事，将劈柴的板斧装了长柄，自家舞得，到也即溜了。”俊达道：“我倒有一柄斧，重六十斤，贤弟可用得？”咬金应道：“五六十斤，也不为重。”

尤员外回后院去，取出那柄斧来，却是浑铁打成的，两边铸就八卦，名为八卦宣花斧。量咬金身躯，取一副青铜盔甲，绿罗袍，槽头有一骑青棕的劣马。尤俊达自己有一副披挂，铁幞头，乌油甲，黑缨枪，皂罗袍，乌骓马。这些东西也搬将出来，到饮酒处与咬金一同披挂停当，命手下掌灯火出庄，打稻场上去。用篾篁点火高照，势如白昼，二人马上比试几个回合，手下众人齐声喝彩。这个尤家庄上人家，都靠着尤员外吃饭，所以明火持枪，不避嫌疑。斗罢下马，收拾回庄寝宿。

次日着人青州打探皇银什么人押解，几时起身，那一日到长叶林地方。数日之间，探听人回来报：“十月望后起身，二十四日可到长叶林地方。有一员解官、一员防送武官、二十名长箭手护送。”二十三夜间，尤员外先取好酒，把咬金吃个半酣，带从人，五鼓时候到长叶林，撺掇咬金道：“贤弟，我与你终身受用，在此一举。”咬金点头，提斧上马，出长叶林官道，带住马，横斧于鞍，如猛虎踞于当道。先有打前站官卢方，乃青州折冲校尉，当先开路，也防小人不测之事，先到长叶林。咬金一马冲将下来，高叫：“留下买路钱！”那个卢方，却也是弓马熟娴的将官，举枪招架，骂道：“响马，你只好在深山僻处剪径，只图衣食，这是三京六府解京的钱粮，须要回避。你这贼人这等大胆！”咬金道：“天下客商，老爷分毫不取，闻得青州有三千两银子，特来做这件生意。”卢方道：“咄，响马无知，什么生意！”

纵马挺枪,分心就挑。咬金手中斧,火速忙迎。两马相撞,斧枪并举。

斗上数十回合,后面尘头起处,押银官银扛已到。咬金见后面人来,恐又增帮手,纵马摇斧斫来。卢方架不住,斫于马下。二十名长箭手赶到,见卢方落马,各举标枪叫道:“前站卢爷被响马伤了!”咬金乘势斫倒三四个部下,众人都丢枪弃棒,过涧而去,把银子弃在长叶林中。解官户曹参军薛亮收回马奔旧路逃生。咬金不舍,纵马赶去,手下庄客报知尤员外:“程老爷得胜了,皇银都丢在长叶林下。”尤员外领手下上官道,将鞘箍劈开,把皇银都搬回武南庄去,杀猪羊还愿摆酒,等咬金贺喜。

咬金此时追解官薛亮十数里之远,还赶着他,这个主意不为赶尽杀绝。他不晓得银子弃在长叶林中,只道马上带回去了,故要追赶这解官。薛亮回头,见赶得近了,老大着忙,叫道:“响马,我与你无怨无仇,你剪径不过要银子,如今银子已都撇在长叶林,却又来追我怎的!”咬金听说银子在长叶林,就不追赶,拨回马,走得缓了。薛亮见咬金不赶,又骂两声:“响马,银子便剪去,好好看守,我回去禀了刺史,差人来辑拿你,却不要走。”触起咬金怒来,叫道:“你且不要走,我不杀你,我不是无名的好汉,通一个名与你去,我叫做程咬金,平生再不欺人。我一个相厚朋友,叫尤俊达。是我二人取了这三千两银子,你去罢。”咬金通了两个的名,方才收马回来。到庄还远,马上懊悔:“适才也不该通名,尤员外晓得要埋怨我,倒隐了这句话罢。”不一时到庄下马,欢喜饮酒不题。正是:

喜入酒肠宽似海,闷堆眉角重如山。

且说那解银官薛亮,赶到州中,正值刺史斛斯平坐堂,连忙跪下道:“差委督解银两前赴洛阳;二十四日行至齐州长叶林地方,闪出贼首数十人,劫去银两,斫杀了将官卢方,长箭手四名,小官抵死相持,留得性命,特来禀上大人,乞移文齐州,着他辑捕这干贼人,与这三千银两。”斛刺史听了,大怒道:“岂有响马敢劫钱粮!你不小心,失去银两,我只解你到钦差洛阳总理宇文老爷跟前,凭他着你赔,着齐州赔。”叫声拿下,薛亮惊得魂不附体,忙叫道:“老爷在上,这贼人还可辑捕。他拦截时,自称甚么靖山大王陈达、牛金,只要坐名在齐州,访拿他便了。”

斛刺史叫书史做一角文书,申总理都营造宇文恺道:“已经措银三千两起解,行至齐州长叶林,因该州不行防送,致遭响马劫去,乞着该州辑捕赔偿。”一面移文齐州,要他根缉陈达、牛金并银两。薛亮羁候俟东都回文区处。

过了数日，宇文恺回道："大工紧急，一月之内如拿不着，该州先行措银赔偿。二月之内，贼人未获，刺史停俸，巡捕员役重处，薛亮革职为民，卢方优恤。"这番青州斛刺史卸了担子，却把来推在齐州刘刺史身上。这刘刺史便急躁起来，道："三千两银子，非同小可，如何赔得起？我今把捕盗限比，他比不过，定行缉出这干大伙积盗。"就坐堂，便叫原领批广捕捕盗都头樊虎、副都头唐万仞道："这干响马既有名字，可以搜查，怎么数月并无消息？这明系你等与他瓜分这项钱粮，不为我缉捕。"樊虎道："老爷，从来再无强盗大胆，敢通姓名的，明是故说诡名，将人炫惑。所以小的遍处捕缉，并无踪迹。"刘知府道："纵有诡名，岂有劫去三千银子，已经数月，并没个影响；这不是怠玩，不肯用心！"就把樊虎、唐万仞打了十五板，限三日一比，以后一概三十板。

日子易过，明日又该比较了，都在樊虎家中，烧齐心纸，吃协力酒，计较个主意，明日进府比较，好回话转限。樊虎私对唐万仞道："贤弟，我们枉受官刑，我想起来，当初秦大哥在本州捕盗多年，方情远达，就不认得陈达，也或认得牛金；今在来总管标下为官，怎能够我们本官讨得他来，我们也就造化，自然有些影响了。"这樊虎二人与叔宝都是通家厚友，还是这等从长私议，那五十个士兵，都是小人儿，听得这句话，都乱嚷起来道："这样好话，瞒着我们讲！明日进州禀太爷，说原有捕盗秦琼，在本州捕盗多年，深知贼人巢穴，暗受响马常例①，如今谋干在来老爷标下为旗牌官，遮掩身体，求老爷作主，讨得秦琼来，就有陈达、牛金了。"樊虎道："列位不要在我家里乱嚷，明日进衙门禀官就是。"各散去讫。

明早众人进府，樊虎拿批上月台来转限，众人都跪在丹墀下面。刘刺史问樊虎道："这响马曾有踪迹么？"樊虎道："老爷，踪迹全无。"刺史叫用刑的拿去打。用刑的将要来扯，樊虎道："小的还有一事禀上老爷。"刺史道："有什么事？"樊虎道："本州府有个秦琼，原来是本衙门捕盗，如今现在总管来节度老爷标下为官。他捕盗多年，还知些踪影。望老爷到来爷府中，将秦琼讨回，那陈达、牛金定有下落。"刺史还不曾答应允与不允，那五十多人上月台乱叫："爷爷作主，讨回秦琼，这秦琼受响马常例，买闲在节

① 常例——即常例钱，凭借权力索取的现金或礼品。

度来爷府中为官。老爷若不做主，讨回秦琼，到此捕盗，老爷就打死小的们，也无济于事。”刘刺史见众人异口一词，只得笔头转限免比，出府伺候。

不说众人躲过一限，却说秦叔宝自长安回家，常想起当日虽然是个义举，几乎弄出事来，甚觉猛浪[①]之至，自此在家，只是收敛。这日正在府中立班，外面报本州刘刺史相见。来总管命请进。两下相见了，叙了几句寒温。刘刺史便开言：“上年因东都起建宫殿，山东各州，都有协济银两，不料青州三千两钱粮，行至本州长叶林被劫，那强盗还自通名，叫甚陈达、牛金。青州申文东都，那督理的宇文司空，移文将下官停俸，着令一月内赔偿前银，并要这干强贼。如迟还要加罪，已曾差人缉拿，并无消息。据众捕禀称，原有都头秦琼，今在贵府做旗牌，他极会捕贼，意欲暂从老大人处，借去捉拿此贼。”

来总管把秦琼一看，对刘刺史道：“那长大的便是秦琼，虽有才干，下官要不时差遣，怎又好兼州中事的？”秦叔宝也就跪下道：“旗牌在府原要伺候老爷，不时差委捕盗，原有樊虎一干，怎教旗牌代他？”来总管道：“正是。还着该州捕盗根缉才是。”刘刺史见秦琼推诿，总管不从，心中不快道：“下官也只要拿得贼人，免于赔偿，岂苦苦要这秦琼？但各捕人禀称，秦琼原是捕盗，平日惯受响马常例，谋充在老大人军前为官，还要到上司及东都告状。下官以为不若等他协同捕盗，若侥幸拿着，也是一功；若或推辞，怕这干人在行台及东都告下状来，那时秦琼推也推不得了。”来总管听说，便道：“我却有处。秦琼过来，据刘刺史说你受响马常例，难道果有此事？这也不过激励你成功。就是捕盗，也是国家的正事，不要在此推调，你就跟那刘刺史出去罢。”叔宝见本官不做主，就没把臂了，只得改口道：“老爷吩咐，刘爷要旗牌去，怎敢不去？只是旗牌力量与樊虎一干差不多，怕了不事来，反代他们受祸。”来总管道：“他这一干捕盗要你，毕竟知你本事了得，你且去，我这厢有事，还要来取你。”

秦琼只得随了刘刺史出来。唐万仞、连明都在府外接住道：“秦大哥，没奈何缠到你身上来。兄的义气深重，决不肯亲自去拿，露个风声在小弟耳内，我们舍死忘生的去，也说不得了。”叔宝道：“贤弟，我果然不知什么陈达、牛金。”叔宝换了平常的衣服，进府公堂跪下。刘刺史以好言宽慰

---

① 猛浪——莽撞，鲁莽。也作“孟浪”。

道:“秦琼,你比不得别的捕盗人员,你却是个有前程的人,素常也能事。就是今日我讨你下来,也出于无奈,你若果然拿了这两个通名的贼寇,我这个衙门中信赏钱外,别有许多看顾① 你处。就是你那本官来爷,自然加奖。这个批上,我就即用你的名字了。”叔宝同众友出府烧纸,齐心捕缉,此事踪迹全无。三日进府转限,看来总管衙门分上,也不好就打。第二第三限,秦琼也受无妄之灾了。

毕竟不知何如,且听下回分解。

---

① 看顾——照顾。

第二十二回

驰令箭雄信传名　屈官刑叔宝受责

诗曰：

四海知交金石坚，何堪问别已经年。

相携一笑浑无语，却忆曾从梦里圆。

人生只有朋友，没有君臣父子的尊严。有兄弟的友爱，更有妻子前亦说不得的，偏是朋友可以相商。故朋友最是难忘，最能起人记念。况在豪杰见豪杰，意气相投，彼此没有初相见的嫌疑，也没贫富贵贱的色相①，若是知心义盟好友，偶然别去，真是一日三秋，常要寻着个机会相聚。

时值三秋，九月天气，单雄信在家中督促庄客家童经理② 秋收之事。正坐在厅上，只见门上人报王、李二位爷到。单雄信听了，欢然迎出门来，邀他二人下马进内，就拉在书房中，列下些现成酒肴，叙向来间阔。雄信道："前岁底接兄华翰，正扫门下榻，怎直至今日方来？"伯当道："前时自与兄相别，李玄邃因杨越公府上相招，自入长安，后弟又自他处迁延，要去长安会李兄时，路经少华山，为齐国远所留，住彼日久，书达仁兄，到宝庄来过节盘桓。不期发书之后，就遇见齐州秦大哥。"雄信惊呼："他在舍下回去，今闻得在总管标下为官，怎么在关中又与兄相会？"伯当道："叔宝因本官差遣，赍礼到京中杨越公拜寿，齐国远不认得叔宝，讨起拦路的常例来。两人力战，不分胜败，是我下山看见，邀到山下。言及进京拜寿，就鼓起长安看灯的兴来，失信于仁兄。将到长安六十里远永福寺内，遇见太原唐公的令婿柴嗣昌。叔宝当初在楂树岗，曾救他令岳一场大难，故此起个祠堂报德，叫做报德祠。叔宝因看祠言及，就被嗣昌晓得了，留住在彼处。过了残年，正月十四日进京，十五日就惹出泼天祸来，打死了宇文公子。"雄信吐舌惊张道："吓杀我，我传闻有六个人在长安大乱，着忙得紧，不知何

---

① 色相——此指脸色。

② 经理——处理、办理。

人。后来打听得实,说是太原李渊的家将,我到放心了。却是你们做的这一件事!”李玄邃道:“这节事也太猛浪,若不是唐公脚力大,宇文述拿不着实迹,几乎把一桩大祸葬在我族兄身上。”单雄信道:“这等,叔宝已久在家中了。”伯当道:“当夜他即散去。”雄信道:“我几番要往山东去看他,没有个机会,今日闻贤弟之言,却又引起我山东的兴头来。”伯当道:“小弟们一则因别久来看兄,二则要邀兄往山东去。”雄信道:“有什么事来?”伯当道:“今年九月二十三日,是叔宝的令堂老夫人整寿六旬。叔宝是个孝子,京师大闹之后,分手匆匆,马上嘱咐:‘家母整寿,九月二十三日,兄如不弃,光降寒门。’故此我到长安寻了李兄,又偶然长安会了柴嗣昌,他在京中为岳翁构干甚事,谈起拜寿,他就欣然说岳翁有银数千两,要赠叔宝,他要回家取了送去。故我先与玄邃兄来,拉你同往。”正是:

纵联胶漆似陈雷,骨肉情浓又不回。
嵩祝好伸犹子意,北堂齐进万年杯。

雄信道:“此事最好,只是一件:我的朋友多,知事的说,伯当邀雄信往齐州,与叔宝母亲拜寿。不知事的道,雄信为人待朋友自有厚薄,往山东与秦母拜寿,只邀了王伯当去,不携带我一走。却不怪到我身上来!”李玄邃道:“小弟有个愚见,使兄一举两得。”雄信道:“请教。”李玄邃道:“兄何不把相知的朋友,邀几个同往:一者替叔宝增辉,二者见兄不偏朋友。叔宝还在不足的时候,多带些礼物去,也表得我们相知的意思。”雄信道:“好。却只是一件:都是潞州朋友,如今传帖邀他去,恐路有远近不同,在家与不在家,路途往返,误了寿期,反为不美。我也有个道理,二位且自饮酒。”

雄信回内书房,取了二十两碎银,包做两包,拿两枝自己的令箭。雄信却又不是武弁官员,怎么用得令箭?这令箭原是做就的竹筹,有雄信字号花押,取信于江湖豪杰,朋友观了此筹,如君命召,不俟驾而行。把这两枝令箭,安在银包两处,用盘儿盛着,叫小童捧至席前,当王、李二友吩咐,叫两个走差的手下来。门下有许多去得的人,一齐应道:“小的们都在。”雄信指定两个人道:“你两个上来,听我吩咐。着你两个槽头认缰口,备两匹马,一个人拿十两银子,为路费草料之资,领一枝令箭分头走。一个从河北良乡涿州郡顺义村幽州,但是相知的,就把令箭与他瞧,九月十五日二贤庄会齐,算就七八个日子,到齐州赶九月二十三日,与秦太太拜寿。

九月十五日到不得二贤庄，就赶出山东，直至兖州武南庄尤老爷庄上为止。这东路的老弟，却不要枉道，又请进潞州，收拾寿礼，在官路会齐，同进齐州拜寿。”二人答应，分头去了。正是：

羽檄飞如雨，良朋聚若云。

王伯当、李玄邃，在单员外庄上饮酒盘桓。十四日，北路的朋友就到了三位，良乡涿州顺义村幽州是张公谨、史大奈、白显道。明日就要起身。雄信又叫手下拿两封柬帖，对伯当道：“童佩之、金国俊昔年与叔宝也曾有一拜，不要偏了二人，拿帖请他山东走走。”童佩之、金国俊相邀济南府，与叔宝母亲拜寿，却问来人，又知外日北路朋友皆到，随即收拾礼物，备马出城，到二贤庄会诸友，叙情饮酒。次日绝早起身，宾主八人，部下从者不止十余人，行囊礼物，随身兵器，用小车子车着，也有个打前路的，骑马在前途先寻下处，过汝南奔山东一路而来。

九月间，金风送爽，树叶飘黄，众豪杰拍鞍驰骤。正走之间，只见尘头乱起，打前站的发马来报：“众老爷，到山东界内，前有绿林老爹拦住，一位少年在前厮杀，不好前去。”这个手下人为何称呼绿林中叫老爹，要晓得这八个人里面，倒有好几个曾在绿林中吃茶饭的，因此碍口，只得叫老爹。雄信以为得意，马上笑道：“不知是那个兄弟，看了我的令箭，在中途伺候，随便觅些盘费了。着那个前去看看？”童佩之、金国俊二人只道是自己豪杰，不知绿林利害，便对雄信道：“小弟二人愿往。”纵马前去。

雄信在鞍轿上对伯当点头道：“这两个兄弟，虽是通家，不曾见他武艺，才闻绿林二字，他就奋勇当先。”伯当摇头：“单二哥，此二友去得不好。”雄信道：“为何？”伯当道：“他二人在潞州当差，没有什么方情，闻绿林二字，他就有个熏莸[①] 不相容的意思。他没有方情，就不认得那拦路的人了，拦路的却也不认得他。言语不妥，就厮杀起来，这童、金二友倘有差池，兄却是拿帖邀他往山东来的，同行无疏伴，兄却推不得干系。他两个本领若好，拦路的朋友有失，却是奉兄令箭等候的，伤了江湖的信义。”雄信道：“贤弟讲得有理，你就该去看看。”伯当道：“小弟却不敢辞劳。”取银矛纵马前来，见尘头起处，果然金、童败将下来，却是柴嗣昌与王伯当相期来贺叔宝。他带得行李沉重，衣装炫耀，撞了尤俊达、程咬金，触他的眼，

---

① 熏莸(xūn yóu)——薰，香草。莸，臭草。

拦路要截他的。这柴嗣昌也有些本领,只是战他两个不下,恰好金、童两人赶来,便拔刀相助。不知这程咬金逞着膂力,那里怕你,留着尤俊达与柴嗣昌恋战,他自赶来,没上没下一顿斧,砍得金、童两个飞走,他直追下来,好似:

得霜鹰眼疾,觅窟兔奔忙。

金、童两个见王伯当道:"好一个狠响马!"伯当笑一笑,让过二人,接住后边,马上举枪,高叫:"朋友慢来,我和你都是道中。"咬金不通方语,举斧照伯当顶梁门就砍,道:"我又不是吃素的,怎么道中?"伯当暗笑:"好个粗人,我和你都是绿林中朋友。"咬金道:"就是七林中,也要留下买路钱来。"斧照伯当上三路,如瓢泼盆倾,疾风暴雨,砍剁下来。伯当手中的枪不回他手,只是钩撩磕拨,搪塞斜避,等他膂力尽了,斧法散乱,将左手枪杆一松,右手一串,就似银龙出海,玉蟒伸腰,奔咬金面门锁喉,刺将上来。伯当留情,刚到他喉下,枪就收回,不然挑落下马。咬金用斧来勾他的枪,勾便勾开了,连人带马都闪动,招架不住,拍马落荒。伯当随后追赶,问其来历。咬金叫:"尤员外救我!"

这时尤俊达又为柴嗣昌战住,不得脱身。倒是伯当见了道:"柴郡马,尤员外,你两人不要战,都是一家人,往齐州去的。"此时三人俱下马来相见。程咬金气喘吁吁的,兜着马在那厢看。尤俊达也叫来相见。尤俊达对伯当道:"曾见单二哥否?"伯当望后边指道:"兀那来的不是雄信!"因金、童两个去道响马甚是了得,故此单雄信一行忙来策应。一到,彼此相叙。正是:

莫言萍梗随漂泊,喜见因风有聚时。

伯当对雄信道:"这便是柴郡马。"都序齿① 揖了。单雄信道:"还有适才金国俊道的有膂力的朋友呢?"尤俊达道:"是敝友程知节。"大家也都大笑,见了礼。尤俊达要留众人回庄歇马。雄信道:"今日是九月二十一日,若到宝庄,恐误寿期。拜寿之后,尊府多住几日。贤弟的礼物可曾带来?"俊达道:"不过是折干的意思。"

共十一友同进济南。离齐州有四十里地,已夕阳时候,到了义桑村,有三四百户人家。这个市镇,因遍地多种桑麻,且是官地,任凭民间采取,

---

① 序齿——依年龄高下。序,顺序。齿,年龄。

故叫做义桑村，春末夏初蚕忙时，也还热闹。九月间秋深天气，人家都关门闭户，只有一家大姓，起盖一带好楼，迎接往来客商。手下人都往义桑村投店。众豪杰至店门下马，店主着伙家搬行李进书房，马牵槽头上料，众豪杰邀上草楼饮酒。忽然官路上三骑马赶路而来。

这三骑马却是何人？乃幽州罗公差官，为雄信令箭，知会张公谨、史大奈、尉迟兄弟闻知，史大奈还是新旗牌，没有职任，打发他先行。尉迟兄弟打手本，进帅府知会公子罗成。公子与母亲讲，老夫人却也记得九月二十三日是嫂嫂的整寿，商议差官送礼，尉迟托公子撺掇谋差山东，假公济私，就与秦母拜寿。这来的就是尉迟南、尉迟北，却还带一名背包袱的马夫，共是三骑马。恰好那日也到义桑村。主人柜里招呼二位老爷道："齐州还有四十里路，途中没有宿头，在小店安歇了罢。"尉迟吩咐，叫手下把包接过，尉迟兄弟下马进店。主人出柜迎道："二位先前者有几位老爷，一行楼上饮酒多时，言语想是醉了。二位老爷却是尊客，上楼恐有不便。楼下有一张干净的座头，就自在用晚饭罢。"尉迟南道："这主人着实知事，那酒后的人，我们不好和他相处，就在楼下罢。"主人吩咐摆上酒饭，兄弟二人自用。

且说楼上的那十一个豪杰饭酒作乐。酒方半酣，独程咬金先醉。他好酒，遇了酒直等醉才住，拿这一杯酒在手中，又想那心上这些穷事："在关外多年，何等苦恼。回家不久，遇尤员外相邀长叶林，做了这桩生意，今日结交天下豪杰，我也快活。"这些话在腹内踌躇，他胸里有这个念头，口里就叫将出来。吃干了这盅酒，把酒盅往桌上狠狠的一放，就像自己呼干的，叫一声："我快活！"手放杯落，杯如粉碎还不打紧，脚下一蹬，把楼板蹬折了一块。

量为欢中阔，言因醉后多。

山东地方人家起盖的草楼，楼板却都是杨柳木锯的薄板，上又有节头，怎么当得他那一脚？蹬折楼板，掉下灰尘，把尉迟兄弟酒席都打坏了。尉迟南还尊重，袖拂灰尘道："这个朋友，怎么这样村[①]的紧！"尉迟北却是少年英雄，那里容得，仰面望楼上就骂："上面是什么畜生，吃草料罢了，把蹄子怎么乱捣！"

---

① 村——指粗野，没有教养。

咬金是容不得人的，听见这人骂，坐近楼梯，将身一跃，就跳将下来，径奔尉迟北。尉迟北抓住程咬金，两个豪杰膂力无穷，罗缎衣服都扯得粉碎，乒乓劈拍，拳头乱打。还亏那草楼像生根柱棵，不然一霎儿就捱倒了。尉迟南不好动手帮兄弟，自展他的官腔，叫酒保："这个地方是什么衙门管的？"觉道他就是个官了。雄信楼上闻言，也就动起气来，道："列位，下边这个朋友出言也自满。野店荒村，酒后斗殴相争，以强为胜，问什么衙门该管，管得着那一个？都下去打那问甚什么衙门该管地方的！"却是幽州土音，上面张公谨，却是幽州朋友。公谨道："兄且息怒，像是敝乡里的声音。"雄信道："贤弟快下去看。"

公谨下楼梯，还有几步，就看见尉迟南，转身上来对雄信道："却是尉迟昆玉。"雄信大喜，叫速速下去。尉迟南看见公谨同一班豪杰下来，料是雄信朋友，喝退尉迟北。尤俊达也喝回程咬金。咬金、尉迟更换衣服，都来相见，彼此赔礼。主人叫酒保拿斧头上楼，把蹬坏的一块板，都敲打停当，又排一桌齐整酒上去。单雄信一干共十三筹好汉，掌灯饮酒。

这一番酒兴，都有些阑残了，各人好恶不同，爱饮的，楼上灯下，残肴剩酒行令猜拳；受不得劳碌的，叫手下打了铺盖，客房中好去睡了；又有几个高兴的，出了酒店，夜深月色微明，携手在桑林里面，叙相逢间阔之情。楼上吃酒的张公谨、白显道、史大奈，原是酒友，因大奈打擂台，在幽州做官，间别久了，要吃酒叙话。那童佩之、金国俊日间被程咬金杀败了一阵，骨软筋酥；柴嗣昌也是骄贵惯了的人，先去睡了。单雄信、尤员外、王伯当、李玄邃、尉迟南这五个人，在桑林中说话良久，也都先后睡了。

到五鼓起身进齐州。这义桑村离州四十里路，五鼓起身，行二十里路天明，到城中还有二十里路，就有许多人迎接住了。不是叔宝有人来迎，却是齐州城开牙行经纪人家接客的后生。各行人家口内招呼，有粜籴①米粮，贩卖罗缎、西马、北布、木植等行，乱扯行李。雄信在马上吩咐众人："不要乱扯，我们自有旧主人家，西门外鞭杖行贾家店，是我们旧主。"原来贾润甫开鞭杖行，雄信西路有马，往山东来卖，都在贾家下，如今都也有两个后生在内，说起就认得是单员外："呀，是单爷，小的就是贾家店来的了。"雄信道："着一个引行李缓走，着一个通报你主人。"

---

① 粜籴(tiào dí)——买卖(粮食)。粜，卖。籴，买。

却说贾润甫原也是秦叔宝好友，侵晨[1]起来，书房里收拾礼物，开礼单行款，明日与秦母拜寿。后生走将进来道："启老爷，潞州单爷同一二十位老爷都到了。"贾润甫笑道："单二哥同众朋友今日赶到此间，也为明日拜寿来的，少不得我做主人。把这礼物且收过去，不得自家拜寿了，毕竟要随班行礼。"吩咐厨下庖人，客人众了，先摆十来桌下马饭，用家中便菜，叫管事的人城中去买时新果品，精致肴馔，正席的酒，也是十桌摆，手下人虽多，多把些酒与他们吃；叫班吹鼓手来，壮观壮观。自己换了衣服，出门降阶迎接。

雄信诸友将入街头，都下马步行，车辆马匹俱随后。贾润甫在大街迎住。雄信让众友先行，进了三重门里，却是大厅。手下搬车辆行囊进客房；马摘鞍辔，都槽头上料。若是第二个人家，人便容得，容不得这些大马。这马多有千里龙驹，缰口大，同不得槽。有一匹马就要一间马房。亏他是个鞭杖行人家，容得这些马匹。众人大厅铺拜毡，故旧叙礼对拜，不曾相会的，引手通名，各致殷勤。坐下点茶，摆下马饭。雄信却等不得，叫道："贾润甫，可好今日就将叔宝请到尊府来，先相会一会。不然明日倘然就去，使主人措办不及我们的酒食。"贾润甫想道："今日却是个双日，叔宝为响马的事，府中该比较。他是个多情的人，闻雄信到此，把公事误了，少不得来相会。我不知道他有这件事，请他也罢了，我知道他有这件事，又去请他，教他事出两难。"人又多，不便说话，只得含糊答应道："我就叫人去请。"又向众人道："单二哥一到舍下，就叫小弟差人去请秦大哥，只怕就来了。"贾润甫为何说此一句？恐怕众朋友吃过饭，到街坊玩耍，晓得里面有两个不尴尬[2]的人，故说秦大哥就来，使众人安心等候，摆酒吃就罢了。正是：

筵开玳瑁留知己，酒泛葡萄醉故人。

不说贾润甫盛宴留宾。却说叔宝自当日被这干公人攀了下来，樊建威也只说他有本领，会得捉贼，可以了得这件公事，也无意害他。不知叔宝若说马上一枪一刀的本领，果然没有敌手，若论缉听的事，也只平常。况且没天理的人，还去拿两个踪迹可疑的人，夹打他遮盖两卯，他又不肯

---

① 侵晨——一大早。

② 不尴尬——不正当，不正经。这里指脾气鲁莽。

干这样事，甘着与众人同比。就是樊建威心上，也甚过不去，要出脱①他，那刘刺史也不肯放，除是代他赔这宗赃银，或者他心里欢喜，把这宗事懈了去。这干人也拿不出三千两银子，只得随卯去比较，捱板儿罢了。这番末限，叔宝同五十三人进府。刘知府着恼，升堂也迟，巳牌时候才开门。秦琼带一干人进府，到仪门，禁子扛两捆竹片进去，仪门关了，问秦琼响马可有踪迹，答应没有踪迹。刘刺史便红涨了脸道："岂有几个月中，捱不出两个响马的道理！分明你这干与他瓜分了，把这身子在这里捱，害我老爷在这里措置赔他。"不由分说，拔签就打，五十四家亲戚朋友邻舍都到府前来看，大门里外都塞满了。他这比较，却不是打一个就放一个出来，他直等打完了，动笔转限，一齐发出五十四人，每人三十板。直到日已沉西，才打得完，一声开门出来，外边亲友，哭哭啼啼的迎接。那里面搀的扶的，驮的背的，都出来了。出了大门，各人相邀，也有往店中去的，也有归家饮酒暖痛的。只有叔宝他比别人不同，经得打，浑身都是虬筋板肋，把腿伸一伸，竹片震裂，行刑的虎口皆裂。叔宝不肯难为这些人，倒把气平将下来，让他打。皮便破了，不能动他的筋骨。出了府来，自己收拾杖疮。正是：

一部鼓吹喧白昼，几人冤恨泣黄昏。

要知后事如何，且听下回分解。

---

① 出脱——开脱，解脱。

第二十三回

酒筵供盗状生死无辞　灯前焚捕批古今罕见

诗曰：

勇士不乞怜，侠士不乘危。
相逢重义气，生死等一麾。
虞卿弃相印，患难相追随。
肯作轻薄儿，翻覆须臾时。

豪杰之士，一死鸿毛，自作自受，岂肯害人？这也是他生来伎俩。但在我手中，不能为他出九死于一生，以他的死为我的功，这又是侠夫不为的事。

却说叔宝出府门，收拾杖疮，只见个老者，叫："秦旗牌！"叔宝抬头："呀，张社长！"社长道："秦旗牌受此无妄之灾，小儿在府前新开酒肆，老夫替旗牌暖一壶解闷。"这是叔宝平昔施恩于人，故老者如此殷勤。叔宝道："长者赐，少者不敢辞。"将叔宝邀进店来，竟往后走，却不是卖酒与人吃的去处。内室书房，家下取了小菜，外面拿肴馔，暖一壶酒来，斟了一杯酒与叔宝。叔宝接酒，眼中落泪。张社长将好言劝慰："秦旗牌不要悲伤，拿住响马，自有重赏之日；若是饮食伤感，易成疾病。"叔宝道："太公，秦琼顽劣，也不为本官比较打这几板，疼痛难禁，眼中落泪。"社长道："为甚么？"叔宝道："昔年公干河东，有个好友单雄信赠金数百两回乡，教我不要在公门当差，求荣不在朱门下。此言常记在心，只为功名心急，思量在来总管门下，一刀一枪，博个一官半职。不料被州官请将下来，今日却将父母遗体①，遭官刑戮辱，羞见故人，是以眼中落泪。"

清泪落淫淫，含悲气不禁。
无端遭戮辱，俯首愧知心。

---

① 遗体——身体为父母所生，故称己身为父母的"遗体"。语出《礼》："曾子曰：'身也者，父母之遗体也。'"遗，留下。

却不知雄信不远千里而来，已到齐州，来与他母亲拜寿，止有一程之隔。叔宝与张社长正饮酒叙话之间，酒店外面喧将进来，问："酒店里秦爷可在里面？"酒保认得樊老爷，应道："秦爷在里面。"引将进来，却是樊虎。张社长接住道："请坐。"叔宝道："贤弟来得好，张社长高情，你也饮一杯。"樊虎道："秦大哥，不是饮酒的事。"叔宝道："有什么紧要的说话？"樊虎与叔宝附耳低言："小弟方才西门朋友邀去吃酒，人都讲翻了，贾润甫家中到了十五骑大马，都是异言异服，有面生可疑之人，怕有陈达、牛金在内。"叔宝闻言大喜道："社长，也不瞒你，樊建威在西门来，贾柳店中到些异样的人，怕有劫夺皇扛的二寇在内；我却不敢进酒了。"张社长道："老夫这酒是无益之酒，不过是与足下解闷。既有佳音，二位速去，擒了二寇，老夫当来贺喜。"

叔宝与建威辞了张社长，离了店门，往西门来。那西门人都挤满了，吊桥上瓮城内，都是那街坊上没事的闲汉，也搭着些衙门中当差的，却不是捕盗行头的人，见贾润甫家中到些异样人，都是猜疑。有认得秦琼与樊虎的说："列位，有这两个人来，只怕其中真有缘故了。"却与叔宝举手道："秦旗牌，贾家那话儿，倘有什么风声，传个号头出来，我们领壮丁百姓，帮助秦旗牌下手。"叔宝举手答言："多谢列位，看衙门面上，不要散了，帮助帮助。"下吊桥到贾润甫门首，都关了门面，吊闼板都放将下来，招牌都收进去。叔宝用手一推，门还不曾拴，回头对樊虎道："樊建威，我两个不要一齐进去。"樊虎道："怎么说？"叔宝道："一齐进去，就撞住了，没有救手。我们虽说当不过日逐比并，未必就死；他这班人，却是亡命之徒，常言道，双拳不敌四手。你在外面，我先进去。倘有风声，我口里打一个哨子，你就招呼吊桥和城门口那些人，拦住两头街道，把巷口栅栏栅住，帮扶我两个动手。"樊虎道："小弟晓得。"

叔宝捱二门三门进来。三门里面却是一座大天井，那天井里的人，又挤满了。却是什么人？众朋友吃下马饭已久，安席饮酒，又有鼓手吹打，近筵前都是跟随众豪杰的手下，下面都是两边住的邻居的小人，看见这班齐整人，安席饮酒，就挤了许多。

此时叔宝怕冒冒失失的进去，惊走了席上的响马，又且贾润甫是认得的，怕先被他见了，就不好做事；只得矬着身体，混在人丛中，向上窥探。都是一干熊腰虎体的好汉，高巾盛服之人；止得一两个人，是小帽儿。待要看他面庞，安席时，都向着上作揖打躬，又有一干从人围绕，急切看不出辨他是何等人。要听他那方言语时，鼓手又吹得响，不听见。直至点上了灯，影影里望将去，一个立出在众人前些的，好似单雄信。叔宝想一想："此人好似单雄信，他若来访我，一定先到我家，怎在此间？"正踌躇要看个的实，却好席已安完，鼓手扎住吹打。主人叫："单员外请坐罢。"雄信道："僭越诸公。"巧又是王伯当向外与人说话，又为叔宝见了。叔宝心中就道："不消说起，是伯当约他来与我母亲拜寿了，早是不被他看见。"转身往外就走。

走到门外，樊虎已自把许多人都叫在门口，迎着叔宝问道："秦大哥怎么样了？"叔宝把樊虎一啐："你人也认不得，只管轻事重报！却是潞州单二哥，你前日在他庄上相会，送你潞州盘费的，你刚才到府前，还是对我讲；若是那些小人知道，来这门首吵吵闹闹，却怎么了？"樊虎道："小弟不曾相见，不知是单二哥。听人言语，故此来请。这等，回去罢。"人挤得多了，樊虎就走开了。叔宝却恐里面朋友晓得没趣，分散外边这些人道："列位都散了罢，没相干，不是歹人。潞州有名的单员外同些相知的朋友到这厢来，明日与家母做生日的。"人多得紧，一起问了，又是一起来问。

却说雄信坐于首席。他却领了几个不尴尬的朋友在内，未免留心，叫贾润甫："适才安席的时候，许多人在阶下，我看见一个大汉，躲躲藏藏，在那些人背后，看了我们一回，往外便走，这边人也纷纷的随他出去了。你去看看是什么人？"贾润甫因雄信之言，急出门来观看。

只见还有在那厢间问的，拦住叔宝不得走，已被贾润甫见了，忙道："秦大哥，单二哥为令堂称寿，不远千里而来，一到舍下就叫小弟来请兄。小弟知兄今日府中有公干，不敢来混乱，怎么来了，反要缩将转去？单二哥看见了，怎好回去？"叔宝却不好讲樊建威那些话，将计就计，说："贤弟你晓得，我今日进府比较，偶然听得雄信到此，惟恐不的，亲自来看看，果然是他。我穿比较差的衣服在此，不好相见。当年在潞州少饭钱卖马，今日在家中又是这等样一个形状，羞见故人。回家去换了衣服，就来见他。"贾润甫道："路途又远，家去更衣不便。小弟适才成衣店内做的两件新衣，明日到尊府与令堂拜寿壮观的，贱躯与尊躯差不多长。"叫手下打后门去，把方才取回的两件新衣服，拿来与秦老爷穿。那些众人都散了。

叔宝换了衣服，同贾润甫笑将进来。贾润甫补前头的诳话叫道："单二哥,小弟着人把秦大哥请来了。”都欢呼下去,铺拜毡。叔宝先拜谢昔年周全性命之恩,伯当、嗣昌这一班故友,都是对拜八拜,不曾相会的,因亲而及亲,道过名字,都拜过了。贾润甫举钟箸,定叔宝的坐席。义桑村是十三个人来,连贾润甫宾主十五个,倒摆下八桌酒,两人一席,雄信独坐首席。主人的意思取便:“秦大哥就与单员外同坐了罢。”叔宝道:“君子爱人以德,不可徇情废礼。单二哥敝地来,贾兄忝有一拜,小弟今日也叨为半主,只好僭主人一坐;诸兄内让一位,上去与单二哥同席为是。”雄信道:“叔宝,我们适才定席时,相宜者同坐,若叙上一位,席席都要举动。莫若权从主人之情,倒与小弟同坐,就叙叙间阔之情。”叔宝却只管推辞,又恐负雄信叙旧之意,公然坐下,有许多远路尊客在内,却也有一段才思。叫贾润甫命手下人:“把单二哥的尊席前这些高照果顶,连桌围都掇去了。我们相厚朋友,不以虚礼为尚,拿一张杌坐儿,放在单二哥的席前,我与单二哥对坐,好叙说话。”众朋友道好坐下。灯烛辉煌,群雄相聚,烈烈轰轰,飞酒往来,传递不绝。有一首减字唐诗道:

美酒郁金香,盛来琥珀光。
主人能醉客,何处是他乡?

先是贾润甫拿着大银杯,每席都去敬上两杯。次后秦叔宝道:“承诸兄远来,为着小弟,今日未及奉款,且借花献佛,也敬一杯。”席席去敬,都是旧相与,都有说有道的。到了左手第三席,是尤俊达、程咬金。他两个都没有文,况夹在这干人内。王伯当、柴嗣昌、李玄邃都温雅,有大家举止;单雄信、尉迟兄弟、张公谨、白显道、史大奈,虽粗却有豪气;童佩之、金国俊公门中人,也会修饰。独有程咬金一片粗鲁,故相待甚是薄薄的。不知程咬金自信是个旧交,尤俊达初时也听程咬金说道是旧交,见叔宝相待冷淡,吃了几杯酒,有了些酒意了,就说起程咬金来道:“贤弟,你一向是老成人,不意你会说诳。”咬金道:“小弟再不会说谎。”尤员外道:“前日单二哥,拿令箭知会与秦老伯母上寿,我说:‘贤弟你不去罢。’你勉强说:‘秦大哥与我髫年① 有一拜,童稚之交’。若是与你有一拜,他就晓得你会饮了,初见时恰似不相认一般。如今来敬酒,并不见叙一句寒温,不多劝你一杯酒,是甚缘故?”咬金急得暴躁道:“兄不信,等我叫他就是。”尤俊达

---

① 髫(tiáo)年——童年。髫,古时孩子下垂的头发。

道:“你叫。”咬金厉声高叫:“太平郎,你今日怎么就倨傲到这等田地!”就是春雷一般,满座皆惊。连叔宝也不知是那一个叫,慌得站起身来:“那位仁兄错爱秦琼,叫我乳名?”王伯当这一班要好的朋友鼓掌大笑道:“秦大哥的乳名原来叫做太平郎,我们都知道了。”贾润甫替程咬金分剖道:“就是尤员外的厚友,程知节兄,呼大哥乳名。”叔宝惊讶其声,走至咬金膝前,扯住衣服,定睛一看,问道:“贤弟,尊府住于何所?”咬金落下泪来,出席跪倒,自说乳名:“小弟就是斑鸠店的程一郎。”叔宝也跪下道:“原来是一郎贤弟。”

垂髫叹分袂,一别不知春。

莫怪不相识,及此皆成人。

当初叔宝咬金相与,是朝夕玩耍弟兄,怎再认不出?只因当日咬金面貌,还不曾这般丑陋,后因遇异人服了些丹药,长得这等青面獠牙、红发黄须。二人重拜。叔宝道:“垂髫相与,时常怀念。就是家母常常思念令堂,别久不知安否?何如今日相逢,都这等峥嵘了。”坐间朋友,一个个都点头嗟叹。叔宝起来,命手下将单员外席前坐杌,移在咬金席旁,叙垂髫之交,更胜似雄信邂逅相逢。却只是叔宝有些坐得不安,才与雄信对坐时,隔着酒席,端端正正,接杯举盏,坐得舒畅。如今尤员外正席,左首下首一席,是咬金坐了,叔宝却坐在桌子横头,坐得不安也罢了,咬金却又是个粗人,斟杯酒在面前,叔宝饮得迟些,咬金动手一挟一扯的,叔宝又因比较,打破了皮,也有些疼痛,眉头略皱了一皱。咬金心中就不欢喜起来,对叔宝道:“兄还与单二哥吃酒去罢!”叔宝道:“贤弟为何?”咬金道:“兄不比当年,如今眼界宽了,有些嫌贫爱富了。似才与单二哥饮酒,何等欢畅,与小弟吃两杯酒就攒眉皱脸起来。”叔宝却不好说腿疼,答道:“贤弟不要多心,我不是这等轻薄人的。”贾润甫又替叔宝分辩道:“知节兄不要错怪了秦大哥。秦兄的贵体,却有些不方便。”咬金是个粗人,也不解“不方便”之言,就罢了。

雄信却与叔宝相厚,席上问贾润甫:“叔宝兄身上有什么不方便处?”贾润甫道:“一言难尽。”雄信道:“都是相厚朋友,有甚说不得的话?”贾润甫叫手下问道:“站着些人,都是什么人?”手下回复道:“都是跟随众爷的管家。”贾润甫又向自己手下人说:“你们好没分晓,在家不会迎贵客,出外方知少主人。这些众管家在此,你们怎不支值茶饭?”又向管家道:“列位不要在此站立,请外边小房中用晚饭,舍下却自有人服事。”贾润甫将众人都送出三门外,自己把门都拴了,方才入席。众朋友见贾润甫这样个行藏动静,都有个猜疑之意,不知何故。雄信待贾润甫入席,才问道:“贤弟,叔宝不方便为何?请教罢!”

贾润甫道:“异见异闻之事。新君即位,起造东都宫殿,山东各州,俱要协济银三千两。青州着解官解三千两银子上京,到长叶林地方,被两个没天理的朋友取了这银子,又杀了官。杀官劫财的事,还是平常,却又临阵通名,报两个名,叫做甚么陈达、牛金。系是齐州地方,青州申文东都,行齐州,州官赔补,并要缉获这两个贼人。秦大哥在来总管府中,明晃晃金带前程,好不兴头。为这件事,扳扯将来,如今着落在他身上,要捕此二人。先前比较,看衙门分上,还不打,如今连秦大哥都打坏了。这九月二十四日就限满了。刘刺史声口,要在他们十余人身上,赔这项银子,不然要解到东都宇文司空处去,还不知怎么了!”

坐间朋友,一个个吐舌惊张。事不关心,关心者乱。尤俊达在桌子下面捏捏咬金的腿,知会此事。咬金却就叫将起来道:“尤大哥,你不要捏我,就捏我也少不得要说出来。”尤员外吓了一身冷汗,动也不敢动。叔宝问道:“贤弟说什么?”咬金斟一大杯酒道:“叔宝兄,请这一杯酒,明日与令堂拜寿之后,就有陈达、牛金与兄长请功受赏。”叔宝大喜,将大杯酒一吸而干道:“贤弟,此二人在何方?”咬金道:“当初那解官错记了名姓,就是程咬金、尤俊达,是我与尤大哥干的事。”

众人听见此言,连叔宝的脸都黄了,离坐而立。贾润甫将左右小门都关了,众友都围住了叔宝三人的桌子。雄信开言:“叔宝兄,此事怎么了得?”叔宝道:“兄长不必着惊,没有此事。程知节与我自幼之交,他浑名叫做程抢挣。才听见贾润甫说,我有这些心事,他说这句呆话,开我怀抱,好陪诸兄饮酒。流言止于智者,诸兄都是高人,怎么以戏言当真?”程咬金急得暴躁起来,一声如雷道:“秦大哥,你小觑我!这是什么事,好说戏话?若说谎,就是畜生了!”一边口里嚷,一边用手在腰囊里,摸出十两一锭银来,放在桌上,指着道:“这就是兖州官银,小弟带来做寿礼的;齐州却有样银。”

叔宝见是真事,把那锭银子转拿来纳在自己衣袖里。许多豪杰,个个如痴,并无一言。惟雄信却还有些担当,道:“叔宝兄,这件事在兄与尤员外、程知节三位身上，都还好处，独叫我单雄信两下做人难。”叔宝开口道：“怎么在兄身上转不便？”雄信道：“当年寒舍曾与仁兄有一拜之交，誓同生死患难，真莫逆之交。我如今求足下不要难为他二人，兄毕竟也就依了；只是把兄解到京，却有些差池，到为那一拜，断送了兄的性命。如今要把尤俊达与程咬金交付与兄受赏，却又是我前日邀到齐州来，与令堂拜寿的。害他性命，于心何安？却不是两下做人难？”叔宝道：“但凭兄长吩咐。”雄信低头思想了一会说：“我如今在难处之时，只是告半日宽限罢。”叔宝道：“怎么半日宽限？”雄信道：“我们只当今日不知此事，众朋友不要有辜来意，明日还到尊府，与令堂拜寿，携来的薄礼献上。酒是不敢领了，这等个怀抱①，还吃甚酒？告辞各散。兄只说打听知道是他二人，领官兵围住武南庄。他两个人，也不是呆汉子，决不肯束身受缚，或者出来也敌斗一会，那个胜负的事，我们也管不得了。这也是出于无奈，在叔宝兄可允么？”

且袖渔人手，由他鹬蚌争。

叔宝道：“兄长，你知自己是豪杰，却藐视天下再无人物。”雄信道：“兄是怪我的言语了。”叔宝道：“小弟怎么敢怪兄？昔年在潞州颠沛险难，感兄活命之恩，图报无能，不要说尤俊达、程咬金是兄请往齐州来，替我家母做生日。就是他弟兄两个自己来的，咬金又与我髫年之交，适才闻了此事，就慷慨说将出来，小弟却没有拿他二人之理。如今口说，诸兄心不自安，却有个不语的中人，取出来与列位看一看，方才放心。”雄信道：“请教。”叔宝在招文袋内取出应捕批来与雄信。雄信与众目同看，上面止有“陈达”、“牛金”两个名字，并无他人。咬金道：“刚刚是我两人，一些也不差，拜寿之后，同兄见刺史便了。”雄信把捕批交与叔宝。叔宝接来“豁”的一声，双手扯得粉碎。其时李玄邃与柴嗣昌两个来夺时，早就在灯上烧了。

自从独焰烧批后，慷慨声名天下闻。

毕竟不知如何，且听下回分解。

---

① 怀抱——心情，心绪。

第二十四回

豪杰庆千秋冰霜寿母　罡星祝一夕虎豹佳儿

诗曰：

君不见段卿倒用司农章，焚词田叔援梁王。丈夫作事胆如斗，肯因利害生忧惶？生轻谊始重，身殒名更香。莫令左儒笑我交谊薄，贪功卖友如豺狼。

智士多谋，勇士能断，天下事若经智人肠肚，毕竟也思量得周到。只是一瞻前顾后，审利图害，事如何做得成？惟是侠烈汉子，一时激发，便不顾后来如何结局，却也惊得一时人动。

当时秦叔宝只为朋友分上，也不想到烧了批，如何回复刘刺史？这些人见他一时慷慨，大半拜伏在地。叔宝也拜伏在地。只为：

世尽浮云态，君子济难心。
谊坚金石脆，情与海同深。

这时候止有个李玄邃，袖手攒眉，似有所思。柴嗣昌靠着椅儿，像个闲想。程咬金直立着不拜道："秦大哥，不是这等讲。自古道：自行作事自身当。这事是我做的，怎么累你？只是前日获不着我两个，尚且累你；如今失了批回，如何回话？这官儿怕不说你抗违党盗，这事怎了？况且我无妻子，止得一个老母。也亏做了这事，尤员外尽心供奉，饱食暖衣，你却何辜？倘有一些长短，丢下老母娇妻，谁人看管？如今我有一个计策，尤员外你只要尽心供奉我老母，我出脱了你，我一身承认了就是。杀官时原只有我，没有你。追赶解官，通名时也只有我，没有你，这可与解官面质得的。只我明日拜寿之后，自行出首就是。秦大哥失了批回，也不究了；若是烧了批回，放我二人，我们岂不感秦大哥恩德，却不是了局，枉自害了秦大哥。"

众人先时也都快活，听到烧了批回也不结局，枉累了秦叔宝这一片话，人都目睁口呆。只有李玄邃道："这事我在烧批时便想来。先时只恐秦大哥要救自己急，不肯放程知节，及见他肯放他两人时，我心中说，叔宝若解东都宇文恺处,我自去央人说情,可以保全不妨。不料烧了批。如今我为秦大哥想,来总管原在我先父帐下,我曾与他相厚;况叔宝亦曾与他效劳,我自往见来总管,要他说一个事故,取了叔宝去,这事便解了。"

伯当道:"也是一策。"程咬金道:"是便是,若来总管取得他去,便不发他下来了,况且不得我两个,不得这赃,州官要赔。这些官不楂银子家去罢了,肯拿出来赔?这是断断不放的。只是我出首便了!"叔宝道:"且慢,我自明日央一个大分上说:屡比不获,情愿赔赃,事也松得。"正是:

十万通神,有钱使鬼。

说甚铁面,也便唯唯。

却说柴嗣昌拍着手道:"这却二兄无忧,柴嗣昌一身任了罢!"众人跟前,柴嗣昌怎敢说这大话?却为刘刺史是他父亲知贡举时取的门生,柴嗣昌是通家兄弟,原是要来拜谢叔宝,打他抽丰做路费,撞在这事里,他也待做个白分上,总是刘刺史要赔赃,却不道有带来唐公酬谢叔宝银三千两,叔宝料不遽收,就将来赔了,岂不两尽?故此说这话道:"实不瞒诸兄说,刘刺史是我先父门生,我去解这危罢!"程咬金道:"就是通家弟兄,送了百十两银子便罢,如何肯听了自赔三千两皇银?"尤俊达道:"只要柴大哥说得不难为叔宝,银子我自措来。"柴嗣昌道:"这银子也在我身上,不须兄措得。众位且静坐饮酒,不可露了风声,为他人知觉,反费手脚。"正是:

神谋奇六出,指顾解重围。

好泛尊前醉,从教月影微。

单雄信道:"既是李大哥、柴大哥都肯认这节事,拜寿之后,两路并行,救他两人之急罢了。"众人仍又欢欢喜喜的,入席饮酒,分外欢畅,说了几许时话,吃了几多时酒。不觉将五鼓,叔宝先告辞回家。进城到自家门口,只见门还不闭,老母倚门而立,媳妇站在旁边。叔宝惊讶道:"母亲这早晚还立在门口何干?"老母把衣袖一洒,洋洋的径回里面坐下,眼中落泪。叔宝慌忙跪倒。老母道:"你这个冤家,在何处饮酒,这早晚方回,全不知儿行千里母担忧。虽不曾远出,你却有事在身上。昨日府中比较,我看见被打的人,街坊上纷纷的走过去,我心中何等苦楚,你却把我老母付于度外。"叔宝道:"孩儿怎敢忘母亲养育之恩,只是有一桩不得已事。"老母道:"什么不得已事?"叔宝道:"就是昔年潞州破格救孩儿的性命单员外,同许多朋友赶到齐州来,今日天明与母亲拜寿。”老母道:“既然如此,你且起来叫媳妇,现有远路尊客到家中,茶果小菜,不比寻常,都要安排精洁些。”

叔宝把做旗牌官管下共二十五名士兵,都唤到家中使用,同批捕盗的二友,请来代劳。樊建威是个粗人,着他收入盘盒礼物,打发行的脚钱。唐万仞写的字好,发领谢帖子,就开礼单记账;连巨真礼貌周旋,登堂拜寿的朋友,都是他迎接相陪,有走马到任的酒面,叔宝内外照管。却不止于西门外这班朋友,山东六府,远近都有人来,只这本地来总管标下,中军官差人送礼,同袍旗牌听用等官,俱登堂拜寿。齐州除正堂以下佐贰衙的官员并历城县,都要叔宝担捕盗的担子。二十四日顶限,解赴东都,只得奉承。也有差人送礼的,有登堂拜寿的。还有绿林中一班人,感叔宝周旋,不敢登堂拜寿,月初时黑夜入城,用折干礼物,单书姓名,隔墙投入。叔宝受有千金。如今见府县官员来拜寿,着人出城外去知会雄信等,缓着些进来,恐咬金说话露出些风声来,多有不便。

众人下处吃过了饭,到巳时以后,方才进城。十七位正客,手下倒有二十多人,礼物抬了一条街道。将近叔宝门首,叔宝与建威等重换衣服,降阶迎接。众人相见了,先将礼物抬将进去。此时门上结彩,堂前铺毡,天井里用布幔遮了日色,月台上摆十张桌子,尺头盘盒,俱安于桌上;果盘等件,就月台地下摆了;羊酒与鹅酒,俱放在丹墀下面。众人各捧礼单,立于滴水檐前,请老母拜寿。看堂上开寿域规模,屏门上面悬一面牌匾,写四个大字:“节寿双荣。”庭柱上一对联句,称老夫人操守:“历尽冰霜方见节,乐随松柏共齐年。”居中古铜鼎内焚好香,左右两张香儿,宝鼎焚香。左首供一轴工绘南极寿星图,右首供一幅细绣西池王母。檐前结五彩球门,两厢房鼓手奏乐。

叔宝到屏门边,请老母堂前与诸兄相见。老母出来,虽是六旬,儿子却在得意之秋。老母黄发童颜,穿一身道扮的素服,拿一串龙颔头的念珠,后边跟两个丫环。秦母近堂前举手道:“老身且不敢为礼。”先净手拈香,拜了天地,拜罢,转在主人的席边,方才开言道:“老身与小儿有何德能,感诸公远降,蓬荜生辉。诸位大人风霜远路,就此站拜了。”雄信领班登堂,众口同声道:“晚生辈不远千里而来,无以为敬,惟有一拜。”推金山倒玉柱,一群虎豹,罗拜于阶下。老母也跪下。那樊虎、唐万仞、连巨真,却不随班下拜，扯住了秦母两边衣袖，不容他还拜。叔宝却跪在母亲旁边，代老母还礼。雄信道："恐烦伯母，我等连叩八拜罢。"老母还礼起来称谢。众人却将各处礼单递与叔宝，献于老母亲看，安在居中桌上。老夫人道："诸位厚仪，却则反有不恭之罪。"吩咐秦琼都收了各家的寿轴，从屏门两边鹅毛扇挂将起来，惟工致者揭面。

雄信又上前道："老伯母在上，适才物鲜，不足与伯母为寿，还备得有寿酒在此，每人各敬三杯，以介眉寿。"叔宝道："单二哥，就是樊建威三位兄弟，还不曾赐家母的酒。家母年高，不要说大杯，就是小杯，也领不得许多。兄长吩咐，总领三杯便了。"李玄邃道："依单员外每人三杯太多，依叔宝总领三杯太少。我学生有个愚见：众朋友若是一个个来的，就该每人奉三杯了；若是一家来的，总只该奉三杯；我们也不是一家，也不是一个，各有一张礼单在此，照礼单奉酒，有一张礼单，奉三杯酒。"叔宝看礼单甚多："这等容小弟代饮。"伯当道："这个使得，母子同寿千秋。"

先是雄信的，这个单上的人多，八个人：单通、王勇、李密、童环、金甲、张公谨、史大奈、白显道，他这八人，九月十五二贤庄起身，礼单礼物，都是雄信办停当来的。老母见客众，却领两杯，叔宝代饮一杯。第二是柴绍，独一个礼单，老母也领了两杯，叔宝代饮一杯。次后尉迟南、尉迟北，却又重新讲起："小弟二人虽是一张礼单，却要奉六杯寿酒。"叔宝道："单二哥许多朋友，遵李兄之言，只赐三杯，贤昆玉却怎么又要破格？"尉迟兄弟道："小弟也说出理来。适才乱收礼物进去，却有我本官罗公书礼在内，愚兄弟奉公差遣，假公而济私来的，不要辱主人之命，先替我罗老爷奉过三杯，然后才尽我弟兄二人来意。"众人都道好，老夫人听得说是姑夫差官，勉强饮两杯，叔宝代饮四杯。却轮到尤俊达、程咬金。叔宝道："这位就是斑鸠店住的程一郎。"秦母失惊道："这就是程一郎！怎面庞一些不像了？记得乱离时，与令堂相依，两边通家，往还数年，后来令堂要往东阿，以后音信隔绝，不料今日相逢，令堂可好么？"咬金道："托庇粗安，令知节致意老伯母。"秦母又欢喜，吃了两杯，叔宝又代饮一杯。雄信又叫住了："还留主人陪我们盘桓，你本地方朋友，总只奉三杯罢。"还有张礼单，贾润甫城中的三友：樊虎、连明、唐万彻，共奉三杯。

寿酒已毕，老夫人称谢，吩咐叔宝："诸公远来光顾，须得通宵快饮。"老夫人进去，叔宝将二门都关了，各按次序而坐，都是贾柳家中叙过的，今日只多城里三人，又是那叔宝通家兄弟，都做主人。奏乐进酒，因酒无令不行，将雄信贺寿的词，做一酒令，每人执一大杯，饮一杯酒，念寿词一遍；一字差讹，则敬一杯。先是雄信首唱其词曰：

秋光将老，霜月何清皎。能傲寒惟香草，花凋虽暮景，和气如春晓，恍疑似西池阿母来蓬岛。杯浮玉女浆，盘列安期枣，绮筵上风光好。昂昂丈夫子，四海英名早，捧霞觞，愿期颐，长共花前笑。

众豪杰歌寿词，饮寿酒。词原是单雄信家李玄邃做来的，他两个不消讲记得。王伯当与张公谨，都曾见来，这两人文武全才，略略省记，也都不差。到柴嗣昌，不惟记得，抑且歌韵悠扬合调。贾润甫素通文墨，也还歌得。苦了是白显道、史大奈、尉迟南、尉迟北、尤俊达、金国俊、童佩之、樊建威一干等了，程咬金道："这明是作耍我了，我也不认得，念不来，吃几盅酒罢。"众人一齐笑了一番，开怀畅饮。

却说外厢这些手下仆从士兵，亦安排了几桌酒饭，陪着他们吃。忽听得外面叩门声甚急，一个士兵忙取火，开门出来一看，却是一个长大的道人，肩上背着一口宝剑。士兵道："你来做什么?"道人道："我化斋。"士兵道："斋是日里边化的，这是什么时候了，却来鬼混!"道人道："别人化斋是日里，我偏要在夜里化。"士兵道："里边有事，谁耐烦和你缠，请你出去罢!"把手向道人一推，只见士兵反自仰面一交，翻天的跌向照壁上去。这一响惊动了厢房这些士兵，与那手下仆从齐出来，这干人都是会动手动脚的，见跌倒了那个士兵，大家上前要打这道人。只见道人把手一格，一二十人纷纷的上堆，也似倒在尘埃。一个士兵忙进堂中，向席上去报知。叔宝见说便道："你们好不晓事，他要化斋，或荤或素，斋他一饱便了，值甚事大惊小怪?"樊建威道："秦大哥你自陪客，待弟出去看来。"

樊建威走到门首，只见那道人虎躯雄壮，一部髯须，知非常人，忙举手一恭道："老师还是实要化斋，还是别有话说?"道人道："我那里要化什么斋? 我是要会叔宝兄一面，与他说句话儿就去的。"樊建威道："既如此，老师少待，我去请他出来。"樊建威进来说了，叔宝方要出去，只见道人已到面前，叫道："那位是叔宝兄?"此时众豪杰看见，也都出位走下来。叔宝应道："小弟就是。"忙向道人作了揖。道人又问："那一位是二贤庄单雄信兄?"雄信道："小弟便是单通。"也与道人揖过。王伯当道："老师，我们人众，大家团揖了坐罢!"叔宝便问老师上姓。道人道："小弟姓徐，贱字洪客。”叔宝见说大喜道：“原来是徐洪客兄，何缘有辱降临？”单雄信道：“魏玄成时常道及老师，许多奇谋异术、文武才能，日夕企慕得紧。今幸一见，足慰平生。”叔宝就要安席敬酒。徐洪客道：“坐且少停，弟此来为庆老伯母大寿，此时不敢又动烦出阁，弟在山中，带得仙液香醪在此，烦兄送进去敬上老伯母，小弟在外遥拜便了。”便叫取一个空壶来，手下人忙把来放在桌上。徐洪客向袖中取出一个三四寸长的葫芦来，对天默念了几句，又将一指在葫芦外划了几划，揭起壶盖倾下，一时异香满室，烟浮篆结，热腾腾竟是一满壶香醪。徐洪客把一指在葫芦口边一击，即便住了，执壶在手道：“本欲就送进去，奈弟与叔宝兄乍会，恐有猜疑，待弟先自饮一杯。”就斟上一杯，自饮干了，又斟一杯，送与叔宝道：“兄亦先奉一杯，然后好烦兄送进去与老伯母增寿。”叔宝道：“承赐仙醪，家母尚未奉过，弟安敢先尝？”只见程咬金抢出来喊道：“待弟与秦大哥饮罢！”便举杯向口只一合饮干，觉得香流满颊，精回肺腑，便道：“可要再代一杯？”徐洪客道：“这未必了，且拿进去，奉过了老伯母，剩下的取来敬诸兄。”叔宝捧了壶，进里边去了，洪客向内拜了四拜起来。正是：

眉寿添筹献，香醪异味新。

不一时叔宝出来，对洪客拜道：“老母叫弟致谢徐兄天浆，家母已饮受三杯。剩下的叫秦琼分惠与诸兄长。”樊建威把徐洪客向内拜祝，说与叔宝知道。叔宝连忙又拜下去，洪客扯住，又在袖内取出一个葫芦来，向口内吹一口气，把壶瓶倾满，大家你一杯，我一盏，恰好轮到了叔宝主人家一杯，壶中方竭。众人吃了，个个赞美称奇。叔宝就定徐洪客在单雄信肩下坐了，众豪杰亦各就位。叔宝对徐洪客道：“前岁小弟公干长安，遇李药师，尝道吾兄大名。”雄信道：“洪客兄，你几时不会魏玄成了？”洪客道：“弟于前月望间，道过华山西岳庙，蒙玄成兄留弟住了一宵，说叔宝兄前年在潞州东岳庙染病，亏兄接秦兄到尊府调理好了，彼此相聚，约有半载。秦兄后边误遭人命，配入幽州，如今四五载，音信杳然，心甚挂念。玄成兄因庙中不能脱身，托弟附一札，到尊府相访，欲同来祝寿。尊价云爷已同诸位爷，往山东拜秦太太寿去了，故此弟连夜赶来，庆祝伯母荣寿。”说罢就在袖中取出魏玄成的两札来。

雄信拆开看了，不过说前日在潞州时，承兄护法光耀山门的意思。那叔宝一札，前边聊叙阔踪，中间道不及亲身奉祝之意，后边说来友徐洪客非等闲之人,嘱叔宝以法眼物色之;另具寿词一幅,颂祝冈陵。叔宝看完,纳入袖中道:“小弟当年在庙中抱病,亏他的药石调理;及弟在幽州,回到潞州,刚欲图报,玄成兄又到华山去了。许多隆情厚谊,尚未少酬,至今犹自歉然。”李玄邃道:“徐兄几时到这里的?”徐洪客道:“小弟下午方赶进城,寓在颜家店内。原拟明晨来拜秦伯母寿,因见巽方上今晚气色不佳,防有小灾,一路看觑,恰在这个里中,故此只得暮夜来奉陪诸兄。”众人见说,齐声问道:“什么灾星?”洪客答道:“诸兄少刻便知。”

众豪杰见徐洪客丰神潇洒,举动非常,都与谈论,劝他的酒。正在觥筹交错之时,只见徐洪客停着酒杯在案,把左眼往外一瞬,说道:“不好,灾星来了!”忙跳起身来,执着一杯酒,向月台站定,拔出背上宝剑,口中念念有词,喝声道:“疾!”把酒向空中一洒,一霎时狂风骤起,黑雾迷天,堂中灯烛,光摇影乱,众人正在惊疑,只听得外边喧嚷,进来报道:“不好了,左首邻家漏了火了!”叔宝与众人见说,忙要起身往外着人去救火,洪客止住道:“诸兄不要动,外边大雨了。”话未说完,只听得庭中倾盆大雨,倒将下来,足有一个时辰,却云收雨息,手下人进来说道:“恰好逢着一场大雨,把火都救灭了,不然必致延烧的了不得。”于是众豪杰愈钦服徐洪客。

其时正交五鼓,众人便起身谢别。洪客对叔宝道:“小弟明早不及登堂了。”叔宝道:“吾兄远临,诸兄又在此,再屈盘桓几日。”洪客道:“小弟因魏玄成常说,太原有天子气,故与刘文静兄相订,急欲到彼一晤,故此就要动身。”叔宝道:“既如此,弟亦欲修一札,去候文静兄,并欲作札致谢玄成,明早遣人送到尊寓。”洪客应允,众位齐声谢别出门。正是:

胜席本无常,盛筵难再得。

第二十五回

李玄邃关节全知己　柴嗣昌请托浼赃官

词曰：

天福英雄，早托与匡扶奇业。肯困他七尺雄躯，一腔义烈？事值颠危浑不惧，遇当生死心何慑。堪羡处，说甚胆如瓢，身似叶。　羞弹他无鱼铗，喜击他中流楫。每济困解纷，步凌荆聂。囊底青蚨尘土散，教胸中豪气烟云接。岂耽耽贪着千古名，一时侠。

——右调《满江红》

尝看天下忠臣义士身上，每每到摆脱不来处，所与他一条出路，绝处逢生。忠臣义士，虽不思量靠着天图个侥幸成功，也可知天心福善，君子落得为君子。叔宝一时意气，那里图有李玄邃、柴嗣昌两个为他周旋？不期天早周旋，埋伏这两路救应。当日饮够了半夜，单雄信一干回到贾润甫家歇宿；徐洪客到颜家店里，候叔宝的回札；樊建威等三人，各自回家。

雄信睡到天明，忙去催李、柴两个行事，两人分投而往。李玄邃去见来总管，明说为拜秦叔宝母亲寿诞而来，今叔宝因捕盗遭州中荼毒，要兄托甚名色，取了他来，以免此害。来总管道："此人了得，我也有心看他；但只是说两个毛贼，他去擒拿也不难，不料遭州中责比。只是目下要取他来，无个名色取来，留在帐下，州中还要来争。"想了一想道："有了。前日麻总管移文来道，督催河工将士，物故数多，要我这边发五百人抵补。我如今竟将他充做将领，给文与他前去，这是紧急公务，他如何留得住？他再来留，我自有话说。当先原只说他受贿，不肯捕贼，如今将他责比，只是捕不来，可知不是纵贼了。他州中自有捕人，怎挟私害我将官？我这边点下军士，叫他整束行装，只待文出就行便了。"留玄邃吃饭。玄邃再三不肯道："兄只周旋得秦旗牌，小弟感惠多了。"要留他在衙中盘桓几日，玄邃道："恐刘刺史申文到宇文恺处，害秦琼在彼处，为他周全，以此不便久留。"来总管只得佥了一张批，自到贾润甫家答拜，送与李玄邃，赠他下程折席盘费银数百两。叔宝这番呵：

汤网开三面，冥鸿不可求。

弋人何所慕，目断碧云头。

这厢柴嗣昌去见刘刺史，刺史因是座主之子，就留茶饭。倒是刘刺史先说起自己在齐州一廉如水，只吃得一口水。起解银两并不曾要他加耗。词讼多是赶散，并不罚赎。不料被响马劫去邻州协济银三千两，反要我州里赔。别无设处，连日追比捕人，并无消息，好生烦恼。柴嗣昌就趁势说道："正是捕人中有个秦琼，前奉差来长安，曾与八拜为交，昨来拜他母亲寿，闻他以此无辜受累，特来为他求一方便。"刘刺史道："仁兄不知，这秦琼他专一接受响马常例，养盗分赃，故此得夤充旗牌，交结远方众捕盗攻他；小弟又访得确实，故此责令他追捕。纵是追不着贼，他也赔得起赃。若依仁兄宽了他，贼毕竟拿不着，这项三千银子，必定小弟要赔了。明日小弟正待做文书，解他到东都总理宇文司空处去，今日兄吩咐小弟，止可宽他几限，使他得盗得赃罢了。"嗣昌道："我想东都只要银子去，人不解去，具文去也罢。"刘刺史道："正是这银子难得。小弟是赔不起，就要在本州属县搜括，凡可搜括得的，都是县官肉己钱，那个肯拿出来？故此不得比这干捕人。"

柴嗣昌看这刘刺史的意思，是要叔宝众人身上出这项银子的了，因笑一笑道："这等，不若待众捕人赔偿之一半，注销了此事罢。"刘刺史道："这如何注销得？即少一两，还是一宗未完，关着我考成[①]的。"柴嗣昌道："这等，待各捕盗赔了，完了这考成罢。"刘刺史道："论这干人，多赔也不难，且惯得贼人常例，就赔也应该。只是这干人都是东都讨解的，莫说解去是十死一生，只盘费也要若干。如今兄出题目，自要他赔赃，外再送兄五百，这个作小弟薄敬，小弟明日就不比较，听他纳银了。小弟还给一个执照与他，拿着贼时，一一追来给还。"柴嗣昌又含笑起身道："只恐这些穷人还不能全赔。"刘刺史道："这皇银断不可少，只要秦琼出一张认状，分派到众人身上，小弟自会追足。就是仁兄的谢礼，切不可听他诉说穷苦，便短少了。"柴嗣昌道："只要赔得赃完，小弟的心领了罢。"起身告别，刘刺史直送出府门。正是：

只要自己医疮，那管他们剜肉。

---

① 考成——在一定期限内考核官吏的政绩。

柴嗣昌回到贾家时，李玄邃已得了来总管送来批文，只待柴嗣昌来，问府中消息，同去见叔宝。两边相见，玄邃便把批与柴嗣昌看，说："正待同你见叔宝，叫他打叠起身。"柴嗣昌看了，叹一口气道："如今人薄武官，还是武官爽快。这些文官臭吝，体面虽好，却也刁钻，把一个免解，就做了一件大分上，大意要这干捕盗身上赔赃，说给与执照，待拿着贼时追给。"单雄信道："这也是果子话。但是这干捕盗，除了叔宝，樊建威、唐万仞、连巨真三个，想还家道稍可，其余这干穿在身上，吃在肚中，那一个拿得出银子的？"伯当道："这个须我们为他设处。"程咬金道："这不须讲得，原是我们拿去，还是我们补还。尤员外快家去，把原银倾过，用费些可补上，拿了来救秦大哥。"尤俊达也应声要去。柴嗣昌道："这是小弟说过，都在我身上。"张公谨道："岂有独累兄一人之理？"柴嗣昌道："不然，这也是秦大哥的银子。"伯当道："秦大哥几时有银子在你处？"柴嗣昌道："就是秦叔宝先时在楂树岗救了岳父，小弟在报德祠相会时，曾有书达知岳父，及至岳父有书差人送些银子来时，叔宝已回。逡巡① 至今，小弟方带得来。正拟拜寿后送去，还恐他是好汉子，为人不求报的，不肯收这银子，不若将来完了此事。"白显道与贾润甫道："此事最妙。"童环、金甲道："可见前日程兄有眼力，拦住厮杀，终久替他了事。"程咬金笑道："正是太便宜了我两个。"这是：

张公吃酒李公醉，楚国亡猿林木灾。

正谈时，听得外边喝道："是刘刺史来拜了。"众人都回避，独嗣昌相见，送了三两折程，三两折席。吃茶时，刘刺史道："所事我已着人放风去，先完了仁兄谢仪，然后小弟才立限收他银子免他解，给照与他。这分上若不是兄，断断不听。这五十余人解向东京，都是一个死，莫想得回来。"柴嗣昌道："小弟领仁兄情便了。"刘刺史道："兄不是这样说，务要他足数，不然是小弟谎兄了；且敝地寒苦，若舍了这桩分上，再没大分上，兄不可放松。"说罢，作别上轿去了。

仕途要术莫如悭，谁向知交赠一镮。

交际总交穷百姓，带他膏血过关山。

众人听了这番说话道："方才刘刺史教你不要放松，是甚事？"柴嗣昌

---

① 逡(qūn)巡——徘徊，辗转。

笑道:“他是叫我索他们谢礼五百两。这不要睬他,只说我已得便完了。”李玄邃道:“这等,你折了五百两了。”柴嗣昌叫家人带了银子,同单雄信、李玄邃、王伯当四人,竟到秦叔宝家中。樊建威因刘刺史差个心腹吏放风与他,要他们赔赃,且要出五百两银子,送柴嗣昌,极少也要三百两,慌做一团,赶来与叔宝计议。却值柴嗣昌四人到来,与樊建威见了礼,又与秦叔宝交相谢了;李玄邃却递出一张批文来,却是:

钦差齐州总管府来为公务事,仰本职督领本州骑兵五百名,并花名文册,前至钦差河道大总管麻处告投,不许迟延生事。所至津关,不得阻挡,须至批者。

大业六年九月二十三日行限日投右仰领军校尉秦琼准此

李玄邃道:“来总管一面整点人马,大约三日内,要兄启行了。”叔宝看了也不介意,只有樊建威失惊道:“恭喜仁兄,奉差即要荣行,脱离这苦门了,只是我们怎赔得这三千两银子,还要出五百两分上钱送柴兄?”单雄信道:“樊建威也知道了?”樊建威道:“小弟衙门中多有相知,柴兄讲时,就有人出来通信了。后边刘爷又差个吏来明说,甚是心焦,故此特来与叔宝兄计议。”王伯当道:“建威莫慌,柴大哥不惟不要你们分上钱,这三千两银子,还是他出。”樊建威道:“果有此事?”秦叔宝道:“有此事没有此理,我也不要柴兄出,也不要樊建威众人出,尽着家当赔官罢,不敷,我还有处借。”柴嗣昌道:“这宗银子,原也是足下的。”柴嗣昌便取出唐公书,从人将两个挂箱、一个拜匣、一个皮箱拿将过来。柴嗣昌道:“这是岳父手札,送到小弟处,兄已回久,后来小弟值事要面送,不曾来得,蹉跎至今。”叔宝启书,却是一个“侍生李渊顿首拜”名帖,又是一个副启,上写道:

关中之役,五内铭德,每恨图报无由。接小婿书,不胜欣快。谨具白金三千两,为将军寿。萍水有期,还当面谢。

叔宝看了作色道:“柴仁兄,这令岳小视我了,丈夫作事求报的么?”柴嗣昌赔着笑道:“秦兄固不望报,我岳父又可作昧德的么?既来之则安之。”单雄信道:“叔宝兄,这原不是你要他的,路上难行,也没个柴兄复带去的理。如今将来完此事,却又保全这五十余家身家,你并不得分毫,受而不受,你不要固执。”樊建威道:“叔宝兄放了现钟去买铜,这便是我们五十三家的性命在上边了。柴兄慨然,你也慨然。”叔宝犹在迟疑,单雄信道:“建威,叔宝他奉官差,就要起身,这银子你却收去完官。”王伯当道:

“分上钱，我这边柴大哥也出虚领了；只是我们这居间加一，管家这加一，不可少的。”众人一齐笑起来。叔宝道：“只是我心中不安。”自起身进里边，又拿出三百两银子，来对樊建威道：“我想刘刺史毕竟还要什么兑头火耗，并甚么路费贴垫你，一发拿这三百两银了去凑，不要累众人捕批，我也不去销了。”正是：

千金等一毛，高谊照千古。

樊建威道：“我一人也拿不去，你且收着，待我叫了唐万仞众人来，也见你一团豪气。”叔宝收了，就留他数人在家中吃酒。

正吃时，只见尤俊达与程咬金来辞。先时程咬金在路邀截柴嗣昌与杀败金、童两个，后来虽系俱是相与，心中也有些不安，到认了杀官劫掠时，明明供出个响马来了。咬金也便过了，尤俊达甚觉乏趣，勉强捱到拜寿，就要起身。程咬金道：“毕竟看得叔宝下落方去，不然岂有独累他之理。”及至柴、李两人回复，知道叔宝可保无事，尤俊达又恐前日晚间言语之际，走漏风息，被人缉捕，故此要先回；贾润甫亦要脱干系，懈懈相留，故此两人特来拜谢告别。叔宝又留了，同坐作饯。

樊建威在坐，两边都不提起。叔宝道：“本意还要留二兄盘桓数日，只为我后日就要起身，故不敢相留。”临行时，里面去取出些礼来，却是秦母送与程母的。吃到大醉，尤俊达、程咬金同单雄信等回店。到五更时，尤俊达与程咬金先起身去。

满地霜华映月明，喔咿远近遍鸡声。

困鳞脱网游偏疾，病鸟惊弦身更轻。

次日早，秦叔宝知刘刺史处只要赔赃，料不要他，他就挺身去谢来总管，辞他。来总管道：“我当日一时不能执持，令你受了许多凌辱，如今你且去。罗老将军、李玄邃分上，回时我还着实看你，你也是不久人下的人。”叔宝叩辞了出来，复大设宴，请北来朋友，也是贾润甫、樊建威、唐万仞、连巨真陪。这三人感谢柴嗣昌不尽。不知若不为秦叔宝，柴嗣昌如何肯出这部酣力？叔宝又浼[①] 李玄邃作三封书：一封托柴嗣昌回唐公；一封附尉迟南，答罗行台，有礼与他姑娘姑夫；又有书与罗家表弟。一班意气朋友这一日传杯弄盏，话旧谈心，更比平时畅快。

---

① 浼(měi)——请托。

杯移飞落月，酒溢泛初霞。

谈剧不知夜，深林噪晓鸦。

吃到天明，还没有散。外边人马喧阗①，是这五百人来参谒。叔宝换了戎服在厅上，吩咐止叫队什长进见。恰是十个队长五十个什长，斑斑斓斓的摆了一天井，都叩了头。叔宝道："来爷吩咐，只在明日起行，你们已领行粮，可作速准备行李，明日巳时在西门伺候。"众人应了一声散去。单雄信对叔宝道："前日说的求荣不在朱门下，若如此也不妨。"叔宝道："遇了李、柴二仁兄，可谓因祸得福。"李玄邃道："大丈夫事业正不可量。"众人都到寓所取礼来贺。叔宝也都送有赆② 礼，彼此俱不肯收。伯当道："叔宝连日忙，我们不要在此鬼混，也等他去收拾收拾行李，也与老嫂讲两句话儿。明日叔宝兄出西门，打从我寓所过，明日在彼相送罢。"众人一笑而散。

果然叔宝在家收拾了行李，措置了些家事，叫樊建威众人取了赔赃的这项银子去。到不得明日巳时，队什长都全装贯带来迎，请他起身。叔宝烧了一陌纸，拜别了母妻，却是缠综大帽，红刺绣通袖金闹装带，骑上黄骠马。这五十人列着队伍，出西门来，与那青衣小帽在州中比较时，大似不同了。集古：

萧萧班马鸣，宝剑倚天横。

丈夫誓许国，胜作一书生。

出得西门，到吊桥边，两下都是从行军士排围。那市尽头有座迎恩寺，叔宝下了马，进到寺里。恐有不到的，取花名册一一点了。又捐己资，队长每人三钱，什长二钱，散兵一钱；犒赏也费五六十两银子。内中选二十名精壮的做家丁，随身跟用，另有赏。事完，先是他同袍旗牌都来饯送，递了三杯酒作别了。次后是单雄信一干，也递了三杯酒。叔宝道："承诸公远来，该候诸公启行才去为是；只奈因玄邃兄提掇得这一差事，期限迫近，不能担延。"又对柴嗣昌道："柴大哥，刘刺史处再周旋，莫因弟去还赔累樊建威兄弟。"柴嗣昌道："小弟还要为他取执照，不必兄长费心。"对着尉迟兄弟说："家姑丈处烦为致意，公事所羁，不得躬谢。"对伯当及众人

---

① 喧阗(tián)——喧哗，拥挤。阗，充满。

② 赆(jìn)——临别时赠送的财物。

道:“难得众兄弟聚在一处,正好盘桓,不料又有此别。”对贾润甫、樊建威道:“家中老母,凡百周旋。”与众人作别上了马,三个大铳起行。

相逢一笑间,不料还成别。

回首盼枫林,尽洒离人血。

去后,柴嗣昌在齐州结了赔赃的局,一齐起身。贾润甫处都有厚赠。柴嗣昌自往汾阳。尉迟兄弟、史大奈他三个却是官身,不敢十分耽搁,与张公谨、白显道也只得同走幽州去了。止剩李玄邃、王伯当、单雄信、金国俊、童佩之五位豪杰在路。

未知后事如何,且听下回分解。

第二十六回

窦小姐易[1] 服走他乡　许太监空身入虎穴

词曰：

泪湿郊原芳草路，唱到阳关愁聚。撒手平分取，一鞭骄马疏林觑。雷填风飒堪惊异，倏忽荆榛满地。今夜山凹里，梦魂安得空回去。

——右调《惜分飞》

人生天地间，有盛必有衰，有聚必有散。处承平之世，人人思安享守业，共乐升平。若处昏淫之世，凡有一材一艺之士，个个思量寻一番事业，讨一番烦恼；或聚在一处，或散于四方，谁肯株守林泉，老死牖[2] 下？

再说金国俊、童佩之，恐怕衙门有事，亦先告别，赶回潞州去了。单雄信、王伯当、李玄邃，他三人是无拘无束，心上没有甚要紧，逢山玩山，逢水玩水，一路游览。不觉多时，出了临淄界口。李玄邃道："单二哥，我们今番会过，不知何日重聚？本该送兄回府，恐家间有事，只得要在此分路了。"王伯当道："弟亦离家日久，良晤非遥，大约来岁，少不得还要来候兄。"单雄信依依不舍，便道："二兄如不肯到我小庄去，也不是这个别法，且到前面去寻一个所在，我们痛饮一回，然后分手。"伯当、玄邃道："说得有理。"大家放辔前行。雄信把手指道："前面乃是鲍山，乃管鲍分金[3] 之地。弟与二兄情虽不足，义尚有余，当于此地快饮三杯何如？"伯当、玄邃应声道："好。"举头一望，只见：

山原高耸，气接层楼。绿树森森，隐隐时闻虎啸；青杨袅袅，飞飞目送莺啼。真个是为卫水兮禽翔，鲸鲵踊兮夹毂。

---

① 易——换，变更。

② 牖(yǒu)——窗户。

③ 管鲍分金——《列子》载，管仲少时贫困，与鲍叔牙一起做买卖。每次分红时，管都多留给自己。鲍不仅不怪，反说管这样做不是贪，而是贫，是需要。后以比喻相知的深厚。

这鲍山脚下，止不过三四十人家，中间一个酒肆，斜挑着酒帘在外。三人下了牲口，到了店门首，见有三四个牲口，先在草棚下上料。店主人忙出来接进草堂，拂面洗尘。雄信对主人问道："门外牲口，客人又下在何处？"店主把手指道："就在左首一间洁净房里饮酒。"雄信正要去来时，只见侧门里早有一人探出头来。伯当瞥眼一认笑道："原来是李贤弟在此。"李如圭看见，忙叫道："众兄弟出来，伯当兄在此。"齐国远忙走出来，大家叙礼过。伯当问道："为何你们二位在此？"李如圭道："这话且慢讲。里边还有一位好朋友在内，待我请他出来见了才说。"便向门内叫道："窦大哥出来，潞州单二哥在此。"只见气昂昂走出伟然一丈夫来。李如圭道："这是贝州窦建德兄。"单雄信道："前岁刘黑闼兄，承他到山庄来，道及窦兄尚义雄豪，久切瞻仰，今日一见，实慰平生。"雄信忙叫人铺毡，六人重新彼此交拜。伯当对如圭、国远道："你二位在少华山快活，为何到此？"李如圭道："弟与兄别后，即往清河访一敝友，不想被一个卢明月来占据，齐兄又抵敌他不过，只得弃了，迁到桃花山来。遣孩子们① 到清河报知，直至前日，弟方得还山。齐兄弟打听得单二哥传令，邀请众朋友到山东，与秦伯母上寿。窦大哥久慕叔宝与三兄义气，恰值在山说起，他趁便要往齐郡，访伊左孝友，兼识荆诸兄一面，故此同来。不知三兄是拜过了寿回来，还是至今日方去？"李玄邃道："叔宝兄已不在家，奉差公出矣。"齐国远道："他又往那里去了？"单雄信道："这话甚长。"见堂中已摆上酒席。"我们且吃几杯酒，然后说与三兄知道。"

大家入席，饮过三杯。如圭又问："秦大哥有何公干出外？"王伯当停杯，把豪杰备礼、同进山东，至贾润甫店请叔宝出城相会，席间程咬金认盗、秦叔宝烧捕批的事叙说一遍。齐国远听见，喜得手舞足蹈，拍案狂叫爽快。李如圭道："叔宝与程咬金，真天下一对快人，真大豪杰。四海朋友，不与此二人结纳者，非丈夫也！后来便怎么样？"王伯当又将李玄邃去见来总管，移文唤取；柴嗣昌去求刘刺史，许多勒掯征赃，幸得唐公处三千金，移赠叔宝，方得完局起身。说完，只见窦建德击案叹恨道："国家这些赃狗，少不得一个个在我们弟兄手里杀尽！"李如圭道："又触动了窦大哥的心事来了。"李玄邃道："窦兄有何心事，亦求试说一番。"

---

① 孩子们——这里指喽兵。

窦建德道："小弟附居贝州，薄有家业，因遭两先人弃世，弟性粗豪，不务生产，仅存二三千金，聊为糊口。去岁拙荆① 亡过，秋杪往河间探亲，不意朝庭差官点选绣女，州中市宦村民，俱挨图开报，分上中下三等。小女线娘，年方十三，色艺双绝，好读韬略，闺中时舞一剑，竟若游龙。弟止生此女，如同掌珠。晓得小女尚未有人家，竟把他报在一等里边。小女晓得，即便变产，将一二百金，托人挽回，希图豁免。可奈州官与阉狗坚执不允，小女闻知，尽将家产货卖，招集亡命，竟要与州吏差官对垒起来，幸亏家中寡嫂与舍侄立止。弟亦闻信赶回，费了千金有余，方才允免。恐后捕及，只得将小女与寡嫂离州，暂时寄居介休张善士舍亲处。因道遇齐、李二兄，彼此聚义同行。"

单雄信道："叔宝今已不在家，今三兄去也无人接待；莫若到在小庄去畅饮几天，暂放襟怀何如?"又向伯当、玄邃道："本欲要放二兄回去，今恰遇三兄，二兄只算奉陪三兄，再盘桓几日。"伯当与玄邃不好再辞，只得应允。齐国远便道："大家同去有些兴。我们要认一认尊府，日后好常来相聚。"李如圭道："既如此，快取饭来用了，好赶路造② 府。"众豪杰用完了饭，单雄信叫人到柜会账，连齐国远三位先吃的酒钱，一并算还了。

众人出了店门，跨上牲口，加鞭赶路。行不多几里，只见道旁石上，有个老者，曲肱睡在那里，被囊撇在身旁。窦建德看见，好像老仆窦成模样，跳下牲口，仔细一看，正是窦成，心中吃了一惊，忙道："窦成，你为何在此?"那老者把眼一擦，认得是家主，便道："谢天地遇着了家主。大爷出门之后，就有贝州人传说，州里因选不出个出色女子，官吏重新又要来搜求，见我们躲避，便叫人四下查访。姑娘见消息不好，故着老奴连夜起身，来赶大爷回去。"其时五人俱下牲口，站在道旁。窦建德执着单雄信的手道："承兄错爱，不弃愚劣，本当陪诸兄造府一拜，奈弟一时方寸已乱，急欲回去，看觑小女下落，再来登堂奉候。"李玄邃道："刚得识荆，又要云别，一时山灵为之黯然。"单雄信道："这是吾兄正事，弟亦不敢强留；但弟有一句话：隋朝虽是天子荒淫，佞臣残刻，然四方勤王③ 之师尚众，还该忍一时

① 拙荆——对别人谦称己妻，也作"拙内"。

② 造——访。

③ 勤王——古时王室受到内乱外患威胁时，军队出兵救援。

之忿，避其乱政为是。倘介休不能安顿，不妨携令爱到敝庄与小女同居①，万无他虑，就是兄要他往，亦差免内顾。”齐国远道：“单二哥那里不要说几个赃狗，就是隋朝皇帝亲自到门，单二哥也未必就肯与他。”王伯当道：“窦大哥，单兄之言，肺腑之论，兄作速回到介休去罢。”雄信又向伯当、玄邃道：“四海兄弟，忝在一拜，便成骨肉。弟欲烦二兄枉道，同窦兄介休去；二兄才干敏捷，不比弟粗鲁，看彼事体若何，我们兄弟方才放心。”便对自己手下人道：“你剩下的盘费，取一封来。”手下人忙在腰间取出奉上。雄信接在手里，内中拣一个能干的伴当与他道：“这五十两银子，你拿去盘缠。三位爷到介休去，另寻个下处，不可寓在窦大爷寓所。打听窦小姐的事体无恙，或别有变动，火速回来报我。”家人应诺。窦建德对雄信、国远、如圭谢别，同伯当、玄邃上马去了。正是：

异姓情何切，阋墙实可羞。

纸因敦义气，不与世蜉蝣。

雄信见三人去了，对国远、如圭道：“你们二位兄弟，没甚要紧，到我家去走走。”李如圭道：“我们丢这些孩子在山上，心也放不下，不若大家散了再会罢。”雄信见说，也便别过，兜转马进潞州去了。

齐国远在马上对李如圭道：“刚才我们同窦大哥到来，不想单二哥倒叫他两个伴去，难道我两个毕竟是个粗人，再做不来事业②？”李如圭道：“我也在这里想，我们两个，或者粗中生出细来，亦未可知。我与你作速赶回到山寨里去看一看，也往介休去打听窦大哥令爱消息，或者他们三人做不来，我们两个倒做得来，后日单二哥晓得了，也见得齐国远、李如圭不单是杀人放火，原来有用的。”二人在路上商议停当，连夜奔回山寨，料理了，跟了③ 两个小喽啰，抄近路赶到介休来。

原来窦小姐见事势不妥，窦成起身两日后，自己即便改装了男子，同婶娘兄弟潜出介休，恰好路上撞见了父亲。建德喜极。伯当、玄邃即撺掇建德，送往二贤庄去了。

再说李如圭同齐国远，赶到介休，在城外寻了个僻静下处，安顿了行

---

① 同居——一同居住。

② 事业——这里即“事儿”。

③ 跟了——这里即“率领”，是“两个小喽啰跟了”。

李。次日进城中访察，并不见伯当、玄邃二人，亦不晓得那张善士住在何处。东穿西撞，但闻街谈巷语，东一堆西一簇，说某家送了几千两，某家送了几百两，可惜河西夏家独养女儿，把家私费完了，止凑得五百金，那差官到底不肯免，竟点了入册。听来听去，总是点绣女的话头。二人走了几条街巷，不耐烦了，转入一个小肆中饮酒。

只见两个老人家，亦进店来坐下，敲着桌子要酒，口里说道："这个瘟世界，那里说起，弄出这条旨意来！扰得大家小户，哭哭啼啼，日夜不宁。"那一个道："册籍如今已定了，可惜我们的甥女不能挽回，但恨这个贪赃阉狗，又没有妻儿妇女，要这许多银子何用？"李如圭道："请问你老人家，如今天使[①] 驻扎在何处？"一老人答道："刚才在县里起身，往永宁州去了。"李如圭见说，低头想了一想，把手向齐国远捏上一把，即便起身，还了酒钱，出门赶到城外下处，叫手下捎了行李，即欲登程。齐国远道："窦兄尚未有下落，为何这等要紧起身？"李如圭道："窦兄又没处找寻，今有一桩大生意，我同你去做。"便向齐国远耳边说道："须如此如此而行，岂不是一桩好买卖？你如今带了孩子们走西山小路，穿过宁乡县，到石楼地方，有一处地名清虚阁，他们必至那里歇马。你须恁般恁般停当，不得有误。我今星飞到寨，选几个能干了得的人，兼取了要紧的物件来，穿到石楼，在清虚阁十里内，会你行事。"说完大家上马，到前面分路去了。正是：

　　虽非诸葛良谋，亦算隆中巧策。

却说钦差正使许庭辅在介休起身，先差兵士打马前牌到永宁州去；自己乘了暖轿，十来个扈从[②]，又是十来名防送官兵，一路里慢慢的行来。在路住了两日，那日午牌时候，离永宁尚有五十余里远，清虚阁尚有三四里，只见：

　　狂风骤起，怪雾迷天。山摇岳动，倏忽虎啸龙吟；树乱砂飞，顷刻猿惊兔走。霎时尽唱行路难，一任石尤师伯舞。

一行人在路上，遇着这疾风暴雨，个个淋得遍身透湿。望着了清虚阁，巴不能进内避过。

原来那清虚阁共有两三进，里边是三间小阁，外边是三间敞轩，一个

---

① 天使——这里指钦差。

② 扈(hù)从——原指帝王出巡时的护驾，后亦指一般随从。

老僧住在后边看守。一行人进内安放了。天使在阁上坐了，众人把衣服卸下来，取些柴火，在地煨烘。只见门外四五个车辆，载着许多熟猪、肥羊、鸟、鹅、火烧、馍馍等类，一二十盘，另有十六样一个盘盒，是天使用的；四五坛老酒，摆列在地。一个官儿，手里拿着揭帖，进来说道："永宁州驿丞，差送下马饭来，迎接天使大老爷。"众人见说，忙引他到阁上去相见。那官儿跪下去道："小官永宁州驿丞贾文参见天使大老爷。"把禀揭礼单送上去看了，说声"起来"，便问："这里到州，还有多少路？"驿丞答道："尚有四五十里。永里太爷，恐怕大老爷鞍马劳顿，故此先着小官来伺候。"众人把食盒放在桌上，抬近身来，安上杯箸。天使吩咐手下："把下边这些食物，你们同兵卫一齐吃了罢！"众人见说，即便下阁去了；尚有两个近身小内监，站在后边。那驿丞道："二位爷也下阁去用些酒饭，这里小官在此伺候。"两个见说，也就到下边去了。

吃不多时，只见走上一个大汉，捧上一壶热酒，丢了一个眼色去了。那驿丞忙把大杯斟满，跪下去道："外边风色甚紧，求大老爷开怀，用一大杯。"那天使道："你这官儿甚好，咱到后日回去，替部里说了，升你一个州官。"那驿丞打一个半跪道："多谢大老爷天恩。"正说时，只见天使饮干了酒，一交跌倒在地。原来那驿丞就是李如圭假装的。齐国远管待手下人，见他们吃了些时，就将蒙汗药倾在酒里，一个个劝上一杯，尽皆跌倒。李如圭叫众喽啰，把天使抬下来，与那两个小内监多背剪了，把天使缚在轿中，将小内监扶上马，把这些东西尽皆弃了，跨上牲口，连夜赶上山来。

当时许庭辅在轿中，一觉直睡到更余时候，方才醒来；见两手背剪住了，身子捆缚在轿中，活动不得，着了急，口中乱喊乱叫："是什么意思，把咱这般搬弄！"那山凹里随你喊破了喉，谁来睬你，只得由他抬到山下。其时东方发白。有人掀起轿帘，扶了许庭辅出来，往外一观，只见那两个亲随太监，也绑缚了站在面前。大家见了，面面相觑，不敢则声。只听得三个大炮，面前三四十个强盗，簇拥着许庭辅与两个小太监，进了山寨。上边刀枪密密，杀气腾腾，三间草堂，居中两把虎皮交椅，李如圭换了包巾扎袖，身穿红锦战袍坐在上面。许庭辅偷眼一认，却就是昨日的驿丞，吓得魂飞魄散，只得跪将下去。

李如圭在上面说道："你这阉狗，朝廷差你钦点绣女，虽是君王的旨意，也该体恤民情，为甚要诈人家银子几千几百，弄得远近大小门户，人离财散?”许庭辅道:“大王,咱那里要百姓的? 这是府县吏胥,借题婪贿,咱何尝受他毫厘?”李如圭喝道:“放屁! 我一路打听得实,还要强口[①]。孩子们拿这阉狗下去砍了罢! 留着这两个小没鸡巴的我们受用。”许庭辅听见,垂泪哀求。只见外边报道:“二大王回来了。”原来齐国远劫了天使来,恐怕护兵醒来劫夺,领着喽啰在半路埋伏了多时,然后还山。见他三人跪在阶前,便道:“李大哥为什么这般弄松[②]? 倘日后朝廷招安,我们还要仰仗他哩。”李如圭笑道:“昨日在清虚阁,我也曾跪他,敬他的酒;如今戏耍他一番,只算扯直。”

两个忙下来,替他去了绑缚绳索,搀入草堂叙礼,口称“有罪”、“冒犯”,就吩咐孩子们:“快摆酒席,与公公压惊。”众喽啰搬出肴馔,安放停当。三人入席坐定,酒过三杯,许庭辅道:“二位好汉,不知有何见教,拿咱到山来?”李如圭道:“公公在上,我们弟兄两个,踞住此山有年,打家劫舍,附近州县,俱已骚扰遍了。目下因各处我辈甚多,客商竟无往来,山中粮草不敷,意欲向公公处暂挪万金,稍充粮响,望公公幸勿推诿。”许庭辅道:“咱奉差出都,不比客商带了金银出门,就是所过州县官,送些体面贽礼[③],也是有限,那有准千准百存下取来可以孝敬你们?”齐国远见说,把双睛弹出说道:“公公,我实对你说,你若好好拿一万银子来,我们便佛眼相看,放你回去;如若再说半个没有,你这颗头颅,不要想留在项[④]上!”说罢,腰间拔出明晃晃的宝刀,放在桌上。李如圭道:“公公不要这等吓呆了,你到外边去,与两个尊价私议一议。”

许庭辅起身,同两个小太监到月台上,一个是满眼流泪,一句话也说不出。那个大些的说道:“如今哭也无益,强盗只要银子,老公公肯拿些与他,三人就太平无事回去了;稍不遂意,不说要头颅,连这几根骨头也无人来收拾。这些人杀人不眨眼的,那希罕我们三个?”许庭辅听了这番说话,又见两人这般光景,便道:“既如此说,我去求他,放你到州里去报知,看这班官吏如何商议;如他拿不出这许多,只得将我寄在各府各县库上的银子

---

① 强(jiàng)口——顶嘴,犟嘴。

② 弄松——捉弄。亦作“弄送”、“弄耸”。

③ 贽(zhì)礼——初次拜见上司或长者时所送的礼物。

④ 项——脖子。

取来罢。"说了要打发一个起身。李如圭叫喽啰拿酒饭，与那个大些的内监吃饱了，又取出一锭银子来赏了他，对他说道："你叫什么？"那内监道："小的叫周全。"李如圭道："好，这一锭银子，赏你做盘费的。限你五日内，拿银子来赎你家主人；若五日内不见来，这里主仆两个，休想得活了。"叫手下把他在清虚阁骑来的马，原骑了去；着两个喽啰，送他下山。许庭辅与那小内监锁在一间阱房内，好酒好肉管待他。

说那内监周全骑着马跑到清虚阁边，只见阁门封锁，并无一人，只得问到州里。那州官因报知强盗劫了天使，着了忙，如飞到清虚阁看验了，把老和尚与地方及护送兵卫带进州里，忙申文到汾州府里去。府官着了急，连夜就赶到州中。此时各官正在那里勘问地方与老和尚，只见内监周全回来，众官儿都起身来盘问他。内监周全把桃花山强盗如何长短，一一告诉。众官儿听见，个个如同泥塑，且把和尚地方保出在外，大家从长商议。有的说道："这事必须申文上台，动疏会兵征剿。"有的说道："强盗只要银子。"又有一个说道："倘然送了五百又要一千，送了一千又要二千，这宗银子出在那一项？莫若再宽缓几日，看见我们不拿银子去了，要他这两个人何用，自然放下山来。"那汾州府官道："不是这等讲，这几个钦差内官，多是朝廷的宠臣，倘然在我们地方上有些差失，不但革识问罪，连身家性命，亦不能保，岂止降级罚俸？莫若且在库中暂挪一职二千金送去，赎了天使回来，弥缝这节事再处。"大家在库中撮出二千金，叫人扛了，同周全到山。那齐国远、李如圭只是不肯，许庭辅只得吩咐自己又凑出三千金，再四哀求，方才放下山来。自此许庭辅所过州县，愈加装模做样，要人家银子，千方百计，点选了许多绣女，然后起身。可见世上有义气的强盗，原少不得。正是：

只道地中多猛虎，谁知此地出贪狼。

第二十七回

穷土木炀帝逞豪华　思净身王义得佳偶

词曰：

日食三餐，夜眠七尺，所求此外无他。问君何事，苦苦竞繁华？试想江南富贵，临春与结绮交加。到头来，身为亡虏，妻妾委泥沙。

何似唐虞际，茅茨不剪，饮水衣麻。享芳名万载，其乐无涯。叹息世人不悟，只知认白骨为家。闹烘烘争强道胜，谁识眼前花？

——右调《满庭芳》

天下物力有限，人心无穷。论起人君，富有四海，便有同作，亦何损于民。不知那一件不是民财买办，那一件不是民力转输？且中间虚冒侵克，那一节不在小民身上？为君的在深宫中，不晓得今日兴宫，明日造殿，今日搭阁，明日筑楼，有宫殿楼阁，便有宫殿上的装饰，宫殿前的点缀，宫殿中的陈设，岂止一土木了事？毕竟到骚扰天下而后止。

如今再说炀帝荒淫之念，日觉愈炽，初命侍卫许庭辅等十人点选绣女；又命宇文恺营显仁宫于洛阳；又令麻叔谋、令狐连开通各处河道；又要幸洛阳，又思游江都。弄得这些百姓东奔西驰，不是驱使建造，定是力役河工，各色采办。各官府州县邑，如同鼎沸。莫说大家作事，尚且不难，何况朝廷，不过多费几百万银子，苦了海内百姓的气力。不多几时，东京的地方广阔，不但一座显仁宫先已告竣；那虞世基还要凑朝廷的意思，飞章上报说："显仁宫虽已告成，恐一宫不足以广圣驭游幸，臣又在宫西择丰厚之地，筑一苑囿，方足以备宸① 游。"炀帝览奏大喜，敕虞世基道："卿奏深得朕心，着任意揆度建造，不得苟简，以辜朕意。"

于是南半边开了五个湖，每湖方圆十里，四围尽种奇花异草。湖旁筑几条长堤，堤上百步一亭，五十步一榭。两边尽栽桃花，夹岸柳叶分行。造些龙船凤舸，在内荡漾中流。北边掘一个北海，周围四十里，筑渠与五

---

① 宸(chén)——原指帝王居住的地方，后引申为帝位、帝王的代称。

湖相通。海中造起三座山：一座蓬莱，一座方丈，一座瀛洲，像海上三神山一般。山上楼台殿阁，四围掩映。山顶高出百丈，可以回眺西京，又可远望江南湖海。交界中间却造正殿，海北一带，委委曲曲，凿一道长渠，引接外边为活水，潆洄婉转，曲通于海。傍渠胜处，便造一院，一带相沿十六院，以便停流美人在内供奉。苑墙上都以琉璃作瓦，紫脂泥壁。三山都用长峰怪石，叠得嶙嶙峋峋；台榭尽是奇材异料，金装银裹，浑如锦绣裁成、珠玑造就。其中桃成蹊，李列径，梅花环屋，芙蓉绕堤，仙鹤成行，锦鸡作对，金猿共啸，青鹿交游，就像天地间开辟生成的一般。又不知坑害多少性命，又耗费了多少钱粮，方得完成。虞世基即便上表，请炀帝亲临观看。

炀帝见表来请，以观落成，满心欢喜。即便择日，同萧后带领众宫妃妾，发车驾竟望东京而来。不一日，先到了显仁宫。早有宇文恺、封德彝二人接住，朝见过，遂引了炀帝御驾，从正宫门首一层层看将进来。但见：

飞栋冲霄，连楹接汉。画梁直拂星辰，阁道横穿日月。琼门玉户，恍然阆苑仙家；金殿瑶阶，俨似九天帝阙。帘栊回合，锁万里之祥云；香气氤氲，结一天之瑞霭。真个是影鹅池上好风流，鳷鹊楼中多富贵。

炀帝看见楼台华丽，殿阁峥嵘，四方朝贡，亦足以临之，不胜大悦。便道："二卿之功大矣！"即命取金帛表里厚赐二人，就留二人在后院饮酒。正是：

莫言天道善人亲，骄主从来宠佞臣。
不是夸强兴土木，何缘南幸不回轮。

炀帝在显仁宫游玩了数日，又厌烦了；驾了飞辇，同萧后与众嫔妃到西苑中来。少不得那宇文恺、封德彝二佞臣，亦便伴驾。到得苑中，只见：

五湖荡漾，北海波摇。三神山佳气葱笼，十六院风光淡爽。真个是九洲仙岛，极乐琼宫。

后人有诗，单道这五湖之妙，云：

五湖湖水碧浮烟，不是花围便柳牵。
常恐君王过湖去，玉箫金管满龙船。

又有诗道这北海之妙，云：

北海涵虚混太空，跳波逐浪遍鱼龙。
三山日暮祥云合，疑是仙人咫尺逢。

又有诗道这三山之妙，云：

三山万叠海中浮，云雾纵横十二楼。
莫讶福来人世里，若无仙骨亦难游。

又有诗道这长渠之妙，云：

透迤碧水连长渠，院院临渠花压居。
不是宫人争斗丽，要留天子夜回车。

又有诗道这楼台亭榭之妙，云：

十步楼台五步亭，柳遮花映锦围屏。
传宣夜半烧银烛，远近高低烂若星。

炀帝一一看遍，满心欢喜道："此苑造得大称朕心，卿功不小。"虞世基奏道："此乃陛下福德所致，天地鬼神效灵，小臣何功之有？"炀帝又道："五湖十六院，可曾有名？"虞世基道："微臣焉敢自专，伏乞陛下圣裁。"炀帝遂命驾到各处细看了，方才一一定名。

东湖，因四围种的都是碧柳，又见两山的翠微，与波光相映，遂名为"翠光湖"。

南湖，因有高楼夹岸，倒射日光入湖，遂名为"迎阳湖"。

西湖，因有芙蓉临水，黄菊满山，又有白鹭青鸥，时时往来，遂名为"金光湖"。

北湖，因有许多白石若怪兽，高高下下，横在水中，微风一动，清沁人心，遂名为"洁水湖"。

中湖，因四围宽阔，月光照人，宛若水天相接，遂名为"明广湖"。

第一院，因南轩高敞，时时有薰风流入，遂名为"景明院"。

第二院，因有朱栏屈曲，回压绡窗，朝日上时，百花妩媚，遂名为"迎晖院"。

第三院，因有碧梧数株，流阴满地，金风初度，叶叶有声，遂名为"秋声院"。

第四院，因将西京的杨梅移入，开花若朝霞，遂名为"晨光院"。

第五院，因酸枣县进玉李一株，开花纯白，丽胜彩霞，遂名为"明霞院"。

第六院，因有长松数株，围围如盖，罩定满院，遂名为"翠华院"。

第七院，因隔水造起一片石壁，壁上苔痕，纵横如天成的一幅书图，遂名为"文安院"。

第八院，因桃杏列为锦屏，花茵铺为绣褥，流水鸣琴，新莺奏管，遂名为"积珍院"。

第九院，因长渠中碎石砌底，簇起许多细细波纹，日光映照，射入帘栊，连枕上都有五色之痕，遂名为"影纹院"。

第十院，因四围疏竹环绕，中间突出一座丹阁，就像凤鸣一般，遂名为"仪凤院"。

第十一院，因左边是山，右边是水，取乐山乐水之意，遂名为"仁智院"。

第十二院，因乱石叠断出路，惟小舟缘渠方能入去，中间桃花流水，别是一天，遂名为"清修院"。

第十三院，因种了许多衹树，尽似黄金布地，就像寺院一般，遂名为"宝林院"。

第十四院，因有桃蹊桂阁，春可以纳和风，夏可以玩明月，遂名为"和明院"。

第十五院，因繁花细柳，凝阴如绮，遂名为"绮阴院"。

第十六院，因有梅花绕屋，楼台向暖，凭栏赏雪，了不知寒，遂名为"降阳院"。

长渠一道，逶迤如龙，楼台亭榭，鳞甲相似，遂名为"龙鳞渠"。

炀帝都一一定了名字，因带的宫娥嫔妃甚少，未即派定居住，专望许庭辅等十人，选绣女来，然后拨派，掌管院事。

却说许庭辅因受了桃花山齐国远、李如圭的一番劫去，诈了五千金，自此愈加贪贿。凡选中女子，有金珠礼物馈送他，就开报在上等册籍里边；金银少些的，就放在中等册籍里边；如没有甚么东西见惠，纵是国色，也就入在三等册籍里头去了。其时会同了九人，选了千余绣女。晓得朝廷在东京西苑，人家取齐了，进西苑中来见驾缴旨，将三本册籍呈上，炀帝看了册籍，共有千余名，对许庭辅道："先将上等中等的选进苑来；其三等的，且放在后宫里充用。"许庭辅十人即领旨出去，逐名点进苑来。炀帝仔细一看，见个个都是欺桃赛杏的容颜，笑燕羞莺的模样，喜意满足。即同萧后，尖上选尖，美中求美，选了十六个，形容窈窕，体态幽闲，有端庄气度的，封为四品夫人。就命分管西苑十六院事，各人赐一方小小玉印，上镌着院名，以便启笺表奏上用。又选三百二十名风流潇洒、柳娇花媚的，充作美人。每院分二十名,叫他学习吹弹歌舞,以备侍宴。其余或十名,或二十名,或是龙舟,或是凤舞,或是楼台,或是亭榭,连带来后宫的宫女,都一一分拨了。又封太监马守忠为西苑令,叫他专管出入启闭。不一时,将一个西苑填塞得锦绣成行、绮罗成队。那十六院的夫人,既分了宫院,一个个都思要君王宠幸,在院中只铺设起琴棋书画,打点下凤管鸾笙,恐怕炀帝不时游幸。这一院烧龙涎,那一院就爇凤脑;前一院唱吴歌,后一院就翻楚舞;东一院作金齑玉脍,西一院就酿仙液琼浆。百样安排止博得炀帝临幸时一次欢喜,再一次便就厌了,又要去翻新立异。正是:

宫中行乐万千般,止博君王一刻欢。

终日用心裙带下,江山却是别人看。

说这些外国各岛,因闻知新天子喜欢声色货利;边远地方,无不来进贡奇珍异玩,名马美姬,尽将来进献。一日炀帝设朝,有南楚道州地方,进一矮民,叫做王义,生得眉清目秀,身材短小,行动举止,皆可人意,又口巧心灵,善于应对。炀帝看了,回道:“你既非绝色佳人,又不是无价异宝,有何好处,敢来进贡?”王义对道:“陛下德高尧舜,道过禹汤,南楚远民,仰沐圣人恭俭之化,不敢以倾国之美人,不祥之异宝,蛊惑君心,故遣侏儒小臣,备役驱使。臣虽不材,一腔忠义望圣恩收录。”炀帝笑道:“我这里无数文官武将,那一个不是忠臣义士,何独在你一人?”王义道:“忠义乃国家之宝,人君每患不足,安有厌其多而弃之者?况犬马恋主之诚,君子所取,臣虽远方废民,实风化所关,陛下宁忍弃之乎?”炀帝听了大喜,遂重赏进贡来人,便将王义留在左右充用。自此以后,炀帝凡事设朝,或各处游赏,俱带王义伺候。王义每事小心谨慎,说话做事,俱能体恤人心。炀帝便十分爱他,后渐用熟了,时刻要他在面前,只是不能入宫。

一日炀帝设朝无事,正要退入后宫,回头忽见王义,面多愁惨之色。炀帝问道:“王义,你为何这般光景?”王义慌忙答道:“臣蒙陛下厚恩,使臣日近天颜,真不世之遭逢,但恨深宫咫尺,不能出入随侍,少效犬马之劳,故心常怏怏,今甚觉忧形于色,望陛下宽恩。”炀帝道:“朕亦时刻少你不得,但恨你非宫中之物,奈何?”说罢,玉辇早已入宫而去。

王义此时在宫门首,又不忍回来,又不敢进去,痴痴立在那里呆想。忽背后一人,轻轻的在他肩上一拍,说道:“王先儿,思想些什么?”王义回头看时,却是守显仁宫太监张诚,即忙答道:“张公公,失瞻。”张成问道:

"万岁爷待你好,只是这般加厚,还有什么不称意,在此默想?"王义与张成交厚,便说道:"实不相瞒,我王义因蒙皇恩,十分宠爱,情愿朝夕随驾,希图报功;但恨皇宫隔越,不得遂心,故此常怀怏怏,不期今日被老公公看破。"张成笑了一笑,戏耍他道:"王先儿,你要入宫这何难,轻轻的将下边那道儿割去,有甚么进宫不得。"那王义沉吟道:"吾闻净身乃幼童之事,如今恐怕做不得了。"张成道:"做倒做得,只怕你忍痛不起。"王义道:"若做得来,便忍痛何妨。"张成道:"你当真要做,我自有妙药相送。"王义道:"男子汉说话,岂有虚谬。"

二人说笑了一回,便携手走出宫来,竟到张成家中坐下。张成置酒款待。酒过三杯,王义再三求药。张成道:"如今药有,还须从长计较。莫要一时高兴,后来娶不得老婆,生不得令郎,却来埋怨学生。"王义正色道:"人生天地间,既遭逢知遇之君,死亦不惜,怎敢复以妻子① 为念?"张成遂到里边,去拿出一把吹毛可断的刀,并两包药来,放在桌上,用手指定,说道:"这一包黄色的是麻药,将酒调来吃了,便不知痛;这一包五色的,是止血收口的灵药,都是珍珠琥珀各样奇珍在内,搽上便能结盖;这把刀便是动手之物。三物相送,吾兄回去,还须斟酌而行。"王义道:"既蒙指教,便劳下手如何?"张成道:"这个恐怕使不得。"王义道:"不必推辞,断无遗累。"张成见王义真心要净,只得又拿些酒出来,畅饮一番,王义吃得半酣。正是:

休谈遗体不当残,贪却君王眷宠固。

说当时炀帝退入后宫,萧后接住,接宴取乐,叫新选剩下的宫女,轮班进酒,将有数巡,炀帝见一宫女,颜色虽是平常,行动倒也庄重。炀帝问他何处人氏。那女子忙跪下去,回答几句,一字也省② 他不出,若得众美人忍不住的好笑。炀帝叫他起来,想道:"王义性格乖巧,四方乡语,他多会讲。"萧后道:"何不宣他进来,与他讲一讲,倒也有趣。"炀帝便差两个小内监,去宣王义进宫。

那两个小内监奉旨忙出宫来,正要问到王义家去,有一太监说道:"王义在张成家里去了。"两个小内监就寻到张成家,门上忙欲去通报,他们是

---

① 妻子——妻与子的合称。

② 省(xǐng)——懂得。

无家眷的，又是内监，便没有什么忌避，两个直撞进里边来，推门进去，只见王义直挺挺的睡在一张榻上，露出了下体，张成正在那里把药擦在阳物的根上，将要动手。张成看见了两个，即便缩住。王义也忙起身，系裤结带。那两个小内监见他两个这般举动，又见桌上刀子药包，大家笑个不止，道："你们在这里做什么事？"张成见他两个是炀帝的近身太监，不便隐瞒，只得将王义要净身的缘故，一一说了。两个小内监道："幸是我们寻到这里，若再迟些，王先儿那物早已割去了。万岁爷在后宫，特旨叫我二人来宣你，作速行动罢。"此时王义已有八九分酒，见炀帝宣他，忙向张成讨些水来，洗去了药，如飞同两个内监到后宫来。

炀帝见王义圆脸微醺，垂头跪下，便道："你在那里吃酒来？"王义平昔口舌利便，此时竟弄得一句话也对答不来，两个内监又微微冷笑。炀帝见光景异常，便问两个内监道："你两个刚才在何处宣王义到来？"小内监道："在守宫监张成家里。"炀帝道："吃酒不消说了，还有甚勾当？"小内监把张成的说话，与桌上的刀药，一一奏闻。炀帝听了，把龙眉微蹙道："王义，你起来，朕对你说，凡净身之人，都是命犯孤鸾，伤克刑害，不是有妨父母兄弟，定是刑克妻孥①，算来与其为僧为道，不若净了身，后来或有光耀受用的日子。就是父母肯割舍了，我们那些老内监，还要替他推八字、算划度，然后好下手，况是孩童之事。你年二十有余，岂可妄自造作，倘有未妥，岂不枉害了性命？"王义道："臣蒙陛下隆恩，天高地厚，即使粉身碎骨，亦所不惜；倘有差误，愿甘任受。"炀帝道："你的忠心义胆，朕已深知，但你只思尽忠，却忘报本。父母生你下来，虽是蛮夸②，也望你宜室宜家，生枝繁衍，岂可把他的遗体轻弃毁伤？为朕一人，使你父母幽魂不安窀穸③，这断不许。如若不依，朕谕你不但不见为忠，而反为逆矣！"王义见说，止不住流泪，叩首谢恩。

炀帝道："刚才有前日新选进来的一个宫女，言语不明，要你去盘问他，看是何处人。"说罢，便唤那宫人当面，王义与他一问一答，竟如鹦鹉画眉，在柳阴中弄舌啼唤，婉转好听。喜得萧后与众美人笑个不止。王义盘

① 孥(nú)——儿女。

② 蛮夸——蛮夷。

③ 窀穸(zhūn xī)——墓穴。

问了一回，转身对炀帝奏道："那女子是徽州歙县人，姓姜，祖父世家，他小名叫做亭亭，年方一十八岁。为因父母俱亡，其兄奸顽，贪了财帛，要将他许配钱牛；恰蒙万岁爷点选绣女，亭亭自诣州县，愿甘入选，备充宫役。"炀帝听了，说道："据这般说起来，也是个有志女子，所以举止行动，原自不凡。朕今将此女赐你为妻，成一对贤明夫妇，如何？"王义见说，忙跪下去道："臣蒙陛下知遇之恩，正欲捐躯报效，何暇念及室家？况此女已备选入宫，臣亦不便领出。"炀帝道："朕意已决，不必推辞。"王义晓得炀帝的心性，不敢再辞，只得同亭亭叩首谢恩。萧后道："王义，你领他去，教了他吴话，不可仍说鸟音。倘宫中有事，以便宣他进来顾问。"炀帝又赐了些金帛，萧后亦赐了他些珍珠。

王义领了亭亭，出宫到家，成其夫妇。王义深感炀帝厚恩，与亭亭朝夕焚香遥拜，夫妇恩爱异常。正是：

本欲净身报主，谁知宜室宜家。

倘然一时残损，几成梦里空花。

第二十八回

众娇娃剪彩为花　侯妃子题诗自缢

词曰：

上林一夜花如织，万卉争芳染彩色。造化岂天工，繁华喜不穷。红颜空自惜，雨露恩无及。何处哭香魂？伤心哭帏灵。

——右调《菩萨蛮》

世间男子才情敏捷，颖悟天成，不知妇人女子，心灵性巧，比男子更胜十倍者甚多。男子或诗或文，或艺或术，有所传授，原来有本。惟有女子的智慧，可以平空造作，巧夺天工。

再说王义得赐宫女姜亭亭，成了夫妇之后，深感炀帝隆恩，每日随朝伺候，愈加小心谨慎。姜氏亭亭，亦时刻在念，无由可报。一日王义朝罢归家，对妻子姜氏道："今早有一人，姓何名稠，自制得一驾御女车来献，做得巧妙非常。"姜氏道："何为御女车？"王义道："那车儿中间宽阔，床帐枕衾一一皆备，四周却用皎绡细细织成帏幔，外面窥里面却一毫不见，里面十分透亮，外边的山水，皆看得明白。又将许多金铃玉片散挂在帏幔中间，车行时摇动的铿铿锵锵，就如奏细乐一般。在车中百般笑语，外边总听不见。一路上要幸宫女，俱可恣心而为，故叫做'御女车'。"姜氏道："这不过仿旧时逍遥车式，点缀得好，乃刀锯之功，何足为奇。妾感皇恩厚深，时刻在念，意欲制一件东西去进献，作料虽已购求，但还未备，故此尚未动手。"王义道："要用何物制造！"姜氏道："要用活人身上的青丝细发。如今我头上及使女们的已选下些在那里了，但还少些。"王义道："我头上的可用得么？"姜氏道："你是丈夫家，未便取下来。"王义笑道："前日下边的东西，尚要割下来，何况头发？"就把帽儿除下道："望贤妻任意剪将下来。若还少，待我去购来，制成了献上。"姜氏见说，便把丈夫的头发梳通了，拣长黑的，剔下许多，慢慢的做起。正是：

闺中施妙手，苑内见灵心。

其时仲冬时候，芳菲已尽，树木凋零。一日，炀帝同萧后众夫人在苑中饮宴。炀帝道:“四时光景,惟春景最佳,万卉争妍,百花尽放,红的使人可爱,绿的使人可怜。至夏天青莲满池,香风袭人。秋天一轮明月,斜挂梧桐,还有丹桂芬芳,香浮杯棬,许多佳景。惟此冬时寂寂寞寞,毫无意趣,只好时刻在枕衾中过日,出户便觉扫兴。”萧后道:“妾闻僧家有禅床,可容数人,陛下何不叫人也做一张,用长枕大被,贮众美女于其中,饮食燕乐,岂不适意?”秋声院薛夫人道:“有了这样大床大被 ,须得绣一顶大帐子。”炀帝笑道:“你们设想虽好,总不如春和景明,柳舒花放,亭台宫院,无一处不使人发兴,无一刻觉得寂寞。”清修院秦夫人道:“陛下要不寂寞,有何难哉!妾等今夜虔祷天宫,管取明朝百花齐放。”炀帝只当作戏话,也就耍他道:“这等说,今宵我也不便与你们骚扰了。”说笑了一回,吃了一两个时辰的酒,便与萧后并辇回宫。

到了次日早膳时,果然十六院夫人来请。炀帝心上有几分懒去。萧后再三劝驾,炀帝同萧后勉强而行。才进苑门,早望见千红万紫,桃杏争妍,就簇簇如锦绣一般。炀帝与萧后吃了一惊道:“这样天气,为何一夜果然开得这般整齐?大是奇怪。”说未了,只见十六位夫人带了许多宫人美女,一齐笙箫歌舞的来迎銮,到了面前便问道:“苑中花柳,天宫开得如何?”炀帝又惊又喜道:“众妃子有何妙术,使群芳一夜齐开?”众夫人都笑道:“有何妙术,不过大家费了一夜工夫。”炀帝道:“怎么费一夜工夫?”众夫人道:“陛下不必细问,但请摘一两枝来看,便知详细。”炀帝真个走到一株垂丝海棠边,攀枝细看,原来不是生成的,都是五色彩缎,细细剪成,拴在枝上的。炀帝大喜道:“是谁有此奇想,制得这样红娇绿嫩,宛然如生。是人巧,实夺天工矣!”众夫人道:“此乃秦夫人主意,令妾等与众宫人连夜制成,以供御览。”炀帝目视秦夫人说道:“昨日朕以妃子为戏言,不期果有如此手段。”遂同萧后慢慢的游赏进来。只见绿一团,红一簇,也不分春夏秋冬,万卉千花,尽皆铺缀,比那天生的更觉鲜妍百倍。怎见得?正是:

只道天工有四时,谁知人力挽回之。
红绡生长根枝速,金剪栽培雨露私。
万卉齐开梅不早,千花共放菊非迟。
夭桃岂得春风绽,嫩李何须细雨滋。
芍药非无经雪态,牡丹亦有傲霜姿。
三春桂子飘丹院,十月荷花满绿池。

杜宇经年红簇蕊，荼蘼终岁锦堆枝。
不教露下芙蓉落，一任风前杨柳吹。
兰叶不风飘翠带，海棠无雨滋胭脂。
开时不许东皇管，落处何妨蜂蝶知。
照面最宜临月姊，拂枝纵不怕风姨。
四时不谢神仙妙，八节长春阆苑奇。
莫道乾坤持造化，帝皇富贵亦如斯。

炀帝一一看了，真个喜动龙颜，因说道："蓬莱阆苑，不过如此，众妃子心灵巧手，直夺造化，真一大快事也。"遂命内监将内帑金帛珠玉玩好等物，尽行取来，分赏各院。众夫人一齐谢恩。炀帝爱之不已，又同萧后登楼，眺望了半晌，方才下来饮酒。须臾，觥筹交错，丝竹齐鸣，众夫人递相献酬。炀帝忽然笑说道："秦妃子既能标新取异，剪彩为花，与湖山增胜，众美人还只管歌这些旧曲，甚不相宜。是谁唱一个新词，朕即满饮三巨觥。"说犹未了，只见一个美人，穿一件紫绡衣，束一条碧丝鸾带，袅袅婷婷，出来奏道："贱妾不才，愿靦颜博万岁一笑。"众人看时，却是仁智院的美人，小名叫做雅娘，炀帝道："最妙，最妙。"雅娘走近筵前，轻敲檀板，慢启朱唇，就如新莺初啭，唱一首《如梦令》，词道：

莫道繁华如梦，一夜剪刀声重。晓起锦堆枝，笑杀春风无用。非颂非颂，真是蓬莱仙洞。

炀帝听了，大喜道："唱得妙，不可不饮。"当真的连饮了三觞，萧后与众夫人陪饮了一杯。酒才完，只见又有一个美人，浅淡梳妆，娇羞体态，出来奏道："贱妾不才，亦有小词奉献。"炀帝举目看时，却是迎晖院的朱贵儿。炀帝笑道："是贵儿一定更有妙曲。"贵儿不慌不忙，慢慢的移商拨羽，也唱一首《如梦令》，词道：

帝女天孙游戏，细把锦云裁碎。一夜巧铺春，群向枝头点缀。奇瑞奇瑞，写出皇家富贵。

贵儿歌罢，炀帝鼓掌称赞道："好一个'写出皇家富贵'！不独音如贯珠，描写情景，亦自有韵。"又满饮了三杯，不觉笑声哑哑，陶然欲醉。只见守苑太监马守忠，进来跪奏道："王义在苑外说造成一物，来献上万岁爷。"炀帝见说王义，便喜道："宣他进来。"不多时，只见马守忠领王义到陛前跪下，手里捧着一物，奏道："臣妻姜亭亭，感万岁洪恩，自织成一帐，叫臣来贡上。”炀帝叫宫人取上来看，却是一个锦包，解开来，中间一物其黑如漆，其软如绵，捏在手中，不满一握。炀帝觉道奇怪，问道：“王义，这是什么东西？”王义道：“臣妻亭亭，日夕念陛下深恩，无由可报，将自己头上的青丝细发，拣色黑而长者，以神胶续之，织为罗縠，累月而成。裁为帏幔，内可以视外，外不可以视内，冬天则暖，夏天则凉；舒之则广，卷之可纳于枕中。”炀帝称奇，忙叫宫人撑开。

萧后与众夫人齐起身来看，只见烟气轻生，香云满室，广阔可施一间大屋。萧后对炀帝道：“不意此女能穷虑尽思至此，陛下不可不赏赉以酬其功。”炀帝见说，叫宫人将广绫二端、霞帔一幅赐与王义，道：“汝妻能穷尽心思，制成此帐，朕聊以此二物酬之。”王义接了，谢恩而出。炀帝对萧后道：“前日御妻说僧家禅床，可容数人，今此帐岂止数人而已哉！”便吩咐宫人：“将前日外国进来的合欢床，在显仁宫侧首明间里头，今快移至这里放下，把几十床锦褥铺上，将这顶青丝帐挂起来。”吩咐已毕，宫人多手忙脚乱，不一时铺设齐整。炀帝对萧后与众夫人道：“秦妃子之心灵，姜亭亭之手巧，一日而逢双绝，岂不大快人意。如今我们再畅饮一番，今宵御妻率领众妃子，就宿此帐内草榻合欢床上做一个合欢胜会，何如？”萧后笑道：“他们多住在此，妾却不能，就要回宫了。”炀帝笑道：“御妻要去，须饮三杯。”萧后真个吃了三大杯，起身去了。

恰似桃源家不远，几时巫峡梦方还。

如今再说后宫有一个侯妃子，生得天姿国色，百媚千娇，果然是沉鱼落雁，闭月羞花，又且赋性聪慧，能诗善赋。自选入宫来，恃着有才有色，又值炀帝好色怜才，以为阿娇金屋，飞燕昭阳，可计日而待。谁知才不敌命，色不逢时，进宫数年，从未见君王一面，终日只是焚香独坐。黄昏长夜，捱了多少苦雨凄风，春昼秋宵，受了多少魂惊目断。便是铁石人，也打熬不过。日见犹可强度，到了灯昏梦醒的时候，真个一泪千行。起初犹爱惜容颜，强忍去调脂抹粉，以望一时遇合。怎禁得日月如流，日复一日，只管虚度过去，不觉暗暗的香消玉减。虽有几个同行妹妹，常来劝慰，怎奈愁人说与愁人，未免转添一番凄惨。

一日，闻得炀帝又差许庭辅到后宫拣选宫女。有个宫人劝侯夫人拿几件珠玉送他，叫他奏知万岁。侯夫人道：“妾闻汉室昭君，宁甘点痣，不肯以千金去买嘱书师①,虽一时被遣,远嫁单于,后来琵琶青冢,倒落个芳名不朽,谁不怜他惜他?毕竟不失为千古美人。妾纵然不及昭君,若要去贿赂小人以宠幸,其实羞为。自恨生来命薄,纵使见君,也是枉然。倒不如猛拚一死,做个千载伤心之鬼,也强似捱② 这宫中寂寞!"后又闻得许庭辅选了百余名,送进西苑。侯夫人遂大哭一场说道:"妾此生终不得见君矣,若要君王一顾,或者倒在死后。"说罢又哭,这日连茶饭也不吃,竟走到镜台前,装束得齐齐整整,将自制的几幅乌丝笺,把平日寄兴感怀诗句,写在上面。又将一个锦囊来盛了,系在左臂上。其余诗稿,尽投火中烧毁了。又孤孤零零的四下里走了一回,又呜呜咽咽的倚着栏杆,哭了半晌。到晚来静悄悄掩上房门,捱到了二更之后,熬不过伤心痛楚,遂将一幅白绫,系梁自尽而死。正是:

香魂已断愁何在,玉貌全消怨尚深。

几个宫人听见声息不好,慌忙进来解救时,早已香消玉碎,呜呼逝矣。大家哭了一回,捱到次早,不敢隐瞒,只得来报与萧后。

却说萧后在西苑青丝帐里,睡到酒醒,炀帝毕竟放他不过,缠了一回,到五更时候,炀帝酣睡,悄悄上辇,先自回宫。梳洗已过,吩咐宫人整备筵宴伺候,要答众夫人之席。忽见侯夫人的宫人来报知死信。萧后随差宫人去看。宫人在侯夫人左臂上捡得一锦囊,送与萧后。萧后打开看时,却是几首诗,遂照旧放在囊中,叫宫人送与炀帝。

这时炀帝已起身,坐在侧首,看众夫人晓妆,因与宝林院沙夫人谈论古今的得失。炀帝道:"殷纣王只宠得一个妲己,周幽王只宠得一个褒姒,就把天下坏了。朕今日佳丽盈前,而四海安如泰山,此何故也?"沙夫人道:"妲己、褒姒安能坏殷、周天下,自是纣、幽二王贪恋妲己、褒姒的颜色,不顾天下,天下遂由此渐渐破坏。今陛下南巡北狩,何等留心治国,天下岂不安宁。至于万机之暇,宫中自乐,妃妾虽多,愈见关雎雅化。"炀帝笑道:"纣、幽二王虽无君德,然待妲己、褒姒二人之恩,亦厚极矣!"沙夫人道:"溺之一人,谓之私爱,普同雨露,然后叫做公恩。此纣幽所以败坏,而陛下所以安享也。"炀帝大喜道:"妃子之论,深得朕心。朕虽有两京十六

---

① 书师——宫中为嫔妃画像的画匠。

② 捱(ái)——忍受,延熬。

院无数奇姿异色，朕都一样加厚，并未曾冷落一人，使他不得其所，故朕到处欢然，盖有恩而无怨也。”

炀帝与沙夫人正谈论得畅快，忽见萧后差宫人送锦囊来，报知侯夫人之事。炀帝只道寻常妃妾，死了个没甚要紧，还笑笑的打开锦囊来，见几幅绝精的乌丝笺，齐齐整整的写着诗词，字体端楷，笔锋清劲，心下已有几分恻然动念。其时众夫人各各梳妆已完，换了霓裳，多到炀帝面前来看。炀帝先展开第一幅，却是《看梅》二首：

其一：

砌雪无消日，卷帘时自颦。

庭梅对我有怜处，先露枝头一点春。

其二：

香消寒色好，谁识是天真。

玉梅谢后阳和至，散与群芳自在春。

炀帝看了大惊道：“宫中如何还有这般美才妇人？”忙展第二幅来看，却是《妆成》一首、《自感》三首。

《妆成》云：

装成多自惜，梦好却成悲。

不及杨花意，春来到处飞。

《自感》云：

庭绝玉辇迹，芳草渐成窠。

隐隐闻箫鼓，君恩何处多？

其二云：

欲泣不成泪，悲来翻强歌。

庭花方烂漫，无计奈春何。

其三云：

春阴正无际，独步意如何。

不及月花草，翻成雨露多。

展第三幅，却是《自伤》一首，云：

初入承明殿，深深报未央。

长门七八载，无复见君王。

春寒入骨软，独坐愁空房。

飒履步庭下，幽怀空感伤。
平日所爱惜，自待却非常。
色美反成弃，命薄何可量？
君恩实疏远，妾意徒彷徨。
家岂无骨肉，偏亲老北堂。
此方无羽翼，何计出高墙？
性命诚所重，弃割良可伤。
悬帛朱梁上，肝肠如沸汤。
引颈又自惜，有若丝牵肠。
毅然就死地，从此寻冥乡。

炀帝不曾读完，就泣然泪下说道："是朕之过也！朕何等爱才，不料宫帏中，倒失了一个才女，真可痛惜。"再拭泪展第四幅，却是《遗意》一首云：

秘洞扃仙卉，雕窗锁玉人。
毛君真可戮，不及写昭君。

炀帝看了，勃然大怒道："原来这厮误事！"沙夫人问："是谁？"炀帝道："朕前日叫许庭辅到后宫去拣选，如何不选他，其中一定有弊。这诗明明是怨许庭辅不肯选他，故含愤而死。"便要叫人拿许庭辅。降阳院贾夫人道："许庭辅只知看容貌，那里识得他的才华。侯夫人才华美矣，不知容貌如何？陛下何不差人去看，若颜色平常，罪还可赦；若才貌俱佳，再拿未迟。"炀帝道："若不是个绝色佳人，那有这般锦心绣口？既是妃子们如此说，待朕亲自去看。"遂别了众夫人，乘辇还宫。

萧后接住，便同到后宫来看。只看侯夫人还是个二十来岁的女子，虽然死了，却装束得齐整，颜色如生，腮红颊白，就如一朵含露的桃花。炀帝看了，也不怕触污了身体，走进前将手抚着他尸肉之上，放声痛哭道："朕这般爱才好色，宫闱中却失了妃子。妃子这般有才有色，咫尺间却不能遇朕，非朕负妃子，是妃子生来的命薄；非妃子不遇朕，是朕生来的缘慳①。妃子九原② 之下，慎勿怨朕。"说罢又哭，哭了又说，絮絮叨叨，就像孔夫子哭麒麟的一般，十分凄切。正是：

---

① 缘慳(qiān)——没有缘分。慳，欠缺，少。

② 九原——春秋晋国卿大夫墓地。后泛指墓地。

圣人悲道，常人哭色。

同一伤心，天渊之隔。

萧后劝道："人琴已亡，悲之何益？愿陛下保重。"炀帝遂传旨，拿许庭辅下狱，细细审问定罪。一面叫人备衣衾棺材，厚葬侯夫人，又叫宫人寻遗下的诗稿。宫人回奏道："侯夫人吟咏极多，临死这一日，哭了一场，尽行烧毁了。"炀帝痛惜不已，又将锦囊内诗笺放在案上，看了一遍，说一遍"可怜"，十分珍重。随付众夫人翻入乐谱。

众夫人打听得炀帝厚治侯夫人祭礼，也都备了祭仪，到后宫来申唁。炀帝自制祭文一篇去祭他，中间几联云：长门五载，冷月寒烟。妃不遇朕，谁将妃怜？妃不遇朕，晨夜孤眠。朕不遇妃，遗恨九原。朕伤死后，妃若生前。许多酸语哀词，不及备载。

炀帝做完了祭文，自家朗诵一遍，连萧后也不觉堕下泪来，说道："陛下何多情若此？"炀帝道："非朕多情，情到伤心，自不能已。"惹得众夫人也都出声下泪。炀帝赐侯夫人御祭一场，将祭文烧在灵前，卜地厚葬。又敕郡县官，厚恤他父母。这许庭辅被刑官拷问，熬炼不过，只得将索骗金钱的真情，一一招出。刑官具本奏闻，炀帝大怒，要发出东市腰斩，亏众夫人再三苦劝，批旨赐许庭辅狱中自尽。正是：

只倚权贪利，谁知财作灾。

虽然争早晚，一样到泉台。

第二十九回

隋炀帝两院观花　众夫人同舟游海

词曰：

伤心未已，欢情犹继。天公早显些微异。秾桃艳李斗当时，一杯浇释胸中忌。　　北海层峦，五湖新柳。天涯遥望真无际，梦回一枕黑甜余，碧栏又听轻轻语。

——右调《踏莎行》

人于声色货利上，能有几个打得穿、识得透的？况贵为天子，富有四海，凭他穷奢极欲，逞志荒淫，那个敢来拦阻他？任你天心显示，草木预兆，也只做不见不闻，毕竟要弄到败坏决裂而后止。

却说炀帝虽将许庭辅赐死，只是思念侯夫人。众夫人百般劝慰，炀帝终是难忘。萧后道："死者不可复生，思之何益？如宣华死后，复得列位夫人，今后宫或者更有美色，亦未可知。"炀帝道："御妻之言有理。"遂传旨各宫：不论才人、美人、嫔妃、彩女，或有色有才，能歌善舞，稍有一技可见者，许报名到显仁宫自献。

此旨一出，不一日就有能诗善画、吹弹歌舞、投壶蹴踘的，都纷纷来献技。炀帝大喜，即刻排宴显仁宫大殿上，召萧后与十六院夫人同来，面试众人。这日炀帝与萧后坐在上面，众夫人列坐两旁。一霎时，做诗的，描画的，吹的吹，唱的唱，弄得笔墨纵横，珠玑错落，宫商迭奏，鸾凤齐鸣。炀帝看见一个个技艺超群、容貌出众，满心欢喜道："这番遴选，应无遗珠；但伤侯夫人才色不能再得耳！"随各赐酒三杯，录了名，或封美人，或赐才人，共百余名，都一一派入西苑各苑。分派将完，尚有一个美人，也不作诗，又不写字，不歌不舞，立在半边。炀帝将他仔细一看，只见那女子：

貌风流而品异，神清俊而骨奇。

不屑人间脂粉，翩翩别有丰姿。

炀帝忙问道："你叫甚名字？别人献诗献画，争娇竞宠，你却为何不言不语，立在半边？"那美人不慌不忙，走进前来答道："妾姓袁，江西贵溪人，小字叫做紫烟。自入宫来，从未一睹天颜，今蒙采选，故敢冒死上请。”炀帝道：“你既来见朕，定有一技之长，何不当筵献上？”紫烟道：“妾虽有微能，却非艳舞娇歌，可以娱人耳目。”炀帝道：“既非歌舞，又是何能？”袁紫烟道：“妾自幼好览玄象，故一切女工尽皆弃去。今别无他长，只能观星望气，识五行之消息，察国家之运数。”炀帝大惊道：“此圣人之学也，你一个朱颜女子，如何得能参透？”袁紫烟道：“妾为儿时，会遇一老尼，说妾生得眼有奇光，可以观天，遂教妾璇玑玉衡、五纬七政之学。又诫妾道：熟习此，后日当为王者师。妾因朝夕仰窥，故得略知一二。”炀帝道：“朕自幼无书不读，只恨天文一书，不曾穷究。那些台官，往往渎奏灾祥祸福，朕也不甚理他。今日你既能识，朕即于宫中起一高台，就封你为贵人，兼女司天监，专管内司天台事。朕亦得时时仰观天象，岂不快哉！”袁紫烟慌忙谢恩，炀帝即赐他列坐在众夫人下首。萧后贺道：“今日之选，不独得了许多佳丽，又得袁贵人善观玄象，协助化理，皆陛下洪福所致也。”

炀帝大喜，与众人饮到月上时，等不及造观天台，就拉着袁紫烟到月台上来，叫宫人把台桌数张，搭起一座高台。炀帝携着袁紫烟，同上台去观象。两人并立。紫烟先指示了三垣，又遍分二十八宿。炀帝道：“何谓三垣？”紫烟道：“三垣者，紫微、太微、天市也。紫微垣乃天子所都之宫也；太微垣乃天子出政令朝诸侯之所也；天市垣乃天子主权衡聚积之都市也。星明气明，则国家享和平之福；彗孛干犯，则社稷有变乱之忧。”炀帝又问道：“二十八宿环绕中天，分管天下地方，何以知其休咎？”紫烟道：“如五星干犯何宿，则知何地方有灾，或是兵丧，或是水旱，俱以青黄赤黑白五色辨之。”炀帝又问道：“帝星安在？”紫烟用手向北指道：“那紫微垣中，一连五星，前一星主月，太子之象；第二星主日，有赤色独大者，即帝星也。”炀帝看了道：“为何帝星这般摇动？”紫烟道：“帝星摇动无常，主天子好游。”炀帝笑道：“朕好游乐，其事甚小，何如上天星文，便也垂象？”紫烟道：“天子者，天下之主，一举一动，皆上应天象。故古之圣帝明王，常懔懔不敢自肆者，畏天命也。”炀帝又细细看了半晌，问道：“紫微垣中，为何这等晦昧不明？”紫烟道：“妾不敢言。”炀帝道：“上天既已垂象，妃子不言，是欺朕也；况兴亡自有定数，妃子明言何害？”紫烟道：“紫微晦昧，但恐国祚不永。”炀帝沉吟良久道：“此事尚可挽回否？”紫烟道：“紫微虽然晦昧，幸明堂尚亮，泰阶犹一；况至诚可以格天，陛下若修德以禳之，何患天下不回？”炀帝道：

“既可挽回，则不足深虑矣。”

二人将要下台，忽见西北上一道赤气，如龙纹一般，行将起来。紫烟猛然看见，着了一惊，忙说道：“此天子气也！何以至此？”炀帝忙回头看时，果然见赤光缕缕，团成五彩，照映半天，有十分奇怪，不觉也惊讶起来，因问道：“何以知为天子气？”紫烟道：“五彩成文，状如龙凤，如何不是？气起之处，其下定有异人。”炀帝道：“此气当应在何处？”紫烟手指着道：“此乃参井之分，恐只在太原一带地方。”炀帝道：“太原去西京不远，朕明日即差人去细细缉访，倘有异人，拿来杀了，便可除灭此患。”紫烟道：“此乃天意，恐非人力能除，惟愿陛下慎修明德，或者其祸自消，昔老尼曾授妾偈言三句道：‘虎头牛尾，刀兵乱起，谁为君王，木之子。’若以‘木’、‘子’二字详解，‘木’在‘子’上，乃是‘李’字；然天意微渺，实难以私心揣度。”炀帝道：“天意既定，忧之无益。这等良夜，且与妃子及时行乐。”遂起身同下台来，与萧后众夫人又吃了一回酒，萧后与众夫人各自散归，炀帝就在显仁宫同袁紫烟宿了。

次日炀帝方起来梳洗，忽见明霞院杨夫人差内监来奏道：“昔日酸枣县进贡的玉李树，一向不甚开花，昨夜忽然花开无数，清阴素影，掩映有数里之遥，满院皆香，大是祥瑞，伏望万岁爷亲临赏玩。”炀帝因袁紫烟说木子是“李”字，今见报玉李茂盛，心下先有几分不快，沉吟了一回，方问道：“这玉李久不开花，为何忽然大开，必定有些奇异。”太监奏道：“果是有些奇异，昨夜满院中人，俱听得树下有几千神人说道：‘木子当盛，吾等皆宜扶助。’奴婢等都不肯信，不料清晨看时，开得花叶交加，十分繁衍。此皆万岁爷洪福齐天，故有此等奇瑞。”炀帝闻言愈加疑虑，正踌躇间，忽又见一个太监来奏道：“奴婢乃晨光院周夫人遣来。院中旧日西京移来的杨梅树，昨夜忽花开满树，十分烂漫，特请万岁爷亲临赏玩。”炀帝见说杨梅盛开，合着了自家的姓氏，方才转过脸来欢喜道：“杨梅却也盛开，妙哉妙哉！”因问太监：“为何一夜之间就开得这般茂盛？”太监奏道：“昨夜花下，忽闻有许多神人说道：‘此花气运发泄已极，可一发开完。’今早看时，无一处不开得烂漫。”炀帝道：“杨梅这般茂盛，比明霞院的玉李如何？”太监道：“奴婢不曾看见玉李花。”袁紫烟在旁说道：“二花一时齐发，系国家祥瑞，陛下何不去一观？”炀帝见说，便道：“我与妃子同去看来。”遂上了金辇，袁紫烟随驾。

到西苑,早有杨夫人、周夫人接住。炀帝问道:“杨梅乃西京移来,原是宿根老本,固该十分开放,这玉李乃外县所献,不过是浮蔓之质,如何也忽然开放?”二夫人道:“圣目亲看便知。”须臾,驾到了明霞院,杨夫人便要邀炀帝进看玉李。炀帝不肯下辇道:“先去看了杨梅,再来看他。”杨夫人不敢勉强,只得让辇过去,自家转随到晨光院来。炀帝进院,竟来到杨梅树下来看,只见花枝簇簇,开得浑如锦绣一般,十分欢喜道:“果然开得茂盛,国家祥瑞,不卜可知。”须臾各院夫人闻知二院花开,也都来看,皆极口称赞。炀帝大喜,便要排宴赏花。众夫人不知炀帝的意思,齐说道:“闻得玉李开得更盛,陛下何不一往观之?”炀帝道:“料没有杨梅这般繁盛。”众夫人道:“盛与不盛,大家去看看何妨?”炀帝被众夫人催逼不过,只得同到明霞院来。

方进得院来,早闻得浓浓郁郁的异香扑鼻;及走至后院窗前一看,只见奇花满树,异蕊盈枝,就如琼瑶造就,珠玉装成,清阴素影,掩映的满院中祥光万道,瑞霭千层,真个有鬼神赞助之功,与杨梅大不相同。有《踏莎行》词一首为证:

白雪横铺,碧云乱落。明珠仙露浮花萼,浑如一夜气呵成,果然不假春雕琢。　　天地栽培,鬼神寄托。东皇何敢相拘缚,风来香气欲成龙,凡花谁敢争强弱。

炀帝看见玉李精光璀璨,也不像一枝树木,就似什么宝贝放光一般,吓得目瞪口呆,半晌开口不得。众夫人不知就里,只管称扬赞叹。众内侍宫人,也不识窍,这一个道大奇,那一个道茂盛,都乱纷纷称赞不绝。炀帝不觉忿然大声说道:“这样一枝小树,忽然开花如此,定是花妖作祟,留之必然为祸。”叫左右快用刀斧连根砍去。众夫人听了,都大惊道:“开花茂盛,乃国家吉祯,为何转说是妖,望陛下三思。”炀帝道:“众妃子那里晓得,只是砍去为妙。”众夫人苦劝,炀帝那里肯听。惟袁紫烟心中明白,对炀帝说道:“此花虽是茂盛,然太发泄尽了,恐不长久。今陛下莫若以酒酬之,则此花不为妖,而反为瑞矣。”众太监正在那里延挨,不忍动手,忽报娘娘驾到。

原来萧后闻得二院开花茂盛,故来赏玩。到了院中,众夫人齐出来迎接,就说道:“这样好花,万岁转说他是妖,倒要伐去,望娘娘劝解。”萧后见过了炀帝,仔细将玉李一看,果然是雪堆玉砌,十分茂盛,心下也沉吟了一会，因问炀帝道："陛下为何要伐此树?"炀帝道："御妻明白人，何必细问?"萧后道："此天意也，非妖也，伐之何益？陛下若威福不替，则此皆木德来助之象也。"炀帝道："御妻所见极是，且同你去看杨梅。"遂不伐树，便起身依旧同到晨光院来。

萧后看那杨梅，虽然繁郁，怎敌得玉李，然萧后终是个乖人，晓得炀帝的意思，勉强说道："杨梅香清色美，得天地之正气；玉李不过是鲜媚之姿。以妾看来，二花还是杨梅为上。"炀帝方笑道："终是御妻有眼力。"随命取酒来赏。须臾酒至，大家就在花下团坐而饮。饮到半晌，真个是观于海者难为水，不但众人心中，都有一点不足之意，就是炀帝自家，看了一会，也觉道没甚趣味，忽然走起身来道："这样春光明媚，大地皆是文章，何苦守着一株花树吃酒。"萧后道："陛下论之有理，莫若移席到五湖中去。"炀帝道："索性过北海一游，好豁豁胸襟眼界。"众夫人听了，忙叫近侍将酒席移入龙舟。安排停当，炀帝与萧后众夫人们，一齐同上龙舟，望北海中来。只见风和景明，水天一色，比湖中更觉不同。有诗为证：

御苑东风丽，吹春满碧流。
红移花覆岸，绿压柳垂舟。
树影依山殿，莺声渡水流。
今朝天气好，宜向五湖游。

炀帝与萧后众夫人在龙舟中把帘幕卷起，细细的赏玩那些山水之妙。早游过了北海，到了三神山脚下，一齐登岸。正待上山，忽听波心里一声响亮，只见海中一尾大鱼，扬鳍鼓鬣，翻波逐浪游戏，逼近岸边，游来游去。见了炀帝，就如认得的一般。炀帝定眼细看，却是一个一丈四五尺的一尾大鲤鱼，浑身锦鳞金甲，照耀在日光之下，就如万点金星。鱼额上隐隐有一个像是朱砂写的角字，偏在半边。炀帝看了，忽然想起，说道："原来就是此鱼。"萧后忙问道："此鱼是何鱼?"炀帝道："御妻记不得了？朕昔日曾与杨素在太液池钩鱼，有个洛水渔人，持一尾金色鲤鱼来献。朕见有些奇相，曾将朱笔题"解生"二字在鱼额上，放入池中。后来虞世基凿海，要引入活水，遂与池相通。不知几时游到海中，养得这般大了。如今"生"字被水浸去，止有"解"字半边一个角字在上，岂不是他?"萧后道："鲤鱼有角，非凡物也!"袁紫烟道："趁此未成龙时，陛下当早除之，以免后日风雷之患。"炀帝道："妃子之言甚是。"叫近侍快取弓箭。

近侍忙将金镂羽箭奉上。炀帝接在手，展起袖袍，引箭当弦，觑定了那鱼肚腹之上，飕的放一箭去。忽然水面上卷起一阵风来，刮得海中波浪滔天，像有几百万鱼龙跳跃的模样，浪头的水直喷上岸来，连炀帝与萧后众夫人，衣裳尽皆打湿，吓得众人个个魂飞魄散。萧后同众夫人慌忙退避。炀帝也吃了一惊，立脚不定；只见袁紫烟反趋到炀帝面前来说道："陛下站定，待妾来。"炀帝慌了，正要扯他，那袁紫烟忙在袖中取出一物，如意丸的木蛋一般，左手挽往一条五彩锦索，右手把那丸儿掷下水去。将近鱼身，那鲤鱼一见，扑转鳌头，悠然入海去了。

袁紫烟收起一二十丈锦索，执着那件宝贝。此时炀帝喘息已定，向紫烟取那件东西来看，原来是个圆滴溜溜的一个五色光生丸儿。炀帝道："此是何物，能使怪鱼退避？"袁紫烟道："此亦妾幼时老尼所赠。说是太液混天毬，是当年老君炼就，能辟诸邪，可驱水中怪异，叫妾常佩在身，以防不测。"正说时，只见萧后同众夫人走到面前；炀帝吃了这惊，亦无兴上山游览，大家上龙舟，进北海摇回。

方登南岸，只见中门使段达俯伏在地，手捧着几道表章，奏道："边防有紧急文书，臣不敢耽阻，谨进上御览定夺。"炀帝笑道："当今四海承平，万方朝贡，有什么紧急事情，这等大惊小怪？"遂叫取上来看。左右忙将第一道献上。炀帝展开看时，上写着：为边报事，弘化郡至关右一带地方，连年荒旱，盗贼蜂起，郡县不能禁治，伏乞早发良将，剿捕安集等情。炀帝道："这都是郡县官员，假捏虚情，后日平复了冒功请赏。"萧后道："此等之事，虽不可全信，亦不可不信，陛下只遣一员能将去剿捕便了。"炀帝又取第二道表文来看，却是：吏兵二部为推辅事，关右一十三郡盗贼生发，郡县告请良将。臣等会推卫尉少卿李渊才略兼备，御众宽简得中，可补弘化郡留守，提兵剿捕盗贼等情，伏乞圣旨定夺。炀帝看了，就批旨道："李渊既有才略，即着补弘化郡留守，总管关右十三郡兵马，剿除盗贼，安集生民，俟有功另行降赏，该部知道。"炀帝批完，即发与段达。段达因边防紧急事务，不敢耽搁，随即传与吏兵二部去了。炀帝猛想起李渊，当年伐陈时，他立意杀了张丽华，况又姓李，恐怕应了天文谶语，如何反假他兵权？心下只管沉吟，欲要追回成命，又见疏已发出，待要改发一人，一时没有个良将。

也是天意有定。炀帝正踌躇间，段达忽又献上一道表来，炀帝展开看时,却是长安令献美人的奏疏。炀帝见了,心下大喜,把李渊的事都丢开了,因问段达道:“既是献美人,美人今在何处?”段达奏道:“美人现在苑外,未奉圣旨,不敢擅入。”炀帝即传旨宣来。不多时,将美人宣到。那美人见了炀帝与萧后,慌忙轻折纤腰,低垂素脸,俯伏在地。炀帝将那美人仔细一看,真个生得娇怯怯一团俊俏,软温温无限丰姿。有诗为证:

浣雪蒸霞骨欲仙,况当十五正芳年。
画眉腮下娇新月,掠发风前斗晚烟。
桃露不堪争半笑,梨云何敢压双肩。
更余一种憨憨态,消尽人魂实可怜。

炀帝见那女子十分娇倩,满心欢喜,用手扶他起来问道:“你今年十几岁,叫甚名字?”那美人答道:“妾姓袁,小字宝儿,年一十五岁。妾家中父母,闻万岁选御车女,故将贱妾献上,望圣恩收录。”炀帝笑道:“放心放心,决不退回。”遂同萧后带了宝儿,竟到十六院来。众夫人见炀帝新收宝儿,忙治酒来贺。又吃了半夜,单送萧后回宫。炀帝就在翠华院中,与宝儿宿了。次日起来,就赐他为美人。自此以后,行住坐卧,皆带在身旁,十分宠幸。宝儿却无一点持宠之意,终日只是憨憨耍笑,也不骄人,也不作态。炀帝更加宠爱,各院夫人也都欢喜他温柔软款,教他歌舞吹唱。他福至心灵,一学便会。

一日,炀帝在院中午睡未起,袁宝儿私自走出院来,寻着朱贵儿、韩俊娥、杳娘、妥娘众美人耍子。杳娘道:“这样春天,百花开放,我们去斗草如何?”妥娘道:“斗草,左右是这些花,大家都有的,不好耍子,到不如去打秋千,还有些笑声。”韩俊娥道:“不好不好,秋千怕人,我不去。”朱贵儿道:“打秋千既不好,大家不如同到赤栏桥上去钓鱼罢。”袁宝儿道:“去不得,倘或万岁睡醒,寻找我们时,那里晓得?莫若还到后院去演歌舞耍子,还不误了正事。”大家都道:“说得是。”一齐转到后院西轩中来。众美人把四周窗牖俱开,将珠帘把金钩挂起,柳丝袅袅,檐前槛外群芳相映。正是:

帘卷斜阳归燕语,池生芳草乱蛙鸣。

第三十回

赌新歌宝儿博宠　观图画萧后思游

词曰：

午梦初回闲信步，转过雕栏，又听新声度。蜂飞蝶舞风回住，莺啼一唤情难去。　　醉向花阴日未暮，漫把珠帘，钩起游丝絮。画上天涯萦意绪，今日没个安排处。

——右调《蝶恋花》

凡人的心性，终是静则思动，动则思静。怎能个像修真炼性的，日坐蒲团。至若妇人念头，尤难收束，处贫处富，日夕好动荡者俱多，肯恬静的甚少，其中但看他所志趋向耳。

再说朱贵儿、韩俊娥、杳娘、妥娘、袁宝儿一班美人，齐转到院后西轩中坐下，一递一个把那些新学的词曲共演唱了片时。朱贵儿忽然说道："这些曲子，只管唱，没有甚么趣味。如今春光明媚，你看轩前的杨柳青青，好不可爱。我们各人，何不自出心思，即景题情，唱一首杨柳词儿要子？"杳娘道："既如此，更不要白唱，唱得好的，送他明珠一颗；唱不来的，罚他一席酒，请问众人如何？"四人都道："使得，使得。"妥娘道："还该那个唱起？"朱贵儿道："这个不拘，有卷先递。"说未了，韩俊娥便轻敲檀板，细啭莺喉，唱道：

杨柳青青青可怜，一丝一丝拖寒烟。

何须桃李描春色，画出东风二月天。

韩俊娥唱罢，众人都称赞道："韩家姐姐，唱得这样精妙，真个是阳春白雪，叫我们如何开口？"韩俊娥道："姐姐们不要笑我，少不得要罚一席相请。"还未说完，只见妥娘也启朱唇，翻贝齿，娇滴滴的唱道：

杨柳青青青欲迷，几枝长锁几枝低。

不知萦织春多少，惹得宫莺不住啼。

妥娘唱毕，大家又称赞了一会，朱贵儿方才轻吞慢吐，嘹嘹呖呖，唱将起来道：

杨柳青青几万枝，枝枝都解寄相思。

宫中那有相思寄，闲挂春风暗皱眉。

贵儿唱完，大家说道："还是贵姐姐唱得有此风韵。"贵儿笑道："勉强塞责，有甚么风韵。"因将手指着杳娘、宝儿说道："你们且听他两个小姐姐唱来，方见趣味。"杳娘微笑了一笑，轻轻的调了香喉，如箫如管的唱道：

杨柳青青不绾春，春柔好似小腰身。

漫言宫里无愁恨，想到春风愁杀人。

杳娘唱罢，大家称赞道："风流蕴藉，又有感慨，其实要让此曲。"杳娘道："不要羞人，且听袁姐姐的佳音。"宝儿道："我是新学的，如何唱得？"四人道："大家都胡乱唱了，偏你能歌善唱的，倒要谦逊？"宝儿真个是会家不忙，手执红牙，慢慢的把声容镇定，方才吐遏云之调，发绕梁之音，婉婉的唱道：

杨柳青青压禁门，翻风挂月欲销魂。

莫夸自己春情态，半是皇家雨露恩。

宝儿唱完，大家俱各称赞。朱贵儿说道："若论歌喉婉转，音律不差，字眼端正，大家也差不多；若论词意之妙，却是袁宝儿的不忘君恩，大有深情，我们皆不及也。大家都该取明珠相送。"宝儿笑道："众姐姐休得取笑，得免罚就够了，还敢要甚么明珠？羞死，羞死。"杳娘道："果然是袁姐姐唱得词情俱妙，我们大家该罚。"

众美人正争嚷间，只见炀帝从屏风背后，转将出来，笑说道："你们好大胆，怎么瞒了朕，在这里赌歌？"众美人看见了炀帝，都笑将起来说道："妾等在此赌胡诌的歌儿耍子，不期被万岁听见。"炀帝道："朕已听了多时矣！"原来炀帝一觉睡醒，不见了宝儿，忙问左右，对道："在后院轩子里，与众美人演唱去了。"炀帝遂悄悄走来。将到轩前，听见众美人说也有，笑也有，恐打断了他们兴头，遂不进轩，到转过轩后，躲在屏风里面，张他们耍子，故这些歌儿，俱一一听得明白。当下说道："你们不要争论，快来听朕替你们评定。"众美人真个都走到面前。

炀帝看着朱贵儿、韩俊娥、妥娘、杳娘说道："你们四个，词意风流，歌声清亮，也都是等闲难得。"又将手指着袁宝儿道："你这个小妮子，学得几时唱，就晓得遣词立意，又念皇家雨露之恩，真个聪明敏惠，可喜可爱。"宝儿也不答应，只是憨憨的嘻笑。炀帝又道："你们到耍得有趣，都该重赏。"

遂叫左右取吴绫蜀锦，每人两端，宝儿加赏明珠两颗，说道："你既念皇家的雨露，雨露不得不偏厚于你。"宝儿与众人一齐谢恩，说："万岁评论极公。"炀帝大喜，正欲吩咐看宴来，忽闻隔墙隐隐有许多笑声，将近轩来。左右报道："众夫人来了。"

炀帝见说，笑对众美人道："你们把朕藏着，待他们来，只说朕不在这里。"韩俊娥道："叫妾等藏万岁爷到那里去？"朱贵儿道："左首短屏后可以藏得。"炀帝道："下身露出不好。"杏娘道："假山后芭蕉阴里到好。"炀帝道："倘或一阵风来，吹倒了叶儿，就看见了，也不好。"袁宝儿笑道："有便有一个所在，只怕万岁不好意思。"炀帝笑道："小油嘴，快说来，不要耽搁了工夫。"贵儿把手指右首壁上一口壁橱道："这内中甚是广阔，上边又有雕花。可以看外，又不闷人，不要说万岁一个，再有一个陪驾，亦可容得。"炀帝见说，点头笑道："妙，你们快开了，待朕躲进去。"众美人忙把橱门展开，炀帝轻身一跃，闪进里头去了。众美人仍然关好，把屈戌① 扣上。

不一时，七八位夫人携着手笑进轩来。只见众美人都站在那里，四围一看，并不见炀帝。明霞院杨夫人道："万岁不在这里。"清修院秦夫人问众美人道："万岁那里去了？"众美人说道："不晓得。"晨光院周夫人道："宝辇尚停在院外，宫人们都说在西轩里，难道万岁有隐身法的，就不见了？"景明院梁夫人笑对袁宝儿道："别的说不晓得也就罢了，你是时刻要侍奉的，岂不知万岁在何处。若藏在那里，快些说出来，不然我们大家要动手了。"宝儿憨憨的答道："我一个娃娃家，怎便可以藏得万岁？"迎晖院罗夫人笑道："好一个娃娃家！只怕来年这时候，要做娘了。"众夫人都笑起来。秋声院薛夫人道："不是这等讲，我有个法在此。他们是不肯说的了，我们莫若将宝儿这妮子劫了去。万岁是时刻少他不得，他不见了，他自然要寻到我们院里来的，何须此时性急？"众夫人都道："有理，有理。"正要大家动手，翠华院花夫人只见壁橱里边一影，便道："万岁在这里，我寻着了。"忙把壁橱屈戌除去，正要开门，听见里边格吱吱笑声，跳出一个炀帝来，拍手大笑道："好呀，众妃子要劫朕可人去，是何道理？"文安院狄夫人笑道："幸亏薛夫人的妙策，激动天颜，方才泄漏；不然只道这里头是凤池，那晓得倒是个龙窟。"众夫人与众美人都大笑起来。

---

① 屈戌——门窗上的搭扣。

炀帝对众夫人问道："你们这一伙，为甚么游到这里来？"秦夫人道："妾等俱有耳报法，晓得陛下在这里评品歌词，妾等亦赶来随喜随喜。"薛夫人问道："他们歌的是新词是旧曲？"炀帝便把五个美人的杨柳词逐个述与众夫人听。周夫人道："他们倒玩得有些意思，我们亦该寻个题目来做做，消遣韶华①，强如去抹牌下棋，猜谜行令。"炀帝笑道："题目不拘，就众妃子各人写怀赋志，何必别去搜求。"秋夫人道："题目虽好，只是如今现在只有妾等八人，万岁何不连他们一发去宣了来，以见十六院多有吟咏，方成个诗文会集，大家有兴。"炀帝道："妃子之论甚佳。"叫左右近侍们："快些去宣那八院夫人来。"宫人领旨，如飞的分头去了。正是：

横陈锦障栏杆内，书吸江云翰墨中。

不一时，只见众夫人多打扮得鲜妍妩媚，袅袅娉娉，齐走进轩来，见过了炀帝，又见了八位夫人。炀帝一看，只有六人，少了两位：仪凤院李夫人，宝林院沙夫人，便问道："为何庆儿不来？"绮阴院夏夫人道："李夫人么，是陛下不到他院里去临幸，害了相思病来不得。"炀帝笑道："别样病，朕不会医，惟相思病，朕手到病除。"又问道："沙妃子为何也不来？"降阳院贾夫人道："他说身子有些诧异，看动弹得也就来。"又道："陛下宣妾等来，有何圣论？"秦夫人道："陛下因众美人赌唱新词，也要命题，叫妾等或诗或词，大家做一首题目，各人或写景或感怀，随意可做。"积珍院樊夫人对炀帝道："他们吟风弄月惯的，妾却笔砚荒疏，恐做出来反污龙目。"炀帝道："这也不过适一时之兴，胡诌几句消遣，妃子何须过逊？"影纹院谢夫人道："若要考文，必须定个优劣赏罚。"仁智院姜夫人道："主司自然是陛下了，但妾赏则不敢望，罚则当如何？"花夫人道："赏则各输明珠一颗，以赠元魁，罚则送主司到他院里去，针灸他一夜，再考。"秦夫人道："这等说，人人去做歪诗，再无好吟咏了。"和明院姜夫人道："不是这等讲，若是做得丑的，要罚他备酒一席，以作竟日欢；若是做得奇思幻想，清新中式的，大家送主司到他院里去，欢娱一夜。"周夫人笑道："照依你说，我是再不沾雨露的了。"

炀帝听见众夫人议论，大笑不止，便道："众妃子不必争论，好歹做了，朕自有公评。"于是众夫人笑将下来，向炀帝告坐了，便四散去了，各占了

① 韶华——光阴，时光。

坐位。桌上预先设下砚一方，笔一枝，一幅花笺。大家静悄悄凝坐构思。炀帝坐在中间，四围观看：也有手托着香腮；也有颦蹙了画眉；也有看着地弄裙带的；也有执着笔仰天想的；有几个倚遍栏杆；有几个缓步花阴；有的咬着指爪，微微吟咏；有的抱着护膝，唧唧呆思。炀帝看了这些佳人的态度，不觉心荡神怡，忍不住立起身来，好像元宵走马灯，团团的在中间转，往东边去磨一磨墨，往西边来镇一镇笺；那边去倚着桌，觑一觑花容；这边来靠着椅，衬一衬香肩。转到庭中，又舍不得里边这几个出神摹拟；走进轩里，又要看外边这几个心情。引得一个风流天子，如同戏台上的傀儡，提进提出。

正得意之时，只见一个内监进来奏道："娘娘见木兰庭上百花盛开，遣臣请万岁御贺赏玩。"炀帝便道："木兰庭上也有些景致，自从有了西苑，许久不曾去游，只是此刻众夫人在这里题诗看花，明日罢。"内监道："娘娘已先进木兰庭去了，专候万岁驾临。"狄夫人起身，对炀帝说道："妾等做诗，原没甚要紧，陛下还是进宫去的是，不要因了妾们拂了娘娘的兴。"炀帝沉吟了一回，说道："既如此，妃子们同去走走，何如？"罗夫人道："使不得，娘娘又没有旨唤妾们，妾等成队的进宫去，不惟不能凑其欢，反取其厌了。"炀帝点头道："也说得是，待朕去看光景好，再差人来宣你们未迟。如今大家且在这里构思完题。"说了起身，众夫人送出轩来，炀帝便止住道："众妃子各自去干正事，不要乱了文思。"众夫人应命进轩。

炀帝见众美人都在轩外，说道："你们总是闲着，随朕去游赏片时。"宝儿等五人，欢喜不胜，随炀帝上了玉辇，转过西轩，又行过了明霞、晨光二院，将到翠华院玉山嘴口，只见一辆小车儿，迎将上来。炀帝仔细一看，却是仪凤院李夫人。李夫人望见了炀帝的玉辇，忙下车来，俯伏辇前。炀帝把手扶他起来道："好呀，你躲到这时候方来，夏妃子说你害了相思病，朕正要来替你诊治。"李夫人笑道："陛下那有闲工夫来，妾偶尔伤春贪睡来迟，望陛下恕罪，不知宣妾等在何处供奉？"炀帝便把美人赌歌，众妃子也想吟诗，"朕叫他们各自写怀在西轩中题咏，如今因木兰庭上花开，皇后来请，不得不去走遭"，说了一遍。李夫人道："既是陛下要进宫去了，妾又到西轩去有甚兴致，不如仍回院去，做了诗呈上御览便了，"炀帝道："妃子既是体中欠安，诗词今日不做，后日亦可补得，没甚要紧，倒不如同朕进宫去看一看花，夜间朕就到你院中歇了，朕还有点话对你说。"李夫人不敢推辞。炀帝拉李夫人同坐了玉辇，亲亲切切，又说了许多体己话。

不一时已到宫中，萧后接住。李夫人见过了萧后。萧后对炀帝道："妾见木兰庭上万花齐放，故差奴婢们迎请陛下一赏。"又对李夫人道："前日承夫人差宫人来候问，又承见惠花钏，穿扎得甚巧，两日正在这里想念，今日同来，正惬我心。"李夫人道："微物孝顺娘娘，何足记怀。"炀帝道："朕久不到木兰庭，正要一游，不想御妻亦有同心。"三人一头说，一头走，须臾之间，早到木兰庭上。炀帝四围一看，只见千花万卉，簇簇俱开。真个是：

皇家富贵如天地，禁内繁华胜万方。

炀帝与萧后众人，四下里游赏了一会，方到庭上来饮酒。萧后问道："陛下在苑中作何赏玩，却被妾邀来？"炀帝道："朕偶然睡起，见朱贵儿等躲在院后轩子里，赌唱歌儿耍子，被朕窃听了半日，到唱得有些趣味。"萧后道："怎样有趣？"炀帝遂把众美人如何唱、如何赌与自家如何评定，细细述了。萧后看着众美人说道："你们既有这等好歌儿，何不再唱一遍，与我听听？看万岁评定的，公也不公？"炀帝道："有理有理，也不要你们白唱，唱一首，朕与娘娘饮一杯酒，李妃子也陪饮一杯。"众美人不敢推辞，只得将杨柳词一个个重新唱了一遍。萧后俱称赞不已。末后轮到袁宝儿唱时，炀帝正要卖弄他皇家雨露之恩，留心侧耳而听，不想他更逞聪明，不袭旧词，又信着口儿唱道：

杨柳青青娇欲花，画眉终是小宫娃。

九重上有春如海，敢把天公雨露夸。

炀帝听了，又惊又喜道："你看这小妮子，专会作怪。他因御妻在此，便唱'九重上有春如海，敢把天公雨露夸'。这明是以宫娃自谦，见他不敢专宠之意。"萧后大喜道："他年纪虽小，到有些才情分量。"因叫他到面前，亲自把一杯酒，赐与他吃，说道："你小小年纪，倒知高识低，晓得事务，先念皇恩，又不敢夸张，真可谓淑女矣！"将自己的一副金钏取下来赏他。宝儿谢恩，接了也不做声，只是憨憨的嘻笑。

萧后对炀帝道："刚才奴婢们说陛下在西轩，与众夫人赋诗，怎么列位不见，陛下独同李夫人来？"炀帝指着众美人道："因他们赌唱新词，众妃子偶然撞来，晓得了，也要朕出个题目，消遣消遣。李妃子是没有来，直到御妻请朕回宫，在玉山嘴口，遇见朕，因拉他来看花助兴。"萧后道："李夫人来，更觉花神增色；只是打断了陛下考文的兴趣，奈何？"大家说说笑笑，炀帝不觉微有醉意，遂起身到各处闲耍。偶走上殿来，但只见中间挂着一幅大画，画上都是泥金青绿的山水人物，也有楼台寺院，也有村落人家。炀帝见了，便立住细看，并不转移。萧后见炀帝注看多时，恐劳神思，便叫宝儿去请来饮酒。宝儿去请，炀帝也不答应，只是注目看画。萧后又叫宝儿拿一钟新煎的龙团细茶，送与那炀帝，炀帝只是看画，也不吃茶。

萧后见炀帝看得有些古怪，忙起身同李夫人走到面前，徐徐问道："这是那个名人的妙笔？陛下为何这等爱他，凝眸不舍？"炀帝道："这画乃是一幅广陵图，朕见此图，忽想起广陵风景，故有些恋恋不舍。"萧后道："此图与广陵不知可有几分相似？"炀帝道："论广陵山明水秀，柳媚花娇，这图如何描写得出？若只论宫殿寺宇，一指顾间，历历如在目前。"萧后将手指着问道："此一条是什么河道，有这些轴轳舟楫在内？"炀帝见萧后问他详细，遂走进一步，将左手伏在萧后肩上，把右手指着图画，细细说道："这不是河道，乃是扬子江。此水自西蜀三峡中流出，奔腾万余里，直到海中，由此遂分南北，古今所谓天堑者，以此江而得名也。"李夫人道："沿江这一带，都是甚么山？"炀帝道："这正面一带，是甘泉山；左边的是浮山，昔大禹治水，曾经此山，至今山上，还有个大禹庙；右边这一座，叫做大铜山，汉时吴王濞在此处铸钱，故此得名，背后一带小山，叫做横山，梁昭明太子在此处读书；四面散出的，乃是瓜步山、罗浮山、摩诃山、狼山、狐山，俱是广陵的门户。"

李夫人悄悄的叫贵儿点两杯浓酽酽的茶来。李夫人送了一杯与萧后吃了，又取了一杯茶，轻轻的凑在炀帝面前去。炀帝把手来接了。萧后放了杯，又问道："中间这座城池，却是何处？"炀帝吃完了茶，答道："这叫做芜城，又叫做古邗沟城，乃是列国时吴王夫差的旧都。旁边这一条水，也是吴王凿的，护此城池。此城据于广陵之中，又得这些山川相为护卫。朕向来曾镇扬州，意欲另建一都，以便收揽江都秀气。"李夫人道："这小小一城，如何容得天子建都？"炀帝笑道："妃子在画上看了觉小，若到那里尽宽大，可以任情受用。"又以手指着西北一隅地方说道："只此一处，有二百余里，与西苑大小争差不多。朕若建都此处，可造十六宫院，与西苑一般。"又四下里乱指道："此处可以筑台，此处可以起楼，此处可以造桥，此处可以凿池。"这炀帝说到了兴豪之际，得意之时，不觉得手舞足蹈，欣然畅快起来。萧后见了笑道："陛下既说得如此有兴，何不差人快做起来，挈带贱妾并众夫人与美人同去一游?"炀帝道:"朕实有此心,只恨这是一条旱路,难有离宫别馆,晚间住扎,日间那些车尘马足的劳攘,甚是闷人;再带了许多妃妾们,七起八落,如何能够快活?"李夫人道:"何不寻条水路,多造龙舟,妾等皆可安然而往?"炀帝笑道:"若有水路,也不等今日。"萧后道:"难道就没有一条河路?方才那条扬子江,恐怕有路。"炀帝道:"太远,太远,通不得。"萧后道:"陛下不要这般执定,明天召群官商议,或别有水路,亦未可知。且去饮酒,莫要只管愁烦。"

炀帝见说,携了萧后的手,三人依旧到庭上来饮酒。大家你一杯,我一盏,饮至掌灯时,李夫人起身,向炀帝与萧后要告辞归院。炀帝不开口,只顾看那萧后。萧后便知炀帝的意思,况又李夫人性格温柔,时亦到宫来候问,故此萧后待他更觉亲热,便一把扯住道:"夫人不比别个,就住在我宫中一宵,亦何妨碍?况且陛下又在这里,决不使你寂寞。"炀帝笑道:"御妻你不晓得,他刚对朕说道这两日身上有些欠安,朕勉强拉他来看花助兴。"萧后见说,笑道:"身子不好,这不打紧,住在这里,少刻我叫陛下送一帖黄昏散来,保你来朝原神胜旧。"引得李夫人掩着口儿,只是笑,见萧后意思殷勤,只得仍旧坐下;又吃了更余酒,然后与炀帝、萧后同在宫中歇了。

烛开并蒂摇金屋,带结同心绾玉钩。

次日,炀帝设朝,聚集大臣会议,要开一条河道,直通广陵,以便巡幸。众臣奏道:"旱路却有,并不闻有河道可以相通。"炀帝再三要众臣筹策一条河路来,各官俱面面相觑,无言可答。大家捱了一会,只得奏道:"臣等愚昧,一时不能通变,伏望陛下宽限,容臣等退出,会同该部与各地方官,细细查勘回旨。"炀帝依奏,即传旨退朝,起身退入后宫。正是:

欲上还寻欲,荒中更觅荒。
江山磐石固,到此也应亡。

第三十一回

薛冶儿舞剑分欢　众夫人题诗邀宠

词曰：

莺声未老燕初归，正好传杯，鱼肠试舞逞雄奇，争羡蛾眉。　　锦笺觅句谩留题，且共追陪。浅斟细酌乐深闺，情尽和谐。

——右调《玉树后庭花》

自来诗词，虽是写怀寄兴，然其中原有起承转合，故人不得草草涂鸦。但今作者，只取体艳句娇、标新立异而已，原没甚骨力规则。独诧天公使有才之女，生在一时，今荒淫之主，志乱心迷，每事令人欲罢不能。

再说炀帝与众臣议论，要开通广陵河道。退朝回宫，萧后接住问道："陛下与众臣商议的水道何如？"炀帝道："君臣商酌了半日，再寻不出一条路来，今领旨去查，多分也不能有。"萧后道："众臣既去细查，定还有别路，且待他们来回旨再处；陛下不要思量未来，倒误了眼前。"炀帝问道："为何不见李妃子？"萧后道："他因念着诗题，恐怕各院到他那里去寻他，晓得了在这里，不好意思。等不及陛下还宫，忙回院去了。"炀帝见说，便道："正是，为什么众妃子不把诗来进呈？朕与御妻到院中去问他们。"萧后道："这也使得。前日绮阴院差人来，说院中花柳十分可人，请妾去赏玩，因两日不得闲，故没有去。今日天气甚好，陛下何不同到那里去一乐？"炀帝笑道："御妻倒会排遣。"萧后道："妾妇人家，只好是这样排遣，比不得陛下东寻西趁，要十分快乐。"炀帝道："御妻恁说，朕就不去，在这里与御妻促膝谈心，何如？"萧后微哂道："妾是戏言，陛下怎么认起真来，难道宵来刚沐恩波，今晚又思多露，奢望若此？"一头说，一头挽着炀帝的手，走出宫来。随着内相去唤袁宝儿等，到绮阴院侍候。

萧后与炀帝上了宝辇，竟到绮阴院。夏夫人接住。炀帝就问夏夫人道："昨日众妃子吟的诗词，为什么不送来朕览？"夏夫人见过了萧后，对炀帝道："诗是没有做，见陛下回宫去了，妾等亦遂散归。"炀帝笑道："你们好大胆，难道见朕回宫，众妃子就不奉旨了？"夏夫人笑道："诗多是做的，交在清修院秦夫人处，他一齐送呈御览。”又转对萧后道：“前日妾望娘娘玉趾降临，为何直至今日？”萧后道：“承夫人相邀，满拟即来游玩，不知为甚缘故，春未去而病先来，觉得身子甚懒，因陛下有兴，故此同来。”炀帝与萧后大家说说笑笑，各处游赏；只见鸟啼花落，日淡风和，春夏之交，光景清幽可爱。正是：

领略花蹊看不尽，平分秋月意何如。

炀帝赏玩了多时，心下畅快，因对萧后道：“早是御妻邀来游玩，不然将这样好风光都错过了。”夏夫人忙排上宴来。炀帝饮了数杯，忽问道：“袁宝儿众人，如何不来？”众内相听了，慌忙去叫，却都不在院中。各处去寻，寻了半晌，一个个忙忙乱乱的走将进来。炀帝见他们举止失常，便问道：“你这干小妮子，躲在何处，这时候才来，又这般模样？”众美人料隐瞒不住，只得齐跪下道：“妾等在仁智院山上，看舞剑耍子，不知万岁与娘娘驾到，有失随侍，罪该万死。”炀帝道：“是谁舞剑？”宝儿道：“是薛冶儿。”炀帝道：“薛冶儿从不曾说他会舞剑，敢是你们说谎？”萧后道：“谎不谎，有何难见，只叫冶儿来，便知端的。”炀帝点头，放了众美人起来，随叫内相去唤冶儿。不多时，冶儿唤到，怎生打扮？但见：

穿一件淡红衫子，似薄薄明霞剪就；系一条缟素裙儿，如盈盈秋水裁成。青云交绾头上髻，松盘百缕；碧月充作耳边珰，斜挂一双。宝钏低弹彩鸾飞，绣带轻飘金凤舞。梨花高削两肩，杨柳横拖双黛。毫无尘俗，恍疑天上掌书仙；别有风情，自是人间豪侠女。

炀帝见了薛冶儿，便说道：“你这小妮子，既晓得舞剑，如何不舞与朕看，却在背后卖弄？”冶儿答道：“舞剑原非韵事，被众夫人逼勒不过，偶然耍子，有何妙处，敢在万岁与娘娘面前献丑？”炀帝笑道：“美人舞剑，乃是美观，如何反说不韵？赐你一杯酒，舞一回与朕看。”冶儿不敢推辞，饮了酒，取了两口宝剑，走到阶下，也不揽衣，也不挽袖，便轻轻的舞将起来。初时一来一往，还袅袅婷婷，就如蜻蜓点水，燕子穿花，逞弄那些美人的姿态；后渐渐舞得紧了，便看不清来踪去迹。两口宝剑寒森森的，就像两条白龙，在上下盘旋。再舞到妙处时，剑也看不见，人也看不见，只见冷气飕飕，寒光闪闪，一团白雪在阶前乱滚。炀帝与萧后看了，喜得眉欢眼笑，拍手称好。

冶儿舞了半晌，忽然就地一滚，直滚到东南角上。炀帝疑惑，在席上首站起来看。只听得翻天一声响,碗大的一株枣树,砍将下来,惊得内监与众美人都避进院。冶儿将身一闪,徐徐收住宝剑,恍如雪堆销尽,现出一个美人来的模样,轻轻的走到檐前,将双剑放下,气也不喘,面也不红,发丝一根也不散乱,阶前并无半点尘埃飞起。望他走来,仍旧衣裳楚楚,笑容可掬。炀帝不觉拍桌叹赏道:"奇哉冶儿!直令人爱死!"就叫冶儿近身,用手在他身上一摸,却又香温玉软,柔媚可怜,就像连剑也拿不动的。心下十分欢爱,因对萧后道:"冶儿美人姿容,英雄伎俩,非有仙骨,不能到此;若非今日,朕又几乎错过。"萧后道:"如今也未迟,真个我见犹怜。"炀帝见说,就大笑起来。正是:

能臻化境真难测,伎到精时妙入神。

试看玉人浑脱舞,梨花满院不扬尘。

炀帝归到席上,萧后道:"今日之乐,比往日更觉快畅,皆夏夫人之惠也。"夏夫人道:"妾有何功,幸赖冶儿舞剑,庶不寂寞耳。陛下与娘娘该进一巨觞,冶儿亦当以酒酬之。"炀帝笑道:"难道主人倒不饮?"夏夫人答道:"妾自然奉陪。"正要斟酒,只见宫娥进来报道:"众夫人进院来了。"夏夫人见说,忙起身出去接了进来。十六院夫人,一位也不少,上前见过了炀帝与萧后。夏夫人与众位夫人叙过了礼,叫左右重整杯盘,入席坐定。炀帝笑道:"你们这时候才来见朕,不怕主司责罚么?先罚三杯一个,然后把诗来呈。"谢夫人道:"主司今日却轮不到陛下了,还该让娘娘;陛下只好做个副主考。"炀帝道:"这是什么缘故?"狄夫人道:"吾辈女门生,自然该娘娘收入宫墙,陛下理宜回避,始免嫌疑。"萧后道:"易经葩经,各服一经,还是陛下善于作养人材。"炀帝亦笑道:"御妻久著关雎雅化,深得《诗经》之旨。"萧后笑道:"不比陛下一味《春秋》。"引得众夫人美人都大笑起来。

秦夫人在宫奴手里,取诗稿一本呈上。炀帝揭开第一页来看,见上写"仁智院臣妾姜桂,恭呈御览",下边一个小小方印"月仙氏"。炀帝看了,笑对姜夫人道:"论来还该序齿诠次,你的年纪最小,为甚把你列为首唱?"姜夫人答道:"昨日因杨夫人、周夫人说先完的先录,不必拘泥。妾是腹中空虚,无可思索,故此僭越。比不得众夫人们,肚子里有物,要细细推敲揣摩。"话未说完,秦夫人对着姜夫人道:"我们被你说也罢了,怎么独嘲笑起沙夫人来?"姜夫人道:"妾何尝嘲笑沙夫人?"秦夫人道:"你说肚子里有物,不是打趣他么?"姜夫人道:"妾实不知,望沙夫人恕罪。"萧后听说,忙问道:“依众夫人说来,可是沙夫人恭喜了,这也是九庙之灵,陛下之福。”

炀帝口也不开,觑着沙夫人注目的看。只见沙夫人桃花脸上,两朵红云,登时现将出来,垂头无言。炀帝看见光景,有些厮像,问下首梁夫人道:“妃子是忠实[①]人,实对朕说,沙妃子的喜,是真是耍?”梁夫人在桌底下伸出三个手指来,低低的答道:“三个月了。”炀帝见说,大喜道:“妙极,妙极!快取热酒来,待朕饮三大杯,御妻也饮三杯。”杨夫人道:“此皆娘娘德化所致,使妾等普沾恩泽也。三杯岂足以报娘娘万一,陛下何功,却要吃起三大觞来?”炀帝笑道:“虽然朕没有大功,亦曾少效微劳。”惹得众人都大笑起来。炀帝把手乱指道:“你们众妃子,一概都吃三杯。”又笑对沙夫人道:“妃子只饮一杯罢。”贾夫人道:“一回儿就是陛下徇私了。刚才说妾们一齐吃三杯,为何沙夫人反只要吃一杯?”江夫人道:“少刻,诗词若是陛下看得不公,还要求娘娘磨勘。”炀帝一头笑饮,看姜夫人的诗,却是一首绝句:

六宫清昼斗云鬟,谁把君王肯放闲?
舞罢霓裳歌一阕,不知天上与人间。

炀帝看罢笑道:“姜妃子从不曾见他吟咏,亏他倒扯得来,竟不出丑。又看下去,上写“影纹院臣妾谢初萼”,下边图印“天然氏”,也是绝句一首:

晚妆零落一枝花,又听銮舆出翠华。
忙里新翻清夜曲,背人听拨紫琵琶。

炀帝对谢夫人道:“别人诗中的兴比,不过是借题寓意,你却是典实。那一夜朕在清修院歇,隔垣听得谢妃子的琵琶,真个弹得如怨如慕,如泣如诉,令人听之忘寝。今此诗竟如写自己的画图。”萧后道:“有此妙技,少刻定要请教。”炀帝又看下去,见上写“翠华院臣妾花舒霞”,图印上“字伴鸿”,是一首词。炀帝遂朗吟云:

桐窗扶醉梦和谐,恼乱心怀,没甚心怀。拉来花下赌金钗,懒坐瑶阶,又上瑶阶。银河对面似天涯,不是云霾,即是风霾,鹊桥有处已安排,道是君乖,还是奴乖。(上调《一剪梅》)

炀帝念完,萧后问道:“这是谁的?倒做得有趣。”炀帝道:“是花妃子的。”萧后笑道:“只怕今夜花夫人乖不去了。”炀帝道:“词句鲜妍妩媚,深

---

① 忠实——老实,忠厚。

得丽人情致。”花夫人道：“胡诌塞责，有甚情致？蒙陛下过誉。”樊夫人道：“花夫人过谦，陛下可要罚他一杯？”炀帝点点头，又看下去，写着“和明院臣妾江涛”，印章是“惊波氏”。却是绝句二首：

梦断扬州三月春，五桥东畔草如茵。
君王若问侬家里，记得琼花是比邻。

其二：

晓妆螺黛费安排，惊听鹦哥报午牌。
约略君王今夜事，悄挨花底下弓鞋。

炀帝念完，说道：“二诗做得情真艳丽，但觉乡思之念切耳。”萧后叫宫人取大杯：“奉陛下三巨觞。”炀帝道：“御妻为甚要罚起朕来？”萧后道：“陛下论诗不明，故此要罚。”炀帝道：“御妻说有何不明？”萧后道：“妾说来，陛下自然心服。你们众夫人都来看。”众夫人见说，齐到萧后身边来。萧后指着江夫人的诗说道：“这两首诗，是兴比之体。前一首，是江夫人借家乡之意，切念君心，其实非念家乡，隐念君心也。第二首，文义是总归题旨，明写重念君心，非念家乡也，为何反说思乡之念太切，岂不是论诗不明？”炀帝哈哈大笑道：“朕岂不知，因御妻与众妃子多在这里，难道独赞江妃子的诗意念朕，众妃子独不念朕耶！看诗者，只好以意逆志耳！”周夫人道：“亏得娘娘明敏，道破了作者诗意，像妾们只好被陛下掩饰过了。”炀帝道：“朕将一杯转奉与御妻，以见磨勘的切当；再一杯寄与周妃子，以酬其帮衬，朕自吃一杯。”周夫人笑道：“总是多嘴的不好，难道江夫人倒不要吃？”萧后道：“陛下这三杯，是要奉的，妾们大家再陪一杯，乃是至公。”于是各人斟酒而饮。炀帝吃了酒，看后边去，见上写着“文安院臣妾狄玄蕊”，印章“字亭珍”，是一首词，调寄《巫山一段云》。

时雨山堂润，卿云水殿幽。花花草草过春秋，何处是瀛州。翠袖承恩遍，朱弦度曲稠。御香深惹薄言愁，天子趁风流。

炀帝念完，赞道：“好，哀而不伤，乐而不淫，得吟词正体。”萧后笑道：“此首别人做不出，更妙在结题。陛下又该饮一大杯。”炀帝道：“该吃，快快斟来。”又看到下边去，上写着“秋声院臣妾薛印花谨呈御览”，图印是“小字南哥”。是七言绝句一首：

午凉庭院倚微醒，弄水池头学采苹。
荷惯恩私疏礼节，梦中犹自唤卿卿。

炀帝念完道:“妙！文如其人,情致宛然。”萧后笑道:“再加几个卿字,陛下还要妙哩!”罗夫人亦笑道:“这几声唤,薛夫人难道不下来递陛下一杯酒?”薛夫人见说,含着娇羞,认真要起身来,炀帝见了,忙止住道:“你自坐着,不要睬他。”又看了下去,上写道“积珍院臣妾樊娟”,印章是“素云氏”。也是绝句一首:

梦里诗吟雨露恩,那须司马赋长门。
温泉浴罢君王唤,遮莫残妆枕簟痕。

炀帝念完,说道:“情深而意淡,深得佳人韵致。”又看下去,上写道:“降阳院臣妾贾素贞谨呈御览”,下边图章“字林云”,是绝句两首:

玉质光含不染熏,清香别是异芬芳。
曾经醉入潇湘梦,起倚雕栏弄素裙。

其二:

相思未解翰何题,一自承恩情也迷。
记得当年幽梦里,赐环惊起望虹霓。

炀帝念完,微笑赞道:“不事脂粉,天然妍媚,所谓粗服乱头俱好。”只见众夫人格吱吱笑起来。炀帝问道:“众妃子为甚好笑?”姜夫人道:“妾们笑昨日。”说了就止住口道:“妾不说了,刚才无心唐突了沙夫人,如今何苦又多嘴?”炀帝道:“你不说,罚三巨觥。”花夫人道:“他吃不得,待妾代说了罢。昨日贾夫人做诗,一回儿起了稿,自己看了摇摇头,团做纸圆儿吃了。如此三四回,吃了三四个纸圆。后见陛下进宫去了,要请周夫人与杨夫人代笔。他两个不肯,贾夫人气起来道:“求人不如求自己,陛下晓得我是初学,好歹放几个屁在上,量陛下不把奴打到赘字号里去。今见陛下赞他的诗,故此妾们好笑。”薛夫人笑道:“亏那几个纸团儿,方放出好屁来。”炀帝见贾夫人有点愠意,罚了姜夫人、花夫人、薛夫人一杯酒。又展一首来看,“绮阴院臣妾夏绿瑶谨呈御览”,印章是“琼琼氏”,乃是一首词儿:

春满西湖好,月满前山小。匝地笙歌,接天灯火。君王归了,问酒政何如？不过是催花斗草。辜负黄昏草,懒把眉儿扫。心字香烧,谁敢望鸾颠凤倒。尧舜心肠,时怜却汉宫人老。

炀帝念完赞道:“色韵性度,跃跃如纸上出。”萧后笑道:“不但做得有情有致,且为陛下今宵下一速帖。”夏夫人道:“蒙娘娘降临,已出万幸,焉敢更有他望?”炀帝又看下去,写着“迎晖院臣妾罗小玉谨呈御览”,印章上

是“佩声氏”,是绝句两首:

亭西小院灿名花,岂此寻常富贵家。

染尽上林好风景,瑶琴一曲胜琵琶。

其二:

别样新妆懒画容,玉山颓处两三峰。

漫言姚魏堪为侣,还让宫花报九重。

萧后见炀帝念完,因说道:“二诗才情分量,兼得之矣,陛下以为是否?”炀帝道:“御妻评拟不差。”又看下去,上写道:“清修院臣妾秦美”,印章是“丽娥氏”,绝句一首:

宫禁春深雨露饶,万堆红紫绿千条。

不知花叶谁裁里,始信东风胜剪刀。

炀帝点点头,又看下去,见上写“明霞院臣妾杨毓”,印章上是“翩翩氏”,也是绝句一首:

娇痴何分沐恩光,占尽春风别有香。

自是妾身无状甚,错疑花木恼君王。

炀帝微笑一笑,又看下去,上写着“晨光院臣妾周含香”,印章“字幼兰”,是小词一首,词寄《如梦令》:

昨夜东风吹透,一树杨梅开骤,香露浥泡金樽,满祝千秋万寿。非谬非谬,共醉太平时候。

炀帝念完,点几点头,又看下去,上写着“景明院臣妾梁玉谨呈御览”,图记上是“莹娘氏”,是绝句一首:

腰肢怯怯怕追欢,镜里幽情只自看。

莫说宫闱多媚态,轻罗小袖醉阑干。

炀帝微笑一笑。萧后问道:“为甚么这几首,陛下只点头微笑?”炀帝道:“御妻,你不知六宫中,如杨翩翩、周幼兰、秦丽娥、梁莹娘、沙雪娥是宫中的诗伯,今竟如臣下应制,并不见出色文字,合着旧曲一句,把往事今朝重提起。”引得众夫人没得说,都笑起来。萧后道:“只要是诗就罢了,陛下不苛求。”炀帝又看下去,是“宝林院臣妾沙映”,印章是“雪娥氏”,乃五言律诗一首:

披发入深宫,承恩战栗中。

笑歌花潋滟,醉舞月朦胧。

共颂螽斯羽，相忘日在东。

千秋长侍从，草木恋春风。

炀帝看完赞道："正说难道没有一首出色的，原来在这里。"萧后见说，重新又念了一遍，赞道："果然好，端庄纯静，居然大家。"炀帝又看下去，上写道"仪凤院臣妾车小环"，印章上字是"庆儿"，乃绝句一首：

君王明圣比唐尧，脱珥无烦自早朝。

闲论关雎多雅化，落红飞上赭黄袍。

炀帝看完，笑对李夫人道："倒也亏你。"萧后故意问李夫人道："想是昨夜做的？"李夫人道："昨夜题目也不晓得，今早秦夫人来，一回儿逼勒着乱道几句，殊失陛下命题之意。"炀帝道："若说闺阁中，要如众妃子的，急切间亦不易得；如沙妃子的律诗，颇称佳咏，即如词臣，亦不过如此。诗已看完，我们痛饮一番罢！"萧后叫众夫人奏起乐来。一霎时吹的吹，唱的唱，觥筹交错，各各尽饮。

萧后对夏夫人道："承主人之兴，酒已过量，要回宫去了。"又对沙夫人道："夫人玉体，亦不该久坐，还宜先回院去。"沙夫人见说，亦即起身。炀帝欲同萧后回宫，萧后忙止住了，对炀帝道："若论别宵，任凭陛下心中去受用；今夜是妾作主，陛下理该进宝林院安寝。更遣薛冶儿陪驾，一正一副，谅不寂寞，不知众夫人以为是否？"沙夫人道："承蒙娘娘厚爱，贱妾断不敢独沾恩宠。"众夫人齐声道："娘娘吩咐，使妾等诚服，沙夫人亦不必推辞。"萧后道："可与不可，固在陛下；让与不让，全在众夫人。"炀帝笑执着一大杯酒，扯住萧后道："御妻且饮一上马杯。"萧后笑道："妾实吃不了，陛下也要少饮，留些正经。"说完，遂登辇回宫。众夫人也就送炀帝到宝林院，又命薛冶儿随了沙夫人进去，各自散归院内。正是：无数名花新点色，一枝独占上林春。

第三十二回

狄去邪入深穴　皇甫君挚大鼠

词曰：

人世堪怜，被鬼神播弄，倒倒颠颠。才教名引去，复以利驱旋。船带纤，马加鞭，谁能得自然。细看来朝朝尘土，日日风烟。　饶他狡猾雄奸，向火坑深处，抵死胡缠。杀身求富贵，服毒望神仙。枯骨朽，血痕鲜，方知是罪愆。能几人超然物外，独步机先？

——右调《意难忘》

自古道："人逢利处难逃，心到贪时最硬。"不要说市井中卖菜佣、守财奴见了银钱，欢喜爱惜；即如和尚道士的设心，手里拨素珠，口里诵黄庭，外足恭而内多欲，单只要想人家的财物。至若士子，尤其奸险，凭你窗下读书明理，一入仕途，初叨简命之荣，便想地方上的树皮，都要剥回家去，管甚么民脂民膏，竟忘了礼义廉耻，直至身将就木，还遣命叫儿子薄殡殓，勿治丧，勿礼忏，宁可准千准万，丢下与儿孙日后浪费，妻妾贴赠他人。所以使天怒人怨，以至阴阳果报，历历不爽，还要看了他人，忘了自己。除非是刀上颈、鬼来拿，始放下这一块贪心。安能如大英雄，看得富贵功名，犹如敝屣①。

再说炀帝，那夜在宝林院与沙夫人、薛冶儿两个人欢娱了一夜，明日② 起身，因夜来③ 萧后凑趣得体，梳洗过，即便上辇回宫。刚到宫门首，只见君臣都在那里候驾。炀帝坐了便殿，就问道："卿等会议广陵河道，未知可曾商量出来？"宇文述奏道："臣等与工部河道众人细查，并无一路可通。今有谏议大夫萧怀静，说有一条河路可以通得，故臣等同在此面圣。"原来萧怀静乃萧后之弟，系国舅，现任上大夫之职。炀帝听了，喜问

---

① 敝屣(xǐ)——破旧的鞋。比喻没有价值的东西。

② 明日——天亮。明，亮。

③ 夜来——昨天。

萧怀静道："卿有何路，可以直通广陵？"怀静答道："此去大梁西北，有一条旧河路，秦时大将王离曾于此处掘引孟津之水，直灌大梁。今岁久湮塞不通，若能广集民夫，从大梁起首，由河阴、陈留、雍邱、宁陵、睢阳等处，一路重新开浚，引孟津之水，东接淮河，不过一千里路，便可直到广陵。臣又听得耿纯臣奏，睢阳有天子气，见今开河，必要从睢阳境中穿过，天子之气，必然挖断。此河一成，既不险远，又可除后患。臣鄙见若此。不知圣意以为何如？"炀帝听毕大喜道："好议论，非卿才智识见，不能思想及此。"遂传旨，以征北大总管麻叔谋为开河都护；又对众臣道："路途纡远，工程浩繁，须再得一人协理方妙。"时宇文述因疑李渊杀其子惠及，欲解其兵权，寻他空隙，遂乘机奏道："太原留守李渊，颇有才干，陛下可着他协理，庶几①工程容易告竣。"炀帝见说，即以太原留守李渊为开河副使。从大梁起工，由睢阳一带，直掘到淮河，速调天下人夫自十五以上，五十以下，皆要赴工，如有隐匿者，诛三族。圣旨一下，谁敢进谏？该衙门随即移文催麻叔谋、李渊上任。

原来麻叔谋为人性最残忍，又贪婪好利，一闻升开河都护，满心欢喜，即便赴任。其时柴绍夫妇在鄠县，晓得了旨意，知这是宇文述的奸计，故将岳父调离太原，寻事要害他。李氏对丈夫道："这差不惟有祸，还惹民怨。"慌忙一面差人去报与父亲，叫他托病；一面叫丈夫多带些金珠，进东京打关节，另换一人，庶几无患。

柴绍到东京，假托了一个梁公萧炬，是萧后的嫡弟；一个千牛宇文晶，是隋主弄臣，日夕出入宫禁，做了内应；外边又在护卫处打了关节。张衡前造谣言害唐公，不过是为太子，原不曾与唐公有仇，况是小人，见了银子，也就罢了。唐公病本一到，改差左屯卫将军令狐达，着唐公仍养病太原。这两员官领了敕，定限要十五丈深，四十步阔。河南淮北，共起丁夫三百六十万。每五家出老幼或妇女一名，管炊食馈送，又是七十二万。又调河南、山东、淮北骁骑五万，督催工程。那里管农忙之际，任你山根石脚，都要凿开，坟墓、民居尽皆发掘。那些丁夫，受苦万千。

其时一对人夫开到一处，忽见下面隐隐露出一条屋脊，丁夫随着屋脊，慢慢的挖将下去，却是一所堂屋，有三五间大小，四围白石砌成，有两

① 庶(shù)几——也许，或许。

石门,关得甚紧,不能开展。众夫只道其中有金银宝物,遂一齐将锹锄铲锸,望着石门捣掘,谁想那门就像生铁铸的,百般敲打,莫想动得分毫。忙了半日,众夫恐怕弄出事来,只得报知队长。队长禀知麻叔谋,麻叔谋同令狐达来看,众夫都道:“掘撞凿打,总是无用。”令狐达道:“这座坟墓,不是古帝王的陵寝,定是仙家的圹穴①,岂是用椎凿可以开得?必须具礼焚香,宣皇上的旨意拜求,或有可开之理。”麻叔谋没法,只得叫左右排下香案,同令狐达穿了公服,宣读旨意。

拜祝祷告未完,只见香案前,忽然卷起一阵冷风来,一声响亮,两扇石门,轻轻的闪开。麻叔谋等众人走进去,见里面几百盏漆灯,点得雪亮,如同白昼,中间放着一个石匣,有四五尺长,上面都是凿的细细花纹。麻叔谋见了,心下有些惧怯,不敢轻易开看;又转着后一层,却是一个小小圆洞,洞中壁直的停着一个石棺材。麻叔谋同令狐达又礼拜了,叫人揭开盖儿细看,只见里面仰卧一人,容貌犹红白,颜色如未死的一般;浑身肌肉肥胖如玉;一顶黑发,从头上脸上腹上,盖将下来,直至脚下,从脚上转绕上去,生得脊背中间方住;手上的指爪,都有尺余长短。麻叔谋看了,料是得道仙人骨相,不敢轻易毁动,仍叫左右,将材盖上。把前边石匣开看,匣中并无别物,只有三尺来长一块石板,上写着许多蝌蚪篆文。这些人俱不能辨认。亏得山中一个修真炼性、百来多岁的老人,抄译出来。其文曰:

我是大金仙,死来一千年。数满一千年,背下有流泉。得逢麻叔谋,葬我在高原。发长至泥丸,更候一千年,方登兜率天。

麻叔谋见连他姓名都先写在上面,惊讶不已,方信仙家妙用,自有神机。与令狐达商议:检块丰隆高厚的地方,加礼迁葬。即今大佛寺,是其遗迹。

后又掘至陈留地方,众夫正在开掘,忽见乌云陡暗,猛风骤雨,冰雹如阵一般打来,打得那些丁夫跌跌倒倒,往后退避。麻叔谋不信,自来踏看,亦被风雨冰雹打得个不亦乐乎。唤地方耆老②细询,说有汉代张良,为此地土神,十分灵显。麻叔谋见说,知张良显应,要护守疆界,只得申表具奏朝廷。炀帝即命翰林院,做了一道祝文,用了国宝,差太常卿牛弘赍白

---

① 圹(kuàng)穴——墓穴。

② 耆(qí)老——指老年人。耆,六十岁以上的人。

璧一双，到陈留致祭，始得开通。丁夫开过陈留，正是：

莫道幽明隔，神灵自有威。

这些丁夫，督趱了几日，开到雍邱地方一带大林之中，有一所坟墓，墓上有一座祠堂，正碍着开河的道路。队长前来报禀，麻叔谋亲自来看，只见周围护卫，觉有几分灵气，叫左右唤乡民来问。乡民答道："此乃上古高人的圹穴，不知其姓氏，相传叫做隐士墓。"麻叔谋见说是隐士墓，就不放在心上，遂叫丁夫掘开。众夫急忙动手，拆祠的拆祠，掘墓的掘墓，谁知底下有两三层石板，凿到第三层，忽然一声响亮，就如山崩地裂之状，连人连石板都坠下去，忙忙救得起来，伤的伤，死的死，不知损坏了多少丁夫。麻叔谋吃了一惊，忙差的当人役下去，探看多时，说有二三丈深，底下又有一穴，荧荧煌煌，一派灯火，里边照得雪亮，隐隐约约，有钟鼓之声，望去就像枯海一般，其深无底。众人不敢下去，只得系将上来。令狐达沉思良久道："须得此人下去，方可知其详细。"麻叔谋忙问："是谁？"令狐达道："此人平素专好剑术，常自比荆轲、聂政①，为人有胆气智勇；姓狄名去邪，现任武平郎将；如今现在后营管督粮米；若差此人，他定然去得。"麻叔谋听了，随叫左右去请。

此时去邪正在后营点查粮米，见麻叔谋来请，只得换了公服，进营参见。麻叔谋看见狄去邪，身长八尺，腰大十围，双眸灼灼生光，满脸堂堂吐气，是一个好男子，忙出位来说道："请将军来，别无他事，因前有隐士墓，挖出一个大穴，穴中灯火荧煌，不知是何奇异。闻将军胆勇兼全，敢烦入穴中一探，便是开河第一功。"狄去邪道："既蒙二位老大人差遣，敢不效力，但不知穴在何处？"麻叔谋同令狐达引狄去邪到穴边来看。

狄去邪看了一回说道："既要下去，便斯文不得。"遂去了公服，换上一身紧身细甲，腰间系了一口宝剑，叫人取几十丈长索，索上拴上了许多大铃，坐在一个大竹篮内，系将下去。

狄去邪起初在上面看时，见底下辉煌照耀，及到下面，却又黑暗。存息了一会，睁眼看时，觉微微有些亮影。走出篮来，趁着亮影，摸将去，不上十数步，渐觉比前更是明亮。再行四五十步，忽然通到一处，猛抬头看时，依旧有天有日，别是一个世界。狄去邪看了这段光景，不觉恍然感叹

① 荆轲、聂政——均为战国时著名刺客。

道："人只知在世上争名夺利，苦恋定了阎浮尘土，谁知这深穴中，又有一重天地，真是天外天有天，神仙妙用无穷。"心中早把功名之念看淡了几分，又信着步往前走去。转过了一带石壁，忽见一座洞府，四围白石砌成，中间一座门楼，门外列着两个石狮子，就像人间王侯的第宅。狄去邪不管好歹，竟走进门去，东西一看，并不见有人在内，只见向南一层石门，紧紧关着。忽听得东边一间石房里，得得有声。狄去邪忙走近前，从窗眼里一张，见里边四角上多是石柱，石柱上有铁索一条，系着一个怪兽。那怪兽把蹄儿突了几突，故外面听见。那兽生得尖头贼眼，脚短体肥，仿佛有一个牛大，也不是虎又不是豹。狄去邪看了半晌，再认不出，猛然想了一想，又定睛一看，原来是一个大老鼠。狄去邪着惊道："老鼠有这般大，还不知猫有怎样大？"正呆看时，忽见正南两扇正门开放，走出一个童子来，生得：

哲哲清眉秀目，纤纤齿白唇红。双丫髻，煞有仙风；黄布衫，颇有道气。若非野鹤为胎，定是白云作骨。

那童子看见了，便问道："将军莫非狄去邪乎？"狄去邪大惊道："正是，仙童何以得知？"童子道："皇甫君待将军久矣，可快快进去。"

狄去邪见有些奇异，只得随着童子进门来。见殿宇峥嵘，厅堂宏敞，不是等闲气象。将到殿前，见殿上坐着一位贵人，身穿龙蟠绛服，头戴八宝云冠，垂缨佩玉，俨然是个王者，左右列着许多官吏，阶下侍卫森严。狄去邪到了殿庭，只得望上礼拜，听得那位贵人开口问道："狄去邪，你来了么？"狄去邪答道："狄去邪奉当今圣旨开河，蒙都护卫麻叔谋差委探穴，不想误入仙府，实为有罪。"那贵人便道："你道当今炀帝尊荣么？你且站在一边，我叫你看一物事来。"就对旁边一个凶恶的武卫道："快去牵那阿摩过来。"那武卫见说，慌忙手执巨棍，大步往外边去了。不多时听得铁链声音，那个武卫将一条长链牵着一兽前来。狄去邪仔细一看，却就是外边石柱上的大鼠。那武卫牵到庭中，把一手带住，那鼠蹲踞于月台上，扬须啮爪，状如得意。那贵人在上怒目而视，把寸木在桌上一击道："你这畜生，吾令你暂脱皮毛，为国之主，苍生何罪，遭你荼毒；骸骨何辜，遭你发掘；荒淫肆虐，一至于此！我今把你击死，以泄人鬼之愤。"喝武士照头重重的打他。那武士卷袖撩衣，举起大棍，往鼠头上打一下，那鼠疼痛难禁，咆哮大叫，浑似雷鸣。武士方要举棍再打，忽半空中降下一个童子，手捧着一道天符，忙止住武士："不要动手。"对皇甫君说道："上帝有命。"皇甫君慌忙下殿来，俯伏在地。童子遂转到殿上，宣读天符道：“阿摩国运数本一纪，尚未该绝，再候五年，可将练巾系颈赐死，以偿荒淫之罪。今且免其箠楚之苦。”说罢叫武士牵去锁了。武士领旨牵去。皇甫君叫狄去邪问道：“你看得明白么？”狄去邪道：“去邪乃尘凡下吏，仙机安能测透。”皇甫君道：“你但记了，后日自然应验。此乃九华堂上，你非有仙缘，也不能到此。”狄去邪忙跪下叩恳道：“去邪奉差，误入仙府，今进退茫茫，伏乞神明指示。”皇甫君道：“你前程有在，但须澄心猛省，不可自甘堕落。麻叔谋小人得志横行，罪在不赦，你与我对他说：‘感他伐我台城，无以为谢，明年当以二金刀相赠。’”说罢，遂吩咐一个绿衣吏道：“你可引他出去。”

狄去邪在威严之下，不敢细问，拜谢而出。绿衣吏引着狄去邪，不往旧路，转过几株大树，走不上一二百步，绿衣吏用手指道：“前边林子里，就是大路。”急回头问时，绿衣吏早已不见，再转身看时，连那座洞府都不知那里去了。狄去邪骇然道：“神仙之妙，原来如此。”只得一步步奔过林子来，转过了一个山岗，照着大路，又走了二三里田地，忽见几株乔木，环绕成村，忙奔入村来问路。见一家篱门半开，遂走进去，轻轻的咳嗽几声，早惊动了一双小花犬儿，向着去邪乱叫。里面走出一个老者来，狄去邪忙施礼道：“下官迷失道路，敢求老翁指教。”那老者答礼道：“将军为何徒步在此？”狄去邪不敢隐瞒，遂将入穴遇皇甫君及棍打大鼠事情，述了一遍。老者听了笑道：“原来当今炀帝，是老鼠变的，大奇大奇，怪道这般荒淫无度。”狄去邪就问：“此间是何地方？到雍邱还有多远？”老者道：“此乃嵩阳少室山中，向大路往东去，只二里便是宁陵县，不消又往雍邱去。想麻叔谋早晚就到了，将军若不弃嫌，野人粗治一餐，慢去未迟。”遂邀狄去邪走入草堂。

老者吩咐一个老苍头，收拾便饭出来，因对狄去邪道：“据将军所见，看将起来，当今炀帝，料亦不永；就是麻叔谋，只怕其祸亦不甚远。我看将军容貌气度非常，何苦随波逐流，与这班虐民的权奸为伍？”狄去邪逊谢道：“承老翁指教。某非不知开河乃虐民之事，只恨官卑职小，不敢不奉令而行。”老者微笑道：“做官便要奉令而行，不做官他须令将军不得。”狄去邪道：“老翁金玉之言，某虽不材，当奉为蓍龟①。”

---

① 蓍(shī)龟——即蓍草与龟甲，古时用以占卜，这里指代卜辞。

须臾老苍头排上饭来,狄去邪饱餐了一顿,起身谢别而去。老翁直送到大路上,因说道:“转过前边那个山嘴,便望得见县中了。”狄去邪称谢拱手而别。走得十数步,回头看时,已不见老者,那里有什么人家,两边都是长松怪石。去邪看见,又吃了一惊,心上恍惚,忙赶到县中,见了城市人民,方才如梦初醒。入城在公馆中等候。

麻叔谋只道狄去邪寻不出穴口,已死在穴中,催促丁夫开成河道,已经七八日,往宁陵县界口来。狄去邪就去见麻叔谋,将穴中所见所闻之事,细述了一遍。麻叔谋那里肯信,只道狄去邪有甚剑术,隐遁了这儿日,造此虚诞之言,来恐吓他,反被麻叔谋抢白[①]了一场。狄去邪只得退回后营,自家思想道:“我本以忠言相告,他却以戏言见侮。我是个顶天立地的汉子,何苦与豺狼同干害民之事。国家气数有限,我何必在奸佞群中,恋此鸡肋,倒不如托了狂疾,隐于山中,到觉得逍遥自在。”算计已定,遂处了两张病呈。麻叔谋厌他说谎,遂将呈子批准,另委官吏管督粮米。狄去邪见准了呈子,遂收拾行李,带了两个仆从,竟回家乡而去。行到路上,因想皇甫君呼大鼠为阿摩,心中委决不下道:“岂有中国天子却是老鼠之理?若果有此事,前日大棍打时,也该有些头痛脑热。鬼神之事虽不可不信,也不可全信,何不便道往东京探访一个消息,便知端的。”遂悄悄来京体访。正是:

欲识仙机虚与实,漫辞劳苦涉风尘。

---

① 抢白——讽刺或指责。

第三十三回

睢阳界触忌被斥　齐州城卜居迎养

诗曰：

区区名利岂关情，出处须当致治平。

剑冷冰霜诛佞倖，词铿金石计苍生。

绳愆不觉威难犯，解组须知官足轻。

可笑运途多牴牾，丈夫应作铁铮铮。

做官的不论些小前程，若是有志向的，就可做出事业来。到处留恩，随处为国，怕甚强梁，怕甚权势，一拳一脚，一言一语，都是作福，到其间一身一官，都不在心上。人都笑是戆夫拙宦，不知正是豪杰作事本色。

秦叔宝离却齐州，差人打听开河都护麻叔谋，他已过宁陵，将及睢阳地方了。吩咐速向睢阳投批。行了数日，只见道儿上一个人，将巾皂袍，似一个武官打扮，带住马，让叔宝兵过。叔宝看来，有些面善，想起是旧时同窗狄去邪。叔宝着人请来相见，两人见了，去邪问叔宝去向。叔宝道："奉差督河工。"叔宝也问去邪踪迹。去邪道："小弟也充开河都护下指挥官。"因把雍邱开河时，入石穴中，见皇甫君打大鼠，吩咐许多说话，及后在嵩阳少室山中老人待饭，许多奇异，细细道与秦叔宝听。叔宝道："如今兄又欲何往？"去邪道："弟已看破世情，托病辞官，回去寻一个所在隐遁。不料兄也奉差委到他跟前，那麻叔谋处心贪婪，甚难服事，兄可留心。"两人相别去了。

叔宝也是个正直不信鬼神的人，听了也做一场谎话不信。却是未到得睢阳两三个日头，或是大小村坊，或是远远茅房草舍，常有哭声。叔宝道："想是这厢近河道，人都被拿去做工，荒功废业，家里一定弄得少衣缺食，这等苦恼。"及至细听他哭声，又都是哭儿哭女的，便想道："定是天行疹子，小儿们死得多，所以哭泣。"只是那哭声中，却又咒诅着人道："贼王八，怎把咱家好端端的儿子偷了去。"也又有的道："我的儿，不知你怎生被贼人抓了去，被贼人怎生摆布了。"也千儿万儿的哭，也千贼万贼的骂。叔宝听了道："怪事，这却又不是死了儿子的哭了。"思忖一回："或者时年荒歉，有拐骗孩子的，却也不能这等多，一定有什原由。"

野哭村村急，悲声处处闻。

哀蛩相间处，行客泪纷纷。

来到一个牛家集上，军士也有先行的，也有落后的。叔宝自与这二十个家丁，在集上打中火[①]，一时小米饭还不曾炊热。叔宝心上有这事不明白，故意走出店面来瞧看，只见离着五七家门面，有两三个少年，立住在那厢说话，一个老者，拄着拐杖，侧耳听着。叔宝便捱将近去。一个道："便是前日张家这娃子抓了去。"一个道："昨日王嫂子家孩子，也是被偷了去。他老子被拨去开河，家来怎了？"一个道："稀罕他家的娃子哩！赵家夫妻单生这个儿，却是生金子般，昨夜也失了。"那老者点头叹息道："好狠贼子，这村坊上，也丢了二三十个孩子了。"叔宝就向那老人问道："老夫，敢问这村坊，被往来督工军士拐骗了几个小儿去了么？"老者道："拐骗去的，倒也还得个命；却拿去便杀了。却也不关军士事，自有这一干贼！"叔宝道："便是这两年，年成也好，这地方吃人？"那老者道："客官有所不知，只为开河，这总管好吃的是小儿，将来杀害，加上五味，烂蒸了吃。所以有这干贼把人家小儿偷去，蒸熟献他，便赏得几两银子。贼人也不止一个，被盗的也不止我一村。"正是：

总因财利擅人意，变得贪心尽虎狼。

叔宝道："怎一个做官的，做这样事，怕也不真么？"老者道："谁谎你来，怕不一路来听得哭声？如今弄得各村人，梦也做不得一个安稳的，有儿女人家，要不时照管，不敢放出在道儿上行走。夜间或是停着灯火看守，还有做着木栏柜子，将来关锁在内。客官不信，来瞧一瞧。"领到一处小人家里来，果是一个木柜，上边是人铺陈睡觉防守的。叔宝道："怎不设计拿他？"老者道："客官，只有千日做贼，那有千日防贼。"叔宝点头称是，自回店中吃饭，就吩咐众家丁道："今日身子不快，便在此地歇了，明日再行罢！"先在客房中打开铺陈，酣睡一觉，想要捉这一干贼人，为地方除害。

捱到晚，吃了晚饭，村集没有更鼓，淡月微明，约摸更尽，叔宝悄悄走出店门一看，街上并无人影。走到市东头观望，没个形影。转来时，忽听

---

① 中火——行程中的午饭。

得一家子怪叫起来，却是夫妻两个，梦里不见了儿子，梦中发喊，倒把儿子惊得怪哭，知道不曾着手，彼此啐① 了一番，自安息了。

叔宝又蹴过西来，远远望着，似有两个人影，望集上来。叔宝忙向店中，闪入门扇缝中张去，停一会，果是两个人过来。叔宝待他过去，仍旧出来，远远似两点蝇子一般，飞在这厢伏一伏，又向那厢听一听。良久，把一家子糯秸梗门扇掇开，一个进去了。一会子，外边这人先跑，刚到叔宝跟前，叔宝喝一声："那里走！"照脊梁一拳，打个了不提备，跌了一个倒栽葱，把一个小孩子也丢在路边啼哭。叔宝也不顾他，竟赶到那失盗人家来时，这贼也出门了，因听见叔宝这一喝，正在那厢观望，不料叔宝又赶到，待要走时，早已被叔宝一脚飞起，一个狗吃屎，跌倒在门边。里边男女听得门外音时，床上已没了儿女，哭的叫的，披衣起来。叔宝已把这人挟了，拿到自己客店前来；先打倒这人，正在地下挣坐起来。不料店中家丁，因听喝声，知是叔宝声音，也赶出来，看见这人，一把抓住，故此也不得走。此时地下的小儿啼哭，失盗的男女叫喊，集中也在睡梦中惊起几个人来。那寻得儿子的人罢了，倒是这干旁观的人，将这两个乱打。叔宝道："列位不要动手，拿绳子来拴了，只要拷问他：从前盗去男女在那厢？还有许多党羽？他是那一方人氏？甚名字？追捕可绝民患，乱打死了，却谁承当。"随唤家丁，将绳来捆了。审他口词。一个是张要子，一个陶京儿，都是宁陵县上马村人，还有一个贼首，叫陶柳儿，盗去孩子，委是杀来蒸熟，献与麻都护受用。叔宝审了口词。天色将明，各村人听得拿了偷小儿的，都来看；男人却被叔宝喝住，只有这些被害女人，挝的咬的，拿柴打的，决拦不住。叔宝此时放又放不得，着地方送官，又怕私自打死，连累叔宝。因此叔宝想一想道："列位，麻都护是员大臣，决不作此歹事。他如今将到睢阳，不若我将这二人送与麻爷。他指官杀人，麻爷断断不留他性命；若果然有此事，他见外面扰攘，心下不安，不敢做了。"众人道："将军讲得有理，只不要路上卖放了，又来我们集上做贼。"叔宝道："我若放他，我不拿他了。"昨日老者见了道："就是昨日这位客官，替集上除了一害。"要掠些盘费相谢，叔宝不肯，自押了这两个贼人，急急赶上大队士卒。

赶到睢阳时，麻叔谋与令狐达才到，在行台坐下，要相视河道开凿。

① 啐(cuì)——表示愤怒、怨恨。

叔宝点齐了人夫，进见投批。麻叔谋见了叔宝一表人材，长躯伟貌，好生欢喜，就着他充壕塞副使，监督睢阳开河事务。叔宝谢了，想一想道："狄去邪曾说此人贪婪，难于服事，只一见，便与我职事，也像个认得人的；只是拿着两个贼人禀知他，恐他见怪，不禀，放了他去，又恐仍旧为害。也罢，宁可招他一人怪，不可使这干小儿含冤。"却又上前去跪下道："齐州领兵校尉，有事禀上老爷。"麻叔谋不知禀甚事，却也和着颜色，只见叔宝禀道："卑职奉差在牛家集经过，有两个贼人，指称老爷取用小儿，公行偷盗，一个叫张要子，一个叫陶京儿，被卑职擒拿，解在外面，候爷发落。"麻叔谋听了，不觉怫然道："是那个拿的？"叔宝道："是卑职。"叔谋道："窃盗乃地方捕官事，与我衙门何干？你又过往领兵官，不该管这等的事。"令狐达道："若是指官坏事，也应究问一究问。"叔谋道："只我们开河事理管不来，管这小事则甚？"令狐达道："既拿来，也发有司一问。"麻叔谋道："发有司与他诈了钱放，不如我这里放。"吩咐不必解进，竟释放去，把叔宝一团高兴，丢在水窖里去了。正是：

开柙逃狰兽，张罗枉用心。

外面跟随叔宝的家丁，说拿了两个贼人，毕竟有得奖赏，不期竟自放了，都为叔宝不快，不知叔宝却又惹了叔谋之忌。叔谋原先奉旨，只为耿纯臣奏睢阳有王气，故此欲乘治河开凿他。不意到得睢阳，把一座宋司马华元墓掘开去了，将次近城，城中大户，央求督理河工壕塞使陈伯恭，叫他去探叔谋口气，回护城池。不期叔谋大怒，几乎要将伯恭斩首，决意定了河道穿城直过。这番满城百姓慌张，要顾城外的坟墓，城里的屋舍；内有一百八十家大户，共凑黄金三千两，要买求叔谋，没个门路。却值陶京儿得释放后，在外边调喉道："我是老爷最亲信的人，这没生官儿，却来拿我。你看官肯难为我么？连他这蚂蚁前程，少不得断送在我们手里。"众人听他，说得大来头，是麻总管亲信，就有几个暗暗与他讲，要说这回护①城池一节。陶京儿道："我还有一个弟兄更亲近，我指引你去见他。"却与他做线，引见麻爷最得意管家黄金窟，众人许谢他两个白金一千两。黄金窟满口应承道："都拿来，明日就有晓报。"众人果然将这金银，都交与黄金窟。

---

① 回护——保护，维护。

黄金窟晓得主人极是见钱欢喜的，便乘他日间在房中打睡时，悄悄将一个恭献黄米三千石的手本，并金子都摆在桌上，一片辉煌，待他醒时问及进言。站在侧边时许久，正是申时相近，只见叔谋从床中跳起来道："你这厮这等欺心，怎落我金子，又推我一跌！"把眼连擦几擦，见了桌上金子大笑道："我说宋襄公断不谎我，断落不去的。"黄金窟看了，笑道："老爷是那个宋襄公送爷金子？"叔谋道："是一个穿绛色衣戴进贤冠的。他求我护城，我不肯。又央出一个暴眼大肚皮胡子、戴进贤冠穿紫的，叫做甚大司马华元来说，这厮又使势，要把我捆缚。溶铜汁灌我口内，惊我。我必不肯，他两个只得应承送我黄金三千，要我方便。我正不见金子，怕人克落①，与守门的相争，被他推了一跌，不期金子已摆在此了，待我点一点，不要被他短少。"

黄金窟又笑道："爷想做梦了。这金子是睢阳百姓央我送来与爷求方便的，有甚宋襄公？"叔谋道："岂有此理，明明我与宋襄公华司马说话，怎是梦？"黄金窟道："爷再想一想，还是爷去见宋襄公，宋襄公来见爷，如今人在那里？相见在那里？"叔谋又想一想道："莫不是梦，明明听得说上帝赐金三千两，取之民间，这金子岂不是我的？"黄金窟道："说取之民间，这宗金子，原该爷受的，但实是百姓要保全城中庐舍送来，爷不可说这梦话。"叔谋笑道："我只要有金子，上帝也得，民间也得，就依他保全城郭便了。"把手本收了，吩咐明日出堂，即便改定道路。

次日升堂，叫壕塞使。此时陈伯恭正在督工，只有叔宝在彼伺候，过来参谒。叔谋道："河道掘离城尚有多远？"叔宝道："尚有十里之遥，县官现在出牌，着令城中百姓搬移，拆毁房屋兴工。"叔谋道："我想前日陈伯恭说回护城池，大是有理。这等坚固城池，繁盛烟火，怎忍将他拆去，又使百姓这等迁移？不若就在城外取道，莫惊动城池罢，就差你去相视。"秦叔宝道："前日爷台已画定图式，吩咐说奉旨要开凿此城，泄去王气，恐难改移。"叔谋道："你这迂人，奉旨开凿王气，只要在此一方，何必城中？凡事择便而行，说甚画定图式，快去相视回我！"叔宝领了这差，是个好差，经过乡村人户，或是要免掘他坟墓田园，或是要求保全他房产的，都十两五两，二十三十，央人来说。叔宝一概不受，止酌定一个更改的河道，回复叔谋。

① 克落——克扣。

恰是这日副总官令狐达闻知要改河道，来见叔谋，彼此议论争执不合，只见叔宝跪下禀道："卑职蒙差相视河道，若由城外取道纡回，较城中差二十余里。"叔谋正没发恼处，道："我差你视城外河道，你管甚差二十里三十里？"叔宝道："路远所用人工要多，钱粮要增，限期要宽，卑职也要禀明。"叔谋越发恼道："人工不用你家人工，钱粮不用你家钱粮，你多大官，在此胡讲！"这话分明是侵① 令狐达。令狐达道："民间利病，许诸人直言无隐，大小是朝廷的官，管得朝庭的事，也都该从长酌议；况此城开掘，奉有圣旨的。"叔谋道："寅兄只说圣旨，这回护城池，宋襄公奉有天旨。前日梦中，我为执法，几乎被华司马铜汁灌杀，那时叫不得你两人应。"令狐达大笑道："那里来这等鬼话。"叔谋又向叔宝道："是你这样一个朝廷官，也要来管朝廷事，你得了城外百姓的银子，故此来胡讲，我只不用你，看你还管得么！"令狐达争不过叔谋，愤愤不平，只得自回衙宇，写本题奏去了。

叔宝出得门来，叔谋里面已挂出一面白牌道："壕塞副使秦琼，生事扰民，阻挠公务，着革职回籍。"秦叔宝看了道："狄去邪原道这人难服事，果然。"即便收拾行李还家，却不知这正是天救全叔宝处。莫说当日工程严急，人半死亡；后来隋主南幸，因河道有浅处，做造一丈二尺铁脚木鹅，试水深浅，共有一百二十余处。查将浅处，两岸丁夫、督催官骑，尽埋地下，道：叫他生作开河夫，死为扒沙鬼。麻叔谋以致问罪腰斩。这时若是叔宝督工，料也难免。正是：

得马何足喜，失马何必忧。
老天爱英雄，颠倒有奇谋。

叔宝因遭麻叔谋罢斥，正收拾起身，只见令狐达差人来要他麾下效用。秦叔宝笑道："我此行不过是李玄邃为我谋避祸而来，这监督河工，料也做不出事来；况且那些无赖的，在这工上，希图放卖些役夫，克扣些工食。或是狠打狠骂，逼索些常例，到后来随班叙功，得些赏赐，我志不在此，在此何为？"便向差官道："卑职家有八旬老母，奈奉官差，不得已而来，今幸放回，归心如箭，不得服事令狐爷了。"打发了差官，又想："来总管平日待我甚好，且在李玄邃罗老将军分上，不曾看我，我回日另要看取。若回他麾下，也毕竟还用我。但我高高兴兴出来，今又转去，这叫做此去好

① 侵——用语言攻击。

凭三寸舌，再来不值半文钱了。看如今工役不休，巡游不息，百姓怨愤，不出十年，天下定然大乱，这时怕不是我辈出来扫除平定？功名爵禄，只争迟早，何必着急；况家有老母，正宜菽水承欢，何苦恋这微名，亏了子职。”又想：“若到城中，来总管必要取用我，即刘刺史这等歪缠也有之；不若还在山林寄迹。”因此就于齐州城外村落去处，觅一所房屋：

前带寒流后倚林，桑榆冉冉绿成阴。
半篱翠色编朝槿，一榻声音噪暮禽。
窗外烟光连戏彩，树头风韵杂鸣琴。
婆娑未灭英雄气，提笔闲成梁父吟。

草草三间茅屋，里边有几间内房，堂侧深竹里有几间书房，周围短墙，植以桑榆疏篱，篱外是数十亩麦田枣地。叔宝自入城中，见了母亲，说起与世不合，不欲求名之意。秦母因见他为求名，常是出差，这等奔走，也就决意叫他安居。叔宝就将城中宅子赠与樊建威，酬他看顾家下之意。自与母亲妻子，移到村居。樊建威与贾润甫还劝他再进总管府，叔宝微笑道：“光景也只如此，倒是偷得一两刻闲是好处。”后来来总管知得，仍来叫他服役。叔宝只推母老，自己有病，不肯着役。来总管也不苦苦强他，凡一应朋友来的也不拒，只为亲老，自己不敢出外交游。每日寻山问水，种竹浇花，酒送黄昏，棋消白昼，一切英豪壮气，尽皆收敛。就是樊建威、贾润甫，都道：“可惜这个英雄，只为连遭折挫，就便意气消磨，放情山水。”不知道他已看得破，识得定，晓得日后少他不得，不肯把这英风锐气，轻易用去，故尔如此。正是：

日落淮城把钓竿，晚风习习葛衣单。
丈夫未展丝纶手，一任旁人带笑看。

第三十四回

洒桃花流水寻欢　割玉腕真心报宠

词曰：

芳菲尽已，簌簌香何细。桃片片，随苹起，光摇碧水，远梦绕长松。牵情难摆，荡舟瞥见心堪醉。　　魑魅何足异，魂魄凭谁寄。香如篆，独成泪，银河良夜静，星斗光衣袂。惊看处，清凉一帖痊人快。

——右调《千秋岁》

自昔浊乱之世，谓之天醉。天不自醉，人自醉之，则天亦难自醒矣；况许多金枷套颈，玉索缠身，眼前无数快乐风光，谁肯清心寡欲，看破尘迷？

且说炀帝见这些美人，个个鲜妍娇媚，淫荡之心，愈觉有兴。不论黄昏白昼，就像狂蜂浪蝶，日在花丛中游戏。众美人亦因炀帝留心裙带，便个个求新立异蛊惑他，博片刻之欢。

一日，炀帝在清修院，与秦夫人微微的吃了几杯酒，因天气炎热，携着手走出院来，沿着那条长渠，看流水耍子。原来这清修院，四围都是乱石，垒断出路，惟容小舟，委委曲曲，摇得入去。里面许多桃树，仿佛是武陵桃源的光景。二人正赏玩这些幽致，忽见细渠中，飘出几片桃花瓣来。炀帝指着说道："有趣，有趣。"见几片流出院去，上边又有一阵浮来，许多胡麻饭夹杂在中间。秦夫人看了骇道："是那个做的？"炀帝笑道："就是妃子妙制，再有何人。"秦夫人道："妾实不知。"忙叫宫人将竹竿去捞起来看，却不是剪彩做的，瓣瓣都是真桃花，还微有香气。炀帝方才吃惊道："这又作怪了。"秦夫人道："莫非这条渠与那仙源相接？"炀帝道："这渠是朕新挖，与西京太液池水接，那里甚么仙源？"秦夫人道："既如此说，如今这时候，怎得有桃花流出？"二人你看我看，没理会处。秦夫人道："妾与陛下撑一艘小舟，沿渠找寻上去，自然有个源头。"炀帝道："妃子说得有理。"遂同上了一艘小龙船，叫宫人撑了篙，穿花拂柳，沿着那条渠儿，弯弯曲曲，寻将进去；只见水面上或一朵，或两瓣，断断续续，皆有桃花。过了一条小石桥，转过几株大柳树，还望见一个女子，穿一领紫绡衫儿，蹲踞水边。连忙撑

近看时,却是妥娘,在那里洒桃花入水。正是:

娇羞十五小宫娃,慧性灵心实可夸。

欲向天台赚刘阮,沿渠细细散桃花。

炀帝看见大笑道:"我道是那个,原来又是你这小妮子在此弄巧!"妥娘笑吟吟的说道:"若不是这几片桃花,万岁此时不知在那里受用去了,肯撑这小船儿来寻妾?"炀帝笑道:"偏你这小妮子,晓得这般玩耍,还不快上船来!"妥娘上了船,秦夫人问道:"别的都罢了,这桃花你从何处得来?"妥娘笑道:"还是三月间,树上采的,妾将蜡盒儿盛了耍子,不意留到如今,犹是鲜的。"炀帝道:"留花还是偶然,你这等小小年纪,又不读书识字,如何晓得桃源故事,又将胡麻饭夹在中间。"

妥娘带笑说道:"妾女子,书虽不能多读,《桃源记》也曾看来。"秦夫人对炀帝道:"妾观汉书晋书,丕猷谟烈,事多可采;至若秦史纪事,惟以奸诈而霸天下,毫无足取,即如桃源一事,其说亦甚幻。"炀帝笑道:"是何言语?朕览始皇本纪,见他巡行天下,封禅泰山,赫然震压一时。不要说别事,即如一道长城,至今七八百年,外寇不能长驱而入,皆此城保障之功也。"秦夫人道:"秦至今七八百年,长城恐都坏了,若不修补,难免后日之患。"炀帝道:"这个自然。况当朕之世,不为修葺,更有谁人肯兴此工?只在早晚,要差人干这节事了。秦史上还有始皇起建阿房宫一段,好看得紧,也算一代豪杰之主。此书在景明院殿中,我们撑到景明院去取来看。"

不一时,撑过了龙鳞渠,向南就是景明院。炀帝与秦夫人、妥娘齐上岸来,见景明院门首,有宝辇停在外。原来萧后因天气炎蒸,晓得景明院大殿,窗户宏敞,遂拉袁紫烟到此纳凉,正与院主梁夫人在殿上下棋。炀帝忙止住宫人,不许进去通报,同秦夫人悄悄走来,听见帘子内棋子敲响。要进殿庭,袁贵人在帘内瞥眼看见,忙说道:"娘娘,陛下来了。"萧后见说,忙起身同梁夫人、袁紫烟出来迎接。炀帝笑道:"御妻为何不与朕说声,私自到此?"萧后笑道:"陛下不见妾的招纸么?"秦夫人忙问道:"娘娘,什么叫做招纸?"萧后道:"妾因宵来不见陛下进宫,就写一张招纸,差宫奴各宫院找寻。"炀帝笑道:"御妻且说招纸上怎么样写法?"萧后道:"招纸上么,写道:'妾自不小心,失去风流天子一个,身边并无别物,倘有收留者,赏银五百,报信者谢银五十。'"炀帝听了大笑道:"难道朕一千也不值,止值得五百两?"引得众夫人都大笑起来。

炀帝坐在上面，看着棋枰说道：“你们可赌什么？”梁夫人道：“赌是赌一件东西，停回与陛下说。”炀帝又道：“白的要输了呢！御妻快在东角上，点了他那一只的眼；若是弄得他死，还可以扯直。”萧后笑道：“点眼是陛下的长技，只怕陛下就用气力，也未必弄得他死。”

大家正在那里说说笑笑，忽听得笛声隐隐而起。袁紫烟道：“笛声从何处来？”炀帝正要侧耳而听，忽一阵荷风，从帘外吹来，吹得满殿皆香。萧后道：“香又从何处来？”炀帝忙叫卷起帘子，同萧后走出殿外，只见二三十只小船，满载荷花，许多美人坐在中间，齐唱采莲歌。雅娘、贵儿，各吹凤笛酬和，众人飞也似往北海中摇来。炀帝一望，乃是十六院美人宫女，见日斜风起，故一齐回棹，因大笑道：“这些宫女们，倒会耍子。”萧后道：“皆赖陛下教养之力。”炀帝又笑道：“还亏御妻不妒之功。”笑说未了，那些船早望见炀帝在景明院，便不收入渠中，都一齐争先赶快，乱纷纷的望殿边摇来。摇到面前看时，大家的红罗绿绮，都被水溅湿了。炀帝与萧后鼓掌大笑了一回。

梁夫人已吩咐摆宴在殿，请炀帝与萧后进内，上坐了，秦夫人、梁夫人与袁贵人打横。炀帝叫这些美人都上殿来，把十来条龙草细席铺地，安放上矮桌果盒，叫众美人席地而坐，每人先赏酒三杯，然后传花击鼓，纵横畅饮。炀帝见殿中薰风拂拂，全无半点暑气，又见萧后与众夫人美人，各各娇艳，打趣说笑，不觉吃的烂醉，遂起身携着萧后，到碧纱厨中去睡。众夫人起身出殿，四散消遣。

萧后睡了一回，见炀帝沉沉的睡去，便轻轻的抽身起来，与秦夫人、梁夫人、袁紫烟抹牌耍子。不上一个时辰，忽听得炀帝在碧纱厨内山摇地震的吆喝起来，萧后与众夫人大惊，忙走近前，看见炀帝睡在床上，昏迷不醒，紧紧儿将两手抱住头，口中不住的喊道：“打杀我也，打杀我也！”萧后着了忙，急传懿旨，宣太医巢元方火速到西院来，诊了脉，用了一剂安神止痛汤。萧后亲自煎好，轻轻的灌与炀帝服下，未能苏醒。各院夫人晓得了，如飞的又到景明院来看问。大家守在床前，一昼夜，还自昏迷不醒。

时朱贵儿见这光景，饮食也不吃，坐在厢房里，只顾悲泣。韩俊娥对贵儿说道：“酸孩子，万岁爷的病体，料想你替不得的，为什么这般光景？”朱贵儿拭了泪，说：“你们众姊妹，都在这里，静听我说：大凡人做了个女身，已是不幸的了；而又弃父母，抛亲戚，点入宫来，只道红颜薄命，如同腐草,即填沟壑。谁想遇得这个仁德之君,使我们时傍天颜,朝夕燕乐。莫谓我等真有无双国色,逞着容貌,该如此宠眷,设或遇着强暴之主,不是轻贱凌辱,即是冷宫守死,晓得什么怜香惜玉,怎能如当今万岁情深,个个体贴得心安意乐。所以侯夫人恨薄命而自缢身亡,王义念洪恩而思捐下体,这都是万岁感入人心处。不想于今遇着这个病症,看来十分沉重,设有不讳,我辈作何结局,不为悍卒妻,定作骄兵妇。如何,如何?"说到伤心处,众美人亦各呜呜的涕泣起来。

袁宝儿道:"我想世间为人子者,尽有父母有难,愿以身代。我们天伦之情虽绝,而君父之恩难忘,何不今夜大家祷告神灵,情愿减奴辈阳寿十年,烧一炷心香,或者感动天心,转凶为吉,使万岁即时苏醒,调理痊愈,也不枉万岁平昔间把我们爱惜。"众美人听见宝儿说了,便齐声赞道:"袁家妹子,说得有理。"齐到后院中,摆设香案。

朱贵儿心中想道:"我们虽是虔诚叩祷,怎能够就感格得天心显应。我想为子女者,往往有割股救亲,反享年有永。我今此身已属朝廷,即杀身亦所不惜,何况体上一块肉。"遂打算停当,袖了一把佩刀,走到庭中来。那时韩俊娥、杳娘、朱贵儿、妥娘、雅娘、袁宝儿等,齐齐当天跪下,各人先告了年庚日时,后告愿减众人阳寿,保求君王病体安宁。祷毕,大家起来,正欲收拾香案,只见朱贵儿双眸带泪,把衣袖卷起,露出一只雪白的玉腕,右手持刀,咬着臂上一块肉,狠的一刀割将下来,鲜血淋漓,放在一只银碗内。众人多吃了一惊。雅娘忙在炉中,撮些香灰掩上,用绢扎好。正是:

须眉男子无为,柔脆佳人偏异。

今朝割股酬恩,他年殉身香史。

贵儿将割将下来的那块肉,悄悄藏着,转到殿上来。恰好萧后要煎第二剂药,贵儿去承任了,私把肉和药,细细的煎好,拿进去。萧后与炀帝吃了,不上一个时辰,便徐徐的醒将转来,看见萧后与众夫人美人,多在床前,因说道:"朕好苦也,几乎与御妻等不得相见。"萧后问道:"陛下好好饮酒而睡,为何忽然疼痛起来?"炀帝道:"朕因酒醉,昏昏睡去。梦见一个武士,生得相貌凶恶,手执大棍,蓦地里将朕照脑门一下,打得朕昏晕几死,至今头脑之中,如劈破的一般,痛不可忍。"萧后与众夫人,各各安慰了一番。早惊动了文武百官,一个个都到西苑来问安,知是梦中被打伤脑,今已平愈,遂各散去。

时狄去邪已到东京,闻知炀帝头脑害病,心中凛然,方信鬼神之事,毫厘

不爽。遂把世情看破,往终南山访道去了。正是:

鬼神指点原精妙,名利俱为罪孽缘。

且说虞世基,因两月前,炀帝见苑中御道窄隘,敕他更为修治。虞世基领了旨意,不上一月,不但御道铺平广阔,又增造了一座驻跸亭,一座迎仙桥;銮仪卫又簇新收拾了一副卤簿仪仗,专候炀帝病体勿药,装点游幸。时炀帝病好数日,已在宫中与萧后宴乐。见说御道改阔,仪仗齐整,便坐大殿,受百官朝贺,遂诏各官,俱于西苑赐宴。炀帝上了七宝香辇,一队队排开这些簇新的仪仗,众公卿骑马簇拥而行,真是花迎剑佩,柳拂旌旗。不一时到了西苑,炀帝便传旨,将御宴摆在船上。炀帝坐了龙舟,百官乘了凤舸,先游北海,后游五湖,君臣尽情赏玩。炀帝吃到兴豪之际,叫文臣赋诗,以记一时之盛。时翰林院大学士虞世基,司隶大夫薛道衡,光禄大夫牛弘,各有短章献上。炀帝览了众臣的诗,大喜,各赐酒三杯,自饮一巨觞道:"卿等俱有佳作,朕岂可无诗?"遂御制《望江南》八阕,单咏湖上八景。

湖上月,偏照列仙家。水浸寒光铺枕簟,浪摇晴影走金蛇。偏称泛灵槎。光景好,轻彩望中斜。清露冷侵银兔影,西风吹落桂枝花。开宴思无涯。

湖上柳,烟里不胜催。宿雾洗开明媚眼,东风摇弄好腰肢。烟雨更相宜。环曲岸,阴覆画桥低。线拂行人春晚后,絮飞晴雪暖风时。幽意更依依。

湖上雪,风急堕还多。轻片有时敲竹户,素华无韵入澄波。望外玉相磨。湖水远,天地色相和。仰视莫思梁苑赋,朝来且听玉人歌。不醉拟如何?

湖上草,碧翠浪通津。修带不为歌舞缓,浓铺堪作醉人裀。无意衬香衾。晴霁后,颜色一般新。游子不归生满地,佳人远意寄青春。留咏卒难伸。

湖上花,天水浸灵芽。浅蕊水边匀玉粉,浓葩天外剪明霞。只在列仙家。开烂漫,插鬓若相遮。水殿春寒幽冷体,玉窗晴照暖添华。清赏思河赊。

湖上女,精选正轻盈。犹恨乍离金殿侣,相将尽是采莲人。清唱谩频频。轩内好,嬉戏下龙津。玉管朱弦闻昼夜,踏青斗草事青春。玉辇从君真。

湖上酒，终日助清欢。檀板轻声银甲缓，醅浮香来玉蛆寒。醉眼暗相看。春殿晚，仙体奉杯盘。湖上风光真可爱，醉乡天地就中宽。帝王正清安。

湖上水，流绕禁园中。斜日缓摇清翠动，落花香暖众纹红。苹末起清风。闲纵目，鱼跃小莲东。泛泛轻摇兰棹稳，沉沉寒影上仙宫。远意更重重。

炀帝赋完，君臣赞诵，各各献觞称贺。炀帝与众臣又痛饮了一番，遂命罢宴转船。众臣谢了宴，俱穿花拂柳而去。炀帝上了銮舆回宫，萧后接住问道："今日陛下赐宴群臣。为乐何如？"炀帝道："今日饮酒甚畅。"就将群臣献诗，并自己做词八首，一一说了。萧后道："目今秋月正明，正是赏心乐事之时，然在舟中与湖光争色，不若寻芳，径与花柳争妍。"炀帝道："如今御道比前改得广阔，又增了驻跸亭、迎仙桥。过桥去就是旧日的畅情轩，收拾得更觉有趣。"萧后道："既如此说，妾明日必要奉陪陛下，去遍游一番的了。"炀帝道："御妻要游，不可草率。明日趁此月白风清，须作一清夜游，方得畅快。"萧后道："既然夜游，宫中妃妾，皆未到西苑，带他们去看看也好。"炀帝道："这个使得。明日叫御林军多拨些马匹，与他们骑着奏乐，朕与御妻一路看月而去。"萧后大喜道："如此最妙。"炀帝道："马上奏乐虽好，但须得几章新诗，谱入笙箫，方不负此良夜。"萧后道："陛下天才潇洒，何不御制一章，待妾教他们连夜打出，以见一时之胜。"炀帝道："御妻之言有理，待朕制诗。"遂一边饮酒，一边挥毫，早已制成《清夜游曲》一章：

洛阳城里清秋矣，见碧云散尽，凉天如水。须臾山川生色，河汉无声。千树里，一轮金镜飞起，照琼楼玉宇，银殿瑶台，清虚澄澈真无比。良夜情不已。数千乘万骑，纵游西苑。天街御道平如砥，马上乐竹媚丝娇，舆中宴金甘玉旨。试凭三吊五，能几人不亏圣德，穷华靡。须记取隋家潇洒王妃，风流天子。

炀帝作完，递与萧后看。萧后读了一遍，大喜道："陛下宸思清俊，御翰淋漓，古来帝王，真不能及也。"随叫宫中善唱的，连夜习熟，明夜要游西苑。炀帝又叫近侍，誊一纸传与迎晖院朱贵儿，叫他教各院美人唱熟，明夜马上来迎，总在畅情轩取齐。吩咐毕，方与萧后安寝。正是：

昏主惟图乐，妖妻只想游。
江山将烬矣，新曲几时休。

第三十五回

乐永夕大士奇观　清夜游昭君泪塞

词曰：

挖心呕血，打叠就一人欢悦。悄心思，忙中撮弄，奇峰突出。塞外黄花音缥缈，落珈杨柳容装绝。更风高，试骥放长林，咸国色。　　月如练，天如碧。心同醉，欢同席。看红裙锦队，偏山蚁列。香车宝辇阶填绕，绿云素影尊前立。趁今宵马上誓心盟，姮娥泣。

——右调《满江红》

天地间的乐事，无穷无尽，妇人家的心事，愈巧愈奇，任你铁铮铮的好汉，也要弄得精枯骨化；何况荒淫之主，怎肯收缰？

再说炀帝与萧后在宫中，安寝了一宵，直到午牌时候方才起身。便传旨叫御林军备马千匹，一半宫门伺候，一半西苑伺候，又敕光禄寺，凡苑内庭中轩中山间殿上，俱要预备供应，以便众宫人随地饱餐畅游。不多时，金乌西坠，早现出一轮明月。炀帝与萧后用了夜宴，大家换了清靓龙衣，携手走出宫来。看见月华如练，银河淡荡，二人满心欢喜，上了一乘并坐玩月的香舆，上面是两个座儿，四围帘幕高高卷起，舆上两旁，可容美人数个，送进饮食，随命众宫女上马，分作两行，一半在前，一半在后，慢慢的奏乐而行。这夜月色分外皎洁，照的御道如同白昼。众宫人都浓妆艳服，骑在马上，一簇绮罗，千行丝竹，从大内直排至西苑。但见：

妖娆几队宫中出，箫管千行马上迎。

圣主清宵何处去？为看秋月到西城。

炀帝在舆上，看见这等繁华，十分快畅，对萧后说道："闻昔时周穆王乘八骏马，西至瑶池，王母留宴，一时女乐之胜，千古传为美谈。以朕看来，亦不过如此光景。"萧后道："瑶池阆苑，皆属玄虚；今夕之游，乃是真瑶池耳。"炀帝笑道："若今日是瑶池，朕为穆天子，御妻便是西王母了。"萧后亦笑道："妾若是西王母，陛下又要思念董双成与许飞琼矣。"二人相视大笑。

不多时车驾已进了西苑，有一院，即有夫人领着笙歌来接，进一院又有夫人领着鼓乐来迎，前前后后，遍地歌声，往往来来，尽皆女队。一霎时行过了驻跸亭、迎仙桥，就是畅情轩。那轩四面八角，造得宽大宏敞，台基尽是白石砌成，可容千人止足。轩内结彩张灯，如同一架烟火。炀帝到此，便叫停驾片时。众宫人抬御辇上了台基，向南停住。众夫人下马，上前相见。炀帝举目一看，只有十四院夫人，却不见了翠华院花伴鸿、绮阴院夏琼琼，便问清修院秦夫人道："为何花妃子与夏妃子不见？"秦夫人道："他两个就来。"炀帝正要再问，听见一派细乐，隐隐将近。众宫人指着桥上说道："好看，好看。"炀帝遂同萧后下辇来，站在月台上望，见有十来对五色长幡，幡上尽是一对小小红灯，在马上高高擎起。过后又是七八人，云冠羽衣，如陈妙常打扮，各执凤笙龙笛，象管玉板，云锣小鼓，细细的奏《清夜游》一章。随后一个捧着云柄香炉，一个执着静中引磬。忽见桥上，推起一座山来，却用青白细绢玲珑扎成，无树无花，空崖峭壁里边立着一尊玉面观音，头上乌云高耸，居中一股鸾凤金钗，明珠挂额，胸前两股青丝分开。身上穿一件大红遍地锦袄，外边罩着光绫纯素披风。一手执着净瓶，一手拈着杨枝，赤着一双大白足而立。旁边站着一个合掌的红孩儿，头上双尖丫髻，露出一双玉腕，带着八宝金镶镯，身上穿一件白绫花绣比甲，胸前锦包裹肚，下身大红裤子，腿上赤金扁镯，也赤着双足，笑嘻嘻的，仰首鞠躬，看着观音而立。面前一张小桌，桌上两竿画烛。中间一座宝鼎，香烟缭绕，气冲九霄。七八个宫人抬着走。

炀帝将双手搭伏在萧后肩上，正看得忙乱时，忽见一骑，彩云也似飞将过来，放着娇声，向头导喊道："万岁、娘娘在上，你们往轩后，转入台基上去。"吩咐毕，即便下马，上来相见。萧后道："原来是花夫人。"花夫人对炀帝道："陛下与娘娘，且进轩中，好等他们来朝参。"众人把御辇停过一边，炀帝一手挽着萧后，问花夫人道："装观音与红孩儿的，是那一院的宫人，有这等美貌，装得这样妙？"萧后道："那个装观音的，有些厮像贵儿；那个装红孩儿的，好是袁宝儿。"炀帝笑道："御妻那里说起，贵儿与宝儿，多是一对窄窄的金莲，如今是两双大白足。"花夫人笑道："妾听见前日陛下赞赏大白足的宫人，故选这一对来孝顺陛下。"正说时，见这些装扮的都下马，上台基来叩首。落后那尊观音与红孩儿，也上前合掌俯伏。炀帝搀起，仔细一认，果是朱贵儿与袁宝儿，大笑道："御妻眼力不差，正是他们两个；但是这双足，怎样弄大的？”贵儿跷起一足来，炀帝扯来细看，却用白绫做成，十个脚指，月下看去，如同天生就的。炀帝笑道：“真匪夷所思。”萧后平昔最喜宝儿，见他装了红孩儿，便扯他近身，抚摩他雪白双臂，冻得冰冷，便说道：“苑中风露利害，你们快去换装了罢。”炀帝亦对朱贵儿道：“你也身上单薄。”便伸手向他衣袖里来。那晓得贵儿臂上刀痕，尚未痊愈，见炀帝手进袖中，忙把身子一闪。炀帝早摸着玉腕上，用纸包裹，便问贵儿道：“臂上为什么？”贵儿一眼看着萧后，笑而不言。炀帝是乖人，见这光景，便缩手不去再问。

又听见左右报道：“又有好看的来了。”炀帝忙同萧后出轩，望见桥上，有几对小旗标枪，在前引着。马上十来个盘头蛮妇，都是短衣窄袖，也有弹筝的，也有抱月琴的。那个花腔小鼓，卖弄风骚；这个轻敲象板，声清韵叶。后边就是两对盘头女子，四面琵琶，在马上随弹随唱，拥着一个昭君，头上锦尾双竖，金丝扎额，貂套环围，身上穿着一件五彩舞衣，手中也抱着一面琵琶。正看时，只见夏夫人上来相见，炀帝问夏夫人道：“那个装昭君的可是薛冶儿？”夏夫人答道：“正是。”随把手指着四个弹琵琶的道：“那个是韩俊娥，那个是杳娘，那个是妥娘，那个是雅娘，陛下还是叫他们上台来唱曲，还是先叫他们下面跑马？”炀帝笑道：“他们只好是这等平稳的走，那里晓得跑甚么马？”梁夫人道：“这几个多是薛冶儿的徒弟，闲着在院中牵着御厩中的马，时常试演。”樊夫人道：“第二个就要算袁宝儿跑得好。”此时宝儿、贵儿，多改了宫妆，站在旁边。萧后笑对宝儿道：“既是你会跑，何不也下去试一试？”炀帝拍手道：“妙极妙极。朕前日差裴矩与西域胡人换得一匹名马，神骏异常，正好他骑，不知可曾牵来。”左右禀道：“已备在这里伺候。”炀帝道：“好，快快牵来。”左右忙把一匹乌骓马带到面前。宝儿憨憨的笑道：“贱妾若跑得不好，陛下与娘娘夫人不要见笑。”遂把凤头弓鞋紧兜了一兜，腰间又添束上一条鸾带，走到马前，将一只白雪般的纤手扶住金鞍，右手绾着丝鞭，也不踹镫，轻轻把身往上一耸，不知不觉早骑在马上。炀帝看了喜道：“这个上马势，就好极了。”夏夫人下去传谕他们，先跑了马，然后上台来唱曲。炀帝叫手下，将龙凤交椅移来与萧后沿边坐下，众夫人亦坐列两旁。

袁宝儿骑着马，如飞跑去，接着众人，辄转身扬鞭领头，带着马上奏乐的一班宫女，穿林绕树，盘旋漫游。炀帝听了，便道：“这又奇了，他们唱的,不是朕的《清夜游》词,是什么曲,这般好听?”沙夫人道:“这是夏夫人要他们装昭君出塞,连夜自制了《塞外曲》,教熟了他们,故此好听。”炀帝也没工夫回答,伸出两指,只顾向空中乱圈。正说时,只见一二十骑宫女,不分队伍,如烟云四起,红的青的,白的黄的,乱纷纷的,一阵滚将过去,直到西南角上一个大宽转的所在,将昭君裹在中间,把乐器付与宫娥执了,逐对对跑将过来,尽往东北角上收住,虽不甚好,也没有个出丑。众人跑完,只剩得装昭君的与袁宝儿两骑在西边。先是宝儿将身斜着半边,也不绾丝缰,两只手向高高的调弄那根丝鞭,左顾右盼,百般样弄俏,跑将过来。

正看时,只见那个装昭君的如掣电一般飞来。炀帝与萧后众夫人都站起来看,并分不出是人是马,但见上边一片彩云,下边一团白雪,飞滚将来,将宝儿的坐骑后身加上一鞭,带跑至东边去了。又一回,袁宝儿领了数骑,慢腾腾的去到西边去,东边上还有一半骑女,与昭君摆着。只听得一声锣响,两头出马,紫燕穿花,东西飞去。过了三四对,又该是袁宝儿与薛冶儿出马了。他两个听见了锣声,大家只把一只金莲踹在镫上,一足悬虚,将半身靠近马,一手扳住雕鞍,一手扬鞭,两头跑将拢来。刚到中间,他两个把身子一耸。炀帝只道那个跌了下来,谁知他两个交相换马的,跑回去了。喜得个炀帝把身子前仰后合,鼓掌大笑道:“真正奇观。”萧后与众夫人、宫人,没一个不出声称赞。只见薛冶儿等下了马,领着队,走上台基来。炀帝与萧后也起身。秦夫人对炀帝说道:“停回他们唱起《塞外曲》来,只怕陛下还要神飞心醉。”

炀帝正要开口,只见薛冶儿领着一班,上前来要叩见。炀帝一头摇手,忙扯薛冶儿近身,见他打扮的严然是个昭君,便把一只御手扶住薛冶儿的身子,低低叫道:“好好冶儿,朕那里晓得你有这样绝技在身;若不是娘娘来游,就一千年也不晓得。”便在内相手里取自己一柄浑金宫扇,扇上一个玉兔扇坠,赐与冶儿。冶儿谢恩收了,萧后道:“怎不见袁宝儿?”杨夫人指道:“在娘娘身后躲着。”萧后调转身来笑问道:“你学了几时,就这样跑得纯熟得紧,也该赏劳些才是。”炀帝听见笑说道:“不是朕有厚薄,叫朕把什么赐你?也罢,待朕与娘娘借一件来。”萧后见说,忙向头上拔下一支龙头金簪来,递与炀帝。炀帝即赐与宝儿。宝儿偏不向炀帝谢恩,反调转身来要对萧后谢恩,萧后一把拖住。炀帝带笑骂道:“你看这贼妮子,好不弄乖。”薛冶儿与众夫人,正要取琵琶来唱曲,炀帝道:“这且慢,叫内相取床花绒锦毯,铺在轩内,用绣墩矮桌,席地设宴。”左右领旨,进轩去安排停当,出来请圣驾上宴。

炀帝与萧后,正南一席,用两个锦墩,并肩坐了。东西两旁,一边四席,俱用绣墩,是十六院夫人与袁贵人坐下。炀帝又叫内相,居中摆二席,赐装昭君的,对着上面,众美人团团盘膝而坐。炀帝道:“今夜比往日玩得有兴有趣,御妻与众妃子,不可不开怀畅饮。”又对众美人道:“你们也要饮几杯,然后歌唱,愈觉韵致。”说说笑笑,吃了一回,薛冶儿等各抱琵琶,打点伺候。炀帝道:“朕制的《清夜游》词,刚才各院来迎,已听过几遍了,你们只唱夏妃子的《塞外曲》罢。”夏夫人道:“岂有此理?自然该先歌陛下的天章。”炀帝道:“朕的且慢。”于是众美人各把声音镇定,方才吐遏云之调,发绕梁之音。先是装昭君的,弹着琵琶歌一句,然后下手四面琵琶和一句。第一只牌名是《粉蝶儿》,唱道:

百拜君王。(俺这里)百拜君王,谢伊家把人肮脏。没些儿保国开疆,却教奴小裙钗,宫闱女,向老单于调谎。万种愁肠,教人万种愁肠,却付与琵琶马上。

第二只牌名是《泣颜回》:

回首望爷娘,抵多少陟屺登岗。珠藏闺阁,几曾经途路风霜。是当初妄想,把缇萦不合门楣望,热腾腾坐昭阳,美满儿国丈风光。

众美人唱得悠悠扬扬,高高低低,薛冶儿还要做出这些凄楚不堪的声韵态度来,叶入琵琶调中,唱一句,和一句,弹得人声寂寂,宿鸟啾啾。喜得炀帝,没什么赞叹,总只叫“快活”,把兕觥只顾笑饮。萧后对夏夫人道:“曲中借父母奢望这种念头,说到自己身上,亏夫人慧心巧思,叙人得妙。如今第三只叫什么牌名?”夏夫人道:“是《石榴花》。”听唱道:

却教我,长门寂寞妒鸳鸯,怎怜我,眠花梦月守空房。漫说是皇家雨露,翻做个万里投荒。笑堂堂汉天子是什么纲常?便做妙计周郎,也算不得玉关将帅功劳账。这劳劳攘攘,马蹄儿北向颠狂。怎似冷落长扬,听胡笳一声声交河上,不由人靴尖踹破泪千行。

第四只牌名是《黄龙滚》:

愁一回塞上贤王,肯惜伶仃模样。思那日朝中君相,惨撇下别时惆怅,闪得人白草黄花路正长。他那里摆云阵,迓红妆,闹喳喳尘迷眼底,闷恹恹愁添眉上。

此时炀帝听得意乱心迷，不知不觉。倒在萧后怀里，把头枕着萧后一股，侧耳细听，正在那似睡非睡，似醒非醒的光景，瞥见萧后与众夫人，大家都在那里拭泪咨嗟。炀帝低低说道："你们为什么个个弄出泪来？如今听曲，尚且如此；倘设身处地，奈何？"萧后道："陛下前日为死了一个侯妃子，把一个廷臣问罪赐死，不要说是国色娇娃，就是平常宫人，也不轻易割舍他去与别人受用。"炀帝摇着手道："噤声，且听他唱。"牌名是《小桃红》：

到家乡只梦中，见君王只梦中，明日里捱到穹庐。料到今生怎得归往，情黯黯拨乱宫商。情黯黯拨乱宫商，姻缘谁信这三生账？但愿和亲保太平，永享。〔尾声〕：羞煞汉庭君和相，枉把妻孥抱衾帐。怎比得大皇隋，威名万载扬。

一回儿，五面琵琶，弹得滚圆的，如风吹檐马，沙击辰钟，丁当乱响，霎时收住。炀帝坐起身来，对夏夫人道："妙极妙极，一篇文字，直到结尾，揭出章旨，愈见妃子聪敏有才。"夏夫人道："此乃俚鄙村歌，怎当陛下过誉。"萧后道："曲中描写，是游夏不能赞一辞的了；更亏这几个习学的，一夜里就弄得这样出神入化，使人听之，愈见陛下情深，陛下不可不奖劳之。"炀帝道："这个自然都在朕心窝里。"袁宝儿斜着眼，对炀帝笑道："在陛下心窝里那搭儿？"炀帝带笑骂道："贼肉不要慌，停回摆布你。"众夫人齐笑起身，把扮演的服饰卸下，改了宫妆，仍旧坐下，接过细乐来，要奏《清夜游》词。炀帝忙摇手道："古人云：观止矣，虽有他乐，朕不敢请矣。你们取大杯来，畅饮几杯。"萧后道："月已西坠，我们也好行动行动，回宫去了。"炀帝吩咐内相："再排宴在万花楼，众宫人不论马上、步行，尽要各执红灯一盏，分为两队：一队随娘娘于山前行，一队随朕由山后行，都转到万花楼赴宴，然后回宫。"吩咐毕，不上一个时辰，只见外边万盏红灯，如星移斗转，乱落阶前，火树银花，光分璀璨。

炀帝与萧后出轩来，二人各上了一个玉辇，众夫人与贵人美人，亦各徐徐上马。约行了里许，萧后在辇中转身一望，只见众夫人与众美人，都在眼前，萧后忙叫停住了辇，对众美人道："众夫人随着我走也罢了，你们还该傍着万岁的御辇而行。为何都拥着我来，万岁见你们一个不去随侍，不说你们的差，反道是我的缘故了。快去赶上，不要惹他性气起来。"众夫人齐声道："娘娘说的是。"众美人犹尚延捱，当不起萧后再四催促，众美人只得兜转马头,来赶炀帝。

时炀帝众内相拥着由山后而行,见夫人美人俱随着萧后去了。他是极肯在妇人面上细心体贴的,见他们不来,晓得恐怕萧后见怪,不得已随去,就要合在一块的,便不放在心上,只是坐在辇上,有些不耐烦,便下辇换着马,绕山径而走。只见山腰里,一骑红灯,冲将过来。炀帝看时,见是妥娘。妥娘忙要下马,炀帝就止住了执手问道:"你这小油嘴,在那里做贼?"妥娘答道:"贼是没处做,妾因风露寒冷,身上单薄,不比别个有人见怜,故此回院,加上些衣服赶来。"炀帝带笑骂道:"怪油嘴,朕那处不痛热你们,却这等说。"妥娘笑答道:"妾因刚才宝儿说陛下抚摸贵儿身上,百般怜惜,故此妾取笑陛下,幸勿见罪。不知娘娘与众夫人,如今往何处去了?"炀帝道:"你不要管,同我走就是,朕还有话要问你。"于是两骑马并辔而行。炀帝道:"朕问你,贵儿臂上,为什么扎缚着?"妥娘答道:"他的腕上,为着陛下,难道陛下还不晓得,反要问起妾来?"炀帝见说,吃了一惊问道:"朕那里晓得,为着朕甚来?"妥娘道:"妾不说,陛下自去问贵儿便知。"炀帝道:"你若不快快说出,朕就恼你。"妥娘没奈何,只得将炀帝头疼染疴,贵儿着急悲哀,"妾等众人对天祷告,贵儿割下一块肉来,私下在药中煎好与陛下服愈"一节说出。

话未说完,听见后边七八骑,执着灯儿赶来。炀帝撇转头一看,却是韩俊娥一般美人,便道:"你们为甚么又赶来?"薛冶儿笑道:"娘娘恐怕陛下冷静①,故此赶妾等来护驾。"朱贵儿气喘吁吁的道:"我说陛下必往山后小路而行,不打大路上去的;这些蛮婆,偏不肯依,叫人跑却许多枉路。"袁宝儿在马上笑道:"那个胖丫头,被我捉弄死了。"炀帝道:"既如此,你们往头里走。"一头吩咐,一手搭着贵儿的马道:"你跑不动,且缓一回,同我走。"众美人见说,把贵儿撇下,纵马向前去了。

炀帝见众美人离了一箭之地,便把坐骑收紧贵儿身旁,低低的说道:"你快坐在朕马上来,朕有话要对你说。"贵儿把身子离鞍一侧,炀帝双手提他,一把提过马上,好好坐下;贵儿就把丝缰丢与宫人接了。炀帝急急的向着贵儿说道:"朕那里晓得你这样真心爱主,若不是刚才妥娘告诉,几乎负了你一片深心。"说了,便百般的叹息,只少落出泪来。贵儿道:"妾蒙

---

①　冷静——冷清,冷落。

陛下隆恩,虽捐躯亦所不惜;何况些微之处。但可笑妥妹,妾恁般吩咐他,他偏不依,毕竟来告诉陛下得知,今愿陛下守口如瓶,不可提起,万一走漏风声,娘娘与夫人们只道妾等巧诈,以博圣恩眷宠。”炀帝道:“宫中妇女,准千准万,朕看起来,只不过一时助兴。怎能个有似你这样真心爱主,我如今要升你上去,又恐众人生妒,你反不安。朕身边偶带佩玉,是上世所传,价值千金,朕今赐与你藏好。”腰间取下来,付与贵儿收了,又说道:“倘朕宾天之后,你青春尚艾,朕留遗旨,着你出宫去觅一良人,以完终身。”

贵儿见说,忙在袖中取出玉来道:“陛下恁说,妾不敢当,请收了宝物。”炀帝道:“为何?”贵儿道:“妾闻臣忠不二君,女烈不二夫,妾虽卑贱,颇明大义。不要说陛下春秋正富,假使百年后,设逢大故,妾若再欲偷生于世,苟延朝夕者,永堕轮回,再不得人身。”说了止不住汪汪流泪。炀帝见他说得激烈①,也就落下几点泪来道:“美人,你既如此忠贞明义,朕愿与你结一来生夫妇。”就指天设誓道:“大隋天子杨广与美人贵儿朱氏,情深契爱,星月为证,誓愿来生结为夫妇,以了情缘。如若背盟,甘不为人,沉埋泉壤。”朱贵儿见炀帝立誓,慌忙跳下马来俯伏在地,听见誓完,对天告道:“皇天在上,朱贵儿来生若不与大隋天子同被衾枕,誓愿甘守幽魂,不见天日。”炀帝又欲将手扶他上马,只见薛冶儿慌忙的跑马来报道:“娘娘已进宫去了,众夫人都在景明院门首候驾。”炀帝道:“娘娘为甚缘故,就回宫去?”薛冶儿道:“陛下到彼便知。”

不多时,已到景明院,众夫人道:“陛下为什么耽搁了这一回?刚才妾等与娘娘先到,同上万花楼候驾来上宴,不想一阵鬼风吹破窗牖,震动灯烛尽灭,又不见陛下来,心上有些害怕,故此就回宫去了,叫妾们在此守候。”炀帝见说,以为奇异,心上虽欲到迎晖院去与朱贵儿安寝,因这番言语,恐怕萧后着恼,只得回辇进宫。众夫人各自归院。

未知后事如何,且听下回分解。

---

① 激烈——激动。

第三十六回

观文殿虞世南草诏　爱莲亭袁宝儿轻生

词曰：

余兴未阑情未倦，朝来闻说关心。万千乐事论纵横，欲夸己才富，落笔竟难成。　　堪羡词臣文藻盛，佳人注目留吟。无端池畔去捐生，相看心欲碎，贴肉唤卿卿。

——右调《临江仙》

炀帝好大喜功，每事自恃有才，乃至征蛮草诏，便觉江郎才掩。宝儿素性憨痴，至闻刺心一语，便觉伤情欲死。可见才情伪真，断难假借。

却说炀帝与萧后清夜畅游，历代帝王，从未有如此快活。比及回宫，更筹已交五鼓，遂与萧后安寝，直到日中方起，尚嫌余兴未尽。又思昨夜同朱贵儿在马上许多盟言心语，不特① 光景清幽，抑且两情可爱，只恨平昔没有加厚待他，宵来又撇了他进宫，才觉心殊快快，因想："今日皇后，谅不到苑，正好出宫去到迎晖院，独与贵儿亲热一番。"心中打点停当，只见一个内监走来奏道："宝林院沙夫人，因夜间在马上驰骤太过了，回院去一阵肚疼，即便降下一胎，是个男形，不能保育。今夫人身子虚弱，神气昏迷，故使奴婢来奏知。"炀帝听见跌脚道："可惜可惜，昨夜原不该要他来游的，这是朕失检点了。"忙差内相："快去宣太医巢元方，到宝林院去看治沙夫人。"又对宝林院宫人道："你回院去对夫人说朕就来看他。"萧后闻知，不胜嗟叹，叫宫人去候问。

炀帝进了早膳，出宫上辇，正要到宝林去，只见中书侍郎裴矩，捧着各国朝贡表章奏道："北则突厥，西则高昌各国，南则溪山酋长，俱来朝见。独有高丽王元恃强不至。"炀帝大怒道："高丽虽僻在海隅，乃箕子所封之国，自汉晋以来，臣伏中国，皆为郡县，今乃不臣如此！"裴矩又奏道："高丽所恃，有二十四道，阻着三条大水，是辽水、鸭绿江、泤水，如欲征巢，须得

① 不特——不仅。

水陆并进方可。目今沿海一带城垣,闻得倾圮,未能修葺。陆路犹可,登莱至平壤一路,俱是海道,须用舟楫水军,若非智勇兼全之人,难克此任。”炀帝想了一想,便敕旨着宇文述,监造战船器械,为征高丽总帅。山东行台总管来护儿,为征高丽副使。其余所用将佐,悉听宇文述、来护儿随处调遣,该地方官不得阻挠。奏凯之日,各行升赏。炀帝因裴矩说起沿海一带,随想起要修葺长城一事,恐与廷臣商议,有人谏阻,趁便也写着敕一道:命宇文弼为修城都护。又敕宇文恺为修城副使。西边从榆桂起,东边直到紫河方止,但有颓败倾圮,都要重新修筑补葺。吩咐毕,裴矩传旨出去,炀帝便上辇进西苑去。未及里许,只见守苑太监马守忠走来奏道:“都护麻叔谋,在苑外要见驾。”

是时麻叔谋河道已通,单骑到东京来复旨。炀帝见说,随进便殿坐下,叫马守忠引他进来。麻叔谋同丞相宇文达、翰林学士虞基进来。麻叔谋朝贺毕,因奏道:“广陵河道,臣已开通,未知陛下几时巡幸?”炀帝问用多少人工,几许深浅,麻叔谋细细奏陈。炀帝大喜,赏赉甚厚,留他在都陪驾,巡幸广陵。

宇文达道:“河道已通,陛下巡游,须得几百号龙舟,方才体式圣意。”炀帝大喜,遂写敕旨,命王弘就江淮地方,要他制造头号龙船十只,二号龙船五百只,杂船数千只,限四个月造完缴旨。虞世基道:“陛下既造龙舟,自然造得如殿庭一般,难道也叫这些鸠形鹄面撑篙摇橹?”炀帝道:“这个自然是这班水手。”虞世基道:“以臣愚见,莫若将蜀锦制就锦帆,再将五色彩绒打成锦缆,系在殿柱之上;有风扯起锦帆东下,无风叫人夫牵挽而去,就像殿之有脚,那怕不行。”宇文达道:“锦缆虽好,但恐人夫挽牵,不甚美观。陛下何不差人往吴越地方,选取十五六岁的女子,扮做宫妆模样,无风叫他牵缆而行,有风叫他持楫绕船而坐,陛下凭栏观望,方有兴趣。”炀帝听了大喜,即差几个得力太监高昌等,往吴越地方,选十五六岁的女子一千名,为殿脚女。虞世基奏道:“陛下征辽之旨已出,今河道已成,龙舟将备,莫若以征辽为名,以幸广陵为实,也不消征兵,也不必征饷,只消发一道征辽诏书,播告四边,彼辽小国,自然望风臣服,落得陛下坐在广陵受用,岂非一举两得之事?”炀帝大喜道:“卿言甚是有理,依卿所奏而行。”众臣退出。炀帝因说得高兴,竟忘了宝林院去。只见朱贵儿、袁宝儿两个走来,炀帝问道:“你们从何处来?”袁宝儿道:“妾等在宝林院看沙夫人来。”

炀帝道："正是，沙妃子身子怎样光景？"朱贵儿道："身子太医说不妨，只可惜一位太子不能养育。"炀帝对贵儿道："你先去代朕说声，此刻朕要草诏，不得空，稍停朕必来看他。说了你就来。"贵儿领旨去了。

炀帝同袁宝儿，转到观文殿上来，意思要自制一篇诏书，夸耀臣下。谁想说时容易，作时却难。炀帝拿起笔来，左思右想，再写不下去，思想了一回，刚写得两三行，拿起看时，却也平常，不见有新奇警句，心下十分焦躁，遂把笔放下，立起身来，四下里团团走着思想。袁贵儿看了，微微笑道："陛下又不是词臣，又不是史官，何苦如此费心？"炀帝道："非朕要自家草诏，奈这些翰林官员，没个真才实学的能当此任。"袁贵儿道："翰林院平昔自然有应制篇章，著述文集，上呈御览，陛下在内检一个博学宏才的，召他进来，面试一篇，不好再做区处，何必有费圣心。"炀帝想了一想道："有了。"袁贵儿问道："是谁？"炀帝道："就是翰林学士虞世基的兄弟，叫做虞世南，现任秘书郎之职。此人大有才学，只因他为人不肯随和，故此数年来，并不会升迁美任。今日这道诏书，须叫他来面试，必有可观。"随叫了黄门[①] 去宣虞世南，立等观文殿见驾。

不多时，黄门已将虞世南宣至。朝贺毕，炀帝道："近日辽东高丽恃远不朝，朕今亲往征讨，先要草一道诏书，播告四方。恐翰林院草来不称朕意，思卿才学兼优，必有妙论，故召卿来，为朕草一诏。"虞世南道："微臣非才，止可写风云月露，何堪宣至尊德意。"炀帝道："不必过谦。"遂叫黄门另将一个案儿抬到左侧首帘栊前放下，上面铺设了纸墨笔砚，又赐一锦墩，与世南坐了。世南谢过恩，展开御纸，也不思索，提笔便写，就如龙蛇一般，在纸上风行云动，毫不停辍。那消半个时辰，早已草成，献将上来。炀帝展开一看，只见上写着：

大隋皇帝，为辽东高丽不臣，将往征之，先诏告四方，使知天朝恩威并著之化。诏曰：朕闻宇宙无两天地，古今惟一君臣。华夷虽限，而来王之化，不分内外；风气虽殊，而朝宗之归，自同遐迩。顺则绥之以德，先施雨露之恩；逆则讨之以威，聊代风雷之用。万方纳贡，尧舜取之鸣熙；一人横行，武王用以为耻。是以高宗有鬼方之克，不惮三年；黄帝有涿鹿之征，何辞百战。薄伐猃狁，周元老之肤功；高勒燕然，汉嫖姚之

① 黄门——原是宫廷的禁门，后用为太监、宦官的代称。

大捷。从古圣帝明王,未有不并包夷狄,而共一胞与者也;况辽东高丽,匹在甸服之内,安可任其不庭,以伤王者之量,随其梗化,有损中国之威哉!故今爰整干戈,正天朝之名分;大彰杀伐,警小丑之跳梁。以虎贲之众,而下临蚁穴,不意摧枯拉朽;以弹丸之地,而上抗天威,何难空幕犁庭。早知机而革面投诚,犹不失有苗之格;尚恃顽而负固不服,终难逃楼兰之诛。同一斯民,容谁在履载之外;莫非赤子,岂不置怀保之中。六师动地,断不如王用三驱;五色亲裁,聊以当好生一面。款塞及时,一身可赎;天兵到日,百口何辞。慎用早思,毋贻后悔。故诏。

大业八年九月二十日敕。

炀帝看了一遍,满心欢喜,笑说道:“笔不停辍,文不加点,卿真奇才也!古人云:文章华国。今日这一道诏书,真足华国矣!此去平定辽东,卿之功非小。就烦卿一写。”遂叫近侍将一道黄麻诏纸铺在案上。虞世南不敢抗旨,随提笔起来,端端楷楷而写。炀帝因诏书作得畅意,甚爱其才,要称赞他几句,又因他低头写诏,不好说话。此时袁贵儿侍立在旁,遂侧转头来,要对宝儿说话,瞥见宝儿一只眼珠也不转,痴痴的看着虞世南写字。炀帝看见,遂不做声,任他去看。

原来袁宝儿见炀帝自做诏书,费许多吟哦搜索,并不能成,虞世南这一挥便就,心下因想道:“无才的便那般吃力,有才的便如此敏捷。”又见世南生得清清楚楚①,弱不胜衣,故憨憨的只管贪看。看了一会,忽回转头来,见炀帝清清的看着自己。若是宝儿心下有私,未免要惊慌,或是面红,或是跼蹴,因他出于无心,故声色不动,看看炀帝,也只是憨憨的嬉笑。炀帝知他素常是这憨态,却不甚猜疑。

不多时,虞世南写完了诏书呈上来。炀帝见他写得端庄有体,十分欢喜,随叫左右赐酒三杯,以为润笔。虞世南再拜而饮。炀帝说道:“文章一出才人之口,便觉隽永可爱;但不知所指事实,亦可信否?”虞世南道:“庄子的寓言,离骚的托讽,固是词人幻化之笔,君子感慨之谈,或未可尽信。若是见于经传,事难奇怪,恐亦不妄。”炀帝道:“朕观赵飞燕传,称他能舞于掌上,轻盈蹁跹,风欲吹去,常疑是词人粉饰之句,世上妇人,那有这般柔软。今观宝儿的憨态,方信古人模写,仿佛不虚。”虞世南道:“袁美人有

① 清清楚楚——清秀,文质彬彬。

何憨态？”炀帝道：“袁宝儿素多憨态，且不必论；只今见卿挥毫潇洒，便在朕前注目视卿，半晌不移，大有怜才之意，非憨态而何？卿才人勿辜其意，可题词一首嘲之，使他憨态与飞燕轻盈并传。”虞世南闻旨，也不推辞，也不思索，走近案前，飞笔题诗四句献上。炀帝看时，见上写道：

学画鸦黄半未成，垂肩亸袖太憨生。

缘憨却得君王宠，常把花枝傍辇行。

炀帝看了大喜，因对宝儿说道：“得此佳句，不负你注目一段憨态矣！”又叫赐酒三杯。虞世南饮了，便谢恩辞出。炀帝道：“劳卿染翰，应当升赏。”世南谢恩辞出不题。正是：

空掷金词何所用，漫筹征伐枉夸能。

炀帝见虞世南已出，遂将诏书付与内相，传喻兵部，叫他播告四方，声言御驾亲征。内相领旨去了。炀帝又把世南做宝儿的这首绝句，对宝儿说道：“他竟一会儿就做出来，又敏捷，又有意思。”袁宝儿笑道：“词中之意，妾总不解；但看他字法，甚觉韵致秀媚。”炀帝带笑悄悄说道：“朕明日将你赐与他为一小星，如何？”袁宝儿见说，登时花容惨淡，默然无语。炀帝尚要取笑他，只听得蔷薇架外，扑簌簌的小遗声音。炀帝便撇了宝儿，轻轻起身，走出来看了片时，转来不见袁宝儿。正要去寻，只听得西边爱莲亭上，有人喊道：“是那个跳下池里去？”原来袁宝儿自恨刚才无心看了虞世南的草诏，不想炀帝认为有意，要把他来赠与世南，不认炀帝作耍，他反认天子无戏言，故此自恨。悄悄走出，竟要投水而死，以明心迹。

当时炀帝走到西首爱莲亭池边，只见一个内相，在池内抱一个宫娥起来。炀帝一看，见是宝儿，吃了一惊，见他容颜青色，晶眸紧闭，满身泥水淋漓。炀帝走入亭子里去，坐在一张榻上，忙叫内相抱他近身，便问内相道：“刚才他可是往池内净手，还是洗什么东西跌下去的？”内监道：“刚才奴婢偶然走来，只见袁美人满眼垂泪，望池内将身一纵，跳下去的。”炀帝笑道：“你这妮子痴了，这是为甚缘故？”自己忙与太监替宝儿脱下外边衣服，那晓得里边衫裤俱湿，忙叫内相，快去取他的衣服来。炀帝见内相去了，说道：“朕刚才偶然取笑，为何你当起真来？朕那一刻是少得你的。”宝儿见说，重新呜呜咽咽的哭起来。炀帝口里分剖宽慰他，两手把他香云解开，替他绞出些水。只见韩俊娥与朱贵儿两个，手里拿着衣服，笑嘻嘻走进来。韩俊娥问道：“陛下，为什么宝儿要做浣纱女，抱石投江起来？”炀帝便把虞世南草诏一段,与戏言要赠他的话,述了一遍,朱贵儿点点头儿道:“妇人家有些烈性,也是的。”两个替宝儿穿换衣服。朱贵儿见炀帝的里衫,多沾污了几点泥汁在上,忙要去取衣服来更换。炀帝止住了道:“朕当常服此,以显美人贞烈。”韩俊娥笑说道:“陛下不晓得妾养这个女儿,惯会作娇,从小儿不敢麻犯① 他,恐他气塞,撒不出鸟来。”朱贵儿见说,把炀帝手中扇子向韩俊娥肩上打一下道:“蛮妖精,我是你射出来的?”韩俊娥笑道:“你看这小妖怪,因陛下疼熬他,他就忤逆起娘来了。”笑得炀帝了不得,便道:“不要闲说了,你们同朕到宝林院去来。”

不多时,炀帝进了宝林院,直至榻前,对沙夫人问道:“妃子,你身子怎样? 曾服过药否?”沙夫人道:“妾宵来好端端的去游玩,不想弄出这节事来,几乎不能与陛下相见。”炀帝道:“妃子自己觉身子持重,昨夜就该乘一个香车宝辇,便不至如此。此皆朕之过,失于检点调度你们。”沙夫人含泪答道:“这是妾福浅命薄,不能保养潜龙。是妾之罪,与陛下何关?”一头说,不觉泪洒沾衾。炀帝道:“妃子不必忧烦,秦王杨浩,皇后钟爱,赵王杨杲,今年七岁,乃吕妃所生,其母已亡。朕将杨杲嗣你名下,则此子无母而有母,妃子无子而有子矣,未知妃子心下如何?”朱贵儿在旁说道:“赵王器宇不凡,若得如此,是陛下无限深恩,沙夫人有何不美,妾等亦有仰赖矣。”沙夫人要起身谢恩,炀帝慌忙止住。袁宝儿道:“夫人玉体欠安,妾等代为叩谢圣恩。”于是众美人齐跪下去,炀帝亦忙拉了他们起来,便道:“待朕择期以定,妃子作速调理好了身子,同朕去游广陵。”

正说时,只见一个内相,双手捧着一个宝瓶,传禀进来道:“王义修合万寿延年膏子,到苑来贡上万岁爷。”炀帝听见喜道:“朕正有话要吩咐他,着他进苑来。”一头说,一头走到殿上来,只见王义走到阶前跪下。炀帝问道:“你合的是什么妙药?”王义道:“微臣春间往南海进香,路遇一道人,说山中觅得一种鹿衔灵草,和百花捣汁熬成膏子,服之可以固精养血延年。故特修治贡上,聊表微臣一点孝心。”炀帝道:“这也难为你。朕不日要游广陵,卿须要打点同去,着卿管辖头号龙舟,谅无错误。”王义道:“此游不但微臣有心要随陛下,即臣妻亦遣来侍娘娘。”炀帝喜道:“舟中不比宫中,若得卿夫妇二人相随,愈见爱主之心,还有一事:昨夜朕与娘娘众夫人作

① 麻犯——招惹。

清夜游，不意宝林院沙夫人，因劳动了胎气，今早即便堕下一个男胎。妃子心中着实悲伤，朕又怜赵王失母，今嗣与沙妃子为子，聊慰其情，卿以为何如？”王义道：“沙夫人闻得做人宽厚，本性端庄，赵王嗣之，甚为合宜，足见陛下隆恩高厚。”炀帝道：“此系朕之爱子。既卿如此说，内则有妃子与众美人为之抚护，外则烦贤卿为之傅保。卿为朕去镌玉符一方，上镌：‘赵王杨杲，赐与沙映妃子为嗣。’镌好卿可悄悄送进来。”王义道：“臣晓得。”炀帝对袁宝儿道：“可将山茧两匹，赐与王义。”宝儿取将出来，王义收了，谢恩出苑不题。正是：

因情托儿女，爱色恋闺房。
不知人世变，独自语煌煌。

第三十七回

孙安祖走说窦建德　徐懋功初交秦叔宝

词曰：

人主荒淫成性，苍天巧弄盈危。群英一点雄心逞，戈满起尘埃。攘攘不分身梦，营营好乱情怀。相看意气如兰蕙，聚散总安排。

——右调《乌夜啼》

天下最荼毒百姓的，是土木之工、兵革之事；剥了他的财，却又疲他的力，以至骨肉异乡，孤人之儿，寡人之妇，说来伤心，闻之酸鼻。却说炀帝，因沙夫人堕了胎，故将爱子赵王与他为嗣，命王义镌玉印赐他。又着朱贵儿迁在宝林院去，一同抚养赵王，自以为坚石之固；岂知天下盗贼蜂起，卒至国破家亡。

且说宇文弼、宇文恺得了旨意，遂行文天下，起人夫，吊钱粮，不管民疲力敝，只一味严刑重法的催督，弄得这些百姓，不但贫的驱逼为盗；就是有身家的，被这些贪官污吏，不是借题逼诈，定是赋税重征，也觉身家难保，要想寻一个避秦的桃源，却又无地可觅。其时翟让聚义瓦岗，朱灿在城父，高开道据北平，魏刁儿在燕，王须拔在上谷，李子通在东海，薛举在陇西，梁师都在朔方，刘武周在汾阳，李轨据河西，左孝友在齐郡，卢明月在涿郡，郝孝德在平原，徐元朗在鲁郡，杜伏威在章邱，萧铣据江陵；这干也有原系隋朝官员，也有百姓卒伍，各人啸聚一方劫掠。还有许多山林好汉，退隐贤豪，在那里看守天时，尚未出头。

再说窦建德，携女儿到单员外庄上安顿了，打算也要往各处走走。常言道：惺惺惜惺惺[①]，话不投机的，相聚一刻也难过；若遇知己，就叙几年也不觉长远。雄信交结甚广，时常有人来招引[②] 他。因打听到秦叔宝避居山野，在家养母。雄信深为赞叹，因此也不肯轻身出头，甘守家园，日与

---

① 惺惺惜惺惺——聪明人爱惜聪明人。

② 招引——过访。

建德谈心论武。

光阴荏苒，建德在二贤庄，倏忽二载有余。一日雄信有事往东庄去了，建德无聊，走出门外闲玩；只见场上柳阴之下，坐着五六个做工的农夫，在那里吃饭；对面一条湾溪，溪上有一条小小的板桥，桥南就是一个大草棚。建德慢慢的踱过桥来，站在棚下，看牛过水；但见一派清流随轮带起，泉声鸟和，即景幽然，此时身心，几忘名利，正闲玩之间，远远望见一个长大汉子，草帽短衣，肩上背了行囊，坦胸露臂，慢慢的走来。场上有只狼犬，认是歹人，咆哮的迎将上去。那大汉见这犬势来得凶猛，把身子一侧，接过犬的后腿，丢入溪中去了，做工的看见，一个个跳起来喊道："那里来的野鸟，把人家的犬丢在河里？"那汉道："你不眼瞎，该放犬出来咬人的！"那做工的大怒，忙走近前，一巴掌打去。那汉眼快，接过来一折，那做工的扑地一交，扒不起来。惹得四五个做工的齐起身来动手，被那汉打得一个落花流水。

建德站在对河看，晓得雄信庄上的人俱是动得手的，不去喝住他。以后见那汉打得利害，忙走过桥来喝道："你是那里来的，敢走到这里来撒野？"那汉把建德仔细一认，说道："原来窦大哥，果然在这里！"扑地拜将下去。建德道："我只道是谁，原来是孙兄弟，为甚到此？"那汉道："小弟要会兄得紧，晓得兄携了令爱迁往汾州，弟前日特到介休各处寻访，竟无踪迹；幸喜途中遇着一位齐朋友，说兄在二贤庄单员外处，叫弟到此寻问，便知下落。故弟特来寻访，不想恰好遇着。"原来这人姓孙名安祖，与窦建德同乡。当年安祖因盗民家之羊，为县令捕获笞辱，安祖持刀刺杀县令，人莫敢当其锋，号为摸羊公，遂藏匿在窦建德家一年有余。恰值朝廷钦点绣女，建德为了女儿，与他分散，直至如今。时建德便对安祖道："这里就是二贤庄。"他手指道："那来的便是单二员外了。"

雄信骑着高头骏马，跟着四五个伴当回来，见建德在门外，快跳下马来问道："此位何人？"建德答道："这是同乡敝友孙安祖。"雄信见说，便与建德邀入草堂。安祖对雄信纳头拜下去道："孙安祖村野亡命之徒，久慕员外大名，如雷贯耳，今日一见，实慰平生。"雄信道："承兄光顾，足见盛情。"雄信便吩咐手下备饭。

建德问安祖道："刚才老弟说有一位齐朋友，晓得我在这里，是那个齐朋友？"安祖道："弟去岁在河南，偶于肆中饮酒，遇见一个姓齐的，号叫国远,做人也豪爽有趣,说起江湖上这些英雄,他赞称单员外疏财仗义,故此晓得,弟方始寻来。”雄信道:“齐国远如今在何处着脚?”安祖道:“他如今往秦中去寻什么李玄邃。说起来,他相知甚多,想必也要做些事业起来。”雄信叹道:“今世路如此,这几个朋友,料不能忍耐,都想出头了。”

须臾酒席停当,三人入席坐定。建德道:“老弟两年在何处浪游?近日外边如何光景?”安祖道:“兄住在这里,不知其细;外边不成个世界了。弟与兄别后,自燕至楚,自楚至齐,四方百姓,被朝廷弄得妻不见夫,父不见子,人离财散,怨恨入骨,巴不能够为盗,苟延性命。目今各处都有人占据,也有散而后聚的,也有聚而后散的,总是见利忘义,酒色之徒;若得似二位兄长这样智勇兼全的出来,倡义领导,四方之人,自然闻风响应。”建德见说,把眼只顾看单雄信,总不则声。雄信道:“宇宙甚广,豪杰众多,我们两个,算得什么?但天生此七尺之躯,自然要轰轰烈烈,做他一场,成与不成,命也,所争者,乃各人出处迟速之间。”孙安祖道:“若二位兄长皆救民于水火,出去谋为一番,弟现有千余人,屯扎在高鸡泊,专望驾临动手。”建德道:“准千人亦有限,只是做得来便好;尚然弄得王不成王,寇不成寇,反不如不出去的高了。”雄信道:“好山好水,原非你我意中结局,事之成败,难以逆料,窦兄如欲行动,趁弟在家,尚未出门。”

正说时,只见一个家人,传送朝服进来。雄信接来看了,拍案道:“真个昏君,这时候还要差官修葺万里长城,又要出师去征高丽,岂不是劳民动众,自取灭亡。就是来总管能干,大厦将倾,岂一木所能支哉!前日徐懋功来,我烦他捎书与秦大哥;今若来总管出征,怎肯放得他过,恐叔宝亦难乐守林泉了。”安祖道:“古人说得好,虽有智勇,不如乘势;今若不趁早出去,收拾人心,倘各投行伍散去,就费力了。”建德道:“非是小弟深谋远虑,一则承单二哥高情厚爱,不忍轻抛此地;二则小女在二哥处打扰,颇有内顾萦心。”雄信道:“窦大哥你这话说差了,大凡父子兄弟,为了名利,免不得分离几时;何况朋友的聚散。至于令爱与小女,甚是相得,如同胞姊妹一般;况兄之女,即如弟之女也。兄可放心前去,倘出去成得个局面,来接令爱未迟;若弟有甚变动,自然送令爱归还兄处,方始放心。”建德见说,不觉洒泪道:“若然,我父与女真生死而肉骨者也。”主意已定,遂去收拾行装,与女儿叮咛了几句,同安祖痛饮了一夜。到了明日,雄信取出两封盘缠:一封五十两,送与建德;一封二十两,赠与安祖。各自收了,谢别出门。

正是：

丈夫肝胆悬如日，邂逅相逢自相悉。

笑是当年轻薄徒，白首交情不堪结。

如今再说秦叔宝，自遭麻叔谋罢斥回来，迁居齐州城外，终日栽花种竹，落得清闲。倏忽年余。一日在篱门外大榆树下，闲看野景，只见一个少年，生得容貌魁伟，意气轩昂，牵着一匹马，戴着一顶遮阳笠，向叔宝问道："此处有座秦家庄么？"叔宝道："兄长何人？因何事要到秦家庄去？"这个少年道："在下是为潞州单二哥捎书与齐州秦叔宝的，因在城外搜寻，都道移居在此，故来此处相访。"叔宝道："兄若访秦叔宝，小弟便是。"叫家童牵了马，同到庄里。这少年去了遮阳笠，整顿衣衫，叔宝也进里边，着了道袍，出来相见。少年送上书，叔宝接来拆览，乃是单雄信因久不与叔宝一面，晓得他睢阳斥职回来，故此作书问候。后说此人姓徐名世绩，字懋功，是离狐人氏，近与雄信为八拜之交，因他到淮上访亲，托他寄此书。

叔宝看了书道："兄既是单二哥的契交，就与小弟一体的了。"吩咐摆香炉，两人也拜了，结为兄弟，誓同生死，留在庄上，置酒款待。豪杰遇豪杰，自然话得投机，顷刻间肝胆相向。叔宝心中甚喜，重新翻席，在一个小轩里头去，临流细酌，笑谈时务。

话到酒酣，叔宝私虑徐懋功少年，交游不多，识见不广，因问道："懋功兄，你自单雄信二哥外，也曾更见甚豪杰来？"懋功道："小弟年纪虽小，但旷观事势，熟察人情。主上摧刃父兄，大纲不正，即使修德行仁，还是个逆取顺守。如今好大喜功，既建东京宫阙，又开河道，土木之工，自长安直至余杭，那一处不骚扰遍了。只看这些贫民，数千百里来做工，动经年月回去，故园已荒，就要耕种，资费已竭，那得不聚集山谷，化为盗贼？况主上荒淫日甚：今日自东京幸江都，明日自江都幸东京，还要修筑长城，巡行河北，车驾不停，转输供应，天下何堪？那干奸臣，还要朝夕哄弄，每事逢君之恶，不出四五年，天下定然大乱，故此小弟有意结纳英豪，寻访真主；只是目中所见，如单二哥、王伯当，都是将帅之才；若说运筹帷幄，决胜千里，恐还未能。其余不少井底之蛙，未免不知真主，妄思割据，虽然乘乱，也能有为，首领还愁不保。但恨真主目中还未见闻。"

叔宝道："兄曾见李玄邃么？"懋功道："也见来，他门第既高，识器亦伟，又能礼贤下士，自是当今豪杰。总依小识见起来，草创之君，不难虚心下贤,要明于用贤,不贵自己有谋,贵于用人之谋。今玄邃自己有才,还恐他自矜其才,好贤下士,还恐他误任不贤。若说真主,虑其未称。兄有所见么?”叔宝道:“如兄所云,将帅之才,弟所友东阿程知节,勇敢劲敌之人,又见三原李药师,药师曾云:王气在太原,还当在太原图之。若我与兄何如?”懋功笑道:“亦一时之杰。但战胜攻取,我不如兄,决机虑变,兄不如我。然俱堪为兴朝佐命,永保功名,大要在择真主而归之,无为祸首可也。”叔宝道:“天下人才甚多,据兄所见,止于此乎?”懋功道:“天下人才固多,你我耳目有限,再当求之耳;若说将帅之才,就兄附近孩稚之中,却有一人,兄曾认之否?”叔宝道:“这到不识。”懋功答道:“小弟来访兄时,在前村经过,见两牛相斗,横截道中。小弟勒马道旁待他,却见一个小厮,年纪不过十余岁,追上前来道:‘畜生莫斗,家去罢。’这牛两角相触不肯休息,他大喝一声道:‘开!’一手揿住一只牛角,两下的为他分开尺余之地,将及半个时辰,这牛不能相斗,各自退去。这小厮跳上牛背,吹着横笛便走。小弟正要问他姓名,后有一个小厮道:‘罗家哥哥,怎把我家牛角揿坏了?’小弟以此知他姓罗,在此处牧放,居此地应不远。他有这样奇力,若有人提拔他,教他习学武艺,怕不似孟贲一流?兄可去物色他则个。”

何地无奇才,苦是不相识。
赳赳称干城,却从兔罝得。

两人意气相合,抵掌而谈者三日。懋功因决意要到瓦岗,看翟让动静,叔宝只得厚赠资费,写书回复了单雄信。另写一札,托雄信寄与魏玄成。杯酒话别,两个相期,不拘何人择有真主,彼此相荐,共立功名。叔宝执手依依,相送一程而别,独自回来。

行不多路,只听得林子里发一声喊,跑出一队小厮来,也有十七八岁的,也有十五六岁的,十二三岁的,约有三四十个。后面又赶出一个小厮,年纪只有十余岁,下身穿一条破布裤,赤着上身,捏着两个拳头,圆睁一双怪眼,来打这干小厮。这干小厮见他来,一齐把石块打去,可是奇怪,只见他浑身虬筋挺露,石块打着,都倒激了转来。叔宝暗暗点头道:“这便是徐懋功所说的了。”

两旁正赶打时,一个小厮被赶得慌,一交绊倒在叔宝面前,叔宝轻轻扶起道:“小哥,这是谁家小厮,这等样张致?”这小厮哭着道:“这是张太公家看牛的。他每日来看牛,定要妆甚官儿,要咱们去跟他,他自去草上睡觉。又要咱们替他放牛,若不依他,就要打;去跟他,不当他的意儿,又要打。咱们打又打他不过,又不下气伏事他,故此纠下许多大小牧童,与他打。却也是平日打怕了,便是大他六七岁,也近不得他,像他这等奢遮罢了。"叔宝想:"懋功说是罗家。这又是张家小厮,便也不是个庸人了。"挪步上前,把这小厮手来拉住道:"小哥且莫发恼。"这小厮睁着眼道:"干你鸟事来!你是那家老子哥子,想要来替咱厮打么?"叔宝道:"不是与你厮打,要与你说句话儿。"小厮道:"要说话,待咱打了这干小黄黄儿来。"待洒手去,却又洒不脱。

正扯拽时,只见众小儿拍手道:"来了,来了。"却走出一个老头来,向前把这小厮总角[1]揪住。叔宝看时,是前村张社长,口里喃喃的骂道:"叫你看牛不看牛,只与人厮打,好端端坐在家里,又惹这干小厮到家中乱嚷。你打死了人,叫我怎生支解[2]?"叔宝叹道:"太公息怒,这是令孙么?"太公道:"咱家有这孙子来!是我一个老邻舍罗大德,他死了妻子,剩下这小厮,自己又被征去开河,央我管顾他,在咱家吃这碗饭,就与咱家看牛。不料他老子死在河上,却留这劣种害人。"叔宝道:"这等不妨,太老将来把与小子,他少宅上雇工钱,小子一一代还。"太公道:"他也不少咱工钱,秦大哥你要领,任凭领去,只是讲过,惹出事来,不要干连着我。"叔宝道:"这断不干连太公,但不知小哥心下可肯?"那小厮向着太公道:"咱老子原把我交与你老人家的,怎又叫咱随着别人来?"太公发恼道:"咱招不得你,咱没这大肚子袋气。"一径的去了。

叔宝道:"小哥莫要不快。我叫秦叔宝,家中别无兄弟,止有老母妻房,意欲与你八拜为交,结做异姓兄弟,你便同我家去罢。"这小子方才喜欢道:"你就是秦叔宝哥哥么?我叫罗士信,我平日也闻得村中有人说哥哥弃官来的,说你有偌大气力,使得条好枪,又使得好锏。哥可怜见兄弟父母双亡,孤身独自,看顾指引我小兄弟,莫说做兄弟,随便使令教诲,咱也甘心。"便向地下拜倒来。叔宝一把扶住道:"莫拜莫拜,且到家中,先见了我母亲,然后我与你拜。"果然士信随了叔宝归家。叔宝先对母亲说了,又叫张氏寻了一件短褂子,与他穿了,与秦母相见。罗士信见了道:"我少

---

① 总角——未成年男女束发为结,形状如角。

② 支解——支应、应付、处置。

时没了母亲,见这姥姥,真与我母亲一般。”插烛也似拜了八拜,开口也叫母亲。次后与叔宝拜了四拜,一个叫哥哥,一个叫兄弟。末后拜了张氏,称嫂嫂;张氏也待如亲叔一般。

大凡人的精神血气,没有用处,便好的是生事打闹发泄;他有了用处,他心志都用在这里,这些强硬之气,都消了。人不遇制服得的人,他便要狂逞;一撞着作家①,竟如铁遇了炉,猢狲遇了花子②,自然服他,凭他使唤。所以一个顽劣的罗士信,却变做了一个规规矩矩的人。叔宝教他枪法,日夕指点,学得精熟。

一日叔宝与士信在场上比试武艺,见一个旗牌官,骑在马上,那马跑得浑身汗下,来问道:“这里可是秦家庄么?”叔宝道:“兄长问他怎么?”那旗牌道:“要访秦叔宝的。”叔宝道:“在下就是。”叫士信带马系了,请到草堂。旗牌见礼过,便道:“奉海道大元帅来爷将令,赍有札符,请将军为前部先锋。”叔宝也不看,也不接,道:“卑末因老母年高多病,故隐居不仕,日事耕种,筋力懈弛,如何当得此任?”旗牌道:“先生不必推辞。这职位好些人谋不来的,不要说立功封妻荫子,只到任散一散行粮路费,便是一个小富贵。先生不要辜负了来元帅美情,下官来意。”叔宝道:“实是母亲身病。”管待了旗牌便饭,又送了他二十两银子,自己写个手本,托旗牌善言方便。旗牌见他坚执,只得相辞上马而去。

原来,来总管奉了敕旨,因想:“登莱至平壤,海道兼陆地,击贼拒敌,须得一个武勇绝伦的人。秦琼有万夫不当之勇,用他为前部,万无一失。”故差官来要请他。不意旗牌回复:“秦琼因老母患病,不能赴任,有禀帖呈上。”来总管接来看了道:“他总是为着老母,不肯就职;然自古求忠臣必于孝子之门,他不负亲,又岂肯负主;况且麾下急切没有一个似他的。”心中想一想道:“我有个道理。”发一个帖儿,对旗牌道:“我还差你到齐州张郡丞处投下,促追他上路罢。”这旗牌只得策马,又向齐州来,行到郡丞衙。

这郡丞姓张名须陀,是一个义胆忠肝文武全备,又且爱民礼下的一个豪杰。当时郡丞看了帖儿,又问了旗牌来意。久知秦叔宝是个好男子,今

---

① 作家——能手,行家。

② 猢狲句——猢狲,骂小孩的话。花子,拐卖小孩的人,传说“花子”专有迷幻术制小孩。

见他不肯苟且功名,侥幸一官半职,“这人不惟有才,还自立品,我须自去走遭。”便叫备马,一径来到庄前。从人通报,郡丞走进草堂,叔宝因是本郡郡丞,不好见得,只推不在。张郡丞叫请老夫人相见。秦母只得出来,以通家礼见了,坐下。张郡丞开言道:“令郎原是将家之子,英雄了得,今国家有事,正宜建功立业,怎推托不往?”秦母道:“孩儿只因老身景入桑榆,他又身多疾病,故此不能从征。”张郡丞笑道:“夫人年虽高大,精神颇旺,不必恋恋;若说疾病,大丈夫死当马革裹尸,怎宛转床席,在儿女子手中?且夫人独不能为王陵母乎?夫人吩咐,令郎万无不从。明日下官再来劝驾。”说罢起身去了。

秦母对叔宝说:“难为张大人意思,你只得去走遭。只愿天佑,早得成功,依然享夫妻母子之乐。”叔宝还有踌躇之意,罗士信道:“高丽之事,以哥哥才力,马到成功;若家中门户,嫂嫂自善主持。只虑盗贼生发,士信本意随哥哥前去,协力平辽,今不若留我在家,总有毛贼,料不敢来侵犯。”三人计议已定,次早叔宝又恐张郡丞到庄,不好意思,自己入城,换了公服,进衙相见。张郡丞大喜,叫旗牌送上札符,与叔宝收了。张郡丞又取出两封礼来:一封是叔宝赆仪,一封是送秦老夫人菽水之资①。叔宝不敢拂他的意,收了。叔宝谢别。张郡丞又执手叮咛道:“以兄之才,此去必然成功。但高丽兵诡而多诈,必分兵据守,沿海兵备,定然单弱。兄为前驱,可释辽水、鸭绿江勿攻。惟有浿水,去平壤最近,乃高丽国都,可乘其不备,纵兵直捣;高丽若思内顾,首尾交击,弹丸之国,便可下了。”叔宝道:“妙论自当书绅。”就辞了出门。到家料理了一番,便束装同旗牌起行。罗士信送至一二里,大家叮咛珍重而别。

叔宝、旗牌日夕赶行,已至登州,进营参谒了来总管。来总管大喜,即拨水兵二万,青雀、黄龙船各一百号,俟左武卫将军周法尚,打听隋主出都,这边就发兵了。正是:

旗翻幔海威先壮,帆指平壤气已吞。

---

① 菽水之资——菽水,豆和水。此为赠别人资财的谦词。

第三十八回

杨义臣出师破贼　王伯当施计全交

词曰：

世事浮沤，叹痴儿扰攘，遍地戈矛。豺虎何足怪，龙蛇亦易收。猛雨过，淡云流，相看怎到头？细思量此身如寄，总属蜉蝣。　　问君胶漆何投？向天涯海角，南北营求。岂是名为累，反与命添雠。眉间事，酒中休，相逢美所谋。只恐怕猿声鹤唳，又惹新愁。

——右调《意难忘》

人处太平之世，不要说有家业的，甘守田园。即如英豪不遇，亡命技贫，亦只好付之浩叹而已。设或一遇乱离，个个意中要想做一个汉高①，人有智能的，竟认做孔明。岂知自信不真，以致身首异处，落得惹后人笑骂，故所以识时务者呼为俊杰。然能参透此四字者，能有几人？

不说秦叔宝在登州训练水军，打听炀帝出都，即便进兵进剿。却说炀帝在宫中，一日与萧后欢宴。炀帝道："王弘的龙舟，想要造完了，工部的锦帆绣缆，俱已备完；但不知高昌的殿脚女，可能即日选到？"萧后道："殿脚女其名虽美，妾想女子柔媚者多。这样殿宇般一只大船，百十个娇嫩女子，如何牵得它动？除非再添些内相② 相帮，才不费力。"炀帝道："用女子牵缆，原要美观，若添入内相，便不韵矣。"萧后道："此舟若止女人，断难移动。"炀帝道："如此，为之奈何？"萧后停杯注想了一回，便道："古人以羊驾车，亦取美观；莫若再选一千嫩羊，每缆也是十只，就像驾车的一般，与美人相间而行，岂不美哉！"炀帝大喜道："御妻深得朕心。"便差内相传谕有司，要选好毛片的嫩羊一千只，以备牵缆。内相领旨去了。

炀帝与萧后众夫人，要点选去游江都的嫔妃宫女，只见中门使段达传进奏章来。炀帝展开，细细翻阅，原来就是孙安祖与窦建德，据住了高鸡

---

① 汉高——汉高祖刘邦。

② 内相——宦官。

泊举义，起手统兵杀了涿郡守郭绚，勾连了河曲聚众张金称、清河剧盗高士达，三处相为缓急，劫掠近县，官兵莫敢挫其锋，因此有司飞章告急，请兵征剿。炀帝看了大怒道："小丑如此跳梁！须用一员大将，尽行剿灭，方得地方宁静。"一时间再想不出个人来。

时贵人袁紫烟在旁说道："有个太仆杨义臣，闻他文武全才，如今镇守何处？"炀帝见说，惊讶道："妃子那里晓得他文武全才？"袁紫烟道："他是妾之母舅。妾虽不曾识面，因幼时妾父存日，时常称道其能，故此晓得。"炀帝道："原来杨义臣，是你母舅。今日若不是妃子言及，几忘却了此人。他如今致仕在家，实是有才干的。"说罢，便敕太仆杨义臣为行军都总管；周宇、侯乔二人为先锋，调遣精兵十万，征讨河北一路盗贼。将旨意差内相传出，付与吏兵二部，移文去了。炀帝对袁紫烟道："义臣昔属君臣，今为国戚，谅不负朕。俟凯旋日，宣入宫来，与妃子一见，如何？"袁紫烟谢恩不题。正是：

天数将终隋室，昏王强去安排。
现有邪佞在侧，良臣焉用安危。

话说杨义臣得了敕旨，便聚将校，择吉行师。兵行数日，直抵济渠口。晓得四十里外，就是张金称在此聚众劫掠，忙扎住了营寨。因尚未识贼人出入路径，戒军不可妄动，差细作探其虚实，欲以奇计擒之。

却说张金称打听杨义臣兵至，遂自引兵直至义臣营垒搦战。见义臣固守不出，求战不能，终日使手下百般秽骂。如此有余，只道义臣是怯战之人，无谋之辈，何知杨义臣伺其懈弛，密唤周宇、侯乔二将领精锐马骑二千，乘夜自馆陶渡过河去埋伏；待金称人马离营，将与我军相接，放起号炮，一齐夹攻。义臣亲自披挂，引兵搦战。金称看见官军行伍不整，阵法无序，引贼直冲出来，两军相接，未及数合，东西伏兵齐起，把贼兵当中截断，前后夹攻，贼众大败。金称单马逃奔清河界口，正遇清河郡丞杨善，领兵捕贼，正在汾口地方，擒金称杀之，令人将首级送至义臣营中。金称手下残兵，星夜投奔窦建德去了。义臣将贼营内金银财物马匹，尽赏士卒，所获子女，俱各放回。移兵直抵平原，进攻高鸡泊，剿杀余党。

时高鸡泊乃窦建德、孙安祖附高士达居于彼处，早有细作[1]报告言：

---

① 细作——打探消息的人，密探。

“杨义臣破张金称，乘胜引兵前来，今官兵已到巫仓下寨，离此只隔二十里之地。”建德闻之大惊，对孙安祖、高士达道：“吾未入高鸡泊之时，已知杨义臣是文武全才，用兵如神，但未与之相拒①。今日果然杀败张金称，移得胜之兵，来征伐我等，锐气正炽，难与为敌。士达兄可暂引兵入据险阻，以避其锋，使他坐守几月，粮储不给，然后分兵击之，义臣可擒矣。”士达不听建德之言，自恃无敌，留疲弱三千，与建德守营，自同孙安祖乘夜领兵一万，去劫义臣营寨。不期义臣预知贼意，调将四下埋伏。

高士达三更时分，提兵直冲义臣老营。见一空寨，知是中计，正欲退时，只听得号炮四下齐起，正遇着义臣首将邓有见，当喉一箭，士达跌下马来，被邓有见枭了首级，剿杀余兵。安祖见士达已亡，忙兜转马头奔回。建德同来救敌，无奈隋兵势大，将士十丧八九。建德与安祖，止剩二百余骑。因见饶阳无备，遂直抵城下，未及三日而攻克之；所降士卒，又有二千余人，据守其城，商议进兵，以敌义臣。建德对安祖道：“目下隋兵势大，又兼义臣足智多谋，一日难与为敌，此城只宜保守。”安祖道：“杨义臣不退，吾辈总属困逼，奈何？”“我有一计：须得一人，多带金珠，速往京中，贿嘱权奸，要他调去义臣。隋将除了义臣，其他复何惧哉！”安祖道：“恁般说，弟速去走遭；倘一时间不能调去奈何？”建德道：“非也，主上信任奸邪，未有佞臣在内，而忠臣能立功于外者。”于是建德收拾了许多金珠宝玩，付与安祖。安祖叫一个劲卒，负了包裹，与建德别了，连夜起身。

晓行夜宿。一日走到梁郡白酒村地方，日已西斜，恐怕前途没有宿店，见有一个安客商寓，两人遂走进门。主人家忙赶出来接住问道：“爷们是两位，还有别伴？”安祖道：“只我们两人。”店主人道：“里边是有一个大间，空在那里，恐有四五位来，又要腾挪。西首有一间，甚是洁净，先有一位爷下在那里。三位尽可容得，待我引爷们去看来。”说了，遂引孙安祖走到西边，推开门走进去，只见一个大汉，鼻息如雷，横挺在床上。店主人道：“爷们不过权寓一宵，这里可使得么？”安祖道：“也罢。”店主人出去，搬了行李。

安祖细看床上睡的人，身长膀阔，腰大十围，眉目清秀，虬发长髯。安祖揣度道：“这朋友亦非等闲之辈，待他醒来问他。”店主人已将行李搬到，

① 相拒——拒，抗拒。这里指交锋，交手。

安祖也要少睡，忙叫小卒打开铺设，出去拿了茶来。只见床上那汉，听得有人说话，擦一擦眼，跳将起来，把孙安祖上下仔细一认，举手问道："兄长尊姓？"安祖答道："贱姓祖，号安生。请问吾兄上姓？"那汉道："弟姓王，字伯当。"安祖听说大喜道："原来就是济阳王伯当兄。"纳头拜将下去，伯当慌忙答礼起来。王伯当问道："兄那里晓得小弟贱名？"安祖笑道："弟非祖安生，实孙安祖也。因前年在二贤庄，听见单员外道及兄长大名，故此晓得。"王伯当道："单二哥处，兄有何事去见他？如今可在家里么？"安祖道："因寻访窦建德兄。"伯当道："弟闻得窦兄在高鸡泊起义，声势甚大，兄为何不去追随，却到此地？"安祖又把杨义臣提兵剿灭张金称、高士达，乘胜来逼建德，建德据守饶阳，要弟到京作事一段，述了一遍，问道："不知兄有何事，只身到此？"伯当见问，长叹一声，正欲开言，只见安祖伴当进来，便缩住了口。安祖道："这是小弟的心腹小校，吾兄不必避忌。"因对小校道："你外边叫他们取些酒菜来。"

一回儿，承值① 的取进酒菜，摆放停当，出去了。两人坐定，安祖又问。伯当道："弟有一结义兄弟，亦单二哥的契友，姓李名密，字玄邃，犯了一桩大事，故悄地到此。"安祖道："弟前日途中遇见齐国远，说要去寻他图些事业。如今怎么样？为了甚事？"伯当道："不要说起。弟因有事往楚，与他分手；不意李兄被杨玄感迎入关中，与他举义。弟知玄感是井底之蛙，无用之徒，不去投他。谁知不出弟所料，事败无成，玄感已为隋将史万岁斩首。弟在瓦岗与翟让处聚义，打听玄邃兄潜行入关，又被游骑所获，护送帝所。弟想解去必由此地经过，故弟在这里等他。谅在今晚，必然到此歇脚。"安祖道："这个何难？莫若弟与兄迎上去，只消兄长说有李兄在内，弟略略动手，结果了众人，走他娘便了。"伯当道："此去京都要道，倘然弄得决裂，反为不美，只可智取，不可力图。只须如此如此而行，方为万全。"

正说时，听得外面人声嘈杂。伯当同安祖拽上房门，走出来看，只见六七个解差，同着一个解官，押着四个囚徒，都是长枷锁链，在店门首柜前坐下。伯当定睛一看，见玄邃亦在其内，余外的，识得一个是韦福嗣，一个是杨积善，一个是邴元真。并不做声，把眼色一丢，走了进去。李玄邃四

---

① 承值——当值，侍奉。

人看见了王伯当，心中喜道："好了，他们在此，我正好算计脱身了；但不知他同那个在这里？"

正在肚里踌躇，只见王伯当，手里捧着几卷绸匹，放在柜上说道："主人家，在下因缺了盘钱，带得好潞绸十卷在此，情愿照本钱卖与你，省得放在行李里头，又沉重，又占地方。"店主人站起身答道："爷，小店那讨得出银子来？不要说爷要照本钱卖与咱，就是爷们住在小店几天，准折与咱们，咱们也用不着这宗宝货。"伯当把一卷折开来，掷在柜上说道："你看，不是什么假古的货儿哄你们，这都是拣选来的，照地头二两五钱好银子一卷，若是银子好，每卷止算还脚解税银一二钱，也罢了。"那一个解官，与几个解差，也走近柜前，拿起绸来看了，说："真个好绸子，又紧密，又厚重，带到下边去，怕不是四两一卷，可惜没有闲钱来买。"大家在那里唧唧嚷嚷的谈论，只见李玄邃亦挨到柜边来看。伯当睁着怪眼，喝道："死囚，你也来瞧什么？量你也拿不出银子，所以犯了罪名。"孙安祖在旁笑道："兄长不要小看他，或者他们到有银子要买，亦未可知。"李玄邃道："客人，你的宝货，量也有限，你若还有，再取出来，咱们尽数买你的；不买你的，不为汉子。"王伯当对孙安祖道："二哥，还有五卷在里头，你去与我取出来。"李玄邃走下来，叫过一个老猾狱卒张龙道："张兄，你这潞绸可要买么？我有十两银子，送与你去买几卷，也承你路上看管一番。"张龙道："这个不消，你不如买几卷送与惠爷，我才好受你的。"李密道："我的死期，一日近一日，留这钱财在身何用，不如买他的绸子来，将一半与五十两银子送你惠爷；你们众位，每人一卷；银子五两，送与你们。到京死后，将我们的尸骨埋一埋。你去与我们说一声，若是使得，我另外再酬你十两银子。"张龙见说，忙去与众人说知。这个惠解官，又是个钱财杀，一说就肯。

张龙回复了李玄邃。李玄邃便向韦福嗣、杨积善身边取出一百两银子，付与张龙道："你去与我称开，好分送众人。"又在自己身边取出五十两一封，走向柜边，在柜上放下，向主人家道："烦你做个调停，用钱照例奉送。"店主人道："这个当得。"走向前说道："一共十五卷，该银三十七两五钱，上等称头，尽是瓜绞，一厘不少。"付与王伯当收了，余下的银，还了李玄邃。李玄邃将潞绸打开，花样一般无二，与张龙分送众人，各人致谢。玄邃又在银包内，取出一两多些一块银子，对主人家说："些些酒资，酬劳之意。"伯当笑道："我竟忘了，留七两三分算，也该称出一两多些来酬谢主人。”一头说，一头称出一两一钱银子，奉与店主人。店主人道：“岂有此理，费了小子什么气力，好受二位的惠来？”三人你推我却。孙安祖说道：“小弟有一个道理在此：我们大哥，这一两一钱银子，是本该出的，这位兄的那块银子，他既取出来，怎好又收进去？待弟也出几钱，凑成三金，烦主人家弄几碗菜，买坛酒来，只算主人家替咱们接风，又算一宗小交易的合事酒，畅饮三杯，岂不两美？”这几个解差，齐声赞道：“这位爷主张的不差，我们也该贴出些买酒才好。”八个解差与孙安祖，又凑出两外，安祖把来上等一称，共三两七钱有余，对主人家道：“请收去，这是要劳重的了。”主人家笑道：“这个小子理会得，先请各位爷到里边去用了便饭，待小子好好的整治起菜来。”孙安祖道：“菜不必拘，酒是要上好的；况是人多，要多买些。”店主人道：“这个自然。”大家各归房里去了。

霎时间已是黄昏时候，店家将酒席整治完备，将一席送与惠解官，叫张龙致意，不好与公差囚徒同席之意。那惠解官原是个随波逐流之人，又得了许多银子礼物，便对张龙道：“既承他们美意，我怎好又独自受用这一席酒？既然在此荒村野店，那个晓得？同在一搭儿吃了罢，也便大家好照管。”张龙道：“说起来，他四个原系宦家公子；如今偶然孩子气，犯了罪名，只要惠爷道是使得，我们就叫他们进来。”惠解官道：“总是这一回儿的工夫，就都叫到这里用了罢。”于是众人将四五桌酒席，都摆在玄邃下的那间大客房里，连主人家，共十七八人。大家入席坐定，大杯小盏，你奉我劝，开怀畅饮。店小二流水烫上酒来。孙安祖对店小二道：“你们辛苦了，自去睡罢，有我们小厮在这里。”店主人大家吃了一回，先进去睡了。岂知惠解官又是个酒客，说得投机，与他们呼幺喝六的，又闹了一回。

孙安祖见众人的酒，已有七八分了，约略有二更时分，王伯当道：“酒不热，好闷人。”孙安祖道：“待我自去，看我们小厮在那里做甚?”忙走出去，一回捧着一壶烫的热酒，笑将进来道：“店小二与我家小厮，多先吃醉了，一铺儿的躺着，亏得我自去烧这壶热酒在此。”众解差道：“承列位盛情，实吃不下了。”孙安祖道：“这一杯是必要奉的。余下的总是我们吃罢。”张龙拿起杯来，一饮而尽，众公差只得取起来吃了。顷刻间，一个解官，八个解差，齐倒在尘埃。孙安祖笑道：“是便是，只恐怕他们药力浅，容易醒觉。”忙在行李中，取出蜡烛一支点上。王伯当将四人的枷锁扭断了，李玄邃忙向解官报箱内，寻出公文来，向灯火上烧了。原来的十五卷潞绸并银子,取了出来,付与王伯当收入包裹,小校背上行李,共七个人,悄悄开了店门出去。只见满天星斗,略有微光,大家一路叙谈,忙忙的赶行。

走到五更时分,离店已有五七十里,孙安祖对王伯当道:"小弟在此地要与兄们分手,不及送李兄等至瓦岗矣。"玄邃等对安祖道:"小弟蒙承兄见爱,得脱此难;且到前途去痛饮三杯再处。"王伯当道:"不是这话,孙兄还有窦大哥的公干在身,不要耽搁他。"孙安祖道:"小弟还有句要紧话,替兄们说:你们或作三路走,或作两路行,若是成群的逃窜,再走一二里,便要被人看破拿去了。只此就分手罢。"李玄邃道:"既是这等,烦兄致意建德,弟此去若瓦岗可以存身,还要到饶阳来相叙;若见单二哥,亦与弟致声。"说罢,众人东西分路,止剩王伯当、李玄邃、邴元真、韦福嗣、杨积善,又行了几里,已至三岔路口。王伯当道:"不是这等说,在陷阱里头,死活只好挤在一堆;今已出笼,正好各自分飞逃命。趁此三岔路口,各请随便,弟只好与玄邃同行。"韦福嗣与杨积善是相好的,便道:"既如此,我们拣这小路,挨上去罢。"邴元真道:"我是也不依大路走,也不拣小路行,自有个走法,请兄们自去。"于是杨韦二人走了小路去,王、李二人走了大路。

未及里许,王伯当只听得背后一人赶来,向李玄邃肩上一拍说道:"你们也不等我一等,竟自去了。"王伯当道:"兄说有自己的走法,为何又赶来?"邴无真道:"兄难道是呆子?我刚才哄他两个,那有出了伤门,再走死路的理。"玄邃道:"放着胆走,量有百十个兵校赶来,也不放在我们三个眼里;只是没有短路的,借他三四件兵器来应急,怎好?"王伯当道:"往前走一步好一步了。"于是李玄邃扮了全真,邴元真改了客商,王伯当做伴当,往前进发。正是:

未知肝胆向谁是,令人却忆平原君。

第三十九回

陈隋两主说幽情　张尹二妃重贬谪

诗曰：

王师靖虏氛，横海出将军。
赤帜连初日，黄麾映晚云。
鼓鼙雷怒起，舟楫浪惊分。
指顾平玄菟，阴山好勒铭。

大凡皇帝家的事，甚是繁冗；这一支笔，一时如何写得尽？宇宙间的事，日出还生，顷刻间如何说得完？即使看者一双眼睛，那里领略得来？要作者如理乱丝一般，逐段逐段，细细剔出，方知事之后先，使看者亦有步骤，不至停想回顾之苦。

再说孙安祖，别了李玄邃、王伯当，赶到京中，寻相识的打通了关节，将金珠宝玩献与段运、虞世基一班佞臣，在下处守候消息。正是钱神有灵，不多几日，就有旨意下来道："杨义臣出师已久，未有捷音，按兵不动，意欲何为？姑念老臣，原官休致。先锋周宇暂为署摄，另调将员，剿灭余寇。"孙安祖打听的实，星夜出京，赶回饶阳，报知建德。

时杨义臣定计，正图破城剿灭窦建德，见有旨意下来，对左右叹道："隋室合休，吾未知死于何人之手！"即将所有金银，犒赏三军，涕泣起行，退居濮州雷夏泽中，变姓埋名，农樵为乐。

窦建德知义臣已去，复领兵到平原，招集溃卒，得数千人。自此隋之郡县，尽皆归附，兵至一万有余，势益张大，力图进取。差心腹将员，写书到潞州二贤庄去接女儿，并请单雄信同事不题。正是：

莫教骨肉成吴越，犹念天涯好弟兄。

话分两头。再说炀帝在宫中点选带去游幸广陵的宫人。大凡女子，可以充选入宫者，决没有个无盐嫫母，最下是中人之姿；若中人之姿，到了宫中，妆点粉饰起来，也会低颦，也会巧笑，便增了三分颜色。所以炀帝在宫点了七八日，点了这个，又舍不得那个，这边去了，娇语欢呼；这边不去，或宫或院,隐隐悲泣。炀帝平昔间在妇人面上做工夫的,这些女子,越要妆这些娇痴起来,要使之闻之之意。弄得炀帝没主意,烦躁起来,反叫萧后与众夫人去点选,自己拉了朱贵儿、袁宝儿,跟了三四个小太监,驾了一只龙舟,摇过北海,去到三神山上去看落照。忽天气晦昧,将日色收了,炀帝便懒得上山,就在傍海观澜亭中坐了一会,便觉恍惚间,见海中有一只小舟,冲波逐浪,望山脚下摇来,炀帝正疑那院夫人来接,心中甚喜,及至拢岸,却又不是。见走上一个内相来,报说道:"陈后主要求见万岁。"原来炀帝与陈后主初年甚相契厚。忽闻后主要见,忙叫请来。

不多时,只见后主从船中走将出来,到了亭中,见炀帝要行君臣之礼。炀帝忙以手扶住道:"朕与卿故交,何须行此大礼。"后主依命,一拜而坐。后主道:"忆昔少年时,与陛下同队戏游,亲爱甚于同气,别来许久,不知陛下还相忆否?"炀帝道:"垂髫之交,情同骨肉,昔日之事,时时在念,安有不记之理?"后主道:"陛下既然记得,但今日贵为天子,富有四海,比往日大不相同,真令人欣羡。"炀帝笑道:"富贵乃偶然之物,卿偶然失之,朕偶然得之,何足介意。"因问道:"临春、结绮、望仙三阁,近来风月何如?"后主道:"风月依然如旧,只是当时那些锦绣池台,已化作白杨青草矣!"

炀帝又问道:"闻卿曾为张丽华造一桂宫,在光昭殿后,开一圆门,就如月光一般。四边皆以水晶为障,后院却设素粉的罘罳①,庭中空空洞洞,不设一物,惟种一株大桂树,树下放一个捣药的玉杵臼,臼旁养一个白色兔儿。叫丽华身披素裳,梳凌云髻,足穿玉华飞头履,在中间往来,如同月宫嫦娥,此事果有之么?"后主道:"实是如此。"炀帝道:"若然亦觉太侈。"后主道:"起造宫馆,古昔圣王,皆有一所,月宫能费几何?臣不幸亡国,便以为侈。今不必远引古人为证,就如陛下文皇帝临国时,何等节俭,也曾为蔡容华夫人造潇湘绿绮馆,四边都以黄金打成芙蓉花,妆饰在上;又以琉璃网户,将文杏为梁,雕刻飞禽走兽,动辄价值千金,此陛下所目视,独非侈乎?幸天下太平,传位陛下,后日吏官,但知称为节俭,安肯思量及此。"炀帝笑道:"卿可谓善解嘲矣!若如此说,则先帝下江南时,卿一定尚有遗恨。"后主道:"亡国实不敢恨,只想在桃叶山前,将乘战舰北渡,那时张丽华方在临春阁上,试东郭㕙的紫毫笔,写小砑红笺,要做答江令

① 罘罳(fú sī)——设在屋檐或庭院中的网,以防鸟雀飞入。亦作"浮思"。

的壁月诗句，尚未及完，忽见韩擒虎拥兵直入。此时匆匆逼迫，致使丽华诗句未终，未免微有不快耳。”炀帝道：“如今丽华安在？”后主道：“现在舟中。”炀帝道：“何不请来一见？”

后主叫内相往船上去请，只见船中有十来个女子，拿着乐器，捧着酒肴，齐上岸来，看见炀帝，齐齐拜伏在地。炀帝忙叫起来，仔细一看，只见内中一个女子，生得玉肩双亸，雪貌孤凝，韵度十分俊俏。炀帝目不转睛，看了半晌。后主笑道：“比我家姑娘宣华夫人容貌如何？”炀帝道：“正如邢之与尹，差堪伯仲。”后主道：“陛下再三注盼，想是不识此人，此即张丽华也。”炀帝笑道：“原来就是张贵妃，真是名不虚传。昔闻贵妃之名，今视贵妃之面，又与故人相聚，恨无酒肴，与二卿为欢。”后主道：“臣随行到备得一尊，但恐亵渎天子，不敢上献。”炀帝道：“朕与故交，一时助兴，何必拘礼？”后主随叫丽华送上酒来。炀帝一连饮了三四杯，对后主说道：“朕闻一曲《后庭花》，擅天下古今之妙，今日幸得相逢，何不为朕一奏？”丽华辞谢道：“妾自抛掷岁月，人间歌舞，不复记忆久矣；况近自井中出来，腰肢酸楚，那里有往常姿态，安敢在天子面前，狂歌乱唱。”炀帝道：“贵妃花嫣柳媚，就如不歌不舞，已自脉脉消魂，歌舞时光景，大可想见，何必过谦。”后主道：“既是圣意殷殷，卿可勉强歌舞一曲。”

丽华无可奈何，只得叫侍儿将锦裀铺下，齐齐奏起乐来。他走到上面，按着乐声的节奏，巧翻彩袖，娇折纤腰，轻轻如蝴蝶穿花，款款如蜻蜓点水，起初犹乍翱乍翔，不徐不疾，后来乐声促奏，他便盘旋不已，一霎时红遮绿掩，就如一片彩云，在满空中乱滚。须臾，舞罢乐停，他却高吭新音唱起来：

丽宇芳林对高阁，新装艳质本倾城。
映户凝娇乍不进，出帷含态笑相迎。
娇姬脸似花含露，玉树流光照后庭。

丽华歌舞罢，喜得个炀帝魂魄俱消，称赞不已，随命斟酒二杯，一杯送后主，一杯送丽华。后主接杯在手，忽泫然泣下道：“臣为此曲，不知费多少心力，曾受用得几日，遂声沉调歇。今日复闻歌此，令人不胜亡国之感。”炀帝道：“卿国虽亡了，这一曲《玉树后庭花》，却是千秋常在的，何必悲伤？卿酷好翰墨，别来定有新咏，可诵一二，与朕赏鉴。”后主道：“臣近来情景不畅，无兴作诗；只有《寄侍儿碧玉》与《小窗》诗二首，聊以塞责，望陛下勿哂。”因诵《小窗》诗云：

午睡醒来晓，无人梦自惊。

夕阳如有意，偏傍小窗明。

《寄侍儿碧玉》诗云：

离别肠应断，相思骨合销。

愁魂若飞散，凭仗一相招。

炀帝听罢，再三称赏。后主道：“亡国唾余，怎如陛下雄材掞藻[1]，高拔一时？”丽华道：“妾闻陛下天翰淋漓，今幸得垂盼，愿求一章，以为终身之荣。”炀帝笑道：“朕从来不能作诗，有负贵妃之请，奈何？”丽华道：“陛下醉接《望江南》词，御制《清夜游》曲，俱顷刻而成，何言不能？还是笑妾丑陋，不足以当珠玉，故以不能推托？”炀帝道：“贵妃何罪朕之过也。朕当勉强应酬。”丽华命侍儿将文房四宝放下，炀帝拂笺信笔，题诗一首云：

见面无多事，闻名尔许时。

坐来生百媚，实个好相知。

炀帝写完，送与丽华。丽华接在手中，看了一遍，见诗意来得冷落，微有讥讽之意，不觉两脸俱红赤起来，半晌不做一声。后主见丽华含嗔带愧，心下也有几分不快，便问炀帝道：“此人颜色，不知比陛下萧后，还是谁人美丽？”炀帝道：“贵妃比萧后鲜妍，萧后比贵妃窈窕，就如春兰与秋菊一般，各有一时之秀，如何比得？”后主道：“既是一时之秀，陛下的诗句，何轻薄丽华之甚？”炀帝微微笑道：“朕天子之诗，不过适一时之兴而已，有甚么轻薄不轻薄？”后主大怒道：“我亦曾为天子，不似你妄自尊大！”炀帝大怒道：“你亡国之人，焉敢如此无礼！”后主亦怒道：“你的壮气，能有几时，敢欺我是亡国之君？只怕你亡国时，结局还有许多不如我处。”炀帝大怒道：“朕巍巍天子，有甚不如你处？”遂自走起身来要拿后主。后主道：“你敢拿谁？”只见丽华将后主扯下走道：“且去且去，后一二年，吴公台下，少不得还要与他相见。”二人竟往海边而走。炀帝大踏步赶来；只见好端端一个丽华，弄得满身泥浆水，照炀帝脸上拂将过来。

炀帝吃了一惊，就像做梦才醒的一般，因想起他二人死之已久，吓了一身冷汗。开眼只见贵儿、宝儿两个美人，把衣袖遮着炀帝的背心裹住在

---

① 掞藻(yàn zǎo)——发舒，铺张。

那里，忙问二美人道："你们曾看见什么？"二美人道："没有见甚来；但见陛下如睡去的一般，梦中呓语，龙体时动时静。"炀帝道："快下船去罢！"众人多下了龙舟，炀帝才把适间所见所闻细述了一遍，贵儿、宝儿大为惊异。炀帝反觉心中忧疑起来，忙叫内相撑回。忽听见琴声悠扬，随风入耳。炀帝正在猜疑，一回儿将到绮阴院，望见秦夫人、沙夫人、赵王杲与袁贵人、薛冶儿一班都在那里看夏夫人抚琴。炀帝忙上岸来道："你们好偏倍朕快活，接也不来接一接！"众夫人道："妾等各处寻觅不见，那晓得陛下跨海而游。"炀帝道："夏妃子今日为何抚起琴来？"夏夫人道："妾蒙陛下派居于此，四五年矣！其间好鸟醍醐，奇松拂影，怪石为之嵯峨，微雨时添花泪，屋梁落月，台榭留吟，与陛下不知消受了多少赏心乐事；今一旦舍此而去，山灵能不为之黯然？故妾借此瑶琴，以酬离别意，使山川勿笑妾之情薄也。"炀帝听说，喟然长叹道："此地朕原不忍遽离，因皇后动兴去游江都，只道事再做不成的，谁知今日竟成其愿，这也是天也数也，人何与焉？"

正说时，只见高昌等七八个心腹内相走来跪下奏道："殿脚女一千，奴婢等往江南地方，各处搜求，今已选足。"炀帝大喜道："如今在那里？"内相道："王弘已分派头号龙舟里驻扎，以便演习，未知万岁爷何日起驾？"炀帝思量："我征辽虽是借题，游幸为实。然天子亲征，比众不同，当分为二十四军。"心上踌躇了一回，走进便殿，写敕一道：

用右翊卫大将军于仲文、左翊卫大将军辛世雄、左骁卫大将军荆元恒、右骁卫大将军薛世雄、右屯卫大将军麦铁杖、左屯卫大将军陈积、左御卫将军张瑾、右御卫将军赵孝才、左武卫将军周法尚、右武卫将军崔弘升、右御卫虎贲郎将卫文升、左御卫虎贲郎将屈突通等，共为二十四总管军，命刘士龙为宣谕使，协同总督陆路大元帅宇文述，水军统领元帅来护儿，为王前驱，同会平壤。

写完付与内相，传与各衙门知道。吩咐择吉，天子临郊祭告天地马祖，犒赏军士，统领羽林军一万，分道向辽水进发。将军来护儿知圣驾已将出都，着令秦叔宝等进征。秦叔宝领了来总管旨意，久已招集熟知水道的做了向导，又记张须陀所嘱之言，先差心腹将校，抄过了鸭绿江埋伏，在平壤伺候大军齐到，然后扫其巢穴，内外夹攻。正是：

机谋奇扼吭，小丑欲惊心。

却说炀帝打发巡幸的许多旨意，便进宫中问萧后道："从游宫女，选完了么?”萧后笑道:“陛下偏把这样缩脚疑难题目,叫妾去做,妾如何做得来;况他们也不好说我该去,你不该去;也不说他愿去,我不愿去,好像吃过齐心酒的,见陛下起身出宫去了,三四百名却齐齐跪倒阶前奏道:‘守西苑的花晨月夕,领略了多少风光;在昭阳的承恩竞宠,受用了多少繁华。妾等西京随到东京,两番迁播,虽蚌珠燕石,不敢仰冀恩波,目为遗簪堕珥;然海外风光,江都佳境,难道也教耳消目受不起?万岁爷是弃置妾等的了,难道娘娘也侍奉不来?’说了,大家如丧考妣的一般哭将起来。叫妾怎样选法?”炀帝笑道:“这班贱婢,也会这般装腔做势。”萧后道:“有个缘故,因张、尹两妃在内撺掇,说:‘我两个是年纪大了,颜色衰了,你们都是鲜花一般,日子长哩!还不趁这风流天子,大家舍命扒上去?’因此众宫人做出这般行径。”炀帝听了,点点头儿。随叫一个内相,传旨着兵部火速唤头号差船四十只,立刻上用。内相领旨出去了。

看官听说,原来张妃子,名艳雪,尹妃子,名琴瑟,两个多是文帝时与宣华同辈的人,年纪与宣华相仿,而颜色次之。此时正当三九之期,炀帝因钟情与宣华,便不放二妃在心上。况因宣华死后,接踵就是杨素撞倒金阶,口里说出许多冤仇,文帝阴灵,白日显现,故此炀帝也觉寒心,不敢复蹈前辙。长安又混带到这里,许庭辅两番点选,张、尹二妃因自恃文帝幸过,那里肯送东西与他?遂致抑郁长门①,倒也心情如同死灰。萧后是最小气,爱人奉承的,因见张、尹二妃平日不肯下气趋承,故此捏造这几句,只不过要拔去萝卜,也觉地皮宽的意思,岂知炀帝竟认了真。

到了次日,这些选不去的,正要打帐看炀帝出宫上辇,便好大家来攀辕傍辇的哀恳;只见十来个内相,走到张、尹二妃宫中来说:“万岁爷有旨:余下宫奴四百余名,敕张、尹二妃子弹压下舟,毋得违误。”张、尹二妃听了,以为奇怪道:“我两个又不会去求朝廷,又不会去浼求皇后,这个冷锅里头,泡出豆来,是那里说起?”众宫人欢欢喜喜,收拾了细软,载上了数十车,齐出宫门。

在路上行了一日,黄昏时候落了船,到明日,张、尹二夫人心中疑惑,便问内相道:“万岁爷们的船在那里?”内相道:“在前面。”张夫人道:“闻得朝廷新造几百号龙舟,如今我们坐的却是民间差船,并不是龙舟,其间毕

---

① 长门——即冷宫。

竟有弊，你们诓我们到那里去，快快说来！”众内相料难隐瞒，只得齐跪下去道：“二位夫人，不必动怒。这是万岁爷的旨意，叫奴婢送二位夫人与众宫女到晋阳宫去；如不信，现有手敕在这里。”内相取出来，张尹二妃接来读道：“张、尹二妃，系先朝宠幸过，不便在此供奉，着伊带领余下宫奴四百余名，先归太原晋阳宫中，着守宫副监裴寂照册点入，看守毋误。”众宫女听见旨意，不是江都去，反要到西京，都大哭起来：也有要投河的，也有要自尽的。独张夫人哈哈大笑道：“我看你们这班痴妮子，总到江都，又没有父母亲戚在那里，止不过游玩而已，你们就去，也赶不上他们的宠眷。我尚如此，你们何不安命？倒是太原去自由自在，不少吃不少住，好不快活，省得在那里看他们得意。”众宫人见说，自此也觉放怀，一路上说说笑笑，一月之间，早到了晋阳宫。众内相把二夫人与众宫女，付与副宫监裴寂交割①明白，众内相仍往江都复旨。

未知后事如何，且听分解。

---

①　交割——交接，交待。

第四十回

汴堤上绿柳御题赐姓　龙舟内绛仙艳色沾恩

词曰：

雨殢云尤，香温玉软，只道魂消已久。冤情孽债，谁知未了，又向无中生有。撺情掇趣，不是花，定然是酒。美语甜言笑口，偏有许多引诱。

锦缆才牵纤手，早种成两堤杨柳。问谁能到此，唯唯否否？正好快心荡意，不想道干戈掣人肘。急急忙忙，怎生消受？

——右调《天香引》

人主① 要征伐，便说征伐，要巡幸，便说巡幸，何必掩耳盗铃？要成君子之过，不至深刻而不止；殊不知增了一言，便费了多少钱粮，弄死了多少性命，昏主佞臣，全不在意，真可浩叹。

再说炀帝离了东京，竟往汴渠而来，不落行宫，御驾竟发上船。自同萧后坐了十只头号龙舟上，十六院夫人与婕妤贵人美人，分派在五百只二号龙舟内，杂船数千只，拨一分装载内相，一分装载杂役，拨一分供应饮食；又拨一只三号船与王义夫妇，着他在龙舟左右，不时巡视。文武百官，带领着兵马，都在两岸立营驻扎，非有诏旨，不得轻易上船。自家的十大只龙舟，用彩索接连起来，居于正中。五百只二号龙舟，分一半在前，分一半在后，簇拥而进。每船俱插绣旗一面，编成字号。众夫人美人，俱照着字号居住，以便不时宣召。各杂船也插黄旗一面，又照龙舟上字号，分一个小号，细细派开供用，不许参前落后。大船上一声鼓响，众船俱要鱼贯而进；一声锣鸣，各船就要泊住，就如军法一般，十分严肃。又设十名郎将，为护缆使，叫他周围岸上巡视。这一行有数千只龙舟，几十万人役，把一条淮河填塞满了；然天子的号令一出，俱整整肃肃，无一人敢喧哗错乱。真个是：

至尊号令等风雷，万只龙舟一字开。

---

① 人主——帝王，皇帝。

莫道有才能治国，须知亡国亦由才。

炀帝在龙舟中，只见高昌引着一千殿脚女前来朝见。炀帝看见众女子，吴妆越束，一个个风流窈窕，十分可爱，满心欢喜，问道："他们曾分派定么?"高昌跪奏道："王弘分派定了，只是不曾经万岁爷选过。"炀帝道："不消选了，就等明日牵缆时，朕凭栏观看罢。"众殿脚女领旨，各各散回本舟。这日天色傍晚，开不得船，就在船舱中排起宴。先召群臣饮了一回，群臣散去，又同萧后众夫人吃到半夜方睡。

次日起来，传旨击鼓开船，恰恰这一日，风气全无，挂不得锦帆，只得将彩缆拴起。先把一千头肥羊，每船分派一百只，驱在前边；随叫众殿脚女，一齐上岸去牵挽。众殿女都是演习就的，打扮得娇娇媚媚，上了岸，各照派定前后次第而立。船头上一声画鼓轻敲，众女子一齐着力，那羊也带着缆而跑。那十只大龙舟，早被一百条彩缆悠悠漾漾的扯将前去。炀帝与萧后在船楼中细细观看；只见两岸上锦牵绣挽，玉曳珠摇，百样风流，千般袅娜，真个从古已来，未有这般富丽。但见：

蛾眉作队，一条锦缆牵娇；粉黛分行，五百双纤腰挽媚。香风蹴地，两岸边兰麝氤氲；彩袖翻空，一路上绮罗荡漾。沙分岸转，齐轻轻斜侧金莲；水涌舟回，尽款款低横玉腕。袅袅婷婷，风里行来花有足；遮遮掩掩，月中过去水无痕。羞杀凌波仙子，笑他奔月姮娥。分明无数洛川神，仿佛许多湘汉女。似怕春光将去，故教彩线长牵；如愁淑女难求，聊把赤绳偷系。正是珠围翠绕春无限，更把风流一串穿。

炀帝同萧后倚着栏杆赏玩，欢喜无限。正在细看之时，只见众殿脚女走不上半里远近，粉脸上都微微透出汗来，早有几分喘息不定之意。你道为何？原来此时乃三月下旬，天气骤热，起初的日色，又在东边，正照着当头；这些殿脚女，不过都是十六七岁的娇柔女子，如何承当得起？故行不多路便喘将起来。炀帝看了，心下暗想道："这些女子，原是要他粉饰美观；若是这等流出汗来，喘嘘嘘的行走，便没一些趣味。"慌忙传旨，叫鸣金住船。左右领旨，忙走到船头上去鸣锣，两岸上众殿脚女，便齐齐的将锦缆挽住不行；又鸣一声，众女子都将锦缆一转一转的绕了回来；又一声金锣响，众女子都收了锦缆，一齐走上船来。

萧后见了，便问道："才走得几步路，陛下为何便止住了?"炀帝道："御妻岂不看见这些殿脚女，才走不上半里，便气喘起来；再走一会，一个个流出汗来,成什么光景。想是天气炎热,日色映照之故耳。故朕叫他暂住,必须商量一个妙法,免了这段光景方好。”萧后笑道:“陛下原来爱惜他们,恐怕晒坏了。妾到有个法儿,不知可中圣意?”炀帝道:“御妻有何妙计?”萧后道:“这些殿脚女,两只手要牵缆绳,遮不得扇子,又打不得伞,怎生免得日晒?依妾愚见,到不如在龙舟上过了夏天,等待秋凉再行,便晒他们不坏了。”炀帝笑道:“御妻休要取笑,朕不是爱惜他们,只是这段光景,实不雅观。”萧后笑道:“妾也不是取笑陛下,只是没法荫蔽他们。”

炀帝想了半晌,真个没有计策,命宣群臣来商议。不多时群臣宣至,炀帝对他们说了殿脚女日晒汗流之故,要他们想个妙计出来。众臣想了会,都不能应,独有翰林学士虞世基道:“此事不难,只消将这两堤尽种了垂柳,绿阴交映,便郁郁葱葱,不忧日色;且不独殿脚女可以遮蔽,柳根四下长开,这新筑的河堤,盘结起来,又可免崩坍之患;且摘下叶来,又可饱饲群羊。”炀帝听了大喜道:“此计至妙,只是河长堤远,怎种得这许多?”虞世基道:“若分地方叫郡县栽种,便你推我捱,耽延时日;陛下只消传一道旨意,不论官民人等,有能种柳一枝者,赏绢一匹,这些穷百姓,好利而忘劳,自然连夜种起来,臣料五六日间,便能成功。”

炀帝欢喜道:“卿真有用之才。”遂传旨,着兵工二部,火速写告示晓谕乡村百姓:有种柳树一棵者,赏绢一匹。又叫众太监,督同户部,装载无数的绢匹银两,沿堤照树给散。真个钱财有通神役鬼之功,只因这一匹绢,赏的重了,那些百姓,便不顾性命,大大小小连夜都赶来种树,往往来来,络绎不绝。近处没有了柳树,三五十里远的,都挖将来种。小的种完了,连一人抱不来的大柳树,都连根带土扛将来种。

炀帝在船楼上,望见种柳树的百姓蜂拥而来,心下十分畅快,因对群臣说道:“昔周文王有德于民,民为他起造台池,如子事父一般,千古以为美谈。你看今日这些百姓,个个争先,赶来种柳树,何异昔时光景。朕也亲种一株,以见君臣同乐的盛事。”遂领群臣,走上岸来。众百姓望见,都跪下磕头。炀帝传旨,叫众百姓起来道:“劳你们百姓种树,朕心甚过意不去。待朕亲栽一棵,以见恤民之意。”遂走到柳树边,选了一棵,亲自用手去移。手还不曾到树上,早有许多内相移将过来,挖了一个坑儿,栽将下去。炀帝只将手在上边摸了几摸,就当他种了。群臣与百姓看见,齐呼万岁。炀帝种过,几个大臣免不得依次各种一棵。众臣种完,众百姓齐声喊

叫起来,又不像歌,又不像唱,随口儿喊出几句谣言来道:

栽柳树,大家来,又好遮阴,又好当柴。天子自栽,这官儿也要栽,然后百姓当该!

炀帝听了,满心欢喜。又取了许多金钱,赏赐百姓,然后上船。

众百姓得了厚利,一发无远无近,都来种树,那消两三日工夫,这一千里堤路,早已青枝绿叶,种的像柳巷一般,清阴覆地,碧影参天,风过袅袅生凉,月上离离泻影。炀帝与萧后凭栏而看,因想道:"垂柳之妙,一至于此,竟是一条漫天青幔。"萧后道:"青幔那有这般风流潇洒。"炀帝道:"朕要封他一个官职,却又与众宫女杂行攀挽在一处,殊属不雅。朕今赐他国姓,姓了杨罢。"萧后笑道:"陛下赏草木之功,亦自有体。"炀帝随取纸笔,御书杨柳两个大字,红缎一端,叫左右挂在树上,以为旌奖。随命摆宴,击鼓开船。船头上一声鼓响,殿脚女依旧手持锦缆,走上岸去牵缆。亏了这两堤杨柳,碧影沉沉,一毫日色也透不下,惟有清风扑面而来,甚是凉爽可人。这些殿脚女,自觉快畅,不大费力,便一个个逞娇斗艳,嬉笑而行。炀帝看见众殿脚女走得舒舒徐徐,毫无矜持愁苦之态,心下十分欢喜,便召十六院夫人,与众美人,都来饮酒赏玩。

炀帝吃到半酣之际,不觉欲心荡漾,遂带了袁宝儿在各龙舟上绕着雕栏曲槛,将那些殿脚女,细细的观看。只看众女子绛绡彩绸,翩翩跹跹,从绿柳丛中行过,一个个觉得风流可爱。忽看到第三只龙舟,见一个女子,生得十分俊俏,腰肢柔媚,体态风流,雪肤月貌,纯漆点瞳。炀帝看了大惊道:"这女子娇柔秀丽,西子王嫱之美,如何杂在此间。古人云:秀色可餐。今此女岂不堪下酒耶!"袁宝儿道:"这女子果然与众不同,万岁赏鉴不差。"萧后因良久不见炀帝,便叫朱贵儿、薛冶儿来请去吃酒。炀帝那里肯来,只是目不转睛的贪看。朱贵儿请炀帝不动,遂报与萧后得知。萧后笑道:"皇帝不知又着那个的魔了。"遂同众夫人一齐到第三只龙舟上去看。见那女子,果然娇美。萧后说道:"怪不得陛下这等注目,此女其实① 美丽。"炀帝笑道:"朕几曾有看错的?"萧后道:"陛下且不要忙,远望虽然有态,不知近面何如,何不宣他上船来看?"炀帝随叫内相去宣。顷刻宣到面前。炀帝起初远望,不过见他风流袅娜的态度,及走到面前,画了一双长

---

① 其实——确实。

黛，就如新月一般，更觉明眸皓齿，黑白分明，一种芳香，直从骨髓中透出。炀帝看见，喜出望外，对萧后说道："不意今日又得这一个美人。"萧后笑道："陛下该享风流之福，故天生佳丽，以供赏玩。"炀帝问那女子道："你是何人？叫什么名字？"那女子羞涩涩的答道："贱妾乃吴郡人，姓吴，小字绛仙。"炀帝又问道："今年十几岁了？"绛仙答道："十七岁了。"炀帝道："正在妙龄。"又笑道："曾嫁夫么？"绛仙听了，不觉害羞，连忙把头低了下去。萧后笑道："不要害羞，只怕今夜就要嫁丈夫了。"炀帝笑道："御妻倒像个媒人。"萧后道："陛下难道不像个新郎？"梁夫人道："妾们少不得有会亲酒吃了。"众夫人说笑了一会，天色已晚，传旨泊船。一声金响，锦缆齐收，众殿脚女都走上船来。

须臾之间，摆上夜宴。炀帝与萧后坐在上面，十六院夫人与众贵人列坐在两旁，朱贵儿携着赵王时刻不离沙夫人左右。众美人齐齐侍立，歌的歌，舞的舞，炀帝一头吃酒，心上只系着吴绛仙，拿着酒杯儿只管沉吟。萧后见这光景，早已参透几分，因说道："陛下不必沉吟，新人比不得旧人，吴绛仙才入宫来，何不叫他坐在陛下旁边，吃了一个合卺卮儿①？"炀帝被萧后一句道破他的心事，不觉哈哈大笑起来。萧后叫绛仙斟了一杯酒，送与炀帝。炀帝接了酒，就将他一只尖松松的手儿，拿住了说道："娘娘赐你坐在旁边好么？"绛仙道："妾贱人，得侍左右，已为万幸，焉敢坐？"炀帝喜道："你倒知礼，坐便不坐，难道酒也吃不得一杯儿？"遂叫左右，斟酒一杯，赐与绛仙，绛仙不敢推辞，只得吃了，众夫人见炀帝有些狂荡，便都凑趣起来，你奉一杯，我献一盏，不多时，炀帝早已醺然，立起身来；便令宫人扶住绛仙，一同竟往后宫去了。

萧后勉强同众夫人吃酒，袁紫烟只推腹痛，先自回船。虽说舟中造得如宫如殿，只是地方有限，怎比得陆地上宫中府中，重门复壁，随你嬉笑玩耍，没人听见。炀帝同绛仙归住后宫，就有好事风生的，随后悄悄跟来窃听，忍不住格吱吱笑将出来。薛冶儿道："做人再不要做女人，不知要受多少波查②。"萧后道："做男子反不如做女人，女人没甚关系，处常守经，

---

① 合卺(jǐn)卮(zhì)儿——卺，即瓢，把一个匏瓜剖成两个瓢，新郎新娘各拿一个用来饮酒。合卺，即指成婚。卮，盛酒器。

② 波查——波折，磨难。也作"波喳"、波咤"。

遇变从权，任他桑田沧海，我只是随风转船，落得快活。”李夫人道：“娘娘也说得是。”秦夫人只顾看沙夫人，沙夫人又只顾看狄夫人。默然半晌。萧后随即起身，众夫人送至龙舟寝宫，各自归舟。沙夫人对秦、夏、狄三夫人道：“我们去看袁贵人，为什么肚疼起来？”

众夫人刚走到紫烟舟中，只听得半空中一声响，真个山摇岳动，夫人们一堆儿跌倒，几百号船只，震动得窗开樯侧。炀帝忙叫内相传旨：“着王义同众公卿查视，是何地方？有何灾异？据实奏闻。”王义得旨，同众臣四方查勘去了。四位夫人俱立起身来，宁神定息了片时，问宫奴道：“袁夫人寝未？”宫奴说道：“袁夫人在观星台上。”原来袁紫烟那只龙舟，却造一座观星台。四位夫人刚要上台去，见袁紫烟、朱贵儿携着赵王，后边随着王义的妻子姜亭亭走下船舱来。沙夫人对赵道：“我正记挂着你，却躲在这里。”姜亭亭见过了沙、秦、夏、狄四位夫人。姜亭亭原是宫女出身，四位夫人也便叫他坐了。夏夫人对袁贵人道：“你刚才说是腹痛，为何反在台上？”袁紫烟笑道：“我非高阳酒徒，又非诙谐曼倩，主人既归寝宫，我辈自当告退，挤在一块，意欲为何；况我昨夜见坎上台垣中气色不佳，不想就应在此刻，恐紫微垂象，亦不远矣，奈何，奈何？”沙夫人对姜亭亭道：“我们住在宫中，不知外边如何光景？”姜亭亭道：“外边光景，只瞒得万岁爷一人。四方之事，据愚夫妇所见所闻，真可长叹息，真可大痛哭。”秦夫人吃惊道：“何至若此？”姜亭亭道：“朝廷① 连年造作巡幸，弄得百姓家破人亡，近又遭各处盗贼，侵欺劫掠，将来竟要弄得贼多而民少。”袁紫烟道：“前日陛下差杨义臣去剿灭河北一路，未知怎样光景？”姜亭亭道：“杨老将军此差极好的了，亏他灭了张金称。正要去收窦建德，不想又有人忌他的功，说他兵权太重，把他休致，又改调别人去了。”狄夫人道：“自来乐极生悲，安有不散的筵席；但不知将来我们这几根骸骨，填在何处沟壑里呢？”朱贵儿道：“死生荣辱，天心早已安排，何必此时预作楚囚相对？”说了一会，众夫人各散归舟。不题。

却说炀帝自得了吴绛仙丽人，欢娱了七八日，这日行到睢阳地方，因见河道淤浅，又见睢阳城没有挖断，以泄龙脉，根究起来，连令狐达都宣来御驾面讯。令狐达把麻叔谋食小孩子的骨殖，通同陶柳儿炙诈地方银子，

① 朝廷——代指皇帝。

并自己连上三疏，都被中门使段达受了麻叔谋的千金赂贿，扼定不肯进呈。炀帝听了，十分大怒，随差刘岑搜视麻叔谋的行李，有何赃物。

刘岑去不多时，将麻叔谋囊中的金银宝物，尽行陈列御前。只见三千两金子，还未曾动；太常卿牛弘齐去祭献留侯的白璧，也在里面；又检一个历朝受命的玉玺来。炀帝看了大惊道："此玺乃朕传国之宝，前日忽然不见，朕在宫中寻觅遍了，并无踪迹，谁知此贼叫陶柳儿盗在这里。宫闱深密，有如此手段，危哉险哉！"随传旨：命内使李百药，带领一千军校，飞马到宁陵县上马村围了，拿住陶柳儿全家。陶柳儿全不知消息，被众军校围住了村口宅门，合族大小，共计八十七口，都被拿住，还有许多党羽张耍子等都被捉来，命众大臣严刑勘究确实，回奏炀帝。炀帝传旨：陶柳儿全家齐赴市曹斩首；麻叔谋项上一刀，腰下一刀，斩为三段，却应验了二金刀之说；段达受贿欺君，本当斩首，姑念前有功劳，免死，降官为洛阳监门令。正是：

一报到头还一报，始知天网不曾疏。

第四十一回

李玄邃穷途定偶　秦叔宝脱陷荣归

词曰：

人世飘蓬形影，一霎赤绳相订。堪笑结冤仇，现处藏机设阱。思省思省，莫把雄心狂逞。

——右调《如梦令》

自来朋友的遇合与妻孥之匹配，总是前世的孽缘注定。岂以贫贱起见，亦不以存亡易心，这方才是真朋友真骨肉。然其中冤家路窄，敌国仇恨，胸中机械，刀下捐生，都是天公早已安排，迟一日不可，早一日不能，恰好巧合一时，方成话柄。

如今再说王伯当、李玄邃、邴元真三人，别了孙安祖，日夕趱行，离瓦岗尚有二百余里。那日众人起得早，走得又饥又渴，只见山坳里有一座人家，门前茂林修竹，侧首水亭斜插，临流映照，光景清幽。王伯当道："前途去客店尚远，我们何不就在这里，弄些东西吃了，再走未迟。"众人道："这个使得。"李玄邃正要进门去问，见一个十七八岁的女子，手里提着一篮桑叶，身上穿一件清清的蓝布青衫，腰间束着一条倩倩的素绸裙子，一方皂绢，兜着头儿，见了人也不惊慌，也不局蹴，真个胡然而天，胡然而帝。怎见得？有《谒金门》词一首为证：

真无价，不倩烟描月画。白白青青娇欲花，燕妒莺儿怕。不独欺班羞谢，别有文情蕴藉。霎时相遇惊人诧，说甚雄心罢？

那女子一步步移着三寸金莲，走将进去。玄邃看见惊讶道："奇哉，此非苎萝山下，何以有此丽人耶？"王伯当道："天下佳人尽有，非吾辈此时所宜。"正说时，只见里面走出一个老者来，见三人拱立门首，便举手问道："诸公何来？"王伯当道："我等因贪走路，未用朝食，不料至此腹中饥馁，意欲暂借尊府，聊治一餐，自当奉酬。"老者道："既如此，请到里边去。"众人走到草堂中来，重新叙礼过。老者道："野人粗粝之食，不足以待尊客如何？"说了老者进去，取了一壶茶、几个茶瓯，拉众人去到水亭坐下。李玄邃道:“老翁上姓?有几位令郎?”老者答道:“老汉姓王,向居长安,因时事颠倒,故迁至此地太平庄来四五年矣。只有两个小儿,一个小女。”邴元真道:“令郎作何生理,如今可在家么?”老者道:“不要说起,昏主又要开河,又要修城;两个儿子,多逼去做工了,两三年没有回来,不知死活存亡。”老者一头说,一头落下几点泪来。

众人正叹时,见对岸一条大汉走来。老者看见,遂对他道:“好了,你回来了么?”众人道:“是令郎么?”老者道:“不是,是舍侄。”只见那汉转进水亭上来,见了老者,纳头便拜。那汉身长九尺,朱发红髯,面如活獬,虎体狼腰,威风凛凛。王伯当仔细一认,便道:“原来是大哥。”那汉见了喜道:“原来长兄到此。”玄邃忙问:“是何相识?”伯当道:“他叫做王当仁,昔年弟在江湖上做些买卖,就认为同宗,深相契合,不意阔别数年,至今日方会。”王当仁问起二人姓名,伯当一一指示。王当仁见说大喜,忙对李玄邃拜将下去道:“小弟久慕大公子大名,无由一见,今日至此,岂非天意乎?”玄邃答礼道:“小弟余生之人,何劳吾兄注念。”

老者叫王当仁同进去了一回,托出一大盘肴馔,老者捧着一壶酒说道:“荒村野径,无物敬奉列位英雄,奈何!”众人道:“打搅不当。”大家坐定了,王伯道:“大哥,你一向作何生业?在何处浪游?”王当仁道:“小弟此身,犹如萍梗,走遍天涯,竟找不出一个可以托得肝胆的。”李玄邃道:“兄在那几处游过?”王当仁道:“近则张金称、高士达,远则孙宜雅、卢明月,俱有城壕占据,总未逢大敌,苟延残喘。不知兄等从何处来,今欲何处去?”王伯当将李玄邃等犯罪起解,店中设计脱陷,一一说了。王当仁道:“怪道五六日前,有人说道,梁郡白酒村陈家店里,被蒙汗药药倒了七八个解差,逃走了四个重犯;如今连店主都不见了。地方申报官司,正在那里行文缉捕,原来就是兄等,今将从何处去?”王伯当又把翟让在瓦岗聚义,要迎请玄邃兄去同事的事说了一遍。王当仁道:“若公子肯聚众举事,弟虽无能,亦愿追随骥尾。”

老者举杯道:“诸贤豪请奉一杯酒,老汉有一句话要奉告。”众人道:“愿闻。”老者道:“老汉有一小女,名唤雪儿,年已十七,尚未字人①。自幼不喜欢女工,性耽翰墨,兼且敏慧异常,颇晓音律,意欲奉与公子,权为箕

① 字人——嫁人。

帚，未知公子可容纳否？”李玄邃道：“蒙老伯错爱；但李密身如飘蓬，四海为家，何暇计及家室？”老汉道：“不是这等说。自来英雄豪杰，没有个无家室的。昔晋文与狄女有十年之约，与齐女有五年之离，后都欢合，遂成佳话。小女原不肯轻易适人的，因刚才采桑回来，瞥见诸公，进内盛称穿绿的一位仪表不凡，老汉知他属意，故此相告。”众人见说，始知就是刚才所见女子。大家说道：“既承老翁美意，李兄不必推却。”王当仁道：“只须公子留一信物为定，不拘几时来取舍妹去便了。”李玄邃不得已，只得解绦上一双玉环来，奉与老者。老者收了进去，将雪儿头上一只小金钗，赠与玄邃收了，又道：“小女终身，总属公子，老汉不敢更为叮咛。今晚且住在这里一宵，明日早行如何？”众人撇不过他叔侄两人之情，只得住了一宵。

来朝五更时分，就起身告别。老者同当仁送了二三里路，当仁对李玄邃道：“小弟本要追随同去，怎奈二弟未回家。俟有一个回来，弟即星夜至瓦岗相聚。”大家洒泪分别，正是：

丈夫不得志，漂泊似云泥。

如今且慢说李玄邃投奔瓦岗翟让处聚义。再说秦叔宝做了来总管的先锋，用计智取了浿水，暗渡辽河，兵入平壤，杀他大将一员乙支文礼。来总管具表奏闻，专候大兵前来夹攻平壤，踏平高丽国。炀帝得奏大喜，赐敕褒谕，进来护儿爵国公，秦琼鹰扬。即将敕催总帅宇文述、于仲文，火速进兵鸭绿江，会同来护儿合力进征。

却说高丽国谋臣乙支文德，打听宇文述、于仲文是个好利之徒，馈送胡珠、人参、名马、貂皮礼物两副，诡计请降。宇文述信以为真，准其投降，许彼国王面缚与视，籍一国地图，投献军前。谁知乙支文德诓出营来，设计在中途扎营，使他水陆两军不能相顾。宇文述见乙支文德去了，方省悟其诈降，忙同两个儿子宇文化及、智及，领兵一支作先锋，前去追赶乙支文德，被乙支文德诈败，诱入白石山，四面伏兵齐起，将宇文化及兄弟，裹在中间截杀，正在酣斗之时，只听得一阵鼓响，林子内卷出一面红旗，大书“秦”字。为首一将，素袍银铠，使两条锏，杀入高丽兵阵中，东冲西突，高丽兵纷纷向山谷中飞窜，乙支文德忙舍宇文化及，来战叔宝。文德战乏之人，如何敌得住叔宝，只得丢下金盔，杂在小军中逃命。

叔宝得了金盔并许多首级，在来总管军前报捷。宇文化及也在那边称赞：“好一员将官，亏了他解我之围。”只见一员家将道：“小爷，这正是咱家仇人哩!”化及失惊道:“怎是我家仇人!”家将道:“向年灯下打死公子的就是他。”智及道:“哦,正是,打扮虽不同,容貌与前日画下一般,器械又是,这不消说了。”两人回营,见了宇文述,说起此事。宇文述道:“他如今在来总管名下,怎生害他?”智及道:“孩儿有一计:明日父亲可发银百两,差官前去犒赏这厮部下,这厮必须来谒谢。他前日阵上挑得乙支文德的金盔,父亲只说他素与夷通,得盔放贼,将他立时斩首。此时来护儿知时,他与父亲一殿之臣,何苦为已死之人争执。”宇文述点头道:“这也有理。”

次日果然差下一个旗牌,赍银百两,前到叔宝营中,奖他协战有功。叔宝是花红银八两,其余将此百两充牛酒之费,令其自行买办。叔宝即时将银两分散,宴劳差军。他心里明白与宇文述有隙,却欺他未必得知;况且没个赏而不谢的理,到次日着朱猛守寨,自与赵武、陈奇两个把总,竟至宇文营中叩谢。此时,隋兵都在白石山下结营,计议攻打平壤。

叔宝因宇文述差人犒赏,故先到宇文述营中。营门口报进,只见一个旗牌,飞跑出来道:“元帅军令,秦先锋不必戎服,冠带相见。”这是宇文述怕他戎装相见,挂甲带剑,近他不得,故此传令。叔宝终是直汉,只道是优礼待他,便去披挂,改作冠带进见,走入帐前。上边坐着宇文述,侧边站着他两个儿子,下边站着许多将官,都是盔甲。叔宝与赵武等,近前行一个参礼,呈上手本,宇文述动也不动道:“闻得一个会使双锏的是秦琼么?”叔宝答应一声是,只听得宇文述道:“与我拿下!”说得一声,帐后抢出一干绑缚手,将叔宝鹰拿雁抓的捆下。叔宝虽勇,寡不敌众,总是力大,众人捆缚不住,被他满地滚去,绳索挣断了数次,口口声声道:“我有何罪?”赵、陈两把总便跪上去道:“元帅在上,秦先锋屡建奇功,来爷倚重的人,不知有甚得罪在元帅台下,望乞宽恕。”宇文述道:“他久屯夷地,与夷交通,前日得乙支文德金盔放他逃走,罪在不赦。”赵武道:“临阵夺下,现送来爷处报功,若以疑似害一虎将,恐失军心;凡事求爷看来爷面上。”宇文智及道:“不干你事,饶你死罪,去罢。叉出帐下!”将校将两个把总一齐推出营来。那赵武急欲回营,带些精勇,来法场抢杀,对陈奇道:“你且在此看一下落,我去就来。”跨上马如飞的去了。这里面秦叔宝大声叫屈道:“无故杀害忠良,成何国法?”滚来滚去,约有两个时辰,拿他不住,恼得宇文智及道:“乱刀吹了这厮罢!”宇文述道:“这须要明正典刑,抬出去砍罢。”叫军政司写了犯由牌,道:“通夷纵贼,违误军机,斩犯一名秦琼。”要扛他出营,那里扛得动，俄延了大半个日子。

宇文化及见营中都是自家的将校，又见秦叔宝不肯伏罪，便道："秦琼，你是一个汉子，你记得仁寿四年灯夜事么？今日遇我父子，料难得活了。"秦叔宝听了此言，便跳起来道："罢罢，原来为此。我当日为民除害，你今日为子报仇，我便还你这颗头罢；只可惜亲恩未报，高丽未平。去去，随你砍去。"遂挺身大踏步，走出营来。

不料赵武飞马要去营中调兵，恐缓不及事，行不上二三里，恰好一彪军，乃是来、周二总管来会宇文、于、卫各大将。赵武是来总管军，他打着马赶进中军，见了来总管，滚鞍下马道："秦先锋被宇文述骗去，要行杀害，求老爷速往解救。"来总管听了道："这是为甚缘故？你快先走引路，我来了。"赵武跨上马先行，来总管拨马后赶，部下将士一窝蜂都随着赶来，巧巧迎着叔宝大踏步出来，陈奇跟着。赵武慌忙大叫道："不要走，来爷来了！"说声未绝，来总管马到，来总管变了脸道："什么缘故，要害我将官？"叫手下："快与我放了。"此时赵武与陈奇，有了来总管作主，忙与叔宝解去绑缚。宇文述部下见来总管发怒，亦不敢阻挡，便是叔宝起初要慷慨杀身，如今也不肯把与人杀了。来总管呼赵武，撤随行精勇三百，先送秦琼回营，自己竟摆执事，直进宇文述军中，与他讲理。于仲文与众将闻知来总管来，都过营相会。周总管也到，一齐相见。

宇文述知道秦琼已被来总管放去，只得先开口遮饰道："老夫一路来，闻说本兵前部顿兵平壤，私与夷人交易，老夫还不敢信；前日小儿追乙支文德，将次就擒，又是贵先锋得他金盔一顶放去。老夫想：目今大军前来，营垒未定，倘或他通高丽兵来劫寨，为祸不小，所以只得设计，除此肘腋之患；只是军事贵密，不曾达得来老将军。"来总管笑道："宇文大人，你说秦琼按兵不动，他曾破高丽数阵；说他交通夷人，有甚形迹？若说卖放，先有鸭绿江卖放他回的。就是金盔，他现在报功，并不曾私取。大凡做官的，一身精力，能有几何，须寻得几个贤才，一同出力；若是今日要杀秦琼，怕不叫做妒嫉贤能？你我各管一军，如若你要杀我将官，怕不叫做侵官妄杀？"宇文述不好说出本心话来，只得默默无言。于仲文众人劝道："宇文大人因一念过疑，却又不曾请教得来大人，还喜得不曾伤害，如今正要同心破贼，不可伤了和气。"周总管也来相劝，便置酒解和。来总管撇不过众人情面，勉饮几杯，即与周总管归营。

叔宝出营迎接，拜谢来总管与周总管。来总管又恐宇文述借题来害秦琼，将武茂功代秦琼作先锋，调秦琼海口屯扎。宇文述、于仲文，因粮饷不继，准受了乙支文德诈降书，也不通知来总管，竟自撤兵，退军萨水，反被高丽各城镇出兵邀截追杀，战死了右屯卫大将军麦铁杖、王仁恭，薛世雄部下只留得一半，独卫文升部下军马，不损一人，其余各军，十不存一。众军逃到辽东，隋主闻知大怒，厚恤麦铁杖等，杀监军刘士龙，囚于仲文，宇文述等尽皆削职，卫文升独加赐赏。这时宇文述自己也没工夫，那里还有心来害秦琼。直到后日，宇文化及在江都弑隋主时，把来总管全家杀害，也还为争秦琼的缘故。

隋国陆兵既退，来总管也下令把后军改作前军，周总管居先，来总管居中，秦叔宝居后，扬旗擂鼓，放炮开船。高丽曾经叔宝杀败两次，不敢来追，这支军马竟安然无事。到了登州，叔宝便向来总管辞任。来总管道："先锋曾有浿水大功，已经奏闻署职郎将，如今回军考选，还要首荐，先锋不可遽去。"叔宝道："小将原为养亲，无意功名，因元帅隆礼，故来报效，原不图爵赏；若元帅提挈越深，恐越增宇文述之忌；况闻山东一带盗贼横行，思家念切，望元帅天恩，放秦琼回去。"来总管难拂他的意思，竟署他充齐州折冲都尉，一来使他荣归，二来使他照管乡里。命军中取银八十两，折花红羊酒，又私赠银二百两，彩缎八表里。各将官都有赆送饯行，叔宝一一谢别。正是：

去时儿女悲，归来笳鼓竞。

叔宝星夜回家，参见了母亲；妻子张氏携了儿子怀玉出来拜见了；罗士信也来接见。叔宝诉说朝鲜立功，后被宇文述父子相害，来总管解救，今承来总管牒署鹰扬府，在齐郡做官了。一家听说，欢喜不胜。次日入城，拜谢了张郡丞。叔宝不在家时，常承张郡丞来馈送问候他母亲。张郡丞又因叔宝归来，可以同心杀贼，扫清齐鲁，知己重聚，大家欣幸。叔宝择日到了鹰扬府任，将母妻搬入衙中。张郡丞又知罗士信英勇，牒充校尉，朝夕操练士卒。自此三人协力，还有都头唐万仞、樊建威二人帮助，杀了长白山贼王薄、平原贼郝孝德、孙宜雅、裴长才，虽乌合之众，亦连兵二十余万，亏他们数个英雄并力剿除。后有涿郡卢明月，统贼二万，亦被叔宝、须陀、士信设计杀败遁去。自此山东、河北、淮西贼寇，谈及秦叔宝、张须陀，也都胆落了。捷音累奏，隋主擢张郡丞为齐郡通守、山东河北十二道黜陟捕讨大使，秦叔宝右卫将军，协管齐郡鹰扬府事，罗士信折卫郎将，都管讨捕盗贼之事。可谓：

临敌万人废，四海尽名扬。

话分两头。如今再说李玄邃、王伯当、邴元真三人，自从分别了王当仁叔侄两个，在路上对王伯当道："伯当兄，翟让处兵马虽众，只是冲锋破敌之人尚少。弟想秦大哥与单二哥那两个是你我的异姓骨肉，同甘生死的，如今我们去聚义，岂可不与他相闻，请他来入伙之理？"王伯当道："叔宝兄领兵在外，惟雄信兄尚在家中，只是他怎肯抛弃田园，前来入伙？"李玄邃道："弟至此地，相识的多，料无人物色的了，不妨兄与元真兄弟先到瓦岗，弟转往雄信处走遭，全凭弟三寸之舌，用一席话，务要说他来同事，方见平昔间交情。"王伯当道："既如此说，弟与兄十日为期，如十日后不见兄来，弟竟至潞州单二哥处来寻兄。路上须要小心，不可托赖，再有疏虞了。"李玄邃道："不劳兄长叮咛，弟自晓得。"说了，仍改作全真打扮，分路去了。

王伯当与邴元真又走了两三日，已到了瓦岗。恰值翟让出兵去了。止留徐懋功、李如圭在寨，接见了王伯当，又与邴元真叙礼过，便问道："李玄邃可来么？"王伯当将白酒村陈家店里设计药倒了解差差官，四人脱祸，韦福嗣、杨积善分路他住，如今玄邃兄必要去说单二哥入伙，又转入潞州去了。徐懋功德听见拍案道："不好了！玄邃兄又要着人手了！"王伯当吃惊问道："这是什么缘故？"徐懋功道："单二哥处，前日吾差人送秦叔宝回书去，翟大哥修书，请他来瓦岗聚义。不想他要紧送窦建德的女儿往饶阳去，修书来回复，面对我差人说：'饶阳转来，必到瓦岗来会。'如今已不在家了。今玄邃独自一个，踽踽凉凉，怎能个保得无事？"正说时，只见齐国远押着粮草回来，大家相见过。徐懋功道："今日且歇息一宵，明日五鼓，烦伯当兄同李如圭、齐国远两位选四五个骁勇小校，扮做客商，藏了器械，速往潞州二贤庄去走遭。如寻着玄邃无事罢了，若有兜搭，只得弄他一场，我再统领人马接应就是。"

要知后事如何，且听下回分解。

第四十二回
贪赏银詹气先丧命　施绝计单雄信无家

诗曰：

白狼千里插旌旗，疲敝中原似远夷。
苦役无民耕草野，乘虚有盗起潢池。
凭山猛类向隅虎，啸泽凶同当路蛇。
勒石燕山竟何日，总都百姓困流离。

人的事体，颠颠倒倒，离离合合，总难逆料；然惟平素在情义两字上，信得真，用得力，随处皆可感化人。任你泼天大事，皆直任不辞做去。

如今再说李玄邃与王伯当、邴元真别了，又行了三四日，已进潞州界，离二贤庄尚有三四十里。那日正走之间，只见一人武卫打扮，忙忙的对面走来。那人把李玄邃定睛一看，便道："李爷，你那里去?"李玄邃吃了一惊，却是杨玄感帐下效用都尉，姓詹，名气先。玄邃不好推做不认得，只得答道："在这里寻一个朋友。"詹气先道："事体恭喜了。"李玄邃道："幸亏来总师审豁，得免其祸。未知兄在此何干?"詹气先道："弟亦偶然在这里访一亲戚。"定要拉住酒店中吃三杯，玄邃固辞，大家举手分路。

原来那詹气先，当玄感战败时，已归顺了，就往潞州府里去钻谋了一个捕快都头。其时见李玄邃去了，心里想道："这贼当初在杨玄感幕中，何等大模大样，如今也有这一日！可恨见了我一家人，尚自说鬼话。我刚才要骗他到酒店中去拿他，他却乘巧不肯去，我今悄地叫人跟他上去，看他下落，便去报知司里，叫众人来拿住了他去送官，也算我进身的头功，又得了赏钱。这宗买卖，不要让与别人做了去。"打算停当，在路忙叫一个熟识的，远远的跟着李玄邃走。

李玄邃见了詹气先，虽支吾去，心上终有些惶惑，速赶进庄。此时天已昏黑，只见庄门已闭，静悄悄无人，玄邃叩下两三声，听见里面人声，点灯开门出来。玄邃是时常住在雄信家中，人多熟识的。那人开门见人，便道："原来是李爷，请进去。"那人忙把庄门闭了，引玄邃直到堂下，玄邃问道:"员外在内,烦你与我说声。"那人道:"员外不在家,往饶阳去了,待我请总管出来。"说了便走进去。

话说单雄信家有个总管,也姓单名全,年纪有四十多岁,是个赤心有胆的人。自幼在雄信父亲身边,雄信待他如同弟兄一般,家中大小之事,都是他料理。当时一个童子,点上一枝灯烛,照单全出来,放在桌上,换了方才的灯去。单全见了李玄邃,说道:"闻得李爷在杨家起义,事败无成,各处画影图形,高张黄榜,在那里缉捕你;不知李爷怎样独自一个得到这里?"玄邃便将前后事情,略述了一遍,又问道:"你家员外到饶阳做什么?"单全道:"员外为窦建德使人来接他女儿,当初原许自送去的,故此同窦小姐起身,往饶阳去了。"玄邃道:"不知他几时回来?"单全道:"员外到了饶阳,还要到瓦岗翟大爷那里去。翟家前日修书来请邀员外,员外许他送窦小姐到了饶阳,就到瓦岗去相会。"玄邃道:"翟家与你员外是旧交,是新相知?"单全道:"翟大爷几次为了事体,多亏我们员外周全,也是拜过香头的好弟兄。"玄邃道:"原来如此。我正要来同你员外到瓦岗聚义,只恨来迟。"单全道:"李爷进潞州来,可曾撞见相识的人么?"玄邃道:"一路并无熟人遇着,只有日间遇见当时同在杨玄感时都尉詹气先,他因杨玄感战败时归正了,不知他在这里做什么,刚才遇见,甚是多情。"单全听见,便把双眉一蹙道:"既如此说,李爷且请到后边书房里去再作商议。"

二人携了灯,弯弯曲曲引到后书房。雄信在家时,是十分相知好朋友,方引接到此安歇。玄邃走到里边,见两个伴当,托着两盘酒菜夜膳进来,摆放桌上。单全道:"李爷且请慢慢用起酒来,我还有话商量。"说了,就对掇酒饭的伴当说:"你一个到后边太太处,讨后庄门上的钥匙,点灯出去将夹道里这几个做工的庄户,都唤进来,我有话吩咐他。"一头说,一径走进去了。

玄邃若在别人家,心里便要慌张疑惑;如今雄信便不在家,晓得这个总管是个有担当的,如同自己家里,肚里也饥了,放下心肠,饱餐了夜饭,正要起身来,只见单全进来说道:"员外不在家,有慢李爷,卧具铺设在里房。只是还有句话:李爷刚才说过见那姓詹的,若是个好人,谢天地太平无事了;倘然是个歹人,毕竟今夜不能安眠,还有些兜搭。"李玄邃尚未回答,只见门上进来报道:"总管,外边有人叫门。"

单全忙出去,走上烟楼一望,见一二十人,内中两个骑在马上,一个是巡检司,那一个不认得。忙下来叫人开了门,让一行人捱挤进去了。单全带了一二十个壮丁出去,巡检司是认得单全的,问道:“员外可在家么?”单全道:“家主已往西乡收夏税去了,不知司爷有何事,暮夜光降敝庄?”巡检把手指道:“那位都头詹大爷,说有一个钦犯李密,避到你们庄上来,此系朝廷要紧人犯,故此协同我们来拿他。掌家,你们是知事的,在与不在,不妨实说出来。”单全道:“这那里说起?俺家主从不会认得什么李密;况家主又出门四五日了,我们下人是守法度的,焉肯容留面生之人,贻祸家主?”詹气先说道:“李密日间进潞州时,我已撞见,令这个王朋友尾后,直到这里,看见叩门进来的,那里遮隐得过!”单全见过,登时把双睛突出,说道:“你那话只好白说,你日间在路上撞见之时,就该拿住他去送官请赏,为何放走了他?若说眼见李密进庄叩门,又该喊破地方协同拿住,方为着实;如今人影俱无,却要图赖人家。须知我家主也是个好男子,不怕人诬陷的!”詹气先再要辩,只见院子里站着一二十个身长膀阔的大汉,个个怒目相视。巡检司听了单全这般说话,晓得单雄信不是好惹的;况平日节间,曾有人情礼物馈送,何苦做这冤家,便改口道:“我们亦不过为地方干系,来问个明白;若是没有,反惊动了。”说了即便起身。单全道:“司爷说那里话,家主回来,少不得还要来候谢。”送出庄门,众人上马去了。单全叫看门人关好庄门。李玄邃因放心不下,走出来伏在间壁窃听,见众人去了,放心走出来,见了单全谢道:“总管,亏你硬挣,我脱了此祸;若是别人,早已费手了。”单全道:“虽是几句话回了去,恐怕他们还要来。”

正说时,听见外边又在那里叩门。李密忙躲过,单全走出在门内细听,嘈嘈话响,好似济阳王伯当的声口,单全大着胆,在门内问道:“半夜三更,谁人在此敲门?”王伯当在外接应答道:“我是王伯当,管家快开门。”单全听见,如飞开了,只见王伯当、李如圭、齐国远三个,跟着五六个伴当,都是客商打扮,走进门来。单全问道:“三位爷为何这时候到来?”王伯当道:“你家员外,晓得不在家的了,只问李玄邃可曾来?”单全道:“李爷在这里,请众位爷到里边去。”携灯引到后书房来。

玄邃见了惊问道:“三兄为何昏夜到此?”王伯当将别了到瓦岗去见懋功,就问起兄,说到单员外去了,懋功预先晓得单二哥出外,恐兄有失,故叫我们三人,连夜赶来。玄邃也就将路上遇见詹气先,刚才领了巡检到来查看,说了一遍。齐国远听见喊道:“入娘贼,铁包了头颅,敢到这里来拿人!"

正说时,单全引着伴当,捧了许多食物并酒,安放停当,便请四人入席,又对跟来的五六人说道:"你们众兄弟,在外厢去用酒。"叫人引着出去了。单全道:"四位爷在上,不是我们怕事,刚才那个姓詹的,满脸杀气,尚不肯干休;倘然再来,我们作何计较?"王伯当道:"此时谅有三四鼓了,我们坐一回儿,守到天明,无人再来缠扰,就同李爷起身,往瓦岗去;如若有人来,看他人多人少,对付他就是。"单全道:"说得是。"王伯当众人,也叫单总管打横儿坐着饮酒,一霎时不觉金鸡报晓,李如圭道:"时没有人来觉察,料无事了,不如快用了饭,起身去罢。"众人吃了饭,打帐起身上路。管门的慌慌走进来报道:"门外马嘶声响,像又有兵马进庄来了,众位爷快出去看看。"单全见说,忙同了王伯当上了烟楼,窗眼里细看,见了三四十马兵,四五十步兵,一队队摆进庄来。

原来詹气先因巡检用了情,心中懊恼,忙去叫开了城门,报知潞州漆知府,即仰二尹协拿。那二尹姓庞名好善,绰号叫做庞三夹,凡有人犯在他手里,不论是非,总是三夹棍。因他是个三甲进士出身,故叫做庞三夹,极是个好利之徒。听见堂上委他捉拿叛逆钦犯,如飞连夜点兵出城,赶到庄来。

时王伯当二人下楼,多到内厅。李玄邃对单全道:"掌家,你庄上壮丁有多少?"单全道:"动得手的,只有二十多人。"李玄邃道:"如圭兄与国远兄领着壮丁,出后门去,看他们下了马,听见里面喊乱,去劫了他们的马匹。"又对单全道:"掌家,我晓得你家西甬道,有靛池四五间,你快去上边覆上薄板,暗藏机械,候他们进来,引他到那里去,送他们在里头。"单全见说,如飞去安排停当。李玄邃同王伯当装束了这些刀枪棍棒,雄信家多是有的,单全开门进来,任凭各人自取。李玄邃道:"如今是了,只少的有胆智的去开大门诱他进来。"单全道:"这是我去。"

单全身上扎缚停当,外边罩着一件青衣,大踏步出来,把门开了;先是许多步兵,拥挤进来,中间一个官员,到了外厅,把个椅儿向南坐下,便对手下道:"带他家人上来!"步兵忙把单全来跪下。那官儿道:"你家为什么窝藏叛犯李密在家,快快拿出来!"单全道:"人是有个人,昨夜来投宿,不知是李密不是李密,现锁在西首耳房内;但是他了得,小的一人弄他不动,须得老爷台下兵卫,去捆缚他出来,才不走失。"那官儿又道:"你家主呢,快唤出来!"单全道:"家主在内,尚未起身。"那官儿又向步兵说:"你们着几个同他进去,锁了犯人出来,并唤他家主来见我。"

这些兵快听见官府叫他进去拿人,巴不能够,个个磨拳擦掌,一窝蜂二三十人,随着单全走进西首门内,穿过甬道里一带,进去却是地板,众人挤到中间,听见前面单全道:"列位走紧一步,这里是了。"那前边走的说道:"阿呀,不好了!为何地板活动起来?"话未说完,一声响亮,连人连板撞下靛坑里去。跟在后边的正要缩脚,也是一声响,二三十个步兵都入靛池里去了。

厅上那官儿与众马兵,正在那里东张西望,听得豁喇一声,两扇库门大开,拥出十五六个大汉,长枪大斧,乱杀出来,那官儿倒乖,没命的先往外跑了;四五十个兵忙拔刀来对杀,当不起王伯当枪扑倒了两三个。官儿见势头凶勇,齐退出门外去,欲上马放箭。何知马已没有,只见天神一般几个大汉,轮着板斧,领了十余人,乱砍进来。官兵前后受敌,料杀他们不过,只得齐齐丢下兵器,束手就缚。李玄邃道:"与他们不相干,众弟兄饶他们性命去罢,那官儿与那贼怎么不见?"庄上一个壮丁指道:"刚才被这个爷把板斧砍了。"原来齐国远同李如圭领众人伏在后门外竹林内,只见詹气先骑着马,领兵来把守后门。一个壮丁指道:"这个贼子,就是首人;方才同巡检司来过一次了。"齐国远听见,按捺不住,忙奔出林来一喝,那詹气先一惊,便滚下马来,被齐国远一斧,断送了性命。

李玄邃恐怕有人在庄外躲匿,同众人出来检点,只见一个戴纱帽红袍的人倒在沟里。单全指道:"这就是二尹庞三夹了。"齐国远一把提将起来,笑说道:"你可是庞三夹?如今咱老子替你改个口号,叫做庞一刀罢!"提起斧来,一斧砍为两段。单全叫壮丁把那二三十匹马赶入棚里去,将这杀死的尸首多扛在田边大坑里,掩些浮土在上。李玄邃叫手下人把那活的兵丁,一个个粽子般捆起来,多推入甬道内靛坑里去,把地板盖好,放些石灰在上,一会儿收拾完了,把大门仍旧关上。众人多到堂中来,李密对单全道:"掌家,不合我来会你员外,弄出这节事来;如今你们不便在这里存身了,总是员外要到瓦岗去的,何不对太太说知,作速收拾了细软,同我们到瓦岗去,暂避几时,打听事体如何再来定夺。翟大爷寨中多有家眷在内,谅不寂寞。掌家,未知你主意如何?"单全此时也没奈何,只得进去商议了一番。单雄信有个寡嫂,就是单通的妻子,守在身边。雄信妻子崔氏,与女儿爱莲,至亲三口,连家人媳妇,共有二十余人,多上了车儿,装载停当。单全叫壮丁把自己厩中剩下的七八匹好马与夺下官兵的二三十匹马,喂饱了草料,叫那二十余个走过道儿的壮丁,随身带了兵器。李玄邃吩咐单全与李如圭,押着七八个车辆,做了后队;自己与王伯当、齐国远与同来小校,做了前队,把门户一重重反撞死了。大家跨马起程,往瓦岗进发。正所谓:

明知不是伴,事急且相随。

却说单雄信送窦建德的女儿线娘到了饶阳,建德感激不胜。时建德已得了七八处郡县,兵马已有十余万,竟得民心,规模大振,抵死要留雄信在彼同事。雄信因翟让是旧交好友,写书来请,二则瓦岗多是心腹兄弟,三则瓦岗与潞州甚近,家中可以照管,主意已定,住了两日,只推家中有事,忙辞建德起身。建德再三款留,见他执意要行,将二三千金,赠与雄信。雄信谢别了建德,同了四五个伴当起行,离了饶阳,竟往瓦岗来。行了数日,时四方多盗,民困差役,村落里家家户户泥涂封锁,连歇家饭店,急切间寻不出。

这一日雄信一行人,行了六七十里路,看看红日西沉,天色苍黄欲暝,雄信在马上对伴当说道:"早些寻一个所在来安歇才好。"一个伴当叫小二,年纪有十七八岁,把手指道:"前面黑丛丛的,想是人家,待我看来。"小二飞跑进庄去看,止有一家人家,一带长堤杨柳,两三进瓦房,后边一个大竹园,侧首一个水亭,双门紧闭,小二把门敲了两三声,里面开门出来,却是一个婆婆的老妈妈,把小二仔细认道:"你是金小二,闻得你在潞州单员外家好得紧,为甚到此?"小二见说,定睛一看叫道:"原来是外婆,我跟随员外到这里,天已夜了。恐前面没有住店,故问到此要借宿一宵,不想遇见外婆。"正说时,一行人已到门首。雄信下了马,向石磴上坐着。

老婆子进去不多时,只见走出一个长大汉子,见雄信身躯伟岸,天神般一个好汉,不胜惊诧,忙举手问道:"潞州有个单员外,就是府上么?"雄信答道:"岂敢,在下就是。"那汉揖进草堂,叙礼坐定说道:"久仰员外大名,今日才识荆,未知有何事到敝地?"雄信道:"小弟因访一个朋友,恐前途乏店,故此惊动府上,意欲借宿一宵,未知可否?"那汉道:"这个何妨,只是茅庐草舍,不是员外下榻之处。"雄信道:"说那里话来,请问吾兄尊姓大名?"那汉道:"不才姓王,名当仁。"雄信道:"我们有个敝友,叫王伯当,兄却叫王当仁,表字却像昆仲一般。”王当仁道:“就是济阳王伯当么?这是我的族兄,前日曾到这里来会过。”雄信道:“原来伯当是令兄,来会还是独自一个,还是同几位来的?”王当仁道:“他同一位李玄邃,又有一位姓邴的。”雄信听说喜道:“玄邃兄想是脱了祸了,可晓得他们如今到那去了?”王当仁道:“都到瓦岗去会翟子谦。”雄信道:“我正要到瓦岗去会他们。”王当仁见说大喜道:“员外要到瓦岗,极好的了,正有一事相商,待弟去请家伯出来。”

进去了不多时,只见一个老者,拿着茶出来,与雄信揖过,请雄信坐下,献上一杯茶,便将前日王伯当、李玄邃到我家里,住了一宵,两下里定了婚姻说了一遍。雄信道:“玄邃兄在外浪游多年,不意今日与老翁定谐秦晋,得遂室家之愿。”老者见说,忽然长叹道:“小女得配李公子,荣辱完了他终身了;不想亳州朱粲昨日在这里经过,小女偶在门外打扫,被他看见,放下金珠礼物,死命要娶他去做压寨夫人,约在月初转来娶去。如今老夫要差侄子去报知李公子,往返要七八日,欲全家避到瓦岗去寻访李公子,又恐路上有些差误,正是事出两难。”雄信道:“老亲翁共有几口?”老者道:“两个小儿,前年都被官府拿去开河,至今一个不见回来。拙荆早亡,只有这个小女与刚才这个侄子,还有两个炊爨的老妈,止不过四五人。”雄信道:“既如此,老翁进去,吩咐令爱,叫他收拾了衣饰,明日就起身。我送你一家子到瓦岗去与李兄相会何如?”老者见说,快活无限,便道:“既承员外高情厚意,待老汉去叫小女出来拜见。”那王当仁同金小二掇出酒肴来,正要上席,老者领着一个垂髫女子,出来对雄信说道:“这就是小女,过来拜见了员外。”

雄信举目一看,那女子真个秀眉月面,虽是村妆常服,也觉娇艳惊人,见他拜将下去,也只得朝上回礼。当仁与老者拖住,让他拜了四拜,进去了。老者叫侄子陪了雄信饮酒,自己出去支持酒饭,管待下人。过了一宵,起来收拾了细软,停当了车儿牲口。明日五鼓起身,老者将一辆牛车装载了女儿婆子三口,驾上一头水牛背了;自己坐了一个小车儿,叫人推了。王当仁只喜步行。单雄信叫伴当把门户泥涂了,见王当仁步行,也不好上马。王当仁道:“员外不必拘泥,小弟这双贱足,赛过脚力。”两个推让了一回,雄信然后跨上牲口起行。

在路上行了三四日,已到瓦岗地面。雄信吩咐两个伴当:“先往头里去打听，翟爷与李玄邃、王伯当在那一个营里，我们慢慢的走动，等你们来回复。”不多时，只见两个伴当奔来回复道：“众位爷都在大营里，说了员外来，都上马来接了。”话未说完，远远望见翟让、李密、徐懋功、王伯当、邴元真、齐国远、李如圭等七八个好汉，骑马前来。雄信收住马向后王当仁道：“兄把车辆住后退一步，待弟进营见过说明了，然后叫人来接你们，才是正礼。”王当仁点头称是。

雄信把马头一耸，与众人会着了。大家带转马头，一径进大营来到了振义堂中，各各叙礼过，翟让道：“前日就望二哥到来，为何直至今日？”雄信答道：“建德兄抵死不肯放，在那里逗留了几天，勉强说谎脱身。路上又因玄邃兄的尊嫂要带来，又耽搁了一日，故此来迟。”李玄邃见说大骇道：“小弟何曾有什么家眷，烦兄带来？”雄信道：“难道小弟诓兄，现今令岳与令舅王当仁停车在后，候兄去接。”玄邃道：“这又奇了，这是弟前日偶然定下的，兄何由得知带来？”雄信把在他家借宿，被巨盗朱粲撇下礼物要来夺取一段，说了一遍。王伯当笑道：“也罢了，单二哥替李大哥带了新嫂来；幸喜李大哥也替单二哥接取尊眷在这里，岂不是扯直？”雄信见说，吃了一惊道：“为什么贱内得到这里？”王伯当道：“尊嫂与令爱现在后寨，请兄进去自问便知始末。”王伯当令单雄信进去了。李玄邃如飞的去打发肩舆马匹，去迎接王当仁家四五口，到寨相会。翟让吩咐手下，宰杀猪羊，一来与李玄邃完婚，二来替单员外接风。正是：

人逢喜事情偏爽，笑对知心乐更多。

第四十三回

连巨真设计赚贾柳　张须陀具疏救秦琼

词曰：

国步悲艰阻，仗英雄将天补。热心欲腐，又鬓霜生。征衫血汗，引类呼群，犹恐厦倾孤柱。　　奸雄盈路，向暗里将人妒。直教张禄投秦，更使伍胥去楚。支国何人，宫殿离离禾黍！

——右调《品令》

世人冤仇，惟器量大的君子、襟怀好的豪杰，随你不解之仇，说得明白，片言之间，即可冰释；至若仕途小人，就是千万百解，终有隐恨，除非大块金银，绝色进献，心或释然。所以宇文述不怪自己儿子淫恶，反把一个秦叔宝切骨成仇。

如今再说单雄信，进后寨去与寡嫂妻子女儿相见了，崔氏把前事说了一遍。雄信见家眷停放得安稳，也就罢了，走出来对玄邃道："李大哥，你这个绝户计①，虽施得好，只使单通无家可归了。"徐懋功道："单二哥说那里话来，为天下者不顾家，前日吾兄还算得小家，将来要成大家了，说什么无家？"其时堂中酒席摆成完备，翟让举杯要定单雄信首席。单雄信道："翟大哥这就不是了，今日弟到这里，成了一家，尊卑次序，就要坐定，以后不费词说。难道单雄信是个村牛，不晓得礼文的？"翟让道："二哥说甚话来，今日承二哥不弃，来与众弟兄聚义，草堂接风，自然该兄首席，第二位就该玄邃了。"李玄邃见说大笑道："这话又来得奇了，为甚么缘故？"翟让道："众兄听说，今日趁此良辰，与李兄完百年婚眷，又算是喜筵，难道坐不得第二位？"齐国远喊道："翟大哥说的是，今日一来替李大哥完姻，二来替单二哥暖房，这两位再没推敲的了。"徐懋功道："不是这等说，今夜既替李兄完婚，自然该请他令岳王老伯坐首席，这才是正理。"翟让见说，便道："还是徐兄有见识，弟真是粗人，有失检点了。"叫手下快到后寨去请刚才

---

① 绝户计——能使别人断绝子孙的计谋。

到的王老爷与王大爷出来。

不一时，王老翁与王当仁出来，翟让举杯定了他首席，老翁再三推让不过，只得坐了。第二位就要定王当仁。王伯当道："这也使不得。老伯在上，当仁不好并坐；况当仁也要在这里聚义的了，岂可僭越诸兄。"徐懋功道："待小弟说出一理来，听凭众兄们依不依。"众人齐声说道："懋功兄处分，无有不是，快些说来。"懋功道："方才伯当兄说，当仁令弟不该僭也是。如今我弟兄聚成一块，欲举大义，想要做一番事业，说甚谁宾谁主，须先要叙定了尊卑次序，以便日后号令施行，便可遵奉。岂可与泛常酒席，胡乱坐了？"众人见说，齐声道："说的是。"

徐懋功道："据小弟愚见，第二位该是翟大哥。为什么呢？他是寨主，我们弟兄多承他见招来的，难道不遵奉他的节制，第二位是不必说了。第三位要玄邃兄坐了。"李玄邃道："单二哥在这里，弟断无僭他的理。"徐懋功道："翟兄为正，兄为副，这是一定不易的，有甚话讲？第四位是单二哥了。"雄信道："弟有一句话待弟说来。别人不晓得徐兄的才学，小弟叨在至契，是晓得的。将来翟、李二兄举事，明以内全赖吾兄运筹帷幄，随机当变，事之谋划，惟兄是赖；若要弟僭兄，弟即告退，天涯海角，何处不寻个家业？"王伯当道："懋功兄，单二哥是个爽直人，既如此说，兄不必过谦，要依单二哥的了。"徐懋功没奈何，只得坐了第四位。第五位是单雄信。第六位是王伯当。第七位是邴元真。第八位是李如圭。第九位是齐国远。第十位是王当仁。除王老翁共九筹豪杰，坐定了，大吹大擂，欢呼畅饮。

雄信问懋功道："寨中现今兵马共有多少？粮草可敷？"懋功答道："兵马只好[①] 七八千，不愁他少，将来破一处，自有一处的兵马来归附，粮草随地可取；只是弟兄们尚少，未免破一所郡县，就要一个人据守，到一处官兵，就要着几个出去拒敌。如今只好十来个人，那里弄得来[②]？所以前日弟叫连巨真到兖州府武南店去请尤、程两弟兄，想即日也要到来。"原来连明也犯了私监的事体，惧法逃到翟让处入伙。

正说时，只见小校进来报道："连爷到了。"翟让道："快请进来。"连明进来，与众人叙礼过，就在王当仁肩下坐定。徐懋功问道："巨真兄，尤、程

① 只好——只有。

② 弄得来——即"弄得过来"。

两弟肯来么?”连明道:“弟到武南庄,先去拜望尤员外,岂知尤员外重门封锁,人影也没有一个。讯问地邻,方知他因长叶林事,走漏了消息,地方官要炙诈他五千两银子,他蓦地里连家眷都迁入东阿县去了。弟如飞到东阿县去访问程知节,始知程知节同尤员外,在豆子坑七里岗上扎寨。弟又到彼,两人相见,留入寨中。弟将翟大哥的书,送与他们看了。程知节问道:‘单员外可来聚义?’弟说翟兄曾写书着人去请单员外,因他要送窦建德的女儿,往饶阳去了,回时准到瓦岗来相会。尤员外道:‘此言恐未真,窦建德那里正少朋友帮助,肯放单员外到瓦岗来?’程知节又问我秦叔宝可曾去请他,弟说单员外到了,自然也要去请他。尤员外又道:‘叔宝兄与张通守,正在那里与隋家干功,怎肯进寨来做强盗?’程知节道:‘既是单二哥、秦大哥都不在那里,我们去做什么?’因此尤员外就写了回书,我便作速赶回。”连明取出书来递与徐懋功。

懋功看了道:“不来罢了,再作计较。”连明道:“他们两个虽不来,弟在路上打听得一桩事体在这里,报与诸兄知道。”众人道:“什么事体?”连明道:“弟前日回来,到黄花村饭店里住宿,只见一个差官跟了两个伴当,先下在店里。一个伴当,听他声音像我们同乡,因此与他扳话起来,问他往何处公干。他说东京下来,要往济阳去提人的。弟就留心,夜间买壶酒与他两个鬼混。那两个酒后实说道:‘杨案里边,有四个逃走的叛犯,一个姓李,一个姓邴,一个姓韦,一个姓杨。那个姓李姓邴的,不知去向;那个姓韦姓杨的,前日被人缉获着了,刑官究询,招称有个王伯当,住在济阳王家集,是他用计在白酒村陈家店里,药倒解差差官,方得脱逃。因此差我们主人下来,到济阳王家集去,着地方官拿这个叛党。’故此小弟连夜赶来。”

徐懋功对王伯当道:“王大哥你的宝眷,可在家么?”王伯当道:“弟前日出门时,贱眷在内弟裴叔方处,如今不知可曾回家。弟今夜起身,到家去走遭。”徐悲功道:“不必兄去。”又对连明道:“连兄,你为弟兄面上,辞不得劳苦。待伯当兄修家书一封,再得单二哥修书一封,同王当仁、齐国远二人扮作卖杂货的,往齐州西门外鞭杖行贾润甫处投下,叫他随机应变,照管王兄家眷上山;若兄说得他可以入伙,更妙,这人也是少不得的,翟大哥、单二哥与邴元真兄,领三千人马,到潞州去,向潞州府借粮,并打听二贤庄单二哥房屋,可曾贻害地方?弟与伯当兄、如圭兄,随后领兵接应。”李玄邃道:“小弟呢?”懋功笑道:“吾兄虽非吕奉先好色之徒,然今夜才合香，只好代翟大哥看守寨中，自后便要动烦了。”众人打点停当，过了一宵，连明与王当仁、齐国远，五更起身；他们的路径熟，不由大道，惯走捷径，不多几时，已到东西门外。

原来贾润甫因世情慌乱，也不开张行业了，连巨真叩门进去，润甫出来见了，忙叫手下接了行李进去，引三人到堂中叙礼过。连巨真在身边取出单雄信书来，与贾润甫看了。润甫又引到一间密室里去，坐定取茶来吃了，润甫问连巨真道：“兄是认得济阳王家集路径的？”连巨真道：“路径虽是走过，只是从没有到伯当家里去，虽有家信，难免疑惑；必得兄去，方才停妥。未知差官可曾到来，倘然消息紧速，如何做事？”贾润甫道：“这不打紧，若走大路准要三日，若走碟子岗，穿出斜梅领望小河洲去，只消一天，就到王家集了。”一边说，一边摆上酒肴来。

润甫问寨中有几位兄弟，有多少人马，三人备细说明。连巨真问道：“贾兄如今不开行业了，也清闲自在；但恐消磨了丈夫气概。”润甫叹道：“说甚清闲自在，终日看枯山，守白浪，这些人每日张着口，那里讨出来吃？前日秦大哥写书来，要我去帮他立功，图一个出身。弟想四方共有二三十处起义，那里剿灭得尽，就是立得功来，主上昏暗，臣下权奸，将私蔽公，未必就尊荣到他身上；只看杨老将军，便是后人的榜样了。”连巨真道：“正是这话。”王当仁道：“兄何不到我那里去？将来翟大哥、李大哥做起事来，自然与众不同。”润甫道：“翟大哥不知他做人何如？玄邃兄人望声名，海内素着；况他才识过人，又肯礼贤下士，将来事业，岂与群丑同观？弟再看几时，少不得要来会诸兄，相述一番。”连巨真问道：“明日甚时候起身往王家集去？”润甫道：“五更就走。”即便收拾杯盘，大家就寝。

润甫五鼓起身，与连巨真、王当仁、齐国远用了早饭，即便上路，往济阳进发。赶了三日，傍晚到了王家集。原来王家集，也是小小一个市镇，共有二三十人家。时贾润甫同众人进去，恰好王伯当的舅子裴叔方，在他家里。那裴叔方是个光棍汉，平昔也是使枪弄棒不习善的。连巨真取出王伯当的家报来，付与裴叔方拿到里边去与他阿姊看了。幸喜王伯当家中没甚老小，止有王伯当妻子一人，手下伴当夫妇二口。裴叔方也要送阿姊去，忙去停当众人酒饭，叫阿姊收拾了包裹，雇了一辆车儿与两个女人坐了，悄悄把门封锁上路。贾润甫对连巨真道：“小弟不及奉送，兄等路上小心。”众人向西，贾润甫往东回去了。

连巨真走不上数步，对王当仁道："我忘了一件东西，你们先走，我去就来。"说罢如飞向东去了，众人正在那里疑惑，只见连巨真笑嘻嘻赶来。齐国远道："你忘了什么东西？"连巨真笑道："我没有忘什么，我回到他门首，如此如此而行，你道好么？"王当仁道："好便好，只是得个人去打听他有事没事，也好接应。"连巨真道："不妨，前面去就有个所在，安顿了王家嫂子，我们再去打听。"一头计较，一头往前趱行。正是：

莫嗟踪迹有差池，萍梗须谋至会合。

却说宇文述，为了失机，削去官职；忙浼何稠，造了一座如意车，又装一架乌铜屏，三十六扇，献与炀帝。炀帝正造完迷楼月观，恰称其意，准复原官。韦福嗣与杨积善落在宇文述手里，严刑酷炙，招称了济阳王伯当住王家集；便差官送文书到齐郡张通守处来提人。

是日张通守正在堂理事，只见门役禀说："有东都机密公文，差官来投递。"话未说完，差官先上堂来，张通守与他相见了，递上公文。张通守拆开看了，差官道："此系台省机密，求老爷作速拘提。"张通守道："我晓得。"随问衙役道："这里到王家集，有多少路？"衙役答道："有二百余里。"张通守吩咐部下，点兵三百，备四五日粮，即时起行。

原来张通守署与秦叔宝鹰扬府相去不远，时叔宝正与罗士信闲话，听见东京差官下来，要到王家集去提人，心中老大吃惊，因想道："王伯当住在王家集，莫非他白酒村的事发觉了。正在那里揣摩，听得外边传梆响，报说门外有个故人连某要见老爷。叔宝如飞出来，见是连明，叙礼过，邀他到内衙书室中来，问道："兄一向在那里？事还没有赦，为甚到此？"连明悄悄说："弟偶在瓦岗翟让寨中，奉单二哥将令，修书叫贾润甫，请他到王家集接取王伯当家眷上山去了。如今差官去提人犯，人影俱无，恐有人泄漏。通守回来，必然波及润甫，故弟走来报知。兄可看众弟兄旧日交情，作速差人报与润甫知道，叫他火速逃走，言尽于此，别有要事，要到潞州去了。"叔宝问寨中那几位兄弟，连巨真一一说知，说完立身起来，拱手而别。叔宝款留不住，送了出门，进来忙与罗士信说知就里，叫罗士信悄悄骑马出城，报与贾润甫知道。罗士信忙备了马骑上，一辔头赶到城外。

原来罗士信虽认得鞭杖行的贾家住处，却不曾与贾润甫识面。当时到了他门首下马，推门进去，贾润甫见了罗士信，吃了一恐。士信忙问道："兄可是贾润甫？"润甫应道："在下正是。"贾润甫却认得罗士信，便道："罗兄下顾，何事见教？”罗士信把他扯在一边去，附耳说道：“兄把叛党王伯当的家眷藏匿了，如今官府回来，就要来拿你。兄可快些走罢！”说了转身上马，如飞的去了。贾润甫把门关好了，想道：“那夜王家集起身，人鬼不知的，是谁走漏了风声。刚才罗捕尉自己来报，必是秦大哥叫他们来的，想是真的了。此时不走，更待何时？罢罢，这样世界，总要上这道路的，不如早早去罢。”忙对妻子说了，收拾了细软，叫手下两个做工的，把槽头四五个牲口喂饱了牵出来，男女带上眼纱①，加鞭望瓦岗进发。

一行人将出齐州界口，到瓦岗去有两条路，一条大道，一条小道。润甫心上打算道：“打大路去，恐怕官兵来追，小路又怕山贼。”正在那里踌躇，只见树底下石上睡着两个大汉，忽然跳将起来大声喊道：“好了，来了！”贾润甫在牲口上听得见，老大一惊，定睛一看，却是齐国远，那一个不认得。润甫便道：“你们众人来了，把我却弄在圈里。”又问齐国远道：“此位是何人？”齐国远道：“王当仁兄，在山寨里过活，却好是在这里开这个鬼行。”王当仁道：“不要闲说了，王家嫂子尚歇在前头店里快些赶去，打伙一搭儿走。”原来前头店里，差一个头目，叫赵大鹏，在那里开一酒肆，作往来耳目，以便劫掠。贾润甫听见大喜，催促一行人，随着王当仁，赶到赵大鹏店中与王伯当家眷会合，齐望瓦岗去了。正所谓：

世乱人无主，关山客思悲。

再说张通守带了官兵同差官到王家集去，捉拿王伯当家眷。走了三日到了，拘地方来问；只见大门对锁，忙叫衙役扭断了屈戌，推门进看，室中止存家伙什物，人物俱无，查问四邻，俱说五日前去的。张通守发一张封皮，叫衙役把门钉封了，将地方四邻带回衙门，用刑究询。四邻中一个姓赵的禀说：“那夜小的要开门出去解手，听见门外一人叫道：‘贾润甫你请回罢，我们去了。’他们妻子是时常出入惯的，那里晓得他是犯事走了。”张通守问衙役，可晓得贾润甫住那里，有的推不知道，一个衙役禀道：“西门外有一个开鞭杖行的，叫做贾润甫，未知是他不是他？”那姓赵的说：“正是他，那夜叫他回西门去罢！”张通守忙要起身同官兵去拿，只见日巡夜不收进来报道：“刘武周带领宋金刚并喽兵数千，过博望入平原县了，乞老爷快发兵前去会剿。”张通守见说，叫衙役快去请秦爷来。”

① 眼纱——为避风沙，外出遮眼的细纱。秘密外出，恐被人识破，也多戴眼纱。

不一时秦叔宝来到，张通守把差官赍来部文，与叔宝看了，又把地邻口供给叔宝看，便道："我因贼报急迫，欲点兵进剿，烦都尉出城去拿这贾润甫来，带到军前讯问，便知王家家属下落。"秦叔宝心下转道："贾润甫是我报信叫他走的，倘然走了还好；若在家中，如何摆布？"便对张通守道："贼人入境，待卑职去剿他；这是逆党大事，还是大人亲去方妥。"张通守道："不必推辞，去了就是。"叔宝没奈何，只得骑着马，跟了几家丁，同差官出城，假意喊地方领到贾家，见门户锁着，叫人打进去，室中并无一人。讯问邻里，说道："门是前日锁的，不知人是几时去的？"差官禀道："贾润甫既是挈家逃遁，必是王家党羽，想去未必邃远，求秦爷作速去追拿。"叔宝道："叫我那里去追，我要赶上张老爷剿贼去。"说了上马前去。差官没法，只得同到张通守军前，讨了回文，回东京投下文书。

宇文述见回文内有地邻招称贾润甫一段，差官又禀曾差都尉秦琼严拿未获，便兜起宇文述心上事来，便对儿子化及道："秦琼那厮，我当日不曾害得他，反受来护儿一番奚落。不期他在山东为官，我如今题个本，将他陷入杨家逆党，竟说逃犯韦福嗣，招称秦琼向与李密、王伯当往来做事，今营任山东都尉图谋不轨。一面具本，一边移公文一角，差官前去，倘在军前，就叫张须陀拿下，将他解京，也可报得前仇了。"宇文化及道："父亲此计虽妙，但张须陀勇而有谋，这厮又凶勇异常，倘一时拿他不到，毕竟结连群盗，或自谋反，为祸不小。莫若连他家属，着齐郡拿解来京，那厮见有他妻子作当①，料不敢猖獗，此计更为万全。"宇文述道："吾儿所见极高。"

商议停当，宇文述遂上一本，将秦叔宝陷入李密一党。这本没个不准的，他就差下两员官，一员到张通守军前，一员向齐郡郡丞投文，守提犯人，不得违误。时罗士信在齐郡防贼，张须陀与秦叔宝在平原拒贼，无奈贼多而兵少，散而复振，振而复散，那边退了，这边又来，怎杀得尽？还亏他三人抵敌得住。

一日张须陀在平原，正要请叔宝商议招集流民御良策；忽见一个差官，到张须陀军中，称有兵部机密文书投递。张须陀拆来看了，仍置封袋中，放在案桌上。差官道："宇文爷吩咐，要老爷即刻施行，恐有走脱。"张须陀道："知道了，明日领回文。"须陀回到帐中，灯下草成一书稿，替秦琼

① 当——抵押，人质。

辩明，并非李密一党，不可谬听奸顽，陷害忠良云云，叫一个谨慎书吏录了，又写一道回文。

次日待发放差官，恰值叔宝抚安民庶已毕，来议旋师。差官闻得叔宝到营，只道张须陀骗他来拿解，随即进营，见须陀与叔宝和颜悦色，谈笑商量。叔宝将待起身，差官怕他走了，忙过去禀说："兵部差官领回文。"须陀对差官道："你这样性急！"叫书吏把回文与他。差官见只与回文，只得又道："差官奉文提解人犯，还求老爷将犯人交割，添人协解。"须陀道："这事情我已备在文中，你只拿去便了。"差官道："宇文爷临行吩咐，没有人犯，你不要回来。今人犯现在，求老爷发遣，小官好回复。"张须陀道："你这差官好多事！这事我已一面回文，一面具本辩明，去罢！"这差官甚有胆力，又道："老爷在上，这事关系叛逆，已经具请提解，非同小可；若犯人不去，不惟小官干系庇护奸党，在老爷亦有不便。"叔宝不知来由，见差官苦恳，倒为他方便道："大人，是甚逆犯，若是真实，便与解去。"须陀笑道："莫理他！"这官便气极了，嚷道："奉旨拿逆犯秦琼，怎么反与他同坐，将我赶出？钦提犯人，这等违抗！"秦叔宝听见"逆犯秦琼"四字，便起身离坐，向须陀道："大人，秦琼不知有何悖逆，得罪朝廷，奉旨提解；若果有旨，秦琼就去，岂可贻累大人。"

须陀初意只自暗中挽回，不与叔宝知道，到此不得已说道："昨日兵部有文书行来，道有杨玄感一党，逃犯韦福嗣，招称都尉与王伯当家眷窝藏李密，行文提解。我想都尉五年血战，今在山东，日夕与下官相聚，何曾与玄感往来？平白地枉害忠良！故此下官已具一个辩本，与彼公文回部。这厮倚恃官差，敢如此放泼。"叔宝道："真假有辨，还是将秦琼解京，自行展辩。当日止因拿李密不着，就将这题目陷害秦琼，若秦琼不去，这题目就大了。"叫从人取衣帽来，换去冠带赴京。须陀道："都尉不必如此，如今山东、河北，全靠你我两人；若无你，我也不能独定。且丈夫不死则已，死也须为国事，烈烈轰轰，名垂青史。怎拘小节，任狱吏屠毒，快谗人之口？"叫书吏取那本来与叔宝看了，当面固封，叫一个听差旗牌即刻设香案，拜了本，给了旗牌路费，又取了十两银，赏了差官。差官见违拗不过，只得回京。叔宝向前称谢。须陀道："都尉不必谢，今日原只为国家地方之计，不为都尉，无心市恩；但是我两人要并力同心，尽除群盗，抚安百姓，为国家出力便了。"自此叔宝感激须陀，一意要建些功业，一来报国家，二来报知己；却不知家中早又做出事来。正是：

总是奸雄心计毒，故教忠义作强梁。

第四十四回

宁夫人路途脱陷　罗士信黑夜报仇

诗曰：

万古知心只老天，英雄堪叹亦堪怜。
如公少缓须臾死，此虏安能八十年。
漠漠凝尘空偃月，堂堂遗像在凌烟。
早知埋骨西湖路，悔不鸱夷理钓船。

这诗是元时叶靖逸所作，说宋岳忠武王与他的一片精忠，为丞相秦桧忌疾，虽有韩世忠、何铸一干人救他，救不得，卒至身死，以至金人猖獗，无人可制，徒为后人怜惜；若是当日有怜才大臣，曲加保护，留得岳少保，金人可平。故此国家要将相调和，不要妒忌，使他得戮力王事，不然逼迫之极，这人不惟不肯为国家定乱，还要生乱。

如今再说张须陀，擢升本郡通守；齐州郡丞，选了一个山西平阳县，姓周名至，前来到任。一日周郡丞坐堂，有兵部差官投下文书，是拘提秦叔宝家眷的。周郡丞便差了几个差役，佥下一张牌去拘提。差役直至鹰扬府中，先见罗士信，呈上纸牌。士信道："我哥哥苦征力战，才得一个小前程，怎说他是个逆党？这样可恶，还不走！"差人道："是老爷吩咐，小人怎敢违抗；就是本主周爷，也不敢造次，实在兵部部文，又是宇文爷题过本，奉旨拘拿的。老爷还要三思。"士信睁着眼道："叫你去就是了，再讲激了老爷性，一个三十大板。"公人见他发怒，只得走了，回复周郡丞。郡丞没法，忙叫打轿，往见罗士信。

士信出来作了揖，郡丞晓得士信少年粗鲁，只得先赔上许多不是，道："适才造次[①] 得罪，秦都尉虽分文武，也是同官，怎敢不徇一毫体面；奈是部文，奉了圣旨，把一个逆党为名，题目极大，又是差官守催，小弟便耽当不住，想这事也是庇护不来的，特来请教。"士信道："下官与秦都尉，是异

---

① 造次——冒犯。

姓兄弟，他临行把母妻托与我，我岂有令他出来受人凌辱之理？这也要大人方便。”周郡丞道：“小弟岂有不方便之理，但部文难回。”士信道：“事无大小，只要大人有担当①。就要去，也要关会② 我那秦都尉，没有个不拿本人先拿家属之理。”周郡丞道：“小弟到来，也只为同官面情；莫若重贿差官，安顿了他，先回一角文书去，道秦琼母亲妻子俱已到官，因抱重病，未便起行，待稍痊可，即同差官押解赴京。这等缓住了，然后一同去京中打关节，可以两全无害。”罗士信是个少年极谙事的，道：“我兄弟从来不要人的钱，那得有钱与人？凭着我在，要他妻母出官，断不能够。”郡丞见说不入，只得回衙。

当不过差官日夕催逼，郡丞没奈何，与众书吏计议。内中有个老猾书吏道：“奉旨拿人，是断难回复的；如今罗士信部下，又有兵马，用强去夺他，也拿不得，除非先算计了罗士信，何愁秦琼家属拿不来；况且罗士信与秦琼同居，自说异姓兄弟，也是他家属，一发解了他去，永无后患。”郡丞道：“他猛如虎豹，怎拿得住？路上恐有疏虞，怎么处？”老猾书吏道：“老爷又多愁了，只要拿罗士信并他妻母，当堂起解，交与差官；路上纵有所失，是差官与别地方干系了。”郡丞点头道：“只是如何拿他？”那书吏向郡丞耳边，说了几句。郡丞大喜，就差那书吏去请罗士信，只说要商量一角回文。罗士信道：“我不管，你家老爷自去回。”那书吏道：“自然周爷出名去回，但周爷道不知此去回得住回不得住，得罗爷经一经眼，也知周爷不是为人谋而不忠。”罗士信道：“你这个书吏会讲话，你姓什么？”那书吏道：“书办姓计名成，就住在老爷衙后院子弄里。”

罗士信认为实，便跨上马到来。周郡丞欣然接见道：“同僚情分，没的不为调停的理，只怕事大难回，所以踌躇延挨。如今拚着一官，为二位豪杰，事宽即圆，支得他去，再可商量。”士信道：“全仗大人主张。”计书吏拿过回文来看，说是秦琼母妻患病，现今羁候，俟痊起解因由。罗士信道：“我是卤夫，不懂移文事体，只要回得倒便是。”周郡丞故意指说：“内中有两字不妥。”叫书吏另写用印，耽延半日，日已过午，叫请差官与了回文，周郡丞又与他银子十两，说是罗爷送的，差官领了。周郡丞就留罗士信午

---

① 担当——把握，保证。

② 关会——关照。

饭，士信再三推辞。周郡丞道："罗将军笑我穷官，留不得一饭么？"延至后堂，摆两桌饭，宾主坐了，开怀畅饮。

罗士信也吃了几杯，坐不到半个时辰，觉得天旋地转，头晕眼花，伏倒几上。周郡丞已埋伏隶卒，将罗士信捆了，出堂来对他手下道："罗士信与秦琼通同叛逆，奉旨拿解，众人不得抗旨。"手下听得都走散了。士信已拿，府中无主，秦母姑媳儿子秦怀玉，没人拦阻，俱被拿来，上了镣肘，给与车儿。罗士信也用镣肘，却用陷车①，将换过回文，付与差官收了；又差官兵四十名防送，当晚赶出城外宿了。

五更上路，罗士信渐渐清醒，听得耳边妇人哭泣，自己又展动不得，开眼一看，身在陷车之中。叔宝姑媳并怀玉俱镣肘，在小车上啼哭。士信见了，怒从心起："只为我少算，中了贼计，以致他姑媳儿子受苦。"意要挣挫，被他药酒醉坏，身子还不能动弹，只得权忍耐了。将次辰牌，觉得精神渐已复旧，他吼上一声，两肩一挣，将陷车盖顶将起来；两手一迸，手桎已断；脚一蹬，铁镣已落；踢碎车栏，拿两根车柱来打差官。这些防送差官，久知他凶勇，谁人敢来阻挡，一哄的走了。

士信打开秦母姑媳怀玉镣肘，无奈车夫已走，只得自推车子，想道："身边并没一个帮手，倘这厮起兵来追，如何是好？"一头推，一头想，正没计较，只见前面林子里，跳出十个来大汉来，急得士信丢了车儿，拔起路旁一株枣树，将要打去，又见两个为首的，内中一个说道："罗将军不要动手，我是贾润甫。"罗士信是到他家去过一次，定睛一看，是贾润甫，便问道："你把家眷放在那里去了，那有闲工夫来看我？"润甫道："贱眷同王家嫂子，都安顿在瓦岗山寨里了。李玄邃兄晓得此事，必然波及叔宝，故此叫我两人，星夜下山，到郡打听。岂知不出所料，晓得拿了秦夫人，必然打这里经过，因此同这单主管带领孩子们，扮着强人在此劫夺，不意被你先已挣脱此祸。"士信道："虽然挣脱囚车，打散官兵，我止愁单体，又要顾恋车子，又恐后兵追来，两难照顾。今幸遇两位，不怕他了。"单主管道："我们有马匹，有兵器，纵他追来也不怕他！"贾润甫道："不妨，往前去数十里，就是豆子坑，那里就有朋友接应了。"

话未说完，只见郡丞与差官，带了六七百兵赶来。单主管对贾润甫

---

① 陷车——古时押解犯人的囚车。

道:“你同秦太太、秦夫人、大相公往头里走,我同罗将军就上去,杀这些脏官。”把一匹好马与罗士信骑了。士信手中挺着枪,站在一个山嘴上,大声喝道:“我弟兄有何亏负朝廷,却必竟要设计来解我们上去!我今把你这些贪赃昧心的真强盗尽情除尽,若留了一个回去,不要算罗某是个汉子。”说了,两骑马直冲下来。这些官兵,见罗士信一个尚当不起,又见旁边又有个大汉子,似黑煞一般,那个敢来与他对垒,便带转马头,逃回去了。单全看了,哈哈大笑道:“可怜这也叫官兵。”士信到要追上去,单全止住了,策马转身。

却说贾润甫带了几个喽啰,保护秦夫人,忙要赶到瓦岗去,只见三岔路口,冲出一队人来,一个为头的大喝道:“孩儿们,一个个都与我抓了来。”贾润甫眼快,认得是程知节,故意道:“咄,剪径贼,你认得我秦叔宝么?”知节笑道:“好蛮子,假冒咱哥名字,来吓我哩!”轮斧直赶过来。贾润甫道:“程咬金,这是秦老夫人,叔宝哥哥的家眷行李,你要打劫他的么?”

说话时,秦母已到。罗士信与单主管听得手下人说前面有贼,正赶来厮杀。知节已到秦母跟前,与众相见,向秦母问起缘由,润甫一一说知。知节道:“伯母且到小侄寨中,与家母一叙,小侄不似前日贫穷,尽供奉得伯母起;任你官兵,也不敢来抓寻。”因此众人都跟程知节来到寨中,与尤员外拜见了秦母与张氏,罗士信、秦怀玉与众也叙过了礼。程知节请伯母到后寨去,与家母相见。秦母对罗士信道:“我们在这里了,不知你哥哥在军前,可知我们消息,作何状貌,叫人放心不下。”说了泪下。程知节喊道:“伯母放心,待小侄今夜统领几百个孩儿们,去劫了大哥到寨,完了一桩事了,怕什么军前军后。”贾润甫道:“秦大哥与张通守管领六七千兵马在那里;你若去胡做,不惟无益,反累秦大哥的事败。”罗士信道:“还是我去走遭。”贾润甫道:“也不妥。”单全道:“待我去如何?”贾润甫道:“你去果好,只是秦大爷不认得你,不相信。”单全道:“说那里话?当年秦大爷患恙,在我家庄上,住了年余,怎说不认得?”程知节问道:“这是谁?”润甫道:“这是单二哥家有才干的主管,今随单二哥住在山寨里。闻说到是个忠义的汉子。”程知节道:“好,是一个单员外家的主管!”秦母道:“既是这位主管,肯到军前去递信与吾儿,极好的了,待我去写几个字,并取些盘川① 来,烦

① 盘川——即“盘缠”。

你速去走遭。”程知节忙止住道：“好叫人笑死，伯母在这里，是小侄的事了，为何要伯母破起钞来？”叫小喽啰取出一大锭银子，对单全道：“十两银子，你将就拿去盘费了罢。”单全道：“盘缠我身边尽有，不烦太太与程爷费心。太太写了信，我就此起身了。”秦母写了一封书与单全收了，即进后寨去与程母相见。

不说单全到军前去报信，却说罗士信与程知节、贾润甫、秦怀玉吃了更余接风酒，归房安寝，心中想道：“士信从不曾受人磨灭的，那里说起被这个脏狗与那个书办奴才，设计捆缚我在囚车内，这一夜半日，又累我哥哥的老母弱媳出乖[①]露丑。常言道：恨小非君子，无毒不丈夫。我罗士信若不杀两个狗男女，何以立于天地间？”怨恨了一回，将五更时，忙扒起来，扮着打差模样，装束好了，去厩中相了一匹好马，骑到寨门。

守寨门的小喽啰问道：“爷往那里去？”士信道：“你寨主叫我去公干走遭。”说了，加鞭赶了百十余里，已至齐州城外，拣一个小饭店下了，就饱餐一顿，对主人家道：“你把我的牲口喂饱好了，我进城去下一角文书；倘然来不及，我就住在城内朋友家了。”店小二应道：“爷自请便，牲口我们自会看管。”

士信走进城去，天色已黑了，到了土地庙里坐一回，捱到定更时分，悄悄走到鹰扬府署后门来。只见两条官封横在上面，士信看了，愈加怒气满胸。才进弄口，见一人手里拿着瓦酒瓶走出来，士信迎着问道：“借问一声，那个计书办家住在何处？”那人答道：“着底头门首有井这一家便是。”士信走到他门首，望内不见人声，只得把指头弹上两弹。里头问道：“是谁？”士信道：“我是来会计相公话的。”里头答道：“不在家，刚走出门，要到庙里去会同廊沈相公的话去了。”

士信见说，撤转身来，又到土地庙前来，只见一人侧着头，自言自语的走。士信定睛一看，见是计书办，忙站定了脚，在庙门内打着江西乡谈[②]，叫：“计相公，这里来！”那计书办在黑暗中里一看，只道就是那兵部里差官，便道：“可是熊大爷？”士信道：“正是。”计书办忙向前走来，士信一把提进庙内。计书办仔细一看，见是罗士信，魂都吓散，满身战抖，蹲将下来。

---

① 出乖——出丑。乖，荒谬。

② 乡谈——口音，方言。

士信把一足踹住他胸膛，拔出明晃晃的刀来。计书办哀求道："不干小人之事，饶我狗命罢！"士信道："贼奴噤声，你快快实说，你家这个狗官，可在衙内？"计书办道："刚才审完了事，退堂进去了。"士信恐怕兜搭① 了工夫，忙把刀向他颈下一撩，一颗头颅，滚在尘埃。士信剥他身上衣服，把头包在里头，放在神柜下。晓得庙间壁就是府署，将身一纵，跨在墙上，恰好有一棵柳树靠近，将手搭住，把身子挂将下去，原来就是前日周郡丞留饭醉倒所在；摸将进去，见内门已闭，喜得照壁后有梯一张，取来靠在墙上，轻轻扑入庭中。

周郡丞因地方挠乱，没有带家眷来，止带得两三个家童，都在厨房里。士信向窗棂里一张，只见周郡丞点上画烛一枝，桌上排列着许多成锭银子，在那里归并了，把笔来封记，好送回家去。士信把两扇窗棂忽地一开，周郡丞只道有贼，把全身护在桌上，遮着银子，正要喊出有贼；士信手中执着利刃，把他一把头发提将起来道："赃狗，你认得我么？"此时周郡丞，吓得一句话也说不出，只顾跪在地上磕头。士信举刀一下割下头来，向床上取一条被来包好了，拴在腰间，把桌上银子尽取来，塞在胸前，见有笔砚在案，取来写于板壁上道：

前宵陷身，今夜杀人。冤仇相报，方快我心。

写完掷笔，依旧越墙而出。到土地庙神柜下，取了计书办的首级，一并包好，出庙门赶到城门口。

此时将交五更，城门未开，转走上城，向女墙边跳下来，一径到店门首，拣个幽僻所在，藏过了两个人头，却来敲门。店小二开门出来说道："爷来得好早，难道城门开了？"士信道："我们去投递紧急公文的，怕他们不开！牲口可曾与我喂好？"小二道："爷吩咐，喂得饱饱的。"士信身边取出四五钱一块银子来，对小二道："赏了你，快把牲口牵出来。"小二把马牵出，士信跨上雕鞍，慢慢走了几步，听见小二关门进去了，跨下马，转去取了人头包，转来上了一辔头，赶了四五十里，肚中饥了，只见一个村落里。有个老儿在门口，卖热火酒熟鸡子。士信跳下马来，叫老儿斟一杯来。士信问道："这一村，为何这等荒凉？"老儿道："民困力役，田园荒芜，那得不穷苦荒凉。"士信想："我身边有这些银子，是赃狗诈害百姓的，都是民脂民

① 兜搭——耽误，周折。

膏。他指望拿回家去与母亲受用,岂知被我拿来,我要他做什么,带到山寨里去?”因问道:“你们这一村有多少人家?”老儿道:“不多,止有十来家。男子汉都去做工了,丢下妻儿老小,好难存活。”士信道:“老人家,你去都唤他们来,我罗老爷给赏他们些盘缠。”

老儿见说,忙去唤这些妇女来,可怜个个衣不蔽体,饿得鸠形鹄面,士信道:“你们共有几家?”老儿道:“共是十一家。”士信把怀中的银子取出来,约莫轻重做了十一堆,尽是雪花纹银,对众妇女道:“你们各家,取一堆去,将就度日,等男子回来。”这些妇女老儿,欣喜不胜,尽扒在地上一拜谢了,然后上前收领银子。老儿道:“本欲治一饭,款待老爷,少见众人之情;只是各家颗粒没有,止有些馍馍鸡子,不嫌亵渎,待老汉取出来,请老爷用些了去。”士信见说便道:“这个使得。”老儿如飞去掇了一碗鸡子,一碗馍馍出来。不一时,十一家都是馍馍、鸡子、蒜泥、火酒,摆了十来碗,你一杯我一盏相劝。士信觉得心中爽快,饱餐一顿,把手一拱,跨上马如飞的去了。

却说程知节那日早起,见罗士信去了,忙去报知秦老夫人,只道他不肯在山寨里住,私自去了。惟秦夫人信得他真,道:“士信是个忠直的汉子,再不肯背弃了我们去的。”时士信在马上,又跑了许多路,往后一看,却不见了两颗首级。原来两颗头颅,系在鞍桥上,因跑得急了,松了结儿,撩将下来。士信见没有两颗首级,带转马来,慢慢的寻看。寻了里许,只见山坳里闪出一队人马来,头里载着十来车粮草,四五十匹骑骏马,两三个头目,个个包巾扎袖,长刀阔斧的大汉子。士信晓得是一起强人,只得将马带在一边。那边马上几个人,只顾把罗士信上下细看。罗士信睁着眼,也看他们。末后一个头目,把罗士信仔细一认,即收住马问道:“你是什么人?”罗士信大着胆,亦问道:“你是什么人来问我?”那人笑道:“你好像齐州秦大哥家罗士信。”士信道:“我便是罗士信。”那人忙下马,上前说道:“我是连明。”士信道:“你可就是到我府中来,要叫我哥哥报知贾润甫,使他逃走的?”连明道:“然也。”士信见说,方下马来,与他见礼。原来这一起,是徐懋功叫他们往潞州府里去借粮转来的。

时众豪杰都下马来,与罗士信叙礼。连明道:“贾润甫家眷,弟已接入瓦岗寨中,但不知秦大哥处事体如何?”士信把秦老夫人被逮始末,粗粗述了一遍。单雄信道:“既是秦伯母在程家兄弟处,我等该去问安走遭。”邴元真道:“既是在这里,少不得相见有期;如今我们路上又要照管粮草,孩子们又多,不如请罗大哥到瓦岗去与徐、李二兄商议解救秦兄,方为万全。但不知罗兄又欲往何处去?”罗士信道:“弟回豆子坑去,因马上失了一件东西。”单雄信问:“是何物?”士信道:“是两颗首级。”翟让道:“何人的?”罗士信就把黑夜里寻仇,杀死两人,至后将银赏赐荒村百姓,又述了一遍。翟让大叫道:“吾兄真快人,务必要请到敝寨叙义的了。”士信道:“本该同诸兄长到尊寨一拜,弟恐秦伯母不见了小弟,放心不下。宁可小弟到程哥山寨里去回复了伯母,那时再来相会未迟。”单雄信道:“既如此说,兄见伯母时,代弟禀声,说单通到瓦岗去料理了,就到程兄弟寨中来问候。”罗士信应道:“是,晓得。”拱一拱手,大家上马,分路去了。

且不说罗士信回豆子坑,再说翟让众人往瓦岗进发,行未里许,只听得前面小喽啰报道:“草路上有一包裹,内有首级两颗,未知可是罗爷遗下的?”单雄信道:“取来看。”小喽啰取到面前,只见血淋淋两个人头。翟让道:“差人送还他才是。”单雄信道:“这个不必。那两个人,也是为了我们兄弟的事,只道奉公守法,何知财命两尽;若再把他的首级践踏,于心太觉残忍。孩子们取盛豆料的木桶,把两个首级,放在里头,挖一大坑埋下,掩上泥土。”然后策马回寨去了。正是:

处心各有见,残忍总非宜。

第四十五回

平原县秦叔宝逃生　大海寺唐万仞徇义

词曰：

颠危每见天心巧，一朝事露纷纭。此生安肯负知心，奸雄施计毒，泪洒落青萍。　　寨内群英欢聚盛，孤忠空抱坚贞。渔阳一战气难伸，存亡多浩叹，恩怨别人情。

——右调《临江仙》

从一而终，有死无二，这是忠臣节概，英雄意气。只为有了妒贤嫉能徇私忘国的人，只要快自己的心，便不顾国家的事，直弄到范雎逃秦，伐魏报仇；子胥奔吴，覆楚雪怨。论他当日立心，岂要如此？无奈逼得他到无容身之地，也只得做出算计来了。

如今再说单全，奉了秦老夫人的书信，离了豆子坑山寨，连夜兼程赶到军前。那日秦叔宝正在营中，念须陀活命之恩，如何可以报效，只见门役报道："家中差人要见。"叔宝只道母亲身子有甚不好，心中老大吃惊，便道："引他进来。"不一时外边走进一个人来，叔宝仔细一看，却是单雄信家的主管单全，心中疑想道："必是单二哥差他来问候我。"便假意说道："好，你来了么；我正在这里想。随我到里边。"叔宝领单全到书房中来，单全忙要行礼下去，叔宝一把拖住道："你不比别人，我见你如见你家员外一般。"叫手下取个椅儿到下面来，叫他坐。单全道："倒是立谈几句就要去的。"叔宝道："可是员外有书来候我？"单全道："不是。"叔宝见他这个光景，有些的不安，便对左右道："你们快些去收拾饭出来。"

单全见众人去了，在胸前油纸内取出秦母书信，呈上叔宝。叔宝见封函上"母字付与琼儿手拆"，双眉已锁，及开看时不觉呆了半晌。单全道："太夫人因想室中眷属且被擒拿，秦爷毕竟不免，不意秦爷倒已保全。但今目下齐郡，是必申文上去，说罗士信途中脱陷，打退官兵，把家眷已投李密、王伯当，则逆党事情，越觉真了，便是张通守百口也难为秦爷分辨。"

叔宝听了正在忧烦之时，只见有人进来禀道："家中走差的吕明在外。”叔宝道：“快着他进来。”不一时吕明进来了，见了叔宝，跪在地上，只是哭泣。叔宝道：“我晓得了，你起来慢慢说与我听。”吕明站起来说道：“始初周郡丞如何要把老爷家属起解，罗爷如何不肯。后来周郡丞如何设计，捉了罗爷，黄昏时如何来拿取家属。那夜小的就要来报知老爷，因城上各门俱不容放出，着官兵送出差官与罗爷老太太夫人并小爷。直至明午后忽防送官兵差官转来，说罗爷跑出囚车，把石块打死了七八个官兵，逃命转来，城门上盘诘紧急。不意明日夜间，周郡丞被人杀死在衙门，一个书办又杀死在土地庙里，城门上反得宽纵，因此小的方得来见老爷。只怕今晚必有申文来报与张老爷。”

叔宝道：“这叫我怎办？我本待留此身报国，以报知己，不料变出事来。但我此心，惟天可表。”单全道：“爷说甚此心可表？爷若既有仇家在朝，便一百个张通守，也替爷解的不开，况又黑夜杀官杀吏，焉知非罗爷所为的？倘再托延，事有着实，连张通守也要出脱自己，爷这性命料不能保了，说甚感恩知己？趁事尚未发觉，莫若悄地把爷管的一军与山寨合了，为着爷一身武功，又有各位相扶，大则成王，小则成霸，不可徒衔小恩，坐待杀戮。”

叔宝听了，叹口气道：“我不幸当事之变，举家背叛，怎又将他一支军马，也去作贼？我只写一封书，辞了张通守，今夜与你悄悄逃去，且图个母子团圆会。”一边留单全饮酒，自己就在一边写书与张通守。书上写道：

> 恩主张大人麾下：琼承恩台青眼有年，脱琼于死，方祈裹革以报私恩；缘少年任侠，杀豪恶于长安，遂与宇文述成仇，屡屡修怨。近复将琼扭入逆党，荷恩主力为昭雪。苦仇复将琼家属行提，锁肘在道，是知仇处心积虑，不杀琼而不止者也。义弟罗士信不甘，奋身夺去，窜于草野，事虽与琼无涉，而益重琼罪矣！权奸在朝，知必不免，而老母流离，益复关心。谨作徐庶之归曹，但仰负深恩，不胜惭愧，倘萍水有期，誓当刎颈断头，以酬大德。不得已之衷，谅应监察。末将秦琼叩首。

叔宝写完了书，封好，上书着“张老爷台启”，压在案上；将身边所积俸银犒赏，俱装入被囊，带了双锏，与单全、连明并亲随伴当四五人，骑上马，走出营来，对守营门的说道：“张爷有文书，令我缉探贼情，去两日便回。军中小心看管，不可乱动。”打着马去了。正是：

一身幸得逃罗网，片念犹然逐白云。

却说翟让、单雄信一行人马，到了瓦岗山寨，见了李玄邃、徐懋功，雄信将秦母被逮，罗士信凶勇脱陷，遭见尤、程，邀入豆子坑山寨里去了诸事，叙说一遍。李玄邃道："这等说起来，秦大哥早晚必来入伙的了。只是秦母在程兄弟处，该差人去接上山来，好等他母子相会。"徐懋功道："这个且慢，就是差人去接，尤、程断不肯放，且待叔宝来时，再作区处。前日有人来说，荥阳梁郡近来商旅极多，今寨中人目已众，粮草须要积聚，谁可到彼劫掠一番，必有大获。"翟让道："小弟去得么？"懋功道："兄若要去，须要玄邃兄与当仁、伯当三人，先领二千人马起行，后边就是翟大哥与邴元真、李如圭三位，也带二千人马，随后接应，方为万全。"又对雄信道："留兄在寨。尚有事商量。"因此两支人马，陆续起身去了。

徐懋功正要差细作打听叔宝消息，只见单全回来说："秦大哥为书辞了张通守，已经离任，进豆子坑去见秦太太了。"雄信道："何不请他到了这里，然后同去？"懋功道："他见母之心比见友之心更切，安有先到这里之理。单二哥，如今要兄同贾润甫往豆子坑走遭。"又附雄信耳边，说了几句。雄信点头会意道："若如此说，弟此刻就同贾润甫从小路上去，或者就在路上遇着了，岂不为妙。"懋功称善。

再说秦叔宝与单全分了路，与连明等三四人，恐走大路遇着相识的，到打从小路儿，走过了张家铺，转出独树岗，忽听背后有人喊道："前面去的可是秦叔宝兄？"叔宝带住马，往后一看，恰是贾润甫与单雄信，带领二三十个喽啰，赶将上来。叔宝忙下马，雄信与润甫亦下了马。雄信执着叔宝手道："兄替隋家立得好功！"叔宝道："不要说起，到程兄弟寨中去细细的告诉，只是兄今欲何往？"雄信道："今不往何处去。单全回来说了。小弟特地走来候兄。"大家又上了马，只见斜次里一骑马飞跑过来，望见叔宝，便道："好了，哥哥来了！"叔宝见是罗士信，忙问道："兄弟，母亲身子如何？"士信道："伯母身子，幸赖平安；只是心上记着哥哥，日逐叫兄弟在路上探听两三次。今喜来了，弟先进寨去报知，哥哥同诸兄就来。"说了，飞马进寨报知。

秦母见说儿子到寨来了，巴不能够早见一刻，携了孙儿怀玉与媳妇张氏同走出来。程知节的母亲也陪秦老夫人，走到正谊堂中。张氏见堂中有客，即便缩身进去。时尤俊达同程知节迎进叔宝、雄信，在堂上叙礼过。叔宝见母亲走出来，忙上前要拜下去，瞥见程母在堂，先向程母拜将下去。

程母忙近身一把拖住叔宝道:“太平哥好呀,幸喜你早来了一天;若再迟一两日,又要累你做娘的忧坏了身子哩!”秦母见儿子拜在膝前,眼中落下几点泪来,对叔宝说道:“你起来罢。那边站的,可是单二员外?”叔宝应道:“正是。”

雄信与润甫见叔宝站起来,两人忙去先拜见了秦母,后又拜见了程母。秦老夫人叫怀玉过来,拜了单伯伯,问道:“令爱想必也长成了。”雄信道:“小女爱莲,长令孙一岁,年纪虽小,颇有些见识。”秦母道:“自然是个闺秀。”程母笑对秦母道:“日月是易过的,当初太平哥与我家咬金,也是这模样儿的大起来,如今你家孙儿又是这样大了。”程知节喊道:“母亲,如今秦大哥做了官,还只顾叫他乳名。”程母笑道:“通家子侄。那怕他做了皇帝,老身只是这般称呼。”众人都大笑起来。

秦老夫人对叔宝道:“你进去见见你媳妇了出来,大家同到后寨去。”与张氏说了几句话出来,只见堂中酒席安排停当。尤员外请众人坐定,举杯饮酒。尤员外问征辽一段,叔宝细细述了一遍,众人多各赞叹。叔宝问尤俊达道:“兄在武南庄,好不快活,为甚迁到这里来?”程知节道:“也是为长叶林事发,尤大哥迁到此地,不然他怎肯到这里,与弟辈做这宗买卖?”尤俊达道:“不是这等说,单二哥也是好端端住在二贤庄,今闻得为了李玄邃兄,也迁入瓦岗寨中去了,总是我们众弟兄该在寨中寻事业。”贾润甫:“这样世界,岂论什么山寨里、庙廊中,只要戮力同心,自然有些意思,只是如今众弟兄,还该聚在一处。”程知节道:“如今我们有了秦大哥,再屈单二哥也迁到我这里来,多是心腹弟兄,热烘烘的做起来,难道输了瓦岗?翟大哥做得皇帝,难道秦大哥、单二哥做不得皇帝?”坐中见说,都大笑起来。众人欢呼畅饮,直吃到月转花梢。

到了次日起来,大家坐在堂中闲谈,只见喽啰进来报道:“瓦岗差人来,要见单大王的。”雄信忙叫手下引他进来。不一时,一个喽啰进来说道:“徐大王有密报一封,差小的送来与单大王。”单雄信接来拆开一看,只见上面写道:

昨细作探得东都有旨,命河南讨捕大使裴仁基领兵二万,协同山东讨捕大使张须陀,会捉李密、王伯当叛犯党羽,并究窝藏秦琼,密拿杀官杀吏重犯,严缉家眷巢穴。将来彼此两家,俱有兵马来临,兄速归寨商议大敌,尤、程两兄处,亦当预计。叔宝兄渴欲一见,不及另札,如得偕来更妙，专候专候。

雄信把字朗念了一遍，众皆大惊。程知节道："愁他则甚！等他们来时，爽利混杀他娘一阵。"秦叔宝道："知节兄你不要小觑了事体，那张须陀勇而有谋，裴仁基又是一员宿将，况又兼两万官兵，排山倒海的下来。如今这里山寨，连罗士信兄弟，止不过四人，单二哥与润甫兄家眷，都在瓦岗，自然要回寨去照顾的了。这几个人，作何布置？"尤俊达道："前日翟大哥原有书来，召我们去，因秦、单二兄未来，故此我们不肯。今单二哥家眷已在瓦岗，秦大哥与太夫人又在这里，何不两处并为一处，随你大小缓急，多有商量了。"叔宝道："好便好，但未知瓦岗房屋，可有得余？"雄信道："弟一到山寨，就叫他们在寨后盖起四五十间房子，山前增了水城烟楼，仓库墙垣重新修理齐整，不要说三家家眷，就再住几房，也安放得下。"程知节道："既如此说，要去我们收拾就去。"雄信对贾润甫道："兄可先回寨去，通知懋功兄弟，同三兄家眷到寨便了。"润甫见说，随即起身。尤俊达与程知节、秦叔宝，带了家眷，收拾了细软金帛粮草，率领了部下约有二千余人，大队并入瓦岗寨中去。正是：

猛虎添双翼，蛟龙又得云。

再说翟让、李密二支人马，杀兵劫商，占城据地，在河南地方势甚猖獗。时张须陀尚在平原，因二三日不见秦叔宝来，只道他身子有恙，着樊建威到他营中来看他。守营兵回："秦爷两日前，张老爷差他去缉探盗情未回。"樊建威忙去通报了张通守，张通守道："我几时差他？这又奇了！"正说时，齐州申文已到，拆开一看，须陀老大吃一惊，忙骑着马，同唐万仞、樊虎到叔宝营中。直至中军帐，只见案上有书一封，张通守拆开细看，大惊道："原来他与宇文述结仇，遭他陷害不过，竟自去了。可惜这人有勇有谋，是我帮手，如今他去了，如何是好？"回到营中，一面委官到齐州安谕。忽隋主有旨，调他做了荥阳通守，要他扫清翟让，只得带了樊虎、唐万仞并部下人马，到荥阳上任。

樊、唐二人虽是公门出身，本领怎及得叔宝，因他两个也是有义气的汉子，所以与叔宝相知。张须陀做郡丞时，就识拔他屡次建功，这番没了叔宝，就把他做了心腹，思量要扫清翟让。何知翟让骁勇过人，竟抢过李密一军，带领了千余人马，打破了金提关，直抵荥阳劫掠。时翟让正在城外各门分头杀掳，不防张通守与樊、唐二人，各领精兵五百，开门一齐杀出。翟让虽勇，当不起须陀一条神枪，神出鬼没；邴元真、李如圭早先败退。翟让被樊虎、唐万仞二路夹攻，只得放马逃遁，被张须陀赶杀了十余里，亏得李密、王伯当大队兵马到来，须陀方收兵回去。

到了次日，李密定计，将人马四面埋伏，着翟让去引诱张须陀兵马。至大海寺旁，忽听林子里喊声四起，李密，王伯当、王当仁冲将出来，后有翟让、邴元真、李如圭将须陀兵马，裹在中间。樊虎见部下人马渐渐稀少，须陀身先士卒，身上早中几枪，征衫血染，犹奋力望李密冲来。樊虎、唐万仞与李密当年在秦叔宝家中，虽曾识面，到这性命相关之处，也顾不得了，帮着须陀一齐杀出重围，万仞却又不见了。张须陀道："待我还去救他出来。"樊虎与张须陀杀入，唐万仞已被贼兵截住，着了几枪，渐渐支架不住。张须陀见了，慌忙直冲进去，枪挑了几人落地，杀出重围，樊虎却又不见了。张须陀吩咐部下："且护送唐爷回城，我再寻樊爷回来，不然断不独归。"时须陀身子已狼狈①，但他爱惜人的意气重，不顾自己，复入重围。岂知樊虎已因坐马前失跌下来，被人马踹死，那里寻得出。李密先时也见樊、唐二人在须陀身边，有个投鼠忌器之意，故不传命放箭。今见须陀一人，便四下里箭如飞蝗。须陀虽有盔甲，如何遮蔽得来，可怜一个忠贞勇敢为国为民的张通守，却死在战场之中！正是：

渭水星沉影，云台事已空。

翟让、李密射死了张须陀，大获全胜。时内黄、韦城、罗邱都有兵来归附。李密差人去到瓦岗报捷，众豪杰听报，都抚掌称庆。独叔宝闻张须陀战死，禁不住潸然泪下，想道："他待我有恩有礼，原指望我与他同患难，共休戚。密疏为我辩白，何等恩谊，不料生出变故，我便弃他逃生，令他为人所害。想他沙场暴露，尸骨不知在于何处？"便起身对雄信道："单二哥，弟自到此处，并不曾见翟大哥，恐无此理。弟今特往荥阳，与他一面，就会王、李二兄，未知可否？"懋功道："要去，我们打伙儿同去。如今郡县都来归附，他那里这几个人，也料理不来，须得我们去方妥。这里寨栅牢固，只消一二个兄弟看守便够了。尤俊达原是富户快活人，留他与连巨真守寨，照管家属。单全升他做了统领，管辖山上喽啰，日夜巡视栅栏，日用置买，俱是他调度。"吩咐停当，大家辞了母妻。徐懋功、齐国远、程知节、贾润甫

① 狼狈——这里指身负数创的样子。

做了前队，单雄信、秦叔宝、罗士信做了后队，俱轻弓短箭，带领人马离了瓦岗。

将到郑州地方，只见哨马报翟大王兵到。原来翟让同李密攻下汜水、中牟各县，得了无限子女玉帛，要回瓦岗快活，故与李密分兵先回。两军相见，翟让久闻秦叔宝大名，极加优待。单雄信问起，知翟让有归意，便道："翟大哥，我们若只思量作贼，终身得些金帛子女，守定瓦岗罢了；若要图王定霸，还须合着玄邃，占据州县才是。"翟让见说，也还未听，只见哨马报说："李爷收了韩城各处地方，得了许多仓库。李爷闻得众大王下山来，叫小的禀上单大王，说有一位秦爷，如在路，乞单大王速邀至军前一会。"雄信道："晓得了。"因此翟让心痒，仍旧回兵去与李密相合。

路经荥阳，秦叔宝先差连明打听张须陀尸首，部下感他恩德，已草草棺殓，并樊虎尸棺，都停在大海寺内。叔宝对单雄信道："烦兄致意翟大哥，请诸兄先行，弟还要在此逗留几天。"雄信会意，说了，众人都已先行，独雄信同着叔宝与罗士信。到了次日，叫手下备了猪羊祭仪，同众人到大海寺中来；只见廊下停着两口棺木，中间供着一个纸牌位，上写"隋故荥阳通守张公之位"，侧首上写"隋死节偏将齐郡樊虎之柩"。秦叔宝与罗士信见了，不胜伤感，连雄信亦觉惨然。

三人正在嗟叹之时，忽见外边许多白袍白帽，约有四五十人拥将进来。罗士信看见，不知什么歹人，忙拔刀在手喝道："你们为何率众在此？"众兵冲道："小的们感故主的恩情，在这里守灵，守过了百日方敢散去。今日晓得秦爷来祭奠，故来参见。"叔宝叫他们起来住着，想道："兵卒小人，尚且如此，我独何人，反敢背义！"忙叫左右把身上袍盖，换了孝服，时祭仪已摆列停当，叔宝同士信痛哭祭奠，众兵士俱扒在地上大恸，声闻于外。单雄信亦备折子吊拜。

正在忙乱之时，只见外边走进一人，头裹麻巾，身穿孝服，腰下悬一口宝剑，满眼垂泪，跟着两三个伴当，望着灵帏前走来。那些带孝的兵卫，站在旁边，说道："唐爷来了！"叔宝仔细一认，见是唐万仞，把手向他一举道："唐兄来得正好。"岂知唐万仞只做不见，也不听得，昂然走到灵前大恸，敲着灵桌哭道："公生前正直，死自神明。我唐万仞本系一个小人，承公拔识于行伍之中，置之宾僚之上，数年已来，分燠嘘寒，解衣推食。公之恩可谓厚矣至矣。虽公之爱重者尚有人，而我二人之鉴拔者则惟公。蒙公能安我于生地，而自死于阵前，我亦安敢昧心，而偷生于公死后！”

叔宝站在一旁，听他一头说，一头哭，说到后边句句讥讽到他身上来，此身如负芒刺，又不好上前来劝他，连雄信手下兵卒，无不掩泪偷泣。雄信看见叔宝颜色惨淡，便要去劝住唐万仞。只见万仞把桌一击道：“主公，你神而有灵，我前日不能阵前同死，今日来相从地下！”说罢，只见佩刀一亮，响落在地，全身望后便倒，众兵卫望见，如飞上前来救，一腔热血，喷满在地。叔宝见了，忙捧着尸首大声叫道：“万仞兄，你真个死了，你真个相从恩公于地下了，我秦琼亦与你一答儿去罢！”忙在地上拾起剑来要刎，背后罗士信一把抱住喊道：“哥哥，你忘了母亲了！”夺剑付与手下取去。叔宝犹自哽咽哭泣，吩咐手下快备棺木殡殓，就停在张通守右边。然后收拾祭仪，给与张通守兵卫领去，与雄信、士信一齐回营。正是：

芦中不图报，漂母岂虚名？

第四十六回

杀翟让李密负友　乱宫妃唐公起兵

词曰：

荣华自是贪夫饵，得失暗相酬。恋恋蝇头，营营蜗角，何事能休？机缘相左，谈笑剑戟，樽俎戈矛。功名安在？一堆白骨，三尺荒丘。

——右调《青衫湿》

天地间两截人的甚多：处穷困落寞之时，共谈心行事，觉厚宽有情，春风四海。至富贵权衡之际，其立心做事，与前相违，时时要防人算计他，刻刻恐自己跌下来。这个毛病，十人九犯。总因天赋之性，见识学问，只得到这个地位。

再说秦叔宝在大海寺将张须陀并唐、樊二人重新殡殓，择地安葬，做几日道场；然后同单雄信、罗士信起行，赶到康城，与李密、王伯当众人相会了，叙旧庆新，好不快活。

秦叔宝劝李密用轻骑袭取东都以为根本，然后徐定四方。翟让遂依计，令头目裴叔方带领数个伶俐人役，前往打探山林险阻，关梁兵马；不意被人觉察，拿住三个，知是翟让奸细，解留守宇文都府中勘问，将来斩首；止逃得裴叔方两三个回来，一番缉探，倒作了东都添兵预备防守。还亏李密听了秦叔宝，同程知节、罗士信轻兵掩袭，悄悄过了阳城，偷过了方山，直取仓城。翟让、李密陆续都到。一个洛口仓，不烦弓矢，已为翟让所据。李密开仓赈济，四方百姓，都来归附。隋朝士大夫不得意者，朝散大夫时德睿、宿城令祖君彦亦来相从。

时东都早已探知，越王侗传令旨差虎贲郎将刘仁恭、光禄少卿房崱，募兵二万五千，差人知会河南讨捕大使裴仁基，前后夹攻，会师仓城。不意李密又早料定，拨精兵五支，把隋兵杀得大败，刘仁恭、房崱仅逃得性命。裴仁基闻得东都兵败，顿兵不进。李密声名，自此益振。

翟让的军师贾雄见李密爱人下士，着实与他相结。翟让欲自立为王，雄卜数哄他说不吉，该辅李密，说道："他是蒲山公，将军姓翟；翟为泽，蒲得泽而生，数该如此。”又民间谣言道：“桃李子，皇后绕扬州，宛转花园里。勿浪语，谁道许。”桃李子，是说的逃走李氏之子，皇后二句，说隋主在扬州宛转不回；莫浪语，谁道许，是个密字。因此翟让与众计议，推尊李密为魏公，设坛即位，称永平元年，大赦；行文称元帅府，拜翟让上柱国司徒东郡公，徐世勣左翊卫大将军，单雄信右翊卫大将军，秦叔宝左武侯大将军，王伯当右武侯大将军，程知节后卫将军，罗士信骠骑将军，齐国远、李如圭、王当仁俱虎贲郎将，房彦藻元帅府左长史，邴元真右长史，贾润甫左司马，连巨真右司马。时隋官归附者，巩县柴孝和，监察御史。

裴仁基虽守在河南，与监察御史萧怀静不睦。怀静每寻衅要劾诈他，甚是不堪。贾润甫与仁基旧交，悄地到他营中，说他同儿子裴行严，杀了萧怀静，带领全军，随贾润甫来降魏公。魏公极其优礼，封仁基上柱国河东公，行严上柱国绛郡公。

李密领众军取了回洛仓，东都文书向江都告急。隋王差江都通守王世充，领江淮劲卒，向东都来击。李密遣将抵住。秦叔宝该攻武阳。武阳郡丞姓元，名宝藏，闻得叔宝兵至，忙召记室魏徵计议，就是华山道士魏玄成。他见天下已乱，正英雄得志之时，所以仍就还俗，在宝藏幕下。宝藏道：“李密兵锋正锐，秦琼英勇素著，本郡精兵又赴东都救援，何以抵敌？”魏徵道：“李密兵锋，秦琼英勇，诚如尊教。若以武阳相抗，似以抔土塞河。明公还须善计，以全一城民士。”宝藏道：“有何善计！只有归附，以全一城。足下可速具降笺，赴军前一行。”

叔宝兵到，得与魏玄成相见，故人相遇，分外欣喜，笑对玄成道：“弟当日已料先生断不以黄冠终，果然！”因问武阳消息。魏徵道：“郡丞元宝藏，度德顺天，愿全城归附，不烦故人兵刃。”叔宝道：“这是先生襄赞之力，可赴魏公麾下，进此降笺。”留饮帐中叙阔。叔宝又做了一个禀启，说魏徵有王佐之才，堪居帷幄，要魏公重用。因此魏公得琼荐启，遂留徵做元帅府文学参军记室。元宝藏为魏州总管。

今说翟让，本是一个一勇之夫，无甚谋略。初时在群盗中，自道是英雄，及见李密足智多谋，战胜攻取，也就觉得不及。又听了贾雄、李子英一干人，竟让李密独尊，自己甘心居下。后来看人趋承，看他威权，却有不甘之意。还有个兄翟弘，拜上柱国荥阳公，更是一个粗人，他道：“是我家权柄，缘何轻与了人，反在他喉下取气？”又有一班幕下，见李密这干僚属兴头，自己处了冷局，也不免怏怏生出事来。所以古人云：物必先腐也，而后虫生之。时若有人在内调停，也可无事；争奈单雄信虽是两边好的，却是一条直汉；王伯当、秦叔宝、程知节，只与李密交厚；徐世勣是有经纬的，怕在里头调停惹祸。

一日，翟让把个新归附李密的鄢陵刺史崔世枢，要他的钱，将来囚了。李密来取，不放。元帅府记室邢义期，叫他来下棋，到迟，杖了八十。房彦藻破汝南回，翟让问他要金宝道："你怎只与魏公不与我？魏公是我立的，后边事未可知。"因此房彦藻、邢义期，同司马郑颋，劝李密剪除翟让。李密道："想我当初，实亏他脱免大祸，是我功臣；今居然图害，人不知他暴戾，反道我背义嫉贤，人不平我，这断然不可。"忽又想："翟让是个汉子，但恐久后被他手下人扛帮坏了，也是肘腋之患。"郑颋道："毒蛇螫手，壮士解腕，英雄作事，不顾小名小义。今贪能容之虚名，受诛夷之实祸，还恐噬脐无及。"房彦藻道："翟司徒迟疑不决，明公得有今日；明公亦如此迟疑，必为所先。明公大意，以为他粗人，不善谋人。不知粗人，胆大手狠，作事最毒。"李密道："诸君这等善为我谋，须出万全。"

次日李密置酒，请翟让并翟宏、翟侯、裴仁基、郝孝德同宴，李密吩咐将士，须都出营外伺候，只留几个在此服役。众人都退，只剩房彦藻、郑颋数人。陈设酒席，翟让司马府王儒信与左右还在，房彦藻向前禀道："天寒，司徒扈从，请与犒赏。"李密道："可倍与酒食。"左右还未敢去，翟让道："元帅既有犒赏，你等可去关领。"众人叩谢而出，只有李密麾下壮士蔡建德带刀站立。闲话之时，李密道："近来得几张好弓，可以百发百中。"叫取来送与列位看。先送与翟让，道是八石弓。翟让道："只有六石，我试一开。"离坐扯一个满月，弓才满，早被蔡建德拔出刀，照脑后劈倒在地，吼声如牛。可怜百战英雄，倾刻命消三尺！时单雄信，徐懋功、齐国远、李如圭、邴元真五人，在贾司马署中赴宴会，正在衔杯谈笑之时，只见小校进来报道："司马翟爷，被元帅砍了。"雄信见说，吃了一惊，一只杯子落在地上道："这是什么缘故！就是他性子暴戾，也该宽恕他，想当初同在瓦岗起义之时，岂知有今日？"邴元真道："自古说两雄不并栖，此事我久已料其必有。"徐懋功道："目前举事之人，那个认自己是雌的？只可惜。"李如圭道："可惜那个？"懋功道："不可惜翟兄，只可惜李大哥。"贾润甫点头会意。

正在议论之时，见手下进来说："外边有一故人，说是要会李爷的。"李如圭走出去,携着一个人的手来,说道:“单二哥,又是一个不认得的在这里。”雄信起身一认,原来是杜如晦,大家通名叙礼过了。杜如晦对徐懋功道:“久仰徐兄大才,无由识荆,今日一见,足慰平生。”徐懋功道:“弟前往寨中晤刘文静兄,盛称吾兄文章经济,才识敏达,世所罕有。今日到此,弟当退避三舍矣!”雄信道:“克明兄,还是涿州张公谨处会着,直至如今,不得相晤,使弟辈时常想念。今日甚风吹得到此?”杜如晦道:“弟偶然在此经过,要会叔宝兄;不想他领兵黎阳去了。因打听如圭兄在这里,故此走来望望,那晓得单二哥与诸位贤豪都在这里。所以魏公不多几时,干出这般大事业来,将来麟阁功勋,都被诸兄占尽了。”单雄信喟然长叹道:“人事否泰,反复无常,说甚麟阁功勋。闻兄出仕隋家,为温城尉,为何事被黜?”如晦道:“四方扰攘之秋,恋此升斗之俸,被奸吏作马牛,岂成大器之人?”大家又说了些闲话,辞别起身。

李如圭拉杜如晦、齐国远到自寓,设酒肴细酌。杜如晦道:“弟刚才在帅府门首经过,见人多声杂,不知有何事?”齐国远口直说道:“没什么大事,不过帅府杀了一个人。”杜如晦道:“杀了甚人?”李如圭只得将李密与翟让不睦,以至今日杀害。“当初在瓦岗时,李玄邃、单二哥、弟与齐兄,都是翟大哥请来,弄成一块,今天听见他这个结局,众人心里多有些不自在。”杜如晦道:“怪道适才雄信颜色惨淡,见弟觉得冷落,弟道他做了官了,以此改常,不意有些事在心;若然玄邃作事,今与昔异,太觉忍心。诸兄可云尚未得所,犹在几上之肉。”齐国远道:“我们两个兄弟,又没有家眷牵带,光着两个身子,有好的所在,走他娘,管他们什么鸟帐!”杜如晦道:“有便有个所在,但恐二兄不肯去。”二人齐问:“是何所在?”杜如晦道:“弟今春在晋阳刘文静署中,会见柴嗣昌,与弟相亲密,说起叔宝与二兄,当年在长安看灯,豪爽英雄,甚是奖赏。晓得二兄啸聚山林,托弟来密访。即日他令岳唐公欲举大事,要借重诸兄,不意叔宝正替玄邃干功;二兄倘此地不适意,可同弟去见柴兄;倘得事成,亦当共与富贵。况他舅子李世民,宽仁大度,礼贤下士,兄等况是旧交,自当另眼相待。”齐国远道:“我是不去的,在别人项下取气,不如在山寨里做强盗快活。”

正说,蓦地里一人闯进来,把杜如晦当胸扭住,说道:“好呀,你要替别人家做事,在这里来打合人去,扯你到帅府里去出首!”杜如晦吓得颜色顿异,齐国远见是郝孝德,便道:“不好了,大家厮拼了罢!”忙要拔刀相向。

郝孝德放了手,哈哈大笑道:"不要二兄着急,刚才所言,弟尽听知。弟心亦与二兄相同,若能挈带,生死不忘。弟前日听见魏玄成说,途遇徐洪客兄,说真主已在太原,玄邃成得甚事。如今这样举动,翟兄尚如此,我辈真如敝屣矣!"

李如圭道:"郝兄议论爽快,但我们怎样个去法?"郝孝德道:"这个不难。刚才哨马来报,说王世充领兵到洛北,魏公明日必要发兵,到那时二兄不要管他成败,领了一支兵,竟投鄠县去,那个来追你?"李如圭道:"妙。"郝孝德问杜如晦道:"兄此去将欲何往?"如晦道:"此刻归寓,明日一早动身,即往景阳去矣!"孝德又问道:"尊寓下何处?"如晦道:"南门外徐涵晖家。"孝德拱一拱手竟自去了。杜如晦见孝德辞去,心中狐疑,与齐、李二人叮咛了几句,也便辞别出门。比及如晦到寓时,郝孝德随了两个伴当,早先到了徐家店里了。杜如晦见郝孝德鞍马行囊齐备,不胜怪异道:"兄何欲去之速?"郝孝德道:"魏公性多疑猜,迟则有变。弟知帅府有旨,明日五鼓齐将,就要发兵了,此刻往头里走去为妥。"大家在店用了夜膳,收拾上路,往晋阳进发。

行了几日,来到朔州舞阳村地方一个大村落里。时值仲冬,雪花飘飘,见树影里一个酒帘挑出。郝孝德道:"克明兄,我们这里吃三杯酒再走如何?"杜如晦道:"使得。"到了店门首,两人下马进店坐定。店家捧上酒肴。吃了些麦饼和火酒,耳边只听得叮叮当当,敲棰声响。两人把牲口在那里上料,转过弯头,只见大树下一个大铁作坊,三四个人都在那里热烘烘打铁。树底下一张桌子,摆着一盘牛肉,一盘炙鹅,一盘馍馍。面南板凳上,坐着一大汉,身长九尺,膀阔二停,满部胡须,面如铁色,目若朗星,威风凛凛,气宇昂昂。左右坐着两个人,一人执着壶,一人捧着碗,满满的斟上,奉与大汉。那大汉也不推却,大咀大嚼,旁若无人。一连吃了十来碗酒,忽掀须大笑道:"人家借债,向富户挪移,你二兄反要穷人索取;人家借债,是债主写文卷的,你二兄反要放主书帖契,岂不是怪事?"右手那人说道:"又不要兄一厘银子,只求一个帖子,便救了我的性命了。"如飞又斟上酒来。那大汉道:"既如此说,快取纸笔来,待我写了再吃酒,省得吃醉了酒,写得不好。"二人见说,忙向胸前取出一幅红笺来,一人进屋里取笔砚,放在桌上。右手那人,便磕下头去。那大汉道:"莫拜莫拜,待我写就是。"拿起笔来,便道:"叫我怎样写,快念出来!"那两个道:"只写上尉迟恭支取库银五百两正，大业十二年十一月二日票给。"大汉提起笔来，如命直书完了，把笔掷桌上，又哈哈大笑，拿起酒来，一饮而尽，也不谢声，竟踱进对门作坊里去了。又去收拾了杯盘，满面欣喜，向东而行。

杜如晦趋近前举手问道："二兄长，方才那个大汉，是何等样人，二兄这般敬他？"一个答道："他姓尉迟名恭，字敬德，马邑人氏。他有二三千斤膂力，能使一根浑铁单鞭，也曾读过诗书，为了考试不第，见四方扰攘，不肯轻身出仕。他祖上原是个铁作坊，因闲住在家，开这作坊过活。"杜如晦道："刚才二兄求他帖儿，做什么？"二人道："这个话长，不便告诉，请别了。"杜如晦见这一条好汉，尚无人用他，要想住在这个村里，盘桓几日，结识他荐于唐公。无奈郝孝德催促上路，又见伴当牵着牲口来寻，只得上马，心中有一个尉迟恭罢了。正是：

　　但识英雄面，相看念不忘。

如今却说唐公李渊自从触忤隋主，亏得女婿柴绍不惜珍珠宝玩，结交了隋主一班佞臣，营救到太原来，只求免祸，那有心图天下。他有四个儿子：长的叫做建成，是个寻常公子，鲜衣骏马，耽酒渔色；三子元霸，早卒；四子元吉，极是机谋狡猾，却也不是王霸之才；只有次子世民，是在永福寺生下的，年四岁时，有书生见而异之曰："龙凤之姿，天日之表，年至弱冠，必能济世安民。"言毕而去。唐公惧其语泄，使人欲追杀之，而不知其所在，因以为神，采其语，名曰世民。自小聪明天纵，识量异人。将门之子，兵书武艺，自是常事；更喜的是书史，好的是结交。公子家不难挥金如土，他只是将来结客，轻财好士之名，远近共闻。最相与的一个是武功人氏，姓刘名文静 ，现为晋阳令。此人饱有智谋，才兼文武。又有池阳刘弘基，妻族长孙顺德，都是武勇绝伦，不是如今纨绔之子，见天下荒荒，是真主之资，私自以汉高自命。会李密反，刘文静因坐李密姻属，系太原狱，世民私入狱中视之。文静喜，以言挑之道："今天下大乱，非汤武高光之才，不能定也。"世民道："安知其无人，但不识人耳。我来看汝者，非比儿女子之情，以世道相革，欲与君计议大事耳。"文静道："今隋主巡幸江淮，兵填河洛，李密围东都，盗贼蜉结，大连州县，小阻山泽，殆以万数。当此之际，有真主驱而用之，投机择会，振臂一呼，四海不难定矣。今太原百姓皆避盗人于城内，文静为令数年，熟识豪杰之士，一旦收集，可得数十万人；加以尊公所掌之兵，复加数万，一令之下，谁不愿从？以此乘虚入关，号令天下，及过半载，帝业成矣！”世民笑道：“君言正合我意。”乃阴部署客宾，训练士卒，伺便即举。

过月余，文静得脱于狱。世民将发，恐父不从，与文静计议。文静道：“尊公素与晋阳宫监裴寂相厚，无言不从，激其行事，非此人不可。”世民想此事不好出口央他，晓得裴寂好吃酒赌钱，便从这家打入，与他相好。即出钱数万，嘱龙山令高斌廉与寂博佯输不胜。

后寂知是世民来意，大喜，与世民益亲密。世民遂以情告之。寂慨然许诺道：“事尽在我。”旦夕思想，忽得一计，径入晋阳宫来。正值张、尹二妃在度灵亭前赏玩腊梅，见裴寂至，问道：“汝自何来？”裴寂道：“臣来亦欲折花以乐耳。”张夫人笑道：“花乃夫人所戴，于汝何事？”裴寂道：“夫人以为男子不得戴乎？爱欲之心，人皆有之；但花虽好，止可闲玩以供粉饰，医不得人的寂寞，禁不得人的患难。”尹夫人笑道：“汝且说医得寂寞，禁得患难的是何事？”裴寂道：“隋室荒乱，主上巡幸江都，乐而忘返，代王幼小，国中无主，四方群雄竞起，称孤道寡者甚多。近报马邑校尉刘武周据汾阳宫，称为可汗，甚是利害。汾阳与太原不远，倘兵至此，谁能禁之？臣虽为副守，智微力弱，难保全躯，汝等何以得安？”二妃惊道：“似此奈何？果如所言，吾姊妹休矣！”裴寂又道：“今臣来有一计，与夫人商议，不惟可以保全，并送一套富贵。”尹夫人道：“富贵安敢指望，只求免祸足矣！”裴寂道：“留守李渊，人马数万，其子世民，英雄无敌，结纳四方豪杰，要举大事，恐渊不从，未敢轻动；我料天下不日定归此人。汝二人永处离宫，终宵寂寞已有年矣，何不乘此机会，侍事于渊，可以转祸为福，非嫔即后，富贵无比，岂不为美？”张夫人道：“向见唐公，久怀此志；只是姊妹不好与汝启口，但恐唐公秉忠见拒，事泄无成奈何？”裴寂道：“只患二夫人心不坚耳，坚则何愁不成哉！”二夫人见说，一时笑逐颜开道：“若得事成，君之深恩，吾姊妹终身不忘；但不知计将安出？”裴寂向二夫人附耳道：“只须如此而行，何患不从？”二夫人点头唯唯。

次日，裴寂设席晋阳宫，差人来请唐公，少刻即至。二人相见，入席坐定，裴寂并不提起世民之事，只顾劝酒。唐公大醉。裴寂道：“闷酒难饮，有二美人，欲叫来侑① 明公一觞可乎？”唐公笑道：“知己相对，正少此耳，

---

① 侑(yòu)——劝。

有何不可?”裴寂叫左右去唤。

不多时,只听得环佩叮当,香风馥郁,走出两个美人来,生得十分佳丽,唐公定睛一看,果然正是:

花嫣柳媚玉生春,何处深宫忽艳妆。
自是尘埃识天子,故人云雨恼襄王。

二美人到了筵前,随向唐公参见了。唐公慌忙还礼。裴寂就叫取两个座儿,坐在唐公左右。唐公酒后糊涂,竟不问来历,见二美人色艳,便放量快饮。二美人曲意奉承,裴寂再三酬劝,唐公不觉大醉。裴寂离席潜出,唐公又饮了数杯,立脚不定,二美人扶掖去睡,醉眼模糊,那辨得甚么宫中府中。正是:

花能索笑酒能亲,更有蛾眉解误人。
莫笑隋家浪天子,乘时豪杰亦迷津。

唐公一觉醒来,见两只玉臂紧挽双肩,被窝中左右两个美人拥着,忽想起昨夜之事,心下惊疑;又见卧在龙床之上,黄袍盖体,惊问道:“汝二人是谁?”二美人笑道:“大人休慌,妾二人非他,乃宫人张妃、尹妃。”唐公大惊道:“宫闱贵人,焉可同枕席?”忙要披衣起来,当不起二美人左右半肩玉体徐徐压着,张夫人娇声细语道:“圣驾南幸不回,群雄并起,裴公属意大人,故令妾等私侍,以为异日之计。”唐公叹恨道:“裴玄真误我!”起身出来。走到殿前,裴寂迎将进来说道:“深宫无人,何必起得这等早?”唐公道:“虽则无人,心实惊悸不安。”裴寂道:“英雄为天下,那里顾得许多小节。”叫左右取水梳洗。唐公梳洗已毕,裴公又看上酒来,饮过数杯,裴寂因说道:“今隋主无道,百姓穷困,豪杰并起,晋阳城外,皆为战场。明公手握重权,令郎阴蓄士马,何不举义兵伐夏救民,建万世不朽之业?”唐公大惊道:“公何出此言,欲以灭族之祸加我耶。李渊素受国恩,断不变志。”裴寂道:“当今上有严刑,下有盗贼,明公若守小节,危亡有日矣;不若顺民心兴义兵,犹可转祸为福,此天授公时,幸勿失也。”唐公道:“公慎勿再言,恐有泄漏,取罪非轻。”寂笑道:“昨日以宫人私侍明公者,惟恐明公不从,故与令郎斟酌,为此急计耳;若事发当并诛也。”唐公道:“我儿必不为此,公何陷人于不义?”话犹未了,只见旁边闪出一人,头戴束发金冠,身穿团花绣袄,说道:“裴公之言,深识时务,大人宜从之。”唐公听得此言,见是世民轻口惹事,只得佯怒道:“拿你免祸!”世民毫无惧色道:“要拿我送,死不敢辞,父于罪必难免;若不举义,何以动为?”唐公叹道:“破家亡躯由汝,化家为国亦由汝。”

唐公悄地差人到河东去,唤建成、元吉到太原团聚,正好放心做事。只说废昏立明,尊立镇守长安代王侑为天子,是为恭帝,禅位于唐公。于是李渊称皇帝,即位于太原,国号唐,建元武德,立建成为太子,封世民为秦王,元吉为齐王。命秦王兴师讨贼,自己拥兵入关。正是:

水映朱旗赤,戈摇雪浪明。
长虹接空起,天际落神兵。

第四十七回

看琼花乐尽隋终　殉死节香销烈见

词曰：

兴衰如丸转，光阴速，好景不终留。记北狩英雄，南巡富贵，牙樯锦缆，到处遨游。忽转眼斜阳鸦噪晚，野岸柳啼秋。暗想当年，追思往事，一场好梦，半是杨州。　　可怜能几日？花与酒，酿成千古闲愁。漫道半生消受，骨脆魂柔。奈欢娱万种，易穷易尽，愁来一日，无了无休。说向君如不信，试看练缠头！

——右调《风流子》

祸福盛衰，相为倚伏。最可笑把祖宗栉风沐雨得的江山，只博得自己些时朝欢暮舞的欢娱，琼室瑶基的赏玩。到底甘尽苦来，一身不保，落得贻笑千秋。

如今且将唐公李渊起兵之事，搁过一边。再说炀帝在江都芜城中，又造起一所宫院，比西苑更觉富丽，增了一座月观迷楼九曲池，又造一条大石桥。炀帝日逐在迷楼月观之内，不是车中，定即屏中，任意淫荡；譬如一株大树，随你枝叶扶疏，根深蒂固，若经了众人剥削，斧刀砍伐，便容易衰落；何况人的精力，能有几何，怎当得这起妖妖娆娆，宫人美人，时刻狂淫。炀帝到此时候，也觉精疲神倦。

一日睡初起，正在纱窗下，看月宾、绛仙扑蝴蝶耍子，忽见一个内相来报："蕃厘观琼花盛开，请万岁玩赏。"炀帝大喜，随即传旨，排宴在蕃厘观，宣萧后与十六院夫人同去赏琼花。不多时，萧后与十六院夫人俱宣到，袁紫烟在宝林院养病不赴。炀帝道："琼花乃是江都一种异卉，天下再无第二本，朕从来不曾看见。今日闻说盛开，特召御妻与众妃同去一赏，怎不见沙妃子来？"朱贵儿道："妾今日出院时，沙夫人说赵王伤了些风，想是这个缘故不来。"清修院秦夫人点点头儿，炀帝道："伤风小恙，琼花是不易看见的，何不来走走？"朱贵儿道："万岁不晓得，若赵王身子稍有不安，沙夫人即吃紧的，相伴着他不敢行动。"炀帝喜道："此儿得沙妃爱护，方不负朕所托。”遂命起驾。自同萧后上了玉辇，十五院夫人及众美人都是香车，一齐到蕃厘观。

进得殿来，只见大殿上供着三清圣像。殿子虽然宏大，却东颓西坏，圣像也都是毁败。萧后终是妇人家，看见圣像，便要下拜。炀帝忙止住道：“朕与你乃堂堂帝后，如何去拜木偶？”萧后道：“神威赫赫有灵，人皆赖其庇佑，陛下不可不敬。”炀帝问左右：“琼花在于何处？”左右道：“在后边台上。”原来这株琼花，乃一仙人道号蕃厘因谈仙家花木之美，世人不信，他取白玉一块，种在地下，须臾之间，长起一树，开花与琼瑶相似，又因种玉而成，故取名叫做琼花。后因仙人去了，乡里为奇，造这所蕃厘观，以纪其事。近来此花有一丈多高，花如白雪，蕊瓣团团，就如仙花相似，香气芬芳，异常馥郁，与凡花俗卉，大不相同，故擅了江都一个大名。

时炀帝与萧后绕转过后殿，早望见高台上琼堆玉砌，一片洁白，异香阵阵，扑面飘来。炀帝大喜道：“果然名不虚传，今日见所未见矣！”正要到花下去细玩，岂知事有不测，绕到台边，忽然花丛中卷起一阵香风，甚是狂骤。宫人太监见大风起，忙用掌扇御盖，团团将炀帝与萧后围在中间，直等风过，方绕展开。炀帝抬头看花，只见花飞蕊落，雪白的堆了一地，枝上要寻一瓣一片却也没有。炀帝与萧后见了，惊得痴呆半晌，大怒道：“朕也未曾看个明白，就落得这般模样，殊可痛恨。”回头见锦篷内赏花筵宴，安排得齐齐整整，两边簇拥着笙箫歌舞，甚是兴头；无奈琼花落得干干净净，十分扫兴。

炀帝看了这般光景，不胜恼恨道：“那里是风吹落，都是妖花作祟，不容朕见。不尽根砍去，何以泄胸中之恨？”随传旨叫左右砍去。众夫人劝道：“琼花天下只有一根，留待来年开花再赏。若砍去便绝了此种。”炀帝怒道：“朕巍巍天子，既看不得，却留与谁看？今且如此，安望来年？便绝了此种，也无甚事。”连声叫砍，太监谁敢违拗，就将仪仗内金瓜钺斧，一齐砍伐。登时将天上少、世间稀的琼花，连根带枝都砍得干净。炀帝也无兴饮酒，遂同萧后上辇，与众妃子回到苑中去了。炀帝对萧后道：“朕与御妻们下龙舟游九曲河何如？”萧后道：“天气晴明，湖光山色，必有可观。”炀帝吩咐左右，摆宴在龙舟，去游九曲。于是一行扈从，都迎进苑中。

炀帝与萧后众夫人等齐下龙舟，一头饮酒，一头游览，东撑西荡，游了半日，无甚兴趣。炀帝叫停舟起岸，大家上辇，慢慢的游到大石桥来。时值四月初旬,早已一弯新月,斜挂柳梢,几队浓阴,平铺照水。炀帝与萧后的辇到了桥上,那桥又高又宽,都是白石砌成,光洁如洗,两岸大树覆盖,桥下五色金鱼,往来游泳。炀帝因琼花落尽,受了大半日烦闷,今看这段光景,竟如吃了一帖清凉散,心中觉得爽快,便叫停辇下来,取两个锦墩,同萧后坐定。叫左右将锦褥铺满,众夫人坐定,摆宴在桥上。炀帝靠着石栏杆,与众夫人说笑饮酒。秦夫人道:“此地甚佳,不减画上平桥景致。”萧后问:“此桥何名?”炀帝道:“没有名字。”夏夫人道:“陛下何不就今日光景,题他一个名字,留为后日佳话。”炀帝道:“说得有理。”低头一想,又周围数了一遍,说道:“景物因人而胜,古人有七贤乡、五老堂,皆是以人数著名。朕同御妻与十五位妃子,连朱贵儿、袁宾儿、吴绛仙、薛冶儿、杳娘、妥娘、月宾七个,共是二十四人在此,竟叫他做二十四桥,岂不妙哉!”大家都欢喜道:“好个二十四桥,足见陛下无偏无党之意。”遂奉上酒来。

炀帝十分畅快,连饮数杯,便道:“朕前在影纹院,闻得花妃子的笛声嘹亮,令人襟怀疏爽,何不吹一曲与朕听?”梁夫人道:“笛声必要远听,更觉悠扬宛转。”狄夫人道:“宵来在夏夫人院里,望蝶楼上,听得李夫人与花夫人两个,一个吹一个唱,始初尚觉笛是笛,歌是歌,听到后边,一回儿像尽是歌声,一回儿像尽是笛声,真听得神怡心醉。”萧后道:“这等好胜会,你们再不来挈我。”炀帝问道:“他歌的是新词,是旧曲?”夏夫人道:“是沙夫人近日做的一支《北骂玉郎带上小楼》,却也亏他做得甚好。”炀帝喜道:“妃子记得么?试念与朕听,看通与不通。”夏夫人念道:

小院笙歌春昼闲,恰是无人处整翠鬟。楼头吹彻玉笙寒,注沉檀。低低语影在秋千,柳系长易攀,柳系长易攀,玉钩手卷珠帘,又东风乍还,又东风乍还。闲思想,朱颜凋换。幸不至,泪珠无限。知犹在,玉砌雕阑,知犹在,玉砌雕阑。正月明回首,春事阑珊。一重山,两重山,想夏景依然,没乱煞,许多愁,向春江怎挽?

炀帝听了喟然道:“沙妃子竟是个女学士,做得这样情文兼至。左右快送两杯酒,与李夫人、花夫人饮了,到桥东得月亭中,听他妙音。”花、李二夫人见圣意如此,料推却不得,只得吃干了酒,立起来。李夫人把狄夫人瞅着一眼说道:“都是你这个捣断人肠子的多嘴不好。”便同花夫人下桥转到得月亭中坐了。那亭又高又敞,在苑正中。两人执象板,吹玉笛,发绕梁之声,调律吕之和,真个吹得云敛晴空,唱得风回珮转。炀帝听了,不住口赞叹。

时初七八里，月光有限。炀帝道："树影浓暗，我们何不移席到亭子上去？"遂起身同萧后众夫人慢慢听曲而行，刚到亭前，曲已奏终。二夫人看见，忙出亭来。炀帝对花、李二夫人道："音出佳人口，听之令人魂消，二卿之技可谓双绝矣！"宫人们忙排上宴来。炀帝叫左右快斟上酒来与二位夫人，又对萧后道："今日虽被花妖败兴，然此际之赏心乐事，比往日更觉玩得有趣。"萧后道："赖众夫人助兴得妙。"炀帝道："月已沉没灯又厌上，如何是好？"李夫人微笑道："此时各带一枝狄夫人做的萤凤灯，可以不举火而有余光。"萧后忙问道："萤凤灯是什么做的？"狄夫人道："这是玩意儿，什么好东西！听这个嚼咀的，在陛下、娘娘面前就乱讲，六月债还得快。"炀帝笑道："好不好，快取来赏玩赏玩。"狄夫人见说，只得对自己宫奴说道："你到院中去，把减妆内做完的萤凤灯儿尽数取来。"又叫众宫监把莹虫尽数扑来收在盒内。

不一时，宫奴又捧了一个金丝盒儿呈与狄夫人。狄夫人把一支取起，将凤舌挑开，捉一二十个萤虫放入，献上萧后。萧后与炀帝仔细一看，却是蝉壳做的翅翼，与凤体相连，顶上五彩绣绒毛羽，凤冠以珊瑚扎就，口里衔着一颗明珠，竟是一盏小灯，光映于外，带在头上，两翅不动自摇。炀帝与萧后看了一会，说道："妃子慧心巧思，可谓出神入化矣！"萧后道："果然做得巧妙。"递与宫人，插在顶上。尚有七八朵，狄夫人放入萤虫，分送与众夫人；夫人中先送过的，也叫人取来戴了，竟如十六盏明灯，光照一席。炀帝拍手大笑道："奇哉，萤虫之光今宵大是有功，何不叫人多取些流萤，放入苑中，虽不能如月之明，亦可光分四野。"萧后道："这也是奇观。"炀帝便传旨：凡有宫人内监，收得一囊萤火者，赏绢一匹。

不一时那宫人内监以及百姓人等，收了六七十囊萤火。炀帝叫人赏了他们绢匹，就叫他们亭前亭后，山间林间，放将起来。一霎时望去，恍如万点明星，灿然碧落，光照四围。炀帝与众夫人看了，各各鼓掌称快，传杯弄盏，直饮到四鼓回宫。

如今慢提炀帝在宫苑日夜荒淫。却说宇文化及是宇文述之子，官拜右屯卫将军，也是个庸流；兄弟智及，是个凶狡之徒。当炀帝无道时，也只随波逐浪，混帐过日子。故此东巡西狩，直至远征高丽，东营西建，丹阳起建宫殿，也不谏一句。临了到盗贼四起，要征伐征调，却做不来；要巡幸供馈，看看不给；君臣都坐在江都，任他今日失一县，明日失一城，今日失一仓，明日失一廪，君也不知，臣也不说，只图挨一日是一日。及至有报来说李渊反了，要起兵杀入关中，那时随驾这些臣子，都是没主意了。先是郎将窦贤，领本部逃回关中。隋主闻知，差兵追斩，这一杀倒不好了，在江都要饿死，回关中要杀死，要在死中求生，须要寻出个计策来。时虎贲郎将司马德戡、元礼直阁裴虔通、内史舍人元敏、虎牙郎将赵行枢、鹰扬郎将孟秉、勋侍杨士览公同商议道："我们一齐都去，自然没兵来追我们，就追我们，也不怕了。"这几个人，还不过计议逃走，内中宇文智及晓得此谋，便道："主上无道，威令尚行，逃去还恐不免。我看天丧隋家，英雄并起；如今已有万人，不若共行大事，这是帝王之业，大家可以共享富贵。"众人齐声道："好。"议定以化及为主，司马德戡先召骁勇首领，说这举动之意，众皆允从了。先盗了御厩中的马，打点器械。化及又去结连了司空魏氏。这事渐渐喧传，宫中苑中，都有人知道。

时杳娘侍宴，奏闻炀帝。炀帝令拆隋字，以卜趋避。杳娘道："隋乃国号，有耳半掩，中间工字，王不成王，又无之字，定难走脱。"又命拆朕字。杳娘道："移左手发笔一竖于右，似渊字。目今李渊起兵，当有称朕之虞，若直说陛下，此月中亦只八天耳。"炀帝怒道："你命当尽在何日？"命拆杳字，杳娘道："命尽在今日。"炀帝道："何见以之？"杳娘道："杳字十八日，更无余地，今适当其期耳。"炀帝大怒，命武士杀之，自此再无人敢说。尝照镜道："好头颈，谁当砍之？"又仰观天象，对萧后道："外边大有人图侬，然侬不失长城公，汝不失为沈后耳。"

如今且说王义，久已晓得时势将败，只恨自己是外国之人，无力解救，只得先将家财散去，结识了守苑太监郑理与各门宿卫，并宇文手下将士分外亲密；打听他们准在甚时候必要动手，忙叫妻子姜亭亭跟一个小年纪的丫环，上了小香车，望苑里来。那姜亭亭时常到苑的，无人敢阻拦，他便下车与丫头竟到宝林院中。只见清修院秦、文安院狄、绮阴院夏、仪凤院李四位夫人，与袁宝儿、沙夫人、赵王共六七个，在那里围着抹牌。

沙夫人看见了姜亭亭进来，忙问道："你坐了，外边消息怎样个光景？"姜亭亭道："众夫人不见礼了，外边事体只在旦夕，亏众夫人还在这里闲坐！王义叫我进来，问沙夫人是何主意？"众夫人听见，俱掩面啼哭，惟沙夫人与袁宝儿不哭。沙夫人道："哭是无益的，你们众姊妹，作何行止？"秦夫人道："眼前这几个，都是心腹相照的，听凭姊妹指挥。他们几个前夜说的：'一年里头，圣上进院有限，有甚恩情，东天也是佛，西天也是佛，凭他怎样来罢了。'这句话就知他们的主意了，管他则甚！"沙夫人道："我没有什么指挥。我若没有赵王，生有生法，死有死法；如今圣上既以赵王托我，我只得把大事，"指着姜亭亭道，"靠在他贤夫妇身上。你们若是主意定了，请各归院去，快快收拾了来。"众夫人见说，如飞各归院去了。惟袁紫烟熟识天文，晓得隋数已尽，久已假托养病，其细软早已收拾在宝林院了。

三人正在那里算计出路，只见薛冶儿直抢进院来，见姜亭亭说道："好了，你也在这里。刚才朱贵儿姐叫我拜上沙夫人，外边信息紧急，今生料不能相见矣。赵王是圣上所托，万勿有负。我想我亦受万岁深恩，本欲与彼相死，今因朱贵姐再三叮咛，只得偷生前来保驾。"沙夫人道："我正与姜妹打算，七八个人怎样去法？"薛冶儿道："这个不妨。贵妃与我安排停当。"袖中取出一道旨意，"乃是前日要差人往福建采办建兰的旨意，虽写，因万岁连日病酒，故未发出。贵姐因要保全赵王，悄悄窃来，付与冶儿与夫人，商酌行动。"沙夫人垂泪道："贵姐可谓忠贞两尽矣！"正说时，只见四位夫人，多是随身衣服到来。沙夫人将冶儿取来的旨意与他们看了，秦夫人道："有了这道符敕，何愁出去不得？"袁紫烟道："依我的愚见，还该分两起走的才是。"姜亭亭道："有计在此，快把赵王改了女妆，将跟来的丫头衣服与赵王换了。把丫环改做小宫监，我与赵王先出去，丫头领众夫人都改了妆出去，慢慢离院到我家来，岂非是鬼神不知的么？"夏夫人道："只是急切间，那里去取七八付宫监衣帽？"沙夫人道："不劳你们费心，我久已预备在此。"开了箱笼，搬出十来套新旧内监衣服鞋帽。众夫人大喜，如飞穿戴起来。沙夫人正要在那里替赵王改妆，看了四位夫人，说道："惭愧，你们脸上这些残脂剩粉犹在，怎好胡乱行动？"众夫人反都笑起来。亭亭见赵王妆已完，日色已暮，沙夫人取个金盒儿，放上许多花朵在内，与赵王捧了。姜亭亭对丫头道："停回你同众夫人到家便了。"说了，同赵王慢步离院，将到苑门口，上了车儿。

原来王义见妻子进院去了，如飞来寻郑理，到家去灌了他八九分酒；放他回来时，郑理带醉的站在苑门首，看小太监翻筋斗；见姜亭亭的车儿，便道："王奶奶回府去了？刚才咱在你府上大扰。"姜亭亭道："好说，有慢。"郑理笑道："这小姑娘又取了我们苑中的花去了。"姜亭亭道："是夫人见惠的。”说了,放心前行,不过里许已到家中。王义看见赵王,叫妻子不要改赵王的妆束,藏在密室;自己如飞出门,到苑门打听。只见七八个内监,大模大样,丫头也在内,大家会意,领到家中,忙收拾上路。各市门上,都是他钱财结识的相知,谁来阻挡他?比及掌灯时候,宇文化及领兵动手,到掖廷时,王义领赵王众夫人已出禁城矣。

再说炀帝平日间怕人说乱,说乱的就要被杀,谁料今日至此地位,原觉情景凄惨,同萧后躲在西阁中,相对浩叹。一夜中,只听得外边喊声振天,内监连连报道:“杀到内殿来了!”屯卫将军独孤盛杀了,千牛独孤开远也战死了。一班贼臣捉住一个宫娥,吓问他隋主所在。宫娥说在西阁中。裴虔通与元礼径到西阁中来,听得上面有人声,知是炀帝。马文举就拔刀先登,众人相继而上。

只见炀帝与萧后面坐而泣,看见众人,便道:“汝等旨朕之臣,终年厚禄重爵,给养汝等,有何亏负,为此篡逆?”裴虔通道:“陛下只图自乐,并不体恤臣下,故有今日之变。”只见背后转出朱贵儿来,用手指定众人说道:“圣恩浩荡,安得昧心?不必论终年厚禄,只前日虑汝等侍卫多系东都人,久客思家,人情无偶,难以久处,传旨将江都境内寡妇处子,搜到宫下,听汝等自行匹配。圣恩如此,尚谓不体恤,妄思篡逆耶!”炀帝接说道:“朕不负汝等,何汝等负朕?”司马德戡道:“臣等实负陛下;但今天下已判,两京贼据,陛下归已无门,臣等生亦无路。今日臣节已亏,实难解悔。惟愿得陛下之首,以谢天下。”朱贵儿听了大骂道:“逆贼焉敢口出狂言!万岁虽然不德,乃天子至尊,一朝君父,冠履之名分凛凛,汝等不过侍卫小臣,何敢逼胁乘舆,妄图富贵,以受万世乱臣贼子之骂名!”裴虔通见说,大怒道:“汝掖廷贱卑,何敢巧言相毁?”朱贵儿大骂道:“背君逆贼,汝恃兵权在手耶?隋家恩泽在天下,天下岂无一二忠臣义士,为君父报仇,劝王之师一集,那时汝等碎死万段,悔之晚矣!”马文举大怒道:“淫乱贱婢,平日以狐媚蛊惑君心,以致天下败亡,不杀汝何以谢天下!”即便举刀,向贵儿脸上砍去。贵儿骂不绝口,跌倒在地。可怜贵儿玉骨香魂,都化作一腔热血。

马文举既杀了朱贵儿,一手执剑,一手竟来要扶炀帝下阁,只见封德彝走上阁来,对司马德戡道:“许公有令,如此昏君,不必扶来见我。可急急下手。”萧后听见,着实哀告众人道:“众位将军,主上实是不德,可看旧日爵禄面上,叫他让位与众位将军,赐将军阖门铁券,将他降为三公,以毕余生。未知众位将军以为可否?”只见袁宝儿憨憨的走来,听见萧后千将军万将军在那里哭叫,笑向萧后道:“娘娘何苦如此,料想这些贼臣,没有忠君爱主的人在里头,肯容万岁安然让位,同娘娘及时行乐了。”又对炀帝道:“陛下常以英雄自许,至此何堪恋恋此躯,求这班贼臣。人谁无死,妾今日之死于万岁面前,可谓死得其所矣。妾先去了,万岁快来!”马文举忙把手去扯他,宝儿睁了双眼,大声喝道:“贼臣休得近我!”一头说一头把佩刀向项上一刎,把身子往上一耸,直顶到梁上,窜下来,项内鲜血如红雨的望人喷来。一个姣怯身躯,直矗矗的靠在窗棂。萧后看见,吓得如飞奔下阁去了。炀帝见了,心胆俱碎。裴虔通等便提刀向前,要行弑逆。炀帝大叫道:“休得动手,天子死自有死法,快取鸩酒来!”裴虔通道:“鸩酒不如锋刃之速,何可得也?”炀帝垂泪道:“朕为天子一场,乞求全尸而死。”马文举取白绢一匹进上。炀帝大哭道:“昔凤仪院李庆儿,梦朕白龙绕项,今其验矣!”贼臣等遂叫武士一齐动手,将炀帝拥了进去,用白绢缢死,时年二十九岁。后人有诗吊云:

隋家天子系情偏,只愿风流不愿仙。
遗臭谩留千万世,繁花占尽十三年。
耽花嗜酒心头病,殢粉沾香骨里缘。
却恨乱臣贪富贵,宫廷血溅实堪怜。

第四十八回
遗巧计一良友归唐　破花容四夫人守志

词曰：

好还每见天公巧，知心自有知心报。看鹤禁沉冤，天涯路杳，离恨知多少。黎阳鼙鼓连天噪，孤忠奇策存隋庙。一线虽延，名花破损，佛面重光好。

——右调《雨中花》

自古知音必有知音相遇，知心必有知心相与，钟情必有钟情相报。炀帝一生，每事在妇人身上用情，行动在妇人身上留意，把一个锦绣江山，轻轻弃掷；不想突出感恩知己报国亡身的几个妇人来，殉难捐躯，毁容守节，以报钟情，香名留史。

再说司马德戡缢死了炀帝，随来报知宇文化及。化及令裴虔通等勒兵杀戮宗室蜀王秀、齐王暕、燕王倓及各亲王，无少长皆被诛戮；惟秦王浩，素与智及往来甚密，故智及一力救免，方得保全。萧后在宫中，将宫中漆状板为棺木，把朱贵儿、袁宝儿同殡于西院流珠堂。正是：

珠襦玉匣今何在？马鬣难存三尺封。

宇文化及既杀了各王，随自带甲兵入宫来，要诛灭后妃，以绝其根。不期刚走到正宫，只见一妇人，同了许多宫女在那里啼哭。宇文化及喝道："汝是何人，在此哭泣？"那妇人慌忙跪倒，说道："妾乃帝后萧氏，望将军饶命。"宇文化及见萧后花容，大有姿色，心下十分眷爱，便不忍下手，因说道："主上无道，虐害百姓，有功不赏，众故杀之，与汝无干，毋得惊怖。我虽擅兵，亦不过除残救民，实无异心；倘不见嫌，愿共保富贵。"随以手挽萧后起来。萧后见宇文化及声口留情，便娇声涕泣道："主上无道，理宜受戮。妾之生死，全赖将军。"宇文化及道："汝放心，此事有我为之，料不失富贵也。"萧后道："将军既然如此，何不立其后以彰大义？"宇文化及道："臣亦欲如此。"遂传令奉皇后懿旨，立秦王浩为帝，自立为大丞相，总摄百僚，封其弟宇文智及为左仆射，封异母弟宇文士及为右仆射，长子丞基、次子丞址，俱令执掌兵权，其余心腹之人，俱重重封赏。有宇文化及平昔仇忌之臣，如内史侍郎虞世基、御史大夫裴蕴、秘书监袁克，左翊卫大将军来护儿、右翊卫将军宇文协、千牛宇文晶、梁公萧钜，连各家子侄，俱骈斩之。更有给事郎许善心，不到朝堂朝贺，化及遣人就家擒至朝堂，既而释之；善心不舞蹈而出，化及怒而杀之。其母范氏，年九十二，临丧不哭，人问其故。范氏说道："彼能死国难，我有子矣，复何哭为？"因卧不食而卒。

宇文化及因将士要西归，便奉皇后新皇还长安，并带剩下贪生图乐的那些夫人美人，一路搜括船只，取彭城水路西上。行至显福宫，逆当司马德戡与赵行枢，恶宇文化及秽乱宫闱，不恤将士，要将后军袭杀化及，不期事机不密，反为化及所杀。行到滑台，将皇后新皇，留付王轨看守，自己直走黎阳，攻打仓城，按下不题。

再说王义夫人，领了赵王与众夫人等，离了芜城二三十里，借一民户人家歇了，只听见城中炮声响亮不绝，往来之人信息传来，都说城内大变。王义叫赵王仍旧女妆，叫妻子姜亭亭与袁紫烟、薛冶儿俱改了男妆，沙、秦、狄、夏、李五位夫人与使女小环，仍旧女妆。袁紫烟道："我夜观乾象，主上已被难，我们虽脱离樊笼，不知投往何处去才好？"王义道："别处都走不得，只有一个所在。"众人忙问："是何处？"王义道："太仆杨义臣，当年主上听信谗言，把他收了兵权，退归乡里。他知隋数将终，变姓埋名，隐于濮州雷夏泽中。此人是个智勇兼全忠君爱主的人，我们到他那里去，他见了幼主，自然有方略出来。"袁紫烟喜道："他是我的母舅，我时常对沙夫人说的，必投此处方妥，不意你我同心。"因此一行人，泛舟竟往濮州进发。

却说杨义臣自大业七年被谗纳还印绶，犹恐祸临及己，遂变姓名，隐于濮州雷夏泽中，日与渔樵往来。其日惊传宇文化及在江都弑帝乱宫，不胜愤恨道："化及庸暗匹夫，乃敢猖獗如此！可惜其弟士及向与我交契甚厚，将来天下合兵共讨，吾安忍见其罹此灭族之祸？速使一计，叫他全身避害。"即遣家人杨芳赍一瓦罐，亲笔封记，径投黎阳来，送与士及。

士及接见杨芳，大喜道："我正朝夕在这里想，太仆公今在何处？不意汝忽到来。"随引进书斋，退去左右，问道："太仆公现居何处？近来作何事业？"杨芳答道："敝主自从被谗放斥，变改姓名，在濮州雷夏泽中渔樵为乐。"士及道："可有书否？"杨芳道："书启敝主实未有付，止有亲笔封记一物为信。"士及忙开视之，见其中止有两枣并一糖龟。士及看了，不解其意,便吩咐手下引杨芳到外厢去用饭,自己反复推详。

忽画屏后转出一个美人来,乃是士及亲妹,名曰淑姬,年方一十七岁,尚未适人,不特姿容绝世,更兼颖悟过人;见士及沉吟不语,便问士及道:“请问哥哥,这是何人所送,如此踌躇?”士及道:“此我旧友隋太仆杨义臣所送。他深通兵法,善晓天文,因削去兵权,弃官归隐。今日令人送来一罐,封记甚密,内中止有此二物,这个哑迷,实难解详。”淑姬看了一回,便道:“有何难解,不过劝兄早早归唐,庶脱弑逆之祸。”士及大喜道:“我妹真聪明善慧,但我亦不便写书,也得几件物事答他,使他晓得我的主意才好。”淑姬道:“但不知哥哥主意可定,若主意定了,有何难回答?”士及道:“化及所为如此,我立见其败;若不早计,噬脐无及。”淑姬道:“既是哥哥主意定了,愚妹到里边去取几件东西出来,付来人带去便了。”淑姬进去了一回,只见他手里捧着一个漆盒子出来。士及揭开一看,却是一只小儿玩的纸鹅儿,鹅颈上系着一个小小鱼罾,罾上边竖着一个算命先生的招牌,扎得端端正正,放在里头。士及看了奇怪道:“这是什么缘故?”淑姬附士及耳上,说了几句。士及道妙,将漆盒封固,即付与杨芳收回去了。

次日,士及进见化及,说:“秦王世民领兵会合征伐,臣意欲带领一二家童,假妆避兵,前去探听虚实,数日便还。”化及应允。士及便叫妻孥与淑姬,扮作男妆,收扮细软,出离了黎阳,直奔长安。时隋恭帝已禅位于唐,唐帝即位,改元武德。士及将妹进与唐帝为昭仪,唐帝封士及为上仪同管三司军事。

却说杨义臣家人,赍了士及的漆盒儿,回到濮州家中,见了家主,奉上盒儿。义臣去封,揭开一看,喜道:“我友得其所矣!”杨芳问道:“老爷,这是什么意思?”义臣道:“他没有什么意思,他说吾谨尊命矣!”因问道:“彼此黎阳,作何举动?先帝枝叶,可有一二个得免其祸?在朝诸臣,可有几个尽节的?”杨芳道:“萧后已经失节,夫人嫔妃,逃走了好些;只有朱贵儿、袁宝儿骂贼而死;翠华院花夫人、影纹院谢夫人、仁智院美夫人,俱自缢而死。化及见景明院梁夫人姿容艳冶,意欲留幸,夫人大声骂詈①,化及犹以好言相慰,夫人骂不绝口,遂被杀死。袁家小姐不知去向,访问不出。帝室宗支,戮灭殆尽。只有秦王浩与智及亲密,勉强尊他为帝,不意前日

① 詈(lì)——骂。

又被化及鸩酒药死。说还有个幼子赵王杲逃出,使人四下里缉访。"

杨义臣听见,拍案垂泪道:"狂贼乃敢惨毒如此,在廷诸臣或者多贪位怕死的,在外藩镇大臣难道没个忠臣义士,讨此逆贼的?"痛哭了一场。是夜心上忧闷,点上一枝画烛,在书房里一头看书,一头浩叹。至二更时分,觉得神思困倦;上床去却又睡不着,但见庭中月光如昼,恍惚中不觉此身已出户外。足未站定,只见一人纱帽红袍,仓皇而来。杨义臣把他仔细一看,乃是给事郎许善心。义臣忙问道:"许公何来?"那人道:"将军恰好在外,速上前来接驾。"此时杨义臣只道炀帝未死,忙赶上前去。只见炀帝软翅幅巾,身上穿一件暗龙衮袍,项上一块白绢裹住;两个宫人面上许多血痕,扶着炀帝。义臣慌忙俯伏下拜。只见炀帝把双手掩在脸上,听见一个宫人口里说道:"老将军,陛下嘱咐你,小主母子到来,烦将军善为保护。只此一言,将军平身。"杨义臣正要问小主在于何处,抬起头来,寂无所见。

一觉醒来,但见月色西沉,鸡声报晓,时东方将已发白。杨义臣心上以为奇事,起身下床,携着拐杖,叫小童开了大门出来,在场上东张西望,毫无影响。只听见水中咿哑之声,一船摇进港来。义臣同小童躲在树底下,见来船到了门首,舟子① 将船系住,船里钻出一人,跳上岸来站定,四下里探望。此时天色尚早,人家尚未起身,杨义臣忍不住上前问道:"朋友,你是那里来的?寻那一家?"那人忙上前举手道:"在下是江都被难来的。"一头说,只顾将义臣上下相认。杨义臣亦把那人定睛一看,便道:"足下莫非姓王?"那人把双眼重新一擦,执着杨义臣的手,低低说道:"老先生可是杨?"杨义臣见说,忙执了那人的手,到门首去问道:"足下可是巡河王大夫?"那人道:"卑末就是远臣王义。"杨义臣听见,忙要邀进堂中去。王义附杨义臣的耳说道:"且慢,有小主并夫人在舟中。"杨义臣听见,忙说道:"天将曙矣,快请小主上岸来。"杨义臣叫小童开了正门,自己进去穿了巾服出来,站在门首一边,看一行人走来。王义在旁指示说道,那个是某人,那个是某人。

正说时,只见袁紫烟男人打扮,跨进门,见了杨义臣,忙叫道:"母舅,外甥女来了!"说了,双眼垂泪,要拜将下去。杨义臣把双手扶住一认,说道:"原来是袁家甥女,我前日叫人来访问,打听不出,如今也来了。好,且

① 舟子——船夫。

慢行礼，同到里头去，替赵王并夫人们换了妆出来。”原来杨义臣原配罗夫人，亡过已久，只有一个如夫人王氏，生一子年才五岁，名唤馨儿。时王氏出来接了进去。杨义臣与王义站在草堂中，王义将出苑入城，备细说明。伺候赵王出来。赵王年虽九岁，识解过人。沙夫人携着他的手，众夫人随在后边，走将出来。

杨义臣见了赵王换了男妆，看他方面大耳，眉目秀爽，俨然是个金枝玉叶的太子，不胜起敬。叫童子铺下毡条，将一椅放在上边，要行君臣之礼。赵王扯着沙夫人的手说道：“母亲，这是什么时候，老先生欲行此礼？若以此礼相待，殊失我母子来意。”立定了不肯上去。袁贵人说：“母舅，赵王年幼，不须如此，请母舅常礼见了罢。”杨义臣道：“既如此说，不敢相强。请归毡了，老臣好行礼。”赵王道：“还须见过母亲，然后是我。”沙夫人道：“若论体统，自然先该是你。”赵王道：“母亲，此际在草莽中，论甚体统，况孤若非先帝托嗣母亲，赖母亲护持，不然亦与蜀王秀、齐王暕等共作泉下幽魂矣！”杨义臣见小主议论凿凿，深悉大义，不胜骇异。袁紫烟与薛冶儿，忙扯沙夫人上前，将赵王即立在沙夫人肩下，杨义臣拜将下去。沙夫人垂泪答拜道：“隋氏一线，惟望老先生保全，使在天之灵，亦知所感。”杨义臣答道：“向臣敢不竭忠。”拜了四拜起来，即向四位夫人与薛冶儿见了。姜亭亭不敢僭，袁紫烟再三推让。杨义臣向王义道：“袁贵人是舍甥女，在这里岂有僭尊夫人之理？小主若无大夫与尊阃，焉能使我们君臣会合；况将来还有许多事，要大夫竭忠尽力的去做，老夫人专诚有一拜。”袁紫烟如飞扯姜亭亭到王义肩下去，一同拜了，然后袁紫烟走到下首，去拜了杨义臣四拜。杨义臣叫手下摆四席酒。

杨义臣道：“本该请众夫人进内款待，然山野荒僻，疏食村醪，殊不成体；况有片言相告，只算草庐中胡乱坐坐，好大家商酌。”于是沙夫人与赵王一席，秦、狄、夏、李四位夫人，薛冶儿、姜亭亭、袁紫烟坐了两席，王义与杨义臣一席。酒过三巡，王义对杨义臣道：“老将军这样高年，喜起身得早，即便撞见，免使我们向人访问。”杨义臣答道：“这不是老夫要起早，因先帝自来报信，故此茫茫的走出门来物色。”赵王道：“先皇如何报信？”杨义臣将夜来梦境，备细说将出来，众夫人等俱掩面涕泣。杨义臣对赵王说道：“老臣自被斥退，山野村大，不敢与户外　事；不意先帝冥冥中，犹以殿下见托。承殿下与夫人等赐顾草庐，信臣付托，不使臣负先帝与殿下也。

但此地草舍茅庐，墙卑室浅，甚非潜龙之地，一有疏虞，将何解救。此地只好逗留三四日，多则恐有变矣！”沙夫人便道：“只是如今投到何处去好？”杨义臣道：“所在仅有。李密与他父亲也是隋臣，今拥兵二三十万，屯札金墉城；东都越王侗令左仆射王世充，将兵数万，拒守洛仓；西京李渊，已立皇孙代王侑为帝，大与征伐；这多不过是假借其名一时，成则去名而自立，败则同为灭亡，总难始终。老臣再四踌躇，只有两个所在可以去得：一个幽州总管，是姓罗名艺，年纪虽有，老诚练达，忠勇素著，先帝托他坐镇幽州，手下强兵勇将甚多，四方盗贼不敢小觑近他。若殿下与夫人们去，是必款待，或可自成一家。无奈窦建德这贼子，势甚猖獗，梗住去路，然虽去亦属吉凶相半；若要安稳立身，惟义成公主之处。他虽是远方异国，那启民可汗，还算诚朴忠厚，比不得我中国之人，心地奸险。况臣又晓得他宗室衰微，惟彼一支强霸无嗣，前日曾同公主朝觐远来，先帝曾与亲厚一番；况王大夫又与他邻邦，到彼自能调护，殿下若肯去，公主必然优礼相待，永安无虞。只此一方，可以保全，余则老臣所不敢与闻矣。”赵王与众夫人点头称善。

沙夫人道：“老将军金石之论，足见忠贞；但水远山遥，不知怎样个去法？”杨义臣道：“若殿下主意定了，臣觑便自有计较；但只好殿下与沙夫人并王大夫与尊阃，闻得薛贵嫔弓马熟娴，亦可去得；至四位夫人及舍甥女，恐有未便。”四位夫人听见，俱泪下道：“妾等姊妹五人，誓愿同生同死，还求老将军大力周全。”杨义臣道：“不妨，请问四位夫人，果然肯念先帝之恩，甘心守节，还是待时审势，以毕余生？”秦夫人道：“老将军说甚话来？莫认我姊妹四人是个庸愚妇人，试问老将军肯屈身纵贼否？若老将军吝计不容，滔滔巨浪，妾等姊妹当问诸水滨，而投三闾大夫[①] 矣，有何难处？”杨义臣道：“不是老臣吝计，此刻何难一诺？但恐日远月长，难过日子。”狄夫人道：“老将军莫谓忠臣义士，尽属男子，认定巾帼中多是随波逐浪之人。不必远求，即今闻朱贵儿、袁宝儿与梁夫人等明义骂贼，相继尽难，隋廷君臣良足称羞；况我们繁花好景，蒙先帝深恩，已曾尝过。老将军还虑我们有他念，若不明心迹，何以见志？”忙向裙带上取出佩刀来，向花

---

① 三闾大夫——指战国时期楚国诗人屈原，楚都郢被秦攻占后，自知无力复国，投汨罗江而死。

容上左右乱划,秦、李、夏三位夫人见狄夫人如此,亦各在腰间取出佩刀来动手。慌得沙夫人、姜亭亭、薛冶儿、袁紫烟,忙上前一个个拿住时,花容上早已两道刀痕,血流满脸。杨义臣忙出位向上拜下去道:“这是老臣失言失敬,不枉先帝钟情一世笑,请四位夫人还宜自爱。”赵王亦如飞出位,扯了杨义臣起来坐了。

杨义臣向四位夫人说道:“此间去一二里,有个断崖村,村上不过数十家,尽皆朴实小民。有个女贞庵,一个老尼,即高开道之母,是沧州人,少年时夫亡守节。那老尼见识不凡,慧眼知人,晓得其子作贼,必败无成,故迁到南来,觅此庵以终余年。是个车马罕见人迹不到之处。若四位夫人在内焚修,可保半生安享。至于日用盘费,老臣在一日,周全一日,无烦四位夫人费心。”四位夫人齐声道:“有此善地,苟延残喘足矣;但不知何日可去?”王义道:“须拣一个吉日,差人先去通知了,然后好动身。”夏夫人道:“人事如此,拣甚吉日,求老将军作速去通知为妙。”

杨义臣叫童子取历日① 过来看,恰好明日就是好日。大众用完了饭,众夫人与赵王进内去了。叫家童取出两匹骡儿来,吩咐家中,把门关好,唤小童跟着,自同王义骑上骡儿,到断崖村女贞庵,与老尼说知了来意。老尼素知杨义臣是忠臣义士,又是庵中斋主,满口应承,即同回来。王义对妻子说了庵中房屋洁净,景致清幽,四位夫人,亦各欢喜。袁紫烟对杨义臣说道:“母舅,甥女亦与他们出了家罢,住在此无益于世。”义臣道:“你且住着,我尚有商量。”紫烟默然而退。

过了一宵,明日五鼓,杨义臣请秦、狄、夏、李四位夫人下船,沙夫人与赵王、薛冶儿、姜亭亭说道:“这一分散,而不知何日再会,或者② 天可怜见,还到中原来。后日好认得所在,便于寻访,必要送去。”杨义臣见说到情理上,不好坚阻,只得让他们送去,自己与袁紫烟、王义夫妇,亦各下船,送到庵中,老尼接了进去。他手下还有两个徒弟,一个叫贞定,一个叫贞静,年俱十四五之间。老尼向众夫人等叙礼过,各各问了姓氏,叫小尼陪到各处礼佛随喜。杨义臣将银二十两,送与老尼。老尼对杨义臣道:“令甥女非是静修之时,后边还有奇逢。”杨义臣道:“正是,我也不叫他住在

---

① 历日——历书,皇历。

② 或者——或许,也许。

此,今日奉陪夫人们来走走。"

老尼留众人用了素斋。到晚,沙夫人、薛冶儿、姜亭亭与四位夫人痛哭而别,赵王与沙夫人等归到杨义臣家中。义臣差杨芳打听,有登莱海船到来,即送赵王与沙夫人薛冶儿、王义夫妇上船,到义成公主那边去了。正是:

人世遭逢多苦事,不过生离死别时。

第四十九回

舟中歌词句敌国暂许君臣　马上缔姻缘吴越反成秦晋

词曰：

何自苦奔求，曲尽忠谋？一轮明月泛扁舟，报道知心相遇好，约法难留。　马上起戈矛，两意情酬，冤家路窄变成愁。记取山盟与海誓，心上眉头。

——右调《浪淘沙》

凡人的遇合，自有定数，往往仇雠① 后成知己爱敬，齐桓公之于管仲是也；亦有敌国反成姻戚，晋文公之于秦穆公是也。总是天生一种非常之人，必有一时意外会合，使人不可以成败盛衰，逆料得出；况乎赤绳相系，月下老定不虚牵，即使几千万里，亦必圆融撮合。

如今且不说王义领着赵王，到义成公主那边去。且说窦建德，在河北始称长乐王，因差祭酒凌敬，说河间郡丞王琮举城来降，建德封琮为河间郡刺史。河北郡县闻知，咸来归附。是年冬，有一大鸟止于乐寿，数万小禽随之，经日方去，时人以为凤来祥瑞。又有宗城人张亨采樵得一玄圭，潜入乐寿，献于建德。因此建德即位于乐寿，改元为五凤元年，国号大夏，立曹氏为皇后。先是窦建德发妻秦氏，止生一女，即是线娘。秦氏亡过已久。起兵时曹旦领众来归，建德知其有女，年过摽梅②，尚未适人，娶为继室。建德见曹氏端庄沉静，言笑不苟，犹相敬爱，军旅之事，无不与之谋画，可称闺中良佐。又封其女线娘为勇安公主，他惯使一口方天戟，神出鬼没，又练就一手金丸弹，百发百中。时年已十九，长得苗条一个身材，姿容秀美，胆略过人。建德常欲与他择婿，他自言必要如自己之材貌武艺者，方许允从。建德每出师，叫他领一军为后队，又训练女兵三百余名，环侍左右。他比父亲更加纪律精明，号令严肃，又能抚恤士卒，所以将士尽

---

① 仇雠——仇人，冤家对头。

② 摽梅——梅子成熟坠落。喻女子已到成婚年龄。

敬服他。建德随封杨政道为勋国公,齐善行为仆射,宋正木为纳言,凌敬为祭酒,刘黑闼、高雅贤为总管,孙安祖为领军将军,曹旦为护军将军;其余各加官爵。

时建德统兵万余,方攻李密,闻知宇文化及弑主称尊,僭号为帝,愤怒欲讨之。祭酒凌敬道:"判臣化及,罪果当讨,但他拥兵几十万,恐难轻觑,须得一员足智多谋的大将方可克敌。臣荐一人以辅主公。"建德问:"是谁?"凌敬道:"那人胸藏韬略,腹隐机谋,在隋为太仆,后被佞臣谮黜,退隐田野,实有将相之材;乃淮东人,姓杨名义臣。"建德听说大喜道:"汝若不言,几乎忘了此人。孤昔与之相持数阵,已知其为栋梁。看他用兵,天下少有及者。汝速与孤以礼聘之。"凌敬欣然领命,辞别建德而去。

不一日到了濮州,先投客店安歇,向邻近访问义臣。土人答道:"此去离城数里雷夏泽中,有一老翁,自言姓张,人只呼为张公,今在泽畔钓鱼为乐。有人说他本来姓杨。"凌敬即烦土人,呼舟引路,来到雷夏泽中。果然山不在高而秀,水不在深而清,松柏交翠,猿鹤相随,岸上有数椽瓦屋,树影垂阴,堤畔一大船舫,碧流映带。那土人站起来指导:"前面瓦房,就是张公住的。船舫边小船上坐的老儿,想就是他。"凌敬也站起身来遥望,见一人苍头鹤发,器宇轩昂,倚着船舷,衔杯自饮,船头上坐着三四个村童,在那里齐唱村歌。

凌敬叫舟子远远的系了船儿,自己上了岸来,隐在树丛中。只听见那几个村童唱完了,便道:"张太公,你昨日独自个唱的曲儿,甚好听,今日何不也唱一支消遣消遣?"那老者闭着醉眼道:"你们要听我的歌,须不要则声,坐着听我唱来。"却是一支《醉三醒》的曲儿,唱道:

> 叹釜底鱼龙真混,笑圈中豕鹿空奔。区区泛月烟波趁,谩持竿,下钓纶。试问溪风山雨何时定,只落得醉读离骚吊楚魂。

凌敬听了叹道:"此真慨世隐者之歌,义臣无疑矣!"忙下船,叫舟子摇近来,吓得那三四个村童,跑上岸去了。凌敬跨上船来,举手向杨义臣道:"故人别来无恙?"义臣举眼,见一布袍葛巾的儒者来前,问道:"汝是何人?"凌敬道:"凌敬自别太仆许久,不想太仆须鬓已苍,忆昔相从,多蒙教诲,至今感德。此刻相逢,何异拨云睹日。"义臣见说,便道:"原来是子萧兄,许久不见,今日缘何得暇一会,快请到舍下去。"遂携凌敬的手登岸,叫小童撑船到船舫里去,自同凌敬到草堂中来,叙礼坐定。

杨义臣问道:“不知吾兄今归何处?”凌敬道:“自别以后,身无所托,因见窦建德有容人之量,以此归附于夏,官封祭酒之职。因想兄台,故来相访。”义臣便设席相待,酒过数巡,凌敬叫从人取金帛,列于义臣面前。义臣惊道:“此物何来?”凌敬道:“此是夏主久慕公才,特令敬将此礼物献公。”义臣道:“窦建德曾与我为仇雠,今彼以货取我,必有缘故。”凌敬道:“目今主上被弑,群英并起,各杀郡守以应诸侯,欲为百姓除害,以安天下。凡怀一才一艺者,尚欲效力,太仆抱经济之略,负孙吴之才,乃栖身蓬蒿,空老林泉,与草木休戚,诚为可惜。今夏主仗义行仁,改称帝号,四方响应,久知太仆具栋梁之材,特来迎聘,救民于水火之中,致君于尧舜之盛,万勿见却,有虚夏主悬望。”

义臣道:“忠臣不事二君,烈女不更二夫。我为隋臣,不能匡救君恶,致被逆贼所弑,不能报仇,而事别主,何面目立于世乎?”凌敬道:“太仆之言谬矣!今天下英雄,各自立国,隋之国祚已灭绝矣,何不熟思之,若欲报二帝之仇,不若归附夏主,借其兵势,往诛叛逆,岂不称太仆之心,完太仆之愿乎?”杨义臣被凌敬几句话打动了心事,便道:“细思兄言,似亦有理。闻得建德能屈节下士,又无篡逆之名;但要允吾三事,即往从之,不然决不敢领命。”凌敬问:“何三事?”义臣道:“一不称臣于夏;二不愿显我姓;三则擒获化及,报了二帝之仇,即当放我归还田里。”凌敬道:“只这三事,夏主有何不从。”义臣见说,即叫人收了礼物,凌敬即便告别。义臣嘱道:“此去曹濮山,有强寇范愿,极其骁勇,领盗数千,远靠泰山,以为巢穴,逢州抢夺客货。现今山寨绝粮,四下剿掠,兄若收得范愿,回国助振军旅,足能灭许。”杨义臣向凌敬附耳数语,凌敬点首,辞别下船。

时窦建德朝夕训练军马,欲征讨化及;忽报唐秦王差纳言刘文静,赍书约会兵征讨化及。建德看罢书,书中止不过约兵同至黎阳,合剿化及,便对文静道:“此贼吾已有心讨之久矣,正欲动兵。烦纳言回报秦王,不必远劳龙体,只消遣一副将,领兵前来,与孤同诛逆贼,以谢天下。”文静道:“臣奉使时,秦王兵已离长安矣。”文静辞归。建德进宫,勇安公主问道:“唐使来何事?”建德道:“秦王有书约来,同会兵征剿化及。吾与众臣计议,约他即日起兵。”勇安公主道:“依女儿的愚见,父皇未可即行。今北方总管罗艺,新附于唐,截我后路;魏刁儿又拥兵数万据守深泽县中,自称魏帝,劫掠冀定等处,数年来与他相待虽好,尚难靠托,莫若乘其不备,袭而击之，除却后患。候凌敬回来，然后举事，此为万全之策。"曹后亦深赞线娘之言为是。建德道："吾自有计较，你们不必多言。"

即日建德调精兵十余万，命刘黑闼为征南大将军，高雅贤为先锋，曹旦与建德为中军，勇安公主为合后，孙安祖等与曹后留守乐寿。又选歌舞女乐十二人，差人送献魏刁儿，令其北拒罗艺，东防夷狄；许他诛灭化及后，将隋宫嫔妃宝物相饷。刁儿大喜，受之，信建德有寄托之心，昼夜溺于酒色，坦然无疑。何知建德统领精兵，掩旗息鼓，夜行昼伏，直奔深泽，把兵围守城池。刁儿尚在醉梦中，被河间使王琮旧部将关寿，怪刁儿傲慢无礼，不肯重用，便杀刁儿，献城投降。建德以为居其土而献其地，是不义之人，意欲斩寿，王琮再三谏止，使关寿仍旧居王琮部下。刁儿将士各授官职，所掳子女，悉令放还，金帛尽赐将士，远近闻知夏主有不杀之心，人民悦服，易定等州，尽来归附。建德兼并三军，声势大振，遂杀向冀州而来。

冀州刺史曲稜，果敢有志，始亦百计设法防守，后因力竭城破而降夏，建德封稜为内史，移兵进攻罗艺。

却说罗艺，原是一员宿将，年过花甲，精神倍加，与老夫人秦氏齐眉共手。他手下有精兵一二万，被隋主旨意下来，东调西拨，提散了万余，只存六七千人马；亏得其子罗成，年少英雄，有万夫不当之勇，其父传授的一条罗家枪，使得出神入化。父母要替他定姻，罗成以为终身大事，虽系父母主之，还须我自拣择，因此蹉跎① 下来。时罗成听见哨马来报，建德统大兵到来，便对父母道："窦建德不知利害，统重兵来侵我境，儿意欲乘其未立营寨时，待儿领二千人马迎上去，先杀他一阵，挫了他些锐气，或者知我们利害，退军回去，也未可知。"罗老将军道："汝年少恃着血气之勇，要想轻举妄动，甚非他日为将之道。我自有计退他。"齐集众将，差标下左营总帅张公谨，领精兵一千，埋伏城外高山之左，听城中子母炮起杀出，敌住建德前军；差右营总帅史大奈，领精兵一千，埋伏城外高山之右，听城中子母炮起杀出，敌在建德中军；差儿子罗成，叫他领精兵一千，离城三十里，独龙岗下埋伏，看建德败下去，冲杀其后队，截其轻重②；自己同薛万彻、薛万均二将，在城中守护。二将同罗成各自受计，领兵出城去了。

---

① 蹉跎(cuō tuó)——耽误。

② 轻重——这里指辎重，以及败军所遗之物。

却说窦建德统大兵，直抵州城。先锋刘黑闼安了营寨，见城中坚闭城门，不肯出战，只得在城外辱骂。后建德大兵继至，求战不得，便设云梯，上城攻打。不期城上火炮火箭齐发，云梯被烧，只得退下。建德又安排数百辆冲车，鼓噪而进，城内令铁锁铁锤，绕城飞打，冲车皆折。百般计较，城不能破。相持了数日，士卒懈惰。一夜三更时分，罗艺密传将令，吩咐薛万彻、薛万均兄弟二人，传令三军，饱食战饭毕，人各衔枚出城，来到夏寨，夏兵正在熟睡时，只听见一声炮响，金鼓大振，如山崩海沸一般。此时窦建德在睡梦中惊觉，忙披甲上马，亲随邓文信慌忙随后，逢薛万彻杀入中军，把文信一刀斩于门旗下。窦建德如飞敌住薛万彻，高雅贤敌住薛万均，刘黑闼敌住罗艺。六人正在酣战之时，只听见子母炮三声，山左山右，伏兵齐起。建德知是中计，如飞弃营，退回二三十里。

众军士喘息未定，忽听得山岗下一声锣响，一员少年勇将，冲将出来。先锋高雅贤欺他年少，把大刀直砍进去，被罗成把枪一逼，早在高雅贤左腿上中了一枪。高雅贤负痛，几乎跌下马来，亏得刘黑闼接住，战了十来合，当不起罗成这条枪，如游龙取水，直搠进来。建德看见，恐防有失，前来助战。罗成愈觉精神倍加，向刘黑闼脸上虚照一枪，大喝一声，斜刺里把枪忙点到窦建德当胸来。建德一惊，即便败将下去。直杀到天明，只见末后一队女兵，排在阵脚，中间一员女将，头上盘龙裹额，顶上翠凤衔珠，身穿锦绣白绫战袍，手持方天画戟，坐下青鬃马。罗成看见，忙收住枪问道："你是何人？"线娘道："你是何人，敢来问我？"罗成道："你不见我旗上边的字么？"线娘望去，只见宝纛上，中间绣着一个大"罗"字，旁边绣着两行小字："世代名家将，神枪天下闻。"线娘道："莫非罗总管之子么？"罗成看他绣旗上，中间绣着一个"夏"字，旁边两行小字："结阵兰闺停绣，催妆莲帐谈兵。"罗成心下转道："我闻得窦建德之女，甚是勇猛了得，莫非是他，可惜一个不事脂粉的好女子，不舍得去杀他。待我羞辱他两句，使他退去也罢了。"因对线娘道："我想你的父亲，也是一个草泽英雄，难道手下再无敢死之将，却叫女儿出来献丑。"线娘便道："我也在这里想，你家父亲也是一员宿将，难道城中再无敢死之士，却赶小犬出来咬人。"惹得众兵狂笑起来。罗成大怒，一支枪直杀上前。线娘手中方天戟，招架相还，两个对上二十合，不分胜负。罗成见线娘这枝方天戟，使得神出鬼没，点水不漏，心中想道："可惜好个有本领的女子，落在草莽中，我且卖个破绽，射他一箭，吓他一吓，看他如何抵对。”罗成把枪虚幌一幌，败将下去，线娘如飞赶来，只听得弓弦一响，线娘眼快，忙将左手一举，一箭早绰在手里，却是一枝没镞箭，羽旁有“小将罗成”四字。

线娘把箭放在箭壶里，蹙着眉头叹道：“罗郎，你好用心也！”亦把方天戟搁住鞍鞒，在锦囊内取出一丸金弹来，见罗成笑嘻嘻兜转马头跑来，线娘扯满了弹弓。罗成只道是回射一箭，不提防一弹飞去，早着在擎枪的右手上，几乎一枝枪落在地上。罗成叫手下拾起来一看，却是一个眼大的金丸，上面凿成“线娘”两字。罗成道：“这冤家竟有些本领，我若得他同为夫妇，一生之愿足矣！”喜孜孜的在马上相着线娘，越看越觉可爱。线娘亦在马上，看罗成人材出众，风流旖旎，心上亦欣喜道：“惭愧[①]，今日逢着此儿，我窦线娘若嫁得这样一个郎君，亦不虚此生矣！”两下里四只眼睛，在马上不言不语，你看我，我看你，足有一两个时辰。

夏军中那些女兵，觉道两个看得出神的光景，不好意思，笑道：“这位小将军，岂不作怪，战又不战，退又不退，为甚么把我们黄花公主，端详细认，想是看真切了，回去要画一个图样儿供养着么？”罗成笑道：“我看你家公主的芳年，可是十九岁了？”线娘低着头儿不答。一个快嘴的女兵答道：“一屁就弹着。”引得线娘也笑将起来，低低的问道：“郎君青春几何？”罗成答道：“叨长二春。”线娘又问道：“椿萱[②]并茂否？”罗成答道：“家慈五十九，家严六十一，请问公主良缘何氏，曾于归[③]否？”线娘羞涩涩的，低着头下去不开口。又是那个女兵说道：“我家公主，实未有人家，有愿在先。”正要说出来，线娘把双眉一竖，那女兵就不敢开口。罗家小卒道：“既是你家公主，与我家小将一般未有定婚，何不说来，合成一家，省得大家准日[④]厮杀？”罗成把马纵前几步道：“公主若不弃嫌，当遣冰人[⑤]向尊公处聘求何如？”线娘道：“婚姻大事，非儿女军旅之间，可以妄谈。郎君若肯俯从，妾当守身以待，但恐郎君此心不坚耳！”罗成道：“皇天在上，若我罗成不与

---

① 惭愧——这里是表惊喜的叹词，含“侥幸”之意，如同“谢天谢地”一般。

② 椿萱——指父母。古称父为“椿庭”，母为“萱堂”。

③ 于归——指女子出嫁。这里即“许人”意。

④ 准日——整日。

⑤ 冰人——媒人。

窦氏，”忙问：“请问公主敬字？”线娘道：“金丸上你没有见么？”罗成又重新说道：“我罗成此生不与窦氏线娘为夫妇者，死无葬身之地。”誓毕，线娘见罗成说誓真切，不觉泫然泪下道：“郎君既以真心向妾，妾亦生死以真心候君。但若敬翁处请人来求婚，父皇断断不从。”罗成道：“若如此，我向何处求人来说？”

线娘想一想道：“郎君认得隋太仆杨义臣乎？”罗成道：“杨太仆是吾父之好友。”线娘道：“此人是父皇所敬畏者，待我们去灭许后归来，郎君去求他执柯，断无不妥。”正说完，只见后面尘扬沙起。女兵说道：“我家有人来了。”线娘拭泪道：“言尽于此，郎君请转罢。”大家兜转马头，未远一箭之地，线娘又撤转头来一望，只见罗成又纵马前来。线娘只得又兜转马头问道：“郎君既去，为何又来？”罗成道：“虽承公主真心见许，还须付我一件信物，以便日后相逢记验。”线娘道：“不必他求，君家一矢，妾当谨藏；妾之金丸，君当藏好，便可验矣。”罗成只顾把马近前，犹依依不舍。线娘道：“罗郎你去罢，妾不能顾你了。”以手掩面，别转马头而去，随戒女兵，不许漏泄风声。行不多几步，原来窦建德因线娘不回，放心不下，又差曹旦领兵来接应，大家合兵一处回去了。罗成也望见前面有兵马到来，只得长叹一声，奔回冀州。正是：

相思相见知何日，此时此际难为情。

第五十回

借寇兵义臣灭叛臣　设宫宴曹后辱萧后

词曰：

时危豺虎势纵横，福兮祸所因。惟有功成志遂，甘心退守渔纶。前宵欢爱，今日魂飞，泪滴金樽。堪叹煮豆燃萁，同侪嘲笑伤心。

——右调《朝中措》

祸福盛衰，如同一梦。往往有人梦平常落寞之境，还认得自己本来面目是在梦中；及梦到得意荣显之境，不但本来面目尽忘，连自己的性灵智巧，多换做贪残狠毒的心肠。直到蹇[①] 驴一鸣，荒鸡三号，方才知觉。多少英雄好汉，无有不坐此病。

如今再说夏主窦建德见线娘回来，只道他杀败了罗成，心中甚喜，检点兵马，不觉伤了大半，只得暂回乐寿，整顿兵甲，再议征伐。曹后接见了夏主与线娘，问起行兵之事，勇安公主备细述了一遍。建德道："胜败何足定论；然前日之败，原因孤欺敌之故，以致丧师。但可惜邓文信忠义之臣，死于非命，若早依了曹旦、文信之言，决无此失。"曹后问道："他两人怎样说法？"线娘答道："前日兵围罗艺州城之时，母舅密告父皇道：'大军永驻城下，恐敌窥见我军懒怠，黑夜开城劫寨，一时无备，定遭毒手，宜多防之。'邓文信也谏道：'战胜而将骄卒惰者必败。今士卒久已懈惰，况兼罗艺善能用兵，虽被我们围困在城，城中将士，皆精锐劲敌，勿以旦言为非。'父皇总谏不听。"曹后道："陛下尝能以弱制强，稍得一胜，便起骄矜之意，三军损折，不以为戒，妾等无所托矣！"夏主道："御妻之言甚善，今后孤当谨之。"曹后道："据妾之见，陛下当下诏罪己，去尊号，灭御膳，素袍白马，与死者发丧，周给其家属，赏功罚罪，以安众心，畜养锐气，再进兵伐许。如此激励将士，无不胜兵矣。"夏主从之。

次日赏功罚罪，殁于王事者设肴亲祭，死者家属赏赐存问。远近闻

---

① 蹇(jiǎn)——跛。

之，无不叹服。忽报凌敬还朝，夏主喜道："子肃回来，吾事济矣。"遂御殿召敬入问之："卿远路风尘，不知招贤之事如何？"凌敬道："臣奉主公严命，访见杨义臣，述主公之意。他始则再三拒却不从，被臣说先帝惨弑，将军宜志在报仇，他即慨然应允；但要主公从他三事。"夏主问："何三事？"凌敬一一说出。夏主道："若从孤征伐，即孤之臣也，果能尽心助孤讨贼，何所不容？"凌敬道："臣别义臣时，更有密嘱，叫主公去赚此人相助，不愁化及不灭。"向建德耳上低言数语。夏主叹道："虽战国孙吴，亦不过此。"

次日早朝，群臣拜舞已毕，夏主唤刘黑闼道："昨日唐国秦王书来，借粮二千斤石，供给军储，伐许之后，加利清偿。孤今与唐合兵讨贼，乃兄弟之国，不可不借。汝同凌敬整点大车二百辆，装贮粮米，率领士卒，护送前去，中途交纳，勿使有失。"二人领命起行。凌敬吩咐军士："路上盗贼生发，汝等俱扮作民夫，务须遮护粮草，军装器械随身，小心谨密，违者治罪。"一行人趱护粮车起行，不数日已至曹濮州地界。

且说太行山有贼首范愿，自号飞虎大王，手下有三千喽啰，皆勇敢之夫，在曹濮界上，依山为寨，劫掠客商。两日正虑粮草不敷，忽见喽啰报说，北路上有夏王装载二百辆粮车，助唐军饷，无人护送，取之甚易。范愿以手加额道："来得却好，我正乏粮。"忙领二千贼众，一齐下山，抢劫粮车。时黄昏在侧，前哨来报道："粮车插成营垒，民夫尽皆衣服毯衫，并不打更喝号，安眠稳睡。"范愿听说大喜，直奔车营，只见四下寂静，并无一人言语。一声炮响，众车夫扒起，都吓散了。众贼揭去盖草庐席，却是空车，并无粒米在内。范愿知是中计，拨马就走，只听四下里炮声振天，夏兵四五千密层层齐裹围来，把范愿人马，困在垓心。倏忽间明灯火把，照耀如同白昼，夏阵里闪出一将，明盔亮甲，手持巨斧，喊声如雷，叫道："范愿草贼，快快下马投降！"范愿道："你是何人？"刘黑闼道："吾乃夏国大将刘黑闼便是。"范愿道："我只道是谁，原来是你。吾想你当初也会在绿林中做过这个道路儿的，如今何苦替夏家出这样寡力？料想做盗寇的，没有倒贴出卖路钱来的理。还不快快放我们出去！倘然你日后被人杀败了，仍归旧业，也好见面酬情。"刘黑闼听了大怒道："强贼敢来触污我！"举起巨斧直砍进来，范愿接住，战了三十余合，不分胜负。

忽见夏阵中一骑飞来，口中喊道："二位将军，且请住斗，吾与汝二人讲和何如？"范愿道："你又是何人？"凌敬道："吾乃夏国祭酒凌敬便是。"范愿道："祭酒如何讲和?"凌敬道："足下今日如虎陷阱，虽有双翅，亦难飞去，何不弃邪归正，从降夏主，同讨化及，与炀帝报仇，官封极品，受享爵禄，岂不强如在这里为寇?"范愿道："祭酒之言虽是，但恐夏主未肯相容。"凌敬道："夏主招贤纳士，忘怨封仇，有何不容?"范愿听了大喜，即弃戈下马投降。贼众二千，亦皆解甲罗拜。范愿欲请二人到山寨里去叙礼，然后领众起行。凌敬道："刘将军与足下且在寨中歇马，我去雷夏泽中，邀请杨太仆来，一同起行。"说了，即别二人，带领从者去了。

却说杨义臣自别凌敬之后，每夜仰观天象，忽见西北上太乙缠于陬宿之间，其星晦暗欲灭，心中大喜，对杨芳道："化及死期至矣！汝速收拾军器，候凌大夫到来，即去杀贼，与主报仇。"杨芳应诺。次早，忽报凌敬到，义臣接入。凌敬道："奉夏主之命，特来邀请。太仆所言三事，俱已应允，范愿亦已遵计收降，在山寨奉候。"义臣大喜，即设酒款待，吩咐家人："勤事农桑，我去一月之间便回。"随同凌敬起身，辞了雷夏，到了太行山，早见刘黑闼同范愿一支人马，接入寨中。范愿已知杨义臣用计取他，忙下拜道："愿本鲁夫，蒙老将军提挈，敢不执鞭，以效犬马之力，同老将军征讨?"义臣道："足下肯改邪归正，不失老夫企慕之心；但寨中所掳子女，宜赠其路费，释放回家，将来建功立业，何愁不有?"范愿允从。随将女子放回，烧了山寨。同杨义臣等共有六七千人马，离曹州径投乐寿。

凌敬安顿杨义臣于驿中，随同刘黑闼、范愿拜见夏主。范愿将宝物献上，以为进见之礼。夏主道："卿肯来附孤，尽力王事，便是国家之宝了，孤安用此无益之宝？卿还是收去，后日颁赐将士。"范愿深敬夏主之贤。夏主问凌敬道："义臣曾邀来否?"凌敬道："现在城外驿中。臣意此人，昔年曾与陛下对敌，多不相让，今日若不圣驾出迎，加以隆礼，恐彼犹不自安，焉得尽其才能?"夏主道："卿所见甚明。"遂备车驾，率领百官出城迎接。到了驿中，义臣下拜，夏主见义臣浓眉白发，鹤氅星冠，是扶宇宙的班头，安邦国的领袖，忙答以半礼。义臣道："亡国之臣，深感大王来召，安敢受答拜之礼?"夏主道："孤敬太仆乃忠义之士，故特屈来，共讨弑君之贼。"义臣道："贼臣化及，臣恨不能立刻诛之，以谢天下。然祭酒代奏之事，事毕之后，望大王仁慈，放臣归隐田里。"夏主道："孤出语欲取信于天下，安忍食言也?"随同进城，送义臣至公馆，设宴以宾礼待之。君臣议论，直饮至日已沉西，方才回朝进宫。择吉出师，命刘黑闼为大将军，挂元帅印，范愿为先锋，高雅贤为前军，孙安祖、齐善行为后军，曹旦为参军纳言，裴矩、宋正本为军粮纳言，勇安公主为监军正使；凌敬同孔德绍留守乐寿，与曹后监国。杨义臣从夏主帷幄，画策定计。大兵十万，浩浩荡荡，向魏县杀来。

时秦王世民与淮安王神通，先引兵到魏县。刘文静赍书各国回来，说："魏公李密领兵来会。王世充无心北伐。夏主建德拜复大王，不必远劳龙体，只消遣一二副将，领兵来同诛逆贼足矣。"秦王道："正合吾意。昨日父皇有旨意来，说定阳可汗刘武周，引兵攻并州，洛阳王世充侵犯伊州，梁萧铣剽掠峡州，三路锋势甚锐，要吾去征讨。卿与淮安王、李靖，齐心并力，同诛化及。"秦王就将兵印交与神通，自己返回长安。

原来李靖当年携张出尘，游至太原，访着了张仲圣、徐洪客，投见刘文静。时秦王正开招贤馆，文静引他三人来见秦王。秦王见三人气宇，知非常人，便优礼结纳。洪客见秦王龙颜凤姿，知是当今真主；又见秦王与仲坚手局，仲坚第二局将败，急收拾东南一角，秦王犹欲点睛攻击。仲坚道："君何并吞若此弹丸一角，犹不让我稍竟其局？"秦王微哂住手。因此洪客对仲坚道："天下大事已定，兄何心强求？"仲坚等别了秦王，遂把家资赠与出尘一妹，自同洪客飘然往海外扶余国去，别做一番事业了。李靖在秦王幕中，情投意合，故令助夏伐许，把军机大事，托付他与淮安王同事。

却说宇文化及知三路兵来，锋锐难敌，便将府库珍宝金珠缎帛招募海贼，以拒诸侯之兵。徐懋功探知化及募兵，密使心腹将王簿，带领三千人马，暗藏毒药三百余斤，授以密计，假名殷大用，投入化及城中。化及大喜，封为前殿都虞候。淮安王李神通得了秦王兵符将印，进兵攻讨化及，离城四十里下寨。化及探知秦王已去救西北之兵，欺神通等无谋，忙统众出城迎敌。岂知李靖足智多谋，暗出奇兵，伺化及方立寨观阵，令刘宏基斜刺里飞骑来取化及。化及手下大将杜荣、马华两枝画戟，如飞招架隔住，被刘宏基一口刀，左右一迸，两戟齐断。杜荣、马华只得将戟杆向宏基马头上乱打，化及疾忙逃回，宏基亦拨马回阵。杜荣掣军士手中枪赶来，李靖搭上箭，望杜荣心窝便射，应弦落马，许兵大败。幸亏长子丞基接应救回。因此化及弃却魏县，连夜同萧后逃奔聊城。

唐兵探知，李靖道："贼兵虽败走聊城，声势尚大，一时难灭，吾欲观其动静，探其虚实，用奇计然后进兵。"李神通道："正合吾意。"带领数骑，离营二十里外，放马于高阜之处，遥望气色。李靖道："化及逆贼，败在旦夕矣。”诸将道:“贼势正炽,何能便败?”李靖道:“聊城上气色已绝,安得不死;但欢唐魏二营之气,亦非得胜之兆,不知此贼死于何人之手?”言未绝,只见正北上一阵杀气横冲斗牛之间,直与天连,风送南来,犹如烟火之状,李靖欣然道:“原来擒获此贼,乃属正北之兵。”时已抵暮,鸦鹊归噪,成群进城投巢。李靖道:“吾得计矣。”遂带马回营。淮安王问李靖:“所得何计?”李靖向神通附耳数句,神通点头称善,密差一将屈突通,带领能捕猎者五百人,各带兵器并罗网之属,游行郊外,看聊城内飞出禽鸟,随住捕之,活者照数给赏。屈突通领命而去。

却说夏主请义臣商议破城之策。义臣道:“初临敌境,未知虚实,且命范愿领三千人马,前往挑战,探贼动静,然后定计,可保万全。”夏主从之。义臣即唤范愿领兵迎敌:“但令汝败,不令汝胜。”范愿领命,统兵至聊城。化及差长子宇文丞基出战,两人斗了五十余合,范愿诈败,退去二十余里,丞基亦不来追,各自鸣金收军。义臣吩咐黑闼全军,亦退下二十里。惟李靖知杨义臣用诱敌之计,便将屈突通所捕猎的乌鸦、燕雀、鹞鸽等鸟,不计其数,将胡桃李杏之核,打开去仁,俱装艾火于内,用线拴系飞禽之尾,叫军士齐放入聊城。

当日宇文丞基杀败了范愿,领兵回城,面奏化及,以为夏兵不足忧,儿明日领精兵五万,再与决战,务使北擒建德,西破唐兵。宇文智及道:“三路之兵甚锐,岂可只以一面拒之?莫若遣诸将分头埋伏,四路接应截杀,可保无虞。”化及称善,便遣大将杨士览、郑善果、司马雄、宁虎受计,埋伏四方。太子丞基为前军,御弟智及为中军,化及自己为后军。分拨已定,俱于聊城六十里外扎营,以号炮为信出兵,留殷大用与丞址守城保驾。各将领计出城,只有化及尚未动身。是夜正与萧后酣寝宫中,忽报满城发火,化及忙出宫巡视,只见烟冲霄汉,烈焰通天,瞬息之间,被李靖用暗火烧得城内一派通红,仓库粮储,城楼殿宇,惟留赤地。殷大用又假救火为名,叫军士汲存三日之水,命将毒药分投满城井内。

化及见军士焦头烂额者,后忽然又上吐下泻,一齐病倒,便放声大哭,以为天谴灾殃,来夺朕命。昼夜惊惶。夏兵细作报知夏主,义臣知是魏国徐懋功与唐李靖用计,速召范愿领步兵一万,扮作许兵,各存记号,乘夜偷过智及大营二十里外埋伏。又命刘黑闼、曾旦、王琮引兵五万,与智及对敌。又发精兵二万,义臣亲自劫夺智及营垒。高雅贤、孙安祖、宋正本领兵四万，埋伏中道，以截丞基救应。留兵二万，与裴矩留守大营，勇安公主护驾。分派已定，军士饱食战饭，三声大炮，夏主统兵直逼聊城。唐魏二营探知夏主攻城，也放炮助威，四门攻打。化及催督将士同殷大用出城迎敌。夏主认得化及，更不打话，忙将偃月刀，直砍进来。化及挺枪来战。战了二十余合，指望殷大用来接战，岂知大用反退进城，将城门大开。化及因有智及途中伏军，且战且走。

只见杨义臣劫了智及大营，纵马前来，向夏主道："主公快进城去抚安百姓，收拾国宝图籍，待老臣来斩此逆贼。"夏主兜转马头领兵进城去了。杨义臣挺枪来刺化及，两个战了三四回合。勇安公主恐怕义臣有失，忙向锦囊内，取出弹丸来，拽满弓看准弹去，正中化及面门。三四个蛮婆手持团牌砍刀，直滚到马前，把化及的马足乱砍。杨义臣加上一枪，化及直撞下马来。义臣叫手下捆了，上了囚车。只见曹旦已斩了杨士览；刘黑闼与诸将尚与智及三四将一堆儿恋战。杨义臣分开众兵，将化及囚车推出军前，向许兵大声说道："汝等俱是隋国军民，为逆贼所逼。汝之家属尽在关中。今逆贼已擒，汝等若欲西归，悉听汝归关中，愿归夏者，录官升赏，如若不降，吾尽坑之。"许兵闻言，皆去兵器甲胄而降。智及见兄囚在陷车，心胆已碎，又见众军倒戈弃甲而去，忙欲领数骑，逃入丞基营中，不意孙安祖一骑飞来，一枪正中腰间，直跌下马来。义臣忙喝众军士将智及钉上枷锁，囚于陷车，麾兵去合剿丞基。

却说夏主统兵来到聊城，见城门大开，一将手提一颗首级，向夏主马前禀道："臣乃魏公部下，左翎卫大将军徐世勣首将王簿，奉主将之令，改名殷大用，领兵三千，诈为海贼，投入化及城中，化及拜为都虞候之职。前日毒药投井，病倒军士，今日开门迎大王之师。此是化及次子丞址首级，臣谨献上，请大王入内，臣于此辞别矣。"夏主道："卿有破城之功，且款留数日，待孤犒赏军士，回去未迟。"王簿道："徐将军号令严肃，不敢贪功邀赏，有误军期。"说了，辞别下去。夏主叹道："王簿真大丈夫也，只此便知徐世勣之为主帅严明矣！"

夏主拥兵入城，到宫中请萧后御正殿，建德行臣礼朝见，立炀帝少主神位，率百官具素服发哀。时勇安公主带领诸将陆续进宫，将化及、智及推到面前；曹旦提了杨士览首级，范愿提了宇文丞基首级，刘黑闼、孙安祖等押绑擒获许将报功。夏主吩咐武士，将化及、智及绑于柱上，以刀剐之，献祭炀帝。又将许将跪对神座,愿降者赦之,不服者杀之。一面收拾国宝图籍,叫手下排宴在龙飞殿庆赏功臣。时唐魏两家,已拔寨起身去了,忙命孙安祖请杨义臣。只见留守大营裴矩差一将来禀:“杨老将军有一禀帖,差官来奉上王爷。”夏主拆开一看,书上说贼臣化及已擒,臣志已完,惟望大王所允前言,仁慈放归田里。后有绝句一首:

挂冠玄武早归休,志乐林泉莫幸求。

独泛扁舟无限景,波涛西接洞庭秋。

夏主看罢道:“义臣去了,孤失股肱矣!”刘黑闼、曹旦欲领兵追赶,夏主道:“孤曾许之,今若去追,是背约也,孤当成其名可耳!”于是将隋宫珍宝悉分赐功臣将士军卒,将国宝图籍付与勇安公主收藏,因问萧后:“今欲何归?”萧后道:“妾身国破家亡,今日生死荣辱,悉听大王之命。”夏主笑而不言。勇安公主在旁,恐父亦蹈化及之辙,忙接口道:“既如此,何不待孩儿先同娘娘到乐寿,一则可慰母亲悬念,二则大军慢慢里可以起行。”夏主见说喜道:“公主所言甚是有理,明日先点二万人马同你母舅先回乐寿去便了。”那夜萧后就留公主在寝宫歇了。次日清早,曹旦已点兵伺侯,萧后带了韩俊娥、雅娘、罗罗、小喜儿四个得意的宫人,上了宝辇。勇安公主又在宫中选了二三十名精壮的宫人,五六个俊俏的美女,然后起行。正是:

士马峥嵘尘蔽日,军士齐唱凯歌回。

不一日到了乐寿,哨马报知公主回朝。曹后差凌敬出城迎接,凌敬请萧后暂停驿馆。勇安公主同曹旦进城,朝见曹后。公主将隋氏国宝图籍奇珍呈上,又叫带来宫奴美女来叩见。曹后大喜。公主又说:“萧后现停驿馆中,请母亲懿旨定夺。”曹后道:“此老狐把一个隋家天下断送了,人尽夫的人要他来做什么?”凌敬道:“主公断不作化及之事,既到这里,娘娘还当以礼待之。主公回来、臣自有所在送他去。”曹旦道:“凌大夫说得是。”曹后道:“既如此,摆宴宫中,只说我有足疾未愈,不便迎迓,待他进宫来便了。”凌敬见说,便到驿中禀萧后道:“国母本当出来迎接娘娘,因足疾未痊,着臣致意,乞鸾舆进城,入宫相会。”

萧后上了鸾辇,念当初炀帝时,许多扈从百官随驾,何等风光;今日人情冷淡,殊觉伤心惨目。不一时已到宫门,勇安公主代曹后出来迎接进宫。只见曹后凤冠龙髻,鹤佩衮裳,相貌堂堂,端庄凝重,毫无一些窈窕轻盈之态,四个宫奴扶着下阶,来接萧后进殿。曹后要请萧后上坐拜见,萧后那里肯，推让再三，只得以宾主之礼拜见了。礼毕，左右就请上席。萧后、曹后、勇安公主齐进龙安宫来，只见丰盛华筵，摆设停当。曹后即举杯对萧后说道："草创茅茨，殊非鸾辇驻跸之地，暂尔屈驾，实为亵尊。"萧后答道："流离琐尾之人，蒙上国提携，已属万幸，又蒙盛款，实为赧颜。"

大家坐定，酒过三巡，曹后问萧后道："东京与西京，那一处好？"萧后答道："西京不过规模宏敞，无甚幽致；东京不但创造得宫室富丽，兼之西苑湖海山林，十六院幽房曲室，四时有无限佳景。"曹后道："闻得赌歌题句，剪彩成花，想娘娘必多佳咏。"萧后道："这是十六院夫人做来呈览，妾与先皇不过评阅而已。"曹后道："又闻清夜游，马上奏章；演杂剧，月阶试骑，真千古帝王未有如此畅快极乐。"韩俊娥在后代答道："这夜因娘娘有兴，故皇爷选许多御马进苑，以作清夜游，通宵胜会。"曹后问萧后道："他居何职？"萧后道："他叫韩俊娥，那个叫做雅娘，这两个原是承幸美人，那个叫罗罗，那个叫小喜儿，是从幼在我身边的。"曹后对韩俊娥问道："你们当初共有几个美人？"韩俊娥答道："朱贵儿、袁宝儿、薛冶儿、杳娘、妥娘、贱妾与雅娘，后又增吴绛仙、月宾。"曹后道："杳娘是为拆字死的，朱、袁是骂贼殉难的了，那妥娘呢？"雅娘答道："是宇文智及要逼他奸污，他跳入池中而死。"曹后笑道："那朱、袁与妥娘好不痴么，人生一世，草生一秋，何不也像你们两个，随着娘娘，落得快活，何苦枉自轻生？"萧后只道曹后也与己同调的，尚不介意。

勇安公主问道："还有个会舞剑的美人在那里？"韩俊娥答道："就是薛冶儿，他同五位夫人与赵王先一日逃遁，不知去向。"曹后点头道："这五六个女子，拥戴了一个小主儿，毕竟是个有见识的。"又问萧后道："当初先帝在苑中，闻得虽与十六院夫人绸缪，毕竟夜夜要回宫的，这也可算夫妇之情甚笃。"萧后道："一月之内，原有四五夜住在苑中。"曹后又问："娘娘为了绫锦与皇爷惹气，逼先皇将吴绛仙贬入月观，袁宝儿贬入迷楼，此事可真么？"萧后肚里想道："此是当年宫闱之事，如何知得这般详细；不如且说个慌。"便道："妾御下甚宽，那有此事？"曹后笑道："现有对证的在此，待妾唤他出来，便难讳言了。"吩咐宫奴，唤青琴出来。

不一时，一个十五六岁宫女叩见萧后，跪在台前。萧后仔细一看，是袁紫烟的宫女青琴，忙叫他起来问道："我道你随袁夫人去了，怎么倒在这里？"青琴垂泪不言。勇安公主答道："他原是南方人，为我游骑所获，知是隋宫人，故解入宫，做人伶俐，倒也可取。”曹后又笑指罗罗道：“得他是极守娘娘法度的，皇帝要幸他，他再三推却，赠以佳句，娘娘可还记得么？”萧后道：“妾还记得。”因朗诵云：

个人无赖是横波，黛染隆颅簇小娥。

今日留侬伴成梦，留不侬住意如何？

曹后听了叹道：“词意甚佳，先皇原算是个情种。”勇安公主道：“到底那个吴绛仙，如今在那里？”韩俊娥答道：“他闻皇爷被难，就同月宾缢死月观之中。”勇安公主又问：“十六院夫人，去了五位，那几位还在么？”雅娘答道：“花夫人、谢夫人、姜夫人是缢死的了，梁夫人与薛夫人，不愿从化及，被害的了，和明院江、迎晖院罗、降阳院贾，乱后也不知去向。如今止剩积珍院樊、明霞院杨、晨光院周这三位夫人，还在聊城宫中。”曹后喟然长叹道：“锦绣江山为几个妮子弄坏了。幸喜死节的殉难的，各各捐生，以报知己，稍可慰先灵于泉壤。”又问萧后道：“这三位夫人，既在聊城，何不陪娘娘也来巡幸巡幸？”韩俊娥答道：“不知他们为什么不肯来。”勇安公主笑道：“既抱琵琶，何妨一弹三唱？”此时萧后被他母子两个，冷一句，热一句，讥诮得难当，只得老着脸，强辩几句道：“娘娘公主有所不知，妾亦非贪生怕死，因那夜诸逆入宫，变起仓猝，尸首血污遍地，先帝尸横床褥，朱、袁尸倚雕楹，若非妾主持，将沉香雕床改为棺椁，先殓了先帝，后逐个棺殓，安放停当，不然这些尸首，必至腐烂，不知作何结局哩！”曹后道：“这也是一朝国母的干系，妾晓得娘娘的主意，不肯学那匹夫匹妇所为，沟渎自经，还冀望存隋祖祀，立后以安先灵，不致殄灭。”萧后见说，便道：“娘娘此言，实获我心。”曹后道：“前此之心是矣；但不知后来贼臣既立秦王浩为帝，为何不久又鸩弑之。这时娘娘正与贼臣情浓意密，竟不发一言解救，是何缘故？”萧后道：“这时未亡一命悬于贼手，虽言亦何济于事？”曹后笑道：“‘未亡人’三字，可以免言；为隋氏‘未亡人’乎，为许氏‘未亡人’乎？”说到此地，萧后只有掩面涕泣，连韩俊娥、雅娘也跌脚悲恸，正在无可如何之际，只见宫人报道：“主公已到，请娘娘接驾。”曹后对萧后道：“本该留娘娘再宽坐谈心，奈主公已到，只得屈娘娘暂在凌大夫宅中安置，明日再着人来奉请。”即叫送萧后上辇，到凌敬宅中去了。

未知后事如何，且听下回分解。

中国古典文学名著丛书

隋唐演义

下

［清］ 褚人获 著

華夏出版社
HUAXIA PUBLISHING HOUSE

第五十一回

真命主南牢身陷　奇女子巧计龙飞

词曰：

何事雄心自逞，无端羑里羁囚。君臣瞥见泪交流，甚日放眉头。

幸遇佳人梦，感群英尽吐良谋。玉鞭骄马赠长游，三叠唱离愁。

——右调《锦堂春》

哲人虽有前知之术，能趋吉避凶，究竟莫逃乎数。当初郭璞与卜珝，皆精通易理。一日郭璞见珝，叹道："吾弗如也，但汝终不免兵厄！"卜珝道："吾年四十一，为卿相，当受祸耳；但子亦未见能令终。"郭璞道："吾祸在江南，素营之未见免兆。"卜珝道："子勿为公吏可免。"郭璞道："吾不能免公吏，犹子不能免卿相也。"后卜珝为刘聪军将，败死晋阳；而郭璞亦以公吏，为三郭所杀。故知数之既定，不但古帝王不能免，即精于易者，亦难免耳。

如今再说夏王窦建德，来到乐寿。曹后接入宫中，拜见了，便道："陛下军旅劳神，喜逆已诛，名分已正，从此声名高于唐、魏多矣。但隋皇泰主，尚在东都，未知陛下可曾遣臣奉表去奏闻否？"夏王道："孤已差杨世雄赍表去了。宫中彩币绫锦、宫娥彩女，均作四分，以二分赐与功臣将士，以二分酬唐、魏两家同谋灭贼之功。孤但存其国宝珍器图籍而已。"曹后道："陛下处分甚当，还有一个活宝在此，未知陛下贮之何地？"夏王道："御妻勿认孤为化及之流。孤自起兵以来，东征西讨，宇宙至广，未有一隅可为止足之地，何暇计及欢乐之事？孤所以带萧后来者，恐留在中原，又为他人所辱，故与女儿同来，自有所在安放他去。"曹后道："妾非妒妇，止不过为国家计耳，若如此，则是宗庙之福也。"

过了一宵，夏王即差凌敬送萧后等到突厥义成公主国中去。萧后原是好动不好静的人，宵来受了曹后许多讥辱，已知他不能容物，今听见要送到义成公主那边去，心中甚喜，想道："倒是外国去混他儿年好，强如在这里受别人的气。"催促凌敬起身，下了海船，一帆风直到突厥国中。凌敬遣人赍书币去报知义成公主。启民可汗因往贺高昌王麴伯雅寿,不在国中。义成公主即命王义发驼马去接萧后;又差文臣去请凌敬,到驿馆中款待。

萧后在舟中,见王义下船来叩见,正是他乡遇故知,不觉满眼流泪,问道:"王义,你为何在此?"王义道:"臣是外国人,受先帝深恩,何认再事新主?故护持赵王同沙夫人在此。先帝不听臣谏,把一座江山轻轻的弄掷。今娘娘到这里来,原是至亲骨肉,尽可安身过日。公主差臣来接娘娘,快到宫中去相见。"萧后起岸,上了一匹绝好的逍遥骏马,来到宫中。义成公主同沙夫人出来,接了进去。行过礼,大家抱头大哭。萧后对沙夫人道:"你们却一窝儿的到了这里,止丢了我受尽苦恼!"沙夫人道:"妾等又闻娘娘仍旧正位昭阳①,还指望计除逆贼,异日来宣召我们,复归故土;不想又有变中之变。"

正议时,只见薛冶儿与姜亭亭出来朝见。萧后问沙夫人道:"还有几位夫人,想多在这里?"薛冶儿答道:"那同出来的狄、秦、李、夏四位夫人,已削发空门,作比丘尼矣!"萧后见说,长叹了一声,又对沙夫人道:"夫人既在这里,赵王怎么不见?"沙夫人道:"他刚才同孩子们打围② 去了。"萧后道:"我倒时常想念他。"沙夫人道:"少刻回来,见了母后,是必分外欢喜。"一会儿摆上宴来,止不过山禽野兽,鹿脯驼珍。其时王义已为彼国侍郎,姜亭亭已封夫人,薛冶儿做了赵王保母,大家坐定,各诉衷肠。

日色已暮,只见小内侍进来报道:"小王爷回来了。"萧后两年不见赵王,今见长得一表人材,身躯高伟。打了许多野兽,喊进来道:"母亲,孩儿回来了。"望见里边摆了酒席,忙要退出去。沙夫人道:"你大母后在这里,快过来拜见。"赵王见说,站定了脚,薛冶儿与姜亭亭忙下来对赵王说道:"此是你父皇的正宫萧娘娘,他是你的大母,自然该去拜见。"赵王见说,只得走上去,朝上两揖。萧后正开言说道:"儿两年不见,不觉这等长成了。"只见赵王两揖后,如飞往外就走。沙夫人道:"这该行大礼才是,怎么就走了去?"薛冶儿重新要去搀他转来。赵王道:"保母,你不知当年在隋宫中,他是我的嫡母,自然该行大礼。今闻他又归许氏,母出与庙绝,母子的恩

---

① 昭阳——即汉昭阳宫,汉成帝建。后多指皇后所居之宫。

② 打围——围猎,狩猎。

情已断:况他又是失节之妇,连这两揖,在沙氏母亲面上,不好违逆,算来已过分了。"说完,洒脱了薛保母的手,往外就走。萧后听见,不觉良心发现,放声大恸,回思炀帝旧时,何等恩情,后逢宇文化及,何等疼热;今日弄得东飘西荡,子不认母,节不成节,乐不成乐,自贻伊戚如此。越想越哭,越哭越想,好像华周杞梁之妻,要哭倒长城的一般。幸得义成公主与沙夫人等,百般劝慰。自此萧后倒息心住在义成公主处,按下不提。

再说秦王回到长安,朝见唐王。唐王说三处兵锋利害。秦王道:"利害何足为惧? 但刘武周与萧铣居于西北,王世充居于中央。臣意欲差人致书,先结好世充,使不致瞻前顾后,然后进兵专攻刘、萧二处,无有不克之理。未知父皇以为是否?"唐主称善,即修书一封,着杨通、张千到洛阳王世充处。二人领命即行。

岂知王世充看了来书大怒,扯碎了书,将杨通斩于阶下,将张千割去两耳放回。张千抱头鼠窜,逃回长安,哭诉唐王。唐王大怒,自欲提兵去剿世充。秦王道:"不必父皇动怒,臣儿自有调度[①] 在此,差李靖为行军大元帅,领兵十万去扼住刘武周;臣儿领一旅之师,誓必扫灭世充,回来见驾。"唐王大喜,即命秦王领兵十万,前往洛阳进发。时秦王每一出师,西府宾僚如杜如晦、袁正罡、李淳风、侯君集、姚思廉、皇甫无逸等,秦王平昔以师礼事之,故凡出兵,无不从侍帷幄,筹谟谋划。秦王命殷开山为先峰,史岳、王常为左右护卫,刘弘基为中军正使,段志玄、白显道马为左右护卫。自领一军居后。长孙无忌、马三保等保卫船骑。水陆并进,来到洛阳。王世充探知,亦领军于睢水,列阵相迎。秦王屯兵于睢水之北,两军相接。唐家兵精将勇,杀得世充大败进城,坚闭不出。

次日唐营排宴,犒赏三军已毕。秦王乘着酒兴,问土人:"此地何处好景,可以游玩?"土人答道:"城北十里外,有一北邙山,周围百里,古帝王之陵,忠臣烈士之墓,如星罗棋布,其中珍禽怪兽,苍松古柏,无限佳景。"秦王见说,喜道:"吾正欲到彼处射猎。"李淳风道:"臣晨起演先天一数,殿下该有百日之灾,不可开弓走马玩景;况面带有青色,还是不走的是。"秦王道:"吾日夕驰骋于弓马之间,觉得气爽神怡,有何利害?"即同马三保软甲轻衣,雕弓利箭,十余骑径往北邙山来。

---

① 调度——手段,办法。

到了山内，秦王四顾了一回，喟然长叹道："吾想前代之君，坐镇中华，拥百万之师，有多少英雄豪气，今止得几个石人石马相随，况荆棘丛生，狐兔为侣，宁不可叹。日后唐家天下，亦如此而已。"正嗟叹间，忽见西北上，赶出一双白鹿，冲面而来。秦王扣满弓，一箭射去，正中鹿背。那鹿带箭望西而走，秦王纵马追之，紧赶数里，转过山坡，其鹿杳然不见。秦王四下追寻，不觉骤至一处，坦然平川旷野，但见旌旗耀日，戈戟森罗，一座新城，门匾上"金墉城"三字，日光耀目。秦王道："此非李密所居之城乎？"马三保道："正是，殿下可急回，若彼知之，便难脱身。"

不提防守城军卒看见，忙去报知魏主，李密道："此必是李世民诱敌之计，不可追之。"程知节踊跃向前道："主公此时不擒，更待何时？"说了，手提大斧，跨青鬃马，如飞出城。秦叔宝恐知节有失，随即赶来。

时秦王正欲回骑，只见一人飞马来追，大叫道："李世民休走！"秦王横枪立马问道："你是何人？"知节道："我便是程咬金，特来捉你。"秦王笑道："谅你这贼夫，何足为惧？"知节举起双斧，直取秦王。秦王挺枪来迎。斗了三十余合，因马三保被秦叔宝接住，秦王只得败走，三保也抵敌不住，亦自逃去。知节追赶秦王，看看较近；秦王搭上箭，拽满弓，飕的一声，正射中知节盔缨。秦王见射不中，心中甚慌，纵马加鞭复走，恰值面前一座古庙，牌书"老君堂"三字。秦王心下想道："既有此庙，何不进去躲过片时？"忙进庙门，把门关了，取一条大石条来顶撞了，把马拴在庙廊下，向着老君神像，也不及细祷，作一揖道："神圣在上，若能救吾李世民脱得此难，当重修庙宇，再塑金身。"祝告了，即往神座内躲避。那老君原是灵感的，故受一方香火；今见一个真命之主，紫微① 有难，岂不显圣？便刮起一阵旋风，把秦王行来的马蹄踪迹，都灭没了，又把蜘蛛絮尘，网定庙门。

程知节追赶秦王，到三岔路口，倏忽不见，四下一望，只见前面一个大树深林，丛丛茂密，便纵马加鞭，赶进林中，上了山岗，见山背后一座古庙。知节慌忙来至庙前，把门乱推，却推不开，蜘蛛网面，四下里尘灰飞絮，像久无人进来的。只得兜转马头，复上山岗。向庙中细看，吃了一惊：只见屋脊中间，一条大黄蟒蛇，盘踞其上。知节看了想道："吾闻得人说，汉刘邦斩了芒砀山的大蟒蛇，后来做了皇帝，我也是一个汉子，难道除不得此

---

① 紫微——星名，指帝王的星象。

孽畜!”忙下岗,到庙前下了坐骑,将一块大石,撞开了庙门,往屋脊上看,却又不见,想道:“孽畜必游进殿内去了。”走到殿前,只见一马系在柱上。知节道:“原来李世民躲在这里!”又看梁柱上的蟒蛇,踪迹全无,瞥见神柜上帘帷摇动,恍如蛇尾现出在外。

原来秦王见有人进殿细看,如飞在柜里轻轻拔出剑来。时叔宝亦追赶进殿,见知节把神帷揭起,喝道:“贼子,却躲在这里!”举起巨斧,照着秦王头上砍来。秦叔宝忽见五爪金龙现出来,抓住巨斧。叔宝知是真命之主,如飞抢上前,把双锏架住巨斧道:“兄弟,你好莽撞,岂不知唐与魏原是同姓,曾有书礼往来?今若把一死的见驾,是无功而反有罪矣!”知节道:“大哥,你不知吾刚才见他,是一条黄蟒蛇神,今不杀他,他会遁去。”秦叔宝微笑了一笑,轻轻扶秦王出了神柜,叫手下宽松剪了,扶出庙门。从人牵了秦王的马,程知节、秦叔宝各上了马押后,一行人带进金墉城来。

那些市井小民,不知好歹,口中啧啧赞道:“好一个汉子,生得秀眼浓眉,方面大耳,不知犯着何事,被两位将军解进城来。”有几个跟进城的百姓,便道:“你们不要小觑他,这是一位唐家的太子,因偶然在这里过,被我两位将军获住。”众百姓道:“怪道相貌迥出寻常,原来是金枝玉叶,可惜,可惜!”秦叔宝在马上听得,却要放脱他,因众耳众目,又不便行,只得解至府门。

魏公令群刀手拿秦王至阶前,责之道:“你这个猾贼,却自来送死。汝父镇守长安,坐承大统。吾居墉城,管理万民。前已明取河南,今又想袭金墉,是何道理?”秦王道:“叔父暂息虎威,侄有言禀上。因洛阳王世充,杀我使臣,故侄领兵征讨,败其三军。世充坚闭不出,是以退兵千秋岭下。偶因承醉捕猎,来金墉探望叔父,不意叔父反致见疑。”魏公怒道:“你这个猾贼,吾与汝何亲,假称吾叔父!汝本恃勇轻敌而来,探吾虚实,于中取事,却以甜言哄我。”喝令武士,推出斩之。魏徵道:“主公若斩世民,非安社稷之计,金墉速于受祸矣。”密问:“何故?”魏徵道:“此人东征西荡,争入长安,与其父坐承大统,兵精粮足,手下猛将如云,谋臣如雨。彼若知我主杀其爱子,必起倾国之兵,前来复仇,忿死相拼,有何了日?”李密道:“如此说,难道竟放了他去?”魏徵道:“莫若将他监禁在此,使李渊知之,若有降书朝贡之物,放他回还,如若不从,使其子执质在此,终身不敢来侵犯,岂不是好?”魏公道:“此论甚通。”即令狱卒带入南牢。

时唐主在长安，因马三保来报知此信，自要亲提人马来讨李密，以救秦王。因刘文静与李密有郎舅之亲，劝唐主修书具礼，来见李密。不意李密绝不认亲，反要把刘文静斩首，幸亏徐世勣劝免，也送入南牢去了。可怜：

青龙白虎同囚室，难免英雄相对泣。

时魏公发放已完，忽见流星马报到，奏说："开州凯公校尉，杀了刺史传钞，夺其印绶，会合参军徐云，结连宁陵刺史顾守雍造反，大起人马，犯我境界，说诱洪州刺史何定，献了城池。二郡人马，与凯公攻打偃师、孟津地方，诸郡百姓无守，甚是紧急。"魏公闻报大惊道："偃师乃吾咽喉之地，屯粮之所；倘有亡失，魏之大患。孤当自率大军讨之。"即命程知节为先锋，单雄信、王伯当为左右护卫，罗士信、王当仁趱运军粮草，留徐世勣、魏徵、秦琼，总护国事。亲自领兵，往开州进发。

却说秦王与刘文静，监锁南牢，虽亏秦叔宝时常馈送，不致受苦，更喜那狱官姓徐名立本，字义扶，妻亡，止携一女，名唤惠英，年已二九，尚未适人。那个徐义扶，虽是小官，却是见识高广，眼力颇精。他道刑名过犯，冤抑者多，所以不嫌前程渺小，志愿力行善事，利物济人。秦王初发监禁之日，那夜女儿惠英，梦见一条黄龙，盘踞囚室之内。惠英惊骇，走去偷觑，只见那龙飞来，缠绕其身，遂尔惊醒，叙与义扶知道。义扶晓得秦王是个真命之主，遂要放他们两人还乡，急切间未得其便。惟每日三餐，请秦王与文静到里边静室中去款待。两人甚感他恩德。

一日，秦叔宝与魏玄成在徐懋功府中小饮，说起秦王之事。叔宝大笑起来。徐、魏两人问道："秦兄有何好笑？"叔宝道："吾想我们程兄弟，真是个蠢才。"懋功道："那见他蠢处？"叔宝道："当日在老君堂，要举斧杀死秦王之时，忽现出五爪金龙，向斧抓住，因此弟见了，忙把双锏架住，不好私放他，只得解将进京。程兄弟竟认秦王是黄蟒蛇精，必要除他，岂不是可笑？"玄成道："吾见秦王，龙姿凤眼，真命世之主。前日主公要杀他，所以力劝监禁南牢。将来数尽归唐，必至玉石俱焚，如何是好？"懋功道："吾们这几个心腹兄弟，如今趁他被难之时，先结识他，日后相逢，也好做一番事业。"叔宝不好说昔日有恩于唐主，今又救了秦王之命，只得点头道："徐大哥说得是。"玄成道："据我之见，还该趁主公未归，大家携一尊到那里去，与秦王、文静叙一叙,也见我们这几个不是盲目[①]之人。未知二兄以为如何?"叔宝应声道:"魏兄说得极是,弟正有此心。明日二兄早来同去。"

过了一宵,秦叔宝家中整治二席酒,悄悄叫人抬进南牢。比及玄成、懋功来时,日已晌午了。三人俱换了便服,大家跟了一个小厮,各坐小轿,来到南牢门首。先是小厮去报知,狱官徐立本如飞开门,接了进去。魏玄成三人叫小厮打发轿人回去,义扶引到囚室与秦王、文静相见了。秦王、文静各各拜谢深恩。懋功道:"非弟辈俱属矇瞽,不识殿下英明,有屈囹圄,这也是殿下与刘兄,数该有这几日灾厄。今因主公提师讨凯公去了,因此我们进来一候,冀聆教益。"魏玄成道:"只是此地怎好坐?"秦叔宝道:"酒席已摆设在里边。"刘文静对徐懋功道:"狱官徐立本,虽官卑职小,却非寻常之人。承他朝暮殷勤奉侍,实出意外;况他才智识见,另有一种与人不同处。"一头说,众人已到里边,却是三间静室,满壁图书,尽是格言善行。三人请秦王上坐,刘文静次之,玄成、叔宝、懋功各各坐了。秦王道:"承三位先生盛意,世民有何德能,敢劳如此青盼[②]。那狱官徐义扶,虽居击柝之职,定不久于人下者。承他日夕周旋,愚意欲借花献佛,邀来一坐,未知三位先生肯屑与他同坐否?"徐世勣道:"他原是隋朝科甲出身,当日主公原教他为司马,不知甚意,自愿居刑曹监守。"魏徵道:"吾也闻他是个乐善好道有意思的人,这样世界的官儿论甚大小,快请出来。"小厮请了徐立本出来,谦让了一回,只得于末席坐下。

酒过三巡,只见徐家一小僮进来,向家主禀道:"有懿旨在外。"徐立本如飞起身出去。玄成等众人尽加惊异,俱在那里揣度。只见徐立本走来坐定,魏玄成忙问道:"宫中怎有甚懿旨到这里来?"徐义扶笑道:"不敢隐瞒,正宫王娘娘实与小女有缘,晓得小女颇识几字,素知音律,幸得禁林清赏,故此常差内侍接进宫去陪侍。前因分娩太子,进去问候,是今日弥月,叫他进去,不知还有甚事。"徐懋功道:"令嫒想是有才貌的了,今年多少贵庚?"徐义扶道:"小女名唤惠英,年一十八岁了。"徐懋功见秦叔宝、魏玄成与秦王说起袭取河南一段,也就住口,不与义扶讲。大家诉说战阵功业之事。

---

① 盲目——意即"眼瞎"、"没有眼力"。

② 青盼——青,黑颜色,瞳仁。对人正视表示看得起。

正说得热闹，只见一个小厮，向魏玄成禀道："走役来报王爷差人赍赦诏快到了。"玄成向叔宝、懋功道："二兄陪殿下宽饮一杯，弟去了就来。"说了起身而去。文静与懋功是旧交，秦王与叔宝彼此有恩心交，四人更说得投机。忽小厮报道："魏老爷来了。"大家起身。懋功道："想必主公威降了凯公，复平土地，故有赦诏，为何吾兄反有忧色？"玄成就在袖中，取出诏书来道："请二兄看便知。"前面不过凯公肉袒投降，后又喜生太子，故降赦文，除人命强盗重情外，不赦南牢李世民、刘文静二人，其余咸① 赦除之。

懋功与叔宝读了一遍，双眉频蹙，默然不语，只听见外边人声嘈杂，魏玄成问道："为何喧闹？"徐义扶道："想必宫侍送小女回来。"又见那小厮出来，请义扶进去。徐懋功道："前日秦大哥要打帐在赦内邀恩，吾度量必不能够，为什么呢？昔日魏公待人，还有情义，近日所为，一味矜骄，恃才自用，目下赦内若肯赦二公，则前日先认了亲，不至如此相待。"叔宝道："除此之外，却怎么商量？"秦王听见他们计议，不好意思，只得说道："承三位先生高谊，或者吾两人灾星未退，且耐心再住在此几时，亦无不可；只是有费三位先生照拂周旋。"魏玄成道："吾有个道理在此。"

正要说时，只见徐义扶走将出来，便缩住了口。刘文静对众人道："义扶兄已属心交，众兄有话不妨直说。"魏玄成对刘文静道："刘兄来看赦书上，那一条不赦南牢的'不'字，只消添上一竖一画，改为'本'字，主公归来，料必无疑，就有他事，这血海干系，总是我三人担待了。"秦叔宝喜道："这却甚妙，须要就烦魏兄大笔，方写得像他亲笔一般。"时众人站在一堆儿，也有说妙的，也有不开口的。徐义扶道："卑职倒有一计在此，未知三位大人可容卑职略参末议否？"徐懋功道："兄有良策，快些说出来。"义扶道："以不改本，恐文义念去，有些勉强；况主公非昏暗庸愚眊眼糊涂之主，看他另写一行，下笔之时，何等慎重，今若改了本字，主公回家，必然看出，有许多不妙。臭若竟让卑职把秦殿下与刘大夫放去。主公回来，三位大人尽推在卑职身上，虽尚可饰辞，犹难免守国防范之愆②，然不至有大害了。若明改赦诏，不几视朝廷之敕书，如同儿戏乎？"众人都道："此论不差。"

---

① 咸——都，全。

② 愆(qiān)——过失，罪责。

魏玄成道："义扶持论甚畅，但不知怎样个放法？"徐义扶道："方才王娘娘宣小女进去，因太子弥月，欲草疏到主公处，奈因身子尚惮劳顿，故叫小女代为草就，要差人到孟津去。小女有心乘机奏过王娘娘，即讨此差与卑职，明日四鼓就要起身，岂不好是改敕的机会？现有懿旨，叫卑职到徐大人处拨差官兵守护狱囚的，内票在此，表章是用黄绢封固的，小女藏在里边。"袖中取内票出来。徐懋功取来一看，只见上写着：

仰兵部掌印大堂徐，速拨吏卒二十名，去守南牢监禁，待狱官徐立本公干归，即便交卸，勿得有误施行。

玄成、叔宝大喜道："这是唐王之福，殿下还朝，父子重逢，君臣会合。"徐义扶道："只是要五匹鞍辔的好马，方才济事。"魏玄成道："连兄只须三骑，多此二骑何用？"徐义扶道："小女与一个小价①，亦少不得。"徐懋功道："既如此，也该请令媛出来见了殿下，好少刻同行。"

徐义扶忙进去，同女儿惠英出来。众人见时，乃是一个才要改妆不脂不粉的美秀女子。徐义扶道："匆忙之际，总朝上三叩首就是。"众人皆要还礼，义扶再三不容，只得答以三揖。惠英如飞进去了。徐懋功道："我前者会征化及，得二匹骏马，驯良之至，一匹赠与殿下，一匹赠与令媛惠英。"秦叔宝道："殿下的追风马，我养好在厩下，并拨选二匹送来，后会有期，我们该大家别过罢！"徐懋功道："诸公该作速收拾，伺我发兵卫下来，就到我署中来就是了。"魏、徐、秦又叮咛了一番。义扶送了三人出门，如飞进去，收拾了细软，把两套青衣小帽与秦王、文静换了。义扶又添些果菜，叫小厮扛了一坛酒，放在客座里。秦王问义扶道："添酒增肴，是何缘故？"刘文静道："我晓得这是义扶的作用，少刻便见。"

正说间，听得叩门声响。义扶如飞叫小厮去开门看来，却是一个老队长同十来个小兵，到义扶面前叩见了。义扶对众人道："里边禁门，刚才徐大老爷差人到来巡察，已封好在那里了。恰好我们两个舅子，要同到孟津单将军处公干，故有现成酒肴在此，天气寒冷，酒在坛子里，你们吃了罢，只要收拾好了家伙。"说完了，徐惠英提了灯笼，秦王与文静负了奏章与报箱，小厮青奴挑了行李，叫一个士兵出来，关好了门进去了。

徐义扶等五人忙忙走的不多几步，只见秦叔宝家小厮迎上前来，说

---

① 小价——对人称自己的仆从。

道："家老爷坐在堂中，候徐爷去会。"义扶等走进叔宝署中，只见院子里系着五匹马。秦叔宝忙出来接见了，对秦王道："我晓得殿下归心甚急，此刻也不敢尽情了。"将手指着院子里的马道："这两匹马，是才间徐大哥叫人牵来的；这匹金串银镶的，赠与殿下，那匹绸串雕鞍的，赠与惠英小姐。殿下的马，文静兄坐去。那二匹是我赠与义扶及管家的，多是驯良善走的脚力。"又在袖中取出书札来，对文静道："此三件烦兄带去，一道表章是叩谢唐王的，两封书启，候李药师与柴嗣昌两兄的，代弟一一致意。"文静如飞打开包裹藏好。叔宝叫小厮快牵自己的坐骑来，送秦王出城。秦王止住道："承将军等许多情义，我李世民镂之心版，再不敢劳尊驾送出城，恐惹嫌疑。"叔宝洒泪道："士为知己死，大丈夫若虑嫌疑，何事可为？"即便先上了马，众人也只得上了马，急赶出城，又叮咛了一番，然后举手相别。这叫做：

惺惺自古惜惺惺，说与庸愚总不解。

第五十二回

李世民感恩劫友母　宁夫人惑计走他乡

词曰：

深锁幽窗，遍青山，愁肠满目。甚来由，风风雨雨，乱人心曲。说到情中心无主，行看江上春生谷。正空梁断影泛牙樯，成何局？　画虎处，人觳觫。笑鹰扬，螳臂促。怎与人无竞，高飞黄鹄。眼底羊肠逢九坂，天边鳄浪愁千斛。甚张罗？叫得子规来，人生足。

——右调《满江红》

流光易过，天地间的事业，那有做得完的日子。游子有方，父母爱子之心，总有思不了的念头。功名到易处之地，正是富贵逼人来，取之如拾芥；若是到难处之地，事齐事楚，流离颠沛，急切间总难收煞。

却说秦王与刘文静、徐义扶、女儿惠英，四五骑马离脱了金墉城，与叔宝别了，连夜趱行。秦王在路上，念叔宝的为人，因对刘文静道："叔宝恩情备至，何等周匝。所云：'桃花潭水深千尺，不及汪伦送我情。'此之谓也。怎得他早归于我，以慰衷怀？"刘文静道："叔宝也巴不能要归唐，无奈魏势力方炽；二则几个弟兄，多是从瓦岗寨起手，干这番事业；三则单雄信是义盟之首，誓同生死，安忍轻抛。如今彼此三人，皆有他意者，因前日翟让一诛，故众人咸起离心耳，散则犹未也。"

秦王见说，不胜浩叹道："若然，则叔宝终不能为我用矣！"徐义扶道："殿下不必挂念，臣有一计，可使叔宝弃魏归唐。"秦王忙问道："足下有何良策？"徐义扶道："叔宝虽是个武弁，然天性至孝。其母太夫人，年逼桑榆，与媳张氏俱安顿瓦岗。"秦王道："魏家将帅俱集金墉，难道各将家眷尚在山寨里？"徐义扶道："金墉止有魏公家眷，余皆在寨中。一个叫尤俊达，一个叫连巨真，二将管摄在那里。莫若将秦母赚来归唐，好好供奉着，叔宝一知信息，必为徐庶之奔曹矣。"秦王道："好便好，作何计赚来？"徐义扶道："臣当年曾仕幽州，知总管罗艺与秦叔宝中表之亲，极相亲爱。今年恰值秦母七十寿诞，莫若假设是罗夫人，因往泰安州进香，路经此地，接秦母到舟中去相会,一叙阔踪。秦母见说,定必欣然就道;若离了山寨,何愁他不到长安?”刘文静道:“要做,事不宜迟,回去就行。”

三人正说得入港,赶到了千秋岭来。只见后面小厮青奴在马上喊道:“姑娘的靴子掉去了一只了!”秦王听见,如飞兜转马头,只见徐惠英一双窄窄金莲,早已露出。徐惠英虽是个倜傥女子,此时不觉面红耳赤。徐义扶道:“既掉了一只,何不连那只也除去了?”只见秦王把马加鞭耸上一辔头,向旧路寻去。未及片时,秦王提着一双靴子,向徐惠英笑道:“这不是卿的靴子?”徐惠英如飞下马来向秦王接了,穿扎停当,然后上马。自此一路上,秦王与惠英虽不能雨觅云踪,然侍奉宵征,早已两情缱绻,魂消意会矣。

一行人晓行夜宿,不觉早到了霸陵川。秦王对刘文静道:“孤偶然出猎闲游,不意遭此大难,若非惠英、义扶与秦、魏、徐三位同心救援,几乎老死囹圄。”刘文静道:“这也是殿下与臣数该有这百日之灾,幸遇义扶,朝夕周全。令嫒弃恩施计,殿下不特得一明哲之士,兼得一闺中良佐,岂非祸兮福所倚乎?”

正说时,只见尘头起处,望见一队人马前来,乃是大唐旗号。秦王道:“难道父皇就知孤归国,预差人来迎接?”话未说完,只见袁天罡、李淳风、李靖三骑马早已飞到面前,口称:“殿下,臣等齐来接驾。”秦王道:“孤当初不听先生们之谏,致有此难,将来后车之戒,孤当谨之。”那时西府宾僚陆续来到,大家拥入潼关。秦王对徐义扶道:“贤卿与令嫒,乞暂停驿馆,待孤见过父皇,然后备车驾来接令嫒,方成体统。”义扶点首,忙进驿馆中安歇。

秦王同众公卿进朝,见了唐帝,到宫中拜见了窦太后,骨肉相叙,如同再生,不觉涕泗① 横流。秦王细把被难前情,一一奏明。唐帝道:“秦叔宝、徐懋功、魏玄成这三位恩人,目下虽不能归唐,朕当镂之心版,儿亦当佩带书绅。至于义士徐立本与其女惠英,该速给二品冠带,并其小女凤冠霞帔,速宣来见朕。”秦王吩咐左右,在西府内点宫女四名,整顿香车,迎请徐惠英与其父义扶进朝。唐帝见了,甚加优礼,用义扶为上大夫之职,其女徐惠英,赐名徐惠妃,加一品夫人,与秦王为妃,参赞西府军机事务。

---

① 涕泗(tì sì)——涕,眼泪。泗,鼻涕。

秦王又将叔宝寄来的谢表呈上。唐帝看了说道："叔宝先年与朕陌路相逢，全家亏他救护。今吾儿又赖他保全性命，父子受恩，未知何日得他来报万一？"秦王道："不必父皇留念，儿自有良策，使他早日归唐。"说了，大家谢恩出朝。未及数日，秦王即差李靖、徐义扶带领雄兵二千并宫娥数名，拥护徐惠妃夫人，前往瓦岗，计赚秦母出寨。今且按下慢提。

再说魏公李密，在偃师收降了凯公，大获全胜，颁赦军民，正该班师回来，复不自谅，徇行河北部，被夏王窦建德首将王综相战于甘泉山下。被王综以流矢射中李密左臂，大败丧气。又接徐世勣日报，说狱官徐立本，私放秦王、刘文静归国，自谋宫中差使，不知去向。魏公看报大怒，连夜赶回金墉。魏徵、秦琼接见。魏公将三人大肆唾骂，道他们不行觉察，通向徇私，受贿卖放，藐视纪纲，将三人即欲斩首。亏得祖君彦、贾润甫等再三告免，权禁南牢，将来以功赎之。

再说秦母与媳张氏孙怀玉，住在瓦岗，虽叔宝时常差人来询候，然秦母年将七十，反比不得在齐州城外，为子者朝夕定省，依依膝下，寻欢快活。奈儿子功名事大，只好付之浩叹而已。一日，只见一个小厮，进来报道："幽州罗老爷将军，差人到寨，端候秦夫人起居，要面见的。"秦母见说，对媳张氏道："罗姑爷处，还是我六十岁时差人来拜寿，后数年以来，音信悬隔，今为什么又差人来，莫非又念及我七十岁的生辰么？"张氏夫人道："是与不是，还该出去见他，就知分晓。"秦母只得同着怀玉到堂中来见。

两个差官齐跪下去说道："差官尉迟南、尉迟北，叩见太夫人。先有家太太私礼一幅；奉上的寿仪，俟太夫人到舟中去，家太太面致。"秦母连忙叫怀玉，搀了两个差官起来，随后又是四个女使，齐整打扮，上前叩头。那差官说道："这是罗太太差来，迎请太夫人的。"秦母道："小儿秦琼，在金墉干功，不在寨中，怎好有劳台从枉顾？请尊官外厢坐。怀玉，你去烦连伯伯来奉陪。"怀玉应声去了。

秦母同四位女使到里边来，见了张氏夫人，叫手下把罗夫人私礼抬了进来，多是奇珍异玩，足值三千金。寨中这些兵卒，多是强盗出身，何曾看见如此礼物，见了个个目呆口哑，连尤俊达与连巨真亦啧啧称羡道："不是罗家帅府里，也办不出这副礼来。私礼如此，不知寿仪还怎样个盛哩？"那四个女使见过了张氏夫人的礼，又致意道："家太太多拜上，因进香经过，要请太太夫人与夫人少爷同到舟中去一会，方见故旧不遗，叫妾们多致意。”张氏夫人忙叫手下安排酒筵，款待来使。

婆媳两个私相计议。秦母道：“若说推却儿子不在，礼多不收，也不去会罗姑太太，这门亲就要断了；若说去，琼儿又在金墉，急切间不能去报知。”其时恰好程知节的母亲也在房中，插口道：“这样好亲戚，我们巴不能个扳图一个来往，他们却几千里路，备着厚礼来相认，却有许多疑虑？”张氏夫人道：“当年怀玉父亲犯事到幽州，亏得在姑爷手下认亲，解救回来。那十年前婆婆正六十寿诞，我记得姑太太曾差两员银带前程的官儿前来上寿。如此亲谊，可谓不薄矣。今若遽尔回他，只道是我们薄情，不知大礼的了。”秦母道：“便是事出两难。”程母道：“据我见识，既是老亲，你们婆媳两个还该同了孙儿去会一会。人生在世，千里相逢，原不是容易得的事，难道你还有七十岁活么？你们若不放胆，我只算你的老伴①，去奉陪走走何如？”秦母见他们议论，已有五六分肯去相会的意思了；及见连巨真进来说道：“那两个姓尉迟的差官，多是十年前在历城县来拜过寿的，说起来我还有些认得，怎么伯母就不认得了？”秦母道：“当时堂中挤着许多人，我那里就认得清？既是恁说，今日天色已晚，留他们在寨中歇了，明早一同起身去就是，少不得连伯伯也要烦你护送去的。”连巨真道：“这个自然。”

过了一宿，明早大家用过了朝餐，秦母、程母、张氏夫人多是凤冠补服；跟了五六个丫环媳妇，连他们四个女使，共是十二三肩山轿。秦怀玉金冠扎额，红锦绸袍，腰悬宝剑，骑了一匹银鬃马。连巨真也换了大服，跨上马，带领了三四十个兵卒，护送下山。一行人走了十来里，头里先有人去报知。只听得三声大炮，金鼓齐鸣，远望河下，泊着坐船两只，小船不计其数。秦母众人到了船旁，只见舱内四五个宫奴，拥出一个少年宫妆的美妇人出来。你道是谁？就是徐惠英假装的。秦母与众人停住了轿，便道：“这不是罗老太太，又是谁？”那差来的女使答道：“这是家老爷的二夫人。”秦母见说，也不再问。大家逊进官舱，舱口一将白显道抢将出来观看，被秦怀玉双眉戟竖，牙呲迸裂，大喝一声。白显道一惊，自进舱里去了。李靖在船楼上望见，骇问来人道：“此非叔宝之儿乎？”来人道：“正是。”李靖道：“年纪不大，英气足以惊人，真虎子也。”快叫人请过船来。

---

① 老伴——老友。

秦母等进舱，一个女使对着禀明道："这个是秦太太，那个是程太太，这是秦夫人张氏。"徐惠妃一一拜见过，便向秦母道："家老太太尚在前船，嘱妾先以小舟奉迎。承太太夫人们不弃降临，足见亲谊。"吩咐打发了轿马卒兵回去，后日来接。秦母道："琼儿公干金墉，多蒙太太颁赐厚仪，致承尊从枉顾，实为惶恐。"舟中酒席已摆设停当，即便敬酒安席。李靖请过秦怀玉来，与徐义扶相见了。李靖与秦怀玉说起他父亲前日寄书札来，取出来与怀玉看了。怀玉方知他是李药师，父执相逢，不胜起敬。忽听见又是三声大炮，点鼓开船。秦母在那边舟中，不见了怀玉，放心不下，忙叫人请了过来，坐在身旁。船头上鼓乐齐鸣，一帆风挂起，齐齐整队而行。

连巨真见这许多光景，也觉心上疑惑，亏得夜间宿在徐义扶舟中，义扶向他备细说明，连巨真心中虽放宽了些，但嫌身心两地，只好付之无可如何。徐惠妃那夜见秦夫人们，多是端庄朴实的人，已在舟中，料难插翅飞去，只得将直情备细说与张氏夫人知道。张氏夫人忙去述与婆婆得知。秦母只晓得先前楂树岗秦琼救了李渊之事，后边南牢设计放走李世民一段，全然不知，亏得徐惠妃将前事一一提明："因秦殿下念念不忘令郎将军之德，故此叫妾与父亲陛见后即定计来请太夫人。"此时秦母与张氏夫人晓得相对说话的，不是罗二夫人，乃是秦王一位妃子，重新又见起礼来。幸喜程母因多用了几杯酒，瞌睡在桌上。秦母道："小儿愚劣，有辱殿下垂青；但是那里知我家与罗总管是中表之亲？"徐惠妃道："家父先朝曾任幽州别驾数年，罗帅府衙门中事并走差之人，无不熟识。"秦母道："怪道尉迟南兄弟，扮得这般厮像。只是如今魏番事势未衰，吾家儿子急切间怎能个就得归唐？夫人须先差人送一个信去方好。"徐惠妃道："这个自然。但程太太跟前，万万不可说明。"

秦母众人在舟中住了两天，那日早起，只听得前哨报道："头里有贼船三四十只，相近前来。"秦怀玉正睡在那边船楼上，听见，如飞披衣起来窥探。只见李靖在舱中，唤一将进来，那将是前日扮尉迟北的。李靖在案上取一面令旗，付与中军官，递将下来。那将跪下接着，李靖坐在上面吩咐道："前哨报有贼船相近，你领兵去看来，不可杀害，好歹捆来见我。"那将应声去了。

不一时，只闻得大炮震天，呐喊之声不绝。小船上兵卒，个个弓上弦刀出鞘，把甲胄收束停当。未及两个时辰，鸣金三响，早见那员武将跪下道："禀元帅爷缴令，贼船已获，头目现捆绑在船，端候元帅爷的旨定夺。"李靖收了令箭，便问道："贼船是何旗号？"那将答道："打着是魏家旗号。"李靖双眉一蹙道："既是魏家的人，解进来。"那将应声而去。其时大船，俱停住不行。船头上众将，排列刀斧捆绑手，明晃晃执着站立，好不威武。只见战船里，拖出一个长大汉子来。连巨真在后边船上望见，吃了一惊道："这是我家贾润甫，为什么撞在这里，却被他们拿住？"忙要去报知秦怀玉，无奈船挤人多，急切间难到那边船上去。徐义扶又不见了，只得趴在船舷上，听他们发落。

只听见李靖问道："你是那一处人，叫甚名字？"贾润甫答道："我是魏邦人，叫做贾和。"李靖道："既是魏邦人，岂不见我大唐旗号出师在此，擅自闯入队来！我且问你，你奉李密使令，差往那里去，今从何处来？"贾润甫道："实因王世充去秋曾向我处借粮二万斛，不意我处今秋歉收，魏公着我去索取。"李靖道："王世充残忍褊隘之人，刻刻在那里觊觎非望，以收渔人之利。你家李密，却去济应他的粮草，何异虞之假道于晋，因以自毙乎？可知李密真一庸碌之夫！"贾润甫道："天下扰攘，未知鹿死谁手，明公何出此言？"李靖拍案喝道："李密手下多是一班愚庸之夫，所以前日秦王被囚于南牢，文静困辱于殿阶，我正要来问罪，你却撞来乱我军律。左右的与我拿去斩讫报来！"众军校吆喝一声，把贾润甫拥绑出来。连巨真吓得魂飞魄散，如飞要去寻秦怀玉。何知秦怀玉被徐义扶说明，反不着忙。只见中军官又叫刽子手推贾润甫转来。李靖起身亲解其缚，喝左右取冠带过来，替贾爷穿好上前相见。贾润甫拜谢道："不才冒犯元帅虎威，重蒙格外宽宥，足见海涵。"李靖道："适才不过试君之器量耳，弟辈仰体秦王求贤之心，何敢妄戮一人。且叫足下相会几个朋友。"

话未说完，只见徐义扶、连巨真、秦怀玉多走到面前。贾润甫大骇，对徐义扶道："你是放走了秦王与刘文静，该在这里的了。"对连巨真、秦怀玉道："你们是住在瓦岗，为何却在此处？"徐义扶把始末备细说了一遍。贾润甫对徐义扶道："你却同了秦王高飞远举来了，累及徐军师、秦大哥、魏记室，坐禁南牢。"秦怀玉听见说他父亲囚禁南牢，放声大哭，忙向李靖说道："乞老伯借二千兵与小侄，待小侄打进金墉，救取父亲。"

秦母在前船闻知这个消息，亦差人来盘问。贾润甫道："既是秦伯母在此，何不请过船来相见，听我说完，省得停回重新再说。"李靖便向怀玉道："正是，贤侄去请令祖母过来，听贾兄说完。"

不一时秦母走过船来，众人一一拜见了。秦母向贾润甫道："小儿为何事逮罪南牢？"贾润甫道："魏公降服凯公回来，闻报徐兄放走了秦王、刘文静，又迁怒于秦大哥、魏玄成、徐懋功，将他三人监禁南牢。我与罗士信再三苦谏不从，即差我往王世充处讨粮。因去秋王世充差官来要借粮四万斛，彼时我听见，如飞向魏公力止，极言不可借，世充乏食，天绝之成，何反与之？况我家虽有预备，积储几仓，亦当未雨绸缪，要防自己饥谨。况军因粮足，今相借与彼，是藉寇兵以资盗粮也，智者恐不为此。无如魏公总不肯听，竟许其请，开仓斛付二万斛。那开仓之日，适值甲申日，有犯甲不开仓之禁忌。嗣后巩洛各仓，仓官呈报鼠虫作耗，背生两翼，遍体鱼鳞，缘壁飞走，蜂涌而出，库中之粟，十食八九。魏公拜程知节为征猫都尉，下令国中每一户纳猫一只，赴仓交纳，无猫罚米十石。究竟鼠多于猫，未能扑灭，猫与鼠不过同眠逐队而已，鼠患终不能息。魏公正在悔恨，近又萧铣缺饷，亦统兵来要借粮五万斛，如若不允，便要尽力厮拼。因此魏公着了急，将他三人在南牢赦出，即差了秦大哥与罗士信，领兵去征萧铣；徐懋功差往黎阳；魏玄成看守洛仓。目下又值禾稼湮没，秋收绝望，因此差我向王世充处，取偿前日之粟。如今伯母既是秦王命李元帅屈驾长安，定必胜是瓦岗，待我报与秦大哥晓得了，他毕竟也就来归唐。"又对连巨真道："巨真兄，你还该回瓦岗去，众弟兄家眷尚多在寨，独剩一个尤员外在那里，倘有疏虞，是谁之咎？我因公干急迫，伯母请便。"即向众人告辞。

李靖见贾润甫人才议论，大是可人，托徐义扶说他归唐。贾润甫道："弟因愚劣，不能择主于始；今虽时势可知，还当善事于终。若以盛衰定去留，恐非吾辈所宜，后会有期。"即便别去。李靖深加叹服，连巨真因与秦叔宝义气深重，只得回到长安，看了下落，再回瓦岗。正是：

满地霜华连白草，不易离人义气深。

第五十三回

梦周公王世充绝魏　弃徐绩李玄邃归唐

诗曰：

成败虽由天，良亦本人事。
宣尼惊暴虎，所戒在骄恣。
夫何器小夫，乘高肆其志。
一旦众情移，福兮祸所伺。
蛟螭失所居，遂为蝼蚁制。
噬脐徒空悲，贻笑满青史。

事到骑虎之势，家国所关，非真拨乱之才，一代传人，总难立脚；何况庸碌之夫，小有才名，妄思非分，直到事败无成，才知噬脐无及。

今且不说秦母归唐。再说贾润甫别了李靖等来到洛阳，打探王世充大行操练兵马，润甫要进中军去见他。世充早知来意，偏不令润甫相见，也不发回书，叫人传话道："这里自己正在缺饷，那时讨米来清偿你家？直等我们到淮上去收了稻子，就便来当面与魏公交割。"

贾润甫见他这样光景，明知他背德不肯清偿，也不等他回札，竟自回金墉来回复魏公道："世充举动，不但昧心背德，且贼志反有来攻伐之意，明公不可不预防之。"李密怒道："此贼吾亦不等其来，当自去问其罪矣。"择日兴师，点程知节、樊文超为前队，单雄信、王当仁为第二队，自与王伯当、裴仁基为马后队，望东都进发。

那边王世充，早有哨马报知，心上要与李密厮拼，只虑他人马众多，急切间不能取胜，闷坐军中。忽一小卒说道："前年借粮军士回来，说李密仓粟，却被鼠耗食尽，升贾润甫补征猫都尉，宫中又有许多灾异。金墉百姓多说是僭了周公的庙基，绝了他的香火，故此周公作祟。"郑主道："只怕此言不真。"小卒道："来人尽说有此怪异，为甚说谎？"郑主笑道："若然，则吾计得矣；但必要一个伶俐的人，会得吾的意思，方为奇妙。"说了，呆看着那小卒，小卒低着头微笑不言。

到了明日，擂鼓聚将，大宴群臣，计议御敌之策。郑主问道："李密金墉之地，还是隋朝故宫，还是他自己创造的？"张永通答道："魏主宫室，原是周公神祠。李密谓周公庙宇当创建于鲁，此地非彼所宜，便撤去庙貌，改为宫阙。周公累次托梦于臣，臣未敢渎奏。"郑主拍案道："怪道孤昨夜三更时分，梦见一尊冠冕神人，说：'吾乃周文王之子姬公旦便是，蒙上界赐我为神，庙宇在金墉城内，被李密拆毁了，把基址改为宫殿，木料造了洛口仓，使我虎贲卫从，漂泊无依。今李密气数将尽，运败时衰，东郑王你替我报仇做主。'"众臣道："神人来助，足见明公威德所致，此番魏邦土地，必归于明公矣。"郑主道："富贵当与卿等共之，谅孤非敢独享也。"

正说时，只见三四个小卒走上前来报道："中军右哨旗丁陈龙，忽然披发跣足，若狂若痴，口中大叫道：'我要见东郑王。'"郑主见说，笑逐颜开，对众臣道："此卒素称诚朴，何忽有此举动？孤与卿等同去看他。"说了，齐上马，来到教场中。军师桓法嗣纵马先到演武场，只见陈龙闭着双眼，挺挺的睡在桌上，高声朗句的在那里诵大雅文王之诗曰："文王在上，于昭于天。周虽旧邦，其命维新。"见郑主来，忽跳起身，站在桌上，朝着外边道："东郑主请了，吾周公旦附体在此。前宵嘱之言，何不举行？勿谓梦寐，或至遗忘。若汝等君臣同心协力，吾还要助汝阴兵三千，去败魏师，幸毋观望，火速进兵为上。吾去也！"说了，跳将下来，满厅舞蹈扬尘。此时王世充与众臣，早已齐齐跪拜道："谨遵大王之命，我等敢不齐心讨贼，以复故宫，重修殿宇峥嵘？"大家忙起身，看那个陈龙，面色如灰，手足冰冷，直僵僵横在草地上。郑主叫人负了他回去。

自此郑家兵将个个胸中有个周公旦了。从来行兵诡道，王世充原是个奸狡多谋之人，兼那军师桓法嗣，又是个旁门邪术之徒，恰好在乱离中，逞志求荣，希图宝位，便有许多因邪入邪之事来凑他。郑王回朝，即便传旨军师桓法嗣，明日下演武场，点选彪形大汉三千，个个身长八尺，脚踏木橇一丈二尺，面上俱带鬼脸，身穿五色画就衣服。数日之内，演习停当。桓法嗣说："此计只宜速行，攻其无备。"郑主准奏。

这不过是要收拾完一个李密，成全一个应世之主。若李密是个明智之士，见国中屡现灾异，便要安守金墉，悔改前愆，优恤臣下，犹可以为善国。无奈李密自恃才略高强，却忘了昔日死里逃生之苦，刻刻要想似汉高提着三尺剑，无敌于天下。先把一个足智多谋的军师徐世绩调去黎阳；萧铣乃癣疥之疾，又把忠勇全备的秦叔宝、罗士信差他去拒守；贾润甫屡进奇谋不听，而置之洛口；邴元真贪利忘义小人，反置之左右；只剩单雄信、程知节等一班恃勇好斗之人，自统大兵前来。未及两日，何知王世充也拥着大队人马，在路上遇哨马报知，大家离着三四十里安营驻扎。李密安营于翠屏川东山。王世充结寨于翠屏洞西山，军师桓法嗣带领细作，随身兵马二三百，悄到镇东山顶，瞭望魏营，部伍整齐，如星辰垒落，看去杀气冲天，果是人惊鬼哭。

桓法嗣心中暗想："吾虽练彪形高橇神兵，怎能够胜他人强马壮？"蹙着双眉，四下闲看，忽见东北方山角下，七八个大汉在那里采樵。桓法嗣看他们运斧弄斤，丁丁伐木，不觉怡然而笑道："吾更有计矣！"悄悄唤一家将近前来，附耳几句，自己即便上马归营。到了明日，进大营对郑主道："臣昨夜也梦见周公对臣说道：'桓法嗣听我吩咐：明日我暗引一人来助你们擒贼，你快去催主人作速进征，以决胜负。'"又附郑主耳上说了几句，郑主大喜。桓法嗣又将木排，多用红绿颜色，画成兽形，列为方城，将兵马尽藏其中。郑主坐中军大寨，看军师桓法嗣调度。只见帐下军士道："拿着了李密。"及至解进来时，见绑着的却是一群打柴的人，为首又是李密。郑主问道："是那里拿来的？"军士答道："小人们奉令巡逻，到山坳炭径，遇着这干人，内中却有李密，小人们奋勇拿来请功。"郑主怒问，那为首喊叫冤枉道："小人是国子监助教陆德明的家人，城中乏柴，着小人来樵采，说甚李密，现有同伴可证。"巡逻的道："明是李密，假做采樵，窥探军情。"郑主又向众樵夫细问，果然是乡宦家人，差出来打柴的，郑主叫左右去了那干人的绑缚，对他们说道："我晓得你们尽是平民，我如今正要用着你们。且问你众人里边，可有熟识北邙山幽僻路径的？"一个樵夫指道："那个叫做满山飞金勇，那个叫做穿山甲庞元，他两个惯走山径，晓得路途。"郑主道："妙！"先叫那像李密的前来，赏他一个中军把总；那两个金勇、庞元，赏他做了左右队长，多给衣帽战袍。又叫中军，附耳吩咐了领去。众樵夫大喜，叩谢出营，编入各队。看两边是：

纷纷战血烟云洒，胜败存亡未可知。

再说李密前队程知节，指望遇着了对头，爽利大杀一场，不意王世充的兵马，反将横木为城，寂然不动，便督军马，冲到城边，却又看见了木城上红绿兽形，即便调转马头，逃回转来。那单雄信领着第二队，亦凑着了，叫前队架起云梯炮石,向内攻打,竟不能破。魏王在后队结寨,时将举火,传令黑夜须防贼人行劫,各营务要小心,静听更筹。到了三更时分,魏营兵将耳边,只闻得四下里炮声隐隐不绝,心中惶惑。忽有巡逻夜不收,到前营来报道:“王世充木城已开,只是内中灯火俱无,人影不见,敢报老爷知道。”程知节因日间攻打了半天,正在那里心中烦躁,忽闻此报,安能忍耐! 自己当先,领军马直到郑营。远远望去,只见木城大开,灯火齐举,照耀如同白日,并不见一兵在外。恼得程知节性起,把双斧高举,口中喊叫:“有胆气的随我来!”只见郑营寨中一声炮响,闪出一将,杀了十来合,败将下去。程知节趁势追赶,约十来里,又听得郑营中一个轰天大炮,四下里即便接炮连声,忽起一阵怪风,刮地里迎面吹来。

其时金鸡已报,天色已明。程知节正催促军马杀将下去,只见斜刺里赶出七八队,都是面蓝发赤,巨口狼牙,五色长袍,高屣橇脚,硝黄火药,烘满半天,都执着砍刀,从第二队后边杀来,个个喊道:“天兵到了,你们要命的快须投降!”单雄信兵士见了,尽皆惊惶,要兜转马头,杀奔回去;因那些战马,见了这班鬼脸长大,咆哮乱跳,反向前尽力嘶跑。单雄信只得大着胆,随着前队,往前杀去。两队人马接着王世充许多将士,绞作一团的乱杀。程知节正在酣战之时,听得喊道:“捣寨的兵,拿了李密来了!”只见一簇兵马,拥着李密,锦袍金甲,背剪在马上,喊叫不明道:“快来救我,快来救我!”已被这干人拥进阵里去。程知节看见,吃了一惊,对裨将樊文超道:“如今主公已没了,战也没用,散罢!”樊文超道:“东天也是佛,西天也是佛,散也没处去,倒是投降。”便传主将已没,情愿投降。部下听得,一齐抛戈弃甲跪倒。程知节忆着老母,却在乱军中卸去盔甲,寂然逃走。

单雄信与王当仁在第二队,见前边一齐跪倒,不识为甚缘由,却飞报的来说:“魏公已被拿去,前军已尽投降。”单雄信也是个猛夫,再不忖量李密怎样就可以拿得,心下反着了忙,对王当仁道:“魏公既被他们拿去了,我们在此,杀也无益,不如我和你冲出去罢!”王当仁便道:“说得有理。”喊一声,领麾下努力,杀了一里多路。无奈四围郑兵,越杀越多。单雄信回转头来一看,王当仁已不见了。单雄信正要转身去寻,不提防郑将张永通飞马到面前。雄信忙举槊相迎。岂知郑营中几十把钩镰枪齐举,把单雄信坐马拖翻。雄信无奈,亦只得领众投降。

独有魏主还领着精锐心腹之士督战,见前队散乱,忙着裴仁基前来救应,亦被郑阵中镰钩套索捉去。魏主正在惊疑之际,只见后面山上,连声发喊,二队短刃步兵,赶下山来,已在阵后乱砍。回望寨中,烟焰冲天,守寨军士,四散逃走,投崖坠石。原来王世充着樵夫引导,黑夜领这枝兵,各带硝磺引火之物,乘他兵尽出战,焚他大寨。魏主平日却因自恃势盛,只道无人敢来窥伺,到处不立木栅,止设营房,所以这几百人,如入无人之境,烧了他寨,又杀将转来。此时李密要敌后军,前面王世充人马已到;要敌前军,后边步兵杀来,真是前后夹攻,腹背受敌。无可奈何,只得易服同众逃到洛口仓。

贾润甫闻知,远来接见,把善言相慰道:"汉高屡败,终得天下;项羽虽胜,卒遭夷灭。明公安心以图后举。"在洛口仓安歇了一夜。次日正欲与众将计议,只见程知节同了十来个小卒逃来。魏主怒道:"我正要问你那前面是怎么样光景,以至于此?"程知节道:"头里我们被他杀退了下去,已有六七里,何知起一阵怪风,冲出无数阴兵,这边大家尽力混杀,不意他们阵里拥过一个锦袍金甲,与明公面貌无异,背剪在马上。我们军士,只认真是主帅被擒,军士都无心恋战。郑营中四下军马如山倒海翻,裹将拢来,裨将樊文超即便领众投降。我不得已卸甲逃走到仓城。岂知邴元真已将全城归降王世充,我故又赶到这里,幸喜明公无恙,多是贼人使的诡计。"

话未说完,只见魏徵一骑来到,魏公大骇,忙问道:"为什么你亦离了金墉,莫非亦有甚事么?"魏徵道:"昨夜五更时分,有一起人马,叫喊开城。郑司马上城看时,只见灯火之下,果然是明公坐在马上。郑司马忙开城门,出来迎接,只见喝道:'诸将不行救应!'就叫手下捆缚,裴仁俨亦被擒下。我着了急,知中贼人之计,如飞着宫侍报知王娘娘同世子逃出了南门,恰好在路上遇着了王当仁,交付与他送上瓦岗去了。故此我特地寻来,恰好多在这里。刚才我在路上,听见逃回兵卒说:'王世充大队人马,又追将下来。'"正说时,只见贾润甫手下巡逻走卒来报道:"虎牢关也失了。郑家大兵只离我们洛口三十里地,我们快走罢!"此时连魏徵也没了主意。李密见王世充势大,量此洛口一隅,怎能支撑?只得同众进守河阳。

河阳乃祖君彦所守地方,未及两日,巡卒又报偃师、洛口俱失。李密叹道:"谁料贼子弄这些诡计,失去这许多地方,又战失了好几员名将,这都是孤自己大意，以至于此。如今方寸已乱，教孤如何是好？”王伯当道：“为今之计，只有南阻河，北守太行，东连黎阳。徐世绩为人忠义，不以成败利钝易心，且足智多谋，堪当一面，着他同守黎阳，移兵食以资河北，虽与世充相近，末将不才，愿为死守。明公身居太行，呼吸两地，身既在此，当时部曲必然来归，力薄则拒险而守，力足则相机而战，方是妙计。”李密道：“此计甚善。”问众将，多默默不语。李密又问，众将只得说道：“前日北邙一战，人心皆惊，雄信投降，仁基、智略就缚，以致河阳疾破，仓城即降，偃师、洛口、虎牢地方，接踵而失。将无固守之志，兵无敢死之心，人情趋利，比比皆然，今明公麾下，尚有二万，恐再俄延，怕众人日散，公欲拒守，谁人相助？”

李密听了，不觉两行泪落道：“孤仗诸君戮力同心，首取洛口，又据黎阳，北抗世充，南破化及，不意今日一战，至于众叛亲离，欲守无人，欲归无地，要此七尺何为？”言罢，拔剑便欲自刎。伯当一把抱定，两泪交流道：“明公，你备经困苦，方能得成大业；今虽失利，安知不能复兴，何作此短见？”两人号哭连声，众将也齐泪下。李密哽咽了半日，才出得一声道：“罢，罢，我壮志不甘居人之下，今天丧我，无计可施，黎阳我断不去，诸君若不弃，同到关中归于唐主，诸君谅亦不失富贵。”众将齐声道：“愿随明公同归唐主。”李密对王伯当道：“将军家室，多在瓦岗，今日入关，家室日远，恐必挂念，不若将军且回。”伯当道：“昔与明公共誓生死同随，安肯今日相弃？便分身原野，亦所甘心；何况家室哉！”这几句连同行的人都感动，没一个肯离散。独有程知节跳起身来说道：“不是兄弟无情，你们都去得，我却不敢追随。”众人道：“这是为什么？”李密道：“我晓得了，尊堂尚在瓦岗，不去也罢了。”程知节道：“不是这话，老娘在瓦岗，尤大哥与我不比别的弟兄，时刻肯照顾我母亲，我可以放心无忧。当年李世民，监禁在南牢百日，多是我程咬金陷他。”众人道：“这是公事，岂独罪你一人？”程知节道：“当日世民窥探金墉城，众臣只道他诡计，无人敢去拿他，独有我老程，不怕死赶出城外。追至老君堂，见他躲在神柜里，我认他是个蟒蛇精，一斧几乎把他砍死。幸亏秦大哥止住了，说道：‘留活的拿去见魏公。’所以他君臣两个，困陷这几时。如今的人，恩则便忘，怨则分明。我今去正中唐家的意，把咬金一刀两段，叫我老娘谁来照看？不去，不去！”说罢，竟一恭而去了。众人道：“此时各从其志，他不去，我们是随明公去便了。”

李密恐怕耽延有变，也不待秦叔宝回来，亦不去知会徐世勣，只带部下兵有二万人西行。先差元帅府掾柳燮，赍表奏知唐帝。唐帝久知李密才略可用，况他河南、山东，旧时部曲甚多；若收得他，即可以招来为我用，所以不胜大喜。先差将军段志玄来慰劳他，又差司法许敬宗来迎。只是李密想起当日希图作盟主，就是唐帝何等推尊，谁知一旦失利，却俯首为他臣子，心中无限不平，无限悒怏，今事到其间，不得不为人下了；率领王伯当一干人进长安，朝见唐帝。

诸将拜舞毕，宣李密上殿。唐帝赐坐道："贤弟，战争劳苦，当俟吾儿世民豳州回来，与贤弟共平东都，以雪弟仇。"就传旨授李密光禄卿上柱国，赐刑国公；王伯当左武卫将军；贾润甫右武卫将军；魏徵为西府记室参军。其余将士，各各赐爵。李密等谢恩而出。唐帝又念他无家，将表妹独孤氏与他为妻。官职虽不大，恩礼可谓隆矣。正是：

忆昔为龙螭，今乃作地鼠。

屈身伍绛灌，哽咽不得语。

第五十四回

释前仇程咬金见母受恩　践死誓王伯当为友捐躯

词曰：

忆昔声名如哄，收拾群英相共。一旦失筹谋，泪洒青山可痛。如梦，如梦，赖有心交断送。

——右调《如梦令》

古人云：知足不辱，苟不知足，辱亦随之。况又有个才字横于胸中，即使真正钟鸣漏尽，遇着老和尚当头棒喝，他亦不肯心死；何况尚在壮年，事在得为之际。

却说魏王李密，进长安时，还想当初曾附东都，皇泰主还授我太尉，都督内外诸军事；如今归唐，唐主毕竟不薄待我，若以我为弟，想李神通、李道玄都得封王，或者还与我一个王位，也未可知。不意爵仅光禄卿，心中甚是不平。殊不知这正是唐主爱惜他，保全他处。恐遽赐大官，在朝臣子要忌他。又因河南、山东未平，那两处部曲要他招来，如今官爵太盛了，后来无以加他，故暂使居其位，以笼络他，折磨他锐气。李密总不想自己无容人之量，当年秦王到金墉时，何等看待；如今自己归唐，唐主何等情分。还认自己是一个顶天立地的好男子，满怀多少不甘。

居未月余，秦王在陇西征平了薛举之子薛仁杲，拔寨奏凯回朝。早有小校飞驰报捷长安。唐主宣李密入朝面谕，道："卿自来此，与世民未曾见面，朕恐世民疑念往事，不利于卿。卿可远接，以尽人臣之礼。"李密领诺。其时魏徵染病西府。李密同王伯当等二十余人离了长安，望北而行。直至豳州，哨马报说秦王人马已近。李密问祖君彦道："秦王有问，教我如何对答？"君彦道："不问则已，若问时，只说圣上教臣远接，即不敢加害于明公矣。"

二人正商议间，只见金鼓喧闹，炮声震地，锦衣队队，花帽鲜明，左右总管十人，剑戟排拥，戈矛耀日，前面数声喝道，一派乐官，埙篪迭奏而来。李密只道来的就是世民，忙与众官分班立候。只见马上一将，大声呼道：

“吾非秦王，乃长孙无忌与刘弘基也。殿下尚在后面，汝是何人，可立待之！”是时李密心中懊恨，明知秦王故意命诸将装作王子来羞辱他；如今若待不接，恐唐王见怪；若再去接，又觉羞辱难堪。

正在悔恨之时，又见一队人马，排列而来。前面一对回避金牌，高高擎起；中间旗分五色，剑戟森严；后面吆喝之声渐逼，望见舆从耀目，凤起蛟腾。李密暗想：“是必秦王也。”忙与众将俯躬向地打躬下去。只见马上二人笑道：“吾乃马三保、白显道也，前年我们到金墉来望你，今你亦到吾长安来。若要接殿下，后面保驾帷幔里高坐的便是，可小心向前迎接。”李密听见，满面羞惭，捶胸跌脚，仰天叹道：“大丈夫不能自立，屈于人下，耻辱至此，何面目再立于天地之间？”即欲拔剑自刎。王伯当急向前夺住道：“明公何如此短见，文王囚于羑里，勾践辱于会稽，后来俱成大业。还当忍气耐性，徐图后事。”正说时，忽见有人报道：“前面风卷出一面黄旗，绣着‘秦王’二字在上，今次来的必是秦王无疑。”李密无奈，只得侧立路旁。骤见一队人马到来，前导五色绣旗。甲士银鬃对对，彤弓壶矢，彩耀生光，宝驾雕鞍，辉煌眩目，力士前引，仪从后随。唐将史岳、陶武钦，依队前进，王常、邱士尹，按辔徐行。原来四将认得是李密，各各在马上举手道：“魏王休怪，俺们失礼了。”李密诸将默然无语，不觉两泪交流。王伯当再三劝慰。

又见殷开山、洛阳史排列左右护卫，犹如天王之状。秦王冠带蟒服，高拱端坐幔中。李密看得真切，如飞向前俯伏道：“老拙有失远迎，望殿下恕责。”秦王见了李密，不觉怒发冲冠，手持雕弓，搭上一箭，兜满弓弦。吓得魏将王伯当、贾润甫、祖君彦、柳周臣诸将俯伏在地，面如土色。李密把两手捧住其脸，战栗不已。秦王见众人在地下打作一团儿，犹如宿犬之状，倒底是人君度量，即收了箭，以弓梢指定李密道：“匹夫也有今日！本待射你一箭，以报缧绁① 之仇，恐连累了众人，只道我不能容物，暂饶你性命！”大喝一声而过。这都是秦王晓得李密来接，故意装这十将来羞他。

其时秦王进朝拜见了唐帝。唐帝道：“皇儿征伐费心，鞍马劳苦。”秦王道：“托赖父王洪福，诸将用命，得以凯还，擒得薛仁杲、罗宗候等囚在槛车，专候父皇发落。”唐帝大喜，即命武士斩于市曹，悬首示众。因问秦王：

---

① 缧绁(léi xiè)——捆绑犯人的绳索，也引申为囚禁。

“曾见李密否？”秦王答道：“臣儿曾见来。”唐帝道：“当时朕欲拒其降，因刘文静进言道：‘郑与魏境接壤，二邦犹如唇齿。’今王世充灭了李密，未有虢亡而虞独存者，我处若不受其降，密必计穷，据兵而复投他国，又增一敌。劳吾心矣，乌乎可！”秦王道：“为什么有恩于臣儿的这几个人反不见？”唐帝道：“魏徵已在这里，朕知其有用之才，将他拨在你西府办事；如今闻说他有病，故此想未有来接你。”说完，帝同秦王进宫去朝见了母后，谢恩出朝。

他原是个拨乱之主，求贤若渴。况当年有恩于彼，怎不关心？一进西府，即问魏徵下榻之处。魏徵原没有病，因李密要与他同去接秦王，料必不妥，故此诈称有疾。今闻秦王来问他，如飞赶出来拜伏在地道：“臣偶抱微疴，不能远接，乞殿下恕臣之罪。”秦王一把拖住道：“先生与孤，不比他人，何须行此礼？”忙扯来坐定。魏徵道：“魏公失势来投，望殿下海涵，勿念前愆①。”秦王道：“孤承先生们厚爱，日夜佩德于心，今幸不弃，足慰生平。李密匹夫，孤顷见俯伏在地，几欲手刃之，因见众臣在内而止。然孤总不杀他，少不得有人杀他的日子。”因问：“叔宝、懋功二兄为何不来？”魏徵道：“徐懋功尚守黎阳，他是个足智多谋之士，魏公自恃才高，与他言行不合，所以他甘守其地，亦无异志。秦叔宝往征萧铣未回。魏公此来，亦未去知会他。”秦王道：“他的令堂乃郎，孤多膳养在此。”魏徵道：“他如今想必也晓得了，但是这人天性至孝，友谊亦要克全其义。单雄信已降王世充，恐还有些逗留。”秦王又问道：“那个粗莽贼子程知节，为什么不见？”魏徵道：“他因昔日开罪于殿下，故不敢来，到瓦岗拜母去了。人虽粗鲁，事母甚孝，倒是个忠直之士。昨晤徐义扶，方知程母也在此，他还不晓得，若到瓦岗，知其母消息，是必奋不顾身，入长安矣。倘来时，望殿下忘其射钩之仇而包容之。”于是秦王与魏徵朝夕谈论，甚相亲爱。

如今且说程知节到了瓦岗，却不见了母亲，忙问尤俊达。尤俊达道：“尊堂陪秦伯母婆媳两个去会亲戚，不想被秦王设计赚入长安去了。”程知节见说，笑道：“尤大哥，你又来耍我。”尤俊达道：“程老弟，我几曾说谎起来？”便把当时赚去行径一一说出，又道：“当是这班人，原只要迎请秦伯母去，谁知令堂生生的要奉陪他走走，弟再三阻当，他必不肯依，因此弟只得

---

① 前愆(qiān)——以前的过失。愆，过失，罪咎。

叫连巨真兄送去。前日连巨真在长安回来，说尊堂与秦伯母在秦王那里，甚是平安。兄如不信，到黎阳去问连巨真便知详细了。”程知节此时觉得神气沮丧，呆了半晌，喊道：“罢了，天杀的入娘贼，下这样绝户计！咱把这条性命与他罢！”过了一宿，也不辞别尤俊达，跟了两个伴当，竟进长安。可怜：

只念娘亲不惜躯，愿将遗体报亲恩。

程知节恐怕大路上有人认得，却走小路。晓行夜宿，未及一月，不觉早到长安。进了府城，就在西府左首借了下处。先叫手下人把一揭投进去，只等帅府开门。秦王知程知节到来，传令将士装束威武，排列森严，粗细鼓乐，迭奏三通。秦王升殿，诸将参见过，捱班站立。只听得头门上守门官报道：“魏犯程知节进。”里边武卫接应一声，如春雷一般。秦王坐在上面，见一个赤条条的长大汉子，背剪着，气昂昂走将进来。到了丹墀，直挺挺的立定。秦王仔细一看，认得是程知节，不觉怒气填胸，须眉直竖，击桌喝道：“你这贼子，今日也自来送死了！可记得当年孤逃在老君堂，几乎被你一斧砍死！孤今把你锅烹刀礫，方消此恨。”程知节哈哈大笑道：“咱当时但知有魏，不知有唐。大丈夫恩不忘报，怨必求明。咱如怕死，也不进长安来，要砍就砍，何须动气。快快叫咱老娘来见一面，咱就把这颗头颅，结识与你罢。”秦王道：“你这贼到这地位，还要口硬，且缓你须臾之死。军士们领他去见了他母亲，然后来受刑！”众军士不由分说，把知节拥出府门。

原来秦老夫人的下处，就在西府东首一所绝大的房子里头，与程母同居。秦母一到长安，秦王即拨一二十名妇女，进来伺候，又拨排军二十名，看守门户。不但供应日逐送进，每月还有许多币帛馈赐。秦母与程母，礼必两副。所以这两个老人家，起居安稳，甚感秦王之恩。当时众军十将程知节拥进秦母寓所，早有人进去报知。秦母与程母如飞走出堂来。程母见儿子这般行径，即上前抱头大哭，口里咿哩呜啰，不知哭许多什么，惹得众武士反笑起来。程知节焦躁道：“娘，你不要哭，儿子问你，你住在这里，身子可安稳么？可有人伺候么？”程母只是哭，那里对答的出一句，反是秦母替他说道：“一到长安，秦王如何差人来伺候，每日如何供应，月月如何馈送，还要时常差妇女出来候安。我与汝母亲，蒙他恩典，相待一体，总无厚薄。”程知节问母亲道：“娘可是这样的？”程母含着眼泪，点点头儿道：

"是这样的。"又将手指身旁两个使女说道:"这两个就是秦殿下赐来服事我的。"知节见说,便道:"娘,儿子差了,那晓得秦王这样一个好人,儿今去死在他台下,也是甘心的。娘,你不要念我了,你去伴秦伯母终了天年罢!"竟要撒开身子走出来,程母那里肯放。秦母对知节道:"你们不要忙乱,听我说:当时秦王因要我的琼儿归唐,故假作罗家来赚我,不意你母亲一团美意,陪我出寨,竟入长安;如今魏公亦已降唐,吾家琼儿谅必早晚亦至。你家母亲岂可因我出门,反作无子之母?"便对伺候的说道:"取我的大衣服出来,待老身自进西府,去见秦王,求他宽宥。"

正说时,只见一个差官,跟着三四个校尉,手里托着冠带袍服,口中喝道:"殿下有旨,恕程知节无罪,即着冠带来相见。"说完,校尉如飞将程知节绑缚去了,要替他冠带。程母见说,如飞跪在地上,对天叩首道:"愿殿下太平一统,万寿无疆。"引得众人又笑起来。程知节着了衣服,穿好了袍带,便要拜母亲与秦伯母。程母止住道:"儿且不必拜我,快进西府去叩谢秦王,这样宽恩大度的明主,你须要尽忠去报他,老身就死也瞑目的了。"知节见说,不敢违命,如飞的跟了差官,来进西府。时秦王在集贤堂,与众谋士谈兵议论;只见校卫来复命说道,秦叔宝母就要见殿下来,程知节母如何叩首谢祝。秦王笑向魏徵与刘文静道:"幸是孤先差人去赦他,若秦母到来,就不见情了。"

话未说完,那差官进来禀程知节在帅府门首候旨。秦王道:"叫他到西堂来。"西堂原是西府会宾之所。差官早引知节站在阶前伺候。只见秦王踱将出来,程知节如飞跪向前垂泪道:"臣有眼无瞳,以致当年不识英雄之主,获罪难逃。今虽蒙恩赦死,反觉生惭。"秦王自下阶来搀他起来道:"刚才试君之意耳,孤久知卿乃忠直之士,愿卿将来事唐如事魏足矣。"知节道:"臣蒙殿下豢母隆恩,敢不捐躯以报!"

秦王问起知节与王世充当日征战之事,知节备细述了一遍。秦王又问:"可曾见叔宝、懋功?"知节道:"臣自战败之后,见魏公降唐,臣即往瓦岗。一闻母信,星夜至此,实未曾会着秦、徐二友。今臣感殿下鸿恩,无由以报,臣有心腹部曲一二千,尚在北邙、偃师,待臣去招来,并偕秦、徐诸弟兄来归唐,未知殿下可容臣去否?"秦王见说,大喜道:"孤有何不容?如此足见卿之忠贞;但须朝见过了圣上,卿须奏明,看圣上旨意如何。"知节领诺。秦王即命差官,引他进朝面圣。

知节即便辞了秦王，出来朝见唐帝。唐帝见他相貌魁梧，言语爽直，即赐他为虎翼大将军，兼西府行军总管，所奏事宜，悉听秦王主裁。知节谢恩出朝，重新又到西府来，谢过了恩，忙到寓所拜见老母，并秦伯母及张氏夫人。秦怀玉也出来拜见了。一家欢聚。

过了一宿，明早知节便辞别了秦王，束装起行。前日进长安时，九死一生；如今出长安，轻裘肥马，仆从随行，比前大不相同，一径往东都进发。这是：

为感新知己，来寻旧侣盟。

如今再说李密，自从被秦王羞辱之后，每日退归邢府，坐卧不安，忧形于色。左右报程知节到来，李密心上指望他来探望，访问一访问东都消息，岂料知节竟不来见。未及三四日，报说唐帝封他虎翼将军，又差出长安去了。李密心中气闷，忙对王伯当与同来将士道："程知节是孤旧臣，他到了两三日，竟不来看孤一面。人情之薄，一至于此。今唐主赐了他官爵，又出长安去了，想必他此去收拾旧时兵卒，以来助唐。我们在此闷坐守死，有何出头日子？"李密诸将士当时攻城掠地，倚着金帛来得易，也用得易，自入关来，也都资用不足，各不相安。今见李密有去志，大家计议道："徐世勣现在黎阳；张善相在伊州；叔宝、士信，思已平定萧铣，必归瓦岗；雄信诸人在洛。明公还可有为，何苦在此别人眼下讨气？"王伯当也道："正当如此。"李密道："还是奏知唐主，只说要往山东，收故时部曲，还是各人私走到关外取齐？"贾润甫道："此事不妥。主上待明公甚厚。况国家姓名著在图谶，天下终当一统。明公既已委质，复生异图，盛彦师、史万宝等雄守关外，此事朝发，彼必夕至。虽或出关，兵岂暇集？一称叛逆，谁复能容？为明公计，不若安守，徐思其便，可以万全。"

密怒道："卿乃吾心腹，何言如是！不同心者，当斩而后行。"润甫泣道："自翟司徒被戮之后，人皆为明公弃恩忘本，上下离心。今纵奔亡，谁肯复以所有之兵，拱手委公乎？柳荷恩殊厚，故敢深言不讳，愿明公熟思之。若明公有所措身，贾柳亦何辞就戮。"密大怒，拔剑欲击之。王伯当等力劝乃止。祖君彦道："依臣想来，不若通知了公主，潜出长安；秦王即知，差人来阻，公主在那里，谅难加害。此古刘先主赚吴夫人归汉之计，未知明公以为何如？"

大家计议未定，李密含怒进内。独孤公主道："大丈夫当襟怀磊落，妾见君家何多不豫之色？"李密道："我有一言，欲与汝商酌，未知可否？"独孤公主道："夫妇之间，有何避忌？"李密道："吾欲背唐而行，只虑汝牵心，不忍相弃，意欲与汝同行，未知可否？"独孤公主道："是何言欤？吾兄受汝之降，爵君上公，又念君无家，赐妾为婚，宠眷之恩，可谓富贵极矣。今席尚未暖，不思报德，反有异志，苟有人心，必不至此。"

李密道："主上恩宠虽厚，汝侄辱我太甚。今势不两立，且往山东，收拾士卒，再图后举。况妇人之身，从夫为荣。汝心不允，莫非亦有异志么？"公主见说，即唾其面道："吾以汝为好人，尽心报国，不意如此不忠不义，此生有何倚赖？"李密见说，登时杀气满面，幸喜旁边有个宫奴，善伺人意，忙上前解说道："驸马息怒，此亦吾家公主年轻，不知大义。古人说得好：夫唱妇随，无违夫子，以顺为正，妾妇之道也。驸马既有此言，还当熟商，徐徐而行，岂可因一言之间，有伤伉俪之情？"李密见这宫奴说了这几句，把气消了一半，走出外来。

祖君彦问道："明公刚才进去，可曾与公主商酌？"李密恨道："适间我略谈几句，不贤之妇反责我不忠背德，我几欲手刃之，故走出来。"王伯当道："风声已漏，不好了，祸将至矣！"李密道："计将安出？"祖君彦道："要去大家即便起身，如再迟延，即难离长安矣！"李密见说，忙将内门封锁，叫王伯当唤齐同来诸将，收拾行装器械，共有六十余人，不等天明，竟出北门而去。

门军忙来报知秦王。秦王大怒，如飞自到邢府中来看，只见内门重重封锁，忙叫人开了，见了独孤公主。公主将夜来之言述了一遍。秦王听见，咬牙切齿，如飞奏知唐帝。唐帝亦怒，即欲遣将追擒。刘文静道："何必动兵？只消发虎牌传谕各地方总管，若李密领众过关，必须生擒解来正法，看他逃到那里去？"唐帝称善，即发出虎牌来，星使知会各关。

且说李密与王伯当众人，带星而往，马不停蹄。不多几日，出了潼关，过了蓝田。李密对众人道："吾们若要到伊州张善相处，须走小路便捷；若要往黎阳徐世勣处，须走大路。"贾润甫道："前途愈加难行，据吾见识，吾们该匀两队走，一队走黎阳，一队走伊州。"李密道："这也说得是。你与祖君彦走大路，往黎阳；吾与伯当走小路，往伊州。到了，大家差人知会便是。"因此贾润甫同祖君彦一二十人，走大路去了。

李密同王伯当三十余人，又走了几日，到了桃林县地方。桃林县县官方正治，是个贤能之士，见这些人乘夜要穿城过，心中疑惑，叫军士着实盘驳，必要检看行囊。李密手下偏将与众兵卒，原是强盗出身，野性不改，见这小小一县这般严缉，大家不甘，登时性起，拔出刀来砍杀门军，一拥进城。王伯当忙要止住，那里禁止得住？吓得县官方正治，逃入熊州去了。魏家兵将进了城，见无人阻拦，囊资久虚，爽利把仓库劫掠一空，住了一宵，然后起身。

方正治一到熊州，把前事述与镇守将军史万宝知道。万宝惊惶无计，总管盛彦师道："不难，我自有策。只须数十人马，自能取他首级。"史万宝再三问时，盛彦师不肯说破。时李密以为官兵必截洛州，山路无人阻挡，骑着马领这干人缓行。恰到熊耳山南下，一条路左傍高山，下临深溪。李密与王伯当策马先走，不顾左右。只听得一声炮响，山上树丛里箭如飞蝗，进退不能，况身上又无甲胄，山谷里溪中，又有伏兵杀出截住前后，可怜伯当急不能敌，拚命抱住李密之身，百般遮护。二人竟死于乱箭之下。被伏兵枭了首级，收了尸骸，奏捷唐帝。唐帝大喜，命将两颗首级，悬于竿首，市曹示众，携窃者夷三族。正是：

有才不善用，乃为才所使。
不及程与秦，芳名垂青史。

第五十五回

徐世勣一恸成丧礼　唐秦王亲唁服军心

词曰：

淅淅凄风问沙场，何使人英雄气夺？幸遇着知心将帅，忠肝义魄。危涧层峦真骇目，穿骨利镞犹存血。喜片言，挽得天心回，毋庸戚。

鸟啾啾，山寂寂。心耿耿，情脉脉。看王章炫熠，泉台生色。一杯浇破幽魂享，三军泪尽欢声出。忙收拾，荷恩游帝里，存亡结。

——右调《满江红》

人到世乱，忠贞都丧，廉耻不明，今日臣此，明日就彼，人如旅客，处处可投，身如妓女，人人可事，虽属可羞，亦所不恤。只因世乱，盗贼横行，山林畎亩，都不是安身之处。有本领的，只得出来从军作将，却不能就遇着真主；或遭威劫势逼，也便改心易向。皆因当日从这人，也只草草相依，就为他死也不见得忠贞，徒与草木同腐，不若留身有为。这也不是为臣正局，只是在英雄不可不委曲以谅其心。

如今再说唐帝，将李密与王伯当首级悬竿号令。魏徵一见，悲恸不安，垂泪对秦王道："为臣当忠，交友当义，未有能忠于君，而友非以义也。王伯当始与魏公为刎颈之交，继成君臣之分，不意魏公自矜己能，不从人谏，一败失势，归唐负德，死于刀锋之下。同事者一二十人，惟伯当乃能全忠尽义。臣思昔日魏公亦曾推心置腹于臣，相依三载，岂有生不能事其终，死又不能全其义乎？目今尸骸暴露荒山，魂魄凭依异地，迎风叫月，对雨悲花。臣思至此，实为寒心。臣意欲求殿下宽假一月，到熊州熊耳山去，寻取伯当与李密尸骸，以安泉壤，庶几生安死慰，皆殿下之鸿慈也。"

秦王道："孤正欲与先生朝夕谈论，岂可为此匹夫以离左右？"魏徵道："非此之论也。臣将来报殿下之日长，报魏之事止此而已。昔汉高与项羽鏖战数年，项羽一朝乌江自刎，汉高犹以王礼葬之，当时诸侯咸服其德。望殿下勿袭亡秦之法，而以尧舜为心，况今王法已彰，魏之将士止在徘徊观望之际，未有所属。殿下宜奏请朝廷，赦其眷属，恤其余孽。如此不特魏之将帅，倾心来归，即郑夏之士，亦望风来归矣。臣此行非独完魏之事，实助唐之计也。愿殿下察之。”秦王道：“容孤思之。”

次日秦王即将魏徵之言，奏知唐帝。唐帝称善，即发赦敕一道：“凡系李密、王伯当妻孥，以及魏之逃亡将士，赦其无罪，悉从其志，地方官毋得查缉。”因此魏徵得了唐帝赦敕，即便辞了秦王，望熊州进发。

今且说徐世勣在黎阳，闻知魏公兵败，带领将士投唐，逆料魏公事唐，决不能终，必至败坏，我且死守其地，待秦叔宝回来再作区处。不多几月，叔宝与罗士信杀退了萧铣，奏凯回来。道经黎阳，懋功早差人来接。叔宝同士信进城去相见了懋功，把魏公败北归唐一段说了一遍。叔宝听了，跌足叹恨道：“魏公气满志昏，难道从亡诸臣，皆不知利钝，而不进言，同去投唐？”懋功道：“魏公自恃才高，臣下或言之总不肯听，将来必有事变；今兄将安归？”叔宝道：“家母处两三月没有信到，今急切要到瓦岗去。”懋功道：“弟正忘了，兄还不知么？尊堂尊嫂令郎俱被秦王赚入长安去矣。”叔宝见说，神色顿变道：“这是什么话来？”懋公道：“连巨真亲送了去回来的，兄去问他，便知明白。”叔宝便对士信道：“兄弟，你把兵马，且驻扎在此，我到瓦岗去走遭来。”遂跟了三四个小校，来到瓦岗寨中。

尤俊达、连巨真相见了，叔宝就问：“秦王怎么样赚去老母？”连巨真道：“秦大哥，你且不要问我，且把弟带来的令堂手札与兄看了，然后叙话。”连巨真进内去了。尤俊达便把秦王命徐惠妃假作罗家夫人来赚伯母一段说了一半。只见连巨真取出两封书来，一封是秦母的，一封是刘文静的，多递与叔宝。叔宝接在手，先将老母的信札来看，封面上写“琼儿开拆”。叔宝见了母亲的手迹，不觉两泪交流，从头至尾看了一遍，方才收了泪；又看了刘文静的书，问连巨真道：“兄住在长安几日？”巨真道：“咱在长安住了四五日。秦王隔了一日，即差人到尊府寓中来问候，徐惠妃父女亦常差宫奴出来送东西。弟临行时，令堂老伯母再三嘱弟，说兄一回金墉，即便收拾归唐，这还是魏公未去之日。今魏公已为唐臣，兄可作速前去。”尤俊达忙将徐惠妃前日送来的礼物，交还叔宝。叔宝又问道：“程知节往何处去了？”巨真道：“他始初不肯随魏公归唐，一到瓦岗闻了母信，他就拚命连夜到长安去了。”

叔宝心中自思道：“若魏公不与诸臣投唐，我为母而去无他说；如今魏公又在彼，我去，唐主还是独加恩于我好，还是不加恩于我好？若将我如魏臣一般看待，秦王心上又觉不安；若以我为上卿，魏公心上只道我有心归唐，故使秦王先赚母入长安。如今事出两难。且到黎阳去与懋功商量，看他如何主张。"忙别了尤俊达与连巨真，如飞又赶到黎阳，见了徐懋功与罗士信，把如何长短说了一番。懋功道："若论伯母在彼，吾兄该接速而行；若论事势，则又不然。魏公投唐，决不能久，诸臣在彼，谅不相安。况魏王已归，即在早晚必有变故。俟他定局之后，兄去方为万全。"叔宝见说，深以为是，忙写一封家报与母亲，又写一封回启送刘文静，叫罗士信只带二三家童，悄悄先进长安去安慰母亲。

到了次日，士信收拾行装，扮了走差的行径，别了懋功，跨上雕鞍。叔宝也骑了马，细细把话又叮咛了一番，送了二三里，然后带转马头回来。到署中，对徐懋功道："懋功兄，单二哥在王世充处，决定不妥，如何是好？弟与他曾誓生死，今各投一主而事，岂不背了前盟？"懋功道："弟与他同一体也，岂不念及？但是单二哥为人，虽四海多情，但不识时务，执而无文，直而易欺，全不肯经权用事。他以唐公杀兄之仇，日夜在心，总有苏张[1]之舌，难挽其志。如今我们投奔，就如妇人再醮一般，一误岂堪再误？若更失计，噬脐[2]无及矣！"叔宝点头称善，虽常要想到私奔去看雄信，又恐反被雄信留住了，脱不得身，倒做了身心两地，因此耐心只得住在黎阳。

恰好贾润甫到来，秦、徐二人见了，惊问道："魏公归唐何如？"润甫道："不要说起。"把唐主赐爵赠婚一段细细说了一遍。"至后背了公主逃走，因关津严察，魏公叫祖君彦同我走黎阳，他们走伊州。君彦遇见柳周臣，转抄出小路打听去了。刚才弟在路上，遇着单二哥家单全，他说他主人要我去一会，万不可迟。我如今且去走遭，若说得他重聚在一处，岂不是好？魏公遣人来知会，乞说知此意。"徐、秦二人道："我们也在这里念他，兄去一会，大家放心。"过了一宵，贾润甫起身去了。

秦叔宝因心上烦闷，拉徐懋功往郊外打猎。只见一队素车白马的人前来，叔宝定睛一看，见是魏玄成，便对懋功道："徐大哥，玄成兄来了！"大家下马，就在草地上拜见了。叔宝握手忙问道："兄为何如此装束？"玄成道："兄等还不知魏公与伯当兄，俱作故人矣！"叔宝见说，呼天大恸，徐懋

---

① 苏张——春秋时著名纵横家苏秦、张仪常在列国游说，极善辞令。

② 噬(shì)脐——咬肚脐。比喻够不着，来不及。

功也泪如泉涌。叔宝因问玄成:“魏公与伯当在何处身故的?”玄成蹙着眉道:“一言难尽。”懋功道:“旷野间岂是久谈之所,快到署中去说。”于是各各上马进城。

到署中,恰好王簿等三四将来问探消息。懋功引秦魏众人,到了书室中去坐定。玄成把魏公投唐始末,直到逃到熊州,死于万箭之下,细细述了一遍。叔宝大声浩叹道:“不出懋功兄所料,如今兄何为又来?”玄成道:“弟在秦王西府,一闻魏公之变,寸心如割,因求秦王告假月余,去寻魏、王二公尸骸。秦王准假,亦要弟来敦请二兄。便奏知唐帝,蒙唐帝隆恩,恐途中有阻,赐弟赦敕一道:凡在魏诸臣,谕弟请同归唐,即便擢用。”说了,玄成在报箱中忙取出赦文一道来。徐懋功与秦叔宝看了一遍。懋功道:“众人肯去不肯去,这且慢讲;只问兄可曾到熊州去寻取李、王二人骸骨?”玄成道:“弟前日到熊州熊耳山,那山高数丈,峭壁层峦,左傍茂林,右临深涧,中间有一路,止容二马。弟到此一望,了无踪迹,只得又往上边去探取。幸有一所小庵,庵内住一老僧,弟叩问之,却有一个道人认得小弟,乃是魏公亲随内丁,年纪五十有余,他当时同遇其难,天幸不死,在庵出家。晓得二公尸首所埋之处,引弟认之,却是一个小土堆,即命土人掘开。可怜二尸拌和泥中,身无寸甲,箭痕满体,一身袍服尽为血裹。英雄至此,令人酸鼻。弟速买二棺,草草入殓,权厝庵中,待会过诸兄,然后好去成礼葬埋;但是两颗首级,尚悬在长安竿首,禁人不许窃携。弟前日即欲请埋,因唐帝盛怒之下,恐反有阻寻觅尸体之举,故此止请收尸,首级还要设计求之。”懋功道:“这个在弟身上。但是如今众弟兄,如不想再做一番事业,大家去藁葬了魏公,散伙各从其志了;若有志气,还要建功立业,除秦王外无人。只是要去得好,不要如穷鸟投林,摇尾乞怜,使唐之君臣看魏之臣子,俱是庸庸碌碌之辈,如草芥一般。”

叔宝诸人齐声道:“军师说得是。”懋功道:“我即今夜治装,明早就起身往长安去;瓦岗山寨弟兄,且莫去通知他。为什么呢?一则我们此去,不知是祸是福,留此一席,以为小退步;二则单二哥家眷,尚在寨中,单兄之意,决不肯归唐。如今众人还是带入长安去好,还是独剩他家眷在寨中好,且待我们定归后,再遣人送到王世充那里去,犹未为晚。”叔宝道:“此地作何去留?”懋功道:“此地前有世充,后有建德,魏公已亡,谅此弹丸之地,亦难死守。今烦副将军王簿,待我们起身之后,即将仓廪散之小民,军饷给与军士，一应衣甲旗号，都用素缟，限在数日内，率领三千人马，星飞赶到熊州来送葬魏公，也见臣下忠义之心。”众人又齐声道：“军师处分得极是。”懋功吩咐停当。过了一宵，明早起身，又对叔宝、玄成道：“二兄作速打点，换了衣甲旗号，如飞到熊耳山来，弟先去了。”便随了三四个家童，望长安进发。叔宝连夜叫军士，尽将衣甲旗号，换了素缟，不多几日，料理停当。叔宝又吩咐王簿，将大队人马，作速前来，自与玄成亦望熊州进发。正是：

生前念知己，死后尽臣忠。

却说徐懋功离了黎阳，宵行夕赶，来到长安。进城下了寓所，装了书生模样，叫家童跟了，走到十字街来，见双竿竖起，悬挂匣中两颗头颅。徐懋功见了，心如刀割，望上拜了四拜，将手捧住双竿，放声大哭。惊动众军校，上前来拿住，拥至朝门。其时因定阳刘武周僭称皇帝，差大将宋金刚发二万人马，差先锋虎将尉迟敬德，杀奔并州而来。并州太原是齐王元吉留守，被敬德打翻了元吉手下猛将一二十员，星夜差人到长安来请救兵。唐帝差裴寂领兵一万，往太原去救援。是日秦王正在场中操练人马，唐帝见黄门官奏说有人抱竿而哭。天威大怒，叫绑进朝来。军校即便拥至驾前俯伏。

唐帝问道：“你是李密手下什么人？这般大胆，不遵号令，抱竿而哭？如不直言，斩讫报来。”徐世勣高声朗奏道：“昔先生掩骼埋胔，仁流枯骨。东晋时王经之死，向雄笑于东市，后雄又收葬钟会之尸，文帝未有加罪。董卓既诛，蔡邕伏尸而哭，魏祖信谗加刑，卒至享国不永。此数人者，当时岂先卜其功罪，而后哭葬哉！念李密、王伯当，王诛既加，于法已备，臣感君臣之义，向竿吊哭，谅尧舜之王，亦所当容。若陛下仇枯骨而罪臣哭，将来贤者岂肯来归乎？”

唐帝见说，龙颜顿转，便道：“你姓甚名谁？”徐世勣道：“臣姓徐名世绩。”唐帝笑道：“原来是世民之恩人，你何不早说，朕日夜在这里念你们。卿请起来，衣冠朝见。”即敕旨叫军卫，把李、王二首级放下来。世绩仍旧书生打扮，俯伏丹墀。唐帝即欲以冠带爵加世绩。世绩又笑道：“君思畎亩臣，臣亦思事贤圣之君，未有事魏不忠，而事唐乃能尽节者也。今魏公尸首两地，臣见之实为痛心。既蒙皇恩浩荡，求陛下以二首级赐臣，臣将去以礼葬之，如此不特臣徐世勣一人感戴陛下，即魏之诸将士，无不共乐尧天，来事陛下矣。”唐帝大悦，即命中书写敕旨一道，李密仍以原官品级，以礼葬之；又对徐世勣道：“世民儿望卿日久，卿速去速来。”徐世勣便谢恩出朝，将二公首级，用两口小棺木盛了，载上车儿，连夜离长安，望熊州进发。

未及两三日，魏徵亦来复命，说：“黎阳三千人马，副将王簿已经统领到熊州熊耳山驻扎，秦琼臣已偕来，今在熊耳山营葬。臣今复命，尚要起身去同他们料理完局，然后来事陛下。”秦王应允，时罗士信到长安，见过了秦母，知叔宝已在熊州，也出长安去了。

再说程知节那日辞了秦王起身，行了几日，不意途中冒了风寒，大病起来，半月后方能行动，先差两个心腹小校，前去知会屯扎的人马，将到瓦岗，遇见了贾润甫车儿，载了家眷，跟了几个伴当前来。知节只说魏公尚在长安，今接家小去同住，彼此忙下马来相见了。贾润甫就叫车儿住了，忙问知节：“这一路来可曾听见魏公消息么？”知节道：“一路来没有什么消息。”润甫道：“闻得魏公与伯当在熊耳山遇难。军士说秦、徐二兄与诸将，都到熊耳去殡葬魏公了。”知节听说，不觉泪洒征衣道：“魏公近来志气昏愦，自取灭亡；但是兄辈临事还该切谏他，或不至死。”润甫道：“说甚话来，那夜在邢府束装之时，弟以为此行必不妥，再三劝止。魏公以弟不与同心，登时变脸，反要加害于弟，幸亏伯当兄一力劝阻。”

知节道：“兄来曾会见懋功、叔宝么？”。润甫道：“弟曾到黎阳会见，因单二哥要会弟，弟即到东都会了单二哥，我劝他归唐，他必不肯，嘱弟将他家眷，同主管单全，送到王世充军前去，会见雄信兄，交割明白，方才放心转来。”知节问道：“兄今投何处去？”润甫道：“弟事魏无成，安望再投他处？求一山水之间，毕此余生，看兄辈奋翼鹏程耳。幸为弟致谢心交，毋以弟为念。”举手一拱，竟上马去了。

知节亦跨上马，心中想道：“大丈夫生此七尺之躯，非忠即孝，须做一个奇男子。吾一生感恩知己，诸弟兄中独尤员外最深，若无此人，吾老程还在斑鸠店卖柴扒地。今滞迹瓦岗山寨，未有显荣，吾如今趁这样好皇帝，弄他去做几年官，也算报他一场。”打算定当，忙赶到寨中与尤俊达、巨真、王当仁说知魏公、伯当身故，王娘娘与王夫人闻知，放声大哭。知节叫他们把仓库粮饷收拾了，各家眷都拾掇上了路，连部下兵卒共有千余人，齐齐起行。

行了四五日，将到独杨岭，只见一起人马冲将出来。连巨真大惊，连忙叫人到后边去报知知节。知节一骑马如飞赶来，望见旗号，知是自己屯扎在那里的二千人马。原来知节生成爽直，素得军心，当初与王世充战败逃走了时，他即收拾这干人马，屯扎在此。他要看魏公投唐安稳，自己打帐寻个所在，仍复旧业，今身心事唐了，便把这干人马带去。因向众军吩咐："你们打头站进熊州，到熊耳山下驻扎。"对连巨真道："这是我的人马，不必惊疑，快趱上前去。"

未及半月，已到熊州，祖君彦、柳周臣亦至，同到熊耳山下，早有许多白衣白甲的军马在此。徐懋功与秦叔宝接见了，徐懋功对尤俊达、连巨真道："非是我们不来通知你寨中弟兄，撇了来此，因不知事体是祸是福，故此不来知会。"程知节道："连弟这些变故，那里晓得，幸亏在路遇着贾润甫兄，送了单二哥家眷去了回来。"秦叔宝道："单二哥家眷，润甫兄送去完聚了，妙极妙极，他如今怎么不见？"知节道："他不肯再事他人，载了自己家小，寻山水之乐去矣。只是如今魏公家眷与伯当兄家眷，弟都带来，未知军师作何见教？"徐懋功喜道："魏王二公在天有灵，恰好家眷到来，尚未入土，此皆程兄之功也。叔宝兄，墓旁那三间卷棚，甚是宽敞，兄去指引他家眷安顿在内。"尤俊达与程知节站定，将四围观直，乃是山下一块平阳旷地，后边挑起一个高高土山，山后白烁烁的石砌一条带围，围前搭起绝大五间草轩，轩中用石板凿深，参差二穴。穴上停着二棺，其中拜台甬道飨堂，俱是簇新构成，石人石马，排列如生。古柏苍松，葱葱并茂，外边华表冲天，石碑巍立，四围芦席轩亭，扎成不计其数。

尤俊达看了赞叹道："秦、徐二兄，来得这几时，亏他们筑成这只坟墓，不愧魏公半世交结英雄。"忙同连巨真到后队来，与雪儿王娘娘母子，并伯当家眷说知，叫他们俱换了孝服。魏玄成、徐懋功、秦叔宝率领了众将，前来接入墓中。王娘娘与伯当夫人抚棺大恸，墓外边又是王当仁双手摇着灵座哀号。诸将见此遗雏呱呱而泣，亦俱下泪。正在伤感之际，只见王娘娘走出墓来，朝着徐懋功、秦叔宝、魏玄成等拜将下去。秦、魏、徐三位忙亦跪下去说道："娘娘有话请说，不必如此。"王娘娘道："妾今日此来，如在梦中，逢此意外之变，犹幸魏公尚未入土，得以一见，了结三生。既蒙皇恩浩荡，谅此遗孤，罪不重科，望三位将军，俯念夙昔交情，六尺之孤全赖始终护持。妾从此同归泉壤，虽死犹生。"说罢，竟将身边佩刀，向项下一刎。

王当仁在旁，如飞拉住，众将上前劝慰。正在忙乱之际，墓内王伯当夫人也向那石上触去，幸亏尤夫人与连夫人扶定，得以幸免。程知节见内外忙乱定了，向秦叔宝道："秦大哥，弟进长安去复命，两公家眷，仗你好生照管。"魏玄成对程知节道："兄去复命，弟有一札与徐义扶，兄可带去；如有人来吊祭，兄可作速先来报知。"知节应诺，如飞赶进长安城，见了母亲与秦伯母，即到西府去见秦王。

其时秦王因刘武周差宋金刚、尉迟敬德杀败唐将，围了并州，齐王元吉慌了，画了尉迟敬德图像，带了妻孥，偷出北门，逃回长安。秦王正与唐帝同众大臣，在太和殿看齐王带来敬德的画像，知节进朝去见了唐帝、秦王，唐帝问道："卿前去带了多少部曲来归唐？"知节道："臣自己名下，只有二千步兵。瓦岗山寨有二臣，一名尤俊达，一名连明，亦有二三千甲士。徐世勣、秦琼与众将，在黎阳带来马步兵将，有四五千，共有一万多人马，今俱屯扎在熊州熊耳山，伺魏公入土后，诸将即便统众来归陛下。"唐帝大喜，问程知节道："卿还去否？"知节道："臣还要去送葬呢！然后即举部曲来归长安。"说了，即便辞朝出来，忙去会着了徐义扶，把魏玄成手札与他看了，书上只不过说李、王家眷如何贞烈，三军如何伤感，叫他令爱惠妃夫人，念昔日王娘娘旧谊，撺掇秦王，在朝廷面前讨一坛御祭下来，以安众心。义扶会意，即便进西府去与惠妃夫人说知。

夫人常念王娘娘之情，遂与秦王说了，将魏徵与父亲的书与秦王看了。秦王便向朝廷讨下御祭，要在礼部中差一员官去。秦王对众谋士道："魏家兵卒，共有准万，今齐赴熊州。那些将士，孤晓得尽是能征惯战，若非孤自去慰吊，焉能使众军士心悦诚服？"众谋士诚恐亵尊，皆说未可。秦王道："昔三国时，刘备与孙权共争天之，鏖战数番，孔明用计气死周瑜，孔明亲往吴郡，慰吊周郎，吴家兵将，为之感泣。今李密系隋之大臣后裔，门第既高，谋略又劲，非草泽英雄类比。只因他好为自用，不肯用人，以至一败，失志来归。今他已死，前仇已解，孤欲去吊者，为国家计也，岂真吊李密哉！诸君何不识权变，而昧于大义耶！"众谋士齐声道："此皆殿下宽仁大度，虑出万全。"于是秦王定了旨意，带了西府许多谋臣武士，先命徐义扶持御祭旨意前行；惠妃夫人亦有私吊礼仪候问王娘娘，托父亲馈送。徐义扶同程知节，连夜兼程，先往熊州来报知。

魏之将士见说唐主赐了御祭，秦王又自来吊，各各欢欣。徐懋功把执事派定，魏徵、秦琼管待西府谋臣，程知节、王当仁管待西府将士，尤俊达、连明管收来吊礼仪；王簿、柳周臣犒赏唐家兵卒。徐世勣又谕各将士，务须盔甲鲜明，旗号整齐，五里一营，十里一亭。一应各项，吩咐停当，点骑兵二十名，昼夜打探。

不多几日，秦王到了熊州，听见三声炮响，早有四五百白衣甲将上来接，手中拿了一揭，跪在地上禀道："左哨千总苗梁，迎接千岁而过。"又行了四五里，又是许多白甲兵将，放炮递揭跪接，如此过了七八处。秦王坐在宝辇中，见那些兵马，一个个盔甲鲜明，旗带整齐，心中转道："魏之将帅经营，可称知礼知义矣，李密无成，真为可惜。"一路缓行，离熊耳山尚有数里，忽听得轰天三声大炮，鼓角齐鸣。徐世勣、魏徵、秦琼率领许多将士，齐齐鞠躬站定，将到辇边，尽皆俯伏。秦王早已看见，忙在辇中站起身来，大声说道："众位先生请起。"魏之将帅让辇过了，齐上马随着。一路里鼓乐引导，行伍簇拥，将到墓门，又是大炮三声。秦王停辇，众官揖进三间挂彩大卷棚内坐定。

秦王问徐义扶道："朝廷御祭过了未曾？"徐义扶道："已过了。"秦王即起身更衣，换了暗龙纯素绫袍，腰间束了蓝碧玉带。徐世勣等忙到轩前，向秦王拜辞。秦王不允，必要进去一祭。众宾僚陪着拥进墓门，魏家兵将又齐齐跪下，迎进墓去。到了拜亭，秦王站定，举眼一看，见墓外供着一个金字牌位，上写：唐故光禄卿上柱国附马邢国公李讳密之位；侧首一个牌位上写：唐故右卫大将军王讳勇之位。左首徐世勣、魏徵、秦琼、程知节四五个将帅，俱著了麻衣衰绖[①] 还礼；右首王当仁扶着三四岁的世子启运，亦是麻衣衰绖，俯伏在地，墓内哭声震天。阴阳赞礼，秦王一头祭，一头想道，他当初在金墉时，何等气概，何等威风，多少威望，只此结局！只见邈邈遗雏，未满三尺，墓内哭声，哀号凄惨。秦王虽是英雄，见此情景，禁不住潸然泪下。众官看见秦王如此，亦各哀号哭泣，惹得一军皆哭。

秦王祭毕上辇，回至宾馆棚内更衣。徐世勣拥了世子启运，同众将士上前叩谢。秦王扶起懋功等道："众先生料理完了，作速进长安，以慰朝廷

---

① 衰绖(cuī dié)——丧服。古人丧服当心处缀有长六寸宽四寸的麻布，名衰，围在头上的散麻绳为首绖，围在腰间称腰绖。衰绖是丧服的主要部分，故以之称。

悬悬之望。"徐世勣道:"臣等不敢迟延,即在数日内,带领诸将前来面帝。"说了如飞归墓前。西府文武宾僚无不备纸行吊。秦王起驾,魏将仍送至十里外转来。秦王祭礼外,又发犒赏军银五千两。众军士无不踊跃欢喜。徐懋功忙叫书记,写成两道谢表,命柳周臣赍表随秦王先入长安,即择日将二柩下土安葬完了,料理起身。王娘娘与王伯当夫人,愿甘守墓,不肯随行,懋功等无奈,只得拨了三四十名军校,守在墓前,再作区处。大家统领管辖兵卒,陆续起行。

到了长安,先进西府,谒了秦王,秦王率领魏家大小臣子,朝见唐帝。徐世勣把军士花名册籍呈上,唐帝看了大喜,即授徐世勣为左武卫大将军、秦琼为右武卫大将军、罗士信为马军总管、尤俊达左三统军、连明右四统军、王簿马步总管。王簿奏道:"臣不敢受职。"唐帝道:"为何?"王簿道:"臣此来一觐天颜,识尧舜之君;一叩谢皇恩隆故主之礼。臣冒死尚有一言上渎天听。"唐主道:"朕不罪汝,快奏来。"王簿道:"臣闻先主之政,敬老慈幼,罪人不孥,鳏寡孤独,时时矜恤。今故主怀德来归,蒙圣恩格外施仁,赦其过而隆其礼,以官爵之,以婚赐之,宠眷已极。不意故主李密一朝失志,自戕其命,众臣皆沐恩泽,独使孱弱之妻,几欲捐生;怀抱之孤,如同朝露。此果死者不足矜,而生者实可恤;若论子民,今则为唐家之子民也,若论伦理,岂非唐家之亲戚耶!今独孤公主尚居邢府,虽或伉俪未深,一经醮庙,即名之夫妇,岂不念彼之子,即伊之子也,忍使置之露宿野处之间,使神圣文武之君,致后世作史者,摇唇鼓舌,何以令四方仰德耶!此臣所以愿为遗民,而不愿为廷臣也。"

唐帝听了大喜道:"卿乃武臣,何能辨析大义若此;魏之将帅,何多能也!"即命礼部差官迎接王氏并伊子启运,更名启心,及王勇之妻,到邢府与独孤公主赡养守孤,加赐王簿虎翼大将军,其余祖君彦、柳周臣等各各赐爵。王簿同众人谢恩归班。

正在封赏之时,只见有晋阳浍州文书飞马来报,说刘武周围城紧迫,危在旦夕,伏乞陛下火速拨兵救援。唐帝道:"晋阳乃中原咽喉之所,岂可有失;但急切间,少一个能将耳。"徐世勣奏道:"臣等归唐,骤蒙赐爵,愿竭犬马扫除武周,以报万一。"唐帝道:"朕久知卿足智多谋,有将帅之才;但恨宋金刚部下有一员将,名尉迟恭,骁勇绝伦,难以克敌。"因指壁间图像道:"此即尉迟羯奴之像也,卿等不妨视之。"秦王引徐世勣等一班众臣,齐到画像边来细看，果是身长九尺，铁脸圆睛，横唇阔口，满嘴虾须，双鼻高耸，头戴铁幞头，身穿红勒甲，手持一根竹节钢鞭，竟如黑煞天神之状。徐世勣道："此不过一勇之丑奴，何足怪异？"秦琼对秦王道："小卒丑奴，何堪图像，以亵大唐殿廷，乞陛下假笔与臣以涂抹之。"秦王即命左右取笔与叔宝，叔宝执笔在手，咬牙怒目，把像从上至下，尽加涂坏，俯伏奏道："臣愿领兵三千，赶到晋阳，去灭此贼，如若不胜，愿甘法律。"唐帝大喜道："恩卿肯去，必能奏功，朕何忧焉！"即敕徐世勣讨虏大元帅、秦琼为讨虏大将军、王簿为正先锋、罗士信为副先锋、程知节为催粮总管，命秦王为监军大使灭虏都招讨，领唐将押后。各各辞帝，连夜领兵起行，望并州而去。正是：

若要攀龙树勋绩，还须血战上沙场。

第五十六回

啖[①] 活人朱灿兽心　代从军木兰孝父

词曰：

枉自问天心，少女离魂。沙场有路叩迷津，只念劬劳恩切切，岂惜伶仃？　旗鼓两相侵，拚死轻生。人人有志立功勋，莫笑英雄曾下泪，且看前程。

——右调《浪淘沙》

兵法云：兵骄必败。盖骄则恃己轻人，骄则逞己失众，失众无以御人，那得不败。隋亡时，据地称王者共有二三十处，总皆草泽奸雄，如齐人乞食墦间，花子唱莲花落，止博片时饱腹，暂时变换行头，原不想做什么事业。怎如李密才干，结识得几十个豪杰，死后犹替他好好收拾。

如今再说徐懋功同秦王统领许多人马，出了长安。行了几日，来到汴州。懋功对秦王道："臣等帅师去伐刘武周，只虑王世充在后，倘有举动，急切间难以救援。臣思朱灿近为淮南杨士林所逼，穷困来归，圣上封为楚王，屯驻菊潭。殿下该差人赍书去慰劳他，兼说王世充弑隋皇泰主，擅自夺位，乞足下统一旅之师，为唐讨弑君之贼，雪天下之恨；所得郑地，唐楚共之。朱灿系贪鄙之夫，见此书必然欣允。"秦王道："此贼性好吃人，尝与隋著作佐郎陆从典、通事舍人颜愍楚为宾客，阖家俱为所啖，凶恶异常，孤久欲击灭之；虽来归附，岂可与他和好？"懋功道："非此之论。若朱灿肯去，殿下可分二三千人马，遥为伐郑助他，待郑楚自相践踏起来，我这里好收渔人之利；如若不肯，我发兵去剿朱灿，牵动世充之势。世充知有南患，恐首尾不能相顾，必不敢动兵西向，此假虞灭虢之计，殿下以为何如？"学士段悫[②] 道："臣与朱灿有一面之交，待臣持书去陈说利害，叫他起兵，事必谐妥矣。"秦王道："闻卿贪饮，恐误军机。"段悫道："军情大事，岂同儿

---

① 啖(dàn)——吃。

② 悫(què)。

戏,臣去即当戒酒。”秦王道:“如此孤才放心。”段悫即带了秦王书礼,来到菊潭。

原来朱灿在隋朝曾为亳州县吏,时与段悫为至交酒友,今闻段悫到此,如飞出来相见,分宾主坐定。朱灿道:“阔别数年有余,再不能相见,未知吾兄目下现归何处?”段悫道:“弟仕唐朝,滥叨学士之职。”朱灿道:“闻得李密被王世充杀败,带了许多将士,前去投唐,未知确否?”段悫道:“怎么不确?如今兵马将士,又增了几十万,真正国富兵强。秦王闻知王世充弑隋皇泰主自立,气愤不平,欲与大王永为结好,发兵共讨弑君之贼;如得世充宝玉财物,让君独取,土地与君共之。”朱灿道:“秦王既有如此美意,又承故友见谕,弟敢不如命?明日即发兵去伐郑,你们只消添助一二千人马就够了。”吩咐手下摆酒,便问道:“兄近来的酒量,必定一发[①]大了?”段悫道:“弟今已戒酒,有虚胜意。”朱灿道:“昔日与君连宵畅饮,今日知己相逢,岂有不饮之理。若说公事,弟已如命;若论交情,也该开怀相叙。”即便举杯坐定,美满香醪,斟在面前。

大凡贪饮的人,如好色的一般,随你嫫母无盐,见了就有些动念。今段悫见此杯中之物,便觉流涎,举起酒杯一饮而尽。两人谈笑颇浓,兕觥交错,段悫忘其所戒,吃一个不肯歇手。要知朱灿当初在隋时,因炀帝开浚千里汴河,连遇饥荒之岁,日以人为食,如逢畅饮,即便两目通红。此时俱各沉酣,段悫笑对朱灿道:“大王,你当时喜欢吃人肉,今权重位尊,还常吃么?”朱灿见说,登时怒形于色,心中转道:“这狗才,我如今前非俱改,却在众人面前,揭我短处!”便道:“我如今只喜吃读书人,读书人的皮肉细腻,其味不同;况啖醉人,如吃糟猪肉。”段悫怒道:“这就放屁了!你只好吃几个小卒,读书人那得与你吃!”朱灿道:“你道我放屁,我就吃你何妨?”段悫道:“你敢吃我,你这颗头颅,不要想在项上。”朱灿大怒,唤刀斧手:“快把段悫学士杀了,蒸来与孤下酒!”

　　可怜词翰名流客,如同鸡犬釜中亡。

吓得跟段悫的军士,连夜逃回唐营,奏知秦王。

秦王大怒,正要起兵到菊潭来灭朱灿,以报段悫之仇。恰好李靖去征林士弘,路经伊州,趁便说张善相带领二三千人马来归唐,晓得秦王统兵

---

① 一发——更加,越发。

到此，忙同张善相进大营来相见。秦王大喜，即便将朱灿醉烹段学士之事，述了一遍。李靖道："殿下如今作何计较？"秦王道："如此逆贼，孤欲自去讨之，以雪段悫泉下之忿。"李靖道："此禽兽之徒，何劳王驾亲征。臣闻并州已失数县，浍州危在旦夕，殿下宜速去救援。菊潭朱灿，臣同张善相领兵去走遭，必擒此贼，来见殿下。"秦王道："若足下前去，孤何忧焉。"即拨唐将四五员，领精兵一万，加李靖征楚大将军，张善相为马步总管，白显道为先锋。秦王道："卿此去必得凯旋，当移兵于河南鸿沟界口。候孤伐了武周，即便来会，合兵去剿世充。"李靖应诺，随同张善相辞别秦王，拔寨起行。

却说刘武周，结连了突厥曷娑那可汗，乃始毕可汗之弟，袭其兄位，而为西突厥，居于北地；见武周有礼来讲好，约他去侵犯中国，曷娑那可汗即便招兵聚众。其时却弄出一个奇女子来。那女子姓花，其父名弧，字乘之，拓拔魏河北人，为千夫长；续娶一妻袁氏，中原人。因外夸移一种木兰树，培养数年，不肯开花，因其女分娩时，此树忽然开花茂盛，故其父母即名其女曰木兰。后又生一女，名又兰。一男名天郎，尚在襁褓。又兰小木兰四岁，姿色都与那木兰无异。木兰生来眉清目秀，声音洪亮，迥与孩提觉异，花乘之尚未有儿时，将他竟如儿子一般，教他开弓射箭。到了十来岁，不肯去拈针弄线，偏喜识几个字儿，讲究兵法。其时突厥募召兵丁，木兰年已十七岁，长成竟像一个汉子。北方人家，女工有限，弓马是家家备的，木兰时常骑着马，到旷野处去玩耍；父母见他长成，要替他配一个对头①，木兰只是不允。

一日听见其父回来，对着妻子说道："目下曷娑那可汗召募军丁，我系军籍，为千夫长，恐怕免不得要去走遭。"妻子袁氏说道："你今年纪已老，怎好去当这个门户？"花乘之道："我又没有大些的儿子，可以顶补，怎样可以免得？"袁氏道："拼用几两银子，或可以求免。"花乘之道："多是这样用了银子告退了，军丁从何处来，何况银子无处设法②。"袁氏道："不要说你年老难去冲锋破敌，就是家中这一窝儿老小，抛下怎么样过活？"花乘之道："且到其间再处。"过了几日，军牌雪片下来，催促花弧去点卯。乘之无

① 对头——配偶。

② 设法——想办法，筹划。筹备。

奈,只得随众去答应。

那晓得军情促迫,即发了行粮,限三日间即要起身,惹得一家万千忧闷。木兰心中想道:“当初战国时,吴与越交战,孙武子操练女兵,若然兵原可以女为之。吾观史书上边,有绣旗女将,隋初有锦伞夫人,皆称其杀敌捍患,血战成功。难道这些女子,俱是没有父母的,当时时势,也是逼于王事,勉强从征,反得名标青史。今我木兰之父如此高年,上无哥哥,下有弟妹,今若出门,倚靠何人?倘然战死沙场,骸骨何能载归乡里;莫若我改作男装,替他顶补前去,只要自己乖巧,定不败露,或者一二年之间,还有回乡之日,少报生身父母之恩,岂不是好。但不知我改了男人装束,可有些厮像。”忙在房中,把父亲的盔甲行头穿扮起来。幸喜金莲不甚窄窄,靴子里裹了些脚带,行走毫无婀娜之态。便走到水缸边来,对着影儿只一照,叹道:“惭愧,照样看起来,不要说是千夫长,就是做将军也做得过。”

正在那里对着影儿摹拟,不提防其母走来,看见吓了一跳,说道:“这丫头好不作怪,为甚装这个形象?”花乘之听见,亦走进来看了笑道:“这是什么缘故?”木兰道:“爹爹,木兰今日这般打扮,可充得去么?”其父道:“这个模样,怎去不得?昨日点名时,军丁共有三千几百,那里有这般相貌身躯,但可惜你……”说了半句,止不住落下几点泪来。木兰看见,亦下泪问道:“爹爹可惜什么?”花乘之道:“可惜你是个女子,若是个孩儿,做爹妈的何愁,还要想你出去干功立业,光宗耀祖哩!”木兰道:“爹妈不要愁烦,儿立主意,明日就代父亲去顶补。”父母道:“你是个女儿家,说痴呆的话。”木兰道:“闻得人说,乱离之世,多少夫人公主改妆逃避,无人识破;儿只要自己小心谨慎,包管无人看出破绽。”袁氏抚着木兰连声说道:“使不得,那有未出闺门的黄花女儿,到千军万马里头去觅活?”木兰道:“爹娘不要固执,拼我一身,方可保全弟妹,拼我一身,可使爹妈身安,难道忠臣孝子,偏是带领巾的① 做得来。有志者事竟成,儿此去管教胜过那些脓包男子。只要爹妈放胆,休要啼哭,让孩儿悄然出门,不要使行伍中晓得我是个女子,料不出丑,回来惹人家笑话。”父母见他执意要去,倒弄得一家中哭哭啼啼,没有个主意。

过了一宵,到东方发白,忽听见外边叩门声急,在外喊道:“花老大,我

---

① 带领巾的——指男子。

们打伙儿去罢。”花乘之开门出来，却是三四个同队的兵，正要开口，只见女儿木兰，改了男装，扎扮停当，抢出来说道：“我父亲年老，我顶替他去。”那些人看见笑道：“花老大，我们不晓得你有这般大儿子，好一个汉子！”花乘之见了这般光景，不好说得别话，只得含着泪道：“正是。”这些人道：“有那样好儿子，正该替你老人家当差，让他去一刀一枪，博得个官儿回来，你一家子就荣耀了。”木兰扯父进去，拜别了父母，只说得一声：“爹妈保重，好生照管弟妹，我去了。”背了包裹，拾了长枪，把手一摇，长扬的出门。花乘之只得忍着泪跟了，要送木兰到营中去；反是木兰严词厉色，催逼转来。那些邻里晓得了，多走来埋怨他父母道：“你这两个老人家，好没来由！把这个大女儿干这个道路，倘有些山高水低，如何是好。”还有那没志气的妇人私议道：“这大一个女儿，不思量去替他寻一个对头完娶，教他自往千万人队里，去拣可意的人儿快活，岂不是差的！”花乘之无奈，只做不听见，心上日夜忧煎。木兰出门之后，不上一年，乘之染成一病，竟呜呼哀哉了。其妻袁氏，拖着幼儿幼女，不能过活，只得改嫁同里一个姓魏的，这是后话。

今且说秦王同徐懋功，统兵与刘武周交战，已恢复了五六处郡县，正在柏壁关，秦叔宝与尉迟恭对垒，战了四五阵，不分胜负。宋金刚因尉迟恭胜不得秦叔宝，疑有私心，着人督战。尉迟恭懊恨，只得又下关来与叔宝战了百余合，杀个平手。秦王在阵前观看，甚爱惜叔宝，又舍不得尉迟，日色已暮，恐怕有失，秦王便叫鸣金，二将各归本寨。秦叔宝杀得性起，那里肯休，便叫军士，去点火把，前去夜战。秦王止之，叔宝那里肯听。

只听得剑阵里一声炮响，点得火把如同白昼。敬德在阵前大叫道：“快快出来厮杀！”叔宝听见笑道：“这羯奴倒有同心①。”快换了马匹，出阵前对敬德说道：“我今夜若杀你不得，誓不回营。”敬德道：“我今夜若不砍你的头颅，亦不还寨。”大家放出精神，各逞武艺，又战了百余合，那个肯输。敬德笑道：“惭愧，你我的手段已见，何足为意，你敢与我斗并力法么？”叔宝道：“何为并力法？”敬德道：“昔时孟贲夏育，能生拔牛角，伍子胥能举巨鼎，项羽力可拔山；我如今与你两个，明人不做暗事，使乖不足为奇，你先受我几鞭，我亦与你打几锏，以定强弱，此为并力法。”叔宝道：“你

---

① 同心——同样的想法。

老大的人，说孩子家的耍话，牛是畜生，鼎是铁器，山是土堆，都是死的；人的皮肉是父母的遗体，不要说死，就是不死，岂可毁伤？宁可一刀一枪，倘有不测，也可扬名于后世。这样作耍的事，我不依你。”

敬德见说，想道：“这话也说得是。不要说这一鞭两锏打得死，就是打不死，也要做了一个残疾的人。”瞥眼见侧边两块大蛮石在旁，约有一二千斤重，因对叔宝道：“两块石头，可是一样的，我与你赌，大家用兵器打，如多打一下碎的，就算他输。”叔宝道：“你的兵器多少重？”敬德道：“我的鞭一百二十余斤。”叔宝道：“我的锏一根有六十四斤，两条算来，却也重不多几斤。”敬德道：“我把你的双锏打，你把我的单鞭打，大家交换用力，若是你打输了，你归降我定阳；我若打输了，降顺你唐朝；只打三下，看谁强谁弱。”叔宝道：“就是这般。”

两人齐下马来，敬德先把战袍拽起，把鞭递与叔宝。叔宝也把双锏与他。敬德怒目狰狞，用力打去，石上并无孔隙，又尽力一下，石上只陷得二三余寸深。敬德心上有些慌了，第三下用尽平生之力，打将去，只见扑通一声，此石裂开，化为两半。敬德笑道：“何如？今该你打。”叔宝也把袍袖扎起，看着蛮石对天默祷道：“苍天在上，我秦琼与胡奴在此比试，全仗唐天子洪福。秦王得以一统天下，我秦琼该在此建功，不消三下，此石即为分开。”把双手举鞭，尽力打去，石已露痕，又用力一下，石已透底分开。叔宝笑道：“何如？石尚如此，若是人此刻已为肉泥矣！你三下，我只两鞭，还算你输。”敬德道：“我的兵器狠，你的锏轻。”两人正在那里争论，只见四五个小卒捧着一罐酒、一盘牛肉，跪在面前说道：“殿下恐二位将军用力太过，献此一樽聊接神力。”敬德见了，说道：“谁要吃你家的东西，要厮杀再杀罢了！”两人换转兵器，再上马时，只听见唐阵里金声一响，叔宝只得拨转马头回寨去了。敬德亦自归营。此是秦叔宝与尉迟恭三锏换两鞭之事，实效三国时刘先主与吴大帝试剑砍石之法，何后世作者欲骇人耳目，言叔宝受三鞭，敬德换两锏，不亦谬乎！

今且不说叔宝归寨，再说敬德回营，有几个小卒高兴，把阵前赌赛之事说与宋金刚得知。金刚怒道：“斗战危事，岂可阵前赌胜饮酒，如此戏耍！明系私通怠玩，漏泄军情。”即便奏知刘武周。武周大怒，忙叫左右：“与我把尉迟恭斩讫报来！”众将再三求免，武周便差寻相去守关，贬敬德到介休去看守粮草。

徐懋功打听得知，心中甚喜。忽见沿路细作来报：曷娑那可汗起兵来助刘武周。徐懋功即向秦王附耳说了几句。秦王便差总管刘世让赍金珠前往曷娑那可汗营中去，用计止之。徐懋功便点起众将，分头打柏壁关。寻相久已有心归唐，今见唐家兵多将勇，料此关不能守住，只得献关降唐。这些李密手下将士个个要想干功，直杀得宋金刚的人马十停① 去了八停，止剩二三千人败将下去。刘武周慌了，也只得移兵转北。徐懋功知尉迟敬德差往介休去护持粮草，便差罗士信与王簿用计先往介休，自与秦王大队人马慢慢的来追赶。

却说尉迟敬德，侥幸不杀，满面羞惭，带领一队人马离了柏壁关，遥向介休进发。行至安封地方，只见一起人夫押着粮草前来，敬德向前查点，粮计三千石，草有一万余束，车上各插小黄旗为号。时已日暮，即令守车军士将粮草围聚中间，众兵结成野营在外扎住。敬德不解衣甲，坐在营中，忽闻前途吵闹，军人报说："有贼来到营了！"敬德遂提鞭跨马，行不上二三里，忽然闻一声炮响，喊杀连天，敬德举头仰视，是夜月色微明，见一起人马为首一将，杀奔前来。敬德问道："你是何处来的？"那将道："我乃大唐徐元帅手下大将王簿，奉元帅将令，特来取你家的粮草应用。"敬德道："泼贼，你认得我么？"王簿笑道："我老爷怎不认得你这个杀不死的贼！"敬德大怒，忙举手中鞭，劈面砍来。王簿举枪来迎住。

两个一来一往，战了五六十合，王簿只顾败将下去。敬德紧赶不放，耳边忽闻喊声震天，往后一看，只见一派火光，上下通红，敬德撇了王簿，勒回马来一望，惟闻霹雳之声，霎时间大车小车，大束小束，三千粮米、准万稻草，被唐兵烧毁无存。原来烧粮草车的是罗士信，王簿赚了敬德去，他来放火烧毁。敬德见粮草烧尽，心中愈加烦闷，又恐王簿夺了介休城去，如飞连夜赶到介休，正遇见王簿与罗士信，又杀了一阵。他两个那里杀得过敬德，只得让他进介休城去，等待秦王与徐懋功大兵到来，把城池四面用兵围绕。

秦王使寻相进城去说敬德。敬德道："如要我降唐，且看刘武周下落；如若死了，我方再事他人；今若来逼，惟有死战而已！"寻相无奈，只得出城，以敬德之言回复秦王。秦王听了，心中烦闷。忽报总管刘世让回来，

---

①　十停——将整体分作十等份，每份叫做"一停"。

秦王大喜，相见了，世让把刘武周与宋金刚的首级献上。秦王又惊又喜道："此物何处得来?"世让道："臣奉命而行，穿过并州，中途遇见曷娑那可汗领兵屯在万峰山下，臣打听得实，即往彼营中相见，把礼物表章献上，说：'唐王要去伐郑国，讨弑隋皇泰王之罪，乞借大国之兵，同往征之。'曷娑那可汗大喜道：'我正在这里恼恨武周，他要求我们来杀你家唐朝，不想他自先行；所破郡县，子女玉帛，尽被他取去，使我们殿后以为救援。如今既是你家唐主将礼物来和好，我就起兵来会，先去问了刘武周之罪，然后与你们去伐王世充便了。'事恰凑巧，臣住在他营中，未及两日，只听得说刘武周与宋金刚被我这里人马杀败，势穷力尽，来投曷娑那可汗。曷娑那可汗大怒，用计杀了他二人，叫臣赍首级来，献与朝廷。"秦王见说，以手加额道："此天赐我成功也!"即厚赏了刘世让。随差寻相将刘武周、宋金刚二颗首级再进介休城，与敬德看了，好说他来归唐。

寻相奉命进城，敬德看见了两个首级，认得是真的，号天大恸，备礼祭献，随将首级用棺盛殓，安葬好了，遂开城降唐。秦王一见，爱敬如宾，即飞驰奏章，以报捷音。唐帝大喜，即赐尉迟恭为左府统将军，升刘世让为并州太守。其余将佐，各有升赏。正是：

山穷水未尽，石剖玉方新。

第五十七回

改书柬窦公主辞姻　割袍襟单雄信断义

诗曰：

伊洛汤汤绕帝城，隋家从此废经营。
斧斤未辍干戈起，丹漆方涂篡逆生。
南面井蛙称郑主，西来屯蚁聚唐兵。
兴衰瞬息如云幻，唯有邙山伴月明。

人的功业是天公注定的，再勉强不得。若说做皇帝，真是穷人思食熊掌，俗子想得西施，总不自猜，随你使尽奸谋，用尽诡计，止博得一场热闹，片刻欢娱；直到钟鸣梦醒，霎时间不但瓦解冰消，抑且身首异处，徒使孽鬼啼号，怨家唾骂。

如今再说曷娑那可汗杀了刘武周、宋金刚，把颗首级与刘世让赍了来见，秦王许他助唐伐郑，拔寨要往河南进发。因见花木兰相貌魁伟，做人伶俐，就升他做了后队马军头领。几千人马到盐刚地方，缥缈山前，冲出一队军马来。曷娑那可汗看见，差人去问："你是那里来的人马？"那将答道："吾乃夏王窦建德手下大将范愿便是。"原来窦建德因勇安公主线娘要到华州西岳进香，差范愿领兵护驾同行，此时香已进过，转来恰逢这支人马。

当时范愿一问，知是曷娑那可汗，便道："你们是西突厥，到我中国来做什么？"曷娑那可汗道："大唐请我们来助他伐郑。"范愿听见大怒道："唐与郑俱是隋朝臣子，你们这些杀不尽的贼，守着北边的疆界罢了，为甚帮别人侵犯起来？"曷娑那可汗闻知怒道："你家窦建德是卖私盐的贼子，窝着你们这班真强盗成得什么大事，还要饶舌！"范愿与手下这干将兵，真个是做强盗的，被曷娑那可汗道着了旧病，个个怒目狰狞，将曷娑那可汗的人马一阵乱砍，杀得这些蛮兵尽思夺路逃走。

曷娑那可汗正在危急之际，幸亏花木兰后队赶来。木兰看见在那厮杀，身先士卒冲入阵中，救出曷娑那可汗，败回本阵。木兰叫本队军兵把从人背上的穿云炮齐齐放起。范愿见那炮打人利害，亦即退去。木兰犹自领兵追赶，不提防斜刺里无数女兵，都是一手执着团牌，一手执着砍刀，见了马兵，尽皆就地一滚，如落叶翻风，花阶蝶舞。木兰忙要叫众兵退后，那些女兵早滚到马前。木兰的坐骑被一兵砍倒，木兰颠翻下来，夏兵挠钩套索拖去；又一个长大将官见了，如飞挺枪来救，只听得弓弦一响，一个金丸把护心镜打得粉碎，忙侧身下去拾起那金丸时，亦被夏兵所获。北兵见拖翻了两个去，大家掉转马头逃去了。

窦线娘带了木兰与那个将官赶上范愿时，已日色西沉，前队已扎住行营。窦线娘亦便歇马，大家举火张灯。窦线娘心中想道："刚才拿住这两个羯奴，留在营中不妥。"叫手下带过来。女兵听见，将木兰与那长大丑汉都拥到面前。那些女兵见木兰好一条汉子，倒替他可怜，便对花木兰道："我家公主爷军法最严，你须小心答应。"木兰只做不听见，走进帐房，只见公主坐在上面，众女兵喝道："二囚跪下！"那丑汉睁着一双怪眼，怒目而视。线娘先把木兰一看，问道："你那个白脸汉子，姓甚名谁？看你一貌堂堂，必非小卒终其身的；你若肯降顺我朝，我提拔你做一个将官。"花木兰道："降便降你，只是我父母都在北方，要放我回去安顿了父母，再来替你家出力。"线娘怒道："放屁，你肯降则降，不肯降就砍了，何必饶舌！"木兰道："我就降你，你是个女主，也不足为辱；你就砍我，我也是个女子，亦不足为荣。"线娘道："难道你不是个男儿，倒是个女子？"木兰道："也差不多。"公主对着手下女兵道："你们两个押他到帐房后去一验来回报。"两个女兵扯着木兰往后去了。线娘道："你这个丑汉有何话说？"那汉道："公主在上，我却不是女子，实是个男子，你们容我不得的；若是公主肯放了我去，或者后日见时，相报厚情。"公主听了大怒道："这羯汉一派胡言，与我拿去砍了罢！"五六个女兵，如飞拥他转身，那汉口喊道："我老齐杀是不怕的，只可惜负了罗小将军之托，不曾见得孙安祖一面。"线娘听见，忙叫转来问道："你那汉刚才讲什么？"那汉答道："我没有讲什么。"线娘道："我明明听见，你口中说什么罗小将军与孙安祖二人，问你那个孙安祖？"那汉道："孙安祖只有一个，就在你家做官，那里还寻得出第二个来。"线娘便叫去了绑，赐他坐下，又问道："足下姓甚名谁？与我家孙司马是什么相知？"那汉道："我姓齐，号国远，是山西人，与你家主上也是相知，孙司马是好朋友。前年承他有书寄来，叫我们弟兄两个去做官，我因有事没有来会他。"

原来齐国远与李如圭两个，当时因李密杀了翟让，遂去投奔卫团练使，嗣昌又带他两个出去帮唐家夺了几处郡县。嗣昌奏知唐帝，唐帝赐他两个为护军校尉，就在鄠县驻扎。为因幽州刺史张公谨五十寿诞，与柴嗣昌昔年曾为八拜之交，故特烦国远去走遭，恰好遇见幽州总管罗公之子罗成，常到公谨署中来饮酒，遂成相知。晓得他与秦叔宝、单雄信契厚，故此写书，附与国远，烦他寄与叔宝。

其时线娘见说，便道："足下既是我家孙司马的好友，又与父皇相聚过的，我这里正缺人才，待我回去奏过父皇，就在我家做官罢了；但是你刚才说什么罗小将军是那里人？"国远道："就是幽州总管罗艺之子。他与山东秦叔宝是中表之亲，他有什么婚事，要秦叔宝转求单雄信在内玉成，故此叫我去会他。不意撞着曷娑那可汗，被他拉来装了兵马，与你们厮杀。"线娘听了，顿了一顿道："没有这事，岂有人的婚姻大事，托朋友千里奔求的。"齐国远道："我老齐一生不会说谎，现有罗小将军书札在此。"站起身来，解开战袍，胸前贴肉挂着一个招文袋，内许多油纸裹着，取出一封书递上。线娘叫左右接来一看，却用大红纸包好，上面写着两行大字："幽州帅府罗烦寄至山东齐州秦将军字叔宝开拆。"线娘看罢，忙把书向自己靴子内塞了进去，对左右说道："外巡着几个进来。"左右到帐房外去，唤四个男兵进来。线娘吩咐道："你们点灯，送这位爷到前寨范帅那里去，说我旨意，叫他好好看待安顿了，不可怠慢。"又对齐国远道："罗小将军的书暂留在此，候足下到我国会过了孙司马，然后缴还何如？"齐国远此时也没奈何，只得随了巡兵到范愿营中去了。

线娘见齐国远已去，站起身来，只见一个女兵打跪禀道："那白脸的人，检验的真是女子，并非虚诳。"线娘道："带进后帐房来。"坐下，问道："你既是个女人，姓甚何名，如何从军起来？实对我说。"木兰涕泣道："妾姓花，名木兰，因父母年高，又无兄长，膝前止有孱弱弟妹，父亲出门，无人倚赖。妾深知男子中难得有忠臣孝子，故妾不惜此躯，改装以应王命，虽军人莫知，而自顾实所耻也，望公主原情宥之。"说罢，禁不住泪如泉涌。线娘见这般情景，心下恻然道："若如此说，是个孝女了；不意北方强悍之地，反生此大孝之女，能干这样事，妾当拜下风矣！"请过来宾礼相见。木兰逊谢道："公主乃金枝玉叶，妾乃裙布愚顽，既蒙宽宥，已出望外，岂敢与公主分庭抗礼。"线娘叹道："名爵人所易得，纯孝女所难能，我自恨是个女子，不能与日月增光，不意汝具此心胸。我如今正少个闺中良友，竟与你结为姊妹，荣辱共之何如？”木兰道：“这一发不敢当。”线娘道：“我意已定，汝不必过谦，未知尊庚多少？”木兰道：“痴长十七。”线娘道：“妾叨长三年，只得占先了。”大家对天拜了四拜，两人转身，又对拜了四拜。军旅之中，没有甚大筵席，止不过用些夜膳，线娘就留木兰在自己帐房中同寝。

线娘问木兰道：“贤妹曾许配良人① 否？”木兰摇首答道：“僻处荒隅，实难其人。妾虽承贤姐姐错爱，但恐归府时，驸马在那里，将妾置于何所？”线娘见说，双眉顿蹙，默然不语。木兰道：“姐姐摽梅已过，难道尚无吉士，失过好逑？”线娘道：“后母虽贤，主持国政；父王东征西讨，料理军旅，何暇计及此事。”木兰道：“正是人世上可为之事甚多，何必屑拘于枕席之间。”又说了些闲话，昏昏的和衣睡去。

线娘悄悄起身，在靴子里取出罗小将军的书来，心中想道：“刚才齐国远说罗郎为什么姻事，要去央烦秦叔宝，不知属意何人，我且挑开来，看他写什么言语在上。”把小刀子轻轻的弄去封签，将书展开放在桌上，细细的玩读。前边通候的套语，念到后边，止不住双泪交流道：“哦，原来杨义臣死了。我说道罗郎怎不去求他，倒央烦秦叔宝来。”从头至尾看完了，不胜浩叹道：“嗳，罗郎，罗郎，你却有心注意于我，不求佳偶，可知我这里事出万难。如杨老将军不死，或者父皇还肯听他说话，今杨义臣已亡，就是单二员外有书来，我父皇如何肯允。我若亲生母亲尚在，还好对他说，如今曹氏晚母虽是贤明，我做女孩儿的怎好启齿？”想到这个地位，免不得呜呜咽咽哭了一场，叹道：“罢了，这段姻缘只好结在来生了，何若为了我误男子汉的青春？我有个主意在此，当初我住在二贤庄，蒙单家爱连小姐许多情义，我与他亦曾结为姊妹。今罗郎既要去求叔宝，莫若将他书中改了几句，竟叫叔宝去求单小姐的姻，单员外是必应允，一则报了单小姐昔日之情，二则完我之愿，岂不两全其美。”打算停当，忙叫起一个女书记来，将原书改了，另写一个副启上，照旧封好，仍塞在靴子里头。

不觉晨鸡报晓，木兰醒来，起身梳洗；线娘将他也像自己装束。众军士都用了早膳，正要拔寨起行，只见四五匹报马飞跑到帐前来，对着公主禀道：“千岁爷有令，差小将来请公主作速回国，因王世充被唐兵杀败，差

① 良人——丈夫。

人到我家来求救，千岁即欲自去救援，因此差小将前来。”线娘道：“我晓得了，你们去罢！”便叫手下，唤昨夜送齐爷去的外巡进来。

不一时，外巡唤到，线娘在靴内取出书来，又是二十两一封程仪，对外巡道：“这书与银子你赍到前寨去，送与昨夜那位齐爷，说我因国中有事，不及再晤。”外巡接书与银子，收好去了。线娘把手下女兵调作前队，范愿做了后队，急急赶回。齐国远晓得夏国也要出兵，亦不去见孙安祖，竟投秦叔宝去了。正是：

将军休下马，各自赶前程。

今再说秦王同徐懋功灭了刘武周，降了尉迟敬德，军威甚胜。懋功对秦王道：“王世充自灭了魏公之后，得了许多地方，增了许多人马，声势非比昔日；今殿下若不除之，日后更难收拾。当先差诸将，四路先去其爪牙，收其土地，绝其粮饷，然后四方攒逼拢来，使他外无救援，内难守御，方可渐次擒灭。譬如人取巨鳌，先断其八足，虽双钳利害，何以横行哉！”秦王称善，把兵符册籍悉付懋功。懋功便差总管史万宝自宜阳县进兵，取龙门一带地方；将军刘德威，自太行山取河内地方；上谷公王君廓，自洛口绝王世充粮；总管黄君汉，自河阴攻取洛城；大将屈突通、窦轨驻扎中路埋伏，接应各处缓急；王簿同程知节、尤俊达、连巨真等，往黎阳收复故魏土地；罗士信与寻相去取千金堡并虎牢地方；臣同殿下，与叔宝、敬德进河南，向鸿沟界口与李靖会合。诸将奉了元帅将令，分头领兵去了。秦王统领一班将士进河南。其时李靖已杀败了朱灿，朱灿势孤力尽，竟把菊潭屠了，拣肥的吃了几日，数骑逃入河南投王世充去了。李靖兵马屯住在鸿沟界口，专望秦王来进兵。

未及月余，秦王已至，彼此相见了。秦王对李靖道：“朱灿狂奴，赖厮之力，得以去除逃遁，未知世充处声势如何？”李靖道：“臣已差人细细打听，他们已晓得我大唐统兵来征伐，各处分外严备，尽遣弟兄子侄把守。魏王王弘烈守襄阳，荆王王行本守虎牢，宋王王泰守陈州，齐王王世恽守南顾，楚王王世伟守宝城，越王王君度守东城，汉王王玄恕守含嘉城，鲁王王道御守曜仪城，弄得水泄不通，日夜巡警。”秦王笑道：“愚哉世充也，安有国家功业，止使一门占尽，其子弟岂尽皆贤智哉？吾立见其败矣！”遂督将士直趋洛阳。

王世充晓得了，便点二万人马，自方诸门出兵，逼着谷水扎住，与唐兵对阵。唐将因营垒未立,怕他来攻击,各自惊惶。秦王平日惯以寡破众,以奇取胜,全不介意,道:“贼临水结阵,是怕我兵冲突,其志已馁。”即命叔宝、敬德冲入世充前阵,自己带领程知节、罗士信、尉迟恭、段志玄,抄到世充阵背后去,数十精骑,奋力砍杀。郑将见秦王兵少,把马兵围裹拢来,史岳、王常等虽杀了几百兵卒,毕竟难出重围。正酣战时,秦王的坐骑一个前失,把秦王掀将下来。郑阵中二将,亡命挺枪刺将进来,史岳看见,大喝一声,把一将砍倒,夺马来与秦王骑时,那一将又被王常一箭射中咽喉,颠下马来。前边敬德、叔宝合着,又混杀了三四个时辰,王世充支撑不住才退,被唐将直追到城下,斩了郑将七千多首级回兵。

次日,秦王同懋功在寨外闲玩,只见二三十百姓,多是张弓执矢,抬着网罗机械而走。秦王看见,叫手下唤这些人过来问道:“你们往何处去的?作何勾当?”那些百姓跪下禀道:“有人传说,魏宣武陵上昨日有只凤飞来,站在陵树,故此我们众猎户去拿他。”秦王道:“魏宣武有多少路?”猎户道:“只有一二十里地。”秦王道:“你们引我去看,若是真的,我有重赏。”徐懋功道:“不可,魏宣武陵逼近王世充后寨,倘有伏兵奈何?”秦王道:“世充两战大败,心胆俱丧,安敢出来挑战?”遂全身贯甲,引五百铁骑出寨。

行至榆窠,到一个平坦战地,周围广阔,山林远照,左有飞来峰,右有瀑涧泉,幽禽怪兽,充牣其中;昔黄帝遗下石室,魏宣武营造皇陵,真是胜地。秦王左顾右盼,称羡不已。正看时,听得众猎户喊道:“那飞来的不是凤鸟么?”秦王定睛一看,只见一只大鸟,后边随着七八十小禽,多站在一棵大树上。那鸟是长颈花冠,五色彩羽,日中耀目,愈觉奇异。秦王道:“这是海外的野鸾,错认他是灵凤。”众猎户正要张那网罗起来,只见内中一人,把手指道:“那边又有兵马来,不好了!”大众一哄而散。懋功如飞催促秦王转身。秦王忙取一枝箭,拽满弓,向那野鸾射去,正中其翅,带箭飞出谷口去了。

秦王纵马亦出谷口,见外边尽是郑国旗号,一将飞马前来,口中喊道:“李世民,我郑国大将燕伊来拿你了!”秦王一见,忙跑进涧去,便带住马,一箭正中燕伊咽喉,应弦而倒。秦王看那野鸾时,还在对涧树上整理羽毛。秦王见前面是断涧,后边是郑国兵马,徐懋功又落在后边,野鸾却在对岸鸣啼,如呼朋引类,只得加鞭纵马跳去,一个三四丈阔的深涧,被他跳过去了。野鸾见秦王来，又飞数十步，占在高枝上。秦王听见对岸金鼓之声鼎沸，心下着忙，对着野鸾说道：“灵鸟，灵鸟，你若是救得我难，你须向我啼叫三声。”那鸟便向秦王连叫三声。秦王看涧旁山路崎岖，便离鞍下马，把马系在树上，随鸟进山，攀藤附葛而行。

到了顶上，远望对岸一将，凶煞神一般快马跑来。秦王认得是单雄信。后边又有一将，亦纵马赶来，乃是徐懋功。秦王正呆看时，只听得鸟又叫上一声，秦王忙转身想道：“灵鸟不去犹鸣，此山毕竟还有出路。”就随着那飞鸟走去，只见一个石室，外边立着一僧，光彩满目，相貌端严，把双手向灵鸟一招，那鸟即飞入老僧掌中，老僧便进石室去了。

秦王以为奇异，忙走进石室，只见那僧盘膝而坐。秦王问道：“和尚，你刚才取的那只灵鸟，拿来还了我。”那僧道：“灵鸟知是君王此刻有难，从大士前飞来，你看他么？”在袖中取出来，箭犹在羽尾上，仔细一认，却变成一只白鹦鹉。那僧忙在尾上取下箭，递与秦王道：“箭归君王。”鸟向空中一掷，飞去了。秦王把箭收入壶内，知是圣僧，忙问道：“孤今此难得脱去否？”那僧道：“难星只在此刻，君王快躲在贫僧背后稳睡，贫僧自有法退之。”秦王依他藏好，那僧捏成印诀，口里念了几句咒语，只见他顶上放出一毫白光，就把洞门封住。

郑国单雄信熟识此地，晓得此谷为五虎谷，前涧名曰断魂涧，无有出路。单雄信见燕伊飞赶进去，恐他夺了头功，也赶进谷来，只见一匹空马，飞跑出来，燕伊早已射死在地。雄信看了大怒道：“不杀此贼以报燕伊，不为好汉。”因策马入谷寻来，忽闻后边一骑马飞奔前来，高声叫道：“单二哥勿伤吾主，徐懋功在此。”忙赶向前，扯住雄信衣襟道：“单二哥别来无恙，前在魏公处，朝夕相依，多蒙教诲，深感厚谊。今日一见，弟正有要言欲商，幸勿窘迫吾主。”雄信道：“昔日与君相聚 处，即为兄弟，如今各事其主，即为仇敌。誓必诛灭世民，以报先兄之灵，以尽臣子之道。”懋功道：“兄不记昔日焚香设誓乎，我主即你主也，兄何不情之甚？”雄信道：“此乃国家之事，非雄信所敢私。此刻弟不忍加刃于兄者，尽弟一点同契之情耳，兄何必再为饶舌？”随拔佩刀割断衣襟，加鞭复去找寻。懋功见事势危急，如飞勒马奔回，大叫诸将，主公有难。

时尉迟敬德正在洛水湾中洗马，忽见东北角上一骑马飞奔前来。敬德定睛一看，见是懋功，听他口中喊道：“主公被郑将单雄信追逼至五虎谷口，快快去救！”敬德一听说，不及披挂，忙在水中，赤身露体，跨上秃马，执鞭飞赶前去。

单雄信四下一望，并无踪迹，看见涧中泥水浮沉，浊泉泛溢，又听得那玉鬃马咆哮乱嘶，只得把坐骑一提，跳过涧来各处寻觅，又无影响，只见树下玉鬃马嘶鸣。雄信也就下马，走上山顶，往石洞边看去，却是一个斑斓猛虎蹲踞在内，见雄信来长啸一声，涧谷为之震动。雄信吃了一惊，自思道：“这孩子想必被虎吃了，不知还是投在涧内死了，再到下面去看。”跨上自己的马，把秦王的马一手挽着，将到涧边，忽见山坡那边一员大将，面如浑铁，声若巨雷，大叫：“勿伤吾主，尉迟敬德在此！”也跳过涧来。雄信忙放了秦王的马，举槊来刺，被敬德把身一侧，一鞭打去，正中雄信手腕；敬德将鞭搁在鞍鞒，随趁势夺雄信手中槊。雄信虽勇，当不起敬德神力，四五扯，一条槊被敬德夺去，雄信只得退逃，仍过涧去了。

再说秦王横睡在石洞内和尚背后，看那和尚在座前弄神通。又见单雄信到洞门首，探望了三四回，不知为甚，再不敢进洞来，耳边只听得一片杀声。和尚合掌念声：“阿弥陀佛，灾星已过，救兵已来，君王好出洞去了。”秦王起身谢道：“蒙圣僧法力救孤，孤回太原，当差官来敦请去供养，但不知圣僧是何法号？”和尚道：“贫僧叫做唐三藏，若说供养，自有山灵主之；但愿致治太平做一个好皇帝足矣！贫僧有偈言四句，须为牢记。”乃曰：“建业唯存德，治世宜全孝。两好更难能，本源当推保。”说完，那和尚瞑目入定去了。

秦王然后捱下山来，转过溪坡，寻着了坐骑，跨上雕鞍。只见敬德飞马前来，见了秦王，说道：“好了，殿下没有受惊么？”秦王道：“没有，雄信这强徒呢？”敬德道：“被臣夺了他的槊，逃出谷外去了。此地不是久站之所，快同臣出谷去罢。”

两骑马纵过了涧溪，直至五虎谷口，遇郑将樊佑、陈智略，敬德更不打话，一鞭一个，二将多打伤下去。敬德杀开一条血路，奔出重围。只见秦叔宝、徐懋功领着诸将，正与王世充后队交战。敬德对李靖道：“你保殿下回寨，我再去杀贼来。”忙又赶到郑阵中去奋勇大战。郑家兵将虽多，怎当得起叔宝、敬德两个，一条鞭，两根锏，杀了郑国许多兵将。敬德在忙中，猛抬头见一人冲天翅、蟒袍玉带的骑在马上，在高阜处观战，便撇下众将，提鞭直奔前来，吓得王世充如飞勒马退逃，敬德同众军直追到新城，方才转来。

徐懋功叫鸣金收回人马,到秦王寨中来拜贺。秦王笑道:“若无敬德奋力向前,几为此贼所困。”遂以金银一箧赐敬德。自是秦王倍加信爱,敬德宠遇日隆。王世充见唐将利害,亦不敢出来对垒。

相持了数日,那日秦王正与众将商议破敌之策,见各处塘报雪片般飞递下来。懋功与秦王翻阅,知是荥州、汴州、沮州、华州多来归附;又有显州总管杨庆,他率领辖下二十五州县来投降;又有尉州刺史德睿,亦率领辖下杞、夏、随、陈、许、颍、魏七州来降;王簿与程知节亦有文书来说伊州、黎阳、仑城多已降唐,只有千金堡与虎牢闻得罗士信与寻相急切难下;又有中路大将屈突通,在途巡缉,获着郑国细作两个,招称郑国差将,潜往乐寿,向窦建德处请兵去了。徐懋功道:“郑国土地,赖天子洪福,三分已收其二,只是虎牢与千金堡系各州县咽喉之所,若二地不收,则所得亦难据守,须得臣自去走遭。”便辞了秦王,连夜带领自己精兵一千,望虎牢进发。正是:

待把干戈展经纬,只看谈笑弄兵锋。

第五十八回

窦建德谷口被擒　徐懋功草庐订约

词曰：

磨牙两虎斗方酣，怒目炯眈眈。一朝国破委层岚，千秋贻笑谈。邂逅佳人心欲醉，随唱百年欢。王章有约话便便，将军阃内专。

——右调《阮郎归》

春秋时，卞庄子刺两虎，他何会刺得两个？当两虎相争时，小死大伤，那死的何消刺，只刺得一个伤的；这伤的又何须多大气力对付，这真是一举两得。王世充拾亡魏之余，推心置腹，以待群雄，藉其土地以强根本。秦王声势虽大，急切间亦难了事。不意世充反将要害之地尽托膏粱[①]子弟，弄得东破西失，自己坐在洛阳，无可奈何，只得赍了金珠，着长孙安世去求夏王窦建德，落得秦王以逸待劳，反客作主。

今说徐懋功恐王簿两个不能建功，自己带领一支人马赶到千金堡来。岂知罗士信已用计破了，城内军民，不分老弱，把他杀个一空，懋功深为叹息。王簿亦已到得虎牢，将精兵一千，改扮了郑国旗号，夜间赚开城门，把一个王行本在睡梦中捆缚去了，早已占据了城。虎牢、洛阳险要二处俱为唐家占住，懋功不胜之喜，对王簿道："此地虽定，但王世充差代王琬、长孙安世去求窦建德，未知建德可允发多少兵来助他；我且将二兄之功，报知秦王，看他作何计较。"

今说长孙安世，奉了世充之命，赍了许多金帛，来到乐寿，先将宝物馈遗诸将。诸将俱已领惠，唯祭酒凌敬不肯收，大将曹旦亦差人把礼物璧还。次日，长孙安世清早来见夏王，呈上文书金帛。夏王道："邻邦救援，本当应命，但我与唐久已修好，何又起兵端？况孤新破孟海公，凯旋未久，岂可又劳师动众？"长孙安世道："郑与夏室唇齿之邦，唇亡而齿寒，理之必然。今夏不救郑，郑必灭亡，郑亡恐夏亦随之。"夏王道："足下且退，容孤

---

① 膏粱——指有米有肉的富贵人家。

与诸臣熟商。"长孙安世暂且辞出。

夏王与众公卿计议,夏将俱得了世充金帛,便撺掇道:"亡隋失国,天下分崩,关中归唐,河南归郑,河北归夏,共成鼎足。今唐伐郑,郑地被唐占去十之二三,倘郑力不支,必为唐破;郑破,唐必与夏为敌,敌则恐夏亦难独支,不如今发兵救郑,内外夹攻,可以取胜,倘能胜唐,威名在我,乘机图事,郑可取则取之;合两地之兵,以乘唐兵之疲老,关中可取,天下可平。"这几句话,说得建德鼓掌称快道:"诸卿议论甚妙,但恐孤力不及耳!"

凌敬道:"主公之言,恐有未妥。目今唐家以重兵围困东都,大将据住虎牢,发多少兵去对付他好;莫若我今先发大兵济河,取怀州河阳,以重兵守之,然后鸣鼓建旗,逾太行入上党,传檄郡县,进于壶口,以惊骇薄津,收取河东之地,易如拾芥,此乃上策。且有三利:唐兵俱在洛阳,国内空虚,而入师有万全,一也;拓土而得众,不费大力,二也;秦王知吾兵入境,必引兵还救,郑解围,三也。失此机会,滞疑不决,谚云:天与不取,反受其咎。愿主公详察。"

诸将道:"自来救兵如救火,若照依这样说,迂其途以取之,旷日持久,郑国急切间,何由得解?万一被唐兵破了,拿了王世充去,真个弄得唇亡齿寒,只道主公失信于天下。"建德亦不答,走进宫去,只见屏后曹后接住说道:"刚才朝中所议何事?"建德将前事述了一遍,曹后道:"众臣议论皆非,独凌祭酒之计甚善,陛下当听之。"建德道:"此迂阔之论。"曹后道:"夫自洛口道乘虚连营渐进,以取山北,因招突厥西袭关中,唐必还师,郑围不救而自解,有甚迂阔?"建德道:"孤自主裁,毋劳国后费心。"

次日早朝,长孙安世又来哀求。夏王便差曹旦为先锋、刘黑闼为行军总管,自同孙安祖为后队。公主线娘因是那夜见了罗成的书,伤感成疾,便与凌敬、曹后等守国。起十五万人马,望虎牢进发。

早有细作报知秦王。诸将恐腹背受敌,深以为忧,独秦王大喜。李靖笑道:"不意殿下此番出师,一箭竟射双雕。"记室郭孝恪道:"洛阳破亡,只在目下,建德不量,远来相救,这是天意要殿下灭此两国。机会在此,不可轻失。"薛收道:"世充剧贼,部下又是江淮敢战之士,只因缺了粮饷,所以固守孤城,坐以待毙;若放窦建德来与之相合,建德以粮济助世充,则贼势愈强,不可为矣!"李靖道:"如今只宜分兵困住洛阳,殿下自领精锐,速据成皋,养威蓄锐,以逸待劳,出奇计一鼓而即可破建德;建德既破,先声夺人,世充闻之,当不战而自缚麾下矣!”

秦王听了大喜道:“卿言实获我心,但此地重任,须仗将军谋画统辖。”李靖道:“不须殿下费心,大约建德完局,这里赖主公之力,世充自然可擒。”秦王道妙。只带叔宝与尉迟敬德二将,其余将士多叫屯住洛阳,统领自己玄甲兵五千,直赶到虎牢,与懋功诸将相会了。懋功道:“臣知殿下必来,更同得二位将军到此,破贼在旦夕矣。”秦王道:“闻得夏兵共有十万前来,未知真假?”懋功道:“不要去问他多少兵,臣今夜只消三千人,吓他一个个心胆俱碎。”便向秦王耳边,说了几句。秦王鼓掌道:“妙!”懋功取令箭一枝,对罗士信道:“将军同副将高甑生,领一千人马,即刻起身,潜往南方鹊山埋伏。柬帖一个,付你持去预备,如法奏功。”又取令箭一枝,柬帖一个,对秦叔宝、副将梁建方道:“烦二位将军领一千兵,到汜水东北上一个土山埋伏,速去预备,如法奏功。”叔宝、建方领计去了。懋功又取令箭一枝,柬帖一个,对敬德与副将白士让道:“二位将军就在虎牢西角上,照依柬帖中行事;如杀到鹊山遇着了士信,不论胜败,即便杀将转来。”敬德、士让领计去了。

罗士信同高甑归寨,把柬帖拆开一看,却是每一兵士要备小红灯一盏,马上须用铜铁响铃,听中军轰天第二炮杀出,合着火枪归阵。秦叔宝与梁建方回寨,也把帖拆开,只见上写道:“每兵要带火球一个,小锣一面,听第三个轰天大炮,即便杀出,合着火枪红灯,即便杀转。”懋功叫军士在正南山竖起一个高竿,叫宇文士及令二千玄甲兵守护着。

再说夏国先锋曹旦,到了虎牢,结营一二十里,每日到唐寨边来挑战,无人应敌,只道唐家晓得他们统大兵来,不敢出头;夜间虽防来劫寨,到底兵士心上觉得懈弛,那夜方解甲安睡,只听得一声大炮,喊叫震天。曹旦忙跨马赶出寨来,见无数火枪,掩着一个黑脸大汉杀来。曹旦如飞举枪来刺,那将一鞭,早打进胸膛;曹旦忙把身子一侧,火枪早着脸上,把胡子尽行烧去,败入阵中。敬德领这一千兵,东冲西突,并无人来拦阻;直杀到将近鹊山,忽闻第二个大炮,只见罗士信马上,尽是红灯响铃,在夏阵中各处冲杀。那高雅贤对刘黑闼道:“兄看那南山上红灯,必是唐家暗号,我与你射了他,那些兵马自然散乱了。”说罢,即便纵马前来。那刘黑闼扯足弓,射一箭去,正中红灯,落将下来,复又一灯扯上;高雅贤正要射时,只见一声大炮,无数火球,半天里飞将下来,冲出一员大将,口喊道:“秦叔宝在此，叛贼看锏。”高雅贤如飞接住，被叔宝拨开枪，一锏打下马来。梁建方正欲去刺他，幸亏刘黑闼救了，退将下去。叔宝与敬德、士信会合了三千兵，竟似几万人马，东冲西砍，杀得一个落花流水。正在高兴时，唐阵上闻已鸣金，只得勒马回营。

秦王同徐懋功在寨中排了庆贺筵席，敬德与叔宝诸将归寨，检点三千人马，不曾伤失一个，秦王将羊酒银牌分赏了将士。徐懋功道：“今卿此举，不过送个信与他们，让夏兵晓得我唐朝将士的厉害。只是明日这一阵，诸君各要努力干功，成败只在此举。”秦王心挂洛阳，也要决一战以见雌雄。

却说建德因前阵军马夜来被唐兵搅扰了半夜，四鼓时候，就即传令催兵马造饭，将刘黑闼改为前队，曹旦改为中营，自板渚地方来到牛口谷，分遣将士，北首到河，南首到鹊山，排了二十多里。建德见唐兵不动，先遣男卒三百，渡了汜水。唐将士见夏兵威盛，也有些胆怯。秦王只不动心，同徐懋功上了一个高丘，立马遥望。懋功道：“这贼自山东起兵来，不过攻些小小贼寇，未逢大敌；今虽结成大阵，部伍不整，纪律不严，总属易破。”望见郑国代王琬，也自带了亲随兵马，立在阵后监战。只见代王戴了束发金冠，锦袍金甲，骑了隋炀帝向来坐骑大宛国进贡的青鬃马，在旗门后影来影去。秦王道：“这小将骑的好一匹良马！”尉迟敬德在侧说道：“殿下说此马好，待小将取来。”秦王道：“不可，不可！”敬德道：“不妨。”两只腿把马一夹，直奔进夏阵中去。旁边两个将官高甑生、梁建方怕敬德有失，也拍马随来。

代王琬按着缰，在那里看战，只听得耳朵里喝一声：“那里走！”提小鸡一般，被敬德提过马去，这马正要走，被敬德靴尖钩住缰绳，高甑生已到，带了马一齐归阵。夏阵中见唐将在阵背后拿了代王琬去，吃了一惊，无心恋战，慌忙退回。徐懋功大声说道：“此时不趁势杀贼，更待何时！”自把军鼓大擂，唐将白士让、杨武威、王簿、陶武钦许多精兵一拥而进，秦王带领轻骑，同敬德、叔宝、士信过汜水，打从夏阵背后，直杀进去，扯起大唐旗号，前后夹攻。建德将士见了大惊，夏军只得且战且退。唐兵追赶了三十余里，斩了首级万余。

建德急退，忙脱去朝衣朝冠，改装与将士一般打扮，好来决战，却遇着柴绍夫妻，领了一队娘子军，勇不可当。建德当先来战，早中了一枪，忙寻护驾将士,乱乱的多已逃散,要迎杀前去,又恐独力难支;倘再中一枪,可不了却性命?忽见牛口渚中,芦柴茂密,可以潜身,便提马往里一钻,那娘子军也不在意,反杀向前边去了。不提防建德身上这副金甲晃亮,动了人眼。唐军望见,知是一员将官逃在芦中,两个车骑将军白士让、杨武威纵马赶来,举浑铁槊住芦林中乱搠。窦建德在芦中,要杀出来,身负重伤,恐厮杀不过;若在里边,又恐搠着,只得大叫道:"我便是夏王,将军若能相救,平分河北,富贵共享。"杨武威道:"只要出来,我等救你。"建德提马跳将出来,被他们一把抢来绑缚,把脚栓在马上,恰好几个从兵已至,一齐簇拥回到大寨。只见敬德提了刘黑闼的首级,王簿提了范愿的首级,罗士信活捉了郑国使臣长孙安世,都在那里献功;可怜夏国十几万雄兵,杀伤死亡,一朝散尽,只逃得一个孙安祖,带了随行二三千个小卒奔回乐寿。

时秦王已在大寨,小校报说,拿得夏王窦建德来。众将不信,秦王亦不以为然。只见杨武威与白士让押了建德,直至中军;众人看见,果是夏王建德。他也不跪,秦王见了笑道:"我自征讨王世充,与汝何干,却越境而来,犯我兵锋?"建德也没得说,说几句诨话道:"今不自来,恐烦远取。"秦王又笑了一笑,问杨、白二将:"如何便拿住了他?"白士让道:"到是柴郡马统率娘子军赶杀他来到牛口谷,柴郡马杀了前去,他就潜躲在芦苇中,被我们看见拿住,应了民间'豆入牛口,势不能久'之谣。"秦王笑了一笑,叫监在后寨。

垂衣河北尽悠游,何事横戈浪结仇?
愎谏逞强谁与救,可怜束手作俘囚。

此时建德手下被拿的,有五万余人。秦王道:"杀之可惜,不如放了,任他们回转乡里。"众将恐放还又与我为敌。徐懋功道:"窦建德也是草泽英雄,有众二十万,败亡至此,那一个还敢纠合来与我们战?放去正使他传殿下恩威,山东河北可不战而自下了。"诸将皆心服其言。秦王心下转道:"柴绍夫妇既统兵到此,为甚不来相会,莫非被建德余党赚去?"忙差人问前队将士,有的说已往洛阳去了,秦王便不再问,因对懋功说道:"我在这里整顿军马,卿同诸将先往洛阳,烦到乐寿收拾了夏国图籍,安抚了郡县,火速到洛阳来会合。"懋功领命。到次日,即便带领自己人马起身。

不一日到了乐寿。懋功即传令箭一枝与王簿,叫他晓谕军士:不许妄戮一人,不许搅扰百姓,违者立斩示众。乐寿城中百姓一闻夏王的凶信,只道唐兵来，不知怎样扰害地方，岂知徐军师约法严明，抚慰黎庶，井井有条，因此市廛[1]老幼，各各欢喜，迎于道路。懋功进城来，将府库打开，查点明白，又将仓廒[2]尽开，召几个耆老，叫他们报名给领官粮，赈济穷黎。那五六个耆老，伏地而泣道："夏王治国，节用爱人，保护赤子，时沐恩泽。今彼一旦失国，我侪小民，如丧考妣，又安忍分散其储蓄？今蒙将军到郡安抚黎民，秋毫无犯，实出望外；顾留此积蓄，以充军饷，则乐寿虽不沾其惠，亦感将军之德矣。"懋功点头称善，便将仓库照旧封好。

来到建德宫中，只见朝堂一个纱帽红袍的官儿，面色如生，向西缢死在梁上，粉墙上有绝句一首道：

几年肝胆奉辛勤，一着全输事业倾。
早向泉台报知己，青山何处吊孤魂。

夏祭酒凌敬题

懋功读罢墙间之诗，不胜浩叹，忙叫军士去备棺木殡殓。又走到内宫来，只见宫中窗牖尽开，铺设宛然，面南一个凰冠龙帔的妇人，高高的悬梁缢在那里；两旁四个宫奴，姿色平常，亦缢死在侧。懋功知是曹后，忙叫人放下，亦备棺木好好盛殓。

搜索宫中，止不过十来个老宫奴。懋功想道："闻得窦建德，有个女儿，勇敢了得，为何不见？"询问宫奴。宫奴答道："前日孙安祖回来，报知父皇被擒，那夜公主同了花木兰，就不知去向了。"徐懋功对王簿道："窦建德外有良臣，内有贤助，齐家治国，颇称善全。无奈天命攸归，一朝擒灭，命也数也，人何尤焉！"当初隋炀帝传国玉玺并奇珍异宝，窦建德破了宇文化及，都往归夏国；懋功一一收拾，并图书册籍，装载停当。晓得有个左仆射齐善行，名望素著，养老致仕在家，请他出来，要他治守乐寿。齐善行辞道："善行年迈病躯，与世久违，愿将军另选贤豪，放某乐睹升平。"懋功道："眼前苦无其人，公何必苦辞？"齐善行道："仆有一人，荐于麾下，必能胜其任。"懋功道："请问何人？"善行道："此人姓名不知，人只叫他是西贝生。闻他昔年曾在魏公麾下，为参谋之职，今隐居拳石村，卖卜为活，此人大有才干，屈其佐治，必得民心。"懋功道："今屈尊驾暂为管摄，待我访西贝生

---

① 市廛(chán)——商店集中的地方。

② 廒(áo)——粮库。

来，兄即解任何如?"齐善行不得已，只得收了印信，权为料理。懋功整顿军马起行，因问土人："拳石村在何处?"土人道："过雷夏去三四里，就是拳石村。"懋功命前队王簿速速趱行。

不多几日，前队报说，已到拳石村了。懋功把兵马寻一个大寺院歇下，自己易服，扮作书生，跟了两个童子，进拳石村来。原来那村有二三百人家，是一个大市镇，到了市中，只见路上一面冲天的大招牌，上写道：

西贝生术动王侯，卜惊神鬼，贫者来占，分文不取。

懋功问村人道："这西贝生寓在那里?"村人把手望西一指道："往西去第三家便是。"懋功见说，忙进弄内，寻着第三家，只见门上有副对联，上写道：

深惭诸葛三分业，且诵文王八卦辞。

懋功知是这家，便推门进去，只见一个童子，出来说道："贵人请坐，家师就出来。"懋功坐了片时，见一个方巾阔服的人掀帘走将出来。懋功定睛一看，不觉拍手笑道："我说是谁，原来贾兄在此!"贾润甫笑道："弟今早课中，已知军师必到此地，故谢绝了占卦的，在此相候。"大家叙礼过，润甫携着懋功的手到里边去，在读易轩中坐定。润甫道："恭喜军师，功成名立，将来唐家佐命功勋，第一个就要算军师了。"懋功道："吾兄是旧交知己，说甚佐命功勋，不过完一生之志而已。"说了，茶罢，只见里边捧出酒肴来，懋功欣然不辞，即便把盏。润甫道："军师军旅未闲，何暇到此荒村?"懋功将擒窦建德战阵之事，并齐善行举荐了他去治理乐寿的话，说了一遍。

润甫微笑了一笑道："弟自魏公变故，此心如同槁木死灰，久绝名利，满拟觅一山水之间，渔樵过活；不意逢一奇人，授以先天数学，奇验惊人。弟思此事，原可济人利物，何妨借此以毕余生，不意又被兄访着。"懋功道："正是兄的才识经济，弟素所佩服，但星数之学，未知何人传授，乞道其详。"润甫道："兄请饮三大觥，待弟说来，兄也要羡慕。"懋功举杯，一连饮了三觥。润甫道："当初有个隋朝老将杨义臣，他是个胸藏韬略、学究天人的一员宿将。因隋主昏乱，不肯出仕，隐居雷夏泽中。"懋功道："这杨义臣，弟先年也曾会过，曾蒙他教益，可是他传的么?"润甫道："非也。他有个外甥女，姓袁名紫烟，隋时曾点入宫，那女子不事针线，从幼好观天象，一应天文经纬度数，无不明晓，因此隋主将他拜为贵人；后因化及弑逆，他便用计潜逃到母舅家。本要落发为尼,因杨义臣算他尚有贵人作匹配,享禄终身。前年弟偶卜居雷泽,与杨公比邻,朝夕周旋,贱内又与袁贵人亲爱莫逆,故此传其学术。"懋功道:"如今杨公在否?"润甫道:"杨公已于去岁仙游矣!袁贵人同杨公乃郎并如夫人俱在这里守墓。"懋功道:"墓在那里?"润甫推窗向西指道:"这茂林中,乃杨公窀穸① 之所,他家眷也住在里边。"懋功道:"杨公虽死,弟与他生前亦有一面,今去墓前一揖,并求贵人一见,未识可否?"润甫道:"使得。"懋功就叫手下备楮仪一副,同贾润甫步行过去。

只见几亩荒丘,一抔浅土,虽然树木阴翳,难免狐兔杂沓。懋功叹道:"英雄结局,不过如此!"润甫忙过去通知了袁贵人,袁贵人就叫馨儿换了衰绖,到墓前还礼拜谢了,揖进飨堂中。懋功必要求见袁贵人,袁紫烟也是不怕人的,就是这样素妆淡服,出来拜见。懋功注目详视,见袁贵人端庄沉静,秀色可餐,毫无一点轻佻冶艳之态,不胜起敬道:"下官奉命来乐寿清理夏王宫室,昨见一个宫奴,名唤青琴,是隋帝旧宫人,云是夫人侍儿,甚称夫人才学阃范②,在男子多听未见,下官欲遣青琴仍归夫人左右,但未识可否?"袁紫烟道:"妾只道此奴落于悍卒之手,不意反在王宫。但妾亲从凋亡,茕茕一身,自顾难全,奚暇与从者谋食,有虚盛意。"说完,辞别进去。

懋功此时觉得心醉神飞,只得别了出来,对润甫道:"弟向来浪走江湖,因所志未遂,尚未谋及家室;今见此女,实称心合意,欲求兄为之执柯,未知可肯为弟玉成否?"润甫道:"此系美事,弟何敢辞劳,管教成就;兄到舍下去坐了,弟去即来复命。"懋功慢慢的踱到润甫家中去。

坐了片时,只见润甫笑嘻嘻的走来说道:"袁贵人始初必欲守志终天,被弟再四解喻,方得允从,但是要依他三件事,谅兄亦易处的。"懋功道:"那三件事?"润甫道:"第一,要守满杨公之制,方许事兄;第二,要收领杨公之子馨儿子母两口,去抚养他上达成人;第三,有个女贞庵,系隋炀帝的四院夫人在内焚修,与袁贵人是异姓妹妹,当年杨公送四位夫人到彼出家,原许他们每年供膳,俱是杨公送去;今若连合朱陈,必须继杨公之志,

---

① 窀穸(zhūn xī)——墓穴。

② 阃(kǔn)范——指妇女的道德规范。阃,内室,后借指妇女。

以全贵人昔日结拜之情。只此三事,倘肯俯从,即是兄的人了。”懋功大喜道:“不要说此三件,就再有几件,弟亦乐从。”就叫身边童子,到前寨王将军处,取银二百两,彩缎十表里,身上解佩玉一块,递与润甫道:“军中匆匆,不及备仪,聊以二物银两,权为定偶。”润甫忙叫手下并童子携去送与袁紫烟,说明依了三章之约。袁紫烟然后收了,将太乙混天毬一个,在头上拔下连理金簪一枝,回答了;润甫同童子从人回来,付与懋功收讫。懋功道:“承兄成全弟家室,弟明日当有些薄敬,并管辖乐寿文书一同送来,大家共佐明君,岂不为美。”润甫道:“闲话且莫讲,请问军师,王世充破在旦夕,单二哥如何收煞?”懋功皱眉叹道:“若提起单二哥,恐有些费手。”懋功又把前雄信追赶秦王一段说了一遍。润甫跌足道:“若如此说,单二哥有些不妥,兄与秦大哥俱系昔年生死之交,还当竭力挽回方妙。”懋功道:“这个自然。”

正说时,天色已暮,只见许多车仗来接,懋功只得与润甫分手。明早做下署乐寿印信文书,并书帕银二百两,差官送与贾润甫,又命亲随小校两个,将小礼百金与宫奴青琴送归袁紫烟。二人去了回来说道:“宫奴礼金,夫人处俱已收讫。”差官又禀:“贾爷处文书礼仪,门户钳封,人影俱无,只得持回。”懋功大惊道:“难道我昨日是见鬼?”忙骑了马,自己到拳石村来看,果然铁将军把门,问其邻里,说是昨夜五更起身,一家都往天台去进香了。懋功叹道:“贾兄何不情至此?”心上疑惑,忙又到杨公墓所来,袁紫烟叫馨儿换了服色出来拜送,懋功执手叮咛了几句,然后上马登程,往洛阳进发。正是:

陌路顿成骨肉,临行无限深情。

第五十九回

狠英雄犴牢聚首　奇女子凤阁沾恩

词曰：

昔日龙潭凤窟，而今孽镜轮回。几年事业总成灰，洛水滔滔无碍。

说甚唇亡齿寒，堪嗟绿尽荒苔。霎时撇下热尘埃，只看月明常在。

——右调《西江月》

天下事只靠得自己，如何靠得人？靠人不知他做得来做不来，有力量无力量，靠自己唯认定忠孝节义四字做去，随你凶神恶煞，铁石刚肠，也要感动起来。

如今不说徐懋功往洛阳进发。且说王世充困守洛阳孤城，被李靖将兵马围得水泄不通，在城将士，日夜巡视，个个弄得神倦力疲，兼之粮草久缺，大半要思献城投降，只有一个单雄信梗住不肯，坚守南门。

一日黄昏时候，只见金鼓喧阗，有队兵马来到城边，高声喊道："快快开城，我们是夏王差来的勇安公主在此。"城上兵士，忙报知雄信。雄信到城隅上往外一望，见无数女兵，尽打着夏国旗号，中间拥着金装玉堆的一位公主，手持方天画戟，坐在马上。雄信道是窦建德的女儿，一面差人去报知王世充，随领着防守的禁兵来开城迎接。岂知是柴绍夫妻，统了娘子军来到洛阳关，会了李靖，假装勇安公主，赚开城门。那些女兵个个团牌砍刀，刚进城来，早把四五个门军砍翻。郑兵喊道："不好了，贼进来了！"雄信如飞挺槊来战，逢着屈突通、殷开山、寻相一干大将，团团把雄信围住。雄信犹力敌诸将，当不起团牌女兵，忘命的滚到马前，砍翻了坐骑，可怜天挺英雄，只得束手就缚。好笑那吃人的朱灿被李靖杀败，逃到王世充处，以为长城之靠，不意城破，亦被擒拿。柴绍夫妻忙要进宫去杀王世充，只见王世充捧了舆图国玺，背剪着步出宫来。李靖吩咐诸将，将王世充家小宗族尽行搜缚出来，上了囚车，一面晓谕安民。

正在忙乱之时，小校前来报道："秦王已到了。"李靖同诸将并许多百姓，扶老携幼，接入城去，竟到郑王殿中，率领诸将上前参谒。秦王对李靖道:“孤前往虎牢时,卿许灭夏之后,郑亦随亡,不意果然。”李靖道:“王世充这贼,奸诡百出,防守甚严,幸亏柴郡主来哄开城门,世充方自绑来投献。”秦王笑对世充道:“你当初以童子待我,随你奸计多谋,怎出得我几个名将的牢笼。”王世充在囚车内答道:“罪臣久思臣服归唐,因诸将犹豫未决,又知殿下不在寨中,故此直至今日来投献,只求开恩免死。”秦王笑了一笑,即命诸将去检点仓库,开放狱囚,自往后宫,与柴绍夫妻相见,收拾珍玩。

时窦建德与代王琬、长孙安世三个囚车与王世充、朱灿的几个囚车尚隔一箭之地,众军校见秦王与诸将散去,便将囚车骨碌碌的推来,聚在一处。王世充见了,扑簌簌落下泪来,叫道:“夏王,夏王,是寡人误了你了!”窦建德闭着双眼,只是不开口。旁边代王琬又叫道:“叔父,可怜怎生救我便好?”王世充看见,一发泪如泉涌道:“我若救得你,我先自救了。”指着身旁车内太子玄应道:“你不见兄弟也囚在此,我与你尚在一搭儿,不知宫中婶娘与诸姊妹,更作何状貌哩!”说了不禁大哭不止。窦建德看见这般光景,不觉厌憎起来,大声叹道:“咳,我那里晓得你们这一班脓包坯子,若早得知,我也不来救援了。大丈夫生于天地间,不能流芳百世,即当遗臭万年,何苦学那些妇人女子之行径,无丈夫气概!”对旁边的小校道:“你把我的车儿扯到那边去些,省得他们饶舌,有污我耳。”那些众百姓站在两旁看见,有的指道:“那个夏王,闻他在乐寿,极爱惜百姓,为人清正,比我们的郑王好十万倍;那皇后更加贤明,勤劳治国;今不意为了郑王,把一个江山弄失了,岂不可惜。”众百姓多在那里指手画脚的议论不题。

且说秦叔宝随秦王回来,在第二队,见洛阳城已破,心上因记着单雄信,如飞抢进城来,只见王世充弟男子侄,多在囚车中,郑国廷臣累累锁在那里,未有发放,独不见雄信;查问军士,说是见过了秦王,程爷拉他往东去了。叔宝忙又寻到东街来,遇着了程知节手下一个小卒,叔宝叫住来问道:“你们老爷呢?”那小卒低低说:“同单二爷在土地庙里。”叔宝叫他领到庙中,只见程知节同单雄信相对,坐在一间屋里,项上带着锁链,叔宝见了,上前相抱而哭。雄信说道:“秦大哥何必悲伤。弟前日闻秦王来讨郑时,弟已把死生置之度外,今为亡国俘虏,安望瓦全,但不知夏王何故败绩如此之速?”叔宝道:“单二哥怎说这话?我们一干兄弟,原拟患难相从,死生相共,不意魏公、伯当先亡,其余散在四方,止我数人。昔为二国,今作一家，岂有不相顾之理。况且以兄之才力，若肯为唐建功，即是佐命之人。”叔宝又把窦建德如何战败，如何被擒说了一遍，只见外边一人推门进来，雄信定睛一看，却是单全，便说道：“你不在家中照顾，到此何干？莫非家中亦有人下来么？”单全道：“今早五更时分，润甫爷到来，说是老爷的主意，将夫人小姐立逼着起身，说要送往秦太太处去。因此小的来问老爷，晓得秦爷已到，再问个确信。”雄信对秦、程二人道：“润甫兄弟，我久已不曾相会，这话从何说起？”程知节道：“贾润甫兄是个有心人。他既说要送到秦伯母处，谅无疏虞。”叔宝亦道：“贾兄是个义气的人，尊嫂与令嫒，必替兄安顿妥当，且莫愁烦。”雄信对单全道：“你还该赶上去，照管家眷。我这里有两个小校在此。”叔宝亦道：“主管，省得你老爷牵挂，你去寻着贾爷，看个下落，这里我自然着人伺候。”说了，单全拭泪而去。早有四五个军士捱进门来，却是秦叔宝的亲随内丁。叔宝问道：“寓所寻下了么？”内丁道：“就在北街沿河一个叛臣张金童家，程老爷的行李也发在一处。今保和殿上已在那里摆宴，只恐王爷就有旨来，传二位老爷去上席。”程知节道：“我们一搭儿寓，绝妙的了！”叔宝雄信道：“此地住不得，单二哥到我那里去。”雄信道：“弟今是犯人，理合在此，兄们请便。”程知节直喊起来道：“什么贵人犯人，单二哥你是个豪杰，为甚把我两个当做外人看待！”忙把雄信项上链子除下来，付与小校拿着，叔宝双手挽着雄信，出了庙门，回到下处，吩咐内丁，好好伺候。

知节与叔宝到保和殿来，只见李靖在那处分拨将士，把守城门，分管街市，大悬榜文，禁止军士掳掠，违者立斩。

秦王着记室房玄龄进中书门下省，收拾图籍制诰，萧禹、窦轨封仓库，所有金帛，嘱柴嗣昌、宇文士及验数颁赐有功及从征将士。李靖见叔宝、知节，便道：“秦王有旨，烦二位将军，明早运回洛仓余米，轸恤城中百姓。”叔宝道：“洛仓粮米，只消出　晓谕，着耆老率领贫黎到洛赈济，何必又要运回？”便吩咐书办出去写示。只见屈突通奔进来，向叔宝说道：“秦王将军，单雄信在何处？秦王有旨，点诸犯入狱，发兵看守，独不见了雄信。”叔宝问：“旨在何处？”屈突通在袖中取出来，叔宝接过来看，上写道：“段远隋国大臣，助王世充篡位弑君；朱灿残杀不辜，杀唐使命；单雄信、杨公卿、郭士衡、张金童、郭善才一干，暂将锁系下狱，点兵看守，俟带回长安，候旨定夺。”叔宝蹙着眉头，尚未回答，程知节道：“屈将军，单雄信是我们两个的好弟兄，在我们下处，不必叫他入狱中去，候到长安，交还你一个单雄信就是了。”时齐国远、李如圭、尤俊达多在那里看慰雄信，李如圭看这光景，不胜忿怒道：“我们众兄弟，在这里血战成功，难道一个人也担当不起?”屈突通道：“我也是奉王命来查，既是众位将军担当，我何妨用情。”说完去了，不提那夜宴享功臣之事。

到了次日，秦王先打发柴郡主统领娘子军起身，齐国远、李如圭只得匆匆别了叔宝、知节亦归鄠县去了。其时恰好徐懋功从乐寿回来，见了秦王问乐寿如何料理，懋功说：“臣到乐寿时，祭酒凌敬已缢死朝堂，曹后同宫女四人缢死宫中，其余嫔妃，不过粗蠢妇女，一二十而已，但不见了他的女儿。那老幼黎民，闻了建德被擒，无不嗟叹，臣开仓赈恤，俱不忍来领。顷见臣禁约军士，秋毫无犯，尽愿存积粟，以充军饷，因此远近仕宦，无不参谒臣服。臣就其中择一老成持重的齐善行权为管摄，未知可合殿下之意?”秦王点头称善，命淮阳王道玄同宇文士及、大将屈突通权且镇守洛阳。谕将士收拾班师。

徐懋功听见单雄信在叔宝下处，忙来相会，对雄信道：“弟昨日自乐寿回来，途遇一友，说见贾润甫兄护送二哥的宝眷在那里，想必他知秦王之命，这一干人犯总要到长安候旨发落，润甫先将兄家眷送到秦伯母处，亦为妥当。弟恐路上阻碍，忙拨一差官并军校二十名，发行粮三百两，叫他们赶上盘缠，众人到都，兄可放心无忧。”雄信道：“弟闻鸟之将死，其鸣也哀；人之将死，其言也善。弟今日处此地位，亦无言可善，亦难鸣可哀，承诸兄庇覆雄信家室，弟虽死犹生也。”叔宝叫人去雇一乘驴轿，安放单雄信坐了，自同秦王收拾起身。正是：

横戈顿令烽烟熄，金镫频敲唱凯回。

不一日到了长安，报马早已报知唐帝。唐帝命大臣并西府未随的官僚出郭迎接，只见一队队鼓吹旗枪，前面几对宣令官、旗牌官押着王世充、窦建德、朱灿并擒来的将相大臣、宗姓子侄，暨隋家乘舆法物，都列在前面。秦王锦袍金甲，骑着敬德夺的那匹骏马，后边许多将士，全装贯甲，簇拥着进城，先到太庙里献了俘，然后入朝。唐帝御门，秦王与各将士以次朝见。秦王即进宫去见母后。唐帝出旨：天色已晚，各将士鞍马劳顿，着光禄寺在太和殿赐宴奖赍，夏、郑、朱等囚俘俱着大理寺收狱，候旨定夺。时单雄信也不得不随行向狱中去。刑部里发了一张单儿，差十来个校尉，押着众囚犯，来到狱门首，大声喝道："禁子们，走个出来，照单儿点了进去。此系两国叛犯，须用心看守着。"众禁子道："晓得。"一个个点将进去，领到一个矮门里，却是三间不大明亮的污秽密室。雄信此时觉得有些烦闷起来。建德看那两旁，先有一二十个披枷带锁的囚徒，也有坐的，也有卧的，多是鸠形鹄面，似人似鬼的在那里。建德此时雄心早已消磨了一半，幸亏还遇着个单雄信，是旧知己，聚在一处，诉别离情。

忽见一个彪形大汉，在门首望着里边说道："那个是夏王，那个是单将军？"建德尚未开口，雄信此时一肚子焦躁，没好气，只道是就要叫他出去完局，便走近前来道："我就是单雄信，待怎么样？"原来那个是禁子头儿，便道："请二位爷出来。"建德同雄信只得走出来，那汉引到左首一间洁房里，里边床帐台椅，摆设停当，那汉道："方才小的在大堂上打听，见发下票子，如飞要回来照管，因徐老爷与秦老爷，传去吩咐，故此归迟。众弟们不知头脑，都一窝儿送到后边去。"随指着一张有铺陈的床儿说道："这是王爷的。"指着一张没铺陈的床儿说道："这是单爷的。那铺陈秦老爷即刻差人送进来。"窦建德道："单爷是众位老爷吩咐，我却从未有好处到你，为甚承你这般照顾？"那禁子道："王爷说那里话来，三日前就有一位孙老爷来，再三叮嘱小的，蒙他赐小的东西，说如王爷发下来，他也要进来看王爷，所以预先打扫这间屋儿，在这里伺候。"建德想道："难道孙安祖逃了回去，又来不成？"忽听外边嘈嘈杂杂，六七个小校扛进行李与一罐酒，食盒中放着肴馔，对众禁子道："这是单老爷的铺陈，并现成酒肴，众位老爷说有公干在身，不能个进来看单爷。禁子们，叫你们好生伺候着。"说完出去了。众禁子手忙脚乱，铺设安排停当。窦、单二人原是豪杰胸襟，且把大事丢开，相对谈心细酌。

且说窦后见秦王回来，心中甚喜，夜宴过已有二更时分，不觉睡去，梦一尊金身的罗汉，对窦后稽首说道："汝儿已归，我有个徒弟，承他带来，快叫他披剃了，交还与我。"说完不见了。窦后醒来，把梦中之事述与唐帝听。唐帝道："昨晚世民回来，未曾问他详细，且等明日进朝，问他便了。"窦后辗转不寐，听更筹已交五鼓，忍耐不住，便叫内监传懿旨，宣秦王进宫。

时秦王在西府梳洗过，将要进朝，见有内侍来宣，忙同进宫，朝见过了，窦后道："你把出都收两国之事，细细述与做娘的知道。"秦王就把差段悫去和朱灿，被朱灿醉烹了段悫，直至宣武陵射中野鸾，几被单雄信擒获，幸遇石室中圣僧唐三藏施显神通，隐庇赠偈，得尉迟恭赶到救出的事说了一遍。窦后听了，点头道："儿，怪道夜来圣僧托梦，原来有这段缘故。"秦王道："母后梦境如何？"窦后就把梦中之事述了一遍，又道："据为母的猜详起来，囚俘里面，毕竟有个好人在内。"对秦王道："刚才儿说那唐三藏赠的偈，录出来待我详察一详察。"秦王写了出来，大家正在那里揣摹，只见宇文昭仪走到面前，诸妃中唯此女窦后欢喜他，见了便对昭仪说道："正好，你是极敏慧的，必定揣摹得出。"窦后述了自己梦中之言，并秦王录出遇见圣僧赠偈四句，与昭仪看。昭仪道："第一句是明白的，隐着夏主的名字在内；第二句想必此人也是个孝子；只有第三句，解说不出；那第四句，显而易见，没甚难解。"窦后道："为何显而易见？"昭仪道："娘娘姓窦，今建德也姓窦，水源木本，概而推之，如同一体，是要赦窦建德之罪也。"窦后点头称是。秦王道："窦建德是个了得的汉子，譬如猛虎，纵之则易，缚之甚难。今邀九庙之灵，一朝为我擒获，倘若赦之，又为我患奈何？"唐帝道："如今且不必拘泥。朱灿残虐不仁，理宜斩首；提出王世充来，待朕审问他的臣下，或者有个孝子在内，也未可知的。"秦王就差校尉到狱中去，提斩犯一名朱灿立决，又提斩犯一名王世充面圣。

时建德与雄信都睡在床上，听更筹已尽，在那里闲话，忽听见甬道内有许多人脚步走动，到后边去敲门。一回儿又听得那屋里头的枷锁铁链一齐震动起来。原来后牢房里的众囚徒听见此时下来提犯，不知是那一案，是那一个，俱担着干系，所以吓得个个战栗起来，把枷锁弄得叮叮当当，好似许多上阵兵马甲胄穿响。建德如飞起身，往门缝里一张，只见七八个红衣雉尾的刽子手，先赤绑着一人前来，仔细一看，却是朱灿，随后又绑着一人来，乃是王世充。建德对雄信道："单二哥，我们也要来了，起身了罢！"雄信道："由他。"正说时，只听得有人来叩门叫道："单爷，家中有人在这里。"雄信见说，如飞爬起身来开门，却是单全。单全见了家主，捧住了跪在膝前大哭，雄信也忍不住落下泪来，便道："你不须啼哭，起来问你：奶奶小姐在何处？"单全站起来，附雄信耳上说了几句，雄信点点头儿道："我的事早已料定，你只照管奶奶与小姐，就是爱主的忠心了。我这里有各位老爷吩咐，你不须牵挂，你若在此，反乱我的心曲。"单全犹自依依不舍，只见禁子头儿推门进来，对着窦建德说道："夏王爷，孙爷来了。"建德尚未开口，孙安祖已走到面前，大家见了，此时三个人抱住了大哭。建德问道："卿已回乐寿，为何又来？"安祖向建德耳边，唧唧哝哝的说了许多话，却又快活起来，建德便蹙着双眉道："人活百年，总是要死，何苦费许多周折。卿还该同公主回去，安葬了曹后娘娘并殉难的诸柩。"安祖却不肯。

如今且不说孙安祖要守定窦建德，再说朱灿绑缚了出来，已去市曹斩首；王世充亦绑着进朝面圣。唐帝责他篡位弑君一段，世充奸猾异常，反将事体多推在臣子身上。唐帝又责负固抗拒，城破才降，世充叩头道："臣固当诛，但秦殿下已许臣不死，还望天恩保全首领。"唐帝因秦王之意，将他贬为庶人，兄弟子侄，都安置朔方，世充谢恩出朝。唐帝又差人去拿窦建德见驾，只见黄门官前奏道："有两个女子，绑缚衔刀，跪于朝门外，要进朝见陛下。"唐帝见说，以为奇怪，忙叫押进来。

不一时，只见两个女子裂帛缠胸，青衣露体，两腕如玉雪白的，赤绑着，口中多含着明晃晃的利刃，跪在丹墀里头。唐帝望去，虽非绝色，觉得皆有一种英秀之气，光彩撩人。唐帝便有几分矜怜之意，就叫近侍："去了那两女子口中的刀，扶他上殿来见朕。"内侍忙下去摘掉了刀，簇拥着上来，却又是两对窄窄金莲挺挺的走上殿来跪下。唐帝便问道："你两个女子，是何处人氏？为何事这个样子来见朕？"窦线娘道："臣妾窦氏，系叛臣窦建德之女。因妾父建德，罪犯天条，似难宽宥，妾愿以身代受典刑，故敢冒死上渎天威。"唐帝道："窦建德岂无臣子子侄，要你这个琐琐裙钗来替他？"线娘道："忠臣良将，俱已尽节捐躯，若说子侄，宗支衰落。妾父止生妾一人，罔极深恩，在所必报；况王世充篡位弑君，尚邀恩赦。臣妾父虽据国自守，然当年曾讨宇文化及，首为炀帝发丧；前在黎阳军旅之间，又曾以陛下御弟神通并同安公主送还，较之世充，不亦远乎？倘皇恩浩荡，准臣妾所请，赦父之罪，加之妾身，是亦国法之不弛，而隆恩之普照，则妾虽死而犹生矣！"唐帝道："你刚才说窦建德止生得你，那一个又是你何人？"线娘未及回答，木兰便道；"臣妾姓花，名木兰，系河北花弧之女。"便将刘武周出兵代父从军，直至与窦线娘结义一段说将出来。唐帝见他两个言词朗朗，不胜赞叹道："奇哉两孝女！圣僧所谓两好最难能也。"正说时，只见两个内监走来，跪下奏道："娘娘有旨，宣殿下进宫。"秦王只得起身进宫去了。

时窦建德久已拿进朝，跪在丹墀下，听那两个女子对答，唐帝叫上来说道："你助党为虐，本该斩首。今因你女儿甘以身代，朕体上天好生之德，何忍加诛，连你之罪，法外宥汝。"就叫侍卫去了建德的锁链绑缚，又对他说道："朕赦便赦了你，只是你也是一个豪杰，若是朕赐你之爵，你曾南面称孤道寡，岂肯屈居下人，朕若废你为庶民，你怎肯忘却锦绣江山，免不得又希图妄想。"建德叩首道："臣蒙陛下法外施仁，贷臣不死，已出望外，安敢又生他念？臣自被逮之后，名利之念，雪化冰消，臣今万幸再生，情愿披剃入山，焚修来世，报答皇恩，不敢再入尘网矣！"唐帝见说，喜道："你肯做和尚，妙极，朕到替你觅一个法师在那里，叫你去做他的徒弟，但恐你此心不真耳！"窦建德叹道："臣闻屠刀一掷，六根即净，观眼前孽镜，总是雨后空花，有甚不真？"唐帝道："你此心既真，替你改名巨德，着礼部给赐度牒①，工部颁发衣帽，即于殿前替你剃度②。"秦王自宫中出来奏道："母后知建德肯回心向道，欢喜不胜，要两孝女进宫去一见，父皇以为可否？"唐帝就叫内侍领两个女子进宫朝见。

窦后见了，欢喜得紧，就叫宫奴把两副衣服赐线娘与木兰穿好，又赐锦墩叫他们坐下，问他们年齿，二人回答明白。窦后又问："线娘，曾适人否？"线娘羞涩涩未及回答，木兰代奏道："已许配幽州总管罗艺之子罗成。"窦后道："罗艺归唐，屡建奇功，圣上已封他为燕郡王，赐国姓，镇守幽州。闻他一个儿子英雄了得，你若嫁他，终身有托了。你既明孝义，我也姓窦，你也姓窦，我就把你算做侄女儿，愈觉有光。"窦线娘也不敢推却，只得下去谢恩。窦后又问木兰履历，木兰一一陈奏。窦后亦深加奖叹，便吩咐内侍，取内库银二十两，彩缎百端，赠线娘为奁资；又取银一千两，彩缎四十端，赠赐木兰，为父母养老送终之费，差内监送归乡里。二女便谢恩出宫。

时窦建德刚落了发，改了僧装，身披锦绣袈裟，头戴毗卢僧帽，正要望帝拜辞。唐帝对建德说道："你如今放心了。"只见二女易服出来，后边许多内侍，扛了彩缎库银，来到殿廷。内监放下礼物，将宫中懿旨，一一奏闻。二女又向唐帝谢恩。唐帝又对建德道："不意卿女许配罗艺之子，又为娘娘侄女，孝女得此快婿，卿可免内顾矣。"建德并未知此事，只道窦后

---

① 度牒——僧道出家的证据。

② 剃度——剃去头发为僧尼。此为佛教用语。

懿旨赐婚赐物，谢恩出朝。唐帝又差官一员，赏银二千两，布帛一笥，送至榆窠断魂涧内，隐灵岩中圣僧唐三藏处。

建德出了朝门，只见早有一僧挑着行李，在那里伺候。建德定睛一看，却是孙安祖。建德大骇道："我是恐天子注念，削发避入空门，你为何也做此行径？"孙安祖道："主公，当初好好住在二贤庄，是我孙安祖劝主公出来起义，今事不成，自然也要在一处焚修，若说盛衰易志，非世之好男子也。"建德又对线娘道："你既以身许事罗郎，又沐娘娘隆宠，嗣为侄女，终身有赖了，自今以后，你是干你的事，我是干我的事，不必留恋着我了。"线娘必要送父到山中去，那内监道："咱们是奉娘娘懿旨，送公主到乐寿去，和尚自有官儿们奉陪，不消公主费心。"线娘没奈何，只得同出长安，大哭一场，分路而行。

要知后事如何，且听下回分解。

第六十回

出囹圄英雄惨戮　走天涯淑女传书

词曰：

生离死别，甚来由，这般收煞。难忍处，热油灌顶，阴风夺魄。天涯芳草尽成愁，关山明月徒存泣。叹金兰割股啖知心，情方毕。　秦与晋，堪为匹。郑与楚，曾为敌。看他假假真真，寻寻觅觅。玉案琼珠已在手，香山丹桂犹含色。漫驱驰，寻访着郊原朝金阙。

——右调《满江红》

天地间是真似假，是假似真，往往有同胞兄弟，或因财帛上起见，或听妻妾挑唆，随你绝好兄弟，弄得情离心远；倒是那班有义气的朋友，虽然是名姓不同，家乡各别，尽有可以托妻寄子，在情谊上赛过骨肉。所以当初管鲍分金，桃园结义，千古传为美谈。

如今却说唐帝发放了窦建德，随将王世充一干臣下段达、单雄信、杨公卿、郭士衡、张金童、郭善才着刑部派官押赴市曹斩决。时徐懋功、秦叔宝、程知节三人晓得了旨意，知秦王已出朝堂，如飞赶到西府来，要见秦王。

秦王出来，大家参拜过了，叔宝道："末将等启上殿下，郑将单雄信，武艺出秦琼之上，尽堪驱使。前日不度天命，在宣武陵有犯大驾，今被擒拿，末将等俱与他有生死之交，立誓患难相救。今恳求殿下，开一生路，使他与末将一齐报效。"秦王道："前日宣武陵之事，臣各为主，我也不责备他，但此人心怀反复，轻于去就，今虽投服，后必叛乱，不得不除。"程知节道："殿下若疑他后有异心，小将等情愿将三家家口保他，他如谋逆，一起连坐。"秦王道："军令已出，不可有违。"徐懋功道："殿下招降纳叛，如小将辈俱自异国得侍左右，今日杀雄信，谁复有来降者？且春生秋杀，俱是殿下，可杀则杀，可生则生，何必拘执？"秦王道："雄信必不为我用，断不可留，譬如猛虎在柙，不为驱除，待其咆哮，悔亦何及？"三将叩头哀求，愿纳还三人官诰，以赎其死。叔宝涕泣如雨，愿以身代死。秦王心中不说出，终究为宣武陵之事,不快在心,道:“诸将军所请,终是私情,我这个国法,在所不废。既是凭说,传旨段达等都赴市曹斩首号令,其单雄信尸首听其收葬,家属免行流徙,余俱流岭外。”三人只得谢恩出府。徐懋功道:“叔宝兄,单二哥家眷是在尊府,兄作速回家,吩咐家里人,不可走漏消息,烦老伯母与尊嫂窝伴着他,省得他晓得了,寻死觅活。弟再去寻徐义扶,求他令嫒惠妃,或者有回天之力,也未可知。知节兄,你去备一桌菜,一罐酒,到狱中去,先与雄信盘桓起来,我与叔宝,就到狱中来了。”

却说单雄信在狱中,见拿了王世充等去,雄信已知自己犯了死着,且放下愁烦,由他怎样摆布。只见知节叫人扛了酒肴进来,心中早料着三四分了。知节让雄信坐了,便道:“昨晚弟同秦大哥就要来看二哥,因不得闲,故没有来。”雄信道:“弟夜来到,亏窦建德在此叙谈。”知节叹道:“弟思想起来,反不如在山东时与众兄弟时常相聚,欢呼畅饮,此身到可由得自主。如今弄得几个弟兄,七零八落,动不动朝廷的法度,好和歹皇家的律令,岂不闷人!”说了看着雄信,蓦地里落下泪来。此时雄信早已料着五六分了,总不开口,只顾吃酒。

忽见秦叔宝亦走进来说道:“程兄弟,我叫你先进来劝单二哥一杯酒,为甚反默坐在此?”雄信道:“二兄俱有公务在身,何苦又进来看弟?”叔宝道:“二哥说甚话来,人生在世,相逢一刻,也是难的。兄的事只恨弟辈难以身代,苟可替得,何惜此生。”说了,满满的斟上一大杯酒奉与雄信。叔宝眼眶里汪汪的要落下泪来,雄信早已料着七八分了。

又见徐懋功喘吁吁的走进来坐下,知节对懋功道:“如何?”懋功摇摇首,忙起身敬二大杯酒与雄信。听得外边许多淅淅索索的人走出去,意中早已料着十分,便掀髯大笑道:“既承三位兄长的美情,取大碗来,待弟吃三大碗,兄们也饮三大杯。今日与兄们吃酒,明日要寻玄邃、伯当兄吃酒了!”叔宝道:“二哥说甚话来?”雄信道:“三兄不必瞒我,小弟的事,早料定犯了死着。三兄看弟,岂是个怕死的!自那日出二贤庄,首领已不望生全的了。”叔宝三人,一杯酒犹哽咽咽不下去,雄信已吃了四五碗了。

此时众禁子多捱进门来,站在面前,门首又有几个红头包巾的人,在那里探望。雄信对两旁禁子道:“你们多是要伺候我的?”众禁子齐跪下道:“是。”雄信便道:“三兄去干你的事,我自干我的罢!”叔宝与懋功、知节俱皆大恸起来。雄信止住道:“大丈夫视死如归,三兄不必作此儿女之态,贻笑于人。"叔宝叫那刽子手进来,吩咐道:"单爷不比别个,你们好好服事他。"众刽子齐声应道:"晓得。"懋功道:"叔宝兄,我们先到那里,叫他们铺设停当。"叔宝道:"有理。"知节道:"你二兄先去,弟同二哥来。"懋功与叔宝洒泪先出了狱门,上马来到法场,只见那段达等一干人犯早已斩首,尸骸横地。两个卷棚,一个结彩的,一个却是不结彩的。那结彩的里边,钻出个监刑官儿来相见了。懋功叫手下,拣一个洁净的所在,叔宝叫从人去取当时叔宝在潞州雄信赠他那副铺陈,铺设在地。

时秦太夫人与媳张氏夫人因单全走了消息,爱莲小姐在家寻死觅活,要见父亲一面。太夫人放心不下,只得同张夫人陪着雄信家眷前来。叔宝就安顿他们在卷棚内。只见雄信也不绑缚,携着程知节的手,大踏步前走,一边在棚内放声大哭,徐懋功捧住在法场上大哭。秦太夫人叫人去请叔宝、知节过来说道:"单员外这一个有恩有义的,不意今日到这个地位,老身意欲到他跟前去拜他一拜,也见我们虽是女流,不是忘恩负义的人。"叔宝道:"母亲年高的人,到来一送,已见情了,岂可到他跟前,见此光景?"秦母道:"你当初在潞州时,一场大病,又遭官事,若无单员外周旋,怎有今日?"知节道:"叔宝兄,既是伯母要如此,各人自尽其心。"如飞与雄信说了。秦太夫人与张氏夫人、雄信家眷一总出来。叔宝扶了母亲,来到雄信跟前,垂泪说道:"单员外,你是个有恩有义的人,惟望你早早升天。"说了,即同张氏夫人,跪将下去。雄信也忙跪下,爱莲女儿旁边还礼。拜完了,爱莲与母亲走上前,捧住了父亲,哭得一个天昏地惨。此时不要说秦、程、徐三人大恸,连那看的百姓军校,无不堕泪。雄信道:"秦大哥,烦你去请伯母与尊嫂,同贱荆小女回寓罢,省得在此乱我的方寸。"太夫人听见,忙叫四五个跟随妇女,簇拥着单夫人与爱莲小姐,生巴巴将他拉上车儿回去了。

叔宝叫众人抬过火盆来,各人身边取出佩刀,轮流把自己股上肉割下来,在火上炙熟了,递与雄信吃道:"弟兄们誓同生死,今日不能相从。倘异日食言,不能照顾兄的家属,当如此肉,为人炮炙屠割。"雄信不辞,多接来吃了。秦叔宝垂泪叫道:"二哥,省得你放心不下,"叫怀玉儿子过来道:"你拜了岳父。"怀玉谨遵父命,恭恭敬敬朝着单雄信拜了四拜。雄信把眼睁了几睁,哈哈大笑道:"快哉,真吾婿也!吾去了,你们快动手"便引颈受刑,众人又大哭起来。

只见人从里钻出一人，蓬头垢面，捧着尸首大哭大喊道："老爷慢去，我单全来送老爷了！"便向腰间取出一把刀，向项下自刎，幸亏程知节看见，如飞上前夺住，不曾伤损。徐懋功道："你这个主管，何苦如此，还有许多殡葬大事，要你去做的，何必行此短见。"叔宝叫军校窝伴着他。

雄信首级，秦王已许不行号令，用线缝在颈上，抬棺木来，用冠带殡葬。正着人抬至城外，寺中停泊，只见魏玄成、尤俊达、连巨真、罗士信同李玄邃的儿子启心都来送殡；王伯当的妻子也差人来送纸。大家却又是一番伤感，然后簇拥丧车，齐到城外寺中安顿好了，徐懋功发军校二十名看守，大家回寓。可怜正是：

秦王虽说得中原，曾不推恩赦命根。

四海英雄谁作主？十行血泪泣孤魂。

今说窦线娘，哭别了父亲，同花木兰归到乐寿。署印刺史齐善行闻报，已知建德赦罪为僧，公主又蒙皇后认为侄女，差内监送来，倒是热热闹闹，免不得出郭迎接。幸喜徐懋功单收拾了夏国图籍国宝，寝宫中叫那一二十个老宫奴封锁看守，尚未有动。窦线娘到了宫中，见了曹后的灵柩并四个宫奴的棺木，又是一番大恸。

齐善行进朝参见了，把徐懋功要他权管乐寿之事，他又荐魏公旧臣贾润甫有才："不意懋功去访，润甫又避去，因此不得已，臣权为管摄这几时。今正好公主到来，另择良臣，实授其任，臣便告退。"窦线娘道："徐军师是见识高广的，毕竟知卿之贤，故尔付托，况且地久已归唐，黜陟我安得而主之？卿做去便了，不必推辞。但皇后灵柩停在宫中，不是了局，卿可为我觅一善地，安葬了便好。"齐善行道："乐寿地方，土卑地湿。闻得杨公义臣葬于雷夏，那边高山峻岭，泥土丰厚，相去甚近，两三日可到，未知公主意下如何？"窦线娘道："杨义臣生时，父皇实为契爱，若得彼地营葬甚妙，卿可为我访之，我这里厚价买他的便了。"线娘手下那些训练的女兵，原是个个有对头的，当其失国之时，俱四散逃去，今闻公主回来，又都来归附。线娘择其老成持重的收之，余尽遣去。

不多几日，齐善行差人到雷夏泽中，觅了一块善地。窦线娘到那里去起造一所大坟墓来，旁边又造了几带房屋，自己披麻执杖，葬了曹后，一家多迁到墓旁住了。即便做一道谢表，打发内监复旨。

花木兰亦因出外日久，牵挂父母，要辞线娘回去。线娘不肯放他，因他是个孝女，不好勉强，只得差两名寡妇女兵，一个是金氏名铃，一个是吴氏名良，赠了他些盘费，叫木兰连父母都迁到雷夏泽中来同居。临行时线娘又将书一封，付与木兰道："河北与幽州地方相近，此书烦贤妹寄与燕郡王之子罗郎。贤妹要他自出来，觌[①] 面见了，然后将书付他；倘若门上拒阻，有他当年赠我的没镞箭在此，带去叫他门上传达，罗郎自然出来见妹。"说罢，止不住数行珠泪。木兰道："姊姊吩咐，妾岂敢有负尊命，是必取一个好音来回复。"即便收拾好书信并那枝箭，连两个女兵都改了男装起行。窦线娘直送到二三里外，又叮咛了一番，洒泪分手。

木兰等晓行夜宿，不觉已到河北地方，细认门阑，已非昔时光景。有几个老邻走来，一看是花木兰，前日改装代父从军的，便道："花姑娘，出去了这好几时，今日才回来。"扯到家里，木兰细问老邻，方知父亲已死，母亲已改嫁姓魏的人，住在前村，务农为活。木兰听了心伤，不觉泪如雨下，谢了邻里，如飞赶到前村。

恰好其母袁氏在井边汲水，木兰仔细一看，认得是自己母亲，忙叫道："娘，我木兰回来了。"其母把眼一擦，见果是自己女儿，忙执手拖到家里去。母女姊妹拜见了，哭作一团。其时又兰年已十八，长成得好一个女子。其母将他父亲染病身死以及改嫁一段诉说了一遍。继父同天郎回来相见了，姊妹三个各诉衷肠，哭了一夜。次日木兰到父亲坟上去哭奠了。

过了几日，正要收拾往幽州去，不意曷裟那可汗闻知，感木兰前日解围之功，又爱木兰的姿色，差人要选入宫中去。木兰闻之，惊惶无主，夜间对又兰道："我的衷肠事，细细与你说明。入宫之事，未知可以解脱，倘必不能，窦公主之托，我此生决不肯负。须烦贤妹像我一般，改装了往幽州走遭，停当[②] 了窦公主的姻缘，我死亦瞑目。"又兰道："我从没有出门，恐怕去不得。"木兰道："我看你这个光景，尽可去得，断不负我所托。"随把线娘的书与箭并盘缠银五十两交付明白。原来又兰倒识得几个字，忙替他收藏好了。木兰又叫两个女兵，吩咐金铃，随又兰到幽州去。

到了明日，只见许多车骑仪从到门，其母因木兰归来不多几日，哭哭啼啼，不舍他入宫去。那木兰毫无惧色，梳妆已毕，走出来对那些来人说

---

① 觌(dí)——见，相见。

② 停当——妥贴，完毕。

道："狼主之命，我们民户人家，不敢有违，但要载我到父亲坟上去拜别了，然后随你入宫。"那些仪从应允，木兰上了车子，叫吴良跟了父母，俱送至坟头。木兰对了荒坟拜了四拜，大哭一场，便自刎而死。差人慌忙回去复旨，曷娑那可汗闻知，深为叹息。吴良也先回去，见窦公主不题。木兰父母把他殡殓了，就葬于父旁。

又兰见阿姐回来，指望姊妹同住，做一番事业，不想狼主要娶他去，逼他这个结局。"倘或曷娑那可汗晓得他尚有妹子，也要娶起我来，难道我也学他轻生，倒不如往幽州去，替窦公主干下这段姻事，或者我有出头的好日子得来，亦未可知。"主意已定，悄悄的对金铃说明，收拾了包裹，不通父母得知，两个妇女竟似走差打扮，又兰写几个字，放在房中。四更时出门上路，天明落了客店，雇了牲口，一直到了幽州。

又兰进城寻了下处，问了店主人家燕郡王的衙门。又兰改了书生打扮，便同了金铃到王府门首来访问。那燕郡王做官清正，纪律严明，府门首整饬肃清，并不喧杂，凡投递文书柬帖的官吏，无不细细盘驳。金铃倒底是随公主走过道路的，便与又兰商议道："俺家公主这封书，不比寻常书札，不知里边写些什么在上。倘若混帐投下，那些官吏不知头脑，总递进去，燕郡王拆开一看，喜怒不测起来，如何是好？当初大姑娘在我那里起身时，公主原叫他把书亲面付与罗小将军，如今到此岂可胡乱投递。"又兰道："据你说起来，怎能个见小将军之面？"金铃道："不难，二姑娘你坐在对门茶坊里，俺在这里守一个知事的人出来托他，事方万全。"

又兰到对门茶肆中坐了半晌，只见金铃进来说道："二爷，方爷来了。"又兰看那人，好似旗牌模样，忙起身来相见了坐定。又兰便问道："亲翁上姓大名？"那人道："学生姓方，字杏园，请问足下有何事见教？"又兰道："话便有一句，请兄坐了。看酒来！"走堂的见说，如飞摆上酒肴。方杏园道："亲翁有甚事，须见教明白，方好领情。"又兰一面斟酒，随即说道："弟向年在河北，与王府小将军，曾有一面，因有一件要紧物件，寄在敝友处，今此友托弟来送还小将军，未知小将军可能一见否？"方杏园道："小将军除非是出猎打围赴宴，王爷方放出府，不然怎能个出来相见？或者有甚书札，待弟持去，付与小将军的亲随管家，传进里边，自然旨意出来。"又兰道："书是必要亲面送的，除非是取那信物，烦兄传递了进去，小将军便知分晓。”方杏园道：“既如此，快取出来。弟还有勾当①，恐怕里面传唤。”又兰忙向金铃身边，取出那枝没镞箭，递与方杏园。方杏园接来一看，却是一个绣囊，放着枝箭在内，取出一看，见有小将军的名字在上，不敢怠慢，忙出了店门。

进府去，走不多几步路，遇着公子身边一个得意的内丁叫做潘美，向他说了来因。潘美道：“你住着，候我回音。”把锦囊藏在衣襟里，到书房中。

罗公子自写书付与齐国远去寄与叔宝后，杳无音耗，心中时刻挂念，见潘美挂箭进来，说了缘故，不胜骇异，便问：“如今来人在何处？”潘美道：“方旗牌说，在府前对门茶坊里，还有书要面递与公子的。”罗公子低头想了一想，便向潘美耳边说了几句。潘美出来，对方旗牌道：“公子说，叫你引那来人在东门外伺候着，公子就出来打围了。”方旗牌如飞赶到茶坊里来与又兰说了，又兰便向柜上算还了帐，三人大家站在府门首看，只见一队人马，拥出府门。公子珠冠扎额，金带紫袍，骑着高头骏马，又兰心中想道：“这一个美貌英雄，怎不教窦公主想他？”也就在道旁雇了脚力，尾在后边。

罗公子原不要打围，因要见寄书人，故出城来，只在近处拣个山头占了，吩咐手下各自去纵鹰放犬，叫潘美请那一寄书人过来。公子见是一个美貌书生，忙下坐来相见，分宾主坐定。花又兰在靴子里取出书来，送与罗公子。公子接来一看，见红签上一行字道：“此信烦寄至燕郡王府中，罗小将军亲手开拆。”公子见眼前内丁甚多，不好意思，忙把书付与潘美收藏，便问：“吾兄尊姓？”又兰道：“小弟姓花，字又兰。”公子又道：“兄因甚与公主相知？”又兰答道：“与公主相知者非弟，乃先姊也。”就把曷娑那可汗起兵一段，直至与公主结义，细述出来。只见家将们多到来，花又兰便缩住了口。公子问道：“尊寓今在何处？”金铃在后答道：“就在宪辕东首直街上张老二家。”公子道：“今日屈兄暂进敝府中去叙谈一宵，明早送兄归寓。”又兰再四推辞。公子道：“弟尚有许多衷曲问兄，兄不必固辞。”对潘美道：“吩咐方旗牌，叫他到花爷寓所去，说花爷已留进府中，一应行李，着店家好生看守，毋得有误。”说了，携了又兰的手起身，叫家将取一匹马与

---

① 勾当——工作。

又兰骑了;潘美却同金铃骑了一匹马,大家一同进城。到了王府中,公子叫潘美领又兰、金铃两个到内书房去安顿好了。那内书房一共是三间,左边一间是公子的卧室,右边一间设过客的卧具在内。

公子向内宫来,罗太夫人对公子说道:“孩儿,你前日说那窦建德的女儿,倒是有胆有智的。刚才你父亲说京报上,窦建德本该斩首,因其女线娘不避斧钺,愿以身代父行刑,故此朝廷将建德赦了,建德自愿削发为僧。其女线娘,太后娘娘认为侄女,又赐了许多金帛,差内监两名送还乡里,如此说起来,竟是个大孝之女。昔为敌国,今作一家。你父亲说,趁今要差官去进贺表,便道即娶他来,与你成婚,也完了我两个老夫妇身上的事。”公子道:“刚才孩儿出城打猎,正遇一个乐寿来的人,孩儿细问他,方知是窦公主烦他来要下书与我的。”罗太夫人问道:“如今人在何处?”公子说:“人便孩儿留他在外书房,书付与潘美收着。”罗太夫人随叫左右,向潘美取书进来。母子二人当时拆开一看,却是一幅鸾笺,上写道:

阵间话别,言犹在耳;马上订盟,君岂忘心?虽寒暑屡易,盛衰转丸;而泪沾襟袖,至今如昔,始终如一也。但恨国破家亡,氤氲使已作故人,妾孑孑① 一身,宛如萍梗。谅郎君青年伟器,镇国令嗣,断不愿以齐大非偶,而以邹楚为匹也。云泥之别,莫问旧题,原赠附壁,非妾食言,亦盖镜之缘悭耳。衷肠托义妹备陈,临楮无任依依。

亡国难女窦氏线娘泣具

罗公子只道书中要他去成就姻眷,岂知倒是绝婚的一幅书,不觉大恸起来,做出小孩子家身分,倒在罗老夫人怀里哭过不止。老夫人只生此子,把他爱过珍宝,见此光景,忙抱住了叫道:“孩儿你莫哭,那做媒的是何人?”公子带泪答道:“就是父亲的好友,义臣杨老将军。建德平昔最重他的人品,他叫孩儿去求他。几年来因四方多事,孩儿不曾去求他,那杨公又音信杳然,故此把这书来回绝孩儿,这是孩儿负他,非他负孩儿也。”说罢又哭起来,只见罗公进来问道:“为什么缘故?”老夫人把公子始初与窦线娘定婚并今央人寄书来细细说了一遍,就取案上的来书与罗公看了。罗公笑道:“痴儿,此事何难?目下正要差人去进朝廷的贺表,待你为父的将你定婚始末,再附一道表章,皇后既认为侄女,决不肯令其许配庸人。

① 孑孑(jié)——孤单的样子。

天子见此表章必然欢喜，赐你为婚，那怕此女不肯，何必预为愁泣？但不知书中所云义妹备陈，为何如今来的反是一个男子？”公子见父母如此说，心上即便喜欢，忙答道：“这个孩儿还没有问他细情。”

那夜公子治酒在花厅上，又兰把线娘之事重新说起，说到窦公主如何要代父受刑，公子便惨然泪下；说到太后收进宫去，认为侄女，却又喜欢起来；说到迁居守墓，却又悲伤，直至阿姊回来，曷娑那可汗要选他入宫，自刎于墓前，公子不觉击案叹道：“奇哉，贤妹木兰也！我恨不能见其生前一面耳。”直说到更余，方大家安寝。

次日，又兰等公子出来，便道：“公主回书，还是付与小弟持去，还是公子到乐寿去回复？弟今别了，好在寓中候旨。”公子道：“兄说那里话，公主的来书，家严昨已看过，即日就要差官进表到都，许弟同往。兄住在此间同到乐寿，烦兄作一冰人，成其美事，有何不可？”又兰道：“小弟行李都在店中。”公子执着又兰的手道：“行李已着人叫店家收好。”断不肯放。谁知金铃到看中意了潘美，正在力壮勇猛之时，又兰亦见公子翩翩年少，毫无赳赳之气，心中到割舍不下。金铃便道：“二爷，既是大爷恁说，我去取了行李来何如？”公子道：“你这管家到知事。”叫左右随了金铃去。公子与又兰时刻相对，竟话得投机。大凡大家举动，尚不能个便捷，何况王家侯府，却又要作表章，撰疏稿，委官点差，倏忽四五日。

一夜，罗公子因起身得早，恐怕惊动了又兰，轻轻开门出去，只听得潘美和金铃在厢房内唧唧哝哝，似有欢笑之声。公子惊疑，便站定了脚，侧耳而听。听得潘美口中说道：“你这样有趣，待我对大爷说明，替你家二爷讨来，做个长久夫妻。”金铃道：“扯淡，我是公主差我送他阿姊到家来的，又不是他家的人，你要我跟随了你，总由我主。”潘美道：“倘然我们大爷晓得你二爷是个女子，只怕亦未必肯放过。”金铃道：“晓得了，止不过也像我与你两个这等快活罢了。”正是隔舍须有耳，窗外岂无人，公子听得仔细，即心中转道：“奇怪，难道他主仆多是女人？”忙到内宫去问了安。出来恰好撞见潘美，公子叫他到僻静所在，穷究起来，方知都是女子。公子大喜。

夜间陪饮，说说笑笑，比前夜更觉有兴。指望灌醉了又兰，验其是非。当不起又兰立定主意不饮。公子自己开怀畅饮了几杯，大家起身，着从人收拾了杯盘，假装醉态，把手搭在又兰肩上道：“花兄，小弟今夜醉了，要与兄同榻，弟还有心话要请教。”又兰道：“有话请兄明日赐教，弟生平不喜与人同榻。”公子笑道：“难道日后与尊嫂也要推却？”又兰亦笑道：“兄若是个女子，弟就不辞了。”公子又笑道：“若兄果是个男子，弟亦不想同榻了。”又兰听了这句话，心上吃了一惊，一回儿脸上桃花瓣瓣红映出来。公子看了，愈觉可爱，见伺侯的多不在眼前，把门忙闭上，走近前捧住又兰道：“我罗成几世上修，今日得逢贤妹。”又兰双手推住了道：“兄何狂醉若此，请尊重些。”公子道：“尊使与小童都递了口供认状，卿还要赖到那里去？”又兰正色道：“君请坐了，待我说来，若说得不是，凭君所欲。”公子只得放手。

两个并肩坐下。又兰道：“妾虽茅茨[①]下贱，僻处荒隅，然愚姊妹颇明礼义，深慕志行。今日不顾羞耻，跋涉关山而来者，一来要完先姊的遗言，二来要成全窦公主与君百年姻眷，非自图欢乐也。今见郎君年少英雄，才兼文武，妾实敬爱，但男女之欲，还须以礼以正，方使神人共钦。若勒逼着一时苟合，与强梁何异？”公子听了大笑道：“卿何处学这些迂腐之谈？从古以来，月下佳期，桑间偶合，人人以为美谈。请问卿为男子，当此佳丽在前能忍之乎？”又兰道：“大丈夫能忍人所不能忍，方为豪杰。君但知濮上桑间，此辈贪淫之徒，独不记柳下惠之坐怀，秦君昭之同宿，始终不乱，乃称厚德。妾承君不弃，援手促膝者四五日矣，妾终身断不敢更事他人，求郎君放妾到乐寿，见了窦公主一面，明白了先姊与妾身的心迹，使日后同事君家，亦有光彩。今且权忍几时，候与君同上长安，那时凭君去取何如？若今如此，决难从命。”公子见他言词侃侃，料难成事，便道：“既是贤妹如此说，小生亦不敢相犯，但求秦君昭足矣。不然何以为情？”又兰叹道：“总是来的不是。”便同上床，不脱里衣，惟相偎相抱而已。

过了几日，罗公将表章奏疏弥封停当，便委刺史张公谨，托他照管公子，又差游击守备二人，尉迟南、尉迟北，陪伴公子上路。公子拜别了父母，即同又兰等一路带领人马，出离了幽州，往长安进发。

未知后事如何，且听下回分解。

---

① 茅茨——低贱，卑微。

第六十一回

花又兰忍爱守身　窦线娘飞章弄美

词曰：

晓风残月，为他人驱驰南北，忍着清贞空隈贴。情言心语，两两低低说。　　沉醉海棠方见切，惊看彼此真难得，封章直上九重阙，甘心退逊，香透梅花峡。

——右调《一斛珠》

世间尽有做不来的事体，独情深义至之人，不论男女，偏做得来；人到极难容忍的地位，惟情深义至之人，不论男女，偏能谨守。为什么缘故？情深好义者，明心见性，至公无私，所以守经从权，事事合宜，不似庸愚，只顾眼前，不思日后。

今说罗成同花又兰、张公谨、尉迟南、尉迟北一行人出了幽州地方，花又兰在路与罗公子私议道："郎君还是先到雷夏窦后墓所，还是竟到长安？"罗公子道："我意竟到长安上疏后，待旨意下来，然后到雷夏去岂不是好。"又兰道："不是这等说。窦公主是个有心人，当初与君马上定姻之时，原非易许，以后四方多事，君无暇去寻媒践盟，彼亦未必怪君情薄。不意国破家亡，上无父母之命，下无媒妁之言，还是叫他俯就君家好，还是叫他无媒苟合好？是以写札，托先姊面达，以探君家之意，返箭以窥君家之志。以情揆[①]之，是郎君之薄情，非公主之负心也。今漫然以御旨邀婚，是非使彼感君之恩，益增彼之怒，挟势掠情之举，不要说公主所不愿，即贱妾草茅亦所不甘也。郎君乃钟情之人，何虑不及此？"说到这个地位，罗公子止不住落下泪来，双手执住又兰的手道："然则贤卿何以教我？"又兰道："依妾愚见，今该先以吊丧为名，一以看彼之举动，一以探彼之志行。畴昔[②]知己几年阔别，尚思渴欲一见，何况郎君之意中人乎？倘彼言词推托，力

---

① 揆(kuí)——度量，揣度。

② 畴昔——以前。

不可回，然后以纶音[①]加之，使彼知郎君之不得已，感君之心，是必强而后可。”公子听了说道：“贤卿之心，可谓曲尽人情矣！”即吩咐张公谨等竟向乐寿进发不题。

再说窦线娘，自从闻花木兰刎死之后，鸿稀雁绝，灯前月下，虽自偷泣，亦只付之无可如何；幸有邻居袁紫烟与杨小夫人母子时常闲话，连女贞庵中狄、秦、夏、李四位夫人闻线娘是个大孝女子，亦因紫烟心交，也常过来叙谈，稍解岑寂[②]。线娘又把窦太后赠的奁资，营葬费了些，剩下的多托贾润甫就在附近买了几亩祭田，叫旧时军卒耕种。家政肃清，阍人[③]三尺之童不敢放入。

一日与袁紫烟在室中闲话，只见一个军丁打扮，掀幕进来，袁紫烟吃了一惊，公主定睛一看，见是金铃，便道：“好呀，你回来了，为甚么花姑娘这样变故？你同何人到来？”金铃跪下去叩了一叩，起来说道：“前日吴良起身回来之时，奴妇已同花二娘一般改装了，到幽州罗小将军处，见了书札信物，悲痛不胜，就款留二姑娘进府，住在书房室中半月。幸喜罗郡王晓得公子与公主联姻，趁着差官赍表进京，便打发公子一同来，经过乐寿，刺史齐善行晓得了，接入城去，明日必到墓所来吊唁娘娘并求完姻的意思。今花二姑娘现在门首，他是个有才干的女子，公主还该优礼待他，去迎他进来，便知详细。”

公主听了，三四个宫女跟了出来。金铃如飞到门首，引花又兰到草堂中。公主举眼望去，面貌装束，竟像当年罗成在马上的光景，心中老大狐疑及至走近身前，见其眉儿曲曲，眼儿鲜鲜，方知非是，乃一个俊俏佳人。又兰见了公主，便要行礼，公主笑道：“既承贤姐姐不弃光降，请到室中换了妆，然后好相见。”就同进里边来，叫宫奴簇拥又兰到偏室中去，将一套新鲜色衣与他换了出来。公主看时，却比其姊更觉秀美，便指着袁紫烟对花又兰道：“此是隋朝袁夫人，与妾结义过的。当年木兰令姊到来，妾曾与他结为异姓姊妹，二姐姐如不弃，续令先姊之盟，闺中知己，常相聚首，未识二姐姐以为可否？”花又兰道：“公主所论，实切愿怀，但恐蒲柳之质，难

---

① 纶音——皇帝的诏书。

② 岑寂——寂寞。

③ 阍(hūn)人——守门人。

与国媄雁行。”公主道：“说甚话来！”便叫左右铺毡，袁夫人年纪居长，公主次之，又兰第三，大家拜了四拜，自后俱姊妹称呼，宫奴就请入席饮酒。

线娘便道：“前日吴良回来报说令姊惨变，使妾心胆俱裂，可惜好个孝义之女，捐躯成志，真古今罕有！但贤妹素昧平生，何敢又劳枉驾，去见罗郎？”又兰道：“愚姊妹虽属女流，颇重然诺。先姊领姐姐之托，变出意外，妹亦遵先姊之命安敢惮劳，有负姐姐之意。幸喜罗公子天性钟情，一见姐姐信物手书，涕泗捧读，不忍释手，花前月下，刻不忘情。所以燕郡王知他之意，趁差官赍表朝贺，并遣公子前来求亲。”线娘总是默默不语。袁紫烟道：“这段姻缘，真是女中丈夫，恰配着人中龙虎；况罗郎来俯就，窦妹该速允从。”线娘笑道：“且待送姐姐出阁后，愚妹自有定局。”紫烟道：“是何言欤？妾若非太仆遗言，孤嫠失恃，不遇徐郎再四强求，妾亦甘心守志，安敢复有他望？”线娘道：“若说守志二字，实惬素怀，姊从其权，妾守其经，事无不可。”又微哂道：“但可惜花二妹一片热肠，驰驱南北，付之东流而已。”又兰听说，心中想道：“看看说到我身上来了，殊不知我与罗郎，虽同床共寝两月，而此身从未沾染，此心可对天日。”便道：“窦姐姐所云守志固妙，惟在难守之中而坚守之，方可云志。”又兰原是好量，因向来与罗公子共处，恐酒后被他点污，假说天性不饮。今到此地，尽是女流，竟安心乐意，便开怀畅饮，不觉酩酊，伏在案上。紫烟即便告别归家。线娘竟叫侍女扶又兰到自己床上睡。

线娘随叫那金铃过来盘问，金铃道：“小将军起初不知，后来风声有点走露，就有捉弄花姑娘的意思。听见着实哀求，花姑娘指天发誓，立志不从，听见他说，‘待奴见过窦公主之后，明了心迹，公主成了花烛，然后从君之愿。’”线娘不胜浩叹道：“奇哉，罗郎真君子也，又兰真义女也！我窦氏设身处地，恐未能如此。彼既以身让我，我当以罗郎报之，全其双美。趁罗郎本章未到，先将衷曲奏明皇后，皇后是必鉴我之心矣！”忙起身在灯下草就奏章，叫女书记写好封固，又写一札送与宇文昭仪，收拾一副大礼，进呈皇后；一副小礼，送与昭仪。当初孙安祖与线娘要救建德时，曾将金珠结交于宇文昭仪，今亦烦他转达皇后，料他必能善全。

明日绝早，即将盘缠付与吴良、金铃，赍本与礼物，往京进发。那金铃因放潘美不下，晓得公子要到贾润甫处，便跑过去细细与贾润甫说明就里，并上本与皇后的话，叫润甫作速报知公子，归来即收拾与吴良上路去了。

今说罗公子到了乐寿，齐善行迎进城，接风饮酒。张公谨问齐善行窦公主消息，齐善行道："窦公主不特才能孝行，兼之治家严肃，深有曹后之风范，今迁居雷夏墓所。平日最服的一个邻居隐士贾润甫，外庭之事，惟润甫之言是听。"张公谨见说，大喜道："润甫住在何处？"齐善行道："就住在雷夏泽中拳石村，秦王屡次要他去做官，他不乐于仕宦，隐居于彼。"尉迟南道："我们还是当年拜秦母的寿，寓在他家数日，极是有才情的朋友，海内英豪，多愿与他结纳。公子趁便该去拜访他。"罗公子吩咐手下，备一副吊仪，去吊杨太仆，又备一副猪羊祭礼，去祭曹皇后，随即起身，齐善行陪了，出了乐寿，往贾润甫家来。

时贾润甫因金铃来说了备细，又因窦公主央他，叫人墓前搭起两个卷棚，张幕设位，安排停当。只见一行车马来到门首，润甫接入草庐中，行礼坐定，各人叙了寒温，罗公子就把来求窦公主完姻一事说了。贾润甫道："别的女子，可以捉摸得着，惟窦公主心灵智巧，最难测定。只据他晓得公子来求婚，连夜写成奏章，今早五更时，已打发人往长安先去上闻皇后，这种才智，岂寻常女子所能及？"罗公子见说，吃了一惊。张公谨道："我们的本未上，他倒先去了，我们该作速赶过他头里去才好。"贾润甫道："前后总是一般，公子且去吊唁过，火速进呈未迟。"

贾润甫同齐善行陪了罗公子与众人先到杨公坟上来，杨馨儿早已站在墓旁还礼，众人吊唁后，馨儿向众人各各叩谢了，即同到曹后墓前来。见两个卷棚内，早有许多白衣从者，伺候在那里。一个老军丁跪下禀道："家公主叫小的禀上罗爷说，皇爷在山中，无人还礼，公子远来，已见盛情，不必到墓行礼了。"罗公子道："烦你去多多致意公主，说我连年因军事匆忙，不及来候问，今日到此，岂有不拜之礼，况自家骨肉，何必答礼？"老军丁去说了，只见坟旁小小一门，四五个宫女，扶着窦公主出来，衰绖孝服，比当年在马上时更觉娇艳惊人，扶入幕中去了。罗公子更了衣服，到灵前拜奠了，窦公主即走出幕外一步，铺毡叩谢，泪如泉涌，罗公子亦忍不住落下泪来。拜完了，正打帐上前要说几句正经话，窦公主却掩面大恸，即转到墓边，扶入小门里去了。罗公子只得出来，卸下素服。张公谨与尉迟南、尉迟北也要到灵前一拜，贾润甫道："夏王又不在此，公子吊奠，公主还礼，礼之所宜，若兄等进吊，无人答礼，反觉不安。"

正说时，一个家丁走近来禀道："请各位爷到草堂中去用饭。"贾润甫拉众人步进草堂中来，见摆下四席酒，第一席是罗公子；第二席是张公谨、齐善行；尉迟南、尉迟北告过罗公子，坐了第三席；贾润甫与杨馨儿坐了末席。酒过三巡，有几个军丁抬了两口鲜猪，两口肥羊，四罐老酒，赏钱三十千，跪下禀道："公主说村酒羔羊，聊以犒从者，望公子勿以为鄙亵，给赐劳之。"罗公子笑道："总是自己军卒，何必又费公主的心。"随吩咐手下军卒，到内庭去谢赏。许多从者忙要到里边来，只见一个女兵走出来说道："公主说不消了，免了罢！"罗家一个军卒笑指道："这位大姐姐，好像前日在阵前的快嘴女兵，你可认得我么？"那女兵见说，也笑道："老娘却不认得你这个柳树精。"大家笑了，出来领赏去分。

罗公子又吩咐手下，将银五十两赏窦家人，窦公主亦叫家人出来叩谢了。罗公子即起身向窦家人说道："管家，烦你进去上覆公主，说我此来一为吊唁太后，二为公主的姻事，即在早晚送礼仪过来，望公主万分珍重，毋自悲伤。"家人进去了一回，出来说道："公主说有慢各位老爷，至于婚姻大事，自有当今皇后与家皇爷主张，公主难以应命。"罗公子还要说些话出来，张公谨道："既是彼此俱有下情上闻，此时不必提起。"贾润甫道："佳期未远，谅亦只在月中。"罗公子心中焦躁，道："公主之意，我已晓得，此时料难相强，但是那同来的花二爷，前日原许陪伴我到长安去的，今若公主肯许相容，乞请出来，同我上路。"

家人又进去对公主说，线娘向又兰道："花妹，罗郎情极了，说妹许他同往长安，今逼勒着要贤妹去，你主意如何？"又兰道："前言戏之耳，从权之事，侥幸只好一次，焉可尝试？"线娘道："如今怎样回他，愚姊只好自谋，难为君计。"又兰道："不难。"便向妆台上写下十六字，折成方胜，付家人道："你与我出去，悄悄将字送与罗公子，说我多多致意公子，二姑娘是不出来的了，后会有期，望公子善自保重。"窦家人出来，如命将字付与罗公子说了，公子取开一看，上写道：

来可同来，去难同去。花香有期，慢留车骑。

罗公子看了微笑道："既如此，我少不得再来。管家，烦你替我对公主说：'花二姑娘是放他回去不得的，公主也须自保重。'"即同众人出门，因身子局促，不到润甫家中去叙话，便上马赶路。

窦家人忙去回复了公主，公主亦笑而不言。恰好女贞庵秦、狄、夏、李四位夫人到来，公主忙同紫烟、又兰出来接了进去，叙了姊妹之礼，坐定，线娘道："四位贤姐姐，今日甚风吹得到此？秦夫人道："春色满林，香闻数里，岂有不来道窦妹之喜，兼来拜见花家姐姐，并欲识荆新郎一面。"线娘道："此言说得花二妹，妾恐未必然，如不信现有不语先生为证。"就拿前日的疏稿出来与四位夫人看，狄夫人道："若如此说，花家姊姊先替窦妹为之先容矣。"线娘道："连城之璧，至今浑然，莫要诬他。"紫烟道："若非窦妹详述，我也不信，花妹志向真个难得。"四位夫人便扯紫烟到侧边去细问，紫烟把花又兰一路行踪，并那夜线娘探验，一一说了。李夫人道："照依这样说，花家姐姐真守志之忍心人，窦家妹妹真闺阁中之有心人，罗家公子真钟情中之厚德长者，三人举动，使人可羡而敬。"四位夫人重新与又兰结为姊妹，欢聚一宵，明日起身，对窦公主说道："我们去了，改日再来。"秦夫人执着花又兰的手道："花妹得暇，千万同袁家妹妹到小庵随喜随喜。"又兰道："是必准来奉候。"四位夫人即出门登车而去。

却说罗公子同张公谨等一行人，恐怕窦公主的本章先到了，连夜兼程进发，不上二十日，已赶到长安。罗公子叫家人先进城去，报知秦爷。秦叔宝听说罗公子与张公谨到来，忙吩咐家中整治酒席，自同儿子怀玉骑马来接。未及里许，恰好罗公子等到来，遂同至家中铺毡叙礼毕，罗公子要进去拜见秦母太夫人，叔宝便陪到房中。公子见了舅姑，拜了四拜。秦母见了甥儿，欢喜不胜，便问道："姑娘与姑夫身子康健么?"又对罗公子说道："甥儿，你前日托齐国远寄书来，因你表兄军旅倥偬，尚未曾来回复你。"叔宝道："正是。前日表弟尊札，托我去求单小姐之姻，奈弟是时正与王世充对垒，世充大败投降，单二哥亦被擒获，朝廷不肯赦单兄之罪，弟念昔年与他有生死之盟，就将怀玉儿子许他为婿，与彼爱莲小姐为配，单二哥方才放心受戮。弟想姑夫声势赫赫，表弟青年矫矫，怕没有公侯大族坦腹东床，两日正欲写书奉覆，幸喜表弟到来，可以面陈心迹，恕弟之罪。"

罗公子见说，便道："弟何尝烦表兄去求单家小姐?"就把当年与窦公主马上定姻一段说了，又道："弟知建德昔年曾住在二贤庄年余，毕竟与单员外相好，又知单员外与表兄是心交，故托表兄鼎言，转致单员外要他玉成姻事；若说单家小姐，真风马牛不相及。"叔宝道："尊札上是要我去求单小姐的，难道我说谎?"便起身去取出罗公子的原书来，公子接来一看道："这又奇了，并非小弟笔迹。弟当时写了，当面交与齐国远的，难道他捉弄我不成?”叔宝道:“不难,我去请齐国远来便知就里。”忙叫人去请齐国远、李如圭、程知节、连巨真来相会。罗公子道:“齐国远在鄠县柴嗣昌那里,如何在此?”叔宝道:“齐李二兄,因柴嗣昌之力,国远已升大理寺评事,如圭升做銮仪卫冠军使。”罗公子道:“闻得表兄有位义弟罗士信,年少英雄,为何不见?”叔宝道:“圣上差往定州去了。”

正说时,家人进来报道:“四位爷多请到了。”叔宝同罗公子出来相见过坐定,罗公子说起寄书一事,齐国远对罗公子道:“弟与兄别后,在路恰值刘武周作乱,被他劫去冲锋,遇着窦建德的女儿,好个狠丫头,被他杀败了许多蛮兵,把我虏去。其时还有个姓花的后生,那建德的女儿问了他几句,看见他貌好,要留他做将军,他说是个女子,竟牵他到寨后去了。及叫弟上去,我只道亦有些好处,不想把弟竟要短起一截来。幸喜弟有急智,只得喊出吾兄大名,并他家有个司马孙安祖来。窦家女儿听见,忙喝手下放了绑,叫我坐了,他竟像与兄认得的光景,便问兄近日行止,并身体可好。又盘问我字寄到那里去。弟平生不肯道谎,只得实实与他说。那窦公主讨兄的书出来接去一看,那丫头想是个不识字的,仔细看了一回,呆了半晌,就塞在靴子里去了,对弟说道:‘此书暂留在此,伺起身时缴还。’恰好明日,其父有信来催他起身,差人送二十两程仪并原书还弟,也还算有情的。”

罗公子忙叫家人在枕箱内取出窦公主与花又兰寄来的原书,对验笔迹无二,方知此书是窦公主所改的。叔宝道:“这样看起来,此女子多智多能,正好与表弟为配。”张公谨道:“不特此也。”就将前日罗公子吊唁如何款待,公主又连行修本去上皇后,金铃如何报信,各各称羡。李如圭大笑道:“若如此说,窦公主是罗兄的尊阃了,刚才齐兄口里夹七夹八的乱言,岂不是唐突罗兄。”国远见说,忙上前陪礼道:“小弟实不知其中委曲,只算弟乱道,望兄勿罪。”众人鼓掌大笑。长班进来禀说:“昨日皇爷身子有些不快,不曾坐朝。”叔宝向罗公子道:“既如此,把姑夫的贺表奏章,并你们职名封付通政史,先传进去何如?”罗公子道:“悉听表兄主裁。”说罢,即入席饮酒。

今说吴良、金铃奉了窦公主之命,赍本赶到京中,忙到宇文士及家来,把礼札传进,说了来意。士及因窦线娘是皇后认过侄女,不敢怠慢,忙出来看见金铃、吴良,问明了始末根由,自己写书一封,叫家人去请一个的当的内监出来，把送皇后的大礼本章与送他妹子昭仪的小礼，一一交付明白，叫他传进宫去，送与昭仪。昭仪收了自己的小礼，即袖了本章，叫宫奴捧了礼物，即到正宫来。

正值唐帝龙体欠安，不曾视朝，与窦后在寝宫奕棋。昭仪上前朝见过，就把线娘启禀呈上。窦后看了仪单上皆是珍珠玩好之物，便道："他一个单身只女，何苦又费他的心来孝顺我？"唐帝在旁说道："他有什么本章？"宫奴忙呈在龙案之上，展开来看，只见上写道：

题为直陈愚衷，以隆盛治事。窃惟道成男女，愿有室家；礼重婚姻，必从父母。若使睽情吴楚，赤绳来月下之缘；而抱恨潘杨，皇骏少结缡之好。浪传石上之盟，不畏桑中之约。蓬门弱质，犹畏多言；亡国孱躯，敢辱先志？臣妾窦氏，酷罹悯凶，幸沐圣恩，得延喘息。繁华梦断，谁吟麦黍之歌；怙恃情深，独饮蓼莪之泣。臣妾初心，本欲保全亲命，何意同宽斧钺，更蒙附籍天潢，此亦人生之至幸矣。但臣父奉旨弃俗，白云长往，红树凄凉，国破人离，形只影单。臣妾与罗成初为敌国，视若同仇，假令觌面怜才，尚难允从谐好；若不闻择配，骤许朱陈，情以义伸，未见其可。况臣妾初许原令求媒，蹉跎至今，伊谁之咎。曩① 日俨然家国，罗成尚未诚求，岂今蒲柳风霜，堪为侯门箕帚。自今以往，臣妾当束发裹足，阅历天涯，求亲将息，同修净土，臣妾幸而生，必欲与父相见，不幸而死，亦乐与母相依。时异事殊，我心匪石，不可转也。臣妾更有请者，前陛见时，义妹花木兰同蒙慈宥，木兰本代父从军，守身全孝，随臣妾归恩，即欲旋访故园。臣妾令军婢追随，嘱以空函还成旧赞，乃曷娑那可汗稔知才貌，妄拟占巢，木兰义不受辱，自刎全身，孝纯义至，可为世风。尤足异者，木兰未亡之先，恐臣札羽化，托妹又兰如己改妆赴燕取答；而又兰一承姊命，勉与臣妾婢相依，羞颜驰往，返命之日，臣妾访军婢，知又兰曾为罗成所识，义不苟合，桃笙同处，豆蔻仍含。臣始奇而未然，继乃信而争美，不意天壤之间，有此联璧。伏维兴期首重人伦，此等裙衩，堪为世表。在臣妾则志不可夺，在又兰则情有可矜；况又兰与罗成连床共语，不无瓜李之嫌，援手执经，堪被桃夭之化。万祈母慈恩，转达圣聪，旌木兰之孝义，奖又兰之芳洁，宽臣妾之罪，鉴臣妾之言。腐草之

① 曩(nánɡ)——往昔，过去。

年，长与山鹿野麋，同衔雨露于不朽矣！臣妾无任瞻天仰圣，惶悚待命之至。

窦后道："窦女前日陛见时，原议许配罗成，为甚至今不娶他去？"唐帝道："想是罗艺嫌他是亡国之女，别定良缘，亦未可知。"宇文昭仪道："婚姻大事，一言为定，岂可以盛衰易心，难道叫此女终身不字？况娘娘已经认为侄女，也不玷辱了他。"窦后道："陛下该赐婚，方使此女有光。"唐帝道："窦女纯孝忠勇，朕甚嘉之，但可惜那花木兰代父从军的一个孝女，守节自刎，真堪旌表，至其妹花又兰，代姊全信，与罗成同床不乱，更为难得。"宇文昭仪道："妾闻徐世勣所定隋朝贵人袁紫烟，与窦线娘住在一处，此本做得风华得体，或出其手，亦未可知。"只见有一个掌灯的太监，手捧着许多奏章呈上，唐帝从头揭看，是罗艺的贺表，便道："刚才说罗艺要赖婚，如今已有本进呈。"忙展开来一看，只见上面写道：

题为直陈愚悃，请旨矜全事。窃惟王政以仁治为本，人道以家室为先，从古圣明治世，未有不恤四民，而使之孤独无依者也。臣艺本一介武夫，何蒙圣眷，不鄙愚忠，授以重镇，敢不竭力抚绥，是虽诸丑跳梁，幸赖天威灭尽。但前叛臣窦建德，因欲侵掠西陲，统兵犯境；臣因边寇出师，臣男成即提兵，与窦建德截杀；夏国将帅，俱已败北，独建德之女名线娘者，素称骁勇，不意一见臣男，即不以干戈相向，反愿系足赤绳，马上一言，百年已定。此果儿女私情，本不敢秽渎天听，今臣儿年已二十四矣，向因四方多事，无暇议及室家；建德已臣服归唐，超然世外，闻此女曾愿身代父刑，志行可嘉，又蒙天后宠眷特隆，而茕茕少女，待字闺中；臣男冠缨已久，而赳赳武夫，孑身阃外。臣思夫妇为伦礼所关，男女以信义为重，恐舍此女，臣男难其妇；若非臣男，此女亦不得其偶。臣系藩镇重臣，倘行止乖违，自取罪戾，姑敢冒昧上闻，伏望圣心裁定，永合良缘。臣不胜惶悚之至。

唐帝看完笑道："恰好幽州府丞张公谨与罗成到来，明日待朕亲自问他，便知备细。"只见秦王进宫来问安，唐帝将二本与秦王看了。秦王道："建德之女，有文武之才，已是奇了，更奇在花家二女，一以全忠孝，一以全信义，木兰之守节自刎，或者是真；又兰之同床不乱，似难遽信。"唐帝道："刚才宇文妃子说，窦女本章，疑是徐世勣之妻袁紫烟所作，未知确否？徐既聘袁，为何尚未成婚？"秦王道："世勣因紫烟是隋朝宫人，不便私纳，尚要题请,然后去娶。”唐帝道:“隋时十六院女子,尽是名姬,不知何故,一个也不见?”秦王道:“窦建德讨灭宇文化及,萧后多带了回去,众妃想必在彼居多。今趁罗成配合,莫若连徐世勣妻袁紫烟亦召入宫廷赐婚,就可问诸妃消息。”唐帝称然,就差宇文士及并两个老太监,奉旨召窦线娘、花又兰、袁紫烟三女到京面圣。

未知后事如何,且听下回分解。

第六十二回

众娇娃全名全美　各公卿宜室宜家

词曰：

亭亭正妙年，惯跃青骢马。只为钟情人，诉说灯前话。　　春色九重来，香遍梅花榭。共沐唱随恩，对对看惊姹。

——右调《生查子》

天地间好名尚义之事，惟在女子的柔肠认得真，看得切，更在海内英豪不惜己做得出，不是这班假道学伪君子，矫情强为，被人容易窥其底里。

今说罗公子、张公谨等住在秦叔宝家，清早起身，晓得朝廷不视大朝，收拾了礼仪，打帐用了早膳，同叔宝进西府去谒见秦王。只见潘美走到跟前，对罗公子说道："朝廷昨晚传旨，差鸿胪寺正卿宇文士及并两名内监，到雷夏去特召窦公主、花二姑娘进京面圣。"罗公子道："此信恐未必确。"潘美道："刚才窦公主家金铃问到门上来，寻着小的，报知他今已起身回去通报了。"叔宝道："既如此，我们便道先到徐懋功兄处，探探消息何如？"张公谨道："弟正欲去拜他。"

一行人来到懋功门首，阍人说道："已进西府去了。"众人忙到西府来，向门官报了名，把礼物传了进去。尉迟南、尉迟北他两个官卑职小，只投下一个禀揭回寓去了。见堂候官走出来说道："王爷在崇政堂，众官员请进去相见。"叔宝即领张公谨、罗公子进崇政堂来。叔宝先上台阶，只见秦王坐在胡床上，西府宾僚一二十人列坐两旁，独不见徐懋功。秦王见了叔宝，忙站起来说道："不必行礼，坐了。"叔宝道："幽州府丞张公谨，并燕郡王罗艺之子罗成，在下面要参谒殿下。"秦王便吩咐着他进来，左右出来把手一招，张公谨同罗成忙走上台阶，手执揭帖跪下，官儿忙在两人手里取去呈上看了。

秦王见张公谨仪表不凡，罗公子人才出众，甚加优礼，即便赐坐。张公谨同罗公子与众僚叙礼坐定，秦王对公谨道："久闻张卿才能，恨未一见，今日到此，可慰夙怀。"张公谨道："臣承燕郡王谬荐之力，殿下提拔之恩，臣有何能，敢蒙殿下盼赏。”秦王又对罗公子道：“汝父功业伟然，不意卿又生得这般英奇卓荦，今更配这文武全才之女，将来事业正未可量。”罗公子道：“臣本一介武夫，得荷天子与殿下宠眷，臣愚父子日夕竭忠，难报万一。”秦王道：“孤昨夜在宫中览窦女奉章，做得婉转入情，但未知其详，卿为孤细细述来。”罗公子便将始末直陈了一回，秦王叹道：“闺中贤女见了知己，犹彼此怜惜推让，何况豪杰英雄，一朝相遇，能不爱敬？”

正说时，只见徐懋功走进来，参见了秦王，各各叙礼坐定。秦王笑对懋功道：“佳期在即，卿好打帐做新郎了。”懋功道：“昨承宇文兄差长班来叫臣去面会，方知此旨，真皇恩浩荡，因罗兄佳偶亦及臣耳！”秦王道：“孤昨日在宫，父皇说窦女奏章疑出自尊阃之手，因问孤为何卿尚未成婚，孤奏说卿恐先朝宫人，不便私纳，尚要题请，故父皇趁便代卿召来完娶。”懋功如飞离坐谢道：“皆赖殿下包容。”秦王就留张公谨、罗公子、懋功、叔宝到后苑，赐以便宴，按下不题。

再说花又兰住在窦线娘家，时值春和景明，柳舒花放，袁紫烟叫青琴跟了，与花又兰同车到女贞庵来。贞定报知，四位夫人出来接了进去，促膝谈心。秦夫人道：“我们这几个姊妹，时常聚在一块，只恐将来聚少离多，叫我们如何消遣？”袁紫烟道：“花窦二妹纶音一下，势必就要起身，我却在此。”狄夫人笑道：“袁妹说甚话来？徐郎见在京师，见罗郎上表求婚，徐郎非负心人，自然见猎心喜，亦必就来娶你。”花又兰道：“窦家姐姐量无推敲，我却无人管束，当伴四位贤姊姊焚香灌花，消磨岁月。”夏夫人道：“前日疏上，已见窦妹深心退让之意，我猜度窦妹还有推托，你却先定在正案上了。”花又兰道：“为何？”夏夫人道：“窦妹天性至孝，他父亲在山东时，常差人送衣服东西去问候，怎肯轻易抛撇了，随罗郎到幽州去？设有圣旨下来，他若无严父之命，必不肯苟从，还要变出许多话来。”袁紫烟道：“这话也猜度得是。”花又兰问道：“这隐灵山从这里去，有多少路？”李夫人道：“我庵中香工张老儿是那里出身，停回妹去问他，便知端的。”

过了一宵，众夫人多起身，独不见了花又兰。原来又兰听众人说，窦线娘必要父命，方肯允从，他便把几钱银子赏与香工，自己打扮走差的模样，五更起身，同香工往隐灵山去了。众夫人四下找寻，人影俱无，忙寻香工，也不见了。袁紫烟道：“是了，同你的香工到山中去见窦建德了。”李夫人道：“他这般装束，如何去得？”紫烟道：“你们不晓得他，他常对我说，我这副行头，行动带在身边的，焉知他昨日没有带来？”众人忙到内房查看，只见衣包内一副女衣并花朵云鬓，多收拾在内，众人见了，各各称奇道：“不意他小小年纪，这般胆智，敢作敢为。”袁紫烟心中着了急，忙回去报知窦线娘。

再说花又兰同香工张老儿走了几日，来到隐灵山，见一个长大和尚，在那里锄地。张老儿便问道：“师父，可晓得巨德和尚可在洞中么？”那和尚放下锄头，抬头一看，便问道：“你是那里来的？”那老儿答道：“是雷夏来的。”那和尚道：“想是我家公主差来的么？”花又兰忙答道：“我们是贾润甫爷差来的，有话要见王爷。”那和尚道：“既如此，你们随我来。”原来那僧就是孙安祖，法号巨能，随他到石室中来，见后面三间大殿，两旁六七间草庐。孙安祖先进去说了，窦建德出来，俨然是一个善知识的模样。花又兰见了，忙要打一半跪下去，建德如飞上前搀住道：“不必行此礼，贾爷近况好么？烦你来有何话说？”又兰道：“家爷托赖，今因幽州燕郡王之子到雷夏来，一为吊唁曹娘娘，二为公主姻事，要来行礼娶去。公主因未曾禀明王爷，立志不肯允从，自便草疏上达当今国母去了。家爷恐公主是个孝女，倘或圣旨下来，一时不肯从权，故家爷不及写书，只叫小的持公主的本稿来呈与王爷看，求王爷的法驾，速归墓庐，吩咐一句，方得事妥。”建德接疏稿去看了一遍道：“我已出家弃俗，家中之事，公主自为主之，我何苦又去管他？”花又兰道：“公主能于九重前，犯颜进谏，归来营葬守庐，茕茕一女，可谓明于孝义矣。今婚姻大事，还须王爷主之；王爷一日不归，则公主终身一日不完。况如此孝义之女，忍使终老空闺，令彼叹红颜薄命乎？此愚贱之不可解者也！”建德见说，双眉顿蹙，便道：“既如此说，也罢，足下在这里用了素斋，先去回复贾爷，我同小徒下山来便了。”花又兰想道：“和尚庵中，可是女子过得夜的？”便道：“饭是我们在山下店中用过，不敢有费香积。如今我们先去了，王爷作速来罢，万万不可迟误。”建德道：“当初我尚不肯轻诺，何况今日焚修戒行，怎肯打一诳语？明日就下山便了。”又兰见说，即辞别下山，赶到店中，雇了脚力，晓行夜宿，不觉又是三四日。

那日在路天色傍晚，只见濛濛细雨飘将下来，又兰道：“天雨了，我们赶不及客店安歇，就在这里借一个人家歇了罢。”张香工把手指道：“前面那烟起处，就是人家，我们赶上一步就是。”两个赶到村中，这村虽是荒凉，却有二三十家人户，耳边闻得小学生子读书之声。二人下了牲口，系好了，香工便推进那门里去，只见七八个蒙童，居中有一个三十左右的俊俏妇人，面南而坐，在那里教书。那妇人看见，站身来说道："老人家进我门来，有何话说？"香工道："我们是探亲回去的，因天雨欲借尊府权宿一宵。"那妇人道："我们一家多是寡居，不便留客，请往别家去罢。"又兰在门外听见，心中甚喜，忙推进门来说道："奶奶不必见拒，妾亦是女流。"那妇人见是一个标致后生，便变脸发话道："你这个人钻进来，说甚混话，快些出去便休；不然，我叫地方来把你送到官府那边去，叫你不好意思。"

正说时，只见又走出两个娉婷的妇人来，花又兰见了，忙将靴子脱下，露出一对金莲，众妇人方信是真，便请到里面去叙礼坐定，彼此说明来历。

原来这三个妇人，就是隋宫降阳院贾、迎晖院罗、和明院江三位夫人，当隋亡之时，他们三个合伴逃走出来，恰好这里遇着贾夫人的寡嫂殷氏，因此江、罗二夫人亦附居于此。可怜当时受用繁华，今日忍着凄凉景况，江、罗以针指度日，贾夫人深通翰墨，训几个蒙童，倒也无甚烦恼。今日恰逢花又兰说来，亦是同调中人，自古说：惺惺惜惺惺，一朝遇合，遂成知己。过了一宵，明早花又兰要辞别起行，三位夫人那里肯放。贾夫人笑道："佳期未促，何欲去之速？再求屈住一两天，我们送你到女贞庵去，会一会四位夫人，亦见当年姊妹相叙之情。"又兰没奈何，只得先打发香工回庵去。

却说窦线娘因袁紫烟归来，说花又兰到隐灵山去了，心中想道："花妹为我驰驱道路，真情实义，可谓深矣尽矣！但不知我父亲主意如何，莫要连他走往别处去了，把这担子让我一个人挑。"心中甚是狐疑。忽一日，只见吴良、金铃回来，报说："疏礼已托鸿胪正卿宇文爷，转送昭仪，呈上窦娘娘收讫。恰好罗公子随后到来，虽尚未面圣，本章已上，朝廷即差宇文爷同两个内监来召公主与花姑娘进京见驾赐婚，故此我们先赶回来，差官只怕明后日要到了，公主也须打点打点。"窦线娘道："前日花姑娘到庵里去拜望四位夫人，不知为甚反同香工到山中王爷那里去了？"吴良道："倘然明日天使到来，要两位出去接旨，花姑娘不回，怎样回答他们？"又见门上进来禀道："贾爷刚才来说，天使明后日必到雷夏，叫公主作速收拾行装，省得临期忙迫。"线娘道："我若无父命，即对天廷亦有推敲。"

正说时，又见一个女兵忙跑进来报说道："王爷回来了。"公主见说，喜出望外，忙出去接了进来，直至内房，公主跪倒膝前，放声大哭；建德亦觉伤心泪下，便双手捧住道："吾儿起来，亏你孝义多谋，使汝父得以放心在山焚修。今日若不为你终身大事,焉肯再入城市?你起来坐了,我还有话问你。”线娘拭了泪坐下,建德道:“前日圣上倒晓得你许配罗郎,使我一时难于措词,不知此姻从何而起。”线娘将马上定姻前后情由直陈了一遍。

建德道:“这也罢了,罗艺原是先朝大将,其子罗成,年少英豪,将来袭父之职,你是一品夫人,亦不辱没你,但可惜花木兰好一个女子,前日亏他同你到京面圣,不意尽节而亡,但其妹又兰,为什么也肯替你奔驰,不知怎样个女子?”线娘道:“他已到山中来了,难道父亲没有见他?”建德道:“何尝有什么女子来?只有贾润甫差来的一个伶俐小后生,并一个老头儿,也没有书札,止有你的上闻疏稿把与我看了,我方信是真的。”线娘道:“怪道儿的疏稿,放在拣装内不见了,原来是他有心取去,改装了来见父亲。”建德道:“我说役使之人,那能有这样言词温雅,情意恳切?”线娘道:“如今他想是同父亲来了,怎么不见?”建德道:“他到山中见了我一面,就回来的,怎说不见?”线娘道:“想必他又到庵中去了。”叫金铃:“你到庵中去,快些接了花姑娘回来。”建德恐孙安祖在外面去了,忙走出来。线娘又叫人去请了贾润甫来,陪父亲与孙安祖闲谈。

到了黄昏时候,只见金铃回来说道:“花姑娘与香工总没有归庵。”线娘见说,甚是愁烦。到了明日晚间,村中人喧传朝廷差官下来,要召公主去,想必明日就有官儿到村中来了。果然后日午牌时候,齐善行陪了宇文士及与两个太监皆穿了吉服,吆吆喝喝,来到墓所。建德与孙安祖不好出去相见,躲在一室。线娘忙请贾润甫接进中堂,齐善行吩咐役从快排香案,一位老太监对着齐善行道:“齐先生,诏书上有三位夫人,还是总住在这里一块儿,还是另居?”贾润甫问道:“不知是那三位?”那中年的太监答道:“第一名是当今娘娘认为侄女的公主窦线娘;第二名是花又兰;第三名是徐元帅的夫人袁紫烟。”贾润甫见说,心中转道:“懋功兄也是朝廷赐他完婚了。”便答道:“袁紫烟就住在间壁,不妨请过来一同开读便了。”即叫金铃去请袁夫人到来。紫烟晓得,忙打扮停当,从墓旁小门里进去,青琴替线娘除去素衣,换装好了,妇女们拥着出来。他两个住过宫中的,那些体统仪制多是晓得的。宇文士及请圣旨出来开读了,紫烟与线娘起来谢了官儿们。那老太监把袁紫烟仔细一看,笑道:“咱说那里有这样同名同姓的,原来就是袁贵人夫人。”袁紫烟也把两个内监一认,却是当年承奉显仁宫的老太监姓张,那一个是承值花萼楼的小太监姓李,袁紫烟道:“二位公公一向纳福，如今新皇帝是必宠眷。”张太监答道：“托赖粗安。夫人是晓得咱们两个是老实人，不会鬼混，故此新皇爷亦甚青目。今袁夫人归了徐老先，正好通家往来。”齐善行道：“老公公，那徐老先也是个四海多情的呢！”张太监笑道：“齐先儿，你不晓得咱们内官儿到人家去，好像出家的和尚道士，承这些太太们总不避忌。”李太监道：“圣旨上面有三位夫人，刚才先进去的想是娘娘认为侄女的窦公主了，怎么花夫人不见？”宇文士及道：“正是在这里，也该出来同接旨意才是。”袁紫烟只得答道：“花夫人是去望一亲戚，想必也就回来。”说完走了进去。

从人摆下酒席，众官儿坐了，吃了一回酒，将要撤席，只听得外面窦家的人说道：“好了，香工回来了，花姑娘呢？”张香工道：“他还有一两日回来，我来覆声公主。”众家人道：“你这老人家好不晓事，众官府坐在这里，立等他接旨，你却说这样自在话儿。”贾润甫听见，对家人说道：“可是张香工回来了，你去叫他进来，待我问他。”从人忙去扯那香工进来。贾润甫道：“你同花姑娘出门，为何独自回来？”香工道：“前日下山转来，那日傍晚，忽遇天雨难行，借一个殷寡妇家歇宿。他家有三个女人，叫什么夫人的，死命留住，叫我先回，过两三日，他们送花姑娘归庵。”张太监见说便道：“就是这个老头子同花夫人出门的么？”从人答道：“正是。”张太监道：“你这老头子好不晓事，这是朝廷的一位钦召夫人，你却是骗他到那里去了，还在这里说这样没要紧的话。孩子们与我好生带着，待咱们同他去缉访，如找不着，那老儿就是该死。”三四个小太监，把张香工一条链子扣了出去。那老儿吓得鼻涕眼泪的哭起来。线娘见得了，便叫吴良将五钱银子赏与香工，又将一两银子付他做盘缠，叫吴良同香工吃了饭，作速起身，去接取花姑娘回来，张太监道：“宇文老先，你同齐先儿到县里寓中去，咱同那老儿去寻花夫人。”宇文士及道：“花夫人自然这里去接回，何劳大驾同往？”那老太监向宇文士及耳上说了几句，士及点点头儿，即同善行先别起身。张、李二太监同香工出门，线娘又把十两银子付与吴良一路盘费，各各上马而行。

且说花又兰，在殷寡妇家住了两三日，恐怕朝廷有旨意下来，心中甚是牵挂，要辞别起身，无奈三位夫人留住不放。那日正要辞了上路，只听得外面马嘶声响，乱打进来，把几个书童多已散了，贾夫人忙出来问道：“你们是些什么人，这般放肆？”那香工忙走进来道：“夫人，花姑娘住在这里几日，累我受了多少气，快请出来去罢！”贾夫人道：“花姑娘在这里，你们好好的接他回去便了，为甚这般罗唣起来？”那二太监早已看见便道：“又是不认得的，原来众夫人多在这里，妙极妙极。”贾夫人认得是张、李二太监，一时躲避不及，只得上前相见，大家诉说衷肠，贾夫人不觉垂泪悲泣。张太监道：“如今几位夫人在此？”贾夫人道：“单是罗夫人、江夫人连我，共姊妹三人，在此过活。”张太监道：“极好的了，当今万岁爷，有密旨着咱们寻访十六院夫人。今日三位夫人造化，恰好遇着，快快收拾，同咱们进京去罢，那二位夫人也请出来相见。”吴良在旁说道：“花姑娘亦烦夫人说声，出来一同见了两位公公。”

不一时江、罗二夫人同花又兰出来见了，大家叙了寒温，随即进房私议道：“我们住在这里，总不了局，不如趁这颜色未衰，再去混他几年，何苦在这里，受这些凄风苦雨。”主意已定，即收拾了细软，雇了两个车儿，三位夫人并花又兰，大家别了殷寡妇同二太监登程。

行了三四日，将近雷夏，两太监带着江、罗、贾三夫人到齐善行署中去了；吴良与香工另觅车儿，跟花又兰到窦公主家收拾停当，袁紫烟安慰好了杨小夫人与馨儿，亦到公主家来。齐善行又差人来催促了起程。线娘嘱父亲与孙安祖料理家事，回山中去，叫吴良、金铃跟了，哭别出门。女贞庵四位夫人，闻知内监有江、罗、贾三夫人之事，不敢来送别，只差香工来致意。那边宇文士及与两内监并江、罗、贾三夫人，亦起身在路取齐。齐善行预备下五六乘骡轿，跟随的多是牲口。

不上一月，将近长安。张公谨同罗公子、尉迟南兄弟住在秦叔宝家，打听窦公主们到来，正要差人去接，只见徐懋功进来说道：“叔宝兄，罗兄宝眷与贱眷快到了，还是弄一个公馆让他们住，还是各人竟接入自己家里？”叔宝道：“窦公主当年住在单二哥家里，与儿媳爱莲小姐曾结为姊妹，今亲母单二嫂又在弟家，他们数年阔别，巴不能够相叙片时，何不同尊阃一齐接来，不过一两天，就要面圣完婚，何必又去寻什么公馆？”懋功见说，忙别了到家，即差几十名家将，一乘大轿，妇女数人，叫他们上去伺候。罗公子亦同张公谨、尉迟南、尉迟北、秦怀玉许多从人一路去迎接。

说宇文士及同二太监载了许多妇女，到了十里长亭，只见许多轿马来迎，便叫前后车辆停住。罗公子与张公谨等上前来慰劳了一番。张公谨说：“城外难停车骑，两家家眷暂借秦叔宝兄华居，权宿一宵，明日面圣后，两家各自迎娶。”宇文士及点头唯唯。时金铃、潘美站在一处，说了许多话，金铃就请公主与又兰在骡轿里出来。线娘见罗公子远远在马上站着，好一个人品，心中转道：“惭愧我窦线娘，得配此子，也算不辱没的了。”比前推让之心，便觉相反。上了一乘大轿，花又兰也坐了一乘官轿，许多人跟随如飞的去了。徐家家将也接着了袁夫人，三四个妇女如飞上前扶出来，坐了官轿，簇拥着去了。

两太监道：“那三位夫人，暂停在驿馆中，待咱们进宫复命了，然后来请你们去。”说了，即同宇文士及入城，途遇秦王，秦王问了些话，因王世充徙蜀，刚至定州复叛，正要面圣，便同三人进朝。晓得唐帝同窦娘娘、张尹二妃、宇文昭仪在御苑中玩花，齐到苑中，四人上前朝见了。张太监将窦线娘、袁紫烟行藏，直找寻至花又兰，却遇着隋朝的江、罗、贾三位夫人，一一奏闻。唐帝见说，喜动天颜，便问道：“那三个宫妃，年纪多少？”窦后道：“此皆亡隋之物，陛下叫他们弄来，欲何所之？”张太监见窦后话头不好，便随口答道：“当年许廷辅选他们进宫，都只十六七岁，如今算上正三旬左右，但是这三个比那几院颜色，略觉次之。”张妃笑道：“今陛下召他们来，也须造起一座西苑来，安放在里边，才得畅意。”唐帝见他们词色上面有些醋意，便改口道：“你们不消费心，朕此举非为自己，有个主意在此。”因问秦王：“在廷诸臣，那几个没有妻室的？”秦王答道：“臣儿但知魏徵、罗士信、尉迟恭、程知节皆未曾娶过妻室的。”窦后问二太监道：“窦家女儿与花又兰、袁紫烟今在那里？”张太监道：“这三个俱在秦琼家，那三个是在驿中。”宇文昭仪道：“窦线娘既为娘娘侄女，何不先召他们三个进苑来见？”唐帝就命李太监，立召窦、花、袁三女见驾，那李太监承办去了。

秦王将王世充在定州复叛奏闻，唐帝道：“逆贼负恩若此，即着彼处总管征剿。”不一时，只见李太监领着三个女子进来，俯伏阶下，朝见了唐帝，叫他们平身。线娘又走近窦后身边，要拜将下去，窦后叫宫奴搀了起来道：“刚才朝见过了，何必又要多礼？”唐帝看那三个女子，俱是端庄沉静，仪度安闲，便道：“你们三个，一是孝女，一是义女，一是才女，比众不同。”叫宫人取三个锦墩来，赐他们坐了。窦后对线娘道：“前日又承你送礼物来，我正要寻些东西来赐你，因万岁就有旨召你们到京，故此未曾。”线娘道：“鄙亵之物，何足当圣母挂齿？”窦后道：“你的孝勇，久已著名，不意奏章又如此才华。”唐帝笑道：“但是你疏上边，逊让他人，能无矫情乎？”线娘跪下奏道:“臣妾实出本怀,安敢矫情?当年罗成初次写书与秦琼,央单雄信与臣父求亲,被臣妾窥见,即将原书改荐单雄信女爱莲与罗成,不意单女已许配秦琼之子怀玉,故使罗成复寻旧盟。”唐帝道:“这也罢了,只是你说花又兰与罗成联床共席,身未沾染,恐难尽信。”线娘道:“此是何等事,敢在至尊前乱道,惟望万岁娘娘命宫人验之,便明二人心迹矣。”窦后道:“这也不难。”就对宫奴说道:“取我的辨玉珠来。”

不一时宫奴取到,窦后叫花又兰近身,将圆溜溜光灿灿的一件东西,向又兰眉间熨了三四熨,又兰眉毛紧结,无一毫散乱。窦后叹道:“真闺女也!”唐帝对花又兰叹道:“你这妮子,倒是个忍心人,幸亏罗成是君子;若他人恐难瓦全,今以两佳人归之,亦不枉矣。”又兰见说,如飞走下来谢恩,惹得窦后、秦王与众宫人多笑起来。唐帝又对袁紫烟道:“袁妃子擅天人之学,今归徐卿,阃内阃外,皆可为国家之一助。”因差张太监速到驿中,宣隋宫三妃子;又差内监速召魏徵、徐世勣、尉迟恭、程知节进苑;又差李内监去宣罗成、秦琼,并伊子怀玉媳单爱莲见驾;又吩咐礼部官,速备花红十三付,鼓乐六班。吩咐毕,唐帝即同秦王到偏殿坐下,只见魏徵、徐世勣、尉迟恭、程知节四臣先进殿来朝见了,唐帝道:“徐卿室人已召来了。朕思文王之政,内无怨女,外无旷夫,予独何人,而使有功大臣,尚中馈久虚耶!故差内监觅隋宫三位丽人,趁今日良辰,三人各人拈阄,天缘自定。”魏徵、尉迟恭、程知节齐跪下去道:“臣等一身努力,难报皇恩万一,况四海未靖,何敢念及室家?”唐帝道:“圣经云:家齐而后国治,国治而后天下平。”秦王道:“这是父王教化无私,与众皆乐之意,诸卿无得固辞。”唐帝叫宫人取一个宝瓶,将江、罗、贾三位名字写在纸上,团成圆儿,放在瓶内,叫魏、程、尉迟三臣,对天祷祝,将银箸揭起,恰好魏徵拈了贾夫人,尉迟恭拈了罗夫人,程知节拈了江夫人,三臣各谢恩。只见张太监领了三位夫人进来朝见,唐帝问道:“那个是贾素贞?那个是罗小玉?那个是江涛?”三夫人各上前应了,唐帝对三臣道:“这三个佳人,虽非国色,而体态幽妍,三卿勿遽忽之。三妃且进内见了娘娘出来,同谐花烛。”宫人领三位夫人进去了。

又见秦琼领了儿子怀玉、媳妇爱莲,上前来朝见。时唐帝见了秦琼,分外优礼,便道:“爱卿父子平身。”因指爱莲道:“这就是你媳妇单氏,可曾结缡否?”叔宝应道:“尚未。”唐帝见此女梨花白面,杨柳纤腰,香尘稳重,居然大家,便赞道:“好个女子。”即叫近侍亦引去见窦后,又对叔宝道:“刚才窦线娘说，曾与汝媳结为姊妹，先有书荐此女与罗成，此言有之乎？”叔宝答道：“当初窦女改了罗成的书附来，臣儿已许婚单氏，因臣与单雄信有生死之交，不敢背盟，故以子许之。”唐帝道：“卿子得配此女，可称佳儿佳妇矣，为何尚未成婚？”叔宝答道：“因儿媳单爱莲，立意要归家营葬父亲，然后完婚。”唐帝道：“这也难得，朕今做主，趁众缘齐偶，赐汝子完婚，满月后赐归殡葬其父。”对近侍道：“窦线娘给二品冠带，诸女俱给四品冠带，快去宣他们出来，莫负良辰，好去共谐花烛。”

近侍进去领了七个女子出来，唐帝先叫魏徵、徐世勣、尉迟恭、程知节同袁、江、贾、罗四夫人成对站定，赐了花红。四对夫妇谢了恩，就有鼓乐迎出苑去；第二起就是秦怀玉与单爱莲，谢恩，迎送出去；第三起却是罗成，两旁站着窦线娘、花又兰，谢恩下去。唐帝笑道：“罗成，大便宜了你，也亏你当时老成，今宵却有联璧相亲。”罗成同二佳人跪下说道：“圣恩浩荡无涯，使小臣亦沐洪庥，但臣妻线娘，既为圣母国戚，臣礼合同去谢恩，陛下可容臣叩谢否？”唐帝道：“这个使得。”遂起身退朝，同罗成夫妻三人，到后苑拜见窦后。窦后深喜罗成年少知礼，赐宫奴二名，内监二名，并许多金珠衣饰，又将温车一乘赐与二女坐了，命撤御前金莲烛并鼓乐送出苑来，惹得满京城军民人等拥挤观看，无不欣羡。

未知后事如何，且听下回分解。

第六十三回

王世充忘恩复叛　秦怀玉剪寇建功

词曰：

骄马玉鞭驰骤，同调坚贞永昼。提携一处可相留，莫把眉儿皱。如雪刚肠希觏，一击疾诛双丑。矢心誓日生死安，若辈真奇友。

——右调《误佳期》

古人云：唯妇人之言不可听。书亦戒曰：唯妇言是听。似乎妇人再开口不得的。殊不知妇人中智慧见识尽有胜过男子。如明朝宸濠谋逆，其妃娄氏泣谏，濠不从，卒至擒灭，喟然而叹曰："昔纣听妇人之言失天下，朕不听妇人之言亡国。"故知妇人之言，足听不足听，惟在男子看其志向以从违耳。

当时唐帝叫宫监弄这几个隋宫妃子来，原打帐① 要自己受用，只因窦后一言，便成就了几对夫妇，省了多少精神；若是萧后，就要逢迎上意，成君之过。唐帝乱点鸳鸯的，把几个女子赐与众臣配偶，不但男女称意，感戴皇恩，即唐帝亦觉处分得畅快，进宫来述与诸妃听。说到单女亦欲葬父完婚，窦后叹道："不意孝义之女，多出在草莽。"只见宇文昭仪堕下泪来，唐帝骇问道："妃子何故悲伤？"昭仪答道："妾母灵柩尚在洛阳，妾兄士及未曾将他入土。"唐帝道："明日汝兄进朝，待朕问他。"

且说张公谨在秦叔宝家，因罗公子新婚，不好催促，又因诸王妃与公侯诸大夫，皆因窦后认为侄女，又慕窦、花二位夫人孝义，争相结纳，日夕称贺。因此张公谨恐本地方有事，只得先上朝辞圣。秦王因爱公谨之才，不肯放他去，奏过唐帝，即将张公谨留授司马兼督捕司之职，幽州郡守改着罗成权署。旨意一下，张公谨留任长安，只得写禀启，差人去回复燕郡王，并接家眷到京。罗公子亦因圣旨，擢他代张公谨之职，又牵挂父母，等不及满月，便去辞了唐帝、窦后，至西府拜辞秦王，与众官僚话别了。因线

① 打帐——打算、筹划。

娘嘱说，又到宇文士及家去谢别，见士及家车骑列庭，正在那里束装，罗公子进去相见了，便问道："尊驾有何荣行，在此束装?"士及道："弟因先母之柩未葬，告假两月，将往洛阳整理坟茔，此刻就要起身，恐不及送兄台荣归了。"罗公子道："弟亦在明后日就要动身。"说了出门。罗公子归来，连夜收拾，与窦公主、花又兰拜别了秦母、叔宝与张氏夫人，怀玉夫妻亦出来拜别，护送出门。尉迟南、尉迟北并太后赐的两名太监及随来潘美等做了前队；罗公子与窦公主、花夫人并宫人妇女，及金铃、吴良等做了后队。徐惠妃差西府内监；袁紫烟亦差青琴；江、罗、贾三夫人俱差人来送别。时冠盖饯别，塞满道路，送一二十里，各自归家。

罗公子急忙要赶到雷夏墓所，迎请窦建德到幽州去，吩咐日夕赶行。不多几日，已出潼关，将至陕州界口一个大村镇上。那日起身得早，尚未朝餐，前队尉迟南兄弟正要寻一个大宽展的饭店，急切间再寻不出；又去了里许，只见一个酒帘挑出街心，上写一联道：暂停车马客，权歇利名公。尉迟南众人看见了，就下马，把马系好进店去，看房屋宽大，更喜来得早，无人歇下；尉迟南忙吩咐主人，打扫洁净，整治酒肴，又出店来盼望后队。只见街坊上来来往往，许多人挤在间壁一个庵院门首，尉迟南问土人为着何事，答道："不晓得，你们自进庵里去看便知。"尉迟兄弟忙挤进庵来，只见门前一间供伽蓝的，进去三间佛堂，门户窗棂，台桌器皿，多打得齑粉，三四个老尼坐在一块儿涕泣。尉迟南问着老尼，老尼也只顾下泪未答。只闻得耳边嘈嘈杂杂的，地方上人议论道："那个公主，也是个金枝玉叶，不意国亡家破，被那官儿欺负。"尉迟兄弟未及细问，恐怕罗公子后队到了，即便抽身出来，恰好罗公子与众人骡马一哄而至，这旁窦公主与花夫人便下了骡轿，进店去了。

罗公子下马，见街坊上热闹，叫尉迟兄弟进去，问地方上为着何事。尉迟南把土人的言语与庵中的光景说了。窦公主见说，心中想道："莫非隋魏后人，流落在这里。"便叫左右去唤那个老尼来，那吴良、金铃出外，倒底是军人打扮，他两个是好事生风的，忙出店走进庵来，对老尼说道："我家公主与小王爷，唤你师父快去。"那老尼见说，忙站起来问道："是那个爷，又是什么公主?"金铃道："你过去便知明白。"老尼没奈何，只得一头走，一头向众人问明来历。

来到店中，见了公主、公子，打了几个稽首。窦公主问道："你庵中被何人罗唣？有那朝公主在里边？”老尼答道：“当初隋朝有个南阳公主，少寡守节，有一子名曰禅师，因夏王讨宇文化及时，夏将于士澄见公主美貌欲娶，公主不从，士澄诬禅师与化及同党，竟坐杀之。公主向夏王哀请为尼，暂寓洛阳，因山寇窃发，回长安访亲，中途又被贼劫，故此投到小庵来住。昨晚有一官府宇文士及在此下店，不知被那个多嘴的说了，那宇文官府走过庵来，必要请见南阳公主。公主再三不肯相见，那宇文官府立于户外说道：‘公主寡居，下官丧偶，中馈尚虚，公主若肯俯从，下官当以金屋贮之。’论来这样青年，大官府随了他去，也完了终身，不想南阳公主听说，不但不肯从他，反大怒起来，在内发话道：‘我与汝本系仇家，今所以不忍加刃汝首，因谋逆之日，察汝不预知耳；今若相逼，有死而已。’宇文官府知不可屈，即便去了，他手下道我窝顿了亡隋眷属，逼勒着要诈我们银子，我们没有，故此打得这般模样。”

窦公主道：“宇文士及当初杨太仆知他有品行的，故此遗计教他投唐，以妹子进献，方得宠眷，不意他渔色改行，以至于此，可见这班咬文嚼字之人，盖棺后方可定论。”遂叫左右三四个妇女即同老尼进庵去，请南阳公主到来一见。

众妇女去不多时，拥着南阳公主到店来。但见一个云裳羽衣、未满三旬的佳人，窦公主同花夫人忙出来接见了，逊礼坐定。窦公主道：“刚才老尼说，姐姐要往长安探亲，未知何人？”南阳公主道：“唐光禄大夫刘文静系妾亡夫至亲，今为唐家开国元勋，意欲往长安依附他，以毕余生。不想闻得刘公与裴监不睦，诬以他事，竟遭惨戮，国家殄灭，亲戚凋亡，故使狂夫得以侵辱。”说罢，泪下数行。窦公主见了这般光景，不胜怜恤道：“既是姐姐欲皈依三宝，此地非止足之所，愚妹倒有个所在，未知尊意可否？”南阳公主道：“敢求公主指引。”窦公主道：“雷夏有个女贞庵，现有炀帝十六院中秦、狄、夏、李四位夫人，在内守志焚修；若姐姐肯去，谅必志同道合。”南阳公主道：“若得公主提携，妾当朝夕顶礼慈悲，以祝公主景福。”窦公主道：“我们也要到雷夏，若尊意已允，快去收拾，便同起身。”南阳公主大喜，即起身去草草收拾停当，谢了众尼，又到店中。窦公主把十两银子赏了老尼，又叫手下雇了一乘骡轿与南阳公主坐了，一同起行。

潘美与金铃往柜上去会钞，只见柜内站着一个方面大耳一部虬髯的人笑道：“钞且慢会，敢问方才上车的，可就是夏王窦建德之女么？”潘美答道："正是。"又问道："那个小王爷又是谁?"金铃道："就是幽州罗燕郡王之子讳成,如今皇爷赐婚与他的。"那汉又问道："当初夏王的臣子孙安祖,未知如今可在否?"金铃答道："现从我们王爷在山中修行。"那汉点头说道："可惜单员外的家眷,如今不知怎样着落?"潘美道："单将军的女儿,前日皇爷已与我家窦公主同日赐婚,配与秦叔宝之子小将军,皇爷赐他扶柩殡葬父亲,即日要回潞州去了。"那汉见说,拍手大笑道："快活快活,这才是个明主。"潘美忙要称还饭钱,催他算账,那汉道："夏王与孙安祖,俱系我们昔年好友,今足下们偶然赐顾一饭,何足介意。"潘美取银子称与他,那汉坚执不肯收,推住道："不要小气,请收了,但不知足下说的那单员外的灵柩,即日要回潞州,此言可真否?"金铃道："怎么不真,早晚也要动身了。"那汉道："好,请便吧!"潘美问他姓名,那汉不肯说,拱拱手反踱进去了。潘、金二人只得收了银子,跨上马往前赶去。

看官们,你道那店中的大汉是谁?也是江湖上一个有名的好汉,姓关名大刀,辽东人,昔年曾贩私盐,无所不为的。他天性鄙薄仕宦,不肯依傍人寻讨出身,近见李密、单雄信等俱遭惨戮,他便收心,在这里开一个大饭店,遇着了贪官污吏,他便不肯放过,必要罄囊倒橐,方才住手。好处不肯杀人,不肯做官,他道："我祖上关公,是个正直天神,我岂可妄杀人?"又道："关公当日不肯降曹,我今亦不去投唐。"因此四方的豪杰多敬服他。正是:

海内英雄不易识,肺肠自与庸愚别。
可笑之乎者也人,虚邀声气张其说。

今说窦公主要他父亲一同到幽州来,先打发又兰同众官人到雷夏,自与罗公子到隐灵山要接父亲起身。无奈窦建德与三藏和尚朝夕讲论,看破尘世,再不肯下山,公主只得哭别了,仍旧到雷夏来。贾润甫与齐善行俱来接见。女贞庵四位夫人,是时又兰早已接到家中,各各相见。杨义臣如夫人与馨儿、徐懋功先已差人接去了。公主祭奠了曹后,墓上田产交托两个老家人看管,收拾行装,差人送南阳公主与四位夫人到女贞庵去,便同罗公子、花又兰往北进发。贾润甫送公子起身之后,晓得单雄信家眷要扶柩回潞州,因想："雄信当初许多情谊,多少人受了他的厚惠,我曾与他为生死之交。雄信临刑时,秦、徐诸人割股定姻,报他的恩德。我贾润甫也是个有心肠的,尚未酬其万一。今日闻得他女儿女婿,扶柩归葬,焉有不迎上去,至灵前一拜之理?”便收拾行囊,拉了附近受过单雄信恩惠的豪杰,竟奔长安不题。

且说秦怀玉与爱莲小姐满月后,辞了祖母父母起身,叔宝差四名家将,点四五十营兵护送。怀玉因他父亲的功勋,唐帝已擢为殿前护卫右千牛之职,时众官辈亦来送行,怀玉各各辞别,拥着丧车起身。

行了几日,已出长安,天将傍晚,众家将加鞭去寻宿店。只见七八个大汉子,俱是白布短衣,罗帕缠头,向前问道:“马上大哥,借问一声,那二贤庄单员外的丧车,可到这里来么?”家将停着马答道:“就在后面来了。”那几个大汉听见,如飞去了。家将见那几个大汉已去,心上疑惑起来,恐是歹人,打兜转马头,追赶那几个大汉。

赶了里许,只见尘烟起处,一队车马头导,两面奉旨赐葬金字牌,中间一副大红金字铭旌,上写“故将军雄信单公之柩”。冲天的招摇而来。众好汉看见,齐拍手道:“好了,来了!”齐到柩前趴在地下,拍地呼天的大哭起来。家将见了,知不是歹人,秦怀玉忙跳下马还礼。单夫人听见,推开轿门,细认七八个人中,只有一个姓赵,绰号叫做莽男儿,当初杀了人,亏雄信藏他在家,费了银子解救,其余多不认得,想必多是受过恩的。单夫人不觉伤感大哭起来。众好汉也哭了一回,磕了几个响头,站起来问道:“那一个是单员外的姑爷秦小将军?”秦怀玉答道:“在下就是。”一个大汉走上前来,执着秦怀玉的手,看了说道:“好个单二哥的女婿!”那一个又道:“秦大哥好个儿子!”赞了几声,又问道:“令岳母与尊夫人可曾同来?”怀玉指道:“就在后车。”那汉便道:“众兄弟,我们去见了单二嫂。”

众人齐到车前,单夫人尚未下车,众好汉七上八落的在下叩头,单夫人如飞下车还礼。众人起来说道:“二嫂,我们闻得二哥被戮,众兄弟时常挂念,只是不好来问候;如今你老人家好了,招了这个好女婿,终身有靠了。”单夫人道:“先夫不幸,有累公等费心。”莽男儿道:“天色晚了,把车推到店中去罢,贾兄们在那里候久了!”怀玉道:“那个贾兄?”众人道:“就是开鞭杖行头贾润甫,他晓得令岳的丧车回来,便拉了十来个兄弟们在那里等候。”说了,便赶开护兵,七八个好汉用力拥着丧车,风雷闪电的去了。原来贾润甫拉齐众好汉,恰好也投在关大刀店中,当时见丧车将近,便同众人迎到柩前,又是一番哭拜。单夫人同秦怀玉各各叩谢了,关大刀同众人把丧车推在一间空屋里去。

贾润甫领秦怀玉与单夫人、爱莲小姐到后边三四间屋里去,说道:“这几间,他们说还是前日窦公主到他店里来歇宿,打扫洁净在此,二嫂姑娘们正好安寝,尊从就在外边两旁住了罢。”单夫人问贾润甫:“贾叔叔,那班豪杰那里晓得我们来,却聚在此?”贾润甫道:“头里那一起,是关兄弟先打听着实,知会了聚在此的,后边这一路,是我一路迎来说起欣然同来的。这班人都是先年受过单兄恩惠的,所以如此。”说了即同怀玉出来,只见堂中正南一席,上边供着一个纸牌,写着“义友雄信单公之位”。关大刀把盏,领众好友朝上叩首下去,秦怀玉如飞还礼。关大刀把杯箸放在雄信纸位面前,然后起来说道:“贾大哥,第二位就该秦姑爷了。”贾润甫道:“这使不得。他令岳在上,也不好对坐;二来他令尊也曾与众兄弟相与,怎好僭坐?不如弟与秦姑爷坐在单二哥两旁,众兄弟入席,挨次而坐,乃见我们止以义气为重,不以名爵为尊,才是江湖上的坐法。”众人齐声道:“说得是。”

大家入席坐定,关大刀举杯大声说道:“单二哥,今夜各路众兄弟,屈你家令婿,在小店奉陪,二哥须要开怀畅饮一杯。”一堂的人,大杯巨觥,交错鲸吞,都诉说当年与雄信相交的旧话,也有说到得意之处,狂歌起舞,也有说到伤心之处,出位向灵前捶胸跌足哭起来。只听见莽男儿叫道:“秦姑爷,我记得那年九月间,你令祖母六十华诞,令岳差人传绿林号箭到我们地方来,我们那时不比于今本分,正在外横行的日子,不便陪众登堂。”把手指道:“只得同那三个弟兄,凑成五六百金,来到齐州,日里又不敢造宅,直守至二更时分,寻着了尊府后门跳进来,把银子放在蒲包内,丢在兄家内房院子里头。这事想必令尊也曾与兄说过。”秦怀玉道:“家母曾道来。”正说得高兴,只听着外面叩门声急,关大刀如飞赶出来,开门一看,便道:“原来是单主管,来得正好,你们主儿的丧车与太太姑爷姑娘多在里面。”

原来单全当时随雄信在京,见家主惨变后,即便辞了单夫人要回乡里。秦叔宝、徐懋功知他是个义仆,要抬举他,弄一个小前程与他做,他必不从,径归二贤庄。喜的单雄信平昔做人好,没有一个不苦惜他,所以这些房屋田产,尽有人照管在那里,见单全一到,多交付与他。单全毫无私心,田产利息,悉登册籍,今闻夫人们扶柩回乡,连夜兼程赶来,在路上打听,晓得投在关家店里,故此赶来。当时关大刀闭上门,领单全到堂中来,贾润甫见了喜道:“单主管,你也来了。”单全见上边供着主人牌位,先上去叩了四叩,又要向众人行礼下去。众好汉大家推住道:“闻得你也是有义气的男子,岂可如此!”单全只得止向秦怀玉叩首,怀玉连忙扶起。众人道:“主管快来坐了,我们好吃酒了。”单全道:“各位爷请便,我家太太不知下在那一房,我去见了来。”说时早有妇女领了进去,不移时出来坐了。

贾润甫道:“单主管,我们众兄弟,念你主人生前之德,齐来扶他灵柩还乡,到那里还要盘桓几日,但不知你庄上如何光景?”单全道:“庄上我已一色停当,但未择地耳。只是如今王世充在定州,纠合了邴元真复叛,罗士信被他用计杀害,占了三四个城池,前日闻他已到潞安,如今将到平阳来,只恐路上难行,奈何?”贾润甫道:“当初我家魏公与伯当兄好好住在金墉,被他用计送死,单二哥又被他累及身亡,几个好弟兄皆因他弄得七零八落。今士信兄弟又被他杀害。我若遇着他,必手刃之,方快我心。”

秦怀玉见说士信被杀,便垂泪道:“士信叔叔与父亲结为兄弟,小侄与他相聚数年,今一旦惨亡,家父闻知,是必请兵剿灭此贼,以报罗叔叔之仇。”单全道:“我昨夜在七星岗过夜,三更时分,梦见我家先老爷,叫了我姓名说道:‘我回去了,可恨王世充,杀我好友义弟,又是我同起手的心交,我知此贼命数已绝,你去叫姑爷灭了他,干了这场功。’”关大刀道:“我们众兄弟同去除了这贼,替罗家兄弟报了仇何如?”贾润甫道:“若诸兄肯齐心,管叫此贼必灭。”众人道:“计将安出?”贾润甫道:“计策自有,必须临时着便,今且慢说。但必要关兄去方好,只是没人替他开店。”关大刀道:“店中生意,就歇两日何妨?但要留单主管在此。”单全道:“我是要随太太回去的。”贾润甫道:“太太姑娘,权屈在店中住几日,仗单二哥之灵,我们去干了这场功,回店扶柩去未迟。”众好汉踊跃应道:“好。”

单夫人在内听见,忙叫人请贾润甫进去说道:“小婿年幼,恐怕未逢大敌,还是打听他过了再走罢。”贾润甫道:“二嫂但放心,干事皆是众兄弟去,我与令坦止不过在途中接应,总在我身上无妨。”说了出来,对众人说道:“既是明早大家要去干正经,我们早些安寝罢!”过了一宵,五更时分,关大刀向贾润甫耳上说了几句,又叮嘱了单全一番,先与众好汉悄然出门而去;贾润甫同秦怀玉率领了家将,亦离店去了。

却说关大刀同莽男儿一班走了两三日,将到解州地方,恰遇着了王世充的前站,见了一二十个穿白衣服的人问道:“你们是那里来的百姓?”众人道："我们是迎单将军的柩回去的。"马上将官问："那个单将军？"众好汉答道："就是单雄信。"那将官道："单雄信是我家的勇将，被唐朝杀的，你们都是他什么人，去扶他灵柩？"众好汉道："我们俱是他当年管辖的兵卒，感他的恩德，故此不惮路途而来，爷们可是守这里地方的？"那将官道："不是，郑王爷就在后面来了，你们站一回儿，便知分晓。"

正说时，只见后面尘头起处，一簇人马行近前来，众好汉看了，拍手喜道："正是我家的旧王爷。"那将官带了一干好汉到王世充面前说了。王世充问道："单将军的灵柩，你们扶他到那里？"众人道："到二贤庄。"邴元真在旁边马上说道："只怕是奸细。"叫人各人身上搜检，众人神色不变，便不疑惑。王世充道："你们都是行伍出身，何不去投唐图个出身①？"众人道："唐家既不肯赦我们的恩主，我们安肯背义从唐？"王世充道："你们既是我家旧兵卒，我这里正少人，何不就住在我帐下效用，当初你们是步兵还是马兵？"众好汉道："当时是马兵。"王世充问了各人姓名，叫书记上了册籍，给付马匹衣甲器械，派入第二队。

今说贾润甫同秦怀玉与两个家将一行人等，慢慢的已行了三日，将近解州，贾润甫叫秦怀玉差一个伶俐小卒，假装了乞丐，前去打听，自己守在一个关王庙里。隔了两日，只见差去的小卒归来报道："小的初去打听我们这几位爷，被王世充信任收用，已派入第二队。昨夜他们已破平阳，今要进解州，一路百姓多逃避一空，只剩房屋，他们下寨在猫儿村，不知为甚，四更时分，只听见军中喧哗，喊道有贼，故此小的忙来报知。"贾润甫见说，忙起一课大喜道："众兄弟成功了，快备马我们迎上去。"秦怀玉即便领二家将，跨马前行。

未及一二里，早望见一二十个白衣的人，头里那人却是莽男儿，提着两个首级，飞奔前来，叫道："贾大哥，王世充、邴元真二人首级在此，后面追兵来了，快去帮他们厮杀。"贾润甫叫人把首级挑在枪杆上，同莽男儿飞赶去，只见众好汉在一个山前与王家兵马，正在那里厮杀。莽男儿跑向前大声喊道："我家大唐兵马来了！"秦怀玉扯满弓，一连射死了两三个。贾润甫叫道："王世充、邴元真两个逆贼，首级已枭在此，你们何苦自来送死！"王家兵将见了，即便败将下去。秦怀玉与众人直追至猫儿村，贼兵只

---

①　出身——功名前程。

得弃了辎重，各自逃生。贾润甫将贼兵掳掠遗弃之物装载了几车，尚恐怕余贼未散，又追赶三四十里，然后转来。早有人来报道：“单二爷丧车，已被二贤庄许多庄户赶到关家店里，截进潞州去了。”众好汉此时不是步行了，俱骑了马，连日夜兼程，赶上丧车，护进二贤庄。

地方官员晓得秦叔宝名位俱尊，其子怀玉现任千牛之职，目下又建奇功，多要想来吊候。贾润甫在庄前择一块丰厚之地，定了主穴。关大刀对贾润甫道：“贾大哥，我们这场功皆仗单二哥的阴灵，得以万全，为什么呢？弟前夜与赵兄弟两个乘王世充、郎元真酒醉熟睡时，潜踪入幕，盗了两人的首级，众兄弟齐上马出来，惊动了帐房内，只道是劫营的，齐起身来追赶。时天尚昏黑，众弟兄因记不出路径，只见黑暗中隐隐一人骑着马领路，众弟兄只道是我，又不好高声相问，只得随着他走了三四里，天将发白，那前头骑马的倏然不见了，岂不是单二哥阴灵护佑我们？如今把这些衣饰银钱，分做两堆，一堆赠与姑爷为殡葬之资；一堆取与二贤庄左右邻居小民，念他们往日看守房屋，今又远来迎柩营葬，少酬其劳。”贾润甫与众好汉齐声道：“关大哥说得是。”秦怀玉道：“岂有此理，这些东西，诸君取之，自该诸君剖之，我则不敢当，何况敝邻。”

正在推让时，只见潞州官府抬了猪羊到灵前来吊唁，秦怀玉同贾润甫出来接住，引到灵前去拜过，见院中罗列着两堆银钱衣饰，问是何故。贾润甫答道：“有几个商贾朋友，是昔年曾与单公知交，今来迎丧，恰逢王世充逆贼临阵，众友推爱，齐上前用力剿灭，贼掳之物，遗弃而去。这些东西，理合众友收领，不意众友仗义不从，反欲赐惠小民。”那个郡守笑道：“这也算一班义士了，但是小民无功，岂可收领逆赃，既云好义，何不寄之官库，题请了，替单公建祠立碑，以为世守，亦是美事。”那衙官见说，心中想道：“我们做了一个官儿，要百姓们一两五钱的书帕，尚费许多唇舌，今这主大财，那班人反不肯收，不知是何肺肠？”官儿们挨了一回，见秦怀玉不言语，只得别过去了。众好汉便招地方上这些看的穷人，近前来说道：“这一堆东西，是秦姑爷赐你们的，以当酬劳之意。你们领去从公分惠，不许因此些微之物，争竞起来，到官府责罚。自今以后，你们待秦姑爷如待单员外一般便了。”众邻里齐跪下去，欢呼拜谢，领了出去。

关大刀对贾润甫说道：“贾大哥，我们的事已毕去罢！”又对秦怀玉道：“众弟兄不及拜别令岳母了！”大家拱拱手欲别，秦怀玉道：“这货利不好，有污诸公志行，请各乘骑而去如何？”众好汉道：“我们如此而来，自当如此而去。”尽皆岸然不顾而行，看的人无不啧啧称羡。

秦怀玉督手下造完了坟墓，择了吉日，安葬好了丈人，又见主管单全忠心爱主，就劝单夫人把他作为养子，以继单氏的宗祧，将二贤庄田产尽付单全收管，以供春秋祭扫；自同单夫人与爱莲小姐束装起身。家将们带领了王世充、郦元真二人首级，忙进了长安不题。

要知后事如何，且听下回分解。

第六十四回

小秦王宫门挂带　宇文妃龙案解诗

词曰：

寂寂江天锦绣明，凌波空步绕花阴。一枝蓦地闲相逅，惹得狂蜂空丧身。　　逞乐意，对方樽，腰围玉带藏暗针。片词题破惊疑事，喋血他年逼禁门。

——右调《鹧鸪天》

天地间填不满处不足的惟妇人之心，非妇人之心真有满不足之地，止因其所好不得不然，故借此以消遣耳。

今且慢说秦怀玉剿灭了王世充、邴元真回来，将二人首级献功，唐帝赏劳。再说武德七年间，四方诸丑亏了世民击灭将完，时唐皇晚年，总多内宠，生儿者二十余人，无子者不计其数，靡不思迭寻宠爱，各献奇功，然其间好事生风敢作敢为的，无如张、尹二妃。他本是隋文帝宠用过的，忽然间唐帝又把他两个弄起手来，今幸一统天下，虽不能做正位中宫，却也言听计从，无欲不遂；更值窦皇后福禄不均，先已驾崩，因此两人的心肠更大了些。但唐帝因宫中年少佳丽甚多，便在他两个身上，也就平淡；何知妇人家这节事，如竹帘破败，能有几个自悔检束的，但看时势之逆与顺耳。

时值唐帝身子不爽，在丹霄宫中静养，相戒诸嫔妃，非宣召不得进来，因此那些环佩袅娜之人，皆在宫中静守。惟有那张、尹二夫人，年纪却在三旬之外，谑浪意味，愈老愈佳；平日虽与建成、元吉眉来眼去，情意往来，恨无处可以相承款曲。

那日恰好尹夫人差侍儿小莺，去请杨夫人蹴毬耍子，只见建成、元吉两个小宫监跟了走来。小莺见了，笑逐颜开问道："二位王爷在何处来？"建成、元吉认得小莺是尹夫人的丫环，便道："我两个特来寻你们二位夫人说句话儿，你到何处去？"小莺笑着摇头道："不是二位王爷是丹霄宫中出来，如今回去快活，为什么寻我们夫人起来；若是有止经要会，何不再前日昨日，今却说这样话来骗我？"建成听见，欢喜不胜道："为什么该在前日昨日来?"小莺笑道:"罢了,有人来撞见,又要搭出是非来,请各便罢,我要去干正经了。"就要走动,当不起建成是个酒色之徒,见那小环说话伶俐,一把扯到侧首一个花槛内,叫小监门首站着,执着小莺双手道:"小妮子,你从实说与我们听了,我把东西来送你。"小莺笑道:"东西我不敢领,既承二位王爷下问,待我对你说了罢。前日初十,是张夫人诞日,昨日十三,是我家尹夫人诞日。这两天被众夫人闹得好厌,今日甚是清闲,张夫人又道无聊,约了我家夫人,叫我去请杨夫人来蹴毬耍子,故此我说二位王爷,既有话要会二位夫人,何不也在前两日来,大家相聚,岂不是一场胜会?"元吉道:"众夫人拜寿,我们怎好来亲热孝顺。今日无事,正好来补贺,岂不是两便?"建成道:"说得有理,我们弟兄两个,回去备了礼物就来,你与我们说声。"小莺道:"二位王爷认真要来,我也不去请杨夫人了,在宫专候驾到;但恐不准,叫我那里当得起?"建成、元吉道:"岂有此理,你道我虚言么,我们先将一物与你取去,送二夫人收了如何?"小莺道:"若得如此,方好相候。"二位王爷各在身上解下一条八宝十锦合欢丝鸾带,付与小莺收了,又道:"我们现今不能用情赠你,少顷到宫来,断不虚你的盛情。"小莺道:"恁说快去了来,竟到后宰门走进,更觉近些。"三人别去。正是:

慢夸富贵三春景,且放梅梢比月明。

不说小莺去通知张、尹二夫人,且说建成、元吉听见小莺之言,欢喜不胜,疾忙赶到府中,收拾了珍珠美玉,把两个金龙盒子盛了,叫宫监捧着,一同忙到后宰门来。门官见是二位殿下,忙把门开了;二王跨下马,叫人牵了在外面伺候,小宫监捧着礼物,二王走到分宫楼,只见小莺咬着指头,站在门悬望,见了二王喜道:"王爷们来了。"建成道:"小莺,你可曾与二夫人说知?"小莺点点头儿,引二王进去,到中堂坐下,叫两三个宫奴把礼物收了进去。

一盏茶时,只见张、尹二位夫人跟着三四个宫娥,轻移莲步,走将出来。二王如飞叫人把毯子铺下,要行大礼。二位夫人那里肯受,自己忙走进身来拖住。张夫人道:"二王怎么要行起这个礼来,岂不要折杀[1]我们?"元吉道:"二位夫人,如同母子,焉有圣寿不行恭拜之礼?"尹夫人道:"求二位以常礼相见,我们两个心上方安。"二王没奈何,只得顺从了。张

---

① 折杀——折寿。言因受到不应受到的优遇而不安。谦词。

夫人道："屈二王到楼上去坐坐，省得这里不便。"尹夫人道："姐姐主张不差。"

大家同到楼上来，二王看那三间楼的景致，宛如曲江开宴赏，玉峡映繁华，二王坐定，用点心茶膳，彼此细陈款曲。张夫人道："向蒙二王时常照拂，使我二姊妹梦寐不能去怀，不意复承厚贶，叫我两个何以克当？"元吉笑道："张夫人说甚话来，骨肉之间，不能时刻来孝顺，这就是我们的罪了，怎说那个话来？"建成道："我们心里，时常要来奉候，一来恐怕父皇撞见，不好意思；二来又恐夫人见罪，不当稳便，故此今日慢慢的走来，恰好遇着小莺，叫他先来通知，方才放心。"尹夫人道："我家张姐姐，常常对我说，二位殿下，都是万岁所生，不知为甚秦王见了我们，一揖之外，毫无一些好处。他倚着父皇宠爱，娇矜强悍，意气难堪。故此，前日皇上要他迁居洛阳，幸得二位王爷叫人来说了，被我姊妹两个在万岁爷面前再四说了，方才中止。"张夫人道："总是有我四人一块儿做事，不怕秦王飞上天去。"元吉道："若得二位如此留心，真是我们的母后了。"两夫人多笑起来。时绮席珍馐，雕盘异果，无所不有；四人猜谜行令，说说笑笑。英、齐二王都是酒色中人，起初还循些礼貌，到后来各人有了些酒，谑浪欢呼，无所不至。古人云：酒是色之媒。二王酒量原是好的，因身边各有千妖百媚的女子相对话言，眉眼传情，他们醉翁之意俱不在酒，便假装醉态。元吉道："我们酒是有了。求二位夫人稍停一会儿，再饮何如？"二夫人见了这两个俊俏后生，狎邪旖旎，无所不至，那里描写得完。正是：

万恶果然淫是首，从教手足自相残。

少停，建成笑对元吉说道："清风玉磬，音响余筝，正如巫山云梦，难以言传。"元吉也笑道："风牌月阵，莺哢猿吟，总是我粗浅之人也学不出。"自此英、齐二王满心畅快，忙打发宫监与外面伺候的回去了，便同二妃欢呼弹唱不题。

再说秦王因唐帝在丹霄宫养病，他就不回西府，晨昏定省，每日调奉汤药，整顿了六七日。时日色已瞑，月上花枝，唐帝身子略已痊可，便对秦王道："吾病今日身体稍觉安稳，你依朕回府去看看。"秦王不敢推却，只得领了父皇旨意，辞驾出宫。

行至分宫楼，忽听见弹筝歌唱，轻一声高一声，韵致悠扬。秦王站了一回，见是张、尹二妃寝宫，便道："他晓父皇有病，正该忧闷沉思，为甚歌唱起来?”就要行动,忽听见里面喊道:“这一大杯,该是大哥饮的,我却先干了!”秦王道:“他们弟兄两个,平昔有人在我跟前说许多话,我尚猜疑;不意如今这时候,还在这里吹弹歌唱,不特不念父皇之疾,反来淫乱宫闱,理实难容。我若敲门进去,对他训论一番,也是正理;倘然父皇晓得,又增病起来,反为不美。”停足想了一回道:“也罢,暂将我的腰间玉带解下来挂在他宫门上,待他们出来见了,好叫他痛改前非。”打算停当,即将腰间玉带解来,挂在蟠龙彩凤之门,自即挪步而出。

却说英、齐二王,五更时忙起身来,收拾完备了;夭夭、小莺各送上汤点。建成对二妃道:“我二人承你二位如此恩情,时刻不能去怀;倘秦王这事稍可下手,我们外边必传进来。替你二夫人说,如里边有什么机会,也须差人报与我们得知。”张、尹二妃道:“秦王这事,总是你我四人身上之事,不必叮咛,但是离多会少,叫我二人如何排遣?”建成犹执着二妃子之手,哽咽难言。元吉道:“你们不必愁烦,我与大兄倘一得便,即趋来奉陪。”

张、尹二妃拭泪,直送至玉宫门首,开出来猛见守门宫监,将玉带呈上去:“是昨夜不知何人挂在宫门上的。”建成忙取来一认,却是秦王身上的,二王吓得神色俱变,便道:“这是秦王之物,毕竟昨夜他回去,在此经过,晓得我们在内玩耍,他留此以为记念,如今怎样好?”张艳雪说道:“不必慌张。秦王既有如此贼智,拚我一口硬咬着他,这罪名看他逃到那里去?”便向建成耳上说了几句,建成欢喜放心,即与元吉勉强散别归府。张、尹二妃忙进宫去打扮停当,将秦王玉带边镶,四围割断了几处,跟了夭夭、小莺齐上玉车,同到丹霄宫来朝见唐帝。

唐帝吃了一惊,便问道:“朕没有来宣你们,何故特然而来?”二妃道:“一来妾等挂念龙体,可能万安;二来有不得已事,要来见驾。”唐帝道:“有何事必要来见朕?”张、尹二妃不觉流泪道:“妾等昨夜更深,忽然秦王大醉,闯进妾宫中来,许多甜言蜜语,强要淫污,妾等不从,要扯他来见陛下,奈力不能支,被他走脱,只把他一条玉带扯落在此,请陛下详看,以定其罪。”唐帝道:“世民这几日时刻在此侍奉,昨因朕病体小愈,故黄昏时候,叫他回府将息,何曾用过酒来,说甚大醉?”将玉带细看,又是秦王之物,便道:“玉带虽是他的,其中必有缘故,或者是他走急了,撩在何处,你们宫奴拾了便将来诬陷他,这是使不得的呢!”尹瑟瑟道:“妾等几年侍奉陛下,何曾诬陷他人，说这样话来。”两个装出许多妖态，满面流泪，挨近身旁，哀哭不止。唐帝不得已，只得说道：“既然如此，二妃且回，待朕着人去问他。”即写几字着内监传旨，命御史李纲去问秦王闯宫情由，明白奏闻。因此张、尹二妃只得谢恩回宫。

却说秦王夜间挂带之后，忙归府中，心中着恼，那里睡得着，绝早起身，把家政料理了一番，便要进宫去问候。只见左右报道：“御史李纲在外要见王爷。”秦王只道是要问父皇病体，便出来相见，参谒后坐定。李纲道：“圣上龙体如何？”秦王道：“孤昨夜回来，身子已觉好些，不知今日如何，正要定省。”李纲道：“今早有个内监传出旨意，发到臣处，要臣来请问殿下，故臣不得不来冒渎。”秦王忙叫左右，摆着香案来开读了。此时秦王颜色惨淡，便想道：“昨夜我一时听见，故借此以警他们，却反来诬陷我！”即对李纲道：“孤昨夜在父皇宫中回来，楼前偶有所闻，故将玉带系挂于宫门，使彼以警将来，况此系孤等家事，亦难明白诉卿。只问先生，孤何如人也，而欲以涅作缁① 乎？”李纲道：“殿下功高望重，岂臣下所敢措辞；今只具一情节来，封付臣去回复圣旨，便可豁然矣！”秦王道：“说得有理。”便写了几句，封好付与李纲袖了，便辞出府去，回复了圣旨。

时唐帝忙叫内臣扶出，便殿坐下。李纲朝拜已毕，叩问了圣体，然后将秦王所封之书呈上。唐帝展开来一看，只见上写道：

家鸡野鸟各离巢，丑态何须次第敲。
难说当时情与景，言明恐惹圣心焦。

唐帝看了一遍道：“这是一首绝句，叫朕那里晓得？”李纲道：“秦王秉性忠正严烈，陛下素知，此词必不敢空写。闻玉带挂于宫门，谅必有故。陛下龙体初安，且放在那里，慢慢详察，自然明白。”唐帝道：“既如此，卿且去，待朕思之。”李纲不敢复奏，辞帝而出。

当初汉萧何治律云：捉奸捉双，捉贼捉赃。这样事体，必要亲身看见，无所推敲，方可定案，若听别人刁唆，总难拟断。且大人家一日尚有许多事体纠缠，何况朝廷。当时唐帝见李纲出宫去了，正要将此诗揣摩，只见宇文昭仪同刘婕妤出来朝见。唐帝道：“奇怪，你们二妃子为甚也出来，莫非亦有什么事体？”二妃笑道：“刚才晓得张、尹二夫人出来奉候，故此妾等

① 以涅作缁——涅，染黑。缁，黑色。意即诬陷。

亦走来定省①。今日龙体想已万全,还该寻些什么乐事,排遣排遣才是。"唐帝见说,微叹不言。

宇文昭仪瞥见了那张字纸在龙案上,便道:"此诗亦郑卫之音②,陛下书此何用?"唐帝道:"妃子何以知其是郑卫?"宇文昭仪道:"陛下岂不看他四句字头上,列着'家丑难言'四字,明白书陈,为甚不是?"唐帝倒底是老实好人,便将张、尹二妃出来告诉,以至叫李纲去问秦王,故此秦王写这几个字来回复,说了一遍。宇文昭仪道:"这样事体岂可乱谈,必须亲自撞见,方可定案。张、尹二人在隋,如此胡乱朝政,他亦能甘忍。这几年,秦王四海纵横,岂无一女胜于此者,何今日特然驾言污及?况前月陛下差秦王平定洛阳,又差妾等阅选隋宫美人,收府库珍奇,娇艳数千,秦王从不一顾,至于资财或者有之。陛下可记得,当时妾与张、尹二夫人等曾请各给田数十顷,与妾等父母为业,已蒙陛下手敕赐与,秦王竟与淮安王神通,封还诏敕,不肯给田。以此看来,贤王等皆是惜财轻色之人,安能如陛下钟情娇怯者也。张、尹二夫人,或者犹以此记怀,未能释然耶!"刘婕妤道:"三十六宫,四十八院,粉黛数千,娇娥盈列,并无三尺之童在内,何苦以此吹毛求疵,能不免动太穆皇后泉下之悲乎?"这句话打动了唐帝的隐情,便道:"我也未必就去推问,二妃且莫论他。"

正说时,有个内监进来报道:"平阳公主薨。"唐帝叹道:"公主当初亲执金鼓,兴义兵以辅成大业,至有今日;不意反不克享,先我而亡。"说了不觉泪下。宇文、刘二夫人道:"陛下切念公主,尤宜善亲三王;况龙体初安,诸事总系大数,陛下还宜调护。"唐帝点头。二妃正要扶唐帝到丹霄宫去,忽兵部传本进来,说夷寇吐谷浑结连突厥可汗,直犯岷州,请师救援。唐帝想了想,援笔批道:"着驸马兵部总管柴绍,火速料理丧事后,率领精兵一万前往岷州,会同燕郡刺吏罗成,征剿二逆,毋得延误。"即叫内监传旨出去,回到丹霄宫,颐养起居,龙体平复。

一日,在苑囿间玩,英、齐二王在那里驰马试剑,秦王亦率领西府诸臣

① 定省——子女早晚向父母请安。

② 郑卫之音——郑、卫,均为周朝分封的诸侯国。收入《诗经》中国风部分的郑、卫两国的诗歌,大多歌咏男女情爱,被后世道学理学家视为伤风败俗的艳歌。

见驾。言论间，英、齐二王与秦王各说武艺超群，唐帝对尉迟敬德道："本领高低各人练习，若说臂力刚强，单鞭铲马，人所虽能，不意敬德独擅，真古今罕有。"齐王挺身说道："敬德所言，恐皆虚狂，他道满朝将士尽是木偶，故此夸口，已知我众不能使槊，今儿与他较一胜负何如？"唐帝道："儿与敬德比试，何所取意？"敬德道："臣自幼学习十八般枪马之法，并无虚发，但以理论之，殿下是君主，恭乃臣下，岂可比试使槊？"元吉道："不妨，此刻不论品秩贵贱，只较槊法，暂试何害？"原来元吉亦喜马上使槊，一闻敬德夸口，必要与他较一胜负，便请二哥全装贯甲，一如榆巢败走之状，自假单雄信飞马来追，"看你单鞭铲马，能夺我槊否？"敬德道："愿赦臣死罪，恭贱手颇重，恐有伤损，只以木槊去其锋刃，虚意相拒，独让殿下加刃来迎，臣自有避刃之法。"

元吉大怒，私与部下一将黄太岁说了几句，便上马持大杆铁槊大呼道："敢与我较槊么？"秦王听见，便挺枪勒马而走；元吉持槊追赶，将有里许，举槊要刺秦王。敬德乘马赶上，喊道："敬德在此，勿伤吾主！"元吉遂弃了秦王，挺槊戳敬德，被敬德拦住，夺过槊来，元吉坠马而走。只见黄太岁直赶过了元吉，挺槊来刺秦王，秦王奋不顾身而开，将要败时，敬德飞马赶来，黄太岁忙把槊来刺敬德，敬德把身一侧，忙举手中鞭打去，恰好那条槊又到面前，敬德夺过槊来一刺，可怜那黄太岁坠马而死。

敬德忙去回奏唐帝道："黄太岁欲害秦王，故臣杀之。"元吉向前奏道："秦王故令敬德杀我爱将，有违圣旨，乞斩敬德，以偿太岁之命。"秦王道："眼见你使太岁来害我，如此饰词抵罪，敬德不杀太岁，吾命亦丧于太岁之手矣！"唐帝道："黄太岁朕未尝使之，何得擅自提槊追逐秦王。敬德有救主之功，朕甚惜之。况且你要他比槊，宜赦其罪，以旌忠义之心。汝弟兄当自相亲爱，患难相扶，庶不失友于之意，使吾父寸心窃喜，胜于汝等定省多矣。"说了，即便散朝不题。

欲知后事如何，且听下回分解。

第六十五回

赵王雄踞龙虎关　周喜霸占鸳鸯镇

词曰：

世事不可极，极则天忌之。试看花开烂漫，便是送春时。况复巫山顶上，岂堪携云握雨，逞力更驱驰。莫倚月如镜，须防风折枝。　百恩爱，千缱绻，万相思。急弦易断，谁能系此长命丝。触我一腔幽恨，打破五更热梦，此际冷飕飕。天意常如此，人情更可知。

——右调《水调歌头》

谚云：一失足成千古恨，再回头是百年身。不要说男子处逆境，有怨天尤人，即使妇人亦多嗟叹，一日之间，就有无穷怨尤，总是难与人说的。

这回且不说唐宫秦王兄弟夺槊之事。再说隋宫萧后，与沙夫人、薛冶儿、韩俊娥、雅娘住在突厥处，突厥死后，韩俊娥、雅娘住了年余，水土不服，先已病亡。义成公主见丈夫死了，抑郁抱疴，年余亦死。王义的妻子姜亭亭又因产身亡。沙夫人把薛冶儿赠与王义为继室。罗罗虽然大了赵王五六年，却也端庄沉静，又且知书识礼，沙夫人竟将罗罗配与赵王。那突厥死后无嗣，赵王便袭了可汗之位，号为正统，踞守龙虎关，智勇兼备，政令肃清，退朝闲暇时，奉沙夫人等后苑游玩，曲尽孝道。

一日交秋时候，萧后独自闲行，伫立回廊绿杨底下，见苑外马廊中有个后生马夫在那里铡草上料，闲观那马吃草。萧后看他相貌，好像中国人，因唤近前来，问："你姓甚名谁，是何处人？"马夫道："小生扬州人，姓尤名永。"萧后道："我说像中国人，你有妻小么？为何来到此处？"马夫道："小的向随王世充出征，因流落聊城，与一个相知周逢春同住，不期遇着宇文化及宫中三个女人，说是隋朝晨光院周夫人、积珍院樊夫人、明霞院杨夫人。那周夫人说起来，原来就是周逢春的族妹，因此逢春便叫周夫人嫁了小的，那樊夫人与杨夫人都嫁了周逢春。"萧后惊讶道："有这等事！如今三位夫人呢？"马夫道："周氏随了小的年余，因难产死了，那樊夫人也害弱症死了，只有杨夫人还随着周逢春在临清鸯鸳镇上，开招商客店，"萧后道："你既与周逢春同住，为何又独自来到这里？"马夫道："小的因周氏已死，孤身漂泊，同伍中拉来这里投军，因羁留在此。"萧后又问："你今年几岁了？"马夫道："小的三十岁。"萧后想了说道："我就是隋朝萧后，我怜你也是中国人，故看周夫人面上，要照顾你，且还有点话要细问，只是日间在此不便说得，待夜间我着人来唤你。"马夫叩头应诺而去。是夜萧后正欲唤那尤永进去，不想被人知觉，传与赵王知道。赵王疑有私情勾当，勃然大怒，立将尤永处死，正言规谏了萧后一番，严谕宫奴，伺察其出入。萧后十分的惭闷。正是：

只因数句闲言语，致令人亡已受惭。

今说柴绍领了圣旨，随即发文书，着令部下游击李如圭，提兵一千，知会罗成，叫他："先领兵去到岷州，抵住吐谷浑，我却提师来翦灭二寇。"不一日，李如圭到了幽州，见了罗成，罗成拆开文书看了，即奏知郡王罗艺道："岷州远，突厥可汗那里去近，况突厥可汗已死，今嗣子正统可汗系隋朝沙夫人之子赵王，闻得萧后也在那里，王义又在那里做了大臣，俱是我们先朝的旧人。你今只消领一支兵去，与他讲明了，吐谷浑不见正统可汗助兵来，也就罢了。"罗成道："父皇之言甚善。"便归到署中，与窦线娘说了。线娘道："萧后当初曾到我家，见他好一个人材，闻沙夫人是一个有志女子，我要见他，同你去走一遭。"罗成道："若得夫人同去，尤为威武。"花又兰道："妾也同二儿去，上上父母的坟。"原来窦线娘已养了一个儿子，叫阿大，花又兰亦养了一个儿子，叫阿二，差得半月，各有八岁了。随叫金玲、吴良大家收拾，辞别了燕郡王起身。

行不多时，已到岛口。正统可汗得了信息，忙与沙夫人商议道："吐谷浑约我国助兵，同到中原去骚扰，两日正在这里选将，不想唐朝倒差燕郡王之子罗成来问罪，如今怎么样好？"沙夫人道："罗艺原是我先帝的重臣，其子罗成，因他勇敢，就做了唐家的大臣，况还有个窦建德的女儿线娘，赐与他为妻，他夫妻二人，原是能征惯战之将，不可小觑了他。"萧后道："不是这句话，若是他人夺了我们天下去，不要说他来征伐，就不来也要合伙儿去征剿一番。如今这李渊，你们不知，他与我家有中表之亲，他家太穆窦皇后与我家先太后是同胞姊妹，岂不是亲戚；况窦线娘我也认得，是一个袅娜之人，只是嘴头子利害些，不见他什么本事，他若来此，我也要去会他。"

正统可汗听了，忙出去与王义商议，使他先领一支兵出去，自己慢慢的摆第二队出城。李如圭要抢头功，做了先锋，被王义用计杀输了，败将下去。窦线娘第二队已冲上来，见前面尘头起处，好像败下来的光景。线娘挺着方天画戟，且赶向前，见战将那条枪离李如圭后心不远，着了忙，便拔壶中箭，拽满弓射去，正中战将枪头上。那将着了一惊，只见王义妻子薛冶儿舞着双刀，迎将上来。线娘把方天画戟招架，两个斗上一二十合，薛冶儿气力不加，便纵马跳出圈子外来问道："你可是勇安公主么？"窦线娘道："你既知我名，何苦来寻死？"薛冶儿道："你可认得萧娘娘么？"线娘道："那个萧娘娘？"薛冶儿道："既如此，我也不来杀你，我家可汗来了！"窦线娘笑道："我也不来擒你，我家做官的来了。"各自归阵。

不说薛冶儿归阵与赵王说知。窦线娘兜转马头，行不多几步，只见罗成飞马而来，线娘把杀阵与他说了。罗成道："既是赵王领兵出来，我自去对付他。"忙到阵前，叫小卒："去，报知阵中，快请正统可汗出来，俺家主帅有话问他。"小卒进去说了，赵王忙叫兵卒摆队伍出来。正是：

冲天软翅映龙袍，扎紫貂珰影自招。
宝带腰围紧绣甲，金枪手腕动明标。
白面光涵凝北极，乌睛遥曳定蛮蛟。
何以玉龙修未稳，一方管掌协人曹。

罗成见了举手道："尊驾可就是先帝幼子赵王么？"赵王道："然也，你可是燕郡王之子罗成？"罗成道："正是。昔为君臣，今为秦楚，奈为上命所逼，不得不来一问，不知何故要助吐谷浑来侵唐？"赵王道："这句话系是吐谷浑借来长威，实在我没有发兵；况唐之得天下，得之宇文化及之手，并未得罪于父皇，气数使然，我亦不恨他。今母后萧娘娘尚在此，汝令正窦公主想必也在这里，烦尊夫人进宫一会，便知端的。"罗成道："还有一位义士王义，可在这里？"赵王指着后面一个金盔的战将说道："这个就是。"王义在马上鞠躬道："小将军请了。"罗成道："请殿下先回，臣愚夫妇同王兄进城来便了。"赵王见说，便率兵先自回宫。罗成使李如圭督理军马在城外，王义使夫人薛冶儿来迎接窦线娘，自同罗成摆队进城。

罗成夫妇一进城来，见人居稠密，市镇辨辏，那些民家多是张灯挂绣，蜀彩叮哨，把那驼狮象齿叫不出的奇珍古玩摆列门庭。罗成夫妇在马上看了，称羡不已。说赵王进宫，见了萧后与沙夫人，即将王义如何与他对寨厮杀，他们败了下去，薛冶儿与窦线娘又如何较量，冶儿乖巧，他要输了，幸我出去得快，罗成也到，大家说了一番，罗成肯同线娘进宫来见萧母后。萧后道："他们既要入宫，你快吩咐膳所，好好备宴，每事齐整些。"赵王道："这个晓得。"出去叫文武宾僚，点二千兵把守各处，直到宫门内，明枪亮刀，摆设齐整。又叫城中百姓，张灯结彩，迎接天使，又叫两个小蛮吩咐道："你两个快快到城外去对王爷说，如窦公主进宫，命薛夫人送至宫中。"

小蛮去了不多几时，只见四个内监进来报道："天使到了。"赵王因罗成是个天使差官，只得到二门上接了进去，罗国后也跟二宫奴接了窦线娘，薛冶儿随了进去。萧后、沙夫人与窦线娘见过了礼。罗成到了龙升殿，见过香案在内，就把赤符诰命供在上面，赵王朝拜了。罗成道："殿下请进问声萧娘娘，可要出来接旨？"赵王如飞进去，与萧后说知。萧后想了一想，叹口气道："嗳，当初人拜我，如今我拜人，天下原不是他夺的；况又是亲戚，做了一统之主，如今俨然朝命纶音，便去参谒也罢，只是没有朝服在此，奈何？"赵王道："当初公主的法服尚在箧中，何不取来穿上，岂不是好的。"赵王叫宫奴取出，替萧后穿好，与寻常绚彩迥异，出来拜了圣旨。罗成要请萧后上坐朝拜，萧后垂泪道："国灭家亡，今非昔比，何云讲礼，请小将军不必。"赵王、王义皆劝常礼，罗成见说，只得常礼相见了。

萧后进去，也请线娘上坐入席。萧后对线娘道："我当初乱亡之日，曾到过上宫，那时公主年方二九，于今有三旬内外了，不知有几位令郎？"线娘道："妾痴长三十一岁了，两个小犬俱是八岁，一个是妾所生，一个是花二娘所生。"沙夫人道："正是还有个花木兰的妹子又兰，闻得也是个有义气的女子，想是伴着两个小相公，住在家里么？"窦线娘道："那两儿顽劣，见我出来，他怎肯住在家。如今随着二娘，也在寨中。"萧后道："既如此，何不请到宫中一会？"沙、罗二夫人忙叫人进来，差他拿两个宝车，到罗老爷大寨去请花夫人同二位小相公进来。小蛮领命而去。窦线娘亦叫金铃出去对罗成说知，叫他着人回寨保送进来。

萧后道："普天下混乱之时，不意你们这些若男若女，自立经济，各得其所，但不知女贞庵内四位夫人可安否？"窦线娘道："娘娘不知，他四位夫人，起初只有杨、徐、秦三家供膳，如今因江惊波赐与程知节；贾林云赐与魏徵，罗佩声赐与尉迟敬德，这三家都是徐、秦通家好弟兄，各出己财，替他置买田地，供养他安逸得紧。”沙夫人道：“三位夫人在何处，得以朝廷宠赐？”线娘就把又兰到女贞庵回来遇雨，住在殷寡妇家，遇了三位夫人，钦差太监知是江、罗、贾三位，同至京中，细细述了一遍。沙夫人道：“江、罗、贾三位夫人，该享厚福，若是当初同我们走出，如今也在一处，因他命中该招贵夫，故此不幸中得了宠幸。”罗国母道：“如今这四位钦赐夫人可好么？”线娘道：“想比当时更觉得意些。袁紫烟生了一子，闻要聘贾林云的女儿；江惊波生了一女，闻许配罗佩声的儿子，都是相爱相敬的。”萧后道：“我也常在此相念，巴不能中国有人来，同我回家去，看看先帝的坟墓。如今好了，我同你们回去，死也死在中国。”

正说时，只见一个小蛮进来报道：“花二夫人到了！”沙夫人同罗国母迎了上去，窦线娘见了说道：“小大、小二，快同做娘的来拜见了萧娘娘三位。”花又兰忙请萧后上去坐了见礼，萧后不肯道：“快请常礼见了，我们讲话。”花又兰道：“草茅贱质，有辱娘娘赐召。”萧后道：“说那里话来，璠玙共载，何妨倚壁侵光？”又兰与沙夫人、罗国母及薛冶儿见了礼，萧后见两个孩子恭恭敬敬，也在那里作揖，忙叫抱来，双手抱了两个，坐在膝上道：“何物双珠，生此宁馨联璧？”线娘道：“娘娘可放那两个小犬，到殿上去见了殿下。”罗国母道：“妾同二位相公去看如何见礼。”萧后说：“我们大家去走走。”

到了外面，正在那里坐席，赵王看见了，甚是欢喜，就叫把椅儿来坐了，众夫人亦进来饮酒。萧后看线娘面貌，不要说人材端正，兼之倜傥风流，更自可人；看又兰体段，与线娘差不多，那肌肤的白怯真似柔荑瓠犀，但觉楚腰宽褪了些。萧后叫宫奴取历日来看一看说道：“后日是出行日期，老身便同公主夫人，回中原去走遭。”线娘笑道：“娘娘若到了中原去，恐怕中原人不肯放娘娘转来奈何？”萧后道：“除非是我先帝九泉回阳，或者可以做得些主。”停回吃完了酒，赵王领了罗家两个孩子进来，萧后对赵王说了，要回南去看先帝的坟墓，沙夫人再三不肯。赵王等萧后陪了线娘去说话，便对沙夫人道：“母后好不凑趣，这里有母后足矣，他在这里也无干，既要回去，由他回去。”说了出来，如飞与王义说知。王义道：“娘娘要去看先帝坟墓，极是有志的事，臣亦要同去拜哭先帝。”

赵王进来，恰好窦线娘等要辞别起行，赵王道：“家母后终是后日要回南去，公主请住在这里一两天，同行如何？”萧后、沙夫人亦再三挽留。线娘住在萧后宫中，萧后对线娘道："当初我见公主外边军律精严，闺中行动规矩，凛然不可犯，为甚如今这般温柔和软，使人可爱可敬？"线娘道："当初妾随母后的时节，母后治家严肃，言笑不苟，不知为甚跟了罗郎之后，被他提醒了几句，便觉温和敬爱，时刻为主，喜笑怒骂别有文章。"萧后道："如此说，你们燕婉之情想笃的了。"因不觉堕下泪来，道："先隋帝当年与我亦是如此，他撇我在此，弄得如槁木死灰，老景难堪。"线娘道："我闻得当今唐天子一统山河。也喜快活的了，不多几时，选了几个美人进去。"萧后点点头儿，吩咐宫奴打点行装。

倏忽过了两日，罗成已先差潘美写文书，去会柴绍了。自同线娘做了前队，李如圭与王义夫妇做了后队，指拨停当，便谢别起行。萧后与沙夫人、罗国母亦各大哭一场上车。罗成在路上换了赵王的旗号，如接应吐谷浑的光景不提。

再说柴绍得了旨意，忙完了丧葬，即点兵起程，到了岷州，将地图摆列着，看了一遍，叫土人询问一番，毫无虚谬，即便进征。那吐谷浑晓得了，也便择一个高山，名曰五姑山，那山有许多好处，但见：

层峦掩映，青松郁郁。连绵叠石萦回，翠柏森森乱舞。云间风寂，喧天雷鼓居中；日脚霞封，震地鸣锣成吼。说甚盔缨五色，一派长戈利刃，犹如踏碎雷车；不过驼马八方，许多杀气寒烟，宛似掣开闪雷。正是交兵不暇挥长剑，难退英雄几万师。

柴郡马与此山止远一二箭地，扎住营寨，又暗调许多将士，将一个胡床坐了，呆看那山峰高叠翠，果然好景。那吐谷浑蛮兵，见他这般举动，恐怕柴绍是个劲敌，倏忽间要冲上山来，便飞箭如雨，攒将下来。柴郡马将士毫无惊惶之意，按阵站定，箭至面前，一步不移，口衔手掉，各各擒拿，绝无一个损伤。柴绍叫两个女子，年方十七八，娇姿妙态，手拨琵琶，长短轻喉，相对歌舞。吐谷浑见了大骇，各停戈细看，那一对翻江倒海，蝶乱花飞，歌舞了好一回，又一对上场，愈出愈奇的装演撮弄，赛过弋阳女子，走索佳人，将有了两三个时辰，只听得五姑山后，一声炮音，忽然四下呐喊。柴郡马知罗成率领人马已到，忙率精兵杀上山来，前后夹攻，虏众大溃退去。柴、罗二军追至三四十里，方才报捷班师。王义见了柴绍，说是送萧后回南。柴绍亦见了萧后，一队儿同行。柴绍恐怕朝廷疑忌，即于奏捷疏中，说起萧后要回南省墓，预差李如圭速行上闻，自因要去会齐国远在山东做官，故与罗成同走；窦线娘要到雷夏拜墓，一同起行。

一日行至临清，天色傍晚，萧后问王义道："可到鸳鸯镇过么？"左右回道："这是必由之路。"萧后道："闻得鸳鸯镇有个周家饭店，我们在那里去歇罢。"众人应声，赶到前面，见一个招牌，写道：周逢春招商客店。众人歇了。柴绍、罗成恐怕一个店里住不下，各寻一店歇了。萧后坐在轿中，看见店外站着一个大汉，约有三旬之外，柜内坐着一个好妇人，仔细一看，正是明霞院杨翩翩，见他对着那大汉说道："当家的，你去问他是谁家宝眷，接了进来。"那时薛冶儿先下马来，把杨夫人定眼一看，便失声道："这是杨夫人，为什么在此？"杨夫人见说，忙走出一看，见是薛夫人，忙各相见道："一同在那里？今同那个来？前面是谁？"薛冶儿道："就是萧后娘娘。"时杨翩翩对外喊道："走堂的，把萧娘娘行李接到关的那一间屋里去！"

萧后下轿来，杨翩翩接了萧后、薛冶儿进去，到堂屋内，要拜见萧后，萧后不要，常礼见了，执着那翩翩手道："我只道梦里与你相会，不意这里遇着。"大家慰问一番，萧后道："我进门来，见那柜外站的，可是你丈夫么？"翩翩道："正是。他原是一个武夫出身，妾随他有六七年了。"萧后假意问道："你独自一个出来的，还有别个？"翩翩道："还有周夫人、樊夫人。"萧后道："他两个如今在那里？"翩翩道："樊夫人与我同住，染病而亡；周夫人嫁了尤永，一二年就死了。"萧后道："你房做在那里？"翩翩把手向前指道："就是这一间里。"听见外面丈夫叫，就走了出去。

萧后追思往昔，不胜伤感，落下泪来，再睡不着，不想明日火炭般发起热来，女眷们拥着问候，柴、罗忙叫人请医生看治。住了两日，萧后胸中塞紧，尚行动不得；柴绍闻得递报，说宫中许多不睦，随与罗成话别，先起身复旨去了。

未知后事如何，且听下回分解。

第六十六回

丹霄宫嫔妃交谮[1]　玄武门兄弟相残

词曰：

喜杀佳期，欢爱里，情深意热。幸青春未老，鸳鸯蝴蝶。百和香匀连理枝，三星气暖同心结。问苍天，何事谩追求？肝肠咽。　眉间恨，峰重叠。心下事，星明灭。看抹绿残红，江山改色。却望一朝龙虎会，岂知长乐雨云歇？叹今宵，此恨最难明，凭谁说？

——右调《满江红》

人生最难是以家为国，父子群雄振起一时，使谋定计，张兵挺刃，传呼斩斫，不知废了多少谋画，担了无数惊惶，命中该是他任受，随你四方振动，诸丑跳梁，不久终归殄灭。至于内廷诸事，谅无他变，断不去运筹处置，可知这节事，总是命缘天巧，气数使然。不要说建成、元吉疾世民功高望重，与张、尹二妃共为奸谋，就再有几个有才干的，亦难曲挽天心。

今慢说萧后在周喜店中害病。且说秦王当时以玉带挂于张、尹二妃宫门，原是要他们知警改过，各各正道为人。不意唐帝误信谗言，反差李纲去问他。若说父子不过是情理，若说朝廷却有律法，那时怎个剖分？亏得李纲教秦王书一词以复奏，幸亏唐帝宽宏大度，一则是有功嫔妃；一则是嫡亲瓜葛，又亏宇文、刘二妃，平昔受过英、齐二王的东西，便轻轻淡淡，把这件事说得冰冷，唐帝把此事也就抹杀。秦王见父皇不来究问，也便不提。

建成、元吉竟结纳了嫔妃，以通消息。张、尹二妃晓得平阳公主会葬，宗戚大臣尽要去护送，便透消息出来，叫英、齐二王行事。那建成、元吉是个丧心病狂之人，得此机会，送了公主之葬，便在途中普救禅院相候着了，假意殷勤，围聚在一处，疾忙摆下筵席。秦王是个豁达之主，只道他们警醒，毫不介意，被英、齐二王以鸩酒相劝。刚饮半杯，只见梁间乳燕呢喃，

---

① 谮(zèn)——诬陷、中伤。

飞鸣而过，遗秽杯中，沾污秦王袍服。秦王起身更衣，便觉心疼腹痛，疾忙回府，终宵泄泻，呕血数升，几乎不免。西府群臣闻知，都来问安，力劝早除二王。

其时上宫中，秦王亦有心腹，唆与唐帝晓得了，吃了一惊，念江山人物，都是他的功劳，如飞驾幸西宫问疾。唐帝执手问道："儿自有生以来，从无此疾，何今突发，莫非此中有故么？"秦王眼中垂泪，就把昨日送葬，中途遇着英、齐二王，同至寺中饮酒，细细述了一遍，不觉喟然长叹道："六宫喧笑，三井传呼，日丽风和，花香酒热，彼此夺枣争梨，岂非友于欢爱，奚羡汉家长枕、姜氏大被？岂意变起仓卒，心碎血奔！儿数该如此，则天乎已酷，人也奚辜，但恐其中未必然耳。今幸赖父皇高厚之福，圣母在天之灵，得以无恙，庶可仰慰皇恩矣。"说了，洒下泪来。

唐帝见了这般光景，心中亦觉不安，因对秦王道："朕昔年首建大谋，削平海内，皆汝之功。当时原欲立汝为嗣，汝又固辞。今建成年已及长，为嗣日久，朕不忍夺之。观汝兄弟似不相容，如若同处京邑，必有争竞，当遣汝建行台居洛阳，自陕以东皆汝主之，仍命汝建天子旌旗，如汉梁孝王故事可也。"秦王垂泪辞道："父子相依，人伦佳况，岂可远离膝下，有违定省？"唐帝道："天下一家，东西两都，道路甚迩，朕若思汝，即往汝处一见，又何悲哀？"说罢，便上辇回宫。

秦王眷属宾僚听见此言，以为脱离火坑，无不踊跃欢喜。建成晓得了，只道去此荆棘，可以无忧，忙去报与元吉知道。元吉听了跌脚道："罢了，此旨若下，我辈俱不得生矣！"建成大骇道："何故？"元吉道："秦王功大谋勇，府中文武备足，一有举动，四方响应；如今在此家庭相聚，彼虽多谋，只好痴守，英雄无用武之地；若使居洛阳，建天子旗号，妄自尊大起来，土地已广，粮饷又足，凡彼提拔荐引将士，大半陕东之人，倘若谋为不轨，不要说大兄践位，即父皇治事，亦当拱手让之。那时你我俱为几上之肉，尚敢与之挫抑乎？"建成道："弟论甚当，今作何计以止之？"元吉道："如今大哥作速密令数人上封事，言秦王左右，闻往洛阳，无不喜悦，观其志趣，恐不复来，更遣近幸之臣，以利害说上，我与大哥如飞到内宫去，叫他们日夜谮诉世民于上，则上意自然中止，仍旧将他留于长安，如同一匹夫何异。然后定计罪他，岂不容易？"建成听说笑道："吾弟之言，妙极妙极。"于是两个人便去差人做事不题。正是：

采薪已断峰前路，栖亩空怀郭外林。

世间随你英雄好汉，都知妇人之言不可听，不知席上枕边，偏是妇人之言入耳，说来婉婉曲曲，觉得有着落又有疼热，任你力能举鼎，才可冠军者，到此不知不觉做了肉消骨化，只得默默忍受。倘若更改，偏生许多烦恼，弄得耳根不静。唐帝此时，因年纪高大，亦喜安居尊重，恣受他们许多莺言燕语，更兼太子齐王，买通他们刁唆谋画，把一个绝好旨意竟成冰消瓦解，还要虚诬驾陷，要唐帝杀害秦王。幸得唐帝仁慈，便不提起。那些秦王僚属无不专候明旨。

时天气炎热，秦王绝早在院子里赏兰，只见杜如晦、长孙无忌排闼而入，秦王惊问道："二卿有何事，触热而至？"如晦尚未开口，无忌皱着双眉说道："殿下可知东宫图谋，势不容缓，恐臣等不能终事殿下奈何？"秦王道："何所见而云然？"如晦道："前东宫差内史到楚中，招引了二三十个亡命之徒，早养入府中去了。又有河州刺史虞士良，送东宫长大汉子二十余人，这是月初的事，我在驿前目见的。昨夜黄昏时候，又有三四十个人，说是关外人，要投东宫去的。殿下试思，他又不掌禁兵，又不习武征辽，又不募勇敌国，巍巍掖廷，要此等人何用？"秦王正要答话，又见徐义扶同程知节、尉迟敬德进来见礼过了，知节把扇子摇着身体说道："天气炎热，人情急迫，阋墙① 之衅，祸及柴门，殿下何尚安然而不为备耶！"秦王道："刚才如晦也在这里对吾议论，但是骨肉相残，古今大恶，吾诚知祸在旦夕，意欲俟其先发，然后以义讨之，庶罪不在我。"敬德道："殿下之言，恐未尽善。人情谁不爱其死，今众人以死供奉殿下，乃天授也。祸机垂发，而殿下犹若罔闻，殿下纵自轻，如宗朝社稷何？殿下不用臣之言，臣将窜身草泽，不能留居大王左右，束手受戮也。"无忌道："殿下不从敬德之言，事大败矣；倘敬德不能仰体于殿下，即无忌亦相随而去，不能复事殿下矣！"

秦王道："吾所言亦未可全弃，容更图之。"知节道："今早臣家小奴程元，在熟面铺里，看见公座边七八个人，在那里吃面，都是长大强汉。程元挤在一个厢房里边，听他内中有个人说大王爷怎么样待我们好。那几个道大王爷如何怎样厚典。又有个人道就是二王爷，也甚慷慨多恩。正说得高兴，只见二人走进来说道：'叫咱各处找寻，你们却在这里用面饭。王

① 阋(xì)墙——阋，争吵，即兄弟争执，也引申为内部相争。

爷起身了，快些去罢。’众人留他吃面，那人面也不要吃，大家一哄出门。小厮认得那人，是世子府中买办的王克杀，归家与臣说知。臣看此行径，火延旦夕，岂容稍缓。”徐义扶道：“二王平昔寻故，贻害殿下，已非一次，只看他将金银一车，赠与护车尉迟，尉迟幸赖不从，又以金帛赐段志元，志元却之，又让总管程知节出为康州刺史，幸知节抵死不去。这几个人都是殿下股肱翼羽，至死不易，倘有不测，其何以堪？”说了，禁不住涕泗交流。秦王道：“既如此说，你同知节火速到徐世勣处，长孙无忌与杜如晦到李靖那里去，把那些话备细述与他们听，看他们两个的议论何如。”众人听了，即便起身。

且不说徐义扶同程知节到徐懋功处。且说长孙无忌与杜如晦都是书生打扮，跟了两个能干家人，星夜来到安州大都督李药师处。药师见了，一则以喜，一则以惧，喜的是知己相聚，惧的是二公易服而至。忙留他们到书房中去，杯酒促膝谈心。杜如晦忙把朝里头的事体细细述与药师听了。药师道：“军国重务，我们外廷之臣尚好少参末议，况有明主在上，臣等亦不敢措词。至于家庭之事，秦王功盖天下，勋满山河，将来富贵，正未可量，今值阋墙小衅，自能权衡从事，何必要问外臣？烦二兄为弟婉言复之。”无忌、如晦再三恳求，李但微笑谢罪而已。如晦没奈何，只得住了一宵，将近五更，恐怕朝中有变，写一字留于案上，同无忌悄悄出门。

走了四五十里，绝好一个天气，只见山脚底下推起一阵乌云上山，一霎时四面狂风骤起。无忌道：“天光变了，我们寻一个人家去歇息一回方好。”如晦的家人杜增说道：“二位老爷紧赶一步，不上二三里转进去，就是徐老爷的住居了”如晦道：“正是，我们快赶一步。”无忌问：“那个徐老爷？”如晦道：“就是徐德言，他的妻子就是我家表姊乐昌公主。”无忌道：“哦，原来就是破镜重圆的，这人为什么不做官，住在这里？”如晦道：“他不乐于仕宦，愿甘林泉自隐。”无忌道：“这夫妻两个，是有意思的人，我们正好去拜望他们。”

大家加鞭纵马，赶到村前，只见一湾绿水浔浔，声拂清流，几带垂杨袅袅，风回桥畔。远望去好一座大庄房，共有四五百人家，在田畴间耕耘不止。一行人过桥来，到了门首便下了牲口，门上人就出来问道：“爷们是那里？”杜增应道：“我们是长安杜老爷，因到安州在此经过，故来拜望老爷。”那门人道：“我家老爷，今早前村人家来接去了。”杜如晦道：“你同我家人进去禀知公主，说我杜如晦在此，公主自然明白。”就对杜增道：“你进去看见公主，说我要进来拜见。”门上人应声，同杜增进去了一回，只见开了一二重门出来，请如晦、无忌到中堂坐下。少顷，见两个垂髫女子请如晦进内室中去。只见公主：

雅耽铅椠，酷嗜缥缃。妆成下蔡，纱偏泥泥似阳和；人如初日，容映纷纷似流影。好个天装艳色，皴成双阙之红；岫抹云蓝，滴作万家之翠。真是画眉楼畔，即是书林傅粉，房中便为家塾。

如晦见了，要拜将下去。乐昌公主曰：“天气炎热，表弟请常礼罢。”如晦揖毕，坐了问道：“姊姊，姊夫往那里去了？”公主道：“这里村巷，每三七之期，有许多躬耕子弟，邀请当家的去讲学，申明孝悌忠信之义，因此同我宁儿前去。我已差人去请了，想必也就回来。”两个又问了些家事，公主便道：“闻得表弟在秦王府中做官，为何事出来奔走，莫非朝中又有什么缘故么？”如晦道：“姊姊真神仙中人也。”遂将秦王与建成、元吉之事细细述了一遍。公主道：“这事我已略知一二，今表弟又欲何往？”如晦皱眉道：“秦王叫我二臣，往安州都督李药师处，问他以决行止，不意他却一言不发，你道可恨否？”公主道：“依愚姊看来，此是药师深得大臣之体，何恨之有？况药师的张夫人，前日曾差人来问候，因说药师惟以国事为忧，亦言早晚朝中必有举动。”如晦道：“姊姊识见高敏，何知药师深得大臣之体？为甚先已略知一二？”公主道：“当初我在杨府中，张、尹二夫人曾慕我之名，与我礼尚往来，今稍希疏。其嫔妃中尚有昔年与我结为姊妹，一个是徐王元礼之母郭婕妤；一个是道王元霸之母刘婕妤，他两个与我甚是亲密。刘夫人前日差人来送东西与我，我曾问他朝政，他说张、尹二夫人与英、齐二王如何要害秦王，把金银买嘱了有儿子的夫人，在朝廷面前撺唆。我家郭、刘二妹还好些，那张、尹与这班都紧趁着帮衬他，晓得秦府智略之士，心腹可惮者，如李靖、徐懋功之俦，皆置之外地；房元龄与弟长孙无忌等，今皆日夕谮之于上而思遂之；倘一朝尽去，独剩一秦王在彼，如摧枯拉朽，诚何所用。况吾弟朝夕居其第，食其禄，不思尽忠，代为筹划，以尽臣职，反东奔西走，难道徐、李真有田光之智么？”

如晦尚要分辨，只见家人报道：“老爷回来了。”徐德言忙进来见了礼，便问道：“老舅久违了，外面何人？”如晦道：“是长孙无忌。”徐德言道：“他从没有到我这里，岂可让他独坐在外，弟同老舅到厅上去。”便对公主道：

“快收拾便饭来。”

大家到厅上来，徐德言与无忌相见了，真是英雄欢聚，非比泛常。一霎儿摆出酒饭来，大家入席。无忌将二王之事述与徐德言听。德言道：“这是家事，不比国政。常人尚有经纬从权处之，何况天挺雄豪，又有许多名贤辅佐，何患不能成事。不知令姊如何教兄？”如晦将公主之言述了一遍。德言道：“此言不差，但我前日看见报上说，突厥郁射设将数万骑屯河北，此事只怕早晚就要出兵，更变你们了。”无忌听了，心上觉得要紧，忙吃完了饭，见雨阵已过，如飞催促如晦起身。德言道：“本该留二公在此宽待几日，只是此时非闲聚之日，二兄返长安，每事还当着紧，迟则即有变矣！”如晦进房去谢了公主，即同无忌等出门，跨马而行。

不到一日，来到长安，进见秦王，无忌将李靖之言说了，又说起遇见了如晦姊丈徐德言。秦王道：“乐昌公主与徐德言也是个不凡的人，他夫妇怎么说？”如晦将公主之言及德言之话说了。秦王道：“正是，燕王罗艺因突厥郁射凶勇，在此请兵，英、齐二王特将我西府士臣要荐一半去。前日义扶与知节回来，述徐世勣之言，亦与李靖无二，但甚称张公谨龟卜如神，孤叫敬德去召他，想此刻就来。”

正说时，只见张公谨到来，见了秦王，便问道：“殿下召臣何事？”秦王即将建成、元吉淫乱宫中之言说了一遍，又将众臣欲靖宫秽之慫也说完了，便指着香案上道：“灵龟在此，望卿一卜以决之。”张公谨大笑，以龟投地道：“卜以决疑，今事在不疑，尚何卜乎！倘卜而不吉，庸得已乎？况此事外臣已知，如转静养宫秽，成何体统！”李淳风等亦极言相劝。秦王道：“既如此，孤意已决，明日朝参时，即当率兵去问二人之罪矣！”时张公谨已为都捕守玄武门，对秦王道：“殿下，臣等虽系腹心，每事须当谨密。明日早朝时，臣自有方略应候。”说了便出府而出。

却说李如圭，奉了柴绍的将令，行了月余，已到长安，将柴郡马本章传进。唐帝看了，即宣如圭进去，朝拜了。唐帝问了些战阵军旅并萧后回南之事，如圭一一对答了，唐帝道：“你助战有功，就在此补一缺罢。”如圭谢恩出朝。

时当己未，太白复又经天，傅奕密奏太白见秦分，秦王当有天下。唐帝以其状密授秦王。秦王便奏建成、元吉淫乱宫闱，且言臣于兄弟，无丝毫有负，今欲杀臣，以为李密、世充报仇，臣今枉死，永违君亲，魂归地下，实耻见诸贼，亦密奏上。唐帝览之愕然，批道："明当鞫问，汝宜早参。"秦王便将柬帖几封叫人驰付西府僚属，打点明早行事。

张、尹二夫人窃知秦王表章之意，忙遣人与建成、元吉说知。建成速召元吉计议，元吉以为宜勒宫府精兵，托疾不朝，以观动静。建成道："我们兵备已严，怕他什么，明早当与弟入朝面质。"

时已庚申，将到四更时候，秦王内甲外袍，同尉迟敬德、长孙无忌、房元龄、杜如晦内皆裹甲，带了兵器，将要出门，秦王道："且慢，有个信符在此，叫家将快些放起三个炮来。"那个花炮是征外国带来的，大有五六寸，响彻云泥，一连放了三个信炮。只听见四下里就有三四个照应放起来。走过了两三条街，远远望见一队人马将近，杜如晦叫把号炮放起一个来，那边也放一个来接应，原来是程知节、尤俊达、连巨真等几人。斜刺里又有一队人马放一个炮出来，却是于志宁、白显道、史大奈、陆德明一行人。只听见又有一个信炮放将起来，竟不见有人，未知何故。

众人都静悄悄集在天策门楼停住。只见西府两个小卒来报，东府也有四五百人来了，秦王急把袍服卸下，单穿锦甲，执剑先向前迎。敬德纵马说道："不须主公动手。"便带十来骑杀向前去，与这班敢死之士大斗起来。那些死士怎斗得这些虎将过，被敬德先搠翻了三四个，就都败将下去。刚到临湖殿，秦王一骑马赶上建成，建成连发三矢，射秦王不中，秦王亦发一矢，却中建成后心，翻身落将下来。长孙无忌如飞抢上前来，一刀斩讫。元吉着了忙，骑着马往后乱跑，秦王紧赶。只听见一声信炮，趱出一个小将军，喝道："逆贼到那里去？"一枪刺着，元吉把马一侧，掀将下来。秦王如飞赶上斩了。秦王看那小将，却是秦怀玉，把元吉的头与怀玉拿了，便道："刚才听见信炮之声，隐隐相近，又不见来汇齐，我正不解，只是你家父亲又不在家，你那里晓得我行事，在这里相候？"秦怀玉道："这是昨夜程知节老伯来与我说的。"秦王听了，带转马头，对敬德、知节说道："二贼已诛，诸公无妄杀戮。"因此众人让东府兵刃退了下去。

时翊卫军骑将军冯翊、冯立，闻建成死信，叹曰："岂有生受其恩，而死逃其难乎？"乃与副护军薛万彻、屈咥、直府左车骑万年、谢方叔率东宫齐府精兵一千，驰骤玄武门，正值张公谨与云麾将军敬君弘、中郎将军吕世衡相持厮杀。张公谨把吕世衡搠死，又值冯立军来时，公谨又把冯立射亡，独闭关拒绝，彼军虽众则不得入。

时唐帝方泛舟海池，闻宫外人乱，正召裴寂、萧瑀议事，恰好秦王使尉迟敬德入宿卫侍，持矛擐甲，直至天子面前。唐帝大惊问道："今日乱者是谁，卿来此何为？"敬德道："秦王以太子与齐王作乱，举兵诛之，恐惊动陛下，遣臣宿卫。"唐帝道："英、齐二子安在？"敬德道："俱被秦王殄灭矣！"唐帝拍案大哭，对裴寂等道："不图今日乃见此事。"裴寂、萧瑀道："英、齐二王本不豫义谋，又无功于天下，疾秦王功高望重，共为奸谋，今秦王已讨而诛之，陛下不必伤悲。秦王功盖宇宙，率土归心，若处以元良，委之国事，无复虑矣。"唐帝道："这原是朕的夙心。"敬德请降手敕，合诸军并受秦王处分。唐帝即使裴寂同敬德出去晓谕诸将。

时秦兵尚与东府乱杀，裴寂、敬德竟到玄武门来晓谕了，薛万彻等即解兵逃遁。秦府诸将欲尽诛余党，敬德固争道："罪在二凶，既伏其辜，可以休矣；若滥及羽党，非所以求安也。"乃止。唐帝下诏，赦天下凶逆之罪，止于建成、元吉，其余党众一无所问，立秦王为皇太子，诏以军国庶事，无论事之大小，悉委太子处分，然后奏闻。

要知后事如何，且听下回分解。

第六十七回

女贞庵妃主焚修　雷塘墓夫妇殉节

词曰：

忏悔尘缘思寸补，禅灯雪月交辉处，举目寥寥空万古。鞭心语，迥然明镜横天宇。　　蝶梦南华方栩栩，相逢契阔欣同侣，今宵细把中怀吐。江山里，天涯又送飞鸿去。

——右调《渔家傲》

天下事自有定数，一饮一酌，莫非前定，何况王朝储贰，万国君王，岂是勉强可以侥幸得的？又且王者不死，如汉高祖鸿门之宴、荥阳之围，命在顷刻，而卒安然逸出；楚霸王何等雄横，竟至乌江自刎。使建成、元吉安于父命，退就藩封，何至身首异处。

今说秦王杀了建成、元吉，张、尹二妃初只道两个风流少年可以永保欢娱，又道掇转头来，原可改弦易辙，岂知这节事不破则已，破则必败。一回儿宫中行住坐卧，都是谈他们的短处。唐帝晓得原有些自差，只得将张、尹二妃退入长乐宫，连这老皇帝也没得相见了，只与乔乔、小莺等抹牌鞠球，消遣闷怀而已。

时秦王立为太子，将文武宾僚个个降陟① 得宜，就是建成、元吉的旧臣亦各复其职位。惟魏徵当年在李密时，是有恩于秦王，因归唐之后，唐帝见建成学问平常，呼魏徵为太子师傅，今必要驾驭一番。即召魏徵，魏至，秦王道："汝在东府时，为何离间我兄弟，使我几为所图？"魏徵举止自乐，毫不惊异，答道："先太子早从徵言，安有今日之祸？"秦王大怒道："魏徵到此，尚不自屈，还要这般光景，拿出斩了！"左右正要动手，程知节等跪下讨饶。秦王道："吾岂不知其才，但恐以先太子之故，未必肯为我用耳！"遂改容礼之，拜为詹事主簿；王圭、韦挺亦召为谏议大夫。

唐帝见秦王每事仁政，举措合宜，众臣亦各抒忠事之，因即让位太子。

---

① 陟（zhì）——升，进用。

武德九年八月，秦王即位于东宫显德殿，尊高祖为太上皇，诏以明年为贞观元年；立妃长孙氏为皇后；追封故太子建成为息隐王，齐元吉为海陵刺王；立子承乾为皇太子，政令一新。

且说萧后在周喜店中冒了风寒，只道就好，无奈胸膈蔽塞，遍体疼热，不能动身，月余方痊。将十两银子，谢了杨翩翩，同王义、罗成等起程。路上听见人说道："朝中弟兄不睦，杀了许多人。"萧后因问王义："宫中那个弟兄不睦？"王义道："罗将军说建成、元吉与秦王不和，已被秦王杀死，唐帝禅位于秦王了。"自此晓行夜宿，早到潞州。王义问萧后道："娘娘既要到女贞庵，此去到断崖村不多几步。臣与罗将军兵马停宿在外，只同女眷登舟而去甚便。"萧后道："女贞庵是要去的，只捡近的路走罢了。"王义道："既如此，娘娘差人去问窦公主一声，可要同行么？"萧后便差小喜同宫奴到窦公主寓中问了，来回复道："窦公主与花二娘多要去的。"

正说时，许多本地方官府来拜望罗成。罗成就着县官快叫一艘大船，选了十个女兵，跟了窦公主、花二娘、两位小相公。线娘差金铃来接了萧后、薛冶儿过船去了，小喜儿宫奴跟随。真是一泓清水，荡桨轻摇，过了几个湾，转到断崖村，先叫一个舟子上去报知。

且说女贞庵中高开道的母亲已圆寂三年了，今是秦夫人为主，见说吃了一惊问道："萧后怎样来的？同何人在这里？"舟子道："船是在本地方叫的，一个姓罗、一个姓王的二位老爷，别的都不晓得。"秦、狄、夏、李四位夫人听了，大家换了衣裳，同出来迎接。

刚到山门，只见袅袅婷婷一行妇人，在巷道中走将进来。到了山门，秦夫人见正是萧后、窦公主，眼眶里止不住要落下泪来。大家接到客堂上，萧后亦垂泪说道："欲海迷踪，今日始游仙窟。"秦夫人道："借航寄迹，转眼即是空花。请娘娘上坐拜见。"萧后道："妾与夫人辈，俱在邯郸梦中，驹将鸣矣，何须讲礼？"秦夫人辈俱以常礼各相见了。萧后把手指道："这是罗小将军，窦夫人的令郎，这位是花夫人的令郎。"又指薛冶儿道："你们还认得么？"狄夫人道："那位却像薛冶儿的光景。"夏夫人道："怎么身子肥胖长大了些？"萧后道："夫人们不知那姜亭亭已故世，沙夫人就把他配了王义；王义已做了彼国大臣，他也是一位夫人。"四位夫人重要推他在上首去，薛冶儿道："冶儿就是这样拜了。"四位夫人忙回拜后，各各抱住痛哭。

桌上早已摆列茶点，大家坐了。窦线娘道："怎不见南阳公主？"李夫人道："在内面楞严坛主忏，少刻就来。"萧后道："他在这里好么？"秦夫人道："公主苦志焚修，身心康泰。"狄夫人道："娘娘，为什么沙夫人与赵王不来？"萧后把突厥夫妻死了无后，立赵王为国王，罗罗为国母一段说了。狄夫人道："自古说：有志者事竟成。沙夫人有志气，守着赵王，今独霸一方，也算守出的了。"秦夫人道："梦回知己散，人静妙香闻，到盖棺时候方可论定。"

夏夫人道："娘娘的圣寿增了，颜色却与两个小相公一般。"萧后道："说甚话来？我前日在鸳鸯镇周家店里害病，几乎死在那里，有什么快活。"李夫人笑道："娘娘心上无事，善于排遣。"薛冶儿道："夏夫人、李夫人的容颜依旧，怎么秦夫人、狄夫人的脸容这等清黄？"小喜儿在背后笑道："倒是杨夫人的庞儿，一些也不改。"李夫人道："那里见杨翩翩？"萧后把杨、樊二夫人随了周喜，周夫人随了尤永，周、樊二夫人都已死了，那杨夫人与周喜开着饭店在鸳鸯镇那里说了一遍。李夫人道："杨翩翩与那周喜可好？"萧后道："如胶如漆。"夏夫人叹道："周、樊二夫人也死了！"窦线娘道："四位夫人，有多少徒弟？"秦夫人道："我与狄夫人共有三个，夏夫人、李夫人俱未曾有。"

花又兰道："如今的忏事，是何家作福？"秦夫人道："今年是秦叔宝的母亲八十寿诞，我庵是他家护法，出资置产供养，故在庵中遥祝千秋。"窦线娘道："可晓得单家妹子夫妻好么？"李夫人道："后生夫妻有甚不好。"狄夫人道："单夫人已添了两个令郎在那里。"萧后起身道："我们同到坛中，去看看法事。"

大家握手，正要进去，只听见钟鼓声停，冉冉一个女尼出来。线娘道："公主来了。"萧后见也是妙常打扮，但觉脸色深黄，近身前却正是他，不觉大恸起来。南阳公主跪在膝前，呜呜咽咽，哭个不止。萧后双手挽他起来说道："儿不要哭，见了旧相知。"南阳公主拜见窦线娘道："伶仃弱质，得蒙鼎力提携，今日一见，如同梦寐。"线娘拜答道："滚热蚁生，重睹仙姿，不觉尘嚣顿释。"又与花又兰、薛冶儿相见了。萧后执着南阳公主的手道："儿，你当初是架上芙蓉，为甚今日如同篱间草菊？"南阳公主道："母后，修身只要心安，何须皮活？"

秦夫人引着走到坛中来，灯烛辉煌，幢幡璨烂，好一个齐整道场，众人瞻礼了大士。萧后对五个尼姑各各见礼过。窦线娘道："这三位小年纪的想是二位夫人的高徒了。”秦夫人道：“正是，这两位真定、真静师太，还是高老师太披剃的。高老师太的龛塔就在后边，停回用了斋去随喜随喜。”众夫人道：“我们去看了来。”

秦夫人引着，过了两三带屋，只见一块空地上，背后墙高插天，高耸一个石台，以白石砌成龛子在内，雕牌石柱，树木阴翳，中间飨堂拜台，甚是齐整。线娘道：“这是四位夫人经营的，还是他的遗资？”秦夫人道：“不要说我们没有，就是师太也没有所遗资，多亏着叔宝秦爷替他布置。”萧后道：“这为什么？”秦夫人把秦琼昔年在潞州落难时，遇着了高开道母亲赠了他一饭，故此感激护法报恩。众人啧啧称羡。

线娘道：“秦夫人，领我们到各位房里去认认。”萧后忙转身一队而行，先到了秦夫人的卧室，却是小小三间，庭中开着深浅几朵黄花。那狄夫人与南阳公主同房，就在秦夫人后面，虽然两间，倒也宽敞。狄夫人道：“我们这里真是茅舍荒庐，夏、李二夫人那里独有片云埋玉。”萧后道：“在那里？”狄夫人道：“就在右首。”花夫人道：“快去看了，下船去罢！”秦夫人道：“且用了斋，住在这里一天，明早起身。若今晚就回去，你罗老爷道是我们出了家薄情了。”一头说时，走到一个门首，秦夫人道：“这是李夫人的房。”萧后走进去，只见微日挂窗，花光映榻，一个大月洞，跨进去却有一株梧桐，罩着半窗，窗边坐一个小尼，在那里写字。萧后问是谁人，李夫人道：“这是舍妹，快来见礼。”那小尼向各人拜见了。里面却是一间地板房，铺着一对金漆床儿被褥，衣饰尽皆绚彩。萧后出来，向写字的桌边坐下，把疏笺一看，赞道：“文理又好，书法更精，几岁了，法号叫什么？”小尼低着头答道：“小字怀清，今年十七岁了。”萧后道：“几时会见令姊，在这里出家几年了？”李夫人道：“妹子是在乡间出家的，记挂我，来这里走走。”薛冶儿道：“娘娘，到夏夫人房中去。”萧后道：“二师父同去走走。”遂挽着怀清的手，一齐走到夏夫人房里，也是两间，却收拾得曲折雅致，其铺陈排设与李夫人房中相似。夏夫人问起萧后在赵王处的事体，李夫人亦问花又兰别后事情，只见两个小尼进来，请众人出去用斋。萧后即同窦线娘等，到山堂上来坐定。

众妇人多是风云会合[①] 过的，不似那庸俗女子单说家事粗谈，他们

---

① 风云会合——指见过世面，见识不凡。

抚今思昔,比方喻物,说说笑笑,真是不同。萧后道:“秦夫人的海量,当初怎样有兴,今日这般萧索,岂不令人懊恨!”秦夫人道:“只求娘娘与公主夫人多用几杯,就是我们的福了。”狄夫人道:“我们这几个不用,李夫人与夏夫人怎不劝娘娘与众夫人多用一杯儿?”原来秦、狄、南阳公主都不吃酒。李、夏夫人见说,便斟与萧后,公主夫人猜拳行令,吃了一回,大家多已半酣。萧后道:“酒求免罢,回船不及,要去睡了。”秦夫人道:“不知娘娘要睡在那里?”萧后道:“到在李夫人那里歇一宵罢。”秦夫人道:“我晓得了,娘娘与薛夫人住在李夫人房里,窦公主与花夫人榻在夏夫人屋里罢。”狄夫人道:“大家再用一大杯。”各各满斟,萧后吃了半杯,余下的劝与怀清吃了起身。

夏夫人领了线娘、又兰与两个小相公去,萧后、薛冶儿同李夫人进房,见薛夫人的铺陈已摊在外间,丫环铺打在横头。小喜问萧后道:“娘娘睡在那一张床上?”萧后一头解衣,一头说道:“我今夜陪二师父睡罢。”怀清不答,只弄衣带儿。李夫人道:“娘娘,不要。他孩子家睡得顽,还说梦话,恐怕误触了娘娘。”萧后道:“既如此说,你把被窝铺在李夫人床上罢,大家好叙旧情。”小喜把自己铺盖,摊在怀清床边,萧后洗过了脸,要睡尚早,见案上有牙牌,把来一摖,便对李夫人道:“我只晓得摖牌,不晓得打牌,你可教我一教。”二人坐定,打起牌来;你有天天九,我有地地八,此有人七七,彼有和五五。两个一头打牌,一头说话,坐了二更天气,上床睡了。

到了五更,金鸡三唱,李夫人便披衣起来,点上灯火,穿好衣裳,走到怀清床边叫道:“妹妹,我去做功课,你再睡一回,娘娘醒来,好生陪伴着。”怀清应了,又睡一忽,却好萧后醒来叫道:“小喜,李夫人呢?”小喜道:“佛殿上做功课去了。”萧后道:“二师父呢?”怀清道:“在这里起身了。”慌忙到萧后床前,掀开帐幔道:“阿呀,娘娘起身了,昨夜可睡得安稳?”萧后道:“我昨夜被你们弄了几杯酒,又与李妹子说了一会儿的话,一觉直睡到这时候,手也没有解。你坐了。”怀清道:“娘娘身上不冷么?”萧后道:“不冷。”怀清见粉白胸膛,嫩乳双涌,把手向前道:“待我替娘娘把钮儿扣了。好个娇滑的身子,玉雪尚觉次之。这一双粉乳,就放一万金子在那里,也无处寻觅,那种红色却与十七八女子相同。”萧后道:“二师父,你不要说这顽话。”绞完了脚,下去解手。听见小喜道:“秦夫人来了,起得好早。”秦夫人在外房对薛夫人道:“你们做官的,在外边要见你呢。”萧后道:“我家谁人在那里?”秦夫人道:“就是王老爷,跟了四五个人,绝早来要会薛夫人,如今坐在东斋堂里。”说罢出房去了。夏、狄、李三位夫人亦进来强留,薛冶儿出去,会了王义,亦来催促。萧后道:“这是我的正事,就要起身,待我祭扫,陛下见过,再来未迟。”众夫人替萧后收拾穿戴了,窦公主、花夫人亦进来说道:“娘娘,我们谢了秦夫人等去罢。”萧后把六两银子封好,窦公主亦以十两一封俱赠与秦夫人常住收用,薛冶儿也是四两一封。秦夫人俱不敢领。萧后又以二两一封赠李夫人,李夫人推之再三,方才收了。萧后又与南阳公主些土仪物事,叮咛了几句,大哭一场,齐到客堂里来。

秦夫人请萧后同众夫人用了素餐,萧后把礼仪推与秦夫人收了,忙与公主几位谢别出门。南阳公主与四位夫人亦各洒泪,看他们下了船,然后进去。却好小喜直奔出来,狄夫人道:“你为何还在这里?”小喜道:“娘娘一个小妆盒忘在李夫人房中,我取了来。夫人们,多谢。”说了,赶下船中,一帆风直到濮州。驴轿乘马,罗成都已停当,差五十名军丁,护送娘娘到雷塘墓所去,约在清江浦会齐进京,大家分路。正是:

江汀犹喜逢知己,情客空怜吊故坟。

不说罗成同窦线娘、花又兰领着两个孩儿到雷夏墓中去祭奠岳母。单说萧后与王义夫妻一行人走了几日,到了扬州,就有本地方官府来接。萧后对王义道:“此是何时,要官府迎接,快些回他不必劳顿。”那些人晓得了,也就回去,独有一人神清貌古,三绺髯须,方巾大服,家人持帖而来,拜王义。王义看了帖骇道:“贾润甫,我当初随御到扬州曾经会他一面,后为魏司马之职,声名大著,如今不屑仕唐也算有志气的人,去见见何妨。”忙跳下马来迎住,大家寒温叙过礼。

贾润甫道:“小弟前年从雷夏逃来,住在这里,与隋陵未有二里之遥,何不将娘娘车辇暂时停止舍下,待他们收拾停当,然后去未迟。”王义正要吩咐,只见两个老公公走到面前大叫道:“王先儿,你来了么?娘娘在何处?”王义把手指道:“后面大车轮里就是娘娘在内。”二太监紧走一步,跪在车旁叫道:“娘娘,奴婢们在此叩首。”萧后掀开帘来,看了问道:“你是我们上宫老奴李云、毛德,为什么在此?”二监道:“今天子着我们两个守隋先炀帝的陵。”萧后道:“想当初他两个,在宫中何等威势,如今却流落在这里,看守孤坟。”二监道:“旗帐鼓乐,礼生祭礼,都摆列停当,只候娘娘来祭奠。”萧后道:“旗鼓礼生,我都用不着,这是那里来的?”太监道:“这是三日前，有罗将军的宪牌下来伺候的。”萧后就对自己内丁道：“你去对王老爷说，先帝陵前止用三牲酒醴楮锭，余皆赏他一个封儿，叫他们回去，我就来祭奠了。”内丁如飞去与王义说知。

王义忙同贾润甫走到贾家，封好了赏包儿，便到陵前，把这些人都打发回去，自己悄悄叩了四个头，与贾润甫各处安排停当。

萧后当初正位中宫时，有事出宫，就有銮舆扈从宝盖旌旗，这些人来供奉。今日二太监没奈何，只在贾润甫处借了二乘肩舆①，在那里伺候。萧后易了素服羽衣，上了轿子，心中无限凄惨，满眼流泪，到了墓门，萧后就叫住了下来，小喜等扶着，同薛冶儿一头哭，一头走。只见碑亭坊表，冲出云霄，树影披横，平空散乱。见主穴下边，尚有数穴，中间玉柱高出，左首一石碑，是烈妇朱贵儿美人灵位，右首是烈妇袁宝儿美人灵位，两旁数穴，俱有石碑是谢夫人、梁夫人、姜夫人、花夫人、薛夫人及吴绛仙、杳娘、妥娘、月宾等，这是广陵太守陈稷，搜取各家棺木来埋葬的。王义领娘娘逐个宣读看过，萧后见了巍然青冢，忙扑倒地上去，大哭一场，低低叫道：“我那先帝呀，你死了尚有许多人扈从②，叫妾一人怎样过？”凄凄楚楚，又哭起来。独有薛冶儿捧着朱贵儿石栏，把当初分别的话，一一诉将出来，我如何要随驾，你如何吩咐我许多话，必要我跟着沙夫人，再三以赵王托我，今赵王已为正统可汗，不负你所托了。横身放倒，咬住牙关，好像要哭死的一般。

王义见妻子哭得悲伤，萧后甚觉哭得平常，料想没有他事做出来，对小喜并宫奴说道：“你们快扶娘娘起来。”众妇女齐上前，挽了萧后起身，化了纸，奠了酒，先行上轿。王义走到陵前，高声叫道：“先帝在上，臣矮民王义，今日又在此了。臣当时即要来殉国从陛下九泉，因陛下有赵王之托，故此偷生这几年。今赵王已作一方之王，立为正统可汗，先帝可放心，旧臣来服侍陛下。”说完站起来，望碑上奋力一扑，自后跌倒。众人喊道：“王老爷怎么样？”时薛冶儿正要上轿，听见了，掉转身来，飞赶上前，对众人道：“你们闪开。”冶儿看时，只见王义天亭华盖分为两半，血流满地，只见那双眼睛瞪开不闭。薛冶儿道：“丈夫也算是隋家臣子，你快去伺候先帝，

---

① 肩舆——两人抬的小轿子。

② 扈(hù)从——原指帝王出巡时的护驾随从，后泛指随从。

我去回复贵姐的话儿了来。”薛冶儿见王义登时双目闭了，即向朱贵儿碑上使力一撞，一回儿香消玉碎，血染墓草，已作泉下幽魂矣。

贾润甫同众人忙去报知萧后，萧后坐在小轿上，吃了一惊，想道：“好两个痴妮子，他们死了，叫我同何人到清江浦去？”贾润甫道：“不知娘娘可要去检视？”萧后想道：“去看他，还是同他们死好，还是撇了他们去好？”把五十两银子急付于贾润甫道：“烦大夫买两口棺木，葬了二人，但是我如今要到清江浦同罗老爷进京，如何是好？”贾润甫道：“娘娘不要愁烦，臣到家去一次就来，送娘娘去便了。”萧后道：“如此说，有劳大夫。”润甫到家，把银子付与儿子，叫他买棺木殡殓，自即骑了牲口同萧后起行。

未知此去如何，且听下回分解。

第六十八回

成后志怨女出宫　证前盟阴司定案

词曰：

九十春光如闪电，触目垂慈，便觉阳和转。幽恨绵绵方适愿，普天同庆恩波遍。　　生死一朝风景变，漫道黄泉，也自通情面。满地荆榛绕指揃，惊回恶梦堪欣羡。

——右调《蝶恋花》

凡人好行善事，而人不之知，则为阴德；或一时一念之感发，或真心诚意之流行，无待勉强，不事矫饰，盖有不期然而然者，语云：有阴德者，必有阳报。昔长兴顾氏宦成无子，娶姬妾十余人，一日与内君酌，诸姬皆侍，叹曰："我平生事皆阴德，何以绝我嗣乎？"一姬曰："阴德不在远。"某悟曰："我今行阴德，当嫁汝辈。"姬曰："我岂自言，理固如是，我死从夫子耳！"某尽嫁十余人，已而生三子，母即言死从者。何况朝廷举动，有关宗庙社稷，其获报又何可量哉。

话说罗成将到长安，叫潘美督率兵丁护着家眷慢行，自己先入京会见秦叔宝。闻知柴绍已于去年夏间复命，便同叔宝进去拜见秦老夫人，先把寿仪补送。叔宝道："表弟远隔几千里，家母寿期至今不忘。"罗成便把征北一段，至同萧后回南，贱内到女贞庵会见秦、狄、夏、李四位夫人，知是舅母八十整寿，在那里遥祝千秋，及萧后到扬州祭奠，撞死了王义夫妻的话来说完。秦老夫人道："罗家甥儿，既是你二位娘子并令郎多在这里，快叫人把轿马去接了进来。"叔宝道："母亲，萧后尚在旅中，待他陛见了安顿过，好接两位表嫂来。"秦老夫人道："既如此，且叫怀玉到城外去接萧娘娘、二位夫人到承福寺中，暂住一二日。"怀玉如飞带了家丁出城，去安顿萧后及罗成家眷。

罗成朝见过太宗，赏劳再三，赐宴旌功，早有旨意出来，差四个内监，宣萧后进宫。窦、花二夫人到叔宝家，又献上寿仪，拜过老夫人的寿，与张夫人交拜。单小姐亦拜见，命二子出来，与罗家二子拜见了，互相问候。

袁紫烟及江、罗、贾三位夫人闻知，亦时差人馈送礼物。住了月余，罗成辞朝回去，便道到花弧墓上祭扫不提。

却说太宗自登基以后，四方平定，礼乐迭兴；魏徵、房玄龄辈知无不言，言无不尽，君臣相得。一日奉太上皇，置酒未央宫，时当秋暑，那日恰逢天气清朗，金紫辉映。上皇命颉利可汗起舞，冯智戴咏诗，既而笑道："胡越一家，古未有也！"太宗捧觞上寿说道："此皆陛下教化，非臣智力所及。昔汉高祖亦从太上皇宴此宫，妄自矜大，臣不取也。"上皇大悦，问秦叔宝："你母亲好么？今多少年纪了？"叔宝跪答道："臣母今年八十有三，托赖上皇陛下洪福，得以粗安。"随命众臣自皇族以下，各依品级而坐，无得喧哗失礼。众臣皆循序列班坐定，命黄门行酒，琴瑟齐鸣，歌声盈耳。

君臣正在欢饮，不意尉迟敬德坐在任城王下首，忽大怒起来，便道："汝有何功，却坐在我上！"任城王却不理他。他便伸出一只大拳头打来，正中道宗左目，众人起身劝时，道宗目睛反转，青肿几眇，便逃席而出。上皇问什么缘故，众臣以直奏上。上皇心上不悦道："任城王道宗是朕宗支，不要说有功无功，就是他僭越了，今日是个良会，也该忍耐，为甚就动起手来！"太宗率众臣谢罪，便命罢宴，奉上皇还宫。

到了次日，太宗视朝，对群臣道："昨日朕同上皇君臣相乐，一时良会，敬德有失人臣之礼，朕甚不乐。况任城王实朕之亲族，彼便如是行凶，况其他乎！朕之此言，甚非有私道宗也。"言未毕，左右奏敬德自缚请罪，众臣怀惧，皆为跪请道："敬德武臣，本不习儒雅，今无礼有忤圣旨，乞陛下念其汗马之劳，而生全之。"太宗召敬德入，命左右去其缚，对敬德道："朕欲与卿等共保富贵，然卿居官数犯法，朕不以过而掩卿之功，乃知汉室韩彭一旦菹醢①，非高祖之过也。"敬德叩头谢罪。太宗道："国家纪纲，惟赏与罚，非分之恩，不可数得，勉自修饰，无致后悔。"敬德再拜而出，由是强暴顿敛。

贞观九年五月，上皇有疾，崩于太安宫，颁诏天下，谥曰神尧。一日，太宗闲暇，与长孙皇后众嫔妃游览至一宫，即有许多宫女承应，看去虽多齐整，然老弱不一。太宗见了，觉得有些厌憎。有几个奉茶上来，皇后问道："你们这些宫奴，都是几时进宫的？"众宫人答道："也有近时进宫的，隋

---

① 菹醢(zū hǎi)——古代的一种酷刑，把人剁成肉酱。亦作"葅醢"。

时进宫的居多。"皇后道:"隋时进宫有二十余年了。"众宫奴道:"十二三岁进宫,今年已三十五六岁了。"皇后道:"当初隋炀帝嫔妃虽广,为甚要这许多人伺候?"宫人道:"当初炀帝有夫人、美人、昭仪、充华、婕妤、才人等名,安顿各宫,安得如万岁与娘娘仁慈俭素,合宫无不共沐天恩。"太宗道:"朕想天子一人,就是嫔御,像朕不过三四人足矣,精力有限,何苦用着这许多人伺候,使这班青春女子,终身禁锢宫中。"徐惠妃道:"看他们情景,原觉可悯。"太宗对皇后道:"御妻,朕欲将此辈放些出去,让他们归宗择配,完他下半世受用。"皇后笑道:"恩威悉听上裁,妾何敢仰参。不要说真个放他们出去,就是这点念头,亦是一种大阴德。"太宗笑道:"朕岂戏言耶!"只见众宫娥俱跪下谢恩,娘娘与嫔妃等都大笑起来。太宗对内侍说道:"你去对掌宫的内监说,把这些宫女都造册籍进呈来。"内侍对掌宫监臣魏荆玉说了。

那一夜,各宫中宫娥彩女如同鼎沸。天明造完,交与魏荆玉。荆玉伺天子视朝毕,将册籍呈上。太宗看了一回道:"你去叫他们多到翠花殿来。"那魏监领旨去了。太宗回宫指着册籍对皇后道:"那些宫女,不知糜费了民间多少血泪,多少钱粮,今却蔽塞在此,也得数日工夫去查点他。"皇后道:"不难,陛下点一半,妾同徐夫人点一半,顷刻就可完了。"

太宗便同皇后登了宝辇,徐惠妃坐了平舆,到翠华殿来,见这班宫娥拥挤在院子里。太宗与皇后各自一案坐了,徐惠妃坐在皇后旁边。宫女均为两处点名,点了一行,又是一行,都是搽脂抹粉,妍媸① 参半。太宗拣年纪二十内者,暂置各宫使唤,其年纪大者,尽行放出,约有三千余人。叫魏监快写告示,晓谕民间,叫他父母领去择配,如亲戚远的,你自择对头,与他配合。三千宫娥,欢天喜地,叩谢完了恩,携了细软出宫。魏监将一所旧庭院安放这些宫女,即出榜晓谕。一月之间,那些百姓晓得了,近的领了去,远的魏监私下受了些财礼嫁去,倒也热闹。不上两月,将次嫁完,止剩夭夭、小莺两个,他是关外人,亲戚父母都不见来,又因夭夭出宫时害起病来,小莺伏侍他,住在魏太监寓中三四个月,依旧养得身子肥壮。

偶然一日,魏太监有个好友,锦衣卫挥使姓韦名元贞来拜,年纪将近四旬,妻子竟不生嗣,着实要替他娶妾,他竟不肯。那日魏监留在书房中

① 妍媸(yán chī)——漂亮与丑陋。

小饮，说起放宫女事，魏太监道：“韦老先，你尚无子，闻得你嫂子又贤惠，前日何不来娶一个好些的，生个种儿出来，也是韦门之幸。”元贞摇手道：“妻子生得出也好，生不出也就罢了。”魏太监道：“如今剩得两个，就像一父母所生，生得甚好，待我叫他出来，你赏鉴[①]一赏鉴。”就对小太监说了。

不一时，那两个走将出来，朝着韦官儿行礼下去，元贞如飞站起来回礼，见他两个身材袅娜，肌肤嫩白，忙说道：“请进。”魏监道：“韦老先如何？”元贞道：“使不得，这是上用过的，我们做官儿的娶去为妾，就是失体统了。”魏太监笑道：“真是老婆子的话儿！前日那李官儿也娶了蔡修容，张官儿也讨了赵玉娇去。偏你娶不得！”便也不提。吃完了酒，韦元贞别去了。

过了一日，魏太监打听韦挥使不在家中，便唤一个车儿，叫小莺、夭夭坐了，对一个小太监说道：“你到韦家进去，看见他夫人，说我晓得韦老爷无子，故此公公特送这两个美人来。”小莺、夭夭到了韦家，见了韦夫人，韦夫人欢喜不胜，等元贞进门时，将他两个藏在书房碧纱窗里。元贞看见了，知是夫人美意，就在书房内睡了一回，忙同进去谢了夫人。自是妻妾相得，后来各生下子女，小莺生一女，为中宗皇后，封元贞为上洛王，这是后话休提。

时房玄龄因谏诤之事，见上颇疏，便告老回去。贞观十六年六月间，长孙皇后疾病起来，渐觉沉重，遂嘱太宗道：“妾疾甚危，料不能起，陛下宜保圣躬，以安天下。房元龄事陛下久，小心谨密，且无大故，不可弃之。妾之家族，因缘以致禄位，既非德举，易致颠危，愿陛下保全之，慎勿与之权要。妾生无益于人，若死后勿高丘垅，劳费天下，因山为坟，器用瓦木可也。更愿陛下亲君子，远小人，纳忠谏，屏[②]谗佞，省作役[③]，止游畋[④]，妾虽死亦无恨。”又对太子道：“汝宜竭尽心力，以报陛下付托之重。”太子拜道：“敢不遵母后之命。”后嘱咐罢，是夜崩于仁静宫。

---

① 赏鉴——即欣赏，鉴赏。

② 屏——即“摒”，除去。

③ 作役——劳作，徭役。

④ 畋（tián）——打猎。

次日，宫司将皇后采择自古得失之事为《女则》三十卷进呈。太宗览之悲恸，以示近臣道："皇后此书，足以垂范百世。朕非不知天命，而为无益之悲，但入宫不闻规谏之言，失一良佐，故不能忘怀耳。"乃遣黄门召房玄龄复其位。冬十一月，葬文德皇后于昭陵，近窦太后献陵里许。上念后不已，乃于苑中作层楼观以望昭陵。尝与魏徵同登，使徵视之。徵熟视良久道："臣昏眊不能见。"上指视之，魏徵道："臣以为陛下望献陵，若昭陵则臣固见之矣！"上泣为之毁观，然心中终觉悲伤。

一日，太宗突然病起来，众臣日夕问候，太医勤勤看视。过四五日不能痊可，恍惚似有魔祟。惟秦琼、尉迟恭来问安时，颇觉神清气爽，因命画二人之像于宫门以镇之。及病势沉重，乃召魏徵、李勣[①] 等入宫受顾命，李勣道："陛下春秋正富，岂可出此不吉之言。"魏徵道："陛下勿忧，臣能保龙体转危为安。"太宗道："吾病已笃[②]，卿如何保得？"说罢转面向壁，微微的睡去了。

魏徵不敢惊动，与李勣等退至宫门前。李勣问道："公有何术，可保圣躬转危为安？"魏徵道："如今地府掌生死文簿的判官，乃先帝驾下旧臣，姓崔名珏，他生前与我有交，今梦寐中时常相叙。我若以一书致之，托他周旋，必能起死回生。"李勣闻言，口虽唯唯，心却未信。少顷，宫人宣报皇爷气息渐微，危在顷刻矣。魏徵即于宫门厢阁中，写下一封书，亲持至太宗榻前焚化了，吩咐宫人道："圣体尚温，切勿移动，静候至明日此时定有好意。"遂与众官往宫门前伺候。

且说太宗睡到日暮时，觉渺渺茫茫，一灵儿竟出五凤楼前，只见一只大鹞飞来，口中衔着一件东西。太宗平昔深喜佳鹞，见了欢喜，定眼一看，心上转惊道："奇怪！此鹞乃是魏徵奏事时，我匿死怀中之物，为甚又活起来？"忙去捉他，那鹞儿忽然不见，口中所衔之物坠于地上。太宗拾起看时，却是一封书柬，封面上写着："人曹官魏徵，书奉判兄崔公。"下注云："崔珏系先朝旧臣，伏乞陛下面致此书，以祈回生。"太宗看了欢喜，把书袖了，向前行去。好一个大宽转的所在，又无山水，又无树木。正在惊惶，见有一个人走将来，高声叫道："大唐皇帝往这里来。"太宗闻言，抬头一看，

---

① 李勣——徐世勣归唐后，赐姓李，名勣。

② 笃(dǔ)——病重。

那人纱帽蓝袍，手执象笏，脚穿一双粉底皂靴，走近太宗身边，跪拜路旁，口称："陛下，赦臣失远迎之罪。"太宗问道："卿是何人？是何官职？"那人道："微臣是崔珏，生日曾在先皇驾前为礼部侍郎；今在阴司为丰都判官。"太宗大喜，忙将御手搀起来道："先生远劳，朕驾前魏徵有书一封，欲寄先生，却好相遇。"崔判官问："书在何处？"太宗在袖中取出，递与崔珏。崔珏接来，拆开看了说道："陛下放心，魏人曹书中，不过要臣放陛下回阳之意，且待少顷见了十王，臣送陛下还阳，重登玉阙便了。"太宗称谢。又见那边走两个软翅的小官儿来，说道："阎王有旨，请陛下暂在客馆中宽坐一回，候勘定了隋炀帝一案，然后来会。"太宗道："隋炀帝还没有结卷么？"二吏道："正是。"太宗对崔珏道："朕正要看隋炀帝这些人，烦崔先生引去一观。"崔珏道："这使得。"

大家举步前行，忽见一座大城，城门上边写着"幽明地府鬼门关"七个大字。崔珏道："微臣在前引着陛下去，恐有污秽相触。"领太宗入城，顺街而行，看那些人蓬头跣足，好似乞丐一般。走了里许，只见道旁边走出先帝李渊，后边随着故弟元霸，太宗见了，正要上前叩拜父皇，转眼就不见了。又走了几步，忽见建成引着元吉、黄太岁而来，大声喝道："世民来了，快还我们命来！"崔判官忙把象笏擎起说道："这是十殿阎王君请来的，不得无礼！"三人听了，倏然不见。太宗问道："翟让、李密、王伯当、单雄信、罗士信想还在此？"崔珏道："他们早已托生太原荆州数年矣！"还要问太穆皇后、文德皇后在何处，只见一座碧瓦楼台，甚是壮丽，外面望去，见里面环佩叮哨，仙香奇异。

正在凝眸之际，见三个长大汉子，后面有七八个青面獠牙鬼使押着。崔珏道："陛下可认得那三个么？"太宗道："有些面善，只是叫他不出。"崔珏道："那第一个披猪皮的是宇文化及；第二个穿牛皮的是宇文智及；第三个穿狗皮的是王世充。他们俱定了案，万劫为猪牛狗，受后来的千刀万剐，以偿生前弑逆之罪。"正是：

善恶到头终有报，只争来早与来迟。

太宗正在那里观看，听见两边人说话："又是那一案人出来了？"崔珏看是何人，见一对青衣童子执着幢幡宝盖，笑嘻嘻的引着一个后生皇帝，后面随着十余个纱帽红袍的，两个官吏随着。崔珏叫道："张寅翁，这一宗是什么人？"那官吏说道："是隋炀帝的宫女朱贵儿，他生前忠烈，骂贼而死，曾与杨广马上定盟，愿生生世世为夫妇。后面这些是从亡的袁宝儿、花伴鸿、谢天然、姜月仙、梁莹娘、薛南哥、吴绛仙、妥娘、杳娘、月宾等。朱贵儿做了皇帝，那些人就是他的臣子。如今送到玉霄宫去修真一纪，然后降生王家。”太宗听了笑道：“朕闻朱贵儿等尽难之时，表表精灵，至今述之，犹为爽快，但生为天子，不知是在那个手里？”又见两个鬼卒，引着一个垂头丧气的炀帝出来，后面跟着三四个黑脸凶神。崔珏又问跟出来的鬼吏押他到那里去。那鬼吏答道：“带他到转轮殿去，有弑父弑兄一案未结，要在畜生道中受报。待四十年中，洗心改过，然后降生阳世，改形不改姓，仍到杨家为女，与朱贵儿完马上之盟。”崔珏问道：“为何项上白绫还未除去？”鬼吏道：“他日后托生帝后，受用二十余年，仍要如此结局。”崔珏点头。太宗道：“炀帝一生残虐害民，淫乱宫闱，今反得为帝后，难道淫乱残忍，倒是该的？”崔珏道：“残忍，民之劫数；至若奸蒸，此地自然降罚。今为妃后，不过完贵儿盟言。”太宗正要细问，见一吏走来对太宗道：“十王爷有请。”太宗忙走上前，早有两对提灯，照着十位阎王降阶而至，控背躬身迎接；太宗谦让，不敢前行。十王爷道：“陛下是阳间人王，我等是阴间鬼王，分所当然，何须过让？”太宗道：“朕得罪麾下，岂敢论阴阳人鬼之道。”逊之不已。

太宗前行，竟入森罗殿上，与十王礼毕坐定。十王拱手说道：“先年有个泾河老龙，告殿下许救，而终杀之，何也？”太宗道：“朕当时曾梦老龙求救，实是允他生全，不期他犯罪当刑，该人曹官魏徵处斩。朕宣魏徵在殿下棋，岂知魏徵倚案一梦而斩，这是龙王罪犯当死，又是人曹官出没神机，岂是朕之过咎。”十王闻言伏礼道：“自那老龙未生之前，南斗生死簿上已注定，该杀于魏人曹之手，我等皆知，但是他折辨定要陛下来此，三曹对质，我等将他送入轮藏转生去了。但令兄建成、令弟元吉旦夕在这里哭诉陛下害他性命，要求对质，请问陛下这有何说？”太宗道：“这是他弟兄合谋，要害朕躬，假言夺槊，使黄太岁来刺朕；若非尉迟敬德相救，则朕一命休矣。又使张、尹二妃设计挑唆父皇，若非父皇仁慈，则朕一命又休矣。置鸩酒于普救禅院，满斟劝饮，若非飞燕遗秽相救，则朕一命又休矣。屡次害朕不死，那时又欲提兵杀朕，朕不得已而救死，势不两立，彼自阵亡，于朕何与？昔项羽置太公于俎上以示汉高，汉高曰：‘愿分吾一杯羹。’为天下者不顾家，父且不顾，何有于兄弟，愿王察之。”十王道：“吾亦对令兄令弟反复晓谕,无奈他执诉愈坚,吾暂将他安置闲散,俟他时定夺,今劳陛下降临,望乞恕我等催促之罪。”言毕,命掌生死簿判官快取簿来,看唐王阳寿天禄该有多少。

崔判官急转司房,将天下万国之王天禄总簿一看,只见南赡部洲大唐太宗皇帝注定贞观一十三年。崔判官看了,吃了一惊,急取笔蘸墨将一字上添上两画,忙出来将文簿呈上。十王从头一看,见太宗名下注定三十三年,十王又问:“陛下登基多少年了?”太宗道:“朕即位已经一十三年。”十王道:“陛下还剩二十年阳寿,此一来已是对案明白,请还阳世。”太宗听见,躬身称谢。十王差崔判官、朱太尉送太宗还魂。

太宗谢别出殿。朱太尉执着一支引魂幡在前引路,只见一座阴山,觉得凶恶异常。太宗道:“这是何处?”崔判官道:“这是枉死城,前日那六十四处烟尘草寇,众好汉头目,枉死的鬼魂都在里头,无收无管,又无钱钞用度,不得超生。陛下该赏他些盘缠才好过去。”太宗道:“朕空身在此,那里有钱钞?”崔判官道:“陛下的朝臣尉迟恭有制钱三库,寄存在阴司,陛下若肯出名立一契,小判作保,借他一库,给散与这些饿鬼,到阳间还他。那些冤鬼,便得超生,陛下可安然竟过。”太宗大喜,情愿出名借用。

崔判官呈上纸笔,太宗遂立了文书,崔判官袖着。将到山边,听得神嚎鬼哭,乱哄哄拥出许多鬼来,尽是拖腰折臂,也有无头的,也有无脚的,都喊道:“李世民来了,还我命来!”太宗吓得胆战心惊,扯住崔判官。崔判官道:“你们不得无礼,我替大唐皇爷借一库银子的票儿在此,你们去叫那魔头来领票去支付分给便了。唐皇爷阳寿未终,到阳间去还要做水陆道场,超度你们哩!”众鬼听了,如飞去叫那魔头来。崔判官吩咐了,把票儿付与魔头,众鬼欢喜而去。三人又走了里许,见一条青石大桥,滑润无比,太宗向桥上走去,刚要下桥,听得天庭一个霹雳,吃了一惊,跌将下来,忙叫道:“跌死我也!跌死我也!”开眼看时,见太子嫔妃都在旁伺候。

太子忙传魏徵等。魏徵走近御床,牵衣说道:“好了,陛下回阳了。”太宗醒了片时,太医进定心汤吃了,站起身来。魏徵问道:“陛下到阴司可曾会见崔珏?”太宗点头道:“亏他护持。”便将幽梦所见细细述与众人听了。众人拜贺而出。

太宗即传旨,宣隐灵山法师唐三藏、窦巨德至京。天使到时,窦巨德已圆寂四五天了。使者随唐三藏到京,建水陆道场,超度幽魂;又命以金银一库还尉迟恭，恭辞不受，太宗再三勉谕，敬德拜受而出。库吏将银盘交敬德，照册缺了五百贯，库吏惊惶，只见梁上堕下一帖，取视之，乃大业十二年，敬德打铁时，支付书生票也，闻者奇异。太宗在宫中，调养了三四天，御体比前愈觉强健，不期被火焚了大盈库，魏徵道："天灾流行，皆由宫中阴气抑郁所致，乞将先帝所御老嫔妃尽行放出。"

太宗见说，深以为是，即将老宫女尽数放出；复有三千余人连张、尹二妃亦出宫归家，宫禁为之一空。遂差唐俭往民间点选良家女子，年十四五岁者，止许百名，预使太常少卿祖孝孙教习音乐。将近四五月，唐俭选秀女回来，太宗散给后宫，止选武媚娘为才人，安顿福绥宫，宠幸无比。

要知后事如何，且听下回分解。

第六十九回

马宾王香醪[①]濯[②]足　隋萧后夜宴观灯

诗曰：

春到王家亦太秾，锦香绣月万千重。
笑他金谷能多大，羞杀巫山只几峰。
屏鉴照来真富贵，羊车引去实从容。
只愁云雨终难久，若个佳人留得侬。

宋时维扬秦君昭，妙年游京师。有一好友姓邓，载酒祖饯；畀[③]一殊色小环，至前令拜。邓指之道："某郡主事某所买妾也，幸君便航附达。"秦弗诺，邓恳之再三，勉从之。舟至临清，天渐热，夜多蚊，秦纳之帐中同寝，直抵都下。主事知之取去，三日方谒谢道："足下长者也，弟昨已作简，附谢邓公矣！"此真不近女色之奇男子。还有商时九侯，有女色美而庄重，献于纣，奈此女不好淫，触纣怒，杀女而醢九侯；鄂侯谏，并烹之。此真不喜近男子之美妇人。是知男女好恶，原有解说不出的。

太宗是个天挺豪杰，并不留情于色欲，不想长孙皇后仙逝，又选了武氏进宫，色宠倾城，欢爱无比。却说那武氏，他父亲名士彟[④]，字行之，住居荆州。高祖时，曾任都督之职，因天性恬淡，为宦途所鄙，遂弃官回来。妻子杨氏，甚是贤能，年过四十无子，杨氏替他娶一邻家之女张氏为妾。月余之后，张氏睡着了，觉得身上甚重，拿手一推，却把自己推醒，自此成了娠孕。过了十月，时将分娩，行之梦见李密，特来拜访云："欲借住十余年，幸好生抚视，后当相报。"醒来却是一梦。张氏遂尔脱身，行之意是一儿，即看时却是女儿。张氏因产中犯了怯症，随即身亡。武行之夫妇，把

---

① 醪(láo)——醇酒。

② 濯(zhuó)——洗。

③ 畀(bì)——给予，付与。

④ 彟(hú)。

这女儿万分爱护。到了七岁，就请先生教他读书。先生见他面貌端丽，叫做媚娘。及至十二三岁，越觉妖艳异常，便与同学读书的相通，茶余饭罢，行步不离。又过年余，是他运到，唐俭点选进宫，敕赐才人，性格聪敏，凡诸音乐，一习便能，敢作敢为，并不知宫中忌惮。太宗行幸之时，好像与家中知己一般，才动手就叫他、搂他、亲他、媚他，太宗从没有经过这般光景，愈久愈觉魂消，因此时刻也少他不得。

如今且说太子承乾，是长孙皇后所生，少有躄疾[①]，喜声色畋猎驰骋，有妨农事。魏王名泰，太子之弟，乃韦妃所生，多才能，有宠于帝，见皇后已崩，潜有夺位之意，折节下士，以求声誉，密结朋党为腹心。太子知觉，阴[②]遣刺客纥于承基，谋杀魏王，正值吏部尚书侯君集怨望朝廷，见太子暗劣，欲乘衅图之，因劝太子谋反，太子欣然从之，遂将金宝厚赂中郎将季安俨等，使为内应。不意太宗闻知，便把太子承乾废为庶人，侯君集等典刑。

时魏王泰日入侍奉，太宗面许立为太子。褚遂良、长孙无忌固请立晋王治。太宗谓侍臣道："昨青雀投我怀云：臣今日始得为陛下子，臣有一子，臣死之日，当为陛下杀之，传于晋王，朕甚怜之。"褚遂良道："陛下失言。此国家大事，存亡所系，愿熟思之。且陛下万岁后，魏王据天下之重，肯杀其爱子，以授晋王哉！今必立魏王，愿先措置晋王，始得安全耳。"

太宗流涕，因起入宫，想起太子二王，不觉懊恨填胸，击床大叹。徐惠妃、武才人问道："陛下有何闷事，发此长叹？"太宗把太子与魏王、晋王之事说了，又道："朕临敌万阵，屡犯颠危，未尝稍挂胸臆，不意家室之间，反多狂悖，何以生为？"徐惠妃道："陛下平定四海，征伐一统，得有今日，何苦以家政细务，常生忧戚。"太宗道："妃子岂不知向日建成、元吉，淫乱于前，二王欲步武于后，所为如此，我心诚无聊赖。"因自投于床，拔佩刀欲自刺。武氏忙上前夺住道："陛下何轻易如此，不肖者已废之，图谋者亦未妥，何不收此蛤蚌，尽付渔人之利。晋王亦皇后所生，立之未为不可。"徐惠妃道："晋王仁孝，立之为嗣，可保无虞。"太宗闻言甚悦，即御太极殿，召群臣说道："承乾悖逆，泰亦凶险，诸子谁可立者？"众皆欢呼道："晋王仁孝，当

---

① 躄(bì)疾——腿瘸，跛。

② 阴——暗中。

为嗣。”太宗遂立晋王治为皇太子,时年十六。太宗谓侍臣道:“我若立泰,则是太子之位,可经营而得。自今太子失道,藩王窥伺者,皆两弃之,传诸子孙永为世法。”晋王既立,极尽孝敬,上下相安。

时维九月,正值秦叔宝母亲九十寿诞,太宗亲自临幸,见琼宅无堂,命辍小殿之材以构之,五日而成,手书“仁寿堂”以赐之,又赐锦屏褥几仗等。徐惠妃赏赉亦甚厚。琼上表申谢,太宗手诏道:“卿处至此,盖为太上皇报德,何事过谢?”

话分两头。却说有清河茌平人,姓马名周,号宾王,少孤贫好学,精于诗赋,落拓[①] 不为州里所敬。曾补傅州助教,日饮醇醪,不以讲授为务,刺史屡加咎责,周乃拂衣,游于长安,宿新丰市中。主人唯供诸商贩,有失款待,宾王自己无聊,把青田石制汉将李陵一牌,战国时孙膑一牌,供在桌上,沽酒饮醉了,便击桌大哭道:“李陵呵,汝有何负,而使汝辱及妻孥。汉王何心,而使汝终于沙漠!”哭了一番,吃一回酒,又向孙膑的牌位哭道:“孙膑呵,汝何修未得,以致结怨于好友,汝何罪见招,以致颠踬[②] 于终身!”哭了又吃酒。总是处逆境之人,若狂若痴,好像掷下了东西,坐卧不安的光景,其激烈处,恨不化为博浪椎,为秦庭筑,为田将军泪;感愤处,恨不化为斩马剑,为散盗车,为荆轲匕首。因是不与世俗伍。

一日遇见中郎将常何,虽是武官无学,颇有知人之识,知马宾王必成大器,延至家中,待为上宾,一应翰墨之事,尽出其手。是时星变异常,下诏文武官僚,极言得失。常何遂烦马周,代陈便宜[③] 二十余事进上。马周旅邸无聊,袖了些杖头,散步出门。

那日恰是三月三日上巳佳节,倾城士女,皆至曲江祓禊[④],杂剧吹弹,旗亭都张灯结彩。马周也到那里去闲玩。上了店中,踞了一个桌儿,在那里独酌畅饮。那些公侯驸马,帝子王孙,都易服而来嬉耍。只见一个宦者,跟了几个相知,许多仆从,也在座头吃酒,见马周饮得爽快,便对马周道:“你这个狂生,独酌村醪,这般有兴。我有一瓶葡萄御酒在此,赠与你

---

① 落拓——放荡不羁。

② 颠踬(zhì)——跌倒,跌跌撞撞的样子,引申为困苦。

③ 便宜——适宜。

④ 祓禊(fú xì)——均为古时民间为消灾去邪举行的仪式。

吃了罢。”家人把一瓶酒送与马周。马周把酒揭开一看，却有七八斤，香喷无比，把口对了瓶，饮了一回。饮下的，瞥见桌边有一拌面的瓦盆儿在，便把酒倾在里头，口中说道：“高阳知己，不意今日见之。”一头说，一头将丝袜脱下，把两足在盆内洗濯。众人都惊喊道：“这是贵重之物，岂可如此轻亵？”马周道：“我何敢轻亵？岂不闻身体发肤，受之父母，不敢毁伤。曾子云：启予足手，我何敢媚于上而忽于下？”洗了，抹干了足，把盆拿起来，吃个罄尽。

刚饮完时，只见七八个人，抢进店来说道：“好了，马相公在此了！”马周道：“有何事来寻我？”常何家里二人说道：“圣上宣相公进朝。”原来太宗在宫翻阅臣僚本章，见常何所上二十条，申说详明，有关政治。因思常何是个武臣，那有此学问，就出宫来召问常何。常何只得奏云：“是臣客马周所代作。”太宗大喜，即着内监出来宣召。当时马周见说，忙到常何寓中，换了衣衫靴帽，来到文华殿。

太宗把二十条事细细详问，马周抗词质辩，一一剖析，真个是学富五车，才高八斗。太宗大喜，即拜他为刺史之职，赐常何彩绢二十匹出朝。

太宗即散朝进宫，行至凤辉宫前，只见那里笑声不绝，便跟了两个宫奴，转将进去，见垂柳拖丝，拂境清幽，姹紫嫣红，迎风弄鸟，别有一种赏心之境。听见笑声将近，却是一队宫女奔出来，有的说打得好，竟像一只紫燕斜飞；有的说这般年纪，一些也不吃力，还似个孤鹤朝天，盘旋来往。太宗叫住一个宫奴问道：“你们那里来？为什么笑声不绝？”那宫奴奏道：“在倚春轩院子里，看萧娘娘打秋千耍子。”太宗道：“如今还在那里打么，可打得好？”宫奴道：“打得甚好，如今还在那里玩。”

太宗见说，即便行到凤辉宫来下辇偷觑，见院子里站着许多妇女在那里望着大笑。看见秋千架上站着一个女人，浅色小龙团袄，一条松色长裙扣了两边，中间扎着大红缎裤，翻天的飞打下来，做一个蝴蝶穿花，又打起来，做一个丹凤朝阳，改了个饥鹰掠食势，扑将下来，真个风流袅娜，艳态轻狂。太宗正侧着身子，掩在石屏间细看，只见一个宫奴瞥眼看见，忙说道：“万岁爷来了！”那些宫奴一哄而散。

太宗此时不好退出，只得走将进去。萧后如飞下了架板，小喜忙把萧后头上一幅尘帕，取了下来，又除下裙扣。萧后直到太宗膝前，跪下说道：“臣妾不知圣驾降临，有失迎接，罪该万死。”太宗把手扶起道：“萧娘娘有兴，寻此半仙之乐。”萧后道：“偶尔排遣，稍解岑寂，有污龙目，实为惶悚。”太宗携着萧后进宫坐下，小喜捧上茶来，太宗吃了，心中觉有些意思，鼻间有阵异香，一沁入心窝，令人好过不去。太宗道：“香从何来？”两人走进卧房四围一看，并不见宝鼎喷烟，因走近床边细看，但见锦衾虚拥，绣褥叠装，又是一种香气，遂留幸焉。萧后泣对太宗道：“妾以衰朽之姿，得蒙恩宠，实出意外。但生前常望眷顾，死后得葬于吴公台下，妾愿毕矣。”太宗许诺，因说：“今日清明佳节，宫中张灯设宴，娘娘可同玩赏。”萧后道：“今日清明，民间都祭扫坟墓，妾先帝墓无人祭扫，言之痛心。”太宗道：“朕当为置守冢三百户，并拨田五顷，以供春秋祭祀。”后随谢恩。太宗道：“少顷朕来宣你。”又道：“为何适闻香气，今却寂然？”萧后笑而不言。原来此香，乃外国制的结愿香，在突厥可汗那里带来的。

当下太宗回宫宣旨，宣萧娘娘看灯。萧后即唤小喜跟随，来到太宗宫中，朝见毕，与徐惠妃、武才人等相见了。太宗坐首席，请萧后坐左边第一席。武才人戏说道：“娘娘何不就与陛下同席？”萧后道：“妾蒲柳衰质，强陪至尊，甚非所宜，就是这席还不该坐。”太宗笑道：“总是一家，不必推逊。”于是坐定，行酒奏乐，至晚合宫都张起花灯，光彩夺目。萧后道：“清明不过小节，怎么宫掖间这般盛设名灯？”太宗道：“朕自四方平定以后，凡遇令节与除夜上元，一样摆设庆赏。”萧后道：“金翠光明，燃同白昼，佳丽得紧，只是把那些灯焰之气，消去了更妙。”

太宗问萧后道：“朕之施设，与隋主何如？”萧后笑而不答。太宗固问，萧后道：“彼乃亡国之君，陛下乃开基之主，奢俭固自不同。”太宗道：“奢俭到底，各具其一。”萧后道：“隋主享国十余年，妾常侍从，每逢除夜，殿前与诸院，设火山数十座，每山焚沉香数车，火光若暗，则以甲煎沃之，焰起数丈，其香远闻数十里。一夜之中，则用沉香二百余车，甲煎二百余石。殿内宫中，不燃膏火，悬大珠一百二十颗以照之，光比白日。又有外国岁献明月宝夜光珠，大者六七寸，小者犹径三寸，一珠之价，值数十万金。今陛下所设，无此珠宝，殿中灯烛，皆是膏油，但觉烟气薰人，实未见其清雅。然亡国之事，亦愿陛下远之。”太宗口虽不言，遥思良久，心服隋主之华丽道：“夜光珠，明月宝，改日当为娘娘致之。”于是觥筹交错，传杯弄盏，足有两更天气。

武才人看那萧后无限抑扬、婉转丰韵关情处，竟不似五十多岁的光景，暗想："他那种事儿，不知还有许多勾引人的伎俩。"萧后亦只把武才人细看，越看越觉艳丽，但无一种窈窕幽闲之意。徐惠妃与众妃见他三人玩成一块，俱推更衣，各悄悄的散去。萧后亦要辞出，太宗挽着萧武二人说道："且到寝室之中，再看一回灯去。"

未知后事何如，且听下回分解。

第七十回

隋萧后遗榇[①] 归坟　武媚娘披缁入寺

诗曰：

治世须凭礼法场，声名一裂便乖张。

已拼流毒天潢内，岂惜邀欢帝子旁？

国是可胜三叹息，人言不恤更筹量。

千秋莫道无金鉴，野史稗官话正长。

人之遇合分离，自有定数，随你极是智巧，揣摩世事，意则屡中的，却度量不出。萧后在隋亡之时，只道随波逐浪，可以快活几时，何知许多狼狈？今年将老矣，转至唐帝宫中，虽然原以礼貌相待，却是身不由己。今日太宗突然临幸，在妇女家最难得之喜，他则不然，曾经沧海难为水，除却巫山岂是云。晓得太宗宠一个如花似玉的武媚娘，自知又不能减了一二十年年纪，返老还童起来，与他争上去，故此太宗虽然一幸，觉得付之平淡。不想被太宗看灯接去，通宵达旦，媚娘见他风流可爱，便生起妒忌心来，却极力的撺掇太宗冷淡了他，又把两个蠢宫奴换了小喜，去与太宗幸了。因此萧后日常饮恨，眉头不展，凭你佳肴美味，拿到面前，亦不喜吃，即使清歌妙舞，却也懒观，时常差宫奴去请小喜到来，指望说说隐情，那武才人却又奸滑，叫两个心腹跟了，他衷肠难吐，彼此慰问了一番，即便别去。萧后只得自嗟自叹，拥衾而泣，染成怯症，不多几时，卒于唐宫。太宗闻知，深为惋惜，厚加殡殓，诏复其位号，谥曰“愍”，使行人司以皇后卤簿，扶柩到吴公台下，与隋炀帝合葬。小喜要送至墓所，武才人不许，只得回宫。

武才人因萧后已死，欢喜不胜，弄得太宗神魂飞荡，常饵金石。会高士廉卒，太宗将往哭之，长孙无忌、褚遂良谏道：“陛下饵金石，于方不得临丧，奈何不为宗庙社稷自重？”太宗不听，无忌中道伏卧，流涕固谏，太宗乃

---

① 榇(chèn)——棺材。

还，入东苑南望而哭，涕下如雨，遂命图画功臣二十四人于凌烟阁，列其姓名爵里，已故者书谥。

适李勣得一疾，太医说唯须灰可疗，太宗亲自剪须，为之和药，绩顿首泣谢。太宗又因绩妻袁紫烟新逝，姬妾甚少，恐他无人侍奉，意欲选二宫奴，赐他作伴。绩再三辞谢，太宗道："朕为社稷，非为卿也，何须逊谢？"即日着内监选两个有年纪的宫奴，赐与李勣不提。

时太白屡昼见，太史令占道女主昌，民间又传秘记云："唐三世之后，女主武王代有天下。"太宗闻言，深恶之。

一日，会诸武臣宴于宫中，行酒令使言小名。左武卫将军李君羡，自言小名五娘，其官称封邑皆有武字，出为华州刺史。御史复奏，君羡谋不轨，遂坐诛。因密问太史令李淳风："秘记所云信有之乎？"淳风对道："臣仰稽天象，俯察历数，其人已在陛下宫中，自今不过三十年，当有天下，下杀唐子孙殆尽，其兆既成。"太宗道："疑似者尽杀之何如？"淳风对道："天之所命，人不能违，王者不死，徒多杀无辜；况自今以往三十年，其人已老，或者颇有慈心，为祸或浅。今若得而杀之，天或更生壮者，肆其怨毒，恐陛下子孙无遗类矣！"太宗听言乃止，心中虽晓得才人姓武有碍，但见媚娘性格柔顺，随你胸中不耐烦，见了他就回嗔作喜，顷刻不忍分手，因此虽放在心上，亦且再处。

武才人也晓得大臣的议论，谅天子意思，必不加刑，但欲逊避，恨无其策。日复一日，太宗因色欲太深，害起病来，那太子晋王朝夕入侍，瞥见武才人颜色，不胜骇异道："怪不得我父皇生这场病，原来有这个尤物① 在身边，夜间怎能个安静。"意欲私之，未得其便，彼此以目送情而已。

一日晋王在宫中，武才人取金盆盛水，捧进晋王盥手。晋王看他脸儿妖艳，便将水洒其面，戏吟道："乍忆巫山梦里魂，阳台路隔恨无门。"武才人亦即接口吟道："未曾锦帐风云会，先沐金盆雨露恩。"

晋王听了大喜，便携了武才人的手，同往宫后小轩僻处，殢雨尤云，取乐一回。武才人道："陛下闻知，取罪不小。"晋王笑道："我今与你也是天缘，何人得知。"武才人扯住晋王御衣泣道："妾虽微贱，久侍至尊，今日欲

---

① 尤物——优异的人物。多指姿色动人的女子。

全殿下之情，遂犯私通之律；倘异日嗣登九五[①]，置妾于何地？”晋王见说，便矢誓道：“倘宫车异日宴驾，册汝为后，有违誓言，天厌绝之。”武才人叩谢道：“虽如此说，只是廷臣物议不好，倘皇爷要加罪于妾身，何计可施？”晋王想了一想道：“有了，倘父皇着紧问你，你须如此如此说，自可免祸，又可静以待我了。”武才人点首，晋王乃解九龙羊脂玉钩赠武才人，才人收了，随即别出。

时京中开试，放榜未定日期，太宗病间召李淳风问道：“今岁开科取士，不知状元的系何地何人，料卿必知。”淳风道：“臣昨夜梦入天廷，见天榜已放，臣看完，只见迎榜首出来，他彩旗上面有诗一首。”太宗道：“诗句怎样说？”淳风道：“臣犹记得。”遂朗吟道：

美色人间至乐春，我淫人妇妇淫人。

色心若起思亡妇，遍体蛆钻灭色心。

太宗听了说道：“诗后二句，甚不解其意，不知何处人，什么姓名？”淳风道：“圣天子洪福不浅，今科三鼎甲，乃是忠直之士，大有裨于社稷；姓名虽知，不便说出，恐泄漏于臣，上帝震怒不浅，乞陛下赐臣于密室，写其姓名籍贯，封固盒中，俟揭榜后开看便知。”太宗叫太监取一个小盒，淳风写了封在盒内，太宗又加上一封，藏于柜中。淳风辞了出来。

不一日开榜时，太宗取柜中李淳风写的一对，却是状元狄仁杰，山西太原人；榜眼骆宾王，浙江义乌人；探花李日知，京兆万年人。不胜骇异，始信淳风所言非诳，谶[②]数之言必准。因思：“今日已如此大病，何苦留此余孽，为祸后人。”便对才人武氏说道：“外廷物议，道你姓应图谶，你将何以自处？”武才人跪下泣奏道：“妾事皇上有年，未尝敢有违误。今皇上无故，一旦置妾于死，使妾含恨九泉，何以瞑目？况妾当时同百人选进宫，蒙皇上以众人为宫娥，妾独赐为才人，受恩无比。今日若赐妾死，反为他人笑话，望陛下以好生为心，使妾披剃入空门，长斋拜佛，以祝圣躬，以修来世，垂恩不朽。”说罢大恸。太宗心上原不要杀他，今见他肯削发为尼，不胜大喜道：“你心肯为尼，亦是万幸的事。宫中所有，快即收拾回家，见父母一面，随即来京，赐于感业寺削发为尼。”武才人同小喜谢恩，收拾出

---

① 九五——《易经》中卦爻位名。后以此指帝位。

② 谶(chèn)——预言，预兆。

宫。正是：

玉龙且脱金钩网，试把相思付与谁。

时武士彟闻知媚娘要出宫为尼，忙差人去接到家中相聚。家人领了命，不多几日，接到家中。杨氏母亲，见媚娘当年怎么样进宫，今日这般样出来，不觉大哭一场，小喜亦思量起父母死了，如今要见他，怎能够了，亦哭了一场。大家拜见过，武媚娘道："闻得父亲过继三思侄儿，怎么不见？"杨氏道："他怎比当初，近来准日有许多朋友，不是会文，定是讲学，日日在外面吃得大醉回来。"媚娘道："我忘记今年几岁了？"杨氏道："当年你父亲过继他来时，已是三岁，如今已一十五岁了，看去像个人，不知他心中如何？"

正说时，只见武三思半醉的回来。杨氏道："三思，你家姑娘[①] 回来了，快来拜见。"媚娘与小喜忙起身，与三思见了礼。三思道："姑娘在宫中受用得紧，为什么朝廷听信那廷臣之议，把姑娘退出宫来，却要去削发为尼。这皇帝也算无情了，亏他舍得放出你来。"媚娘止不住落下泪来。三思道："姑娘你不要愁烦，我看那些尼姑倒快活，并无忧愁。"媚娘心上初出宫的时节，倒觉难过，今见了三思相貌姣好，也就罢了。

吃了夜饭，三思见父母与小喜走开，即走近媚娘身边，带醉的说道："姑娘，我看你好股青丝细发的，日后怎舍得剃将下来？"媚娘因是自家骨肉，又见他年纪幼小，搂在怀里。三思道："姑娘睡在那里？"媚娘道："就在母房内。"三思道："我有许多话要问姑娘，今夜我陪姑娘睡了罢。"媚娘道："有话待我母亲睡着了，你可以进房来说。"三思道："如此却切记，不要闩了门。"媚娘点点头儿。

那夜，武三思候父母睡着，悄悄挨进媚娘房中，成了鹑鹊之乱。过了几日，武士彟恐怕弄出事来，只得打发媚娘、小喜出门。武三思送了一二里，媚娘悄对他说道："侄儿，你若忆念我，到了考试之期，径到感业寺中来会我。"三思唯唯，洒泪而别。

在路上行了几日，到了感业寺中。那庵主法号长明，出来接了武媚娘与小喜进去，见媚娘千娇百媚，花枝般一个佳人，又见小喜年纪，二十四五，丰神绰约，也不是安静主顾，想道："如此风流样子，怎出得家？"领到佛

---

① 姑娘——姑姑。

堂中,四五个徒弟在那里动响器,长明老尼叫武媚娘参拜了佛,便与他祝了发,小喜也改了打扮,佛前忏悔过。停了音乐,各人下来见礼。小喜看到第四个,宛如女贞庵里二师父,心里是这般想,因初相见不好说破,大家定睛看了一回。长明道:“这四个俱是小徒。”指着怀清道:“这位是去岁冬底来的。”就领武夫人进去说道:“这两间是夫人喜姐住的房,间壁就是这位四师父的卧室。”媚娘听了,暂时收拾,安心住着。

到了黄昏时候,只见小喜笑嘻嘻的走进来。媚娘道:“你这个女儿,倒像惯做尼姑的,到这个地位,还有什么好笑?”小喜道:“夫人不知,那位四师父,就是女贞庵李夫人的妹子怀清,是我认得的,刚才不好叫出来,如今在他房里,问了别后的事情,故此好笑。”媚娘道:“什么女贞庵李夫人?”小喜把当初隋萧后回南上坟,到女贞庵与隋南阳公主、秦、狄、夏、李四位夫人相会说了一遍。媚娘道:“如此说他好了,为什么又到这里来?”小喜道:“濮州连岁饥荒,又染了疫症,秦、夏、李三位夫人相继病亡。他被一个士子挈了要同到京,不想中途士子被盗杀了,他却跳在水中,被商船上救了,带至京都,送在此地暂寓。”媚娘道:“他们可有人来往么?”小喜道:“他说有个姓冯的表弟,住在篮桥开张药铺,常来走走。”媚娘点点头儿。

一日媚娘正在佛堂内看怀清写对,听得外面叩门,恰好长明老尼不在庵中,领众徒到人家念经去了。怀清出来,问道:“是谁?”那人道:“阿妹,是我。”怀清知是冯小宝,欢喜不胜,忙开了进来。怀清道:“为什么多时不来?”冯小宝道:“闻得你们庵中,有甚么朝廷送的武夫人在此出家,故此我不敢来。今见寺门闭着,想是徒众不在家,我悄悄来会你一会。”怀清道:“那武夫人在堂中,你要去见见么?”那冯小宝随了怀清进来,见武夫人倚在桌上看怀清写的榜对。怀清道:“五师父,我们的兄弟在这里看我,见个礼儿。”媚娘掉转身来一看,只见:

身躯寡弱,态度幽娴。鼻倚琼瑶,眸含秋水。眉不描而自绿,唇不抹而凝朱。生成秀发,尽堪盘云髻一窝;天与娇姿,最可爱桃花两颊。慢道落水中宵梦,欲卜巫山一段云。

媚娘忙答一礼道:“这个就是令弟么?”恰好小喜寻媚娘进去,小宝见了,也与他揖过。小喜问道:“此位尊姓?”怀清道:“就是前日说的冯家表弟。”小喜道:“原来就是令弟,失敬了。”说罢,怀清同着小宝走到自己的房中,只见小宝走到桌边,取一幅花笺,写一绝道:

天赋痴情岂偶然，相逢已自各相怜。
笑予好似花间蝶，才被红迷紫又牵。

怀清笑道：“妾亦有一绝赠君。”提起笔来，写在后面道：

一睹芳容即耿然，风流雅度信翩翩。
想君命犯桃花煞，不独郎怜妾亦怜。

写完，怀清出房到厨下去收拾酒菜，同小宝在房中吃酒玩耍。

媚娘在房，细想了一回，随同小喜走到怀清房门首，悄悄立着，只听得外面敲门声响，晓得老师父领众回来。媚娘便走进房，小喜出去开门，那怀清亦出来。只见长明领了四个徒弟，婆子背着经忏，怀清与那几个说些闲话，小喜恐怕媚娘冷淡，即便归房去，只见媚娘展开了鸾笺，上写道：

花花蝶蝶与朝朝，花既多情蝶更妖。
窃得玉房无限趣，笑他何福可能销。
从来乐事恨难长，倏尔依回恣采香。
讨尽花神许多债，慢留几点未亲尝。

两人正在那里看时，见怀清进来说道：“武上师，你同六师父到我房里去谈谈。”媚娘道：“你有令弟在那里，我怎好来？”怀清道：“自古说：四海之内皆兄弟。何况你我？”媚娘道：“既如此说，何不同到我房里来坐坐，我泡好茶相候。”怀清道：“我同六师父去挽他来。”携了小喜出房。不一时先把酒肴送到，小喜也先进来。媚娘道：“你可曾拿我的诗么？”小喜道：“诗在案上，没有人动。我刚才在他房里，见桌上一幅字，也是什么诗儿，被我袖在这里，与夫人看。”放了东西，在袖子里取出来，媚娘接来细看，乃是怀清与小宝唱和的两首绝句。忽见怀清与小宝走进来，媚娘悄悄将诗藏过，便道：“四师父，我在这里没有破钞，怎好相扰？”怀清道：“几个小菜，叫人笑死。”便将烛放在中间，叫小宝朝南坐了，自向媚娘对席，叫小喜也坐在横头，大家满斟细酌，狎邪嘲笑，饮酒欢乐不提。

贞观二十三年五月，太宗疾甚，召长孙无忌、褚遂良、李勣辈至榻前说道：“朕与卿等扫除群丑，费了无数经营，始得归于一统。今四方宁靖，正欲与卿等共享太平，不意二竖① 忽侵，魏徵、房玄龄先我而去，近又丧我李靖、马周，朕今将分手，别无他嘱。太子躬行仁俭，言重礼仪，可谓佳儿佳妇，卿等共辅佐之。”说了大恸。无忌等拜谢道：“陛下春秋正富，正好励精图治，今龙体偶不豫，何出此不祥之语。”太宗道：“朕已预知，故为叮咛耳。”诸臣辞了出宫。是夜上崩，太子即位，是为高宗；颁白诏于天下，诏以明年为永徽元年。

时武氏在感业寺，闻之亦为之恸泣。后因太宗忌日，高宗诣感业寺行香，恰值冯小宝在庵，回避不及，长明无奈，只得把小宝落了发。高宗问及长明说：“是侄儿，在土地堂里出家，才来看我。”高宗道：“白马寺中，田地甚多，僧众甚少，朕给度牒一纸与他，限他明日即往白马寺住扎。”武氏见了高宗大恸，高宗亦为之泣下，悄悄吩咐长明：“叫武氏束发，朕即差人来取。”嘱咐了即起行。

未知后事如何，且听下回分解。

---

① 二竖——源于《左传·成公十年》：成公得病后，寻求良知。医生未至时，成公梦见两个小孩互相商量怎样逃以及逃到那里去，才能躲避医生的伤害。后以二竖称病魔。竖，小孩。

第七十一回

武才人蓄发还宫　秦郡君建坊邀宠

词曰：

景物因人成胜概，满目更无尘可碍。等闲蓦地喜相逢，愁方解，心先快，明月清风如有待。　谁信门前鸾辂隘，别是人间花世界。座中无物不清凉，情也在，恩也在，流水白云真一派。

——右调《天仙子》

情痴娄欲，对景改形，原是极易为的事；若论储君，毕竟非礼勿视，非礼勿听，非礼勿言，非礼勿动，从幼师传涵养起来，自然悉遵法则。不意邪痴之念一举，那点奸淫，如醉如痴，专在五伦中丧心病狂做将出来，反与民间愚鲁，火树银台，桑间濮上，尤为更甚。

今不说高宗到感业寺中行香回宫。再说武夫人到了房中，怀清说道："夫人好了，皇爷驾临，特嘱夫人蓄发，便要取你回宫，将来执掌昭阳，可指日而待，为何夫人双眉反蹙起来？"媚娘道："宫中宠幸，久已预料必来，可自为主，只是如今一个冯郎，反被我三人弄得他削发为僧，叫我与你作何计筹之？"怀清道："我们且不要愁他，看他进来怎么样说。"只见冯小宝进房来问道："你们为什么闷闷的坐在此？"小喜道："武夫人与四师父在这里愁你。"小宝道："你们好不痴呀，夫人是不晓得，我姐姐久已闻知，我小宝上无父母，下无兄弟妻室，又不想上进，只想在温柔乡里过活。今日逢着夫人，难得怀清姐姐分爱，得沾玉体，又兼喜姑娘帮衬，这种恩情，不要说为你三人剃了头发，就死亦不足惜。"怀清道："只是出了家，难得妇人睡在身边，生男育女。"小宝道："姐姐，你不知那些有窍妇人，巴不得弄着个有本事的和尚整日夜搂住不放出来。"武夫人道："若如此说，你将来有了好处，不想我们的了。"小宝道："是何言欤！若要如夫人这般倾城姿色，世所罕有，即如二位之尚义情痴，亦所难得，但只求夫人进宫时，撺掇朝廷，赏我一个白马寺主，我就得扬眉了，料想和尚没有什么官儿在里头可以做得。"怀清道："你这话就差了，难道皇帝只是男子做得，或者武夫人掌了昭阳,也做起来,亦未可知。"武夫人笑道:"这且慢与他争论,只要你们心中有我就够了。"小宝跪下罚誓道:"苍天在上,若是我冯怀义日后忘了武夫人与怀清师父、小喜姑娘的恩情,天诛地灭。"武夫人脱下一件汗衫,怀清解下玉如意,小喜也脱下一件粗衣,三件东西,赠与冯小宝。

正在叮咛之际,只见长明执着一壶酒,老婆子捧了夜膳,摆在桌上。长明道:"冯师父,我斟一壶酒与你送行,你不可忘了我。论起刚才在天子面前,我认了你是个侄儿,你今夜该睡在我房里才是,但是我老人家年纪有了,不敢奉陪,只要你到白马寺中去,收几个好徒弟来下顾就是。快些吃杯酒儿睡了,明日好到寺里去。"说了,出房去了。小宝与媚娘等三人你贪我爱,你说我泣,弄了一夜。到五更时,听见钟声响动,只得起身收拾,大家下泪送别怀义出庵不题。

再说高宗过了几日,即差官选纳武才人与小喜进宫,拜才人为昭仪。高宗欢喜不胜。亦是武昭仪时来运至,恰好来年就生一子,年余又生一女,高宗宠幸益甚。王皇后、萧淑妃恩眷已衰,会昭仪生女,后怜而弄之。后出,昭仪潜扼杀之,上至昭仪宫,昭仪阳为欢笑,发被观之,女已死矣,惊啼问左右,皆言皇后适来此。高宗大怒道:"后杀吾女!"昭仪也泣数其罪。后无以自明,由是有废立之意。

高宗一日退朝,召长孙无忌、李勣、褚遂良、于志宁于殿内,遂良道:"今日之事,多为宫中。既受顾托,不以死争之,何以下见先帝?"绩称疾不入。无忌等至内殿,高宗道:"皇后无子,武昭仪有子,今欲立昭仪为后何如?"遂良道:"先帝临崩,执陛下手,谓臣道:'朕佳儿佳妇,今以付卿。'此陛下所闻,言犹在耳,皇后未闻有过,岂可轻废。"上不悦而罢。明日又言之,遂良道:"陛下必欲易皇后,伏请妙择天下令族,何必武氏?况武氏经事先帝,众所共知,万代之后,谓陛下为何如?"因置笏于殿阶,免冠叩头流血。高宗大怒,命宫人引出。昭仪在帘中大言曰:"何不扑杀此獠?"无忌道:"遂良受先帝顾命,有罪不敢加刑。"韩瑗因间奏事,泣涕极谏,高宗皆不纳。

隔了几日,中书舍人李义府叩阁,表请立武昭仪。适李勣入朝,高宗道:"朕欲立武昭仪为后,前问遂良,以为不可,子当何如?"李勣道:"此陛下家事,何必更问外人?"许敬宗从旁赞道:"田舍翁多收十斛麦,尚欲易妇,况天子乎?"帝意遂决,废王皇后、萧淑妃为庶人,命李勣赍玺绶,册武氏为皇后。贬褚遂良为潭州都督，又贬为爱州刺史，寻卒。

自后僭乱朝政，出入无忌，每与高宗同御殿阁听政，中外谓之“二圣”。高宗被色迷，昏心反畏惧武后，即差人封怀义为白马寺主。又令行人司，迎请母亲来京，赠父武士彟司徒，赐爵周国公，封母杨氏为荣国太夫人，武三思等俱令面君，亲赐官爵，置居京师。武后因恨王皇后、萧淑妃，令人断其手足，投于酒瓮中，道：“二贱奴，在昔骂我至辱，今待他骨醉数日，我方气休。”因此日夜荒淫。

武后怀着那点初心，要高宗早过，便百般献媚。弄得高宗双目枯眩，不能守本。百官奏章，即令武后裁决。武后曾经涉猎文史，弄些聪明见识，凡事皆称圣意，因遂加徽号曰“天后”。一日，高宗因目疾枯塞，心下烦闷，因对天后道：“朕与你终日住在宫中，目疾怎能得愈？闻得嵩山甚是华丽，朕与你同去一游，开爽眼界如何？”天后亦因在宫中，时见王、萧为祟，巴不能个出去游幸，便道：“这个甚好。”

高宗令宫监出来说了，不一时銮仪卫摆列了旗帐队伍，跟了许多宫女。高宗同天后上了一个双凤銮舆坐下，天后道：“文臣自有公务，要他们跟来做甚，只带御林军四五百就够了。”高宗遂传旨大小文臣，不必随御，一应文臣便自回衙门办事。銮仪卫把那些旗帐齐齐整整摆将出来，甚是严肃。在路晓行夜宿，逢州过县，自有官员迎接供奉。

不日已到嵩山，但见奇峰叠出，高耸层云，野鸟飞鸣，齐歌上下。寺门前一条石桥，沸滚的长川冲将下来，奈是秋杪① 的时候，只有红叶似花，飘零石砌。又见那寺里日宫月殿，金碧辉煌。只可恨那寺后一两进小殿，被了火灾，还没有收拾。因天已底暮，在寺门前看那红日落照，游了一回，便转身上辇。天后呆坐了仔细凝思。高宗道：“御妻想什么？”天后道：“聊有所思耳！”因取鸾笺一幅，上写道：

陪銮游禁苑，侍赏出兰闱。
云掩攒峰盖，霞低捶泪旂。
日宫疏涧户，月殿启岩扉。
金轮转金地，香阁曳香衣。
铎吟轻吹发，幡摇薄露稀。

① 杪(miǎo)——树木的末梢。引申为岁月季节的末尾。

昔遇焚芝火，山红迎野飞。
花台无半影，莲塔有金辉。
实赖能仁力，攸资善世威。
慈缘兴福绪，于此欲皈依。
风枝不可静，泣血竟何为？

高宗看天后写完，拿起来念了一遍，赞道："如此词眼新艳，用意古雅，道是翰苑大臣应制之作，岂属佳人游戏之笔？妙极，妙极。"

行了数日，已到宫门首，几个大臣来接驾奏道："李勣抱疴半月，昨夜三更时已逝矣！"高宗见说，为之感伤，赐谥贞武；其孙敬业，袭爵英公。高宗因天后断事平允，愈加欢喜。天后览臣工奏章，见内有薛仁贵讨突厥余党，三箭定了天山，因叹道："几万雄师，不如仁贵之三箭耳！"遂问高宗道："此人有多少年纪？"高宗道："只好三十以内人。"天后道："待他朝见时，妾当觑他。"高宗临朝，薛仁贵进朝复旨，天后在帘内私窥，见其相貌雄伟，心中甚喜，撺掇高宗以小喜赠之。

时天后设宴于华林园，宴其母荣国夫人并三思，高宗饮了一回，有事与大臣会议去了。杨氏换了衣服，同天后、三思各处细玩园中景致。但见：

楼阁层出，树影离奇。纵横怪石，嵌以精庐。环池以憩，万片游鱼。绀树镂楹，视花光为疏密；长栋复道，依草态以萦回。既燠房之奥窔，亦凉室之虚无。乃登峭阁，眺层丘，条八窗之竞开，恍万壑之争流。能不结遥情之亹亹，真堪增逸兴之悠悠。

游玩一遍，荣国夫人辞别天后升舆回第。三思俟杨氏去后，换了衣服，也来殿上游玩一遍，各自散归。武后回宫不提。

且说沛王名贤，周王名显，因宫中无事，各自出资财，相与斗鸡为乐，以表输赢。时王勃为博士，年少多才，二王喜与之谈笑。每至斗鸡时，王勃亦为之欢饮，因作《斗鸡檄文》云：

盖闻昴日，著名于列宿，允为阳德之所钟。登天垂象于中孚，实唯翰音之是取。历晦明而喔喔，大能醒我梦魂；遇风雨而寥寥，最足增人情思。处宗窗下，乐与纵谈；祖逖床前，时为起舞。肖其形以为帻，王朝有报晓之人；节其状以作冠，圣门称好勇之士。秦关早唱，庆公子之安全；齐境长鸣，知群黎之生聚。决疑则荐诸卜，颁赦则设于竿。附刘安之宅以上升，遂成仙种；从宋卿之窠而下视，常伴小儿。唯尔德禽，固非凡鸟。文顶武足，五德见推于田饶；雌霸雄王，二宝呈祥于嬴氏。迈种首云祝祝，化身更号朱朱。苍蝇恶得混其声，蟋蟀安能窃其号。即连飞之有势，何断尾之足虞？体介距金，邀荣已极；翼舒爪奋，赴斗奚辞？虽季郈犹吾大夫，而埘桀隐若敌国。两雄不堪并立，一啄何敢自安？养威于栖息之时，发愤在呼号之际，望之若木，时亦趾举而志扬；应之如神，不觉尻高而首下。于村于店，见异已者即攻；为鹳为鹅，与同类者争胜。爰资枭勇，率遏鸱张。纵众寡各分，誓无毛之不拔，即强弱互异，信有喙之独长。昂首而来，绝胜鹤立；鼓翅以往，亦类鹏搏。搏击所施，可即用充公膳；剪除略尽，宁犹容彼盗啼。岂必命付庖厨，不啻魂飞汤火。羽书捷至，惊闻鹅鸭之声；血战功成，快睹鹰鹯之逐。于焉锡之鸡帏，甘为其口而不羞；行且树乃鸡碑，将味其肋而无弃。倘违鸡塞之令，立正鸡坊之刑。牝晨而索家者有诛，不复同于彘畜；雌伏而败类者必杀，定当割以牛刀。此檄。

高宗见了檄文，便道："二王斗鸡，王勃不行谏诤，反作檄文，此乃交构之际。"遂斥王勃出沛府。王勃闻命，便呼舟省父于洪都。舟次马当山下，阻风涛不得进。那夜秋杪时候，一天星斗，满地霜华。王勃登岸纵观，忽见一叟坐石矶上，须眉皓白，顾盼异常，遥谓王勃道："少年子何来？明日重九，滕王阁有高会；若往会之，作为文词，足垂不朽，胜于斗鸡檄文矣！"勃笑道："此距洪都，为程六七百里，岂一夕所能至？"叟道："兹乃中元①，水府是吾所司，子欲决行，吾当助汝清风一帆。"勃方拱谢，忽失叟所在。勃回船，即促舟子发舟，清风送帆，倏抵南昌。舟人叫道："好呀，谢天地，真个一帆风已到洪州了！"王勃听见，欢喜不胜。

时宇文钧新除江州牧，因知都督阎伯屿有爱婿吴子章，年少俊才，宿构序文，欲以夸客，故此开宴宾僚。王勃与宇文钧亦有世谊，遂更衣入谒，因邀请赴宴，勃不敢辞，与那群英见礼过，即上席。因他年方十四，坐之末席。笙歌迭奏，雅乐齐鸣。酒过三巡，宇文钧说道："忆昔滕王元婴，东征西讨，做下多少功业，后来为此地刺史，牧民下士，极尽抚绥，黎庶不忘其德，故建此阁，以为千秋仪表。但可惜如此名胜，并无一个贤人做一篇序

---

① 中元——阴历七月十五为中元节。

文,镌于碑石,以为壮观。今幸诸贤汇集,乞尽其才,以纪其事何如?”遂叫左右取文房四宝,送将下去。

诸贤晓得吴子章的意思,各各逊让,次第[①] 至勃面前。勃欲显己才,受命不辞。阎公心中转道:“可笑此生年少不幸,看他做什么出来!”遂起更衣,命吏候于勃旁:“看他做一句报一句,我自有处。”王勃据了一张书案,提起笔来,写着:“南昌故郡[②],洪都新府。”书吏认真写一句报一句,阎公笑道:“老生常谈耳。”次云:“星分翼轸[③],地接衡庐[④]。”阎公道:“此故事也。”又报至:“襟三江而带五湖[⑤],控蛮荆而引瓯越。”阎公即不语。俄而数吏沓报至,阎公即颔颐[⑥] 而已,至“落霞与孤鹜齐飞,秋水共长天一色”,不觉矍然[⑦] 道:“奇哉此子,真天才也! 快把大杯送酒去助兴。”

顷而文成,左右报完,忽见其婿吴子章道:“此文非出自王兄之大才,乃赝笔也。如不信,婿能诵之,包你一字不错。”众人大惊。只见吴子章从“南昌故郡”背起,直至“是所望于群公”,众人深以为怪。王勃说道:“吴兄记诵之功,不减陆绩诸人矣,但不知此文后,小弟还有小诗一首,吴兄可诵得出么?”子章无言可答,抱惭而退。只见王勃又写上一言均赋,四韵俱成:

> 滕王高阁临江渚[⑧],佩玉鸣鸾罢歌舞。
> 画栋朝飞南浦云,朱帘暮卷西山雨。
> 闲云潭影日悠悠,物换星移几度秋。
> 阁中帝子今何在? 槛外长江空自流。

---

① 次第——依次。

② 南昌句——此为王勃《秋日登洪府滕王阁饯别序》的首句。清光绪吴县蒋氏刻本《王子安集》作“豫章故郡”。今江西南昌市隋时称豫章郡。

③ 翼轸——均为星宿名。

④ 衡庐——即衡山、庐山。

⑤ 襟三江句——襟,衣襟,这里用作动词:面对。带,腰带,也用作动词:围绕。

⑥ 颔颐(hàn yí)——颔,下巴。颐,面颊。这里都用作动词,即点头微笑。

⑦ 矍然——惊视的样子。

⑧ 渚(zhǔ)——水中的小块陆地。《尔雅·释水》:“水中可居者为洲,小洲为渚。”

阎公与宇文钧见之，无不赞美其才，赠以五百缣[①]，才名自此益显。

却说高宗荒淫过度，双目眩眊[②]。天后要他早早归天，时刻伴着他玩耍，朝中事务，俱是天后垂帘听政。一日看本章内，礼部有题请建坊旌表贞烈一疏。天后不觉击案的叹道："奇哉！可见此等妇人之沽名钓誉，而礼官之循声附会也。天下之大，四海之内，能真正贞烈者，代有几人？设或[③] 有之，定是蠢然一物，不通无窍之人；不是为势所逼，即为义所束。闺阁之中，事变百出，掩耳盗铃，谁人守着。可笑这些男子，总是以讹传讹，把些银钱换一个牌坊，假装自己的体面，与母何益？我如今请贞烈建坊的一概不准，却出一诏，凡妇人年八十以上者，皆版授郡君赐宴于朝堂，难道此旨不好是前朝？"遂写一道旨意于礼部颁谕天下，时这些公侯驸马以及乡绅妇女，闻了此旨，各自高兴，写了履历年庚，递进宫中。天后看了一遍，足有数百，天后拣那在京的年高者，点了三四十名，定于十六日到朝堂中赴宴。至日，席设于宝华殿，连自己母亲荣国夫人亦预宴。时各勋戚大臣的家眷，都打扮整齐而来。

独有秦叔宝的母亲宁氏，年已一百有五，与那张柬之的母亲滕氏，年登九十有余，皆穿了旧朝服，来到殿中。各各朝见过，赐坐饮酒。天后道："四方平静，各家官儿俱在家静养，想精神愈觉健旺。"秦太夫人答道："臣妾闻事君能致其身，臣子遭逢明圣之主，知遇之荣，不要说六尺之躯，朝廷豢养，即彼之寸心，亦不敢忘宠眷。"天后道："令郎令孙，都是事君尽礼，岂不是太夫人训诲之力？"张柬之的母亲道："秦太夫人寿容，竟如五六十岁的模样，百岁坊是必娘娘敕建的了。"荣国夫人道："但不知秦太夫人正诞在于何日，妾等好来举觞。"秦母道："这个不敢，贱诞是九月二十三日，况已过了。"过三巡，张母与秦母等各起身叩谢天后。明日，秦叔宝父子暨张柬之辈俱进朝面谢，天后又赐秦母建坊于里第，匾曰：福寿双高。此一时绝胜。

后事如何，且听下回分解。

---

① 缣(jiān)——双丝的细绢。

② 眩眊(mào)——眼睛失神。

③ 设或——假若。

第七十二回

张昌宗行傩[①] 幸太后　冯怀义建节抚硕贞

诗曰：

春风着处惹想思，总在多情寄绿枝。
莫怪啼莺窥绣幕，岂怜佳树绕游丝。
盈盈碧玉含娇目，袅袅文姬下嫁时。
博得回眸舒一笑，凭他见惯也魂痴。

谚云：饱暖思淫欲，是说寻常妇人，若是帝后，为天下母仪，自然端庄沉静，无有邪淫的。乃古今来，却有几个？秦庄襄后晚年淫心愈炽，时召吕不韦入甘泉宫；不韦又觅嫪毐[②]，用计诈阉割，使嫪毐如宦者状，后爱之，后被杀，不韦亦车裂。汉吕后亦召审食其[③]入宫，与之私通。晋夏侯氏，至与小吏牛金通，而生元帝，流秽宫内，遗讥史策。可惜月下老布置姻缘，何不就拣这几个配偶，使他心满意足，难道他还有什么痴想？

如今再说天后在宫中淫乱，见高宗病入膏肓，欢喜不胜。一日高宗苦头重，不堪举动，召太医秦鸣鹤诊之。鸣鹤请刺头出血可愈。天后不欲高宗疾愈，怒道："此可斩也，乃欲于天子头刺血！"高宗道："但刺之，未必不佳。"乃刺二穴出少血。高宗道："吾目似明矣！"天后举手加额道："天赐也。"自负彩百匹，以赐鸣鹤。鸣鹤叩头辞出，戒帝静养。天后好像极爱惜他，时伴着依依不舍。岂知高宗病到这时，还不肯依着太医去调理，还要与天后亲热，火升起来，旋即驾崩，在位三十四年。天后忙召大臣裴炎等于朝堂，册立太子英王显为皇帝，更名哲，号曰中宗；立妃韦氏为皇后，诏

---

① 傩(tān)——行步有姿态。

② 嫪毐(lào ǎi)——战国时秦平民，因阳具伟壮，吕不韦使诈阉入宫事秦庄襄后，后事败被秦王政诛杀。

③ 审食(yì)其(jī)——西汉沛县人，初任汉高祖舍人，渐为吕后亲信。吕后主政时，任左丞相，权倾朝野。

以明年为嗣圣元年，尊天后为皇太后，擢后父韦元贞为豫州刺史，政事咸取决于太后。

一日，韦后无事，在宫中理琴，只见太后一个近侍宫人，名唤上官婉儿，年纪只有十二三岁，相貌娇艳，性格和顺；生时母梦人畀大秤而生，道使此女称量天下，后遂颇通文墨，有记诵之功。偶来宫中闲耍，韦后见了便问道："太后在何处，你却走到这里来?"婉儿道："在宫中细酌。我不能进去，故步至此。"韦后道："岂非冯、武二人耶！"婉儿不语。韦后道："你这点小年纪，就进去何妨?"婉儿道："太后说我这双眼睛最毒，再不要我看的。"韦后道："三思犹可，那秃驴何所取焉！"正说时，只见中宗气忿忿的走进宫来，婉儿即便出去。韦后道："朝廷有何事，致使陛下不悦?"中宗道："刚才御殿，见有一侍中缺出，朕欲以与汝父，裴炎固争，以为不可。朕气起来对他们说：'我欲以天下与韦元贞，何不可，而惜侍中耶！'众臣俱为默然。"韦后道："这事也没要紧，不与他做也罢了。只是太后如此淫乱奈何?听见冯、武又在宫中吃酒玩耍。"中宗道："诗上边说：'有子七兮，莫慰母心。'母要如此，叫我也没奈何。"韦后道："你倒有这等度量。只是事父母几谏，宁可悄悄的谏他一番。"中宗道："不难，我明日进宫去与他说。"

到了明日，中宗朝罢，先有宫监将中宗要与韦元贞为侍中并欲与天下，与太后说了。太后道："这般可恶。"不期中宗走进宫来，令诸侍婢退后，悄悄奏道："母后恣情，不过一时之乐，恐万代后青史中不能为母后隐耳，望母后早察。"太后正在含怒之际，见他说出这几句话来，又恼又惭，便道："你自干你的事罢了，怎么毁谤起母来？怪不得你要将天下送与国丈，此子何足与事！"遂召裴炎废中宗为庐陵王，迁于房州；封豫王旦为帝，号曰睿宗，居于别宫。所有宫内大小政事咸决于太后，睿宗不得与闻。太后又迁中宗于均州，益无忌惮，心甚宽畅。又知宗室大臣怨望，心中不服，欲尽杀之。盛开告密之门，有告密称旨者，不次除官。用索元礼、周兴、来俊臣共撰《罗织经》一卷，教其徒网罗无辜。

中宗在均州闻之，心中惴惴不安，仰天而祝，因抛一石子于空中道："我若无意外之虞，得复帝位，此石不落。"其石遂为树枝勾挂。中宗大喜，韦后亦委曲护持之。中宗道："他日若复帝位，任汝所欲，不汝制也。"这是后事，不提。

且说洛阳有张易之、张昌宗兄弟二人，他父亲原是书礼之家，一日因科举到京中应试,寓在武三思左近。恰好三思与怀义不睦,要夺他宠爱,遂荐昌宗兄弟于太后,不提。

却说怀清见怀义到白马寺里去,料想他不能个就来,适有一睦州客人陈仙客,相貌魁伟,更兼性好邪术,怀清竟蓄了发,跟他到睦州,那寺侧毛皮匠,也跟去做了老家人。恰值那年睦州亢旱,地里忽裂出一个池来,中间露出一条石桥,桥上刻着"怀仙"两字,人到池边照影,一生好歹,都照出来。因此怀清夫妻也去照照,那知池中现出竟如天子皇后的打扮,并肩而立。怀清深以为怪,对仙客道:"桥上'怀仙'二字,合着你我之名,又照见如此模样,武媚娘可以做得皇帝,难道我们偏做不得?"遂与仙客开起一个崇义堂来,只忌牛犬,又不吃斋,所以人都皈依信服。男人怀清收为徒,女人仙客收为徒,不上一两年,竟有数千余人。怀清自立一号,曰"硕贞",拣那些精壮俊俏后生,多教了他法术,皆能呼风唤雨。不期被县尹晓得了,要差兵来捕他,那些徒弟们慌了,报知陈仙客、硕贞。硕贞见说,选了三四百徒弟,拥进县门,把县尹杀了,据了城池,竖起黄旗,自称文佳皇帝。仙客称崇义王,远近州县望风纳款。扬州刺史阴润只得申文报知朝廷。

是日,太后闲着无事,恰值差人去请怀义在宫中二雅轩宴饮,见了奏章,太后微笑道:"天下只道唯我在女子中有志敢为,可谓出类拔萃者矣。不意此女亦欲振起巾帼之意,擅自称帝。"怀义道:"莫非就是睦州文佳皇帝陈硕贞么?前日有两个女尼对臣说那陈硕贞凶勇无比,说起来就是感业寺里怀清,未知确否?"正说时,只见象州刺史薛仁贵申文请发兵讨陈硕贞,附有夫人小喜一副私礼,禀启中备说陈硕贞就是怀清,在睦州起义,会遇异人,得了天书箓① 符,凶锋难犯,或抚或剿,恩威悉听上裁。太后道:"我说那里有这样斗气的女子,原来果是令姊。"怀义亦笑道:"罢了,男人无用的了,怎么一个柔弱女子便做得这个田地?"太后笑道:"这样话只算得放屁。舜何人也,予何人也,有为者亦若是。难道女子只该与男子践如敝屣的?我前日的意思,建官分职,原要都用女子,男人只充使令,举朝皆妇人,安在不成师济之盛?我今烦你去招安他,难道他不肯来?"怀义道:"臣无官职,怎能够去招他?"太后道:"我封你一个大将军之职,你去何如?"即传旨封怀义为右卫大将军之职,星夜往睦州,招抚陈硕贞。咨文发

---

① 箓(lù)——道教的秘文秘录。

下，怀义便辞朝，太后又叮咛了许多话，差御林军三千助之。又移咨象州刺史薛仁贵会兵接应。仁贵得了旨意，亦发兵进剿。

原来陈硕贞夫妻两个近日不睦，仙客嫌妻拥着精壮徒弟，不与他管；硕贞亦嫌其抢虏娇娃，带了随处宣淫。你道我兵强，我道己兵胜，因此大家分路，各自建功。仁贵将到淮上，早有细作来报道："崇义王陈仙客带了一二千人马，离此地只有三十余里，要到徐州借粮，伏乞老爷主裁。"薛仁贵即便驻扎，点三百精兵，扮作逃难百姓，星夜赶去伏着；又发一百精兵，扮做贩酒煮的客人；又发二百精兵，扮作香客，看前头下得手处埋伏。吩咐完了，各自起行。

仁贵自己统领大军，连夜追赶，离贼只有二三里便停住。候至半夜，只听得一声号炮，仁贵如飞赶上前去，只见后边火星迸起，炮声不绝。仁贵持枪，直杀到寨门，可怜那些贼兵，从未逢这样精锐，各自卸了甲胄走了。陈仙客尚在炕上安寝，睡梦中听得杀喊，正要想逃走，那晓得仁贵一条枪直刺进来，被后边四五个精兵杀进，逃走不及，被仁贵一枪刺死在地，枭了首级。还有七八百人，见主帅被诛，只得弃戈投降。

却说怀义同了三千御林军起行，预先差四五个徒弟扮作游方僧人，去打听可是怀清还俗的。众徒弟领命去了，自己却慢慢而行。过了几日，只见那四五个徒弟同了一个老人家转来，怀义问道："所事可有着实么？"徒弟道："文佳皇帝一个亲随家人被我们哄到这里，师爷去问他便知。"怀义出来问道："你是那里人？姓什么？"那老者道："难道老爷不认得小的了？小的姓毛，名二，长安人，当年住在感业寺侧首，做皮匠为活。小的单身，时常蒙怀清师父热汤茶饭，总承我的；不想被那睦州陈仙客王爷，到寺中拐了六师父，竟往睦州蓄了发，做了夫妻，小的也只得随他去了。"怀义问道："他们有什么本事，哄骗得这些人动？"毛二道："那陈仙客喜的是诅咒邪术，不想遇着六师父更聪明，把这些书符秘诀练习精熟，着实效验，故此远近男女知道，都来降服皈依。"怀义道："你知陈仙客勇力如何？"毛二垂泪道："老爷，我们的主儿已死，还要问他什么勇力？"怀义听见喜道："几时死的？"毛二道："前日被薛仁贵来剿他，不意路上撞见，黑夜里杀进寨来。我那主人正在睡梦中，不及穿甲，被他杀了。"怀义道："你这话不要调谎。"毛二道："小的若是调谎，听凭老爷处死。"怀义道："你如今要往那里去？"毛二道："小的要去报知王爷的死信。"怀义道："你不晓得，你文佳皇帝与我是亲戚。”毛二道:“小的怎么不晓得?”怀义道:“朝廷晓得他造反,故此差我来招安。你今要去报知他崇义王死信,可同我的人去,他便明白了。”说罢,怀义就写一封书,一件东西,付与四个徒弟,又叮咛了一番,徒弟同毛二起身去了。

行不多几日,到了沛县,只见他们摆着许多营盘,在城外把守,守营军卒看见了问道:“毛老伯,你为何回来了?你们那里何如?”毛二摇手道:“少顷便知,皇爷在何处?”小卒道:“在中军。”毛二如飞走到中军报知,叫毛二进去,毛二跪在地上,只是哭泣。陈硕贞心焦道:“你这老儿好不晓事,好歹说出来罢了,为什么只管啼哭?”毛二将崇义王如何行兵,薛仁贵如何举动,不想王爷正在宴乐之时杀进来死了。陈硕贞不觉大恸。正哭时,毛二又说道:“皇爷且莫哭,有一件事在此,悉凭皇爷主裁。”取出那怀义的一封书来。陈硕贞接了书,看见封面上写着“白马寺主家报”,便问:“你如何遇见了怀义?”毛二将骗去一段说了。陈硕贞将怀义的书拆开,只见上写道:

> 忆昔情浓宴乐,日夕佳期,不意翠华临幸,忽焉分手,此际之肠断魂消,几不知有今日也。自贤姊乔迁,细访至今,始知比丘改作花王,雨师堪为敌国,虽杨枝之水,一滴千条,反不如芸香片席,共沐莲床也。良晤在即,先此走候。统唯慈照不宣。怀清贤姊庄次,辱爱弟冯怀义顿首拜。

毛二道:“他那里差四个童子在外。”硕贞便叫唤他进寨来。毛二出去不多时,领着四个徒弟走进寨门。两边刀枪密密,剑戟重重,上边一个柔弱女子,相貌端严,珠冠宝顶,着一件暗龙羢色战袍,大红花边镶袖口。四个徒弟一见这般光景,只得跪下叩头道:“家爷启问娘娘好么?”陈硕贞道:“你家老爷,朝廷待得好么?”徒弟答道:“好。家爷有一件东西在此,奉与娘娘,须屏退众人。”陈硕贞道:“多是我的心腹。”那徒弟就在袖中取将出来,硕贞接在手中一看,却是前日临别时赠与怀义的白玉如意。硕贞见了双泪交流便道:“我只道我弟永不得见面的了,谁知今日遭逢。”便对四个徒弟道:“这里总是一家,你们住在此,待你老爷来罢。”四人只得住下。

过了一宵,五更时分,听得三个轰天大炮,早有飞马来报道:“敌兵来了!”陈硕贞道:“这是我家师爷,说甚敌兵!”各寨穿了甲胄,如飞摆齐队伍,也放三声大炮,放开寨门,硕贞差人去问:“是何处人?”怀义的兵道:

“我们是白马寺主右卫大将军冯爷,你们来的是何人?”军卒答道:“是文佳皇帝在此。”说了,就转身去报与陈硕贞。硕贞选了三四十人跟了,跨上马,来接圣旨。怀义叫三千御林军驻扎站立,自同三四十个徒弟背了玉旨,昂然而来。到硕贞寨中,香案摆列。硕贞接拜了圣旨,两个相见过,拥抱大哭,到后寨中去各诉衷情。正欲摆酒上席,城内各官俱来参谒。怀义差人辞谢了,对硕贞道:“贤姊既已受安,部下兵马如何处置?”硕贞道:“我既归降,自当同你到京面圣,兵马且屯扎睦州再处。”怀义道:“如此绝妙。”硕贞传众军头目说了,军马只得暂在睦州驻扎候旨,只带三四十亲随,同怀义亲切的慢慢而行。

行不及两三日,遇见了薛仁贵兵马,怀义把招安事体对他说了。仁贵道:“既是事体已妥,师爷同令姊面圣,学生具疏上闻,去守地方了。”大家相别,仁贵自回象州去了。怀义同硕贞一路而行,到了京中,报知太后,太后晓得陈硕贞到了,怀义先进宫去说明,差个官儿去接,即召陈硕贞进宫。太后一见,悲喜交集,大家把别后事情说了,留在宫中住了两三日,赠了金银缎匹,买一所民房居住,敕赐硕贞为归义王,与太后为宾客;怀义赐封鄂国公。

后事如何,下回分解。

第七十三回

安金藏剖腹鸣冤　骆宾王草檄讨罪

词曰：

兔走乌飞，一霎时，翻腾满目。兴告讦，网罗欲尽，律严刑酷。眼底赤心肝一片，天边鳄泪愁千斛。吐尽怀草檄，整天廷，仇方复。　斟绿酒，浓情续。烧银烛，新妆簇。向风亭月榭，细谈衷曲。此夜绸缪恩未竟，来朝离别情何促？倩东风，博得上林归，双心足。

——右调《满江红》

从古好名之士，为义而死；好色之人，为情而亡。然死于情者比比，死于义者百无一二。独有春秋时卫大夫弘演纳懿公之肝于腹中；战国时齐臣王烛闻闵王死，悬躯树枝，自奋绝脰而亡。立心既异，亦觉耳目一新，在宇宙中虽不能多，亦不可少。

今说太后在宫追欢取乐，倏忽间又是秋末冬初。太平公主乃太后之爱女，貌美而艳，丰姿绰约，素性轻佻，惯恃母势胡作敢为。先适薛绍，不上两三年既死；归到宫中，又思东寻西趁，不耐安静。太后恐怕拉了他心上人去，将他改适大夫武攸暨，不在话下。

是日恰值太后同武三思在御园游玩，太后道："两日天气甚是晴和。"三思道："天气虽好，只是草木黄落，觉有一种凋零景象，终不如春日载阳，名花繁盛之为浓艳耳！"太后道："这又何难？前日上林苑丞奏梨花盛开，梨花可以开得，难道他花独不可开，况今又是小春时候，明日武攸暨必来谢亲，赐宴苑中，当使万花齐放，以彰瑞庆。"三思道："人心如此，天意恐未必可。"太后笑道："明日花若开了，罚你三大杯酒。"三思亦笑道："白玉杯中酒，陛下时常赐臣饮的，只是如今秋末冬初的天气，那得百花齐放来？"太后怒目而视，别了三思回宫，便传旨宣归义王陈硕贞入朝，将前事与他说了，叫他用些法术，把苑中树木尽开顷刻之花，以显瑞兆。

硕贞道："若是明日筵宴，陛下要一二种花，臣或可向花神借用。若要万花齐发，这是关系天公主持，须得陛下诏旨一道，待臣移檄花神，转奏天

廷,自然应命。”太后展开黄纸,写一诏道:

明朝游上苑,火速报春知。

花须连夜发,莫待晓风吹。

太后写完,将诏付陈硕贞;硕贞又写了一道檄文,别了太后,竟到苑中,施符作法,焚与花神不题。太后又传旨着光禄寺正卿苏良嗣进苑整治筵席。

再说武三思回家,途遇了怀义。怀义问道:“上卿何不宿于宫,而跋涉道途耶?”三思道:“可笑太后要向花神借春,使明早万花齐放。我想人便生死由你,这发蕊放花系上帝律令,岂花神可以借得。我与你到明日看苑中之花,便知天意。”两人大笑而别。

到了明日,天气愈觉融和,怀义放心不下,忙进苑来。只见万卉敷[①]荣,群枝吐艳,一转转到畅华堂来,一个官儿在那里主持。原来苏良嗣因为旨意,叫他检点筵席,故早到此。怀义被他看见,便道:“何物秃驴辄敢至此!”怀义见他说这两句话,道他眼睛有些近视,只得忍着气对苏良嗣道:“苏老先,彼此朝廷正卿,难道学生来不得的?”苏良嗣道:“今日是武附马谢亲,是一席喜筵,朝廷差我在此料理。你是何科目出身,居为正卿,妄自尊大?你若不走,我就把朝笏来批你的颊[②],看你把我如何?”怀义睁着眼睛,要发出话来,不意苏良嗣向着怀义把牙笏照脸批来,打了几下。怀义着了忙,只得逃进太后宫中,双膝跪下。

太后道:“你为何这般光景?”怀义道:“苏良嗣无礼,见了臣僧,便批臣的颊。”太后道:“他在何处打你?”怀义道:“在苑中畅华堂。”太后即挽他起来道:“是朕叫他在那里主持酒席的,你为什么到那里闲走起来?南衙宰相往来,今后阿师当从北门出入。”便叫内侍吩咐司北门的官儿:“今后上师进来,不可禁止。”又对怀义道:“你今日住在此,待他们酒席散了,朕与你去游赏如何?”

且说苏良嗣在畅华堂检点,屏开孔雀,座映芙蓉,满山百花开放,照耀的好不热闹。只见御史狄仁杰领着各官进来,见了这些花朵,不胜浩叹道:“奇哉,天心如此,人意何为?”内史安金藏道:“不知万卉中可有不开的?”众臣各处闲看,唯有槿树,杳无萌芽,仍旧凋零,不觉赞叹道:“妙哉槿

---

① 敷(fū)——铺陈,摆开。

② 批你的颊——打你的耳光。

树,真可谓持正不阿者矣!”正说时,只见驸马武攸暨进宫去朝见了,到畅华堂来领宴,又见许多宫女,拥着太后进来,叫大臣不必朝参,排班坐定。太后道:“草木凋零,毫无意兴,故朕昨宵特敕一旨,向花神借春,不意今朝万花齐放,足见我朝太平景象。此刻饮酒,须要尽兴回去,或诗或赋做来,以记盛事。”又吩咐内侍去看万卉中有违诏不开的,左右道:“万花齐放,只有槿树不开。”太后命左右剪除枝干,谪在野间,编篱作障,不许复植苑中。

那武三思辈,这些谄佞之徒,无不谀词赞美。独有狄仁杰等俱道:“春荣秋落,天道之常。今众花特发,亦陛下威福所致,但冬行春令,还宜修省。”酒过三巡,众臣辞退。太后也因怀义在内,命驾进宫。

武三思看见太后不邀他到宫里去,心中疑惑,走到旁边,穿过了玩月亭,将到翠碧轩转去,只见上官婉儿倚栏呆想。正是:

淡白梨花面,轻盈杨柳腰。

倚栏惆怅立,妩媚觉魂消。

三思在太后处时常见他,也彼此留心。今日见他独自在此,好不欢喜,便道:“婉姐,你独自在此想着甚来,敢是想我么?”婉儿撇转头来,见是三思,笑道:“我是不想你,另有个心上人在那里想着。”三思道:“是那个?”婉儿道:“我且问你,今日在畅华堂中赴宴,为何闯到这里?”三思道:“你莫管。我同你到翠碧轩里去,有话问你。”婉儿道:“有话就在此说罢。”三思笑道:“我偏要到轩里去说。”婉儿没奈何,只得随了他到轩里来。三思问道:“谁在太后宫中玩耍?”婉儿道:“是怀僧。”三思便把婉儿搂住道:“亲姐姐,你方才说有人想我,端的是那个?”婉儿便道:“韦后在宫时,我常在他面前赞你如何风流,如何温存,又说你同太后在宫如何举动,他便长叹一声,好似痴呆的模样道:‘怪不得太后爱他!’这不是他想你么?可惜如今同圣上移驾房州去了。他若得回来,我引你去,岂不胜过上宫么?”三思道:“韦后既有如此美情,我当在太后面前竭力周全,召还庐陵王便了。”说了,分手而别。

时索元礼、周兴、来俊臣辈同在畅华堂与宴,觉得狄仁杰、安金藏诸正人,意气矜骄,殊不为礼,心中饮恨。怀义又怪苏良嗣批其颊,大肆发怒。适虢州人杨初成矫制募人迎帝于房州,太后敕旨捕之。怀义买嘱周兴,诬苏良嗣、狄仁杰与安金藏等同谋造反。来俊臣又投一扇于匭[①]上，有《醉花阴》词二首，云是皇嗣讥讪母后，同谋不轨。词云：

花到春开其常耳，破腊花有几。除去一枝梅，再要花开，只恐无其二。上苑催花丹诏至，不许拘常例。草木亦何知，役使随入，博得天颜喜。

违例开花花何意？要把君王媚。昨夜诏花开，今早来看，却果都开矣。槿树一枝偏独异，不肯随凡卉。篱下尽悠然，万紫千红，对此应含愧。

太后见了大怒，然知狄仁杰乃忠直之臣，用笔抹去，余谕索元礼勘问。元礼临审酷烈，不知诬害了多少人，把苏良嗣一夹，要他招认谋反。良嗣喊道："天地九庙之灵在上，如良嗣稍有异心，臣等愿甘灭族。"又把安金藏要夹起来。金藏道："为子当孝，为臣当忠；如君欲臣死，臣孰敢不死？但欲叫臣去陷君，臣不为也。今既不信金藏之言，请剖心以明良嗣不反。"即引佩刀自剖其胸，五脏皆出，血涌法堂。杜景俭、李日知他两个尚存平恕，见了忙叫左右夺住佩刀，奏闻太后。太后即传旨，着俊臣停推，叫太医院看视。

安金藏此事远近传闻。眉州刺史英公徐敬业同弟敬献，行至扬州，忽闻此报，不胜骇怒道："可惜先帝天挺英雄，数载亲临鏖战，始得太平。至今日被一妇人安然坐享，把他子孙翦灭殆尽。难道此座，竟听他归之武氏乎？举朝中公卿，何同木偶也！"敬献道："吾兄是何言欤？众臣俱在辇毂之下，各保身家，彼虽淫乱，朝廷之纪纲尚在，但可恨这班狐鼠之徒耳。如今日有忠义之士，出而讨之，谁得而禁哉！正说时，只见唐之奇、骆宾王进来。原来唐、骆因坐事贬谪，皆会于扬州，二人听见了，便道："好呀，你们将有不轨之志，是何缘故？"敬业道："二兄来得正妙，有京报在这里，请二兄去看便知。"

二人看了一遍，唐之奇只顾叹气。骆宾王对敬业道："这节事，令祖先生若存，或者可以挽回，如今说也徒然。"敬业道："贤兄何必如此说，人患不同心耳。设一举义旗，拥兵而进，孰能御之？"唐之奇道："既如此说，兄何寂然？"骆宾王道："兄若肯正名起义，弟当作一檄以赠。"敬业道："兄若

---

① 匭(guǐ)——匣子，小箱子。

肯扶助，弟即身任其事，即日祭告天地，祀唐祖宗，号令三军，义旗直指耳！且把酒来吃，兄慢慢的想起来。”骆宾王道：“这何必想，只要就事论事说去，已书罪无穷矣。”敬献道：“只就断后妃手足，这种利害之心实男子所无。”一回儿摆上酒来，大家用巨觞饮了数杯，宾王立起身来说道：“待弟写来，与诸兄一看，悉凭主裁。”忙到案边，展开素纸写道：

伪周武氏者，人非和顺，地实寒微。昔充太宗下陈①，尝以更衣②入侍。洎③乎晚节，秽乱春宫，潜隐先帝之私，阴图后庭之嬖④。入门见妒，蛾眉不肯让人；掩袖工谗，狐媚偏能惑主。践元后于翚翟⑤，陷吾君于聚麀⑥；加以虺蜴⑦为心，豺狼成性。近邪狎僻⑧，残害忠良，杀姐屠兄，弑君鸩母，人神之所共嫉，天地之所不容，犹复包藏祸心，窥窃神器⑨。君之爱子，幽之于别宫；贼之宗盟，委之以重任⑩。呜呼霍子孟之不作，朱虚侯之已亡⑪。燕啄王孙⑫，知汉祚⑬之就尽；龙漦帝后，识

---

① 下陈——这里指入宫为“才人”。

② 更衣——更换衣服，古人亦作“上厕所”的代用语。此指武后为才人时，因捧盆与晋王洗手而获宠之事。

③ 洎(jì)——及，至。

④ 嬖(bì)——宠幸。

⑤ 践元后句——指武氏设计使高宗废掉王皇后，而使自己当上了皇后。翚翟(huī zhái)，都是野鸡。

⑥ 陷吾君句——指武氏先后事太宗、高宗父子。聚麀(yōu)，爷子共牝。鹿曰麀，雌鹿。

⑦ 虺蜴(huī yì)——蝮蛇和蜥蜴。

⑧ 狎僻——小人。

⑨ 神器——指国家政权。

⑩ 贼之宗盟二句——指武氏重用武家族人。

⑪ 呜呼二句——霍子孟，汉霍光；朱虚侯，即汉刘章，汉高祖子齐悼惠王之子。两人都曾匡救汉室。

⑫ 燕啄王孙句——汉童谣云：“燕飞来，啄皇孙。皇孙死，燕啄矢。”汉成帝主赵飞燕为皇后，飞燕害死后宫许多皇子。

⑬ 祚(zuò)——国家命运。

夏庭之遽衰①。敬业皇唐旧臣，公侯冢子，奉先君之承业，荷朝廷之厚恩。

敬业坐在旁边，看他一头写，一头眼泪落将下来，忍不住移身去看，只见他写道：

公等或家传汉爵，或地协周亲；或膺重寄于话言，或受顾命于王室；言犹在耳，忠岂忘心？一抔之土② 未干，六尺之孤何托？请看今日之域中，竟是谁家之天下③。

敬业看完，不觉杯儿落将下来，双手击案大恸。宾王写完，把笔掷于地上道："如有看此不动心者，真禽兽也！"众人亦走来念了一遍，无不涕泗交流。岂知一道檄文，如同治安策，可为痛哭者一，可为流涕者二，可为长叹息者六，弄得一堂之上，彼此哀伤。敬猷道："这节事不是哭得了事的，只要诸公商议做去便了。"大家复坐。敬业道："明日屈二兄早来，尚有几个好相知，邀他同事。"骆、唐二人，唯唯而别。

时狄仁杰为相，见狱中引虚伏罪者，尚有八百五十余人。仁杰俱疏，将索元礼等残酷之事奏闻太后，命严思善按问。思善与周兴方推事对食，谓兴道："囚多不承，当为何法？"兴道："令囚入瓮，以火炙之，何事不承？"思善乃索大瓮，炽炭如兴法，因起谓兴道："有内状推公，请公入此瓮。"兴叩头伏罪，流岭南为仇家所杀。索元礼、来俊臣弃市，人争啖其肉，斯须而尽。太后知天下恶之，乃下制数其罪恶，加以赤族之诛。这些残酷之事，一朝除灭殆尽，军民相贺道："自今眠者背始贴席矣。"

一日，武三思进宫，将徐敬业檄文并裴炎回敬业书与太后看。太后看罢，不觉怡然长笑，问："此檄出自谁手？"三思道："骆宾王。"太后道："有才

---

① 龙漦(lí)二句——漦，龙的涎沫。帝后，指夏帝。古时传说，有二神龙降于夏宫，请夏帝藏其漦以保平安。夏帝以木盒贮之，三代莫发。至周厉王时启盒，龙漦化为玄鼋，一妇遭而孕，生一女郎褒姒。幽王以之为后，未久西周遂亡。此二句意为：夏朝的衰亡，在神龙降临时已现征兆。

② 一抔(póu)之土——一捧，一掬。

③ 请看二句——至此，《代李敬业传檄天下文》并未结束，此后尚有八字。此句前尚有一百五十二字，"公等"句前，尚有一百三十字。读者不可将之误视为此檄文的全部。另，原文"公等或居汉地，或叶周亲"，现据清陈熙晋笺注《骆临海集》校过。

如此，而使之流落不偶，则前此宰相之过也。”三思因问敬业约炎为内应，而炎书只有“青鹅”二字，众所不解。太后道：“此何难解，青者十二月也，鹅者我自与也，言十二月中至京，我自策应也。今裴炎出差在外，且不必追捉，只遣大将李孝逸，征讨敬业便了。但我想庐陵王在房州，他是我嫡子，若有异心，就费手[①]了，要着一个心腹去看他作何光景[②]？只是没有人去得。”三思想起婉儿说韦后慕我之意，便道：“我不是陛下的心腹么，就去走遭。”太后道：“你是去不得的。”三思道：“此行关系国家大事，若他人去，真假难信。”太后唯唯，只见宫娥报说：“师父进来了！”太后叫婉儿：“你且送武爷出去。”婉儿对三思道：“我同你到右首转出去罢。”三思道：“为什么不往东边走？”婉儿道：“西边清净些。”三思会意，勾住他的香肩，取乐一回，又把太后要差人往房州去的事说了，叫他撺掇我去。婉儿道：“这在我，我有些礼物，送与韦娘娘，待我修书一封，打动他便了，只是日后不要把我撇在脑后。”三思道：“这个自然。”随即分手出宫。

到了次日，太后有旨，着武三思速往房州公干。三思得了旨意，进宫辞别太后，太后叮咛数语，婉儿暗将礼物并书递与三思。三思随即起身。

不多几日，已到房州，天色已晚，上店歇了，随叫手下假说是文爷在这里买些小货。三思到了夜间，闲语中问及：“庐陵王在这里可好么？”店主人道：“王爷甚好，唯与比丘时常往来。这里有感德寺大和尚，号慧范，王爷朔望[③]必到寺中，听他讲经说法；至于百姓，真是秋毫无犯。可惜这个好皇爷，不知为什么事，他母后不喜欢，赶了出来。”三思心上想道：“庐陵如此举动，无异心可知的了，更喜今日是十四，明日是望日，待他出门，我去方妙。”过了一宵，明日捱到日中，跟了三四个小使，肩舆而至。

门上人知是武三思，不知为什么事体，忙去报知韦后。韦后叫太监进去问：“那武爷是怎样来的？还有何人奉陪？”太监答了。韦后道：“既如此，他与我们是至戚，不妨请进宫来相见。”太监出去请进宫来。三思看见韦后走将出来，但见：

身躯袅娜，艳态娉婷。鼻倚琼瑶，眸含秋水，生成秀发，尽堪盘窝龙

---

① 费手——麻烦。

② 光景——情形，情况。

③ 朔望——朔日和望日，即农历每月初一和十五。

髻;天与娇姿,慢看舞袖吴宫。

三思连忙拜将下去,韦后也回拜了坐定。韦后问道:“太后好么?”三思笑道:“比先略觉宽厚些。”韦后垂泪道:“我们皇爷,偶然触了母后一句,不想被逐。如今我夫妇不知何日再得瞻依膝下?”三思道:“想皇爷不在宫中么?”韦后道:“今早往感德寺,已差人去请了。不知武爷何来?”三思道:“因上官婉儿思念娘娘,故赍书到此。”向靴里取出书来送与韦后,左右就把礼物放下。韦后把婉儿的书拆开,看了微笑,忽见女奴进来报道:“王爷回来了。”

韦后进去,中宗出来,与三思说礼坐定,中宗先问了母后的安,又叙了寒暄,彼此把朝政家事说了。中宗道:“兄如今何往?寓在何处?”三思道:“在府前饭店暂过一宵,明日即行。”中宗道:“岂有此理,兄不以我为弟耶,何欲去之速也!弟还有许多话问兄。”对左右说:“武爷行李在寓所,你去吩咐他们取来。”

一回儿请到殿上饮酒,三思把安金藏剖腹屠肠说了,又把日前徐敬业讨檄一段说了,道:“太后差李孝逸去剿灭,今差我到扬州,命娄师德去合剿,故此枉道来问候。”中宗听了大怒道:“李勣是太后的功臣,母后何等待他,不想他子孙如此倡乱,若擒住他,碎尸万段,不足以服其辜。”更命整席在后书斋,中宗进内更衣去了。三思见内已摆设茶果,又见刚才随韦后的宫奴捧上茶杯,韦后近身悄悄对三思道:“武爷不要用酒醉了,娘娘还要出来与武爷说话。”正说时,中宗出来入席,大家猜谜行令,倒把中宗灌醉,扶了进去。

三思见里边一间床帐,已摆设齐整,两个小厮,住在厢房。三思叫他们先睡了,自己靠在桌上看书。不多时韦后出来,三思忙上前接住道:“下官何幸,蒙娘娘不弃?”韦后道:“噤声。”把手向头上取那明珠鹤顶与袖中的碧玉连环,放在桌上。韦后道:“你却不要薄情待我。”三思道:“我回去如飞在太后面前,说王爷许多孝敬,包你即日召回。”韦后道:“如此甚好,妾鹤顶一枝,聊以赠君,所言幸勿负我。婉儿我不便写书,替我谢声;碧玉连环一副,乞为致之。”别了三思进去。三思在府中三日,恐住久了,太后疑心,就与中宗话别,上路回京。

要知后事,且听下回分解。

第七十四回

改国号女主称尊　闯宾筵小人怀肉

词曰：

武氏居然改号，唐家殆矣堪哀。却缘妖梦费疑猜，留得庐陵还在。
只怪僧尼恋色，怎教臣庶持斋。阿谁怀肉首将来，笑杀小人无赖。

——右调《西江月》

国势颠危之际，还亏那有手段的出来，反倾振坠，做个中流砥柱。若都像那一班猪狗之徒，未有不把祖宗栉风沐雨之天下，拱手而付之他人。国号则改为周，宗庙则易武氏，视中宗、睿宗如几上之肉。岂知天不厌唐，拨乱反正之玄宗，早已挺生宫掖矣。

今且不说武三思在房州别了中宗回来。且说有个傅游艺，原系无籍，因其友杜肃与怀义相好，怀义荐二人于太后，遂俱得幸，擢为侍御。游艺怂谀太后，更改国号，又请立武承嗣为太子。太后大喜，遂改唐为周，改元天授，自称圣神皇帝，立武氏七庙。正是：

皇后称皇帝，小君作大君。
绝无仅有事，亘古未曾闻。

武三思回到京中，闻武承嗣欲谋为太子，心怀不平。及入宫复命，突遇上官婉儿，三思问："太后安否？"婉儿道："太后日来偶患目疾，如今叫沈南璆在那里医。王爷处怎么光景？"三思道："王爷日夕奉佛，作事甚好。韦娘娘已谐素愿，他说不及写书，送你碧玉连环一双，叫我多多致谢。"袖中取出连环付与婉儿收了。婉儿道："此时太后闲着，我快去见了。两日武承嗣在此营求为太子，你须小心承奉。"三思依言，随即进宫朝见太后，称贺毕，把中宗如何思念太后，如何佛前保佑太后，细细说完。太后默然，半晌不语。

一日太后夜梦不祥，召狄仁杰详解。太后道："朕夜来梦见先帝授我鹦鹉一只，双翼披垂，朕抚弄移时，两翼再不能起。"仁杰道："武者陛下国姓，召回佳儿佳妇，则两翼振矣。"太后道："卿言甚是。但武承嗣求为太子，事当如何?”仁杰对道:“文皇帝亲冒锋镝，以定天下，传之子孙。先帝以二子托陛下，今乃欲移之他族，无乃非天意乎。且姑侄与母子孰亲?陛下立子，则千秋万岁后，配飨太庙，承继无穷。陛下欲立侄，未闻有侄为天子，而不祔姑于庙者也。”后悟，由是召回中宗。母子相见，悲喜交集不提。

一日，太后与三思在窗前细语，恰好昌宗兄弟进来。太后笑道:“我正拟九个美人题在此，要众人分做。”昌宗在案上取来一看，却是美人浴、美人睡、美人醉许多好题目。尚未看完，只见太平公主携着婉儿的手走进来。原来昌宗、易之久与太平公主有染，太后亦微知其事，当日大家上前见了，太平公主道:“苑中荷花大放，母后怎不去看，却在此弄这冷淡生活?”太后笑道:“正是同去看来。”遂命摆宴在苑中。

大家同到苑中来。只见啸鹤堂前，那荷花开得红一片，绿一堆，芳香袭人。太后道:“妙呀! 两日荷花正在不浓不淡之间。”四围看了一遍，入席饮了一回酒。太后道:“今日之宴，实为赏心，宁可有诗无花，岂可有花无诗?”婉儿道:“正是花、酒、诗四美具矣，岂可使他虚负!”太平公主道:“花、酒、诗只有三样，为何说四美具?”婉儿道:“难道人算不得一美的!”大家笑了一回，易之道:“荷花吟咏甚多，何不以人喻之，方不盗袭。”太后道:“五郎之言甚善。刚才诗题尚在上宫，快写出来。”昌宗道:“在臣袖中。”取来送与太后，太后接了笑道:“题目恰好十二个，只要随意描写，不要写出宫闱中身分，可拈阄取题。六人在此，一人做两首。”便命婉儿写了十二个阄子，成团儿放在盒儿里。先是太后拈了两个，其余各各拈齐。太后先向上边桌上，执笔而写;公主与婉儿两个，向旁边东首桌上做;三思与易之、昌宗，向近窗桌上凝思。太后不多时已做完，起身道:“聊以涂鸦，殊失命题之意。”众人齐来看，只见上写道《美人醉》:

细酌流霞尽少年，宜都春好自陶然。
玉山荡影无坚壁，银海光摇欲拽天。
黾勉添香还裹足，艰难临镜又凭肩。
听郎啐语和郎笑，丏尔温存一霎眠。

第二题是《美人睡》:

罗家夫妇太轻狂，如许终宵一半忙。
晓起自嫌星眼倦，午余犹觉锦衾凉。
朦胧楚国行云雨，撩乱梁家堕马妆。

耳衅俏呼身半转，粉腮凝汗枕痕香。

众人正在那里赞美，只见昌宗与婉儿的诗亦完。太后先把昌宗的来看，是《美人坐》：

咄咄屏窗对落晖，飞花故故点春衣。
支颐静听林莺语，抱膝遥看海燕归。
爱把玉钗撩鬓发，闲将金尺整腰围。
卖花墙外声声唤，懒得抬身问是非。

再把第二首是《美人忆》：

记得离亭折柳条，风姿何处玉骢骄？
春情得梦虚鸳枕，世态依人几绨袍？
其雨日高谁适沐，曰归河广不容刀。
金钱卜惯难凭准，乱剪灯花带泪抛。

太后赞道："这二首得题之神，清新俊逸，兼而有之。"看婉儿的诗，第一首是《美人浴》：

秋炎扶梦倚兰干，小婢传言待浴兰。
绦脱渐松衫半掩，步摇徐解髻重盘。
春含豆寇香生暖，雨晕芙蓉腻未干。
怪底小姑垂劣甚，悄拈窗纸背奴看。

第二首是《美人谑》：

盈盈十五惯娇痴，正是偷闲谑浪时。
方胜叠香移月姊，绣裙围树笑风姨。
申岩仲子三章法，细数诸姑百两期。
何事悄将巾带裹？教人错认是男儿。

太后看了笑道："我说你是惯家，自与人不同。即使梓① 行于世，人亦不认是宫闱中做的。"只见三思也写完，呈将上来。太后一看，却是《美人语》：

何人输却口脂香，骂尽东风负海棠。
连袂踏青忆款曲，临池对影自商量。
频嫌东陆行长日，未许西邻听隔墙。

---

① 梓(zǐ)——刻版，刊印。

不尽喁喁绣幕外，细教鹦鹉数檀郎。

第二题是《美人病》：

悄裹常州透额罗，书床绮枕皱凌波。
原因忆梦成消瘦，错认伤春受折磨。
剪彩情怀今寂寞，踏青竟况久蹉跎。
儿家夫婿谁知道，减却腰围剩几多？

只见太平公主也呈上来，却是《美人影》：

何事追随不暂离？惯将肥瘦与人知。
日中斜傍花阴出，月下横移草色披。
避雨莫窥眉曲曲，摇风多见袖垂垂。
堪怜临水萍开处，白小吹波乱喽伊。

第二题乃《美人步》：

款蹴香尘冉冉移，畏行多露滑春泥。
花阴点破来无迹，月影冲开去有期。
觅句推敲何觉懒？寻芳摇曳故教迟。
玉奴步步莲花地，应为东风异往时。

太后未及品题，张易之也完了呈上，却是《美人立》：

凝睇中天顾影明，迟回却望最含情。
斜抱琵琶空占影，稳垂环佩不闻声。
闲将衣带和衫整，懒为花枝绕砌行。
露湿弓鞋犹待月，小鬟频唤未将迎。

第二题是《美人歌》：

雍门三日有余声，不为骊驹唱渭城。
子夜言情能婉转，罗敷诉怨最分明。
朱唇乍启千人静，皓齿才分百媚生。
谱尽香山长恨句，听来真与燕莺争。

太后看了笑道："你四人的诗，不但俱得香奁之体，如出一人之手。"正说时，只见宫奴捧着莲花三四枝进来，三思把一枝置于昌宗耳边戏道："六郎面似莲花。"太后笑道："还是莲花似六郎耳。"饮酒笑说了一回，三思、昌宗、易之等散出，太后着内监牛晋卿去召怀义。

那晓得怀义自做了鄂国公之后，积蓄多金，倚势骄蹇，私藏着极美的妇人,日夜取乐。这日正吃得大醉,忽见牛晋卿传太后有旨宣召,怀义怒道:“这里娇花嫩蕊,尚不暇攀折,况老树枯藤乎？你且回去,我当自来。”晋卿无奈,只得回宫,以怀义之言实告。太后听了,不觉大怒道:“秃子恁般无礼！前者火烧天堂,延及明堂,都因此秃,今又如此可恶!”正在大怒之际,恰好太平公主进来,见太后大怒,忙问其故。晋卿将怀义之言说知。公主道:“秃奴无礼极矣！母后不须发怒,待儿明日处死他便了。”太后道:“须处得泯然无迹。”

太平公主领命而出,明日绝早起身,选了二三十个壮健宫娥去苑中伏着,又叫两个太监往召怀义,哄他进苑来。那怀义因宵来酒醉失言,懊悔无及,又闻差人来召他,正要粉饰前非,即同二太监从后宰门进宫。太平公主先令宫娥于半路传谕道:“太后在苑中等着,可快进去。”怀义并不疑心,忙进苑来,宫娥引到幽僻之处,只见太平公主坐着,将一纸叫他看。怀义拿来一看,却是王求礼请阉怀义的疏。两个内监即时动手阉割,又加痛打,不消半刻,怀义气绝身亡,将尸首装入蒲包内,送到白马寺中,放火烧了,回奏太后不提。

且说太后因明堂火灾,天堂中所供佛像,都已损坏,又四方水旱频仍,各处奏报灾异,遂下诏着百官修省,禁止民间屠宰,甚至鱼虾之类亦不许捕捉。这禁屠之令一下,军民士庶无不凛遵。

其时翼国公秦叔宝致仕家居,尚有老母在堂,叔宝极尽孝养。其子秦怀玉,蒙高祖赐婚单雄信之女,生二子,长名秦琮,次名秦语。语娶拾遗张德之女,一胎双生二子,叔宝与叔宝之母,俱甚欢喜。到满月时,为汤饼之会,朝中各官都往称贺。叔宝父子开筵宴客,张德亦在座,傅游艺与杜肃也随众往贺,一同饮宴。只见杯盘罗列,水陆毕具,极其丰腆。张德对着众官道:“若论奉诏禁屠,今日本不该有此陈设,只因敝亲翁老年得这曾孙,不胜欣喜,又承诸公枉顾,不敢亵慢,故有此席,违禁之愆,仰祈容庇。”叔宝父子也一齐拱手道:“总求诸兄见原。”众官俱唯唯,只有傅游艺、杜肃这两个小人口虽答应,心里不然,要想去太后面前出首献功。游艺目视杜肃而笑,杜肃会意,乘着众人酌酒酬酢之时,暗将盘中肉馅包子一枚藏于袖内,至晚散席,各自别去。

次日早朝已罢,百官俱退,游艺、杜肃独留身奏事,随太后至便殿。太后问道:“二卿欲奏何事?”杜肃笑道:“陛下遇灾修省,禁止屠宰,人皆奉法，不敢有犯，大臣之家，尤宜凛遵诏旨，乃翼国公之子秦怀玉，因次子秦语生男宴客，臣与傅游艺俱往赴宴，见其珍羞毕备，干犯明禁。臣已窃怀其一物为证，乞陛下治其违旨之罪，便臣民知畏，诏令必行。”奏罢，将昨日所袖的肉馅包子献上。傅游艺亦奏道：“拾遗张德徇庇姻私，嘱托众官使相容隐，殊属不法，亦宜加罪。”太后闻奏，微微而笑，即传旨召秦怀玉、张德。

少顷，二人宣至。太后问秦怀玉道：“闻卿次子秦语之妻张氏，连举二雄，秦家得子，张家得甥，大是喜事。”怀玉与张德俱顿首称谢。太后道：“昨日在家宴客乎？”怀玉奏道：“臣父因祖母年高，欲弄孙以娱之，偶召亲故小饮，不识陛下何以闻之？”太后命左右将肉馅包子与他看，笑道：“此非卿家筵上之物耶，张拾遗虽欲为卿隐蔽，其如有怀肉出首之人何？”怀玉与张德俱大惊，叩头道：“臣等干犯明禁，罪当万死。”太后道：“朕禁止屠宰，只为小民无端聚饮，残害物命故耳。至于吉凶庆吊之所需，原不在禁内。卿父为开国功臣，且又年老，况有老母在堂，今喜连得二曾孙，汤饼嘉会，击鲜烹肥，理固宜然，岂朕所禁。但卿自今请客，亦须择人。”因指着傅游艺、杜肃道：“如此等辈，不必再请也。”怀玉、张德叩头谢恩而退。傅游艺、杜肃羞惭无地，太后挥之使出。二人出得朝门，众官无不唾骂。正是：

莫道老妖作怪，有时却甚通情。
禁犯不准出首，小人枉作小人。

太后思念昔日功臣死亡殆尽，又闻程知节亦谢世，凌烟阁上二十四人，惟秦叔宝一人尚在；喜其得了曾孙，特命以彩缎二十端，金钱二贯，赐与新生的二小儿；又赐二名，一名思孝，一名克孝。叔宝父子，俱入朝谢恩。不及一月，叔宝之母身故，叔宝因哭母致病，未几亦亡。太后闻讣，为之辍朝三日，赐祭赐谥。正是：

开国元勋都物故，空留画像在凌烟。

第七十五回

释情痴夫妇感恩　伸义讨兄弟被戮

词曰：

有意多缘，岂必尽朱绳牵接。只看那红拂才高，药师情热。司马临邛琴媚也，文君志向何真切。乍相逢，眼底识英雄，堪怡悦。　　有一种，天缘结。有一种，萍迹合。叹芳情未断，痴魂未绝。不韦西秦曾斩首，牛金东晋亦诛灭。这其间，史册最分明，何须说？

——右调《满江红》

天下治乱尝相承，久治或可不至于乱，而乱极则必至于复治。虽无间世首出之王者，亦必有拨乱反正之英主，挺生于其间。有英主，即有一二持正不阿之元宰，遇事敢言之侍从，应运而兴，足以挽回天意，维持世道，其关系岂浅鲜哉！

今且不说中宗到京，尚在东宫，太后依旧执掌朝政，年齿虽高，淫心愈炽。又以张昌宗为奉宸令，每内廷曲宴，辄引诸武、二张饮博嘲谑，又多选美少年，为奉宸内供奉，品其妍媸，日夜戏弄。魏元忠为相，奏道："臣承乏宰相，使小人在侧，臣之罪也。"元忠秉性忠直，不畏权势，由是诸武、二张深怨，太后亦不悦元忠。昌宗乃谮元忠私议道："太后年老，且淫乱如此，不若挟太子为久长，东宫奋兴，则狎邪小人，皆为避位矣！"太后知之大怒，欲治元忠。昌宗恐怕事不能妥，乃密引凤阁舍人张说赂以多金，许以美宫，使证元忠。张说思量："要推不管，他就变起脸来，不好意思，倘若再寻了别个，在元忠宰相身上，有些不妥；我且许之，且到临期再商。"只得唯唯而别。

太后明日临朝，诸臣尽退，止留魏元忠与张昌宗廷问。太后道："张昌宗，你几时闻得魏元忠私议的？却与何人说之？"昌宗道："元忠与凤阁舍人张说相好，前言是对张说说的，乞陛下召张说问之，便知臣言不谬。"太后即命内监去召张说。是时大臣尚在朝房探听未归，闻太后来召张说，知为元忠事，说将入，吏部尚书宋景谓说道："张老先生，名义至重，魂神难欺,不可徇情行止,以求苟免,获罪流窜,其荣多矣;倘事有不测,景等叩阍力争,与子同生死,努力为之。万代瞻仰,在此一举也!”又有左史刘知几道:“张先生无污青史,为子孙累。”张说点头唯唯,遂入内庭。太后问之,张说默然无语。昌宗从旁促使张说言之。张说便道:“臣实不闻元忠有是言,但昌宗逼使臣证之耳。”太后怒道:“张说反复小人,宜一并治之!”于是退朝。隔了几日,太后叫张说又问,说对如前。太后大怒,元忠贬高要尉,说流岭表,昌宗因张说不肯诬证元忠,挟太后之势,连夜要促他起身。

却说张说有爱妾姓宁,名怀棠,字醒花。生时母梦人授海棠一枝,因而得孕,其诸母戏道:“海棠睡未足耶!”其母道:“名花宜醒不宜睡。”故号醒花。及归张说时年十七,姿容艳丽,文才敏捷,张说所有机密事故俱他掌管。一日有个同年之子,姓贾名全虚,父亲贾恪,官拜礼部尚书。全虚年方弱冠,应试来京,特来拜望张说,因见全虚年少多才,留为书记,凡书札来往,皆彼代笔,住在家中,忽忽过了一夏,秋来风景,甚是可人;残梧落叶,早桂飘香。全虚偶至园中绿玉亭前闲玩,劈面撞见醒花,全虚色胆如天,竟上前深深作揖道:“小生苏州贾全虚,偶尔游行,失于回避,望娘子恕罪。”那醒花也不回言,答了一礼,竟往里边进去了。醒花心上思想起来:“吾家老爷只说贾相公文学富赡、家世贵显,并不提起他丰姿秀雅,性格温和,看他举止安静,决不像个落薄之人,吾今在此,虽然享用,终无出头之日。”倒有几分看上他的意思。全虚虽然一见,并不知此是何人,又无从那里访问,胸中时刻想念,只索付之无可如何。

过了一日,正值张说有事,全虚出去打听了回家,独坐书斋,月色如昼,听见窗外有人嗽声。全虚出来一看,见一女郎缓步而至,全虚惊问。女郎答道:“吾乃醒娘侍女碧莲。前日醒娘亭前一见,偶尔垂青,至今不忘。兹因老爷在寓,即日起行,醒娘欲见郎君一面,特命妾先容。”语未完,只见醒花移步而来,满身香气氤氲。全虚迎上一揖道:“绿玉亭前,瞥然相遇,度娘子决不是凡人,所以敢于直通款曲。今幸娘子降临,天遣奇缘,若是娘子不弃,便好结下百年姻眷了。”那醒花却也安雅,徐徐不答道:“我在府中一二年,所见往来贵人多矣,未有如君者。君若不以妾为残花败絮,请长侍巾栉,承此多故之际,如李卫公之挟张出尘,飘然长往,未识君以为可否?”全虚道:“承娘子谬爱,全虚有何不可,只是年伯面上不好意思。”醒花道:“你我终身大事,那里顾得,须自为主张。”碧莲携着酒肴,二人对酌。

全虚道:"卿字醒花,只恐夜深花睡去奈何?"醒花笑道:"共君今夜不须睡,否则恐全虚此一刻千金也。"相与大笑。碧莲道:"隔墙有耳,为今之计,三十六着,走为上着。"疾忙收拾,连夜逃遁。正是:

婚姻到底皆前定,但得多情自有缘。

早已有人将此事报知张说,张说差人四下缉获住了,来见张说。张说要把全虚置之死地,全虚厉声道:"睹色不能禁,亦人之常情。男子汉死何足惜,只是明公如此名望素著,如此爵禄尊荣,今虽暂谪,不久自当迁擢,安知后日宁无复有意外之虞,缓急欲用人乎?何靳[1]一女子而置大丈夫于死地,窃谓明公不取也。且楚庄王不究绝缨之事,袁盎不追窃姬之书生,杨素亦不穷李靖之去向,后来皆获其报,岂明公因一女子,而欲杀国士乎?"张说奇其语,遂回嗔作喜道:"汝言似亦有理,今以醒花赠汝,并命家人厚具奁资赠之。"全虚也不推辞,携之而去。

太后闻知,以张说能顺人情,不独不究前事,且命以原官兼为睿宗第三子隆基之傅[2]。这隆基即后来中兴之主玄宗皇帝也,但那时节正未得时,太后亦等闲视之。其时太后所宠爱的人,自诸武而外,只有太平公主与安乐公主。那安乐公主乃中宗之女,下嫁于太后之侄武崇训。太后从武氏一脉推爱,故亦爱之。他倚了夫家之势,又会谄媚太后,得其欢心,因便骄奢淫佚,与太平公主一样的横行无忌。

一日,两个公主同在宫中闲坐,偶见壁上挂着一轴美人斗百草的画图,且是画得有趣,有《西江月》词道得好:

春草春来交茂,春闺春兴方浓。争教小婢向园中,偏觅芳菲种种。各出多般多品,争看谁异谁同。因何一笑展欢容,斗着宜男心动。

太平公主看了画图,对安乐公主说道:"美人斗草,春闺韵事;今方二月,百草未备,待春深草茂之时,我和你做个斗草会,大家赌些什么,何如?"安乐公主欣然应诺。到得三月初旬,正欲预遣宫女们去御苑中采觅各种异草,适上官婉儿来闲话,闻知其事,因说道:"公主若但使人觅草,只怕你会觅,他也会觅,何能取胜?必须觅得一件他人所必无之物方好。"公主道:"你道那一件是他人所无的?"婉儿道:"这倒不必拘定是草不是草,

---

① 靳——吝惜。

② 傅——即"太傅",辅导皇子的官。

只要与草相类的便了。”公主道：“你且说何物与草相类？”婉儿道：“草为地之毛，人身有五毛，亦如地之有草，五毛之中须为贵。吾闻南海祇洹寺塑的维摩诘之像，其须乃晋朝名公谢灵运面上的，此真世间有一无二的东西，得此一物，定可取胜。”安乐公主闻言大喜。

原来晋时谢灵运一代名人，官封康乐郡公，生得一部美髯，不但人人欣羡，自己亦甚爱惜。后因犯罪罹刑，临死之时，不忍埋没此须，亲自剪付众人。其时适当南海祇洹寺内装塑维摩诘像，遗命将此须舍为维摩诘法像之须。后世因相传为此寺中一件胜迹。那维摩诘是释迦牟尼佛同时的人，他与文殊菩萨最相善，其往来问答之语，载在内典，今藏经中有维摩诘所说经，此乃西天一个未出家不落发的居士，所以塑其像者要用须髯。

闲话少说。且说安乐公主听了上官婉儿之言，立即密遣内侍林茂飞骑往南海祇洹寺，将维摩诘之须，剪取一半，以备斗草之用。林茂既行之后，公主又想：“我若取须之半，倘太平公主知道，也遣人去剪了那一半来，却不大家扯直了，不如一并剪取，一则斗草必胜，二则留此一部全须，以为奇事，却不甚妙？”遂令遣内侍阳春景，星夜前往。比及到半途，已见林茂转来了。阳春景一面自去剪取余须，林茂自将先剪之须回宫复命。

原来太平公主正约定这一日与安乐公主各出珍奇宝玩，在长春宫内满绿轩中斗草赌胜，请上官婉儿监局。却好正值林茂到了，料道须已取得，心中欢喜，且不说破，便先将各样异草相比，只见他多的，我也不少；我有的，他也不无，两家赌个持平。安乐公主道：“地上的草，不如人身上的草。我有一种草，是古人身上遗留下来的，岂非世上无双之物？”太平公主问是何物。安乐公主道：“是晋人谢灵运之须。”太平公主道：“吾闻谢灵运死时，已将此须舍与祇洹寺装塑在维摩诘面上了，你何从得之？”安乐公主笑道：“灵运能舍，我能取，今已取得在此了。林茂快把来看。”林茂捧过一锦囊，于中取出须来，放在桌上，果然好须，却像才在生人①颏下剪下来的，极其光润。正看间，可煞作怪，忽地轩前起一阵香风，把须儿吹向空中，悠悠扬扬的飘散了。林茂不知高低，赶着风，向空捉搦，指望抢得几茎，被阶石绊了一跌，把右臂跌坏，卧地不能起。众内侍扶之出宫，太平公主道：“佛面上的须，原不该去剪他，今此报应，必是佛心不喜。”上官婉儿

① 生人——健在的人。

闻言，自想："这件事是我说的。"心上好生惊骇不安，默然无语。安乐公主还强争道："且莫闲讲，斗草要算我胜了。"太平公主笑道："莫说须原当不得草，只今须在那里哩！正好大家不算输赢罢了。"当时嬉笑宴饮而散。安乐公主虽然未赢，却也不输，只可惜须儿被风吹去，不曾留得，还想那一半，即日取到，好留为珍秘。

又过了好几日，阳春景方取得余须回报。原来那阳春景，也于路上跌坏了右臂，故而归迟。公主既得了须，十分欢喜，正拿在手中细看，却又作怪，一霎时香风又起，又把须儿吹入空中去了。香风过后，继以狂风，将庭前树上开的花卉尽皆吹落，不留一朵，众俱大骇。有词为证：

灵运面，维摩面，何妨佛面如人面。此须借作彼须留，怎因嬉戏轻相剪？才喜见，吹不见，不许妖淫女子见。谁将金剪向慈容，剪得须时两臂断。

当下安乐公主惊惧之极，合掌向空忏悔。太平公主与上官婉儿闻知，更加骇异，于是三个女子各捐帑① 千金，给与祇洹寺，增修殿宇，重整金身，不在话下。

且说那时朝中大臣，自狄仁杰死后，只有宋景极其正直，丰采可畏，太后亦敬礼之，诸武都不敢怠慢他。至于张易之、张昌宗两个，其畏惮宋景，与向日畏惮狄仁杰一般。当初狄仁杰存日，适海国进贡一裘，名曰集翠裘，乃集翠鸟身上软毛做成的，最轻暖鲜丽，是一件奇珍难得之物。张昌宗见而欲之，恃爱乞恩求赐，太后便把来赐与他。昌宗谢了恩，便就御前穿着起来，太后看了笑道："你着了此裘，越觉妩媚了。"昌宗欣欣得意。适狄仁杰入宫奏事，太后既准其所奏之事，意欲引仁杰与昌宗亲昵，因见几案之上有棋局棋子，遂命二人对坐弈棋。二人领旨，彼此坐定。太后道："棋高者用白棋，昌宗棋颇高。"仁杰起身奏道："臣自信是精白一心，涅而不缁之人，弈虽小数，愿从其类，请用白者。"太后道："任卿取用可也，但你二人须各赌一物，今所赌何物？"仁杰道："请即赌昌宗身所穿之裘。"太后道："卿以何物为对？"仁杰道："臣亦即以身所穿紫袍为对。"太后笑道："此集翠裘，价值千金，卿袍安能与相抵？"仁杰道："此袍乃大臣朝见奏对之衣，昌宗此裘，乃嬖佞宠幸之服。以袍对裘，臣犹不屑也。"太后闻言，笑而

① 帑(tǎng)——金帛。

不答，昌宗心赧气沮，遂累局连北①。仁杰即对御褫② 其裘披于身上，谢恩而出。至光范门，便脱下来，付家奴服之而归。太后知之，亦置不问。因此群小都畏惮他。在廷正人，如张柬之、桓彦范、敬晖、袁恕己、崔元時等，又皆仁杰所荐引，与宋景共矢忠心，誓除逆贼。

一日，同中宗南山出猎，张柬之五人随骑而行，到了山中幽僻之处，五人下马奏道："臣等幽怀向欲面奏，因耳目众多，不敢启齿，今事势已迫，不能再隐。臣思陛下年德皆备，太后惑二张言语，贪位不还。近闻二张宠幸太过，太后欲将宝位让与六郎，万一即真，则置陛下于何地？臣等情急，只得奏闻，陛下筹之。"中宗闻言大惊道："为今奈何？"柬之道："直须杀却张武乱臣，方得陛下复位。"中宗道："太后尚在，怎生杀得？"柬之道："臣定计已久，无烦圣虑，但恐惊动圣情，故先与闻。"中宗道："二张可杀。武氏之族，系我中表之亲，望看太后之面留之。"柬之道："臣兵至宫闱，不过则已，如或遇着，恐刀剑无情，不能自主。"中宗道："孤若得位，反周为唐，当封汝等为王。"柬之称谢。遂草草猎毕而回，归至朝门，各各散去。

中宗回至宫中，恰好武三思那日晓得中宗出猎，正与韦后在宫玩耍，见左右报说王爷回来，三思惊得身子战栗。韦后道："不须害怕，我同你在外头书室里去打一盘双陆③，他进来看见了，包你不说一声，还要替我们指点。"三思没奈何，只得随韦后出来，坐了对局。

中宗走进来，看见笑道："你两个好自在，在此打双陆。"三思忙下来见了。中宗道："你们可赌什么？"韦后道："赌一件玉东西。"中宗坐在旁边道："待我点筹，看你们谁赢。"下了两局，大家一胜一北，第三盘却是三思输了。中宗道："什么玉东西，拿出来。"三思道："粗蠢之物，陛下看不得的，改日还要与娘娘复局。天已昏黑，臣要回去了。"中宗道："今夜且在此用了夜宴，然后回去何妨？"

三思同中宗到内书房里，只见灯烛辉煌，宴已齐备，二人坐了。三思道："我们怎么样吃酒？"中宗想道："我且卜一卦，看外廷之事如何？"便道：

---

① 北——即败。由臣面君时北向而引申来。

② 褫(chǐ)——脱去，剥去(衣服)。

③ 双陆——一种类似棋的游戏。有刻画的盘，有马子，两人轮流掷骰子，照骰点行走，马子先走完的一方为胜。

“掷个状元罢！”三思道：“状元虽好，只是两个人有何意味？”中宗道：“你与我总是亲戚，我请娘娘与上官昭仪出来，四人共掷，岂不有趣。”三思见说，心中大喜，道：“妙。”中宗吩咐左右。只见韦后与上官昭仪俱素净打扮，另有一种袅娜韵致。大家坐了掷起，不多几掷，中宗就是一个幺浑纯，三人鼓掌笑道：“妙呀！状元还是殿下占着。”中宗道：“好便好，只是幺色，若是纯六，再无人夺去。”三思道：“说甚话来，一是数之始，绝妙的了，所谓一元复始，万象更新，快奉一巨觞与殿下。”中宗饮干，三人又掷。上官昭仪掷了四个四，说道：“好了，我是榜眼。”韦后道：“不要管榜眼探花，也该吃一杯，待我掷六个四出来，连殿下都扯下来。”两个在那里掷，中宗心上想：“此时初更时分，怎么还不见动静？若是他们做不来，不如且放三思回家去，我今叫人去打听一回。”就叫婉儿道：“你看他两个再掷，有了探花，我就要考了。我去一回就来。”

三思见中宗去了，把椅子移近了韦后，名虽掷色，免不得捏手捏脚。昭仪知趣，笑道：“娘娘，妾去看看王爷来。”韦后恨不得昭仪起身去了。韦后连侍女们也都遣开，正待与三思做些勾当，只见昭仪嚷将进来道：“娘娘不好了！”二人听见，忙走开坐了，问道：“有什么不好？”话未说完，只见中宗已在面前叫道：“武大哥，我叫婉儿陪你，暂且后边阁中坐一回儿。”三思道：“此时为甚人声鼎沸？”中宗便道：“张柬之等五人要斩绝张、武二氏，我再三劝他，不要加害于你，二张想已诛矣！”三思听见，忙双膝跪下道：“求万岁爷救臣之命！”只见身上战栗不已。韦后道：“皇爷留你在此，自有主意，何必惊惧？”说时只见许多宫奴跑进来禀道：“众臣在外，请皇爷出去。”中宗忙叫婉儿推三思到阁中去了，即便来到外面。

原来张柬之等统兵已到中宫，恰好二张正与武后酣寝，躲避不及，被军士们一刀一个，双双杀了。太后大惊，柬之等请太后即日迁入上阳宫，取了玺绶，来见中宗奏道：“太后已迁，玉玺已在此，众臣都在殿上，请陛下速登宝位。”中宗升殿，柬之等先献上玺绶，又将张昌宗、张易之首级呈验，然后各官朝贺，复国号曰唐，仍立韦后为皇后；封后父元贞为上洛王，母杨氏为荣国夫人；张柬之等五人俱封为王。柬之道：“武三思一门，必欲如二张之罪诛之。前蒙陛下吩咐，只得姑免，今若仍居王位，臣等实难与为僚。”中宗听了，不得已削三思王位为司空。众人谢恩出朝。洛州长史薛季旭对五王说道：“二凶虽除，产禄犹存，去草不除根，终当复生。”五王道：

“大事已定，彼犹几肉耳，何复能为？”季旭叹道：“三思不死，我辈不知死所矣！”中宗改元神龙，尊武后号曰则天大圣皇帝，封弟旦为湘王，大赦天下，万民欢悦。

太后被柬之等迁到上阳宫去，思想前事，如同一梦，时常流泪，患病起来，日加沉重。三思心上不好意思，只得进宫去问候，见太后睡卧，颜色黄瘦，不胜骇叹道：“臣因多故，不便时常进宫，不意圣容消瘦如此。”便把手来着体抚摩。太后对三思道：“我的儿呀，你许久不进来，可知我病已入膏肓，只在旦夕要长别了，不知我宗族可能保全否？”三思道：“不必陛下忧烦，圣上已面许生全武氏，尊体还当着意调摄，自然痊愈。”三思又诉张柬之等凶恶，所以不能时进宫来，说罢大哭。太后叹一声道：“儿呀，近闻得韦后与你私通，甚是欢爱，你去诉与他知，叫他设计，除此五恶，我属可高枕矣。”三思点首，太后道：“你去请皇上来，我有话吩咐他。”三思出去，与中宗说知。中宗忙到上阳宫，太后叮咛了一回。过了两日，太后驾崩，中宗颁诏天下，整治丧礼不题。

且说三思门下，部兵尚书宗楚客、御史中丞周利用、侍御史冉祖雍、太仆李俊、光禄丞宋之逊、监察御史姚绍之为之耳目，是为五狗，与韦后、婉儿日夜谮柬之等五王不已。三思阴令人疏皇后秽行，榜于天津桥，请加废黜。中宗知之，不胜大怒，命监察御史姚绍之穷究其事。绍之奏言敬晖等五王使人为之，虽曰废后，实谋大逆，请族诛张柬之等，以雪皇后之愤。中宗命法司结其罪案，将柬之等五名流边远各州，三思又遣人矫制于途中杀之。三思方得放心，于是权倾天下，谁不惧着他？中宗也没了主意，每事反去问他，亦听其节制，况韦后一心爱他，常对他说道：“我必欲如你姑娘，自得登临宝位，方遂我心。”

未知后事如何，且听下回分解。

第七十六回

结彩楼嫔御评诗　游灯市帝后行乐

词曰：

试诵《斯干》训女，无非还要无仪。炫才宫女漫评诗，大亵儒林文字。　　帝后嫔妃公主，尊严那许轻窥。外臣陪侍已非宜，怎纵俳优谑戏？

——右调《西江月》

人亦有言：男子有德便是才，女子无才便是德。盖以男子之有德者，或兼有才，而女子之有才者，未必有德也。然虽如此说，有才女子，岂反不如愚妇人？周之邑姜序于十乱，惟其才也。才何必为女子累，特患恃才妄作，使人叹为有才无德，为可惜耳。夫男子而才胜于德，犹不足称，乃若身为女子，秽德彰闻，虽夙具美才，创为韵事，传作佳话，总无足取。故有才之女，而能不自炫其才，是即德也，然女子之炫才，皆男子纵之之故，纵之使炫才，便如纵之使炫色矣。此在士庶之家且不可，况皇家嫔御，宜何如尊重，岂可轻炫其才，以至亵士林而渎国体乎？无奈唐朝宫禁不严，朝臣俱得见后妃公主，侍宴赋诗，恬不为怪，又何有于嫔御之流？甚或宦官宫妾与俳优①侏儒杂聚谐谑，狂言浪语，不忌至尊，殊堪嗤笑。

如今且不说中宗昏暗，韦后弄权，且说那时朝臣中有两个有名的才子：一姓宋，名之问，字延清，汾州人氏，官为考功员外郎；一姓沈，名佺期，字云卿，内黄人氏，官为起居郎。若论此二人的文才，正是一个八两，一个半斤。那宋之问，更生得丰雅俊秀，兼之性格风流，于男女之事，亦甚有本领。他在武后时已为官，因见张易之、张昌宗辈俱以美丈夫为武后所宠幸，富贵无比，遂动了个羡慕之心；又每于御前奏对之时，见武后秋波频转，顾盼着他，似有相爱之意，却只不见召他入内，他心痒难忍，托一个极相契的内监于武后前从容荐引，说他内才外才都妙。武后笑道：“朕非不

---

① 俳(pái)优——古代以乐舞谐戏为业的艺人。

爱其才，但闻其人有口臭，故不便使之入侍耳。”原来宋之问人虽俊雅，却自小有口臭之疾，曾有人在武后前说及，故武后不欲与之亲近。当时内监将武后所言述与宋之问听了，之问甚是惭恨，自此日常含鸡舌香[①]于口中，以希进幸，即此一端，可知是个有才无品行的人了。那沈佺期亦与张易之辈交通[②]，后又在安乐公主门下走动，曾因受赃被劾，长流欢州，夤缘[③]安乐公主，复得召用。安乐公主强夺临川长宁公主旧第，改为新宅，邀中宗御驾游幸，召沈佺期陪往侍宴，因命赋诗，以纪其事，限韵“天”字。佺期应制，即成一律云：

皇家贵主好神仙，别业初开云汉边。
山出尽如鸣凤岭，池成不让饮龙川。
妆楼翠幌教春住，舞阁金铺借日悬。
敬从乘舆来至此，称觞献寿乐钧天。

中宗与公主见诗十分赞赏。公主道：“卿与宋之问齐名，外人竞称沈宋，今日赋诗，既有沈不可无宋。”遂遣内侍，立宣宋之问到来，也要他作诗一首，先将佺期所咏付与他看过。公主道：“沈卿已作七言律诗，卿可作五言排律罢。”宋之问道：“佺期蒙皇上赐韵，臣今亦乞公主赐一韵。”公主笑道：“卿才空一世，便用‘空’字为韵何如？”之问领命，即赋一律云：

英藩筑外馆，爱主出皇宫。
宾至星槎落，仙来月宇空。
玳梁翻贺燕，金埒倚长虹。
箫奏秦台里，书开鲁壁中。
短歌能驻日，艳舞欲娇风。
闻有淹留处，山阿花满丛。

诗成，公主叹赏，中宗看了，亦极称赞，命各赐彩帛二端，公主又另有赏赉，二人谢恩而出。那沈佺期心甚怏怏，你道为何？盖因当时沈宋齐名，不相上下，今见公主独称宋之问才空一世，为此心中不服。

至景龙三年，正月晦日，中宗欲游幸昆明池，大宴朝臣。这昆明池，乃

---

① 鸡舌香——丁香。

② 交通——过往，交往。

③ 夤(yín)缘——攀附，巴结。

是汉武帝所开凿。当初汉武帝好大喜功,欲征伐昆明国,因其国有滇池,方三百里,极为险要,故特凿此昆明池,以习水战。此池阔大弘壮,池中有楼台亭阁,以备登临。当下中宗欲来游幸宴集,先两日前,传谕朝臣,是日各献即事五言排律一篇,选取其中佳者,为新翻御制曲。于是朝臣都争华竞胜的去做诗了,韦后对中宗道:"外庭诸臣,自负高才,不信我宫中嫔御有才胜于男子者。依妾愚见,明日将这众臣所作之诗,命上官昭容当殿评阅,使他们知宫庭中有才女子,以后应制作诗,俱不敢不竭尽心思矣。"中宗大喜道:"此言正合吾意。"上官婉儿启奏道:"臣妾以宫婢而评品朝臣之诗,安得他们心服。"中宗笑道:"只要你评品得公道确当,不怕他们不心服。"遂传旨于昆明池畔,另设帐殿一座,帐殿之间,高结彩楼,听候上官昭容登楼阅诗。

此旨一下,众朝臣纷纷窃议,也有不乐的,以为亵渎朝臣;也有喜欢的,以为风流韵事。到那日,中宗与韦后及太平公主、安乐公主、长宁公主、上官昭容等俱至昆明池游玩,大排筵宴,诸臣毕集朝拜毕,赐宴于池畔。帝后与公主辈就帐殿中饮宴。酒行既罢,诸臣各献上诗篇。中宗传谕道:"卿等虽俱美才,然所作之诗,岂无高下。朕一时未暇披览,昭容上官氏,才冠后宫,朕思卿等才子之诗,当使才女阅之,可作千秋佳话,卿等勿以为亵也。"诸臣顿首称谢。中宗命诸臣俱于帐殿彩楼之前,左边站立,其诗不中选者,逐一立向右边去。少顷,只见上官婉儿头戴凤冠,身穿绣服,飘轻裙,曳长袖,恍如仙子临凡,先向中宗与韦后谢了恩,内侍宫女们簇拥着上彩楼,临楼槛而坐。楼前挂起一面朱书的大牌来,上写道:

> 昭容上官氏奉诏评诗,只选其中最佳者一篇,进呈御览;不中选者,即发下楼,付还本官。

槛前供设书案,排列文房四宝,内侍将众官诗篇呈递案上。婉儿举笔评读。众官都仰望着楼上。须臾之间,只见那些不中选的诗,纷纷的飘下楼来,众人争先抢看,见了自己名字,即便取来袖了,默默无言的立过右边去。只有沈佺期、宋之问二人,凭他落纸如飞,只是立着不动,更不去拾来看。他自信其诗与众不同,必然中选。不一时,众诗尽皆飘落,果然只有沈宋二人之诗,不见落下。沈佺期私语宋之问道:"奉旨只选一篇,这二诗之中,毕竟还要去其一。我二人向来才名相埒,莫分优劣,只看今日选中那一个的诗,便以此定高下,以后勿得争强。"宋之问点头笑诺。良久,只看又飘飘的落下一纸，众人竞取而观之，却是沈佺期的诗。其诗云：

法驾乘春转，神池象汉回。
双星遗旧石，孤月隐残灰。
战鹢逢时去，恩鱼望幸来。
山花缇绮绕，堤柳幔城开。
思逸横汾唱，歌流宴镐杯。
微臣雕朽质，差睹豫章材。

诗后有评语云：

玩沈、宋二诗，工力悉敌，但沈诗落句辞气已竭，宋作犹陡然健举，故去此取彼。

众人方聚观间，婉儿已下楼复命，将宋之问的诗呈上。中宗与韦后及诸公主传观，都称好诗，并称赞婉儿之才。中宗即召诸臣至御前，将宋之问的诗传与观看。其诗云：

春豫灵池会，沧波帐殿开。
舟凌石鲸动，拂槎斗牛回。
节晦蓂全落，春迟柳暗催。
象溟看浴景，烧劫辨沉灰。
镐饮周文乐，汾歌汉武才。
不愁明月尽，自有夜珠来。

原来汉武帝当初凿此昆明池之时，池中掘出黑灰数万斛，不知是何灰，乃召东方朔问之。东方朔道："此须待西域梵教中人来问之便晓。"后来西方有人号竺法兰者入中国，因以此灰示之，问是何灰。竺法兰道："世界终尽，劫火洞烧，此乃劫烧之余灰也。东方朔固已知之矣，何待吾言耶！"又池中有台，名豫章台，以下刻石为鲸鱼，每至雷雨，石鱼鸣吼震动。旁有二石人，传闻是星陨石，因而刻成人像。有此许多奇迹，故二诗中都言及之。当下众官，见了宋之问的诗，无不称羡，沈佺期也自谓不及。中宗并索佺期之诗来看，又看了婉儿的评语，因笑道："昭容之评诗，二卿以为何如？"二人奏言评阅允当。中宗又问："众卿之诗，多被批落了，心服否？"众官俱奏道："果是高才卓识，即沈宋二人尚且服其公明，何况臣等。"中宗大悦，当日饮宴极欢而罢。自此沈佺期每逊让宋之问一分，不敢复与争名。正是：

漫说诗才推沈宋，还凭女史定高低。

且说中宗为韦后辈所玩弄，心志蛊惑，又有那些俳优之徒，谄佞之臣，趋承陪奉，因此全不留心国政，惟日以嬉游宴乐为事。时光荏苒，不觉腊尽春回，又是景龙四年正月，京师风俗，每逢上元灯夕，灯事极盛。六街三市，花团锦簇，大家小户，都张灯结彩，游人往来如织，金鼓喧闹，笙歌鼎沸，通宵达旦，金吾不禁。曾有《念奴娇》一词为证：

煌煌火树，正金吾弛禁，漏声休促。月照六街人似蚁，多少紫骝雕毂。红袖妖姬，双双来去，娇冶浑如玉。坠钗欲觅，见人羞避银烛。

但见回首低呼，上元佳胜，只有今宵独。一派笙歌何处起？笑语徐归华屋。斗转参横，暗尘随马，醉唱升平曲。归来倦倚，锦衾帐里芬馥。

韦后闻知外边灯盛，忽发狂念，与上官婉儿及诸公主邀请中宗，一同微服出外观灯。中宗笑而从之。于是各换衣妆，打扮做街市男妇模样，又命武三思等一班近臣也易服相随，打伙儿的遍游街市，与这些看灯的人挨挨挤挤，略无嫌忌。军民士庶有乖觉的，都窃议道："这班看灯的男妇，像是大内出来的，不是公主，定是嫔妃，不是王子王孙，定是公侯驸马。可笑我大唐皇帝，难道宫中没有好灯赏玩，却放他们出来，与百姓们饱看。如此人山人海，男女混杂，贵贱无分，成何体统！"众人便如此议，中宗与韦后却率领着一班男妇，只拣热闹处游玩，全不顾旁人瞩目骇异，又纵放宫女几千人，结队出游，任其所往，及至回宫查点，却不见了好些宫女。因不便追缉，只索付之不究，糊涂过了。正是：

韦后观灯街市行，市人瞩目尽惊心。

任他宫女从人去，赢得君王大度名。

灯事毕后，渐渐春色融和，中宗与后妃公主俱幸玄武门，观宫女为水戏，赐群臣筵宴，命各呈技艺为乐。于是或投壶，或弹鸟，或操琴，或击鼓，一时纷纷杂杂，各献所长。独有国子监祭酒祝钦明，自请为八风舞，卷袖趋至阶前，舞将起来，弯腰屈足，舒臂耸肩，摇曳幌目，备诸丑态。中宗与韦后、诸公主见了，俱抚掌大笑；内侍宫女们，亦无不掩口。吏部侍郎卢藏用私向同坐的人说道："祝公身为国子先生，而作此丑态，五经扫地尽矣！"时国子监司业郭山晖在坐，见那做祭酒的如此出丑，不胜惭愤。

少顷，中宗问及："郭司业亦有长技，可使朕一观否？"郭山晖离席顿首答道:"臣无他技,请歌诗以侑① 酒。"中宗道:"卿善歌诗乎,所歌何事?"山晖道:"臣请为陛下歌诗经《鹿鸣》、《蟋蟀》之篇。"遂肃容吭声而歌。先歌《鹿鸣》之篇云:

呦呦鹿鸣,食野之苹。我有嘉宾,鼓瑟吹笙。吹笙鼓簧,承筐是将。人之好我,示我周行。呦呦鹿鸣,食野之蒿。我有嘉宾,德音孔昭。视民不恌,君子是则是效。我有旨酒,嘉宾式燕以敖。呦呦鹿鸣,食野之芩。我有嘉宾,鼓瑟鼓琴。鼓瑟鼓琴,和乐且湛。我有旨酒,以燕乐嘉宾之心。

又歌《蟋蟀》之篇云:

蟋蟀在堂,岁聿其莫。今我不乐,日月其除。无已太康,职思其居。好乐无荒,良士瞿瞿。蟋蟀在堂,岁聿其逝。今我不乐,日月其迈。无已太康,职思其外。好乐无荒,良士蹶蹶。蟋蟀在堂,役车其休。今我不乐,日月其慆。无已太康,职思其忧。好乐无荒,良士休休。

郭山晖歌罢,肃然而退。中宗闻歌,回顾韦后道:"此郭司业以诗谏也,其意念深矣。"于是不复命他人呈技,即撤宴而罢。正是:

祭酒身为八风舞,堪叹五经扫地尽。
鹿鸣蟋蟀吭声歌,还亏司业能持正。

时安乐公主乘间,请昆明池为私沼。中宗曰:"先帝未有以与人者。"公主不悦,遂开凿一池,名曰"定昆池",其意欲胜过昆明池,故取名"定昆",言可与昆明抗衡之也。司农卿赵履温为之缮治,不知他耗费了多少民财,劳动了多少民力,方得凿成这一池。又于池上起建楼台,极其巨丽。中宗闻池已告成,即率后妃及内侍俳优杂技人等前来游幸。公主张筵设席,款留御驾,从驾诸臣,亦俱赐宴。中宗观览此池,果然宏阔状观,胜似昆明,心中甚喜,传命诸臣,就筵席上各赋一诗,以夸美之。

诸臣领命,方欲构思,只见黄门侍郎李日知离席而起,直趋御前启奏道:"臣奉诏赋诗,未及成篇,先有俚言二句,敢即奏呈。"遂高声朗诵云:"所愿暂思居者逸,勿使时称作者劳。"

中宗听了笑道:"卿亦效郭山晖以诗谏耶!"因沉吟半晌,命内侍传谕:"诸臣不必赋诗了,且只饮酒。"及酒酣,优人共为回波之舞。中宗看了大

---

① 侑(yòu)——劝,陪侍。

喜,遂命诸臣,各吟《回波辞》以侑酒。那日宋之问因病告假,沈佺期却在赐宴诸臣之列。他原任给事中考功郎,自落职流徙后,虽幸复得召用,却还未有迁擢,今欲乘机借回波自嘲,以感动君心。因遂吟云:

回波尔如佺期,流向岭外生归。

身名幸蒙齿录,袍笏未复牙绯。

中宗听了微微而笑。安乐公主道:"沈卿高才,牙笏绯袍,诚不为过。"韦后道:"陛下当即有以命之。"中宗道:"行将擢为太子詹事。"沈佺期便叩首谢恩。

时有优人臧奉,向中宗、韦后前叩头奏道:"臣亦有俚语,但近乎谐谑,有犯至尊,若皇帝皇后赦臣万死,臣敢奏之。"中宗与韦后都道:"汝可奏来,赦汝无罪。"臧奉乃作曼声而吟云:

回波尔如栲栳[1],怕婆却也大好。

外头只有裴谈,内里无过李老。

原来那时有御史大夫裴谈,最奉释教,而其妻极妒悍,裴谈畏之如严君。尝云妻有可畏者三:当其少好之时,视之如生菩萨,安有人不畏生菩萨者;及男女满前之时,视之如九子魔母,安有人不畏九子魔母者;及其年渐老,薄施脂粉,或青或黑,视之如鸠盘荼[2],安有人不畏鸠盘荼者。此言传在人耳,共为笑谈,因呼之为"裴怕婆"。时韦后举动,欲步趋武后一般,也会挟制夫君,中宗甚畏之,因此臧奉敢于唱此词,他为韦后张威,不怕中宗见罪。正是:

欺夫婆子怕婆夫,笑骂由人我自吾。

却怪当年李家老,子如其父媳如姑。

当下中宗闻歌大噱[3],韦后亦欣然含笑,意气自得。座间却恼了一个正直的官员,乃谏议大夫李景伯,他因看不上眼,听不入耳,蹶然而起,进前奏道:"臣亦有一词奏上。"道是:

回波尔持酒卮,微臣职在箴规。

---

① 栲栳(kǎo lǎo)——用柳条编成的容器形状如斗。亦作"筹笼"。

② 鸠盘茶——犹鸠盘荼。佛书中谓吃人精气的鬼。常用来比喻丑妇或妇人的丑陋之状。

③ 噱(jué)——大笑。

侍宴不过三爵，欢哗或恐非仪。

中宗听罢，有不悦之色。同三品萧至忠奏道："此真谏官也，愿陛下思其所言。"于是中宗传命罢宴，起驾回宫。次日朝臣中，也有欲责治优人臧奉者，却闻韦后倒先使人赍金帛赐臧奉，因叹息而止。

俳优谑浪胆如天，帝不敢嗔后加奖。

纪纲扫地不可问，堪叹阳消阴日长。

未知后事如何，且听下回分解。

第七十七回

鸩昏主竟同儿戏　斩逆后大快人心

词曰：

天子至尊也，因何事却被后妃欺。奈昏愦无能，优柔不断。斜封墨敕，人任为之。故一旦宫庭兴变乱，寝殿起灾危。似锦江山，如花世界，回头一想，都是伤悲。　还思学武后，刑与赏，大权尽我操持。冀立千秋事业，百世根基，欲更逞荒淫。为欢不足，躬行弑逆，获罪难辞。试看临淄兵起，终就刑诛。

——右调《内家娇》

从来宫闱之乱，多见于春秋时。周襄王娶翟女为后，通于王弟叔带，致生祸患。其他侯国夫人，如鲁之文姜、卫之南子辈，不可枚举。至于秦汉晋，以及前五代，亦多有之。总是见之当时，则遗羞宫阃，传之后世，则有污史册，然要皆未有如唐朝武、韦之甚者也。有了如此一个武后，却又有韦后继之，且加以太平、安乐等诸公主与上官婉儿等诸宫嫔，却是一班寡廉鲜耻、败检丧伦的女人。好笑唐高宗与中宗，恬然不以为羞辱，不惟不禁之，而反纵之，致使酿成篡窃弑逆之事，一则几不保其子孙，一则竟至殒其身，为后人所嗤笑唾骂，叹息痛恨。

如今且说上官婉儿，自彩楼评诗之后，才名大著，中宗愈加宠爱，升他做了婕妤，其穿的服饰与住的宫室都如妃子一般。他愈恃宠骄恣，又倚着皇后与诸公主都喜欢他，更自横行无忌。中宗又特置修文馆，选择公卿中之善为诗文者，如沈佺期、李峤等二十余人，为修文馆学士，时常赐宴于内庭，吟诗作赋，争华竞美，俱命上官婉儿评定其甲乙，传之词林，或播之乐府。由是天下士子，争以文采相尚，一切儒学正人与公谠① 正言，俱不得上达。正是：

不求方正贤良士，但炫风云月露篇。

---

① 谠（dǎng）——正直。

上官婉儿又与韦后公主们私议，启奏中宗，听说婉儿自立私第于外，以便诸学士时常得以诗文往还评论，因此那些没品行的官员多奔走出入其私第，以希援引进用。婉儿因遂勾结其中少年精锐者，潜入宫掖，与韦后公主们交好。于是朝臣中崔湜、宗楚客等俱先通了婉儿，后即为韦后与公主们的心腹。中宗自观灯市里之后，时或微服出游，或即游幸上官婉儿私第，或与韦后公主们同来游幸。婉儿既自有私第在外，宫女们日夕来往，宫门上出入无节，物议沸腾，却没人敢明言直谏。只有黄门侍郎宋景独上一密疏，其略曰：

臣前者闻诸道路，天子与后妃公主，微服夜游市里观灯，士庶瞩目称异。臣初以为必无是事，既而知人言非妄，不胜骇诧。周礼云：夫人过市罚一幕，世子过市罚一帟，命夫过市罚一盖，命妇过市罚一帷，国君过市则刑人赦。诚以市里嚣尘，逐利者之所趋，非君子所宜入也！夫国君世子，命夫、命妇、夫人等一过市中，尚且有罚；况帝后妃主之尊，而可改妆易服，结队夜游，招摇过市乎！至于怨女三千，放之出宫，乃太宗皇帝之美政，陛下既不此之法，而纵宫人数千，任其出游，以致逋① 逃者，无可追查，成何体统？且宫妃岂容居外第，外臣岂容于与宫妃往还？此皆大亵国体之事，伏乞陛下立改前失，速下禁约，严别内外，稽察宫门出入；更不可白龙鱼服，非时游幸；亦不可无端宴集，使谄媚者流，闲吟浪咏，更唱迭和；尤不可使俳优侏儒，与朝臣混杂于帝后妃主之前，戏谑无忌。轻万乘而渎百僚，致滋物议也。

中宗览疏，也不批发，也不召问，竟置之不理，宋景也无可如何。韦后等愈无忌惮，太平公主、安乐公主久已奉诏，各自开府第，自置官属。这班无耻倖进之徒，多营谋为公主府中官员。

安乐公主府中，有两个少年的官儿，一个姓马，名秦客；一个姓杨，名均。那马秦客深通医术，杨均却最善于烹调食品。二人都生得美貌，为安乐公主所宠爱，因荐与韦后，又极蒙爱幸。由是马秦客夤缘得升为散骑常侍；杨均亦得升为光禄少卿。那崔湜与宗楚客既私通上官婉儿，又转求韦后公主，于中宗面前，交口称赞，说此二人可作宰相。中宗遂以宗楚客为中书令，崔湜同平章事。自此小人各援引其党类，滥官日多，朝堂充溢，时

---

① 逋(bū)——逃亡。

人以为三无坐处。谓有三样官,因做的人多,朝堂中坐不下也。你道那三样官?却是宰相、御史、员外郎,这三样官是何等官职,乃至人多而无坐处,则其余众官之滥可知矣!时吏部侍郎郑愔掌选,脏污狼藉,有选人系百钱于靴带上,愔问其故,答曰:“当今之选,非钱不行。”愔默不言。中宗又惑于小人之说,谓朝廷当不次用人,遂于吏部铨选之外,另用墨敕除授官职,于是太平公主、安乐公主与长宁公主、上官婉儿俱招权。

时突厥默啜,侵挠边界,屡为朔方总管张仁愿所败。默啜密与宗楚客交通,楚客受其重贿,阻挠边事。监察御史崔琬上疏劾之,当殿朗读弹章。原来唐朝故事①,大臣被言官当殿面劾,即俯躬趋出,立于朝堂待罪。是日宗楚客竟不趋出,且忿怒作色,自陈宗鲠为崔琬所诬,宋景厉声道:“楚客何得强辨,故违朝廷法制!”中宗更弗推问,只命崔琬与宗楚客结为兄弟,以和解之。时人传作笑谈,因呼为和事天子。

时处士韦月将抗疏,直言武三思私通宫掖,必生逆乱。韦后闻知大怒,劝中宗速杀之。宋景道:“彼言中宫私于武三思,陛下不究其所言,而即杀其人,何以服天下?若必欲杀月将,请先杀臣,不然臣终不敢奉诏。”中宗乃命贷其死,长流岭南。自此中宗心里亦颇怀疑,传旨查察宫门出入之人,群小因此亦多不自安。太子重俊亦有明断,中宗唯唯不决。次日魏元忠入内殿奏事,中宗以立太女废太子说密询之。元忠道:“太子初无失德,陛下岂可轻动国本。‘皇太女’之称向未曾有,且公主称太女,驸马作何称号?此断不可。”中宗意悟,将此二事俱置不行。韦后与公主好生不悦。那安乐公主又急欲韦后专政,使自己得为皇太女,却一时无计可施。

一日杨均以烹调之事入内供应,韦后因召他至密室中,屏退左右,私相谋议。韦后道:“此老近来多信外臣之言,而有疑惑宫中之意,此不可不虑。”杨均道:“我看娘娘玉貌生光,将来必有喜庆。皇上千秋万岁后,娘娘自然临朝称制了,何必多虑。”韦后惊讶道:“他若心变,我怎等得他千秋万岁后?”杨均沉吟半晌道:“若依娘娘如此说,此事要用着些人谋了。”韦后附耳道:“有甚好药,可以了此事否?”杨均道:“药是问马秦客便有,但此事非同小可,当相机而行,未可造次。”

不说二人密谋。且说太子重俊,闻知韦后欲要谋废,他心怀疑惧,又

---

①　故事——规矩,成例。

恐为三思、婉儿辈所陷，因欲先发制人，与东宫官属李多祚等矫诏引羽林军[①]杀入武三思私第。恰值武庚训在三思处饮酒，都被拿住，太子仗剑手刃之，更命军士乱剁其尸，合家老幼男女，尽都诛死；又勒兵至宫门欲杀上官婉儿。中宗闻变大惊，急登玄武门楼，宣谕军士；一面令宫闱令杨思显与李多祚交战。多祚战败兵溃，自刎而死，太子亦死于乱军中。正是：

太子拚身诛逆贼，休将成败论英雄。

此时若便清宫阃，何待临淄建大功[②]？

武崇训既诛死，中宗命武延秀为安乐公主驸马，延秀即崇训之弟也，以嫂妻叔，伦常扫地矣！自此韦武之权愈重。

时有许州参军燕钦融上疏，言韦后淫乱干政，宗楚客等图危社稷。中宗览疏，未及批发，韦后即传旨，将燕钦融扑杀。中宗心下怏怏不悦，未免露之颜色，韦后十分疑忌，密谓杨均道："此老渐已心变，前所云进药之说，若不急行，祸将不测。"杨均道："马秦客有一种末药，人服之腹中作痛，口不言，再饮人参汤，即便身死，不露伤迹。"韦后道："既有此药，可速取来。"杨均笑道："事成之后，要封我为武安君哩！"韦后道："不必多言，同享富贵便了。"杨均遂与马秦客密谋取药进宫。韦后知中宗喜吃三酥饼，即将药放入饼馅里，乘中宗那日在神龙殿闲坐，尚未进膳，便亲将饼儿供上。中宗连吃了几枚，觉得腹胀微微作痛，少顷大痛起来，坐立不宁，倒于榻上乱滚。韦后佯为惊问，中宗说不出话，但以手自指其口。韦后急呼内侍道："皇爷想欲进汤，可速取人参汤来！"此时人参汤早已备着，韦后接手，急来灌入中宗口中。中宗吃了人参汤便滚不动了。淹[③]至晚间，呜呼崩逝。正是：

昔日点筹烦圣虑，今将一饼报君王。

可怜未死慈亲手，却被贤妻把命伤。

韦后既行弑逆，秘不发丧。太平公主闻中宗暴死，明知死得不明白，

---

① 羽林军——皇宫的禁卫军。汉武帝时选六郡良家子宿卫建章宫，称建章营骑，后改命羽林骑，取其"为国羽翼，如林茂盛"之意，为皇帝护卫。后历朝禁卫军常有羽林之名。

② 何待句——指临淄王李隆基诛除韦党，请立相王事。

③ 淹——延滞，停留。

却又难于发觉，只得且忍，急与上官婉儿议草遗诏，意欲扶立相王。韦后与安乐公主都不肯，乃议立温王重茂。遗诏草定，然后召大臣入宫，韦后托言中宗以暴疾崩，称遗诏立温王重茂为太子嗣，即皇帝位，时年方十五。韦后临朝听政，宗楚客劝韦后依武后故事，以韦氏子弟典南北军，深忌相王与太平公主，谋欲去之；又妄引图谶，谓韦氏当革唐命，遂与安乐公主及都知兵马使韦温等密谋为乱，将约期举事。

时相王第三子临淄王隆基，曾为潞州别驾，罢官回京，因见群小披猖，乃阴聚才勇之士，志图匡正。兵部侍郎崔日用，向亦依附韦党，今畏临淄王英明，又忌宗楚客独擅大权，知其有逆谋，恐日后连累着他，遂密遣宝昌寺僧人普润至临淄王处告变。临淄王大惊，即报与太平公主知道，一面与内苑总监钟绍京、果毅校尉葛福顺、御史刘幽求、李仙凫等计议，乘其未发，先事诛之。众皆奋然，愿以死自效。太平公主亦遣其子薛宗行、崇敏、崇简来相助。葛福顺道："贤王举事，当启知相王殿下。"临淄王道："吾举大事为社稷计，事成则福归父王；如或不成，吾以身殉之，不累及其亲。今若启而听从，则使父王预危事，倘其不从，将败大事计，不如不启为妥。"于是易服，率众潜入内苑。

时夜将半，忽见天星落如雨。刘幽求道："天意如此，时不可失。"葛福顺拔剑争先，直入羽林营典军，韦温、韦璇、韦播、高嵩等出其不意，措手不及，俱被福顺所杀。刘幽求大呼道："韦后鸩弑先帝，谋危宗社，今夕当共诛奸逆，立相王以安天下。敢有怀两端助逆党者，罪及三族。"羽林军士稽颡① 听命，临淄王引众出南苑门，钟绍京率苑中匠丁二百余人，执斧锯以从，诸卫兵俱来接应。

其时中宗的梓宫停于太平极殿，韦后亦在殿中。临淄王勒兵至玄武门，斩关而入。那些宿卫梓宫的军士，鼓噪应之。韦后大骇，一时无措，止穿得小衣单衫，奔出殿门，正遇杨均、马秦客，韦后急呼救援，二人左右搀扶，走入飞骑营，指望暂避，却被本营将卒先把杨均、马秦客斩首，砍其尸为肉泥。韦后哀求饶命，众人都嚷道："弑君淫贼，人人共愤！"一齐举刀乱砍，登时砍死于乱刀之下。

临淄王闻韦后已为众所诛，传令扫清宫掖。武延秀方与云从私宿于

---

① 稽颡(qǐ sǎng)——古代一种跪拜礼，屈膝下拜，以额触地。颡，额。

玉树轩，被李仙凫搜出，双双斩首。刘幽求将上官婉儿挟至临淄王前，说他曾与太平公主共草遗诏，议立相王，可免其一死，临淄王道："此婢妖淫，渎乱宫闱，不可轻恕。"即命斩讫。随遣刘幽求收安乐公主。

时天已晓，安乐公主深居别院，还不知外变。方早起新沐，对镜画眉，刘幽求率众突入，即挥兵从后砍之，头破脑裂而死，并将其家属都诛死。宗楚客逃奔至通化门，被门吏擒献，即时腰斩于市。

内外既定，临淄王乃叩见相王，谢不先禀白之罪。相王道："社稷宗庙不坠于地，皆汝功也。"刘幽求等请相王早正大位。是日早朝，少帝重茂，方将升座，太平公主手扶去之，说道："此位非儿所宜居，当让相王。"于是众臣共奉相王为皇帝，是为睿宗，改号景云元年。重茂仍为温王；进封临淄王为平王；祭故太子重俊；赠恤李多祚、燕钦融等；追复张柬之等五人官爵；追废韦后、安乐公主庶人，搜捕韦党诸人。惟崔日用以出首叛逆有功，仍旧供职，其余俱治罪。韦后之妹崇国夫人，为秘书监王滗之妻，王滗恐因妻被祸，以鸩酒毒死其妻，自白于官。御史大夫窦从一之妻乃韦后之乳母，俗呼乳母之夫为阿奢。窦从一每自称皇后阿奢，恬然不以为耻，至此乃自杀其妻以献。正是：

昔依妇势真堪耻，今杀妻身太寡恩。

岂是有心学吴起，阿奢妹丈总休论。

景云元年，议立东宫，睿宗以宋王成器居嫡长，而平王隆基有大功，迟疑不决。宋王涕泣叩首固辞道："从来建储之事，若当国家安则先嫡长，国家危则先有功，今隆基功在社稷，臣死不敢居其上。"刘幽求奏道："平王有大功，宋王有让德，陛下宜报平王之功，以成宋王之让。"睿宗乃降诏，立平王隆基为太子，后人有诗。称赞宋王之贤道：

储位本宜推嫡长，论功辞让最称贤。

建成昔日如知此，同气三人可保全。

未知后事如何，且看下回分解。

第七十八回

慈上皇难庇恶公主　生张说不及死姚崇

词曰：

太平封名，公主名称原也妙。不肯安平，天道难容恶贯盈。　　嘉宾恶主，漫说开筵遵圣旨。诔死鸿篇，却被亡人算在先。

——右调《减字木兰花》

酒色财气四字，人都离脱不得，而财色二者为尤甚。无论富贵贫贱，聪明愚钝之人，总之好色贪财之念，皆所不免。那贪财的，既爱己之所有，又欲取人之所有，于是被人笼络而不觉。那好色的，不但男好女之色，女亦好男之色；男好女犹可言也，女好男，遂至无耻丧心，灭伦败纪，靡所不为，如武后、韦后、安乐公主、太平公主等是也。

且说太平公主与太子隆基共诛韦氏，拥立睿宗为帝，甚有功劳。睿宗既重其功，又念他是亲妹，极其怜爱。公主性敏，多权略，凡朝廷之事，睿宗必与他商酌，自宰相以下，进退系其一言。其所引荐之人，骤登清要者甚多，附势谋进者，奔趋其门下如市。子薛崇行、崇敏、崇简皆封为王，田园家宅，遍于畿甸。公主怙宠擅权，骄奢纵恣，私引美貌少年至第，与之淫乱，奸僧慧范，尤所最爱。那班倚势作威的小人，都要生事扰民。亏得朝中有刚正大臣，如姚崇、宋景辈侃侃谔谔①，不畏强御；太子隆基，更严明英察，为群小所畏忌，因此还不敢十分横行。

却说太子原以兵威定乱，故虽当平静之时，不忘武事。一日闲暇，率领内侍及护卫东宫的军士们，往郊外打围射猎。一行人来到旷野之处，排下一个大大的围场。太子传令，众人各放马射箭，发纵鹰犬，闹了多时，猎取得好些飞禽走兽。正驰骋间，只见一只黄獐远远的在山坡下奔走。太子策马向前，亲射一箭，却射不着，那獐儿望前乱跑。太子不舍，紧紧追赶，直赶至一个村落，不见了黄獐，但见一个女人，在那里采茶。太子勒马

---

① 谔(è)——形容直话直说。

问道："你可曾见有一只黄獐跑过去么？"那女人并不答应，只顾采茶。此时太子只有两个内侍跟随，那内侍便喝道："兀那妇人好大胆，怎的殿下问你话，竟不回答！"女人不慌不忙，指着茶篮道："我心只在茶，何有于獐也，那知什么殿下？"说罢，便提着篮走进一个柴扉中去了。太子见那女子举止不凡，吩咐内侍，不许啰唣，望那柴扉中也甚有幽致。

正看间，只见一个书生跨着蹇驴而来。他见太子头戴紫金冠，身披锦袍，知是贵人，忙下驴伏谒。内侍道："此即东宫千岁爷。"书生叩拜道："村僻愚人，不知殿下驾临，失于候迎，乞赐宽宥。"太子道："孤因出猎，偶尔至此。"因指着柴扉内问道："此即卿所居耶？"书生道："臣暂居于此，虽草庐荒陋，倘殿下鞍马劳倦，略一驻足，实为荣幸。"

太子闻言，欣然下马，进了柴扉，见花石参差，庭阶幽雅，草堂之上，图书满案，囊琴匣剑，排设楚楚。太子满心欢喜坐定，便问书生何姓何名。书生答道："臣姓王名琚，原籍河南人。"太子道："观卿器宇轩昂，门庭雅饬，定然佳士。顷见采茶之妇，言笑不苟，想即卿之妻也。"王琚顿首道："村妇无知，失于应对，罪当万死。"太子笑道："卿家既业采茶，必善烹茶，幸假一杯解渴。"王琚领命，忙进去取。太子偶翻看他案上书籍，见书中夹着一纸，乃姚崇劝他出仕写与他的手札，其略云：

> 足下奇才异能，愚所稔知，乘时利见，此其会矣；若终为韫匮① 之藏，自弃其才能于无用，非所望于有志之士也。一言劝驾，庶几幡然。

太子看罢，仍旧把纸夹在书中，想道："此人与姚崇相知，为姚崇所识赏，必是个奇人。"

少顷，王琚捧出茶来献上，太子饮了一杯，赐王琚坐了，问道："士子怀才欲试，正须及时出仕，如何遁迹山野？"王琚道："大凡士人出处，不可苟且，须审时度势，必可以得行其志，方可一出。臣窃闻古人易退难进之节，不敢轻于求仕，非故为高隐以傲世也。"太子点首道："卿真可云有品节之士矣。"正闲话间，那些射猎人马轰然而至，太子便起身出门，王琚拜送于门外；太子上马，珍重而别，不在话下。

且说太平公主，畏忌太子英明，谋欲废之，日夜进谗于睿宗，说太子许多不是处，又妄谓太子私结人心，图为不轨。睿宗心中怀疑，一日坐于便

---

① 韫匮(yùn guì)——藏在柜子里。

殿，密语侍臣韦安石道："近闻中外多倾心太子，卿宜察之。"韦安石道："陛下安得此亡国之言，此必太平公主之谋也。太子仁朋孝友，有功社稷，愿陛下无惑于谗人。"睿宗悚然道："朕知之矣！"自此谗说不得行。

太平公主阴谋愈急，使人散布流言，云目下当有兵变。睿宗闻知，谓侍臣道："术者言五日内，必有急兵入营，卿等可为朕备之。"张说奏道："此必奸人造言，欲离间东宫耳。陛下若使太子监国，则流言自息矣！"姚崇亦奏道："张说所言，真社稷至计，愿陛下从之。"睿宗依奏，即日下诏，命太子监理国事。

太子既受命监国，便遣使臣赍礼往聘王琚入朝。王琚不敢违命，即同使臣来见。时太子正与姚崇在内殿议事，王琚入至殿庭，故意纡行缓步，使臣摇手止之道："殿下在帘内，不可怠慢。"王琚大声说道："今日何知所谓殿下，只知有太平公主耳！"太子闻其言，即趋出帘外见之，王琚拜罢，太子道："适有卿之故人在此，可与相见。"便引王琚入殿内，指着姚崇道："此非卿之故人耶？"王琚道："姚崇实与臣有交谊，不识陛下何由知之？"太子笑道："前日在卿家，案头见有姚卿题札，故知之耳。其手札中所言，卿今能从之否？"王琚顿首道："臣非不欲仕，特未遇知己耳。今蒙陛下恩遇，敢不致身图报。但臣顷者所言，殿下亦闻之乎？"太子道："闻之。"王琚因奏道："太平公主擅权淫纵，所宠奸僧慧范，恃势横行，道路侧目。公主凶狠无比，朝臣多为之用，将谋不利于殿下，何可不早为之计？"姚崇道："王琚初至，即能进此忠言，此臣所以乐与交也。"太子道："所言良是。但吾父皇只此一妹，若有伤残，恐亏孝道。"王琚道："孝之大者，当以社稷宗庙为事，岂顾小节。"太子点头道："当徐图之。"遂命王琚为东宫侍班，常与计事。

太极元年七月，有彗星出于西方，入太微，太平公主使术士上密启于睿宗道："彗所以除旧布新，且逼近帝座，此星有变，皇太子将作天子，宜预为备。"欲以此激动睿宗，中伤太子。那知睿宗正因天象示变，心怀恐惧，闻术士所言，反欣然道："天象如此，天意可知，传德弭灾，吾志决矣！"遂降诏传位太子。太平公主大惊，力谏以为不可，太子亦上表力辞。睿宗皆不听，择于八月吉日，命太子即皇帝位，是为玄宗明皇帝。尊睿宗为太上皇，立妃王氏为皇后，改太极元年为先天元年，重用姚崇、宋景辈，以王琚为中书侍郎，黜幽陟明，政事一新，天下欣然望治。只有太平公主，仍恃上皇之势，恣为不法。玄宗稍禁抑之，公主大恨，遂与朝臣萧至忠、岑义、窦怀贞、崔湜等结为党援，私相谋划，欲矫上皇旨，废帝而别立新君，密召侍御陆象先同谋。象先大骇连声道："不可不可，此何等事，辄敢妄为耶！"公主道："弃长立幼，已为不顺，况又失德，废之何害？"象先道："既以功立，必以罪废，今上新立，天下向顺，彼无失德，何罪可废？象先不敢与闻。"言罢，拂衣而出。

公主与崔湜等计议，恐矫旨废立，众心不服，事有中变，欲暗进毒，以谋弑逆，遂私结宫人元氏，谋于御膳中置毒以进。王琚闻其谋。开元元年七月[①]朔日早朝毕，玄宗御便殿，王琚密奏道："太平公主之事迫矣，不可不速废！"玄宗尚在犹豫，时张说方出使东都，适遣人以佩刀来献，长史崔日用奏道："说之献刀，欲陛下行事决断耳！陛下昔在东宫，或难于举动，今大权在握，发令诛逆，有何不顺，而迟疑若是？"玄宗道："诚如卿言，恐惊上皇。"王琚道："设使奸人得志，宗社颠危，上皇安乎？"正议论间，侍郎魏知古直趋殿陛，口称臣有密启。玄宗召至案前问之，知古道："臣探知奸人辈，将于此月之四日作乱，宜急行诛讨。"于是玄宗定计，与岐王范、薛王业、兵部尚书郭元振、龙武将军王毛仲、内侍高力士及王琚、崔日用、魏知古等，勒兵入虔化门，执岑羲、萧至忠于朝堂斩之，窦怀贞自缢，崔湜及宫人元氏俱诛死，太平公主逃入僧寺，追捕出，赐死于家，并诛奸僧慧范，其余逆党死者甚多。上皇闻变惊骇，乘轻车出宫，登承天门楼问故。玄宗急令高力士回奏，言太平公主结党谋乱，今俱伏诛，事已平定，不必惊疑。上皇闻奏，叹息还宫。正是：

公主空号太平，作事不肯太平。
直待杀此太平，天下方得太平。

玄宗既诛逆党，闻陆象先独不肯从逆，深嘉其忠，擢为蒲州刺史，面加奖谕道："岁寒然后知松柏也。"象先因奏道："《书》云：歼厥渠魁，胁从罔治。今首恶已诛，余党乞从宽典，以安人心。"玄宗依其言，多所赦宥。又以太平公主之子薛崇简常谏其母，屡遭挞辱，特旨免死，赐姓李，官爵如故。其他功臣爵赏有差。自此朝廷无事。

玄宗意欲以姚崇为相，张说忌之，使殿中监姜皎入奏道："陛下欲择河东总管，而难其选，臣今得之矣。"玄宗问为谁。姜皎道："姚崇文武全才，

---

① 七月——此处与前文有异。前文"八月吉日，命太子即皇帝位"。

真其选也。”玄宗笑道:“此张说之意,汝何得面欺?”姜皎惶恐,叩头服罪。玄宗即日降旨,拜姚崇为中书令。张说大惧,乃私与岐王通款,求其照顾。姚崇闻知,甚为不满。一日入对便殿,行步微蹇。玄宗问道:“卿有足疾耶!”姚崇因乘间奏言:“臣有腹心之疾,非足疾也。”玄宗道:“何谓腹心之疾?”姚崇道:“岐王乃陛下爱弟,张说身为大臣,而私与往来,恐为所误,是以忧之。”玄宗怒道:“张说意欲何为?明日当命御史按治其事。”

姚崇回至中书省,并不提起。张说全然不知,安坐私署之中。忽门役传进一帖,乃是贾全虚的名刺[1],说道有紧急事特来求见。张说骇然道:“他自与宁醒花去后,久无消息,今日突如其来,必有缘故。”便整衣出见。贾全虚谒拜毕,说道:“不肖自蒙明公高厚之恩,遁迹山野,近因贫困无聊,复至京师,移名易姓,佣书于一内臣之家。适间偶与那内臣闲话,谈及明公私与岐王往来,今为姚相所奏。皇上大怒,明日将按治,祸且不测。不肖惊闻此信,特来报知。”张说大骇道:“如此为之奈何?”全虚道:“今为明公计,惟有密恳皇上所爱九公主关说[2]方便,始可免祸。”张说道:“此计极妙,但急切里无门可入。”全虚道:“不肖已觅一捷径,可通款于九公主,但须得明公所宝之一物为贽[3]耳。”张说大喜,即历举所藏珍玩。全虚道:“都用不着。”张说忽想起:“杂林郡曾献夜明帘一具可用否?”全虚道:“请试观之。”张说命左右取出,全虚看了道:“此可矣,事不宜迟,只在今夕。”张说便写一情恳手启,并夜明帘付与全虚。

全虚连夜往九公主,具言来历,献上宝帘并手启;九公主见了帘儿,十分欢喜,即诺其所请。正是:

前日献刀取决断,今日献帘求遮庇。
一是为公矢忠心,一是为私行密计。

明日九公主入宫见驾,玄宗已传旨,着御史中丞同赴中书省究问张说私交亲王之故。九公主奏道:“张说昔为东宫侍臣,有维持调护之功,今不宜轻加谴责。且若以疑通岐王之故,使人按问,恐王心不安,大非吾皇上平日友爱之意。”原来玄宗于兄弟之情最笃,尝为长枕大被与诸王同卧,平

---

① 名刺——名帖,名片。
② 关说——说好话,说情。
③ 贽(zhì)——礼物。

日在宫中相叙，只行家人礼。薛王患病，玄宗亲为煎药，吹火焚须。左右失惊，玄宗道："但愿王饮此药而即愈，吾须何足惜。"其友爱如此，当闻九公主之言，恻然动念，即命高力士至中书省宣谕免究，左迁张说为相州刺史。张说深感贾全虚之德，欲厚酬之，谁知全虚更不复来见，亦无处寻访他，真奇人也。正是：

拯危排难非求报，只为当年赠爱姬。

姚崇数年为相，告老退休，特荐宋景自代。宋景在武后时，已正直不阿，及居相位，更丰格端庄，人人敬畏。那时内臣高力士、闲厩使王毛仲，俱以诛乱有功，得幸于上。王毛仲又以牧马番庶，加开府仪同三司，荣宠无比，朝臣多有奔趋其门者，宋景独不以为意。王毛仲有女与朝贵联姻，治装将嫁，玄宗闻之问道："卿嫁女之事，已齐备否？"王毛仲奏道："臣诸事都备，但欲延嘉宾，以为光宠，正未易得耳。"玄宗笑道："他客易得，卿所不能致者一人必宋景也，朕当为卿致之。"乃诏宰相与诸大臣，明日俱赴王毛仲家宴会。

次日，众官都早到，只有宋景不即至，王毛仲遣人络绎探视。宋景托言有疾，不能早来，容当徐至，众官只得静坐拱候。直至午后，方才来到，且不与主人及众客谈礼，先命取酒来，执杯在手说道："今日奉诏来此饮酒，当先谢恩。"遂北面拜罢，举杯而饮，饮不尽一杯，忽大呼腹痛，不能就席，向众官一揖，即升车而去。王毛仲十分惭愧，奈他刚正素著，朝廷所礼敬，无可如何，只得敢怒而不敢言，但与众官饮宴，至晚而散。正是：

作主固须择宾，作宾更须择主。

恶宾固不可逢，恶主更难与处。

后王毛仲恃宠而骄，与高力士有隙。其妻新产一子，至三朝，玄宗遣高力士赍珍异赐之，且授新产之儿五品官。毛仲虽然谢恩，心甚怏怏，抱那小儿出来与力士看，说道："此儿岂不堪作三品官耶！"力士默然不答，回宫复命，将此言奏闻，再添上些恶言语。玄宗大怒道："此贼受朕深恩，却敢如此怨望！"遂降旨削其官爵，流窜远州。力士又使人奸告他许多骄横不法之事，奉旨赐死，此是后话。

且说姚崇罢相之后，以梁国公之封爵退居私第。至开元九年间，享寿已高，偶感风寒，染成一病，延医调治，全然无效。平生不信释道二教，不许家人祈祷。过了几日，病势已重，自知不能复愈，乃呼其子至榻前，口授遗表一道，劝朝廷罢冗员、修制度、戢兵戈、禁异端，官宜久任，法宜从宽，洋洋数百言，皆为治之要道，即誊写奏进。又将家事嘱咐一番，遗命身故之后，不可依世俗例，延请僧道，追修冥福，永著为家法。其子一一受命。及至临终，又对其子说道："我为相数年，虽无甚功业，然人都称我为救时宰相，所言所行，亦颇多可述，我死之后，这篇墓碑文字，须得大手笔为之，方可传于后世。当今所推文章宗匠，惟张说耳，但他与我不睦，若径往求他文字，他必推言不肯。你可依我计，待我死后，你须把些珍玩之物，陈设于灵座之侧。他闻讣来吊奠，若见此珍玩，不顾而去，是他记我旧怨，将图报复，甚可忧也；他若逐件把弄，有爱羡之意，你便说是先人所遗之物，尽数送与他，即求他作碑文，他必欣然许允，你便求他速作。待他文字一到，随即勒石，一面便进呈御览方妙。此人性贪多智，而见事稍迟，若不即日镌刻，他必追悔，定欲改作，既经御览，则不可复改。且其文中既多赞语，后虽欲寻瑕摘疵，以图报复，亦不能矣，记之记之！"言罢，瞑目而逝。公子躄踊哀号，随即表奏朝廷，讣告僚属，治理丧具。

大殓既毕，便设幕受吊，在朝各官，都来祭奠。张说时为集贤院学士，亦具祭礼来吊。公子遵依遗命，预将许多古玩珍奇之物，排列灵座旁边桌上。张说祭吊毕，公子叩颡拜谢。张说忽见座旁桌上排列许多珍玩，因指问道："设此何意？"公子道："此皆先父平日爱玩者，手泽所存，故陈设于此。"张说道："令先公所爱，必非常物。"遂走近桌上，逐件取来细看，啧啧称赏。公子道："此数物不足供先生清玩，若不嫌鄙，当奉贡案头。"张说欣然道："重承雅意，但岂可夺令先公所好？"公子道："先生为先父执友，先父今日若在，岂惜贻赠。且先父曾有遗言，欲求先生大笔，为作墓道碑文，倘不吝珠玉，则先父死且不朽，不肖方当衔结图报，区区玩好之微，何足复道。"说罢，哭拜于地。张说扶起道："拙笔何足为重，既蒙嘱役，敢不揄扬盛美。"公子再拜称谢。张说别去。公子尽撤所陈设之物，遣人送与，又托人婉转求其速作碑文，预使石工磨就石碑一座，只等碑文镌刻。

张说既受了姚公子所赠，心中欢喜，遂做了一篇绝好的碑文，文中极赞姚崇人品相业，并叙自己平日爱慕钦服之意。文才脱稿，恰好姚公子遣人来领，因便付于来人。公子得了文字，令石工连夜镌于碑上。正欲进呈御览，适高力士奉旨来取姚崇生时所作文字，公子乘机便将张说这篇碑文，托他转达于上。玄宗看了赞道："此人非此文不足以表扬之！"正是：

救时宰相不易得，碑文赞美非曲笔。
可惜张公多受贿，难说斯民三代直。

却说张说过了一日，忽想起："我与姚崇不和，几受大祸，今他身死，我不报怨也够了，如何倒作文赞他？今日既赞了他，后日怎好改口贬他？就是别人贬他，我只得要回护他了，这却不值得。"又想文字付去未久，尚未镌刻，可即索回，另作一篇，寓贬于褒之文便了。遂遣使到姚家索取原文，只说还要增改几笔。姚公子面语来使道："昨承学士见赐鸿篇，一字不容移易，便即勒石，且已上呈御览，不可便改了。铭感之私，尚容叩谢。"使者将此言回复了主人。张说顿足道："吾知此皆姚相之遗算也，我一个活张说，反被死姚崇算了，可见我之智识不及他矣！"

连声呼中计，追悔已嫌迟。

姚崇死后，朝廷赐谥文献。后张说与宋景、王琚辈相继而逝。又有贤相韩休、张九龄二人俱为天子所敬畏者，亦不上几年告老的告老，身故的身故，朝中正人渐皆凋谢。玄宗在位日久，怠于政事，当其即位之初，务崇节俭，曾焚珠玉锦绣于殿前，又放出宫女千人，到得后来，却习尚奢侈，女宠日盛。诸嫔妃中，惟武惠妃最亲幸，皇后王氏遭其谗谮，无故被废。又谮太子瑛及鄂王、光王，同日俱赐死，一日杀三子，天下无不惊叹。不想武惠妃亦以产后血崩暴亡，玄宗不胜悲悼，自此后宫无有当意者。高力士劝玄宗广选美人，以备侍御。玄宗遂降旨采选民间有才貌的女子入宫。正是：

靡不有初，鲜克有终。
开元天宝，大不相同。

第七十九回

江采苹恃爱追欢　杨玉环承恩夺宠

词曰：

国色自应供点选，一入深宫，必定多留恋。不是眉尖送花片，也教眼角飞莺燕。　　只道始终适所愿，不料红丝，恰又随风转。始知月老亦无凭，端合成全好姻眷。

——右调《蝶恋花》

人生处世，无过情与理而已。忠臣孝子，作事循理，不消说得；而大奸极恶之人，行事背理，亦不消说得。至于情总属一般，孟夫子所云：知好色则慕少艾，有妻子则慕妻子。今古同然，无有绝情者。试看苏子卿穷居海上，啮雪吞毡，死生置于度外，犹不免娶胡妇生子。胡澹庵贬海外十年，比其归，日饮于湘潭胡氏园，喜侍姬黎倩，作诗赠之。乃知情欲移人，贤者不免，而况生居盛世贵为天子乎？

今且不说玄宗遣人点选美女。且说闽中兴化县珍珠村，有一秀才，姓江名仲逊，字抑之，人物轩昂，家私富厚，年过三旬，尚无子嗣；夫人廖氏，单生一女，小名阿珍，九岁能诵二南，语父道："吾虽女子，期以此为志。"仲逊奇之，遂名采苹，生得花容月貌，便是月里嫦娥，也让他几分颜色，更兼文才淹博，诸子百家，无不贯串，琴棋书画，各件皆能。他性喜梅花，仲逊遣人于江浙山中，遍觅各种最古梅，植于庭除，额曰"梅亭"。采苹朝夕观玩，遂自号梅芬，性耽文艺，有《萧兰》、《梨园》、《梅亭》、《业桂》、《凤笛》、《玻杯》、《剪刀》、《绮窗》八赋，为时传诵，名闻籍甚。高力士自湖广历两粤，各处采选，并无当意者；至兴化，闻采苹名，得之以进。采苹年方二八，美貌无双，玄宗一见，喜动天颜，即令嫔妃随侍入宫，赐江仲逊黄金千两，彩缎百端，回家养老。命高力士陪他赴光禄寺饮宴，仲逊含泪出朝。玄宗入宫，即命左右摆宴，与江妃共饮，饮了一回，玄宗兴致已浓，携养江妃退归寝室，共效鸾凤。但见江妃的愁思未遭风和雨，玄宗的兴趣偏施雨与风(此处删去 17 字)，云情雨意初未知。也有《西江月》一词为证：

倾国倾城一貌，为云为雨千觞。花间起舞散幽香，从此惊鸿绝赏。
谢女休夸好句，班姬正倚新妆，数奇不愿似王嫱，谁向长门悒快。

玄宗与江妃恣意交欢，任情取乐，真个欢娱夜短，正好受用。又早鸡鸣钟动，天光欲曙，玄宗免不得起身出朝听政。

一日回到宫中，见江妃在那里看《梅亭赋》，因知江妃喜梅，遂命宫中各处栽梅，朝夕游玩，赐名梅妃，玄宗道："朕几日为朝政所困，今见梅花盛开，清芬拂面，玉宇生凉，襟期顿觉开爽；嫔色花容，令人顾恋，纵世外佳人，怎如你淡妆飞燕乎？"梅妃道："只恐落梅残月，他时冷落凄其。"玄宗道："朕有此心，花神鉴之。"梅妃道："但愿不负此言，妾虽身碎，不足以报。"玄宗道："妃子高才，前所作八赋，翰林诸臣无不叹赏；卿今可为《梅花赋》，待朕颁示词臣。"梅妃道："贱妾蓬闺陋质，安敢艺苑鸿才。既辱钧旨，谨当献丑。"言未毕，只见内侍报道："岭南刺史韦应物、苏州刺史刘禹锡，各选奇梅五种，星夜进呈。"玄宗甚喜，吩咐高力士用心看管，以待宴赏，遂同梅妃回宫。

不一日，玄宗宴诸王于梅园，命梨园子弟承应，丝竹迭奏，果然清音缓节。有诗为证：

金屋画堂光闪闪，烹龙炮凤敲檀板。
歌喉宛转绕雕梁，琼浆满泛玻璃盏。

诸王饮至半席间，忽闻宫中笛声嘹亮。诸王问道："笛声清妙，不知何人所吹，似从天上飞来。"玄宗道："是朕梅妃所吹，诸兄弟若不弃嫌，宣他一见何如？"诸王道："臣等愿洗耳请教。"命高力士宣梅妃来。不一时梅妃宣到，诸王见礼毕，玄宗道："朕常称妃子乃梅精也，吹白玉笛作惊鸿舞，一座生辉，今宴诸王，梅妃试舞一回。"梅妃领旨，装束齐整，向筵前慢舞。有《西江月》词为证：

紫燕轻盈弱质，海棠标韵娇容。罗衣长袖慢交横，络绎回翔稳重。
纤縠蛾飞可爱，浮腾雀跃仙踪。衫飘绰约动随风，恍似飞龙舞凤。

舞罢，诸王连声赞美。玄宗道："既观妙舞，不可不快饮。今有嘉州进到美酒，名瑞露珍，其味甚佳，当共饮之。"即命内侍取酒至，斟于金盏，命梅妃偏酌诸王。时宁王已醉，见梅妃送酒来，起身接酒，不觉一脚踢着了梅妃绣鞋。梅妃大怒，登时回宫。玄宗道："梅妃为何不辞而去？"左右道："娘娘珠履脱缀，换了就来。"等了一回，又来再宣。梅妃道："一时胸腹作疾，不能起身应召。”玄宗道：“既如此罢了。”即命撤席而别。

宁王惊得魂不附体，猛然想起驸马杨回，足智多谋，又是圣上宠爱的，密地差人请来商议。不一时杨回到来，礼毕，宁王道：“寡人侍宴梅园，只因多吃几杯酒，干了一桩天大不明白的事。”杨回道：“不是戏梅妃的事么？”宁王道：“你为何知道？”杨回道：“若要不知，除非莫为，如今那一个不晓得，止有圣上不知。”宁王道：“请你来商议此事，倘若梅妃在圣上面前，说些是非，叫我怎得安稳哩！”杨回想了一想，说道：“不妨，我有二计在此，包你无事。”附宁王耳低言道：“只须如此如此。”宁王大喜，依了他计，相约次日早朝，肉袒膝行，请罪道：“蒙皇上赐宴，力不胜酒，失错触了妃履，臣出无心，罪该万死。”玄宗道：“此事若计论起来，天下都道我重色，而轻天伦了。你既无心，朕亦付之不较。”宁王叩头谢恩而起。

杨回乃密奏玄宗道：“臣见诸宫嫔妃，约有三万余人，又令高力士遍访美人何用？”玄宗道：“嫔妃固多，绝色者少，愿得倾国之色，以博一生大乐耳。”杨回道：“陛下必欲得倾城美貌，莫如寿王妃子杨玉环，姿容盖世，实是罕有。”玄宗道：“与梅妃如何？”杨回道：“臣未曾亲见，但闻寿王作词赞他，中一联云：‘三寸横波回幔水，一双纤手语香弦。’开元二十一年冬至寿邸时，有人见了赞道：‘只有天在上，更无山与齐。’陛下莫若召来便见。”玄宗闻之喜甚，即差高力士快去宣杨妃来。

力士领旨，即到寿王宫中，宣召杨妃。杨妃道：“圣上宣我何干？”力士道：“奴婢不知，娘娘见驾，自有分晓。”杨妃惨然来见寿王道：“妾事殿下，祈订白头，谁知圣上着高力士宣妾入朝，料想此去，必与殿下永诀矣！”寿王执杨妃之手大哭道：“势已如此，料不可违，倘若此去，不中上意，或者相逢有日，百凡珍重。”力士催促不过，杨妃只得拜别寿王，流泪出宫。正是：

宣谕多娇珍重甚，回轩应问镜台无。

高力士领着杨妃来复旨。杨妃含羞忍耻参拜毕，俯伏在地，玄宗赐他平身。此时宫中高烧银烛，阶前月影横空，玄宗就在灯月之下，将杨妃定睛一看。但见：

黛绿双蛾，鸦黄半额。蝶练裙不短不长，凤绡衣宜宽宜窄。腰枝似柳，金步摇曳。戛翠鸣珠，鬓发如云。玉搔头掠青拖碧，乍回雪色，依依不语。春山脉脉，幽妍清清，依稀似越国西施；婉转轻盈，绝胜那赵家合德。艳冶销魂，容光夺魄。真个是回头一笑百媚生，六宫粉黛无颜色。

玄宗吩咐高力士，令妃自以其意，乞为女道士，赐号太真，住内太真宫。对杨回道："二卿暂回，明日朕有重赏。"宁王方才放心，与杨回叩谢出朝。天宝四载，更为寿王娶左卫将军韦昭训女为妃，潜纳太真于宫中，命百官于凤凰园，册太真宫女道士杨氏为贵妃。其父杨元琰，弘农华阴人，从居蒲州之独头村，开元初为蜀州司户，贵妃生于蜀，早孤，养于叔父河南府士曹元圭家。册妃日，赠元琰兵部尚书；母李氏，凉国夫人；叔元圭，为光禄卿；兄铦，侍御史；堂兄钊，拜侍郎。那杨钊原系张昌宗之子，寄养于杨氏者。玄宗以钊字有金刀之象，改赐其名为国忠。杨氏权倾天下，贵妃进见之夕，奏《霓裳羽衣曲》，授金钗钿盒。玄宗自执丽水镇库紫磨金琢成步摇，至妆阁亲与插鬓。自宠了贵妃，便疏了梅妃。

梅妃问亲随的宫女嫣红道："你可晓得皇上两日为何不到我宫中？"嫣红道："奴婢那里得知，除非叫高力士来，便知分晓。"梅妃道："你去寻来，待我问他。"嫣红领旨出宫寻问，走到苑中，见力士坐在廊下打瞌睡。嫣红道："待我耍他一耍。"见一棵千叶桃花，娇红鲜艳，便拆下一小枝来，将花插在他头上，取一嫩枝，塞向力士鼻孔中去。力士陡然惊醒，见是嫣红，问道："嫣红妹子，你来做甚？"嫣红笑道："我家娘娘特来召你。"力士便同嫣红走到梅妃宫中，叩头见过。梅妃问力士道："圣上这几日，为何不进我宫中？"力士道："阿呀，圣上在南宫中，新纳了寿王的杨妃，宠幸无比，娘娘难道还不知么？"梅妃道："我那里晓得。且问你圣上待他意思如何？"力士道："自从杨妃入宫之后，龙颜大悦，亲赐金钿珠翠，举族加官，宫中号曰娘子，仪体侔① 于皇后。"梅妃听了这句话，不觉两泪交流道："我初入宫之时，便疑② 有此事，不想果然。你且出去，我自有道理。"

高力士出宫去了。嫣红将适间苑内所见如何行径，如何快活，说与梅妃知道。梅妃听了，不胜怨恨。嫣红道："娘娘不要愁烦，依奴婢愚见，娘娘莫若装束了，步到南宫去，看皇爷怎么样说。"梅妃见说，便向妆台前整云鬓。梅妃对了菱花宝镜，叹道："天乎，我江采苹如此才貌，何自憔悴至此，岂不令人肠断！"说了双泪交流，强不出精神来梳妆。嫣红与宫女再三劝慰，替他重施朱粉，再整花钿，打扮得齐齐整整，随了七八个宫奴，向南

---

① 侔(móu)——齐等。

② 疑——此即担心意。

宫缓步而来。

却见玄宗独立花阴。梅妃上前朝见。玄宗道："今日有甚好风，吹得你来？"梅妃微微的笑道："时布阳和，忽南风甚竞，故循循至此，以解寂寥耳。"玄宗道："名花在侧，正要着人来宣妃子，共成一醉。"梅妃道："闻得陛下纳宠杨妃，贱妾一来贺喜，二来求见新人。"玄宗道："此是朕一时偶惹闲花野草，何足挂齿。"梅妃定要请见，玄宗不得已道："爱卿既不嫌弃，着他来参见你就是，但他来时，卿不可着恼。"梅妃道："妾依尊命，须要他拜见我便了。"玄宗道："这也不难。"即召杨妃出来，杨妃望着梅妃叩头毕。玄宗即命摆宴，酒过三巡，玄宗道："梅妃有谢女之才，不惜佳句，赞他一首何如？"梅妃道："惟恐不能表扬万一，望乞恕罪。"杨妃道："妾系蒲姿柳质，岂足当娘娘翰墨揄扬？"玄宗道："二妃不必过谦。"叫左右快快取一幅锦笺，放在梅妃面前。梅妃只得提起笔来，写上七绝一首：

撇却巫山下楚云，南宫一夜玉楼春。
冰肌月貌谁能似？锦绣江天半为君。

梅妃写完，呈于玄宗。玄宗看了，连声赞美，付与杨妃。杨妃接来看了一遍，心中暗想："此词虽佳，内多讥讽。他说'撇却巫山下楚云'，笑奴从寿邸而来；'锦绣江天半为君'，笑奴肥胖的意思。待我也回他几句，看他怎么说？"便对梅妃道："娘娘美艳之姿，绝世无双，待奴回赞一首何如？"梅妃道："俚词描写万一，若得美人不吝名言，妾所愿也。"杨妃亦取笺写道：

美艳何曾减却春，梅花雪里亦清真。
总教借得春风早，不与凡花斗色新。

玄宗见杨妃写完，赞道："亦来的敏快得情。"拿与梅妃道："妃子你看如何？"梅妃取来一看，暗想道："他说'梅花雪里亦清真'，笑我瘦弱的意思。'不与凡花斗色新'，笑我已过时了。"两下颜色有些不和起来。高力士道："娘娘们诗词唱和，奴婢有几句粗言俗语解分。"玄宗道："你试说来。"高力士道："皇爷今日同二位玉美人步步娇，走到高阳台，二位娘娘双劝酒，饮到月上海棠。奴婢打一套三棒鼓，唱一套贺新郎，大家沉醉东风。皇爷卸下皂罗袍，娘娘解下红衲袄，忽闻一阵锦衣香，同睡在销金帐，那时节花心动将起来，只要快活三，那里管念奴娇惜奴娇。皇爷慢慢的做个蝶恋花，鱼游春水，岂不是万年欢天下乐？"只见二妃听到他说到"花心动，快活三”,不觉的都嘻嘻微笑起来。玄宗道:“力士之言有理。朕今日二美既具,正当取乐,休得争论。”遂挽手携着二妃回宫。梅妃性柔缓,后竟为杨妃所谮,迁于上阳东宫。

一日玄宗闲步梅园,忽想起梅妃来,差高力士领旨到上阳宫,只见梅妃正在那里伤感。力士连忙叩头。梅妃道:“高常侍,我自别圣驾已来,久无音问,今日甚事有劳你来?”力士道:“圣上今日偶步梅园,十分思念娘娘,特着奴婢来探望。”梅妃闻言,便欢欢喜喜问力士道:“圣上着你来探望,终非弃我,汝可为我叩谢皇恩,说我无日不望睹天颜,还祈皇恩始终无替。”力士领命,随即回至梅园,将梅妃所言奏上。

玄宗闻言,不觉嗟叹道:“我岂遂忘汝耶! 高力士,你可选梨园最快戏马,密召梅妃到翠华西阁相叙,不可迟误。”力士应声而去。玄宗连声叫道:“转来,你须悄地里去,不可使杨妃知道。”力士道:“奴婢晓得。”便到梨园选了一匹上等骏马,竟到东楼,见了梅妃。梅妃道:“高常侍,你为何又来?”力士道:“奴婢将娘娘之言,述与皇爷听了,皇爷浩叹道:‘我岂忘汝。’就令奴婢选上等骏马,密召娘娘到翠华西阁叙话。”梅妃道:“既是君王宠召,缘何要暗地里来?”力士道:“只恐杨娘娘得知,不是当耍。”梅妃道:“陛下为何怕着这个肥婢?”力士道:“娘娘快上马,皇爷等久了。”

梅妃便上马而来,到了阁前,玄宗抱下马来道:“爱卿,我那一日不想你来。”梅妃参拜道:“贱妾负罪,将谓永捐,不料又得复睹天颜。”玄宗就命宫女摆酒。饮至数巡,梅妃斟上一杯,敬与玄宗道:“陛下果终不弃贱妾,幸满饮此杯。”玄宗吃了,也斟一杯回赐。梅妃饮至半醉,玄宗双手捧着他面庞细看道:“妃子花容,略觉消瘦了些。”梅妃道:“如此情怀,怎免消瘦?”玄宗道:“瘦便瘦,却越觉清雅了。”梅妃笑道:“只怕还是肥的好哩!”玄宗也笑道:“各有好处。”又饮了几杯,便同梅妃进房。忽忽一睡,不觉失晓。

杨妃在宫不见玄宗驾来,问念奴道:“圣上何在?”念奴道:“奴婢闻万岁着高力士,召梅娘娘至翠华西阁。”杨妃听了,忙自步到阁前,惊得那些常侍飞报道:“杨娘娘已到阁前,当如之何?”玄宗披衣,抱梅妃藏夹幕间。杨妃走到里面见礼毕,问道:“陛下为何起得迟?”玄宗道:“还是妃子来得早。”杨妃道:“贱妾闻梅精在此,特此相望。”玄宗道:“他在东楼。”杨妃道:“今日宣来,同至温泉一乐。”玄宗只是看着左右,也不去回答他。杨妃怒道:“肴核狼籍,御榻下有妇人珠舄,枕边有金钗翠钿,夜来何人侍陛下寝,欢睡至日出，还不视朝，是何体统？陛下可出见群臣，妾在此阁，以俟驾回。”玄宗愧甚，拽衾向屏复睡道：“今日有疾，不能视朝。”杨妃怒甚，将金钗翠钿掷于地，竟归私第。

不想小黄门见杨妃势急，恐生余事，步送梅妃回宫。玄宗见杨妃已去，欲与梅妃再图欢庆，却被黄门送去，大怒，斩之，亲自拾起金钗翠钿珠舄包好，又将夷使所贡珍珠一斛，着永新领去，并赐梅妃。永新领旨，前往东楼。梅妃问道：“圣上着人送我归来，何弃我之深乎？”永新道：“万岁非弃娘娘，恐杨娘娘性恶，所送黄门，已斩讫矣。”梅妃道：“恐怜我又动这肥婢情，岂非弃我也？原物俱已拜领，所赐珍珠不敢受，有诗一首，烦你进到御前，道妾非忤旨不受珍珠，恐怕杨妃闻知，又累圣上受气耳。”永新领命而去，将珍珠并诗献上。玄宗拆开一看，念道：

柳叶蛾眉久不描，残妆和泪湿红绡。
长门自是无梳洗，何必珍珠慰寂寥？

玄宗览诗，怅然不乐，又喜其诗之妙，令乐府以新声度之，号《一斛珠》。杨妃既怀前恨，又知此事，逐日思量害他。未知后事如何，且听下回分解。

第八十回

安禄山入宫见妃子　高力士沿街觅状元

词曰：

幸得君王带笑看，莫偷安。野心狼子也来看，漫拈酸。俏眼盈盈恋所爱，尽盘桓。却教说在别家欢，被他瞒。

——右调《太平时》

从来士子的穷通显晦，关乎时命，不可以智力求；即使命里终须通显，若还未遇其时，犹不免横遭屈抑，此乃常理，不足为怪。独可怪那女子的贵贱品格，却不关乎其所处之位。尽有身为下贱的，倒能立志高洁，那位居尊贵的，反做出无耻污辱之事。即如唐朝武后、韦后、太平公主、安乐公主，这一班淫乱的妇女，搅得世界不清，已极可笑、可恨，谁想到玄宗时，却又生出个杨贵妃来。他身受天子宠眷，何等尊荣，况那天子又极风流不俗，何等受用，如何反看上了那塞外蛮奴安禄山，与之私通，浊乱宫闱，以致后来酿祸不小，岂非怪事。

且说那安禄山，乃是营州夷种。本姓康氏，初名阿落山，因其母再适安氏，遂冒姓安，改名禄山，为人奸猾，善揣人意，后因部落破散，逃至幽州，投托节度使张守圭麾下。守圭爱之，以为养子，出入随侍。

一日守圭洗足，禄山侍侧，见守圭左脚底有黑痣五个，因注视而笑。守圭道："我这五黑痣，识者以为贵相，汝何笑也？"禄山道："儿乃贱人，不意两脚底都有黑痣七枚，今见恩相贵人脚下亦有黑痣，故不觉窃笑。"守圭闻言，便令脱足来看，果然两脚底俱有七痣，状如七星，比自己脚上的更黑更大，因大奇之，愈加亲爱，屡借军功荐引，直荐他做到平卢讨击使。时有东夷别部奚契丹，作乱犯边，守圭檄令安禄山督兵征讨。禄山自恃强勇，不依守圭方略，率兵轻进，被奚契丹杀得大败亏输。原来张守圭军令最严明，诸将有违令败绩者必按军法。禄山既败，便顾不得养子情分，一面上疏奏闻，一面将禄山提至军前正法。禄山临刑，对着张守圭人叫道："大夫欲灭贼，奈何轻杀大将！"守圭壮其言，即命缓刑，将他解送京师，候旨定夺。禄山贿嘱内侍们，于玄宗面前说方便。当时朝臣多言禄山丧师失律，法所当诛，且其貌有反相，不可留为后患。玄宗因先入内侍之言，竟不准朝臣所奏，降旨赦禄山之死，仍赴平卢原任，带罪立功。禄山本是极乖巧善媚，他向在平卢，凡有玄宗左右偶至平卢者，皆厚赂之。于是玄宗耳中，常常闻得称誉安禄山的言语，遂愈信其贤，屡加升擢，官至营州都督平卢节度使。至天宝二年，召之入朝，留京侍驾。禄山内藏奸狡，外貌假装愚直。玄宗信为真诚，宠遇日隆，得以非时谒见，宫苑严密之地，出入无禁。

一日，禄山觅得一只最会人言的白鹦鹉，置之金丝笼中，欲献与玄宗。闻驾幸御苑，因便携之苑中来。正遇玄宗同着太子在花丛中散步。禄山望见，将鹦鹉笼儿挂在树枝上，趋步向前朝拜，却故意只拜了玄宗，更不拜太子，玄宗道："卿何不拜太子？"禄山假意奏说："臣愚，不知太子是何等官爵，可使臣等就当至尊面前谒拜？"玄宗笑道："太子乃储君，岂论官爵，朕千秋万岁后，继朕为君者，卿等何得不拜？"禄山道："臣愚，向只知皇上一人，臣等所当尽忠报效，却不知更有太子，当一体敬事。"玄宗回顾太子道："此人朴诚乃尔。"

正说间，那鹦鹉在笼中便叫道："安禄山快拜太子。"禄山方才望着太子下拜，拜毕，即将鹦鹉携至御前。玄宗道："此鸟不但能言，且晓人意，卿从何处得来？"禄山扯个谎道："臣前征奚契丹至北平郡，梦见先朝已故名臣李靖，向臣索食，臣因为之设祭。当祭之时，此鸟忽从空飞至，臣以为祥瑞，取而养之，今已驯熟，方敢上献。"言未已，那鹦鹉又叫道："且莫多言，贵妃娘娘驾到了。"

禄山举眼一望，只见许多宫女簇拥着香车，冉冉而来。到得将近，贵妃下车，宫人拥至玄宗前行礼。太子也行礼罢，各就坐位。禄山待欲退避，玄宗命且住着。禄山便不避，望着贵妃拜了，拱立阶下。玄宗指着鹦鹉对贵妃说道："此鸟最能人言，又知人意。"因看着禄山道："是那安禄山所进，可付宫中养之。"贵妃道："鹦鹉本能言之鸟，而白者不易得，况又能晓人意，真佳禽也。"即命宫女念奴收去养着。因问："此即安禄山耶，现为何官？"玄宗道："此儿本塞外人，极其雄壮，向年归附朝廷，官拜平卢节度。朕爱其忠直，留京随侍。"因笑道："他昔曾为张守圭养子，今日侍朕，即如朕之养子耳。"贵妃道："诚如圣谕，此人真所谓可儿矣。"玄宗笑道："妃子以为可儿，便可抚之为儿。"贵妃闻言，熟视禄山，笑而不答。

禄山听了此言，即趋至阶前，向着贵妃下拜道："臣儿愿母妃千岁。"玄宗笑道："禄山，你的礼数差了，欲拜母先须拜父。"禄山叩头奏道："臣本胡人，胡俗先母后父。"玄宗顾视贵妃道："即此可见其朴诚。"说话间，左右排上宴来，太子因有小病初愈，不耐久坐，先辞回东宫去了，玄宗即命禄山侍宴。禄山于奉觞进酒之时，偷眼看那贵妃的美貌，真个是：

施脂太赤，施粉太白。增之太长，减之太短。看来丰厚，却甚轻盈。极是娇憨，自饶温雅。洵矣胡天胡帝，果然倾国倾城。

那安禄山久闻杨妃之美，今忽得睹花容，十分欣喜，况又认为母子，将来正好亲近，因遂怀下个不良的妄念。这贵妃又是个风流水性，他也不必以貌取人，只是爱少年，喜壮士。见禄山身材充实，鼻准丰隆，英锐之气可掬，也就动了个不次[①]用人的邪心。正是：

色既不近贵，冶容又诲淫。
三郎忒大度，二人已同心。

话分两头，且不说安禄山与杨贵妃相亲近之事。且说其时适当大比[②]之年，礼部奏请开科取士，一面移檄各州郡，招集举子来京应试。当时西属绵州有个才子，姓李名白，字太白，原系西凉主李皓九世孙；其母梦长庚星入怀而生，因以命名。那人生得天姿敏妙，性格清奇，嗜酒耽诗，轻财任侠，自号青莲居士。人见其有飘然出世之表，称之为李谪仙。他不求仕进，志欲遨游四方，看尽天下名山大川，尝遍天下美酒。先登峨嵋，继居云梦，后复隐于徂徕山竹溪，与孔巢父、韩准、裴政、张叔明、陶沔日夕酣饮，号为竹溪六逸。因闻人说湖州乌程酒极佳，遂不远千里而往，畅饮于酒肆之中，且饮且歌，旁若无人。适州司马吴筠经过，闻狂歌之声，遣人询问，太白随口答诗四句道：

青莲居士谪仙人，酒肆逃名三十春。
湖州司马何须问？金粟如来是后身。

吴筠闻诗惊喜道："原来李谪仙在此。闻名久矣，何幸今日得遇。"当下请至衙斋相叙，饮酒赋诗，留连了几时，吴筠再三劝他入京取应。太白以近来科目一途，全无公道，意不欲行。正踌躇间，恰好吴筠升任京职，即

① 不次——超越常规的，次，等第，顺序。
② 大比——科举考试。

日起身赴京,遂拉太白同至京师。

一日,偶于紫极宫闲游,与少监贺知章相遇,彼此通名道姓,互相爱慕。知章即邀太白至酒楼中,解下腰间金鱼,换酒同饮,极欢而罢。到得试期将近,朝廷正点着贺知章知贡举,又特旨命杨国忠、高力士为内外监督官,检点试卷,录送主试官批阅。贺知章暗想道:"吾今日奉命知贡举,若李太白来应试,定当首荐,但他是个高傲的人,若通与关节,反要触恼了他,不肯入试。他的诗文千人亦见的,不必通甚关节,自然入彀,只是一应试卷,须由监督官录送,我今只嘱托杨、高二人,要他留心照看便了。"于是一面致意杨国忠、高力士,一面即托吴筠,力劝太白应试。太白被劝不过,只得依言,打点入场。

那知杨、高二人与贺知章原不是一类的人,彼以小人之心,度君子之腹,只道知章受了人的贿赂,有了关节,却来向我讨白人情,遂私相商议,专记着李白名字的试卷,偏不要录送。到了考试之日,太白随众入场,这几篇试作,那够一挥,第一个交卷的就是他。杨国忠见卷面上有李白姓名,便不管好歹,一笔抹倒道:"这等潦草的恶卷,何堪录送?"太白待欲争论,国忠谩骂道:"这样举子,只好与我磨墨。"高力士插口道:"磨墨也不适用,只好与我脱靴。"喝令左右将太白扶出。正是:

文章无口,争论不得。堪叹高才,横遭挥斥。

太白出得场来,怨气冲天,吴筠再三劝慰。太白立誓,若他日得志,定教杨国忠磨墨,高力士脱靴,方出胸中恶气。这边贺知章在闱中阅卷,暗中摸索,中了好些真才,只道李白必在其内,及至榜发,偏是李白不曾中得,心中十分疑讶。直待出闱,方知为杨、高二人所挤,其事反因叮嘱而起。知章懊恨,自不必说。

且说那榜上第一名是秦国桢,兄秦国模中在第五名,二人乃是秦叔宝的玄孙,少年有才。兄弟同掇巍科,人人称羡。至殿试之日,二人入朝对策,日方午,便交卷出朝,家人们接着,行至集庆坊,只听得锣鼓声喧,原来是走太平会的。一霎时,看的人拥挤将来,把他兄弟二人挤散;及至会儿过了,国桢不见了哥哥,连家人们也都不见,只得独自行走。正行间,忽有一童子叫声:"相公,我家老爷奉请,现在花园中相候。"国桢道:"是那个老爷?"童子道:"相公到彼便知。"国桢只道是那一个朝贵,或者为科名之事,有甚话说,因不敢推却。

童子引他入一小巷，进一小门，行不几步，见一座绝高的粉墙，从墙边侧门而入，只见里面绿树参差，红英绚烂，一条街径，是白石子砌的，前有一池，两岸都种桃花杨柳，池畔彩鸳白鹤，成对儿游戏，池上有一桥，朱栏委曲。走过前去，又进一重门，童子即将门儿锁了，内有一带长廊，庭中修竹千竿，映得廊檐碧翠；转进去是一座亭子，匾额上题着“四虚亭”三字，又写“西州李白题”；亭后又是一带高墙，有两扇石门，紧紧的闭着。童子道：“相公且在此略坐，主人就出来也。”说罢，飞跑的去了。国桢想道：“此是谁家，有这般好园亭？”正在迟疑，只见石门忽启，走出两个青衣的侍女，看了国桢一看，笑吟吟的道：“主人请相公到内楼相见。”国桢道：“你主人是谁，如何却教女使来相邀？”侍女也不答应，只是笑着，把国桢引入石门。早望见画楼高耸，楼前花卉争妍，楼上又走下两个侍女来，把国桢簇拥上楼。只听得楼帘前，笼中鹦鹉叫道：“有客来了。”国桢举目看那楼上，排设极其华美，琉璃屏，水晶帘，照耀得满楼光亮，桌上博山炉内，爇着龙涎妙香，氤氲扑鼻，却不见主人。忽闻侍女传呼夫人来，只见左壁厢一簇女侍们拥着一个美人，徐步而出，那美人怎生模样？

眼横秋水，眉扫春山。可怜杨柳腰，柔枝若摆。堪爱桃花面，艳色如酣。宝髻玲珑，恰称绿云高挽，绣裙稳贴，最宜翠带轻垂。果然是金屋娇姿，真足称香闺丽质。

国桢见了，急欲退避，侍女拥住道：“夫人正欲相会。”国桢道：“小生何人，敢轻与夫人见面？”那夫人道：“郎君果系何等人，乞通姓氏。”国桢心下惊疑，不敢实说，将那秦字桢字拆开，只说道：“姓余名贞木，未列郡庠，适因春游，被一童子误引入潭府，望夫人恕罪，速赐遣发。”说罢深深一揖，夫人还礼不迭，一双俏眼儿把国桢觑看，见他仪容俊雅，礼貌谦恭，十分怜爱，便移步向前，伸出如玉的一只手儿，扯着国桢留坐。国桢逡巡[①]道：“小生轻造香阁，蒙夫人不加呵斥，已为万幸，何敢共坐？”夫人道：“妾昨夜梦一青鸾，飞集小楼，今日郎君至此，正应其兆。郎君将来定当大贵，何必过谦。”国桢只得坐下，侍女献茶毕，夫人即命看酒。国桢起身告辞。夫人笑道：“妾夫远出，此间并无外人，但住不妨，况重门深锁，郎君欲何往乎？”国桢闻言，放心坐定。

---

① 逡(qūn)巡——因顾虑而犹疑不定。

少顷，侍女排下酒席，夫人拉国桢同坐共饮，说不尽佳肴美味，侍女轮流把盏。国桢道："不敢动问夫人何氏？尊夫何官？"夫人笑道："郎君有缘至此，但得美人陪伴，自足怡情，何劳多问。"国桢因自己也不曾说真名字，便也不去再问他。两个一递一杯，直饮至日暮，继之以烛，彼此都已半酣，国桢道："酒已阑[1]矣，可容小生去否？"夫人笑道："酒兴虽阑，春兴正浓，何可言去？今日此会，殊非偶然，如此良宵，岂宜虚度。"此时夫人春心荡漾，国桢也情兴勃然，遂大家起身，搂搂抱抱，命侍女撤去筵席，整顿床褥，两个拥入罗帏，解衣宽带，倒凤颠鸾。

至次日，夫人不肯就放国桢出来，国桢也恋恋不忍言别。流连了四五日，那知殿试放榜，秦国桢状元及第，秦国模中二甲第一，金殿传胪[2]，诸进士毕集，单单不见了一个状元，礼部奏请遣官寻觅。玄宗闻知秦国模即国桢之兄，传旨道："不可以弟先兄，国桢既不到，可改国模为状元，即日赴琼林宴。"国模启奏道："臣弟于廷试日出朝，至集庆坊，遇社会拥挤，与臣相失，至今不归。臣遣家童四处寻问未知踪迹，臣心甚惶惑。今乞吾皇破例垂恩，暂缓琼林赴宴之期，俟臣弟到时补宴，臣不敢冒其科名。"玄宗准奏，姑宽宴期，着高力士督率员役于集庆坊一带地方，挨街挨巷，查访状元秦国桢，限二日内寻来见驾。

这件奇事哄动京城，早有人传入夫人耳中，夫人也只当做一件新闻，述与秦国桢道："你可晓得外边不见了新科状元，朝廷差高太监沿路寻访，岂不好笑。"国桢道："新科状元是谁？"夫人道："就是会榜第一的秦国桢，本贯齐州，附籍长安，乃秦叔宝的后人。"国桢闻言，又喜又惊，急问道："如今状元不见，琼林宴怎么了？"夫人道："闻说朝廷要将那二甲第一秦国模改为状元；国模推辞，奏乞暂宽宴期，待寻着状元，然后复旨开宴哩！"国桢听罢，忙向夫人跪告道："好夫人，救我则个。"夫人一把拖起道："我的亲哥，这为怎的？"国桢道："实不相瞒，前日初相见，不敢便说真名姓，我其实就是秦国桢。"

夫人闻说，呆了半晌，把国桢紧紧抱住，道："亲哥，你如今是殿元公

---

① 阑(lán)——尽，完。

② 传胪(lú)——皇帝传旨召见新考中的进士，由阁门到阶下，依次唱名传呼。胪：列，陈。

了，朝廷现在追寻得紧，我不便再留你，只得要与你别了，好不苦也。”一头说，一头便掉下泪来。国桢道：“你我如此恩爱，少不得要图后会，不必愁烦。但今圣上差高太监寻我，这事弄大了，倘究问起来，如何是好？”夫人想了一想道：“不妨，我有计在此。”便叫侍女取出一轴画图，展开与国桢看，只见上面五色灿然，画着许多楼台亭阁，又画一美人，凭栏看花。夫人指着画图道：“你到御前，只说遇一老媪云奉仙女之命召你，引至这般一个所在，见这般一个美人，被他款住。所吃的东西，所用的器皿，都是外边绝少的，相留数日，不肯自说姓名，也不问我姓名，今日方才放出行动，都被他以帕蒙首，教人扶掖而行，竟不知他出入往来的门路。你只如此奏闻，包管无事。”国桢道：“此何画图，那画上美人是谁，如何说遇了他便可无事？”夫人道：“不必多问，你只仔细看了，牢牢记着，但依我言启奏，我再托人贿嘱内侍们，于中周旋便了。本该设席与你送行，但钦限二日寻到，今已是第二日了，不可迟误，只奉立三杯罢。”便将金杯斟酒相递，不觉泪珠见落在杯中，国桢也凄然下泪。

两人共饮了这杯酒。国桢道：“我的夫人，我今已把真名姓告知你了，你的姓氏也须说与我知道，好待我时时念诵。”夫人道：“我夫君亦系朝贵，我不便明言。你若不忘恩爱，且图后会罢。”说到其间，两下好不依依难舍。夫人亲送国桢出门，却不是来时的门径了，别从一曲径，启一小门而出。看官，你道那夫人是谁？原来他复姓达奚，小字盈盈，乃朝中一贵官的小夫人。这贵官年老无子，又出差在外，盈盈独居于此，故开这条活路，欲为种子计耳。正是：

欲求世间种，暂款榜头人。

当下国桢出得门来，已是傍晚的时候，踉踉跄跄，走上街坊，只见街坊上人，三三两两，都在那里传说新闻。有的道：“怎生一个新科状元，却不见了，寻了两日，还寻不着？”有的道：“朝廷如今差高公公于城内外寺观中，及茶坊酒肆妓女人家，各处挨查，好像搜捕强盗一般。”国桢听了，暗自好笑。又走过了一条街，忽见一对红棍，二三十个军牢，拥着一个骑马的太监，急急的行来。国桢心忙，不觉冲了他前导。军牢们呵喝起来，举棍欲打。国桢叫道：“呵呀，不要打。”只听得侧首一小巷里，也有人叫道：“呵呀，不要打！”好似深山空谷中，说话应声响的一般。原来那马上太监，便是奉旨寻状元的高力士，他一面亲身遍访，一面又差人同着秦家的家童，分头寻觅，此时正从小巷出来。那家童望见了主人，恰待喊出来，却见军牢们扭住国桢要打，所以忙嚷不要打，恰与国桢的喊声相应。当下家童喊说："我家状元爷在此了！"众人听说，一齐拥住。力士忙下马相见说道："不知是殿元公，多有触犯，高某那处不寻到。殿元两日却在何处？"国桢道："说也奇怪，不知是遇怪逢神，被他阻滞了这几时，今日才得出来，重烦公公寻觅，深为有罪。今欲入朝见驾，还求公公方便。"力士道："此时圣驾在花萼楼，可即到彼朝参。"

于是乘马同行。来至楼前，力士先启奏了，玄宗即宣国桢上楼朝参毕。玄宗问："卿连日在何处？"国桢依着达奚盈盈所言，宛转奏上。玄宗闻奏，微微含笑道："如此说，卿真遇仙矣，不必深究。"看官，你道玄宗为何便不究了？原来当时杨贵妃有姊妹三人，俱有姿色。玄宗于贵妃面上，推恩三姊妹，俱赐封号，呼之为姨：大姨封韩国夫人，三姨封虢国夫人，八姨封秦国夫人。诸姨每因贵妃宣召入宫，即与玄宗谐谑调笑，无所不至。其中惟虢国夫人更风流倜傥，玄宗常与相狎，凡宫中的服食器用，时蒙赐赉，又另赐第宅一所于集庆坊，这夫人却甚多情，常勾引少年子弟到宅中取乐，玄宗颇亦闻之，却也不去管他。那达奚盈盈之母会在虢国府中做针线养娘，故备知其事。这轴图画亦是府中之物，其母偶然携来，与女儿观玩的。画上那美人，即虢国夫人的小像。所以国桢照着画图说法，玄宗竟疑是虢国夫人的所为，不便追究，那知却是盈盈的巧计脱卸。正是：

张公吃酒李公醉，郑六生儿盛九当。

当下玄宗传旨，状元秦国桢既到，可即刻赴琼林宴。国桢奏道："昨已蒙皇上改臣兄国模为状元，臣兄推辞不就，今乞圣恩，即赐改定，庶使臣不致以弟先兄。"玄宗道："卿兄弟相让，足征友爱。"遂命兄弟二人，俱赐状元及第，国桢谢恩赴宴。内侍赍着两副宫袍，两对金花，至琼林宴上，宣赐秦家昆仲，好不荣耀。时已日暮，宴上四面张灯，诸公方才就席。从来说杏苑看花，今科却是赏灯；且玉殿传金榜，状元忽有两个，真乃奇闻异事。次日，两状元率诸新贵赴阙谢恩，奉旨秦国模、秦国桢俱为翰林承旨，其余诸人，照例授职，不在话下。

且说宫中一日赏花开宴，贵妃宣召虢国夫人入宫同宴。明皇见了虢国夫人，想起秦国桢所奏之语，遂乘贵妃起身更衣时，私向夫人笑问道："三姨何得私藏少年在家？"那知虢国夫人近日正勾引一个千牛卫官的儿子，藏在家中取乐。今闻此言，只道玄宗说着这事，乃敛衽低眉含笑说道："儿女之情，不能自禁，乞天恩免究罢！"玄宗戏把指儿点着道："姑饶这遭。"说罢，相视而笑。正是：

阿姨风骚，姨夫识窍。
大家错误，付之一笑。

第八十一回

纵嬖宠洗儿赐钱　惑君王对使剪发

词曰：

痴儿肥蠢，娘看偏奇俊。何意洗儿蒙赐，更阿父能帮兴。　　不堪娇妒性，暂离宫寝。一缕香云轻剪，便重得君王幸。

——右调《霜天晓角》

人生七情六欲，惟有好色之念，最难袪除。艳冶当前而不动心者，其人若非大圣贤、大英雄，定是个愚夫莽汉。所以古人原不禁人好色；但好色之中，亦有礼焉，苟徒逞男女之情欲，不顾名义，渎乱体统，上下宣淫以致丑声传播，如何使得？

且说秦国模、秦国桢兄弟二人，都在翰林供职，这秦国模为人刚正，只看他不肯占其弟之科名，可知是个有品有志之人。他见贵妃擅宠，杨氏势盛，禄山放纵，宫闱不谨，因激起一片嫉邪爱主之心，便同其弟计议，连名上一疏，谓朝廷爵赏太滥，女宠太盛；又道安禄山本一塞外健儿，谬膺节钺，宜令效力边疆，不可纵其出入宫闱，致滋物议。其言甚切直。疏上，玄宗不悦。群小交进谗言，说他语涉讪谤，宜加重谴。有旨着廷臣议处，亏得贺知章与吴筠上疏力救，玄宗乃降旨道："秦国模、秦国桢越职忘言，本当治罪，念系勋臣后裔，新进无知，姑免深究，着即致仕去。今后如再有渎奏者，定行重处。"此旨一下，朝臣侧目。

时奸相李林甫欲乘机蔽主专权，对众谏官说道："今上圣明，臣子只宜将顺，岂容多言？诸君不见立仗之马乎，日食三品料；若一鸣，便斥去矣。"自此谏官结舌不言。玄宗只道天下承平无事，又尝亲阅库藏，见财货充盈，一发志骄意满，视金帛如粪土，赏赐无限，一切朝政，俱委之李林甫。那李林甫奸狡异常，心虽甚忌杨国忠，外貌却与和好；又畏太子英明，常思与国忠潜谋倾陷；又能揣知安禄山之意，微词冷语，说着他的心事，使之心服惊佩；却又以好言抚慰之，使之欣感不忘，因而朋比为奸，迎合君心，以固其宠。玄宗深居宫中，日事声色，以为天下承平无事，那知道杨贵妃竟与安禄山私通。正是：

大腹肥躯野汉，千娇百媚宫娃。

何由彼此贪恋，前生欢喜冤家。

自此安禄山肆横无忌。玄宗又命安禄山与杨国忠兄妹结为眷属，时常往来，赏赐极厚，一时之贵盛莫比；又加赐韩国、虢国、秦国三夫人，每月各给钱十万，为脂粉之资。三位夫人之中，虢国夫人尤为妖艳，不施脂粉，自然天生美丽。当时杜工部有首诗云：

虢国夫人承主恩，平明骑马入宫门。

却嫌脂粉污颜色，淡扫蛾眉朝至尊。

一日，值禄山生日，玄宗与杨贵妃俱有赐赉。杨家兄弟姊妹们各设宴称庆，闹过了两日，禄山入宫谢恩，御驾在宜春院，禄山朝拜毕，便欲叩见母妃杨娘娘。玄宗道："妃子适间在此侍宴，今已回宫，汝可自往见之。"禄山奉命，遂至杨妃宫中。杨妃此时方侍宴而回，正在微酣半醉之间，见禄山来拜谢恩，口中声声自称孩儿。杨贵妃因戏语道："人家养了孩儿，三朝例当洗儿，今日恰是你生日的三朝了，我今日当从洗儿之例。"于是乘着酒兴，叫内监宫女们都来，把禄山脱去衣服，用锦缎浑身包裹，作襁褓的一般，登时结起一彩舆，把禄山坐于舆中，宫人簇拥着绕宫游行。一时宫中多人，喧笑不止。那时玄宗尚在宜春院中闲坐看书，遥闻喧笑之声，即问左右："后宫何故喧笑？"左右回奏道："是贵妃娘娘，为洗儿之戏。"玄宗大笑，便乘小车，来至杨妃宫中观看，共为笑乐，赐杨妃金钱银钱各十千，为洗儿之钱。正是：

樗蒲① 点筹，洗儿赐钱。

家法相传，启后承前。

话分两头，那杨妃便宠眷日隆，这边梅妃江采苹，却独居上阳宫，十分寂寞。一日偶闻有海南驿使到京，因问宫人："可是来进梅花的？"宫人回说是进荔枝与杨贵妃娘娘的。原来梅妃爱梅，当其得宠之时，四方争进异种梅花；今既失宠，自此无复有进梅者。杨妃是蜀人，爱吃荔枝，海南的荔枝，胜于蜀种，必欲生致之，乃置驿传，不惮数千里之远，飞驰以进。此正杜牧之所云：

---

① 樗蒲(chū pú)——古代的一种博戏，似后世的掷色子。

一骑红尘妃子笑，无人知是荔枝来。

当下梅妃闻梅花绝献，荔枝远来，不胜伤感，即召高力士来问道："你日日侍奉皇爷，可知道皇爷意中还记得有个江采苹三字么？"力士道："皇爷非不念娘娘，只因碍着贵妃娘娘耳！"梅妃道："我固知肥婢妒我，皇上断不能忘情于我也。我闻汉陈皇后遭贬，以千金赂司马相如作《长门赋》献于武帝，陈皇后遂得复被宠遇。今日岂无才人若司马相如者，为我作赋，以邀上意耶？我亦不惜千金之赠，汝试为我图之。"力士畏杨妃势盛，不敢应承，只推说一时无善作赋者。梅妃嗟叹说道："这是何古今人之不相及也！"力士道："娘娘大才，远胜汉后，何不自作一赋以献上？"梅妃笑而点首，力士辞出。宫人呈上纸墨笔砚，于是梅妃即自作《楼东赋》一篇，其略云：

玉鉴尘生，凤奁香殄，懒蝉鬓之巧梳，闲缕衣之轻练。苦寂寞于蕙宫，但注思乎兰殿；信摽梅之尽落，隔长门而不见。况乃花心飏恨，柳眼弄愁。暖风习习，春鸟啾啾。楼上黄昏兮，听凤吹而回首；碧云日暮兮，对素月而凝眸。温泉不到，意拾翠之旧事；闲庭深闭，嗟青鸟之信修。缅夫太液清波，水光荡浮；笙歌赏宴，陪从宸游。奏舞鸾之妙曲，乘画鹢之仙舟。君情缱绻，深叙绸缪。誓山海而常在，似日月而靡休。何期嫉色庸庸，妒心冲冲，夺我之爱幸，斥我乎幽宫。思旧欢而不得，相梦著乎朦胧。度花朝与月夕，慵独对乎春风。欲相如之奏赋，奈世才之不工。属愁吟之未竟，已响动乎疏钟。空长叹而掩袂，步踌躇乎楼东。

赋成，奏上。玄宗见了，沉吟嗟赏，想起旧情，不觉为之怃然。杨妃闻之大怒，气忿忿的来奏道："梅精江采苹，庸贱婢子，辄敢宣言怨望，宜即赐死。"玄宗默然不答，杨妃奏之不已。玄宗说道："他无聊作赋，全无悖慢语，何可加诛？为朕的只置之不论罢了。"杨妃道："陛下不忘情于此婢耶，何不再为翠华西阁之会？"玄宗又见提其旧事，又惭又恼，只因宠爱已惯，姑且忍耐着。杨妃见玄宗不肯依他所言，把梅妃处置，心中好生不然，侍奉之间，全没有个好脸色，常使性儿，不言不语。

一日，玄宗宴诸王于内殿，诸王请见妃子，玄宗应允，传命召来，召之至再，方才来到；与诸王相见毕，坐于别席。酒半，宁王吹紫玉笛，为念奴和曲。既而，宴罢席散，诸王俱谢恩而退。玄宗暂起更衣，杨妃独坐，见宁王所吹的紫玉笛儿在御榻之上，便将玉手取来把玩了一番，就接着腔儿吹弄起来。此正是诗人张祜所云：

深宫静院无人见，闲把宁王玉笛吹。

杨妃正吹之间，玄宗适出见之，戏笑道："汝亦自有玉笛，何不把他拿来吹着。此枝紫玉笛儿是宁王的，他才吹过，口泽尚存，汝何得便吹？"杨闻言，全不在意，慢慢的把玉笛儿放下，说道："宁王吹过已久，妾即吹之，谅亦不妨，还有人双足被人勾踹，以致鞋帮脱绽，陛下也置之不问，何独苛责于妾也？"玄宗因他酷妒于梅妃，又见他连日意态蹇傲，心下着实有些不悦，今日酒后同他戏语，他却略不谢过，反出言不逊，又牵涉着梅妃的旧事，不觉勃然大怒，变色厉声道："阿环何敢如此无礼！"便一面起身入内，一面口自宣旨："着高力士即刻将轻车送他还杨家去，不许入侍！"正是：

妒根于心，骄形于面。

语言触忤，遂致激变。

杨贵妃平日恃宠惯了，不道今日天威忽然震怒，此时待欲面谢哀求，恐盛怒之下，祸有不测；况奉旨不许入侍，无由进见。只得且含泪登车出宫，私托高力士照管宫中所有的物件。

当下来至杨国忠家，诉说其故；杨家兄弟姊妹忽闻此信，吃惊不小，相对涕泣，不知所措。安禄山在旁，欲进一言以相救，恐涉嫌疑，不得轻奏，且不敢亲自到杨家来面候，只得密密使人探问消息罢了。正是：

一女人忤旨，群小人失势。

祸福本无常，恩宠固难恃。

却说玄宗一时发怒，将杨贵妃逐回，入内便觉得宫闱寂寞，举目无当意之人；欲再召梅妃入侍，不想他因闻杨妃欲谮杀之，心中又恼恨，又感伤，遂染成一病，这几日正卧床上，不能起来。玄宗寂寞不堪，焦躁异常，宫女内监们多遭鞭挞，高力士微窥上意，乃私语杨国忠道："若欲使妃子复入宫中，须得外臣奏请为妙。"时有法曹官吉温与殿中侍御史罗希奭，用法深刻，人人畏惮，称为"罗钳"、"吉网"。二人都是酷史，而吉温性更贪忍，最多狡诈。宰相李林甫尤爱之，因此亦为玄宗所亲信。杨国忠乃求他救援，许以重贿。

吉温乃于便殿奏事之暇，从容进言曰："贵妃杨氏，妇人无识，有忤圣意，但向蒙恩宠，今即使其罪得死，亦只合死于宫中，陛下何惜宫中一席之地，而忍令辱于外乎？"玄宗闻其言，惨然首肯。及退朝回宫，左右进膳，即命内侍霍韬光撤御前玉食及珍玩诸宝贝奇物，齐至杨家，宣赐妃子。杨贵妃对使谢恩讫，因涕泣说道："妾罪该当万死，蒙圣上的洪恩，从宽遣放，未即就戮；然妾向荷龙宠，今又忽遭弃置，更何面目偷生人世乎？今当即死，无以谢上，妾一身衣服之外，无非圣恩所赐；惟发肤为父母所生，窃以一茎，聊报我万岁。"遂引刀自剪其发一绺，付霍韬光说道："为我献上皇爷，妾从此死矣，幸勿复劳圣念。"

霍韬光领诺，随即回宫复旨，备述妃子所言，将发儿呈上。玄宗大为惋惜，即命高力士以香车乘夜召杨妃回宫。杨贵妃毁妆入见，拜伏认罪，更无一言，惟有呜咽涕泣。玄宗大不胜情，亲手扶起，立唤侍女，为之梳妆更衣，温言抚慰，命左右排上宴来。杨贵妃把盏跽[①] 献说道："不意今夕得复睹天颜。"玄宗掖之使坐。是夜同寝，愈加恩爱。至次日，杨国忠兄弟姊妹与安禄山俱入宫来叩贺，太华公主与诸王亦来称庆。玄宗赐宴尽欢。

看官听说，杨贵妃既得罪被遣，若使玄宗从此割爱了，禁绝不准入幸，则群小潜消，宫闱清净，何致酿祸启乱；无奈心志蛊惑已深，一时摆脱不下，遂使内竖得以窥视其举动，交通外奸，逢迎进说，心中如藕断丝连，遣而复召，终贻后患。此虽是他两个前生的孽缘未尽，然亦国家气数所关也。正是：

　　手剪青丝酬圣德，顿教心志重迷惑。

　　回头再顾更媚主，从此倾城复倾国。

杨贵妃入宫之后，玄宗宠幸比前更甚十倍，杨氏兄弟姊妹，作福作威，亦更甚于前日，自不必说了。

未知后事如何，且听下回分解。

---

① 跽(jì)——古时跪法。双膝着地，上身挺直。

第八十二回

李谪仙应诏答番书　高力士进谗议雅调

词曰：

当殿挥毫，番书草说番人吓。脱靴磨墨，宿憾今朝释。　　雅调《清平》，一字千金值。凭屈抑，醉乡酣适，富贵真何必？

——右调《点绛唇》

自古道：凡人不可貌相；况文人才子，更非凡人可比，一发难限量他。当其不得志之时，肉眼不识奇才，尽力把他奚落；谁想他一朝发达，就吐气扬眉了；那奚落他的人，昔日肆口乱道诽谤之言，至今日一一身自为之。可知道有才之人，原奚落他不得的。他命途多舛，遇人不淑，终遭屈抑；然人但能屈其身，不能遏其才华，损其声誉，遇虽蹇而名传不朽，彼奚落屈抑之者，适为天下后世所讥笑耳。

今且不说杨妃复入宫中，玄宗愈加宠爱。且说那时四方州郡节镇官员，闻杨贵妃擅宠，天子好尚奢华，皆迎合上意，贡献不绝于道路。以致殊方异域亦闻风而靡，多有将灵禽怪兽、异宝奇珍及土产食物，梯山航海而来贡献者。玄宗欢喜，以为遐迩咸宾。

忽一日，有一番国，名曰渤海国，遣使前来，却没甚方物上贡，只有国书一封，欲入朝呈进。沿边官员，先飞章奏闻。不几日间，番使到京，照例安歇于馆驿。玄宗皇帝命少监贺知章为馆伴使，询其来意。那通事番官答道："国王致书之意，使臣不得而知，候中朝天子启书观看，便能知其分晓了。"到得朝期，贺知章引番使入朝面圣，呈上一封国书，阁门舍人传接，递至御前。玄宗皇帝命番使臣且回馆驿候旨，一面着该值日宣奏官，将番书拆开，宣奏上闻。那日该值宣奏官的却是侍郎萧灵。当下萧灵把番书拆看，大大的吃了一惊，原来那番书上写的字，正是：

非草非隶非篆，迹异形奇体变。

便教子云难识,除是苍颉[①]能辨。

萧灵看了数次,一字不识,只得叩头奏说道:“番书上字迹,皆如蝌蚪之形,臣本庸愚,不能辨识,伏候圣裁。”玄宗笑道:“闻卿尝误读‘伏腊’为‘伏猎’,为同僚所笑。是汉字且多未识,何况番字乎?可付宰相看来。”于是李林甫、杨国忠二人一齐上前取看,只落得有目如盲,也一字看不出来,局蹐[②]无地。玄宗再叫专掌翻译外国文字的官来看,又命传示满朝文武官僚,却并无一人能识者。玄宗发怒道:“堂堂天朝,济济多官,如何一纸番书,竟无人能识其一字!不知书中是何言语,怎生批答?可不被小邦耻笑耶!限三日内若无回奏,在朝官员,无论大小,一概罢职。”是日朝罢,各官闷闷而散。

贺知章且往馆驿陪侍番使,更不提起番书之事,至晚回家,郁郁不乐。那时李太白正寓居贺家,见贺知章纳闷不乐,当即问其缘故。知章因把上项事情,述了一遍道:“如今钦限严迫,急切得很,怎生回奏;若有能识此字者,不问何等人,举荐上去,便可消释上怒。”太白听说此,微微笑道:“番字亦何难识,惜我不得为朝臣,躬逢一见此书耳。”知章惊喜说道:“太白果能辨识番书,我当即奏上闻。”太白笑而不答。

次日早期,知章出班启奏说道:“臣有一布衣之交,西蜀人士,姓李名白,博学多才,能辨识番书,乞陛下召来,以书示之。”玄宗准奏,遣内侍至贺家,立召李白见驾。李白即对天使拜辞道:“臣乃远方贱士,学识浅陋,所以文字且不足以入朝贵之目,何能仰对天子乎?谬蒙宠命,不敢奉诏。”内侍以此言回奏。知章复启奏道:“臣知此人文章盖世,学问惊人,诸子百家,无书不览;只因去年入试,被外场官抹落卷子,不与录送,故未得一第,今以布衣入朝,心殊惭愧,所以不即应召故也。乞陛下特恩,赐以冠带,更使一朝臣往宣,乃见圣主求贤下士之至意。”杨国忠与高力士听了,方欲进些谗言阻挠,只见汝阳王进、左相李适之、京兆尹吴筠、集贤院待制杜甫,一齐同声启奏道:“李白奇才,臣等知之稔矣,乞陛下速召勿疑。”

玄宗见众口交荐李白之才,便传旨赐李白以五品冠带朝见,即着贺知

① 苍颉(jié)——旧传为黄帝的史官,汉字的创造者,可能是古代整理文字的一个代表人物。亦作“仓颉”。

② 局蹐(jí)——谨慎而恐惶的样子。

章速往宣来。杨国忠、高力士二人遂不敢开口。知章奉旨，到家宣谕李白，且备述天子惓惓之意。李白不敢复辞，即穿了御赐的冠带，与知章乘马同入朝中。三呼朝拜毕，玄宗见李白一表人材，器度超俊，满心欢喜，温言抚慰道："卿高才不第，诚为惋惜；然朕自知卿可不至终屈也。今者番国遣使臣上书，其字迹怪异，无人能识者，知卿多闻广见，必能为朕辨之。"便命侍臣将番书付李白观看。李白接来看了一遍，启奏说道："番字各不相同，此正渤海国之字也。但旧制番书上表，悉尊依中国字体，别以副函，写本国之字，送中书存照。今渤海国不具表文，竟以国书上呈御览，已属非礼之极；况书中之语言悖慢，殊为可笑。"玄宗道："他书中所求何事，所说何言？卿可明白宣奏于朕听。"李白闻命，当时持番书于手中，立在御座之前，将中国唐音一一译出，即高声朗诵于御座之前。其番书说略曰：

渤海大可毒，书达唐朝官家：自你占却高丽①，与俺国逼近，边兵屡次侵犯疆界，想出自官家之意。俺今不可耐者，差官赍书来说，可将高丽一百七十六城让与俺国，俺有好物相送：太白山之兔、南海之昆布、栅城之鼓、扶余之鹿、郊颉之豕、率宾之马、沃野之绵、河沱湄之鲫、九都之李、乐游之梨，你家都有分，一年一进贡；若还不肯，俺国即起兵来厮杀，且看谁胜谁败。

众文武官员见李白看着番书，宣诵如流，无不惊异。玄宗听了书中之言，龙颜不悦，问众官说道："番邦无道，辄欲争占高丽，财力俱耗，将何以应之？"李林甫奏道："番人虽肆为大言，然度其兵力，岂能抗衡天朝？今宣谕边将，严加防守，倘有侵犯，兴师诛讨可也。"杨国忠说道："高丽辽远，原在幅员之外，与其兵连祸结，争此鞭长不及之地，不如将极边的数城弃置，专力固守内边的地方为便。"时朔方节度使王忠嗣适在朝中，闻二人之言，因奏道："昔太宗皇帝三征高丽，财力俱竭；至高宗皇帝时，大将薛仁贵以数十万雄兵，大小数十载，方才奠定。今日岂容轻于议弃？但今日承平日久，人几忘战，倘或复动干戈，亦不可忽视小邦而轻敌也。"

诸臣议论不一，玄宗沉吟未决。李白奏道："此事无烦圣虑，臣料番王慢辞渎奏，不过试探天朝之动静耳，明日可召番使入朝，命臣面草答诏，另以别纸，亦即用彼国之字示之诏语，恩威并著，慑伏其心，务使可毒拱手降

---

① 高丽——今朝鲜、韩国。

顺。"玄宗大悦，因问："'可毒'是彼国王之名耶?"李白道："渤海国称其王曰'可毒'，犹之回纥称'可汗'、吐蕃称'赞普'、南蛮称'诏'、诃陵称'悉莫威'，各从其俗也。"玄宗见他应对不穷，十分欢喜，即擢为翰林学士，赐宴于金华殿中，着教坊乐工侑酒。是夜即命于殿侧寝宿。众官见李白这般隆遇，无不叹羡，只有杨国忠、高力士二人，心下不乐，却也无可如何。

次早玄宗升殿，百官齐集。贺知章引番使入朝候旨。李白纱帽紫袍，金鱼象笏，雍容立于殿陛，飘飘然有神仙凌云之致，手执一封番书，对番使官说道："小邦上书，词语悖慢，殊为无礼，本当加兵诛讨，今我皇上圣度如天，姑置不较，有诏批答，汝宜静候恭听。"番使战战兢兢，鹄立于丹墀之下。玄宗命设七宝文几于御座之旁，铺下文房四宝，赐李白坐锦绣草诏。

李白即奏说道："臣所穿的靴子，深恐不净，怕污茵席，乞陛下宽恩，容臣脱靴易履而登。"玄宗便传旨，将御用的吴绫巧样云头朱履，着小内侍与学士穿着。李白叩头说道："臣有一言，乞陛下恕臣狂妄，方敢奏闻圣听。"玄宗准奏道："任卿言之。"李白道："臣前应试，横遭右相杨国忠、太尉高力士斥逐，今见二人列班于陛下之前，臣气不旺；况臣今日奉命草诏，手代天言，宣谕外国，事非他比，伏乞圣旨着杨国忠磨墨，高力士脱靴，以示宠异，庶使远人不敢轻视诏书，自然诚心归附。"玄宗此时正在用人之际，且心中深爱李白之才，即准其所奏。

杨、高二人暗想："前日科场中轻薄了他，今日乘此机关便来报复，我们心中甚为恨却；况番书满朝无人可识，皇上全赖他能，不敢违旨。"只得一个与他脱靴，一个与他磨墨，二人侍立相候。李白见此境况，才欣然就坐，举起兔毫笔一枝，手不停挥，须臾之间，草成诏书一道，另将别纸一幅，写作副封，一并呈于龙案之上。

玄宗览毕，大喜说道："诏语堂皇，足夺远人之魄。"及取副封一看，咄咄称奇，原来那字迹与他来书无异，一字不识，传与众官看了，无不骇然。玄宗道："学士可宣示番邦使官听罢，然后用了大宝入函。"遂命高力士仍与李白换了双靴。李白下殿，呼番使听诏，将诏书朗宣一遍。其诏曰：

大唐皇帝诏谕渤海可毒：本朝应命开天，抚有四海，恩威并用，中外悉从。颉利背盟，旋即被缚。是以新罗奏织锦之颂，天竺致能言之鸟，波斯进捕鼠之蛇，沸林献曳马之狗；白鹦鹉来自诃陵，夜光珠贡于林邑，骨利于有名马之纳，泥婆罗有良鲊之馈，凡诸远人，毕献方物，要皆畏威怀德，买静求安。高丽拒命，天讨再加，传世九百，一朝殄灭，岂非逆天衡大之明鉴欤！况尔小国，高丽附庸，比之中朝，不过一郡，士马刍粮，万不及一。若螳臂自雄，鹅痴不逊，天兵一下，玉石俱焚，君如颉利之俘，国为高丽之续。今朕体上天好生之心，恕尔狂悖，急宜悔过，洗涤其心，勤修岁事，毋取羞于前，翻悔诛戮于后，为同类者所笑尔。所上书不遵天朝书法，盖因尔邦所居之地，遐荒僻陋，未睹中华文字，故朕兹答尔诏言，另赐副封，即用尔国字体，想宜知悉，敬读不怠。

李白宣读诏书，声音洪朗，番国使官俯首跽听，不敢仰视，听毕受诏辞朝。贺知章送出都门，番使私问道："学士何官，可使右相磨墨，太尉脱靴？"贺知章道："右相大臣，太尉近臣，不过是人间贵官。那个李学士乃上界谪仙，偶来人世，赞助天朝，自当异数相待。"番使咄嗟叹诧而别。回至本国，见了国王，备述前言。那可毒看了诏书及副封字大惊，与本国在朝诸臣商议："天朝有神仙帮助，如何敌得他过？"遂写了降表，遣使官入朝谢罪，情愿按期朝贡，不敢复萌异志，此是后话。正是：

干戈不动远人服，一纸贤于十万师。

且说玄宗敬爱李白，欲赐以金帛珍玩，又欲重加官职。李白俱辞谢不受道："臣一生但愿逍遥闲散，供奉左右，如东方朔事汉之故事；且愿日得美酒痛饮足矣！"玄宗乃下诏光禄寺，日给与上方佳酿，不拘以职业，听其到处游览，饮酒赋诗；又时常召入内庭，赏花赐宴。

是时宫中最重大芍药花，是扬州所贡，即今之牡丹也，有大红、深紫、淡黄、浅红、通白，各色名种，都植于兴庆池东，沉香亭下。时值清和之候，此花盛开，玄宗命内侍设宴于亭中，同杨贵妃赏玩。杨贵妃看了花说道："此花乃花中之王，正宜为皇帝所赏。"玄宗笑说道："花虽好而不能言，不如妃子之为解语花也。"正说笑间，只见乐工李龟年，引着梨园中一班新选的一十六色子弟，各执乐器，前来承应，叩拜毕，便待皇上同贵妃娘娘饮酒命下，奏乐唱曲。玄宗道："且住，今日对妃子赏名花，岂可复用旧乐耶！"即着李龟年："将朕所乘玉花骢马，速往宣召李白学士前来，作一番新词庆赏。"

龟年奉旨飞走，连忙出宫，牵了玉花骢马，自己也骑了马，又同着几个伙伴，一直走到翰林院卫门里来，宣召李白学士。只见翰林院中人役回说道："李学士已于今日早晨微服出院，独往长安市上酒肆里吃酒去了。"李龟年于是便叫院中当差人役，立刻拿了李白学士的冠袍玉带象笏，一同寻至市中，四处找寻；许多时候，忽听得前街一座酒楼上，有人高声狂歌道：

三杯通大道，一斗合自然。

但得酒中趣，莫为醒者传。

当时李龟年听了，说道："这个高歌的声音，不是李学士么？"遂下了马，同众人步入酒肆，大踏步走上楼来了，果见李白学士占着一副临街座头，桌上瓶中供着一枝儿绣球花，独自对花而酌，已吃得酩酊大醉，手中尚持杯不放。龟年上前高声说道："奉圣旨立宣李学士至沉香亭见驾。"众酒客方知是李学士，又听说有圣旨，都起身站过一边。李白全然不理，且放下手中杯，向龟年念一句陶渊明的诗道："我醉欲眠君且去。"念罢，便瞑然欲睡，龟年此时无可奈何，只得忙叫跟随众人，一齐上前，将李白学士簇拥下楼来，即扶搀上玉花骢马，众人左护右持，龟年策马后随。

到得五凤楼前，有内侍传旨，赐李白学士走马入宫。龟年叫把冠带袍服就马上替他穿着了，衣襟上的钮儿也扣不及。一霎时走过了兴庆池，直至沉香亭，才扶下了马，醉极不能朝拜。玄宗命铺紫氍毹① 毯子于亭畔，且教少卧一刻，亲往看视，解御袍覆其体；见他口流涎沫，亲以衣袖拭之。杨贵妃道："妾闻冷水沃面，可以解酒。"急命内侍取兴庆池中之水，使念奴含而喷之，李白方在睡梦中惊醒，略开双目，见是御驾，方挣扎起来，俯伏于地奏道："臣该万死。"玄宗见他两眼蒙眬，尚未苏醒，命左右内侍，扶起李白学士，赐坐亭前；一面叫御厨光禄庖人将越国所贡鲜鱼鲊，造三分醒酒汤来。

须臾，内侍以金碗盛鱼羹汤进上来。玄宗见汤气太热，手把牙箸调之良久，赐李白饮之。彼时李白吃下，顿觉心神为之清爽，即叩头谢恩说道："臣过贪杯斝②，遂致潦倒不醒，陛下此时不罪臣躬疏狂之态，反加恩眷，臣无任惭感，虽后日肝脑涂地，不足报陛下今日于万一也。"玄宗说道："今日召卿来此，别无他的意思。"当即指着亭下说："都只为这几本芍药花儿盛开，朕同妃子赏玩，不欲复奏旧乐，故伶工停作，待卿来作新词耳。"李白领命，不假思索，立赋《清平调》一章呈上，道是：

---

① 氍毹(qú shū)——毛织的地毯。

② 斝(jiǎ)——古代酒器，盛行于商周。此代酒。

云想衣裳花想容，春风拂槛露华浓。

若非群玉山头见，会向瑶台月下逢。

玄宗看了，龙颜大喜，称美道："学士真仙才也！"便命李龟年与梨园子弟，立将此词谱出新声，着李暮吹羌笛，花奴击羯鼓，贺怀智击方响，郑观音拨琵琶，张野狐吹觱栗①，黄幡绰接拍板，一齐儿和唱起来，果然好听得很。少顷乐阕，玄宗道："卿的新词甚妙，但正听得好时，却早完了，学士大才，可为我再赋一章。"李白奏道："臣性爱酒，望陛下以余樽赐饮，好助兴作诗。"玄宗道："卿醉方醒，如何又要吃酒，倘卿又吃醉了，怎能再作诗呢？"李白道："臣有诗云：酒渴思吞海，诗狂欲上天。臣妄自称为酒中仙，惟吃酒醉后，诗兴愈高愈豪。"玄宗大笑，遂命内侍将西凉州进贡来的葡萄美酒，赐与学士一金斗。李白叩受，一口气饮毕，即举起兔毫笔再写道：

一枝红艳露凝香，云雨巫山枉断肠。

借问汉宫谁得似？可怜飞燕倚新妆。

玄宗览罢，一发欢喜，赞叹道："此更清新俊逸，如此佳词雅调，用不着众乐工嘈杂。"乃使念奴啭喉清歌，自吹玉笛以和之，真个悠扬悦耳。曲罢又笑，说与李白道："朕情兴正浓，可烦学士再赋一章，以尽今日之欢娱。"便命以御用的端溪砚，教杨贵妃亲手捧着，求学士大笔。李白逡巡逊谢，顷刻之间，濡其兔毫笔来，又题了一章献上，其诗云：

名花倾国两相欢，常得君王带笑看。

解释春风无限恨，沉香亭北倚栏杆。

玄宗大喜道："此诗将花面人容，一齐都写尽，更妙不可言，今番歌唱，妃子也须要相和。"乃即命永新、念奴同声而歌，玄宗自吹玉笛，命杨妃弹琵琶和之。和罢，又命李龟年将三调再叶丝竹，重歌一转，为妃子侑酒；玄宗仍自弄玉笛以倚曲，每曲遍将换一调，则故迟其声以媚之。曲既终，杨贵妃再拜称谢，玄宗笑道："莫谢朕，可谢李学士。"杨贵妃乃把玻璃盏，斟酒敬李学士，敛衽谢其诗意。李白转身退避不迭，跪饮酒讫，顿首拜赐，玄宗仍命以玉花骢马送李白归翰林院。自此李白才名愈著，不特玄宗爱之，杨妃亦甚重之。

那高力士却深恨脱靴之事，想道："我蒙圣眷，甚有威势，皇太子也常

---

① 觱栗(bì lì)——古簧管乐器。

呼我为兄;诸王伯侯辈,都呼我为翁,或呼为爷。叵耐李白小小一个学士,却敢记着前言,当殿辱我。如今天子十分敬爱他,连贵娘娘也深重其才华,万一此人将来大用,甚不利于吾辈,怎生设个法儿,阻其进用之路才好。"因又想道:"我只就他所作的《清平调》中,寻他一个破绽,说恼了贵妃娘娘之心,纵使天子要重用他,当不得贵妃娘娘于中间阻挠,不怕他不日远日疏了。"计策已定,一日入宫见杨贵妃娘娘独自凭栏看花,口中正微吟着《清平调》,点头得意。高力士四顾无人,乘间奏道:"老奴初意娘娘闻李白此词,怨之刻骨,何反拳拳如是?"杨妃惊讶道:"有何可怨处?"力士道:"他说'可怜飞燕倚新妆',是把赵飞燕比娘娘。试想那飞燕当日所为何事,却以相比,极其讥刺,娘娘岂不觉乎?"原来玄宗曾阅《赵飞燕外传》,见说他体态轻盈,临风而立,常恐吹去,因对杨妃戏语道:"若汝,则任其吹多少。"盖嘲其肥也。杨妃颇有肌体,故梅妃诋之为肥婢,杨妃最恨的是说他肥。李白偏以飞燕比之,心中正喜,今却被高力士说坏,暗指赵飞燕私通燕赤凤之事,合着他暗中私通安禄山,以为含刺,其言正中其隐微,于是遂变为怒容,反恨于心。正是:

小人谗谮,道着心病。
任你聪明,不由不信。

自此杨妃每于玄宗面前,说李白纵酒狂歌,放浪难羁,无人臣礼。玄宗屡次欲升擢其官,都为杨妃所阻。杨国忠亦以磨墨为耻,也常进谗言。玄宗虽极爱李白,却因宫中不喜他,遂不召他内宴,亦不留宿殿中。李白明知为小人中伤,便即上疏乞休。玄宗那里就肯放他回去,温旨慰谕了一番,不允所请。李白自此以后,乃益发狂饮放歌。正所谓:

安得山中千日酒,酩然直到太平时。

未知后事如何,且听下回分解。

第八十三回

施青目[1] 学士识英雄　信赤心番人作藩镇

词曰：

英雄罹祸身几殒，幸遇才人，留得奇人，好作他年定乱人。　巧言能动君王听，轻信奸臣，误遣藩臣，眼见将来大不臣。

——右调《采桑子》

古来立鸿功大业，享高爵厚禄的英雄豪杰，往往始困终享，先危后显，所谓天将降大任，必先拂乱其所为。不但大才常屈于小用，甚至无端罹重祸，险些把性命断送了，那时却绝处逢生，遇着有眼力、有意思的人，出力相救，得以无恙，然后渐渐时来运转，建功立业，加官进爵，天下后世，无不赞他功高一代，羡他位极人臣，那知全亏了昔日救他的这位君子，能识人，能爱人才，能为国留得那英雄豪杰，为朝廷扶危定乱。若彼小人，便始而互相依托，后则互相忌嫉，始而养痈畜疽，后则纵虎放鹰，只顾巧言惑主，利己害人，那顾国家后患，真可痛可恨也。

话说李白被高力士进谗，以致杨妃嗔怪，因此玄宗不复召他到内殿供奉。李白见机，即上疏乞休。玄宗原极爱其才，温旨慰留，不准休致。李白乃益自放纵于酒，以避嫌怨，其酒友自贺知章以外，又有汝阳王琎、左相李适之以及霍宗之、苏晋、张旭、焦遂诸人，都好酒豪饮，李白时常同他们往来饮酒。杜工部尝作《饮中八仙歌》云：

知章骑马似乘船，眼光落井水底眠。汝阳三斗始朝天，道逢曲车口流涎，恨不移封向酒泉。左相日兴费万钱，饮如长鲸吸百川，衔杯乐圣称避贤。宗之潇洒美少年，举觞白眼望青天，皎如玉树临风前。苏晋长赍绣佛前，醉中往往爱逃禅。李白斗酒诗百篇，长安市上酒家眠；天子呼来不上船，自称臣是酒中仙。张旭三杯草圣传，脱帽露顶王公前，挥毫落纸如云烟。焦遂五斗方卓然，高谈雄辩惊四筵。

---

① 青目——重视，看重。青，黑。目，指眼睛。意即“垂青”。

李白日遂与这几个酒友饮酒吟诗，不觉又在京师混过了几时。一日酒后，偶遇安禄山于朝门外，安禄山欺他是醉人，言语戏谑，未免唐突。李白乘着酒兴，把禄山一场痛骂，禄山十分忿怒，无奈他是天子爱重之人，难以加害，只得含忍，李白自料为女子小人辈所忌，若不早早罢宫归去，必有后祸；又见杨国忠、李林甫等各自结党弄权，蛊惑君心，政事日坏，身非谏官，势不能直言匡救，何取乎备位朝端？因恳恳切切的上了一个辞官乞归之疏。玄宗知其去志已决，召至御前，面谕道："卿必欲舍朕而去，未便强留，许卿暂回田里；但卿草诏平番，有功于国，岂可空归？然朕知卿高雅，必无所需求，卿所不可一日缺者，惟独酒耳。"遂御笔亲写敕书一道以赐之，其敕略云：

敕赐李白为闲散逍遥学士，所到之处，官司支给酒钱，文武官员军民人等毋得怠慢；倘遇有事当上奏者，仍听其具疏奏闻。

李白拜受敕命。玄宗又赐与锦被金带、名马安车。李白谢恩辞朝。他本无家眷在京，只有仆从人等；当下收了行装，别了众僚友，出京而去。在朝各官，俱设宴于长亭饯送。惟杨国忠、高力士、安禄山三人，怀恨不送；贺知章等数人，直送至百里之外方分袂而别。李白因圣旨许他闲散逍遥，出京之后，不即还乡，且只向幽燕一路，但有名山胜景的所在，任意行游，真个逢州支钞，过县给钱，触景题诗，随地饮酒，好不适意。

一日行至并州界中，该地方官员都来迎候，李白一概辞谢，只借公馆安顿行李，带了几个从人，骑马出郊外，要游览本处山川。正行之间，只见一伙军牢打扮的人，执戈持棍，押着一辆囚车，飞奔前来。见李学士马到，闪过一边让路。李白看那囚车中囚着一个汉子，那汉子怎生模样儿？

头如圆斗，鬓发蓬蓬；面似方盆，目光闪闪。身遭束缚，若站起长约丈余；手被拘挛，倘舒开大应尺许。仪容甚伟，未知何故作困囚。相貌非常，可卜他年为大物。

原来那人姓郭名子仪，华州人氏，骨相魁奇，熟谙韬略，素有建功立业，忠君爱国之志；争奈[①] 未遇其时，暂屈在在陇西节度使哥舒翰麾下，做个偏将。因奉军令，查视余下的兵粮，却被手下人失火把粮米烧了，罪及其主，法当处斩。时哥舒翰出巡已在并州地界，因此军政司把他解赴军

---

① 争奈——无奈。

前正法。当下李白见他一貌堂堂,便勒住马问是何人,所犯何事何罪,今解往何处。郭子仪在囚车中诉说原由,其声如洪钟。李白想道:“这个人恁般仪表,定是个英雄豪杰;今天下方将多事,此等品格相貌,正是为朝廷有用之人才,国家之柱石,岂容轻杀?”便吩咐手下众人:“尔等到节度军前且莫解进去,待我亲自见节度,替他说情免死。”众人不敢违命,连声应诺。李白回马,傍着囚车而行。一头走,一头慢慢的试问他些军机武略,子仪应答如流,李白愈加敬爱。

说话之间,已到哥舒翰驻节上所。李白叫从人把个名帖传与门官,说李学士来拜,门官连忙禀报。那哥舒翰也是当时一员名将,平昔也敬慕学士之才名,如雷贯耳,今见他下顾,诚以为荣幸万一,随即将营门大开,延入。宾主叙坐,各道寒暄。献茶毕,李白即自述来意,要求他宽释郭子仪之罪。哥舒翰听罢,沉吟半晌说道:“学士公见教,本当敬从;但学生平时节制部下军将,赏罚必信,今郭子仪失火烧了兵粮,法所难贷,且事关重大,理合奏闻天子,学生未敢擅专,便自释放,如之奈何?”李白说道:“既如此,学生不敢阻挠军法,只求宽期缓刑,节度公自具疏请旨;学生原奉圣上手敕,听许飞章奏事,今亦具一小折,代奏乞命如何?”哥舒翰欣然允诺道:“若如此,则情法两尽矣!”遂传令将郭子仪收禁,候旨定夺。李白辞谢而出。于是哥舒翰一面具奏题报,李白亦即缮疏,极言郭子仪雄才伟略,足备干城腹心之选,失火烧粮,乃手下仆夫不谨,实非子仪之罪,乞赐矜全,留为后用。将疏章附驿递,星驰上奏。自己且暂留于并州公馆中候旨,日日闲散逍遥;哥舒翰遂同手下文官武将,连本州地方上的官员,天天遂设宴款待,李学士吟诗饮酒作乐。不则一日,圣旨已下,准学士李白所奏,只将郭子仪手下仆人失慎的,就地正法,赦郭子仪之恶,许其自后立功自效。正是:

若不遇识人学士,险送却落难英雄。
喜今日幸邀宽典,看他年独建奇功。

郭子仪感激李白活命之恩,誓将衔环图报①。李白别了郭子仪并哥舒翰等众官,自往他处行游去了;临行之时,又谆嘱哥舒翰青目郭子仪。

---

① 衔环图报——重报恩情,相传汉代杨宝救过一只黄雀,后黄雀口衔玉环报其恩。

自此子仪得以军功,渐为显官,此是后话。

且说朝中自李白去后,贺知章也告休致去了。左相李适之,因与李林甫有隙,罢相而归;林甫又陷他以事,逼之自尽。林甫倚着天子信任,手握重权,安禄山亦甚畏之,杨国忠也心怀嫉忌,然其势不得不互为党援。玄宗往年连杀三子之后,林甫劝立寿王瑁为太子,玄宗从高力士之言,立忠王玙为太子。林甫疑忌,谋倾陷之。时有户曹官杨慎矜依附杨国忠,自认为杨氏同族,又与罗希奭、吉温等俱为李林甫门下鹰犬,林甫因与计议,教他上密疏,诬告刑部尚书韦坚与节度使皇甫惟明同谋废帝,而立太子,引杨国忠为证。原来那韦坚,乃太子妃韦氏之兄,皇甫惟明是边方节度使,偶来京师,曾参谒太子,又曾面奏天子,说宰相弄权。林甫怀恨,因借端诬捏,并以动摇东宫。玄宗览疏大怒,亏得高力士力辨其诬,乃不显言二人之罪,只传旨贬削二人之官。太子闻知,惊惶无措,上表请与韦氏离婚。玄宗亦因高力士劝谏,不允许太子所请。李林甫又密奏,乞将此事付杨慎矜与罗希奭、吉温等鞫① 问,并请着杨国忠监审。玄宗降旨,只将韦坚、皇甫惟明赐死,事情不必深究,于是太子之心始安。

过了几时,适有将军董延光,奉诏征伐吐蕃,不能奏功,乃委罪于朔方节度使王忠嗣,说他阻挠军计。李林甫乘机,使杨国忠诬奏王忠嗣,欲拥兵奉太子。玄宗遂召王忠嗣入京,命三司鞫之。太子又惊惶无措,幸王忠嗣系哥舒翰所荐,哥舒翰素有威望,玄宗甚重其人品,却未曾面观其人;今因王忠嗣之事,特召哥舒翰陛见,欲面问此事之虚实。哥舒翰闻召,当时星夜赴京,其幕僚都劝他多将金帛到京使用,以救王忠嗣。哥舒翰说道:"吾岂惜金帛,但若公道尚存,君主必不致冤死其人;若无公道,金帛虽多,用之何益?"遂轻装往京而来。及至京师面君,玄宗先问了些边务事情,哥舒翰一一奏对,玄宗甚欢喜。哥舒翰乃力言王忠嗣之负冤,太子之被诬,语甚激切。玄宗感悟,乃云:"卿且退,朕当思之。"

次日,即召三司面谕道:"吾儿居深宫之中,安得与外藩交通?此必妄说② 也!尔其勿复问。但王忠嗣阻挠军计,宜贬官爵以示罚。"遂贬王忠嗣为汉阳太守,将军董延光亦削爵回镇并州,太子匍匐御前涕泣,叩首谢

① 鞫(jū)——审讯。

② 妄说——流言。

恩。玄宗好言慰之，自此父子相安。可恨这李林甫，屡起大狱，以杨国忠有掖庭之亲，凡事有微涉东宫者，辄使之劾奏，或援以为证。幸因太子是高力士劝玄宗立的，他常在天子前保护；太子又仁孝谨静，不敢得罪于杨贵妃，以此得无恙。那杨家兄弟姊妹，骄奢横肆，日甚一日，总倚着妃子之势。当时民间有几句谣言道：

生男勿欢喜，生女勿悲酸。

男不封侯女作妃，君看女却是门楣。

杨国忠、杨铦与韩、虢、秦三夫人宅院，都在宜阳里中，甲第之盛，拟于宫中。国忠与这三个夫人，原不是真兄妹，三夫人中，虢国夫人尤为淫荡奢靡，每造一堂一阁，费资巨万；若见他家所造有更胜于己者，即自拆毁复造，土木之工无时休息。其所居宅院与杨国忠宅院相连，往来最近，便当得很，遂与国忠通奸。杨国忠入朝，或有时竟与虢国夫人并舆同行，见者无不窃笑，而二人恬然不以为耻。安禄山亦乘间与虢国夫人往来甚密，夫人私赠以生平所最爱的玉连环一枚。禄山喜极，佩带身旁，不意于宴会之中，更衣时为国忠所见。国忠只因禄山近日待他简傲，心甚不平，今见此玉连环，认得是虢国夫人之物，知他两下有私，遂恨安禄山切骨，时于言语之间，隐然把他暗中私通贵妃之事，为危词以恐吓之，又常密语杨妃，说禄山行动不谨，外议沸然，万一天子知觉了些什么，为祸非同小可。杨妃闻国忠所言，着实心怀疑惧。正是：

贵妃不自贵，难为贵者讳。

无怪人多言，人言大可畏。

一日，玄宗于昭庆宫闲坐，禄山侍坐于侧旁，见他腹垂过膝，因指着戏说道："此儿腹大如抱瓮，不知其中何所有？"禄山拱手对道："此中并无他物，惟有赤心耳；臣愿尽此赤心，以事陛下。"玄宗闻禄山所言，心中甚喜。那知道：

人藏其心，不可测识。

自谓赤心，心黑如墨。

玄宗之待安禄山，真如腹心；安禄山之对玄宗，却纯是贼心、狼心、狗心，乃真是负心、丧心。人方切齿痛心，恨不得即剖其心，食其心，亏他还哄人说是赤心。可笑玄宗还不觉其狼子野心，却要信他是真心，好不痴心！

闲话少说。且说当日玄宗与安禄山闲坐了半晌，回顾左右，问："妃子何在？"此时正当春深时候，天气尚暖，杨妃方在后宫，坐汤洗浴，宫人回报玄宗说道："妃子洗浴方完。"玄宗微微笑道："美人新浴，正如出水芙蓉，令宫人即宣妃子来，不必更梳妆。"少顷，杨妃来到，你道他新浴之后，怎生模样？有一曲《黄莺儿》说得好：

皎皎欲生光，脸如莹。体愈香。云鬓慵整偏娇样。罗裙厌长，轻衫取凉，临风小立神骀宕①。细端祥，芙蓉出水，不及美人妆。

当下杨妃懒妆便服，翩翩而至，更觉风艳非常。玄宗看了，满脸堆下笑来。适有外国进贡来的异香花露，即取来赐与杨妃，叫他对镜匀面，自己移坐于镜台旁观之。杨妃匀面毕，将余露染掌扑臂，不觉酥胸略袒，宝袖宽退，微微露出二乳来了。玄宗见了，说道："妙哉！软温好似鸡头肉。"安禄山在旁，不觉失口说道："滑腻还如塞上酥。"他说便说了，自觉唐突，好生局促。杨妃亦骇其失言，只恐玄宗疑怪，捏着一把汗。那些宫女们听了此言，也都愕然变色。玄宗却全不在意，倒喜滋滋的指着禄山说道："堪笑胡儿亦识酥。"说罢哈哈大笑。于是杨贵妃也笑起来了，众宫女们也都含着笑。咦！

若非亲手抚摩过，那识如酥滑腻来？
只道赤心真满腹，付之一笑不疑猜。

安禄山只因平时私与杨妃戏谑惯了，今当玄宗面前，不觉失口戏言，幸得玄宗不疑；但杨妃已先为国忠危言所动，只恐弄出事来，自此日以后，每见安禄山，必切切私嘱，叫他语言慎密，出入小心。禄山亦晓得国忠嗔怪他，恐为他所算，又想国忠还不足惧，那李林甫最能窥察人之隐微，这不是个好惹的，今杨李之交方合，倘二人合算我一人，老大不便，不如讨个外差暂避，且可徐图远大之业。但恐贵妃与虢国夫人不舍他，因此踌躇未决。那边杨国忠暗想："安禄山将来必与我争权，我必当翦除之；但他方为天子所宠幸，又有贵妃与虢国夫人等助之，急切难以摇动；只不可留他在京，须设个法儿，弄他到边上去了，慢慢的算计他便是。"正在筹量，却好李林甫上奏一疏，请用番人为边镇节度使。原来唐时边镇节度使，都用有才略、有威望的文臣，若有功绩，便可入为宰相。今林甫独自夺权，欲绝边臣

① 骀宕(tái dàng)——舒缓闲逸。

入相之路，奏称文人为边帅，怯于矢石，无心御侮；不若尽用番人，则勇而习战，可为国家捍卫。玄宗允其所奏，于是边镇节度使都要改用番人。

国忠乘此机会，要发遣安禄山出去，便上疏说道："河东重地，固须得番人为帅；然亦必以番人之中有才路、有威望者镇之，非安禄山不足以当此重任。"玄宗览疏，深以为然，即召安禄山出来面谕说道："汝以满腹赤心事朕，本应留汝在京，为朕侍卫，但河东重镇，非汝不可，今暂遣出为边帅，仍许不时入朝奏对。"遂降旨以安禄山为平卢、范阳、河东三镇节度使，赐爵东平郡王，克期走马赴任。禄山闻命，倒也合着他的意思，叩头领旨，即日入宫拜辞杨妃。两下依依不舍。杨妃叫入密室，执手私语道："你今此行，皆因为吾兄相猜忌之故。我和你欢叙多时，一旦远离，好生不忍。但你在京日久，起人嫌疑，出为外镇，未必非福。你放心前去，我自当使心腹人来通信与你，早晚奴在天子面前，留心照顾着你。你只顾自去图功立业，不必疑虑。"安禄山点头应诺。正说间，宫人传报说道："三位夫人已入宫来了。"杨贵妃接见叙礼毕，安禄山也各各相见。虢国夫人闻知安禄山今将远行，甚为怏怏，奈朝命已下，无可如何，禄山也不敢久留宫中，随即告辞出宫。到临行之时，玄宗又赐宴于便殿，禄山谢过了恩，辞朝赴镇。

李林甫等设席饯行。饮酒之间，林甫举杯相嘱道："安公为节度，出镇大藩，责任非轻，凡所作为，须熟计详审，合情中理。林甫身虽在朝，而各藩镇利弊，日夕经心，声息俱知。今三大镇得安公为节度使，正足为朝廷屏障，唯善图之。"这几句话，明明笼络挟制。禄山平日素畏林甫，今闻此言，惟有唯唯听命，且逡巡谢道："禄山才短气粗，当此大镇，深惧不能胜任，敢不恪遵明训，诸凡不到之处，全赖相公照拂。"说罢作揖，拜辞起行。

前一日，杨国忠曾设宴请禄山饯别，禄山托故不往。这日国忠也假意来相送。禄山怀忿，傲倨不为礼。国忠大怒，自此心中愈加衔怨。禄山既至任所，查点军马钱粮，训练士卒，屯积粮草，坐镇范阳，兼制平卢、范阳、河东，自永平以西至太原，凡东北一带要害之地，皆其统辖，声势强盛，日益骄恣。后人有诗云：

番人顿使作强藩，只为奸臣进一言。

今日虎狼轻纵逸，会看地覆与天翻。

第八十四回

幻作戏屏上婵娟　小游仙空中音乐

词曰：

宝屏历现娇容，姓名通。绝胜珠围翠绕，肉屏风。　　清云路杳，鹊桥可驾，任行空。明日恍然疑想，如在梦魂中。

——右调《相见欢》

自来神神怪怪之事不常有，然亦未尝无，惟正人君子，能见怪不怪，而怪亦遂不复作，此以直心正气胜之也。孔子不语怪，亦并不语神，盖怪固不足语，神亦不必语，人但循正道而行，自然妖孽不能为患，即鬼神亦且听命于我矣；若彼奸邪之辈，其平日所为，都是变常可骇之事，只他便是国家之妖孽了，何怪乎妖孽之忽见？此所谓妖由人兴，孽自己作也。至若身为天子，不务修实德，行实政，而惑于神仙幽怪之说，便有一班方士术者来与之周旋，或高谈长生久视，或多作游戏神通，总无益于身心，而适足为其眩惑，前代如秦皇、汉武，俱可为殷鉴。

且说杨国忠乘机遣发了安禄山出去，少了个争权夺宠之人，眼前止让得李林甫一个人了。这一个人却摇动他不得的，他既生性阴险，天子又十分信他，眷宠隆重。一日降旨，着百官公阅岁贡之物于尚书省，阅毕回奏；玄宗命将本年贡物，以车载往李林甫家中赐之，其宠眷如此。林甫之子李岫①，亦官于朝，颇怀盈满之惧，尝从林甫闲步后园，见一役夫倦卧树下，因密告林甫道："大人久专朝政，仇怨满天下；倘一旦祸患忽作，欲似役夫之高卧，岂可得乎？"林甫默然不答。自此常恐有刺客侠士暗算他，出则步骑百余人，左右翼卫，前驰在数百步外，辟人除道，居则重门复壁，如防大敌，一夕屡徙其卧榻，虽家人莫知其处。那个杨国忠却又不然，他自恃椒房之戚，爵居右相之尊，一味骄奢淫佚，也不怕人嗔恨，也不管人耻笑。

时值上巳之辰，国忠奉旨，与其弟杨铦及诸姨姊妹，齐赴曲江修禊。

---

①　岫(xiù)。

于是五家各为一队，各著一色衣，姬侍女从不计其数，新妆炫服，相映如百花焕发，乘马驾车，不用伞盖遮蔽，路旁观者如堵。国忠与虢国夫人并辔扬鞭，以为谐谑，众人直游玩至晚夕，秉烛而归，遗簪坠舄，偏于路衢。杜工部有《丽人行》云：

三月三日天气清，长安水边多丽人。态浓意远淑且真，肌理细腻骨肉匀，绣罗衣裳照暮春，蹙金孔雀银麒麟。头上何所有，翠为匎① 叶垂鬓唇。背后何所见，珠压腰衱稳称身。就中云幕椒房亲，赐名大国韩虢秦。紫驼之峰出翠釜，水晶之盘行素鳞。犀箸厌饫久未下，鸾刀缕切空纷纶。黄门飞鞚不动尘，御厨络绎送八珍。箫鼓哀吟感鬼神，宾从杂遝实要津。后来鞍马何逡巡，当轩下马入锦茵。杨花雪落覆白苹，青鸟飞去衔红巾。炙手可热势绝伦，慎莫近前丞相嗔。

当日一行人游玩过了，次日俱入宫见驾谢恩。玄宗赐宴内殿，国忠奏道："臣等奉旨修禊，非图燕乐，正为天子及诸宫眷，迎祥迓福。昨赴曲江，威仪美盛，万姓观瞻，众情欣悦，具见太平景象，臣等不胜庆幸。"玄宗大喜道："卿等于游戏之中，不忘君上，忠爱可嘉，当有赏赉。"宴罢，至明日，出内府珍玩，颁赐诸人，赐韩国夫人照夜玑，赐虢国夫人锁子帐，赐秦国夫人七叶冠。当时杨妃奏道："陛下前以宝屏赐妾，屏上雕刻前代美人容貌，以妾对之，自觉形秽，今请陛下转赐妾兄国忠如何?"玄宗笑道："朕闻国忠婢妾极多，每至冬月，选婢妾之肥硕者环立于后，谓之肉屏遮风；今此屏赐之，殊胜他家肉屏也。"

原来这屏名号为"虹霓屏"，乃隋朝遗物，屏上雕镂前代美人的形像，宛然如生，各长三寸许，水晶为地，其间服玩衣饰之类，都用众宝嵌成，极其精巧，疑为鬼工，非人力所能造作的。后人有词为证：

屏似虹霓变幻，画非笔墨经营。浑将杂宝当丹青，雕刻精工莫并，试看冶容种种，绝胜妙画真真。若还逐一唤娇名，当使人人低应。

玄宗将此屏赐与国忠，又命内侍传述贵妃奏请之意。国忠谢恩拜受，将屏安放内宅楼上，常与亲友族辈家眷等观玩，无不叹美欣羡，以为希世之珍。

一日，国忠独坐楼上纳凉，看看屏上众美人，暗想道："世间岂真有此

---

① 匎(è)——古时妇女发饰上的花叶。

等尤物，我若得此一二人，便为乐无穷矣。”正想念间，不觉困倦，因就榻上偃卧。才伏枕，忽见屏上众美人，一个个摇头动目，恍惚间都走下屏来，顿长几尺，宛如生人，直来卧榻前，一一称号，或云：“我，裂缯人也。”或云：“我，步莲人也。”或云：“我，浣纱人也。”或云：“我，当垆人也。”或云：“我，解佩人也。”或云：“我，拾翠人也。”或云：“我，是许飞琼。”或云：“我，是薛夜来。”或云：“我，是桃源仙子。”或云：“我，是巫山神女。”如此等类，不可枚举。杨国忠虽睁着眼儿历历亲见，却是身体不能动一动，口中不能发一声。诸美女各以椅列坐，少顷有纤腰倩妆女妓十余人，亦从屏上下来，云是楚章华踏谣娘也，遂连袂而歌，其声极清细。歌罢，诸女皆起，那一个自称巫山神女的，指着国忠说道：“汝自恃权相，实乃误国鄙夫，何敢亵玩我等，又辄作妄想，殊为可笑可恶！”诸女齐拍手笑说道：“阿环无见识，三郎又轻听其言，以致虹霓宝屏见辱于庸奴。此奴将来受祸不小，吾等何必与他计较，且去且去。”于是一一复回屏上。国忠方才如梦初醒，吓得冷汗浑身，急奔下楼，叫家人将此屏掩过，锁闭楼门。自此每当风清月白之夜，即闻楼上有隐隐许多女人歌唱笑语之声，家内大小上下男女，无一人敢登此楼者。国忠入宫，密将此事与杨贵妃说知，只隐过了被美人责骂之言。

杨妃闻此怪异，大为惊诧，即转奏玄宗，欲请旨毁碎此屏。玄宗说道：“屏上诸女，既系前代有名的佳人美女，且有仙娥神女列在其内，何可轻毁？吾当问通元先生与叶尊师，便知是何妖祥。”

你道通元先生同叶尊师是谁？原来玄宗最好神仙，自昔高宗尊奉老君为玄元皇帝，至玄宗时又求得李老君的遗像，十分敬礼，命天下都立庙奉侍。于是方士① 辈竞进。有人荐方士张果，是当世神仙，用礼召至京师，拜为银青光禄大夫，赐号通元先生；又有人荐方士叶法善，有奇术，善符咒，玄宗亦以礼召来至京师，称为尊师。其他方士虽多，惟此二人为最。

当下玄宗将国忠屏上美人出现之说问之。张果道：“妖由人兴，此必杨相看了屏上的娇容，妄生邪念，故妖孽应念而作耳，叶师治之足矣！”叶法善说道：“凡宝物易为精怪，况人心感触，自现灵异。臣当书一符，焚于屏前以镇之。今后观此屏者，勿得玩亵，每逢朔望，用香花供奉，自然无恙。”玄宗便请法善手书正乙灵符一道，遣内侍赍付国忠，且传述二人之

---

① 方士——从事求仙、炼丹等术的人。

言。国忠闻说妖由邪念而生，自己不觉毛骨悚然，随即登楼展屏，将符焚化；焚符之顷，只见满楼电光闪烁。自此以后，楼中安静，绝无声响。至朔望瞻礼时，说也奇异，见屏上众美人愈加光彩夺目，但看去自有一种端庄之度，甚觉比前不同了。正是：

正能治邪，邪不胜正。以正治邪，邪亦反正。

玄宗闻知，愈信叶法善之神术。一日私问法善道："张果先生道德高妙，朕常询其生平，但笑而不答，何也？"法善道："他的生平，即神仙辈亦莫能推测，但知他在唐尧时，曾官为侍中耳；若其出处履历，惟臣知之，余人不知也。"玄宗欣然道："尊师请试言之。"叶法善说道："臣惧祸及，故不敢直言奏听。"玄宗道："尊师神仙中人，有何祸之可惧，幸勿托词隐密。"法善沉吟道："陛下必欲臣直言，臣今言之必立死。陛下幸怜臣，可立召张先生，不惜屈体求之，臣庶可更生矣。"玄宗连声许诺，法善请屏退左右，密奏说道："他是混沌初分时，白蝙蝠精也。"言未已，忽然口吐鲜血，昏绝于地。玄宗即呼内侍，速传口敕，立召张果入宫见驾。少顷张果携杖而至，玄宗降座迎之，说道："叶尊师得罪于先生，皆朕之过，朕今代为之请，幸看薄面恕之。"说罢，便欲屈膝下去。张果忙扶起道："何敢劳陛下屈尊，但小子不当饶舌耳！"遂以手中杖，连击法善三下道："可便转来！"只见法善蹶然而醒，即时站起，整衣向玄宗谢恩，随向张果谢罪。张果笑道："吾杖不易得也。"法善再三称谢。玄宗大喜，各赐之茶果而退。

过了几日，适有使者从海上来，带着一种恶草，其性最毒，海上人传言，虽神仙亦不敢食此草。玄宗以示法善，问识此草否。法善道："此名乌堇草，最能毒人，使臣食之，亦当小病也。他仙若中其毒，性命不保；惟张果先生，或不畏此耳。"玄宗乃密置此草于酒中，立召张果至内殿赐宴，先饮以美酒，玄宗问："先生实能饮几何？"张果说道："臣饮不过数爵，臣寓中有一道童，可饮一斗，多亦不能也。"玄宗道："可召来否？"张果道："臣请呼之。"乃向空中叫道："童子，可速来见驾！"叫声未绝，只见一个童子，从房檐飞下，年可十四五岁，头尖腹大，整衣肃容，拜于御前。玄宗惊异，即命以大斗酌酒赐之；童子谢了恩，接过酒来，一口气吃干。玄宗皇帝见他吃得爽快，命更饮一斗，童子接来便吃，却吃不上两三口，只见那吃的酒从头顶上骨都都滚将出来。张果笑道："汝量有限，何得多饮。"遂取桌上桃核一枚掷之，阁阁有声，应手而仆，酒流满地，仔细一看，却原来不是童子，而是一个盛酒的葫芦，其中仅可容一斗酒。玄宗看了大笑道："先生游戏，神通甚妙，可更进一觞。"乃密令内侍把乌堇酒斟与他吃。张果却不推辞，一饮而尽。

少顷，只见张果垂头闭目，就坐席上昏然睡去，玄宗当时吩咐内侍说，不要惊动他，由他熟睡。没半个时辰，即欠伸而起笑道："此酒非佳酒也，若他人饮此酒，不复醒矣！"袖中出一小镜子自照道："恶酒竟坏我齿。"玄宗看时，果见其齿都黑了。张果不慌不忙，双手向两颐一拍，把口中黑齿尽数都吐出来了，登时又重生了一口雪白的好牙齿。玄宗一见，惊喜赞叹道好。正是：

戏将毒草试神仙，只博先生一觉眠。
不坏真身依旧在，齿牙落得换新鲜。

自此玄宗愈信神仙之术。

时至上元之夕，玄宗于内庭高扎彩楼，张灯饮宴，不召外臣陪饮，亦不召嫔妃奉侍，只召张果、叶法善二人。张果偶他往，未即至，法善先来。玄宗赐坐首席，举觞共饮，一时灯月交辉，歌舞间作，十分欢喜。玄宗酒酣，指着灯彩笑道："此间灯事，可谓极盛。他方安能有此耶！"法善举眼，四下一看，用手向西指道："西凉府城中，今夜灯事极盛，不亚于京师。"玄宗道："先生若有所见，朕不得而见也。"法善道："陛下欲见，亦有何难。"玄宗连忙问道："尊师有何法术，可使朕一见胜境乎？"法善道："臣今承陛下御风而往，转回不过片时。"玄宗欣然而起。旁边高力士过来，俯伏奏道："叶尊师虽有妙法，皇爷岂可以身为试，愿勿轻动。"玄宗道："尊师必不误朕，汝切勿多言，我亦不须汝同行，你只在此候着便了。"高力士不敢再说，唯唯而退。

法善请玄宗暂撤宴更衣，小内侍二人亦便更换衣服，俱出立庭中，都叫紧闭双目。只觉两足腾起，如行霄汉中。俄顷之间，脚已着地，耳边但闻人声喧闹，都是西凉府语音。法善叫请开眼。玄宗开眼一看，只见彩灯绵亘数里，观灯之人往来杂沓，心上又惊又喜，杂于稠人之中，到处游看，私问法善道："尊师得非幻术乎？"法善道："陛下若不信今夜之游，请留征验。"遂问内侍："你等身边带得有何物件？"内侍道："有皇爷常把玩的小玉如意在此。"法善乃与玄宗入一酒肆中，呼酒共饮，须臾饮讫，以小玉如意暂抵酒价，请店主写了一纸手照，约几日遣人来取赎。出了店门，步至城外,仍教各自闭目,顷刻之间,腾空而回,直到殿前落地。高力士接着,叩头口称万岁,看席上所燃的金莲宝烛,犹未及半也。

玄宗正在惊疑,左右传奏张果先生到,玄宗即时延入。张果道:“臣偶出游,未即应召而至,伏乞陛下恕臣之罪。”玄宗道:“先生辈闲云野鹤,岂拘世法,有何可罪;但未知先生适间何在?”张果道:“臣适往广陵访一道友,不意陛下见召,以致来迟。”玄宗道:“广陵去此甚远,先生之往来,何其速也!”张果笑道:“陛下适间驾幸西凉看灯,往回俄顷,亦何尝不速。”玄宗道:“此皆叶尊师之神术也。”张果道:“朝游北海,暮宿苍梧,仙家常事,况如西凉广陵,直跬步间耳。”因问法善道:“西凉灯事若何?”法善道:“与京师略同。”玄宗问道:“先生适从广陵来,广陵亦行灯事否?”张果老道:“广陵灯事亦极盛,此时正在热闹之际。”法善道:“臣不敢请启陛下,更以余兴至彼一观,亦颇足以怡悦圣情。”玄宗欣喜道:“如此甚妙。”因问张果道:“先生肯同往么?”张果老道:“臣愿随圣驾,此行可不须腾空御风,亦不须游行城市。臣有小术,上可不至天,下可不着地,任凭陛下玩赏。”玄宗道:“此更奇妙,愿即施行神术。”张果道:“请陛下更衣,穿极华美冠裳。”叫高力士亦着华服,又使梨园伶工数人亦都着锦衣花帽。张果老却解下自己腰间丝绦向空一掷,化成一座彩桥,起自殿庭,直接云霄。怎见得这桥的奇异?有《西江月》词一阕为证:

白玉莹莹铺就,朱栏曲曲遮来。凌云驾汉近瑶台,一望霞明云霭。
稳步无须回顾,安行不用疑猜。临高视下叹奇哉,恍若身居天界。

当下张果老与法善前导,引玄宗徐步上桥。高力士及伶工等俱从,但戒勿回头反顾,只管向前行去。行不数百步,张果,法善二人早立住了脚,说道:“陛下请止步,已至广陵地。”遂与玄宗及高力士等立于桥上,仰观天汉,月明如画,低头下视,见广陵城中灯火之多,陈设之盛,不减于西凉。那些看灯的士女们,忽观空中有五色彩云,拥着一簇人,各样打扮,衣冠华丽,疑是星官仙子出现,都向空中仙瞻叩拜。玄宗大喜。法善请敕伶工,奏《霓裳羽衣》一曲。奏毕,张果老同法善仍引玄宗与高力士伶工众人等于桥上步回宫禁。才步下桥,张果老即把袖一拂,桥忽不见,只见张果老手中,原拿着丝带一条,仍旧把来系于腰间。高力士伶工众人等皆惊异。玄宗此时说道:“先生神术通灵,真乃奇妙!”张果老回说道:“此是仙家游戏小术,何足多羡。”玄宗再命洗杯赐酒,直至天晓时候,方才罢宴各散。

后人有诗叹道：

仙家游戏亦神通，却使君王学御风。

万乘至尊宜自重，怎从术士步空中？

次日，玄宗密遣使者，即将西凉府酒店中主人写的手照，到彼酒店取赎小玉如意。使者行了几日，却果然取赎回来，乃信上元十五夜之游，是真非幻。过了几月，广陵地方官上疏奏称：“本地于正月十五夜二更后，天际中忽见五色祥云万朵，云中仙灵，历历可睹；又闻仙乐嘹亮，迥非人间声调，此诚圣世瑞征，合应奏闻。”玄宗览疏，暗自称奇，即不明言此事，只批个“知道了”。原来这《霓裳羽衣曲》，乃是玄宗于开元之时，尝梦游月宫，见有仙女数十，素练宽衣，环佩丁东，歌舞于广寒宫中，声调佳妙，非人世所能有。玄宗因问：“此何曲为名？”众女答道：“名为《霓裳羽衣曲》。”玄宗梦中密记其声调，及醒来一一记得，遂传示乐工，谱成此曲，果然不是人间声调也。玄宗益信二人为神仙，又闻张果每出，必乘一白驴，其行如飞，及归，便把此驴折叠如纸，置于巾箱中，欲乘则以水噀之，依旧成驴。玄宗愈奇其术，思欲与之联为姻眷，要将玉真公主下嫁与他。张果说道：“臣有别业在王屋山中，向曾以太平钱三十万聘娶韦氏女在彼，今岂容更娶？况臣疏野性成，不慕荣禄，入京已久，念切还山，伏乞天恩放回，实为至幸。”玄宗说道：“先生不肯尚主，朕亦不敢相强，却如何便欲舍朕而去耶！先生与叶尊师同在朕左右，二仙不可缺一。方思朝夕就教，幸勿遽萌去志。”张果感其诚意，遂与叶法善仍留京邸。

法善昔年尝隐于松阳，与刺使李邕相契。李邕极是多才，既能作文，又能写字，法善曾求他为其祖作碑文一篇，及被召入京时，李邕也升了京官，心中却不喜法善弄术，恐其眩惑君心。法善要把他前日所作碑文，求他一写，李邕再三不肯，说道：“吾方悔为公作，岂能更为公写！”法善笑道：“公既为吾作，岂能不为吾写，今日且不必相强，容后更图之。”当下含笑而别。是夜，法善乃于密室中，陈设纸墨笔砚，至二三更时，仗剑步罡，焚符一道，口中念念有词，把令牌一拍，只见李邕忽从壁间步出。法善更不同他言语，只把剑来指挥，叫他将纸笔墨砚书写碑文，一面使道童剪烛磨墨。须臾之间，碑文写完，法善再写一符焚化，口中念动咒语，把剑一指，喝一声“去”，李邕倏然不见。原来因日间求他写文不肯，故于夜间摄他的魂魄来写了。至明日亲往拜谢，以其所书示之，笑说道：“此即公昨夜梦中所书也。”李邕看了，吓得口瞪目呆，通身汗下。法善道：“既重公之文，不欲辱以他人之笔，故即求公大笔一书；因公未许，故而聊以相戏，多有开罪之处，幸恕不恭。”李邕又恼，未发一言，法善仍具一分厚礼，以为润笔之资，李邕不肯受。玄宗闻知此事，惊叹说道：“神仙固不可相抗也。李邕所写此碑，当时就名为追魂碑。自此朝廷益信神仙之道，那些方士亦日益进。一日，鄂州地方守臣上疏，荐方士罗公远，广极神通，大有奇术，特送来京见驾。正是：

朝里仙人尚未归，远方仙客又来到。

莫道仙人何太多，只因天子有酷好。

未知后事如何，且听下回分解。

第八十五回

罗公远预寄蜀当归　安禄山请用番将士

词曰：

仙客寄书天子，无几字，药名儿最堪思。　　汉戍忽更番戍，君王偏不疑。信杀姓安人好，却忘危。

——右调《定西番》

从来为人最忌贪、嗔、痴三字，况为天子者乎。自古圣帝贤王，惟是正己率物，思患防微，励精图治，必不惑于异端幽渺之说。若既身为天子，富贵已极，却又想长生不老之术，因而远求神仙，甚且以万乘之尊严，好学他家的幻术，学之不得，而至于怨怒，妄行杀戮，岂非贪而又嗔？究竟其人若果可杀，即非神仙；若是神仙，杀亦不死，不惟不死而已，他还把日后之事，预先寄个哑谜儿与你，还不省悟，依然从信奸邪，以致变更旧制，贻害于后，毕竟认定恶人为好人，这又是极痴的了。

且说玄宗款留住了张果、叶法善，不放还山，鄂州守臣又荐罗公远，表奏他的术法神通，起送到京师。那罗公远，不知何处人也，亦不知为何代人，其容貌常如十六七岁一孩子，到处闲游，踪迹无定。一日游至鄂州，恰值本州官府因天时亢旱，延请僧道于社稷坛内启建法事，祈求雨泽。祷告的人甚多，人丛中有个穿白的人，在那里闲看，其人身长丈余，顾盼非常，众皆属目，或问其姓名居处，答道："我姓龙，本处人氏。"正说间，罗公远适至，见了那人，怒目咄嗟道："这等亢旱，汝何不去行雨济人，却在此闲行？"那人敛容拱手道："不奉天符，无处取水。"公远道："汝但速行，吾当助汝。"那人连声应道是，疾趋而去。众人惊问："此是何人？"罗公远道："此乃本地水府龙神也，吾敕令速行雨，以救亢旱；奈他未奉上帝之敕令，不敢擅自取水。吾今当以滴水助之，救及此处的禾稻。"一面说，一面举眼四下观看，见那僧道诵经的桌上有一方大砚，因才写得疏文，砚台池中积有墨水，公远上前，把口向砚中池里一口吸起，望空一喷，喝道："速行雨来！"只见霎时间，日掩云腾，大风顿作。公远即对众人说道："雨将至矣！列位避着，不要被雨打湿了衣服。”说犹未了，雨点骤至，顷刻之间，如倾盆倒瓮，落了半响，约有尺余，方才止息。却也作怪，那雨落在地上，沾在衣上，都是黝黑的一般。原来龙神全凭仗仙力，就这口墨水化作雨泽，以救亢旱，故雨色皆黑。当下人人嗟异，个个欢喜，问了罗公远的姓名，簇拥去见本州太守，具白其事。太守欲酬以金帛，公远笑而不受。太守说道：“天子尊信神仙，君既有如此道术，吾明当引至御前，必蒙敬礼。”公远道：“吾本不喜遨游帝庭，但闻张、叶二仙在京师，吾正欲一识其面，今乘便往见之，无所不可。”于是太守具疏，遣使伴送。公远来至京中，使者将疏章投进，玄宗览疏，即传旨召见。

那日，玄宗坐庆云亭上，看张果与叶法善对弈，内侍引公远入来，将至亭下，玄宗指着张、叶二仙道：“此鄂州送来异人罗公远，二位先生试与一谈。”张、叶二人举目一看，遥见公远体弱容嫩，宛如小孩童将要成冠一般的样儿，都笑道：“孩提之童，有何知识，亦称异人。”公远不慌不忙，行至亭阶之下，玄宗敕免朝拜，命升阶赐坐，因指张、叶二仙师道：“卿识此二人否，此即张果先生、叶法善尊师也。”公远道：“闻名未曾谋面，今日幸得相晤。”张果笑道：“小辈固当不识我。”叶法善道：“安有神仙中人，而不识张果先生者乎？”公远道：“世无不知礼让之神仙，况今二师简傲如此，仆之不相识，亦未足为恨也。”张果大笑说道：“吾且不与子深谈，人人都称子为异人，想必当有异术。吾今姑以极鄙浅之技相试，倘能中窍，自当刮目相待。”便与法善各取棋子几枚，握于手中问道：“试猜我二人手中棋子各几枚。”公远道：“都无一枚。”二人哈哈大笑，即开手来看时，却果一个也不见了。只见罗公远袖中伸出双手，棋子满把的笑说道：“棋子已入吾手中矣，二位老仙翁遇着小辈，直教两手俱空的了。”张、叶二仙师方大惊异，各起身致敬。正是：

学无前后达为先，莫恃高年欺少年。
混沌初分张果老，还同小辈并称仙。

当下玄宗大喜，即赐宴云亭上，给以冠袍，又赐与邸第，尊称为仙师。自此公远常与张、叶二人谈论仙家宗旨，彼此敬服。过了几日，张果、叶法善具疏，坚请还山，道：“罗公远道术殊胜臣辈，留彼在京，足备陛下咨访。臣等出山已久，思归念切，乞赐放还，以遂臣等野性。”玄宗知其归志已决，不便强留，准其暂回家山，有问之处，再候宣召。二人谢恩出京，凡玄宗天子所赐之物及各官员所赠之珍奇，一无所受，二人遂各飘然而去。正是：

闲云野鹤，海阔天空。
来去自由，不受樊笼。

自此之后，在京方士辈，只有罗公远为玄宗所尊信，时常召见，叩问长生不死之方。公远道："长生无方，只要清心寡欲，便可却病延年。"玄宗勉从其说，或时独处一宫，嫔妃不御，后庭宴会比前也略稀疏了。杨妃意中甚不欢喜。时值中秋月明之夜，玄宗不召嫔妃宴集，独自与公远对月闲谈，说起去年上元佳节，曾同张、叶二位仙师腾空远游，甚是奇异，因问："先生亦有此道术否？"公远道："此亦何难之有！陛下昔年曾梦游月宫，却不曾身亲目睹，臣今请陛下亲见月宫之景，可乎？"玄宗大喜。公远即起身，向庭前桂树上折取数枝，用彩线相结，置于庭中，吹口气化做一乘彩舆，请玄宗升舆端坐，又将手中所执如意化做一只大白鹿，驾车而行，往观月殿。时当高力士奉差他往，又有一个得宠的太监，叫做辅璆[①]琳，叩头启奏道："前张、叶二师，奉驾行游，曾多带侍同行，今奴辈愿随驾而往。"罗公远道："月宫非比他处，汝辈何得往观，只我一人护驾足矣！"说罢，即喝一声道："起！"只见那只白鹿驾着彩舆，腾空而起，直入霄汉。公远步于空中，紧紧相随，教玄宗只把双眼望着月，千万不可回顾，亦不可他视。

转瞬间已近月宫，公远扶住车子，玄宗凝眸一望，只见月宫中宫殿重重，门户洞开，遥见里面琼花瑶草，映耀夺目，远胜昔日梦中所见。玄宗道："可入去否？"公远道："陛下虽贵为天子，却还是凡躯，未容遽入，只可在外面观望。"少顷只闻得异香氤氲，一派乐声嘹亮，仔细听之，正是《霓裳羽衣曲》。玄宗听罢，低声问道："世人称美貌女子，必比之月里嫦娥，今嫦娥已在咫尺，可使朕一睹其冶容乎？"公远道："昔穆天子与王母相会，夙有仙缘故也，陛下非此之比，今得至此，瞻仰宫殿，已是奇福，岂可妄生轻亵之念。"言未已，忽见月中门户尽闭，光彩四散，寒风袭人。公远即唤白鹿来驾彩舆，以羽扇障风而行，少顷冉冉有声及地。公远道："陛下几触嫦娥之怒，且喜万安。"玄宗才下车，只见彩舆仍化为桂枝，白鹿亦不见，如意仍在公远手中。玄宗又惊又喜。当下公远告辞回寓。玄宗还独坐呆想，啧啧叹异。那内监辅璆琳，因怪公远不许他同往，便进言道："此幻术惑人，

---

① 璆(qiú)。

何足惊异,愿皇爷切勿轻信。”玄宗道:“就是幻术,亦殊可喜,朕当学其一二,以为娱悦。”辅璆琳便逢迎道:“幻术中惟隐身法可学,皇爷若学得时,便可出入任意,且又可暗察内外人等机密之事。”玄宗喜道:“汝言甚是。”

次日,即召公远入宫,告以欲学隐身法之意。公远道:“隐身法乃仙家借以避俗情缠扰,或遇意外仓卒相逼之事,聊用此法自全耳。陛下以一身为天下之主,正须向阳出治,如《易经》云:‘圣人作而万物睹。’如何必学起隐身法来?”玄宗道:“朕学此法,亦藉以防身耳。”公远道:“陛下尊居万乘,时际太平,车驾所至,百灵呵护,有何不虞,何欲以此法防身耶!陛下若学得此法,定将怀玺入人家,为所不当为,万一更遇术士能破此法者,那时白龙鱼腹,必为豫且所困矣。”玄宗道:“朕学得此法,不过在宫中聊为偶戏,决不轻试于外,幸即相传,望先生万勿吝教。”公远此时,当不过玄宗再三恳求,只得将符咒秘诀,一一传授,并教以学习之法。玄宗大喜,便就宫中如法学习。

及至习熟试演,始则尚露半身,既而全身俱隐,但终不能泯然无迹,或时露一履,或时露冠髻,或时露衣裾,往往被宫人觉见。玄宗立召公远入宫,要他面作此法来看。公远把手向空书符,口中念念有词,即时不见其形,少顷却见他从殿门外入来。玄宗便也学他书空作符,捻诀念咒,却只是隐了身子,露出衣冠。内侍们见了都含着笑。玄宗问道:“同此符咒,如何自我做来,独不能尽善?”公远道:“陛下以凡躯而遽学仙法,安能尽善?”玄宗因演隐身法不灵,致被左右窃笑,已是怀渐无地了,见公远对着众人,说他是凡人之躯,好生不悦,道:“便是神仙,少不得也是凡躯,如何只说朕是凡躯;如何凡躯便学不得仙法?还是传法者不肯尽传其诀耳!”说罢拂衣而入,传命公远且退。自此玄宗心中怀怒。

恰值宰相李林甫因夫人患病垂危,闻得公远常以符药救人危疾,因亲自来求他,救治夫人之病。公远说道:“夫人禄命已尽,不可救疗;况夫人幸得善终于相公之前,生荣死哀,其福过相公十倍矣,何必多求。”李林甫怪其言憨,也心中怀怒,是夜其妻果死。过了一日,秦国夫人忽然患病沉重,杨国忠奉着贵妃之命,来见公远,要求他救治。公远道:“神仙只救得有缘分之人与能修行之人,夫人夙世既无仙缘,今生又无美行,享非分之福,还不自知修省,恶孽且未易忏除,今得命寿终于内寝,较之诸姊妹,已为万幸矣,岂复有方有术可疗?七日之后,名登鬼箓矣!”国忠怒道:“不能相救也罢，何得妄言谤毁？”遂回报杨妃。杨妃大怒，泣奏天子，说道：“罗公远谤毁宫眷，且加咒诅，大不敬上。”李林甫也便乘间奏他妖妄惑众。玄宗已是不悦，况又内外谗言交至，激成十分大怒来了，传旨立即将罗公远斩首西市。公远在寓邸闻命，呵呵大笑，也不肯绑缚，直飞步西市中伸颈就刑，钢刀落处，并无点血，但见一道青气，从头顶中直出，透上重霄。正是：

如罽宾① 国王，斩师子和尚。
是亦善知识，以杀为供养。

玄宗一时恨怒，立即命斩罗公远，旋即自思，他是个有道术之人，何可轻杀，连忙呼内侍快传旨停刑，及到时却已早杀过了。玄宗懊悔不已，命收其尸首，用香木为棺椁成殓。至七日之后，秦国夫人果然病死。玄宗闻讣，不胜嗟悼，赠恤极其丰厚。正是：

三姨如鼎足，秦国命何促？
死或贤于生，寿终还是福。

玄宗因秦国夫人之死，益信公远之言不谬，念念不忘，然而无可如何。因思到张果、叶法善，不知今在何处，遂命辅璆琳往王屋山迎请张果老，他若不肯复来，便往访叶法善，二人之中，必得其一。璆琳奉了圣旨，带着仆从车马，出京赶行，忽闻路人传说：“张果老先生，已死于扬州地方了。”璆琳正在疑信之际，却接得京报，扬州守臣某人上疏，奏张果于本年某月某日，在琼花观中端坐而逝，袖中有谢恩表文一道，其尸身未及收殓，立时腐烂消化。璆琳得了此信，遂不往王屋山去了，只专心访问叶法善居处。有人说曾在蜀中成都府见过他来，辅璆琳即令仆人等，望蜀中道上一路而行。

既入蜀境，山路崎岖，甚是难走得很，忽见山岭上，一个少年道者迤逦而来，口中高声歌唱道：

山路崎岖那可行，仙人往矣纵难迎。
须知死者何曾死，只愁生者难长生。

那道者一头歌，一头走，渐渐行至马前。辅璆琳仔细一看，大吃一看，

---

① 罽(jì)宾——古西域国名，所指地域因时代而异，汉代在今喀布尔河下游及克什米尔一带，隋唐时则在今阿富汗东北一带。

大吃一惊，原来不是别人，却是一个罗公远。辅璆琳连忙下马作揖，问："仙师无恙？"公远笑道："天子尊礼神仙，却如何把贫道恁般相戏；如今张果老先生怕杀，已诈死了；叶尊师也怕杀，远游海外，无处可寻，不如回京去罢。"辅璆琳道："天子方悔前过，伏祈仙师同往京中见驾，以慰圣心。"公远笑道："我去何如天子来，你可不必多言，我有一封书并一信物寄上于天子，你可为我致意。"即刻于袖中取出一封书来，内有垒然一物，外面重重缄题，付与璆琳收了。璆琳道："天子正有言语，欲叩问仙师，还求师驾一往。"公远道："无他言，但能远却宫中女子，更谨防边上女子，自然天下太平。"璆琳私问朝中诸大臣休咎① 何如。公远道："李相恶贯满盈，死期近矣，还有身后之祸。杨相尚有几年顽福，其后可想而知也。"璆琳又问自己将来休咎。公远道："凡人能不贪财，便可无祸患。"说罢，举手作揖而别，腾空而去。

璆琳同从人等无不咄咄称异，想道："叶法善既难寻访，不如回京复奏候旨罢。"主意已定，遂趱程回京。直到宫里，见了玄宗，细细备奏过罗公远之事，把书信呈上。玄宗大为惊诧，拆视其书，却无多语，只有四个大字，下注一行小字，道是：

安莫忘危　　（外有一药物，名曰"蜀当归"，谨附上）

玄宗看了书同药物，沉吟不语。璆琳又密奏公远所云宫中女子、边上女子之说。玄宗想道："他常劝我清心寡欲，可以延年；今言须要远女子，又言安莫忘危，疑即此意；那蜀当归或系延年良药，亦未可知。但公远明明被杀，如何却又在那里？"遂命内侍速启其棺视之，原来棺中一无所有。玄宗嗟叹说道："神仙之幻化如此，朕徒为人所笑耳！"

看官，你道他所言"宫中女子"，明明指是杨妃；其所云"边上女子"，是说安禄山也，以"安"字内有"女"字故耳。"蜀当归"三字，暗藏下哑谜；至于"安莫忘危"，已明说出个"安"字了，玄宗却全不理会。

此时安禄山正兼制范阳、平卢、河东三镇，坐拥重兵，久作大藩，又有宫中线索，势甚骄横。但常自念："当时不拜太子，想太子必然见怪。玄宗年纪渐高，恐一旦宴驾，太子即位，决无好处到我。"因此心志不安，常怀异想。禄山平日所畏忌的，只有一个李林甫，常呼李林甫为十郎，每遇使者

① 休咎（jìn）——善恶，吉凶。

从京师来，必问李十郎有何话说；若闻有称奖他的言语，便大欢喜；若说李丞相寄语安节度，好自检点，即便攒眉嗟叹，坐卧不安。李林甫也时常有书信问候他，书中多能揣知其情，道着他的心事，却又预为布置安放，以此受其笼络，不敢妄有作为。那知林甫自妻亡之后，自己也患病起来。适当辅璆琳回京时，林甫已卧床上不能起来，病中忽闻罗公远未死，这个吃惊非同小可，自说道："我曾劾奏他的，不意他果是一个神仙，杀而不死，今倘来修怨，不比凡人可以防备，却如何解救？自此日夕惊惶恐惧，病势愈重，不几日间呜呼死了。正是：

天子殿前去奸相，阎王台下到凶囚。

可恨那李林甫自居相位，惟有媚事左右，迎合上意，以固其宠，杜绝言路，掩蔽耳目，以成其奸；妒贤嫉能，排抑胜己，以保其位；屡起大狱，诛逐贤臣，以张其威，自东宫以下，畏之侧目。为相一十九年，养成天下之乱，玄宗到底不知其奸恶，闻其身死，甚为叹悼。太子在东宫，闻林甫已死，叹道："吾今日卧始贴席矣！"杨国忠本极恨李林甫，只因他甚得君宠，难与争权，积恨已久，今乘其死，复要寻事泄忿，乃劾奏林甫生前多蓄死士[①]于私第，托言出入防卫，其实阴谋不轨；又道他屡次谋陷东宫，动摇国本，其心叵测，又讽朝臣交章追劾他许多罪款。杨妃因怪他挟制安禄山，也于玄宗面前说他多少奸恶之处。玄宗此时，方才省悟，下诏暴其恶逆之状，颁贴天下，追削官爵，剖其棺，籍其家产；其子侍郎李岫，亦即革职，永不复用。果然应了罗公远所言这身后之祸。正是：

生作权奸种祸殃，那知死后受摧戕。

非因为国持公论，各快私心借宪章。

李林甫死后，杨国忠兼左右相，独掌朝权，擅作威福，内外文武各官，莫不振畏，惟有安禄山不肯相下，他只因李林甫狡猾胜于己，故心怀畏忌；那杨国忠是平日所相狎，一向藐视他的，今虽专权用事，禄山全不在意，四处藩镇，都遣人齐礼往贺，独禄山不贺。杨国忠大怒，密奏玄宗道："安禄山本系番人，今雄据三大镇，殊非所宜，当有防之。"玄宗不以为然，国忠乃厚结陇西节度使哥舒翰，要与他并力排挤安禄山。时陇右富庶甲天下，自安远门西尽唐境，凡一万二千余里，闾阎相望，桑麻遍野，国忠奏言，此皆

---

① 死士——可为主人捐躯舍命的勇武之人。

节度使哥舒翰抚循调度之功，宜加优擢，诏以哥舒翰兼河西节度使，抚制两镇。禄山闻知，明知得是国忠藉为党援，愈加不乐，常于醉后对人前将国忠谩骂。国忠微闻其语，一发恼恨，又密奏玄宗说："安禄山向同李林甫狼狈为奸，今林甫死后，罪状昭著，安禄山心不自安，目前必有异谋。陛下若不肯信，诏遣使往召之，彼必不奉诏，便可察其心矣。"

玄宗唯唯而起，退入宫中，沉吟不决。杨妃问："陛下有何事情，萦于心中？"玄宗道："汝兄国忠，屡奏安禄山必反，我未之深信。今劝朕遣使往召之，若他不来，其意可知，便当问罪。我意此儿受我厚恩，未必相负于我，故心中筹划未定。"杨妃着恐道："吾兄何遽疑禄山必反耶！彼既如此怀疑，陛下当如其所奏，遣一内侍往召安禄山；若禄山肯来，妾兄同陛下便可释疑矣。"玄宗依其言，即作手敕，遣辅璆琳齐赴范阳召安禄山入朝见驾。辅璆琳领了敕命，，正将起行，杨妃私以金帛赐之，付手书一封密谕道："此书可密致禄山，教他闻召即来，凡事有我在此从中周旋，包管他有益无损，切勿迟回观望，致启天子之疑。"璆琳一一领命，星夜不息，来至范阳。

禄山拜迎敕谕。辅璆琳当堂宣读道：

皇帝手敕东平郡王范阳、平卢、河东节度使安禄山：卿昔事朕左右，欢叙如家人，乃者远镇外藩，遂尔睽隔。朕甚念卿，意卿亦必念朕，顾卿即相念，非征召何缘入见？兹于敕到，即可赴阙，暂来即反，无以跋涉为劳，朕亦欲面询边庭事也。见谕速赴来京，毋怠。

安禄山接过手敕，设宴款待天使，问道："天子召我何意？"璆琳道："天子不过相念之深耳！"禄山沉吟道："杨相有所言否？"璆琳道："相召是天子意，非宰相意也。"禄山笑道："天子意即宰相意也。"璆琳屏退左右，密致杨妃手书并述其所言，禄山方才喜，即日起马，星驰到京，入朝面圣。玄宗大喜道："人言汝未必肯来，独朕信汝必至，今果然也。"遂命行家人礼，赐宴于内殿。禄山涕泣道："臣本番人，蒙陛下宠擢至此，粉身莫报。奈为杨国忠所嫉忌，臣死无日矣！"玄宗抚慰说道："有朕在，汝可无虑也。"是夜留宿内庭。

次日，入见杨妃，赐宴宫中，深情畅叙。禄山道："儿非不恋，但势不可久留，明日便须辞行。"杨妃道："吾亦不敢留你，明日辞朝后速走勿迟。"禄山点头会意。次日奏称边政重任，不敢旷职，告辞回镇。玄宗准奏，亲解御衣赐之，禄山涕泣拜受，即日辞朝谢恩。随行之时，走马至杨国忠府第，匆匆一见，即刻星飞出京，昼夜兼行，不日到镇。他恐国忠请奏留之，故此急急回任。自此玄宗愈加亲信，人有首告禄山欲反者，玄宗命将此人缚送范阳，听其究治，由是人无敢言者。

禄山自此益无忌惮，因想："三镇之中，守把各险要处的将士，都是汉人；我他日若有举动，此辈必不为我所用，不如以番将代之为妙。"遂上疏奏称，边庭险要之处，非武健过人者，不能守御；汉将柔弱，不若番将骁勇，请以番将三十一人，代守边汉将。疏上，同平章事韦见素进言说道："禄山久有异志，今上此疏，反状明矣，其所请必不可许。"玄宗不悦，说道："向者边政俱用文臣，渐至武备废弛；今改用番人为节度，边庭壁垒一新，即此看来，安见番人不可以代汉将？禄山为国家计，欲慎固封守，故有此请，卿等何得动言其反？"遂不听韦见素之言，即就批旨："依卿所请奏，三镇各险要处，都用番将戍守；其旧戍汉将，调内地别用。"自此番人据险，禄山愈得其势，边事不可问矣。正是：

番人使为汉地守，汉地将为番人有。
君王偏独信奸谋，枉却朝臣言苦口。

未知后事如何，且听下回分解。

第八十六回

长生殿半夜私盟　勤政楼通宵欢宴

词曰：

恩深爱深，情真意真。巧乘七夕私盟，有双星证明。　　时平世平，赏心快心。楼存勤政虚名，奈君王倦勤。

——右调《醉太平》

却说佛氏之教，最重誓愿。若是那人发一愿，立一誓，冥冥之中，便有神鬼证明，今生来世必要如其所言而后止。说便是这等说，也须看他所发之愿，合理不合理，可从不可从；难道那不合理、不可从的誓愿，也必如其所言不成？大抵人生誓愿，唯于男女之间最多。然山盟海誓，都因幽期密约而起，其间亦有正有不正，有变有不变。至若身为天子，六宫妃嫔以时进御，堂堂正正，用不着私期密约，又何须海誓山盟？惟有那耽于色、溺于爱的，把三千宠幸萃于一人，于是今生之乐未已，又誓愿结来生之欢，殊不知目前相聚还是因前生之节义，了宿世之情缘，何得于今生又起妄想。且既心惑于女宠，宜乎惟妇言是用，以奢侈相尚，以风流相赏，置国家安危于不理，天下将纷纷多事，却还只道时平世泰，极图娱乐，亦何异于处堂之燕雀乎？

且说玄宗听信安禄山之言，将三镇险要之处，尽改用番人戍守，韦见素进谏不从。一日，韦见素与杨国忠同在上前，高力士侍立于侧。玄宗道：“朕春秋渐高，颇倦于政，今以朝事付之宰相，以边事付之将帅，亦复何忧？”高力士奏道：“诚如圣谕，但闻南诏反叛，屡致丧师；又边将拥兵太盛，朝廷必须有以制之，方能无有后患。”玄宗说道：“汝且勿言，宰相当自有调度。”原来那南诏，即今云南地方，南蛮人称其王为“诏”，本来共有六诏，其中有名蒙舍诏者，地在极南，故曰南诏。五诏俱微弱，南诏独强，其王皮逻阁行贿于边臣，请合南地六诏为一。朝廷许之，赐名归义，封之为云南王，后竟自恃强大，举兵反叛。剑南节度使鲜于仲通率兵与战，被他杀败，兵卒死者甚多。杨国忠与鲜于仲通有旧好，掩其败状，仍叙其功；后又命剑南留守李密,引兵七万讨之,复被杀败,全军覆没。国忠又隐其败,转以捷闻,更发大兵前往征讨,前后死者,不计其数,人莫有敢言者。高力士偶然言及,国忠连忙掩饰道:“南蛮背叛,王师征讨,自然平定,无烦圣虑。至若边将拥兵太盛,力士所言是也。即如安禄山坐制三大镇,兵强势横,大有异志,不可不慎防之。”玄宗闻其言,沉吟不语。韦见素奏道:“臣有一策,可潜消安禄山之异志。”玄宗问道:“是有何策?”韦见素道:“今若内擢安禄山为平章事,召之入朝,而别以三大臣为范阳、平卢、河东三镇,则安禄山之兵权既释,而奸谋自沮矣。”杨国忠道:“此策甚善,愿陛下从之。”玄宗口虽应诺,意犹未决。

当日朝退回宫,把这一席话说与杨妃知道。杨妃意中虽极欲禄山入朝,再与相叙,却恐怕到了京师,未免为国忠所谋害,乃密启奏玄宗道:“安禄山未有反形,为何外臣都说他要反?他方今握重兵在外,无故频频征召,适足启其疑怀,不如先遣一中使往觇① 之,若果有可疑之处,然后召之,看他如何便了。”玄宗依其言,即遣内侍辅璆琳,齐极美果品数种,往赐安禄山,潜察其举动。璆琳当奉玄宗之命,直至范阳。

禄山早已得了宫中消息,知其来意,遂厚款璆琳,又将金帛宝玩送与璆琳,托他好为周旋。璆琳受了贿赂,一力应承,星辰回来复旨,极言安禄山在边,忠诚为国,并无二心。玄宗听说,信以为然,乃召杨国忠人宫,面谕道:“国家待安禄山极厚,安禄山亦必能尽忠报国,决不敢于相负,朕可自保其无他,卿等不必多疑。”国忠不敢争论,只得唯唯而退。正是:

奸徒得奥援②,贿赂已通神。
莫漫愁边事,君王作保人。

自此玄宗竟以边境无事,安意肆志,且又自计年已渐老,正须及时行乐,逐日夕与嫔妃内侍及梨园子弟们征歌逐舞,十分快活。杨妃与韩国夫人、虢国夫人辈,愈加骄奢淫佚。华清宫中,更置香汤泉一十六所,俱极精雅,以备嫔妃侍女们不时洗浴。其奉御浴池,俱用文瑶宝石砌成,中有玉莲温泉,以水文木雕刻凫雁鸳鹭等水禽之形,缝以锦绣,浮于泉水之上,以为戏玩。每至天暖之时,酒阑之后,池中温暖,玄宗与杨妃各穿单袷短衣,

---

① 觇(chān)——看,窥察。

② 奥援——暗中撑腰的人或势力。

乘小舟游荡于水中，游至幽隐之处，或正炙热难堪，即令宫人扶杨妃到处就浴。玄宗亲把绣巾为杨妃拭体。每自宫眷浴罢之后，池中水退出御沟，其中遗珠残珥，流过街渠，路人时有所获，其奢靡如此。杨妃因身体颇丰，性最怕热，每当夏日，止衣轻绡，使侍儿交扇鼓风，犹挥汗不止。却又奇怪得很，他身上出的汗，比人大不相同，红腻而多香，拭抹于巾帕之上，色如桃花，真正天生尤物，绝不犹人，又因有肺渴之疾，常含一玉鱼儿于口中，取凉津润肺。一日偶患齿痛，玉鱼儿也含不得，于是手托香腮，闷闷的闲坐窗前。玄宗看了愈见其妩媚，可怜可爱，乃以手抚揉其背，又双手捧其颊说道："为朕的恨不能为妃子分痛也！"后人有画杨妃齿痛图者，冯海粟题其上云：

华清宫一齿动，马嵬坡一身痛。渔阳鼙鼓[①] 动地来，天下痛。

天宝十载之夏，玄宗与杨妃避暑于骊山宫。那宫中有一殿，名曰长生殿，极高爽凉快。其年七月七日夜，乞巧之夕，天气正当炎热，玄宗坐于长生殿中纳凉，杨妃陪着同坐，直至二更以后，方才入寝室中同卧，宫女亦都散去歇息。杨妃苦热，睡不安稳，乃拉着玄宗起来，再同出庭前乘凉，更不呼唤宫娥侍女们伏侍。

二人坐到更深，天热未卧，手挥轻扇，仰看星斗。此时万籁无声，夜景清幽，坐了一回，渐觉凉爽，玄宗一手摇扇，一手摩弄杨妃双乳，低声密语道："今夜牛女二星相会，未知其乐何如？"杨妃道："鹊桥渡河之说，未知果有此事否；若果有之，天上之乐，自然不比人间。"玄宗笑道："若论他会少离多，倒不如我和你日夕欢聚。"杨妃说道："人间欢聚，终有散场，怎如天上双星，永久成配。"说罢不觉怆然嗟叹。玄宗感动情怀，把杨妃搂住，脸贴着脸的说道："你我恁般恩爱，岂忍相离；今就星光之下，你我二人密相誓愿，心中但愿生生世世，长为夫妇。"杨妃贵听了玄宗之说，点头道："阿环同此誓言，双星为证。"玄宗听了此说，不觉大喜之极。两个又勾肩叠股的坐了半晌，然后相搂相抱，同入罗帏，作阳台之梦。后来白居易《长恨歌》中，曾咏及此事，有句云：

七月七日长生殿，夜半无人私语时。
在天愿作比翼鸟，在地愿为连理枝。

---

① 鼙(pí)鼓——古代军中所击的小鼓。

后人有诗讥刺玄宗，溺宠偏爱，私心妄想，道是：

皇后无端遭废斥，今生夫妇且乖张。
如何妃子偏承宠，来世还期莫散场。

又有诗讥笑杨贵妃云：

长生私语长成恨，空自盟心牛女前。
若与三郎永配合，禄山密约岂无缘？

且说玄宗自此把杨妃更加恩爱。是年秋九月，蓬莱宫中那柑橘结实。这种柑橘，是开元年间江陵进贡来的，味极甘美。玄宗命将数枚种于蓬莱宫中，一向只开花不结实，还有时连花也不开，那年忽然结实二百余颗，与江南及蜀中进贡者毫无异味。玄宗欣喜，亲自临视，命摘来颁赐各朝臣。杨国忠率众官上表，俯伏金阶之下称贺，其表略云：

伏以自天所育者，不能改有常之质；旷古所无者，乃可谓非常之祥。橘柚所植，南北异名，惟陛下元风真纪，六合为一家。雨露攸均，混天区而齐被；草木有性，凭地气以潜通。故兹江外之珍果，结成禁中之佳实。绿蒂含霜，芳流绮殿；金衣烂日，色丽彤庭。欣荷宠颁，惭无辅报。臣等欣瞻之至，不胜景仰之诚，谨上表以闻。

玄宗览表大悦，温旨批答。那柑橘中，却有一个是合欢的，左右进上。玄宗见了，愈加欢喜，与杨妃互相把玩。玄宗说道："此果早知人意，我与妃子同心一体，所以结此合欢之实。我二人可共食之，以应其祥。"乃促其坐同剖，交口而食。因命画工写《合欢柑橘图》，传之于后世。杨国忠于此又复献谀词，以为此乃非常之祥瑞，陛下宜颁酺称庆。正是：

屈轶曾生黄帝时，草能指佞最称奇。
唐家柑橘成何用？翻使谀臣进佞词。

玄宗听了杨国忠谀佞之言，遂降旨以宫中有珍果之祥，赐民大酺。于是选择吉日，率嫔妃及诸王辈御勤政楼，大张声乐，陈设百戏，听人纵观，与民同乐。京城内百姓中，士民男女，拥集楼前，好不热闹。教坊女人，有一个王大娘者，其技能为舞竿，将一丈八尺长的一根大竹竿，捧置头顶，竿儿上缀着一坐木山，为瀛洲方丈之状，使一小儿手扶绛节，出入其间，口中歌唱，王大娘头顶着竿，旋舞不辍，却正与那小儿的歌声节奏相应。玄宗与嫔妃诸王等看了，俱啧啧称奇。时有神童刘宴，年方九岁，聪颖过人，因朝臣举荐登朝，官为秘书省正字。是日玄宗召于楼中侍宴，命王大娘舞竿，因命刘宴咏王大娘舞竿的诗一首。刘宴应声即吟道：

楼前百戏兢争新，惟有长竿妙入神。

谁道绮罗偏有力，犹嫌轻便更着人。

玄宗同嫔御及诸王见刘宴吟诗敏捷，词中又有隐带诙谑之意，都欢喜赞叹。杨贵妃抱他坐于膝上，亲为之梳发，梳罢，玄宗招之近前，亲执其手戏问道："汝以童年，官为正字，未知正得几字？"刘宴应口说道："诸字都正，只有一个朋字未正。"这句话分明说那些一班朝臣，各位朋党，难于救正，恰好合着"朋"字形体，偏而不正之意。玄宗闻其言，连声称善，顾左右道："此儿非特聪慧，且识力异人，将来居官任事，必有可观者焉！"众人俱称朝廷得佳士。玄宗大喜，即命以牙笏锦袍赐之，说道："朕知汝他年必能自立，必不傍人门户也。"后人有诗云：

同道为朋何有党，止因邪正两途分。

漫言朋字终难正，欲正臣时先正君。

是日欢宴至晚夕，楼上挂起花灯，各样名色不同，光彩炫目。玄宗正与众官赏玩间，只听得楼前人声鼎沸，也有嬉笑的，也有争嚷的，也有你呼我应的，声音极其嘈杂。玄宗问是何故，内侍众人启奏，说楼下百姓争看花灯，拥挤喧哗，呵斥不止，伏候圣裁。玄宗道："可着该管官严饬禁约，再着卫士振威弹压；如再不止，拿几个责治示众便了。"刘宴忙奏道："人聚已众，不可轻责；况陛下与民同乐，许其众看，如何又加责治。以臣愚见，莫如使梨园乐工当楼奏技，传谕众人静听，无令喧哗，彼百姓喜于闻所未闻，则人声自息矣。"玄宗点头道："此言极善。"遂命内侍先传圣旨，晓谕众人，随后命梨园众子弟，一个个的锦衣花帽，手执乐器，出至楼头，齐齐整整的都站立于花灯之下。众人拥着观望，那欢笑之声虽未即止，然不似从前的喧闹了。高力士奏道："众乐人之中，惟李謩的羌笛尤为擅名，是乃众人之所最为喜听，宜令其先清吹一曲，以息众喧。"玄宗依其所奏，传命李謩先独自当楼吹笛。李謩领旨，当楼面前向下把手一指，高声说道："我李謩奉圣旨先自吹笛，与你们众人听听；你们若果知音，须静听者。"说罢，双手按着一枝紫纹云梦竹的笛儿，嘹嘹呖呖的吹将起来了。这一曲笛儿，真吹得响彻云霄，鸾翔鹤舞，楼下万万千千的人，都定睛侧耳，寂然无声。玄宗大喜。正是：

莫道喧哗难禁止，一声可息万千声。

你道李謩的那笛，如何恁般入妙？盖缘玄宗洞晓音律，丝竹管弦，无不各尽其妙。有时自制曲调，随意即成，清浊疾徐，回环转变，自合节奏。于诸乐器中，独不喜琴声，闻人鼓琴，便欲别奏他乐以洗耳，谓之解秽。其所最爱者，羯鼓与笛，以此为八音之领袖，为诸乐之所不可少。每当宫中私宴，梨园奏曲，玄宗或亲自击鼓，或吹玉笛以和之。杨妃亦善吹玉笛。

先是天宝初年，尝遇二月初旬，晨起巾栉方毕，时值宿雨初晴，景色明丽，内殿庭中，柳杏将芽。玄宗闲坐四顾，咄嗟而起道："对此景物，岂可不与他判断？"遂命杨妃先吹起玉笛一遍，随后亲目临轩，击羯鼓一通，其名曰《春光好》，亦是玄宗自制的雅调。鼓音才歇，回顾庭前柳杏都已叶舒花放，天颜大喜，指向众嫔妃看了笑道："此一事可不唤我作天工耶！"众皆顿首，口称万岁。

又一日，玄宗昼寝于玉清宫中，忽梦有仙女数人，从空而降，容貌俱极美丽，手中各执一乐器，向着玄宗舞吹了一回，声音之绝妙异常，其中笛声尤为佳妙。仙女道："此乃神仙之乐，名曰《紫云回》。陛下既深通音律，可传授了去。"玄宗醒来，音乐犹然在耳，遂自吹玉笛习之，尽得其节奏。过了两三日，偶乘月明之夜，与高力士改换了衣服，出宫微行游戏，走过了几处街坊，回走至宫墙外一座大桥之上，立着看月，忽闻远远的地方儿有笛声嘹亮，仔细听之，却正是《紫云回》的声调。玄宗惊讶道："吾梦中所传授，亲自谱就的新翻妙曲，并未曾传授他人，何故外间亦有此调？"大为可怪，遂密谕高力士道："明日可与我查访那个吹笛的人，不要惊吓了他，好好的引来见我。"高力士领旨，至次日早晨，带着从人，依昨夜笛声所在，挨户查过，有人说："此间有个姓李的少年，最善吹笛，昨夜吹笛的就是他。"力士着人引至李家，以天子之命，召那少年入宫见驾。玄宗问他："昨夜所吹的笛曲，从何处得来？"那少年奏道："臣姓李名謩，自幼性好吹笛，因精于其技。前两三夜，偶于宫墙外大桥上步月，闻得宫中的笛声，细听节奏，极其新异，非复人间所有，因用心暗记，以爪指书谱，回家即依调试吹之，愈知其妙。昨夜便自演习，不料有污圣耳，臣该万死，望陛下恕之。"玄宗喜其聪智知音，遂命为押班梨园之长，时常得供奉左右。此正《连昌宫词》所云：

李謩压笛傍宫墙，偷得新翻数般曲。

自此李謩更得尽传内府新声，其技愈加精妙。当夜在勤政楼头奏技，万民乐闻，天子称赏。笛声既毕，众乐齐作，继以清歌妙舞，楼下众人都静观寂听，更无喧闹。玄宗直欢宴到晓钟初鸣起来，方才罢散。正是：

俱向楼头勤取乐，何尝肯把政来勤。

未知后事何如，且听下回分解。

第八十七回

雪衣女诵经得度　赤心儿欺主作威

词曰：

死生有命不相饶，禽鸟也难逃。还仗慈悲佛力，顿教脱去皮毛。

笑他养子飞扬跋扈，恶胜鸱鸮。向道赤心满腹，而今渐觉蹊跷。

——右调《朝中措》

圣人云：死生有命，富贵在天。此不但人之死生有命，即一物之微，其死生亦有命存焉。人当死期将至，往往先有个预兆。以此推之，一切众生，凡有情有识之物，当其将死，亦必先有预兆，人虽不知之，彼必自惊觉，但口不能言耳。大抵死生有定限，凡事既不能与命争，则生寄死归，听其自然，惟须稍种福因，以作后果可也。至于富贵为人所同欲，却又不是人力所可强求；若说大富大贵，固主之在于天，就是一命之荣，一钱之获，亦无非天意主之，天者理而已矣。可笑那无理之人，作非理之想，为非理之事，如图非理之富贵，却不自思现在所享之富贵，已属非分，如何还要逆天而行，欺君背德，肆志作威，此真获罪于天，后祸不小。

且说玄宗御勤政楼，赐民大酺，通宵宴乐，自以为天下太平，天下休祥无事。杨国忠总理朝政，一味逢君欺君，招权纳贿。这些贪位慕禄趋炎附势之徒，奔走其门如市。只有个陕郡进士张彖，在京候选，见此光景，慨然叹息道："此辈倚杨右相如泰山，以我视之，乃冰山耳。皎日一出，附之者即失所恃矣！吾褰[①] 裳避之，犹恐波及其身，何可与同事耶！"遂绝意仕进，即日出京，隐居嵩山去了。

那时有识者，都知天下将乱。玄宗却自恃承平，安然无虑，惟日夕在宫中取乐。杨妃亦愈加骄纵，内庭掌管贵妃位下，织锦刺绣及雕镂器物者数百人，以供其贺生辰庆时节之用。玄宗又常遣中使，往各处采办新奇可喜之物进奉。各处地方官，有以奇巧珍玩衣物等物贡献贵妃者，俱得不次

---

① 褰(qiān)——撩起。

升迁。玄宗游幸各处，多与杨妃同车并辇而行。杨妃平常不喜坐舆，欲试乘马，因命御马监选择好马，调养得极纯良，以备妃子坐骑，每当上马时，众宫娥侍女扶策而上，高力士执辔授鞭，内宫女侍者数十人前后拥护。杨妃倩妆紧束，窄袖轻衫，垂鞭缓走，媚态动人。玄宗亦自乘马，或前或后，扬鞭驰骋，以为快乐。杨妃见了笑道："妾舍车从骑，初次学乘，怎及陛下常事游猎，鞍马娴熟，驰逐之际，固当让着先鞭。"玄宗戏道："只看骑马，我胜于你，可知风流阵上，你终须让我一等。"杨妃也戏说道："此所谓老当益壮。"说罢，二人相顾，皆大笑不止。后人有诗云：

虢国朝天走马来，蛾眉淡扫见骄才。

今看肥婢骄乘马，预兆他年到马嵬。

自此宫中饮宴，即创为风流阵之戏。你知道如何作戏？玄宗与杨妃酒酣之后，使杨妃统率宫女百余人，玄宗自己统率小内侍百余人，于掖庭之中排下两个阵势，以绣帏锦被张为旗旌，鸣小锣，击小鼓，两下各持短画竹竿，嬉笑呐喊，互相戏斗，若宫女胜了，罚小内侍各饮酒一大觥，要玄宗先饮；若内侍们胜了，罚宫女们齐声唱歌，要杨妃自弹琵琶和曲。此戏即名之曰风流阵。时人以为宫中之游戏，忽一变为战争之状，乃不祥之兆，有诗云：

宫人学作战场人，阵号风流乐事新。

他日渔阳鞞鼓动，堪嗟嬉戏竟成真。

一日风流阵上，宫女战胜了，杨妃命照例罚内侍们二斗酒，将金斗奉于玄宗先饮。玄宗亦将金杯赐与杨妃说道："妃子也须陪饮一杯。"杨妃道："妾本不该饮，既蒙恩赐，请以此杯与陛下掷骰子赌色；若陛下色胜于妾，妾方可饮。"玄宗笑而许之，高力士便把色盆骰子进上。玄宗与杨妃各掷了两掷，未有胜负，至第三掷，杨妃已占胜色，玄宗将次输了，惟得重四，可以转败为胜。于是再赌赛一掷，一头掷，一头吆喝道："要重四。"只见那骰儿辗转良久，恰好滚成重四双双。玄宗大喜笑向杨妃道："朕呼卢① 之技如何？你可该饮酒么？"杨妃举杯说道："陛下洪福齐天，妾虽不胜杯斝，何敢不饮。"玄宗道："朕得色，卿得酒，福与共之。"杨妃拜谢立饮，口称万岁。玄宗回顾高力士说道："此重四殊合人意，可赐之以绯。"当时高力士

① 呼卢——赌博。卢，赌具中的一种颜色。

领旨，便将骰子第四色都用些胭脂点染，如今骰子上红四自此始。正是：

骰子亦蒙赐绯，可谓泽及枯骨。

如以赤心相托，君恩至今不没。

当日玄宗因掷骰得胜，心中甚为欣喜，同杨妃连饮了几杯，不觉酣醉，乘着醉兴，再把骰子来掷。收放之间，滚落一个于地，高力士忙跪而拾之。玄宗见高力士趴在地下拾骰子，便戏将骰子盆儿摆在他背上，扯着杨妃席地而坐，就在他背上掷骰。两个一递一掷，你呼六，我喝四，掷个不停。高力士双膝跪地，双手撑地，一动不也不敢转动，正好吃力，只听得屋梁上边，咿咿哑哑说话之声道："皇爷与娘娘只顾要掷四掷六，也让高力士起来掷掷么。"这"掷掷么"三字，正隐着说"直直腰"。玄宗与杨妃听了，俱大笑而起，命内侍收过了骰盆，拉了高力士起来，力士叩头而退。玄宗与杨妃亦便同入寝宫去了。

看官，你道那梁间说话的是谁？原来是那能言的白鹦鹉。这鹦鹉还是安禄山初次入宫，谒见杨妃之时所献，畜养宫中已久，极其驯扰，不加羁绊，听其飞止，他总不离杨妃左右，最能言语，善解人心，聪慧异常，杨妃爱之如宝，呼为"雪衣女"。一日飞至杨妃妆台前说道："雪衣女昨夜梦兆不祥，梦已身为鸷鸟所逼，恐命数有限，不能常侍娘娘左右了。"说罢惨然不乐。杨妃道："梦兆不能凭信，不必疑虑，你若心怀不安，可将《般若心经》时常念诵，自然福至灾消。"鹦鹉道："如此甚妙，愿娘娘指教则个。"杨妃便命女侍炉内添香，亲自捧出平日那手书的《心经》来，合掌念诵了两遍。鹦鹉在旁谛听，便都记得明白，朗朗的念将出来，一字不差。杨妃大喜。自此之后，那鹦鹉随处随时念《心经》，或朗声念诵，或闭目无声默诵，如此两三个月。

一日，玄宗与杨妃游于后苑，玄宗戏将弹弓弹鹊，杨妃闲坐于望远楼上观看，鹦鹉也飞上来，立于楼窗横槛之上。忽有个供奉游猎的内侍，拿着一只青鹞从楼下过，那鹞儿瞥见鹦鹉，即腾地飞起，望着楼槛上便扑。鹦鹉大惊叫道："不好了！"急飞入楼中，亏得有一个执拂的宫女，将拂子尽力一拂，恰正拂着了鹞儿的眼，方才回身展翅，飞落楼下。杨妃急看鹦鹉时，已闷绝于地下，半晌方醒转来。杨妃忙抚慰之道："雪衣女，你受惊了。"鹦鹉回说道："恶梦已应，惊得心胆俱碎，谅必不能复生，幸免为他所啖，想是诵经之力不小。"于是紧闭双目，不食不语，只闻喉间喃喃呐呐的念诵《心经》。杨妃时时省视。三日之后,鹦鹉忽张目向杨妃娘娘说道:"雪衣女全仗诵经之力,幸得脱去皮毛,往生净土矣。娘娘幸自爱。"言讫,长鸣数声,耸身向着西方,瞑目战翼,端立而死。正是:

人物原皆有佛性,人偏昧昧物了了。

鹦鹉能言更能悟,何可人而不如鸟。

鹦鹉既死,杨妃十分嗟悼,命内侍殓以银器,葬于后苑,名为鹦鹉冢,又亲自持诵《心经》一百卷,资其冥福。玄宗闻之,亦叹息不已,因命将宫中所畜的能言鹦鹉,共有几十笼,尽数都取出来,问道:"你等众鸟,颇自思乡否?吾今日开笼,放你们回去何如?"众鹦鹉齐声都呼万岁。玄宗即遣内侍持笼,送至广南山中,一齐放之,不在话下。

且说杨妃思念雪衣女,时时堕泪。他这一副泪容,愈觉嫣然可爱。因此宫中嫔妃侍女之辈俱欲效之,梳妆已毕,轻施素粉于两颊,号为泪妆,以此互相炫美。识者已早知其为不祥之兆矣。有诗云:

无泪佯为泪两行,总然妩媚亦非祥。

马嵬他日悲凄态,可是描来作泪妆?

杨妃平日爱这雪衣女,虽是那鹦鹉可爱可喜,然亦因是安禄山所献,有爱屋及乌之意。在今日悲念,亦是感物思人。那安禄山在范阳,也常想着杨妃与虢国夫人辈,奈为杨国忠所忌,难续旧好。他想若非夺国篡位,怎能再与欢聚,因此日夜思欲提兵造反,只为玄宗待之甚厚,要俟其晏驾,方才起事。叵耐那国忠时时寻事来撩拨他,意欲激他反了,正欲以实己之言。于是安禄山也生了一个事端来,撩拨朝廷,遂上一章疏来,请献马于朝廷。其疏上略云:

臣安禄山承乏边庭,所属地方,多产良马。臣今选得上等骏骑三千余匹愿以贡献朝廷。臣虽不如昔日王毛仲之牧马蕃庶,然以此上充天厩,他年或大驾东封西狩,亦足稍壮万乘观瞻。计每马一匹,用执鞍军人二名,臣更遣番将二十四员部送,俟择吉日,即便起行。伏乞敕下经历地方,各该官吏,预备军粮马草供应,庶不致临期缺误,谨先以表奏闻。

安禄山此疏,明明是托言献马,谋动干戈,要乘机侵据地方,且看朝廷如何发付他。当下玄宗览疏,也沉吟道:"禄山献马,固是美事;只却如何要这许多军将遣送?"因将此疏付中书省议复。杨国忠次日入奏道:"边臣献马于朝廷,亦是常事中。今禄山固意要多遣军将部送三千匹,而执鞭随送者,反有六千人,那二十四员番将,又必各有跟随的番汉军士,共计当有万余人,行动与攻城夺地者何异!其心叵测,不可轻信,当降严旨切责,破其狡谋。"玄宗道:"彼以贡献为请,无所开罪。即云部送多人,亦未必便有异志,何可遽加切责?只须谕令减省人役罢了。"国忠道:"彼名贡献,为本实欲叛逆耳;若非严旨切责,说破他不轨之谋,彼将以为朝廷无人。"玄宗道:"事勿急遽,朕当更思之。"国忠怏怏而退。

玄宗正在犹豫时,有河南尹达奚珣,即达奚盈盈的宗族,他因阅邸报,见了安禄山请献马之疏,大为惊异,即飞章密奏道:"安禄山表请献马,而欲多遣部送军将,事有可疑,乞以温言谕止之。"

玄宗看了达奚珣的密疏,还沉吟未决。是日,燕坐于便殿,高力士侍立于殿陛下,玄宗呼之近前,对他说道:"朕之待安禄山,可谓至厚,彼既受我厚恩,当必不相负。今表请献马于朝,虽欲多遣军将部送,谅亦无他意。而外臣多疑之,杨国忠至欲请严旨切责,朕意不以为然,前者朕曾遣辅璆琳到彼窥察,回奏说道他是忠诚爱国,并无二心,难道如今便忽然改变了不成?"原来辅璆琳平日恃宠专恣,与高力士不睦,因此高力士便乘间叩头奏说道:"人心难测,陛下亦不可过信其无他。以老奴所耳闻,辅璆琳两番奉使差到范阳,多曾私受安禄山贿赂,故此饰词复旨,其所言未可信也。"玄宗听说惊讶道:"有这等事!辅璆琳受贿,汝何以知之?"高力士奏:"老奴向已微闻其事,而未敢深信,近因璆琳奉差采办回来,老奴往候之,值其方浴,坐待其出,因于其书斋案头上,见有安禄山私书一封,书中细询朝中举动与宫中近事;又托他每事须曲为周旋遮饰,又须每事密先报知。那时老奴方窃窥未完,璆琳遽出,连忙取来藏过。据此看来,他内外交结贿赂,故此相通,信有其事矣。老奴正欲将此事上闻,适蒙上谕,敢此启知。"玄宗大怒道:"辅璆琳这个恶奴,我以何等之事相托,乃敢大胆受贿欺主,好生可恨!"遂传旨立唤辅璆琳来面讯;又即着高力士率羽林官校至其第中,搜取私书物件。不一时,璆琳唤到,其所有的私书与所受的贿赂都被搜出,上呈御览。原来璆琳与禄山往来的私书甚多。高力士检看其中有关涉杨妃说话的即行销毁去了,因此宫中私情之事幸未有败露。当下玄宗怒甚,欲重处辅璆琳立死,高力士密启奏道:"皇爷即欲加罪璆琳,就于内庭立时扑杀,须托言他事以惩之,且请陛下万勿发露通私信之事及受贿之举动,不然恐有激变。"玄宗点头道是,速命将璆琳正法。只说因采办不奉旨赐死。可笑那辅璆琳因贪贿赂,丧了性命。当初罗公远仙师,原是曾对他说来,莫贪贿,自然免祸,彼自不能悟耳。正是:

不贪乃为实,有贿必焚身。

忘却仙师语,时时与祸邻。

玄宗平日认定安禄山是个满腹赤心的好人,今见他贿结辅璆琳,去探朝廷与宫闱之事,方才有些疑心起来。杨妃也不能复为之解,惟有暗地咨嗟叹息罢了。玄宗依着达奚珣所奏,温言谕止禄山献马,遣中使冯神威,赍手诏往谕之。其略云:

览卿表献马于朝廷,具见忠悃,朕甚嘉悦。但马行须冬日为便,今方秋初,正田稻将成,农务未毕之时,且勿行动。俟至冬日,官自给夫,部送来京,无烦本军跋涉,特此谕知。

冯神威赍了诏书,星夜来至范阳,禄山已窥测朝廷之意,且又探知杨国忠有这许多说话,心中十分恼怒,及闻诏到,竟不出迎。冯神威不见安禄山接诏,竟自赍诏到他府第来。禄山乃先于府中大陈兵仗,排列得刀枪密密,剑戟层层,旌旗耀日,鼓角如雷。冯神威见了,心甚惊疑。安禄山踞胡床而坐,见冯神威赍诏而来,也不起身迎接;冯神威开诏宣读毕,禄山满面怒容,说道:"传闻贵妃近日于宫中也学乘马,吾意官家亦必爱马,我这里最有好马,故欲进献几匹。今诏书既如此,我不献亦可。"冯神威见他恁般作威作势,意态骄傲,语言唐突,必不怀好意,遂不敢与他争论,只有唯唯而已。禄山也不设宴款待他,且教他出就馆舍。

过了几日,冯神威欲还京复命,入见禄山,问他可有回奏的表文否。禄山道:"诏书云:马行须俟冬日,至十月间我即不献马,亦将亲诣京师,以观朝臣近政,今亦不必用表文,为我口奏可也。"冯神威不敢多言,逡巡而别,兼程赶行,回京见驾,将他这些无礼之状与无礼之言,一一奏闻皇上,玄宗听了,又惊又羞又恼。时杨妃侍坐于侧,玄宗向他怒说道:"我和你待此倭奴不薄,今乃如此无状,其反叛之形情已露,无怪人之多言也。自今人言不可不信!"说罢,抚几叹息。杨妃也低着头,嗟叹不已。正是:

今日方嗟负心汉,从前误认赤心儿。

未知后事如何,且听下回分解。

第八十八回

安禄山范阳造反　封常清东京募兵

词曰：

野心狼子终难养，大负君王，不顾娘行，陟起干戈太逞狂。　权奸还自夸先见，激反强梁，势已披猖，纵募新兵那可当。

——右调《丑奴儿》

自古以来，乱臣贼子，人人得而诛之，所赖为君者，能觉察于先，急为翦除，庶不致滋蔓难图；更须朝中大臣，实心为国，烛奸去恶，防奸于未然，弥患于将来，方保无虞。若天子既误认奸恶为忠良，乱贼在肘腋之间而不知，始则养痈，继则纵虎。朝中大臣，又徇私背公；其初则朋比作奸，其后复又彼此猜忌；那乱贼尚未至于作乱，却以私怨，先说他必作乱，反弄出许多方法去激起变端，以实己之言，以快己之意。但能致乱，不能定乱，徒为大言，欺君误国，以致玩敌轻进之人，不审事势，遽又用兵，于是旧兵不足，思得新兵，召募之事，纷纷而起，岂不可叹可恨！

且说玄宗因内监冯神威奏言安禄山不迎接诏书，倨傲无礼，心中甚怒。神威又奏道："据他恁般情状，奴婢那时如遇虎口，几乎不能复见皇爷天颜矣！"说罢呜咽流涕，玄宗愈加恼怒。自此日夕在宫中，说安禄山负恩丧心，恨骂一回，又沉吟凝想一回。杨妃没奈何，只得从容解劝道："安禄山原系番人，不知礼数；又因平日遇蒙陛下恩爱宠极，待之如家人父子一般，未免习成骄傲惰慢之故能，不觉一时狂肆，何足恼乱圣怀。他前日表请献马，或者原无反意，现今他有儿子在京师，结婚宗室，他若在外谋为不轨，难道不自顾其子么？"

原来禄山的长子名庆宗，次子名庆绪。那庆宗聘宗室之女荣义郡主为配，因此禄山出镇范阳时，留他在京师就婚，既成婚之后，未到范阳，尚在京师，故杨妃以此为解。当下玄宗听说，沉吟半晌道："前日安庆宗与荣义郡主完婚之时，朕曾传谕礼官，召禄山到京来观礼，他以边务倥偬为辞，竟不曾来，如今可即着安庆宗上书于其父，要他入朝谢罪，看他来与不来，便可知其心矣。”随命高力士谕意于安庆宗，着速写书，遣使送往范阳去。又道：“朕近于清华宫新置一汤泉，专待禄山来洗浴，彼岂不忆昔年洗儿之事乎，书中可并及此意。”

庆宗领旨，随写下一书，呈上御览，即日遣使赍去，只道禄山见书自然便来。谁知杨国忠心里却恐怕禄山看了儿子的书，真个来京时，朝廷必要留他在京；他有宫中线索，将来必然重用，夺宠夺权，与我不便；不如早早激他反了，既可以实我之言，又可永绝了与我争权之人，岂不甚妙。时有禄山的门客李超在京中，国忠诬害他，打通关节，遣人捕送御史台狱，按治处死，使禄山危疑不能自安。又密奏玄宗道：“庆宗虽奉旨写书，一定自另有私书致其父，臣料禄山不肯来，且不日必有举动。”又一面密差心腹，星夜潜往范阳一路，散布流言说：“天子以安节度轻亵诏书，侮慢天使，又察出他交通宫禁的私事，十分大怒，已将其子安庆宗拘囚在宫，勒令写书，诱他父亲入朝谢罪，便把他们父子来杀了。”禄山闻此流言，甚是惊怕可惧。

不一日，果然庆宗有书信来到，禄山忙拆书观看，其书略云：

> 前者大人表请献马，天子深嘉忠悃，止因部送人多，恐有骚扰，故谕令暂缓，初无他意。乃诏使回奏，深以大人简忽天言，可为怪。幸天子宽仁，不即督过，大人宜便星驰入朝谢罪，则上下猜疑尽释，谗口无可置喙，身名俱泰，爵位永保，岂不善哉！昨又奉圣谕云：华清宫新设泉汤，专等尔父来就浴，仿佛往时耍戏洗儿之戏，此尤极荷天恩之隆渥也。况男婚事已毕，而定省久虚，渴思仰视慈颜，少申子妇之诚心。不孝男庆宗，书启到日，希即命驾。

禄山看了书信，询问来使道：“吾儿无恙否？”使者回说道：“奴辈出京时，我家大爷安然无事；但于路途之间，闻说门客李超犯罪下狱。又闻人传说，近日宫里边，有什么事情发觉了，大爷已被朝廷拘禁在那里，未知此言何来。”禄山道：“我这里也是恁般传说，此言必有来由。”因又密问道：“你来时，贵妃娘娘可有甚密旨着你传来么？”使者道：“奴辈奉了大爷之命，赍着书未停就走，并不闻贵妃娘娘有甚旨意。”安禄山闻言，愈加惊疑。

看官，你道杨妃是有心照顾他安禄山的，时常有私信往来，如何这番却没有？盖因安庆宗遵奉上命，立逼着他写书遣使，杨妃不便夹带私信，心中虽甚欲禄山入京相叙，只恐他身入樊笼，被人暗算；若竟不来，又恐天子发怒，因欲密遣心腹内侍，寄书与禄山，教他且勿亲自来京，只急急上表谢罪便了。书已写就，怎奈杨国忠已先密地移檄范阳一路，系说津驿[1]处所在，边防宜慎，须严察往来行人，稽查奸细。杨妃有密信不敢发，探闻如此，深怕嫌疑，是非之际，倘有泄露，非同小可，因此迟疑未即遣使。这边安禄山不见杨贵妃有密信来，只道宫中私事发觉之说是真，想道："若果觉察出我的私情之事，却是无可解救处。今日之势，且不得不反了！"遂与部下心腹孔目官太仆丞严庄、掌书记屯田员外郎高尚、右将军阿史那承庆等三人，密谋作乱。

严庄、高尚极力撺掇道："明公拥精兵，据要地，此时不举大事，更待何时？"禄山道："我久有此意，只因圣上待我极厚，俟其晏驾，然后举动耳。"严庄道："天子今已年老，荒于酒色，权奸用事，朝志舛[2]错，民心离散，正好乘此时举事，正可得计；若待其晏驾之后，新君即位，苟能用贤去佞，励精图治，则我不但无机可乘，且恐有祸患之及。"阿史那承庆道："若说祸患，何待新君，只目下已大可虞。但今不难于举事，而难于成事，须要计出万全，庶几一举而大勋可集。"高尚道："今国家兵制日坏，武备废弛，诸将帅虽多，然权奸在内，使之不得其道，必不乐为之用，徒足以偾[3]事耳。我等只须同心协力，鼓勇而行，自当所向无敌，不日成功，此至万全之策耳！"禄山大喜，反志遂决。

次日，即号召部下大小将士，尽集于府中。禄山戎服带剑，出坐堂上，却先诈为天子敕书一道，出之袖中，传示诸将说道："昨者吾儿安庆宗处有人到来，传奉皇帝密敕，着我安禄山领兵入朝，诛奸相杨国忠，公等务当努力同心，助我一臂之力，前去扫清君侧之恶；功成之后，爵赏非轻，各宜努力。"诸将闻言，愕然失色，面面相觑，不敢则声。严庄、高尚、阿史那承庆三人，按剑而起，对着众人厉声说道："天子既有密敕，自应奉敕行事，谁敢不遵！"禄山亦按剑厉声道："有不遵者，即治以军法。"诸将平日素畏禄山凶威，只见严庄等肯出力相助，便都不敢有异言。

禄山即刻遂发所部十五万众兵卒，反自范阳，号称二十万，即日大飨军将，使范阳节度副使贾循守范阳，平卢副使吕知诲守平卢，又令别将高

---

① 津驿——交通要道。津，渡口。驿，驿站。

② 舛(chuǎn)——错，谬。

③ 偾(fèn)——倒，覆败。

秀岩守大同，其余诸将，俱引兵南下，声势浩大，此天宝十四载十一月事也。后人有诗叹云：

番奴反相人曾说，天子偏云是赤心。

漫道猪龙难致雨，也能驱使水淋淋。

原来当初宰相张九龄在朝之时，曾说过安禄山有反相，若不除之，必为后日心腹之患，玄宗不以为然。又尝于勤政楼前陈设百戏，召禄山观之。玄宗坐在一张大榻上，即命禄山坐于榻旁，一样的朝外坐着，皇太子倒坐在下面。少顷，玄宗起身更衣，太子随至更衣之处，密奏说道："历观古今，从未有君与臣南面并坐而阅戏者，父皇宠待禄山，毋乃太过乎？众人属目之地，恐失观瞻。"玄宗微笑道："传闻禄山，外人都说他有异相，吾故此让之耳！"禄山又尝侍宴尝于宫中，醉而假寝，宫人们悉而窥之，只见其身变为龙，而其首却似猪，因大奇异，密奏于玄宗知道。玄宗略无疑忌，以为此猪龙耳，非兴云致雨之物，不足惧也，命以金鸡帐障之。那知他到今日，却是大为国家祸患。所以后人作诗，言及此事。

且说当日禄山反叛，引兵南下，步骑精锐，烟尘千里。那时海内承平已久，百姓累世不见兵革，猝然闻知范阳兵起，远近惊骇。河北一路，都是他的一路统属之地，所过州县，望风瓦解；地方官员，或有开门出迎的，或有弃城逃走的，或有为他擒戮的，无有一处能拒之者。安禄山以太原留守杨光翙依附杨国忠为同族，欲先杀之。乃一面发动人马，一面预遣部将何千年、高邈引二十余骑，托言献射生手，乘骡至太原。杨光翙此时尚未知安禄山的反信，只道范阳有使臣经过，出城迎之，却被劫掳去了，解送禄山军前杀了。

玄宗初闻人言安禄山已反，还疑是怪他的讹传其事，及闻杨光翙被杀，太原报到，方知安禄山果然反了，大惊大怒。杨妃也惊得目瞪口呆。玄宗于是召集在朝诸臣，共议此事。众论纷纷不一，也有说该剿的，也有说该抚的，惟有杨国忠扬扬得意，说道："此奴久萌反志，臣早已窥其肺腑，故屡渎天听，陛下乃今日方知臣言之不谬。"玄宗道："番奴负恩背叛，罪不容诛，今彼恃士卒精锐，冲突而前，当何以御之？"国忠回奏说道："陛下勿忧，今反者止禄山一人而已，其余将士，都不欲反，特为安禄山逼耳。朝廷只须遣一旅之师，声罪致讨，不旬日之间，定当传首京师，何足多虑。"玄宗信其言，遂坦然不以为意。正是：

奸相作恶，乃致外乱。大言欺君，以寇为玩。

却说安庆宗自发书遣使之后，指望其父入京，相会有日。不想倒就反起来了，一时惊惶无措，只得血袒面缚，诣阙待罪。玄宗怜他是宗室之婿，意欲赦之。杨国忠奏说道："安禄山久蓄异志，陛下不即诛之，致有今日之叛乱。今庆宗乃叛人之子，法不可贷，岂容复留此逆子以为后患乎？"玄宗意犹未决，国忠又奏说道："安禄山在京城时，蒙圣旨使与臣为亲，平日有恩而无怨，乃无端切齿于臣。杨光翩偶与臣同姓，禄山且还怨及于臣，诱而杀之。庆忠为禄山亲子，陛下今倒赦而不杀，何以服天下人心乎？"玄宗乃准其所奏，传旨将安庆宗处死。国忠又奏请将其妻子荣义郡主，亦赐自尽。自是：

未将元恶除，先将逆孽去。

他年杀父人，只须一庆绪。

玄宗既诛安庆宗，即下诏布宣安禄山之罪状，遣将军陈千里往河东招募民兵，随使团练以拒之。其时适有安西节度使封常清入朝奏事，玄宗问以讨贼方略。那封常清乃是封德彝之后裔，是个志大言大之人，看的事体轻忽，便率意奏道："今因承平已久，世不知兵，武备单弱，所以人多畏贼，望风而靡；然事存顺逆，势有奇变，不必过虑。臣请走马赴东京，开府库，发仓廪，召募骁勇，跳马棰渡河，击此逆贼，计日取其首级，献于阙下。"玄宗大喜，遂命以封常清为范阳平卢节度使，即日驰赴递驿，直赶到东京，募兵讨贼，听其便宜行事。

说话的，自古道：养兵千日，用在一朝。那兵是平时备着用的，如何到变起仓卒，才去募兵？又如何才有变乱，便要募兵起来，难道安禄山有兵，朝廷上倒没有兵么？看官，你有所不知。原来唐初时，府兵之制甚妙，分天下为十道，置兵府六百三十四，而关内居其半，俱属诸卫管辖，各有名号，而总名为折冲府。凡府兵多募，其数分上中下三等：一千二百人为上等；一千人为中等；八百人为下等。民自二十岁从军，至六十岁而免，休息有时，征调有法。折冲府都设立木契铜鱼，上下府照，朝廷若有征发，下敕书契鱼，都督郡府参验皆合，然后发遣。凡行兵则甲胄衣装俱自备，国家无养兵之费，罢兵则归散于野，将帅无握兵之益。其法制最为近古。止为从军之家，不无杂徭之累，后来渐渐贫困，府兵多逃亡。张说在朝时，建议另募精壮为长从宿卫兵，名曰彍骑，于是府兵之志日坏，死亡者有司不复添补，府兵调入宿卫者，本卫官将役使之如奴隶，其守边者，亦多为边将虐使，利其死而侵没其资财，府兵因此尽都逃匿。李林甫当国，奏停折冲府上下鱼书，自是折冲府无兵，空设官吏而已。到天宝年间，并彍骑之制亦皆废坏，其所召募之兵俱系市井无赖子弟，不习兵事；且当此时承平已久，议者多谓国中之兵可销，禁约民间挟持兵器，人家子弟有为武官者，父兄摈弃不齿。猛将精兵，多聚于边塞，而西北尤甚。中国全无武备，所谓一旦有变，无兵可用，其势不得不出于召募。盖祖宗之善制，子孙不能修弊补废，振而起之，轻自更张，以致大坏兵政。那安禄山所用兵马，本来众盛；又因番人部落突厥阿布司为回纥攻破，安禄山诱降其众，所以他的部下，兵精马壮，天下莫及。

闲话少说，且言封常清奉诏募兵，星夜驰至东京，动支仓库钱粮，出榜召募勇壮。一时应募者如市，旬日之间募到六万余人，然皆市井白徒，并非能战之士；又探听得安禄山的兵马强壮，竟是个劲敌，方自悔前日不该大言于朝，今已身当重任，无可推委，只得率众断河阳桥，以为守御之备。玄宗又命卫尉卿张介然为河南节度使，统陈留等十三郡，与封常清互为声援。

禄山兵至灵昌，时值天寒，禄山令军士以长绳连束战船并杂草木，横截河流。一夜冰冻坚厚，似浮梁一般，兵马遂乘此渡河，陷灵昌郡。贼兵步骑纵横，莫知其数，所过残杀。张介然到陈留才数日，安禄山兵众突至，介然连忙督率民兵登城守御；怎奈人不习战，民心惧怕，天气又极其苦寒，手足僵冷，不能防守。太守郭讷径自率众开城出降。禄山入城，擒获张介然，斩于军门之下。

次日，又探马来报说道："天子诏谕天下，说安禄山反叛，罪大恶极，其长子安庆宗在京已经伏诛；文武官员军民人等，有能斩安禄山之头来献者，封以王爵；罪止及安禄山一人而已，其余附从诸将文武官员兵卒等归顺，俱赦宥一概不问。"安禄山听说其子安庆宗在京被杀，大怒，大哭道："吾有何罪，而今竟杀吾子，是所势不两立也！"遂纵大兵大杀降人，以泄胸中之忿。正是：

身亲为叛逆，还说吾何罪。
迁怒杀无辜，罪更增百倍。

陈留失守，张介然被害之信报到京师，举朝震怒。玄宗临朝，面谕杨国忠与众官道:“卿等都说安禄山之造反不足为虑,易于扑灭,今乃夺地争城,斩将害民,势甚猖獗,此正劲敌,何可轻视?朕今老矣,岂可贻此患于后人?今当使皇太子监国,朕亲自统领六师,躬自带兵将出征,务要灭此忘恩负义之逆贼!”正是:

天子欲亲征,太子将监国。
奸臣惊破胆,庸臣计无出。

未知后事如何,且听下回分解。

第八十九回

唐明皇梦中见鬼　雷万春都下寻兄

词曰：

人衰鬼弄，魑魅公然来入梦。女貌男形，尔我相看前世身。　　难兄难弟，今日行踪披此异。全节全忠，他日芳名彼此同。

——右调《减字木兰花》

大凡有德之人，无论男女与富贵贫贱，总皆为人所敬服，即鬼神亦无不钦仰，所谓德重鬼神钦敬是也。若无德可钦敬，徒恃此势位之尊崇以压制人，当其盛时，乘权握柄，作福作威，穷奢极欲，亦复洋洋志得意满，叱咤风生；及至时运衰微，禄命将终之日，不但众散亲离，人心背叛，即魑魅魍魉也都来了，生妖作怪，播弄着你，所谓人衰鬼弄人是也。惟有那忠贞节烈之人，不以盛衰易念，即或混迹于俳优技艺之中，厕身于行伍偏裨之列，而忠肝义胆天性生成，虽未即见之行事，要其志操，已足以塞天地而质诸鬼神，此等人甚不可多得，却又有时钟于一门，会于一家。

如今且说玄宗，因安禄山攻陷陈留郡，张介然遇害报到京师，方知贼势甚猛，未易即能扑灭，召集朝臣共议其事，众论纷纷，并无良策。杨国忠前日故为大言，到那时也俯首无计。玄宗面谕群臣道："朕在位已经五十载，心中久已要退闲去作便事，意欲传位于太子；只因水旱频仍，不欲以余灾遗累后人，故尔迟迟。今不意逆贼横发，朕当亲自统兵征讨之，使太子暂理国事，待寇乱既平，即行内禅，朕将高枕无忧矣！"遂下诏御驾亲征，命太子监国。群臣莫敢进一言。

杨国忠乃大吃了一惊，想道："我向日屡次与李林甫朋谋，陷害东宫，太子心中好不怀恨，只碍着贵妃得宠，右相当朝，他还身处储位，未揽大权，故隐忍不发；今若秉国政，必将报怨。吾杨氏无噍类① 矣！"当日朝罢，急回私宅，哭向其妻裴氏与韩、虢二夫人道："吾等死期将至矣！"众夫

① 噍(jiào)类——原指能饮食的动物，后特指活着的人。

人惊问其故。国忠道:“天子欲亲征讨,将使太子监国,行且禅位于太子;奈太子素恶于吾家,今一旦大权在手,我与姊妹都命在旦夕矣,如之奈何?”于是举家惊惶泣涕,都说道:“反不如秦国夫人先死之为幸也。”虢国夫人说道:“我等徒作楚囚,相对而泣,于事无益;不如同贵妃娘娘密计商议,若能劝止亲征,则监国禅位之说,自不行矣。”国忠说道:“此言极为有理,事不宜迟,烦两妹入宫计之。”

两夫人即日命驾入宫,托言奉候贵妃娘娘,与杨妃相见,密启其事,告以国忠之言。杨妃大惊道:“此非可以从容婉言者!”乃脱去簪珥,口衔黄土,匍匐至御前,叩头哀泣。玄宗惊讶,亲自扶起问道:“妃子何故如此?”杨妃说道:“臣妾闻陛下,将身亲临战阵,是亵万乘之尊,以当一将之任,虽运筹如神,决胜无疑;然兵凶战危,圣躬亲试凶危之事,六宫嫔御闻之,无不惊骇。况臣妾尤蒙恩宠,岂忍远离左右?自恨身为女子,不能随驾从征,情愿碎首阶前,欲效侯生之报信陵君耳!”说罢又伏地痛哭。玄宗大不胜情,命宫人掖之就坐,执手抚慰说道:“朕之欲亲征讨,原非得已之计,凯旋之日,当亦不远,妃子不须如此悲伤。”杨妃道:“臣妾想来,堂堂天朝,岂无一二良将,为国家殄灭小丑,何劳圣驾亲征?”正说间,恰好太子具手启,遣内侍来奏辞监国之命,力劝不必亲征,只须遣一大将或亲王督师出剿,自当成功。

玄宗看了太子奏启,沉吟半晌道:“朕今竟传位于太子,听凭他亲征不亲征罢,我自与妃子退居别宫,安享余年何如?”杨妃闻言,愈加着惊,忙叩头奏道:“陛下去秋欲行内禅之事,既而中止,谓不忍以灾荒遗累太子也,今日何独忍以寇贼遗累太子乎?陛下临御已久,将帅用命,还宜自揽大权,制胜于朝堂之上,传位之说,待徐议于事平之后,未为晚也。”玄宗闻言点头道:“卿言亦颇是。”遂传旨停罢前诏,特命皇子荣王琬为元帅,右金吾大将军高仙芝副之,统兵出征,又欲与高力士为监军,力士叩头固辞,乃以内监边令诚为监军使。诏旨一下,杨贵妃方才放心,拭泪拜谢。当时玄宗命宫人为妃子整妆,且令宫中排宴与妃子解闷;韩国、虢国二位夫人都来见驾,一同赴席饮宴。后人有诗叹云:

脱簪永巷称贤后,为欲君王戒色荒。
今日阿环苦肉计,毁妆亦是学周姜。

那日筵席之上,玄宗心欲安慰妃子,杨妃姊妹三人又欲使玄宗天子开怀，真个是愁中取乐，互相欢饮。梨园子弟同宫女们歌的歌，舞的舞，饮至半酣，其兴致勃发，玄宗自击鼓，杨妃弹一回琵琶，吹一回玉笛，直饮至夜深方罢。两夫人辞别出宫。

是夜玄宗与杨妃同寝，毕竟因心中有事，寤寐不安。朦胧之际，忽若己身在华清宫中，坐一榻上，杨妃坐于侧旁椅上，隐几而卧，其所吹玉笛悬于壁上挂之。却见一个奇形怪状的魑魅，不知从何而至，一直来到杨妃身畔，就壁上取下那一枝玉笛按上口边，呜呜咽咽的吹将起来。玄宗大怒，待欲叱咤他，无奈喉间一时哽塞，声唤不出。那个鬼竟公然不惧，把笛儿吹罢，对着杨妃嘻笑跳舞。玄宗欲自起来逐之，身子再立不起，回顾左右，又不见一个侍从，看杨妃时，只是伏在桌上睡着不醒。恍惚间，见那伏在桌上的却不是杨妃，却是一个头戴冲天巾、身穿滚龙袍的人，宛然是个一朝天子模样，但不见他面庞；那鬼尚在跳舞不休，看看跳舞到自己身前，忽然他手执着一圆明镜把玄宗一照。玄宗自己一照，却是个女子，头挽乌云，身披绣袄，十分美丽，心中大惊。正疑骇间，只见空中跳下一个黑大汉来。你道他怎生打扮、怎生面貌？

头上玄冠翅曲，腰间角带围圆。黑袍短窄皂靴尖，执笏还兼佩剑。

眉竖交睁豹目，发蓬连接虬髯。专除邪祟治终南，魑魅逢之丧胆。

那黑大汉，把这跳舞的鬼只一喝，这鬼登时缩做一团，被这黑大汉一把提在手中，好像捉鸡的一般。玄宗急问道：“卿是何官？”黑大汉鞠躬应道：“臣乃终南不第进士钟馗是也。生平正直，死而为神，奉上帝命令治终南山，专除鬼祟，凡鬼有作祟人间者，臣皆得而啖之。此鬼敢于乘虚惊驾，臣特来为陛下驱除。”言讫，伸着两手，把那个鬼的双眼挖出，纳入口中吃了，倒提着他的两脚，腾空而去。玄宗天子悚然惊醒，却是一场大梦，凝神半晌，方才清楚。

那时杨妃从睡梦中惊悸而寤[①]，口里犹作咿哑之声。玄宗搂着便问道：“阿环，为甚不安？”杨妃定了一回，方才答说道：“我梦中见一鬼魅从宫后而来，对着我跳舞，旁有一美貌女子，摇手止之，鬼只是不理；他却口口声声称我陛下，我不敢应他，他便把一条白带儿扑面的丢来，就兜在我项颈上，因此惊魇。”玄宗听说，便也把自己所梦的述了一遍，杨妃咄咄称怪。

---

① 寤(wù)——醒。

玄宗宽解道："总因连日心绪不佳，所以梦寐不安，不足为异，但我所梦钟馗之神甚奇，不知终南果有其人否？"杨妃道："梦境虽不足凭，只是如何女变为男，男变为女；又怎生我梦中，也见一女子，也恰梦见那鬼呼我为陛下，这事可不作怪么？"玄宗戏道："我和你恩爱异常，原不分你我，男女易形，亦鸾颠凤倒之意耳！"说罢大家都笑起来。看官，你可知杨贵妃本是隋炀帝的后身，玄宗本是朱贵儿再世。梦中所见的，乃其本来面目。此亦因时运向衰，鬼来弄人，故有此梦。正是：

时衰气不旺，梦中鬼无状。

帝妃互相形，现出本来相。

次日玄宗临朝，传旨问："在朝诸臣，可知终南有已故不第进士，姓钟名馗者么？"文班中，只见给事中王维出班奏曰："臣维向曾侨居终南，因终南有进士钟馗于高祖武德皇帝年间，为应举不第，以头触石而死，故时人怜之，陈请于官，假袍笏以殉葬之。嗣后颇著灵异，至今终南人奉之如神明。"玄宗闻奏，一发惊异，遂宣召那最善图书的吴道子来，当面告以梦中所见钟馗之形像，使书一图，传为真像；特追赐袍笏，兼赐钟馗状元及第；又因杨妃梦鬼从宫后而来，遂命以钟馗之像永镇后宰门，如昔年太宗皇帝，书尉迟敬德、秦叔宝之像于宫门的故事一样。至今人家后门上都贴钟馗书像，自此始也。又时人至今呼之为"钟状元"。正是：

当年秦尉两将军，会为文皇辟邪秽。

今日还看钟状元，前门后户遥相对。

玄宗因书钟馗之像，想起昔年太宗书秦叔宝、尉迟敬德二人之像，喟然说道："我梦中的鬼魅，得钟馗治之，那天下的寇贼，未知何人可治？安得再有跟迟敬德、秦叔宝这般人材，与我国家扶危定乱？"因忽然相思着秦叔宝的玄孙秦国模、秦国桢兄弟二人："当年他兄弟曾上疏谏我，不宜过宠安禄山，极是好话。我那时不惟不听他，反加废斥，由此思之，诚为大错，还该复用他为是。"遂以手敕谕中书省起复原任翰林承旨秦国模、秦国桢仍以原官入朝供职。

却说那秦氏兄弟两个人，自遭废斥，即屏居郊外，杜门不出，间有朋友过访，或杯酒叙情，或吟诗遣兴，绝口不谈及朝政。国桢有时私念起那当初集庆坊所遇的美人，却怕哥哥嗔怪，只是不敢出诸口；也有时到那里经过，密为访问，并无消息。那美人也不知何故，竟不复来寻访。

忽然一日，有一个通家旧朋友款门而来，姓南名霁云，排行第八，魏州人氏。其为人慷慨有志节，精于骑射，勇略过人。他祖上也是个军官出身，与秦叔宝有交，因此他与国模兄弟是通家世交，投契之友，幼年间，也随着祖父来过两次，数年以来踪迹疏阔，那日忽轻装策马而来。秦氏兄弟十分欢喜，接着叙礼罢，各道寒暄。秦国模道："南兄久不相晤，愚兄弟时刻思念，今日甚风吹得到此？"南霁云说道："小弟自祖父背弃，一身沦落不偶，无所依托，行踪靡定。前者弟闻昆仲高发①，方为雀跃，随又闻得仕途不利，暂时受屈；然直声著闻，天下不胜钦仰。今日小弟偶而浪游来京，得一快叙，实为欣幸。"

秦国模道："以兄之英勇才略，当必有遇合，但斯世直道难容，宜乎所如不偶。今日未谂② 我兄欲何所图？"霁云道："原任高要尉许远，是弟父辈相知，其人深沉有智，节义自矢，他有一契友是南阳人，姓张名巡，博学多才，深通战阵之法，开元中举进士，先为清河县尹，改调真源，许公欲使弟往投之。今闻其朝觐来京，故此特来访他。"秦国桢道："张、许二公，是世间奇男子，愚兄弟亦久闻其名。"秦国模道："吾闻张巡乃文武全才，更有一奇处，人不可及：任你千万人，一经他目，即能认其面貌，记其姓名，终身不忘，真奇士也。那许远乃许敬宗之后人，不意许敬宗却有此贤子孙，此真能盖前人之愆者。"霁云道："弟尚未得见张公，至于许公之才品，弟深知之久矣，真可为国家有用之人，惜尚未见其大用耳！"国模道："兄今因许公而识张公，自然声气相投，定行见用于世，各著功名，可胜欣贺。"国桢道："难得南兄到此，路途辛苦，且在舍下休息几日，然后往见张公未迟。"当下置酒款待，互叙阔情，共谈心事。

正饮酒间，忽闻家人传说，范阳节度使安禄山举兵造反，有飞驿报到京中来了。秦氏兄弟拍案而起说道："吾久知此贼，心怀反叛，况有权奸多方以激之，安得不遽至于此耶！"霁云拍着胸说道："天下方乱，非我辈燕息之时，我这一腔热血须有处洒了！却明日便当往候张公，与议国家大事，不可迟缓。"当夜无话。

次日早膳饭罢，即写下名帖，怀着许远的书信，骑马入京城，访至张巡

---

① 高发——指秦氏兄弟双双状元及第。

② 谂(shěn)——知道。

寓所问时,原来他已升为雍邱防御使,于数日前出京上任去了。雰云乘兴而来,败兴而返,怏怏的带马出城,想道:“我如今便须别了秦氏兄弟,赶到雍邱去,虽承主人情重,未忍即别,然却不可逗留误事。”一头想,一头行,不觉已到秦宅门首。才待下马,只见一个汉子,头戴大帽,身穿短袍,策着马趱行前来。看他雄赳赳甚有气概,雰云只道是个传边报的军官,勒着马等他。行到面前,举手问道:“尊官可是传报的军官么?范阳的乱信如何?”那汉见问,也勒住马把雰云上下一看,见他一表非俗,遂不敢怠慢,亦拱手答道:“在下是从潞州来,要入京访一个人。路途间闻人传说范阳反乱,甚为惊疑。尊官从京中出来,必知确报,正欲动问。”雰云道:“在下也是来访友的,昨日才到。初闻乱信,尚未知其详。如今因所访之友不遇,来此别了居停主人,要往雍邱地方走走,不知这一路可好行哩?”那汉道:“贵寓在何处?主人是谁?”雰云指道:“就是这里秦府。”那汉举目一看,只见门前有钦赐的兄弟状元匾额,便问道:“这兄弟状元可是秦叔宝公的后人,因直言谏君罢官闲住的么?”雰云道:“正是。这兄弟两个,一名国模,一名国桢的了。”一面说,一面下马。那汉也连忙下马施礼道:“在下久慕此二公之名,恨无识面,今岂可过门不入?敢烦尊公,引我一见何如?只是造次得很,不及具柬了。”雰云道:“二公之为人,慷慨好客,尊官便与相见何妨,不须具柬。”

那汉大喜,遂各问了姓名,一同入内,见了秦氏兄弟,叙礼毕,就相邀坐。雰云备述了访张公不遇而返,门首邂逅此兄,说起贤昆仲大名,十分仰敬,特来晋谒。二秦逡巡逊谢,动问尊客姓名居处。那汉道:“在下姓雷名万春,涿州人氏,从小也学读几行书,求名不就,弃文习武;颇不自揣,常思为国家效微力,争奈未遇其时。今因访亲特来到此,幸遇这一位南尊官,得谒贤昆仲两先生,足慰生平仰慕之意。”雰云与二秦见他言词慷慨,气概豪爽,甚相钦敬,因问:“雷兄来访何人?”万春道:“要访那乐部中雷海青。”雰云听说,怫然不悦道:“那雷海清不过是梨园乐部的班头,俳优之辈,兄何故还来访他,难道兄要屈节贱工耶?以为谋进身之地,似乎不可。”万春笑道:“非敢谋进身之地,因他是在下的胞兄,久不相见,故特来一候耳。”雰云道:“原来如此,在下失言了。”秦国模说道:“令兄我也常见过,看他虽屈身乐部,大有忠君爱主之心,实与俳优辈不同,南兄也不可轻量人物。”万春因问:“南兄,你说访张公不遇,是那个张公?”雰云道:“是新任雍邱防御使张巡是也。”雷万春说道：“此公是当今一奇人，兄与他是旧相知么？”霁云道：“尚未识面，因前高要尉许公名远的荐引来此。”万春道：“许公亦奇人也。兄与此两奇人相周旋，定然也是个奇人。今即欲去雍邱，投张公麾下么？”霁云道：“今禄山反乱，势必猖狂，吾将投张公共图讨贼之事。”雷万春慨然说道：“尊兄之意，正与鄙意相合，倘蒙不弃，愿随侍同行。”秦国桢说道：“二兄既有同志，便可结盟，拜为异姓兄弟，共图戮力皇家。”南雷二人大喜，遂大家下了四拜，结为生死之交，誓同报国，患难相扶，各无二心。正是：

为寻同胞兄，得结同心友。
笃友爱兄人，事君心不苟。

当下秦氏兄弟设席相待。万春道：“南兄且暂住此一两日，待小弟入城去见过家兄，随即同行。”霁云道：“方才秦先生说，令兄亦非等闲人，弟正欲与令兄一会。今晚且都住此，明日我同兄入城，拜见令兄一会，何如？”雷万春应诺。

至次日早晨，用过点心，二人一齐骑马进城，来到雷海清住宅，下了马，万春先入宅内，拜见了哥哥，随同海清出来迎迓霁云到宅内，叙礼而坐。万春略说了些家事，并述在秦家结交南霁云，要同往雍邱之意。海清欢喜，向霁云拱手道：“秦家两状元是正人君子，尊官和他两个相契，自非凡品。舍弟得与尊官作伴，实为万幸。”霁云逊谢道：“此是令弟谬爱，量小子有何才能。”海清对着万春道：“贤弟你听我说：我做哥哥的，虽然屈身俳优之列，却多蒙圣上恩宠，只指望天下无事，天子永享太平之福。谁知安禄山这个逆贼，大负圣恩，称兵谋反，闻其势甚猖獗，以诛杨右相为辞；那知这个杨右相，却一味大言欺君，全无定乱安邦之策，将来国家祸患，不知如何。我既身受君恩，朝夕盘桓，自当拚得捐躯图报。贤弟素有壮志，且自勇略胜人，今又幸得与南官人交契，同往投张公，自可相与有成，实当竭力报国。从今以后，我自守我的分，你自尽你的忠，你自今不必以我为念。”说罢泪下如雨，万春也挥泪不止。霁云在旁，慨然叹息不止。

海清着人取出酒肴，满酌三杯，随即起身说道：“我逐日在内庭供奉，无暇久叙，国家多事，正英雄建功立节之时也，不必作儿女留恋之态了。”遂将一包金银，赠为路费，大家各自洒泪而别。霁云嗟叹道：“雷兄，你昆仲二人，真乃难兄难弟，我昨日狂言唐突，正所谓以小人之心度[1] 君子之腹矣！”当日二人同回至秦家，兄弟又置酒相待。毕后便束装起行，秦氏兄弟送至十里长亭，又饮酒饯别，各赠赆仪。二人别了主人，自取路径，直往雍邱去了。

且说秦国模、秦国桢二人，自闻安禄山反信，甚为朝廷担忧，两个人日夕私议征讨之策，后又闻官军失利，地方不守，十分忿怒，意欲上疏条陈便宜，又想不在其位，不当多言取咎。正踌躇间，恰奉特旨降下，起复秦氏兄弟二人原官。中书省行下文书来，秦国模、秦国桢兄弟二人拜恩受命，即日入朝，面君谢恩。正是：

只因梦中一进士，顿起林间两状元。

未知后事如何，且听下回分解。

---

① 度(duó)——揣摩，估量。

第九十回

矢忠贞颜真卿起义　遭妒忌哥舒翰丧师

词曰：

由来世乱见忠臣，矢志扫妖氛。甚美一门双义，笑他诸郡无人。
专征大将，待时而动，可建奇勋。只为一封丹诏，顿教丧却三军。

——右调《朝中措》

从来忠臣义士，当太平之时，人都不见得他的忠义，及祸乱既起，平时居位享禄，作威倚势，摇唇鼓舌的这一班人，到那时无不从风而靡。只有一二忠义之士，矢丹心，冒白刃，以身殉之，百折不回，而今而后，上自君王，下至臣庶，都闻其名而敬服之，称叹之不已，以为此真是有忠肝义胆的人，然要之非忠臣义士之初心也。他的本怀，原只指望君王有道，朝野无虞，明良遇合，身名俱泰，不至有捐躯殉难之事为妙；若必到时穷世乱，使人共见其忠义，又岂国家之幸哉！至国家既不幸遭祸患，不得已命将出师，那大将以一身为国家安危所系，自必相时度势，可进则进，不可进则暂止，其举动自合机宜。阃以外，当听将军制之，奈何惑于权贵疑忌之言，遥度悬揣，生逼他出兵进战，以致堕敌人之计中，丧师败绩，害他不得为忠臣义士，真可叹息痛恨，怆天呼地而不已也！

却说玄宗天子复召秦国模、秦国桢仍以原官起用，二人入朝面君。谢恩毕后，玄宗温言抚慰一番，即问二人讨贼之策。兄弟二人以次陈言，大约以用兵宜慎，任将宜专为对。正议论间，吏部官启奏说："前者睢阳①太守员缺，逆贼安禄山乘间伪进其党张通悟为睢阳太守，随被单父尉贾贲率吏民斩之，今宜即选新官前去接任。特推朝臣数员，恭候圣旨选用。"秦国模奏道："睢阳为江淮之保障，今当贼氛扰乱之后，太守一官，非寻常人所能胜任，宜勿拘资格擢用。以臣所知，前高要尉许远，既有志操，更饶才略，堪充此职，伏乞圣裁。"玄宗听说准奏，即谕吏部以许远为睢阳太守，又

---

① 睢(suī)阳——在今河南。

问:“二卿,亦知今日可称良将者为谁人?”秦国桢奏道:“自古云:天下危,注意将。今陛下所用之将,如封常清、高仙芝之辈,虽亦娴于军旅之事,未必便称良将。昔年翰林学士李白,曾上疏奏待罪边将郭子仪,足备干城之选,腹心之寄,陛下因特原其所犯之罪,许以立功自效。郭子仪屡立战功,主帅哥舒翰表荐,已历官至朔方右厢兵马使九原太守,此真将才也。李白之言不谬也。”玄宗点头道是,因又问:“哥舒翰将才何如?”秦国模奏道:“哥舒翰素有威名,只嫌用法太峻,不恤士卒。朝廷若专任此,听其便宜行事,当亦不负所委托,但近闻其抱病不治事。”玄宗道:“彼自能为我力疾办事。”遂降旨即升郭子仪为朔方节度使,又命哥舒翰为兵马副元帅。哥舒翰上奏告病,玄宗不准所告,令将兵十万,防御安禄山。

那时,安禄山既陷灵昌及陈留,声势益张,并攻破荥阳,直逼东京。封常清屯兵武牢以拒之,无奈部下新募的官军,都是市井白徒,不习战阵,见贼兵势猛,先自惶惧。安禄山特以铁骑冲来,官军不能抵当,大败而走。正是:

早知今日取胜难,追悔当初出大言。

当下封常清收合余众,再与厮杀,又复大败,贼兵乘势奋击,遂陷东京。河南尹达奚恂出城投降,独留守李憕、中丞卢奕、采访判官蒋清不肯投降,城破之日,穿朝服坐于堂上,安禄山使人擒至军前,三人同声骂贼,一时三人都被杀。封常清收聚败残兵马,西走陕州。时高仙芝屯兵于陕,封常清往见之,涕泣而言道:“在下连日血战,贼锋锐不可当。窃计潼关兵少,倘贼冲突入关,则长安危矣!不如引屯陕之兵,先据潼关以拒贼。”高仙芝从其言,即与常清引兵退守潼关,修完守备。贼兵果然复至,不得入而退。这也算是二人守御之功了。

谁知那监军宦官边令诚,常有所干求于仙芝,不遂其欲,心中怀恨;又怪封常清时时无所馈献,遂密疏劾奏封常清“以贼摇众,未见先奔,高仙芝轻弃陕地数千里,又私减军粮,以入己囊,大负朝廷委任之意”。玄宗听信其言,勃然大怒,即赐令诚密敕,使即军中斩此二人。令诚乃佯托他事,请二人面议。二人既至,未及叙礼,边令诚举手道:“有圣旨敕赐二位大夫死。”遂喝左右:“代我拿下!”宣敕示之。常清道:“败军之将,死罪奚逃,但朝议俱以禄山之众为不难殄戮,非确论也。臣死之后,愿勿轻视此贼,宜专任良将,多练精兵以图之。”仙芝道:“吾遇贼而退,罪固当死不辞,谓我私侵军粮，岂不冤哉！”二人就刑之时，部下士卒皆大呼称冤枉，其声震天地。后人有诗叹云：

宦者监军军气沮，何当轻杀两将军。

此时偏听犹如此，那得人心肯向君？

二人既死，命哥舒翰统其众，并番将火拔归仁部卒，亦属统辖，号称二十万，镇守潼关。

且说安禄山既陷河南，遣其党段子光赍李憕、卢奕、蒋清之首，传示河北，令速纳款，传至平原郡。平原郡的太守，乃临沂人，姓颜名真卿，字清臣，复圣颜子之后裔，是个忠君爱国的人。他于禄山未反之先，预早知其必反，时值久雨之时，借此为由，筑城浚[①]濠，简练丁壮，积贮仓廪，暗作准备。禄山以书生目真卿，不把他放在心中；及到反叛之时，河北郡县俱披靡，只道平原亦必降顺，乃檄令真卿，为本郡兵防守河津。真卿佯受其檄，密遣心腹，怀牒驰赴诸郡，暗约其举兵讨贼，一面招募勇士得万余人，涕泣谕以大义，众皆感愤，愿效死力。那贼党段子光，冒冒失失的将那三个忠臣的头来传示，被真卿拿住缚于城上，腰斩示众；取三个头续以蒲身，棺殓葬之，祭哭受吊。于是清池尉贾载、盐山尉穆宁，闻真卿举义，乃共杀伪景城太守刘道元，获其甲仗五十余船并其首级，送至长史李時处。時以禄山叛党严庄是景城人，遂收其宗族数十口，尽行杀戮，将刘道元的首级与甲仗等物转送平原太守颜真卿处。饶阳太守卢全诚、河间司法李奂，济阳太守李随，都将禄山所署的伪太守长史等官多皆杀了，各有兵数千，推颜真卿为盟主。真卿即遣本州司法兵马使李平赍表文并伪檄，从间道直入京师，奏闻玄宗。

初禄山作乱时，河北震恐，无一能与之抗者。玄宗闻之，嗟叹说道：“二十四郡曾无一义士耶！”及李平赍表章至，乃大喜道：“朕不识颜真卿作何状，乃能如此！”遂即降道御旨，诏加颜真卿河北采访使，在任即升，仍领平原等处事务，免其来京陛见。后来宋朝忠臣文天祥过平原，有诗云：

平原太守颜真卿，长安天子不知名。一朝渔阳动鼙鼓，大河以北无坚城。君家兄弟奋戈起，二十七郡同连盟。贼闻失色分军还，不敢长驱入咸京。明皇父子得西狩，由是灵武起义兵。唐家再造李郭力，逆贼牵

---

① 浚（jùn）——疏通。

制公威灵。哀哉常山贼钩舌,公归朝廷气不折。崎岖坎坷不得去,出入四朝老忠节。当年幸脱安禄山,白首竟陷李希烈。希烈安能遽杀公,宰相卢杞欺日月。乱臣贼子归何所?茫茫烟草中原土。公视于今六百年,忠精赫赫雷行天!

那诗中所云“白首竟陷李希烈”,是说颜真卿至德宗时,奸相卢杞忌其忠直,使往宣慰逆贼李希烈,其时竟为其所害,时年已七十有七矣。此是后话。所云“常山钩舌”之事,乃颜真卿的族兄颜杲卿,其人之忠义,与真卿无异。当禄山叛乱之时,他为常山太守,禄山兵至藁城,常山危急,杲卿自度常山兵力不足,一时难以拒守;乃以长史袁履谦计议,姑先往以迎之,以缓其锋。禄山喜其来迎,赐以紫袍金带,使仍旧守常山。杲卿遂与履谦密谋起义,恰好真卿遣甥卢逖至常山,与杲卿相约,欲连兵断禄山的归路。那时安禄山方僭号称大燕皇帝,改元圣武,杲卿乃假传禄山的恩命,召伪井陉守将李钦凑率众前来,受那登极的犒赏。俟其来至,与之痛饮至醉,缚而斩之,宣谕解散其众。贼将高邈、何千年适奉禄山之命,往北方征兵,路过常山,亦为杲卿所杀。时部将在禄山手下名张献诚,正统兵围困饶阳,杲卿先声言,朔方节度使郭子仪令兵马使李光弼与武锋使仆固怀恩,统众兵卒出井陉来了。献诚闻之大惧,杲卿乃遣人往说之,使解饶阳之围,献诚遂引兵遁去。杲卿令袁履谦入饶阳,慰劳将士,传檄诸郡,于是河北响应。杲卿以李钦凑的首级与高邈、何千年二人献于京师,使其子颜泉明与内邱丞张通幽,赍表文赴京奏报。那张通幽即张通误之弟,他恐因其兄降贼,祸及家门,保全之计,知太原尹王承业与杨国忠有交,欲藉以为援;劝王承业留住颜泉明,改其奏文,攘其功为己功。杲卿起义才数日,贼将史思明引兵突至城下,杲卿使人往太原告急,王承业既攘其功,正利于杲卿之死,拥兵不救。杲卿悉力拒战,粮尽兵疲,城遂陷,为贼所执,解送禄山军前。安禄山大喝一声道:“你何背我而反!”杲卿瞋目大骂,禄山怒甚,令人割其舌,并袁履谦一同遇害。二人至死,骂不绝口。正是:

通幽顾家不顾国,承业冒功更忌功。
坐使忠良被兵刃,空将血泪洒西风。

杲卿尽节而死,却因王承业掩冒其功,张通幽诡诞其事,杨国忠蒙蔽其说,朝廷竟无恤赠之典。直至肃宗乾元年间,颜真卿泣涕诉于肃宗,转达上皇。那时王承业已为别事,被罪而死;张通幽尚在,上皇命杖杀之;追赠杲卿为太子太保，谥曰忠节。其子泉明，为贼所掠，后于贼中逃脱，求得其父尸，并求得袁履谦之尸，一体棺殓以归。凡颜氏族人及其父子之旧将吏妻子流落者，都出资赎回，五十余家，共三百余口，人皆称其高义。此亦是后话。

且说真卿一日闻杲卿之死，大哭大惊，哭是哭其兄，惊的是常山失守，贼据要冲，深为可虑。忽探马来报，说郭子仪奉诏进取东京，特荐李光弼为河东节度使，分兵万余，从井陉而来，一路进取。颜真卿喜道："如此则常山可复矣！"

时清河县吏民，使其邑人李萼至平原，奉粟帛器械，以资军用，且乞借兵以为战守之助。那李萼年方弱冠，器宇轩昂，言词明快。真卿奇其人，以兵五千借之。李萼因进言说道："朝廷已遣兵出崞口，贼拒险相拒，官军不得前。公今引兵先击魏郡，公兵开崞口以引出官军，因讨平汲邺以北诸郡县，然后合诸镇兵，南临孟津，据守要害，制其北走之路。但须表奏朝廷，坚壁勿战，不过月余，贼必有内溃相图之事矣！"真卿然其说，命参军李择交等，将兵会清河、博平、兵屯于堂邑。伪魏郡太守袁知泰率众来战，官军奋力击之，贼众溃败，遂拔魏郡，军声大振。北海太守贺兰进明引兵会屯于平原城之南，真卿待之甚厚，且以堂邑之功让之。进明居之不疑，竟自具表上奏，真卿亦不以为怪。又闻李光弼已恢复常山，郭子仪与李光弼合兵一处；贼将史思明来战，子仪用计，思明露髻跣足，持折枪步行，私自逃去，河北十余郡皆下。又闻雍邱防御使张巡与贼连战，屡败贼众。正欢喜间，忽闻朝廷上有诏，催促副元帅哥舒翰出战。

原来哥舒翰屯军潼关，为长安屏障之计，按兵不动，待时而进。河源军副使王思礼乘间进言曰："今天下以杨国忠召乱，莫不切齿，公当上表，请斩杨国忠之头，以谢天下，则人心皆快，各效死力矣！"哥舒翰摇头不应。王思礼又道："若是上表，未必便如所请，仆愿以三十骑，劫取杨国忠至潼关斩之。"哥舒翰愕然道："若如此，真是哥舒翰反，不是安禄山反了。此言何可出诸君口？"思礼乃不敢复言。那边杨国忠也有人对他说："朝廷重兵，尽在哥舒翰掌握之中；倘假人言为口实，如拔旗西指，为不利于公，将若之何？"国忠听说乃大惧，方寻思无计，忽人报贼将崔乾佑在陕，兵不满四千，羸[①]弱不堪，甚属无备，国忠即奏启玄宗，遣使催哥舒翰进兵恢复陕洛。哥舒翰飞章奏言道："安禄山习于用兵，岂真无备。今特示其弱者，诱我出兵耳！我兵若轻出敌，正堕他的诡计。且贼远来，利于速战，我兵据险，利于坚守；况贼残虐，失众民心，势已日蹙，将有内变，因而乘之，可不战而自戢[②]。要在成功，何必务速？今诸道征兵，尚多未集，请姑待之。"郭子仪、李光弼亦上言："请引兵北攻范阳，覆其巢穴，擒贼党之妻孥为质，以招之，贼必内溃。潼关大兵惟宜固守，不可轻出。"颜真卿亦上言："潼关险要之地，屏障长安，固守为尚。贼羸师以诱我，幸勿为闲言所惑。"奏章纷纷而上。无奈国忠疑忌特深，只力持进战之说。玄宗迷其言，连遣中使，往来不绝的催出战，且降手敕切责云；

卿拥重兵，不乘贼无备，急图恢复要地，而欲待贼自溃，按兵不战，坐失事机，卿之心计，朕所未解。倘旷日持久，使无备者转为有备，我军迁延，或无成功之绩，国法具在，朕自不敢徇也。

哥舒翰见圣旨降下，严厉切责，势不能止，抚膺恸哭一回，遂整饬队伍，引兵出关，与崔乾佑之兵遇于灵宝西原。贼兵据险以待，南向阻山，北向阻河，中间隘道七十余里。王思礼等将兵五万居前，副将庞忠等引兵十万继进。哥舒翰自引兵三万，登河南高阜，扬旗擂鼓，以助其势。崔乾佑所率不过万人，部伍不整，官军望见，都皆笑之；谁知他已先伏精兵于险要之处，未及交兵，佯为偃旗曳戈，好像要逃遁的一般。官军懈不为备，方观望间，只听连声炮响，一齐伏兵多起，贼众乘高抛下木石，官军被击死者甚多，隘道之中，人马受束，枪杆俱不得施用。哥舒翰以毡车数十乘为前驱，欲藉以冲突。崔乾佑却以草车数十乘，塞于毡车之前，纵火烧焚。恰值那时东风暴发，火趁风威，风因火势，烟焰沸腾，官军不能开目，妄自相杀，只道贼兵在烟焰中，一齐把箭射将去，及知箭尽，方知无贼。乾佑遣将，率精骑数万，从山南转出官军之后，首尾夹攻，官军骇乱，大败而奔，或弃甲窜匿，而逃入山谷，或抛枪奔走，而误入河中，溺死者不计其数。后军见前军如此败走，亦皆自溃，河北军望见，也都逃奔，一时两岸官军俱空。这一场好厮杀，但见：

---

① 羸(léi)——瘦，弱。

② 戢(jí)——收敛，止息。

初焉诱敌，作为散散疏疏；乍尔交锋，故作慌慌缩缩。一霎时后兵拥至，转瞬间伏兵齐起。炮响连天，鼓声动地。相逢狭路，用不着大剑长枪；独占高冈，乱抛下木头石块。风能助火，顿教双目被烟迷；箭未伤人，却笑一时都射尽。眼见全军既覆，足令大将获擒。

官军既败，哥舒翰独与麾下百余骑自首阳山渡河，向西入关；余众奔至关外，时已昏夜，关前原有三个极阔极深的大坑堑，以防贼人冲突的，那时败兵逃归，争先入关，慌乱里黑暗中，不觉连人带马，多被跌入坑堑内；须臾之间，坑堑填满，后来者践之而过，如履平地。二十万人马出战，败后得归者，八千余人。崔乾佑乘胜，攻破潼关。哥舒翰退至关西驿中，揭榜收合败卒，欲图再战。部下番将火拔归仁心欲降贼，及声言贼兵将至，促哥舒翰出驿上马。火拔归仁言道："主帅以二十万众，一战而尽，有何颜复见天子；况又为权相所疑忌，独不见高仙芝、封常清之事乎？即请东行，以图自全之策。"哥舒翰道："吾身为大将，岂有降贼。"便欲下马。归仁叱部卒，系哥舒翰两足于马腹，不由分说，加鞭而行，诸将有不从者，都被缠缚。遇贼将田乾真，引兵来接应，遂将哥舒翰等执送禄山军前。

禄山本与哥舒翰不睦的，那时却不记旧怨，用好言劝他降顺。哥舒翰只得降了，火拔归仁自夸其功，大言于众，以为哥舒翰之降，我之力也。禄山闻之大怒道："归仁背朝廷，逼主帅，不忠不义！"命即斩其首以示众。当年安禄山奏请用番将守边，后来反叛，多得番将之力；火拔归仁自夸是番将，故敢大言夸功，亦不想竟为禄山所杀。正是：

反贼亦难容反贼，小人枉自为小人。

哥舒翰既降贼，禄山命为司空，逼令作书，招李光弼等来降。光弼等皆复书切责之。禄山知其无效，乃囚之于后院中。后人有诗叹云：

哥舒本名将，丧师非其罪。
权奸能制命，大帅如傀儡。
战所不宜战，我心先自馁。
辱身更辱国，千载有余悔。

这一场丧败，非同小可。此信报到京师，吃惊不小。正是：

将军失利边疆上，天子惊心宫禁中。

未知后事如何，且听下回分解。

第九十一回

延秋门君臣奔窜　马嵬驿兄妹伏诛

词曰：

昔日穷奢极丽，今日残山剩水。抛离宫院陟崔嵬，问因谁？　昔日皇恩独眷，今日人心都变。冰山消尽玉环捐，悔从前。

——右调《添字昭君怨》

自古贤君相与贤妃后，无不谨身修德，克俭克勤，上体天心，下合人意，所以能防患于患未作之先，转祸于福将至之日，庶几四方可以无虑，万民因而得所。如其不然，为上者骄奢淫佚，不知敬天劝民；而权恶庸劣之臣，与那怙宠恃势、败检丧节的嫔妃戚婉，擅作威福，只徇一己之私，不顾国家之事，以致天怒人怨，干戈顿起，地方失守，宗社几倾。彼卖国权臣，以及蛊惑君心的女子小人固终不免于诛戮，然万民已受其涂炭，天子且至于蒙尘，到那时，方咨嗟叹悼，追悔前非，则亦何益之有哉！

却说玄宗听信杨国忠之言，催逼哥舒翰出战，遂至全军覆没，主帅遭殃，潼关失陷，于是河东、华阴、冯翊、上洛等处守将都弃城而走。唐朝制度，各边镇每三十里设立一烟墩，每日黄昏时分，放烟一炬，接递至京，以报平安，谓之平安火。那时平安火三夜不至，玄宗心甚惶惑。忽飞马连报，说哥舒翰丧师失地，贼兵乘胜而进，势不可当。玄宗大惊，立即召集廷臣商议。

杨国忠怕人埋怨他催战之误，倒先大言道："哥舒翰本当早战，以乘贼之无备；只因战之不早，使贼转生狡谋，堕彼之计。"同平章事韦见素道："轻敌而败，悔已无及；为今之计，宜速征诸道兵入援，更命大将督率京中新募丁壮守卫京城。"翰林承旨秦国桢道："还须速敕郭子仪、李光弼等，急移兵以御贼入京之路。"杨国忠却只沉吟不语。玄宗问："宰相之见若何？"国忠奏道："征兵御贼，督兵守城，固皆要著；但潼关既陷，长安危甚，贼势方张，渐逼京师，外兵未能遽集，所谓远水难救近火。以臣愚见，莫如车驾暂幸西蜀，先使圣躬安稳，不为贼所侵扰，然后徐待外兵之至，乃为万全之策。"玄宗闻奏，未及开言，只见翰林承旨秦国桢出班奏道："逆贼犯顺，势虽猖披[①]，然岂能敌天朝兵力？即今郭子仪、李光弼、颜真卿、张巡等，皆屡战屡胜。近又报东平太守吴王祗义师，屡次杀贼甚多。闻安禄山诟骂其党严庄、高尚说：'汝前日劝我反，以为计出万全，今我屡为官军所逼，万全何在？'高、严二贼无言可对。禄山欲杀之，左右劝解而止。是贼气已挫，行当殄灭。今我兵潼关之败，失在违众议而催出战，非尽哥舒翰之罪也。若外兵云集，恢复有期；奈何以一败之故，遽思奔避？大驾一行，京都孰守？独不为宗庙社稷计乎？幸蜀之说，臣愚以为不可。"玄宗传谕，在廷诸臣各抒所见，诸臣都唯唯莫对，但回奏道："容臣等赴中书省共议良策覆旨。"玄宗闷闷不悦，罢朝回宫。

看官，你道杨国忠为何忽有幸蜀之说？却原来他向曾为剑南节度使，西川是他的熟径；前日一闻禄山反叛，他即私遣心腹，密营储蓄于蜀中，以备缓急，故今倡议幸蜀，图自便耳。正是：

只因自己营三窟，强欲君王驻六飞。

当下国忠见众论不一，上意未决，想道："前日天子又欲亲征，又欲禅让，多亏我姊妹们劝止。今日幸蜀之计，也须得他们去撺耸才妙。"遂乘间打从便门来到虢国夫人府中，相与密议其事。那时虢国夫人正从宫中宴会出来，同韩国夫人各归私第。每家一队，队着五色衣，车仗仪从，灯火辉煌，相映如百花之焕发，正在那里下辇，步到厅堂，恰好国忠慌慌张张的来到，口中只连声道："急走为上！急走为上！"虢国夫人忙问："有何急事？"国忠道："潼关失守，贼兵将至，为今之计，莫如劝圣驾速幸蜀中。我们有家业在彼，到那里可不失富贵。争奈众论纷纭，圣意不决，须得你姊妹急入宫去，与贵妃一同劝驾为妙。若更迟延，贼信紧急，人心一变，我辈齑粉矣！"虢国夫人闻言着了慌，把家中这桩怪事且丢过一边，急约了韩国夫人，一齐入宫，见了杨妃，密将国忠所言述了一遍。

姊妹三个同见玄宗，力劝早早幸蜀。你一句，我一言，继以涕泣，不由玄宗不从，遂密召国忠入宫共议。国忠又极言幸蜀之便，且云："陛下若明言幸蜀，廷臣必多异议，必至迟延误事，今宜虚下亲征之诏，一面竟起驾西行。"玄宗依言，遂下诏亲征，以京兆尹魏方进为御史大夫兼置顿使，少尹

---

① 猖披——猖狂横行。

崔光远为西京留守将军，命内官边令诚掌管宫门锁钥，又特命龙武将军陈元礼整敕护驾军士，给与钱帛，选闲厩马千余匹备用，总不使外人知道。

是日玄宗密移驻北内。至次日黎明，独与杨妃姊妹、皇太子并在宫中的皇子、妃主、皇孙、杨国忠、韦见素、魏方进、陈元礼及亲近宦官宫人出延秋门而去。临行之时，玄宗欲召梅妃江采苹同行。杨妃止之道："车驾宜先发，余人不妨另日徐进。"玄宗又欲遍召在京的王孙王妃，随驾同行。杨国忠道："若如此，则迟延时日，且外人都知其事了，不如大驾先行，徐降密旨，召赴行在可也。"于是玄宗遂行。梅妃与诸王孙妃主之在外者，俱不得从。

车驾既行，人犹未知，百官犹入朝，宫门尚闭，犹闻漏声，三卫立仗俨然。及宫门一启，宫人乱出，嫔妃奔窜，喧传圣驾不知何往，中外扰攘。秦国模、秦国桢料玄宗必然幸蜀，飞骑追随，其余宫员士庶，四出逃避；小民争入宫禁及官宦之家，盗取财宝，或竟骑驴上殿。公子王孙，有一时无可逃避者，号泣于路旁。后来杜工部曾有《哀王孙》诗云：

长安城头头白乌，夜飞延秋门上呼。又向人家啄大屋，屋底达官走避胡。金鞭断折九马死，骨肉不得同驰驱。腰下宝鱼青珊瑚，可怜王孙泣路隅。问之不肯道姓名，但道困苦乞为奴。已经百日窜荆棘，身上无有完肌肤。高帝子孙尽隆准，龙种自与常人殊。豺狼在邑龙在野，王孙善保千金躯。不敢长语临交衢，且为王孙立斯须。昨夜春风吹血腥，东来橐驼满旧都。朔方健儿好身手，昔何勇锐今何愚。窃闻太子已传位，圣德北服南单于。花门剺面请雪耻，慎勿出口他人狙。哀哉王孙慎勿疏，五陵佳气无时无。

且说玄宗仓卒西幸，驾过左藏，只见有许多军役手中各执草把在那里伺候。玄宗停车问其故，杨国忠奏道："左藏积财甚多，一时不能载去，将来恐为贼所得，臣意欲尽焚之，无为贼守。"玄宗愀然道："贼来若无所得，必更苛求百姓，不如留此与之，勿重困吾民。"遂叱退军役，驱军前进，才过了便桥，国忠即使人焚桥，以防追者。玄宗闻之，咄嗟道："百姓各欲避贼求生，奈何绝其生路？"乃敕高力士率军士速往扑灭之。后人谓玄宗于患难奔走之时，有此二美事，所以后来得仍归故乡，终生寿考。正是：

三言星退舍，天意原易回。
仓卒不忘民，庶几国脉培。

玄宗驾至咸阳望贤宫，地方官员俱先逃避，日已晌午，犹未进食，百姓或献粝饭，杂以麦豆，王孙辈争以手掬食之，须臾而尽。玄宗厚酬甚值，好言慰劳，百姓多哭失声，玄宗亦挥泪不止。众百姓中有个白发老翁，姓郭名从谨，涕泣进言道："安禄山包藏祸心，已非一日，当时有赴阙若言其反者，陛下辄杀之，使得逞其奸逆，以致乘舆播迁。所以古圣王务延访忠良，以广聪明也。犹记宋璟为相，屡进直言，天下赖以安；然顷岁以来，诸臣皆以为讳，唯阿谀取容，是以阙门之外，陛下俱不得而知。草野之人，早知有今日久矣，但九重严邃，区区之心无路上达，事不至此，何由得睹天颜而诉语乎？"玄宗顿足嗟叹道："此皆朕之不明，悔已无及。"温言谢遣之。从行军士乏食，听其散往各庄村觅食。是夜宿金城馆驿，甚是不堪。

次日，驾临至马嵬驿，将士饥疲，都怀愤怒。适河源军使王思礼从潼关奔至，玄宗方知哥舒翰被擒，因即以思礼为河西陇右节度使，令即赴镇收集散卒，以候东讨。思礼临行，密语陈元礼道："杨国忠召乱起祸，罪大恶极，人人痛恨，仆曾劝哥舒翰将军上表，请杀之，惜其不从我言；今将军何不扑杀此贼，以快众心？"陈元礼道："吾正有此意。"遂与东宫内侍李辅国商议，正欲密启太子，恰值有吐蕃使者二十余人，因来议和好，随驾而行。这一日遮杨国忠马前，诉以无食，国忠未及回答，陈元礼即大呼："杨国忠交通① 番使谋反，我等何不杀反贼！"于是众军一齐鼓噪起来。国忠大骇，急策马奔避，众军蜂拥而前，兵刃乱下，登时砍倒，屠割肢体，顷刻而尽，以枪揭其首于驿门外，并杀其子户部侍郎杨暄。正是：

任是冰山高万丈，不难一旦付东流。

国忠才被杀，凑巧韩国夫人乘车而至，众车一齐上前，也将韩国夫人砍死。虢国夫人与其子斐微并国忠的妻子幼儿都逃至陈仓，被县令薛景仙率吏民追捕着，也都被诛戮。正是：

昔年淡扫眉，今日血污颈。
可怜天子姨，卒难保首领。
恨不知沐猴，幻化潜踪影。

玄宗当日闻杨国忠为众军所杀，急出至驿门，用好言安慰众军，令各收队。众军只是喧闹扰攘，围住驿门不散。玄宗传问："尔等为何还不

---

① 交通——联络，联系。

散?”众军哗然道:“反贼虽杀,贼根犹在,何敢便散?”陈元礼奏道:“众人之意,以国忠既诛,贵妃不宜复侍至尊,伏候圣断。”玄宗惊讶失色道:“妃子深居宫中,国忠即谋反,与他何干?”高力士奏道:“贵妃诚无罪,但众将士已杀国忠,而贵妃犹在帝左右,岂能自安?愿皇爷深思之,将士安则圣躬方万安。”玄宗默然点头,转步回驿,不忍入行宫,只于驿旁小巷中,倚杖垂首而立。京兆司录韦谔,即韦见素之子,那时正侍立于侧,乃跪奏道:“众怒难犯,安危在顷刻间,愿陛下割恩忍爱,以宁国家。”玄宗乃步入行宫,见了贵妃,一字也说不出口,但抚之而哭。门外哗声愈甚,高力士道:“事宜速决。”玄宗携着贵妃,出至驿道北墙口,大哭道:“妃子,我和你从此永别矣!”杨妃亦涕泣呜咽道:“愿陛下保重,妾负罪良多,死无所恨,乞容礼佛而死。”玄宗哭道:“愿仗佛力,使妃子善地受生。”回顾高力士道:“汝可引至佛堂善处之。”说罢,大哭而入。

杨妃上佛堂礼佛毕,高力士奉上罗巾,促令自缢于佛堂前一果树下,年三十有八,时天宝十五载六月也。噫,此正白乐天《长恨歌》中所云:

九重城阙烟尘生,千乘万骑西南行。
翠华摇摇行复止,西出都门百余里。
六军不发无奈何,宛转蛾眉马前死。

后人题咏马嵬坡甚多,惟杜真卿一诗极佳。诗云:

杨柳依依水拍堤,春城茅屋燕争飞。
海棠正好东风恶,狼藉残江衬马蹄。

杨妃既死,高力士即出驿门,对众宣言道:“妃子杨氏,已奉圣旨赐死了!”众军还未肯信,高力士奉谕将杨妃之尸,用绣衾覆于榻上,置之驿庭中,敕陈元礼率领众军将入视。元礼揭其半衾抬其首,以示众人,于是众人知其果死,都免甲释胄顿首呼万岁而出。玄宗命高力士速具棺殓,草草的葬之于西郊之外道北坎下,才葬毕,适南方进荔枝到来。玄宗触物思人,放声大哭,即命以荔枝祭于冢前。后张祜有诗云:

旌旗不整奈君何,南去人稀北去多。
尘土已残香粉艳,荔枝犹到马嵬坡。

玄宗因顾谓高力士道:“妃子向尝有异梦,今日应矣!”力士道:“贵妃何梦,老奴未知。”玄宗道:“妃子曾说来,梦与朕同游骊山,至兴元驿对食。后院忽火发,仓卒出走,回望驿门中,树木俱为烈焰,俄有二龙至,朕跨白龙，其行甚速；妃子跨黑龙，其行甚迟。左右无人，惟见一蓬头黑面之物，状如鬼魅，自云是此峰之神，承上帝之命，授妃子为益州牧蚕元后。悚然而觉，明日即闻渔阳叛信。如今想起来，与朕游骊山，骊者离也，方食火发，失食之兆；火为兵象，驿木俱焚，驿与易同，加木于旁，'杨'字也。朕跨白龙，西行之象，妃子跨黑龙，幽阴之象；峰神者，山鬼也，山鬼乃'嵬'字，益州牧蚕元后，牧蚕所以致丝，'益'旁加丝，'缢'字也，正缢死于马嵬之兆。"高力士道："梦兆不祥，诚如圣谕。老奴犹记昔年遇一术士李遐周，彼曾咏一诗云：'燕市人皆去，函关马不归。若逢山下鬼，环上系罗衣。'彼说此诗所言应在后日，由今思之，燕市一句，指禄山之叛；函关句，谓哥舒翰之败；山下鬼乃'嵬'字，即马嵬驿也；贵妃小字玉环，今日老奴奉以罗巾自缢，所谓'环上系罗衣'也。定数如此，圣上宜自宽，不必过于伤情。"正说间，陈元礼入奏，请旨约饬军队起行。玄宗传谕即行。时乐工张野狐在侧，玄宗挥泪向他说道："此去剑门，鸟啼花落，水绿山青，无非助朕悲悼妃子之由也。"正是：

好景不堪愁里看，偶然触目更伤情。

未知后事如何，且听下回分解。

第九十二回

留灵武储君即位　陷长安逆贼肆凶

词曰：

西土忽来大驾，朔方顿耀前星。共言人事随天意，急难岂亡亲？独恨轻抛骨肉，致教并受邅迍。权奸女宠多贻祸，不止自家门。

——右调《乌夜啼》

国家当太平有道之时，朝廷之上，既能君君臣臣，则宫闱之间，自然父父子子；由是从一本之亲，推而至于九族之众，凡属天潢，无不安享尊荣，共被一人惇叙之德。流及既衰，为君者不能正其身，为臣者专务惑其主，因而内宠太甚，外寇滋生。一日变起仓卒，遂至流离播迁，犹幸天命未改，人心未去，天子虽不免蒙尘，储君却已得践祚，然而事势已成，仓皇内禅，毕竟授者不能正其终，受者不能正其始，何况势当危迫，匆匆出奔，宗庙社稷，都不复顾，其所顾恋不舍者，惟是一二嬖幸之人，其余骨肉至戚，俱弃之如遗，遂使王孙公子，都至飘零，玉叶金枝，悉遭戕贼。如唐朝天宝末年之事，真思之痛心，言之发指者也。

且说玄宗驾至马嵬，众将诛杀杨国忠及韩、虢二夫人，玄宗没奈何，只得把杨妃赐死，陈元礼方才约饬众军，请旨启行。众人以杨国忠部下将吏，俱在蜀中，不肯西行，或请往河陇，或请往太原，或请复还京师，众论纷纷不一。玄宗意在入蜀，却又恐拂众人之意，只顾低头沉吟，不即明言所向。韦谔奏道："太原河陇，俱非驻跸之地；若还京师，必须有御贼之备。今士马甚少，未易为计，以臣愚见，不如且至扶风，徐图进止。"玄宗闻言首肯，命以此意传谕众人，众皆从命，即日从马嵬发驾起行。及临行之时，有许多百姓父老遮道挽留，纷纷扰攘，都道："宫阙是陛下家居，陵寝是陛下坟墓，今日舍此，将欲何往？"玄宗用好言抚慰，一面宣谕，一面前行，百姓却越聚得多了。

玄宗乃命太子于车驾之后，谕止众百姓。于是众百姓拥住太子的马说道："皇爷既不肯留驾，我等愿率子弟，从太子东向去破贼，保全长安。"

太子道:“至尊冒危而行,我为子者,岂忍一日暂离左右?”众百姓道:“若皇太子与至尊都往蜀中去了,中原百姓谁为之主?”太子道:“尔等众百姓即欲留我,奈何尚未面辞,亦须还白至尊,更禀进止。”说罢,策马欲行,却被众百姓簇拥住了,不得行动。

那时太子之子广平王俶、建宁王倓俱乘马随后,此二王都是极有智勇的,当下建宁王见人情如此,乃前执太子之鞍进谏道:“逆贼犯阙,四海分崩,不因人情,何以兴复?今殿下若从至尊入蜀,倘贼兵烧绝栈道,则中原土地,拱手授贼;人情既离,岂能复合?他日虽欲复至此,不可得矣!为今之计,不如收集西北守边之兵,召郭子仪、李光弼于河北,与之并力东讨逆贼,克复二京,削平四海,扫除宫禁,以迎至尊,使社稷危而复安,宗庙毁而复存,此岂非孝之大者;何必徒事区区温凊定省之文,为儿女子之慕恋乎?”广平王亦从旁赞言道:“人心不可失,倓之言甚善,愿殿下审思之。”东宫侍卫李辅国至皇太子马前叩首请留,众百姓又喧呼不止。太子乃使广平王俶驰马往驾前启奏,请旨定夺。

此时玄宗方执辔停车,以待太子,久不见至,正欲使人侦探,恰好广平王来见驾,具述百姓遮留之状,玄宗道:“人心如此,即是天意。朕不使焚绝便桥,朕与百姓同奔,正为人心不可失耳!今人心属太子,是朕之幸也。”遂命将后军二千人及飞龙厩马匹分与太子,且传谕将士云:“太子仁孝,可奉宗庙,汝等宜善辅之。”又传语太子道:“西北诸部落,吾抚之素厚,今必得其用,汝勉图之,吾即当传位于汝也。”太子闻诏,西向号泣,广平王即宣谕众百姓道:“太子已奉诏留后,抚安尔等。”于是众百姓都呼万岁,欢然而散。

太子既留,莫知所适,李辅国道:“日已晏[①]矣,此地非可久驻,今众意将欲往何处?”众皆莫对。建宁王道:“殿下昔日曾为朔方节度使,彼处将吏,岁时致启,倓略识其姓名。今河陇之众多败降于贼,其父兄子弟多在贼中,恐生异志。朔方道近,士马全盛,河西行军司马裴冕在彼,此人乃衣冠名族,必无二心,可往就之,徐图大举。贼初入长安,未暇徇地,乘此急行,乃为上策。”众皆以为然,遂向朔方一路而行,至渭水之滨,遇着潼关来的败残人马,误认为贼兵,与之厮杀,死伤甚众;及收聚余卒,欲渡渭水,

---

① 晏(yàn)——晚,迟。

苦无舟楫，乃择水浅之处，策马涉水而渡。步卒无马者，都涕泣而返。太子至新平，连夜驰三百余里，士卒器械失亡过半，所存军众不过数百而已。正是：

从来太子堪监国，若使行兵号抚军。

此日流离国难守，无军可抚愧储君。

话分两头。且说玄宗既留下太子，车驾向西而进，来至岐山，讹传贼兵前锋将到，玄宗催趱众军，星夜驰至扶风郡宿歇。众士卒因连日饥疲，都潜怀去就之志，流言频兴，语多不逊。陈元礼不能挟制，玄宗甚以为忧。秦国桢奏道："众心汹汹①之际，非可以威驱势迫，当以情意感动之。"玄宗然其说。适成都守臣贡常例春彩十万余匹至扶风，玄宗命陈列于庭，召众将士入至庭下，亲自临轩宣谕道："朕年来昏耄，任托失人，以致逆贼作乱，势甚披猖，不得不暂避其锋。卿等仓卒从行，不及别父母妻子，跋涉至此，劳苦已极，此由朕政之不德所致，心甚愧之。今将入蜀，道路阻长，人马疲瘁，远行不易，卿等可各自还家，朕自与子孙及中官内人辈，勉力前往。今日与卿等别，可共分此春彩，以助资粮，归见父母妻子及长安父老，为朕致意，幸好自爱，无烦相念也。"言罢，涕泪沾襟。众人闻言伤感，亦都涕泣，叩头奏道："臣等死生，愿从陛下，不敢有贰。"玄宗亦挥泪不止，良久起身入内，犹回顾众人道："去留听卿，朕不忍相强。"秦国模在后宣言道："天子仁爱如此，众心岂不知感？"于是众人大哭而出。玄宗命陈元礼，将春彩尽数给赏于军上，流言自此顿息。正是：

三军一时忽欲变，谁说威尊命必贱？

不用势迫与刑驱，仁心入人心可转。

军心既定，玄宗即于次日起驾，望蜀中进发。行至河池地方，蜀郡长史崔圆前来迎驾，且说蜀土丰稔，甲士全备。玄宗欢喜，即令于驾前为引道。既入蜀境，路过一大桥，玄宗问是何桥，崔圆道："此名万里桥。"玄宗闻言，怳然点首道："一行僧之言验矣，朕可无忧矣！"你道甚么一行僧之言？原来唐朝有一神僧，法名一行，精通天文历法，曾造浑天仪覆矩图，极为神妙，其数学与袁天罡、李淳风不相上下。玄宗尝幸东都，与他同登天宫寺西楼，徘徊瞻眺，慨然发叹道："朕抚有此山川，必得长享无虞方好。"

① 汹汹(xiōng)——喧扰不安。

因问一行道："朕得终无祸患否?"一行道："陛下游行万里,圣寿无疆。"玄宗当时闻此言,只道是祝颂之语,谁知今日远行西川,所过此桥,恰名万里,因想一行之言,至今始验,又想他说圣寿无疆,可知朕躬无恙,所以心中欣喜说道："朕可无忧矣!"正是:

万里桥名应远游,神僧妙语好推求。

幸然圣寿还无量,珍重前途可免忧。

当下玄宗催趱军士前行,不则一日,来至成都驻跸。其殿宇宫室,与一切供御之物,虽都草创,不堪齐整,却喜山川险峻,城郭完固,贼氛已远,且暂安居,只是眼前少了一个最宠爱的人,想起前日马嵬驿之事,时时悲叹。高力士再三宽解。韦见素、韦谔、秦国模、秦国桢等俱上表请亟为讨贼之计。玄宗降诏,以皇太子分总节制,然都不即使出镇,特敕永王璘充山南东道岭南黔中江南西道节度都使,以少府西监窦绍为之傅;以长沙太守李岘为副都大使,即日同赴江陵坐镇。又诏以太子充天下兵马大元帅,领朔方、河北、平卢节度都使,收复长安、洛阳。

那知此诏未下之先,太子已正位为天子了。你道如何便正位为天子?原来太子当日渡过渭水,来到彭城,太守李遵出迎,以衣粮奉献,至平凉阅监牧马,得几万匹;又召募得勇士三千余人,军势稍振。时有朔方留后杜鸿渐、六城水陆运使魏少游、节度判官崔漪、度支判官卢简金、监池判官李涵等五人,相与谋议道："太子今在平凉,然平凉散地,非屯兵之所。灵武地方,兵食完富,若迎请太子至此,北收诸城兵,西发河陇劲骑,南向以定中原,此万世一时也。"谋议既定,李涵上笺于太子,且籍朔方士马甲兵粟帛军需之数以献。杜鸿渐、崔漪亲至平凉,面启太子道："朔方及天下劲兵之处,今土蕃请和,回纥内附,四方郡县俱坚守拒贼,以俟兴复。殿下若治兵于灵武,移檄四方,收揽忠义,按辔长驱,逆贼不足屠也。臣等已使魏少游、卢简金在彼葺治宫室,整备资粮,端候殿下驾幸。"广平王、建宁王,俱以两人之言为然,于是太子遂率众至灵武驻扎。

过了数日,适河西司马裴冕奉诏入为御史中丞,因至灵武参谒太子,乃与杜鸿渐等定议,上太子笺,请遵大驾发马嵬时欲即传位之命,早正大位,以安人心。太子不许道："至尊方驰驱道途,我何得擅袭尊位?"裴冕等奏道："将士皆关中人,岂不日夜思归?其所以不惮崎岖,远涉沙塞者,亦冀攀龙附凤,以建尺寸之功耳;若殿下守经而不达权,使人心一朝离散,大勋不可复集矣！愿即勉徇众情，为社稷计。"太子独未许允，笺凡五上，方准所奏。天宝十五载秋七月，太子即位于灵武，是为肃宗皇帝，即改本年为至德元载，遥尊玄宗为上皇天帝。裴冕、杜鸿渐等俱加官进秩。

正欲表奉玄宗，恰好玄宗命太子为元帅的诏到了。肃宗那时方知玄宗车驾已驻跸蜀中，随即遣使赍表入蜀，将即位之事奏闻。玄宗览表喜道："吾儿应天顺人，吾更何忧？"遂下诏："自今章奏，俱改称太上皇。军国重事，先请皇帝旨，仍奏闻朕。俟克复两京之后，朕不预事矣。"又命文部侍郎平章事房琯，与韦见素、秦国模、秦国桢赍玉册玉玺赴灵武传位，且谕诸臣不必复命，即留行在，听新君任用。肃宗涕泣拜领册宝，供奉于别殿，未敢即受。正是：

宝位已先即，宝册然后传。
授受原非误，只差在后先。

后来宋儒多以肃宗未奉父命，遽自称尊，谓是乘危篡位，以子叛父。说便这等说，但危急存亡之时，欲维系人心，不得已而出此，况玄宗屡欲内禅传位之说，已曾宣之于口，今日肃宗灵武即位之事，只说恪遵前命，理犹可恕，篡叛之说，似乎太过。若论他差处，在即位之后，宠嬖张良娣，当军务倥偬之际，与之博戏取乐，此真可笑耳。正是：

若能不以位为荣，便是真心干蛊人。

然虽如此，即位可也，本年便改元，是真无父矣，若使此时邺侯李泌早在左右，必不令其至此。后人有诗叹云：

灵武遽称尊，犹曰遭多故。
本岁即改元，此举真大错。
当时定策者，无能正其误。
念彼李邺侯，咄哉来何暮？

闲话少说。且说当日天子西狩，太子北行，那些时为何没有贼兵来追袭？原来安禄山不意车驾即出，戒约潼关军士勿得轻进。贼将崔乾祐顿兵观望，及车驾已出数日之后，禄山闻报，方遣其部将孙孝哲督兵入京。贼众既入京城，见左藏充盈，便争取财宝，日夜纵酒为乐，一面遣人往洛阳报捷，专候禄山到来，因此无暇遣兵追袭，所以车驾得安行入蜀，太子往朔方亦无阻虞，此亦天意也。正是：

左藏不焚留饵贼，遂教今日免追兵。

禄山至长安，闻马嵬兵变，杀了杨国忠，又闻杨妃赐死了，韩、虢二夫人被杀，大哭道："杨国忠是该杀的，却如何又害我阿环姊妹？我此来正欲与他们欢聚，今已绝望，此恨怎消！"又想起其子安庆宗夫妇，被朝廷赐死，一发忿怒，乃命孙孝哲大索在京宗室皇亲，无论皇子皇孙，郡主县主，及驸马郡马等国戚，尽行杀戮，又命将宗室男妇，被杀者悉刳取其心，以祭安庆宗。禄山亲临设祭，那日于崇仁坊高挂锦帐，排下安庆宗的灵座，行刑刽子聚集众尸，方待动手刳心，说也奇怪，一霎时天昏地暗，雷电交加，狂风大作，刽子手中的刀，都被狂风刮去城垛儿上插着，霹雳一声，把安庆宗的灵位击得粉碎，锦帐尽被雷火焚烧。禄山大惧，向天叩头请罪，于是不敢设祭，命将众尸一一埋葬。正是：

治乱虽由天意，凶残大拂天心。

不意雷霆警戒，这番惨痛难禁。

看官听说，前日玄宗出奔时，原要与众宗室皇亲同行的，因杨国忠谏阻而止。今日众人尽遭屠戮，皆国忠害之也，此贼真死有余辜矣。正是：

一言遗大害，万剐不蔽辜。

当日众尸虽免刳心之惨，然凡禄山平日所怨恶之人，都被杀戮，还道："李太白当日乘醉骂我，今日若在此，定当杀之！"又凡杨国忠、高力士所亲信的人，也都杀戮；朝官从驾而出者，其家眷在京，亦都被杀；只有秦国模、秦国桢的家眷，俱先期远避，未遭其害。内侍边令诚投降，以六宫锁钥奉献。禄山遣人遍搜各宫，搜到梅妃江采苹的宫畔，获一腐败女人之尸，便错认梅妃已死，更不追求。天幸梅妃不曾被贼人搜去，上皇归后，因得团圆皆老。可笑杨妃于仓皇被难之时，犹怀嫉妒，谏阻天子，不使梅妃同行，那知马嵬变起，自己的性命倒先断送了。后人有诗云：

自家姊妹要同行，天子嫔妃反教弃。

马嵬聚族而歼旃，笑杀当初空妒忌。

禄山下令，凡在京官员，有不即来投顺者，悉皆处死。于是京兆尹崔光远、故相陈希烈，与刑部尚书张均、太常卿张垍[①] 等，俱降于贼。那张均、张垍，乃燕国公张说之子也，张垍又尚帝女宁亲公主，身为国戚，世受国恩，名臣后裔，不意败坏家声，一至于此！

---

① 垍(jì)。

父爵燕国公，子事伪燕帝。

辱没燕世家，可称难兄弟。

禄山以陈希烈、张垍为相，乃以崔光远为京兆尹，其余朝士都授以伪官，其势甚炽。然贼将俱粗猛贪暴，全无远略，既克长安，志得意满，纵酒婪财，无复西出之意。禄山亦心恋范阳与东京，不喜居西京，正是：

贪残恋土贼人态，妄窃燕皇圣武名。

未知后事如何，且听下回分解。

第九十三回

凝碧池雷海青殉节　普施寺王摩诘吟诗

词曰：

谈忠说义人都会，临难却通融。梨园子弟，偏能殉节，莫贱伶工。
伶工殉节，孤臣悲感，哭向苍穹。吟诗写恨，一言一泪，直达宸聪。
——右调《青衫湿》

自古忠臣义士，都是天生就这副忠肝义胆，原不论贵贱的，尽有身为尊官，世享厚禄，平日间说到忠义二字，却也侃侃凿凿，及至临大节、当危难，便把这两个字撇过一边了，只要全躯保家，避祸求福。于是甘心从逆，反颜事仇。自己明知今日所为，必致骂名万载，遗臭万年，也顾不得。偏有那位非高品，人非清流，主上平日不过以俳优畜之，即使他当患难之际，贪生怕死，背主降贼，人也只说此辈何知忠义，不足深责，不道他到感恩知报，当伤心惨目之际，独能激起忠肝义胆，不避刀锯斧钺，骂贼而死。遂使当时身被拘囚的孤臣，闻其事而含哀，兴感形之笔墨，咏成诗词，不但为死者传名于后世，且为己身免祸于他年。可见忠义之事，不论贵贱，正唯贱者，而能尽忠义，愈足以感动人心。

却说安禄山虽然僭号称尊，占夺了许多地方，东西两京都被他窃据，却原只是乱贼行径，并无深谋大略，一心只恋着范阳故土，喜居东京，不乐居西京。既入长安，命搜捕百官宦者宫女等，即以兵卫送赴范阳，其府库中的金银币帛，与宫闱中的珍奇玩好之物，都辇去范阳藏贮。又下命要梨园子弟与教坊诸乐工都如向日一般的承应，敢有隐避不出者，即行斩首。其苑厩中所有驯象舞马等物，不许失散，都要照旧整顿，以备玩赏。

看官听说，原来当初天宝年间，上皇注意声色，每有大宴集，先设太常雅乐，有坐部，有立部，那坐部诸乐工，俱于堂上坐而奏技；立部诸乐工，则于堂下立而奏技。雅乐奏罢，继以鼓吹番乐，然后教坊新声与府县散乐杂戏，次第毕呈。或时命宫女，各穿新奇丽艳之衣，出至当筵清歌妙舞，其任载乐器往来者，有山车陆船制度，俱极其工巧。更可异者，每至宴酣之际，命御苑掌象的象奴,引驯象入场,以鼻擎杯,跪于御前上寿,都是平日教习在那里的。又尝教习舞马数十匹,每当奏乐之时,命掌厩的圉人牵马到庭前,那些马一闻乐声,便都昂首顿足,回翔旋转的舞将起来,却自然合着那乐声的节奏。宋儒徐节孝先生曾有《舞马诗》云:

开元天子太平时,夜舞朝歌意转迷。
绣榻尽容骐骥足,锦衣浑盖渥洼泥。
才敲画鼓头先奋,不假金鞭势自齐。
明日梨园翻旧曲,范阳戈甲满关西。

当年此等宴集,禄山都得陪侍。那时从旁谛观,心怀艳羡,早已萌下不良之念,今日反叛得志,便欲照样取乐。可知那声色犬马,奇术淫物,适足以起大盗觊窥之心。正是:

天子当年志太骄,旁观目眩已播摇。
漫夸百兽能率舞,此日奢华即盗招。

那时禄山所属诸番部落的头目,闻禄山得了西京,都来朝贺。禄山欲以神奇之事夸哄他们,乃召集众番赐宴于便殿,对众人宣言道:“我今受天命为天子,不但人心归附,就是那无知的物类,莫不感格效顺。即如上林苑中所畜的象,见我饮宴,便来擎杯跪献;那御厩中的马,闻我奏乐,也都欣喜舞蹈,岂非神奇之事!”众番人听说,俱俯伏呼万岁。那禄山便传令,先着象奴牵出象来看。不一时,象奴将那十数头驯象一齐都牵至殿庭之下,众番人俱注目而观,要看他怎么样擎杯跪献。不想这些象儿,举眼望殿上一看,只见殿上南面而坐者,不是前时的天子,便都僵立不动,怒目直视。象奴把酒杯先送到一个大象面前,要他擎着跪献,那象却把鼻子卷过酒杯来,抛去数丈。左右尽皆失色,众番人掩口窃笑。禄山又羞又恼,大骂道:“孽畜,恁般可恶!”喝把这些象都牵出去,尽行杀讫。于是辍宴罢席,不欢而散。当时有人作诗讥笑道:

有仪可象故名象,见贼不跪真倔强。
堪笑纷纷降贼人,马前屈膝还稽颡。

禄山被象儿出了丑,因疑想那些舞马,或者也一时倔强起来,亦未可知,不如不要看他罢,遂命将舞马尽数编入军营马队去。后来有两匹舞马,流落在逆贼史思明军中。那思明一日大宴将佐,堂上奏乐,二马偶紧于庭下,一闻乐声,即相对而舞。军士不知其故,以为怪异,痛加鞭棰,二马被鞭，只道嫌他舞得不好，越发摆尾摇头的舞个不止。军士大惊，棍棒交加，二马登时而毙。贼军中有晓得此马之事者，忙叫不要打时，已都打死了。岂不可笑？正是：

象死终不屈节，马舞横遭大杖。

虽然一样被杀，善马不如傲象。

话分两头，不必赘言。只说禄山在西京恣意杀戮，因闻前日百姓乘乱，盗取库中所藏之物，遂下令着府县严行追究，且许旁人首告。于是株连蔓引，搜捕穷治，殆无虚日。又有刁恶之人挟仇诬者，有司不问情由，辄便追索，波及无辜，身家不保。民间虽然无日不思念唐王，相传皇太子已收聚北方劲兵，来恢复长安，即日将至，或时喧称太子的大兵已到了，百姓们便争相奔走出城，禁止不住，市里为之一空。贼将望见北方尘起，也都相顾惊惶。禄山料长安不可久居，何不早回洛阳，乃以张通儒为西京留守，安忠顺为将军，总兵镇守关中；又命孙孝哲总督军事，节制诸将，自己与其子安庆绪率领亲军，及诸番将还守东都，择日起行。

却于起行之前一日，大宴文武官将，于内府四宜苑中凝碧池上，先期传谕梨园子弟、教坊乐工，一个个都要来承应。这些乐工子弟们，惟李谟、李野狐、贺怀智等数人随驾西去，其余如黄幡绰、马仙期等众人不及随驾，流落在京，不得不凭禄山拘唤，只有雷海青托病不至。

那日凝碧池头，便殿上排设下许多筵席。禄山上坐，安庆绪侍坐于旁，众人依次列坐于下。酒行数巡，殿陛之下，先大吹大擂，奏过一套军中之乐，然后梨园子弟、教坊乐工，按部分班而进。第一班按东方木色为首押班的乐官，头戴青霄巾，腰紧碧玉软带，身穿青锦袍，手执青旗一面，旗上书“东方角音”四字，其字赤色，用红宝缀成，取木生火之意。旗下引乐工子弟二十人，都戴青纱帽，著青绣衣，一簇儿立于东边。第二班按南方火色为首押班的乐官，头戴亦霞巾，腰系珊瑚软带，身穿红锦袍，手执红旗一面，旗上书“南方徵音”四字，其字黄色，用黄金打成，取火生土之意。旗下引乐工子弟二十人，都戴绛绡冠，着红绣衣，一簇儿立于南边。第三班按西方金色为首押班的乐官，头戴皓月巾，腰系白玉软带，身穿白锦袍，手执白旗一面，旗上书“西方商音”四字，其字黑色，用乌金造成，取金生水之意。旗下引乐工子弟二十人，都戴素丝冠，著白绣衣，一簇儿立于西边。第四班按北方水色为首押班的乐官，头戴玄霜巾，腰系黑犀软带，身穿黑锦袍,手执黑旗一面,旗上书“北方羽音”四字,其字青色,用翠羽嵌成,取水生木之意。旗下引乐工子弟二十人,各戴皂罗帽,著黑绣衣,一簇儿立于北边。第五班按中央土色为首押班的乐官,头戴黄云巾,腰系密蜡软带,身穿黄锦袍,手执黄旗一面,旗上书“中央宫音”四字,其字以白银为质,兼用五色杂宝镶成,取土生金,又取万宝土中生之意。旗下引乐工子弟四十人,各戴黄绫帽,著黄绣衣,一簇儿立于中央。五个乐官,共引乐人一百二十名,齐齐整整,各依方位立定。

才待奏乐,禄山传问:“尔等乐部中人,都到在这里么?”众乐工回称诸人俱到,只有雷海青患病在家,不能同来。禄山道:“雷海青是乐部中极有名的人,他若不到,不为全美,可即着人去唤他来。就是有病,也须扶病而来。”左右领命,如飞的去传唤了。禄山一面令众乐人,且各自奏技。于是凤箫龙笛,象管鸾笙,金钟玉磬,秦筝羯鼓,琵琶箜篌,方响手拍,一霎时,吹的吹,弹的弹,鼓的鼓,击的击,真个声音铿锵,悦耳动听。乐声正喧时,五面大旗一齐移动,引着众人盘旋错纵,往来飞舞,五色绚烂,合殿生风,口中齐声歌唱,歌罢舞完,乐声才止,依旧各自按方位立定。

禄山看了心中大喜,掀髯称快,说道:“朕向年陪着李三郎饮宴,也曾见过这些歌舞,只是侍坐于人,未免拘束,怎比得今日这般快意。今所不足者,不得再与杨太真妹妹欢聚耳。”又笑道:“想我起兵未久,便得了许多地方,东西二京,俱为我取,赶得那李三郎有家难住,有国难守,平时费了许多心力,教成这班歌儿舞女,如今不能自己受用,到留下与朕躬受用,岂非天数。朕今日君臣父子,相叙宴会,务要极其酣畅,众乐人可再清歌一曲侑酒。”

那些乐人,听了禄山说这番话,不觉伤感于心,一时哽咽不成声调,也有暗暗堕泪的。禄山早已瞧见,怒道:“朕今日饮宴,尔众人何得作此悲伤之态!”令左右查看,若有泪容者,即行斩首。众乐人大骇,连忙拭去泪痕,强为欢颜,却忽闻殿庭中有人放声大哭起来。你道是谁?原来是雷海青。他本推病不至,被禄山遣人生逼他来,及来到时,殿上正歌舞得热闹,他胸中已极其感愤,又闻得这些狂言悖语,且又恐喝众人,遂激起忠烈之性,高声痛哭。当时殿上殿下的人尽都失惊。左右方待擒拿,只见雷海青早奋身抢上殿来,把案上陈设的乐器尽抛掷于地,指着禄山大骂道:“你这逆贼,你受天子厚恩,负心背叛,罪当万剐,还胡说乱道!我雷海青虽是乐工，颇知忠义，怎肯伏侍你这反贼！今日是我殉节之日，我死之后，我兄弟雷万春，自能尽忠报国，少不得手刃你等这班贼徒！”禄山气得目瞪口呆，一句话也说不出，只叫快砍了。众人扯下，举刀乱砍，雷海青至死骂不绝口。正是：

昔年只见安金藏，今日还看雷海青。

一样乐工同义烈，满朝愧此两优伶。

雷海青已死，禄山怒气未息，命撤去筵席，将众乐人都拘禁候发落。正传谕时，忽探马来报：皇太子已于灵武即位，年号都有了；今以山人李泌为军师，命广平王、建宁王与郭子仪、李光弼等，分统军马，恢复两京。又报令狐潮屡次攻打雍邱，奈雍邱防御使张巡，又善守，又善战，令狐潮屡为所败。

禄山闻此警报，遂下令即日起马回东京，另议调遣军将应敌。其四京所存宫女宦官、奇珍玩物，及一切乐器与众乐人，尽数带往东京去。临行之时，禄山乘马过太庙前，忽勒住马，命军士将太庙放火焚烧。军士们领命，顷刻间四面放起火来。禄山立马观之，火方发，只见一道青烟直冲霄汉。禄山方仰面观看，不想那烟头随即环将下来，直冒入禄山眼中，登时两眼昏迷，泪流如注，不便乘马，另驾轻车而去。自此禄山害了眼病，日甚一日，医治不痊，竟双瞽①了。正是：

逆贼毁宗庙，先皇目不瞑。

旋即夺其目，略施小报应。

禄山至东京后，二目失视，不见一物，心中焦躁，时常想要唤那些乐人来歌唱遣闷；又因雷海青这一番，心中疑虑，不敢与他们亲近，欲待把他们杀了，又惜其技能，且留着备用。

且说雷海青死节一事，人人传述，个个颂扬，因感动了一个有名的朝臣。那臣子不是别人，就是前日于上皇前奏对钟馗履历的给事中王维。他表字摩诘，原籍太原人氏，少时尝读书终南山，开元年间进士及第，天性孝友，与其弟王缙俱有俊才。王维更博学多能，书画悉臻其妙，名重一时，诸王驸马俱礼之为上宾。尤精于乐律，其所著乐章，梨园教坊争相传习，曾有友人得一幅奏乐画图，不识其名，王维一见便道：“此所画者，乃《霓裳》第三叠第一拍也。”当时有好事者，集众乐工，奏《霓裳》之乐，奏到第三

① 瞽(gǔ)——瞎，盲。

叠第一拍，一齐都住着不动，细看那些乐工，吹的弹的敲的击的，其手腕指尖起落处，与画图中所画者，一般无二。众人无不欢服。天宝末年，官为给事中。当禄山反叛，上皇西幸之时，仓卒间不及随驾，为贼所获，乃服药取痢，佯为痢疾，不受伪命。禄山素重其才名，不加杀害，遣人伴送至洛阳，拘于普施寺中养病。王维性本极好佛，既被拘寺中，惟日以禅诵为事，或时闲坐，想想昔年上皇梦中，见钟馗挖食鬼眼，今禄山丧其二目，正应此兆。如此看来，鬼魅不久即扑灭矣，独恨我身为朝臣，不及扈从车驾，反被拘困于此，不知何时再得瞻天仰圣。正在悲思，忽闻人言雷海青殉节于凝碧池，因细询缘由，备悉其事，十分伤感，望空而哭。又想那梨园教坊，所学的乐章中，多是我的著作，谁知今日却奏与贼人听，岂不大辱我文字。又想那雷海青虽屈身乐部，其平日原与众不同，是个有忠肝义胆的人，莫说那贼人的骄态狂言，他耳闻目见，自然气愤不过；只那凝碧池在宫禁之中，本是我大唐天子游幸的所在，今却被贼人在彼宴会，便是极伤心惨目的事了。想到其间，遂取过纸笔来，题诗一首云：

万户伤心生野烟，百官何日再朝天？

秋槐弃落空宫里，凝碧池头奏管弦。

王维这首诗，只自写悲感之意，也不会赞到雷海青，也不会把来与人看。不想那些乐工子弟被禄山带至东京，他们都是久仰王维大名的，今闻其被拘在普施寺，便常常到寺中来问候。因有得见此诗者，你传我诵，直传到那肃宗行在。肃宗闻知，动容感叹，因便时将此诗吟讽。只因诗中有“凝碧池”三字，便使雷海青殉节之事愈著。到得贼平之后，肃宗入西京，褒赠死节诸臣，雷海青亦在褒赠之中。那些降贼与陷于贼中官员，分别定罪。王维虽未曾降贼，却也是陷于贼中，该有罪名的了。其弟王缙，时为刑部侍郎，上表请削己之官，以赎兄之罪。肃宗因记得《凝碧池》这首诗，嘉其有不忘君之意，特旨赦其罪，仍以原官起用，这是后话。正是：

他人能殉节，因诗而益显。

己身将获罪，因诗而得免。

且说禄山自目盲之后，愈加暴躁，虐待其下，人人自危，且心志狂惑，举动舛错，于是众心离散，亲近之人，皆为仇敌矣。所谓：

恶贯已将满，天先褫其魄。

未知后事如何，且听下回分解。

第九十四回

安禄山屠肠殒命　南霁云啮指乞师

词曰：

逆贼负却君恩重，受报亲生逆种。家贼一时发动，老命无端送。
渠魁虽殄兵还弄，强帅有兵不用。烈士泪如泉涌，断指何知痛？

——右调《胡捣练》

君之尊犹天也，犹父也，而逆天背父，罪不容于死。然使其被戮于王师，伏诛于国法，犹不足为异。唯是逆贼之报，即报之以逆子。臣方背其君，子旋弑其父，既足使人快心，又足使人寒心。天之报恶人，可谓巧于假手矣。乃若身虽未尝为背逆之事，然手握重兵，专制一方，却全不以国家土地之存亡为念，只是心怀私虑，防人暗算，忌人成功，坐视孤城危在旦夕，忠臣义士，枵① 腹而守，奋身而战，力尽神疲，疼心泣血，哀号请救，不啻包胥秦庭之哭，而竟拥兵不发，漠然不关休戚于其心，以致城池失陷，军将丧亡，百姓罹灾，忠良殒命，此其人与乱臣贼子何异，言之可为发指！

且说安禄山自两目既盲之后，性情愈加暴厉，左右供役之人稍不如意，即痛加鞭挞，或时竟就杀死。他有个贴身伏侍的内监，叫做李猪儿，日夕不离左右，却偏是他日夕要受些鞭挞。更可笑者，那严庄是他极亲信的大臣了，却也常一言不合，便不免于鞭挞。因此内外诸人，都怀怨恨。禄山深居宫禁，文武官将希得见其面。向已立安庆绪为太子，后有爱妾段氏，生一子，名唤庆恩，禄山因爱其母，并爱其子，意欲废庆绪而立庆恩为嗣。

庆绪因失爱于父，时遭棰楚②，心中惊惧，计无所出，乃私召严庄入宫，屏退左右，密与商议，要求一自全之策。严庄这恶贼，是惯劝人反叛的，近又受了禄山鞭挞之苦，忿恨不过。平日见庆绪生性愚騃，易于播弄，

---

① 枵(xiāo)——中心虚空的树根。引申为空虚。

② 棰(chuí)楚——棰，木棍；楚，荆杖。均为古代刑杖。

常自暗想:“若使他早袭了位,便可凭我专权用事。”今因他来求计,就动了个歹心,要劝他行弑逆之事,却不好即出诸口,且只沉吟不语。庆绪再三请问道:“我目下受父皇的打骂,还不打紧,只恐怕偏爱了少子,将来或有废立之举,必得先生长策,方可无虑,幸勿吝教。”严庄慨然发叹道:“从来说母爱者子抱,主上既宠幸段妃,自然偏爱那段氏所生之子,将来废位之事,断乎必有。殿下且休想承大位了,只恐怕还有不测之祸,性命不可保。”庆绪愕然道:“我无罪,何至于此?”严庄道:“殿下未曾读书,不知前代的故事。自古立一子废一子,那被废之子,曾有几个保得性命的?总因猜嫌疑忌之下,势必至驱除而后止,岂论你有罪无罪。”庆绪闻言,大骇道:“若如此则奈何?”严庄道:“以父而临其子,惟有逆来顺受而已。”庆绪道:“难道便无可逃避了?”严庄道:“古人有云:小杖则受,大杖则走。此不过谓人家父子之间,教训督责,当父母盛怒之时,以大杖加来,或受重伤,反使父母懊悔不安,且贻父母以不慈之名,不若暂行逃避,所以说‘大杖则走’。今以父而兼君之尊,既起了忍心,欲杀其子,只须发一言,出片纸,便可全事,更无走处,待逃到那里?”庆绪道:“此非先生不能救我!”严庄道:“臣若以直言进谏,必将复遭鞭挞,且恐激恼了,反速其祸,教我如何可以相救!”庆绪道:“我是嫡出之子,苟不能承袭大位,已极可恨,岂肯并丧其身?”严庄道:“殿下若能自免于死亡之祸,便并不致有废立之事矣!”庆绪道:“愿先生早示良策,我必不肯束手待死!”

严庄假意踌躇了半晌,说道:“殿下,你不肯束手待死么?你若束手,则必至于死;若欲不死,却束不得手了。俗谚云:‘君要臣死,不得不死;父要子亡,不得不亡。’说便如此说,人极则计生。即如主上与唐朝皇帝,岂不是君臣?况又曾为杨妃义子,也算君臣而兼父子。只因后来被他逼得慌了,却也不肯束手待死,竟兴动干戈起来,彼遂无如我何,不但免于祸患,且自攻城夺地,正位称尊,大快平生之志。以此推之,可见凡事须随时度势,敢作敢为,方可转祸为福;但不知殿下能从此万无奈何之计,行此万不得已之事否?”庆绪听说低头一想,便道:“先生深为我谋,敢不敬从。”严庄道:“虽然如此,必须假手于一人,此非李猪儿不可,臣当密谕之。”庆绪道:“凡事全仗先生大力扶持,迟恐有变,以速为贵。”严庄应诺,当下辞别出宫,恰好遇见李猪儿于宫门首,遂面约他:“晚间乘闲到我府中来,有话相商。”

至夜李猪儿果至，严庄置酒肴于密室，二人相对小饮。严庄笑问道："足下日来，又领过几多鞭子了？"李猪儿忿然道："不要说起，我前后所受鞭子，已不计其数，正不知鞭挞到何日是了？"严庄道："莫说足下，即如不佞，忝为大臣，也常遭鞭挞，太子以储贰之贵，亦屡被鞭挞。圣人云：'君使臣以礼。'又道：'为人父，止于慈。'主上恁般作为，岂是待臣子之礼，岂是慈父之道？如今天下尚未定，万一内外人心离散，大事去矣！"李猪儿道："太子还不知道哩！今主上已久怀废长立幼，废嫡立庶之意，将来还有不可知之事。"严庄道："太子岂不知之，日间正与我共虑此事。我想太子为人仁厚，若得他早袭大位，我和你正有好处，不但免于鞭辱而已。怎地画个妙策，强要主上禅位于太子才好。"李猪儿摇手道："主上如此暴厉，谁敢进此言，如何勉强得他。"严庄道："若不然呵，我是大臣，或者还略存些体面，不便屡加挞辱。足下屈为内侍，将来不止于鞭挞，只恐喜怒不常，一时断送了性命。"李猪儿听说，不觉攘臂拍胸道："人生在世，总是一死，与其无罪无辜，俯首被戮，何如惊天动地做一场，拚得碎尸万段，也还留名后世！"严庄引他说出此言，便抚掌而起，说道："足下若果能行此大事，决不至于死，到有分做个佐命的功臣哩！只是你主意已定否？"李猪儿道："我意已决，但恐非太子之意，他顾着父子之情，怎肯容我胡为？"严庄道："不瞒你说，我已启过太子了。太子也因失爱于父，怕有祸患，向我说道：'凡事任你们做去罢。'我因想着足下必与我同心，故特约来相商。"李猪儿道："既然如此，事不宜迟，只明夜便当举动。趁他两日因双眸痛，不与女人同寝，独宿于便殿，正好动手，但他常藏利刃于枕畔，明晚先窃去之，可无虑矣！"言毕作别而去。

次日，严庄密与庆绪照会，到黄昏时候，庆绪与严庄各暗带短刀，托言奏事，直入便殿门来，值殿官不敢阻挡。禄山此时已安寝于帏帐之内，不防李猪儿持刀突入帐中，禄山目盲，不知何人，方欲问时，李猪儿已揭去其被，灯火之下，见禄山袒着大腹，说时迟，那时快，把刀直砍其肚腹。禄山负痛，急伸手去枕畔摸那利刃，却已不见了，乃以手撼帐竿道："此必是家贼作乱！"口中说话，那肚肠已流出数斗，遂大叫一声，把身子挺了两挺，呜呼哀哉了。时肃宗至德二载正月也。可恨此贼背君为乱，屠戮忠良，虐害百姓，罪恶滔天，今日却被弑而死。乱臣受弑逆之报，天道昭彰。后人有两只《挂枝儿》词说得好，道是：

安禄山,(你做)张守圭(的)走狗,犯死刑,姑饶下(这)驴头。(却怎敢)恃兵强,(要学那)虎争龙斗,(你本是)狼子野心肠,(人道是)猪首龙身兽,(到今日)作孽的猪龙,也倒死(在)猪儿手!

安禄山,(你负了)唐明皇(的)宠眷,(不记得)拜母妃,钦赐洗儿钱,(怎便把)燕代唐,(要)将江山沾。(可笑你打)家贼(的)鞭何重,(那禁他斫)大腹(的)刀太尖。(则见你)数斗(的)肠流也,(为)甚赤心(儿)没一点!

禄山既被杀,左右侍者方惊骇间,庆绪与严庄早到,手中各持短刀,喝叫不许声张。众人一则平日被禄山打毒,今日正幸其死;二来见庆绪与严庄作主,便都不敢动。严庄令人就床下掘地深数尺,以毡裹其尸而埋之,戒宫中勿漏泄。次早宣言禄山骤病危笃,命传位于庆绪。于是庆绪僭即为位,密使人将段氏与庆恩缢死,伪尊禄山为太上皇,重加诸将官爵,以悦其心。过了几日,方传禄山死信,命群臣不必入宫哭临,密起其尸于床下。尸已腐烂,草草成殓,发丧埋葬。严庄见庆绪昏庸,恐人不服,不要他见人。庆绪日以酒色为事,凡禄山所宠的姬侍,都与淫乱。凡大小诸事皆取决于严庄,封他为冯翊王。严庄以庆绪之命,使伪汴州刺史尹子奇引兵十三万攻睢阳城,睢阳太守许远求救于雍邱防御使张巡。

且说张巡在雍邱,那南霁云与雷万春已投入麾下为郎将。当车驾西幸之时,贼将令狐潮来攻雍邱,张巡率许、雷二人及诸将佐悉力拒贼。令狐潮与张巡原系旧同学,因遣使致书,申言夙契,且云:"天下存亡未卜,守此孤城何益,不如早降为上。"张巡部下有大将六人,亦劝张巡出降。张巡大怒,设天子画像于堂,率众朝拜涕泣,谕以大义,众皆感奋。张巡乃斩来使,并斩劝降六将。于是人心愈坚。拒守既久,城中缺少了箭,张公命作草人千余,蒙以黑衣,乘夜缒下城去。贼兵惊疑,放箭乱射,遂得箭无数。次夜,仍复以草人缒下,贼都大笑,更不为备。张巡乃选壮士五百人,缒将下去,径到贼营。贼出其不意,一时大乱,弃营而奔,杀伤甚众。令狐潮忿怒,亲自督兵攻城。张巡使雷万春登城探视,时万春因传闻得其兄雷海青殉难的消息,十分哀愤,才哭得过,便咬牙切齿的上城来,方举目而望,不防贼兵连发弩箭。雷万春面上连中六矢,仍是挺然立着不动。令狐潮遥望见,疑为木偶人,及见其用手拔箭,流血被面,方询知是雷万春,大为骇异。正是:

草人错认是真，真人反疑为木。

笑尔草木皆兵，羡他智勇具足。

少顷，张巡亲自督城，令狐潮望着楼上叫道："张兄，我见雷将军，知足下军令矣！然而天道何？"张巡说："足下未识人伦，安知天道？你平日也谈忠说义，今日忠义何在？勿更多言，可即决一胜负。"遂率兵与战，兵皆奋勇争先，生获贼将十四人，斩首八百余级。令狐潮败入陈留，余众屯于沙涡。张巡乘夜袭击，又大破之，奏凯而回。忽探马来报说："贼将杨朝宗欲引兵袭取宁陵，断我归路。"张巡乃分兵守雍邱，自引兵将星夜至宁陵，恰值许远亦引兵到来，遂合兵与贼战，昼夜数十回合，大破杨朝宗之众，斩首数千级。

捷音至行在，肃宗诏以张巡为河南节度副使，许远亦加官进秩，仍守睢阳。至是，尹子奇来攻睢阳，许远因兵少，遣使至张巡处求救。张巡以睢阳要地，不可不坚守，乃自宁陵引兵三千至睢阳，合许远所部兵不过七千人。张巡与南霁云、雷万春等数将，并力出战，屡次得胜。张巡欲放箭射尹子奇，奈不识其面，乃以篙为矢射去，贼兵疑城中箭已尽，遂将篙矢呈于子奇。于是张巡识其状貌，命南霁云射之，中其左目。正是：

禄山两目俱盲，子奇一目不保。

相彼君臣之面，眼睛无乃太少。

自此许远将战守事宜，悉听张巡指挥。张巡真是文武全才，不但善战，又极善谋，行兵不拘古法，随机应变，出奇制胜。其生性忠烈，每临战杀贼，咬牙怒恨，牙齿多碎。却又能于军务倥偬之际，不废吟咏。因登城楼，遥闻笛声，遂作《军中闻笛》，诗云：

岧峣试一临，敌骑附城阴。

不辨风光色，安知天地心。

门开边月近，战苦阵云深。

旦夕更楼上，遥闻横笛音。

闲言少说。且说许远向于睢阳城中积军粮百余万石，后被宗藩虢王巨调其半分给他郡，不由许远不肯。因此睢阳城中粮少，到那时渐已告匮，每人日止给米一二合，杂以茶纸树皮为食。贼兵攻城愈急，造为云梯，其状如虹，使勇卒三百立于上，推梯临城，欲便腾入。张巡预知，使人于城墙潜凿三穴，俟梯将近，每穴出一大木，一木挂定其梯，使不得进；一木上有铁钩挽住其梯，使不得退；一木上置铁笼盛火药，发火焚之，梯即中断，梯上军士都被火烧，跌落地而死。贼兵又作木驴攻城，张巡命熔金汁灌之，登时消铄。凡此拒守之事，俱应机立办，贼服其智，不敢来攻，但于城外列营围困。张巡、许远分城而守，与众同食茶纸，亦不复下城。那时大帅许叔冀在谯郡，贺兰进明在临淮，俱拥兵不救，而临淮与睢阳尤近，张巡乃命南霁云赴临淮借粮，乞师援救。

霁云领命，引三十骑出城，突围而走，贼众数万挡之，霁云直冲其众，左射右射，矢无虚发，贼皆披靡，遂出重围至临淮，见贺兰进明，涕泣求救。谁知进明素与许叔冀不睦，恐分兵他出，或为所袭；二来又心怀妒忌，不欲许远、张巡成功，竟不肯发兵，亦无粮米相借，说道："此时睢阳当已失陷，我即发兵借粮，亦无及矣！"霁云道："睢阳死守待救，大兵速去，必不至失陷；若果已失，我南八男儿，请以死谢大夫。"进明只不允。霁云奋然道："睢阳与临淮如皮毛之相依，睢阳若陷，即及临淮，岂可不救？"说罢仰天号恸。

进明爱其忠勇，意欲留之，乃用温言抚慰，且命设宴款待，奏乐侑酒。霁云大哭道："仆来时，睢阳城中已不食月余矣，今即欲独食，安能下咽！大夫坐拥强兵，并无分灾救患之意，岂忠臣义士之所为乎？"因发狠自咬下一指，以示进明道："仆已不能达主将之意，请留此指以示信，归报主将与同死耳！"一时指血泪血，有如泉涌，座客俱为之挥涕。进明决意不救，又度霁云不可留，竟谢遣之。此真千古可恨之事，所以至今张睢阳庙中，铜铸一贺兰进明之像，裸体绑缚，跪于阶下，任人敲打，来泄此恨。后人也有两支《挂枝儿》说得好，正是：

进明呵，（你也）食唐家禄否？（人望你）拯灾危，冒险（的）求救；（谁知你）拥强兵（竟）不能相救。（不曾）见你兴师去，（倒要）将他勇士留。（可怜那）南八男儿也，十指（儿）只剩九。

进明呵，（你不愿）千年的唾骂，（任南八）苦求救，只不听他，（眼睁睁）看他将指头（儿）咬下。（他当时）临去空咬指，（我今日）说来亦咬牙，（好把那）睢阳庙里铜人，也尽力（的）狠敲打！

南霁云自临淮奔至宁陵，与偏将廉坦，引步骑数百，冒围至睢阳城下，与贼力战，斫坏贼营，方得入城门。城中人闻救兵不至，无不号哭，或议弃城而走。张巡、许远婉言晓谕众人道："睢阳乃江淮保障，若弃之而去，贼必长驱东下，是无江淮也。况我众饥疲，即走亦不能远，徒遭残杀耳！临淮虽不来相救，诸镇岂无一仗义者，不如坚守以待之。但是城中绝粮，何忍留尔众同受饥寒，今任尔众自便，我二人为朝廷守土，义当以身守之，不敢言去也！”众人闻言感激，愿同心竭力，以守此城。茶纸食尽，杀马而食；马食尽，罗雀掘鼠而食；雀鼠亦尽，张巡杀其爱妾，许远烹其家僮，以享士卒。人心愈加衔感，明知必死，终无叛志。

又挨过了数日，军将都羸瘦患病，不能拒守，贼遂登城。张巡西向再拜道：“仁臣力竭矣！不克全城以报朝廷，死当为厉鬼以杀贼！”今盛京慈仁寺，所塑青魈菩萨，赤发蓝面，口衔巨蛇，如夜叉之状，云即张睢阳自矢所为厉鬼像也。城既破，张、许二公及诸将俱被执。尹子奇将许远解赴洛阳，张巡与雷万春、南霁云等共三十六人皆遇害。张巡至死，神色如常，万春、霁云俱骂不绝口而死，其余三十余人，亦无一肯屈节者。后人有诗赞曰：

张巡先殒固尽忠，许远后亡亦矢节。

从死不独有南雷，三十六人同义烈。

睢阳失陷三日之后，河南节度使张镐救兵到来。原来张镐闻睢阳危急，倍道求援，犹恐不及，先遣飞骑驰檄谯郡太守闾邱晓，使速行本部兵先往。闾邱晓素傲狠，不奉节制，竟不起兵。及张镐至，城已破三日矣。张镐大怒，令武士擒闾邱晓，至军前杖杀之。正是：

恨不移此闾邱杖，并杖临淮狠贺兰。

未知后事如何，且听下回分解。

第九十五回

李乐工吹笛遇仙翁　王供奉听棋谒神女

词曰：

声音入妙感仙家，月夜引仙槎。只嫌笛管未全佳，吹破共嗟讶。
更惊弈理通仙道，决胜负数着无加。止将常势略谈些，国手已堪夸。

——右调《月中行》

人生世上，不特忠孝节义与夫功勋事业、道德文章，足以流芳后世，垂名不朽，就是那一长一技之微，若果能专心致志，亦足以轶类超群，独步一时，且其艺既精妙入神，不难邀知遇于君上，致感动于神仙，使其身所遭逢之事，传为千秋佳话。

却说张镐既杖杀闾邱晓，即移书于贺兰进明，责其不救睢阳。恰闻朝廷有旨，命张镐镇临淮，着进明移驻别镇。张镐乃率兵攻打睢阳城，与尹子奇大战。子奇正战之间，忽然阴云四合，寒风扑面，贼众都闻鬼哭神号之声，空中如有鬼兵来冲突，一时大乱，四散狂奔。正是：

死为厉鬼忠臣志，须信忠魂自有灵。

尹子奇兵溃，只得弃了睢阳城，退奔陈留，谁想陈留百姓，恨其荼毒睢阳，痛惜忠良被害，遂出其不意，杀将起来，斩了尹子奇，开城迎降。张镐安民已毕，分兵留守，一面引众回镇，一面将睢阳死难诸臣具表奏闻朝廷。恰好上皇有手诏至肃宗行在，命褒录死节之人。

且说上皇在蜀中，眼前少了个杨妃，常怀愁闷。那些梨园子弟又大半散失，供御者无多人，更加不快；还亏有高力士日夕侍侧，时为劝解。及闻安禄山焚毁祖庙，杀害宗室，残虐臣民，遂抚心顿足，十分哀痛，随又传闻禄山已死，乃叹恨道："朕恨不及手自寸磔此贼也！"因追念故相张九龄，昔年曾说禄山有反相，不宜宥其死，此真先见之明，当时若从其言，何至有今日之祸？于是特遣中使往曲江，致祭于其墓，御制祭文一道，手书付中使，赴墓前宣读。其文云：

惟卿昔者曾有谠言，谓安禄山反相昭然，不宜宥死，宜亟歼旃①。朕听不聪，轻纵巨奸，既宽显戮，更予大藩，酿兹凶祸。追悔从前，卿今若在，朕复何颜！追念老臣，曷胜涕涟。特遣致祭，侑以短篇，嘉卿先见，志吾过愆。尚飨。

上皇既遣祭张九龄，且厚恤其家，因即降手诏，命朝臣查录一切死难忠臣，申奏新君，并加恤典，不得遗漏。又闻雷海青殉节于凝碧池，不胜嘉叹。张野狐因乘机启奏道："梨园旧人黄幡绰，向羁贼中，今从东京逃来，欲请见驾；只因失身陷贼，恐上皇爷欲加之罪，故逡巡未敢。"上皇道："汝等俳优之辈，安能尽如雷海青这般殉节？失身贼中，不足深责。黄幡绰既从贼中来，必知雷海青殉节之详，朕正欲问他，可便唤来。"左右领旨，即将黄幡绰宣到。幡绰叩首阶前，涕泣请罪。上皇赦其罪，问道："雷海青殉节于凝碧池之日，你也在那里么？"幡绰道："此事臣所目睹。"上皇道："汝可详细奏来。"幡绰便把那安禄山如何设宴奏乐，众乐工如何伤感堕泪，禄山如何要杀那堕泪的，雷海青如何大哭，如何抛掷乐器，骂贼而死，一一奏闻。上皇叹息道："海青乃能尽忠如此，彼张均、张垍辈，真禽兽不若矣！"因问幡绰道："汝于此时亦曾堕泪否？"幡绰道："触目伤心，那得不堕泪？"时内监冯神威在侧，向日幡绰曾于言语之间戏侮了他，心中不悦，奏道："此言妄也。奴婢闻人传说，幡绰在贼中，把安禄山极其谄奉。禄山在宫中梦纸窗破碎，幡绰解云：'此为照临四方之兆。'禄山又梦自身所穿袍袖甚长，幡绰又为之解云：'此所谓垂衣而天下治。'如此进谀，岂是肯堕泪者？"上皇即问幡绰："汝果有此言否？"那黄幡绰本是个极滑稽善戏谑的人，平日在御前惯会撮科打诨，取笑作耍的，那时若惊惶抵赖，便没趣了，他却不慌不忙，从容奏道："禄山果有此梦，臣亦果有此言。臣因禄山有此不祥之二梦，知其必败，故不与直言以取祸，只以巧言对之，正欲留此微躯，再睹天颜耳。"上皇道："怎见得此二梦之不祥，汝便知其必败？"幡绰道："纸窗破者，不容胡做也；袍袖长者，出手不得也。岂非必败之兆乎？"上皇听说，不觉大笑，遂命仍旧供御。正是：

闻之既堪为解颐，言者自可告无罪。

自此上皇时常使黄幡绰侍侧，询问东西二京之事。幡绰恐感动圣怀，

---

① 旃(zhān)——代词"之"。

应对之间,杂以诙谐,常引得上皇发笑。忽一日,又有一个梨园旧人到来,你道是谁?却是笛师李謩。原来李謩于圣驾西行时,同着一个从人奔走随驾,不想走迟了,却追随不及,失落在后。遇着哥舒翰的败残军马冲来,前路难行,急慌慌的奔窜,一时无处逃匿,只得权避入一山谷中。其中有古寺一所,寺僧询知是御前供奉之人,不敢怠慢,因留他暂寓,一连住了五七日。

一夕,月朗风清,从人先自去睡了,李謩心中烦闷,且不即睡,又爱那风清月白,徘徊观玩了一回,便向行囊中,取出平日那枝所吹的笛儿来,独自步出寺门,在一大树之下石台上坐着,把那笛儿吹起。真个声音嘹亮,响彻山谷。才吹罢,遥见园林中走出一个彪形大汉,大踏步行至前来,仔细视之,乃一虎头人也。李謩大骇,那虎头人身穿一件白夹单衣,露脚赤足,就寺门槛上箕踞而坐,说道:"笛声甚妙,可再吹一曲。"李謩那时不敢不吹,只得按定了心神,吹起一套繁縻之调。虎头人听到酣适之际,不觉瞑然睡去,横卧于槛上,少顷之间,鼾声如雷。李謩欲待跨入寺门槛去,又恐惊醒了他,不是要处;回首四顾,没处藏身,只得将笛儿安放在草间,尽力爬上那大树,直爬到那极高的去处,借树叶遮身,做一堆儿伏着。

不移时,虎头人醒来,不见了吹笛人,即懊悔道:"恨不早食之,却被他走了。"遂立起身来,向空长啸一声,便有十余只大虎,腾跃而至,望着虎头人俯首伏地,状如朝谒。虎头人道:"适有一吹笛小儿,乘我睡熟,因而逃脱。我方才当槛而卧,量彼不敢入寺,必奔他处,汝等可分路索之。"众虎遂四散奔去,虎头人依然踞坐不动。约五更以后,众虎俱回,都作人言道:"我等四路追寻不获。"正说间,恰值月落斜照,见有人影在树。虎头人笑道:"我道有云行雷掣,却原来在这里!"乃与众虎望着树上,跳身攫取。幸那树甚高,跃攫不及。李謩此时却吓得魂不附体,满身抖颤,几乎坠下,紧紧抱着树枝。正在危急,忽闻空中有人喝道:"此乃御前之人,汝等孽畜,不得猖獗!"于是虎头人与众虎一时俱惊散。少间天曙,仆从来寻,李謩方才下树。且喜那笛儿原在草间无损,仍旧收得。正是:

　　箫能引凤,笛乃致虎。
　　岂学虞廷,百兽率舞。

李謩受此惊恐,卧病数日。病愈之后,方欲起身,适有旧日相知的京官皇甫政新任越州刺史,因赴任途次,偶来山寺借宿,遇见了李謩,各叙寒暄,问李謩:"将欲何往?"李謩道:"将欲西行,追随大驾。"皇甫政道:"近日西边一路,兵马充斥,岂可冒险而行?不如同我到越州暂住,俟稍平定,西行未迟。"李謩应诺,遂别了寺僧,随着皇甫政迤逦来至越州,即寓居于刺史署中。

那越州有个镜湖,是名胜之处,皇甫政公事之暇,常与李謩到彼观览。李謩道:"湖光可人,尤宜月夜。"皇甫政点头道:"我亦正欲为月夜泛湖之游。"乃于月明之夜,具酒肴于舟中,约集僚友,同了李謩泛湖饮宴。但见月光如水,水光映月,放舟中流,如游空际,正合着苏东坡《赤壁赋》中两句,道是:

桂棹兮兰桨,击空明兮溯流光。

众官饮酒至半酣,都要听李謩的妙笛,说道:"昔年勤政楼头一曲笛音,止住了千万人的喧哗,天下传闻绝技。今夕幸得相叙,切勿吝教。"皇甫政笑道:"李君所用之笛,我已携带在此了。"众官都喜道:"可知妙哩!"李謩谦逊了一回,取出笛儿吹将起来,其声音之妙,真足以怡情悦耳,听者无不啧啧称叹。一曲方终,只见前面有扁舟一叶,一童子鼓棹而行,船上立着一个老翁,口中高声的叫道:"大好笛音,肯容我登舟一听否?"众人于月下视之,见他:

数髯瑟瑟,一貌堂堂。野服葛巾,绝似仙家妆束;开襟挥尘,更饶名士风流。果然顾盼非凡,真乃笑谈不俗。

众官看了,知其非常人,不敢轻忽,即请过大船中,以礼相见。老翁道:"山野之人,多有唐突,幸勿见罪。"众官揖之就坐。那老翁道:"偶游月下,忽闻笛声甚佳,故冒昧至此,欲有所陈。"李謩道:"拙技不足污耳,承翁丈闻声而来,定是知音,正欲请教大方。"老翁道:"顷所吹者,乃《紫云回》曲也,此调出自天宫,今尊官已悉得其妙,但婉转之际,未免微涉番调,何也?"李謩惊叹道:"翁丈真精于音律者,仆初学笛时所从之师,实系番人。"老翁道:"笛者涤也,所以涤邪秽而归之于雅正也,岂可杂以番调邪!宜尽脱去为妙。"李謩拱手道:"谨受教。"老翁道:"尊官所吹之笛,是平日惯用的么?"李謩道:"此笛乃紫纹云梦竹所造,出自上赐,正是平时用熟的。"老翁道:"紫纹竹生在云梦之南,于每年七月望前生,但今年七月望前生,必须于明年七月望前伐,若过期而伐,则其音窒;先期而伐,则其音浮。适间细听笛音,颇有轻浮之意,当是先期而伐者。但可吹和平繁靡之音调,若吹金石清壮之调,笛管必将碎裂。”

众官听了,都未肯信,李謩口虽唯唯,也还半信半疑。老翁道:“公等如不信,老朽请一试之。”说罢,便取过李謩所吹的笛儿,吹起一曲金石调来,果然其声清壮,可以舞潜蛟而泣嫠妇。李謩与众官都听得呆了。及吹至入破之时,众人正听得好,忽地刮剌一声,笛儿裂作两半,众方惊叹信服。老翁笑道:“损坏佳笛,如之奈何?老朽偶带得二笛在此,当以其一奉偿。”遂向衣裾中取出二笛,一极长,一稍短,乃以短者送李謩道:“便请试吹。”李謩接过来,略一吹弄,果然应手应口,非他笛可比,心中欢喜,再三称谢。皇甫政笑道:“从来说宝剑赠与烈士,红粉寄与佳人。老丈既以敝友为知音,何不并将那一枝惠赐之?”老翁道:“非敢吝惜,其实那一笛,非人间所可吹者;即使相赠,亦未必能吹。”李謩道:“小子愿一试之。”

老翁便把那笛递过来,李謩吹之再四,都不入调,且亦不甚响亮。老翁道:“此非人间笛,固未易吹也。”李謩道:“此笛量非老丈不能吹,必求赐教。”老翁摇头道:“人间吹不得。”李謩道:“人间吹了便怎么?”老翁笑道:“尊官前日山谷中所吹,不过是人间之笛,尚有虎妖闻声而至;今于湖中吹动那一笛,岂不大惊蛟龙乎?”众人闻言,都道:“不信有这等事。”老翁道:“诸公如必欲吹,老朽试略吹之,倘有变动,幸忽惊讶。”于是取过那笛来,信口一吹,其声震耳,树头宿鸟俱惊飞叫噪;到五六声之后,只见月色惨黯,大风顿作,湖水鼓浪,巨鱼腾跃,举舟之人大骇,都道:“莫吹罢!莫吹罢!”

老翁呵呵大笑,收过了笛,起身告别,众人挽留不住。李謩道:“还不曾拜问尊姓大名。”老翁笑道:“前宵于空中喝退虎妖者即我也,不须更问姓名。”言讫,耸身跃入小舟,童子鼓棹如飞,顷刻不见。众人又惊又喜,都赞叹李謩妙笛,能使仙翁来降。正是:

笛既能致虎,亦复可遇仙。

虎因畏仙去,仙还把笛传。

李謩自得了仙翁所授之笛,其技愈精。皇甫政因他是御前侍奉的人,不敢久留,打听得路途稍通,遂赍送盘费,遣发起行。不则一日,来到蜀中。先投谒高力士,引至上皇驾前朝见。上皇怜其间关跋涉而来,赐与衣帽,仍令供御。李謩将途中遇仙之事,从容启奏。上皇本是极好神仙的,闻其所奏,十分叹异。高力士因奏道:“老奴向闻翰林院弈棋供奉王积薪,亦曾于旅次遇仙。”上皇道：“此事朕所未闻，王积薪今在此，当面问之。”于是传旨，宣王积薪。

且说那王积薪乃长安人，原是世家巨族的后裔；从幼性好弈棋，屡求善弈者指教，遂成高手。少年时曾与一班贵介子弟四五人，于长安城外一个有名的园亭上宴会。正酣饮间，忽有一人乘马至园门首下了马，昂然而入，看他打扮，不文不武，对众举手笑道：“诸君雅集，本不当来吵扰；止缘渴吻，欲得杯酒润之，未识肯见赐否？”王积薪见其器宇轩昂，知非恒辈，不等众人开口，先自起身迎揖，逊之上座。那人也不推辞，便就坐了。积薪取大杯斟酒送上，那人接来饮讫，叫再斟来。王积薪一面再斟酒，一面拱他举箸。那些众少年尽是贵公子，平日不看人在眼里的，今见此人突如其来，又甚简傲，俱心怀不平，不知他是何等人，又不敢向前问他。其中一少年，乃举杯出令道：“我等各自道家世，其最贵显者，饮三杯，请客先道。”那人笑道：“吾请先饮三杯而后言。”积薪便令童子快斟酒。那人连进三杯，起身出席，举手向众人道：“我高祖天子，曾祖天子，祖天子，父天子，本身天子。”说罢，大步出门，上马疾驰而走。众人方相顾错愕，早有内监与侍卫等人策着马来寻问。原来那时玄宗常为微行。这一日改换衣装，出城闲玩，因偶与众少年相遇。次日，命高力士访知，那敬酒的少年是王积薪，特召入见，厚有赏赐，且云：“诸少年自矜家世，真乞儿相，汝独大雅可喜。”因命送翰林院读书，后知其善弈，遂令为弈棋供奉。正是：

不因杯酒力，安得侍君王？

王积薪有此遭遇，日侍至尊。及安禄山作乱，车驾西幸之时，多官随行。积薪带着一个老仆，随众奔走。奈蜀道险隘，每当止宿时，旅店多被贵官占住，积薪只得随路于民家借宿。一日迂道打宽转，沿山溪而行，不觉走入一荒村。时已薄暮，那村中只有一家人家，茅舍三间，柴扉半掩。积薪主仆扣扉求宿。内里走出一个老婆婆来，说道：“此间止老身与一个媳妇儿住着，本不该留外客在此，但舍此更无宿处，客官可权就廊檐下宿一宵罢！”积薪谢道：“只此足矣！”婆婆取些茶汤与几个面饼来供客，叫了安置，关了柴门，自进去了。积薪听得他姑媳二人各处一室，各自阖户而寝。积薪主仆卧于廊下，老仆先已睡着，积薪转辗未寐。忽闻那婆婆叫应了媳妇，说道：“良宵无以消遣，我和你对弈一局，如何？”媳妇应道：“既如此甚妙。”积薪惊异道：“乡村妇女，如何知弈？且二人东西各宿，如何对弈?"便爬起来从门缝里张看,内边黑洞洞,已皆灭烛矣,乃附耳门扉细听之,闻得婆婆道:"饶你先起。"媳妇道:"我于东五南九置子起矣!"停了半晌,婆婆道:"我于东南十二置子矣!"又停了半晌,媳妇道:"我于西八南十置子矣!"又停了半晌,婆婆道:"我于西九南十四置子矣!"每置一子,必良久思索,夜至四更,共下三十六子,积薪一一密记。忽闻婆婆笑道:"媳妇你输了,我止胜你九枰耳!"媳妇道:"我错算了一着,固宜败北。"自此寂然。天明启扉,积薪整衣入见,看那婆婆鬓发斑斑,丰神奕奕,绝不似乡村老媪。积薪请见其媳,婆婆即呼媳妇儿出来相见,你道那媳妇怎生模样?

虽是村家装束,自然光采动人。举止安闲,不啻闺中之秀;丰姿潇洒,亦如林下之风。若遇楚襄王,定疑神女;即非蓝桥驿,宛似云英。

积薪相见过,即叩问弈理。婆婆道:"我姑媳无以遣此良宵,偶尔对局,岂堪闻于尊客?"积薪再三请教,婆婆道:"弈虽小数,其中自有妙理。尊客既好此,必善于此,今可率己意布局置子,使老身观之,或当进一言相商。"乃取棋局置子出来,积薪尽平生之长布置,未及四五十子,只见那媳妇微微含笑,对婆婆说道:"此客可教以人间常势。"婆婆遂指示攻守杀夺,救应防拒之法,其意甚略,然皆平时思虑所不及。积薪更欲请益,婆婆笑道:"只此已无敌于人间矣!大驾已前行,客官可速往。"积薪称谢而别。行不数十步,回头看时,茅舍柴扉都已不见,方知是遇了仙人,不胜叹诧。正是:

奕通太极阴阳理,妙诀从来原不多。
好向人间称莫敌,笑他空烂手中柯。

积薪自此弈艺绝伦。当日上皇因高力士言及,特召积薪面询其事。积薪把上项事奏闻,黄幡绰在旁听了,插诨道:"奕称手谈,那家妈妈媳妇,却又口著,真是异事。"上皇笑道:"常人之弈,以手为口,必须目视;不若仙人之弈,以口为手,不须用目也。"积薪道:"臣常布置其姑媳对奕之势,虽罄竭心思,推算其所言九枰胜负之说,终不可得。"上皇道:"此必非人间常势,存此以待后之识者可耳。"高力士道:"积薪昔年饮酒,曾得遇圣人,今日奕棋又遇仙人,何其多佳遇也。"上皇道:"李謩所遇吹笛仙翁,积薪所遇奕棋姑媳,总是仙人,但未知是何仙,此时若张果,叶法善、罗公远辈有一人在此,必知其来历矣!"

正闲谈间,肃宗遣使来奏言,永王璘谋反,称帝于江南。上皇大怒,命速遣将讨之。不一日,有中使啖廷瑶,赍奉肃宗告捷表文,奏称广平王与郭子仪屡胜贼兵，又得回纥助战，已恢复西京，今即移兵东向，行将并恢复东京矣。上皇大喜。正是：

且喜耳闻好消息，会须眼看捷旌旗。

未知如何复两京，且听下回分解。

第九十六回

拚百口[①] 郭令公报恩　复两京广平王奏绩

词曰：

感恩思报英雄志，欲了平生事。因他冤陷，拼吾百口，贷他一死。友朋情谊犹如此，何况为臣子？亲王奏凯，全亏大将，丹诚共矢。

——右调《贺圣朝》

从来能施恩者，未必望报，而能图报者，方不负恩。战国时的侯生，对信陵君说得好，道是："公子有德于人，愿公子忘之；人有德于公子，愿公子无忘之，无忘之者，必思有以报之也。"孔子曰："以直报怨，以德报德。"夫报德不曰以直，而曰以德者，报德与报怨不同，报怨不可过刻，以直足矣；且怨有当报者，有不当报者，有时以报为报，有时以不报为报，皆所谓直也。若夫德是必要报的，不可不厚报的，说不得个他如此来，我亦当如此答。一饭之恩，报以千金，岂是掂斤估两的事？我当危困之时，那人肯挺身相救，即时迫于事势，救我不成，他这段美意，也须终身衔感；况实能脱我于患难之中，真个生死而肉骨，我到后来建功立业，皆此人之赐。此等大恩，便舍身拚家以报之，诚不为过。推此报恩之念，其于君臣之间，虽不可与论报施，然人臣匡君定国，戡乱扶危，成盖世之奇勋，总也是不忘君恩，勉图报效而已。

却说肃宗自灵武即位后，即令郭子仪为武部尚书，灵长史李光弼为户部尚书北都留守并同平章事，又特遣使征召李泌。那李泌字长源，京兆人氏，生而颖异，身为仙骨。幼时尝闻空中有仙乐来相迎，其身飘飘欲举，家人共相抱持。后来每闻音乐，家人即捣蒜向空泼洒，自此音乐渐绝。至七岁，便能吟诗作赋，更聪慧异常。

上皇开元年间，下诏召集京中能谈佛老者，互相议论。有一童子姓员名俶，年方十岁，与众问答，词辩无穷，上皇嘉叹，因问员俶："外边还有与

---

① 百口——整个家族。

你一般聪慧的童子么?”原来员俶乃是李泌的姑娘所生,与李泌为中表兄弟,当下便奏说:“臣母舅之子李泌,小臣三岁,而聪慧胜臣十倍。”上皇即遣中使召之,李泌应召而至,朝拜之际,礼仪娴雅。其时上皇方与燕国公张说奕棋,遂命张说出题试之。张说使赋方圆动静。李泌道:“请言其略,以便措辞。”张说指着案上棋枰说道:“方若棋局,圆若棋子,动若棋生,静若棋死。”说罢,张说还恐他年太幼,未能即解,又对他说道:“此是我借棋以为方圆动静之喻,汝自赋方圆动静四字,不可泥棋为说也。”李泌道:“这晓得。”即信口答道:“方若行义,圆若用智,动若骋才,静若得意。”张说听了,大为惊异道:“此吾小友也!”因起身拜贺朝廷得此神童。正是:

堪使老臣称小友,共夸圣主得神童。

上皇厚加赐赉,命于翰林院读书。及长,欲授以吏职,李泌再三辞谢,乃赐与太子为布衣交,太子甚相敬爱。李林甫、杨国忠都忌之,李泌因遂告归,隐居颍阳。至是,肃宗思念旧交,遣使征至行在,待以宾礼,出则联骑,寝则对榻,事无大小,皆与商酌。欲命为右相,李泌固辞,只以白衣随驾。

一日,肃宗与李泌并马而出,巡视军营。军士们窃相指道:“黄衣的是圣人,白衣的是山人。”肃宗微闻此语,因谓李泌道:“艰难之际,不敢以官职相屈,但且衣紫,以绝群疑。”遂出紫袍赐之,李泌只得拜受,肃宗即令左右为之换服。李泌换服讫,正欲谢恩,肃宗笑道:“且住,卿既服此,岂可无称?”乃于袖中取出敕书一道,以李泌为伺谋军国元帅府行军长史,李泌犹固辞,肃宗道:“朕非敢相屈,期共济艰难耳。俟贼平,任行高志。”李泌拜受命。肃宗欲以建宁王倓为大元帅,李泌道:“建宁王果堪作元帅,然广平王居长;若建宁王功成,岂可使广平王为吴泰伯?”肃宗道:“广平王系冢嗣,何必以元帅为重?”李泌道:“广平王尚未正位东宫,今艰难之际,人心所属在于元帅,若建宁大功既成,陛下即欲不以为储贰,彼同立功者,其肯已乎? 太宗、上皇即其事也。”肃宗点头道:“卿言良是,朕当思之。”李泌退朝,建宁王迎谢道:“顷传闻奏对之言,正合吾心,吾受其赐矣。”李泌道:“殿下孝友如此,真国家之福也。”于是肃宗以广平王俶为天下兵马大元帅,郭子仪、李光弼等所部之军,俱属统率。

时李光弼驻防太原,其麾下精兵俱调往朔方,在太原者仅万人。贼将史思明等引兵十余万人来攻城,诸将皆议修城以待之。光弼道:“太原城周四十里,修之非易,贼垂至而兴役,是未见敌而先自困也。”乃命士卒于城外凿濠以自固,掘坑堑数千,及贼攻城于外,光弼即令以坑堑中掘出的泥土,增垒于内,为守御。贼围攻月余,无隙可乘。光弼访得钱冶内有铸钱的佣工兄弟三人,善穿地道,以重赏购之,使率其伙伴,掘地道以俟贼。有贼将于城下仰面侮骂城上人。光弼即遣人从地道拽其足而入,缚至城上斩之,自此贼行动必低头视地。光弼又作大炮,飞巨石,每一发必击死几十人,贼乃退营于数十步外。光弼遣使诈称城中粮尽,与贼相约刻期出降。史思明信以为真,不复为备。光弼暗使人穿地道,直至贼营,支之以木。至期,使二千余人走马出城,恰像要去投降的一般。贼方瞻望喜跃,忽然营中地陷,压死者无数,贼众惊乱,官军鼓噪而出,斩杀万计。史思明乃引众纷纷遁去。光弼上表奏捷。广平王正以太原要地被围,欲遣兵往救,因得捷报而止。

郭子仪以河东居两京之间,得河东而后两京可图。时贼将崔乾佑守河东,郭子仪密使人入河东,与唐官之陷于贼中者约为内应,内外夹攻,崔乾佑不能抵敌,弃城而逃,子仪引兵追击,斩杀甚众,乾佑仅以身免。河东遂平。正是:

从来郭李称名将,战守今朝各奏功。

肃宗以郭子仪为天下兵马副元帅,正谋恢复两京,忽闻报永王璘反于江陵,僭称帝号。原来永王璘出镇江陵,自恃富强,骄蹇不恭;及闻肃宗即位灵武,乃与部将属官等共私议,以为太子既遽自称尊,我亦可据有江表,独帝一方。正在谋议起事,肃宗恶其骄蹇,诏使罢镇还蜀,永王竟不奉诏,至是举兵反,自称皇帝,思欲招致有名之士,以为民望。闻知李白退居庐山,距江陵不远,遣使征之,李白辞不应赴。永王使人伺其出游,要之于路,劫取至江陵,欲授以官,李白决意不受。永王不能屈其志,但只羁縻住他,不放还山。

肃宗闻永王作乱,一面表奏上皇,一面遣淮南节度高适、副使李成式引兵征讨。时内监李辅国阴附宫中,张良娣专权用事,那降贼的内监边令诚,因为贼所忌,乃自贼中逃至行在,依托李辅国,图复进用。李泌上言道:“令诚以宦官蒙上皇委任,外掌兵权,内掌宫禁,而贼至即降,且以宫门锁钥付贼,如此叛徒,罪不容诛!”肃宗遂命将边令诚斩首,为降贼者示警。于是李辅国奏称:“原任翰林学士李白,现为逆藩永王璘谋主,宜诏刑官注名叛党,俟事平日,按律治罪。”

你道李辅国为何忽有此奏？只因李白当初在朝时，放浪诗酒，品致高尚，全不把这些宦官看在眼里，所以此辈都不喜他。今辅国乘机劾奏，一来是私怨；二来迎合朝廷严诛叛党之意；三来怪李泌奏斩了边令诚。他今劾奏李白，见得那文人名士，受过上皇宠爱的，也不免从逆，莫只说宦官不好。当日肃宗准其奏，传旨法司。却早惊动了郭子仪，他想："昔年李白救我性命，大恩未报，今日岂容坐视？"遂连夜草成表章，次日即伏阙上表。其表略云：

臣伏睹原任词臣李白，昔蒙上皇知遇之恩，将不次擢用，乃竟辞荣遁隐，高卧庐山，斯其为人可知。今不幸为逆藩所逼，臣闻其始而却聘，继乃被劫，伪命屡加，坚意不受，身虽羁困，志不少降；而议者辄以谋主目之，则亦过矣。臣请以百口保其无他。白故有恩于臣，然臣非敢以私恩为白游说也，事平之后，当有众目共见者可为援证；倘不如臣所言，臣与百口甘伏国法。

肃宗览表，命法司存案，待事平日察明定夺。后来永王璘兵败自尽，该地方有司拘系从逆之人，候旨处决，李白亦被系于浔阳狱中。朝廷因郭子仪曾为保救，特遣官查勘。回奏李白系被逼胁，与从逆者不同，罪宜减等。有旨李白长流夜郎，其余从逆者，尽行诛戮。至乾元年间，诏赦天下，李白乃得放归，行至当涂县界，于舟中对月饮酒大醉，欲捉取水中之月，堕水而卒。当时江畔之人，恍惚见李白乘鲸鱼升天而去，这是后话。正是：

有恩必报推英杰，无罪长流叹谪仙。
英杰拚家酬昔日，谪仙厌世再升天。

此事表过不提。

且说肃宗既以广平王为元帅，即欲立为太子。李泌道："陛下灵武即位，止为军事迫切，急须处分故耳。若立太子，宜请命于上皇，不然后世何由知陛下不得已之心乎？"广平王亦固辞道："陛下尚未奉晨昏，臣何敢当储副？"肃宗因此暂停建储之事。建宁王私语李泌道："我兄弟俱为李辅国、张良娣所忌，二人表里为恶，我当早除此害。"李泌道："此非臣子所愿闻，且置之勿论。"建宁不听，屡于肃宗前，直言二人许多罪恶。二人乃互相谗谮，诬建宁欲谋害广平，急夺储位，激怒肃宗，立即传旨，赐建宁王死。李泌欲谏阻，已无及矣。可惜一个贤主，被谗殒命。想肃宗居东宫时，为李林甫所忌，受尽惊恐，岂不知戒；今巨寇未灭，先杀一贤子，何忍心昧理至此！后人有诗叹云：

信谗杀其子，作俑自上皇。
肃宗心忍父，可怜建宁王。
不记在东宫，时恐罹祸殃。
何今循故辙，谗口任噏张。
君子听不聪，佳儿被摧戕。
遗恨彼妇寺，寸磔宁足偿！

至德二载，肃宗驾至凤翔，命广平王与郭子仪等出师恢复两京。子仪以番人回纥的兵马甚精锐，请旨征其助战。回纥可汗遣其子叶护，领兵一万前来助战，肃宗许以重赏。叶护请于克城之日，土地士庶归朝廷，金帛子女归回纥。肃宗急于成功，只得许诺，聚朔方等处军马，与回纥西域之众，共一十五万，刻日起行。李泌献策，拟先攻范阳，捣其巢穴。肃宗道："大军既集，正须急取长安，岂可反先劳帅以攻范阳。"李泌道："今所用者皆北兵，其性耐寒而畏暑，今乘其新至之锐，攻已老之师，两京必克。然贼收其余众遁归巢穴，关东地热，春气一发，官军必困而思归，贼休兵秣马，伺官军一去，必复南来，是征战之未有已时也。不如先用之于寒乡，除其巢穴，贼退无所归，然后大兵合而攻之，必成擒矣！"肃宗道："此言诚善，但朕定省久虚，急欲先恢复西京迎回上皇，不能待此矣！"遂不用李泌之言，兵马望西京进发。

行至长安城西，列阵于澧水之东，李嗣业领前军；广平王、郭子仪、李泌居中军，王思礼统后军。贼众数万，列阵于澧水之北，贼将李归仁出挑战，子仪引前军迎敌，贼军尽起，官军少却。李嗣业肉袒执戈，身先士卒，大呼奋击，立杀数十人，于是官军气壮，各执长刀，如墙而进，贼众不能抵当。都知兵马使王难得，被贼射中其眉，皮垂遮目，难得手自拔箭，扯去其皮，血流满面，力战不退。贼伏精骑于阵之东，欲击官军之后，子仪探得其情，急令朔方左厢兵马使仆固怀恩引回纥兵，突往击之，斩杀殆尽。李嗣业又引回纥兵出贼阵后，与大军夹击，王思礼亦引后军继进，并力攻杀。自午至酉，斩首六万余级，贼兵大溃，余众退入城中，一夜嚣声不息。

至天明，探马来报，贼将李归仁、安守忠、田乾真、张通儒等俱已遁去，广平王遂帅众入西京城，百姓老幼夹道欢呼。叶护欲如前约，掠取金帛子女，广平王下马，拜于叶护马前道："今方得西京，若便俘掠，则东京之人必为贼固守,难以复取了。请至东京,乃如约。”叶护惊跃下马答拜,跪捧王足道:“愿为殿下即往东京。”遂与仆固怀恩引了西域及本部之兵,从城南过,更不停留,径向东京进发。众人见广平王为百姓下拜,无不涕泣感叹。

为民屈体非为屈,赢得人人爱戴深。

番众亦因仁义感,不缘贪利起戎心。

广平王驻西京三日,即留兵镇守,自引大军东出,捷书至行在,百官称贺。肃宗即日具表,遣中使啖廷瑶,赴蜀奏闻上皇,请驾回京复位。一面遣宫人西京祭告宗庙,宣慰百姓;一面以快马召李泌于军中。李泌星驰至凤翔入见,叩问何故召见。肃宗道:“朕得西京捷报,即表奏上皇,请驾东归复位,朕当退居东宫,以尽子职。未识卿意以为何如,欲急召面询。”李泌愕然道:“此表已赍去否?”肃宗道:“已去。”李泌道:“还可追转否?”肃宗道:“已去远矣,为何欲追转?”李泌咄嗟道:“上皇不肯东归矣!”肃宗惊问何故。李泌道:“陛下正位改元,已历二载,今忽奉此表,上皇心疑,且不自安,怎肯复归?”肃宗爽然自失,顿足道:“朕本以至诚求退,今闻卿言,乃悟其失,表已奏上,为之奈何?”李泌道:“今可更为群臣贺表,具言自马嵬请留,灵武劝进,及今克复两京,皇上思恋晨昏,请即还宫,以尽孝养。如此则上皇心安,东归有日矣。”肃宗连声道是,便命李泌草表,立遣中使霍韬光入蜀奏闻。

不则一日,啖廷瑶自蜀回,传上皇口谕云:“可与我剑南一道自奉,不复归矣。”肃宗惶惧无措。数日后,霍韬光还报,言上皇初得皇帝请退东宫之表,彷徨不能食,欲不东归;及群臣贺表至,乃大喜,命食作乐,下诰定行期了。肃宗大喜,召李泌入宫告之道:“此皆卿之力也!”因命酒与饮。是夜留宿于内,肃宗与之同榻而寝。正是:

御床并坐非王尊,帝榻同眠胜子陵。

李泌本不乐仕进,久有去志,因乘间乞身道:“臣已略报圣恩,今请仍许作闲人。”肃宗道:“卿久与朕忧,朕今将欲与卿同乐,何忽思去?”李泌道:“臣有五不可留:臣遇陛下太早,陛下宠臣太深,任臣太重,臣功太大,迹太奇。有此五者,所以断不可留也!”肃宗笑道:“且睡,另日再议。”李泌道:“陛下今就臣同榻同卧,尚不允臣所请,况异日香案之前乎?陛下不许臣去,是欲杀臣也!”肃宗惊讶道:“卿何疑朕至此,朕岂是欲杀卿者?”李泌道:“杀臣者非陛下,乃五不可也。陛下向日待臣如此之厚,臣于事犹有不得尽言者；况他日天下既安，臣未必能常邀圣眷，尚敢言乎？”肃宗道：“卿此言，必因朕不从卿先伐范阳之计也。”李泌道：“臣不因此，臣实有感于建宁王之事耳。”肃宗道：“建宁欲害其兄，朕故不得已而除之耳。”李泌道：“建宁若有此心，广平当极恨之；今广平王每与臣言其冤，为之流涕。况陛下昔欲用建宁为元帅，臣请用广平，若建宁果有害兄之意，宜深恨臣，乃当日以臣为忠，愈加亲信，即此可察其心矣。”肃宗闻言，不觉泪下道：“卿言是也，朕知误矣，然既往不咎。”李泌道：“臣非咎既往，只愿陛下警戒将来。昔天后无故鸩杀太子弘，其次子贤忧惧，作《黄台瓜辞》，其中两句云：‘一摘使瓜好，再摘使瓜稀。’今陛下已一摘矣，幸勿再摘。”

李泌这句话，因张良娣忌广平王之功也，常谗谮他，恐肃宗又为其所惑，故言及此。当下肃宗闻言，悚然道：“安有是事，卿之良言，朕当谨佩。”李泌复恳求还山。肃宗道：“且待东宫报捷，朕入西京时再议。”自此又过几日，东京捷报到了，报说贼将自西京战败后，收合余众保陕城，安庆绪遣严庄引兵助之。郭子仪与贼战于新店，叶护引本部兵追击其后，腹背夹攻，贼兵大溃，尸横遍野，贼将弃陕而走，子仪遣兵分道追击。严庄奔回东京，劝安庆绪弃东京城，率其党走河北，临行杀前被擒唐将哥舒翰等三十余人，独许远自刎而死。子仪奉广平王入东京城，出府库中物与叶护，又命民间助输罗锦万匹与之，免于俘掠，百姓欢悦。正是：

大帅用番兵，贤王赖名将。

土地得恢复，其功同开创。

肃宗闻报大喜，即具表遣韦见素入蜀奏捷，随后又遣秦国模、秦国桢往成都迎接上皇。一面择日起驾，先入西京，候上皇回銮。李泌上表，请如前谕，恳放还山。肃宗知其志已决，乃降温旨，许其暂归。李泌即日谢恩辞朝，隐居衡山去了。后来广平王嗣位，复征李泌出山，又历事两朝，正有许多嘉言善策，都不在话下。最可惜肃宗不曾从其先伐范阳之计，以致两京虽复，贼氛未殄，安家父子乱后，又继以史家父子之乱，劳师动众，久而后定。究竟安禄山既为其子庆绪所弑，而庆绪又为其臣史思明所弑，而史思明又为其子朝义所弑，乱臣贼子，历历现报。这些都是后话，如今且只说上皇还京之事。正是：

前日兴嗟行路难，今朝且喜回銮稳。

将知如何，且听下回分解。

第九十七回

达奚女钟情续旧好　采苹妃全躯返故宫

词曰：

缘未了，慢说离多欢会少，此日重逢巧。　已判珠沉玉碎，还幸韬光敛耀。笑彼名花难自保，原让寒梅老。

——右调《长命女》

大凡人情，莫不恶离而喜合，而于男女之间为尤甚。然从来事势靡常，不能有合而无离，但或一离而不复合，或暂离而即合，或久离而仍合，甚或有生离而认作死别，到后来离者忽合，犹如死者复生；此固自有天意，然于此即可以验人情，观操守。彼墙花路草，尚且钟情不舍，到底得合，况贵为妃嫔者乎！使当患难之际，果不免于殒身，诚可悲可恨，若还幸得保全此躯，重侍故主，岂不更妙。且见得那恃宠骄妒的平时不肯让人，临难不能自保；不若那遭妒夺宠的，平时受尽凄凉，到今日却原是他在帝左右，真乃快心之事。

话说肃宗闻东京捷报，即遣太子太师韦见素入蜀奏闻上皇，复请回銮。随后又遣翰林学士秦国模、秦国桢前往迎驾。秦国桢奏言东京新复，亦当特遣朝臣赍诏到彼，褒赏将士，慰安百姓。肃宗准其所奏，乃仍命中使啖廷瑶与秦国模赴蜀，迎接上皇。改命秦国桢以翰林学士充东京宣慰使，又命武部员外郎罗采为之副，一同赍诏往东京，即日起行。

那罗采乃故将罗成的后裔，与秦国桢原系中表旧戚，二人作伴同行，且自说得着。罗采对国桢说道："当初先高祖武毅公有两位夫人，一窦氏，一花氏，各生一子，弟乃花氏所生一支的子孙。那窦氏所生一支，传至先叔祖没有儿子，止生一女，小名素姑，远嫁河南兰阳县白刺史家，无子而早寡，守志不再醮，性喜的是修真学道。得遇仙师罗公远，说与我罗氏是同宗，因敬素姑是个节妇，赠与丹药一粒，服之却病延年，今已六十余岁，向在本地白云山中一个修真观中焚修。彼处男女都敬信他。自东京乱后，不见有书信来，我今此去，公事之暇，当往候之。"国桢道："他是兄的姑娘，就是小弟的表姑娘了。弟亦闻其寡居守节，却不知又有修道遇仙的奇事，明日到那里与兄同往一候便了。”当下驰驿趱行。不则一日，来到东京，各官迎接诏书，入城宣读。诏略云：

西京捷后，随克东京，具见将帅善谋，士卒用命，国家再造，皆卿等之力也。已经表奏上皇，当即论功行赏，所有士庶，宜加抚慰。其未下州郡，还宜速为收复；城下之日，府库钱粮，即以其半犒军，毋得骚扰百姓。又访有汲郡隐士甄济及国子司业苏源明，向在东京，俱能不为贼所屈，志节可嘉。其以济为秘书郎，源明为考功郎知制诰，即着来京供职。其降贼官员达奚珣等三百余人，都着解至西京议处。

原来那甄济，为人极方正，安禄山未反之时，因闻其名，欲聘为书记。甄济知禄山有异志，诈称疯疾，杜门不出；及禄山反，遣使者与行刑武士二人，封刀往召之，甄济引颈就刀，不发一语，使者乃以真病复命，因得幸免。那苏源明原籍河南，罢官家居；禄山造反之时，欲授以显爵，源明以笃疾坚辞，不受伪命。肃宗向闻此二人甚有志节，故今诏中及之。当时军民人等闻诏，欢呼万岁，不在话下。且说秦国桢与罗采宣谕既毕，退就公馆，安歇了两日，即便相约同往访候罗氏素姑。遂起身至兰阳县，且就馆驿歇下。

至次日，二人各备下一份礼物，换了便服，屏去驺从，只带几个家人，骑着马来至白云山前，询问土人，果然山中深僻处，有一修真观，名曰小蓬瀛，观中有个老节妇，在内修行，人都称他为白仙姑。土人说道：“这仙姑年虽已老，却等闲不轻见人，近来一发不容闲杂人到他观里去。二位客官要去见他，只恐未必。”罗采道：“他是我家姑娘，必不见拒。”遂与国桢及家人们策马入山，穿冈越岭，直至观前下马。见观门掩闭，家人轻轻叩了三下，走出一个白发老婆婆来，开门迎住，说道：“客官何来？我们观主年老多病，闭关静养，有失迎接，请回步罢！”罗采道：“我非别客，烦你通报一声，说我姓罗名采，住居长安，是观主的侄儿，特来奉候姑娘，一定要拜见的。”那婆婆听说是观主的亲戚，不敢峻拒，只得让他们步入。观中的景象，果然十分幽雅。有《西江月》词儿为证。道是：

炉内香烟馥郁，座间神像端凝。悬来匾额小蓬瀛，委实非同人境。双鹤亭亭对立，孤松郁郁常青。云堂钟鼓悄无声，知是仙姑习静。

那婆婆掩了观门，忙进内边去通报。少顷出来，传观主之命，请客官于草堂中少坐，便当相见。又停了一会，钟声响处，只见素姑身穿一件蓝色镶边的白道服,头裹幅巾,足踏棕履,手持拂子,冉冉而出。看他面容和粹,举止轻便,全不像六旬以外的人,此因服仙家丹药之力也。正是:

少年久已谢铅华,老去修真作道家。

鬓发不斑身更健,可知丹药胜流霞。

罗采与秦国桢一齐上前拜见。素姑连忙答礼,命坐看茶。罗采动问起居,各叙寒暄。素姑举手向国桢问道:"此位何人?"罗采道:"此即吾罗氏的中表旧戚,秦状元名国桢的便是。"素姑道:"原来就是秦家官人。"说罢,只顾把那秦字来口中沉吟。国桢道:"愚表侄久仰表姑的贞名淑德,却恨不曾拜识尊颜,今日幸得瞻谒;向因山川间阻,以致疏阔,万勿见罪。"于是国桢与罗采各命从人将礼物献上。素姑道:"二位还来相探,足见亲情,何须礼物?"二人道:"薄礼不足为敬,幸勿麾却。"素姑逊谢再三,方才收下,因问:"二位为何事而来?"罗采道:"我二人都奉钦差赍诏到此,请问姑娘前日贼氛扰乱之时,此地不受惊恐么?"素姑道:"此地幽僻,昔年罗公远仙师曾寄迹于此。他说道当初留侯张子房① 也曾于此辟谷,居此者可免兵火,因指点我来此住的。二位因是我至戚,我又忝居长辈,既承相顾,不妨随喜一随喜。"便叫那老婆婆与几个女童摆上点心素斋来吃了,随即引着二人,徐步入内边,到处观玩。

只见回廊曲槛,浅沼深林,极其幽胜。行过一层庭院,转出一小径,另有静室三间,门儿紧闭,重加封锁,只留一个关洞,也把板儿遮着。二人看了,只道是素姑习静之所,正看间,忽然闻得一阵扑鼻的梅花香。国桢道:"里边有梅树么? 此时正是冬天,如何便有梅香,难道此地的梅花开得恁早?"素姑微微而笑,把手中拂子指着那三间静室道:"梅花香从此室中来,却不是这里生的,也不是树上开的。"罗采道:"这又奇了,不是树上开的,却是那里来的哩?"国桢道:"室中既有梅花,大可赏玩,肯赐一观否?"素姑道:"室中有人,不可轻进。"二人忙问:"是何人?"素姑道:"说也话长,原请到外厢坐了,细述与二位贤侄听。"

三人仍至堂中坐下,素姑道:"这件事甚奇怪,说来也不肯信,我也从未对人说,今不妨为二位言之。我当年初来此地,仙师罗公远曾云:'日后有两个女人来此暂住,你可好生留着,二女俱非等闲之人,后来正有好

---

① 张子房——即汉张良。

处。'及至安禄山反叛，西京失守之时，忽然有个女人，年约三十以外，淡素衣妆，骑着一匹白驴，飞也似跑进观来。我那时正独自在堂中闲坐，见他来得奇异，连忙起身扶住他下驴，他才下得来，那驴儿忽地腾空而起，直至半天，似飞鸟一般的向西去了。我心中骇异，问那女人时，他不肯明言来历，但云：'我姓江氏，为李家之妇，因在西京遭难欲死，遇一仙女相救，把这白驴与我乘坐，叫我闭了眼，任他行走，觉得此身行在空中，霎时落下地来，不想却到这里。据那仙女说，你所到之处，便且安身，今既到此，不知肯相容否？'我因记着罗仙师的言语，知此女子必非常人，遂留他住在这静室中，不使外人知道，也不向观中人说那白驴腾空之事。那女人自在静室中，也足不出户，我从此将观门掩闭，无事不许开。不意过了几日，却又有个少年美貌的女子，叩门进来要住。那女人是原任河南节度使达奚珣的族侄女，小字盈盈，向在西京，已经适人。因其夫客死于外，父母又都亡故，只得依托达奚珣，随他到任所来。不想达奚珣没志气，竟降了贼，此女知其必有后祸，立意要出家，闻说此间观中幽静，禀知达奚珣，径来到此。我亦因记着罗仙师有二女来住之言，遂留他与那姓江的女人同居一室之中，闭关静坐，只在门洞里传递饮食。两月之前，罗仙师同着一位道者，说是叶法善尊师，来到此间，那姓江的女人却素知二师之神妙，乃与达奚女出关拜谒。叶尊师便向空中幻出梅花一枝，赠于江氏说道：'你性爱此花，今可将这一枝花儿供着，还你四时常开，清烟不绝，更不凋残，直待你还归旧地，重见旧主，享完后福，那时身命与此花同谢耳。'自此把这枝梅花，供在室中瓶里，直香到如今，近日更觉芬芳扑鼻，你道奇也不奇？"

秦、罗二人听了，都惊讶道："有这等奇事！"因问："这二位仙师见了那达奚女，可也有所赠么？"素姑道："我还没说完。当下罗仙师取过纸笔来，题诗八句，付与达奚氏说道：'你将来的好事，都在这八句中；你有遇合之时，连那江氏也得重归故土了。'言讫，仙师飘然而去。"国桢道："这八句怎么说，可得一见否？"素姑道："仙师手笔，此女珍藏，未肯示人，那诗句我却记得，待我诵来，二位便可代他详解一详解。"其诗云：

避世非避秦，秦人偏是亲。
江流可共转，画景却成真。
但见罗中采，还看水上苹。
主臣同遇合，旧好更从新。

二人听了，大家沉吟半晌，国桢笑道：“我姓秦，这起两句倒像应在我身，如何说非避秦，又说秦人偏是亲?”素姑道：“便是呢，我方才听得说是秦家官人，也就疑想到此。当日达奚女见了这诗句，也曾私对我说，在京师时，有个朝贵姓秦的，与他家曾有婚姻之议，今观仙师此诗，或者后日复得相遇，亦未可知也。这句话我记在心里，不道今日恰有个姓秦的来。”罗采道：“这一发奇了，如今朝贵中姓秦的，只有表兄昆仲，赫赫著名，不知当初曾与达奚女有亲么?”国桢沉吟了一回，说道：“此女既有此言，敢求表姑去问他一声，在京师的时节住居何处？所言姓秦的朝贵是何名字，官居何职，就明白了。”素姑道：“说得是，我就去问来。”遂起身入内。少顷，欣然而出，说道：“仙师之言验矣，原来所言姓秦的，正是贤表侄。他说向住京师集庆坊，曾与状元秦国桢相会来。”国桢听了，不觉喜动颜色道：“原来我前所遇者，乃达奚盈盈，几年忆念，岂意重逢此地!”便欲请出相见。素姑道：“且住，我才说你在此，他还未信，且道：‘我既出家，岂可重提前事，复与相会。’”罗采笑道：“表兄昔日既有桑间之喜，今又他乡逢故，极是奇遇，如何那美人反多推阻？你二人当初相会之时，岂无相约之语，今日须申言前约，事方有就。”国桢笑道：“此未可藉口传言。”即索纸笔题诗一首道：

记得当年集庆坊，楼头相约莫相忘。

旧缘今日应重续，好把仙师语意详。

写罢，折成方胜，再求素姑递与他看。

盈盈见了诗，沉吟不语。素姑道：“你出家固好，但详味仙师所言，只怕俗缘未断，出家不了，不如依他旧好重新之说为是。”看官，你道盈盈真个立志要出家么？他自与国桢相叙之后，时刻思念，欲图再会，争奈夫主死了，母亲又死了，族爷达奚珣以其无所依，接他到家去，随又与家眷一同带到河南任所，因此两下隔绝，今日重逢，岂不欣幸？况此时达奚珣已拿京师去了，没人管得他，只是既来出了家，不好又适人，故勉强推却。及见素姑相劝，便从直应允了。

国桢欣喜，自不必说，但念身为诏使，不便携带女眷同行，因与素姑相商，且叫盈盈仍住观中，等待我回朝复了命，告知哥哥，然后遣人来迎。当下只在门洞前相见，盈盈止露半身，并不出门。国桢见他丰姿如旧，道家妆束，更如仙子临凡，四目相视，含悲带喜，不曾交一言。正是：

相思无限意，尽在不言中。

是晚秦国桢、罗采不及出山,都就观中止宿。素姑挑灯煮茗,与二人说了些家庭之事,因又谈及罗公远这八句诗。国桢道:“起二句已应,那画影一句,也不必说了,其余这几句却如何解?今盈盈虽与江氏同居,行将相别,却怎说江流可共转?”素姑道:“那江氏突如其来,所乘之驴,腾空而去;看他举止,矜贵不凡,我疑他是个被谪的女仙,只是罗仙师道:‘达奚有遇合之时,连江氏也得归故土。’此是何意?”二人闲话间,只见罗采低头凝想,忽然跌足而起道:“是了是了,我猜着的了!”素姑道:“你猜着什么?”罗采低声密语道:“这江氏说是江家女李家妇,莫非是上皇的妃子江采苹么?你看诗句中,明明有江采苹三字,他便性爱梅花,宫中称为梅妃。前日传闻乱贼入宫,获一腐败女尸,认是梅妃,后又传闻梅妃未死,逃在民间;或者真个遇仙得救,避到这里,日后还可重归宫禁,再侍上皇,也像达奚女与秦兄复续旧好一般,不然,如何说主臣同遇合呢?”国桢点头道:“这一猜甚有理,但据我看来,表兄姓罗名采,诗语云:但见罗中采,还看水上苹。却像要你送他归朝的。”素姑道:“若果是江贵妃,他既在我观中,我侄儿恰到此,晓得贵妃在这里,自然该奏报请旨。”罗采道:“只要问明确是令贵妃,我即日就具表申奏便了。”素姑道:“要问不难。他见达奚氏矢志不随那降贼的叔叔,因此甚相敬爱,有话必不相瞒,我只问达奚,便知其实了。”当晚无话。

次日,素姑至静室中见了盈盈,说话之间,私问道:“小娘子,你不日便将与江氏娘子相别了,这娘子自到此,不肯自言其履历,他和你是极说得来,必有实言相告,你必知其详,毕竟是谁家内眷?”盈盈笑道:“他一向也不肯说,昨日方才说出。你莫小觑了他,他不是等闲的女人,就是上皇当日最宠幸的梅妃江采苹哩!我正欲把这话告知姑娘。”素姑闻言,又惊又喜,顿足道:“我侄儿猜得一些不错。”

看官听说,原来梅妃向居上阳宫,甘守寂寞;闻安禄山反叛,天下骚然,时常叹恨杨玉环肥婢,酿成祸乱。及贼氛既近,天子西狩,欲与梅妃同行,又被杨妃阻挠,竟弃之而去。那时合宫的人都已逃散,梅妃自思:“昔日曾蒙恩宠,今虽见弃,宁可君负我,不可我负君;若不即死,必至为贼所逼。”遂大哭一场,将白绫一幅,就庭前一株老梅树上自缢。气方欲绝,忽若有人解救,身子依然立地,睁开眼看时,却是一个星冠云帔的美貌女子立在面前。梅妃忙问:“你是那一宫中的人?”那女子道:“我非是宫中人,我乃韦氏之女,张果先生之妻也,家住王屋山中。适奉我夫之命,乘云至此，特地相救。你日后还有再见至尊之时，今不当便死，我送你到一处去，暂且安身，以待后遇。”遂于袖中取出一个白纸折成的驴儿，放在地上，吹口气，登时变成一匹极肥大的白驴，鞍辔全备，扶梅妃骑上，嘱咐道：“你只闭着眼，任他行走，少不得到一个所在，自有人接待你。”说罢，把驴一拍，那驴儿冉冉腾空而起。梅妃心虽骇怕，却欲下不能，只得手挽丝缰，紧闭双眸，听其行止，耳边但闻风声谡谡，觉得其行甚疾，且自走得平稳。须臾之间，早已落地，开眼一看，只见四面皆山，驴儿转入山径里，竟望小蓬瀛修真观中来，因此得遇罗素姑，相留住下。当时不敢实说来历，素姑又见那白驴腾空而走，疑此女是天仙，不敢盘问。那罗公远诗中，藏下“江采苹”三字，他人不知，梅妃却自晓悟。今见诏使罗采姓名与诗相合，盈盈又得与秦状元相遇，诗中所言，渐多应验；又闻两京克复，上皇将归，因把实情告知盈盈，要他转告素姑，使罗采表奏朝廷。恰好罗采猜个正着，托素姑来问，当下盈盈细说其事。素姑十分惊喜，随即请见梅妃，要行朝拜之礼。梅妃扶住道：“多蒙厚意，尚未报谢，还仗姑姑告知罗诏使，为我奏请。”素姑应诺，便与罗采说知。

罗采与国桢商议，先上笺广平王，启知其事。广平王遂于东京宫中，选几个旧曾供御的内监宫女，都到观中参谒识认，确是梅妃无疑，乃具表奏闻。罗采亦即飞疏上奏，疏中并及国桢与达奚盈盈之事，竟说盈盈是国桢向所定之副室，因乱阻隔，今亦于修真观中相遇，虽系降贼官员达奚珣之族女，然能心恶珣之所为，甘作女冠，矢志自守，其节可嘉。肃宗览表，一面遣人报知上皇，一面差内监二人，率领宫女数人，赴白云山小蓬瀛迎请梅妃速归故宫，候上皇回銮朝见，并着该地方官厚赏罗素姑，仍候上皇诰谕褒奖；又降诏达奚盈盈，即归秦国桢为副室，给与封诰。

那时国桢与罗采别过了素姑，起马回朝，中途闻诏，即差家人速至修真观中传语盈盈，叫他仍唤达奚珣家人仆妇女使随侍，跟着梅妃的仪从，一齐进京。当下梅妃与盈盈谢别了素姑，即日起程。梅妃自有内监宫女拥卫，香车宝马，望西京进发；盈盈与仆从女使们，亦即随驾而行。梅妃车前，有内侍齐捧宝瓶，供着那枝仙人所赠的梅花，香闻远近，人人骇异。梅妃于临行时，手书疏启，差中使星夜赍奉上皇驾前呈进，正是：

昔日楼东空献赋，今朝重上一封书。

未知后事如何，且听下回分解。

第九十八回

遗锦袜老妪获钱　听雨铃乐工度曲

词曰：

人逝矣，宝髻花钿都委地。锦袜独留余媚，见者犹惊喜。　万里归程迢递，正追思往事，被雨滴愁肠碎碎，愁歌曲内。

——右调《归国遥》

凡人于男女生死离别之际，不但当时的悲伤不可言论；至事后追思，更难为情。倘那人竟如冰消雾散，一无流遗，徒使我望空怀想，摹影拟形，固极悲楚；若还那人，平日服御玩好之物，留得一件两件，这些余踪剩迹，一发使人触目伤心。此即旁人不关情的，犹且慕芳踪而愿睹，观遗物而兴嗟；何况恩爱宠幸之人，平时片刻不离，一但变起意外，生巴巴的拆开，活剌剌的弄死，其悲痛何可胜言！到后来痛定思痛，凡身之所经，目之所睹，耳之所闻，无一不足以助其悲思，于是托之歌咏，寄之声音，此真以歌当哭，一声一泪也。

话说梅妃自小蓬瀛修真观中起行回西京，临行之时，先具手疏，遣内侍赴蜀进呈上皇。原来上皇在蜀中也常思念梅妃，因有人传说："贼人曾于宫中获一女尸，疑是梅妃之尸。"上皇闻此信，只道梅妃已死，十分伤感。时有方士张山人在蜀，上皇召至宫中，命其探幽索冥，访求梅妃魂魄所在。那张山人结坛默坐一日一夜，回奏言："臣飞魂遍游三界，搜访仙魂，俱无踪影。"上皇怅然道："芳魂何往耶！若梅妃之魂可访，则太真之魂亦可访，今皆不可得矣！"因挥泪不止。高力士见上皇悲思甚切，乃求得梅妃画真一幅进呈御览，上皇看了嗟叹道："此画像绝肖，惜不活耳！"展看再三，御笔亲题绝句一首于其上，云：

忆昔娇娃侍紫宸，铅华懒御得天真。
霜绡虽似当年态，怎奈秋波不顾人。

自此上皇时常展图观玩，后又有人说："梅妃并不曾死，前所获死尸，不是梅妃之尸。"上皇闻之，疑其散失民间，乃下诏军民士庶，有知妃子江采苹所在者,即行奏报候赏;或有遇见奉送来京者,予六品官,赐钱百万。诰谕方下,恰好肃宗见了罗采的表章,遣使来奏闻。那时上皇已发驾起行,途次得奏,龙颜大悦,传旨罗采等俟驾回京颁赏,江采苹着回宫候见。过了一日,梅妃所遣的内使亦途次迎着车驾,随将梅妃的手疏进献。其疏略云:

臣妾自楼东献赋,多有触忌。荷蒙圣恩,不加诛戮。幸得屏处,以延一息;凄凉之况,甘之如饴。客岁之夏,逆贼犯阙。乘舆西狩,事起仓卒。圣心眷妾,欲与偕行。有言间之,使俟后命。事势既蹙,后命不及。当此之时,举宫骇散。妾之一命,轻于鸿毛。殉节投环,气已垂绝。忽有仙姬,从空而降。手为解救,绝而复苏。询厥所由,来自王屋。韦家女子,张果其夫。云奉夫言,指妾远遁。袖出纸驴,化为骏骑。乘以行空,顷刻千里。任其所止,则在兰阳。白云深处,蓬瀛道院。中有女冠,实系节妇。素姑罗氏,公远族属。讶妾来踪,疑以为仙。引出奥密,奉事唯谨。妾亦韬晦,不与明言。有与同处,达奚闺秀。秦姓所聘,状元侧室。二女同居,人莫能知。前此公远,预言罗姑。谓有二女,暂来即去。各归其主,当在异日。两月以前,罗师忽来。所同来者,叶师法善。赠妾以梅,从厥攸好。阆苑天葩,常花不谢。更吟诗句,字里藏机。罗素二使,访亲而来。妾缘达奚,因秦及罗。藉以奏报,适符仙语。奇迹怪踪,妾所身经。敢具手疏,上达天听。残喘余生,不宜再渎。邀恩格外,许归故宫。旦夕之间,与梅同落。随逐花魂,渺焉空际。较之惨死,何啻天渊?是所深幸,夫复何求?若蒙异数,不忘旧眷。俾兹朽质,重睹天颜。有如落英,复缀枝头。非敢所期,伏候明诏。临疏涕泣,不知所云。

上皇前得肃宗奏报,已略知其事,今见梅妃手疏,更悉芳衷,深为叹异。遂温旨批云:

贤妃遇难自经,具见殉节之志;仙女临期相救,正因矢志之诚。千里行空,异焉蓬瀛之托迹;一枝寓意,美哉花萼之留香。朕方观画题诗,索芳魂而不得;卿已逢仙赠句,卜嘉会于将来。种种奇迹,历历动听,斯皆真诚感召,故有遇合因缘。今其遄返紫宸,勿复徒悲清夜。缅怀旧眷,伫俟新恩。

中使赍旨,驰报梅妃,此时梅妃已至西京,承肃宗之意,仍入居上阳宫了。上皇行至凤翔府，传命护从军士，将衣甲兵器，都交纳凤翔府库中。李辅国奏请肃宗发精骑三千迎驾。及驾将到，肃宗率百官出都门奉迎，百姓遮道罗拜，俱呼万岁。肃宗俯伏上皇车前，涕泣不止；上皇亦涕泣抚慰。肃宗奏请避位，上皇不允。时肃宗不敢穿黄袍，只穿紫袍，上皇立命取黄袍，令内侍与肃宗换了。车驾即日至太庙告谒，因见太庙残毁，仰天大哭，臣民无不感伤。告谒毕，车驾回朝，肃宗步行御车，上帝屡却之，方乘马傍车而行。上皇顾谓诸臣曰："朕为天子五十年，不自见为尊；今为天子父，乃真尊之至耳。"诸臣皆俯首称万岁。上皇车驾入朝，不御大殿，只就便殿暂只下诰："朕尊为太上皇，以南内兴庆宫为娱老之所，朝廷政事，不复与闻。"后人读史至此，谓上皇纳甲兵于府库，是何意思？肃宗子迎父驾，却用精骑三千，又是何意？有诗叹云：

甲兵输库非无意，父子之间亦远嫌。
迎驾只须仪从盛，何劳精骑发三千？

上皇既至兴庆宫，即召梅妃入宫见驾，梅妃朝拜之际，婉转悲啼。上皇意不胜情，好言慰劳，即以所题画真与看。梅妃拜谢道："圣人之情，见乎辞矣。臣妾虽死，亦当衔感九泉。"因又把当日投环，遇仙避难，逢仙之事，面奏一番，道："妾若非张果先生使其妻远来相救，安能今日复见天颜？"上皇道："昔年朕欲以玉真公主与张果为婚，他坚却不允，原说有妻韦氏在王屋山中，不意你今日蒙其救援。那纸驴儿想即张果巾箱中物也。"

梅妃又将叶法善所赠梅花，呈于上皇观览。上皇见花色晶莹，清香袭人，不觉惊异道："你得此仙梅，庶不愧梅妃之称矣！"梅妃又将罗公远诗句奏闻，道："此诗虽赠达奚女，而妾得罗采奏报之事，已寓于中。"上皇点头嗟叹道："罗公远昔曾寄书与朕，说'安不忘危'，这'安'字明明说安禄山；又寄药物名'蜀当归'，是说朕避乱入蜀，后来仍当归京都。仙师之言，当时莫解其意，今日思之，无有不验。我正在这里想他。"

梅妃回奏，言罗采与罗素姑就是他的戚属，上皇遂传命，加罗采官三级，赐钱百万；封罗素姑为贞静仙师，赐钱二百万，增修观宇；又命塑张果、叶法善、罗公远三仙之像，于观中虔诚供奉。梅妃又念达奚盈盈同处多时，互相敬爱，情谊不薄，因奏请上皇，以虢国夫人旧宅赐与居住，这正应了罗公远诗中"画景却成真"一句。当初盈盈把虢国宅院的画图与秦国桢看了，隐过了自家的事，谁想今日就把那画图中的宅院赐与他，却不是弄假成真？

当下秦国桢接到了盈盈，一面告知亲兄秦国模，不说是旧好，只说在修真观中相遇，承罗采为媒，两下订定的。国模因他已奉旨准娶，便也由他罢了。盈盈就于赐第中与秦国桢相聚，重讲旧情，这一段的恩爱，非可言喻。有一曲《黄莺儿》为证：

重会状元郎，上秦楼，卸道妆，从今勾却相思帐。姓儿也双，名儿也双，前时瞒过难寻访。笑娘行，今须听我低叫耳边厢。

原来秦国桢的夫人徐氏，就是徐懋功的裔孙女，极是贤淑，因此妻妾相得，后来各生贵子。国桢与哥哥国模，俱以高官致仕。盈盈常得入宫，谒见梅妃；又常遣人往候罗素姑。那罗素姑寿至百有余岁，坐化而终。此皆后话，不必再说。

且说梅妃当日朝见上皇过了，便要辞回上阳宫。上皇道："朕年已老，无人侍奉，得卿相叙，正好娱我晚景，如何还要到上阳宫去？"梅妃道："臣妾自翠华西阁得侍至尊，触忌遭谗，自分永弃，今以未死余生，复觐天颜，已出望外。至于侍奉左右，当更择佳丽，以继前宠。妾衰朽之质，自宜退避。"说罢，挥泪如雨。上皇亲手抚慰道："向来与卿疏阔，实朕之过；然珍珠投赠，未始无情，今当依仙师旧好从新之语，岂忍弃朕别居。"梅妃见上皇恁般眷顾，乃遵旨留兴庆宫，与上皇同处。正是：

杨花已逐东风散，梅萼偏能留晚香。

上皇复得梅妃侍奉，甚可消遣暮年，但每常念及杨妃惨死，不胜悲痛。前自蜀中回京，路过马嵬，特命致祭，彼时便欲以礼改葬，礼部侍郎李揆奏云："昔日龙武将士，因诛杨国忠，故累及妃子，今欲改葬故妃，恐龙武将士疑惧生变。"上皇闻奏，暂止其事；及回京后，密遣高力士潜往改葬，且密谕：若有贵妃所遗物件，可以取来。高力士奉了密旨，至马嵬驿西道之北坎下，潜起杨妃之尸，移葬他处。其肌肤已都销尽，衣饰俱成灰土，只有胸前紫罗香囊一枚，尚还完好。那紫罗乃外国贡来冰丝所织，囊中又放着异香，故得不坏。力士收藏过了，又闻得有遗下锦裤袜一只，在马嵬山前一个老妪钱妈妈处，遂以钱十千买之。

原来当日杨妃缢死于马嵬驿中，匆匆瘗① 埋，车驾既发，众驿卒俱至

① 瘗(yì)——埋。

驿中打扫馆舍，其中有一姓钱的驿卒，于佛堂墙壁之下，拾得锦裤袜一只，知道是宫中嫔妃所遗，遂背着众人，密自藏过，回家把与母亲钱妈妈看。那个妈妈见这裤袜上用五色锦绵绣成一对并头合蒂的莲花，光彩炫目，余香犹在，便道："此必是那亡过的妃子娘娘所穿，这样好东西，不容易见的哩！"正看间，恰有个邻家的妈妈走过来闲话，因便大家把玩了一回，于是传说开了，就有那好事的人来借观，这个看了去，那个也要来看。钱妈妈初时还肯取将出来与人瞧瞧，后来要看的人多了，他便索起钱钞来，越索得钱多，越有人要看，直索至百文一看，那妈妈获钱几及数万，好不快活。

原来杨妃的裤袜，有名叫做藕履。你道那"藕履"二字如何解？只因杨妃平日，最爱穿绣莲裤袜，天子常戏语之云："你的裤袜上，正宜绣着莲花，若不是莲花，何故内中有此白藕？"杨妃因此自名其裤袜为藕履。不想身死之后，遗下一只于驿庭，为众人之所争看，倒作成那钱妈妈着实得利。后来刘禹锡作《马嵬行》，也说及那遗袜之事。道是：

履綦[①] 无复有，文组光未灭。
不见岩畔人，空见凌波袜。
邮童爱踪迹，私手解鞶结。
传看千万眼，缕绝香不绝。

又有人说，那遗袜毕竟有时消毁，不能长留于世，亦殊不足看。有诗云：

锦袜传观只一时，凌波今日有谁知？
不如西子留遗迹，人到灵岩便系思。

当下高力士闻遗袜在钱妈妈处，将钱来买。钱妈妈不敢不与。力士把这锦裤袜与那紫罗香囊一并献与上皇覆旨。上皇见了这二物，嗟悼不已，即命宫人藏好，闲时念及，常取来观看叹惜。梅妃要排遣圣怀，令高力士访求旧日那梨园子弟来应承。一夕，上皇乘月登勤政楼，凭栏眺望，烟云满目，追思昔日此楼中盛事，恍如隔世，不觉怆然，因亢声而歌道：

庭前琪树已堪攀，塞外征人殊未还。

歌未竟，只闻得远远地亦有歌唱之声。上皇静听良久，虽听不出他唱些什么，却觉得音声清亮，回顾左右道："此歌者莫非也是梨园旧人么？"高力士

---

① 綦(qí)——鞋带。

奏道："此或是民间男妇偶然歌唱，未必便是梨园旧人。昨闻黄幡绰已病故，梨园旧人供御的，亦渐稀少了。"上皇闻奏，愈觉怆然道："朕近日所作《雨淋铃》曲，幡绰唱来最好，今不可得闻矣！"时李謩、张野狐二人侍侧，力士因奏言此二人的技艺，亦不亚于幡绰。上皇遂命野狐，将《雨淋铃》曲奏来，李謩可吹笛和之。二人领旨，野狐顿开喉咙唱将起来，李謩即将仙翁所赠短笛相和，音声清澈，真个如怨如慕，如泣如诉，足使近听增悲，远闻兴慨。

看官，你道那《雨淋铃》曲，为何而作？当时上皇自成都起驾回京，路途之间，思念杨妃，满腔愁绪。至斜谷口值连雨经旬，车驾过栈道，雨中闻车上铃声，隔山相应，其声甚觉凄凉，因顾黄幡绰道："你听这铃声何如？朕愁耳听来，甚是不堪。"幡绰便插科道："这铃儿不大敬，当治罪。"上皇道："你又来作戏了，铃声如何是不敬？"幡绰道："铃声如话，臣独解之，但不敢奏闻。"上皇晓得他是戏言，便道："汝尽管说来，朕不罪汝。"幡绰道："臣细听其声，明明说道'三郎郎当，三郎郎当'。岂非大不敬？"上皇闻言，不觉失笑，于是采其声，为《雨淋铃》曲，以自写其郎当之意。正是：

雨声铃响本凄凉，愁耳听来更断肠。
欢喜马嵬人已杳，三郎空自怨郎当。

次日，上皇与梅妃闲话，谈及归途中闻铃声而兴感的事，因道："朕那时正心绪作恶，忽得小蓬瀛之信，顿开愁绪。"梅妃道："妾闻上皇正下诰访求，妾身乃知圣心不弃旧人，衔恩无地。"正说间，内侍传到肃宗的表章，为欲请命赦宥两个降贼的朝官。正是：

欲屈皋陶法，愿施尧帝仁。

未知后事如何。且听下回分解。

第九十九回

赦反侧君念臣恩　了前缘人同花谢

词曰：

天王明圣，臣罪当诛。恩流法外，全生更矜死，赖宫中推爱。岂意宫中人渐兔，看梅花飘零。无奈佳人与同谢，叹芳魂何在？

——右调《忆少年》

古人云：求忠臣必由孝子之门。又云：移孝可以作忠。夫事亲则守身为大，发肤不敢有伤；事君则致身为先，性命亦所不顾。二者极似不同，而其理要无或异。故不孝者，自然不忠，而尽忠者，即为尽孝。古者尚有其父不能为忠臣，其子干父之蛊，以盖前愆者；况忝为名臣之子，世受国恩，乃临难不思殉节，竟甘心降贼，堕家声于国宪。国之叛臣，即家之贼子，不忠便是不孝，罪不容诛，虽天子思想其父，曲全其命，然遗臭无穷，虽生犹死了。倒不如那失恩的妃子不负君恩，患难之际，恐被污辱，矢志捐躯，却得仙人救援，死而复生，安享后福，吉祥命终，足使后人传为佳话。

却说上皇正与梅妃闲话，内待奏言："皇帝有表章奏到。"上皇看时，却为处分从贼官员事。肃宗初回西京时，朝议便欲将此辈正法，同平章事李岘奏道："前者贼陷西京，上皇仓卒出狩，朝廷未知车驾何往，各自逃生，不及逃者，遂至失身于贼，此与守土之臣，甘心降贼者不同，今一概以叛法处死，似乖仁恕之道。且河北未平，群臣陷于贼中者尚多，若尽诛西京之陷贼者，是坚彼附贼之心也。"肃宗准奏，诏诸从贼者，姑从宽典，后因法司屡请正叛臣之罪，以昭国法，上皇亦云，叛臣不可轻宥，肃宗乃命分六等议处。法司议得达奚珣等一十八人应斩，家眷人口没入官；陈希烈等七人，应勒令自尽；其余或流或贬或杖，分别拟罪具表。肃宗俱依所议，只于斩犯中欲特赦二人，那二人即故相燕国公张说之子、原任刑部尚书张均，太常卿驸马都尉张垍。

你道肃宗为何欲赦此二人？只因昔日上皇为太子时，太平公主心怀妒嫉，朝夕伺察东宫过失，纤微之事，俱上闻于睿宗，即宫中左右近习之人，亦都依附太平公主，阴为之耳目。其时肃宗尚未生，其母杨氏，本是东宫良媛，偶被幸御，身遂怀孕，私心窃喜，告知上皇。那时上皇正在危疑之际，想道："这件事，若使太平公主闻之，又要把来当做一桩话柄，说我内多嬖宠，在父皇面上谗谮，不如以药下其胎罢，只可惜其胎不知是男是女。"左思右想，无可与商者。

时张说为侍讲官，得出入东宫，乃以此意密与商议，张说道："龙种岂可轻动？"上皇道："我年方少，不患子嗣不广，何苦因宫人一胎，滋忌者之谤言。吾意已决，即欲觅堕胎药，却不可使闻于左右，先生幸为我图之。"张说只得应诺，回家自思："良媛怀胎，若还生子，非帝即王，今日轻易堕胎，岂不可惜，且日后定然追悔；但若不如此，谗谤固所不免。太子已决意欲堕，难与强争，他托我觅药，我今听之天数，取药二剂，一安胎，一堕胎，送与太子，只说都是堕胎药，任他取用那一剂，若吃了那安胎药，即是天数不该绝，我便用好言劝止了。"

至次日，密袖二药，入宫献上道："此皆下胎妙药，任凭取用一剂。"上皇大喜，是夜尽屏左右，置药炉于寝室，随手取一剂来，亲自煎好了，手持与杨氏，谕以苦情，温言劝饮。杨氏好生不忍，却不敢违太子命，只得涕泣而饮之。上皇看了饮了，只道其胎即堕，不意腹中全无发动，竟沉沉隐隐的，直睡至天明，原来倒吃了那剂安胎药了。上皇心甚疑怪，那日因侍睿宗内宴，未与张说相见，至夜回东宫，仍屏去左右，密置炉火，再亲自煎起那一剂药来，要与杨氏喝。正煎个九分，忽然神思困倦，坐在椅上打盹，恍惚之间，见屋宇边红光闪闪中现出一尊神道，怎生模样：

赤面美髯，蚕眉凤眼。身长约一丈，披一领锦绣绿罗袍；腰大可十围，束一条玲珑白玉带。被威凛凛，法貌堂堂。疑是大汉寿亭侯，宛如三界伏魔帝。

那神道绕着火炉走了一转，忽然不见。上皇惊醒，忽起身看时，只见药铛已倾翻，炉中炭火已尽熄，大为惊骇。次日，张说入见，告以夜来之事，且命更为觅药。张说再拜称贺，因进言道："此乃神护龙种也！臣原说龙种不宜轻堕，只恐重违殿下之意，故欲决之于天命。前所进二药，其一实系安胎之药，即前宵所服者是也。臣意二者之中，任取其一，其间自有天命，今然欲堕而反安，再欲堕，则灵神护之，天意可知矣！殿下虽馋忧畏讥，其如天意何？腹中所怀，必非寻常伦匹，还须调护为是。"上皇从其言，遂息了堕胎之念，且密谕杨氏，善自保重。杨氏心中常想吃些酸物，上皇不欲索之于外，私与张说言之，张说常于进讲时，密袖青梅木瓜以献，且喜胎气平稳。未几，睿宗禅位。至明年，太平公主以谋逆赐死，宫闱平静，恰好肃宗诞生，幼时便英异不凡，及长出见诸大臣，张说谓其貌类太宗，因此上皇属意，初封忠王；及太子瑛被废，遂立为太子。正是：

调元护本自胎中，欲堕还留最有功。

又道仪容浑类祖，暗教王子代东宫。

张说因此于开元年间极被宠遇。肃宗即位时，杨氏已薨，追尊为元献皇后。他平日曾把怀胎时的事，说与肃宗知道，肃宗极感张说之恩。张家二子张均、张垍，肃宗自幼和他嬉游饮食，似同胞兄弟一般。张说亡后，二子俱为显官，张垍又赘公主为驸马，恩荣无比，不意以从逆得罪当斩。肃宗不忘旧恩，欲赦其罪，却因上皇曾有叛臣不可轻宥之谕，今若特赦此二人，不敢不表奏上皇，只道上皇亦必念旧，免其一死。不道上皇览表，即批旨道：

张均、张垍世受国恩，乃丧心从贼，此朝廷之叛臣即张说之逆子，罪不容逭①。余老矣，不欲更闻朝政，但诛叛惩逆，国法所重，即来请命，难以徇情，宜照法司所拟行。

你道上皇因何不肯赦此二人？当日车驾西狩，行至咸阳地方，上皇顾问高力士道："朕今此行，朝臣尚多未知，从行者甚少，汝试猜这朝臣中谁先来，谁不来？"力士道："苟非怀二心者，必无不来之理。窃意待郎房琯，外人俱以为可作宰相，却未蒙朝廷大用，他又常为安禄山所荐，今恐或不来。尚书张均、驸马张垍受恩最深，且系国戚，是必先来。"上皇摇首微笑道："事未可知也。"及驾至普安，房琯奔赴行在见驾。上皇首问："张均、张垍可见否？"房琯道："臣欲约与俱来，彼迟疑不决，微窥其意，似有所蓄而不能言者。"上皇顾谓高力士道："朕固知此二奴贪而无义也。"力士道："偏是受恩者，竟怀二心，此诚人所不及料。"自此上皇常痛骂此二人，今日怎肯赦他！

肃宗得旨，心甚不安，即亲至兴庆宫，朝见上皇，面奏道："臣非敢徇情坏法，但臣向非张说，安有今日？故不忍不曲宥其子，伏乞父皇法外推

---

① 逭(huàn)——逃，避。

恩。”上皇犹未许，梅妃在旁进言道：“若张家二子俱伏法，燕国公几将不祀，甚为可伤；况张垍系驸马，或可邀议亲之典。”肃宗再三恳请，上皇道：“吾看汝面，姑宽赦张垍便了。张均这奴，我闻其引贼搜宫，破坏吾家，决不可活。”肃宗不敢再奏，谢恩而退。上皇即日乃下诰云：

张均、张垍，本应俱斩，今从皇帝意，止将张均正法，张垍姑免死，长流岭南。达奚珣于逆贼安禄山奏请献马之时，曾有密表谏阻，今止斩其身，其家免入官，余俱依所拟。

诰下，法司遵诰施行，张均遂与达奚珣等众犯同日俱斩于市。正是：

昔日死姚崇，曾算生张说；
今日死张说，难顾生张均。

当初张说建造居住的宅第，其时有个善观风水的僧人，名唤法泓，来看了这所第宅的规模，说道：“此宅甚佳，富贵连绵不绝，但切勿于西北隅上取土。”张说当时却不把这句话放在意里，竟不曾吩咐家人。数日后，法泓复来，惊讶道：“宅中气候，何忽萧条，必有取土于西北隅者！”急往看时，果因众工人在彼取土，掘成三四个大坑，俱深数尺，张说急命众工人以土填之，法泓道：“客土无气。”因叹息不已，私对人说道：“张公富贵止及身而已，二十年后，其郎君辈恐有不得令终者。”至是其言果验。后人有诗云：

非因取土便成灾，数合凶灾故取土。
卜宅何须泥风水，宅心正直吾为主。

闲话少说。只说上皇自居兴庆宫，朝政都不管，惟有大征讨、大刑罚、大封拜，肃宗具表奏闻。那时肃宗已立张良娣为皇后，这张后甚不贤良，向从肃宗于军中，私与肃宗博戏打子，声闻于外，乃潜刻木耳为子，使博无声。其性狡而慧，最得上意。及立为后，颇能挟制天子，与权阉李辅国比附，辅国又引其同类鱼朝恩。时安、史二贼尚未殄灭，命郭子仪、李光弼等九节度各引本部兵往剿，乃以宦官鱼朝恩为观军容使，统摄诸军，于是人心不服。临战之时，又遇大风昼晦，诸军皆溃，郭子仪以朔方军断河阳桥守东京。肃宗听鱼朝恩之言，召子仪回朝，以李光弼代之。

子仪临发，百姓涕泣遮道请留，子仪轻骑竟行。上皇闻之，使人传语肃宗道：“李、郭二将，俱有大功，而郭尤称最，唐家再造，皆其力也。今日之败，乃不得专制之故，实非其罪。”肃宗领命，因此后来灭贼功成，行赏之典，李光弼加太尉中书令，郭子仪封汾阳王。

子仪善处功名富贵，不使人疑忌，虽握重兵在外，一纸诏书征之，即日就道，故谗谤不得行。其子郭暧尚代宗皇帝之女升平公主，尝夫妇口角，郭暧道："你持父亲为天子么？我父薄天子而不为。"公主将言奏闻天子，子仪即囚其子待罪。天子知之，置之不问；又恐子仪心怀不安，乃谕之曰："不痴不聋做不得阿家翁。儿女子闺阁中语，不必挂怀。"其历朝恩遇如此。子仪晚年退休私第，声色自娱，旧属将佐，悉听出入卧内，以见坦白无私。七子八婿俱为显官，家中珍货山积，享年八十有五，直至德宗建中二年，方死逝。朝廷赐祭，赐葬，赐谥，真个福寿双全，生荣死哀。《唐史》上说得好，道是：

天下以其身为安危者，殆三十年；功盖天下而主不疑，位极人臣而众不嫉，穷奢极欲，而人不非之。自古功臣之富贵寿考，无出于其右者。

这些都是后话，不必再述。

且说上皇常于宫中想起郭子仪的大功，因道："子仪当初若不遇李白，性命且不可保，安能建功立业？李白甚有识英雄的眼力，莫道他是书生，止能作文字也。"此时李白正坐永王璘事流于夜郎，上皇特旨赦归，方欲使朝廷用之，旋闻其已物故，不觉叹息。梅妃常闻上皇称赞李白之才，因想起前事，私语高力士道："我昔年曾欲以千金买赋，效长门故事，汝以世间难得才子为辞。若李白者，宁遽逊于相如乎？"力士道："彼时李白尚未入京，老奴无从访求；且彼时贵妃之宠方深，亦非语言文字所能夺，若不然，娘娘楼东一赋，岂不大妙，然竟不能移其宠。"梅妃点头道："汝言亦良是。"

正说间，内侍来禀说，江南进梅花到。原来梅妃服待上皇之后，四方依旧进贡梅花，但梅妃既得了那枝仙梅，把人间凡卉都看得平常了。这仙梅果然四季常开，愈久愈香，花色亦愈鲜洁，梅妃随处携带把玩。

忽一日早起，觉得那花的香气顿减，花色也憔悴了，把手去移动时，只见花瓣儿多飘飘零零的落将下来。梅妃惊骇道："仙师云：我命当与此花同谢。今花已谢矣，我命可知。"自此心中恍惚不宁，遂染成一病，卧床不起。太医院官切脉进药，梅妃不肯服药道："命数当终，岂药石所能挽回？"上皇亲来看视，坐于床头，偏体抚摩，执手劝慰道："妃子偶病，遂尔① 瘦损，还须服药为是。"梅妃涕泣道："臣妾自退处上阳，自分永弃，继遭危难，

---

① 遂尔——于是，就。

命已垂绝，岂意复得侍至尊，此真万幸。今福缘已尽，仙师所云，与花同谢，此其期矣！妾死之后，那枝仙梅留在人间，难以种植；若然殉葬，又恐渎亵，宜取佛炉火焚之。”上皇道：“妃子何遽言及此？”梅妃道：“人谁无死，妾今日之死，可称令终，较胜于他人矣；况妾死后，性灵不泯，当入佳境，谅无所苦。但圣恩如天，图报无地，为可叹恨耳！”上皇道：“以妃子之敏慧清洁，自是神仙中人，但何由自知身后的佳境？”梅妃道：“妾前宵梦寐之间，复见那韦氏仙姑于云端中手执一只白鹦鹉，指谓妾道：‘此鸟亦因宿缘善果，得从皇宫至佛国，今从佛国来仙境，可以人而不如鸟乎？汝两世托生皇宫，须记本来面目，今不可久恋人世，蕊珠宫是你故居，何不早去？’据此看来，或不致堕落恶道。”上皇垂泪道：“妃子若竟舍朕而仙去，使朕暮年何以为情？”梅妃就枕上顿首道：“愿上皇圣寿无疆，切勿以妾故，有伤圣怀。”言讫，忽转身起坐，举手向空道：“仙姬来了，我去也！”遂瞑目而逝。正是：

昔日纵教梅下死，胜他驿馆丧残躯。

于今幸与花同谢，还与芳魂到蕊珠。

上皇不意梅妃一病遽死，放声大哭，高力士极力劝慰。上皇道：“此妃与朕，几如再世姻缘，今复先我而逝，能无痛心？”遂命以贵妃之礼殓葬，又命其墓所多种梅树，特赐祭筵，自为文以诔① 之。其略云：

妃之容兮，如花斯新。妃之德兮，如玉斯温。余不忘妃，而寄意于物兮，如珠斯珍；妃不负余，而几丧身兮，如石斯贞。妃今舍余而仙去兮，身似梅而飘零；余今舍妃而寂处兮，心如结以牵萦。

上皇记念梅妃的遗言，即命将这一枝仙梅，以佛炉中火焚化于其灵前。说也奇怪，那梅枝一入火中，香气扑鼻，火星万点，腾空而起，好似放烟火的一般。那些火星都作梅花之状，飞入云霄而没。正是：

仙种不留人世，琼花仍入瑶台。

昔人有以枯梅枝焚入炉中，戏作下火文，其文甚佳，附录于此：

寒勒铜瓶冻未开，南枝春断不归来。这番莫入梨花梦，却把芳心作死灰。惟恭炉中处士梅公之灵，生自罗浮，派分庾岭。形如槁木，棱棱山泽之癯；肤似疑脂，凛凛雪霜之操。春魁占百花头上，岁寒居三友图中。

---

① 诔(lěi)——悼文。这里用如动词，祭悼。

玉堂茅屋总无心，调鼎和美期结果。不料道人见挽，遂离有色之根；夫何冰氏相凌，遽返华胥之国。瘦骨拥炉呼不醒，芳魂剪纸竟难招。纸帐夜长，犹作寻香之梦；筠窗月淡，尚疑弄影之时。虽宋广平铁石心肠，忘情未得；使华光老丹青手段，摸索难真。却愁零落一枝春，好与茶毗三昧火。惜花君子，你道这一点香魂，今在何处？咦！炯然不逐东风去，只在孤山水月中。

且说当日肃宗闻知梅妃薨逝，上皇悲悼，遂亲来问慰，即于梅妃灵前设祭，各宫嫔妃辈，也都吊祭如礼。只有皇后张氏托病不至。上皇心甚不悦，因对高力士说道："皇后殊觉骄慢。"力士密启告道："内监李辅国阿附① 皇后，凡皇后之骄慢，皆辅国导之使然。"上皇愕然曰："朕久闻此奴横甚，俟吾儿来，当与言之。"力士道："皇后侍上久，辅国握兵权，其势不得不为优容，所以皇帝亦多不与深较。太上即有所言，恐亦无益，不如且置勿论。"上皇沉吟不语。正是：

顽妻与恶奴，无药可救治。

纵有苦口言，恐反为不利。

未知后事如何，且听下回分解。

---

① 阿(ē)附——依附。

第一百回

迁西内离间父子情　遣鸿都结证隋唐事

词曰：

最恨小人女子，每接踵比肩而起，搅乱天家父子意。远庭帏，移宫寝，尊养废。　　晚景添憔悴，追思旧宠常挥泪。魂魄还堪寻觅未。遇仙翁，说前因，明往事。

——右调《夜游宫》

百行莫先于孝，而天子之孝，又与常人之孝不同。《孟子》云：孝子之至，莫大乎尊亲；尊亲之至，莫大乎以天下养。尊之至，养之至，方为孝之至。顽如瞽叟，而舜能尽事亲之道，故孔子称之为大孝。迨乎后世，偏是帝王之家，其于父子之间，偏是易起嫌疑，易生嫌隙，此不必皆因亲之不慈，子之不孝，大抵多因势阻于妻子，情间于小人。即如唐肃宗之奉事上皇，原未尝不孝，上皇之待肃宗，亦未尝不慈；却因媳妇骄悍，宦竖肆横，遂致为父的老景失欢，为子的孝道有缺。乃或者云：上皇当年听信谗言，一日杀三子，且纳寿王之妃杨氏为贵妃，有伤伦理，后来受那逆妇逆奴的气，正是天之报施，然后如此。上皇与杨妃，原因宿世有缘，所以今生会合，其他诸人，或承宠幸，或被诛戮，当亦各有宿因，事非偶然。此系仙翁所言，见之逸史，今编述于演义之末，完结隋炀帝、唐明皇两朝天子的事，好教看官们明白这些前因后果。

话说上皇自梅妃死后，愈觉寂寥，又因肃宗的皇后张氏，骄蹇不恭，失事上之礼，上皇且闻宦官李辅国内外比附弄权，心上甚是不悦，要与肃宗说知，教他严加训饬。高力士再三谏阻，上皇只是忍耐不住。一日，肃宗来问安，上皇赐宴，饮宴之际，说了些朝务。上皇道："从来治国平天下，必先齐其家，今闻阉奴李辅国附比宫中，怙势作威，汝知之否？"肃宗闻言，悚然起应道："容即查治。"上皇道："此时若不即为防禁，恐后将不可复制。"肃宗唯唯而退。原来那皇后恃宠骄悍，肃宗因爱而生畏，不敢少加以声色；李辅国掌握兵权，阿附张后，恃势弄权，肃宗虽亦心忌之，却急切奈何

他不得,故虽承上皇严谕,且只隐忍不发。正是:

堪笑君王也怕婆,奴乘婆势莫如何。

小人女子真难养,一任严亲相诋诃。

肃宗便隐忍不发。那知上皇这几句言语,内侍们忽私相传说,早传入李辅国耳中。辅国密地启知张皇后,各怀怨怒,相与计议道:"上皇深居宫禁,久已不预朝政,今何忽有烦言,此必因高力士妄生议论,间由上皇故也。力士为上皇耳目,当图去之,更须使官家莫要常与上皇相见,须迁上皇于西内为妙。"自此肃宗欲往朝上皇,都被张后寻些事情阻隔往了。上皇所居南内兴庆宫,与民间闾阎相近,其西北隅有一高楼,名长庆楼,登楼而望,可见街市。上皇时常临幸此楼,街市过往的人遥望叩拜。上皇有时以御膳余剩之物,命高力士宣赐街市中父老,人都欢忻,共呼万岁。李辅国便乘机借端密奏肃宗道:"上皇居兴庆宫,而高力士日与外人交通,恐其不利于陛下。且兴庆宫与民居逼近,非至尊所宜居。西内深严,当奉迎太上居之,庶可杜绝小人,无有他虞。"肃宗道:"上皇爱兴庆宫,自蜀中归,即退居于此,今无故迁徙,殊拂逆圣意,断乎不可。"辅国见肃宗不从其言,乃密启张后,使亦以此言上奏。肃宗恐惊动上皇,也不肯听。张后忿然道:"此妾为陛下计耳,今日不听良言,莫叫后日追悔!"说罢,拂衣而起。肃宗默默含怒,适又偶触风寒,身上不豫,暂罢设朝,只于宫中静养。

辅国逐乘此机会,与张后定计,矫旨遣心腹内侍及羽林军士整备车马,往兴庆宫奉迎上皇,迁居西内,请即日发驾。上皇错愕不知所谓,内侍奏称皇爷以兴庆宫逼近民居,有亵至尊,故特奉请驾幸西内,皇爷现在西内,候太上驾到。上皇心下惊疑,欲待不行,又恐有他变。高力士奏道:"既皇帝有旨来迎,太上且可一往,俟至彼处,与皇帝面言,或迁或否,再作计议,老奴护驾前去。"上皇无奈,只得匆匆上辇。高力士命军士前导,内侍拥护,銮舆缓缓行动。

将至西内,只见李辅国戎服佩剑,率领军士数百人,各执戈矛,排列道旁。上皇在辇上望见,大惊失色。高力士见这光景,勃然怒起,厉声大喝道:"太上皇驾幸西内,李辅国戎服引众而来,意欲何为?"辅国蓦被这一喝,不觉丧气,忙俯伏奏道:"奴辈奉旨来迎护车驾。"力士喝道:"既来护驾,可便脱剑扶辇!"辅国只得解下腰间佩剑,与力士一同护辇而行。力士传呼军士们且退,不必随驾。既入西内,至甘露殿,上皇下辇,升殿坐定,问："皇帝何在？"辅国奏道："皇爷适间正欲至此迎驾，因触风寒，忽然疾作，不能前来，命奴辈转奏，俟即日稍痊，便来朝见。"上皇道："皇帝既有恙，不必便来，待痊愈了来罢。"辅国领旨，即辞而去。上皇叹息，谓高力士道："今日若非高将军有胆，朕几不免。"力士叩头道："因太上皇过于惊疑耳，五十年太平天子，谁敢不敬？"上皇摇首道："此一时，彼一时。"力士道："今日迁宫之举，还恐是辅国作祟，皇后主张，非皇帝圣意。"上皇道："兴庆宫是朕所建，于此娱老，颇亦自适；不意忽又徒居此地，茕茕老身，几无宁处，真可为长叹！"上皇说罢，凄然欲泪。后人有诗叹云：

三子冤诛最惨凄，那堪又纳寿王妻？
今当逆妇欺翁日，懊悔从前志太迷。

李辅国既乘肃宗病中，矫旨迁上皇于西内，恐肃宗见责，乃托张后为奏知。肃宗骇然道："得毋惊上皇乎？"张后奏道："太上自安居甘露殿，并无他言。"肃宗方沉吟疑虑间，李辅国却率文武将校等，素服诣御前俯伏请罪。肃宗暗想："事已如此，追穷亦无益。"且碍着皇后，不便发挥①，又见辅国挟众而来请罪，只得倒用好言安慰道："汝等此举，原是防微杜渐，为社稷计。今太上既相安，汝等可勿疑惧。"辅国与将校都叩头呼万岁。后人有诗叹云：

父遣奴劫不加诛，好把甘言相嗫嚅。
为见当年杀子惯，也疑今日有他虞。

那时肃宗病体未痊，尚未往朝西内；及病小愈，即欲往朝，又被张后阻住了。一日忽召山人李唐，入西殿见驾，肃宗抚着一个小公主，因谓李唐道："朕爱念此女，卿勿见怪。"李唐道："臣想太上皇之爱陛下，当亦如陛下之爱公主也。"肃宗悚然而起，立即移驾往西内，朝见上皇；问起居毕，上皇赐宴，没甚言语，惟有咨嗟叹息。肃宗心中好生不安，逡巡告退，回至宫中，张后接见，又冷言冷语了几句，肃宗受了些闷气，旧病复发。

上皇闻肃宗不豫②，遣高力士赴寝宫问安。肃宗闻上皇有使臣到，即命宣来。那知张后与李辅国正怨恨高力士，要处置他，便密令守宫门的阻住，不放入宫，遣小内侍假传口谕，教他回去罢。待力士转身回步后，方传

---

① 发挥——发作，这里指深究。
② 豫——康乐。

旨宣召。力士连忙再到宫门时,李辅国早劾奏说:“高力士奉差问疾,不候旨见驾,辄便转回,大不敬,宜加罪斥。”张后立逼着肃宗降旨,流高力士于巫州,不得复入西内。一面别遣中官,奏闻上皇;一面着该司即日押送高力士赴巫州安置。

可怜高力士夙膺宠眷,出入宫禁,官高爵显,荣贵了一生,不想今日为张后、李辅国所逐。他到巫州,屏居寂寞,还恐有不测之祸,慄慄危惧。后至上皇晏驾之时,他闻了凶信,追念君恩,日夜痛哭,呕血而死。后人有诗云:

唐李阉奴多跋扈,此奴恋主胜他人。
虽然不及张承义,忠谨还推迈群伦。

此是后话。

且说上皇被李辅国逼逃于西内,已极不乐,又忽闻高力士被罪远谪,不得回来侍奉,一发惨然。自此左右使令者,都非旧人,只有旧女伶谢阿蛮及旧乐工张野狐、贺怀智、李謩等三四人,还时常承应。一日,谢阿蛮进一红粟玉支,说道:“此是昔日杨贵妃娘娘所赐。”上皇看了凄然道:“昔日我祖太宗破高丽,获其二宝:一紫金带,一红玉支。朕以紫金带赐岐王,以红玉支赐妃子,即是物也。后来高丽上言:本国失此二宝,风雨不时,民物枯瘁,乞仍赐还,以为镇国之重器。朕乃还其紫金带,惟此未还。自遭丧乱,只道人与物已亡,不意却在汝处。朕今再睹,益兴悲念耳!”言罢不觉涕泣。

又一日,贺怀智进言道:“臣记昔年,时当炎夏,上皇爷与岐王于水殿围棋,令臣独自弹琵琶于座侧,其琵琶以石为槽,鹍鸡筋为弦,以铁拔弹之。贵妃娘娘手抱着康国所进的雪猧① 猫儿,立于上皇爷之后,耳听琵琶,目视弈棋。上皇爷数棋子将输,贵妃乃放手中雪猧猫跳于棋局,把棋子都踏乱了,上皇爷大悦。那时臣一曲未完,忽有凉风来吹起贵妃领带,缠在臣巾帻上,良久方落。是晚归家,觉得满身香气,乃卸巾帻贮锦囊中,至今香气不散,甚为奇异。今敢将所贮巾帻,献上御前。”上皇道:“此名瑞龙脑香,外国所贡。朕曾以少许贮于暖池内玉莲朵中,至再幸时,香气犹馥馥如新,况巾帻乃丝缕润腻之物乎?”因嗟叹道:“余香犹在,人已无存

① 猧(wō)——一种供人玩弄的小狗。疑下文“猫儿”,应为“狗儿”。

矣！”遂凄惨不已，自此衷怀耿耿。口中常自吟云：

刻木牵丝作老翁，鸡皮鹤发与真同。
须臾舞罢寂无事，还似人生一世中。

其时有一方士姓杨，名通幽，自称鸿都道士，颇有道法，从蜀中云游至西京，闻得上皇追念故妃，因自言有李少君之术，能致亡灵来会。李謩、张野狐俱素知其人，遂奏荐于上皇，召入西内，要他作法，招引杨妃与梅妃魂魄来相见。通幽乃于宫中结坛，焚符发檄，步罡诵咒，竭其术以致之，竟无影响。上皇不怿，咨嗟道：“前者张山人访求梅妃之魂而不得，因其时梅妃实未死故也，今二妃已薨，而芳魂不可复致，岂真缘尽耶！”通幽奏道：“二妃必非凡品，当是仙子降生。仙灵杳远，既难招求，定须往访。臣请游神驭气，穷幽极渺，务要寻取仙踪回报。”于是俯伏坛中，运出元神，乘云起风，游行霄汉。只见云端里有一只白鹦鹉，展翅飞翔，口作人言道：“寻人的这里来。”通幽想道：“此鸟能知人意，必是仙禽。”遂随其所飞之处而行，早望见缥缈之中，现出一所宫殿，那鹦鹉飞入宫殿中去了。看那宫殿时，但见：

瑶台如画，琼阁凌空。栋际云生，恍似香烟霭霭，帘前霞映，浑疑宝气腾腾。果然上出重霄，真乃下临无地。景象必非蜃楼海市，规模无异蓬岛瀛洲。

通幽来至宫门，见有金字玉匾，大书“蕊珠宫”三字。通幽不敢擅入，正徘徊间，忽见二仙女从内而出，一穿绣衣，手执如意，一穿素衣，手执拂子。那绣衣女子把手中如意指着通幽道：“下界生魂，何由来此？”通幽稽首道：“下界道士，奉唐王命，访求故妃魂魄，适逢灵禽引路，来至此间，幸得见二位仙娥，莫非二仙娥即杨太真、江采苹乎？”绣衣仙女道：“非也，我本郭子仪之小女，河伯夫人也。”通幽道：“河伯夫人，如何却是郭公之女？又如何却在此间？”绣衣仙女道：“昔日吾父出镇河中时，河流为患。吾父默祷于河伯，许于河治之后，以小女奉嫁，及河患既平，我即无疾而卒，我父葬我于河神庙后，我遂为河伯夫人。此事世人所未知。”指着那素衣仙女道：“此位乃内苑凌波池中的龙女，昔日上皇曾于梦中见之，为鼓胡琴，作《凌波曲》，醒来犹能记忆，因立龙女庙于凌波池上，即此是也。龙女与河伯有亲，我常得与相会。后来龙女被选入蕊珠宫，我因是亦得常常至此。那梅妃江采苹，宿世原是蕊珠宫仙女，两番谪落人间，今始仍归本处。

他尘缘已尽，今虽在此，汝未可得见。那杨玉环宿孽未偿，幸生人世，以了尘缘，却又骄奢淫佚，多作恶孽，今孽报正未已，安得在此？汝欲访他，可往别处去。”通幽道：“梅妃既不可见，必须访得杨妃踪迹，才好复上皇之命，望仙女指示则个。”素衣仙女道：“你只顾向东行去，少不得有人指示你。”说罢，拉着绣衣仙女，转步入宫去了。

通幽果然趁着云气望东而行，来到一座高山上，说不尽那山上的景致，遥见苍松翠柏之下，坐着三位仙翁，二仙对弈，一仙旁观。通幽上前鞠躬参谒，二位辍弈而笑，通幽叩问三仙姓氏，那坐上首的仙翁道：“我即张果，此二人即叶法善、罗公远也。我等与上皇原有宿因，故当周旋其左右。奈他俗缘沉着，心志蛊惑，都忘却本来面目，故且舍之而去。他今已老矣，嬖宠已都丧亡，也该觉悟了，却又要你来访求魂魄，何其不洒脱至此？”通幽道：“梅妃在蕊珠宫中，弟子适已闻之矣，只不知杨妃魂魄在何处，伏乞仙师指引一见，以便复上皇之命。”张果道：“你可知上皇与贵妃的前因后果么？”通幽道：“弟子愚昧，多所未知，愿闻其详。”张果道：“上皇宿世，乃元始孔升真人，与我辈原是同道，只因于太极宫中听讲，不合与蕊珠宫女相视而笑，犯下戒律，谪坠尘凡，罚作女身，为帝王嫔妃，即隋宫中朱贵儿是也。贵儿在世，便是大唐开元天子了。”

通幽道：“朱贵儿何故便转生为天子？”张果道：“贵儿忠于其主，骂贼殉节而死，天庭最重忠义，应得福报，况系谪仙，本宜即复还原位的，只因他与隋炀帝本有宿缘，又曾私相誓愿，来生再得配合，故使转生为天子，完此一段誓愿。”通幽道：“请问朱贵儿与隋炀帝有何宿缘？”张果道：“炀帝前生乃终南山一个怪鼠，因窃食了九华宫皇甫真君的丹药，被真君缚于石室中一千三百年，他在石室潜心静修，立志欲作人身，享人间富贵。那孔升真人偶过九华宫，知怪鼠被缚多年，怜他潜修已久，力劝皇甫真君，暂放他往生人世，享些富贵，酬其夙志，亦可鼓励来生，悔过修行之念。有此一劝，结下宿缘。此时适当隋运将终，独孤后妒悍，上帝不悦，皇甫真君因奏请将怪鼠托生为炀帝，以应劫运。恰好孔升真人亦得罪降谪为朱贵儿，遂以宿缘而得相聚，不意又与炀帝结下再世姻缘，因又转生为唐天子，未能即复仙班。”通幽道：“贵儿便转生为唐天子，那炀帝却转生为何人？”张果笑道：“你道炀帝的后身是谁，即杨妃是也！炀帝既为帝王，怪性复发，骄淫暴虐，况有杀逆之罪，上帝震怒，止判与十三年皇位，酬其一千三百年静修之志;不许善终,赦以白练系颈而死,罚为女身,仍姓杨氏,与朱贵儿后身完结孽缘,仍以白练系死,然后还去阴司,候结那段杀逆淫暴的罪案。当他为妃时,又恃宠造孽,罪上加罪。如今他的魂魄,正好不得自在,你那里去寻他?”

通幽道:“原来有这些因果,非仙师指示,弟子何由而知?但弟子奉上皇之命而来,如今怎好把这些话去回复?”张果沉吟未答,叶法善道:“上皇也不久于人世了,他身故后,自然明白前因,你今不妨姑饰辞以应之。”通幽道:“饰辞无据,恐不相信。”罗公远笑道:“你要有凭据,还去问所见的二仙女,不必在此闲谈,阻了我们的棋兴。

正说间,遥见一簇彩云从空飞来。叶法善指着道:“你看二仙女早来也!”言未已,云头落处,二仙女向前与三仙翁讲礼罢,回顾通幽笑道:“你这觅魂道士,还在此听说因果么?”张果道:“我已将杨妃的两世因果与他说来,但他必欲亲见杨妃,以便复上皇之命,烦二仙女引他到彼处一见罢!”二仙领命,复引通幽驾云,望北而行,须臾来至一处。但见:

愁云幂幂,日色无光;惨雾沉沉,风声甚厉。山幽谷暗,浑如欲夜之天;树朽木枯,疑是不毛之地。恍来到阴司冥界,顿教人魄骇魂惊。

那边有一所宅院,门上横匾大书“北阴别宅”,两扇铁门紧闭,有两个鬼卒把守。二仙女勒令开门,引通幽进去,只见里面景象萧瑟,寒气逼人。走进了两重门,遥见里面一个妇人,粗服蓬头,愁容可掬,凭几而坐。仙女指向通幽道:“此即杨妃也,你可上前一见,我等却不该与他相会。”通幽遂趋步进谒,杨妃起身相接,通幽致上皇之命,杨妃悲涕不止。通幽问:“娘娘芳魂,何至幽滞此间?”杨妃涕泣道:“我有宿愆,又多近孽,当受恶报。只等这些冤证到齐,结对公案,便要定罪。如今本合囚系地狱候审,幸我生前曾手书《般若心经》念诵,又承雪衣女白鹦鹉感我旧恩,常常诵经念佛,为我忏悔,因得暂时软禁于此。多蒙上皇垂念,你今去回奏,切勿说我在此处,恐增其悲思,只说我在好处便了。”通幽道:“回奏须有实据,方免见疑。”杨妃道:“我殉葬之物,有金钗二股,钿盒一具,是我平日所爱,前托雪衣女衔取在此,今分钗之一盒之半,以为信物可也。”言罢,即取出钗盒付与通幽收了。通幽沉吟道:“此二物亦人间所有,未足为据。必得一事,为他人所未知者,方可取信。”杨妃低头一想道:“有了,我记得天宝十载,从上皇避暑骊山宫,于七月乞巧之夕,并坐长生殿庭中纳凉,时已夜半,宫婢俱已寝息，我与上皇密相誓心，愿世世为夫妇，此事更无一人知道，你只以此回奏，自然相信。”

通幽再欲问时，只见二鬼卒跑来催促道：“快去，快去！”通幽不敢停留，疾趋出门，二仙女已不见了。一阵狂风，把通幽吹到一个所在，定睛一看时，却原来就是适间那山上，见三仙依然在那里奕棋，方才收局哩！张果呼通幽近前说道：“你既见杨妃讨了凭据，可回去罢！”通幽道：“还求仙师一发说明了梅妃江采苹的前因，好一并回奏。”张果道：“梅妃即蕊珠宫仙女，也因与孔升真人一笑，动了凡念，谪降人间两世，都入皇宫；在隋时为侯夫人，负才色而不遇主，以致自缢；再转生为梅妃，方与孔升真人了一笑之缘，却又遭妒夺宠，此皆上天示罚之意。后因临难矢节，忠义可嘉，故得仙灵救援，重返旧宫，复从旧主，正命考终，仍作仙女去了。”通幽又问道：“朱贵儿与隋炀帝有私誓，遂得再合，今杨妃与上皇也有私誓，来生亦得再合否？”张果道：“贵儿以忠义相感，故能如愿；杨妃无贞节，而有过恶，其私誓不过痴情欲念，那里作得准？即如武后、韦后、太平、安乐、韩、秦、虢国等，都是狂淫无度，当其与狎邪辈纵欲之时，岂无山盟海誓，总只算胡言乱语罢了。”

通幽道：“如今武后、韦后等诸人，以及反贼安禄山等的魂魄，都归何处？”张果道：“武后乃李密后身，故杀戮唐家子孙，以报宿愆，还是劫数当然；独可恨他荒淫残虐，作孽太甚，今已与韦后、太平、安乐等，并当时那些佞臣酷吏，都坠入于阿鼻地狱，永不超身。至如反贼安、史辈，与那助逆的叛臣，致乱的奸相，以及本朝代这些谗妒的不仁的后妃宦竖，都是一班凶妖恶怪，应劫运而出，生前造了大孽，死后进入地狱，万劫只在畜生道中轮回。此等事未可悉数，你今回奏，只说杨妃所言，竟说他也是仙女，不必说他受苦，更须劝上皇洗心忏悔，勿昧前因，若能觉悟，至临终时，我等还去接引他便了。”言讫，把袖一挥，通幽却在方台上惊醒。

宁神定想了一回，摸衣袖内，果有钗盒二物，遂趋赴上皇御前启奏，将张果所说的前因都隐过不提，只说梅妃、杨妃俱是那蕊珠宫仙女，梅妃未得一见，杨妃却曾见来，据云：“上皇系仙真降世，与我有缘，故得聚首；今虽相别，后会有期，不须悲念，奉劝上皇及早明心养性，千秋万岁后，当仍复仙真之位。因将钗盒献上为信。上皇看了，虽极嗟叹，却还半信半疑。通幽再把七夕誓言奏上，说道：“臣亦恐钗盒未足取信，更须一言；贵妃因言及此，但此系私语，并无人知，以此上奏，必不疑为新垣平之诈也。”上皇闻言，呜咽流涕，乃厚赏通幽而遣之。后来白乐天只据了通幽的假语，作《长恨歌》，竟道杨妃是仙女居仙境，遂相传为美谈，那知其实不然。正是：

讹以传讹讹作诗，不如野史谈果报。

阿环若竟得成仙，祸善福淫岂天道！

上皇自此屏去纷华，辟谷服气，日夜念诵经典。至肃宗宝应元年，孟夏月明之夜，偶弄一紫玉笛，略吹数声，忽见双鹤飞来，庭中徘徊，翔舞而去。时有侍婢宫媛在侧，上皇因对他说道：“我昨夜梦见张果、叶法善、罗公远三位仙师来说，我宿世是元始孔升真人，谪在人间，已经两世，今命数已终，特来接我到修真观去修行，忏悔一甲子，然后复还原位。今双鹤来降，此其时矣！”遂命具香汤沐浴，安然就寝，谕令左右：“勿惊动我。”至次早，宫媛及诸嫔御辈俱闻上皇睡中有嬉笑之声，骇而视之，已崩矣。正是：

两世繁华总成梦，今朝辞世梦初醒。

上皇既崩，肃皇正在病中，闻此凶信，又惊又悲，病势转重，不隔几时，亦即崩逝。

张后意欲废太子，别立亲王。李辅国弑张后，立太子，是为代宗，于是辅国愈骄横。后来辅国被人刺死，这刺客实代宗所使也。

那安史辈余贼，至代宗广德年间方行殄灭。代宗之后，尚有十三传皇帝，其中美恶之事正多，当另具别编。

看官不厌絮烦，容续刊呈教。今此一书，不过说明隋炀帝与唐明皇两朝天子的前因后果，其余诸事，尚未及载。有一词为结证：

闲阅旧史细思量，似傀儡排场。古今账簿分明载，看取野史铺张。或演春秋，或编汉魏，我只纪隋唐。隋唐往事话来长，且莫遽求详。而今略说兴衰际，轮回转，男女猖狂。怪迹仙踪，前因后果，炀帝与明皇。

上调《一丛花》